9787540366957

CHONGWENGUAN

读古人书　友天下士

百余年前，崇文书局于武昌正觉寺开馆刻书，成晚清四大书局之一。所刻经籍，镌工精雅，数量众多，流布甚广，影响巨大。为赓续前贤，昌明国学，弘扬文化，本社现致力于传统典籍的出版。既专事文献整理，效力学术，亦重文化普及，面向大众。或经学，或史论，或诸子，或诗词，各成系列，统一标识，名之为"崇文馆"。

崇文馆

中国古典诗词校注评丛书

杜甫诗全集【汇校汇注汇评】

上

闵泽平　校注

长江出版传媒｜崇文书局

前　言

　　杜甫字子美,"甫"原本就是男子的美称,不过此前多附于表字之后。杜甫虽曾在诗中自称其名,如"尚看王生抱此怀,在于甫也何由羡"(《病后过王倚饮赠歌》)、"甫也南北人,芜蔓少耘锄"(《谒文公上方》),也自呼其字,如"有客有客字子美"(《乾元中寓居同谷县作歌七首》其一),但更喜欢自称"杜陵野老"或"杜陵野客",如"长安苦寒谁独悲,杜陵野老骨欲折"(《投简咸华两县诸子》)、"杜陵野客人更嗤,被褐短窄鬓如丝"(《醉时歌》)。京兆杜陵(今陕西西安东南)是他的郡望,承载着家族的荣耀,所以他一生念念不忘,而他的祖籍在襄阳(今属湖北),出生地是巩县(今属河南)的南瑶湾村。他的朋友,或称他为杜二,如李白有诗《鲁郡东石门送杜二甫》、严武有诗《寄题杜二锦江野亭》,高适有诗《人日寄杜二拾遗》,因为杜甫排行为二。在世期间,他的同僚在应酬时多称他为杜拾遗——他曾做过一年左右的左拾遗;故去之后,文人多称他为杜工部——实际上没能到京都赴任。

　　开元二十九年(741)寒食节的那天,三十岁的杜甫写下《祭远祖当阳君文》。他的远祖当阳君,就是杜甫的十三叶祖,曾任西晋驸马都尉、镇南大将军,封当阳县侯的杜预。在整个家族中,杜甫念念不忘这位先祖,经常在诗文中写出来让世人景仰,同时用来激励自己。此外,每每提及自己的祖父,诗人就倍感自豪,称"吾祖诗冠古"(《赠蜀僧闾邱师兄》),还说"诗是吾家事"(《宗武生日》),他的祖父就是与李峤、苏味道、崔融合称"文章四友"的杜审言。至于

1

杜甫的父亲杜闲,我们所知道的仅仅是他曾经做过武功县尉、奉天县令、兖州司马。

人们历来都把杜甫的诗歌看成历史的见证,所以杜诗有"诗史"一说。《新唐书·文艺传·杜甫传赞》云:"(杜)甫又善陈时事,律切精深,至千言不少衰,世号'诗史'。"后来清人仇兆鳌在《杜诗详注》序言中总结说,宋人"称杜为'诗史'",明人"推杜为'诗圣'",称"诗圣"是因为杜甫立言忠厚,可以垂教万世。杜诗"诗史"的价值,已毋庸赘言,但杜诗之所以号称"诗史",并非杜甫一开始就立意写出史诗,而是更多的从个人的经历中去感受时代的变迁,所以较早赋予杜诗"诗史"的《本事诗》说:"杜(甫)逢禄山之难,流离陇蜀,毕陈于诗,推见至隐,殆无遗事。故当时号为'诗史'。"可见孟棨等人认为,杜诗之所以为"诗史",首先在于把杜甫个人的经历全面展示出来了。杜甫的诗歌,既是诗史,也是他个人眼中的历史。这些历史,首先是"老杜"个人的历史。今天我们对于杜甫行踪的了解,往往是从他的诗文推断出来的。

晚年流落在夔州时,杜甫写了一首回忆往事的长诗即《壮游》。从这首近乎自传的诗中,我们初步获知了他的成长轨迹,比如七岁学作诗,九岁练习书法,十四五岁开始与文士交游,酷爱饮酒,二十岁外出漫游江南,姑苏台、阖闾墓、剑池、长洲、吴太伯庙、鉴湖、剡溪等这些直到他晚年还念念不忘的历史名迹,都是在这期间与他相逢。当然,令我们惊讶的还有这句"至今有遗憾,不得穷扶桑"——他似乎一直有个梦想,那就是泛海东去。二十四岁那年,他从吴越匆匆回到洛阳,参加进士考试。虽然没有考取,但诗人也没有把这次失败放在心上。他继续兴致勃勃地游览齐赵,裘马轻狂地度过了好几年的快意时光,也留下了《望岳》这样的佳作。大约在开元的最后一年,杜甫回到洛阳,随即与司农卿杨怡之女结婚。

刚入天宝年初,杜甫的父亲和二姑就先后离世了,这对杜甫来说是一个很大的打击。杜甫在《唐故万年县君京兆杜氏墓志》中说,他小时候寄养在二姑家,有一次他与二姑的儿子同时病倒,巫医告诫,睡在房柱子东南方就可能痊愈,二姑的儿子原本就睡在那个地方,这时便与杜甫调换了位置。时隔不久,杜甫痊愈了,二姑的儿子却死去了。多年以后,每念及这件事,诗人都情不能已,这种片段的记忆反复强化,也让他感觉到自己从小体弱多病。如天宝十三载(754),杜甫在长安进献《封西岳赋》,在《进封西岳赋表》文中就介绍自己"少小多病,贫穷好学"。虽然他的母亲早早去世,但童年留给他的也不全是阴影,无忧无虑依然是主旋律,尤其是到了晚年,经过筛选而留存在记忆中的,只是欢乐了。五十岁困居在成都草堂的杜甫,在《百忧集行》中这样描述那段温馨的时光:"忆年十五心尚孩,健如黄犊走复来。庭前八月梨枣熟,一日上树能千回。"

杜甫后来经常回忆和想念的,还有诗人李白,看看这些诗题——《春日忆李白》《冬日有怀李白》《天末怀李白》《梦李白》——我们就一目了然。天宝三载(744)春夏之间,杜甫在洛阳结识了名满天下的李白,这时杜甫三十三岁,李白四十四岁。从他写给李白的一首诗《赠李白》中,我们得知他们曾结伴去求仙访道。据说在这年秋天,两个人越过黄河,去王屋山寻找道士华盖君。谁知走到途中,竟然得到华道士已经仙逝的消息,两个人只好惆怅而返,后来李白去了陈留,杜甫到了梁宋。不久,李白又赶到梁宋,此时高适也来到这里——五年前,杜甫在汶上和他已经结识——三人登高射猎,饮酒赋诗,我们可以想见当初他们应该是何等的意气风发。不过,晚年落魄时的杜甫回忆起来却不免歔欷与郁悒。他在《昔游》中开篇就说:"昔者与高李,晚登单父台。寒芜际碣石,万里风云来。桑柘叶如雨,飞藿共徘徊。清霜大泽冻,禽兽有余哀。"在他的脑海中,鲜丽的色彩全部随着岁月褪去,只剩下漠漠与萧索。有相聚就有分离。第二年,高适要南行,李白要到齐州紫极宫领受高天师的"道箓",杜甫则要继续漫游齐赵,三人就此分手。奇妙的是,杜甫在拜谒李邕之后来到兖州,又遇见了从任城而来的李白。这是两人的第三次相聚,也是最后一次相聚。这次相聚,使我们在李白的诗集中见到了他专门写给杜甫的两首诗:《鲁郡东石门送杜二甫》《沙丘城下寄杜甫》。

　　天宝五载(746),杜甫来到长安,开始求职。这一时期出现在他诗中的有郑虔、岑参等文人墨客,也有驸马郑潜曜、汝阳王李琎等豪门权贵。第二年,玄宗下诏"欲广求天下之士,命通一艺以上皆诣京师。李林甫恐草野之士对策斥言其奸恶,建言'举人多卑贱愚聩,恐有俚言污浊圣听',乃令郡县长官精加试练,灼然超绝者,具名送省,委尚书覆试,御史中丞监之,取名实相副者闻奏。既而至者皆试以诗、赋、论,遂无一人及第者。林甫乃上表贺野无遗贤"。杜甫也成为这场闹剧的受害者。天宝十载(751),唐玄宗祭祀玄元皇帝(老子)、太庙及天地,大赦天下。杜甫一口气献上《朝献太清宫赋》《朝享太庙赋》《有事于南郊赋》三大礼赋,引起了玄宗的关注。《新唐书·杜甫传》浓重地记下了一笔:"帝奇之,使待制集贤院,命宰相试文章。"这样的考试让杜甫倍感荣耀,多年以后他回忆起当时的场面,还心潮澎湃,《壮游》诗说:"天子废食召,群公会轩裳。"《莫相疑行》亦云:"忆献三赋蓬莱宫,自怪一日声辉赫。集贤学士如堵墙,观我落笔中书堂。"但结果还是没有结果。更令人沮丧的是,天宝十三载(754),杜甫再上《封西岳赋》《雕赋》时,唐玄宗已没有丝毫的反响了。

　　在此期间,杜甫曾不断地投诗给大人物,希望被汲引,现存的作品中就有《赠翰林张四学士》《赠韦左丞丈济》《奉赠鲜于京兆二十韵》等。生活残酷的一面逐渐展现在他眼前。在《奉赠韦左丞丈二十二韵》中，他总结了自己艰辛的求职生涯："骑驴三十载，旅食京华春。朝扣富儿门，暮随肥马尘。残杯与冷炙，到处潜悲辛。"前人评论说，杜甫的这首诗"皆是陈情告诉之语，而无干望请谒之私，词气磊落，傲兀宇宙，以见公虽困顿之中，英锋俊彩，未尝少挫也"（董养性《杜工部诗选注》）。其实，这首诗本身就是干谒之辞，只不过没有曲意讨好对方，也没有有意贬低自己，故意装出一副阿谀奉承、俯首乞怜的模样。我们应该注意的是，诗人的心态是随着时间的流逝而不断变化的。刚进入长安求职的那一年除夕，他乐观自信，大呼小叫地在旅店通宵赌博，声称"英雄有时亦如此，邂逅岂即非良图"。五年后，即天宝十载（751），他在李林甫女婿杜位家守岁，焦急中不免有些烦躁了："四十明朝过，飞腾暮景斜。谁能更拘束，烂醉是生涯。"（《杜位宅守岁》）石间居士认为这四句"是旷达语，非牢骚语。既不为守岁俗情所拘，亦不为杜位宅第所拘，厌恶、感慨之心从何而有"（《藏云山房杜律详解》）。四十岁的杜甫，还没能进入仕途，也看不到任何能够进入仕途的希望，在新年到来之际，又如何不会有感慨呢？关于杜甫的生卒年月，我们往往将这首诗作为重要的推断依据。

困守长安十年之久的杜甫，甚至开始为隐居做准备。他在下杜城（今西安市南）附近买来住房，把家属（包括两个儿子宗文、宗武）接过来和自己住在一起，过上了村居生活。但这样的隐居生活是需要一定的物质基础的，杜甫在老家虽然有几亩薄田，但也没有能力支撑这一家人在首都附近生活。万般无奈之下，杜甫将家属送到奉先县暂住，那里的县令是他夫人的娘家亲戚，杜甫自己偶尔也到邻县白水的舅父家蹭饭。此后，他经常往来于长安、奉先与白水之间。直到天宝十四载（755）十月，杜甫终于被任命为河西（陕西合阳附近）县尉，这与他的理想相去甚远，虽然窘困之至，但他还是毫不犹豫地拒绝了这个职位。后来改任右卫率府曹参军，他迫于生计接受了任命,只是回首往事,想起多年的挣扎与煎熬,他在风中不免有些凌乱,不知道是该喜还是该悲。

一个月后,杜甫回家探亲,一路上看到饿殍遍野,而骊山上唐玄宗正与杨贵妃在华清宫通宵饮酒作乐。回到家中,又有噩耗等着他:幼子竟然因为冻饿而死。诗人出于愤怒,写下了《自京赴奉先县咏怀五百字》,由于情绪过于激动,这首巨制长篇其实章法并不严谨。清人查慎行评论说:"叙事言情,不伦不类,拉拉杂杂,信笔直书,作者亦不自知其所以然,而家国之感、悲喜之绪,随其枨触,引而弥长,遂成千古至文,独立无偶。"(刘濬《杜诗集评》引)诗人尚未知晓的是,在他发出愤怒呼声的时候,安史之乱已经在范阳爆发了。

天宝十五载(756)二月,杜甫从奉先县返回长安任所。由于形势岌岌可危,三个月后他又回到奉先,把一家大小接到白水的舅父家。不久,潼关失守,白水随之沦陷。一片慌乱之中,杜甫带着家人向北逃亡。此时他们犹如惊弓之鸟,马不停蹄,昼夜兼行,恐惧使他们已经感受不到疲惫与饥饿。诗人一度落入草坑中,他的重表侄已经骑马前行了十几里,发现诗人失踪,沿路寻找,大声呼叫,终于找到了他。到达鄜州后,诗人把家人安顿在城北三十里的羌村,自己满怀杀敌报国的壮志激情,投奔在灵武即位的唐肃宗,在途中却为叛军所俘获,押解至长安。突如其来的天崩地裂,使杜甫的诗歌创作迎来了一个高潮。就在羁留长安期间,他写下了《哀王孙》《悲陈陶》《悲青坂》《春望》《哀江头》《月夜》等名篇。

至德二载(757)春天,杜甫躲进大云经寺,溜出金光门,从长安逃了出来,沿着崎岖山道,跑到了凤翔。胜利大逃亡使诗人欣喜万分,"所亲惊老瘦,辛苦贼中来","生还今日事,间道暂时人"(《喜达行在所三首》)。他既有再世为人的恍惚,更有回归朝廷的自豪。唐肃宗十分感动,任命他为左拾遗。就在成为左拾遗的当月,他上疏为罢相的房琯辩解，肃宗勃然大怒，下诏三司（刑部、御史台、大理寺）去审问他居心何在。幸亏宰相张镐等人相救，才使得他免遭处罚。三个月后，肃宗便打发诗人去探亲。《新唐书》杜甫本传的叙述是："（杜）甫家寓鄜，弥年艰窭，孺弱至饿死，因许甫自往省视"。

至德二载闰八月，诗人离开临时首都凤翔，北归鄜州羌村探望妻儿，这促发他写下了名篇《北征》。苏东坡感叹说：古往今来的诗人很多，而唯以杜子美为首，为什么呢？那是因为老杜虽然饥寒流落，但一饭未尝忘君。《北征》就是一首识君臣大体、忠义之气可与秋色争高的佳作。后世书生常说老杜"每饭不忘思君"，也就是从这里开始的。不过，我们应该知道，杜甫所忠之君，并不仅仅是某个君王，而是整个国家。他感动后人之处，不仅在于他自己始终牢记着个人的使命，还在于他认为每一个臣民在任何环境中也不应该忘记这一职责。这种使命感、责任感，而不是哗众取宠的指责与批评，才是杜甫精神的实质。让我们深为感动的诗篇，还有杜甫见到家人后所写的《羌村三首》。所谓"重剑无锋，大巧不工"，豪华落尽，返璞归真，说的就是这些诗篇了。这年九月，朝廷收复长安，杜甫率领妻子儿女回到长安，继续担任他的左拾遗，并与同僚唱和。如《奉和贾至舍人早朝大明宫》等诗，显示了经常出入禁省所带来的华贵雍容气象。

此时朝廷风云变幻，政局动荡，杜甫亦被迫卷入其中。至德三载亦即乾元元年（758）六月，房琯贬邠州刺史，严武贬巴州刺史，杜甫也被撵出京城去华州担任司功参军。一年之前，他从金光门成功逃亡，成为左拾遗；一年之后，长安光复了，他又被撵出金光门。这又如何让他不伤感。这年年底，杜甫回洛阳老家探望。次年三月，返回华州途中，适逢郭子仪等九节度为史思明所败，溃于相州。诗人目睹了战争的惨烈与官军的腐败，写下了《新安吏》《潼关吏》《石壕吏》《新婚别》《垂老别》《无家别》等。回到华州之后，四十八岁的他便辞官而去,携带一家老小前往秦州(甘肃天水)。辞官后生活显然并不轻松,一方面诗人确实还沉浸在辞官后的恍惚之中,不断地怀念贾至,怀念严武,怀念郑虔,另一方面,他不得不直视日常的油盐酱醋,努力寻找着安居之所。但秦州让他失望了,于是他奔向同谷。《发秦州》十二首纪行诗,流露了浪迹天涯的凄苦;而《乾元中寓居同谷县作歌七首》则展示了他一生中最为黯淡艰苦的惨状。困境中的老杜茫然四顾,何处是他的安身之所,何人是他的依靠?"无食问乐土,无衣思南州"(《发秦州》),四川有很多老朋友,又远离战火,看来就是他的乐土。这年十二月一日,老杜一家又踏上征程,不解决衣食问题,他就要不停地奔波在旅途之中。

历经千辛万苦到达成都的杜甫,终于过上了几年安稳的生活。上元元年(760)春天,在老朋友彭州刺史高适及表弟王司马的帮助之下,诗人在成都西郊的浣花溪旁建造起了草堂。草堂虽然简陋,生活依然艰苦,但一家人开开心心团聚在一起,自然也有道不尽的幸福,"老妻画纸为棋局,稚子敲针作钓钩"(《江村》),"昼引老妻乘小艇,晴看稚子浴清江"(《进艇》)。更何况邻里和谐,民风淳朴,多有素心人相往来。于是我们看到了《春夜喜雨》《江畔独步寻花七绝句》这种安逸闲适的诗篇。可惜这样的日子没能长久。他的悠闲是建立在友人大力资助的前提下,而这种资助并不稳定。一旦有变故,一家七八口人——他的妻子、三弟、两个儿子、两三个女儿的生计都会存在问题。诗人说他曾经参加劳动,但对他而言这显然不是谋生的手段,只是休闲的方式。因此,草堂的生活并不总是浪漫的。在窘困之中,在生活的压力下,笑也勉强。而当暴风将屋顶的茅草卷走之时,诗人连勉强的笑容也挤不出来了。

上元元年年底,严武任成都尹兼剑南节度使。在他的资助下,杜甫翻修了草堂。不久玄宗、肃宗先后去世,严武调回京城,成都发生叛乱,杜甫带着妻子儿女漂泊到梓州与阆州。直到广德二年

(764)，严武重新担任剑南东西川节度使，杜甫才回到成都草堂。这年六月，在严武的推荐下，朝廷任命杜甫为节度使署中参谋，杜甫盛情难却，也为了缓解家中的经济压力，硬着头皮上任了。杜甫早年患有疟疾与肺病，如今"白头趋幕府"（《正月三日归溪上有作简院内诸公》），工作枯燥，与同僚相处并不愉快，次年正月他就辞职回到了草堂。后来严武又奏请他为检校工部员外郎，于是杜甫在永泰元年（765）春夏之交离开成都，准备上京赴任。他沿岷江而下，经嘉州、戎州、泸州、渝州、忠州而抵达云安。

在云安因病休整一段时间后，杜甫于大历元年（766）的暮春移居夔州，在这里停留了一年零八个月，留下了四百五十余首诗，是诗人创作生涯的顶峰时期。这些诗歌在形式上多为近体，内容上多为历史的总结和人生的反思。由于夔州都督柏茂琳的照顾，杜甫这一年多的生活也算平稳。他在那里种植了大片稻田和果园，甚至还有了不少仆人，在诗歌中提到的就有阿段、信行、伯夷、辛秀等。不过在诗人看来，夔州虽好，也非久留之地，晚年的杜甫思乡之情日益浓厚。大历三年（768）春天，杜甫带全家乘船出峡，来到江陵。在江陵盘桓一段时间后，他继续东下岳阳，写下了我们所熟知的《登岳阳楼》。历来人们从各个方面来叙述这首诗的妙处，有称颂境界的，有赞誉胸襟的，不一而足。还是《杜工部诗通》说得最为平实："此诗百代诗人所共推服，无他，以实气对实景，写实情尔。"他认为这首诗歌动人之处就在于实话实说。诗人一心希望叶落归根，但战争不断，他有家难回。大历四年（769）春，杜甫继续南行，从岳阳漂到潭州（长沙），从潭州漂到衡州（衡阳），又返回潭州，差不多是以船为家了。大历五年（770）四月，潭州发生兵变，杜甫再逃往衡州，准备前往郴州，行至耒阳时，为暴涨江水所困阻，县令聂某派人送来酒肉。在耒阳稍作停留，诗人终究不愿南下，于是再次折回了潭州，想要回归襄阳。这年秋冬之际，在潭州往岳阳的船上，他写下绝笔诗《风疾舟中伏枕书怀三十六韵奉呈湖南亲友》。

杜诗版本繁多，但多源于北宋王洙、王琪所编《杜工部集》。是书原有二十卷，前十八卷存诗一千四百一十首。1957 年，张元济主持印行原潘氏滂喜斋旧藏《宋本杜工部集》，列为《续古逸丛书》第四十七种。2015 年，谢思炜之《杜甫集校注》（上海古籍出版社）亦即以此商务印书馆影印《宋本杜工部集》为底本，参校钱谦益《笺注杜工部集》（清康熙六年静思堂刻本）、宋郭知达《新刊校定集注杜诗》（中华书局影印南宋宝庆元年曾噩刊本）、宋蔡梦弼《杜工部草堂诗笺》（《古逸丛书》影印覆麻沙本）。2014 年，萧涤非主编、张忠纲统稿《杜甫全集校注》，也以影印《宋本杜工部集》为底本，另参校钱钞本、南宋残本、宋九家本、宋十注本等十四种及《太平御览》《文苑英华》《乐府诗集》《永乐大典》等，共收录杜诗一千四百五十五首（重出一首，实为一千四百五十四首）。本书也以《宋本杜工部集》为底本，吸收上述两种今人校订成果，补上《杜甫全集校注》所遗之《杜鹃行》一首，收录杜诗一千五百五十五首。为简约起见，仅在注释中指出部分文字的异同，且不作版本来源的说明。又，为了更好地展示杜诗的原貌，根据具体情况，我们保留了诗句中的一些异体字或繁体字。

本书的杜诗编年，以杨伦《杜诗镜铨》和萧涤非主编、张忠纲统稿《杜甫全集校注》为基础，吸收今人研究成果而加以斟酌。其题解则学习陈贻焮《杜甫评传》之解读方法，以疏通大意为主，不作蹈空之论，不求言外之意，不与史实一一印证，不作所谓艺术特色之剖析。其注释则为简注，大凡必要注解的典故、名物，尽量指出原始出处，但不作过多说明，不作重复注解。可能产生歧义的诗句，一般在题解中阐明，也不另作诠释。其汇评之数，限于一至三则，往往采录于单复《读杜诗愚得》、张𬘡《杜工部诗通》、邵宝《邵二泉先生分类集注杜诗》、汪瑗《杜律五言补注》、卢世㴶《杜诗胥钞》、王嗣奭《杜臆》、金圣叹《唱经堂杜诗解》、顾宸《辟疆园杜诗注解》、陈式《问斋杜意》、吴见思《杜诗论文》、张溍《读书堂杜诗注解》、张远《杜诗会粹》、黄生《杜工部诗说》、吴瞻泰《杜诗提要》、仇兆鳌《杜诗详注》、汪灏《树人堂读杜诗》、浦起龙《读杜心解》、夏力恕《杜诗增注》、杨伦《杜诗镜铨》、边连宝《杜律启蒙》、刘濬《杜诗集评》、石闾居士《藏云山房杜律详解》、赵星海《杜解传薪》等，而引用尤以仇兆鳌、黄生、浦起龙、吴瞻泰、王嗣奭、金圣叹、李因笃、边连宝等人所评为夥。

是书耗时之久，始料未及，好在前期的大量工作由鲁林华协助完成，而所编《杜甫学术档案》已经先行出版，所整理之《杜律发挥》《杜律详解》也接近完工。最后，我务必要感谢陈金鑫编辑。一年多来，她的认真与细致，使我避免了许多舛误。

闵泽平
二〇二〇年三月于浙江海洋大学

目　录

9

望　岳

岱宗夫如何，齐鲁青未了^①。造化钟神秀，阴阳割昏晓。荡胸生曾云，决眦入归鸟^②。会当凌绝顶，一览众山小^③。

【题解】

开元二十四年(736)，应举不第的杜甫漫游齐赵，至泰山而赋此诗。诗人虽不遂风云之志，但胸中不仅毫无芥蒂，反而愈挫愈勇，故来到人文圣地即生发出万丈豪情。其见崔嵬之泰山矗天而立，横亘于齐鲁大地，层云迭见，飞鸟出没，有无限神奇峻秀，便拟想登于绝顶之上更会有何等风光，亦即憧憬其功成名遂之际人生会是何等壮丽。青年杜甫之激情与壮志，可窥一斑。

【注释】

①《风俗通义·山泽》："《诗》云：'泰山岩岩，鲁邦所瞻。'尊曰岱宗。岱者，长也。万物之始，阴阳交代，云触石而出，肤寸而合，不崇朝而遍雨天下，其惟泰山乎？故为五岳之长。"《史记·货殖列传》："泰山之阳则鲁，其阴则齐。"

②曾：一作"层"。

③凌：原作"临"，据他本改。《孟子·尽心上》："孔子登东山而小鲁，登泰山而小天下。"

【汇评】

吴见思《杜诗论文》卷一：题是望岳，未到之时，先有一岱宗奇境于胸中，故心口商度，曰"岱宗夫如何"也。乃行至于齐，而始见黛色；乃行至于鲁，而黛色依然，故曰"青未了"也。写岱宗之高，望见之远，此乃造化所钟之神秀，应"岱宗夫如何"。而昏晓之间，刻刻变色，应"青未了"。"割"，犹分也。又言胸中开豁，以见天际层云之晓生，凝望精专，直至暮天归鸟而后止耳。安得一登绝顶，而睹众山之培塿乎？此始终止望得岱宗之青色，而未登岱宗也。

1

仇兆鳌《杜诗详注》卷一：此望东岳而作也。诗用四层写意：首联远望之色，次联近望之势，三联细望之景，末联极望之情。上六实叙，下二虚摹。岱宗如何，意中遥想之词。自齐至鲁，其青未了，言岳之高远。拔地而起，神秀之所特钟。矗天而峙，昏晓于此判割。二语奇峭。

浦起龙《读杜心解》卷一之一：公望岳诗凡三首，此望东岳也。越境连绵，苍峰不断，写岳势只"青未了"三字，胜人千百矣。"钟神秀"，在岳势前推出；"割昏晓"，就岳势上显出。"荡胸""决眦"，明逗"望"字。末联则以将来之凌眺，剔现在之遥观，是透过一层收也。

登兖州城楼

东郡趋庭日，南楼纵目初①。浮云连海岱，平野入青徐②。孤嶂秦碑在，荒城鲁殿余③。从来多古意，临眺独踟蹰。

【题解】

开元后期，杜甫之父杜闲曾为兖州（今属山东）司马。诗人此时漫游齐鲁，亦为省亲。登上兖州南楼，极目远眺，见白云萦绕于泰山、渤海之间，空旷的原野一直延伸到青州、徐州之境，如此壮美大观，不由引发慷慨之意；又念及兖州底蕴深厚，古迹甚多，近处即有秦之石刻与汉之宫阙，顿生沧海桑田之感。此诗为杜甫现存最早之五律，多为人所取法。论者多以为前摹景，后感怀，其实不必分作两截。一空间，一时间，均瞩目于兖州，意在凸显当地文化之特质。

【注释】

①《论语·季氏》："（孔子）尝独立，鲤（孔丘之子伯鱼）趋而过庭。曰：'学诗乎？'对曰：'未也。''不学诗，无以言。'鲤退而学诗。他日，又独立，鲤趋而过庭。曰：'学礼乎？'对曰：'未也。''不学礼，无以立。'鲤退而学礼。"

②海岱：渤海与泰山。岱，一作"岳"。青徐：青州与徐州，均与兖州接壤。

③《史记·秦始皇本纪》:"二十八年,始皇东行郡县,上邹峄山,立石,与鲁诸儒生议,刻石颂秦德。"邹峄山,在今山东邹城东南。王延寿《鲁灵光殿赋》序:"鲁灵光殿者,盖景帝程姬之子恭王馀之所立也……遭汉中微,盗贼奔突,自西京未央、建章之殿皆见隳坏,而灵光岿然独存。"鲁灵光殿,遗址在今山东曲阜。

【汇评】

张綖《杜工部诗通》卷一:尝疑此诗亦非在省亲时,恐是后来游兖州登城思其亲而作。是谓我当时东郡趋庭之日,登此南楼之初,纵目之下,见云连海岱,野入青徐,今孤嶂、秦碑尚在,荒城、鲁殿仍余,其景皆犹夫昔也,而吾亲不可见矣。夫从来已多古意,况此临眺又怀思亲之感,此所以独踟蹰也。曰"日",曰"初",曰"从来",皆是之辞。如此说似亦可通,姑记于此,以俟知者详焉。盖此诗老成沉郁,疑非少作。

黄生《杜工部诗说》卷四:前半登楼之景,后半怀古之情。"连"字即仄声"接"字。凡诗用单字在中间者,谓之实眼句。兖州,山东之名郡,写染稍不相称,其诗便不足传。然则非海岱、青徐、秦碑、鲁殿,孰可供其驱使哉?第一种语既为公道去,后人自不能再作第二首。与《岳阳楼》诗,皆杜公善据胜处,其陵轹千古,非无故也。

吴瞻泰《杜诗提要》卷七:杜诗雄奇幽险,无所不备。此作格局正大,有冒,有束,有承,有转,有开,有阖,庄重不苟。至其寓含蓄于行间,寄感慨于言外,则又飞舞纵横,人所不得而测者也。

题张氏隐居二首

其一①

　　春山无伴独相求,伐木丁丁山更幽②。涧道余寒历冰雪,石门斜日到林丘③。不贪夜识金银气,远害朝看麋鹿游④。乘兴杳然迷出处,对君疑是泛虚舟⑤。

《旧唐书》李白本传载其曾与鲁中诸生张叔明等隐于徂徕山,时号为"竹溪六逸"。论者或以为杜甫此诗所言张氏,即隐居徂徕山之张叔明,如此则诗当作于杜甫漫游齐鲁之日。诗人先从对方说起,写独居春山的张氏见到远道而来的友人十分欣喜,故以盛情款待;再回头叙述自己此行之艰难:登高丘,穿深林,涉寒涧,过石门,借以烘托张氏居所之幽僻,趁势颂赞对方恬淡之胸次;最后又以自己乘兴而来,为桃源般的景致所沉醉,表达出对张氏幽居生活的向往。泛虚舟,当指诗人在对方决绝隐退的态度对照之下,心性不定如不系之舟。

【注释】

①其一:底本无,为编者所加。下同。

②山:一作"日"。《诗·小雅·伐木》:"伐木丁丁,鸟鸣嘤嘤。出自幽谷,迁于乔木。嘤其鸣矣,求其友声。相彼鸟矣,犹求友声。"《毛诗序》:"《伐木》,燕朋友故旧也。"

③道:一作"鸟"。

④《南史·隐逸传》:"(孔)道徽父祐,至行通神,隐于四明山,尝见山谷中有数百斛钱,视之如瓦石不异。采樵者竞取,入手即成沙砾。"仇兆鳌注引《关中记》:"辛孟年七十,与麋鹿同群,世谓鹿仙。"

⑤出:一作"去"。《太平御览》卷四一一引《幽冥录》载,东汉刘晨、阮肇在天台山采药迷路,误入桃源洞,被两仙女邀至家中,半年后返回,子孙已过七代。

【汇评】

张性《杜律演义》前集:公言独行春山以寻访张君,闻伐木之声,而山意更幽,见隐居之深僻,亦兼《伐木》篇求友之事。春山而洞道犹寒者,冰雪未消之故,公则历冰雪而行。石门深杳,斜照方能及之,公到林丘,正日斜之时。因美张公惟能不贪,故夜间常识宝气;惟能远害,故见向时贵盛之家,一朝麋鹿游其地。或云远害而与麋鹿游,意亦通。末言我乘兴而来,乍入此隐居,其心已杳然而出处两忘矣。对张君同坐,知其不贪而远害,不为名利所绊,若虚舟无系而往回自在,公盖心醉而神服也。前四句记来访隐居之事,后四句美张君而致叹焉。

　　黄生《杜工部诗说》卷八:前半写相访之景,后半写所访之人。七应前四句,八应后二句。起本《诗》求友意,用次句"伐木丁丁"字醒之。三、四言历涧道冰雪尚有余寒,到石门林丘已见斜日,琢句以混装见巧,又以"历"字、"到"字再醒"独相求"意。五、六言惟不贪,故非分之金无所取;惟远害,故在野之物可同游。利、害两皆无心,是虚己以游于世者也,故七、八云云,言本乘兴而来,及对君如睹世外之人,逢世外之境,遂窅然迷其出处焉。"夜识金银气",非实事,只形容其可取不取耳,诗家不妨以无为有也。"利""害"二字从来不相离,忮则必求利,必生害,理所固然,故惟"不贪",始能"远害"。"窅然"字、"迷"字、"虚舟"字,皆本《庄子》,而语意则暗用桃源事,熔铸入化。

其二

　　之子时相见,邀人晚兴留①。霁潭鱣发发,春草鹿呦呦②。杜酒偏劳劝,张梨不外求③。前村山路险,归醉每无愁。

【题解】

　　诗中言"时相见""每无愁",可见是多次往来后所题之诗,自当与前篇并非同时而作。来往既多,情感渐渥,语气便亲切而随意,与前篇之客气、谨重亦迥然有别。表面看来,诗中尽是埋怨之意。埋怨对方每次都反复挽留,使自己归家甚迟;埋怨对方每次都让自己醺醺然而归,全然不顾山路之崎岖。但正是这种责怪的语气,使读者可以想见他们关系之亲密。"杜酒""张梨"两句,切合宾主双方姓氏,尤显得风趣而灵巧。

【注释】

　　①《汉书·五行志》:"成帝时童谣曰:'燕燕尾涎涎,张公子,时相见。'"

　　②霁:一作"济"。《诗·卫风·硕人》:"施罛濊濊,鱣鲔发发。"发发,众多的样子。《诗·小雅·鹿鸣》:"呦呦鹿鸣,食野之苹。"

　　③杜酒:杜康善酿酒。王楙《野客丛书·杜撰》:"仆又观俗有杜田、杜园之说。杜之云者,犹言假耳。如言自酿薄酒,则曰杜酒。"潘岳《闲居赋》:

"张公大谷之梨,溧侯乌椑之柿,周文弱枝之枣,房陵朱仲之李,靡不毕植。"

【汇评】

单复《读杜诗愚得》卷一:此诗言张氏时相见而以晚兴见留。"霁潭""春草"言晚兴,"求梨""劝酒"言邀留,而以醉归无愁结之。此足以见宾主相敬之深,礼意之厚也。

陈诂《读杜随笔》卷上:前首从山行景趣,结到乘兴对君。次首从相见款留,结到归路无愁。两首回环,共为首尾。公连章诗每用此格,亦一定章法也。

纪容舒《杜律详解》卷一:本一时所作,文意相承。前首言日斜始到,则已向晚矣;张具酒邀公,公遂乘兴而留。"晚兴留"三字,是一篇之主。

刘九法曹郑瑕丘石门宴集①

秋水清无底,萧然静客心②。掾曹乘逸兴,鞍马到荒林③。
能吏逢联璧,华筵直一金④。晚来横吹好,泓下亦龙吟⑤。

【题解】

开元后期,杜甫省亲兖州,在石门参加附近官吏所举行的一次宴集后,写下此诗。宴集的时间是秋天,宴集的主角是刘、郑两位官吏。诗人先渲染秋水之澄澈以营造萧散之氛围,然后以重笔描绘刘法曹之蹁跹而至,顺势引出郑姓官人,最后回到宴集本身,赞叹此次宴会不仅丰盛,而且雅致。金圣叹以为诗歌表现了杜甫的傲然不屑,或求之过深。

【注释】

①法曹:《新唐书·百官志四下》:"法曹司法参军事,掌鞫狱丽法、督盗贼、知赃贿没入。"瑕丘:县名,唐时隶属关系几经变更,但均为州、府、郡治所。今属山东济宁兖州区。石门:山名,在今山东平阴县,时属兖州府。

②静:一作"净"。

③掾曹:掾吏。汉以曹官为掾,如屋之有椽。乘:原作"承",据他本改。

到荒林:原作"去相寻",据他本改。

④《周书·韦孝宽传》:"(韦)以功除浙阳郡守。时独孤信为新野郡守,司荆州,与孝宽情好款密,政术俱美,荆部吏人号为联璧。"《史记·平准书》"一黄金一斤"司马贞《索隐》引臣瓒云:"秦以一镒为一金,汉以一斤为一金。"

⑤横吹:横笛。《初学记》卷二八引刘孝先《咏竹诗》:"谁能制长笛,当为吐龙吟。"

【汇评】

金圣叹《唱经堂杜诗解》卷一:题中无"枉"字,又无"陪"字,然则先生不与宴集矣,如何又有此诗?及读"掾曹""能吏"二联,而后知刘乃枉驾,郑乃夤缘。一段幽事,败于俗物,故不复书"枉"书"陪",以明是日身直不在酬酢中。因叹一起一结之妙,正不止于傲然不屑而已。

吴见思《杜诗论文》卷一:"秋水"二句,先从石门说起,惟其净客心,故掾曹乘兴,而鞍马荒林也。能吏联璧,贴刘、郑;华筵一金,贴宴集。下二句总结:横吹,结宴集;泓下龙吟,结石门。龙吟与横吹映带,正见"秋水清无底"也。古人作诗,结构严密,题面字字照还,学者所当留心。

浦起龙《读杜心解》卷三之一:此逐层叙事之诗。一、二石门领起,三指刘,四含郑。"相寻",络绎之义也。五、六叙宴集,下一"逢"字,连己在内。结乃酒酣乐凑之趣,"龙吟"为"横吹"生色,亦与"秋水"相顾。

与任城许主簿游南池①

秋水通沟洫,城隅集小船②。晚凉看洗马,森木乱鸣蝉③。菱熟经时雨,蒲荒八月天④。晨朝降白露,遥忆旧青毡⑤。

【题解】

诗作于杜甫省亲兖州时。秋水涨满南池,南池尽是蒲草。菱角业已成熟,一只小船顺着沟渠悠悠地晃了进来。太阳即将落山,林木中的秋蝉抓住最后时刻拼命叫唤,岸边的洗马人却镇定自若,不紧不慢。看着满天的秋色,与许主簿一同游览的诗人,突然记起明日就是白露。白露到了,寒气来了,乡思也随之萌动了。

【注释】

①任城:今属山东济宁。主簿:郡县令长之佐官,掌文书,理事务。南池:故址在济宁城东南隅。

②集:一作"进"。

③凉:一作"来"。

④时雨:应时的雨水,一作"旬雨"。

⑤忆:一作"想"。《晋书·王献之传》:"(王献之)夜卧斋中,而有偷人入其室,盗物都尽。献之徐曰:'偷儿,青毡我家旧物,可特置之。'"

【汇评】

周紫芝《竹坡诗话》卷一:暑中濒溪,与客纳凉,时夕阳在山,蝉声满树,观二人洗马于溪中。曰:此少陵所谓"晚凉看洗马,森木乱鸣蝉"者也。此诗平日诵之,不见其工;惟当所见处,乃始知其为妙。作诗正要写所见耳,不必过为奇险也。

仇兆鳌《杜诗详注》卷一:上四游池之景,下四悲秋之意。公诗善记节候。此诗"晨朝降白露",明日白露节也。《秦州》诗"露从今夜白",今日白露节也。遥忆旧毡,盖当秋而动乡思矣。

浦起龙《读杜心解》卷三之一:"秋水"二字全提。中四,皆进船之景,句句不脱"秋"字。第七,乃作诗之根。节逢"白露",感触而成也。"忆旧毡",寒意动,乡思亦动矣。

对雨书怀走邀许主簿①

东岳云峰起,溶溶满太虚。震雷翻幕燕,骤雨落河鱼②。座对贤人酒,门听长者车③。相邀愧泥泞,骑马到阶除。

前首绘雨后之景,此诗抒雨中之情,均与许主簿相关。但前首是秋游,此诗作于春夏。前首之雨为应时,此首则是不期而至:乌云密布,惊雷选至,暴雨倾盆。诗人措手不及,困守屋中,独坐无聊,不顾满地泥泞,邀友人前来对饮以解愁闷。

【注释】

①许主簿:原作"许十一簿公",据他本改。

②河鱼:一作"溪鱼"。

③《太平御览》卷八四四引鱼豢《魏略》:"太祖时禁酒,而人窃饮之,故难言酒,以白酒为贤人,清酒为圣人。"《史记·陈丞相世家》:"(陈平)家乃负郭穷巷,以弊席为门,然门外多有长者车辙。"

【汇评】

张溍《读书堂杜诗注解》卷一:起句写山中雨景如画,不可那用。二联写卒风注雨,最奇,最确。三联工而雅。结句合题,又甚真。

浦起龙《读杜心解》卷三之一:八句一滚下,作一幅尺牍看。上四,由"云"而"雷"而"雨",从雨前递到"对雨"也。五、六对酒怀人,所谓"书怀"也。七、八,结出走邀意。

巳上人茅斋①

巳公茅屋下,可以赋新诗。枕簟入林僻,茶瓜留客迟。江莲摇白羽,天棘蔓青丝②。空忝许询辈,难酬支遁词③。

【题解】

诗写杜甫拜访一名高僧的情形。这位巳公在幽静的树林中招待诗人,他把竹席铺在林中,上面摆满了清茶瓜果。两人坐在席子上,对着摇曳的江莲与飘拂的丝草,赋诗衡文,论佛谈理,大是畅快。

【注释】

①上人：即持戒严格而精于佛理的僧人。《释氏要览》引《摩诃般若经》："何名上人？佛言若菩萨一心行阿耨菩提，心不散乱，是名上人。"

②江莲：一作"红莲"。《华严会玄记》："青松为尘尾，白莲为羽扇。"天棘：即天门冬，一种多年生草本攀援植物。蔓：原作"梦"，据他本改。

③许询，字玄度，东晋高阳（今河北蠡县）人。支遁（314—366），字道林，本姓关，东晋陈留（今河南开封）人。《世说新语·文学》："支道林、许掾诸人共在会稽王斋头。支为法师，许为都讲。支通一义，四坐莫不厌心。许送一难，众人莫不抃舞。但共嗟咏二家之美，不辩其理之所在。"

【汇评】

仇兆鳌《杜诗详注》卷一：首联，领起中四。枕簟、茶瓜，茅斋之事，江莲、天棘，茅斋之景，此足以发诗兴者。末以许询自比，以支遁比巳公，盖赋诗而作谦词也。摇白羽，状江莲之飘动，蔓青丝，状天棘之蒙茸。

浦起龙《读杜心解》卷三之一：须识得此诗首尾一贯。巳公当亦能诗者，公盖与之酬和而作也。"可以赋"，两人并提，与结联呼应。"枕簟""茶瓜"，点事也；"白羽""青丝"，固是写景，亦以映带上人麈扇捉拂风致也。中四，都是助发两人诗兴处，故七、八双绾应前。若以"赋新诗"单看作公自赋，则结语为突出矣。

房兵曹胡马①

胡马大宛名，锋棱瘦骨成②。竹批双耳峻，风入四蹄轻③。所向无空阔，真堪托死生。骁腾有如此，万里可横行。

【题解】

此首咏马，亦是诗人自咏，写得凌厉峥嵘，锐气逼人。马之血统，本已高贵之极，而其刀锋般的棱骨与刀削似的双耳，更烘托出它矫健的气势。这样的神骏，驰骋在空阔的大漠之上，横行万里，所向披靡，肯定能建立一番功业。诗当写于早年,展示出青年诗人的自信与胸襟。

【注释】

①诗题原作"房兵曹胡马诗",据他本改。兵曹:即兵曹参军事。《新唐书·百官志四下》:"兵曹司兵参军事,掌武官选、兵甲器仗、门禁管钥、军防烽候、传驿畋猎。"

②大宛:西域三十六国之一,约在今乌兹别克斯坦境内,产名马。《史记·大宛列传》:"初,天子发书《易》,云'神马当从西北来'。得乌孙马好,名曰'天马'。及得大宛汗血马,益壮,更名乌孙马曰'西极',名大宛马曰'天马'云。"瘦:一作"秀"。

③贾思勰《齐民要术》卷六:"(马)耳欲小而锐,如削筒。……(马)耳欲得小而促,状如斩竹筒。"《拾遗记》卷七:"(曹洪)马号曰'白鹄',此马走时,惟觉耳中风声,足似不践地。"

【汇评】

赵汸《赵子常选杜律五言注》卷下:前辈言咏物诗,或粘皮着骨。公此诗,前言胡马骨相之异,后言其骁腾无比,而词语矫健豪纵,飞行万里之势,如在目中。所谓索之骊黄牝牡之外者。区区模写体贴,以为咏物者,何足语此。

张綖《杜工部诗通》卷一:前表其相之异,后状其用之神。四十字间,其种其相,其才其德,无所不备,而形容痛快,凡笔望一字不可得。

浦起龙《读杜心解》卷三之一:此与《画鹰》诗,自是年少气盛时作,都为自己写照。前半先写其格力不凡,后半并显出一副血性,字字凌厉。其炼局之奇峭,一气飞舞而下,所谓啮蚀不断者也。

画　鹰

素练风霜起,苍鹰画作殊①。攫身思狡兔,侧目似愁胡②。
绦镟光堪摘,轩楹势可呼③。何当击凡鸟,毛血洒平芜④。

【题解】

此首咏鹰,也是抒怀言志。前两句是概观,非诗论家所谓倒叙,写观画鹰所带来的震撼,即萧杀之气扑面而至,这是乍看之下的印象。三、四两句具体描绘所画之鹰的神态,写其跃跃欲试的搏击之态与明察秋毫的犀利之眼,这是细观与端详。五、六句称颂画作技艺的高超,绢帛上老鹰栩栩如生,似乎随时可以从绢帛上飞出。结语顺势从画中转到画外,拟想雄鹰翱翔长空、击杀凡鸟的威猛姿态。

【注释】

①素练:白色绢帛。风:一作"如"。

②攫身:竦身。愁胡:胡人深目,状似悲愁;一说取喻胡人之碧眼。王延寿《鲁灵光殿赋》:"胡人遥集于上楹……状若悲愁于危处。"孙楚《鹰赋》:"深目蛾眉,状如愁胡。"

③绦镟:系鸟的绳和环。绦,丝绳。镟,转轴。

④《幽冥录》:"楚文王少时好猎,有一人献一鹰,文王见之,爪距神爽,殊绝常鹰。……俄而,云际有一物凝翔,鲜白不辨其形,鹰便竦翮而升,蠢若飞电,须臾,羽堕如雪,血下如雨,有大鸟堕地,度其两翅,广数十里,众莫能识。"

【汇评】

金圣叹《唱经堂杜诗解》卷一:句句是鹰,句句是画,犹是家常所讲。至于起句之末是画,已先是鹰,此真庄生所云鬼工矣。末句不知其指谁,然亦何必问其指谁? 自当日以至于今,但是凡鸟坏人事者,谁不为其所指?

吴瞻泰《杜诗提要》卷七:善画者意在笔先,善诗者意在言先。此本写画鹰,忽下"素练风霜"一语,遂使鹰之精神全体毕露,然后轻接一语,曰"画作殊",乃上呼下法也。三、四虚写,五、六侧写,无一字黏着,尤妙在拓开作结。虚事偏作实写,若写鹰,却又不是写鹰,若写画鹰,却又若写真鹰,变幻无可端倪。

浦起龙《读杜心解》卷三之一:与《胡马》篇竞爽。入手突兀,收局精悍。起作惊疑问答之势。言此素练也,而风霜忽起,何哉? 由来苍鹰画作,殊绝动人也,是倒插法,又是裁对法,"攫身""侧目",此以真鹰拟画,又是贴身写。"堪摘""可呼",此从画鹰见真,又是饰色写。结则竟以真鹰气概期之,乘风思奋之心,嫉恶如仇之志,一齐揭出。

游龙门奉先寺①

已从招提游,更宿招提境②。阴壑生虚籁,月林散清影③。天阙象纬逼,云卧衣裳冷④。欲觉闻晨钟,令人发深省。

【题解】

诗作于开元年间杜甫东游洛阳之时。游罢龙门石窟,夜里还住在规模最大的石窟——奉先寺中,这是怎样的一种体验呢?诗人觉得他进入了一个清净庄严的世界。月光洒在山林之上,清风徐来,树影婆娑。高卧寺中,星辰似乎就在枕边;夜深凄清,寒意阵阵逼人。一夜酣睡,清晨在钟声中醒来,心胸涤荡,气爽神清,顿生别有天地之感。

【注释】

①龙门:龙门山,在河南洛阳南。《汉书·沟洫志》:"昔大禹治水,山陵当路者毁之,故凿龙门,辟伊阙。"

②招提:梵语,义为"四方",音译为"拓斗提奢",省作"拓提",在汉字传写过程中,因形近而误,作"招提"。北魏太武帝造伽蓝,创招提之名,后代指寺院。

③虚籁:一作"灵籁",指风。

④天阙:一作"天窥",又作"天开""天关""天阔""天阅"等,双峰对峙之状。韦述《东都记》:"龙门号双阙,与大内对峙,若天阙然。"象纬:星象经纬,此指日月五星。

【汇评】

王嗣奭《杜臆》卷一:此诗景趣泠然,不用禅语而得禅理,故妙。初嫌起语浅率,细阅不然。盖人在尘溷中,性真汨没,一游招提,谢去尘氛,托足净土,情趣自别。而更宿其境,听灵籁,对月林,则耳目清旷;逼帝座,卧云床,则神魂兢凛。梦将觉而触发于钟声，故道心之微忽然豁露，遂发深省。

金圣叹《唱经堂杜诗解》卷一：题是《游龙门奉先寺》，及读其诗起二句，却云"已从招提游，更宿招提境"。"已"字、"更"字，是结过上文再起下文之法。今用笔如此，岂此诗乃是补写游以后事耶？然则当时此题，岂本有二诗，而忘其第一首耶？我反覆思之，不得其故。一日无事闲坐，而忽然知之。盖此篇乃先生教人作诗不得轻易下笔也。即如是日于正游时，若欲信手便作，岂便无诗一首，然而"阴壑""月林"之境必不及矣。夫此境若不及，便是没交涉；夫作诗没交涉，便如不曾作。先生是以徘徊不去，务尽其理。题中自标"游"字，诗必成于宿后。如是，使将浅人游山一切皮语、熟语、村语，掀剥略尽，然后另出手眼，成此新裁。杜诗为千古绝唱，洵不诬也。

浦起龙《读杜心解》卷一之一：题曰游寺，实则宿寺诗也。"游"字只首句了之，次句便点清"宿"字。以下皆承次句说。中四写夜宿所得之景，虚白高寒，尘府已为之一洗。结到"闻钟""发省"，知一宵清境，为灵明之助者多矣。"欲觉"正与"更宿"呼应。

过宋员外之问旧庄① 员外季弟执金
吾见知于代，故有下句

宋公旧池馆，零落首阳阿②。枉道祗从入，吟诗许更过③。淹留问耆老，寂寞向山河④。更识将军树，悲风日暮多⑤。

【题解】

开元二十九年(741)，杜甫从齐鲁归来后，筑陆浑庄于洛阳东之首阳山下。杜甫祖父杜审言之坟墓在首阳山，与杜审言齐名的宋之问曾有别业在附近，故诗人枉道而入，前去凭吊。宋氏于诗人为隔代，去世已久，当日之山庄也早荒芜，难觅旧时模样。他唯有去访求于耆老，才能得其仿佛，而看着眼前荒凉萧索之状，心中不免有些凄怆。诗原注云："员外季弟执金吾，见知于代，故有下句。"论者或以为结语即指宋之问之弟，曾官右羽林将军的宋之悌。

【注释】

①宋之问（656—712），字延清，一名少连，汾州（今山西汾阳）人，一说虢州弘农（今河南灵宝）人，上元二年（675）进士及第，历官考功员外郎等，有陆浑别业于洛阳西南，赋诗《寒食还陆浑别业》《陆浑山庄》等。

②首阳：原作"守阳"，据他本改。首阳山，在河南偃师西北二十五里。阮籍《咏怀诗》："步出上东门，北望首阳岑。"

③祗：适也。

④耆老：一作"耆旧"。向：一作"看"。

⑤《后汉书·冯异传》："（冯）异为人谦退不伐，……每所止舍，诸将并坐论功，异常独屏树下，军中号为大树将军。"庾信《哀江南赋》："将军一去，大树飘零。壮士不还，寒风萧瑟。"

【汇评】

仇兆鳌《杜诗详注》卷一：上四过宋旧庄，下则对庄而有感也。枉道入庄，题诗志胜，有留连不尽之意，故云"吟诗许更过"。问耆老，访其子孙家世也。向山河，伤其迹在人亡也。末乃触物增悲，情见乎词。

浦起龙《读杜心解》卷三之一：之问与公祖审言为唐律诗之祖，于公则东山所谓契家前辈，亦诗法渊源也。故因其废庄相近，枉道入访。而以隔世酬吟，致倾仰焉。五、六则徘徊而慨叹之也。末并及其弟，盖之悌官宿卫时，亦曾居此庄者。今皆物故，是以兼致其悲。

临邑舍弟书至，苦雨，黄河泛溢，堤防之患，簿领所忧，因寄此诗用宽其意①

二仪积风雨，百谷漏波涛②。闻道洪河坼，遥连沧海高③。职司忧悄悄，郡国诉嗷嗷④。舍弟卑栖邑，防川领簿曹。尺书前日至,版筑不时操⑤。难假鼋鼍力,空瞻乌鹊毛⑥。燕南吹畎亩,济上没蓬蒿。螺蚌满近郭,蛟螭乘九皋⑦。徐关深水府,碣石小秋毫。白屋留孤树,青天失万艘⑧。吾衰同泛梗,利涉想蟠桃⑨。却倚天涯钓,犹能掣巨鳌⑩。

【题解】

此诗当作于开元二十九年(741)秋。据《新唐书·五行志》载:"二十九年七月,伊、洛及支川皆溢,害稼,毁天津桥及东西漕、上阳宫仗舍,溺死千余人。是秋,河南、河北郡二十四,水,害稼。"时在临邑参加防洪的杜颖,写信与其兄杜甫谈及雨灾,诗人寄诗以作宽慰。这段日子风雨不停,山谷都灌满了雨水。听说此时黄河下泄,连大海的水位都会上涨。百姓遭灾,叫苦不迭。舍弟杜颖在临邑担任主簿,负责防洪,虽然县小位卑,但职责所在,忧心如焚。他前日写信来说,蛟龙兴风作浪,冲毁了桥梁,淹没了农田,倾覆了无数船只。济水上漂荡着蓬蒿,城外的房屋深没水中,只能偶尔看见孤零零的一棵大树。一眼望去,徐关成为水乡,碣石山小如秋毫。城郭附近到处是螺蛳蚌壳。形势危急时,他甚至还亲自筑堤夯土。在汹涌的洪水面前,我虽然衰弱如同泛梗,却还是幻想着能够倚着蟠桃树,将巨鳌钓上来以帮助平定水患。

【注释】

①临邑:县名,唐属齐州(今属山东)。簿领:官府记事的簿册文书,此指负责府县簿册文书的佐史。

②二仪:天地。《抱朴子·外篇·遗民》:"弥纶二仪,升为云雨,降成百川。"漏:一作"涌"。

③洪河:一作"黄河"。

④职司:一作"职思"。

⑤《汉书·英布传》:"项王伐齐,身负版筑。"颜师古注引李奇曰:"版,墙版也;筑,杵也。"

⑥假:一作"把"。《文选·江淹〈恨赋〉》"方架鼋鼍以为梁",李善注引《竹书纪年》:"周武王伐纣,东至于九江,叱鼋鼍以为梁。"《尔雅翼·释鸟》:

"涉秋七日,(鹊)首无故皆髡,相传是日河鼓与织女会于汉东,役乌鹊为梁渡,故毛皆脱去。"

⑦乘:一作"横"。

⑧青天:一作"青云"。失:一作"矢"。

⑨《论语·述而》:"子曰:'甚矣吾衰也,久矣,吾不复梦见周公。'"刘向《说苑》载土偶谓桃梗曰:"子,东园之桃也。刻子以为梗,遇天大雨,水潦并至,必浮子,泛泛乎不知所止。"《论衡·订鬼》引《山海经》:"沧海之中,有度朔之山,上有大桃木,其屈蟠三千里。"

⑩却倚:原作"赖倚",据他本改;或作"倚赖"。《玉篇·黾部》:"传曰:有神灵之鼋,背负蓬莱之山,在海中。"

【汇评】

金圣叹《唱经堂杜诗解》卷一:题先序舍弟书至,次序苦雨泛河,次序领官忧患,次序寄诗慰之。诗则先序苦雨泛河,次序领官忧患,次序舍弟书至,次序寄诗慰之者,盖文字贵有虚实起伏,不如是便略无笔势也。

陈訏《读杜随笔》卷上:中间鼋鼍、乌鹊、螺蚌、蛟螭似俱为巨鳌作引,虽非诗用意所在,然点染自相映带,有鱼龙曼衍随笔变现之奇。诗本五排,读之竟似五古,其首尾腰腹,脉络贯通,最耐寻味。

浦起龙《读杜心解》卷五之一:诗题主意,重在黄河泛溢。故起四句,即提出"苦雨河泛"事,作一头。次八句,清还"舍弟书至""堤防""簿领"等意。而八句中,先以"悄悄""嗷嗷"作虚引,后以"假力""瞻毛"作收渡。一段内亦具结构。又次八句,复抽出泛溢水势,铺排一番。题中所重在是也。而八句中,上四下四,各两句地名,两句物害。上四则言水之泛,下四则言被泛于水者。层次井井,一段内又具章法。末四句,寄诗宽意也。不曰随宜相治,而曰乘势制鳌,姑为戏言以宽之。盖以身方流浪,弟屈下僚。借此水势,作尺木乘飞之想。然毕竟近戏。倘所谓波澜老成者,尚须学力耶?

天宝初，南曹小司寇舅，于我太夫人堂下垒土为山，一匮盈尺，以代彼朽木，承诸焚香瓷瓯，瓯甚安矣。旁植慈竹，盖兹数峰，嵚岑婵娟，宛有尘外数致。乃不知兴之所至，而作是诗①

一匮功盈尺，三峰意出群。望中疑在野，幽处欲生云。慈竹春阴覆，香炉晓势分②。惟南将献寿，佳气日氛氲③。

【题解】

天宝元年(742)，杜甫至汴州(今河南开封)看望其祖母卢氏，见其舅氏所造盆景而有此作。杜甫先在诗题中详细说明了作诗的缘由。天宝初年，时任小司寇并代理南曹职务的舅父，在堂前垒土堆了一座一尺多高的土墩，用来安放烧香用的陶瓷小盆，以代替原来的朽木台架。这样一来，小盆就放得安稳了。不仅如此，土堆上还种上了竹子。娟秀的竹子与陡峭的土山相映成趣，令人有超脱尘世之感，杜甫不禁诗兴大发，作了这首诗。诗中写道：满满一筐土堆出了一尺高的平台，上面矗立着三座造型精巧的假山，假山旁边则是清幽的篁竹，绿荫覆盖；香炉高高地摆在假山上，香雾环绕，幽云欲生，望去如置身郊野。这盆景瑞气氤氲，不仅展示出舅氏冲淡旷远的胸襟，还表达出了他对姑母卢氏的一片至诚至孝心意。

【注释】

①诗题一作"假山"，而以此题为序。南曹：《唐六典》卷二："（吏部）员外郎一人，掌选院，谓之南曹。"注云："其曹在选曹之南，故为南曹。"小司寇：刑部属官。垒：一作"累"。匮：一作"篑"。嵚岑：小而高的山。婵娟：竹子。数致：一作"致"或"格致"。

②慈竹：又称义竹、慈孝竹、子母竹。新竹、旧竹丛生相倚，若老少

相依。

③《诗·小雅·天保》：“如南山之寿，不骞不崩。”氛：一作“氲”。

【汇评】

金圣叹《唱经堂杜诗解》卷一：题亦繁矣，欲以八句收尽，不亦难乎？乃不惟宛转恰合，偏有本事由题外更添出“在野”“生云”“献寿”“佳气”等句，真乃绝奇之构也。全诗着眼，独在“不知兴之所至”一语。“不知兴之所至”者，犹云“不知手之舞之、足之蹈之”也。

仇兆鳌《杜诗详注》卷一：诗序错综，须看此诗布置次第。先提土山，次出数峰。在野、生云，申明尘外之致。慈竹、香炉，傍景点缀。南山献寿，又就舅氏为山，归到太夫人堂下。

浦起龙《读杜心解》卷三之一：错综还题，又极安顿。“惟南”句取如南山之寿意，映切垒山太夫人堂下也。然“惟南”字似稚。

李监宅二首①

其一

尚觉王孙贵，豪家意颇浓。屏开金孔雀，褥隐绣芙蓉②。且食双鱼美，谁看异味重③。门阑多喜色，女婿近乘龙④。

【题解】

天宝初年，杜甫曾在洛阳与当时显贵有所往来，见识了当朝权要的奢华。其中，李令问以饮食精美著称，《太平广记》引《灵怪录》云：“李令问，开元中为秘书监，左迁集州长史。令问好美服珍馔，以奢闻于天下。其炙驴罂鹅之属，惨毒取味。天下言服馔者，莫不祖述李监，以为美谈。”此诗在恭贺李令问获得乘龙快婿的同时，极力描摹了李宅装饰的豪华富贵与筵席的美轮美奂。诗以“贵”字与“豪”字为核心，为应酬而作，无谏讽之意。虽然李公职位不高，但豪门气象不减，富贵逼人。屏风上画有金孔雀，褥垫上绣

19

着芙蓉花,筵席上尽是珍馐美味。门庭里张灯结彩,喜气洋洋,李公就要得到乘龙佳婿了。

【注释】

①诗题一作"李盐铁"。第二首原无,据后注本增补。李监宅:李令问,唐玄宗藩邸旧臣,官至殿中监知尚食事。

②《旧唐书·后妃传》:"乃于门屏画二孔雀,诸公子有求婚者,辄与两箭射之,潜约中目者许之。前后数十辈莫能中,高祖后至,两发各中一目。毅大悦,遂归于我帝。"

③《搜神记》卷二:"谢糺尝食客,以朱书符投井中,有一双鲤鱼跳出,即命作脍,一坐皆得遍。"

④门阑:门栏,借指门庭。《艺文类聚》卷四〇引《楚国先贤传》:"孙俊,字文英,与李元礼俱娶太尉桓焉女。时人谓桓叔元两女俱乘龙,言得婿如龙也。"

【汇评】

仇兆鳌《杜诗详注》卷一:首章美李监得婿,兼叙席上事。李系宗室,故曰王孙。豪家意浓,领起中四。细分之,孔雀、芙蓉是招婿,双鱼、异味是燕客,末则称其得佳婿也。

浦起龙《读杜心解》卷三之一:二诗各意,非一时之作。此章专述招婿张宴之事,结处点出。曰"尚觉",曰"颇浓",见帝胄举事,气象不同;曰"且食",曰"谁看",就美馔叠进,骇其珍异:皆若意外惊见之词,所谓王孙公子,不镂自雕也。旧云意主含讽,似非本旨。

赵星海《杜解传薪》卷三之一:首章叙其得婿。一、二总提,中四极写铺陈筵席之盛,总为"意颇浓"三字着力,所谓王孙公子不镂自雕者也。七、八借弄玉、萧史事作结,亦复典切。然李虽系出贵胄,而官居盐铁,位实卑贱,故起用"尚觉"二字提醒之,与下章结处作呼应。

其二

华馆春风起,高城烟雾开①。杂花分户映,娇燕入檐回②。一见能倾座,虚怀只爱才③。盐官虽绊骥,名是汉庭来④。

【题解】

前诗为喜宴而作,此诗或春日偶过李宅而作,似不相涉。前诗由李氏之得佳婿而宴宾客,见其富贵逼人;此诗由李氏礼贤下士而宴宾客,见其前程远大。前诗颂李氏豪富,此首颂李氏官卑而才高,又一意相承。和煦的春风拂面而来,浓浓的雾霭渐渐散开,娇嫩的乳燕飞回檐下,带来户外花香。这正是豪贵之家才有的景致。而在这样的庭院中,身为帝胄的李氏正大宴宾客,他的才华倾倒了那些慕名前来的贤士。虽然他眼下未获重用,如同骏马为盐车所拖累,但他毕竟是宗室王孙,必将在仕途上一飞冲天。诗人称颂李令问之爱才,自是暗含期待。

【注释】

①华馆:一作"落叶"。

②入檐:一作"人帘"。

③座:一作"产"。

④盐官:一作"盐车"。《战国策》卷一七:"夫骥之齿至矣,服盐车而上太行。蹄申膝折,尾湛胕溃,漉汁洒地,白汗交流,中阪迁延,负辕不能上。"

【汇评】

周篆《杜工部诗集集解》卷一:二首只言纳婿新婚之事,不言李监之为人,故不曰"赠李监"而曰"李监宅",命题法也。前一首属李监,后一首属婿,篇法也。题言李监而不言李监之婿,故"一见能倾座"两句,又归重李监,章法也。前一首为赘婿而发,后一首为新婚而发,俱至篇末点出,笔法也。

浦起龙《读杜心解》卷三之一:此春日偶过李监宅而作也,与上首意无涉。上四,景色韶艳,自是贵家园亭气象。五、六流水对,美李也,却从客心倾倒处显出,愈觉恳挚。七、八以卑官高胄,跌宕作收,与五、六在离即之间。言外见官居盐铁,本无汲引之柄,而爱才若此,由其种自帝庭,胸襟自然阔达耳。

石间居士《藏云山房杜律详解》五律卷一:此二诗,注家有谓后首与前首无涉,非一时之作者;有谓前首是公初至李宅,后首是寓于其宅者;有谓即一时所作者。所见不一,殊无确解。岂知此一题两诗,乃系前诗未尽其意,复作后诗以足成之。……前首只说李宅铺陈饮馔之盛,以表其富贵而能敬客,至于宅舍时景,人才品格,尚未透显,故又作此首以补说其未尽之意。

夜宴左氏庄

风林纤月落,衣露净琴张①。暗水流花径,春星带草堂。检书烧烛短,看剑引杯长②。诗罢闻吴咏,扁舟意不忘③。

【题解】

已经到了黎明前的黑暗时分,初生的新月打熬不住,自去休息,仅有几颗春星在草堂上方闪烁。花丛中的小径模糊起来,一旁的流水不甘寂寞,淙淙之声与清幽的琴声相应和。雅集的文人鼓琴看剑,检书赋诗,忙碌半夜而各有收获。在一片得意的吟哦声中,杜甫突然听到久违的吴音,不由怀念起当日漫游吴越的时光。诗描写夜宴场面,细腻而有情韵。

【注释】

①风林:一作"林风"。净琴:一作"静琴"。

②看剑:一作"说剑"或"煎茗"。

③《史记·货殖列传》:"范蠡既雪会稽之耻,乃喟然而叹曰:'计然之策七,越用其五而得意。既已施于国,吾欲用之家。'乃乘扁舟浮于江湖。"

【汇评】

顾宸《辟疆园杜诗注解》五律卷一:看此诗,鼓琴看剑,检书赋诗,生平乐事无不具。风林初月,夜露春星,以及暗水花径,草堂扁舟,天文地理,重叠铺叙一首中,浑然不见痕迹,却逐联紧接,一气说下,八句如一句,总说得"夜宴"二字。

夏力恕《杜诗增注》卷一:"暗水"二句从起联来,月转影移,花径中非水而疑于水;露涵月色,草堂上非星而俨若星,是真绝妙好词。若定作实境解,对句尚佳,出句似嚼蜡矣。要知"风林纤月落",亦非认真月坠,乃林以风摇,而月影纤然落入其中也。初坐庄外月露间,于是由花径入草堂,以次

22

烧烛引杯而乃赋诗也,篇中之次第如此,而"月""露"开出三、四句,"琴张"又开出五、六句,章法最幻化。

俞陛云《诗境浅说》乙编:时当月落,所闻者暗水溅溅,穿流花径;所见者春星历历,映带草堂。皆咏庄中夜游之景。其五、六句云:"检书烧烛短,看剑引杯长。"言检书时久,故烛烧渐短;看剑兴豪,故杯引弥长。皆咏庄中夜叙之事。短长对岸,恰合事情。杜诗雄伟,此作独静细,诗随境异,各有所宜也。

龙　门

龙门横野断,驿树出城来。气色皇居近,金银佛寺开。往还时屡改,川陆日悠哉①。相阅征途上,生涯尽几回。

【题解】

诗为杜甫重过龙门时所作。高大的龙门山,将辽阔的伊洛平原从中横断。宽广的驿道,从洛阳城延伸至此,道路两旁栽满了杨柳。龙门山气势恢宏,上面的佛寺金碧辉煌,与东都洛阳的高华气象相得益彰。岁月流逝,山川依旧,在有限的人生中,难得有几次这样故地重游的机会。

【注释】

①往还:一作"往来"。川陆:原作"川水",据他本改。

【汇评】

金圣叹《唱经堂杜诗解》卷一:此题乃截诗之首二字以名篇,非咏龙门也。唐人每有此法,而先生集中尤多。前半何其热艳,后半何其悲凉。劈〔擘〕窠书此诗,勒石龙门山下,必有读而哭、哭而回辕者矣。

仇兆鳌《杜诗详注》卷一:此诗再游龙门而作也。上四写景,下四感怀。断山之上,佛寺弘开,洛城之中,皇居壮丽,此登高所见者。时屡改而川陆长存,见前游已过。阅征途而生涯无几,叹后游难必也。

佚名《杜诗言志》卷一:此再至东都,道经龙门而发叹也。龙门险要之地,为往来所必由,壮丽高严,远望出数十里之外。然皇居虽近,徒为佛寺增华耳,而征人戾止者,何求于此乎?但见相阅者于其上,为时屡改,川陆靡常,年复一年,日复一日,生涯几何,宁堪此弃掷哉?

赠李白

二年客东都,所历厌机巧。野人对膻腥,蔬食常不饱①。岂无青精饭,使我颜色好②。苦乏大药资,山林迹如扫③。李侯金闺彦,脱身事幽讨④。亦有梁宋游,方期拾瑶草⑤。

【题解】

天宝三载(744),李白被"帝赐放还",怏怏来到东都洛阳,初次遇见杜甫。杜甫极为惊喜,写此诗相赠。杜甫先介绍了自己这两年来的尴尬境况,陈述他早已厌倦那种机变巧诈的生活,有心采药于山林,只是苦无资财而未能成行;然后顺势转到对方身份,说李白从长安名利场中脱身而出,即将漫游梁宋,采药访仙,自己正好可以同行。诗本为赠李白而作,但主要篇幅都在介绍自己的境况,直至最后才绾结到李白身上,除了有艺术上的烘托等原因之外,还有向对方推介自己的愿望。而杜甫声称他也有炼丹求药的想法,似乎正搔到了对方的痒处。

【注释】

①膻腥:一作"腥膻"。《抱朴子·明本》:"山林之中非有道也,而为道者必入山林,诚欲远彼腥膻,而即此清净也。"

②青精饭:用南烛草浸水所蒸之饭,相传服之可延年。精,又作"粞"或"餻"。

③大药:道家的金丹。大,一作"买"。

④金闺:金马门,学士待诏之处。彦:一作"深"。幽讨:寻讨幽隐。

⑤亦有:一作"亦在"。瑶草:传说中的香草。东方朔《与友人书》:"相期拾瑶草,吞日月之光华,共轻举耳。"

浦起龙《读杜心解》卷一之一：天宝三载，太白由翰林供奉被放东游，与公遇于东都。公赠之此诗也。太白栖神世外，自相遇之后，即有齐州受箓、王屋访隐之事。其地皆于梁宋为近。所谓"梁宋游"者，必邂逅盟心之语。公述其语为赠，则李诗主，身是宾也。今乃先云自厌腥膻，将托迹神仙，而后言李亦有"脱身幽讨"之志。自叙反详，叙李反略。则似翻宾作主，翻主作宾矣。不知其自叙处多用"青精""大药"等语，正为太白作引。落到李侯，只消一两言双绾，而上八句之烟云，都成后四句之烘托。明乎彼虚己实之用，可与说杜矣。

杨伦《杜诗镜铨》卷一：太白好仙，故赠诗亦作出世语。却前八句俱说自己，后方转入李侯，可悟宾主虚实之法。

重题郑氏东亭① _{在新安界}

华亭入翠微，秋日乱清晖②。崩石欹山树，清涟曳水衣③。紫鳞冲岸跃，苍隼护巢归。向晚寻征路，残云傍马飞。

【题解】

秋日黄昏，伫立山亭，只见远处寒山苍翠，寒水缥缈，近处危石的罅隙中小树摇曳生姿，潾潾的河水中青苔飘荡起伏，金色的鱼儿奋力跃起，劲健的老鹰匆匆而归。这是杜甫在驸马郑潜曜的园亭中所见。天宝三载(744)以后的一段时间，杜甫与郑氏往来频繁，多次到后者庄园中游玩，间有诗作，故诗曰"重题"。有学者认为，诗歌所描摹的是战乱之后衰飒景象，也可以成立。

【注释】

①郑氏：朱鹤龄引鲍钦止语，或以为即驸马郑潜曜。东亭：在今河南新安。

②翠微：青翠掩映的山腰幽深处。《尔雅·释山》："未及上，翠微。"郝

懿行义疏:"翠微者,……盖未及山顶,屃颜之间,葱郁菳菳,望之殙殙青翠,气如微也。"清晖:一作"清辉"。

③清涟:一作"晴涟"。水衣:水苔。

【汇评】

顾宸《辟疆园杜诗注解》五律卷一引毕致中曰:此诗得力处,全在诗腰数实字,能使全首改观。着一"敧"字,如见巉岩参错;着一"曳"字,宛然藻荇交横。曰"冲岸",曰"护巢",则跳突排涌,惟恐堕岸;疾飞急赴,唯恐失巢,并鱼鸟精神,俱为写出。此诗家炼字法也。

浦起龙《读杜心解》卷三之一:不见初咏,想未惬而去之也,仍不削"重题"字,可见古人之质。适兴清游之作,故景多情少。中四仰而俯,俯而复仰,有流利回环之妙。第六着一"归"字,便暗引结联。鸟归而人亦动归思矣。第八着一"残"字,便暗收全局。兴残而目遇皆残境矣。

杨伦《杜诗镜铨》卷五:此诗明是乱后无人之景,一篇荒凉。且注有"在新安界"四字,当亦自东都返华时作。

陪李北海宴历下亭① 时邑人蹇处士等在座

东藩驻皂盖,北渚凌清河②。海右此亭古,济南名士多③。云山已发兴,玉佩仍当歌。修竹不受暑,交流空涌波。蕴真惬所遇,落日将如何。贵贱俱物役,从公难重过。

【题解】

北海太守李邕的车盖驻留在齐州(今山东济南),诗人由北渚乘舟经清河前来。历下亭在齐州最为古老,济水之南名士辈出。今日在历下亭雅集,云起山中令人诗兴大发,美人陪坐更当对酒而歌。历下亭有修竹遮阴而感受不到丝毫的暑气,亭前历水与泺水交汇,水波荡漾。此地景色宜人,蕴含了大自然的真趣,奈何夕阳西下,无法久留。人生天地间,无论贫富贵贱都要为外物所驱使,很难再陪着李公你重游此处。天宝四载(745)夏天,李邕来到齐州。正在此地的杜甫,经常参加他们的宴集。这首诗便为历下亭的一次雅集而作。前四句交代宴会的地点及参与者,不仅点明了宴会主角李邕的身份,还大力称颂了当地名流。"海右此亭古,济南名士多"可谓应景之佳对,尤为后人所传诵。中间四句写宴集之雅兴,远山郁郁,青竹掩映,波光荡漾,歌声清彻。最后四句写宴会将散,众人依依难舍,有难以重游之遗憾。

【注释】

①李北海:李邕(678—747),字泰和,广陵(今江苏扬州)人,天宝初为北海太守,天宝六载被杖杀。北海,即唐时青州,今属山东青州。历下亭:在今山东济南大明湖畔。

②皂盖:青色车盖,汉时太守常用。清河:济水,一作"青荷"或"清菏"。

③海右:齐鲁在大海之西;底本原作"海内",据他本改。

【汇评】

浦起龙《读杜心解》卷一之一:起四叙事,中四写宴,末四惜别。首言李之来,次言到之处,三点历下亭,四兼坐中客。"发兴"则酒怀动矣,"当歌"则酒兴豪矣。而竹色波光,清凉交映,襟期正复洒然。"蕴真"二字,无所不包。其人、其地、其景,皆是蕴含真趣者,是以临分逆计,重徘徊焉。

同李太守登历下古城员外新亭 亭对鹊湖①

新亭结构罢,隐见清湖阴②。迹籍台观旧,气冥海岳深③。圆荷想自昔,遗堞感至今。芳宴此时具,哀丝千古心④。主称寿尊客,筵秩宴北林⑤。不阻蓬筚兴,得兼梁甫吟⑥。

【题解】

李之芳在历下古城外新建一亭,落成之际,李邕前来助兴,并赋《登历下古城员外孙新亭》诗一首:"吾宗固神秀,体物写谋长。形制开古迹,曾冰延乐方。太山雄地理,巨壑眇云庄。高兴泊烦促,永怀清典常。含弘知四大,出入见三光。负郭喜粳稻,安时歌吉祥。"李氏所作,朴拙平淡。杜甫此诗,既要称颂李之芳新亭,又要照应李邕诗作,同时还要烘托出自身,可谓要面面皆到。诗人先叙亭前之景,并由眼前新景引出前日台观之旧,摹写预会者所共的废兴之感,从而又转到宴集上,推出主宾,称颂李邕诗作有如《梁甫吟》,点出自己躬逢盛事,虽位卑名轻而心乃未怯。新亭建构在鹊山湖的南面,那里是台观的旧址,可以远眺沧海泰山,近观古老的城堞和成片的圆荷。此时,亭中已经摆好华美的筵席,清妙的音乐响起,主人李之芳举杯向李邕敬酒祝寿,宾客秩序井然,气氛庄重。这高雅的酒会没有阻碍我这蓬荜之人的兴致,我也得以吟咏胸怀。

【注释】

①诗题原作"同前",承李邕诗题而言。然李邕《登历下古城员外孙新亭》诗有题注"时李之芳自尚书郎出齐州司马,制此亭",则新亭当为李之芳在齐州任职时所建,非前诗所登古亭。李之芳,李邕从孙,开元末为驾部员外郎,天宝中或为齐州司马。

②清湖:鹊山湖,在山东历城鹊山南麓。

③冥:一作"溟"。

④具:一作"俱"。丝:一作"弦"。

⑤《诗·小雅·宾之初筵》:"宾之初筵,左右秩秩。"秩,序。北:一作"密"。林:一作"邻"。

⑥梁甫吟:乐府楚曲调名。相传诸葛亮躬耕陇亩,好为《梁甫吟》。梁甫,泰山下的一座小山。

【汇评】

仇兆鳌《杜诗详注》卷一:此与上章皆用六韵,依初唐排律,词尚简要耳。但此篇多平仄不谐,盖古诗之对偶者,仿六朝体也。

浦起龙《读杜心解》卷一之一:员外为主,太守与公为宾。太守邕亦有诗,叙宾主不详,此则层次历历。四叙亭成之景;四借寓慨意,带出宴会;四叙主客登亭赋诗之兴,想古城原属旧时胜地,已废而复新之,故多今昔之感。结联见同赋意,兼切齐州,盖以《梁甫吟》借比同赋之诗,故曰"得兼"也。

暂如临邑,至嵧山湖亭,
奉怀李员外,率尔成兴①

野亭逼湖水,歇马高林间。鼍吼风奔浪,鱼跳日映山。暂游阻词伯,却望怀青关②。霭霭生云雾,唯应促驾还。

【题解】

杜甫之弟杜颖任职于临邑,杜甫由齐州前往,路过鹊山湖,小憩于湖边野亭,见山映斜阳,湖水翻滚,鱼儿欢腾,有感于当日与李之芳等人登新亭事,赋诗以奉寄李员外。诗中所云"词伯",即指李之芳,但于李之芳当时的行踪,旧有不同的看法。或以为李适在青州,诗人以不能同赏此胜景为憾事,故期待他早日归来;或以为野亭即李之芳"新亭",诗人专程前往话别。当以前者为是。

【注释】

①嵧山湖:当是"鹊山湖"之讹。

②青关:或以为即穆陵关,在山东潍坊与临沂之间。

【汇评】

仇兆鳌《杜诗详注》卷一:上四湖亭之景,下四怀李员外。鼍吼乘风,故激波生浪;鱼跳水动,故日光映山。此登亭而见湖中之胜也。词伯,指李员外。李在青关,故阻而怀思。关近临邑,故望其早还。

梁运昌《杜园说杜》卷一二:此与《一百五日夜对月》篇声调略同,每联第八字皆用平声,亦拗律也。唐初人多用之。

与李十二白同寻范十隐居

李侯有佳句,往往似阴铿①。余亦东蒙客,怜君如弟兄②。醉眠秋共被,携手日同行③。更想幽期处,还寻北郭生④。入门高兴发,侍立小童清。落景闻寒杵,屯云对古城。向来吟橘颂,谁欲讨莼羹⑤。不愿论簪笏,悠悠沧海情⑥。

【题解】

诗记李、杜两人在山东济宁相偕拜访隐者范十的情形,以"同寻"为诗眼。前半部分写"同寻"之缘起。天宝四载(745)秋天,杜甫来到鲁郡后,与李白交往甚为频繁,关系日渐亲密,情谊日渐深厚,常形影不离,寻访隐者范十即是二人同行。后半写两人进入范家后之感想。李白总能写出漂亮的诗句,风格颇似南朝诗人。现在我和他都客居在兖州一带,两人亲密如兄弟,白天结伴携手同游,夜晚大醉同床共被。我们还有一个私下的约定,那就是一起去拜访隐士范十。这天我们终于成行,刚进范十之门,见到侍立在旁的童子,就顿时产生了很高的兴致。范十的幽居真令人流连忘返,日落之际我们还不愿离去。向来喜欢《橘颂》的雅士,哪里会贪恋故乡的风物之美。我们不愿讨论仕途上的事情,来影响悠远安闲的情怀。李白有诗《寻鲁城北范居士失道落苍耳中见范置酒摘苍耳作》,可与此诗相印证。

【注释】

①阴铿,字子坚,武威姑臧(今属甘肃武威)人,生活在南朝梁陈之际,擅长五言诗。

②东蒙:山东蒙山,因在鲁东而有此称。

③日:一作"月"。

④《韩诗外传》卷九载,北郭先生推却楚庄王之聘。《后汉书·廖扶传》载其终身不仕,时人号为北郭先生。

⑤谁:一作"惟"。欲:一作"与"。《晋书·张翰传》:"翰因见秋风起,乃思吴中菰菜、莼羹、鲈鱼脍,曰:'人生贵得适志,何能羁宦数千里,以要名爵乎?'遂命驾而归。"

⑥簪笏:冠簪和手版,古代官员所用。

【汇评】

浦起龙《读杜心解》卷五之一:诗总在"同寻"上生情。公之交谊,李密而范疏,故其用意,亦李详而范略也。起四叙客谊相亲,在"同寻"前一层;

次四度入寻范,正是"同寻"正面;又次四范居隐趣,已引动出世之思;结四遂坚出世之想。此两层,皆"同寻"后之景与情也。

杨伦《杜诗镜铨》卷一:"入门"句从对面写,"侍立"句从侧面写,偶然事只拈出便妙。

赠李白

秋来相顾尚飘蓬,未就丹砂愧葛洪①。痛饮狂歌空度日,飞扬跋扈为谁雄②?

【题解】

诗作于天宝四载(745),时杜甫与李白相聚于鲁郡(今属山东济宁)。由于"飞扬跋扈"一词具有极强的贬义色彩,历来论者颇为踌躇,多以为是诗旨为规劝,兼有自警之意,但结合两人当时的年龄与身份来看,这种诠释极为牵强。"飞扬跋扈"本是形容李白意气飞扬、才华横溢而不愿循规蹈矩,因此不获任用,沦落草野,有志难骋,只得寄迹于求仙与痛饮。诗中所传达的,是对失意者的惋惜,所谓"空度日"与"为谁雄"饱含无奈与不平之情。

【注释】

①葛洪,字稚川,自号抱朴子,东晋丹阳句容(今属江苏镇江)人,喜神仙导引之法,曾炼丹于罗浮山。

②《世说新语·任诞》:"王孝伯言:名士不必须奇才,但使常得无事,痛饮酒,熟读《离骚》,便可称名士。"

【汇评】

仇兆鳌《杜诗详注》卷一:此诗自叹失意浪游,而惜白之兴豪不遇也。下二赠语含讽,见朋友相规之义焉。此章乃截律诗首尾,盖上下皆用散体也。下截似对而非对,"痛饮"对"狂歌","飞扬"对"跋扈",此句中自对法也。"空度日"对"为谁雄",此两句又互相对也。语平意侧,方见流动之致。

浦起龙《读杜心解》卷六之下：天宝初，公与李相遇于齐鲁之间而赠之。前在东都赠白诗云："亦有梁宋游，方期拾瑶草。"今乃相顾飘蓬，丹砂未就，正与前诗相应也。白为人，喜任侠击剑。夫士不见则潜，失职不平，祸之招也。下二写出狂豪失路之态。既伤之，复警之。

杨伦《杜诗镜铨》卷一引蒋弱六曰：是白一生小像。公赠白诗最多，此首最简，而足以尽之。

冬日有怀李白

寂寞书斋里，终朝独尔思。更寻嘉树传，不忘角弓诗①。裋褐风霜入，还丹日月迟②。未因乘兴去，空有鹿门期③。

【题解】

天宝四载(745)冬，李白已游东吴，杜甫仍滞留于齐鲁，诗作于此间。前四句说自从李白离去之后，杜甫便再也没有出游的兴致，整日独自待在书斋里思念着有兄弟之谊的友人。后四句说他不辞风霜却无仙缘，终不得与友人偕隐同归。

【注释】

①角弓：《诗经·小雅》篇名，宣扬兄弟之谊。《左传·昭公二年》："二年春，晋侯使韩宣子来聘……公享之。季武子赋《绵》之卒章。韩子赋《角弓》。季武子拜，曰：'敢拜子之弥缝敝邑，寡君有望矣。'武子赋《节》之卒章。既享，宴于季氏，有嘉树焉，宣子誉之。武子曰：'宿敢不封殖此树，以无忘《角弓》。'遂赋《甘棠》。"

②裋褐：一作"短褐"。还丹：九转丹与朱砂再次提炼而成的仙丹。葛洪《抱朴子·金丹》："若取九转之丹，……取而服之一刀圭，即白日升天。"

③因：一作"应"。刘义庆《世说新语·任诞》："王子猷居山阴，夜大雪……忽忆戴安道，时戴在剡，即便夜乘小船就之。经宿方至，造门不前而返。人问其故，王曰：'吾本乘兴而行，兴尽而返，何必见戴？'"鹿门：鹿门

山,在湖北襄阳。《后汉书·逸民传》载,隐士庞德公携妻子登鹿门山,采药不返。

【汇评】

仇兆鳌《杜诗详注》卷一:太白集中,有寄少陵二章,一是《鲁郡石门送杜》,一是《沙丘城下寄杜》,皆一时酬应之篇,无甚出色,亦可见两公交情,李疏旷而杜剀切矣。至于天宝之后,间关秦蜀,杜年愈多而诗学愈精,惜太白未之见耳。若使再有赠答,其推服少陵,不知当如何倾倒耶。

浦起龙《读杜心解》卷三之一:天宝四载,公与白同在齐鲁间。是秋,白即别公再游东吴。此诗当作于是年之冬,公仍在山东也。"书斋"即《与李同寻范隐居》诗所云"醉眠共被"处。情好如此,故"嘉树""角弓"志不忘焉。二句非特古雅可诵,用在东鲁,尤为典切也。五见时序,六与李对针。两人向有瑶草丹砂之约者。七、八盖以酬话别时之语也。以上四句皆属自述。

春日忆李白

白也诗无敌,飘然思不群①。清新庾开府,俊逸鲍参军②。渭北春天树,江东日暮云。何时一樽酒,重与细论文③。

【题解】

诗写于天宝五载(746)春天,时杜甫在长安,李白远在江东。诗歌前四句盛赞李白诗作的卓尔不群,自然清新如庾信,飘逸俊爽似鲍照;下四句表达杜甫深切的思念之情,期待天各一方的两人能够再度相聚,把臂重游,杯酒论诗。诗歌末尾一句,历来多有争议,或以为"细论文"暗示了李白之粗疏,或以为"重"字意味着杜甫别有所悟,均求之过深。

【注释】

①敌:一作"数"。思:一作"意"。

②庾开府:庾信(513—581),字子山,南阳新野(今属河南)人,官至车

骑大将军、开府仪同三司,有《庾子山集》。俊逸:一作"豪迈"。鲍参军:鲍照(约415—470),字明远,祖籍东海(治所在今山东郯城),曾官前军参军,有《鲍参军集》。

③细论:一作"话斯"。

【汇评】

王嗣奭《杜臆》卷一:公向与白同行同卧,论文旧矣。然于别后自有悟入,因忆向所与论犹粗也。白虽"不群",而竿头尚有可进之步,欲其不以庾、鲍为限,而重与"细论"也。

朱鹤龄《杜工部诗集辑注》卷一:公与太白之诗,皆学六朝,前诗以李侯佳句比之阴铿,此又比之庾、鲍,盖举生平所最慕者以相方也。王荆公谓少陵于太白,仅比以鲍、庾,阴铿则又下矣。或遂以"细论文"讥其才疏也,此真瞽说。公诗云"颇学阴何苦用心",又云"庾信文章老更成",又云"流传江鲍体,相顾免无儿"。公之推服诸家甚至,则其推服太白为何如哉。荆公所云,必是俗子伪托耳。

纪容舒《杜律详解》卷一:公与白周游齐鲁,彼此赠答,尝细论矣。今别后追思,觉他人无可与语,故欲得白重细论之。但渭北、江东,遥远难即,樽酒相对,未知在何时耳。眷眷不忘,实有"微斯人,吾谁与归"之感。或以为太白之诗豪而未细,或公欲以法律针砭之,则不特未悉二公之本末,并本句"重"字亦未尝留意矣。

送孔巢父谢病归游江东兼呈李白①

巢父掉头不肯住,东将入海随烟雾。诗卷长留天地间,钓竿欲拂珊瑚树②。深山大泽龙蛇远,春寒野阴风景暮③。蓬莱织女回云车,指点虚无是征路④。自是君身有仙骨,世人那得知其故。惜君只欲苦死留,富贵何如草头露。蔡侯静者意有余,清夜置酒临前除。罢琴惆怅月照席,几岁寄我空中书⑤。南寻禹穴见李白,道甫问信今何如⑥。

【题解】

诗作于天宝五载(746)春之长安。其时孔巢父托病归隐江东,蔡侯为之践行,杜甫于席中赋此诗。巢父为上古著名隐士,又恰好与孔氏之名相同,诗人开篇直呼其名,便将孔氏之志向一语道出。"掉头"一词极有气势,写出了孔氏决然的态度。接下来诗人拟想其东游情景,由"君身有仙骨"一句前后贯穿。因为孔氏有"仙骨",所以仙侣导引入蓬莱,钓东海,抽身远去,仅留诗卷在人间;也正因为孔氏有"仙骨",视富贵为草头之露珠,所以世人苦留不住。诗歌结尾满是怅然之情,酒阑琴罢,筵席即将结束,孔氏就要离去,而另一位友人李白则早一步到达了江东,他们都遁隐于东海,只剩下自己在长安。

【注释】

①孔巢父,字弱翁,冀州(今属河北)人,孔子三十七代孙,曾与韩准、李白、裴政、张叔明、陶沔隐居徂徕山,时号"竹溪六逸"。此诗一本只有十二句:"巢父掉头不肯住,东将入海随烟雾。书卷长携天地间,钓竿欲拂三珠树。我拟把袂苦留君,富贵何如草头露。深山大泽龙蛇远,花繁草青春日暮。仙人玉女回云车,指点虚无引归路。若逢李白骑鲸鱼,道甫问讯今何如。"

②诗:一作"书"。留:一作"携"。珊瑚树:一作"三株树"。

③龙蛇远:一作"多龙蛇"。《左传·襄公二十一年》:"深山大泽,实生龙蛇。"野:一作"绿"。

④织女:星名,为吴越分野。回:一作"乘"。

⑤照席:一作"点席"。《高僧传》卷一〇《晋上虞龙山史宗》载,史宗常在广陵白土埭。有道人取小儿到山上,作书付之,令其捉杖飘然而往,或闻足下波浪声。史宗得书大惊,曰:汝那得蓬莱道人书耶。

⑥禹穴:夏禹的葬地,在今浙江绍兴会稽山。《史记·太史公自序》:"二十而南游江、淮,上会稽,探禹穴。"

【汇评】

王嗣奭《杜臆》卷二：此篇宛然游仙诗，但人能超出尘氛之外，便是仙人，非必乘鸾跨鹤也。巢父何减仙人？

浦起龙《读杜心解》卷二之一：送人辞官，不作惜其去、挽其留话头，非翻案也。巢父自是太白一辈人，其所往地近东海，亦所谓仙灵窟宅处，故为超然出世之语也。通首旨趣，在"君身仙骨"句逗出。

施补华《岘佣说诗》：巢父本是"竹溪六逸"之一，又值其谢病而归，故语多带仙气，所谓与题称也。起笔"巢父掉头不肯住，东将入海随烟雾"，突兀可喜。下接"诗卷长留天地间，钓竿欲拂珊瑚树"，一句应"不肯住"、一句应"入海"，整束有力，自此便顺流而下矣。直起不装头之诗，此最可法。收笔"南寻禹穴见李白，道甫问信今何如"，只作一点，确是"兼呈"，题中宾主分明。

郑驸马宅宴洞中①

主家阴洞细烟雾，留客夏簟清琅玕②。春酒杯浓琥珀薄，冰浆碗碧马脑寒③。误疑茅堂过江麓，已入风磴霾云端④。自是秦楼压郑谷，时闻杂佩声珊珊⑤。

【题解】

杜甫初入长安时即与郑潜曜往来较多，天宝五载(746)前后再入长安，又成为郑府的常客。其《唐故德仪赠淑妃皇甫氏神道碑》有云："甫忝郑庄之宾客，游窦主之园林。"此诗为其一例，记夏日参与莲花洞宴会之事。诗人先称道筵席所在之洞口清凉幽静，次写筵席用具之精美华贵，最后写预宴之奇妙感受。由于用宴之处高临谷口，拾级而上，云雾缭绕之中，环佩时而撞击，恍然如置身仙界。作为诗人较早的一首七律，它在艺术上亦初显求新求变的风貌。

【注释】

①郑驸马:郑潜曜。洞:莲花洞。李好文《长安志图》卷中:"莲花洞在神禾原郑驸马之居,杜诗所谓'主家阴洞'者也。"

②《汉书·东方朔传》"董偃出入主家"注:"公主之家也。"清:一作"青"。琅玕:翠竹。

③《诗·豳风·七月》:"为此春酒,以介眉寿。"马端临通释:"周制盖以冬酿,经春始成,因名春酒。"冰浆:凉粉。马脑:即玛瑙。

④茅堂:一作"茅屋"。江麓:一作"江底"。风磴:山岩上的石级。

⑤秦楼:秦穆公为其女弄玉所建之楼。郑谷:汉人郑朴隐居之谷口。

【汇评】

仇兆鳌《杜诗详注》卷一:首句切洞,次句切宴,三、四承留客,五、六承阴洞,俱属夏时景事。七、八,驸马、公主并收。细烟雾,状洞口之幽深。青琅玕,比竹篁之苍翠。琥珀杯、玛瑙碗,言主家器物之瑰丽。若三字连用,易近于俗,将杯、碗倒拈在上,而以浓、薄、碧、寒四字互映生姿,得化腐为新之法。江麓、云端,其清凉迥出尘境,又见高楼下临郑谷,空中杂佩声闻,恍如置身仙界矣。结语风韵嫣然。

浦起龙《读杜心解》卷四之一:此夏宴也,写来都有阴凉之色,令人忘暑。此正"主家阴洞"气象不同处。一、二总点,三、四写宴,五、六写洞中,七、八复缴醒"主家"。琥珀是酒是杯,玛瑙是浆是碗,一色两耀,精丽绝伦。后四,作一迷一悟看。洞内林亭,定多山野风味,故用"误疑""已入"字,设为迷阵,一似杳不知其所之矣。迨佩响遥传,忽然觉醒,知身在"主家",故用"自是"字,显一悟机。此联又是倒装法,以"佩声"作点醒语也。

夏力恕《杜诗增注》卷一:六朝文体诗体,大体相同。此种格调是六朝,古将变律,早露端倪。唐以来专仿此为拗体。他手故脱黏联,于平仄中另寻出拗体,平仄仍复枝枝相对。老杜强项,任意为之。此篇作于少壮时,犹勘摩仿,夔州而后,杳不可学,亦不必学也。

赠特进汝阳王二十二韵①

特进群公表,天人凤德升。霜蹄千里骏,风翮九霄鹏。服礼求毫发,惟忠忘寝兴②。圣情常有眷,朝退若无凭。仙醴来浮蚁,奇毛或赐鹰③。清关尘不杂,中使日相乘④。晚节嬉游简,平居孝义称。自多亲棣萼,谁敢问山陵⑤。学业醇儒富,辞华哲匠能⑥。笔飞鸾耸立,章罢凤骞腾。精理通谈笑,忘形向友朋。寸长堪缱绻,一诺岂骄矜⑦。已忝归曹植,何知对李膺⑧。招要恩屡至,崇重力难胜。披雾初欢夕,高秋爽气澄⑨。樽罍临极浦,凫雁宿张灯。花月穷游宴,炎天避郁蒸。砚寒金井水,檐动玉壶冰。瓢饮惟三径,岩栖在百层⑩。且持蠡测海,况挹酒如渑⑪。鸿宝宁全秘,丹梯庶可凌⑫。淮王门有客,终不愧孙登⑬。

【题解】

天宝五载,杜甫入长安求仕,常游于豪贵之门以求赏识援拔。此诗为初期之作,颂美之言典雅精严,自荐之词矜持从容,表明初入长安的杜甫充满着梦想。全诗"二十二韵"分为两截,前十二韵极力赞美所赠对象汝阳王李琎。李琎有天人之姿,早已因品德优秀而继承了王位。他如踏霜践雪的千里马,凌风翱翔九天的大鹏鸟。遵从礼仪,一丝一毫都不懈怠;尽忠事君,夜以继日。天子虽对他颇多眷顾,经常送来美酒,赏赐苍鹰,宫中的使者往来不断,但他从不恃宠而骄,晚年无心游乐,恪守孝义,亲近兄弟,谦和恭顺、勤勤恳恳,不慕虚名。他学业醇厚,知识渊博,文辞精美,才思敏捷,谈笑中贯通着精深的道理,对友人真诚谦恭,一诺千金。后十韵极力感谢汝阳王对他隆厚的礼遇,表达了诗人自效的决心。"帝子好文,恰好贴切其地位,所以为佳。过脉处一片神行,无罅绩痕迹,自然入妙,结得完整。"(江浩然《杜诗集说》卷一引查慎行语)汝阳王才如曹植、德比李膺,却对我推崇重视,多次邀请我前往,使我不胜惶恐。初次相会的晚上,如同拨开云雾见青天,秋高而气爽。我们在水边对饮,直到凫鸟夜宿、华灯大张。此后多次宴饮游乐,春日月下赏花,夏日消暑纳凉,秋日吟诗作赋,冬日饮酒避寒。我本岩栖之士,生活俭朴,见识浅陋,进入汝阳王府中,才得以览鸿宝之道书,窥寻仙之阶梯。汝阳王好客有如淮南王,而我一定无愧于孙登。

【注释】

①特进:授予列侯中有特殊地位者,位在三公下。汝阳王:宁王李宪长子李琎,天宝初,居父丧期满,加特进。二十二韵:原作"二十韵",据仇兆鳌注改。

②《左传·僖公三十三年》:"服于有礼,社稷之卫也。"惟:一作"推"。

③醴:一作"醖"。来:一作"求"。浮蚁:酒面上的浮沫。

④杂:一作"染"。

⑤《诗·小雅·常棣》:"常棣之华,鄂不韡韡。凡今之人,莫如兄弟。"山陵:帝王坟墓。

⑥辞:一作"才"。

⑦长:一作"肠"。

⑧何知:一作"何如"。李膺(110—169),字元礼,颍川襄城人,东汉名士。

⑨《世说新语·赏誉》:"(卫伯玉)命子弟造之(乐广),曰:'此人,人之水镜也,见之若披云雾睹青天。'"《世说新语·简傲》:"王子猷作桓车骑参军,桓谓王曰:'卿在府久,比当相料理。'初不答,直高视,以手版拄颊云:'西山朝来,致有爽气。'"

⑩赵岐《三辅决录·逃名》:"蒋诩归乡里,荆棘塞门,舍中有三径,不出,唯求仲、羊仲从之游。"岩栖在百层:一作"岩居异一塍"。

⑪且:一作"谬"。《汉书·东方朔传》:"以管窥天,以蠡测海,以莛撞钟,岂能通其条贯,考其文理,发其音声哉!"《左传·昭公十二年》:"有酒如渑,有肉如陵。"渑,古河水名,源出山东淄博。

⑫《汉书·刘向传》:"上复兴神仙方术之事,而淮南有《枕中鸿宝苑秘

书》。"丹梯：求仙之路。凌：一作"陵"。

⑬葛洪《神仙传》载淮南王刘安好方术，有八公前往，化为童子。有：一作"下"。孙登，字公和，魏晋隐士，汲郡共（今河南辉县）人。

【汇评】

单复《读杜诗愚得》卷一：此公美王德业之盛，学问之精，圣眷之隆，待友之笃，末乃自述蒙顾遇之宠，若是则将示以周行也。

吴瞻泰《杜诗提要》卷一三：胡应麟云：杜排律五十、百韵，极意铺陈，颇伤芜碎。惟赠汝阳诸作，格调精严，体骨匀称，每论其人履历，咸若指掌，形神意气，踊跃毫楮，如周昉写生、大史序传，逼夺化工。排律最难发端，起二句笼盖一篇气象，下乃逐段分应。忠孝是二大支，学艺、友谊是二小支。"已忝"一段，又承友谊而自叙知遇，便夹写王之游宴。"瓢饮"一段，双绾作收，妙在"瓢饮"二句一提，是排叙中波澜，便化去平叙畦町，笔极跳脱矣。而又句句用俯仰，生龙活虎，若不见有排偶之迹者，此全以法胜也。

浦起龙《读杜心解》卷五之一：天宝四五载间，公归京师，与汝阳王游处，此诗所为赠也。分两截看。前半诵美汝阳，四句冒起，以"天人凤德"总领；而"服礼"八句，叙其主眷；"晚节"八句，叙其备美也。后半总属自述，亦用四句转接；而"已忝"十二句，述礼遇之厚；"瓢饮"至末，明感颂之由也。

饮中八仙歌

知章骑马似乘船，眼花落井水底眠①。汝阳三斗始朝天，道逢麹车口流涎，恨不移封向酒泉②。左相日兴费万钱，饮如长鲸吸百川，衔杯乐圣称避贤③。宗之萧洒美少年，举觞白眼望青天，皎如玉树临风前④。苏晋长斋绣佛前，醉中往往爱逃禅⑤。李白一斗诗百篇，长安市上酒家眠。天子呼来不上船，自称臣是酒中仙。张旭三杯草圣传，脱帽露顶王公前，挥毫落纸如云烟⑥。焦遂五斗方卓然，高谈雄辩惊四筵⑦。

江南水乡的贺知章，醉后骑马，摇摇晃晃，恰似乘船，眼花落井也能酣眠；帝胄皇孙汝阳王，痛饮三斗始上朝，路遇酒曲之车依然垂涎三尺，恨不能将封地移到酒泉；座上客满、樽中酒不空的李适之，日费万钱，酣饮如鲸吞，将人情冷暖、宦海浮沉置之度外；翩翩少年崔宗之，把酒望青天，睥睨傲然，潇洒倜傥；吃斋念佛的苏晋，醉酒后也放浪形骸，忘却了清规戒律；天才诗人李太白，流连于长安酒楼，连天子的召见也不放在心上；草圣张旭，酒后狂放不羁，奋笔疾书，烟霞满纸；布衣焦遂，一饮五斗方有醉意，高谈畅论，滔滔汨汨，语惊四座。八仙之说，由来已久；八仙之名，亦无定说。杜甫所写八人，素养各异，地位悬殊，却都具有高迈绝尘之气概，嗜酒狂放，任性旷达，将盛唐情怀展露无余。这首诗旋律欢畅，笔调轻快，当作于天宝五载四月至七月间，即李适之罢相之后、自尽之前。

【注释】

①贺知章(659？—744？)，越州永兴(今属浙江杭州萧山)人，自号四明狂客，天宝三载还乡。

②麹：发酵晒过后的粮食，用来酿酒。酒泉：在今甘肃，俗传其城下金泉之味如酒。

③李适之(694—747)，恒山王李承乾之孙。天宝元年为左丞相，五载四月罢相，曾赋诗："避贤初罢相，乐圣且衔杯。为问门前客，今朝几个来？"七月贬宜春太守，服毒自尽。避：原作"世"，据他本改。

④崔宗之，名成辅，崔日用之子，袭封齐国公，官侍御史。

⑤苏晋(767—734)，弱冠举进士，历任中书舍人、户部侍郎、吏部侍郎、太子庶子等。

⑥张旭(675？—750？)，吴郡(今江苏苏州)人，善草书，好酒，每醉后，号呼狂走，索笔挥洒，变化无穷。时人称之为"草圣"。

⑦袁郊《甘泽谣》载，昆山陶岘于开元间自制三舟，客有前进士孟彦深、进士孟云卿、布衣焦遂，各置仆妾，共载游山水间。

【汇评】

王嗣奭《杜臆》卷一：此创格，前无所因，后人不能学。描写八公都带仙气,而或两句、三句、四句,如云在晴空,卷舒自如,亦诗中之仙也。

吴瞻泰《杜诗提要》卷五:篇中醉者八人,人各一章,或一句一醉态,或数句合一醉态,彼此无一同,而天真烂漫,各成奇趣。若宾筵中所谓号呶侧弁者,摹写极工,然是醉后之舆隶,非饮中之神仙也。通篇只李白点一"仙"字,而又从对天子口中说出,明于八仙中推尊李白,是又公用意所在。

沈德潜《唐诗别裁集》卷六:前不用起,后不用收,中间参差历落,似八章仍似一章,格法古未曾有。每人各赠几语,故有重韵而不妨碍。

今夕行

今夕何夕岁云徂,更长烛明不可孤①。咸阳客舍一事无,相与博塞为欢娱②。冯陵大叫呼五白,袒跣不肯成枭卢③。英雄有时亦如此,邂逅岂即非良图。君莫笑,刘毅从来布衣愿,家无儋石输百万④。

【题解】

诗写天宝五载除夕杜甫在长安赌博的情形。除夕之夜,咸阳客舍,明烛高烧,旅客们正聚赌以守岁。博采的气氛真是热烈,一个个袒胸露足,大呼小叫,时而狂喜,时而惋惜。诗人或许是赌运欠佳,没有能够转败为胜,就拿晋人刘毅在赌场上的豪放风采来自我解嘲,说英雄之士,即使财力困乏,亦自眼界阔大,一掷千金而毫不为意。由此诗可见,此时的杜甫充满了自信与乐观,并洋溢着粗犷的气息。

【注释】

①《诗·唐风·绸缪》:"今夕何夕,见此良人。"韦孟《讽谏》诗:"岁月其徂,年其逮耇。"

②博塞:一作"赌博",六博、格五等博戏。《庄子·骈拇》:"问穀奚事,则博塞以游。"成玄英疏:"行五道而投琼(即骰子)曰博,不投琼曰塞。"

③五白:古博戏采名,五木之制,上黑下白。掷得五子皆黑,叫卢,最

42

贵;其次五子皆白,叫白。枭卢:一作"枭牟",旧时博戏樗蒲的两种胜彩。幺为枭,最胜;六为卢,次之。

④刘毅,字希乐,东晋彭城沛(今属江苏徐州)人,官至卫将军、江州都督。《晋书·刘毅传》:"后于东府聚樗蒲大掷,一判应至数百万,余人并黑犊以还,惟刘裕及毅在后。毅次掷得雉,大喜,褰衣绕床,叫谓同坐曰:'非不能卢,不事此耳。'裕恶之,因掷五木久之,曰:'老兄试为卿答。'既而四子俱黑,其一子转跃未定,裕厉声喝之,即成卢焉。"《晋书·何无忌传》:"刘毅家无儋石之储,樗蒲一掷百万。"

【汇评】

陈岩肖《庚溪诗话》卷上:澄江朱正民举直尝云:少陵《今夕行》,措意不苟。其语云"今夕何夕岁云徂",则言岁除夜也;"更长烛明不可孤",则言夜永人多守岁不寐,当有以自遣也;"咸阳客舍一事无",则言旅中少况,且无干也;"相与博塞为欢娱",则言为此犹贤乎己也。盖谓穷冬佳节,旅中永夕无事,方可为此自遣耳,他时不可也。

仇兆鳌《杜诗详注》卷一:此诗见少年豪放之意。除夕博戏,呼白而不成枭,因作自解之词。末引刘毅输钱,以见英雄得失,不系乎此也。

浦起龙《读杜心解》卷二之一:在长安守岁,相与博塞为乐,而叙其事也。意以刘毅自况,英气自露。"邂逅""良图"乃旅遇消闲之谓,无深意。"布衣愿"者,贫困中具此轻财愿力,胸怀自然阔达也。

赠比部萧郎中十兄① 甫从姑子也

有美生人杰,由来积德门②。汉朝丞相系,梁日帝王孙③。
蕴藉为郎久,魁梧秉哲尊。词华倾后辈,风雅蔼孤骞④。宅相
荣姻戚,儿童惠讨论⑤。见知真自幼,谋拙愧诸昆。漂荡云天
阔,沉埋日月奔。致君时已晚,怀古意空存。中散山阳锻,愚
公野谷村⑥。宁纡长者辙,归老任乾坤。

天宝六载(747),杜甫前来应试,落第将归,其从姑之子、比部郎中萧某前来慰留。诗人满腹委屈,翩翩借此倾泻而出。诗篇先称颂萧氏出身高贵,仪表堂堂,才华横溢,风度翩翩,立足朝中已有多年,连杜家也以这样优秀的外孙而倍感自豪。然后笔锋一转,落到诗人自己身上,说他自幼与萧氏相识,却漂泊多年,无所作为,相比之下,颇为惭愧。如今求仕无门,唯有退居乡里,蹉跎岁月。不过,此时的杜甫虽然处于彷徨与苦闷之中,却没有灰心与绝望,对仕途仍充满期待。

【注释】

①比部:魏晋时所设,为尚书列曹之一,职掌稽核簿籍。唐时为刑部四司之一,有郎中、员外各一人,主事四人。

②《诗·郑风·野有蔓草》:"有美一人,清扬婉兮。"

③《新唐书·宰相世系表》载,萧氏出自姬姓,汉时有丞相萧何。萧氏定著二房,一曰皇舅房,一曰齐梁房。齐梁房即梁武帝之后。

④蔼:一作"霭"。骞:一作"搴"。

⑤《晋书·魏舒传》载,(魏)舒少孤,为外家宁氏所养。宁氏起宅,相宅者云:"当出贵甥。"外祖母以魏氏甥小而慧,意谓应之。舒曰:"当为外氏成此宅相。"

⑥《晋书·嵇康传》载,(嵇康)与魏宗室婚,拜中散大夫,居山阳,性绝巧而善锻,宅中有一柳树甚茂,乃激水圜之,每夏月,居其下以锻。《说苑·政理》载,齐恒公出猎,逐鹿而走,入山谷之中,见一老公而问之曰:"是为何谷?"对曰:"为愚公之谷。"桓公曰:"何故?"对曰:"以臣名之。"桓公曰:"今视公之仪状,非愚人也,何为以公名之?"对曰:"臣请陈之:臣故畜牸牛,生子而大,卖之而买驹。少年曰:'牛不能生马。'遂持驹去。傍邻闻之,以臣为愚,故名此谷为愚公之谷。"谷:一作"客"。

【汇评】

仇兆鳌《杜诗详注》卷一:此从萧公叙起。首句推本从姑,三、四称其家世,五、六记官职人品,七、八记文章才望。次叙亲谊交情,乃上下关钮。末承"谋拙"意,自叹不遇。言漂泊沉沦,无复遭际矣。唯有学中散、愚公,玩世隐身而已。从此归老旧乡,不烦萧之枉驾也。

浦起龙《读杜心解》卷五之一:天宝八载,间至东都。盖故庐在偃师,以应诏见退而归也。此诗当是临归之时,比部至公所慰留,而公答之。主意篇末露出。

故武卫将军挽歌三首①

其一

严警当寒夜,前军落大星②。壮夫思敢决,哀诏惜精灵③。王者今无战,书生已勒铭④。封侯意疏阔,编简为谁青。

【题解】

寒夜时分,在警备森严的前军军营,武卫将军走完了他生命的最后旅程。士卒追忆他果敢威严的雄姿,每每激起无穷的斗志;朝廷感念他威震四方所带来的安宁,惋惜精魂的逝去。将军无意封侯,但他的功绩早已为书生载入史册。这样的人不能青史留名,还有谁流芳百世?组诗作于天宝七载(748),当时杜甫在长安。这一首是挽歌的开篇,概述将军的功略。

【注释】

①黄鹤注引《唐职官志》:"左、右武卫大将军各一员,将军各二员,掌统领宫禁警卫之法。"

②《三国志·蜀书·诸葛亮传》注引《晋阳秋》:"有星赤而芒角,自东北西南流,投于亮营,三投再还,往大还小,俄而亮卒。"

③敢:原作"感",据他本改。

④《后汉书·窦宪传》:"(窦宪破匈奴)遂登燕然山,去塞三千里,刻石勒功,纪汉威德,令班固作铭。"

【汇评】

唐汝询《唐诗解》卷三四:此惜其勋之不遂也。在禁宿卫,故云严警。

当此时而大星落，则将军殂矣。于是，部曲感其恩而思殉，天子惜其死而加褒，正以时不用战，故赍志以没，非将略不足以表树也。若谓疏阔难以取封，则简编将为谁而杀耶，世更无可录之勋名也。勒铭，谓勒其墓铭，非刻石燕然之谓。

《唐宋诗醇》卷一三引刘会孟曰：词意上下含蓄，有美有恨。

边连宝《杜律启蒙》五言卷一：首联，言将军没也。次联，言上下皆痛惜之也。五句言时已太平也。六句只是足无战意。七、八言将军夙具韬略，当此太平无事，英雄无用武之地，故赍志以没，不得封侯以垂功名于史册也。一说：五、六句即是将军之功，七、八句言有功如此，而数奇不封，书生虽已勒铭，而史乘曾无记载，故痛惜之也。

其二

舞剑过人绝，鸣弓射兽能。铦锋行慹顺，猛噬失蹻腾。赤羽千夫膳，黄河十月冰①。横行沙漠外，神速至今称。

【题解】

此篇具体叙述将军在军事方面的杰出能力。他个人武艺高强，剑术高超，锋锐所向，无不如意，远超同侪；弯弓射箭，猛兽应声而倒，百发百中。他治兵有术，用兵如神，所率领的雄师可以横行沙漠，飞跃黄河，转战千里，其行军神速至今为人称道。钱谦益认为"赤羽"两句写行军辛苦，以飞鸟走兽充饥，以冰冻之河水解渴，也是一说。

【注释】

①赤羽：军中大旗，一说为军士身上所背负之小旗。羽，一作"雨"。

【汇评】

邵宝《邵二泉先生分类集注杜诗》卷二〇：此言将军技艺精妙如此，故行师则敌人效顺，中箭而猛兽失威，所统者众，所渡者勇，以是弓剑横行沙漠，用兵如神，宜其人到于今称之。此所以壮夫思其敢决，哀诏惜其精灵也欤。

《唐宋诗醇》卷一三引李因笃曰：诗意沉雄悲壮，足慰鬼雄。此篇尤有生造之力。

其三

哀挽青门去,新阡绛水遥①。路人纷雨泣,天意飒风飙。
部曲精仍锐,匈奴气不骄。无由睹雄略,大树日萧萧。

【题解】

将军的灵柩出青门而去,即将归葬于他的故里绛水。目送他的离去,
沿途的路人纷纷落泪,似乎连苍天也为之变色。他的部下一如既往精悍强
大,压制得那些"天之骄子"——塞外的匈奴服服帖帖,只是可惜这样集谦
和、勇武于一身的将军再也无法施展他的雄才大略了。诗歌反复提及北境
与匈奴,所歌咏的将军当是在塞外建立过功勋。

【注释】

①《三辅黄图·都城十二门》:"长安城东出南头第一门霸城门,民见门
色青,名曰青城门,或曰青门。"

【汇评】

张溍《读书堂杜诗注解》卷一:一首哀讣,二叙功,三言归葬。次第秩
然。第二首止言技艺威略,非合看前后,则不知其为挽章。

浦起龙《读杜心解》卷三之一:卒章,纪送葬情事,哀挽正文也。五、六
就现在余威,隐括前二章边功意。七、八咏叹"封侯疏阔"意作收。

石闲居士《藏云山房杜律详解》五律卷一:诗共三首,前后两首,明说哀
挽,中间一首,表白将军之技勇武功,正所以当哀挽之故。层层推勘,一首
深一首,从落星起,到归葬止,一气贯注,三首作一首读。

奉寄河南韦尹丈人① 甫故庐在偃师,
承韦公频有访问,故有下句

有客传河尹,逢人问孔融②。青囊仍隐逸,章甫尚西东③。
鼎食分门户,词场继国风。尊荣瞻地绝,疏放忆途穷④。浊酒

寻陶令,丹砂访葛洪。江湖漂短褐,霜雪满飞蓬。牢落乾坤大,周流道术空⑤。谬惭知蓟子,真怯笑扬雄⑥。盘错神明惧,讴歌德义丰。尸乡余土室,难说祝鸡翁⑦。

【题解】

天宝八九载间,杜甫正处于求仕不得的苦恼期。此时所作寄赠之诗,大多在称颂对方之后,随即倾吐其牢落坎壈之怀。这首诗典故之繁复、情绪之郁结,是集中此前所未有。大约诗人蹭蹬良久而退居偃师,心中有无数委屈,有无数牢骚,故借韦济屈尊寻问之际而全盘托出。诗人首先感谢对方的器重,并委婉解释自己因地位悬殊而未能主动拜访,然后详细描述失志后的境况,通过对陶潜、葛洪、蓟子、扬雄等人的评述暗示出志向。所谓"途穷"而"疏放",实则是遭受重挫之后看不见前程的愤激之言,顾影自怜中饱含无数期待。

【注释】

①韦济(687—754),京兆杜陵人。天宝七载转河南尹,兼水陆运使;九载,迁尚书左丞;十一载,出为冯翊太守。

②《后汉书·孔融传》:"时河南尹李膺以简重自居,不妄接士宾客,敕外自非当世名人及与通家,皆不得白。融欲观其人,故造膺门。语门者曰:'我是李君通家子弟。'"

③青囊:卜筮者盛书的袋子。章甫:一种礼帽。《庄子·逍遥游》:"宋人资章甫而适诸越,越人断发文身,无所用之。"《礼记·檀弓上》:"今丘也,东西南北之人也。"

④地绝:地位尊崇而使礼数隔绝。任昉《齐竟陵文宣王行状》:"地尊礼绝,亲贤莫贰。"《晋书·阮籍传》:"(阮籍)时率意独驾,不由径路,车迹所穷,辄恸哭而反。"

⑤《文选·司马相如〈上林赋〉》:"牢落陆离,烂漫远迁。"李善注:"牢落,犹寥落也。"王充《论衡·儒增》:"孔子不能容于世,周流游说七十余国,未尝得安。"

⑥干宝《搜神记》卷一:"蓟子训,不知所从来。东汉时到洛阳见公卿数

十处，皆持斗酒片脯候之……坐上数百人，饮啖终日不尽。"《汉书·扬雄传》："时雄方草《太玄》，有以自守，泊如也。或嘲雄以玄尚白，而雄解之，号曰《解嘲》。"

⑦尸乡：故址在今河南偃师西。《列仙传》卷上："祝鸡翁者，洛人也，居尸乡北山下，养鸡百余年。鸡有千余头，皆立名字，暮栖树上，昼放散之，欲引呼名，即依呼而至。"难说：一作"谁话"。

【汇评】

王嗣奭《杜臆》卷一：杜凡奉赠诗，前半颂所赠，末后自陈，而此独参错转折，承顶呼应，脉理极细。

浦起龙《读杜心解》卷五之一：公自天宝六载，应诏退下。意二年之中，在都失意，常纵浪近畿，诗正其时作也。前后俱在感其垂问上见意，中段自述近况，颂韦处只两三言耳，故题曰"奉寄"。盖答体，非赠体也。

夏力恕《杜诗增注》卷一："牢落""周流"以上皆自叙，却借次句"问"字铺陈出来。"谬惭""真怯"以"知""笑"二字为"问"字作转关。正颂韦尹，只"讴歌"一句。结句"难说"云云，仍是回顾"问"字，格律之严整变化如此。

高都护骢马行①

安西都护胡青骢，声价欻然来向东。此马临阵久无敌，与人一心成大功。功成惠养随所致，飘飘远自流沙至②。雄姿未受伏枥恩，猛气犹思战场利。腕促蹄高如踣铁，交河几蹴曾冰裂③。五花散作云满身，万里方看汗流血④。长安壮儿不敢骑，走过掣电倾城知。青丝络头为君老，何由却出横门道⑤。

【题解】

安西都护高仙芝所乘之青骢马，在西域已经名闻遐迩，当它东来之时，声价更是与日俱增。青骢马同主人心意相通，驰骋疆场，屡建奇功。它从极西之地而来，涉流沙，渡交河，扬蹄奋鬣，踏地如铁，满身云锦，汗流如血。

如今豢养长安，却仍有千里之志，时刻期盼重返沙场，不愿头戴青丝络头，老死于槽枥之间。此诗作于天宝八载(749)高仙芝回朝之后，句句写马，句句咏人。

【注释】

①高仙芝(?—755)，高句丽人，开元末为安西副都护、四镇都知兵马使，天宝八载入朝。骢马：青白色的马。

②《隋书·西域传》："(吐谷浑)西北有流沙数百里，夏有热风，伤毙行旅。"

③仇兆鳌注引《相马经》："马腕欲促，促则健，蹄欲高，高耐险峻。"交河：在今新疆吐鲁番境内。《元和郡县图志》卷四〇："交河，出(交河)县北天山，水分流于城下，因以为名。"

④五花：青白杂色。朱景玄《唐朝名画录》："(开元)内厩，有飞黄、照夜、浮云、五花之乘。"

⑤《三辅黄图·都城十二门》："长安城北出西头第一门曰横门。……门外有桥曰横桥。"

【汇评】

张綖《杜工部诗通》卷一：凡诗人题咏，必须胸次之高，下笔方卓绝不凡。杜公此诗，如"雄姿未受伏枥恩，猛气犹思战场利"，又云"青丝络头为君老，何由却出横门道"，如此状物，不惟格韵高，亦足以见少陵人品矣。若曹唐《病马》诗云"一朝千里心犹在，争敢潜忘秣饲恩"，真乞儿语，其意趣可怜也哉。

吴瞻泰《杜诗提要》卷五：以往日之战场，今日之在厩，错叙成篇。以安西、流沙、交河、长安、横门为线，一东一西，遥遥相照，而中间正写、侧写，笔笔精悍。咏马如人，空前轶后之作也。

《唐宋诗醇》卷九：杜之歌行，扩汉魏而大之，变幻超忽，不可方物，学者每有望洋之叹。此乃少壮时作，字字精悍，章法、句法，妥帖排奡。若从此等入手，即有规矩可循，自然雅健。

冬日洛城北谒玄元皇帝庙①

庙有吴道子画《五圣图》

配极玄都閟，凭高禁御长②。守祧严具礼，掌节镇非常③。碧瓦初寒外，金茎一气旁④。山河扶绣户，日月近雕梁。仙李盘根大，猗兰奕叶光⑤。世家遗旧史，道德付今王。画手看前辈，吴生远擅场⑥。森罗移地轴，妙绝动宫墙。五圣联龙衮，千官列雁行⑦。冕旒俱秀发，旌斾尽飞扬。翠柏深留景，红梨迥得霜。风筝吹玉柱，露井冻银床。身退卑周室，经传拱汉皇⑧。谷神如不死，养拙更何乡⑨。

【题解】

诗写天宝八载冬杜甫前往北邙山拜谒老君庙所见所感，共三层，纯为赋体，铺张扬厉，并无弹射讥讽之微意。前八句为一层，写庙前所见。老君庙盘踞山顶，藩篱悠长，静穆幽深，执守的官吏庄重严肃，一丝不苟。中间十二句为第二层，写庙堂所见。画壁上吴道子所绘大唐五位帝王的龙袍彼此勾连，下面官员排列成行。李氏一脉根基深厚，世祚绵长。当日《史记》对老子的事迹有所载录，如今玄宗亲自注解《道德经》，将之发扬光大。最后八句为一层，写庭中所见。庭院中翠柏森森，霜梨寒红，檐铃啸啸，井栏凛冽。老君有灵，怎会舍弃这等尊崇的庙宇呢？

【注释】

①乾封元年，唐高宗谒老君庙，追谥老子为玄元皇帝；开元二十九年，唐玄宗下诏天下各地立玄元皇帝庙；天宝二年，改西京玄元庙为太清宫，东京庙为太微宫，天下诸玄元庙为紫微宫。

②配：配祀。极：北极。高：一作"虚"或"空"。

③《周礼·春官》："守祧，掌守先王先公之庙祧。"具礼：按礼仪供设

酒食。

④曹植《承露盘颂铭》："皇帝(魏明帝)乃诏有司铸铜建承露盘,茎长十二丈,大十围。"

⑤《神仙传》卷一载,老子生而能言,指李树曰:"以此为我姓。"《琴操》载,孔子曾作《猗兰操》。《汉武帝内传》载,汉武帝生于猗兰殿。

⑥吴道子(680?—759),阳翟(今河南禹州)人,画家。

⑦《旧唐书·礼仪志》:"(天宝八载)闰六月四日,玄宗朝太清宫,加圣祖大道玄元皇帝,高祖、太宗、高宗、中宗、睿宗尊号并加'大圣'字。"

⑧《列仙传》:"老子生于殷时,为周柱下史,转为守藏史。积八百余年,后周德衰,乃乘青牛车而去,入大秦。"《神仙传》卷二载,汉文帝读《老子经》,颇好之,有所不解数事,以问河上公,公乃授《素书》二卷与帝。

⑨谷神:生养万物之神,一说虚中之神。《老子》第六章:"谷神不死,是谓玄牝。"乡:一作"方"。

【汇评】

钱谦益《读杜小笺》卷上:此诗虽极意讽谏,而铺张盛丽,语意浑然。

浦起龙《读杜心解》卷五之一:字字典重,句句高华。据事直书,不参议论,纯是颂体。而细绎之,"配极"四句,亦似巨典,亦似悖礼。"碧瓦"四句,亦似壮观,亦似逾制。"蟠根""奕叶",亦似绵远,亦似矫诬。"遗旧史",亦似反挑,亦似实刺。"付今王",亦似同揆,亦似假托。纪画处,亦似尊崇,亦似涉戏。"谷神""何乡",亦似呼吸可接,亦似神灵不依。而读去毫无圭角,所以为佳。钱笺语语指斥,意非不是也,但学者不善会之,偏在讥刺一边看去,则失之远矣。盖题系朝廷巨典,体宜颂扬,非比他事讽谏,尚可显陈也。

《唐宋诗醇》卷一三:巨丽冠冕,得颂扬之体,拟诸《清庙》《明堂》,其气象似之。唐人崇祀老子,事属不经,贻讥千古。甫为当时之臣,推崇固应如此。其典重中带飘逸,精工中有排宕,则大手异人处也。

行次昭陵①

旧俗疲庸主,群雄问独夫。谶归龙凤质,威定虎狼都②。天属尊尧典,神功协禹谟③。风云随绝足,日月继高衢。文物多师古,朝廷半老儒。直词宁戮辱,贤路不崎岖。往者灾犹降,苍生喘未苏。指麾安率土,荡涤扶洪炉④。壮士悲陵邑,幽人拜鼎湖⑤。玉衣晨自举,铁马汗常趋⑥。松柏瞻虚殿,尘沙立暝途。寂寥开国日,流恨满山隅。

【题解】

六朝尽庸劣之主,生民困疲;群雄乘隙而起,征伐暴君。其时天灾频降,饿殍遍野,唐太宗天命所归,以龙凤之姿,率天下之英才,东征西讨,天下指麾而定。既而承袭典章,大征儒士,虚怀纳谏,广开言路,勤恤安民,太平之基就此铸立。如今小人用政,壮士沉沦,想必太宗尚在,定会遗恨无穷,恨不能再驭铁马,涤污荡垢,重致清明。诗或作于天宝九载(750),当时杜甫求仕无门,蹉跎良久,行经昭陵而百感交集。

【注释】

①昭陵:唐太宗墓,在今陕西醴泉县城东北九嵏山主峰。

②《旧唐书·太宗纪》载,唐太宗四岁时,有书生见之曰:"龙凤之姿,天日之表,年将二十,必能济世安民。"《史记·苏秦列传》:"秦,虎狼之国也。"

③尧典、大禹谟:《尚书》篇名。

④《庄子·大宗师》:"今一以天地为大炉,以造化为大冶,恶乎往而不可哉。"

⑤《易·履》:"履道坦坦,幽人贞吉。"孔颖达疏:"故在幽隐之人,守正得吉。"邵博《河南邵氏闻见后录》卷八:"天下有冤者,许哭诉于太宗昭陵之下。"《史记·封禅书》:"黄帝采首山铜,铸鼎于荆山下。鼎既成,有龙垂胡

髯，下迎黄帝。黄帝上骑，群臣后宫从上者七十余人，龙乃上去。"

⑥玉衣：金缕玉衣，帝王殓服。《汉书·王莽传》："杜陵便殿乘舆虎文衣废藏在室匣者出，自树立外堂上，良久乃委地。"铁马：一作"石马"。趋：原作"驰"，据他本改。

【汇评】

黄生《杜工部诗说》卷一〇：此章分两段。前六韵言太宗创业垂统之事，后六韵言目前天下未安，因有太宗不作之恨耳。

《唐宋诗醇》卷一三：气象嵬峨，规模宏远，华茂典重之中，有沉雄悲壮之概，陆游所谓"清庙生民伯仲间"也。贞观之治，三代以后所仅见，其行政、用人、纳谏、进贤亦非后代所及，"文物"四句能举其要。不特此也，明皇励精为治，开元政化，上媲太宗；不能持盈保泰，任用宵小，蔽塞聪明，以致天宝祸乱，向非太宗之灵，则唐室墟矣。流离之余，徘徊瞻眺，抚时伤往，流恨山隅，想开国之盛，而所以致乱之故，隐然言外。深广无端，波澜万状，今古诗人，绝无伦比。甫祭房相文云"培塿满地，昆仑无群"，可取以评此诗。

杨伦《杜诗镜铨》卷四：前半颂昭陵，矞皇典重；后半慨时事，沉郁悲凉。当是以正雅之体裁，写变雅之情绪者。

重经昭陵

草昧英雄起，讴歌历数归①。风尘三尺剑，社稷一戎衣②。翼亮贞文德，丕承戢武威③。圣图天广大，宗祀日光辉。陵寝盘空曲，熊罴守翠微④。再窥松柏路，还见五云飞⑤。

【题解】

唐玄宗曾问侍臣："帝王创业与守成孰难？"房玄龄回答说："草昧之初，群雄并起，角力而后臣之，创业难矣。"隋炀帝失德，群雄竞起逐鹿，秦王身著戎衣，手提三尺之剑，辅佐高帝，顺天应命，一扫六合，其功业足以不朽。

天下既定，社稷乂安，又偃武修文，太宗宏图之大可谓同于天地，唐室垂统之远有如日月。祥云环绕、佳气葱郁、松柏掩映、警跸森严的昭陵，尤显得雄伟肃穆。此诗称颂太宗功德，典重高华，整饬工丽，与前首主旨相近，笔调不异，作时亦或相距不远。

【注释】

①《易·屯·象》："天造草昧。"孔颖达疏："草谓之草创，昧谓冥昧，言天造万物于草创之始，如在冥昧之时也。"《孟子·万章》："讴歌者不讴歌尧之子，而讴歌舜。"《尚书·大禹谟》："天之历数在汝躬。"

②《汉书·高帝纪》："吾以布衣，提三尺剑取天下，此非天命乎?"《尚书·武成》："一戎衣，天下大定。"

③《三国志·魏书·高堂隆传》："可选诸王，使君国典兵，往往棋跱，镇抚皇畿，翼亮帝室。"贞：原作"正"，据他本改。《书·大禹谟》："帝乃诞敷文德，舞干羽于两阶。"

④《书·康王之诰》："则亦有熊罴之士，不二心之臣，保乂王家。"

⑤见：一作"有"。《宋书·符瑞志》："云有五色，太平之应也。"

【汇评】

卢世㴶《杜诗胥钞余论·论五七言排律》：意自攸关，辞无对补。夫排律原为酬赠设，而乃环络先朝，切劘当世，纡回郑重，就排场中而对事出焉，本领体裁，绝世独立。

《唐宋诗醇》卷一三：浑举赞颂，义无不包，与前篇皆可直追三颂。

又引何景明曰：用经史入诗，绝不见斧凿痕，使他人道之未免拙滞。

又引钟惺曰：陵庙之作，典古悲凉，说功业无竹帛气，说神灵无松杉气。

赠翰林张四学士①

翰林逼华盖，鲸力破沧溟②。天上张公子，宫中汉客星③。赋诗拾翠殿，佐酒望云亭。紫诰仍兼绾，黄麻似六经④。内分金带赤,恩与荔枝青。无复随高凤,空余泣聚萤⑤。此生任春草,垂老独漂萍。倘忆山阳会,悲歌在一听⑥。

【题解】

诗作于天宝九载(750)杜甫进献三大礼赋之前。张垍本为名臣之后,博学能文,官翰林学士,赐金荔枝带,侍从天子,佐酒赋诗于内宴,分掌诏诰之制,影响可谓大矣;又尚公主,拜驸马都尉,置宅禁中,恩宠可谓深矣。诗人与之有旧,见其凤翔千仞,扶摇直上,反观自身浮萍飘零,年华虚掷,故赠诗而望对方垂情援手。

【注释】

①张四学士:张垍,唐朝名相张说次子,尚玄宗皇帝宁亲公主。开元二十六年(738)翰林供奉改为学士,张垍与刘光谦首次充任。

②《晋书·天文志》:"大帝上九星曰华盖,所以蔽覆大帝之座也,盖下九星曰杠,盖之柄也。"

③《汉书·赵皇后传》载童谣云:"燕燕尾涎涎,张公子,时相见。"徐陵《杂曲》:"张星旧在天河上,从来张姓本连天。"

④紫诰:皇帝诏书盛以锦囊,封以紫泥。黄麻:用黄麻纸誊写的诏书。

⑤《诗·大雅·卷阿》:"凤凰鸣矣,于彼高冈。"《晋书·车胤传》:"胤恭勤不倦,博学多通,家贫不常得油,夏月则练囊盛数十萤火以照书,以夜继日焉。"

⑥《晋书·向秀传》:"(嵇)康善锻,秀为之佐,相对欣然,傍若无人。又共吕安灌园于山阳。"

【汇评】

王嗣奭《杜臆》卷一:垍乃说之子,尚公主,即禁中置内宅,其承帝宠如是,故公赠诗独异,不可移于他翰林用之。此刻意之作,人多草草看过。如"高凤""聚萤",本不用人名车胤事,一经评注点染,竟为白璧之瑕。垍官翰苑,又宅禁庭,如凤翔千仞,无复可随,而空泣聚萤耳。公在秦州赠薛三、毕四诗云:"官淹趋栖凤,朝回叹聚萤。"知其必有所出。今以臆解之:萤之为物,弱质不离腐草,微光难近太阳,故以自比。而两处俱作囊萤解,则儿童之见也。

《唐宋诗醇》卷一三：前幅工丽。

赠韦左丞丈济

左辖频虚位，今年得旧儒^①。相门韦氏在，经术汉臣须^②。时议归前烈，天伦恨莫俱。鸰原荒宿草，凤沼接亨衢^③。有客虽安命，衰容岂壮夫。家人忧几杖，甲子混泥途。不谓矜余力，还来谒大巫。岁寒仍顾遇，日暮且踟蹰。老骥思千里，饥鹰待一呼^④。君能微感激，亦足慰榛芜^⑤。

【题解】

诗作于天宝九载韦济由河南尹迁任尚书左丞之时。前八句祝贺韦济迁官，写韦氏家学有渊源，三代为相，如今韦济有望继美先辈，显扬祖德。尚书左丞的职位空了很久，一直在虚位以待，今年终于等到了您这位宿儒上任。您出生于经学世家，父辈常为时人赞许，兄长以未得大用、过早离世为憾，而您将不孚众望，由此登上宰辅之位。后十二句表达期待援引之意，写诗人虽是壮年而仍未能入仕，沦落草野，精气衰耗，故前来拜谒以求摆脱困境。我虽然乐道安命，奈何岁月如梭，壮年不再，家人忧心忡忡，唯恐沦落草野，就此坠落。因此我前来拜谒，希望得到您的顾怜与举荐，并非出于自我矜夸，只是老马犹存千里之志、饥鹰期待翱翔九天。如果您对我的处境有所体察，就足以慰藉我这草野之人。

【注释】

①左辖：尚书左丞，掌管省事，纠察宪章。

②韦济祖父韦思谦、伯父承庆及其父嗣立，皆居相位。臣：一作"官"。

③《诗·小雅·常棣》："脊令在原，兄弟急难。"韦济之兄韦恒，出任陈留太守，未行而卒。凤沼：中书省。

④《三国志·魏书·吕布传》："譬如养鹰，饥则为用，饱则扬去。"

⑤亦足慰榛芜:一作"折骨效区区"。

【汇评】

单复《读杜诗愚得》卷一:此公冀韦汲引而作欤?首言左辖得人如济,而叙其门地尊荣,为时议所归,以及兄弟世美,且吊且贺,皆美其达而在上之词。"有客"以下,皆自述其穷而在下之事,以望其荐达也。

浦起龙《读杜心解》卷五之一:前八,贺其迁官,述其门地,期其入相也。后十二,自言穷而来谒,望其荐拔也。

乐游园歌 晦日贺兰杨长史筵醉歌①

乐游古园崒森爽,烟绵碧草萋萋长。公子华筵势最高,秦川对酒平如掌。长生木瓢示真率,更调鞍马狂欢赏②。青春波浪芙蓉园,白日雷霆夹城仗③。阊阖晴开誅荡荡,曲江翠幕排银榜④。拂水低徊舞袖翻,缘云清切歌声上。却忆年年人醉时,只今未醉已先悲。数茎白发那抛得,百罚深杯亦不辞⑤。圣朝已知贱士丑,一物自荷皇天慈⑥。此身饮罢无归处,独立苍茫自咏诗。

【题解】

唐代"每正月晦日、三月三日、九月九日,京城士女咸就此(乐游原)登赏被禊"(《唐两京城坊考》卷三)。天宝十载(751)的春天,杜甫应人之邀参加游宴。苑中古木参天,烟笼草长。坐在乐游原的筵席上,居高俯视,只见八百里秦川如在掌中,长安城中诸般景致一览无余。芙蓉园中碧波荡漾,阊阖门前人马喧阗,宫廷仪仗从夹道中缓缓而出,曲江池边幄幕云布,歌声清切嘹亮,舞姿翩翩柔美。主人真诚坦率,客人任情任性,气氛十分欢快。酒酣耳热之际,杜甫想到岁月催人而一事无成,虽待制集贤院而未得官职,似乎被朝廷遗忘,不觉自伤落拓,未醉先悲。

【注释】

①乐游园:又名乐游苑、乐游原,故址在今陕西西安南郊。晦日:农历每月的最后一天,唐初以正月晦日、三月三日、九月九日为三令节,德宗时废正月晦日,以二月朔为中和节。

②长生木瓢:以长生树所制木瓢,传说以之酌酒可以延年益寿。鞍马:唐代酒令名。

③芙蓉园:在曲江南、乐游园西。夹城:复道。夹,原作"甲",据他本改。开元十四年和二十年,唐玄宗扩建兴庆宫,自大明宫沿东郭城,经通化门、春明门、延兴门,筑夹城入至曲江、芙蓉园。

④阊阖:天门,此指宫城正门。訦:原作"映",据他本改。《汉书·礼乐志》:"天门开,訦荡荡。"曲江:曲江池,在今陕西长安县东南。银榜:银制的匾额。

⑤罚:一作"刻"。

⑥已:原作"亦",据他本改。

【汇评】

沈德潜《唐诗别裁集》卷六:极欢宴时,不胜身世之感,临川《兰亭记序》所云"情随事迁,感慨系之"也。

(朝鲜)李植《纂注杜诗泽风堂批解》卷二:贫贱孤羁之极,自述其实,本非深至之语。此乃天宝末,明皇游宴之胜,杜氏寒贱之极,有此作。故述事则繁侈,而叙情则坎壈也。若肃宗之世,则杜已为近侍,语意犹宽,又无翠幕银榜丰大之景矣。

叶燮《原诗·内篇上》:即如甫集中《乐游园》七古一篇,时甫年才三十余,当开、宝盛时,使今人为此,必铺陈飏颂,藻丽雕缋,无所不极。身在少年场中,功名事业,来日未苦短也,何有乎身世之感?乃甫此诗,前半即景事无多排场,忽转"年年人醉"一段,悲白发,荷皇天,而终之以"独立苍茫"。此其胸襟之所寄托何如也。

病后过王倚饮赠歌①

　　鳞角凤嘴世莫识,煎胶续弦奇自见②。尚看王生抱此怀,在于甫也何由羡。且遇王生慰畴昔,素知贱子甘贫贱。酷见冻馁不足耻,多病沉年苦无健。王生怪我颜色恶,答云伏枕艰难遍③。疟疠三秋孰可忍,寒热百日相交战。头白眼暗坐有胝,肉黄皮皱命如线④。惟生哀我未平复,为我力致美肴膳。遣人向市赊香粳,唤妇出房亲自馈。长安冬菹酸且绿,金城土酥净如练⑤。兼求畜豪且割鲜,密沽斗酒谐终宴⑥。故人情义晚谁似,令我手足轻欲旋⑦。老马为驹信不虚,当时得意况深眷⑧。但使残年饱吃饭,只愿无事长相见。

【题解】

　　天宝十载秋,杜甫身染疟疾,卧病长安长达百日,眼神灰暗,皮肤灰黄,命悬一线,故旧渐相疏远。是日病体稍瘥,他前去拜访友人王倚,得到后者盛情款待而赋此诗。诗之开篇如天外飞仙,以无奇色、无异彩却堪大用之鳞角凤嘴,比喻王倚平时不显山露水,关键时刻却笃于交谊,值得信赖。友人不仅完全理解杜甫心中郁积的苦闷,知道诗人的忧愤源自多年缠身的疾病,而非纠结于个人得失、功名富贵,同时还甚为关心诗人的身体,竭尽所能置办美食,到集市上赊来香粳米,让妻子亲自下厨。这些美食其实就是泡菜、萝卜、猪肉之类,在他人眼中极为简单平常,但在饱尝人情冷暖的诗人看来,却是异常温馨甜美。他不顾大病初愈而食之过饱,饮之过甚,以此表达对友人的谢意,并期待这种平淡而真淳的交往能够永远持续下去。

【注释】

①过:原作"遇",据他本改。

②《海内十洲记》载,西海中央之凤麟洲,多凤、麟及神药,仙家煮凤喙

及麟角,合煎作膏,名为续弦胶,相传能接续断折之弓剑。识:一作"辨"。

③怪:一作"见"。

④有:一作"不"。胝:皮厚。

⑤菹:醃菜。金城:县名,本名始平,因景龙四年唐中宗送金城公主降吐蕃至此而改名,至德二载改名兴平,属京兆府。土酥:萝卜。净:原作"静",据他本改。

⑥畜豪:原作"富豪",据他本改。

⑦义:一作"味"。

⑧《诗·小雅·角弓》:"老马反为驹,不顾其后。如食宜饫,如酌孔取。"信:一作"总"。

【汇评】

仇兆鳌《杜诗详注》卷三:杜诗长篇起局,或比或赋,多是摄起全篇。此章"麟角"二句,旧注谓比王生抱负奇才,必用世乃见,于篇中不相关涉。唯卢元昌之说,独得其旨。盖公过王倚时,本尪羸病躯,及与之谈情愫,留欢宴,不觉手足轻旋,沉疴为之顿起,真有似乎煎胶续弦者。通篇脉络照应,确不可移。此章赠王倚,后有《赠姜七少府》诗,皆用方言谚语,盖王、姜二子,本非诗流,故就世俗常谈,发出恳至真情,令其晓然易见。文章浅深,随人而施,此其所以有益也。

杨伦《杜诗镜铨》卷一:诗开宋派,读此歌见古人一饭之德不忘。

梁运昌《杜园说杜》卷七:常意常语,必对偶者,忌剽轻也;必拗涩者,避圆熟也;必一韵到底者,不走滑路,见力量也。韩退之多用此体,此体始于少陵。首四句提出主意,末六句作双层收结,中间一大段叙遇饮,一片下去,读此诗以为粗疏率笔耳,而不知其针缕最为细密。

兵车行①

车辚辚,马萧萧,行人弓箭各在腰。耶娘妻子走相送,尘埃不见咸阳桥②。牵衣顿足拦道哭,哭声直上干云霄。道旁

61

过者问行人,行人但云点行频③。或从十五北防河,便至四十西营田④。去时里正与裹头,归来头白还戍边。边庭流血成海水,武皇开边意未已⑤。君不闻汉家山东二百州,千村万落生荆杞。纵有健妇把锄犁,禾生陇亩无东西。况复秦兵耐苦战,被驱不异犬与鸡。长者虽有问,役夫敢伸恨。且如今年冬,未休关西卒⑥。县官急索租,租税从何出⑦。信知生男恶,反是生女好。生女犹是嫁比邻,生男埋没随百草⑧。君不见青海头,古来白骨无人收⑨。新鬼烦冤旧鬼哭,天阴雨湿声啾啾⑩。

【题解】

《兵车行》是杜甫标志性的作品之一,它不仅意味着推陈出新、不断探索开始成为诗人创作的重要追求,同时也表明以关注社会民生为己任的写实风格业已形成。这是一首"即事名篇"的新题乐府,但诗歌所依傍的"时事"历来莫衷一是,或以为是征南诏,或以为是伐吐蕃,其实诗中虽涉及了当日战争的一些细节,但不能将它单纯地理解为一时一事的实录,而不妨视为天宝年间"开边未已"的一个缩影。年少入伍、头白归来的老兵尚且无法幸免被强制出征的命运,而从关中到山东、从边庭到内地之广大农夫士卒的结局可想而知。开卷之兵车滚动、战马嘶鸣、亲人牵衣顿足的场面,正告诉我们悲剧在反复上演。

【注释】

①题下原有注:"古乐府云:不闻耶娘哭子声,但闻黄河流水鸣溅溅。"

②咸阳桥:即便桥,在咸阳县西南十里之渭水上,与便门相对。

③点行:按丁籍强制征发差役。

④防河:开元十五年,朝廷诏令陇右道、河西及诸军团、关中兵等集于临洮,朔方兵集于会州,防止吐蕃侵扰,至冬初无寇而罢。营田:屯田。

⑤武:一作"我"。皇:一作"帝"。

⑥关西:一作"陇西",函谷关以西。

⑦县官：天子。司马贞《史记索隐》："县官，谓天子也。所以谓国家为县官者，《夏官》王畿内县即国都也。王者官天下，故曰县官也。"急索租：一作"云急索"。

⑧是：一作"得"。

⑨青海头：青海湖边，唐军与吐蕃争锋之地。

⑩声：一作"悲"。

【汇评】

唐汝询《唐诗解》卷一四：此因明皇征吐蕃而为征夫自诉之辞以刺也。言大军将发，整车马，治戎器，行者之家，哭送于途。于是路人问之，而征夫自诉曰：朝廷役使无休时，既兴防河、营田之役，复有开边之举，使我白首不得息。又况边人血流成海，帝心尚未厌也。今山东之地几于无人，妇人耕作，男子横戈，军中复以强弱相凌，见困尤甚。然我非敢以从征为恨也。苟关西之卒未休，退耕者寡，租税无从出，则输赋之苦尤甚于从军矣。吾人何乐乎有生哉。总之，暴骨青海旁耳。吁！黩武如此，而不亡国者鲜矣。此安史之乱所由起也。

吴瞻泰《杜诗提要》卷五：篇中以"开边"句为主，而叙事只起手七句，以下俱词令代叙事。"但云"二字，直贯至末，皆戍役之言，分两段写：一段以"君不闻"结住内郡凋敝，一段以"君不见"结住戍卒零丁。似分两扇，而长短参差，绝无痕迹。词令述完，不复再叙一语，含蓄吞吐，语未尽而意有余。真汉诗，真乐府。

梁运昌《杜园说杜》卷七：此一诗乃开、天间治乱关头，不比他人征戍篇什漫然而已。严沧浪谓此诗太白所不能作，今观其行文，不依傍古词，自成格调，风骨、气味、色泽并臻绝顶。尤能字字痛心，言言动魄，使人主闻之，因是念民瘼而戢侈心，岂非《小雅》之嗣音哉。

前出塞九首①

其一

戚戚去故里,悠悠赴交河②。公家有程期,亡命婴祸罗③。
君已富土境,开边一何多。弃绝父母恩,吞声行负戈。

【题解】

此九首大约作于天宝年间,与哥舒翰征讨吐蕃之事有关,描述了一位来自秦陇的兵丁横被征调、辞亲远行、习熟战事、奋勇杀敌及获捷论功又为将营私夺的全过程。其一写兵丁出发之际的心理活动。面对征调,他满心不甘,却又无可奈何,因为逃亡就会连累父母妻儿。于是他一边在心里埋怨皇上贪得无厌,已经拥有了辽阔领地还要不断开疆拓土,一边匆匆告别故里,踏上漫漫征程,赶在朝廷规定的期限前抵达交河。

【注释】

①出塞:汉横吹曲名。一般认为,当时杜甫初作九首,单名《出塞》,后来再作五首,另加"前""后"两字以分别。

②交河:交河城,贞观十四年所置安西都护府治所,今位于新疆吐鲁番西北。

③家:一作"行"。

【汇评】

汪灏《树人堂读杜诗》卷二:第一章绝父母之恩,行万里之程,向危亡之地,开无厌之边,其如君命何?

黄生《杜工部诗说》卷一:杜公不拟古乐府,前、后《出塞》,偶用其题耳。凡拟古者,类无其事而假其辞。公则辞不虚设,必因事而设。即其修辞立诚之旨,已非诗人所及,何待较其工拙乎。

吴瞻泰《杜诗提要》卷一:此从军者初别家之情也。开边是九章主脑,故首章即提纲。已富而又开边,微言冷刺。一"何"字,婉而厉。末五字又进一步,将上文呼君、呼父母一齐撇开,且吞声、行去、负戈也,字字呜咽。

其二

出门日已远,不受徒旅欺。骨肉恩岂断,男儿死无时。走马脱辔头,手中挑青丝①。捷下万仞冈,俯身试搴旗②。

【题解】

其二写征夫在行军途中逐渐熟习了军旅生活。出门的时间长了,离别的愁绪也开始淡了。既然已经置身疆场,随时面对着死亡,就应暂时将骨肉之情抛之脑后。男儿的血性一旦被激发出来,豁出性命,自然会享受驰骋沙场的快意生活,并由此会得到军中伙伴的认可和尊重,不再受到欺凌。这位兵丁去掉马络头,信手轻挑缰绳,呼啸着从万仞高岗上飞驰而下,反复练习着俯冲、拔旗。

【注释】

①青丝:马的缰绳。

②仞:一作"丈"。《通典·兵二》:"搴旗斩将,陷阵摧锋,上赏。"搴,拔取。

【汇评】

吴瞻泰《杜诗提要》卷一:此下三首,皆在道时之言。此章微分两截。前截是勇敢人思一死所,死而得所,即得时也。骨肉之恩岂无,男儿之死有在。故作顿挫语,描出壮士精神。旧解谓未知生死何时,则儿女子之言,男儿所不道也。后截一气滚下,写出壮士精神百倍,却从"男儿死无时"一句生来,则上下截固然藕断丝连。著一"试"字又妙,是未临危悬空模拟话,正欲图为效死之地也。

仇兆鳌《杜诗详注》卷二:二章,叙在道时,轻生自奋之语。上四意决,下截气猛。军伍习熟,不受欺于徒侣矣。生死无时,不暇计及骨肉矣。脱辔而挑起青丝,下冈而学试搴旗,言时时蹈危地也。

其三

　　磨刀鸣咽水,水赤刃伤手①。欲轻肠断声,心绪乱已久。丈夫誓许国,愤惋复何有。功名图骐骥,战骨当速朽②。

【题解】

　　其三写这位兵丁在征途中的复杂心情。备战的间隙,他在河边心不在焉地磨着战刀。幽咽的陇水勾起了他的乡思,他完全沉浸到回忆之中,直到看见染红的流水才发现刀刃划破了手指。兵丁顿时清醒过来,暗自下定决心:大丈夫既然许身报国,就当置生死于度外,力取赫赫战功以流芳百世,哪里还有闲工夫去自艾自怜。

【注释】

　　①《乐府诗集·梁鼓角横吹曲》载《陇头歌辞》:"陇头流水,鸣声幽咽。遥望秦川,肝肠欲绝。"

　　②骐骥:一作"麒麟"。《汉书·苏武传》载,甘露三年,汉宣帝思股肱之美,图画大将军霍光等十一人于麒麟阁。

【汇评】

　　张溍《读书堂杜诗注解》卷六:前四句愁惨,后四句忽作丈夫慷慨之谈,一首中极其顿挫。

　　吴瞻泰《杜诗提要》卷一:闻鸣咽水而肠断,故心绪错乱。磨刀伤手不自知,及至水赤而后见。四句是参错倒序法。此章亦微分两截。前截柔声惨切,语语断肠;后截慷慨雄谈,忽激为变徵之声,若出两人之口。殊不知后截正是强为排遣,姑为此大言耳。八句自具顿挫。

　　刘濬《杜诗集评》卷一引许昂霄曰:磨刀而伤手,以心绪乱也。昔人以此水为肠断,我欲轻此声而不能,不觉刃之伤手耳。然丈夫既已许国,亦安所念恨哉。欲垂名于身后,捐躯非所惜矣。前四语怨,后四语愤,是此题转关眼目处。

其四

送徒既有长,远戍亦有身①。生死向前去,不劳吏怒瞋。路逢相识人,附书与六亲②。哀哉两决绝,不复同苦辛③。

【题解】

其四写行军途中的驱迫之苦。跋山涉水、风餐露宿之时,远戍的士卒突然碰见一位熟悉的乡亲即将回归故里,于是请他捎信给自己的亲人,告诉他们就此永诀,再也无法同甘共苦,生死相依。此时一旁押送的胥吏反复催促,极不耐烦,于是这位兵丁生气地说:我们这些被征调的戍卒,只有命一条,死活都会向前,不劳你们凌辱怒骂。

【注释】

①送徒长:押送征夫的胥吏。徒,征夫。

②六亲:父母兄弟妻子。

③同:一作"问"。

【汇评】

黄生《杜工部诗说》卷一:此因途中有附书之事,其行稍后,故为吏所怒。送徒有长,言亡命当与同坐,自可保无失所。远戍有身,言此身本父母所生,有人心者忍禁不使寄书乎。篇法用倒叙,亦非呆学汉魏人所知。

吴瞻泰《杜诗提要》卷一:戍卒别无他物,止有此身而已,生亦去,死亦去,不劳吏怒也。吏即送徒之长。"路逢"二句,是戍卒述与送徒长之言。"哀哉"两句,又即书中之语也。多少层次,读之凄楚欲绝。此亦倒序法。若将附书说向前,即索然。

贺裳《载酒园诗话又编》:此句与首章末句意相似,但前是出门时言,犹感慨意多,此是因附书后再一决绝言之,直前不顾矣。且前止父母,此兼姻戚,文情之密,非复也。补出吏与相识人来,尤见周匝。"附书"下三句,亦暗与次章"骨肉恩岂断"二语相应,又微反《毛诗》"我戍未定,靡使归聘"意,妙于脱胎变化。

其五

迢迢万里余，领我赴三军。军中异苦乐，主将宁尽闻。
隔河见胡骑，倏忽数百群。我始为奴仆，几时树功勋①。

【题解】

其五写始至战场的见闻感受。经过万余里的辛苦奔波，这位兵丁终于
抵达他服役的前线，隔着交河，就能看见成群的胡兵呼啸往来。初来乍到
的他，简直如奴仆一样被无休止地使唤。没想到军中苦乐如此悬殊，将军
们高高在上，哪里有心思理会这些事情？什么时候才能杀敌立功以摆脱这
卑微的地位？

【注释】

①为奴仆：被奴役。《资治通鉴·唐纪三十二》："府兵入宿卫者，谓之
侍官，言其为天子侍卫也。其后本卫多以假人，役使如奴隶。……其戍边
者，又多为边将所苦使，利其死而没其财。"

【汇评】

吴瞻泰《杜诗提要》卷一：此初到军中之词。军中苦乐不均，方有致怨
主将之意。转笔忽作敌忾之音，儿女一变为英雄。用笔灵幻莫测。此与
"磨刀"章同一机杼，然多末二句，又一放去，更觉离奇。

仇兆鳌《杜诗详注》卷二：五章，初到军中而叹也。上四伤主将之寡恩，
下四慨立功之无日。曰几时树勋，则麒麟之愿难必矣。

其六

挽弓当挽强，用箭当用长。射人先射马，擒寇先擒王①。
杀人亦有限，列国自有疆②。苟能制侵陵，岂在多杀伤。

【题解】

其六写对战争的认识。打仗没有必要滥杀无辜，杀敌也不是多多益
善，而是要抓住要害，解决关键问题，好比射毙战马就易擒敌，俘获对方首

领就易溃众。每个国家都有自己的疆域,抵御侵凌的手段不是一味地劳师远征,征伐无度。前四句连用譬喻,生动贴切,形象警醒,"似谣似谚,最是乐府妙境"(黄生《杜工部诗说》卷一)。

【注释】

①寇:一作"贼"。《射经·辨的》:"射人先射马,擒贼必擒头。"

②列国:一作"立国"。

【汇评】

王嗣奭《杜臆》卷三:钟(惺)云:"前四句与下四句非两层,擒斩中正寓不欲多杀之意。"极是。然他人有前四句,必无后四句,而王者之师所以无敌,正兼前后八句而有之也。三代之下,谁复领此?"谈兵迈古风",此老自道。

黄生《杜工部诗说》卷一:前四语,似谣似谚,最是乐府妙境。战阵多杀,始自秦人,盖以首级论功,先时无是也。至出塞之举,则始于汉武。当时卫、霍虽屡胜,然士马大半物故。一将功而枯万骨,亦何取哉!明皇不恤中国之民,而远慕秦皇、汉武之事,杜公此诗托讽实深。

吴瞻泰《杜诗提要》卷一:此为九首扼要之旨。大经济语,借戍卒口中说出,托刺甚深。"立国自有疆",讽谏微妙,使开边者猛然自省。

其七

驱马天雨雪,军行入高山①。径危抱寒石,指落曾冰间。已去汉月远,何时筑城还?浮云暮南征,可望不可攀。

【题解】

其七写边关筑城的辛苦艰危。士卒们冒着飞雪冻雨,策马行进在险峻的高山之中。他们在崎岖的山路上搬运寒石,准备在山顶修筑戍守的城堡。天气如此寒冷,他们的手指都被冻得失去了知觉。离家已经很久了,什么时候才能修筑好城堡回到家乡呢?真希望跨上南去的浮云一同归去,可惜这只是梦想。"筑城往往会导致边境短暂的安定,所以役夫每当愁苦之极时,往往会渴望有朝一日结束战争筑城而还"(陈贻焮《杜甫评传》)。

①《诗·小雅·出车》："今我来思，雨雪载涂。王事多难，不遑启居。"

【汇评】

吴瞻泰《杜诗提要》卷一：此专序筑城而思家也。"径危"二句，正赋筑城，至第六句，始点清，亦倒序法。"汉月"句，起下思家。云南征而人不与俱还，工于起兴。

仇兆鳌《杜诗详注》卷二：七章，为戍边筑城而叹也。上四，述严寒之苦。下四，叙思归之情。

其八

单于寇我垒，百里风尘昏。雄剑四五动，彼军为我奔①。虏其名王归，系颈授辕门②。潜身备行列，一胜何足论。

【题解】

其八写战胜归来，谦逊如常。胡骑来势汹汹，方圆百里硝烟弥漫。我军镇定自若，主动出击，将来犯之敌打得狼狈逃窜。将士们活捉了胡骑的大首领，将之献给中军主帅以夸耀功勋。这位兵丁默默地回到他的行伍之中，认为这只是一场小小的胜利，不值得大肆张扬。

【注释】

①《吴地记》："遂成二剑，雄号干将，作龟文；雌号莫邪，作鳗文。"

②《汉书·宣帝纪》载，神爵二年，"匈奴单于遣名王奉献"。颜师古注："名王者，谓有大名以别于诸小王也。"

【汇评】

黄生《杜工部诗说》卷一：士卒中岂有此人，无亦寓辞以讽耶？

吴瞻泰《杜诗提要》卷一：此序立功之事。"四五动"，具见料敌制胜处。五、六两句，悬空虚拟，并未言有功不伐，皆见敌忾之勇。

仇兆鳌《杜诗详注》卷二：八章，见其有敌忾之勇。上四言临敌制胜，下欲扫净边氛，即擒王意也。剑动寇奔，此军士之获胜，乃其意必欲尽空幕南之庭而后快,一胜又何足论乎?此写猛气雄心,跃跃欲动。

其九

从军十年余,能无分寸功^①。众人贵苟得,欲语羞雷同^②。中原有斗争,况在狄与戎^③。丈夫四方志,安可辞固穷^④。

【题解】

其九抨击众人争功邀赏。这位士卒在边疆已经征战十多年了,所经历的战争不计其数,哪里会没有立下战功呢?他只不过看不惯军中贪功冒赏之辈,不屑与之为伍而夸耀自己的功劳。自古以来,中原就争斗不断,何况周边夷狄虎视眈眈。大丈夫为国戍边,乃是本分,难道会因不得封赏就改变初衷?

【注释】

①十年余:一作"十余年"。

②羞:一作"差"。

③斗争:一作"争斗"。

④《论语·卫灵公》:"君子固穷,小人穷斯滥矣。"

【汇评】

王嗣奭《杜臆》卷三:《出塞》九首,是公借以自抒其所蕴,读其诗而思亲之孝,敌忾之勇,恤士之仁,制胜之略,不尚武,不矜功,不讳穷,豪杰圣贤兼而有之,勿以诗人目之也。

吴瞻泰《杜诗提要》卷一:此总结前后之意,若为不伐其功者。"贵苟得","羞雷同",一纵一擒,写得戍卒有品如此,并征戍之怨,一并扫尽,忠厚之至也。

浦起龙《读杜心解》卷一之一:汉魏以来,一题数首,无甚诠次。少陵出而章法一线。如此九首,可作一大篇转韵诗读。

投简咸华两县诸子①

赤县官曹拥材杰,软裘快马当冰雪②。长安苦寒谁独悲,杜陵野老骨欲折③。南山豆苗早荒秽,青门瓜地新冻裂④。乡里儿童项领成,朝廷故旧礼数绝⑤。自然弃掷与时异,况乃疏顽临事拙。饥卧动即向一旬,敝衣何啻联百结⑥。君不见空墙日色晚,此老无声泪垂血。

【题解】

诗作于天宝十载冬天,乃是贫困交加的杜甫,向万年、华原两县的友人,倾诉他饥寒交迫的生活状况。诗人抱怨道:长安城中那些官人,都是朝廷心目中的人才,他们在寒冷的冬日穿着皮袍,乘着快马,而我这把老骨头唯有在冰天雪地里苦苦煎熬。位居显要的故旧,因我的个性顽固,不合时宜,渐渐疏远,不复往来;一些小小的官吏,更在我面前骄横倨傲,不可一世。我有心去做一个隐士,可是天寒地冻,难以为生,如今抱病挨饿,动不动就卧床十来日,衣服也是补丁连着补丁。天色将晚,寒夜漫漫,家徒四壁,这种泪尽以泣血的日子何时是尽头?"南山豆苗""乡里儿童"两联,用典贴切自然,无斧凿之痕。

【注释】

①咸华:咸阳和华原;原作"成华",据他本改。一说,"咸"指咸宁县,即万年县。《元和郡县图志》卷一载,天宝七载,万年县改名为咸宁县,乾元元年改回。

②《通典·职官十五·州郡下》:"大唐县有赤、畿、望、紧、上、中、下七等之差,京都所治为赤县,京之旁邑为畿县。"

③杜陵:在长安城东南二十余里,古杜伯国封地,汉宣帝陵墓所在。

④南山:终南山。《汉书·杨恽传》载其《报孙会宗书》:"田彼南山,芜秽不治,种一顷豆,落而为萁。人生行乐耳,须富贵何时。"青门瓜:广陵人

邵平所种之瓜。邵平在秦为东陵侯,至汉在青门种瓜。阮籍《咏怀诗》其九:"昔闻东陵瓜,近在青门外。"

⑤《晋书·陶潜传》:"吾不能为五斗米折腰,拳拳事乡里小人邪!"项领成:脖子硬,目中无人。项,大。

⑥衣:一作"裘"。

【汇评】

浦起龙《读杜心解》卷二之一:此当失意之时,值苦寒而作。一篇不平之鸣,不敢闻于朝贵,姑诉之两县诸子。想诸子皆非官于朝者也。说朝官得志,只一句,笔势凌厉。"项领成""礼数绝",语太忿激矣,故出以"疏顽"自任,而结复归之不敢声言。

杜位宅守岁①

守岁阿戎家,椒盘已颂花②。盍簪喧枥马,列炬散林鸦③。四十明朝过,飞腾暮景斜。谁能更拘束,烂醉是生涯。

【题解】

诗作于天宝十载除夕之夜,其时杜甫正守岁于杜位长安之宅邸。此时此刻,杜位宅前灯火通明,惊散了林中的乌鸦;往来宾客众多,槽枥中的骏马无从安宁;众人欢聚一堂,尽情畅饮高歌。诗人想到明日就度过四十岁,岁月如梭,人生苦短,没有必要再去以功名来拘束自己,不如加入醋饮的行列,图一醉方休。辞旧迎新之际,诗人以此自我慰藉,有牢骚不平,亦有豪放旷达。

【注释】

①杜位:杜甫从弟,李林甫之婿,曾官右补阙、考功郎中等,后贬岭南新州,复为夔州司马,迁司勋员外郎。守岁:除夕守夜。杜甫另有《寄杜位》,题下原注:"位京中宅,近西曲江。"

②阿戎:从弟。一说为"阿咸",误。《南齐书·王思远传》:"王思远,琅

73

琊临沂人,尚书令晏从弟也。""晏不纳。及拜骠骑,集会子弟,谓思远兄思微曰:'隆昌之际,阿戎劝吾自裁,若从其语,岂有今日?'思远遽应曰:'如阿戎所见,犹未晚也。'"《尔雅翼·释木》引崔寔《四民月令》载,正月一日,以盘进椒,饮酒则撮置酒中,号椒盘。

③《易·豫》:"勿疑,朋盍簪。"盍簪,聚首。

【汇评】

邵宝《邵二泉先生分类集注杜诗》卷一八:此公自伤将老,壮志未伸,言在位家守岁,将为三赋以献。今夕会友之多,故枥马声喧,林鸦惊散,因自叹明年四十已过而壮志日益向衰,故不复苦以功名拘束,惟图纵饮以相乐耳。公言至此,若自放而实自悲也。

石间居士《藏云山房杜律详解》五律卷一:此诗上半写杜位宅除夕,是富贵人家本色,用阿戎作比,有美无刺;下半从"守岁"二字翻空出奇,是旷达语,非牢骚语。既不为守岁俗情所拘,亦不为杜位宅第所拘,厌恶、感慨之心从何而有?可知向来解此诗者,皆未详其旨趣之所在。诗岂易言乎哉。

玄都坛歌寄元逸人①

故人昔隐东蒙峰,已佩含景苍精龙②。故人今居子午谷,独在阴崖结茅屋。屋前太古玄都坛,青石漠漠常风寒。子规夜啼山竹裂,王母昼下云旗翻③。知君此计诚长往,芝草琅玕日应长④。铁锁高垂不可攀,致身福地何萧爽。

【题解】

诗作于天宝十一载(752),寄赠的对象为隐居终南山的修真道士。这位元道士,为诗人在山东漫游时所结识,当时已大道初成。如今他在秦岭背阳的山崖结庐而居,寒风瑟瑟;屋前是太古之玄都坛,周边青石林立;夜晚杜鹃哀鸣,白天王母鸟翻飞。这样隔绝人世的洞天福地,想必对方会安居于此,伴随瑞草仙树,逍遥自得。

奉赠韦左丞丈二十二韵

纨袴不饿死,儒冠多误身。丈人试静听,贱子请具陈。甫昔少年日,早充观国宾①。读书破万卷,下笔如有神。赋料扬雄敌,诗看子建亲②。李邕求识面,王翰愿卜邻③。自谓颇挺出,立登要路津④。致君尧舜上,再使风俗淳。此意竟萧条,行歌非隐沦。骑驴三十载,旅食京华春⑤。朝扣富儿门,暮随肥马尘。残杯与冷炙,到处潜悲辛。主上顷见征,欻然欲求伸⑥。青冥却垂翅,蹭蹬无纵鳞。甚愧丈人厚,甚知丈人真。每于百寮上，猥诵佳句新。窃效贡公喜，难甘原宪贫⑦。焉能心怏怏，只是走踆踆。今欲东入海，即将西去秦⑧。尚怜终南山，回首清渭滨。常拟报一饭，况怀辞大臣⑨。白鸥波浩荡，万里谁能驯⑩。

【题解】

向达官贵人献诗以谋求一官半职，是唐时普遍盛行的社会风气。杜甫共向韦济献诗两首，此首尤为人所称道，原因即在于词气磊落，虽处穷厄之中，亦不稍挫英锋俊采，终无阿谀俯首之态。开首所言"误身"两句，实为全诗总纲，有悲愤，有感激，有慨然，却非牢骚与乞怜。以下先写立志之"误"：早年苦读，头角崭露，踌躇满志，意气风发，于是睥睨天下，立下偌大志愿，终为儒家宏业所"误"；次写谋生之"误"：中年求仕，不辞辛劳，奔波颠沛，不惜寄人篱下，不避遭人白眼，终四处碰壁，蹭蹬垂翼，壮志难酬；最后写为韦济所知而"误"：求仕无门，心灰意冷，本拟退隐江湖，谁知友人升迁，慧眼相顾，使自己误以为得来弹冠相庆之良机，如今希望落空，欲去不忍，欲留无因，内心十分矛盾，如白鸥远逝，或许是自己最好的选择。诗作于天宝十一载春日，时杜甫将暂归洛阳。

【注释】

①充：一作"就"。观国宾：参观王都的宾客，即为君王所器重的在野之士。《易·观》："观国之光，利用宾于王。"

②子建：曹植（192—232），字子建。

③《新唐书·杜甫传》："甫字子美，少贫不自振，客吴越、齐赵间。李邕奇其材，先往见之。"王翰（687—726），字子羽，并州晋阳人。卜邻：一作"为邻"。

④出：一作"特"或"生"。《古诗十九首·今日良宴会》："何不策高足，先据要路津。"

⑤三十载：一说当作"十三载"。旅食：寄食，一本作"旅客"。

⑥见征：被征召。天宝六载，玄宗下诏，征求天下有一艺之长者赴京城应选。

⑦贡公:贡禹(前127—前44),字少翁,琅琊人,与王吉(字子阳)友善。世谓"王阳在位,贡公弹冠",即王吉出仕,必定会荐引贡禹。原宪:孔子弟子,安贫乐道。《史记·仲尼弟子列传》:"(原)宪摄敝衣冠见子贡。子贡耻之,曰:'夫子岂病乎?'宪曰:'吾闻之,无财者谓之贫,学道而不能行谓之病。若宪,贫也,非病也。'子贡惭,不怿而去。"

⑧《论语·公冶长》:"子曰:'道不行,乘桴浮于海。'"《庄子·列御寇》:"石户之农,携子入于海,终身不返。"

⑨报一饭:一作"一饭报",报答一饭之恩。

⑩波浩荡:一作"没浩荡",即明灭于浩荡的烟波之中。

【汇评】

《唐诗归》卷一七钟惺曰:此诗妙意妙语叠出,逐语求之,佳;全篇诵之,亦佳。所以不及《北征》《咏怀》诸长篇者,篇法稍散缓,涉于铺叙,逊其变化警策之致耳。此可悟长篇之法。

董养性《杜工部诗选注》卷一:凡此八节,皆是陈情告诉之语,而无干望请谒之私,词气磊落,傲睨宇宙,可见公虽困踬之中,英锋俊彩,未尝少挫也。

朱鹤龄《杜工部诗集辑注》卷一:此诗前乃陈情也。韦必尝荐公而不达,故有踆踆去国之思,今犹未忍决去者,以眷眷大臣也。然去志终不可回,当如白鸥之远泛江湖耳。意最委折而语非乞怜,应与昌黎《上宰相书》同读,范元实但称其布置得体,未为知言。

奉留赠集贤院崔于二学士 国辅、休烈①

昭代将垂白,途穷乃叫阍。气冲星象表,词感帝王尊。天老书题目,春官验讨论②。倚风遗鹢路,随水到龙门③。竟与蛟螭杂,宁无燕雀喧④。青冥犹契阔,陵厉不飞翻⑤。儒术诚难起,家声庶已存。故山多药物,胜概忆桃源。欲整还乡斾,长怀禁掖垣。谬称三赋在,难述二公恩⑥。

天宝九载冬,杜甫献"三大礼赋",终于引起唐玄宗关注,"帝奇之,使待制集贤院,命宰相试文章"(《旧唐书·杜甫传》)。崔国辅、于休烈便是集贤院承办考试的两位考官。虽然两人对杜甫的文章赞不绝口,但由于宰相李林甫从中作梗,诗人最终一无所获。翌年春,杜甫离京暂归之际,给两位考官写下这首诗。诗歌首先解释自己投甄献赋,是四处碰壁之后的孤注一掷,实属迫不得已;然后肯定自己文章不凡,惊动了不少王公大臣,得到了皇帝的认可,只可惜由于小人的信口雌黄,使他在宰相出题、学士判卷的考试中铩羽而归,如今只好退隐归乡,杜门故里;最后表达对两位考官的谢意,他们对自己的称述誉扬,将会铭记在心。

【注释】

①《新唐书·百官志》:"(集贤院)掌刊辑经籍。凡图书遗逸、贤才隐滞,则承旨以求之。谋虑可施于时,著述可行于世者,考其学术以闻。"崔国辅,吴郡(今江苏苏州)人,开元十四年进士,初授许昌令,累迁集贤直学士、礼部员外郎。于休烈(692—772),京兆高陵(今属陕西西安)人,开元初进士,历官起居郎、集贤殿学士、比部郎中。

②天老:相传为黄帝辅臣,后喻之为宰相等重臣。春官:《周礼》六官之一,掌礼制、祭祀、历法。唐光宅元年,曾改礼部为春官。

③鹝:或作"鹬",一种似鹭的水鸟。《左传·僖公十六年》:"六鹝退飞过宋都,风也。"

④宁无:一作"空闻"。

⑤青冥:一作"青云"。犹契阔:一作"连颎洞"。契阔,聚散。《诗·邶风·击鼓》:"死生契阔,与子成说。"

⑥三赋:这里指杜甫所献"三大礼赋",即《朝献太清宫赋》《朝享太庙赋》《有事于南郊赋》。诗末原有注:"甫献三大礼赋出身,二公常谬称述。"

【汇评】

张溍《读书堂杜诗注解》卷二:此公将去而留诗为赠也。古人之感怀知己如此。公虽待诏集贤,然再降恩泽,止送隶有司,参列选序,故有"青云"

"契阔"之叹。

浦起龙《读杜心解》卷五之一："气冲""词感"二句,一篇警策。

同诸公登慈恩寺塔 时高适、薛据先有此作①

高标跨苍天,烈风无时休②。自非旷士怀,登兹翻百忧③。
方知象教力,足可追冥搜④。仰穿龙蛇窟,始出枝撑幽。七星
在北户,河汉声西流⑤。羲和鞭白日,少昊行清秋⑥。秦山忽
破碎,泾渭不可求⑦。俯视但一气,焉能辨皇州。回首叫虞
舜,苍梧云正愁⑧。惜哉瑶池饮,日晏昆仑丘⑨。黄鹄去不息,
哀鸣何所投。君看随阳雁,各有稻粱谋。

【题解】

天宝十一载秋,杜甫与高适、岑参、薛据、储光羲齐登长安慈恩寺塔时,
同题共作,赋有此诗。首四句引领全篇,分写"高""忧"二字,以为全诗主
旨:塔如高标,直插苍穹,风急天高,无休无止;诗人自以为绝非清雅旷达之
士,登塔远眺,俯视神州,心中不能不有忧患。以下十二句先极力烘托塔之
高:顺着弯弯曲曲的狭窄楼梯,绕过犬牙交错的梁椽栏杆,小心翼翼如同在
龙蛇洞窟中穿行;攀上塔顶,豁然开朗,宛如置身天宫,闪闪的北斗七星就
在眼前,潺潺的银河水声就回荡在耳边;时值清秋日暮,大地混沌一片,群
山模糊,泾水、渭水难以分辨,连长安城也隐退在迷蒙之中。最后八句写如
此昏昧的景象,顿时使他百感交集:远处愁云密布,那是虞舜葬身之处;昆
仑日落之地,或许周穆王还在与西王母宴饮;黄鹄早已远去,只剩下那些谋
食稻粱的候鸟,紧紧追随着太阳迁徙。诗中所写黄昏景象,正象征着这一
时期朝政的昏暗。

【注释】

①慈恩寺:唐太宗贞观二十一年建,位于今陕西西安南。高宗永徽三

年,玄奘于寺中建塔,名大雁塔。薛据,河东汾阴(今属山西万荣)人,开元十九年进士,天宝六载中风雅古调科,历官水部郎中等。

②苍天:一作"苍穹"。

③旷:一作"壮"。

④象教:佛教,亦作像教。冥搜:遐想。

⑤七星:北斗七星。北户:一作"户北"。

⑥羲和:为太阳驾车的神灵。少昊:司秋之神。

⑦秦山:一作"泰山"。

⑧苍梧:九嶷山,在今湖南宁远县东南。传说舜南巡,葬于苍梧之野。

⑨瑶池:西王母所居之仙境。《列子·周穆王》载,周穆王升昆仑之丘,观黄帝之宫,宾于西王母,觞于瑶池之上。

【汇评】

仇兆鳌《杜诗详注》卷二:同时诸公登塔,各有题咏。薛据诗已失传;岑、储两作,风秀蔚贴,不愧名家;高达夫出之简净,品格亦自清坚。少陵则格法严整,气象峥嵘,音节悲壮,而俯仰高深之景,盱衡今古之识,感慨身世之怀,莫不曲尽篇中,真足压倒群贤,雄视千古矣。三家结语,未免拘束,致鲜后劲。杜于末幅,另开眼界,独辟思议,力量百倍于人。

浦起龙《读杜心解》卷一之一:诗本用四句领势,次段言登塔所见,后段言登塔所感也。然乱源已兆,忧患填胸,触境即动,只一凭眺间,觉山河无恙,尘昏满目。于是追想国初政治之隆,预忧日后荒淫之祸,而有高举远患之思焉。顾此诗之作,犹在升平京阙间也,恐所云"秦山破碎""不辨皇州"及"虞舜""云愁""瑶池""日晏"等语,比于无病而呻,故起处先着"旷士""百忧"二语,凭空提破怀抱,以伏寓慨之根。此则匠心犹苦者也。

鲁一同《鲁通甫读书记》:闳伟之作,不难于恢张,而难于精满。中后郁勃烦冤,使前半声光震耀,中实故也。以上佳篇犹为前贤所到之境,此篇奇丽之色,嘈呓之响,始觉尽掩前人。

80

曲江三章章五句①

其一

曲江萧条秋气高，菱荷枯折随风涛，游子空嗟垂二毛②。白石素沙亦相荡，哀鸿独叫求其曹。

【题解】

唐代举子及第之后，常在曲江欢宴。杜甫两次应试落第，求仕无门，此际漫游曲江，自是百感交集。"曲江为新贵看花之地，公过此触目生感，创为五句体，题亦迥别"（汪灏《树人堂读杜诗》卷二）。其一借萧条之秋景写一己之落拓。秋风飒飒，凛霜所至，菱枝摧折。枯黄的荷叶随着波涛漂浮摇摆，岸边素白的沙石时隐时现。失群的哀鸿在空中悲鸣，呼唤着它的伴侣。矗立池旁的诗人，头发花白，落魄孤寂。

【注释】

①三章章五句：采用《诗经》重章叠句的方式，分成三章，每章五句。

②二毛：头发有黑白两色。《左传·僖公二十二年》："君子不重伤，不禽二毛。"

【汇评】

董养性《杜工部诗选注》卷四：一章言长安曲江，本游观繁华之地，今已萧条，故菱叶荷花本平时赏玩之物，今皆枯折，触景伤怀，盛衰瞬息，故游子空有二毛之叹，略无少可之欢。观白石素沙之相荡，哀鸿独叫而求曹，追思昔日亭台园囿之荣、丝管笙歌之沸，宁不怆然于怀。此用前后四句，以兴"空悲垂二毛"一句。

仇兆鳌《杜诗详注》卷二：首章自伤不遇，其情悲。在第三句点意，上二属兴，下二属比。菱荷枯折，引起二毛。沙石相荡，自比飘流。哀鸿求曹，念及同气也。

其二

即事非今亦非古,长歌激越梢林莽,比屋豪华固难数①。
吾人甘作心似灰,弟侄何伤泪如雨②。

【题解】

其二写诗人高歌遣怀,似意冷而实不甘,似旷达而实悲愤。起句接前首而来。这些触景生情、冲口而出的诗句,既非今体亦非古体,无章可循,却是长歌当哭,声振草木,充分宣泄了他的悲怆之怀。曲江池旁,豪宅鳞次栉比,得意之人不知凡几,却与诗人毫无关涉。他饱受打击而心灰意冷,决定甘守贫贱,所以亲眷们也不必再为他的落魄而辛酸流泪。

【注释】

①今古:今体诗与古体诗。仇兆鳌注引王嗣奭《杜臆》:"即事吟诗,体杂古今。其五句成章,有似古体,七言成句,又似今体。"张溍《读书堂杜诗注解》:"非今非古,言长歌即事写怀,非摹拟古今常调。"

②《庄子·庚桑楚》:"身若槁木之枝,而心若死灰矣。"似:一作"死"。

【汇评】

张远《杜诗会稡》卷二:此章胸中无数傀儡,借长歌以发之,有斗筲斯世意。然末二句借旁人之感泣,增自己之悲凉,抑又伤矣。

仇兆鳌《杜诗详注》卷二:次章放歌自遣,其语旷。歌声激林,足以一抒胸臆,在第二句作截。江上豪华,久已灰心置之,弟侄何必为我伤心乎。盖劝之达观也。

其三

自断此生休问天,杜曲幸有桑麻田,故将移住南山边①。
短衣匹马随李广,看射猛虎终残年②。

【题解】

其三顺接而下,写诗人对今后生活的思考。这些年的经历,使他终于明白，今生已经仕途无望。既然如此，不如急早抽身，归居终南山北的杜曲。不过，诗人归去，不仅仅满足于种桑绩麻，颐养天年，而且想着追随李广的足迹，去射杀猛虎，了此残年。可见他并不愿一身才华就此埋没，豪纵之气，磊落之怀，依然不可掩抑。三章浑然一体，"先言鸟求曹，以起次章弟侄之伤；次言心似灰，以起末章南山之隐。虽分三章，气脉相属，总以九回之苦心，发清商之怨曲，意沉郁而气愤张，慷慨悲悽，直与楚《骚》为匹，非唐人所能及也"（王嗣奭《杜臆》卷二）。

【注释】

①《楚辞·天问篇序》："《天问》者，屈原之所作也。何不言问天？天尊不可问。"杜曲：亦称下杜，在长安城南，杜氏世居于此。桑麻田：唐代均田制的永业田，须种桑五十株，麻十亩。

②李广（？—前119），陇西成纪（今甘肃静宁）人。《史记·李将军列传》载，李广贬为庶人之后，屏居蓝田南山中，一日射猎，见草中石，以为虎而射之，中石没羽。

【汇评】

单复《读杜诗愚得》卷二：一章自叹垂老，不得其时，独立无与。二章自言甘守贫贱，不羡人之富贵，而止弟侄之悲伤。三章自言守分，居山以终残年。

吴瞻泰《杜诗提要》卷五：起一句即顿住，蓄无限怨恨在题前，有甘休意，故为自宽一笔。结二句，蓄无限感慨在题后，有不甘休意，直当一首长诗读。为短句而意味不长者，不可与作短篇也。

仇兆鳌《杜诗详注》卷二：三章志在归隐，其辞激。穷达休问于天，首句陡然截住。因杜曲，故及南山；因南山，故及李广射虎。一时感慨之情，豪纵之气，殆有不能自掩者矣。

敬赠郑谏议十韵①

谏官非不达，诗义早知名。破的由来事，先锋孰敢争。
思飘云物外，律中鬼神惊。毫发无遗憾，波澜独老成。野人宁得所,天意薄浮生^②。多病休儒服,冥搜信客旌。筑居仙缥缈,旅食岁峥嵘。使者求颜阖,诸公厌祢衡^③。将期一诺重,歘使寸心倾^④。君见途穷哭,宜忧阮步兵^⑤。

【题解】

一般认为,这首诗是杜甫参加集贤院考试之后,苦无下文,期待郑谏议援引荐举而作。前八句极力颂扬郑谏议有过人之诗才,后八句详细描述杜甫自己困苦无依之状,最后四句展露胸臆,说明赠诗的目的。郑谏议的诗歌成就究竟如何,我们已不得而知。不过杜甫的称颂之词,亦非泛泛而谈,实际上完全可以视为他自身创作的体验和感受。他主张诗歌创作应该有的放矢,应该大胆创新,应该格律精严,应该情思飞跃,应该曲折畅达,等等,都无疑是切中肯綮,弥足珍贵的。

【注释】

①赠:原作"听",据他本改。谏议:官名,正四品下,掌谏议得失,侍从赞相。郑谏议,或是郑虔之侄郑审。

②《论语·先进》:"先进于礼乐,野人也。"《庄子·刻意》:"其生若浮,其死若休。"

③《庄子·让王》:"鲁君闻颜阖得道之人也,使人以币先焉。颜阖守陋闾,苴布之衣,而自饭牛。鲁君之使者至,颜阖自对之。使者曰:'此颜阖之家欤?'颜阖对曰:'此阖之家也。'使者致币,颜阖曰:'恐听谬而遗使者罪,不若审之。'使者还反审之,复来求之,则不得已。"祢衡(173—198),字正平,平原郡(今属山东商河)人。《后汉书·文苑传》载,祢衡恃才傲物,曹操怀忿,以才名不欲杀之,送刘表。刘表不能容,以江夏太守黄祖性急,送衡与之,为所杀。

④《史记·季布列传》:"楚人谚曰:得黄金百斤,不如得季布一诺。"

⑤阮籍(210—263),字嗣宗,陈留尉氏(今属河南开封)人。《晋书·阮籍传》:"闻步兵厨营人善酿,有贮酒三百斛,乃求为步兵校尉。""时率意独驾,不由径路,车迹所穷,辄恸哭而返。"

贫交行

翻手作云覆手雨，纷纷轻薄何须数。君不见管鲍贫时交，此道今人弃如土①。

【题解】

这一时期，杜甫有较多的干谒投赠、游宴应酬之作，可见他对旧谊权要抱有不少的期待。但献赋应试之后，消息石沉大海，他近乎绝望，不免愤激起来。他斥责世风浇薄，人心不古，故人翻脸之快如翻手覆手，人生聚散无常似云起雨落，慨叹管仲、鲍叔牙那样坚如磐石、心意相通、贫贱不移的君子之交，竟被今人弃掷如粪土，显然是有感而发。

【注释】

①《史记·管晏列传》："管仲夷吾者，颍上人也。少时常与鲍叔牙游，鲍叔知其贤。管仲贫困，常欺鲍叔，鲍叔终善遇之，不以为言。已而鲍叔事齐公子小白，管仲事公子纠。及小白立为桓公，公子纠死，管仲囚焉。鲍叔遂进管仲。管仲既用，任政于齐，齐桓公以霸，九合诸侯，一匡天下，管仲之谋也。"

【汇评】

唐元竑《杜诗捃》卷一：《贫交行》只四句，浓至悲慨已极，诗正不贵多。

仇兆鳌《杜诗详注》卷二：公见交道之薄，而伤今思古也。

汪灏《树人堂读杜诗》卷二：此诗只四句，一句一转，转皆不测。

白丝行

　　缲丝须长不须白，越罗蜀锦金粟尺①。象床玉手乱殷红，万草千花动凝碧②。已悲素质随时染，裂下鸣机色相射③。美人细意熨贴平，裁缝灭尽针线迹。春天衣著为君舞，蛱蝶飞来黄鹂语。落絮游丝亦有情，随风照日宜轻举④。香汗清尘污颜色，开新合故置何许⑤。君不见才士汲引难，恐惧弃捐忍羁旅⑥。

【题解】

　　这首诗先详尽描述了一匹白丝被精心制作成衣裙又被闲置抛弃的过程，然后再慨叹人才汲引之难。那么，白丝与人才的契合之处在哪里呢？一种说法是，白丝被制成衣裙实属不易，由缲而染，由染而织，由织而熨，由熨而裁而缝，种种过程都须细心才可能成功，人之成材亦是如此，不可稍有懈怠，所以诗人要含垢忍耻，待在旅馆等待时机，不愿轻言放弃。另一种说法是，白丝一旦进入制作衣裙的阶段，它就身不由己了，或染或裁，或量或缝，委蛇随俗，阿顺人意，不仅无法再保持它的清白坚贞，最终还可能被轻易抛弃，所以诗人不愿随意接受汲引，宁可忍受颠沛流离之苦，待在旅馆以维护自身的品格。

【注释】

　　①缲丝：煮茧抽丝。金粟尺：以金粟嵌作星点的尺，一作"矜赫燡"。

　　②象床：一作"牙床"，这里指机床。

　　③染：一作"改"。《淮南子·说林训》："墨子见练丝而泣之，为其可以黄，可以黑。"

　　④宜：一作"同"。

　　⑤污颜色：一作"似微污"或"似颜色"或"污不着"。何：一作"相"。

　　⑥才：一作"志"。

王嗣奭《杜臆》卷一：此诗本墨子悲丝来，大指谓士人改易素履，委蛇随俗，少有点染，人便捐弃，所以忍于羁旅。无限踌躇，无限感慨。

钱谦益《钱注杜诗》卷一：公此诗谓白丝素质，随时染裂，有香汗清尘之污，有开新合故之置，所以深思汲引之难，恐惧弃捐而忍于羁旅也。

仇兆鳌《杜诗详注》卷二：诗咏白丝，即墨子悲素丝意也。已悲素质随时染，当其渲染之初，便是沾污之渐，及其见置时，欲保素质得乎？唯士守贞白，则不随人荣辱矣。此风人有取于素丝欤？

送韦书记赴安西①

夫子欤通贵，云泥相望悬。白头无籍在，朱绂有哀怜②。书记赴三捷，公车留二年③。欲浮江海去，此别意苍然④。

【题解】

天宝十一载，友人韦氏将远赴安西都护府任职。杜甫前来送行话别，赋有此诗。诗中称两人本相差无几，如今朋友突然登上仕途，履职常战常胜之地，前途不可限量，自己滞留京都两年有余，入仕无望而萌生去意，前程顿时已有云泥之别。王嗣奭说："书记未是显官，而作云泥之叹，其穷可知。"(仇兆鳌《杜诗详注》卷二引)安西终属极西之地，朋友此去归期难定，所以诗人故意夸大其词以作慰藉，并非一味哭穷艳羡。

【注释】

①书记：节度掌书记，掌管表奏书启等。安西：安西都护府。

②无籍在：即"无藉在"，无所依凭。一说"籍"指官籍。朱绂：官吏系印章之红色丝带。有：一作"即"。

③《诗·小雅·采薇》："岂敢定居，一月三捷。"公车：汉代官署名，负责接待上书、应试、赴召者，这里指应试、应召者。

④苍：一作"茫"或"沧"。

仇兆鳌《杜诗详注》卷二:"云泥"包下四句。白头无藉,而朱绂见怜,此叙目前。韦赴书记,而己留公车,此叙别后。皆一云一泥,相去悬绝处。末二,结出惜别意。

浦起龙《读杜心解》卷三之一:此献赋召试不遇后诗。韦就辟而己将隐,送韦兼以别韦也。一、二由韦合己,三、四一己一韦,五、六一韦一己,七、八由己及韦。通首如罗文然。

边连宝《杜律启蒙》五言卷一:此公献赋不遇,送韦而作也。韦赴辟而己将隐,故专在穷达上立论。于三、四句,见知己之感;于七、八句,见穷途之痛。

奉赠鲜于京兆二十韵①

王国称多士,贤良复几人?异才应间出,爽气必殊伦。始见张京兆,宜居汉近臣②。骅骝开道路,雕鹗离风尘。侯伯知何算,文章实致身。奋飞超等级,容易失沉沦。脱略磻溪钓,操持邴匠斤③。云霄今已逼,台衮更谁亲④。凤穴雏皆好,龙门客又新。义声纷感激,败绩自逡巡。途远欲何向,天高难重陈⑤。学诗犹孺子,乡赋忝嘉宾⑥。不得同晁错,吁嗟后郄诜⑦。计疏疑翰墨,时过忆松筠。献纳纡皇眷,中间谒紫宸。且随诸彦集,方觊薄才伸。破胆遭前政,阴谋独秉钧⑧。微生沾忌刻,万事益酸辛。交合丹青地,恩倾雨露辰⑨。有儒愁饿死,早晚报平津⑩。

【题解】

朝廷号称人才辈出,但贤如您这样的能有几人呢?您受重用的程度,前代只有汉朝的京兆尹张敞才仿佛相近。您轻财好施,豪迈过人,数不清的侯伯中,有谁似您这样以文章显荣? 所以您一飞而起,越阶而迁,再也不会轻易沉沦。您有绝世才华,遇合却如此之迟,现今深居高位,举贤荐士,天下才子闻风而至,宾客盈门。我年少就学,长而为乡人所称誉,科场小挫后,因献赋而倾动人主,本以为可以一伸抱负,不料遭到前任执政李林甫的猜忌,以至于流落草野。此时您深受国相杨国忠的信任,希望代为转达自荐之意。陈贻焮认为,这首诗当作于天宝十二载(753)二月李林甫定罪被剖棺褫金紫后不久(《杜甫评传》)。

【注释】

①鲜于向(693—755),字仲通,阆州新政(今属四川仪陇)人,开元二十年进士及第,天宝九载,充剑南节度副大使,十一载拜京兆尹。

②张敞(? —前48),字子高,河东平阳人,居茂陵,西汉元康年间为京兆尹,"朝廷每有大议,引古今,处便宜,公卿皆服,天子数从之"(《汉书·张敞传》)。

③磻溪:在今陕西宝鸡市东南,相传为周太公望未遇时垂钓之处。斤:斧子。《庄子·徐无鬼》:"郢人垩漫其鼻端若蝇翼,使匠石斫之。匠石运斤成风,听而斫之,尽垩而鼻不伤,郢人立不失容。"

④台:三台,星名,喻三公。衮:三公礼服。

⑤远:一作"永"。

⑥孺子:一作"子夏"。忝:一作"念"。

⑦晁错(前200—前154),颍川(今河南禹州)人。《汉书·晁错传》载,汉文帝诏有司举贤良文学,错在选中。时对策者百余人,唯错为高第,由是选中大夫。邵诜,字广基,济阴单父(今属山东菏泽)人。《晋书·邵诜传》载,泰始中,举贤良直言之士,邵诜以对策上第,拜议郎。

⑧《新唐书·李林甫传》:"时帝诏天下士有一艺者得诣阙就选,林甫恐士对诏或斥己,即建言:'士皆草茅,未知禁忌,徒以狂言乱圣听,请悉委尚书省长官试问。'使御史中丞监总,而无一中程者。林甫因贺上,以为野无留才。"

⑨丹青地:朝堂。桓宽《盐铁论·相刺》:"公卿者,四海之表仪,神化之丹青也。"

⑩平津：平津邑，汉武帝曾封丞相公孙弘为平津侯。

【汇评】

钱谦益《钱注杜诗》卷九：公投赠诗，与鲁公《神道碑》叙次略同。鲁公碑记节度剑南，拔吐蕃摩弥城，而不载南诏之役；公诗美其文章义激，而不及其武略。古人不轻谀人若此。

仇兆鳌《杜诗详注》卷二：少陵之投诗京兆，邻于饿死；昌黎之上书宰相，迫于饥寒。当时不得已而姑为权宜之计，后世宜谅其苦心，不可以宋儒出处深责唐人也。

汪灏《树人堂读杜诗》卷二：公岂不知鲜于为人之不正，顾以遭林甫忌嫉之后，若不望国忠褒扬，则待诏集贤又成捕影。后世幸遇君明相贤之时，须念公急于用世苦心。

石砚诗 平侍御者①

平公今诗伯，秀发吾所羡。奉使三峡中，长啸得石砚。巨璞禹凿余，异状君独见②。其滑乃波涛，其光或雷电。联坳各尽墨，多水递隐现。挥洒容数人，十手可对面。比公头上冠，正质未为贱③。当公赋佳句，况得终清宴。公含起草姿，不远明光殿④。致于丹青地，知汝随顾眄。

【题解】

这是一首咏物诗。侍御史平冽出使三峡，无意之中获得一块未经加工的砚石。这块砚石形状奇巧，光洁润滑，双穴相并，可供数人挥毫泼墨。诗人相信，它不仅能供平冽日常宴饮赋诗之用，还会伴随主人步步高升，直入禁中。

【注释】

①平侍御：殿中侍御史平冽。

②郭璞《江赋》:"巴东之峡,夏禹疏凿。"

③头上冠:平冽头上所戴之獬豸冠,象征忠贞公正。

④《三辅黄图·汉宫》:"未央宫渐台西有桂宫,中有明光殿,皆金玉珠玑为帘箔,处处明月珠,金陛玉阶,昼夜光明。"

【汇评】

浦起龙《读杜心解》卷一之四:前四,叙得砚。中八,就砚实写。"禹凿余",借映峡内。下言质之美,制之善,用之广。后八,四言砚可配平公,四言平公能重此砚,文情互发。以法冠为比,言其有丰棱,然句颇碍眼。

刘濬《杜诗集评》卷三引李因笃曰:朴矣,然自秀。一气奔放,比兴俱足。

鲁一同《鲁通甫读书记》:此诗未为尽致,要非老手,不能为也。

丽人行

三月三日天气新,长安水边多丽人①。态浓意远淑且真,肌理细腻骨肉匀。绣罗衣裳照暮春,蹙金孔雀银麒麟②。头上何所有,翠微匐叶垂鬓唇③。背后何所见,珠压腰衱稳称身④。就中云幕椒房亲,赐名大国虢与秦⑤。紫驼之峰出翠釜,水精之盘行素鳞⑥。犀箸厌饫久未下,鸾刀缕切空纷纶⑦。黄门飞鞚不动尘,御厨丝络送八珍⑧。箫鼓哀吟感鬼神,宾从杂遝实要津⑨。后来鞍马何逡巡,当轩下马入锦茵⑩。杨花雪落覆白蘋,青鸟飞去衔红巾⑪。炙手可热势绝伦,慎莫近前丞相嗔⑫。

【题解】

风和日丽的上巳节,长安城内的贵妇们纷纷来到曲江池边嬉戏踏青。她们身材匀称,意态娴雅,头戴翡翠做的花饰,身穿绣着孔雀和麒麟的靓装,腰间悬佩着珠宝。丽人中最醒目的是虢国夫人、秦国夫人与韩国夫人三位外戚。看看她们精美的饮食吧。精美的锅中烹炮着紫色的驼峰,明亮的水晶盘里盛着白嫩的鲜鱼。即使面对这样的食物,她们还感到难以下箸,所以御厨还在马不停蹄地送来八珍。那些送餐的宦官真是小心翼翼啊,骏马飞驰时没有扬起一点点灰尘。就在一片喧闹嘈杂声中,杨国忠乘马出现了。他大模大样地闯进了三位外戚铺设在曲江池边的锦轩中。池边的游客赶快躲远些吧,否则杨丞相会生气的。此诗有两个非常突出的特点:一是以乐府的形式来写时事,如同现场报道;一是没有一笔讥讽,而杨国忠等人的丑态已展露无遗。

【注释】

①三月三日:上巳节。唐开元中,都人游赏于曲江,莫盛于中和节、上巳节。

②绣:一作"画"。照:一作"朝"。蹙金:一种刺绣。

③微:一作"为"。匐叶:发髻上的花饰。鬓唇:鬓边。

④背:一作"身"。腰衱:裙带。

⑤椒房亲:后妃亲戚。后妃以椒桂涂壁,取其繁衍多子。《旧唐书·杨贵妃传》载,唐玄宗封杨贵妃大姐为韩国夫人,三姐为虢国夫人,八姐为秦国夫人。

⑥驼峰:唐时名菜。峰,一作"珍"。水精:水晶。

⑦空:一作"坐"。

⑧鞚:马笼头。丝络:一作"络绎"。

⑨箫鼓:一作"箫管"。杂遝:一作"合沓"。

⑩逡巡:缓慢行走。轩:一作"道"。

⑪杨花、白蘋:古人以为杨柳飞絮落入水中,一夜后化为浮萍。萍之大者为蘋,五月有花,白色谓之白蘋。又《梁书·杨华传》载,杨华被逼与魏胡太后私通,惧祸南奔改名杨白花。胡太后追思不已,作《杨白花歌》。青鸟:西王母使者。

⑫势:一作"世"。近:一作"向"。丞相:指杨国忠,其天宝十一载十一月为右相。

张溍《读书堂杜诗注解》卷二：通篇皆极口铺张作赞，却句句是贬，真《三百篇》之旨。

浦起龙《读杜心解》卷二之一：无一刺讥语，描摹处语语刺讥。无一慨叹声，点逗处声声慨叹。

施补华《岘佣说诗》：《丽人行》前半竭力形容杨氏兄妹之游冶淫泆，后半叙国忠之气焰逼人，绝不作一断语，使人于意外得之。此诗之善讽也。

虢国夫人

虢国夫人承主恩，平明骑马入宫门①。却嫌脂粉浣颜色，淡扫蛾眉朝至尊②。

【题解】

《杨太真外传》载，唐明皇"至是得贵妃，又宠甚于惠妃。有姊三人，皆丰硕修整，工于谑浪，巧会旨趣，每入宫中，移晷方出"。诗乃讥刺此事。天刚一亮，虢国夫人就骑着骢马进入内宫了。她嫌弃脂粉会遮掩她的天生丽质，就干脆素面朝见天子。诗人描写这些细节的目的何在呢？卢元昌说："虢国本适裴氏，何以承主恩？平明何时，入宫门何为者？至尊非虢国宜朝，朝至尊，淡扫蛾眉，何其无忌惮！妖淫至此。"（《杜诗阐》卷三〇）此诗一说为张祜所作，题作《集灵台二首》其二。

【注释】

①《明皇杂录》卷下："虢国每入禁中，常乘骢马，使小黄门御。紫骢之俊健，黄门之端秀，皆冠绝一时。"

②浣：污。

【汇评】

卢世㴶《杜诗胥钞余论·论五七言绝句》：一云张祜作，然相其声采，还似少陵。

仇兆鳌《杜诗详注》卷二：乍读此诗，语似称扬，及细玩其旨，却讽刺微婉。曰虢国，滥封号也。曰承恩，宠女谒也。曰平明上马，不避人目也。曰淡扫蛾眉，妖姿取媚也。曰入门朝尊，出入无度也。当时淫乱宫闱如此，已兆陈仓之祸矣。一旦红颜委地，白骨谁怜，徒足贻臭千古焉耳。

杨伦《杜诗镜铨》卷二〇：诗自佳，然非杜作。

陪郑广文游何将军山林十首①

其一

不识南塘路，今知第五桥②。名园依绿水，野竹上青霄。谷口旧相得，濠梁同见招③。平生为幽兴，未惜马蹄遥。

【题解】

天宝十二载春末夏初，杜甫陪同旧友郑虔前往何将军别墅做客，写下这组诗。"此十首明是一篇游记，有首有尾，中间或赋景，或写情，经纬错综，曲折变幻，用正出奇，不可方物。"（王嗣奭《杜臆》卷一）其一是游览的开始，写诗人由南塘路来到第五桥，过桥就进入了竹林掩映的何氏山庄。诗人平生喜欢探幽寻奇，从不怕路途遥远。这次能与知交骑马同游向往已久的幽林，算是得偿夙愿了。

【注释】

①郑广文：广文馆博士郑虔。何将军山林：何将军家庄园，位于今陕西西安长安区东南何家营。

②张礼《游城南记》："今第五桥在韦曲之西，与沈家桥相近。"

③扬雄《法言·问神》："谷口郑子真，不屈其志而耕乎岩石之下，名震于京师，岂其卿？岂其卿？"《庄子·秋水》："庄子与惠子同游于濠梁之上。"

【汇评】

顾安《丙子消夏录》卷三：南塘路向来不识，第五桥今日方知，桥边有园,园中有竹,此四句是耳听,不是眼中看见。五、六说陪游之故,结句说自己之兴,恰俱是将出门时一段说话,遂为后九首张本。

王嗣奭《杜臆》卷一:其一为游记之发端。先纪所经之途,次及将到之景,次及同游之人与见招之主。露出"幽兴"二字,为十首之纲。"幽兴"者,冥搜之别名,同行而独见,同见而独领者是也。悟得二字之解,则全部杜诗已得其要矣。

仇兆鳌《杜诗详注》卷二:首章领起,乃未至而遥望之词。上四,何氏山林。下四,陪郑同游。自塘至桥,桥畔有园,园中有竹,层次如画。

其二

百顷风潭上,千重夏木清①。卑枝低结子,接叶暗巢莺。鲜鲫银丝鲙,香芹碧涧羹。翻疑舵楼底,晚饭越中行。

【题解】

其二写主人在林间设宴款待。筵席铺设在一泓巨大的水潭前,水边环绕着高大的树木。丰硕的果实将树枝压得很低,茂密的树叶丛中隐约可见莺巢。清风从水面拂过,带来阵阵清凉。将军就地取材,用潭中刚捕获上来的新鲜鲫鱼和溪涧中刚采摘而来的芹菜招待客人,这使诗人想起了他当年在剡中品食羹鲙的情景。

【注释】

①重:一作"章"。章,大树。

【汇评】

仇兆鳌《杜诗详注》卷二:二章,志林中景物之胜。首二为纲,三、四承夏木,五、六承风潭,末乃触景而念昔游。

佚名《杜诗言志》卷一:园之妙既在于水与树,即不得不重为写照。看他第二首,便急合写二者之奇:一句是水,二句是树,三、四是树,五、六是水。水得树而蓊郁阴森,树得水而空明掩映,然后结之曰:水树之交相得也如此,岂独移我情者,杳焉忽焉,已置我于吴越间矣。

杨伦《杜诗镜铨》卷二:全首写潭,潭最大,故特提出居二。

95

其三

万里戎王子,何年别月支①。异花开绝域,滋蔓匝清池②。汉使徒空到,神农竟不知。露翻兼雨打,开拆渐离披③。

【题解】

其三专咏一种来自异域的奇花。这种名叫戎王子的异花,原产自西域,不知何时来到中原,如今在池边郁郁葱葱,触目尽是。只可惜博闻如神农、强记似张骞都对它一无所知,致使这种奇花历经风吹雨打,自开自落而无人赏爱。

【注释】

①戎王子:花名。月支:即月氏,西域之国。

②匝:一作"接"。

③拆:一作"折"。渐:一作"日"或"自"。

【汇评】

佚名《杜诗言志》卷一:因池边瞥见绝域异花,为雨露所离披,即触著古今多少怀才抱德之士,流落不偶以没世者,不禁为之叹惜。

杨伦《杜诗镜铨》卷二:十首全写山林,便觉呆板,忽咏一物,忽忆旧游,自是连章错落法。

庄咏《杜律浅说》卷上:三章记林间花卉之盛。前章言木,初到一望可见者;此章言花,则游于园中而后见者,俱见层次井然。

其四

旁舍连高竹,疏篱带晚花。碾涡深没马,藤蔓曲藏蛇①。词赋工无益,山林迹未赊②。尽拈书籍卖,来问尔东家③。

【题解】

其四写诗人希望卜邻而居。饭罢信马由缰,漫游林中,杜甫突然在修竹丛中发现一间房舍,屋前环绕着稀疏的篱笆,上面一些不知名的小花在夕阳下迎风摇曳。比马还深的溪水,打着漩涡从水碾旁流过,岸边潮湿之处长满了密密麻麻的藤蔓。诗人见到如此幽深的居所,顿时被吸引住了,以为吟诗作赋不如盘桓山林,恨不得立刻卖掉所有藏书,向主人买下这间房屋,与何将军比邻而居。

【注释】

①碾涡:流水冲过石碾形成的漩涡。藏:一作"垂"。

②无:一作"何"。

③拈:一作"捻"。

【汇评】

仇兆鳌《杜诗详注》卷二:四章,羡林傍幽僻之致。上四写景,下四叙情,上四以整炼为工,下四以萧疏见致,俱有章法。

杨伦《杜诗镜铨》卷二:前半乃园林外逦迤而行所见之景,后半入意中语发感。

石闾居士《藏云山房杜律详解》五律卷一:以上四首,由初到而留饮,由留饮而散步,由散步而留宿,是为一日之作。

其五

剩水沧江破,残山碣石开。绿垂风折笋,红绽雨肥梅。银甲弹筝用,金鱼换酒来①。兴移无洒扫,随意坐莓苔②。

【题解】

其五写别墅中宴饮的场景。庭院中的假山虽小却有碣石之状,池水虽浅而不乏沧江之势。眼前红红绿绿,煞是可爱。红的是雨后成熟的梅子,绿的是风吹折断下垂的竹子。靓丽的美女,有的在一旁弹奏乐器,有的穿梭往来,忙着给客人斟酒。此情此景,诗人豪情大发,兴之所至,席地而坐。"绿垂"两句,绘景尤为艳丽生动,采用倒装句式,新奇鲜活。

【注释】

①银甲:银制的假指甲,用以弹奏乐器。金鱼:唐代三品以上官员的配饰。鱼,一作"盘"。

②莓苔：一作"苍苔"。

【汇评】

汪瑗《杜律五言补注》卷一：此诗旧只以结为足五、六之意，不知其结一篇之意也。无酒扫，坐莓苔，正应前山水字。首言山水之胜，次言菜果之美，次言弹筝换酒，盖谓摘梅烹笋、酌酒听筝，而随意兴之所至，周旋于山水之间也，其乐可知矣。前三联虽若散漫，而卒以结联总括之。少陵往往有此格，读者不可不知。

吴瞻泰《杜诗提要》卷七：一、二写山水，三、四写竹梅，五、六写筝酒，平列无承接，是全不照应法。七用一"兴"字为关键，又是全篇照应法。

仇兆鳌《杜诗详注》卷二：五章，见山林景物，而喜逢豪饮，在四句分截。言此间穿池垒石，特大地中剩水残山耳，其势之雄阔，足以破沧江而开碣石。烹笋摘梅，园中佳品。弹筝换酒，将军豪兴。故复移席苔前，以享其用意之殷勤。

其六

风礓吹阴雪，云门吼瀑泉①。酒醒思卧簟，衣冷得装绵②。
野老来看客，河鱼不取钱。只疑淳朴处，自有一山川。

【题解】

其六写山林民风淳朴。石桥前方有一个巨大的石闸，溪水从闸门奔腾而下，如瀑布冲落，发出轰隆的声响。诗人朦胧的酒意顿时消退，正想取来竹席躺卧其下慢慢欣赏，不料阵风吹过，石桥被水溅湿，凉意浸透，寒气逼人。溪边捉鱼的山民，看见外来的客人，就热情地送上刚刚捕获的河鱼。这样淳朴的民风，不禁使人怀疑，这里是否同桃花源一样别有天地。

【注释】

①礓：石桥。云门：闸门。

②得：一作"欲"。

【汇评】

仇兆鳌《杜诗详注》卷二：六章，状山林高寒，而美其淳朴，亦四句分截。风磴而吹阴雪者，乃云门之吼瀑泉也，以下句解上句。盖夏本无雪，飞瀑遥溅，乍疑是雪耳。酒醒方思卧簟，而衣冷反欲装绵，言夏日阴森也。野老看客，馈以河鱼，即此见风土淳朴，与他处不同。

杨伦《杜诗镜铨》卷二：上四状其高寒，下四美其淳朴。

石间居士《藏云山房杜律详解》五律卷一：此诗与下第七首，从第五首山水对举中分脉。此首乃咏水，却发源于山；下首是咏山，又归根于水。有呼有应，有分有合，有顺有逆，极变化之致，无重复之嫌。识得此法，方可作连章之诗。

其七

棘树寒云色，茵蔯春藕香①。脆添生菜美，阴益食单凉。野鹤清晨出，山精白日藏②。石林蟠水府，百里独苍苍。

【题解】

其七写在崖前树下用早餐。悬崖峭壁之上，点缀着丛生的荆棘。远处郁郁苍苍，近处溪水环绕。清晨时分，折腾一夜的山精休息去了，养足精神的野鹤则拍翅高飞，悠然远去。诗人把早餐铺设在地上，享用着凉拌的茵蔯、生菜，它们刚刚被采摘而来，既新鲜脆嫩又特别清凉。

【注释】

①棘：一作"楝"。茵蔯：蒿类，嫩苗可食，微苦；一作"茵陈"。

②出：一作"至"。山精：山中怪兽。《玄中记》："山精，如人，一足，长三四尺，食山蟹，夜出昼藏，人不能见。"

【汇评】

王嗣奭《杜臆》卷一：盖冥搜之人，触目成趣，粗亦成精，近不遗远，随意命笔，变化生动，而人不知赏也。

仇兆鳌《杜诗详注》卷二：七章，记山林物产，而叹其景幽，亦四句分截。茵蔯之脆，得生菜而加美。楝树之阴，展食单而倍凉。次联分顶，野鹤晨出,言其超旷;山精昼藏,言其深邃。百里之内,独见苍苍,甚言石林之高耸,非谓何林有百里也。此云晨日,下二章言晚、言夜,次第又相联络。

杨伦《杜诗镜铨》卷二:上四纪其物产,下四叹其景幽。

其八

忆过杨柳渚,走马定昆池①。醉把青荷叶,狂遗白接篱②。刺船思郢客,解水乞吴儿③。坐对秦山晚,江湖兴颇随④。

【题解】

其八历来多以为是追忆往事,但这十首意在记述此次游历的完整过程,结合诗中前后景色变换及唐人生活状况,杜甫与郑虔做客于何氏山庄,显然并非仅止一两日间,故诗中所"忆",也当是杜甫在山庄闲暇时所回想。定昆池、杨柳渚中划船嬉戏与手持荷叶纵饮的场景,给诗人留下了深刻的印象。傍晚坐对秦山沉思之际,不禁涌动几分笑傲江湖的兴致。

【注释】

①刘悚《隋唐嘉话》载,唐安乐公主尝请昆明池为私沼,不得,乃自凿定昆池。张礼《游城南记》:"池在韦曲之北。"

②白接篱:白帽。《世说新语·任诞》:"山季伦(山简)为荆州,时出酣畅。人为之歌曰:'山公时一醉,径造高阳池。日莫倒载归,酩酊无所知。复能乘骏马,倒著白接篱。举手问葛强,何如并州儿。'"篱,一作"篱"。

③刺船:即撑船。

④秦山:终南山。

【汇评】

仇兆鳌《杜诗详注》卷二:八章,因水府而旁记游迹。上四实景,下四虚摹。山林胜游,留连累日,故柳渚、昆池亦皆经过。折荷脱巾,醉时狂态。刺船解水,走马而思泛舟也。

杨伦《杜诗镜铨》卷二:著此一首,更觉波澜飞动。

其九

床上书连屋,阶前树拂云。将军不好武,稚子总能文①。
醒酒微风入,听诗静夜分②。绤衣挂萝薜,凉月白纷纷③。

【题解】

其九称颂主人儒雅闲逸。何氏本是武将,却素养甚高,毫不粗鄙。其
居所幽静雅致,闲旷清逸。室内藏书丰富,稚子秉承家训,喜文能诗。风清
月白,酒醒茶后,诗人还仿佛听见主人夜半吟诗。

【注释】

①《南史·萧恭传》:"仰眠床上,看屋梁而著书。"

②诗:一作"琴"。夜分:夜半。

③绤衣:细葛布衣。萝薜:女萝和薜荔,两种蔓生植物。薜,一作"壁"。

【汇评】

仇兆鳌《杜诗详注》卷二:九章,宿何园而记其韵事。上四见主人儒雅,
下四言夜景清幽。

杨伦《杜诗镜铨》卷二:补写主人,非此与山林不称。

庄咏《杜律浅说》卷上:前数章,园林胜概赞叙已极,九章则赞何将军之
风雅,而且其闲雅之致也。前记景,此记人,恰是后路收拾,见非如将军雅
人,兼好韵事,断无此园林清幽也。首句属赋,起"不好武";次句属比,起
"总能文";五、六乃倒装句法;末结夜景清幽,宛然见何氏以武人,而安于境
之闲旷冷落如此,其亦与开边生事、邀取功名者异矣。

其十

幽意忽不惬,归期无奈何。出门流水住,回首白云多①。
自笑灯前舞,谁怜醉后歌。只应与朋好,风雨亦来过②。

【题解】

其十写临去话别。这几天寻幽访胜,食鲜饮醇,格外惬意。现在终于

要离开了,心情怅惋,若有所失。一出何氏之门,陪伴许久的流水、白云都驻留不动了。难道不喜欢白云、流水吗,为什么要离开它们呢?只是心中另有苦楚,难以分说,唯有醉后灯下,高歌起舞,以抒郁郁之情怀。如果友朋相邀,定会不避风雨,再次前往拜访。"第一首是起,第十首是合,中间八首是反覆赋其山林,易而置之便不可"(江浩然《杜诗集说》卷二引范梈语)。

【注释】

①住:一作"注"。白云:一作"杂花"。

②颜延之《和谢监灵运》:"入神幽明绝,朋好云雨乖。"

【汇评】

顾宸《辟疆园杜诗注解》五律卷一:一言陪郑,次言泛舟,三言异花,四言卜邻,五言随意,六言淳朴,七言昼宴,八言往事,九言夜歌,十言不欲归。己之贪胜探幽,何之文雅好客,读去错落自见。欲觅一雷同处不可得,正不必泥其首尾位置也。

仇兆鳌《杜诗详注》卷二:十章总结,乃出门以后情事。首二惜别之情,三、四别后之景,五、六回忆前事,七、八豫订重游。幽意不惬,为迫于归期耳,两句起势突兀。舞曰自笑,歌曰谁怜,无复林中豪兴矣,故须再过以慰寂寥。

石间居士《藏云山房杜律详解》五律卷一:此诗首联是赋归去,以应首章之来游;次联是途中回顾眷念难舍之景况;三联是途中预想归后寂寥之情怀;末联是思再游以应首章之幽兴。凡山林景物之佳,主宾投合之美,无不包括其中。

送高三十五书记

腔峒小麦熟,且愿休王师①。请公问主将,焉用穷荒为。饥鹰未饱肉,侧翅随人飞。高生跨鞍马,有似幽并儿②。脱身

102

簿尉中,始与捶楚辞③。借问今何官,触热向武威④。答云一书记,所愧国士知⑤。人实不易知,更须慎其仪⑥。十年出幕府,自可持旌麾⑦。此行既特达,足以慰所思⑧。男儿功名遂,亦在老大时。常恨结欢浅,各在天一涯⑨。又如参与商,惨惨中肠悲⑩。惊风吹鸿鹄,不得相追随⑪。黄尘翳沙漠,念子何当归⑫。边城有余力,早寄从军诗。

【题解】

天宝十一载十二月,高适随哥舒翰赴京。次年夏,高适回转河西、陇右,杜甫前来送行而作是诗。诗歌开篇所言"休王师",前人多以为不满哥舒翰穷兵黩武,希望休民息兵,其实求之过深。因为临别之际正值夏季小麦成熟之时,所以诗人替高适打抱不平:主帅怎会让他在这样的时刻远赴穷荒之地履行军务呢?杜甫只是在寻找理由挽留友人,希望他能在长安多停留一些时日。以下就高适经历生发议论,并激励对方:高适你沉沦多时,磨砺已久,现在终于从迎来送往、鞭挞黎庶的繁琐事务中解脱出来,得以如幽并游侠尽情驰骋沙场。虽然眼下冒着酷暑前往武威,只担任小小的掌书记,但那是人们还没有充分地了解你,假以时日,你一定会升任为一方镇帅。所以此次远行,我还是为你感到欣慰。大丈夫建功立业并非一蹴而就,往往是大器晚成。你也不用焦急。只是作为朋友,不能随你远行,我想来不免黯然。希望你征战沙场之余,早日寄来慷慨之作,以慰藉我的思念之情。

【注释】

①崆峒:山名,在今甘肃平凉西,时属河西节度。且:一作"吾"。

②幽:幽州,今河北一带。并:并州,今山西一带。

③高适辞封丘(今属河南新乡)县尉,临去为《封丘作》诗,有云:"只言小邑无所为,公门百事皆有期。拜迎官长心欲碎,鞭挞黎庶令人悲。"

④武威:武威郡,在今甘肃,唐时属河西道。

⑤云:一作"言"。国士知:以国士相待。

⑥更：一作"尤"。仪：一作"宜"。

⑦麾：一作"旗"。

⑧特达：前途远大。慰所思：一作"慰远思"。

⑨天一涯：一作"一天涯"。

⑩参与商：两个星星，参星在西方，商星在东方，出没不能相见。惨惨中肠悲：一作"中肠安不悲"。

⑪吹：一作"飘"。

⑫当：一作"时"。

【汇评】

浦起龙《读杜心解》卷一之一：送高入哥舒幕也。送幕客而带及主将，入手得体。且设为商榷之词，以讽穷兵之失，其味油然而长。"饥鹰"以下，入高书记。哀其志，叙其行，戒其慎周旋，祝其大建树，凡四层。末段十句，见送之之情。结云"余力""寄书"，既欲得其远耗，又欲悉其职业也。通首看来，时事忧危之情，朋友规切之谊，临歧颂祷、赠处执别之忱，蔼然见具于此诗。

刘濬《杜诗集评》卷一引查慎行曰：此盖深不满哥舒之穷兵，而惜高生之侧翅相随也。

《唐宋诗醇》卷九：送书记却从主将发端，设为商略，以讽穷兵之非，立言有体。中陈规戒，末致缠绵。词意并到。

送裴二虬作尉永嘉①

孤屿亭何处，天涯水气中。故人官就此，绝境兴谁同。
隐吏逢梅福，游山忆谢公②。扁舟吾已就，把钓待秋风③。

【题解】

诗送友人裴虬至永嘉任县尉。诗中说，当年南朝诗人谢灵运，履职东南滨海之永嘉，写下众多流传千古的佳作。如今你又步武前贤，就职于这一佳胜之地,真让人艳羡不已,恨不得一同前往。你从此可以效法谢灵运、梅福,过上半仕半隐的生活,我也准备好了啸傲江湖的扁舟,等到秋风吹起的时候前往过访,垂钓海滨。

【注释】

①裴虬,字深源,河东(今属山西运城)人,官至谏议大夫。

②梅福,九江人,补南昌尉。《汉书》本传载"王莽专政,福一朝弃妻子,去九江,至今传以为仙"。谢公:谢灵运,《宋书》本传载其出为永嘉太守,郡有名山水,肆意遨游。

③就:一作"具"。

【汇评】

黄生《杜工部诗说》卷六:一、二设为问答,唐人多此法。因尉永嘉,故以彼中山水起兴。前半羡彼官,后半托言己欲往游以寓送别之意。五、六言东道有故人,遗踪有往哲,故己亦起扁舟之兴,待秋风一思把钓耳。

吴瞻泰《杜诗提要》卷七:结三字倒押得老。"清新""俊逸"四字,可以自赠。人之讥公者,皆谓板重,故特选此轻调,以见公无所不有,然非公擅场作也。

仇兆鳌《杜诗详注》卷三:尉本微员,无事功可见,故就永嘉山水写出登临韵事。"隐吏"承"官",切县尉。"游山"承"兴",切永嘉。末乃不忘故交,兼有失志远游之意。

九日曲江①

缀席茱萸好,浮舟菡萏衰②。季秋时欲半,九日意兼悲③。
江水清源曲,荆门此路疑④。晚来高兴尽,摇荡菊花期。

【题解】

九月九日重阳节这天,诗人泛舟江上,设席船中,对山饮酌。水中的荷花渐已衰败,杜甫想到自己年近半百,进入人生的秋天,心中不由感慨万端。盛会有如当年孟嘉聚饮荆门,自是大畅情意;而流落不偶,老而无成,滞留他乡不得而归,又不能不令人神伤。傍晚兴尽将返,相约来年菊花绽放之刻,再来聚首。

【注释】

①九日:农历九月九日,重阳节。

②茱萸:一种具有强烈香味的植物,旧时以为九月九日佩戴茱萸,可以祛邪避恶。

③季秋时欲半:一作"百年秋已半"。

④荆门:山名,位于湖北。《晋书·桓温传》:"九月九日,(桓)温燕龙山,僚佐毕集。时佐吏并著戎服,有风至,吹(孟)嘉帽堕落,嘉不之觉。温使左右勿言,欲观其举止。嘉良久如厕,温令取还之,命孙盛作文嘲嘉,著嘉坐处。嘉还见,即答之,其文甚美,四坐嗟叹。"龙山,仇兆鳌注引《九域志》,以为其在荆门东。

【汇评】

仇兆鳌《杜诗详注》卷二:上四拈九日,所感在身老,故有兼悲之叹。下四拈曲江,所伤在落魄,故有摇荡之嗟。通首将一景一情,两截重叙,虚实相间格,杜集频用之。此诗乍看似乎直致,须抑扬说来,方见曲折生动,言茱萸虽好,而菡萏已衰,不觉悲秋悲老,兼集意中也。且江上此游,仿佛荆门胜会,而摇荡花期者,犹是去秋故吾,浮沉身世,又可悲已。

边连宝《杜律启蒙》五言卷一:公时年将五十,故曰"百年秋已半"。九日佳节本可喜,因将老,故兼悲也。五句指曲江。六句言曲江景物,疑似荆门也。然后四句总不佳,八句尤晦。

杨伦《杜诗镜铨》卷二:语淡而悲,律中陶句。

赠陈二补阙①

世儒多汩没,夫子独声名。献纳开东观,君王问长卿②。皂雕寒始急,天马老能行③。自到青冥里,休看白发生。

陈兼被授为右补阙,杜甫以诗相贺。首言世上儒士多埋没沉沦,而陈兼独能声名卓著,脱颖而出,为可喜可贺之一;次言由此得以进入朝中,可以随时献言建策,为皇上所倚重,为可喜可贺之二;再言陈兼虽白发已生,年岁将老,但仍然会青云直上,有所作为,正如皂雕在寒风中始显得格外迅捷,天马老而益壮。诗赠友人,亦是自勉。

【注释】

①陈二:陈兼,字不器,颍川人,曾任右补阙、翰林学士。补阙:武后垂拱年间所置,有左右补阙各一员,天授初左右各加三员,从七品上,掌供奉讽谏、扈从乘舆。

②东观:在洛阳南宫。《后汉书·和帝纪》载,永光十三年春正月,帝幸东观,览书林,阅篇籍,博选艺术之士,以充其官。《汉书·司马相如传》载,汉武帝读《子虚赋》而善之,曰:"朕独不得与此人同时哉!"狗监杨得意侍上,曰:"臣邑人司马相如,自言为此赋。"上惊,召问相如。

③《埤雅·释鸟》:"雕,似鹰而大,黑色,俗呼皂雕。"《旧唐书·王志愔传》:"神龙年,(愔)累除左台御史,加朝散大夫,执法刚正,百僚畏惮,时人呼为皂雕,言其顾瞻人吏,如雕鹗之视燕雀也。"

【汇评】

单复《读杜诗愚得》卷一:此诗首尾俱对,律度整眼,惟第二联似对非对,近世谓之偷春格者是也。

仇兆鳌《杜诗详注》卷三:上四颂语,下四勉辞。献纳之官,君王顾问,正其声名显赫处。皂雕,喻搏击不避;天马,喻老健不衰。盖既置身青冥,不当以头白自嫌也。

浦起龙《读杜心解》卷三之一:陈除补阙而贺之也。陈遇既晚,公且中年未遇,故词气间喜憾交集。

送张二十参军赴蜀州，因呈杨五侍御①

好去张公子，通家别恨添。两行秦树直，万点蜀山尖。御史新骢马，参军旧紫髯②。皇华吾善处，于汝定无嫌③。

【题解】

杜甫世交张参军前往蜀中任职，杜甫以诗相赠，并向正在剑南节度使幕中任职的侍御史杨谭推荐。诗人一方面告慰张参军，从一马平川的关中，到万山起伏的蜀中，道路遥远，要好生珍重；另一方面则鼓励说，杨谭是厚善之人，与诗人相处甚好，必定也与你毫无嫌猜，相得甚欢。

【注释】

①杨五侍御：杨谭，杜甫另有诗《寄杨五桂州谭》。

②《后汉书·桓典传》："(典)拜侍御史，是时宦官秉权，桓典执政无所回避。常乘骢马，京师畏惮，为之语曰：'行行且止，避骢马御史。'"《晋书·郗超传》载，郗超有髯，为桓温参军，王珣身矮，为主簿，桓温府中语曰"髯参军，短主簿，能令公喜，能令公怒"。

③《诗·小雅·皇皇者华》序云："君遣使臣也，送之以礼乐，言远而有光华也。"

【汇评】

黄生《杜工部诗说》卷六：前惜别，后宽慰，分两截叙题。杨必为蜀中诸道使，而张参其军，此四十字荐书也。

仇兆鳌《杜诗详注》卷三：上四送张赴蜀，下四呈杨侍御，乃两截还题格。

寄高三十五书记 适

叹惜高生老,新诗日又多①。美名人不及,佳句法如何。
主将收才子,崆峒足凯歌。闻君已朱绂,且得慰蹉跎。

【题解】

天宝十三载(754)三月,陇右、河西节度使哥舒翰打败吐蕃,收复河源
九曲,高适也在此役中立功得赏。得知消息,杜甫写诗相贺,称颂高适老年
开始写诗,诗越来越多,名声越来越重,兼又得到主帅的重用,可谓双喜临
门,足以慰藉早年的蹉跎。

【注释】

①《旧唐书·高适传》:"(高)适年过五十,始留意篇什,数年之间,体格
渐变,以气质自高,每吟一篇,为好事者传诵。"惜:一作"息"。

【汇评】

金圣叹《唱经堂杜诗解》卷一:一、二、三、四句,写"高三十五"四字。
首句,叹其老无一官;次句,叹其老而好学;三句,承首句,叹其非无名闻
者,而胡为而至于老也;四句,承二句,叹其虽老而诗益工,非率尔成篇比
也。五、六、七、八句,写"书记"二字,亦重叹之。五句,叹其虽得一官,不
过为主将所奴隶耳,亦承首句、三句来。六句,叹其不得黼黻朝庙,仅得
为哥舒作凯歌也,亦承二句、四句来。结以自家蹉跎,收束一、二、三、四
句,极足。

仇兆鳌《杜诗详注》卷三:上四,称适诗才,下喜其为书记也。才子凯
歌,仍应能诗,老年知遇,差慰蹉跎耳。

醉时歌 赠广文馆博士郑虔①

诸公衮衮登台省,广文先生官独冷②。甲第纷纷厌粱肉,广文先生饭不足。先生有道出羲皇,先生有才过屈宋③。德尊一代常坎轲,名垂万古知何用。杜陵野客人更嗤,被褐短窄鬓如丝④。日籴太仓五升米,时赴郑老同襟期⑤。得钱即相觅,沽酒不复疑。忘形到尔汝,痛饮真吾师⑥。清夜沉沉动春酌,灯前细雨檐花落⑦。但觉高歌有鬼神,焉知饿死填沟壑。相如逸才亲涤器,子云识字终投阁⑧。先生早赋归去来,石田茅屋荒苍苔⑨。儒术于我何有哉,孔丘盗跖俱尘埃。不须闻此意惨怆,生前相遇且衔杯⑩。

【题解】

那些幸进之士,前后相继进入中枢,做起了高官,只有广文先生郑虔还在担任无权无势的闲职。达官贵人已经吃腻了酒肉,广文先生却连饭也吃不饱。先生难道真是无德无才吗?先生的品质出自最纯朴的羲皇时代,他的才华超过了屈原、宋玉。名垂千古有什么用呢?品德为一代人尊尚,依然困顿坎轲。广文先生好歹还进入了仕途,尚为布衣的自己生活就更为狼狈了,双鬓斑白,身着短窄的粗衣,每天挤到领取救灾减价粮食的队伍里。不过即使如此,只要手中有钱,自己就会邀请广文先生前去痛饮,喝到忘形的境界,在沉沉黑夜,对着灯前檐下飘落的细雨,不时高歌一曲,彻底忘记沉沦草野、饿死沟壑的忧愁。汉代才子司马相如尚且不免为酒保,亲自洗涤酒器,何况你我呢?先生你还是及早效法陶渊明归隐田园吧!在这个世道,孔子与盗跖都没有差别了,儒术哪里还有用武之地呢?以后的事情不用多想,还是先喝掉眼前的杯中之酒吧。诗作于天宝十三载春天。

【注释】

①《唐语林·文学》:"天宝中,国学增置广文馆,以领词藻之士。荥阳

郑虔久被贬谪,是岁始还京师参选,除广文馆博士。"

②台:指御史台,一作"华"。省:指中书省、门下省、尚书省。

③道:一作"义"。有才:一作"所谈"。

④野客:一作"野老"。被褐短窄:一作"短褐身窄"。

⑤《旧唐书·玄宗纪》:"(天宝十二载)八月,京城霖雨,米贵,令出太仓米十万石,减价粜与贫人。"襟:一作"衾"。

⑥《世说新语·言语》"祢衡被魏武谪为鼓吏"注引《文士传》:"祢衡有逸才,与孔融为尔汝交,时衡年二十,融年已四十。"

⑦灯前细雨檐花落:一作"檐前细雨灯花落"。

⑧逸:一作"有"。《史记·司马相如列传》:"相如与(卓文君)俱之临邛,尽卖其车骑,买一酒舍酤酒,而令文君当垆。相如身自着犊鼻裈,与保庸杂作,涤器于市中。"《汉书·扬雄传》:"时,雄校书天禄阁上,治狱使者来,欲收雄,雄恐不能自免,乃从阁上自投下,几死。……间请问其故,乃刘棻尝从雄学作奇字,雄不知情。……京师为之语曰:'惟寂寞,自投阁。'"

⑨《宋书·陶潜传》:"(陶潜)即日解印绶去职,赋《归去来》。"

⑩怆:一作"淡"。《晋书·张翰传》:"翰任心自适,不求当世。或谓之曰:'卿乃可纵适一时,独不为身后名邪?'答曰:'使我有身后名,不如即时一杯酒。'"

【汇评】

王嗣奭《杜臆》卷一:此篇总是不平之鸣,无可奈何之词,非真谓垂名无用,非真薄儒术,非真齐孔、跖,亦非真以酒为乐也。杜诗"沉醉聊自遣,放歌破愁绝",即此诗之解,而他诗可以旁通。自发苦情,故以《醉时歌》命题。

杨伦《杜诗镜铨》卷二:悲壮淋漓之至,两人即此自足千古。

梁运昌《杜园说杜》卷七:歌诗至少陵始不拘每解四句,篇中或四句、五句,或六句、八句,长短迟速,随手称心,无不合拍。如此篇前用仄韵叠紧,而后平声放慢,却于平声中用叠句韵,寓紧于慢,尤觉繁音促节,娓娓动听,乃至临了却空一句不押韵,则仍是放缓也,妙极。空一句不押韵,东坡往往有之,然置于篇中即不见此妙矣。

重过何氏五首

其一

问讯东桥竹，将军有报书。倒衣还命驾，高枕乃吾庐①。花妥莺捎蝶，溪喧獭趁鱼。重来休沐地，真作野人居。

在写得妙。如此诗不过写重来之意,却说得口角津津,趣致流溢,此在作者运腕时能自讨巧耳。

仇兆鳌《杜诗详注》卷三:此章为重过而作,又是总起。上四,重过之由;下四,重过之景。

边连宝《杜律启蒙》五言卷一:寄书问讯,再订游期,而将军即有报札相邀,于是命驾速往,高枕而卧,则此山林乃吾庐矣。写得何等兴会。五、六,带点时令,俱是倒装。花之妥,因莺捎蝶;溪之喧,因獭趁鱼也。结联,明点"重"字,仍是申明第四句之义。野人,公自谓。

其二

山雨樽仍在,沙沉榻未移。犬迎曾宿客,鸦护落巢儿。云薄翠微寺,天清皇子陂①。向来幽兴极,步屧向东篱。

【题解】

其二写重来刚到的兴奋之情。来到何园,拜见主人之后,杜甫就提出到去年游过的地方转转。没想到经过半年的山雨冲刷,泥沙虽然下沉了不少,但当初高树下宴饮的几案还留在那里。家犬似乎还记得这位客人,摇着尾巴前来迎接。突然一只今春刚孵出的雏鸟掉落在地上,老鸦急忙飞过来护着它。抬头四处张望,一抹微云飘浮在南面终南山翠微寺之上,西面的皇子陂清澈爽朗。诗人走着走着,不知不觉来到去年令他心动不已、一度欲卖书卜居的东边小屋。

【注释】

①翠微寺:《元和郡县图志》卷一载,长安县南五十五里太和谷有太和宫,武德八年置,贞观十年废,二十一年复置,曰翠微宫,笼山为苑,元和中以为寺。皇子陂:在今陕西西安长安区南。《太平寰宇记·雍州·万年县》:"皇子陂在启夏门南五十里,陂北原有秦皇子冢,因以名之。"皇,原作"黄",据他本改。

【汇评】

黄生《杜工部诗说》卷四:酒间偶然起步,遂出篱门野眺,忽值骤雨,雨止乃归，归而复饮。前半重入门之景，五、六复晴之景，结因点明其事，用"向来"二字倒折转去，此尾联倒缴格也。沙沉，谓水涨，此见雨之骤；骤雨易晴，故少焉又云薄天清矣。翠微寺、皇子陂，皆野眺所见，句法原上三下二，倒装乃上二下三。樽仍在，榻未移，复饮意自见言外。犬迎客，见客熟；鸦护巢，恐儿落也。上语实形，下语虚衬，此善体物情之语，盖因其养子时言之。起入门用暗说，结出门用明说，然只云"过东篱"，亦终未明说。

仇兆鳌《杜诗详注》卷三：次章，备写重来景事。樽、榻依然，言主人能置酒而留宾。犬迎客，去年习见也；鸦护儿，今春乳子也。四句皆重游意。寺前云薄，陂上天清，方喜雨后初晴，故幽兴勃然，遂向东篱而览胜。末句起下平台之游。

边连宝《杜律启蒙》五言卷一：前日之樽，仍在雨中；旧时之榻，未移沙内。以至向曾信宿，犬亦驯熟。三句并见重过之意。四句却用借对，落落不拘，真大家数也。翠微寺、皇子陂，皆与山林相近，向曾登山林而望之者，今复当此云薄天清之际，不觉乘此幽兴又过东篱而登望也。仍不脱重过意。

其三

落日平台上，春风啜茗时。石栏斜点笔，桐叶坐题诗。翡翠鸣衣桁，蜻蜓立钓丝。自今幽兴熟，来往亦无期①。

【题解】

其三写其在何园优哉游哉的状态。傍晚时分，春风拂面，诗人时而品茶于平台之上，时而斜倚石栏、题诗于桐叶之上，时而垂钓于碧水之旁。山庄里的动物颇具灵性，毫不惧人。翠鸟驻足在晾衣杆上欢快地鸣叫，蜻蜓停留在钓鱼的丝线上久久不去。这里的景致如此幽雅，他觉得以后应该随时乘兴而来，不必提前预约。

【注释】

①自今幽兴熟：一作"自逢今日兴"。

仇兆鳌《杜诗详注》卷三：三章，叙平台之游。平台记地，春风记时。点笔、题诗，平台之趣写得萧散；翡翠、蜻蜓，春时之景写得工细。六句皆今日幽兴。来往无期，欲常览此胜也。曰极，曰熟，又点重游。

边连宝《杜律启蒙》五言卷一：啜茗、点笔、题诗，皆平台之事也。翡翠、蜻蜓，平台之景也。以翡翠而鸣衣桁，以蜻蜓而立钓丝，是物类亦有幽兴矣。自今以后，幽兴既熟，人之来往无期，则物之来往亦无期也。此正万物静观皆自得意。若将此句单作自己说，"亦"字殊无着落，且此意章章可以阑入，何必定在此首。

杨伦《杜诗镜铨》卷二：述现在景，独提出平台作一首，亦是前游所未及。

其四

颇怪朝参懒，应耽野趣长。雨抛金锁甲，苔卧绿沉枪①。手自移蒲柳，家才足稻粱。看君用幽意，白日到羲皇②。

【题解】

其四称颂主人何将军淡泊闲雅。何将军身为显宦，却不热心上朝议政；本是武将，他精致的黄金锁子甲早被随手抛在雨中，珍贵的绿沉枪也被随意地搁置在苍苔上。他所感兴趣的是手植蒲柳，躬耕畎亩，丰衣足食而已。这真是上古淳朴民风的遗留，何将军算是达到返璞归真的境地了。

【注释】

①金锁甲：精细之铠甲。车频《秦书》："苻坚使熊邈造金银细镂铠，金为缏以缧之。"

②陶渊明《与子俨等疏》："常言五六月中，北窗下卧，遇凉风暂至，自谓羲皇上人。"

【汇评】

仇兆鳌《杜诗详注》卷三：四章，美将军逸兴。将军懒于朝参者，因耽野趣之长也。抛甲、卧枪，见朝参之懒。移柳、足粱，见野趣之长。末引渊明事,以方其高致。

边连宝《杜律启蒙》五言卷一:首联一呼一应。三、四句顶"朝参懒",五、六句顶"野趣长"。末联亦见野趣之长,而朝参之所以懒也。

杨伦《杜诗镜铨》卷二:此首专赞主人,下首专说自家,与前末二首表里。

其五

到此应常宿,相留可判年。蹉跎暮容色,怅望好林泉。何日沾微禄,归山买薄田①。斯游恐不遂,把酒意茫然。

【题解】

其五写临去时的怅惘情怀。这样的庄园,真应该常来长住,可惜现在不得不离开了。岁月蹉跎,年事渐高,对山林的喜爱之情也越来越浓。什么时候自己才能入仕,获得薪资去购买薄田,以过上优游的归隐生活呢?这梦想实在太遥远。临别之际,想到自己今后可能很难再来到这里,内心极其迷茫,端着酒杯也无心畅饮了。

【注释】

①日:原作"路",据他本改。

【汇评】

张溍《读书堂杜诗注解》卷二:第一首谓报书即往,见重过也。一到追叙既往,故次首以"向来"为言。又闲观幽景,见重过之乐,故三首以"自今"为言。四首见将军耽幽意,所以赞主人也。五首又恐沾禄卜居未遂,正眷恋之极。五诗一气联络,曲折如意。

仇兆鳌《杜诗详注》卷三:此首叙临别之意,又是总结。上四深羡林泉之胜,下则欲谋归老于此地也。考是年公方四十,而云"暮容色"者,蹉跎不遇,因有慨于暮景耳。

石闲居士《藏云山房杜律详解》五律卷一:此诗通身翻空出奇,与前十首之结局不同,确是重游之总结,亦是前后两游之总收,如神龙夭矫,不可方物,无怪识者之鲜有其人也。

城西陂泛舟①

青蛾皓齿在楼船，横笛短箫悲远天。春风自信牙樯动，迟日徐看锦缆牵。鱼吹细浪摇歌扇，燕蹴飞花落舞筵。不有小舟能荡桨，百壶那送酒如泉。

【题解】

春风徐来，水波不兴。一艘艘巨大的楼船迎着夕阳在渼陂悠然滑行。船上笛箫之声清彻嘹亮，直上云霄，曼妙的少女翩翩起舞。空中偶有春燕飞过，将沾惹的花瓣撒落在筵席。水面波光粼粼，阵阵游鱼吐出一圈一圈涟漪。船中人豪兴大发，畅饮无休，旁边的小船忙着传送美酒。此时杜甫究竟是在船上还是在岸边，历来有两说，诗歌的主旨也有称颂与讽刺两种解读。

【注释】

①西陂：渼陂，陂在鄠县西五里，故名。

【汇评】

金圣叹《唱经堂杜诗解》卷一：此题是先生咏城西陂中所泛之舟，非先生泛舟游城西陂也。通首诗全咏陂中泛舟，咏诗人却在陂岸上。只二起句，一喝一证，笔势灵幻非常。要看他用一"在"字之妙，言此陂中楼船，一例纯是珠帘翠幄，岸上睹之，窈窕重密，谁人知其中何所有？然我定知多载青蛾皓齿在中。何以验之？我目虽不睹，耳实亲闻。此悲动远天，皆横笛短箫之声，以是知其必流连荒亡之徒也。

顾宸《辟疆园杜诗解》七律卷一：此诗实指泛陂所见也。开元、天宝间，景物盛丽，士女游观，歌唱彻天，飞花摇浪，舟中实有是景，不必云是艳曲，至云讥明皇而不敢显言，益陋矣。

石闾居士《藏云山房杜律详解》七律卷上：此诗通身是实写贵游之乐，一层深一层，惟首联从箫笛声中带出一"悲"字，以为全诗之反照，正生于忧

117

患、死于安乐之所由兆。公岂真无规警之意,而漫为是富丽之词以长人淫奢之渐哉。

陪诸贵公子丈八沟携妓纳凉
晚际遇雨二首①

其一

落日放船好,轻风生浪迟。竹深留客处,荷净纳凉时。公子调冰水,佳人雪藕丝。片云头上黑,应是雨催诗。

【题解】

陪同豪门子弟宴饮出游,是当时文人重要的交际手段。杜甫求仕长安之时,也多有清客之行为。这两首诗写的就是他伴游遇雨的一次经历,出游的地点是何氏山庄第五桥附近的丈八沟。"二首相为首尾,以云雨为过脉"(仇兆鳌《杜诗详注》卷三引王嗣奭语)。其一写雨落之前。时值农历五月,天气正热,贵公子一行携带歌妓,系舟于竹林掩映的荷塘纳凉,享用着冰水、藕丝。一片黑云飘来,雨将至而诗已成。

【注释】

①丈八沟:天宝元年韦坚所通漕渠,阔八尺,深一丈,在今陕西西安雁塔区(由高新区托管)。

【汇评】

汪瑗《杜律五言补注》卷一:此诗应题。首联谓泛舟丈八沟,颔联谓纳凉,颈联谓陪诸贵公子携妓,尾联谓晚际遇雨。后篇格调同。但此诗言出游之乐,后诗言败兴而归,意相反。

黄生《杜工部诗说》卷四:分两首叙题,以前作结句,唤起次作之意。用下因法对起,谓上句因下句也。竹深、荷净,皆留客处纳凉时,以分装成对。题中"诸贵公子"四字,已见书法。五六调冰、雪藕,本皆妓作,却以公子顿放于此,则此辈惟知醉红裙,不解饮文字,意在言外矣。

仇兆鳌《杜诗详注》卷三:此章为同游记胜也。首联泛舟入沟,次联纳凉之景,三联公子携妓,结聊晚际遇雨。轻、迟、深、净四字,诗眼甚工。

其二

雨来沾席上,风急打船头①。越女红裙湿,燕姬翠黛愁。缆侵堤柳系,幔卷浪花浮。归路翻萧飒,陂塘五月秋。

【题解】

其二写急雨骤至骤去。炎夏天气多变,暴雨倏忽而至。风大浪急,船被紧紧拴牢在岸边的柳树上,幔幕也被急忙卷起。雨点钻入船舱,溅落筵席,浸湿了歌伎的衣裙,破坏了她们脸上的浓妆,引起一阵慌乱。暴雨过后,天气清凉,返程时就如同置身凉爽的秋日,不见丝毫燥热。

【注释】

①急:一作"恶"。

【汇评】

范廷谋《杜诗直解》五律卷一:前咏雨前,此方咏雨,以"云黑"句作枢纽,处处反照。首言风雨之恶,与前风日之好异;次越女燕姬之愁,与前调冰雪藕异;三言风柳浪花,又与前花木之盛异;至罢游而归,萧飒如秋,则与前放船生浪时又大异矣。

黄生《杜工部诗说》卷四:极败兴事,说得不败兴,全在借诸妓妆点雨景,不惟不闷,翻觉有趣。结应转纳凉意,五字亦警。越女亦愁,燕姬亦湿,特分装成对耳。

仇兆鳌《杜诗详注》卷三:承上章,伤风雨骤至也。雨来风急,领起全意。三、四就席上言,五、六就船头言。陂塘萧飒,五月成秋,以见乐不可极,万事皆然。

渼陂行①

　　岑参兄弟皆好奇，携我远来游渼陂。天地黯惨忽异色，
波涛万顷堆琉璃。琉璃汗漫泛舟入，事殊兴极忧思集。鼍作
鲸吞不复知，恶风白浪何嗟及。主人锦帆相为开，舟子喜甚
无氛埃。凫鹥散乱棹讴发，丝管啁啾空翠来。沉竿续缦深莫
测，菱叶荷花净如拭。宛在中流渤澥清，下归无极终南黑②。
半陂以南纯浸山，动影袅窕冲融间。船舷暝戛云际寺，水面
月出蓝田关③。此时骊龙亦吐珠，冯夷击鼓群龙趋④。湘妃汉
女出歌舞，金支翠旗光有无⑤。咫尺但愁雷雨至，苍茫不晓神
灵意。少壮几时奈老何，向来哀乐何其多。

【题解】

　　岑参兄弟喜欢寻幽访胜，他们带杜甫一起去游览渼陂。夏季的天气说
变就变，转眼间乌云密布，天昏地暗。狂风卷起万顷波涛，如堆积的琉璃，
充满神秘气息又令人畏惧。此时此刻，岑氏兄弟却兴致不减，继续泛舟而
入，这使一旁的诗人提心吊胆，生怕风恶浪急而葬身鱼腹。没想到开船后
不久风平浪静，天空清澈得连一丝阴霾都没有，两边的莲叶荷花一动不动，
竹篙入水，浅浅深深，变化莫测。船上管弦齐奏，声入行云，水鸟惊飞四散。
进入中流，南面全是终南山的倒影，这使陂水显得沉静幽深，小船仿佛行进
在渤海之上。黄昏时分，云际寺的倒影漂浮在船舷之旁，月亮慢慢从蓝田
关爬了上来，岸边的灯火时隐时现。游艇纷纷靠近停泊，音乐响起，歌女纷
纷在船上献艺。就在此时，天空突然又变得漆黑，诗人担心一场雷雨就要
降临，于是感叹人生哀乐无常，有如夏日捉摸不定的天气。这篇游记分三
层，第一层先写出发前天气骤变，第二层写途中风和日丽，最后一层写月下
宴饮而天气又变。

【注释】

①渼陂：在今陕西西安鄠邑区西五里，源于终南山，北流经丈八寺东与胡公泉、渼泉、白沙泉之水汇合，至陂头村积水成陂。

②下归无极：一作"下临无地"。

③云际寺：云际山大定寺。《长安志》卷一五："云际山大定寺，在（鄠）县东南六十里。"蓝田关：即峣关，在蓝田县东南。《雍录》卷六："蓝田关者，峣关，在其（渼陂）东南也。"

④骊龙：黑色之龙。《庄子·列御寇》："夫千金之珠，必在九重之渊而骊龙颔下。"冯夷：水神。《庄子·大宗师》："冯夷得之，以游大川。"

⑤湘妃：舜之二妃娥皇、女英。《列女传》载，舜崩苍梧，二妃死于江湘之间，俗谓之湘君。汉女：汉水之神女。《诗·周南·汉广》："汉有游女，不可求思。"

【汇评】

黄周星《唐诗快》卷六：此诗不过游渼陂耳，却说得天摇地动，云飞水立，悄然有山林窅冥、海水汩没景象，岂不令人移情。

朱鹤龄《杜工部诗集辑注》卷二：始而天地变色，风浪堪忧，既而开霁放舟，冲融窈窕，终而仙灵冥接，雷雨苍茫。只一游陂时，情景迭变已如此，况自少壮至老，哀乐之感，何可胜穷？此孔子所以叹逝水，庄生所以悲藏舟也。

仇兆鳌《杜诗详注》卷三引张綖曰："好奇"二句，乃全篇之眼。岑生人奇，渼陂景奇，故诗语亦奇。"骊龙"四句，设想更奇。初学若以实理泥之，几于难解，熟读《楚辞》，方知寓言佳处。

与鄠县源大少府宴渼陂① 得寒字

应为西陂好，金钱罄一餐②。饭抄云子白，瓜嚼水精寒③。
无计回船下，空愁避酒难。主人情烂熳，持答翠琅玕④。

【题解】

杜甫曾与岑参一起参加鄠县源县尉在渼陂船上举办的宴会。席上诸人分韵赋诗,岑参拈得"人"字,有诗:"载酒入天色,水凉难醉人。清摇县郭动,碧洗云山新。吹笛惊白鹭,乘竿跳紫鳞。怜君公事后,陂上日娱宾。"杜甫拈得"寒"字而作此诗。诗写主人好客,在风景秀丽的渼陂置办了精美的筵席,一再热情地劝客人酣饮。诗人难以为继,又无从下船逃避,便一边吃着寒瓜、白饭,一边赋诗一首以表达他对主人的诚挚谢意。

【注释】

①鄠县:秦设鄠邑,西汉置鄠县,唐属京兆府,今属陕西西安鄠邑区。少府:县尉。

②西陂:渼陂。金钱:一作"千金"。

③抄:饭匕。云子:神仙服食之物,此喻饭白。水精:水晶。

④琅玕:似珠玉的美石。张衡《四愁诗》:"美人赠我青琅玕,何以报之双玉盘。"

【汇评】

仇兆鳌《杜诗详注》卷三:上四叙宴陂品物,下则感少府而答之以诗也。

边连宝《杜律启蒙》五言卷一:云子所以状饭之白,水精所以状瓜之寒,正顶第二句来。回船即所以避酒,二句是一事。七句总括上文。持答者,持此诗以答也。翠琅玕,极言其情之厚,犹云"锡我百朋"云尔。

渼陂西南台

高台面苍陂,六月风日冷。蒹葭离披去,天水相与永。怀新目似击,接要心已领①。仿像识鲛人,空蒙辨鱼艇②。错磨终南翠,颠倒白阁影③。崷崒增光辉,乘陵惜俄顷④。劳生愧严郑,外物慕张邴⑤。世复轻骅骝,吾甘杂蛙黾⑥。知归俗可忽,取适事莫并⑦。身退岂待官,老来苦便静。况资菱芡足,庶结茅茨迥。从此具扁舟,弥年逐清景。

【题解】

　　渼陂西南的高台,背山临水,即使在六月也觉得清凉。近处丛丛兼葭摇曳披拂,远处水天一色。惝恍迷离的湖面,似乎有鲛人出没。仔细看去,渔艇在空蒙中隐约可辨。终南山诸峰的倒影,在水面荡漾起伏。如此新奇的景致,直使人心旷神怡。可惜夕阳将至,诗人也要离去。他想到长期以来自己奔波劳顿,心力交瘁,真是愧对那些洁身自好、甘处蓬蒿的隐士。如今世人轻视千里马,不如立刻退居草野。世上之事总难两全其美,并非一定要入仕才能隐退。年老就该生活恬静,何况陂中菱角、鸡头米之类的物产极其丰盛,足够自己在岸边结庐而居,充分领略湖光山色,不必再忙忙碌碌四处奔波。一般认为,《渼陂行》作于初游,而此诗是重游而作。

【注释】

①接要:一作“接恶”。

②《博物志》卷九:“南海外有鲛人,水居如鱼,不废绩纺,其眼能泣珠。”

③钱谦益笺引《通志》:“紫阁、白阁、黄阁三峰,具在圭峰东。紫阁,旭日射之,烂然而紫。白阁阴森,积雪不融。黄阁不知所谓。三峰相去不甚远。”诗句原有注:“白阁,山名。”

④辉:一作“阴”。

⑤严郑:指严遵(字君平)和郑朴(字子真)。《汉书·王贡两龚鲍传》序:“谷口有郑子真,蜀有严君平,皆修身自保。”张邴:张仲蔚、邴曼容。《高士传》卷中称张仲蔚“隐身不仕”,《汉书·王贡两龚鲍传》载邴曼容“养志自修,为官不肯过六百石,辄自免去”。

⑥骅骝:良马,周穆王八骏之一。蛙黾:蛙类。

⑦适:一作“足”。

【汇评】

　　王夫之《唐诗评选》卷二:裁伤完善,扣捺高警,拾遗早年之杰作也。入蜀以后,哀音乱节,望此许如隔世。

浦起龙《读杜心解》卷一之一：前与岑参为泛陂之游，作《渼陂行》；此则登台所成也。前半景，后半情，敛驰骤为整饬，似选体诗。

夏日李公见访①

远林暑气薄，公子过我游。贫居类村坞，僻近城南楼。傍舍颇淳朴，所愿亦易求②。隔屋唤西家，借问有酒不③。墙头过浊醪，展席俯长流。清风左右至，客意已惊秋。巢多众鸟斗，叶密鸣蝉稠④。苦道此物聒，孰谓吾庐幽⑤。水花晚色静，庶足充淹留。预恐樽中尽，更起为君谋。

【题解】

炎热的夏天，李公来杜甫家中拜访。当时诗人住在城南远郊的村坞中，那里树林密集，房屋简陋，几户人家紧紧挨在一起，交往随意而方便。诗人在院中铺设酒席，发现酒水尚不充足，就站在院子里叫喊一声，邻居便从墙头将酒水递了过来。李公本是前来避暑，凉爽的清风使他如同置身秋日。唯一遗憾的是，树多鸟多蝉也多，鸟儿的争斗声此起彼伏，夏蝉的鸣叫声无休无止，它们在酷热的午后显得格外聒噪。到了傍晚，客人意犹未尽，舍不得离开水中的荷花，诗人担心家里的酒水不够，就起身到村中去筹借。

【注释】

①诗题一作"夏日李家令见访"，另题注为"李时为太子家令"，则李公或为太子家令李炎。

②愿：一作"须"。

③唤：一作"问"。

④斗：一作"喧"。

⑤道：一作"遭"。谓：一作"语"。

【汇评】

黄生《杜工部诗说》卷一："墙头过浊醪"，不欲使客知也。以之入诗，则偏欲使客知之,乃见诗家之趣。可知贫是有趣之事,富是无趣之事。诗之为物,喜贫而憎富,非无故也。

仇兆鳌《杜诗详注》卷三:清风左右至,方喜凉气披襟,忽而鸟斗蝉鸣,又觉繁声聒耳。及看水花晚色,则喧不碍静,幽意仍存。即见前景物,写得曲折生动如斯。知善布置者,随处皆诗料也。

夏力恕《杜诗增注》卷二:汉魏晋宋间,五古率沉静,少陵变为雄伟,而此篇则全似渊明。

秋雨叹三首

其一

雨中百草秋烂死,阶下决明颜色鲜①。著叶满枝翠羽盖,开花无数黄金钱。凉风萧萧吹汝急,恐汝后时难独立。堂上书生空白头,临风三嗅馨香泣。

【题解】

《旧唐书·韦见素传》:"天宝十三载秋,霖雨六十余日,京师庐舍垣墉颓毁殆尽,凡一十九坊污潦。"连续多日的秋雨,对杜甫的生活和心情都造成了巨大影响。其一写诗人有感于决明花。连绵的秋雨,使众多的植物根系都腐烂了,但他房屋台阶前的决明子,花团簇拥,灿烂夺目。嗅着淡淡的花香,诗人却忧心忡忡:秋风萧瑟,秋雨凄凄,花儿恐怕也绽放不了多久。自己年事已高,头发花白,不正如这决明子生不逢时吗?

【注释】

①决明:一年生亚灌木状草本植物,夏初生苗,叶似苜蓿而大,七月开黄花结角,其子作穗,似青绿豆而锐。一说为甘菊,即石决,多年生草本植物。

张綖《杜工部诗通》卷三：前四句，喻君子处乱世而不隳其节；后四句，则公忧其终不能保其节，深惜之也。

仇兆鳌《杜诗详注》卷三：首章，叹久雨害物。上四喜决明耐雨，下则忧其孤立而摧风也，赋中有比。

杨伦《杜诗镜铨》卷二：先就一物寄慨，别韵萧疏，可歌可泣。

其二

阑风伏雨秋纷纷，四海八荒同一云①。去马来牛不复辨，浊泾清渭何当分②。禾头生耳黍穗黑，农夫田父无消息③。城中斗米换衾裯，相许宁论两相直④。

【题解】

其二写雨灾。风雨无休无止，仿佛整个天地都笼罩在一片乌云之下。积水成涝，洪水泛滥，泾渭连成一片，难以分辨。谷物无法收割，黍禾发芽，谷穗黑烂。农民的灾情天子无从得知，长安城中米价腾沸。虽然官府发出通知，减价售粮，"八月，京城霖雨，米贵，令出太仓米十万石，减价粜与贫人"（《旧唐书·玄宗纪》），但执行者从中勒索，贫民抱一床结婚绸被去换取斗米的现象，已经出现。

【注释】

①阑风伏雨：一作"阑风长雨"。四海：一作"万里"。

②《庄子·秋水》："秋水时至，百川灌河，泾流之大，两涘渚涯之间，不辨牛马。"

③禾：一作"木"。

④换：一作"抱"。《诗·召南·小星》："肃肃宵征，抱衾与裯。"裯，单被。

【汇评】

仇兆鳌《杜诗详注》卷三：次章，叹久雨害人，上四皆积雨之象，下慨伤稼而阻饥也。

浦起龙《读杜心解》卷二之一：次章，伤政府蒙蔽也。

杨伦《杜诗镜铨》卷二：次方及淫雨。

其三

长安布衣谁比数，反锁衡门守环堵①。老夫不出长蓬蒿，稚子无忧走风雨。雨声飕飕催早寒，胡雁翅湿高飞难。秋来未曾见白日，泥污后土何时干②。

【题解】

其三写杜家在秋雨中的境况。长安布衣中，有谁像他这样完全被人遗忘呢？他唯有困守家中，杜门不出。庭院中长满了蒿草，无忧无虑的小儿在风雨中跑来跑去。秋雨丝毫没有停息的迹象，寒气渐渐逼人，连鸟儿都难以展翅高飞了。整个秋天都没有见到过晴朗的天空，潮湿的大地何时才能变得干爽呢？

【注释】

①比数：比并。司马迁《报任少卿书》："刑余之人，无所比数。"衡门：横木为门，比喻居处简陋。《诗·陈风·衡门》："衡门之下，可以栖迟。"环堵：四面环绕着一方丈的土墙，形容居室狭小。

②曾：一作"省"。后：一作"厚"。宋玉《九辩》："皇天淫溢而秋霖兮，后土何时而得干。"

【汇评】

仇兆鳌《杜诗详注》卷三：末章，自叹久雨之困。上四言雨中寥落，下则触景而增愁也。

浦起龙《读杜心解》卷二之一：三章，伤潦倒不振也。

杨伦《杜诗镜铨》卷二：三首方正说自家苦雨寥落之况。

苦雨奉寄陇西公兼呈王征士①

陇西公,即汉中王瑀。征士,琅琊王澈

今秋乃淫雨,仲月来寒风。群木水光下,万象云气中②。所思碍行潦,九里信不通。悄悄素浐路,迢迢天汉东③。愿腾六尺马,背若孤征鸿④。划见公子面,超然欢笑同⑤。奋飞既胡越,局促伤樊笼。一饭四五起,凭轩心力穷。嘉蔬没溷浊,时菊碎榛丛。鹰隼亦屈猛,乌鸢何所蒙。式瞻北邻居,取适南巷翁。挂席钓川涨,焉知清兴终⑥。

【题解】

今年秋天雨水成灾,到了八月,气温骤降。整个长安城一片汪洋,树木都浸泡在水中。即使同居一城的亲友,也道路阻隔,音讯不通,咫尺竟似天涯。蔬菜淹没在污水中,刚开的菊花备受摧折。陇西公你与征士王澈比邻而居,尚可随时来往。而我困居家中,好比身处樊笼,思友心切,寝食难安。真希望能骑骏马,跨飞鸿,越过汪洋泽国,同你面晤畅谈。

【注释】

①陇西公:唐玄宗长兄李宪之第六子李瑀,初封陇西郡公,后从玄宗幸蜀,封汉中王。

②万象:一作"万家"。

③《长安志》卷一一:"浐水,在(万年)县东北,流四十里入渭。"

④马:一作"驹"。《周礼·夏官·廋人》:"马八尺以上为龙,七尺以上为騋,六尺以上为马。"

⑤公子:一作"君子"。

⑥钓:原作"钩",据他本改。终:一作"穷"。

【汇评】

佚名《杜诗言志》卷二:此诗无寓意,只质言其事,然简洁古淡,求之汉魏,惟靖节能之。

浦起龙《读杜心解》卷一之一：四句起,四句结,中间一大段。寄岑则寓讽时局,寄陇西则起处微露,以其为亲王也,有触忌之恐乎？中段,详相忆阻雨之意。末及王征士。征士必与陇西为南北近邻。北居即指陇西,南翁当指征士。遥想两人不时还往,以形己之岑寂也。

九日寄岑参

出门复入门,雨脚但如旧①。所向泥活活,思君令人瘦②。沉吟坐西轩,饮食错昏昼③。寸步曲江头,难为一相就。吁嗟乎苍生,稼穑不可救④。安得诛云师,畴能补天漏。大明韬日月,旷野号禽兽⑤。君子强逶迤,小人困驰骤。维南有崇山,恐与川浸溜⑥。是节东篱菊,纷披为谁秀⑦。岑生多新诗,性亦嗜醇酎⑧。采采黄金花,何由满衣袖⑨。

【题解】

重阳佳节,本欲同你相聚赏花畅饮,但秋雨尚未停息,道路泥泞,曲江近在咫尺,也遥如山河,难以靠近。几次出门,又打转回府。独坐西轩,沉吟不止。淫雨不休,日月惨淡,民众困顿,禽兽哀号。巍峨高峻如终南之山,恐怕亦将随汗漫洪水漂离。怎样才能诛杀天上布云之师,补上缺漏的苍穹,使得大雨停息呢？今日东篱之下,菊花为谁而开？岑生你善诗又嗜酒,何时你我才能相聚,暗香盈袖,把酒品菊花？杜甫此诗写佳节苦雨,不得与好友岑参共谋一醉,当作于天宝十三载秋。借灾异以言时政,是历来传统,且时论汹汹,诗人抑或有所寄托。

【注释】
①雨:原作"两",据他本改。
②活活:一作"浩浩"。《诗·卫风·硕人》:"河水洋洋,北流活活。"

③沉吟坐西轩：一作"吟卧轩窗下"或"吟卧西轩下"。西，一作"秋"。饮：一作"饭"。

④乎：原作"呼"，据他本改。

⑤《管子·内业》："鉴于大清，视于大明。"大明，日月。

⑥恐：一作"涝"。仇兆鳌注引《周礼注》："水流而趋海者曰川，深积而成渊者曰浸。"溜：水流漂急。

⑦节：一作"时"。

⑧醇酎：味厚的美酒。《西京杂记》卷一："汉制：宗庙八月饮酎，……以正月旦作酒，八月成，名曰酎，一曰九醖，一名醇酎。"

⑨《诗·周南·卷耳》："采采卷耳。"采采，繁盛的样子。

【汇评】

董养性《杜工部诗选注》卷一：此篇以苦雨不见岑生托兴，言时事国政之非者，生民之困也。末因不见岑，故无心采菊也。

张远《杜诗会稡》卷三：是诗极状雨，而题中不及"雨"字。今人作诗，题好尽言，亦一过也。

吴瞻泰《杜诗提要》卷一：诗贵炼句者，欲句中藏句也。"出门复入门"，只五字耳，描写苦雨之境，怀友之情毕现。接下七句，反覆见意，俱藏此五字中。是之谓含蓄。起、结皆怀人情况。中一段陡发大议，忧国忧民，然有关系，气象极阔，波澜极壮。"吁嗟乎"三字，尤下得突兀，使读者精神顿耸。

叹庭前甘菊花

檐前甘菊移时晚，青蕊重阳不堪摘①。明日萧条醉尽醒，残花烂熳开何益②。篱边野外多众芳，采撷细琐升中堂。念兹空长大枝叶，结根失所埋风霜③。

【题解】

此诗咏庭前甘菊失时不遇，以慨叹自己见用太晚。甘菊花大叶柔气香,可供茗食,实堪大用。但诗人庭院空地上的甘菊,因是移植而来,花期较迟,没有赶上重阳佳节,致使被人遗弃,而篱笆外的那些花小味重的野菊,却乘机升堂入室,大放异彩。诗人言甘菊"徒枝叶扶疏,如人文采之秀发,而托根不得地,反为风霜所埋"(林继中《杜诗赵次公先后解辑校》甲帙卷四),即是自伤自怜。

【注释】

①檐:一作"庭"或"阶"。

②醉尽醒:一作"尽醉醒"。

③埋:一作"缠"。

【汇评】

董养性《杜工部诗选注》卷四:此篇赋而比也。言君子不能与小人竞进,虽若有后时之忧,而实则有傲霜之操,故虽叹之,其实美之也。此即诗人反骚之意。

张溍《读书堂杜诗注解》卷二:此亦寓意,见大才无所托藉,过时而无以自见也。

仇兆鳌《杜诗详注》卷三:此诗借庭菊以寄慨。甘菊喻君子,众芳喻小人。伤君子晚犹不遇,而小人杂进在位也。

承沈八丈东美除膳部员外郎,
阻雨未遂驰贺,奉寄此诗①

今日西京掾,多除南省郎②。通家惟沈氏,谒帝似冯唐③。诗律群公问,儒门旧史长。清秋便寓直,列宿顿辉光④。未暇申宴慰,含情空激扬⑤。司存何所比,膳部默凄伤⑥。贫贱人事略,经过霖潦妨。礼同诸父长,恩岂布衣忘。天路牵骐骥,云台引栋梁⑦。徒怀贡公喜,飒飒鬓毛苍。

【题解】

沈东美之父沈佺期,与杜甫祖父杜审言,在武则天秉政时期同朝为官。此时沈东美迁任膳部员外郎,杜甫因大雨阻隔未能亲自前往祝贺,便以此诗相赠。前八句表达祝贺之意,言对方从京兆府僚属进入朝廷中枢为郎官,虽循旧例,却是官场坦途,即使沈氏年事已高,但其学问根柢深厚,又有家学渊源,前途不可限量。后十二句叙述两人有通家之谊,诗人向来视沈氏为长辈,如今对方坐上诗人祖父曾经履职的位置,定然不会忽略他这个布衣之交,所以诗人满怀喜悦,等待着沈氏的荐拔援引。

【注释】

①沈东美,相州内黄(今属河南安阳)人,沈佺期之子,官京兆府参军、司勋员外郎、夏州都督等。膳部:掌陵庙之牲豆酒膳,属礼部。

②西京掾:京兆府掾,如司录、功曹、仓曹、户曹、兵曹、法曹、士曹等。南省:尚书省,在大明宫之南。诗句原有注:"府掾四人,同日拜郎。"

③冯唐,西汉代郡(治今河北蔚县)人,五十余岁尚为郎官。

④寓直:值班。潘岳《秋兴赋序》:"(余)以太尉掾,兼虎贲中郎将,寓直于散骑之省。"列宿:此指郎官。《后汉书·明帝纪》:"郎官上应列宿,出宰百里。"

⑤宴:一作"安"。激:一作"抑"。

⑥司存:执掌。诗句原有注:"甫大父昔任此官。"《新唐书·杜审言传》:"(杜审言)授著作郎,迁膳部员外郎。"

⑦天路:朝廷。云台:汉宫中高台。《后汉书·朱景王杜马刘傅坚马列传》:"永平中,显宗追感前世功臣,乃图画二十八将于南宫云台。"

【汇评】

张溍《读书堂杜诗注解》卷二:"膳部"句,公因大父审言而发。非此,将作何解?杜诗每切情事,凡不解处必有他故,失注便茫然不能强释。

杨伦《杜诗镜铨》卷二:首八句贺沈除官,次八句阻雨失贺,却俱以世谊夹叙,其间情致缕缕。末四句复就沈合到自家,结出奉寄之意。

崔驸马山亭宴集①

萧史幽栖地，林间踏凤毛②。洑流何处入，乱石闭门高③。
客醉挥金碗，诗成得绣袍④。清秋多宴会，终日困香醪⑤。

【题解】

崔驸马府中的山亭，犹如当年秦穆公为萧史夫妇所筑的凤台。林间珍草奇禽，不知凡几。池中奔流争涌，莫测其源。山石纵横杂乱，小径幽隐曲折。客人纵情酣饮，诗兴大发，顷刻之间，佳作即成。清秋多佳日，这样的宴会经常举办，人们终日沉迷于美酒之中。诗为应酬之作，铺陈升平气象。张溍《读书堂杜诗注解》卷二说："时禄山未反，京师承平，宴会不绝，故末带出，非日宴于驸马府中也。"

【注释】

①崔驸马：崔惠童，博州（今山东聊城）人，尚玄宗女晋国公主，官驸马都尉。

②踏：一作"蹋"。凤：原作"鸟"，据诸本改。《列仙传》卷上："萧史者，秦穆公时人也，善吹箫，能致孔雀、白鹤于庭。穆公有女字弄玉，好之，公遂以女妻焉。日教弄玉作凤鸣，居数年，吹似凤声，凤凰来止其屋。公为作凤台，夫妇止其上，不下数年，一旦皆随凤凰飞去。"

③洑流：回漩的水流。流，一作"池"。

④《旧唐书·宋之问传》："(武)则天幸洛阳龙门，令从官赋诗，左史东方虬诗先成，则天以锦袍赐之。及之问诗成，则天称其词愈高，夺虬锦袍以赏之。"

⑤宴会：一作"赏乐"。

【汇评】

黄生《杜工部诗说》卷一二：驸马，用萧史事，难于推陈出新。次句语奇而趣，此化腐为奇之法也。三、四分明言水系暗引，山系假堆，然殊似真山真水。前四语甚妙，又恨后半不称。

仇兆鳌《杜诗详注》卷三：上四山亭之景，下四宴集之事。萧史，比崔驸马。凤毛，谓林间遗迹。时公主盖已逝世矣。流泉洄曲，石势欽岑，此正写其幽胜。宾主豪兴，则于下截写出。

边连宝《杜律启蒙》五言卷一：起联，大概用弄玉萧史事耳。仇注因"踏凤毛"字，便疑公主已逝，似太拟。三、四用倒装句，言闭门如此之其高，泱流却从何处入也。故作疑词，以状其幽耳。

示从孙济①

平明跨驴出，未知适谁门。权门多噂沓，且复寻诸孙②。诸孙贫无事，宅舍如荒村。堂前自生竹，堂后自生萱③。萱草秋已死，竹枝霜不蕃④。淘米少汲水，汲多井水浑。刈葵莫放手，放手伤葵根⑤。阿翁懒惰久，觉儿行步奔。所来为宗族，亦不为盘飧⑥。小人利口实，薄俗难可论⑦。勿受外嫌猜，同姓古所敦。

【题解】

天刚放亮，诗人就骑着毛驴出门了。走到门外，却茫然不知该到何处去。权贵之家是非太多，总会有些流言蜚语，不如去看看族孙杜济。杜济尚未入仕，住所颇为荒凉。堂前几丛疏竹，无精打采；堂后几处萱草，枯萎败落。见到杜甫这位不速之客，杜济似乎有些意外，急忙起身淘米做饭。由于心不甘情不愿，汲水时他故意将水搅浑，割葵时也是乱砍一气。诗人有所察觉，就语重心长地告诫说：人有宗族，如同水之有源，葵之有根。我到你这儿来，是为了敦促宗族情谊，并不是贪图口腹之欲。那些小人喜欢挑拨离间，你切莫听信外人的谗言。诗作于天宝十三载，时杜甫暂居下杜城。

【注释】

①从孙:族孙。济,杜济,字应物,官给事中、东川节度使、京兆尹等。

②《诗·小雅·十月之交》:"噂沓背憎。"郑玄笺:"噂噂沓沓,相对谈语,背则相憎逐。"

③《诗·卫风·伯兮》:"焉得萱草,言树之背。"毛传:"萱草,令人善忘。背,北堂也。"

④蓄:一作"翻"。

⑤《艺文类聚》卷八二引古诗:"采葵莫伤根,伤根葵不生。结交莫羞贫,羞贫交不成。"

⑥来:一作"求"。

⑦口实:话柄。可:一作"具"。

【汇评】

张表臣《珊瑚钩诗话》卷三:萱忘忧而已死,竹可爱而不蓄,则荒落甚矣。水浊而不复清其源,葵伤而不复庇其根本,则宗族乖离之况也,此诗人因物而兴。

王嗣奭《杜臆》卷一:蔼然情致,婉如面谈,却自妙绝。起语从陶靖节《乞食》诗脱来,亦其情同也。"诸孙贫无事",言其贫而懒也,观下文自见;止云"无事",语气浑厚耳。"淘米"四句,是家人语,因其汲水、刈葵,而示以作家之法如此,亦知其留款,止有米饭、葵羹耳;以为比兴,恐未然。篇终数句,是老人训诲后辈语,体悉人情,恻款忠厚。

奉赠太常张卿二十韵 均①

方丈三韩外,昆仑万国西②。建标天地阔,诣绝古今迷③。气得神仙迥,恩承雨露低。相门清议众,儒术大名齐④。轩冕罗天阙,琳琅识介珪⑤。伶官诗必诵,夔乐典犹稽⑥。健笔凌鹦鹉,铦锋莹鹲鶒⑦。友于皆挺拔,公望各端倪⑧。通籍逾青琐,亨衢照紫泥⑨。灵虬传夕箭,归马散霜蹄。能事闻重译,嘉谟及远黎。弼谐方一展,班序更何跻⑩。适越空颠踬,游梁竟惨凄⑪。谬知终画虎,微分是醯鸡⑫。萍泛无休日,桃阴想旧蹊。吹嘘人所羡,腾跃事仍睽。碧海真难涉,青云不可梯。顾深惭锻炼,才小辱提携。槛束哀猿叫,枝惊夜鹊栖⑬。几时陪羽猎,应指钓璜溪⑭。

【题解】

诗乃祈盼汲引之作,故一面极力颂扬对方,一面陈述个人之困厄以托出主旨。前八句赞美张垍之出身,既是宰相之后,为清议所重,又深得天子器重,常人望之如神仙,渺然而不可与之交接。中间十六句赞美张垍之品质,任礼乐之官,处清要之职,才思敏捷,笔锋锐利,供奉翰林,声名远播,他日青云直上,实乃众望所归。最后十六句自述诗人沦落之苦。颠沛流离于吴越,辗转浪迹于梁宋,身如浮萍,无所依止。心有远志,地实寒微,虽蒙故旧相知,奖掖宣扬,却羁绊重重,难涉碧海,难登青云,终如槛中之猿猴难以腾挪、惊悸之夜鹊无枝可栖,不知何时才能陪猎钓溪,以获天子重用。天宝十三载岁中,张垍由卢溪司马召还,再任太常寺卿,此诗便作于此际。

【注释】

①太常卿:太常寺卿,正三品,掌邦国礼乐、郊庙、社稷之事。张均,多以为当作"张垍"。

②方丈:海中仙山。《史记·秦始皇本纪》:"齐人徐市等上书,言海中有三神山,名曰蓬莱、方丈、瀛州,仙人居之。"三韩:指马韩、辰韩与弁韩,在今朝鲜半岛南部。

③建标:树立标志。天:一作"高"。

④相门:张垍为左相张说之子。

⑤天:一作"高"。珪:上尖下方的一种玉。《诗·大雅·崧高》:"锡尔介圭,以作尔宝。"郑玄笺:"圭长尺二寸谓之介。"

⑥《诗·邶风·简兮》序:"卫之贤者,仕于伶官。"郑玄笺:"伶官,乐官

也。伶氏世掌乐官而善焉，故后世多号乐官为伶官。"夔：人名。《书·舜典》："夔，命女典乐，教胄子。"

⑦鹦鹉：指《鹦鹉赋》，祢衡所作。鹦鹉：水鸟，其膏可以莹刀剑。

⑧《书·君陈》："惟孝友于兄弟。"公望：三公之名望。

⑨《汉书·元帝纪》："令从官给事宫司马中者，得为大父母、父母、兄弟通籍。"注引应劭曰："籍者，为二尺竹牒，记其年纪、名字、物色，悬之宫门，案省相应，乃得入也。"青琐：宫门上的青色图纹。

⑩弼谐：辅弼和谐。《书·皋陶谟》："允迪厥德，谟明弼谐。"班序：班爵之序。

⑪《庄子·逍遥游》："宋人资章甫而适诸越，越人断发文身，无所用之。"《史记·司马相如列传》："(司马相如)因病免，客游梁。"

⑫《后汉书·马援传》："画虎不成反类狗。"《庄子·田子方》："(孔)丘之于道也，其犹醯鸡与?"注："醯鸡者，瓮中蠛蠓也。"

⑬《淮南子·俶真训》："置猿槛中，则与豚同，非不巧捷也，无所肆其能也。"叫：一作"巧"。曹操《短歌行》："月明星稀，乌鹊南飞。绕树三匝，何枝可依。"

⑭陪羽猎：扬雄随汉成帝出猎而作《羽猎赋》。璜溪：即磻溪。《尚书大传》卷二："周文王至磻溪，见吕望。文王拜之尚父，答曰：'望钓得玉璜，刻曰：姬受命，吕佐检。'"溪，一作"归"。

【汇评】

仇兆鳌《杜诗详注》卷三：先引古托讽，言方丈昆仑，其东西异标，在天地辽阔之乡，欲往诣绝域，乃古今共迷之处。张垍于宝仙洞中，求得真符，其感神仙而膺主眷，岂若前世之渺茫乎。又继之曰宰相之门，实清议所属，儒术相继，宜父子齐名，岂可求仙以结主知乎。言外隐含讥刺。……末乃自叙沦落也。适越游梁，浪游之迹。知同画虎，谓召试不遇。分等醯鸡，谓抱道不行。萍踪无托，而回想旧居，以张公吹嘘之后，腾跃终沮也。从此碧海无涯，青云难上矣，虽蒙顾遇提携，亦自愧才疏未炼耳。哀猿惊鹊，困穷莫诉，陪猎钓溪，终望张之见引也。

《唐宋诗醇》卷一三：投赠诗皆工于发端，此篇尤有气象，当是赠张垍

137

者。坦以尚主置宅禁中,故假神仙之象以诵美之。钱谦益引妙实真符之说,谓中含讽刺,不免穿凿,且与甫赠诗望荐之意不合。

桥陵诗三十韵因呈县内诸官①

先帝昔晏驾,兹山朝百灵②。崇冈拥象设,沃野开天庭③。即事壮重险,论功超五丁④。坡陀因厚地,却略罗峻屏⑤。云阙虚冉冉,松风肃泠泠。石门霜露白,玉殿莓苔青。宫女晚知曙,祠官朝见星⑥。空梁簇画戟,阴井敲铜瓶。中使日夜继,惟王心不宁⑦。岂徒恤备享,尚谓求无形⑧。孝理敦国政,神凝推道经⑨。瑞芝产庙柱,好鸟鸣岩扃⑩。高岳前㟥崒,洪河左滢潆。金城蓄峻趾,沙苑交回汀。永与奥区固,川原纷眇冥。居然赤县立,台榭争岧亭。官属果称是,声华真可听。王刘美竹润,裴李春兰馨。郑氏才振古,啖侯笔不停。遣词必中律,利物常发硎⑪。绮绣相展转,琳琅愈青荧。侧闻鲁恭化,秉德崔瑗铭⑫。太史候凫影,王乔随鹤翎⑬。朝仪限霄汉,客思回林坰。轗轲辞下杜,飘飘陵浊泾⑭。诸生旧短褐,旅泛一浮萍。荒岁儿女瘦,暮途涕泗零。主人念老马,廨署容秋萤⑮。流寓理岂惬,穷愁醉不醒。何当摆俗累,浩荡乘沧溟。

【题解】

开元四年十月,睿宗葬于桥陵,同州蒲城县因管桥陵而改为奉先县。天宝十三载,长安物价飞涨,杜甫久谋无成,无以为生,便将其家移至奉先。此诗即其初至奉先拜谒睿宗桥陵及感谢当地官员所作,正如胡夏客所言:"此诗前半篇但咏桥陵,略不及诸官;后但咏诸官,略不及桥陵;结则陵与官皆不及,但自作感慨。"(仇兆鳌《杜诗详注》卷三引)咏桥陵分三层。前八句介绍桥陵外在环境:群山连绵,视野开阔,地势险峻。次八句描述寝殿氛围:陵阙高旷,松风阴寒,石门凝霜,玉殿生苔,宫女、祠官恪尽职守,不敢懈怠。再八句称颂玄宗之孝心催生祥瑞:他不仅遣使守陵,备齐服器,按时敬祭,还把孝心发扬到朝廷的管理方面,勤于国政,亲注《老子》,从而使得庙柱长灵芝,岩上栖灵鸟。后半首咏奉先,也分为三层。先八句介绍奉先山川形胜及建制由来,赞美奉先拱山环河,规模宏大,川流回旋,地脉悠长,故为王气所钟。次十四句赞美县内群官有文才,勤政事,多令名。最后十四句落到诗人自己身上,陈述他半生漂泊,困顿狼狈,希望得到县内诸公关照。

【注释】

①桥陵:唐睿宗李旦陵墓,在今陕西蒲城县西北丰山。诗题一本无"诗""因"二字。

②晏驾:帝王驾崩。《汉书·天文志》:"宫车晏驾。"韦昭注:"凡初崩为晏驾者,臣子之心犹谓宫车晏驾而出耳。"兹山:丰山。

③象设:石马之类。一说指遗像。《楚辞·招魂》:"象设居室,静安闲些。"朱熹注:"象盖楚俗,人死则设其形貌于室而祀之也。"

④《华阳国志》:"蜀有五丁力士,能移山举万钧,每王薨,辄为立大石,长三丈,重千钧,为墓志。"

⑤坡陀因厚地:一作"坡陀用厚力"。却略:山背隆起。

⑥晚:一作"晓"。官:一作"臣"。

⑦日夜继:一作"日相继"或"日继夜"。《诗·小雅·黍苗》:"召伯有成,王心则宁。"

⑧《礼记·曲礼》:"祭祀不为尸,听于无声,视于无形。"

⑨《旧唐书·玄宗纪》:"(天宝十四载)冬十月壬辰,幸华清宫。甲午,颁《御注老子》并《义疏》于天下。"

⑩《旧唐书·玄宗纪》:"(天宝七载)三月乙酉,大同殿柱产玉芝,有神光照殿。""(天宝八载)六月,大同殿又产玉芝一茎。"鸣:一作"巢"。

⑪硎:磨刀石。《庄子·养生主》:"今臣之刀十九年矣,所解数千牛矣,而刀刃若新发于硎。"

⑫鲁恭,字仲康,扶风平陵人。《后汉书·鲁恭传》:"拜中牟令,恭专以

德化为理,不任刑罚。"崔瑗,字子玉,东汉安平人,有《座右铭》。

⑬《后汉书·王乔传》:"王乔者,河东人也。显宗世,为叶令。乔有神术,每月朔望,常自县诣台朝。帝怪其来数,而不见车骑,密令太史伺望之。言其临至,辄有双凫从东南飞来。于是候凫至,举罗张之,但得一只舄焉。乃诏尚方診视,则四年中所赐尚书官属履也。"

⑭《长安志》卷一一:"下杜城,在长安县南一十五里。"飘飖:一作"飘飘"。陵:一作"凌"。

⑮《韩诗外传》卷八:"昔者田子方出,见老马于道,喟然有志焉。以问于御者曰:'此何马也?'御曰:'故公家畜也,罢而不为用,故出放之也。'田子方曰:'少尽其力,老弃其身,仁者不为也。'束帛而赎之。"署:一作"字"。

【汇评】

汪灏《树人堂读杜诗》卷三:生全盛之时,行陵邑之地,颂帝王之孝思,表在位之贤声,辉煌阔大,颇壮观瞻。推其故,乃陶彭泽之觅食也,曷禁为公三叹!

杨伦《杜诗镜铨》卷三:前半诵桥陵,后半呈县内诸官,两截不用照应,乃别为一体。

刘濬《杜诗集评》卷一二引李因笃曰:此篇是拗体长律,别为一格,整丽可诵,初唐遗风。

奉先刘少府新画山水障歌①

堂上不合生枫树,怪底江山起烟雾②。闻君扫却赤县图,乘兴遣画沧州趣③。画师亦无数,好手不可遇。对此融心神,知君重毫素。岂但祁岳与郑虔,笔迹远过杨契丹④。得非玄圃裂,无乃潇湘翻⑤。悄然坐我天姥下,耳边已似闻清猿⑥。反思前夜风雨急,乃是蒲城鬼神入。元气淋漓障犹湿,真宰上诉天应泣。野亭春还杂花远,渔翁暝路孤舟立⑦。沧浪水深青溟阔，敧岸侧岛秋毫末。不见湘妃鼓瑟时，至今斑竹临江活⑧。刘侯天机精，爱画入骨髓。自有两儿郎，挥洒亦莫比。大儿聪明到，能添老树巅崖里。小儿心孔开，貌得山僧及童子。若耶溪，云门寺，吾独胡为在泥滓，青鞋布袜从此始⑨。

【题解】

诗咏杜甫在奉先刘县尉家中所见山水屏障。走进县尉刘单家厅堂，扑面而来的是屏障上所画之烟雾缭绕中的巨大枫树。这幅山水画是刘单完成《赤县图》后，趁兴而作。世上画师甚多，但好的画家可遇不可求。仔细品味这幅山水屏障，就知道刘单的画艺非同凡响，可以说超过了祁岳、郑虔、杨契丹等知名画家。画中的山山水水，神奇秀丽，让人联想到了潇湘和玄圃；耳畔还似乎听见了猿猴凄清的啼叫声。昨夜风雨大作，莫非是刘单画作完成时惊动了蒲城的鬼神？至今这山水屏障墨迹未干，这是苍天为之感泣啊！画中意境引人入胜，春日野亭长满花草，水中孤舟渔翁独立暮色，天青水寒，岛上斑竹摇曳。刘单天赋异于常人，他的两位小孩也得到了传承。大儿能够在画上添树石，小儿善画人物。看到画中的溪水、寺庙，诗人不禁产生了归隐的念头。全诗紧扣"新"字，想象奇特，句式错落有致。

【注释】

①一本题下注："奉先尉刘单宅作。"刘少府，即县尉刘单，天宝二年状元，官至礼部侍郎。山水障：画有山水的屏障。

②上：一作"中"。江山：一作"山川"。

③赤县：京都所治之县，奉先县属京兆郡。谢朓《之宣城出新林浦向板桥》："既欢怀禄情，复协沧州趣。"

④祁岳，河东（今山西永济）人，唐玄宗时画家。杨契丹，隋代画家。张彦远《历代名画记》卷八录僧惊语云："（杨契丹）六法备该，甚有骨气，山东体制，允属伊人。"

⑤玄圃：昆仑山顶仙人所居，中多奇花异草。

⑥天姥:天姥山,位于浙江新昌。

⑦路:一作"踏"。

⑧《楚辞·远游》:"使湘灵鼓瑟兮,令海若舞冯夷。"王逸注:湘灵,娥皇、女英。张华《博物志》:"舜崩于苍梧,二妃啼,以泪挥竹,竹尽斑。"

⑨若耶溪:在浙江绍兴。《水经注》卷四〇载其上承嶕岘麻溪,溪下孤潭周数亩,甚清深。有孤石临潭,垂崖俯视,猿狄惊心,寒木被潭,森沉骇观。溪水至清,照众山倒影,窥之如画。云门寺:在今浙江绍兴南云门山。《诗·邶风·式微》:"微君之躬,胡为乎泥中?"

【汇评】

谢省《杜诗长古注解》卷上:此山水障歌,一篇之中,微则竹树花草,变则烟雾风雨,仙境则沧洲玄圃,州邑则赤县蒲城,山则天姥,水则潇湘,人则渔翁释子,物则猿猱舟船,妙则鬼神,怪则湘灵,无不补足。

王嗣奭《杜臆》卷一:画有六法,气韵生动第一,骨法用笔次之。杜以画法为诗法,通篇字字跳跃,天机盎然,见其气韵。乃"堂上不合生枫树",突然而起,从天而下,已而忽入"前夜风雨急",已而忽入"两儿挥洒",突兀顿挫,不知所自来,见其骨法。至末因貌山僧,转云门若耶、青鞋布袜,阒然而止。总得画法经营位置之妙。而篇中最得画家三昧,尤在"元气淋漓障犹湿"一语,试一想像,此画至今在目,真是下笔有神。

吴瞻泰《杜诗提要》卷五:一起突然而来,一结攸然而逝,皆不可以绳尺求者。来时以真入画,逝时以画入真,灵变生动,云烟缥缈,亦正与画法相似。

赠献纳使起居田舍人 澄①

献纳司存雨露边,地分清切任才贤。舍人退食收封事,宫女开函近御筵②。晓漏追趋青琐闼,晴窗点检白云篇。扬雄更有河东赋,唯待吹嘘送上天③。

杜甫曾于天宝十三载冬献《封西岳赋》,是诗即为献赋之事而作,希望得到田澄的揄扬荐举。时田澄为起居舍人,执掌献纳。诗歌先颂扬田澄侍从天子身边,履任清要之职位,旰食宵衣,为国举贤;然后申说自己如今效法扬雄,作赋一首,期待对方褒扬而上呈天子。

【注释】

①诗题一作"赠田起居献纳使"。《新唐书·百官志》载,武后垂拱二年,置匦以受四方之书,以谏议大夫、补阙、抬遗一人充使,知匦事。天宝九载,以"匦"声近"鬼",改为献纳使。《唐六典》卷九:"起居舍人,掌修记言之史,录天子之制诰德音,如记事之制,以纪时政之损益。季终,则授之于国史。"

②《诗·召南·羔羊》:"退食自公,委蛇委蛇。"朱熹集传:"退食,退朝而食于家也。"封事:密封的奏章。近:一作"捧"。

③扬雄《河东赋序》:"其三月,将祭后土,上乃帅群臣横大河,凑汾阴。……雄以为临川羡鱼不如归而结罔,还,上《河东赋》以劝。"

【汇评】

黄生《杜工部诗说》卷八:此公初年之作,犹足与王、岑辈驰骋,后来纵横变化,遂绝尘而奔矣。

仇兆鳌《杜诗详注》卷三:献纳舍人,上四并提,下四分顶。献纳本在外,而曰"司存雨露边",以献纳属于舍人也,"清切"承"雨露"。舍人本在内,而曰"退食收封事",以舍人兼管献纳也,"开函"承"封事"。追趋禁闼,点检云篇,申明舍人之事。《河东》有赋,吹嘘上呈,申明献纳之职。双提分顶,局法整齐。玩结语,知公久怀献赋之意矣。

刘濬《杜诗集评》卷一一引李因笃曰:工整中自饶流丽。

沙苑行①

君不见,左辅白沙如白水,缭以周墙百余里②。龙媒昔是渥洼生,汗血今称献于此③。苑中駓牝三千匹,丰草青青寒不死④。食之豪健西域无,每岁攻驹冠边鄙⑤。王有虎臣司苑门,入门天厩皆云屯。骕骦一骨独当御,春秋二时归至尊⑥。内外马数将盈亿,伏枥在坰空大存⑦。逸群绝足信殊杰,倜傥权奇难具论⑧。累累塠阜藏奔突,往往坡陀纵超越⑨。角壮翻同麋鹿游,浮深簸荡鼋鼍窟⑩。泉出巨鱼长比人,丹砂作尾黄金鳞。岂知异物同精气,虽未成龙亦有神。

【题解】

从左冯翊到白水县百余里的沙苑,是清澈的渭河冲刷白沙所形成的滩地。那里院墙环绕,为皇家牧马之所。沙苑中的马,全是来自西域的良种马。这些高大的宝马,啃食着四季常青的草料,经过严格管理与细心调教,远远超过了边疆的马匹,数量极为惊人。把守沙苑的将军,会在春秋两季将最优秀的骏马献给皇帝。沙苑地形复杂,山丘溪涧甚多,马儿能够任意驰骋。看看沙苑中的巨鱼,赤尾金鳞,而这里的马儿又如此神骏,可见沙苑真是一块风水宝地。诗或作于开元二十三年牧马监被废之前,纯是赞美,殊无映射时事之意。

【注释】

①沙苑:唐代牧马之所,在今陕西大荔县西南渭河、洛河之间。《元和郡县图志》卷二:"沙苑,一名沙阜,在(同州冯翊)县南十二里。东西八十里,南北三十里……今以其处宜六畜,置沙苑监。"

②左辅:左冯翊。汉武帝以京兆尹、左冯翊和右扶风共治长安,是为三辅。如白水:一作"白如水"或"远如水"。

③龙媒:骏马。《汉书·礼乐志》:"天马徕,龙之媒。"渥洼:在今甘肃安西县。《史记·乐书》:"又尝得神马渥洼水中,复次以为《太一之歌》。"

④《诗·鄘风·定之方中》:"騋牝三千。"毛传:"马七尺以上为騋。"

⑤攻驹:驯养马驹,一作"收驹"或"牧驹"。

⑥骕骦:骏马。《左传·定公三年》:"唐成公如楚,有两骕骦焉。"归:一作"朝"。

144

⑦内外马数将盈亿：原作"至尊内外马盈亿"，据他本改。《诗·鲁颂·駉》："駉駉牡马，在坰之野。"毛传："坰，远野也。邑外曰郊，郊外曰野，野外曰林，林外曰坰。"

⑧曹毗《驰马射赋》："何逸群之奇骏。"魏文帝《与孙权马书》："中国虽饶马，其知名绝足，亦时有之耳。"

⑨塠：原作"搥"，据他本改。塠，同堆。堆阜即小丘。梁武帝萧衍《撰〈孔子正言〉竟述怀诗》："白水凝涧溪，黄落散堆阜。"

⑩翻同：一作"翻腾"。

【汇评】

王嗣奭《杜臆》卷一：此篇首言沙苑之宽阔，继言养马之繁盛，而苑中又有塠阜可藏奔突，陂陁可纵超越，此皆纪其实景。至"角壮"以下，变幻神奇，超出常人意想之外。

吴瞻泰《杜诗提要》卷五：一路序沙苑，序群马，序骕骦，虽层次有法，亦寻常咏马诗耳。乃正意甫毕，忽借"浮深"句之势，翻出巨鱼一段，变换无端，遂觉异样神彩。而又以"成龙"字、"亦有"字，暗缴前意。人以为赋巨鱼也，而实为骕骦赋也。以奇为正，章法横肆，岂能测度哉。

天育骠骑歌①

吾闻天子之马走千里，今之画图无乃是。是何意态雄且杰，骏尾萧梢朔风起②。毛为绿缥两耳黄，眼有紫焰双瞳方③。矫矫龙性合变化，卓立天骨森开张④。伊昔太仆张景顺，监牧收驹阅清峻⑤。遂令大奴字天育，别养骥子怜神骏。当时四十万匹马，张公叹其材尽下⑥。故独写真传世人，见之座右久更新。年多物化空形影，呜呼健步无由骋。如今岂无騕褭与骅骝，时无王良伯乐死即休⑦。

这是一首咏画诗,图上所画为开元年间的一匹骏马。诗人先自问自答:我听说天子之马日行千里,眼前画图上的马莫非就是一匹千里马?看它意态雄杰,扬尾生风,耳黄体青,双眼如炬,龙骨天成,卓尔不群,实为人间至宝。接着诗人详述了它的来历:开元年间,张景顺任秦州监牧官,慧眼识才,从四十万匹马选出了它,细心呵护,使之脱颖而出,神韵风姿,流传至今。最后诗人由此生发感慨:雄姿勃发的骠骑,随着繁华的开元盛世一同逝去,只留下美好的身影供人回忆。现在难道没有骒褭与騄骊那样的骏马吗?只是没有善于识马的王良、伯乐罢了。诗人借马抒怀,为自己无人赏识而鸣不平。

【注释】

①天育:马厩名,一说马名。骑:一作"图"。

②且:一作"乃"。骏:一作"骏"。梢:一作"稍"。

③《穆天子传》卷一:"魏时鲜卑献千里马,白色而两耳黄,名曰黄耳。"方:一作"光"。

④矫矫龙性:一作"矫龙性逸"或"矫然龙性"。《乐府诗集》卷五七《士失志操》:"有龙矫矫。"合:一作"含"。

⑤太仆:官名,掌车马及牧畜。监牧收驹:一作"考牧神驹"或"老牧神驹"或"监牧攻驹"。

⑥时:一作"年"。

⑦騕褭:骏马,赤喙玄身,日行五千里。騄骊:周穆王八骏之一。《吕氏春秋·恃君览·观表》:"古之善相马者……若赵之王良,秦之伯乐、九方堙,尤尽其妙矣。"

【汇评】

吴瞻泰《杜诗提要》卷五:以真马起,以真马结,中间真马、画马错序。盖以画马虽得其形影,而不如真马之健步足骑千里为有用。"年多物化"二句,一篇关键。末更为真马惜无知己,则画马虽工何益哉?其言外之寄慨者深矣。张景顺,牧马者也,于四十万匹中独爱骠骑,而又为之图画,可谓马之知己,是即所谓王良、伯乐其人矣。一结又在题外咏叹,谓今世无其人也,可知公主意在此,特借"天育骠骑"为题。而前之写真马,固其客,写画马,尤其客也。混客于主,寓主于客,使人迷离不辨。

《唐宋诗醇》卷九:杜甫善作马诗,画马诗篇篇入妙。支道林爱其神骏,少陵当亦尔耶。末语一转,抚物自伤,感慨无限。

何焯《义门读书记·杜工部集》:画马徒存,而真马老死槽枥,不得为天子用,公诗盖寓"叶公画龙"之叹乎。

赠田九判官 梁丘①

崆峒使节上青霄,河陇降王款圣朝。宛马总肥秦苜蓿,将军只数汉嫖姚②。陈留阮瑀谁争长,京兆田郎早见招③。麾下赖君才并入,独能无意向渔樵④。

【题解】

哥舒翰一登上崆峒高地,陇右、河西一带的番王就赶紧叩塞请降。天马、苜蓿东来的故事今日重现,哥舒翰的功勋可以与霍去病相提并论。田判官在哥舒翰将军帐下,犹如建安时期身为书记的阮瑀,无人能与争雄,迟早会得到朝廷重用。哥舒翰将军麾下人才济济,全靠田判官的引荐,我也希望跻身其间。杜甫此诗赞美田梁丘,意在期待对方的引荐。一说诗中的陈留阮瑀,比喻高适。高适既为田判官荐引入幕,杜甫也希望有此际遇。

【注释】

①于邵《田司马传》载,司马姓田氏,京兆茂陵人,哥舒翰兼统五原,雅知其才,得之甚喜,表清胜府别将,改永平府果毅,长松府折冲。

②肥:一作"飞"。《史记·大宛列传》:"(大宛)马嗜苜蓿。汉使取其实来,于是天子始种苜蓿、蒲陶肥饶地。"汉:一作"霍"。《史记·卫将军骠骑列传》:"(霍去病)善骑射,再从大将军,受诏与壮士,为剽姚校尉。"

③阮瑀,字元瑜,陈留尉氏(今属河南开封)人,善书檄,曹操辟为军谋祭酒,管记室。

④人:一作"美"。

投赠哥舒开府翰二十韵

今代麒麟阁,何人第一功①。君王自神武,驾驭必英雄。开府当朝杰,论兵迈古风②。先锋百胜在,略地两隅空③。青海无传箭,天山早挂弓。廉颇仍走敌,魏绛已和戎④。每惜河湟弃,新兼节制通。智谋垂睿想,出入冠诸公。日月低秦树,乾坤绕汉宫。胡人愁逐北,宛马又从东。受命边沙远,归来御席同⑤。轩墀曾宠鹤,畋猎旧非熊⑥。茅土加名数,山河誓始终⑦。策行遗战伐,契合动昭融。勋业青冥上,交亲气概中。未为珠履客,已见白头翁⑧。壮节初题柱,生涯独转蓬⑨。几年春草歇,今日暮途穷。军事留孙楚,行间识吕蒙⑩。防身一长剑,将欲倚崆峒⑪。

【题解】

当代麒麟阁上,您的功勋最为杰出。深受神武天子的器重,肯定是英雄豪杰。您带兵有古名将之风,身先士卒,百战百胜,将陇右、河西的番兵一扫而空,使得青海湖、祁连山一带再无战事。您老当益壮,仍想远征穷域,只是朝臣已无战意。我每每惋惜河湟之地竟被遗弃,是您知晓天子的心意,收复河源九曲,使得日月之下皆为秦树,乾坤之内悉是汉地,胡人远遁,胡马东来。然后荣归朝廷,赐御席,享食邑,极人臣之宠。而我虽怀抱壮志,却光阴虚掷,迟暮无成。您曾识拔众多英才,使他们名扬天下,现在希望您能把我召入幕下,使我也得以舒展怀抱,有所作为。诗作于天宝十三载,时哥舒翰加河西节度使,封西平郡王。

【注释】

①骐骥:一作"麒麟"。

②开府:开府仪同三司,从一品。

③《新唐书·哥舒翰传》:"吐蕃盗边,与翰遇苦拔海。吐蕃枝其军为三行,从山差池下,翰持半段枪迎击,所向辄披靡,名盖军中。"胜:一作"战"。略地:一作"妙略"。

④廉颇走敌:老将廉颇在长平之战后,破齐攻魏,封为信平君。魏绛和戎:《左传·襄公四年》载晋人魏绛说悼公,以为和戎有五利。公使绛盟诸戎,赐之女乐二八,歌钟一肆。

⑤边沙:一作"军麾"。《旧唐书·哥舒翰传》:"翰素与禄山、思顺不协,上每和解之为兄弟。其冬,禄山、思顺、翰并来朝,上使内侍高力士及中贵人于京城东驸马崔惠童池亭宴会。"

⑥《左传·闵公二年》:"卫懿公好鹤,鹤有乘轩者。"《史记·齐太公世家》载,周文王将猎,卜之,曰:"所获非龙非彲,非虎非罴,所获霸王之辅。"果遇太公于渭阳,载与俱归。

⑦茅土:天子分封王侯,用代表方位的五色土筑坛,按封地所在方向取一色土,包以白茅而授之,作为受封者有国建社的象征。《史记·高祖功臣侯者年表》载,汉高祖封功臣时有誓言:"使河如带,泰山若厉,国以永宁,爰及苗裔。"

⑧《史记·春申君列传》:"春申君客三千余人,其上客皆蹑珠履。"见:一作"是"。

⑨常璩《华阳国志·蜀志·蜀郡》:"城北十里有升仙桥,有送客观。司

马相如初入长安,题市〔其〕门曰:'不乘赤车驷马,不过汝下也。'"

⑩孙楚,字子荆,西晋太原中都(今山西平遥)人。《晋书》本传载其为石苞参军,"楚既负其材气,颇侮易于苞。初至,长揖曰:'天子命我参卿军事。'"吕蒙,字子明,汝南富陂(今安徽阜南)人,三国吴国名将。"军事"两句:一作"乡曲轻周处,将军拔吕蒙"。

⑪"防身"两句:一作"防身有长剑,聊欲倚崆峒"。

【汇评】

胡应麟《诗薮·内编》卷四:排律,沈、宋二氏,藻赡精工,太白、右丞,明秀高爽,然皆不过十韵,且体在绳墨之中,调非畦径之外。惟杜陵大篇钜什,雄伟神奇,如《谒先主庙》《赠哥舒》等作,阖辟驰骤,如飞龙行云,鳞鬣爪甲,自中矩度。又如淮阴用兵,百万掌握,变化无方,虽时有险扑,无害大家。

吴智临《唐诗增评》卷一:首四句领起;"开府"八句,叙旧绩;"每惜"八句,叙新功,为河西节度时;"受命"八句,叙锡命;"勋业"二句,结上起下;以下自叙,收得有身分。通首有气象,有神力,开合变化,自中规矩。初唐长律,只六韵、八韵,广至十余韵而上,高、杜诸公,始创为二十韵以外,而达夫长篇,犹但事铺排,未臻变化,即《信安王幕府》三十韵可证也。独少陵气盛节赡,才大心细,天风海涛,鱼龙出没,所谓多多益善,凌跨百代,莫之能偶。中晚以降,若元、白以流易为宗,温、李惟堆垛是尚,其于老杜钩心斗角、神动天机之妙,实未窥见。故是集大篇,多采杜集,以标宗主,其他慎为别裁,不使黄钟瓦釜共鸣,致淆观听也。

沈德潜《唐诗别裁集》卷一七:有气象,有神力,开合变化,自中规矩。长律以少陵为至,元、白动成百韵,颓然自放矣。

戏简郑广文虔兼呈苏司业源明①

广文到官舍,系马堂阶下②。醉则骑马归,颇遭官长骂③。
垂名四十年,坐客寒无毡④。赖有苏司业,时时与酒钱⑤。

郑虔酩酊大醉,骑马上班,每每径直而入,将坐骑拴在大堂之下,所以时常受到上官的斥责。他名扬天下四十年,家中却一贫如洗,连招待客人的坐毡都无力置办。幸亏还有友人苏源明,时不时能够资助酒钱。诗表面绘写郑虔的桀骜不驯与穷困潦倒,实则是为其闲置而鸣不平。《新唐书·郑虔传》说,"玄宗爱其才,欲置左右,以不事事,更为置广文馆,以虔为博士"。郑虔虽有才,终不得玄宗重用。

【注释】

①简:一作"赠"。郑广文虔:广文馆博士郑虔。苏司业源明:国子司业苏源明。

②系:原作"置",据他本改。

③则:一作"即"。颇:一作"频"。

④垂:原作"才",据他本改。四十年:一作"三十年"。

⑤赖:一作"近"。有:一作"得"。与:一作"乞"。

【汇评】

仇兆鳌《杜诗详注》卷三:四句转韵。上戏简郑,摹其狂态。下兼呈苏,美其交情。

浦起龙《读杜心解》卷一之一:两人狂态侠态如生。开宋调。

上韦左相二十韵 见素①

凤历轩辕纪,龙飞四十春②。八荒开寿域,一气转洪钧③。霖雨思贤佐,丹青忆老臣④。应图求骏马,惊代得骐驎⑤。沙汰江河浊,调和鼎鼐新。韦贤初相汉,范叔已归秦⑥。盛业今如此,传经固绝伦。豫樟深出地,沧海阔无津。北斗司喉舌,东方领搢绅。持衡留藻鉴,听履上星辰⑦。独步才超古,余波德照邻⑧。聪明过管辂,尺牍倒陈遵⑨。岂是池中物,由来席上珍。庙堂知至理，风俗尽还淳。才杰俱登用，愚蒙但隐沦。长卿多病久，子夏索居频⑩。回首驱流俗，生涯似众人。巫咸不可问，邹鲁莫容身⑪。感激时将晚，苍茫兴有神。为公歌此曲，涕泪在衣巾。

【题解】

天宝十三载八月，曾任吏部侍郎的韦见素，被举升为兵部尚书、同平章事。韦见素负责铨选官员，公正平允，颇负时望。杜甫得知消息，不免心怀期翼，写诗相赠，一面祝贺对方，一面陈述自己的困境以望垂怜。诗歌虽是称颂韦氏，开篇却从玄宗写起，歌颂唐玄宗在位已经四十年（实为四十二年）了，天下太平无事，八方一片祥和，只是最近阴雨连绵，气候异常，显然是宰相失职，因此想适应天意，除旧布新，进贤臣以充大任。然后诗笔一转，落到韦氏身上，称颂韦氏本为世臣，出生高贵，学有根柢，品德不凡，才艺过人，实为众望所归，必将大有作为，使天下贤士共登龙门。最后诗人介绍自己多病索居，资身无策，生涯窘迫，故感怀赋诗。韦、杜虽为世交，但两人地位悬殊，诗人又急于入仕，故诗歌自是颂扬而已，并无他意。

【注释】

①韦左相：韦见素（697—762），字会微，京兆万年（今属陕西西安）人，曾为相王府参军。天宝十三载为杨国忠所荐，任兵部尚书、同中书门下平章事。题下原有注："相公之先人，遗风余烈，至今称之，故云'丹青忆旧臣'。公时兼兵部尚书，故云'听履上星辰'。"称之，原作"为□"，据他本改。

②《左传·昭公十七年》："郯子曰：'我高祖少皞挚之立也，凤鸟适至，故纪于鸟，为鸟师而鸟名。凤皇氏，历正也。'"后用"凤历"称岁历，含历数正朔之意。轩辕：黄帝。龙飞：皇帝即位。《易·乾》："九五，龙飞在天，利见大人。"

③寿域：人人得以享尽天年的太平盛世。《汉书·礼乐志》："愿与大臣延及儒生，述旧礼，明王制，驱一世之民，济之仁寿之域，则俗何以不若成康？寿何以不若高宗？"一气：本原之气。洪钧：天地。

④《旧唐书》韦见素本传载，天宝十三载秋，雨潦六旬，玄宗嫌宰相非

人，杨国忠举荐韦见素以代。又《书·说命上》载，殷高宗立傅说为相，有言："若岁大旱，用汝作霖雨。"老：一作"旧"。

⑤代：一作"世"。骐骥：一作"麒麟"。

⑥韦贤（前148？—前67），字长孺，西汉邹鲁大儒，本始三年，代蔡义为丞相，封扶阳侯。其子韦玄成，复以明经仕至丞相，故邹鲁谚曰："遗子黄金满籯，不如一经。"范叔，即范雎（？—前255），字叔，魏国人，入秦为相，封应侯。

⑦《汉书·郑崇传》载，汉哀帝时，郑崇为尚书仆射，每见曳革履。天子笑曰："我识郑尚书履声。"

⑧余波德照邻：一作"余阴照北邻"。《论语·里仁》："德不孤，必有邻。"

⑨管辂（209—256），字公明，平原（今属山东德州）人，三国术士，相传能明天文地理变化之数。陈遵，字孟公，西汉杜陵人，《汉书》本传称其"略涉传记，赡于文辞，性善书，与人尺牍，主皆藏去以为荣"。

⑩司马相如（前179？—前118），字长卿，成都人。《西京杂记》卷二称"长卿素有消渴疾"。《礼记·檀弓上》载，子夏曰："吾离群而索居，亦已久矣。"频：一作"贫"。

⑪巫咸：神巫。《庄子·应帝王》："郑有神巫曰季咸，知人之死生、存亡、祸福、寿夭，期以岁月旬日若神。"邹鲁：孔孟之故乡。《庄子·盗跖》："子自谓才士圣人邪？则再逐于鲁，削迹于卫，穷于齐，围于陈蔡，不容身于天下。"

【汇评】

吴智临《唐诗增评》卷一：开手从盛朝择相妙选世臣说入。"沙汰"二联，叙相业简老。"韦贤"句，谓其父凑已能荐贤，"盛业"指见素，"传经"应"韦贤"句。"豫章"句比世胄，束上；"沧海"句比襟量，开下。"北斗"以下十二句，颂其才望，从宏奖风流处言之。干请意，对面着笔，于下段作弯弓背射势。"尺牍"句，下交意。"岂是"二句，言凡士类本当登用。"庙堂"二句，惟上急所贤，斯下息奔竞。"才杰"二句，接入自己，每用承上起下法。结有兴会，不作乞怜语，以意已在前段也。

浦起龙《读杜心解》卷五之一：上诗于韦，颂入相也；所以上诗，望汲引也，故篇首颂之。中言相职在于容贤，而末乃自叙见意。

陈诉《读杜随笔》卷上：应酬台阁诗，自有绳墨，虽少陵诗圣，不得不尔。然语无过分，固推雅制。

夜听许十诵诗爱而有作①

许生五台宾，业白出石壁②。余亦师粲可，身犹缚禅寂③。何阶子方便，谬引为匹敌。离索晚相逢，包蒙欣有击④。诵诗浑游衍，四座皆辟易⑤。应手看捶钩，清心听鸣镝⑥。精微穿溟涬，飞动摧霹雳。陶谢不枝梧，风骚共推激⑦。紫鸾自超诣，翠驳谁剪剔⑧。君意人莫知，人间夜寥阒。

【题解】

天宝十四载(755)的一个夜晚，杜甫在长安的聚会上听闻禅宗弟子许十诵读他创作的诗歌，十分惊叹，写下了他的感受。前八句称颂许十其人，介绍许十曾学佛于圣地五台山，行业精进而出游于此，诗人自己虽远师慧可、僧粲等人，但离群独居，独学无友，实未勘破静寂而得解脱，今晚有缘相逢，希望获得方便法门，从蒙昧中清醒过来。中八句称颂许十之诗：其诗艺之纯熟，如能工巧匠得心应手，不爽毫厘；其诗句之清澈悦耳，如寂静中听闻响箭飞过；其诗境之精细隐微，足以穷幽测深；其诗思之迅疾飞动，势压万钧之雷霆；其诗之风格契合陶渊明与谢灵运，其诗之成就不逊于《国风》与《离骚》。最后四句收束总结，写出"夜闻"后的思绪，肯定许诗自然浑成，无可删削，只是知己甚少，应者寥寥。

【注释】

①许十：一作"许十一"。

②五台：五台山，佛教四大名山之一，相传为文殊师利菩萨显灵说法之地。业白：即白业，佛家有将业果报应分为黑黑业、白白业、黑白业、不黑不

白业四种。

③粲可：僧粲与慧可，即禅宗的三祖和二祖。《旧唐书·方伎传》载，达磨传慧可……慧可传粲，粲传道信，道信传弘忍。

④包蒙：包容蒙昧之人。《易·蒙》："九二包蒙"，"上九击蒙"。王弼注："能击去童蒙，以发其昧者也，故曰击蒙也。"

⑤浑：一作"混"。游衍：优游从容。《诗·大雅·板》："昊天曰旦，及尔游衍。"皆：一作"俱"。辟易：倾倒。

⑥捶钩：锻打带钩。《庄子·知北游》："大马之捶钩者，年八十矣，而不失豪芒。"

⑦陶谢：陶渊明和谢灵运。枝梧：抵触。

⑧紫鸾：一作"紫燕"。翠駮：翠色之駮兽。

【汇评】

仇兆鳌《杜诗详注》卷三引王嗣奭曰：公自谓"语不惊人死不休"，又云"沉郁顿挫，随时捷给，扬枚可企"。平日自负如此，定应俯视一切。今听许诗，实心推服，不啬口出。其称他人诗，类此尚多。生平好善怀贤，诚求乐取，从来词人所少。盖休休大臣之度也，诗人乎哉！

浦起龙《读杜心解》卷一之一：鹤云：许十一，当是居五台学佛者。愚按公亦妙解禅理，故前段因以发端。而"何阶"四句，即借邂逅谈禅，陪起中幅"诵诗"，要非正文也。中段正写听诗，而末以知音自许作结。"应手"二句，诵者、听者身段神情俱见。"精微"四句，诗之超诣处也。"紫燕"二句，语气转侧。言许诗自妙，而抉剔其妙者少也。结用反跌法。"夜寥阒"句，意境廓然，恰好借点"夜"字。

醉歌行 别从侄勤落弟归①

陆机二十作文赋，汝更小年能缀文②。总角草书又神速，世上儿子徒纷纷。骅骝作驹已汗血，鸷鸟举翮连青云。词源倒流三峡水，笔阵独扫千人军③。只今年才十六七，射策君门期第一④。旧穿杨叶真自知,暂蹶霜蹄未为失。偶然擢秀非难取,会是排风有毛质。汝身已见唾成珠,汝伯何由发如漆⑤。春光淡沲秦东亭,渚蒲牙白水荇青⑥。风吹客衣日呆呆,树搅离思花冥冥。酒尽沙头双玉瓶,众宾皆醉我独醒⑦。乃知贫贱别更苦,吞声踯躅涕泪零⑧。

【题解】

天宝十四载,杜甫族侄杜勤落第将归,诗人送至城郊秦东亭而有此作。其时杜甫困居长安已逾十年,久售不遇,年老头白。面对初出茅庐又初尝败绩的族侄,他心情颇为复杂,有安慰与祝福,还有担心与焦虑,而念及自身更是心怀凄楚,所以题为"醉歌行"而诗中却大呼"众人皆醉"。诗开篇所言杜勤年少多才,文辞滔滔不绝如三峡之水倾倒而出,运笔有法似行军布阵,前途似锦好比骅骝身为小马驹就已经展示出汗血宝马的本能、猛禽振翅就暴露冲出云霄的本性,无疑让诗人看到了自己年轻时的身影。以下又言录取与否实属偶然,也是切肤之痛。而宽慰对方,以获取功名为手到擒来之事,显然是言不由衷。因为诗人随即感慨自己无法重返稚嫩的青春岁月了,如果时光倒流,他还会如此天真地憧憬未来吗?咳唾成珠、才华横溢就一定会春风得意吗?诗人正是以自己的亲身经历认清了残酷的现实,但又在喧闹的送别宴会上难以明言,故而申明"我独醒"。

【注释】

①勤:一作"劝"。弟:一作"第"。

②陆机(261—303),字士衡,吴郡吴县(今江苏苏州)人,其《文赋》创作时间未详。小:一作"少"。缀文:写作文章。《汉书·刘向传赞》:"自孔子后,缀文之士众矣。"

③源:一作"赋"。笔阵:写字运笔如布兵排阵。王羲之《题卫夫人笔阵图后》:"夫纸者阵也,笔者刀槊也,墨者鍪甲也,水砚者城池也,心意者将军也,本领者副将也,结构者谋略也,扬笔者吉凶也,出入者号令也,屈折者杀戮也。"

④年:一作"生"。君:一作"金"。射策:汉代取士之法,主试者将问题

书之于策,置于案头,应试者随机抽取回答。

⑤已:一作"即"。《庄子·秋水》:"子不见夫唾者乎?喷则大者如珠。"

⑥光:一作"风"。淡沲:一作"潭沲",即淡荡。秦东亭:长安城外东亭。蒲:一作"浦"。牙:一作"芽"。

⑦皆:一作"已"。屈原《渔父》:"举世皆浊我独清,众人皆醉我独醒。"

⑧泪:一作"泣"。

【汇评】

浦起龙《读杜心解》卷二之一:凡三转韵,层次分明。首赞其才,中慰其意,后惜其别。以半老人送少年,以落魄人送下第,情绪自尔缠绵。

吴冯栻《青城说杜》:此诗六截二十四句。前三截,慰侄之落第;后三截,转入自身,痛其归而别也。题曰"醉歌",而诗偏注以我独醒,则知非醉于酒,醉于贫贱之别耳。故制此翻案题,极可味。

施补华《岘佣说诗》:七言古诗必有一段气足神王之处,方足耸目。如《醉歌行》"春光淡沲"一段,写送别光景,使前半叙述处皆灵。忽句句用韵,忽夹句用韵,亦以音节动人。

陪李金吾花下饮①

胜地初相引,余行得自娱②。见轻吹鸟毳,随意数花须③。
细草称偏坐,香醪懒再沽④。醉归应犯夜,可怕执金吾。

【题解】

诗为戏谑之作,语气轻松。诗人开篇就调侃说,在李金吾这位大人物的引见下,我才有幸进入这寻常难得而入的胜地,所以得好好欣赏一番,不负此行。接下来诗人极力渲染环境之静谧、高雅:凑近初开的花瓣,轻轻吐气,花片细如鸟兽初生之毛发,随即轻飏而去,露出吐蕚之花须;坐在嫩软的细草上如此惬意,连起身品尝美酒的兴致都没有了。最后诗人干脆拿将军巡查治安的职责打趣:美酒确实不能再饮,否则我酩酊而归,就会被您抓起来了。

【注释】

①李金吾：或以为是李嗣业，其于天宝十二载升任骠骑左金吾大将军。金吾，官职名，唐时掌管宫中、京城之巡警、烽候、道路。

②余：一作"徐"。

③毳：细毛。

④称偏：一作"偏称"。偏，偏宜。称，称心。

【汇评】

金圣叹《唱经堂杜诗解》卷一：题不云李金吾招饮，而云陪李金吾饮。不以主陪宾，反以宾陪主，滑稽之极。

仇兆鳌《杜诗详注》卷三：上四，花下之游。五、六，花下之饮。末乃醉后谑词。始则陪李同行，故曰相引。既则从容独览，故曰自娱。口吹轻飏之鸟毳，意数吐荂之花须，细写闲中玩物之趣，所谓自娱也。称坐，谓与坐相宜。懒沽，谓醉不须沽。

王尧《古唐诗合解》卷一一：前解虚隐"陪"字，是初至花下。后解实写"陪"字，是在花下饮。

骢马行 太常梁卿敕赐马也。

李邓公爱而有之，命甫制诗①

邓公马癖人共知，初得花骢大宛种②。夙昔传闻思一见，牵来左右神皆竦。雄姿逸态何崷崒，顾影骄嘶自矜宠③。隔目青荧夹镜悬，肉骏碨礌连钱动④。朝来久试华轩下，未觉千金满高价⑤。赤汗微生白雪毛，银鞍却覆香罗帕。卿家旧赐公能取，天厩真龙此其亚⑥。昼洗须腾泾渭深，朝趋可刷幽并夜⑦。吾闻良骥老始成，此马数年人更惊。岂有四蹄疾于鸟，不与八骏俱先鸣⑧。时俗造次那得致，云雾晦冥方降精。近闻下诏喧都邑，肯使骐驎地上行⑨。

【题解】

诗本奉命而作,以能赋善颂为要旨,当别无深意。全诗共有三段。前八句先写初见骢马。李邓公爱马如痴,从太常梁某那里获得大宛名马,自然是如获至宝,喜不自胜。诗人也早闻此马之名,今日一见,雄姿邈世,逸气横空,傲然不凡。中八句写初试骢马。在庭院小试身手,赤汗微生,迅疾异常,便觉马价不止千金。后八句为祝愿之辞,也是以马喻人。良马老而更成,数年之后必将更为惊人;李邓公老而益壮,更会青云直上。

【注释】

①李邓公:或即邓国公、如州刺史李行休。

②花骢:一作"驹骢"。《历代名画记》载,唐玄宗有骏马玉花骢、照夜白等。

③嵲峠:耸然出群。

④隅目:怒视。騠:一作"骏"。碨礧:高低不平。《尔雅·释畜》:"青骊驎,驒。"郭璞注:"色有深浅,斑驳隐粼,今之连钱骢。"

⑤久:一作"少"。

⑥卿家:即标题所言"梁卿"。赐:一作"物"。能取:一作"取之"或"有之"。

⑦朝:一作"夕"或"晨"。

⑧于:一作"如"。

⑨肯使:一作"知有"。骐骥:一作"骅骝"。

【汇评】

吴瞻泰《杜诗提要》卷五:前层层序马,后层层借马叙人,前犹是缓歌,后则是繁弦促节,几如大珠小珠落玉盘矣。

沈德潜《唐诗别裁集》卷六:老杜咏马诗并皆佳妙,而用意用笔无一处相似,此老胸中具有造化。

刘濬《杜诗集评》卷五引李因笃曰:不独得其万里超腾之概,直于纵笔处,忽传其神,包举无遗,如太史公作《屈贾列传》,别有感寄,绝顶之篇。

魏将军歌

　　将军昔著从事衫,铁马驰突重两衔①。被坚执锐略西极,昆仑月窟东崭岩②。君门羽林万猛士,恶若哮虎子所监。五年起家列霜戟,一日过海收风帆③。平生流辈徒蠢蠢,长安少年气欲尽。魏侯骨耸精爽紧,华岳峰尖见秋隼。星缠宝校金盘陀,夜骑天驷超天河④。欃枪荧惑不敢动,翠蕤云旆相荡摩⑤。吾为子起歌都护,酒阑插剑肝胆露,钩陈苍苍玄武暮⑥。万岁千秋奉明主,临江节士安足数⑦。

【题解】

　　将军早年从军,披坚执锐,铁马金戈,率领咆哮如虎的禁军,一路西征,所向无敌。猛然回首,发现昆仑山上的月亮,已经在东边的岩石上升起。五年后从青海湖胜利归来,战功显赫,使长安游侠噤声低首,让平庸之辈汗颜敛眉。飒爽的英姿,宛如秋日盘旋于华山之巅的猛隼;耀眼的坐骑,仿佛是飞跃银河的天驷;严整的军容,压迫得那些妖星不敢轻举妄动。今日宴会,酒酣耳热,将军拔剑而起,我要为将军高歌一曲,将军真乃圣明天子的左膀右臂。

【注释】

　　①从事衫:戎衣。一说,从事为官名,主察百官之犯法者。

　　②月窟:月亮所出之处。崭岩:山石高峻。

　　③海:这里指青海湖。

　　④校:一作"铰",马首饰品。天驷:星名。《史记·天官书》:"汉中四星曰天驷,旁一星曰王良。"超:一作"起"。

　　⑤欃枪:彗星。欃,原作"攙",据他本改。荧惑:火星。旆:旌旗旒。

　　⑥都护:乐府清商曲《丁都护歌》。《宋书·乐志》载,《都护歌》者,彭城

内史徐逡之为鲁轨所杀，高祖使督护丁旿收殡之。逡之妻，高祖长女也，呼旿至阁下，自问殓送之事，每问辄呼丁都护，其声哀切，后人因其声广其曲焉。钩陈：星名，在紫宫中。玄武：北斗七宿。

⑦万岁千秋：一作"千秋万岁"。临江、节士：歌名，《汉书·艺文志》有《临江王》《节士》等歌诗。

【汇评】

卢世㴶《杜诗胥钞余论·论七言古诗》：超忽灭没，耸醒紧爽，惟华岳峰尖，差可领其孤逸。

仇兆鳌《杜诗详注》卷四：此歌前用八句转韵，中间各四句转，末则三句两句叠韵。盖歌中音调，取其繁声促节也。

杨伦《杜诗镜铨》卷二：此等诗以炼词炼句胜，亦所谓光焰万丈者。其气魄沉雄却非长吉辈所及。

送蔡希鲁都尉还陇右因寄高三十五书记① 时哥舒入奏，勒蔡子先归

蔡子勇成癖，弯弓西射胡。健儿宁斗死，壮士耻为儒②。官是先锋得，材缘挑战须。身轻一鸟过，枪急万人呼。云幕随开府，春城赴上都③。马头金匼匝，驼背锦模糊④。咫尺雪山路，归飞青海隅⑤。上公犹宠锡，突将且前驱⑥。汉使黄河远，凉州白麦枯。因君问消息，好在阮元瑜⑦。

【题解】

天宝十四载春，蔡希鲁随哥舒翰入朝，秋日独自先返陇右，杜甫以诗相送，并托他向时在陇西幕府任职的高适问好。诗分三层。前八句称颂蔡希鲁，写他耻为儒士，凭借娴熟的枪法和敏捷的身法，身先士卒，在战场上立功升职。中八句写蔡之来与去。春光明媚之时，蔡都尉跟随哥舒翰将军，带着华丽盛大的驼队而来；如今将军蒙皇恩驻留京城，都尉作为先锋，孤

身返回雪山前线。最后四句收束全诗，点明主旨。蔡都尉长途跋涉，等到达凉州之时，当已是秋寒麦熟，请转达我对高适的问候之意。"身轻一鸟过"两句，多为后人称许。

【注释】

①鲁：一作"曾"。又，一本无"因"字。

②健：一作"男"。陈琳《饮马长城窟行》："男儿宁当格斗死。"

③赴：一作"入"。上都：国都。

④金匼匝：金色的马络头缠绕得密密麻麻。锦模糊：驼背蒙着锦帕。

⑤雪：一作"云"。

⑥上公：指哥舒翰，天宝十三载，拜为太子太保。《晋书·职官志》："置太宰以代太师之任，与太傅、太保，皆为上公。"犹：一作"独"。《诗·卫风·伯兮》："伯也执殳，为王前驱。"

⑦好在：问候之词。阮瑀（165？—212），字元瑜，建安七子之一，为曹操司空军谋祭酒，管记室，军国书檄，多为其与陈琳所作。此指代高适。

【汇评】

欧阳修《六一诗话》：陈公时偶得杜集旧本，文多脱误。《送蔡都尉》诗"身轻一鸟"，其下脱一字。陈公与数客各用一字补之，或云"疾"，或云"落"，或云"下"，莫能定。其后得一善本，乃是"过"字，陈叹服，以为虽一字，诸君亦不能到也。

王嗣奭《杜臆》卷一：起来八句，颂蔡之才略，无一字不奇。老杜自以儒冠误身。故有"壮士耻为儒"之语，非真抑儒也。

浦起龙《读杜心解》卷五之一：前八句，表蔡子气概，用直起法。"身轻"一联叫绝。中八句，四叙入朝，四叙归陇；瞥然而来，瞥然而去；而若主帅，若时序，若行色，若地界，及一留一行，无笔不到。后四句，因蔡以寄高，先致遥想之慨，次见通候之意，逸趣翩然。

九日杨奉先会白水崔明府①

今日潘怀县，同时陆浚仪②。坐开桑落酒，来把菊花枝③。天宇清霜净，公堂宿雾披。晚酣留客舞，凫舄共差池④。

【题解】

诗写九月九日奉先杨县令与白水崔县令聚会宴饮之事。首联以潘岳、陆云形容两位县令之风雅俊逸。颔联写时逢重阳佳节，可以饮美酒，赏菊花。颈联言秋高气爽，云开见日，天净无尘，亦暗喻两位县令治下清明。尾联写饮酒至傍晚，兴致不减，醉意朦胧，热心留客。诗歌用典精切巧妙，绾合县令身份而不见痕迹。

【注释】

①杨奉先：奉先县令杨蕙，弘农华阴（今属陕西渭南）人，历官监察御史、湖州刺史等。白水：县名，位于陕西东北，毗邻蒲城（奉先）。明府：县令。

②潘怀县：潘岳，其栖迟十年，出为河阳令，转任怀县令。陆浚仪：陆云（262—303），吴郡吴县（今江苏苏州）人，曾任浚仪令。

③桑落酒：酒名，酿成于桑叶飘落之时。庾信《就蒲州使君乞酒诗》："蒲城桑叶落，灞岸菊花秋。"

④凫舄：用王乔事，指县令。《诗·邶风·燕燕》："燕燕于飞，差池其羽。"

【汇评】

仇兆鳌《杜诗详注》卷四：此以潘、陆称杨、崔也。桑酒菊枝，九日之事。霜净雾披，九日之景。晚酣留饮，而醉舞差池，其爱客之情至矣。本是杨主崔宾，故潘比杨，陆比崔，坐属杨，来属崔。霜露一联，虽云即景，亦见二君之外肃清而中洞达。

刘濬《杜诗集评》卷七引李因笃曰：题绪俱清，语无泛及。

石间居士《藏云山房杜律详解》五律卷二：此诗层层顶贯，句句相生，至末联倒括全章，真可谓笔歌墨舞，淋漓尽致，殊非易事也。

白水明府舅宅喜雨 得过字

吾舅政如此，古人谁复过。碧山晴又湿，白水雨偏多。精祷既不昧，欢娱将谓何①。汤年旱颇甚，今日醉弦歌②。

【题解】

杜甫舅氏摄白水县令之职，时久旱无雨，经其祷告后大雨即至。于是众人聚饮于杜甫舅氏宅第，分韵赋诗，杜甫拈得"过"字而有是作。诗以颂扬其舅氏为主。雨水之及时充沛，旧时认为是治理清明的反映。而以商汤之贤明，尚且遭受了七年大旱。如今其舅氏祷雨即应，雨水充足，丰年可期，还有什么比这更值得庆贺的事情呢？

【注释】

①曹植《汤祷桑林赞》："惟殷之世，炎旱七年。汤祷桑林，祈福于天。"
②《论语·阳货》："子之武城，闻弦歌之声。"

【汇评】

仇兆鳌《杜诗详注》卷四：首联颂明府。三、四，雨中之景。下四，喜雨之意。精祷致雨，此即政比古人处。

边连宝《杜律启蒙》五言卷一："政如此"三字，倒从下四句入。"晴又湿"，既晴而又雨也。"不昧"，祷辄应也。"欢娱将谓何"，不胜其欢娱也。汤有七年之旱，今乃有祷即应，共醉弦歌，见古人之无复过也。然未免溢美，而语意亦率。

石间居士《藏云山房杜律详解》五律卷二：此诗通身是细雨，通身是赞崔明府之为政，能召休和。若止谓喜其祈祷之诚得雨，尚未尽作者之意也。

164

官定后戏赠 时免河西尉，为右卫率府兵曹①

　　不作河西尉，凄凉为折腰②。老夫怕趋走，率府且逍遥。
耽酒须微禄，狂歌托圣朝。故山归兴尽，回首向风飙。

【题解】

　　天宝十四载十月，杜甫终于等来了朝廷的任职，被授命为河西县尉。苦苦奔走了十余年，四处干谒，最后迎来一个事务繁杂的从九品小官，诗人实在无法接受。后来，他被转授为右卫率府兵曹：官阶上升为从八品，任所从小县城移到京都，工作似乎更为清闲，但对于诗人而言，这依然是一个莫大的嘲讽。这首诗便是自嘲之作，所谓"赠"，乃是"自赠"。为什么不接受河西尉而要到率府就职呢？诗人说，那是因为县尉必须迎来送往，奔走风尘，他要学习陶渊明"不为五斗米折腰"；率府清闲，则可以效法阮籍酣饮，不问世事；幸亏躬逢盛世，他才可以做出这种任性的选择，过上逍遥的生活；为生活所迫，不得不入仕，入仕后就无法退隐故山了，想起故里，唯有在风中怅望回首了。

【注释】

　　①河西：县名，治所在今陕西合阳东南，因在黄河以西而得名。右卫率府兵曹：太子属官，从八品下，掌东宫武官考课、簿籍、仪卫等。

　　②河西：一作"西河"。

【汇评】

　　仇兆鳌《杜诗详注》卷三：公辞尉而就率府，盖取逍遥自在，得以饮酒狂歌耳，然亦不得已而为此，故有回首故山之慨。

　　张溍《读书堂杜诗注解》卷二：寓讽而浑，为唐诸家所不及。杜诗种种俱有，要以此为最胜。

　　边连宝《杜律启蒙》五言卷一：前四，明所以辞河西就率府之故。五、六自赠。结慨其不得归也。

后出塞五首

其一

男儿生世间,及壮当封侯①。战伐有功业,焉能守旧丘。召募赴蓟门,军动不可留②。千金装马鞭,百金装刀头③。闾里送我行,亲戚拥道周④。斑白居上列,酒酣进庶羞。少年别有赠,含笑看吴钩。

【题解】

与《前出塞》九首一致的是,《后出塞》五首也是一个完整的故事,它所叙述的是一位壮士从应招入伍到潜逃归乡的全部过程。"首章,记应募之事;二章,记在途之事;三章,讥边将生事也;四章,刺将骄欲叛也;末章,褒军士之不从逆者"(仇兆鳌《杜诗详注》卷四)。组诗所涉及之史实,均与安禄山有关,且第五首以逃军为洗刷恶名,则创作时间当在安禄山将反未反之时。其一写主人公满怀豪情应召入伍。世间大好男儿,应趁年轻力壮,驰骋疆场,获取功名,怎能死守故里,无所作为? 他兴高采烈地准备好鞍马刀箭,跟随大军奔赴蓟门,半刻也不停留。千里送行的邻里亲友,摆上美酒佳肴,为他祝贺,而尚未能入伍的少年,满眼都是艳羡。整首诗洋溢着欢乐喜庆的氛围,与《前出塞》开篇形成了鲜明对照。不过,主人公越对从军抱有极高的热情,此后失望所带来的打击越大。

【注释】

①《后汉书·班超传》:"(班超)尝辍业投笔叹曰:'大丈夫无它志略,犹当效傅介子、张骞立功异域,以取封侯,安能久事笔研间乎?'"

②蓟门:指幽州范阳郡,故址在今北京西南,时属渔阳节度使安禄山管辖。

③鞭:一作"鞍"。《木兰辞》:"东市买骏马,西市买鞍鞯。"

④道周:道边。《诗·唐风·有杕之杜》:"有杕之杜,生于道周。"

【汇评】

贺裳《载酒园诗话又编》:较《前出塞》首篇更觉意气激昂。味其语气,前篇似征调之兵,故其言悲;此似应募之兵,故其言雄。前篇"走马脱辔头,手中挑青丝",贫态可掬;此却"千金买鞍,百金装刀",军容之盛如见。前篇"弃绝父母,吞声负戈",悲凉满眼;此则里戚相伐,肴醴错陈,"吴钩"一赠,尤助壮怀。妙在"含笑看"三字,说得少年须眉欲动。

浦起龙《读杜心解》卷一之一:首章,便作高兴语,往从骄帅者,赏易邀,功易就也。起四句,作冒头。"召募"四句,点事生色。"闾里"至末,以旁笔衬行色。就中又分出老、少两层,加意挑剔。结语肉飞眉舞,恰与"及壮封侯"对照。"赴蓟门",点眼。

其二

朝进东门营,暮上河阳桥①。落日照大旗,马鸣风萧萧②。平沙列万幕,部伍各见招。中天悬明月,令严夜寂寥。悲笳数声动,壮士惨不骄。借问大将谁,恐是霍嫖姚③。

【题解】

这首诗描述新兵初入军营的感受。大军开拔如此迅捷,似乎是清晨刚刚踏入洛阳东门外的新兵营,傍晚就随队奔赴边关,越过了横跨黄河的浮桥。一路上寒风萧萧,战马嘶鸣。夕阳下,大将的红旗熠熠生辉。到了宿营的时刻,成千上万的帐篷,整整齐齐地排列在平坦的沙地上,校尉们招集好各自的士卒进入营帐休息。夜深了,军营的笳声响起,整个军营一派静寂,唯见高高的明月悬挂上空。新兵无不肃然,不由暗自忖度,如此整肃森严的队伍,恐怕是霍去病那样的将军所率领的吧。

【注释】

①东门营:在上东门的军营。上东门,在洛阳城东。河阳桥:河阳县所建跨越黄河的浮桥。河阳,古孟津,今河南孟州。

②大旗:大将所用红旗。《诗·小雅·车攻》:"萧萧马鸣,悠悠斾旌。"

③霍嫖姚:嫖姚校尉霍去病。

【汇评】

　　贺裳《载酒园诗话又编》:"朝进东门营,暮上河阳桥。落日照大旗,马鸣风萧萧",军前风景如画。"平沙列万幕,部伍各见招",二语尤妙,凡勇士所之,无不欲收为己用者,此语直传其神。"中天悬明月,令严夜寂寥","寂寥"妙甚,深见军中纪律之肃。"悲笳数声动,壮士惨不骄。借问大将谁,恐是霍嫖姚",古来名将甚多,而独举霍氏。史称去病,士卒乏食,而后军余粱肉。殊带怃惕意,却妙在一"恐"字,语意甚圆。

　　浦起龙《读杜心解》卷一之一:二章,写军容也,又点清征兵之地。前后各章,俱极有兴,不可无此约束。"进营",始就伍也。"上桥",初登程也。"落日"将幕,则列幕安营。初从军者纪律未娴,故部伍须"招"。此时尚觉嚣扰,入夜则寂无声矣。"悲笳",静营之号也。"大将",指招募统军之将,故以"嫖姚"比之。盖去病尝从大将军卫青出塞者。注家即指禄山,非,时尚未到也。须看层次精密,又须看夹景夹叙,有声有彩。

其三

　　古人重守边,今人重高勋。岂知英雄主,出师亘长云。六合已一家,四夷且孤军。遂使貔虎士,奋身勇所闻①。拔剑击大荒,日收胡马群。誓开玄冥北,持以奉吾君②。

【题解】

　　其三写对战争意义的怀疑。古时的大将,重在保卫边境;如今的将领,却一意邀功请赏。天下本来已成一家,四夷势单力薄,但皇帝好大喜功,不断劳师远征,致使猛虎一般的战士,奋不顾身地冲向蛮荒之地,掳取各种胡马,并发誓要征服极远的北方,以报效君王,获取功勋。

【注释】

　　①使:一作"作"。貔:一作"螭"。《尚书·牧誓》:"如虎如貔,如熊如罴。"

　　②玄冥:北方之神。《淮南子·天文训》:"北方,水也,其帝颛顼,其佐

玄冥。"

仇兆鳌《杜诗详注》卷四：三章，讥边将生事也。各四句转意。当时朝廷好大，以致边将邀功，曰岂知、曰遂使，正见上行下效也。末言辟土奉君，盖逢君之恶，祸及生民矣。

浦起龙《读杜心解》卷一之一：三章，写到击敌之事，纯用虚机，而含讽之旨，即从此露出。其章法更屈曲出奇。以"重守"剔"重勋"，主意提破矣。"英主""出师"，本是直接。却下"岂知"二字，便无显斥之痕。"亘长云"下，宜接"遂使"句矣，却用"六合"两句，横鲠在中，又隐然见此举之多事。且"孤军"下，似宜用"重高勋"意作一转落，却又直接"遂使"一句，此中又有无限含蓄。以少陵之才，岂难作条畅文字，而断续如此。其吞吐妙用，但可与会心人道。后作敌凯语，君实导之也，妙以"奉吾君"三字逗出，妙又不露。

其四

献凯日继踵，两蕃静无虞①。渔阳豪侠地，击鼓吹笙竽②。云帆转辽海，粳稻来东吴。越罗与楚练，照耀舆台躯③。主将位益崇，气骄凌上都。边人不敢议，议者死路衢④。

【题解】

其四写边关主帅自恃功高，气焰嚣张，不可一世。幽州向朝廷献捷奏凯的喜报接连不断，奚与契丹已被击败，边境安定无虞，被称为豪侠聚集之地的渔阳，如今歌舞升平，将士日夜欢娱。这里的给养极为丰厚，东吴的粳稻源源不断从辽海转运而来，连奴仆都穿上了耀眼的绫罗绸缎，用上了洁白的素绢。主将的地位更加尊崇，朝廷再也不被放在眼中。旁人三缄其口，凡是议论此事的人都已经抛尸路边了。

【注释】

①《旧唐书·北狄传》："奚与契丹两国，常递为表里，号曰两蕃。"《资治通鉴》："天宝十四载，夏四月，安禄山奏破奚、契丹。"

②渔阳：郡名，治所在今天津蓟州区。

③越罗：产自越地的绮罗。楚练：产自楚地的素绢。舆台：隶卒。《左传·昭公七年》："故王臣公，公臣大夫，大夫臣士，士臣皂，皂臣舆，舆臣隶，隶臣僚，僚臣仆，仆臣台。"

④《旧唐书·安禄山传》："人言反者，玄宗必大怒，缚送与之（安禄山）。"

【汇评】

贺裳《载酒园诗话又编》：首章言应募，次章言入幕，三章言立功，至此极言边城之富而边将之横，始有失身之惧矣。末二句尤含蓄无限。叛志已决，既非口舌可诤；君宠方隆，又不可以上变。观郭从谨语上曰："亦有诣阙告其谋者，陛下往往诛之。"此诗真实录也。

佚名《杜诗言志》卷五：此言边庭有尾大不掉之渐，而主将有气骄凌上之几，足以动忠义之隐忧，而出塞从军者之所失望也。

其五

我本良家子，出师亦多门①。将骄益愁思，身贵不足论。跃马二十年，恐辜明主恩。坐见幽州骑，长驱河洛昏②。中夜间道归，故里但空村。恶名幸脱免，穷老无儿孙。

【题解】

其五写主人公不肯助逆，潜逃而归。他认为自己家世清白，策马疆场二十年，并不是为了个人的功名富贵。如今眼看主帅日益骄横，不奉朝廷号令，挥军南下，将黄河、洛河一带搅得天昏地暗，不能不使人忧虑。他夜半从小路潜逃回来，只见故里已成一片废墟，从此孑然一身，无依无靠，不知道今后如何生存下去。

【注释】

①《史记·李将军列传》："（李）广以良家子从军击胡。"如淳云："良家子，非医、巫、商贾、百工也。"《左传·成公十六年》："晋政多门，不可从也。"

②幽州骑：安禄山之兵，唐时范阳属幽州。河洛：黄河、洛水一带。

【汇评】

贺裳《载酒园诗话又编》:此诗有首尾,有照应,有变换。如"我本良家子",正与首篇"千金买鞍"等相应。"身贵不足论",与"及壮当封侯"似相反,然以"恐辜主恩"而念为之转,则意自不悖。"故里但空村",非复送行时"拥道周"景象,此正见盛衰之感,还家者无以为怀,意实相应也。

张綖《杜工部诗通》卷二:《左传》:兵犹火也,不戢自焚。前四章,著明皇黩武不戢,过宠边将,启其骄恣轻上之心,末章,直著禄山之叛,以见明皇自焚之祸也。

浦起龙《读杜心解》卷一之一:总看五诗,文势一步紧一步,局势一着危一着。

去矣行

君不见鞲上鹰,一饱即飞掣①。焉能作堂上燕,衔泥附炎热。野人旷荡无觍颜,岂可久在王侯间②。未试囊中餐玉法,明朝且入蓝田山③。

【题解】

君不见驻留在臂套上的雄鹰,一旦饱食就会振翅飞去,怎能去学厅堂上的燕子,趋依权势,衔泥筑巢?我这人天性坦荡,没有奴颜媚骨,如何能周旋于王侯之间?听说古人有餐玉长生之法,不如明日辞官,退隐蓝田,去尝试一下。诗当作于天宝十四载杜甫任职于率府之时。"鞲上鹰",是诗人自喻。

【注释】

①鞲:一作"韝",臂套。鲍照《代东武吟》:"昔如鞲上鹰,今似槛中猿。"

②觍颜:厚颜。《晋书·郗鉴传》:"丈夫既洁身北面,义同在三,岂可偷生屈节,觍颜天壤邪!"

③餐玉法:道家吞食玉屑以求长生的方法。《魏书·李预传》:"(李预)每羡古人餐玉之法,乃采访蓝田,躬往攻掘,得若环璧杂器形者大小百

余，……预乃椎七十枚为屑，日服食之。"蓝田山：在长安东南，又名玉山。

【汇评】

仇兆鳌《杜诗详注》卷三：此诗欲去官而作也。上四属比，下四属赋。宁为鹰之飏，不为燕之附，以野性旷荡，不屑觍颜侯门也。餐玉蓝田，盖将托之以遁世矣。

杨伦《杜诗镜铨》卷三引王阮亭曰：胸次海阔天空。

奉同郭给事汤东灵湫作①

东山气濛鸿，宫殿居上头②。君来必十月，树羽临九州。阴火煮玉泉，喷薄涨岩幽。有时浴赤日，光抱空中楼。阆风入辙迹，广原延冥搜③。沸天万乘动，观水百丈湫。幽灵斯可佳，王命官属休④。初闻龙用壮，擘石摧林丘⑤。中夜窟宅改，移因风雨秋。倒悬瑶池影，屈注苍江流⑥。味如甘露浆，挥弄滑且柔。翠旗澹偃蹇，云车纷少留。箫鼓荡四溟，异香泱莽浮⑦。蛟人献微绡，曾祝沉豪牛⑧。百祥奔盛明，古先莫能俦。坡陀金虾蟆，出见盖有由。至尊顾之笑，王母不遣收⑨。复归虚无底，化作长黄虬⑩。飘飘青琐郎，文采珊瑚钩⑪。浩歌渌水曲，清绝听者愁⑫。

【题解】

十月的骊山，云雾迷蒙。高高的华清宫，盘踞上头。玄宗驻跸此处，君临天下。温泉色清如玉，奔涌不息。灵湫神异，玄宗亲往探查祭祀。仪卫显赫，箫鼓齐奏，祭品馥郁，祝史庄重。金色的蛤蟆一跃而出，又化作长长的黄虬深入渊地，它或许是王母遗留在此，引得君王一顾而笑。郭给事的文章，珍贵如珊瑚，只是曲高和寡，知音难觅。诗写唐明皇幸骊山休沐祭祀诸事，论者多以为金蛤蟆喻安禄山，王母喻杨贵妃，而诗人心忧时事，但此时前者反叛的消息尚未传来,诗题又明言同伴驾之给事中郭纳唱和,故当以应酬之作视之。

【注释】

①郭给事:郭纳,颍川(今属河南许昌)人。给事中,正五品上,属门下省,分判本省日常事务,审议封驳诏敕奏章。汤东灵湫:华清宫温泉汤池,位于今陕西西安骊山西北麓。作:一本无此字。

②东山:即骊山。濛鸿:一作"鸿濛"。宫殿:指华清宫。

③阆风:山名,在昆仑之上。广:一作"旷"。原:一作"野"。诗句原有注:"原,昆仑东北脚名也。"

④幽灵:一作"灵湫"。斯:一作"新"。佳:一作"怪"。官属休:官员休沐以致祭。

⑤用壮:恃其刚强。《易·大壮·九三》:"小人用壮,君子用罔。"

⑥苍:一作"沧"。

⑦莽:一作"漭"。

⑧蛟人:一作"鲛人"。任昉《述异记》:"鲛人,即泉先也,又名泉客。南海出鲛绡纱,泉先潜织,一名龙纱,其价百余金,以为服,入水不濡。"微:一作"徽"。《穆天子传》:"天子大朝于燕然之山,河水之阿。曾祝佐之,……祝沉牛马豕羊。"郭璞注:"曾,重也。祝,史也。"

⑨遣:一作"肯"。

⑩长黄虬:一作"龙与虬"。

⑪珊瑚钩:赞扬文章珍贵。《纂典》记司马相如见枚乘之文,称曰:"如珊瑚之钩,璠玙之器,非世间寻常可见。"

⑫渌水:古曲名。渌,一作"绿"。

【汇评】

浦起龙《读杜心解》卷一之一:明皇每与妃子行幸汤泉,因而驻跸灵湫,襄举祀礼,诗乃纪其事,以为讽也。浴汤泉是陪笔,幸灵湫是正文。

乔亿《杜诗义法》卷上:此篇前人多不喜之,或又称是奇作,余谓穷极笔力,气格苍浑,退之不能到也。

杨伦《杜诗镜铨》卷三引邵(子湘)曰:灵秀潆洄,实杜集之奇作。

自京赴奉先县咏怀五百字

天宝十四载十一月初作

杜陵有布衣，老大意转拙。许身一何愚，窃比稷与契。居然成濩落，白首甘契阔①。盖棺事则已，此志常觊豁②。穷年忧黎元，叹息肠内热③。取笑同学翁，浩歌弥激烈。非无江海志，萧洒送日月。生逢尧舜君，不忍便永诀④。当今廊庙具，构厦岂云缺？葵藿倾太阳，物性固莫夺⑤。顾惟蝼蚁辈，但自求其穴。胡为慕大鲸，辄拟偃溟渤⑥。以兹悟生理，独耻事干谒。兀兀遂至今，忍为尘埃没。终愧巢与由，未能易其节。沉饮聊自遣，放歌颇愁绝⑦。岁暮百草零，疾风高冈裂。天衢阴峥嵘，客子中夜发。霜严衣带断，指直不得结⑧。凌晨过骊山，御榻在嵽嵲⑨。蚩尤塞寒空，蹴踏崖谷滑⑩。瑶池气郁律，羽林相摩戛⑪。君臣留欢娱，乐动殷胶葛⑫。赐浴皆长缨，与宴非短褐。彤庭所分帛，本自寒女出⑬。鞭挞其夫家，聚敛贡城阙⑭。圣人筐篚恩，实欲邦国活⑮。臣如忽至理，君岂弃此物。多士盈朝廷，仁者宜战慄。况闻内金盘，尽在卫霍室⑯。中堂舞神仙，烟雾散玉质⑰。暖客貂鼠裘，悲管逐清瑟⑱。劝客驼蹄羹，霜橙压香橘。朱门酒肉臭，路有冻死骨。荣枯咫尺异，惆怅难再述。北辕就泾渭，官渡又改辙。群冰从西下，极目高崒兀⑲。疑是崆峒来，恐触天柱折⑳。河梁幸未拆，枝撑声窸窣。行旅相攀援，川广不可越㉑。老妻既异县，十口隔风雪㉒。谁能久不顾，庶往共饥渴。入门闻号咷，幼子饥已卒㉓。吾宁舍一哀，里巷亦呜咽㉔。所愧为人父，无食致夭折。岂知秋禾登，贫窭有仓卒㊺。生常免租税，名不隶征伐㊻。抚迹犹酸辛，平人固骚屑㊼。默思失业徒，因念远戍卒㊽。忧端齐终南，澒洞不可掇㊾。

【题解】

天宝十四载十一月，杜甫离京至奉先县探亲。此时安禄山已叛，但消息尚未传至长安，唐明皇依然在骊山休假。沿途的见闻，凝结成深深的忧虑；大乱将至的危机，笼罩在诗人心头。全诗共分三段。开篇至"放歌颇愁绝"，倾诉诗人的心路历程。大凡世人越老越世故，杜陵有我这一介布衣，越老越不合时宜，要拿远古的后稷与殷契来要求自己，虽然辛苦到白头还是四处碰壁，可矢志不渝，要到人生的最后一口气。一年到头尽在为百姓担忧，面对同辈之人的冷嘲热讽，反而更加激昂高亢。我何尝不想逍遥江湖，独善其身，可既然遇上了尧舜那样的明君，实在不忍心彻底抛弃。当今的朝廷人才济济，岂会缺乏我这样的微末小官，只是正如向日葵始终朝着太阳，我忠君的本性没有办法改变。不愿如蝼蚁苟且偷生，也曾羡慕巨鲸遨游大海，社会上的生存之道自己也不是不明白，却偏偏不肯钻营巴结，所以到现在还是穷困潦倒，一事无成。既然最终无法如巢父、许由那样飘然远去，就唯有饮酒赋诗以排遣内心的幽愤了。

第二段从"岁暮百草零"至"惆怅难再述"，写诗人经过骊山的见闻与感受。岁末到了，寒风凛冽，百草飘零。我半夜从京城出发，凌晨经过骊山。这里山势陡峭，大雾迷蒙，霜重路滑，手指也冻得僵硬，可谓危机四伏。而皇上正在华清池度假，温泉暖气腾腾，音乐直上云霄，侍卫密密麻麻，权贵尽在其中。那些绸缎布帛，都是从民间聚敛而来的民脂民膏，被朝廷赏赐给这帮大臣，是指望他们安邦定国，经世济民。如果臣子们忽视了这个道理，皇帝的恩赏岂非白白浪费？朝廷这么多人才，应该对此警惕反省啊！更何况听闻大内的财宝，都转移到了外戚家中。那些权贵穿着轻暖的裘皮大衣，品尝着鲜嫩的美食，欣赏着美妙的歌舞。他们如同生活在仙境一般，可一墙之隔的大路上，尽是冻饿致死的穷人。咫尺之间，生活如此悬殊，我还能说什么呢？

第三段从"北辕就泾渭"至结尾,写诗人继续跋涉及到家后的境况。我折转北上,到达泾渭合流之处。这里的渡口又改变了路线。抬眼望去,冰凌堆积,顺流滚下,声势浩大,如崆峒奔涌而来,似乎要将天柱摧折。河上的桥梁摇摇晃晃,发出吱吱呀呀的声响。河面如此宽广,难以飞跃,旅客们只好胆战心惊地攀桥而过。妻子儿女寄居在奉先,十口之家被风雪阻隔,我怎能对他们长期置之不顾? 这次团聚之后,就不再分开,共同面对苦难的生活吧。谁知刚一进门,就听到了悲恸的哭声,年幼的儿子竟然已经活活饿死! 心中的悲痛无法抑制,邻居也在一旁呜咽流泪。作为父亲,连自己的儿子也无法养活,实在是万分羞愧。谁能想到,今年秋天丰收之后,还有人饿死的惨剧发生呢? 我好歹是一位官员,无须纳税服役,生活尚且如此,那些失去田产的农民和远戍守边的普通士卒,日子怎能过得下去? 这些忧虑,无边无尽,无休无止,涌上心头。

【注释】

①蓼落:大而无当。甘:一作"苦"。

②觊豁:觊望豁达,希望实现。

③穷年:终年。黎元:百姓。肠:一作"腹"。

④舜:一作"为"。

⑤葵藿:胡葵和豆叶。曹植《求通亲亲表》:"若葵藿之倾叶,太阳虽不为之回光,然向之者诚也。"莫:一作"难"。

⑥溟渤:大海。

⑦遣:一作"适"。颇:一作"破"。

⑧得:一作"能"。

⑨崒嵂:山高的样子。这里指骊山。

⑩虞喜《志林》:"黄帝与蚩尤战于涿鹿之野,蚩尤作大雾,弥三日,军人皆惑。"

⑪郁律:水气氤氲。摩戛:摩擦撞击。

⑫君臣:一作"圣君"。胶葛:底本作"汤嶬",一作"樛嶬"或"嶬嵑",广大深远的样子。

⑬庭:原作"廷",两字古通。

176

⑭挞:一作"筻"。夫家:役夫,家口。

⑮筐筐:盛物的竹器,皇帝常用以盛绵帛、钱币来赏赐群臣。欲:一作"愿"。

⑯内:大内,皇宫。卫霍:卫青与霍去病,这里指身为外戚的杨氏家族。

⑰舞:一作"有"。神仙:舞女,或以为指杨贵妃等人。散:一作"蒙"。

⑱暖客貂鼠裘:一作"客暖蒙貂裘"。暖客,一作"暖蒙"。

⑲冰:一作"水"。崒兀:山高耸险峻的样子。

⑳崆峒:山名,今甘肃平凉一带。天柱:山名,在今陕西凤翔一带。

㉑行旅:行人,旅客。不:一作"且"。

㉒既:一作"寄"。

㉓饥:一作"饿"。

㉔舍一哀:舍弃一哀之礼。陈贻焮以为,旧时主家守灵,来人祭奠,主人须先哭一场,然后行礼,是为一哀。亦:一作"犹"。

㉕禾:原作"未",据他本改。登:丰收。仓卒:夭折,一作"仓猝"。

㉖常:一作"当"。

㉗犹:一作"独"。骚屑:骚扰不安。

㉘失业:失去永业田产。徒:原作"途",据他本改。

㉙齐:一作"际"。颎洞:汗漫无涯。

【汇评】

仇兆鳌《杜诗详注》卷四引胡夏客曰:诗凡五百字,而篇中叙发京师,过骊山,就泾渭,抵奉先,不过数十字耳。余皆议论感慨成文,此最得变雅之法而成章者也。又曰:《赴奉先咏怀》,全篇议论,杂以叙事。《北征》则全篇叙事,杂以议论。盖曰咏怀,自应以议论为主;曰北征,自应以叙事为主也。

浦起龙《读杜心解》卷一之一:是为集中开头大文章,老杜平生大本领。须用一片大魄力读去,断不宜如朱、仇诸本,琐琐分裂。通篇只是三大段,首明赍志去国之情,中慨君臣耽乐之失,末述到家哀苦之感。而起手用"许身""比稷、契"二句总领,如金之声也。结尾用"忧端齐终南"二句总收,如玉之振也。

《唐宋诗醇》卷九:此与《北征》为集中巨篇,撼郁结,写胸臆,苍苍莽莽,一气流转。其大段中有千里一曲之势,而笔笔顿挫,一曲中又有无数波折也。甫以布衣之士,乃心帝室,而是时明皇失政,大乱已成。方且君臣荒宴,若罔闻知。甫从局外,蒿目时艰,欲言不可,盖有日矣,而一于此诗发之。前述平日之衷曲,后写当前之酸楚,至于中幅,以所经为纲,所见为目,言言深切,字字沉痛。《板》《荡》之后,未有能及此者,此甫之所以度越千古而上继《三百篇》者乎?

苏端薛复筵简薛华醉歌①

文章有神交有道,端复得之名誉早。爱客满堂尽豪翰,开筵上日思芳草②。安得健步移远梅,乱插繁花向晴昊。千里犹残旧冰雪,百壶且试开怀抱。垂老恶闻战鼓悲,急觞为缓忧心捣。少年努力纵谈笑,看我形容已枯槁③。座中薛华善醉歌,歌辞自作风格老。近来海内为长句,汝与山东李白好④。何刘沈谢力未工,才兼鲍照愁绝倒⑤。诸生颇尽新知乐,万事终伤不自保⑥。气酣日落西风来,愿吹野水添金杯。如渑之酒常快意,亦知穷愁安在哉⑦。忽忆雨时秋井塌,古人白骨生青苔,如何不饮令心哀⑧。

【题解】

天宝十五载(756)正月初一,杜甫参加了苏端、薛复等人组织的一群年轻人的聚会,写下此诗。诗的主旨是要畅饮,理由有四。一是适逢假日,群贤毕至,宾主相得,不可不饮;二是冰雪未融,晴日繁花尚不得而见,春寒料峭,且烽烟已起,天下纷扰,不可不饮;三是薛华诗风老成,气压何逊、沈约诸人,才兼鲍照,醉后所作七言歌行,直追李白,不可不浮一大白;四是青春易逝,生命短暂,富贵荣华不可长恃,人生快意之事莫如痛饮。

①苏端,京兆蓝田人,至德三载进士及第,历监察御史、度支员外郎等职。薛华,与独孤及有往来,时任右金吾仓曹。

②翰:一作"杰"。上日:农历初一。《尚书·舜典》:"正月上日。"孔注:"上日,朔日也。"

③古乐府《长歌行》:"少壮不努力,老大徒伤悲。"《楚辞·渔父》:"颜色憔悴,形容枯槁。"

④长句:七言歌行。《旧唐书·文苑传》:"李白,字太白,山东人,……父为任城尉,因家焉。"

⑤何刘沈谢:何逊,刘孝绰,沈约,谢朓。鲍照:即鲍照。

⑥《楚辞·九歌·少司命》:"乐莫乐兮新相知。"阮籍《咏怀诗》:"一身不自保,何况恋妻子。"

⑦渑:古水名,在今山东淄博一带。《左传·昭公十二年》:"有酒如渑,有肉如陵。"亦:一作"不"。知:原作"如",据他本改。愁:一作"达"。

⑧井:墓井。塌:一作"竭"。

【汇评】

唐汝询《唐诗解》卷一四:此诗首述端、复之燕集,中美薛华之歌辞,末则寄情于酒也。言文贵有神,交以道合,端、复得此二者,故名誉早著,而豪杰皆从之游,乃以元日开燕而有寻芳之思。惜此地无梅以供君赏,但于雪后携壶亦足以舒怀抱矣。我以垂老而遭乱离,忧心如捣,全赖酒以消忧,唯恨筋之不速也。且公等皆少年,故能纵情谈笑,若我之形容枯槁而有佳况乎?要亦不得已而饮耳。于是,因薛华醉歌而言其风格精炼,堪与李白并驱。若何、刘、沈、谢则非君比矣。即才如鲍照,犹可兼之使心服也。以此歌辞而与端、复为文章交,宜其极新知之乐,吾乃于万事中朝不谋夕,安敢与公等颉颃乎?但于气酣日落之际,愈加痛饮,惟愿西风吹水添杯,使之不竭也。然主人之酒本是如渑之多,则足以快我之意而消穷愁矣。因又思向所见井旁之白骨生苔,而感人生必化,形非我有,曷为不饮而使此心哀伤乎。

仇兆鳌《杜诗详注》卷四:杜诗格局整严,脉络流贯,不特律体为然,即歌行布置,各有条理。如此篇首提端复,是主,再提薛华,是宾,又拈少年诸生,则兼及一时座客。其云悲笑忧乐,腰尾又互相照应,熟此可悟作法矣。

《唐宋诗醇》卷九:词气朴老,脉络井然,末幅纵笔排宕,单句径住,亦别有神味。

晦日寻崔戢李封①

朝光入瓮牖,尸寝惊敝裘②。起行视天宇,春气渐和柔。兴来不暇懒,今晨梳我头③。出门无所待,徒步觉自由。杖藜复恣意,免值公与侯。晚定崔李交,会心真罕俦。每过得酒倾,二宅可淹留④。喜结仁里欢,况因令节求⑤。李生园欲荒,旧竹颇修修。引客看扫除,随时成献酬⑥。崔侯初筵色,已畏空樽愁⑦。未知天下士,至性有此不⑧。草芽既青出,蜂声亦暖游。思见农器陈,何当甲兵休⑨。上古葛天氏,不贻黄屋忧⑩。至今阮籍等,熟醉为身谋⑪。威凤高其翔,长鲸吞九州⑫。地轴为之翻,百川皆乱流。当歌欲一放,泪下恐莫收。浊醪有妙理,庶用慰沉浮。

【题解】

前首提及"上日",此首明言"晦日",且均对战事忧心忡忡而又未实际描写战争创伤,故当同作于天宝十五载正月初闻兵变之际。此诗截然分成两段。上段写春和日丽,天气晴柔,诗人兴致高昂,恣意而游,因新进结交的好友崔戢、李封至情至性,殷勤好客,默契相投,便前去拜访。下段写景色虽好,无奈乱象已萌,何时可以结束战争,重返安泰时光? 今日相聚痛饮,非如阮籍之辈全身远害,而是长歌当哭,举杯消愁,借酒舒怀。

【注释】

①晦日:每月末日。李封,赵郡(今属河北)人,历官左补阙、侍御史等。

②瓮牖:以破瓮所做窗户。尸寝:睡相不雅。《论语·乡党》:"寝不尸,

180

居不容。”尸，一作“方”或“宴”。

③兴来：一作“乘兴”。嵇康《与山巨源绝交书》：“性复疏懒，筋驽肉缓，头面常一月十五日不洗。”

④倾：一作“吃”。

⑤仁里：仁者所居之所。《论语·里仁》：“里仁为美。”令节：唐以正月晦日为令节，至德宗贞元五年正月，改以二月一日为中和节以代晦日。

⑥《后汉书·陈蕃传》载同郡薛勤曰：“何不洒扫以待宾客？”献酬：劝酒。《诗·小雅·楚茨》：“为宾为客，献酬交错。”

⑦《后汉书·孔融传》：“（孔融）好士，喜诱益后进。及退闲职，宾客日盈其门。常叹曰：‘坐上客恒满，尊中酒不空，吾无忧矣。’”

⑧至：一作“志”或“忘”。

⑨农器陈：结束战争。《孔子家语·致思》：“铸剑戟以为农器，放牛马于原薮。”

⑩葛天氏：远古之民。氏，一作“民”。陶渊明《五柳先生传》：“衔觞赋诗，以乐其志，无怀氏之民欤？葛天氏之民欤？”黄屋：天子之车，以黄缯为盖。屋，一作“绮”。

⑪今：原作“令”，据他本改。《晋书·阮籍传》：“籍本有济世志，属魏晋之际，天下多故，名士少有全者，籍由是不与世事，遂酣饮为常。……钟会数以时事问之，欲因其可否而致之罪，皆以酣醉获免。”

⑫《汉书·宣帝纪》：“南郡获白虎威凤为宝。”晋灼曰：“凤之有威仪者也。”高其翔：一作“自高翔”或“高高翔”。

【汇评】

吴瞻泰《杜诗提要》卷二：“起行视天宇”一段，意兴潇洒，优游闲适，写得“寻”字津津有味。明是一首太平欢宴诗矣，而后段一变为鲸波怒浪，将家国兵民一齐驱入腕下，使人动魄惊心，莫知其笔之所底。盖正者必变而为奇，诗文之理，一而已矣。未有专整一军，而以为止齐步伐者也。崔、李序毕，题之能事已尽。“草牙”二句一提，忽将前文隔断，涛起云生，又能与令节相射。此善用比兴者，古诗秘密藏也。上古无忧，则今有忧可知。而今之熟醉者止为身谋，则黄屋之忧，其孰贻之？四句吞吐而出。“威凤”四句,承"为身谋"来,言高蹈何难,而鲸吞未息,神州陆沉,忍令至尊独忧耶?当歌欲泣,托意浊醪,此岂若阮籍辈区区自了而已哉。一挽有力。前半就题说,后半脱题,波澜跌宕,若全与崔、李无涉。盖古人作诗必有为,非如今人但写宴会而已也。篇中"酒"凡四见,是其灰线也。而题中不置一饮酒字,可见铸题之妙。

江浩然《杜诗集说》卷三引查慎行曰:通首关合在酒,引证阮公,亦在途穷一哭,正不得不归之于酒也。

送率府程录事还乡① 程携酒馔相就取别

鄙夫行衰谢,抱病昏忘集。常时往还人,记一不识十。程侯晚相遇,与语才杰立。薰然耳目开,颇觉聪明入②。千载得鲍叔,末契有所及。意钟老柏青,义动修蛇蛰③。若人可数见,慰我垂白泣。告别无淹晷,百忧复相袭④。内愧突不黔,庶羞以濡给⑤。素丝挈长鱼,碧酒随玉粒。途穷见交态,世梗悲路涩。东风吹春冰,泱莽后土湿。念君惜羽翮,既饱更思戢。莫作翻云鹘,闻呼向禽急。

【题解】

天宝十五载春,杜甫任职于太子率府,或因时局动荡,兵戈扰壤,同事程录事即将离职还乡。动身前夕,他携酒来访,杜甫以诗相赠。首八句,诗人写自己年老体衰,过眼之人转瞬即忘,唯独程录事如君子温润谦和,见之精神一振。中八句,写两人结识虽晚,往来无多,但心意相通,友谊深厚,遗憾的是刚刚订交,友人就将离去。又八句,写友人深知他刚刚安顿,家居窘困,过访时自带酒水美食;在世道艰难之际,遇见如此友人,实属不易。最后四句,为诗人的临别赠言:友人既然已经下定决心退藏蛰伏,就不要轻易出仕了。

①率府:《新唐书·百官志》:"太子左右率府,录事参军各一人,从八品上。"

②《庄子·天下》:"薰然慈仁,谓之君子。"陆德明释文:"薰然,温和貌。"

③钟:一作"中"。《易·系辞下》:"龙蛇之蛰,以存身也。精义入神,以致用也。"

④告:一作"生"。

⑤突不黔:烟囱尚未熏黑。班固《答宾戏》:"是以圣哲之治,栖栖遑遑,孔席不暖,墨突不黔。"

【汇评】

浦起龙《读杜心解》卷一之一:首段以相遇数见,翻起取别来。"内愧"八句,叙携酒取别情事。末四句,临行嘱咐之词,处乱世宜佩斯言。杜老艰苦备尝,故为良友持赠。

江浩然《杜诗集说》卷三引邵长蘅曰:笔力深挚沉痛。

白水崔少府十九翁高斋三十韵①

天宝十五载五月作

客从南县来,浩荡无与适②。旅食白日长,况当朱炎赫③。高斋坐林杪,信宿游衍阒。清晨陪跻攀,傲睨俯峭壁。崇冈相枕带,旷野怀咫尺④。始知贤主人,赠此遣愁寂⑤。危阶根青冥,曾冰生淅沥。上有无心云,下有欲落石。泉声闻复息,动静随所击⑥。鸟呼藏其身,有似惧弹射。吏隐道情性,兹焉其窟宅⑦。白水见舅氏,诸翁乃仙伯⑧。杖藜长松下,作尉穷谷僻。为我炊雕胡,逍遥展良觌。坐久风颇怒,晚来山更碧。相对十丈蛟,欻翻盘涡拆⑨。何得空里雷,殷殷寻地脉。烟氛蔼崚嶒,魍魉森惨戚⑩。昆仑崆峒巅,回首如不隔。前轩颓反照,巉绝华岳赤。兵气涨林峦,川光杂锋镝。知是相公军,铁马云雾积⑪。玉箸淡无味,胡羯岂强敌。长歌激屋梁,泪下流衽席。人生半哀乐,天地有顺逆。慨彼万国夫,休明备征狄⑫。猛将纷填委,庙谋蓄长策。东郊何时开,带甲且未释⑬。欲告清宴罢,难拒幽明迫。三叹酒食傍,何由似平昔。

【题解】

　　我从奉先南来,时值夏季,白天尤为漫长。舅氏高斋坐落在山林之上,在那里我住了两宿,感到十分清静。早晨起床,陪舅氏崔少府爬上山顶,极目远眺,只见重峦叠嶂,连绵起伏,旷野无涯,尽收怀中。头上白云缭绕,眼前危石欲坠,耳旁泉水幽咽,时有鸟鸣深涧,仿佛置身仙境。吏隐此间的舅氏,做好雕胡饭来款待我。饭后漫步林中,突闻瀑布之声,寻声前往,长溪如蛇,波翻涡旋,冲激山石,喧闹回响。远处烟雾迷蒙,夕阳返照,颇为诡异,或是兵气之象。遥想潼关,眼下正是哥舒翰统军驻扎,那里谋士如云,猛将如雨,击退叛军,自在情理之中。不过人生往往哀乐相半,世事难料,胜负亦或难知。想到这些烦心之事,再也没有心情赏美景、品美酒了。此诗创作期间,哥舒翰正固守潼关,诗人心情颇为复杂,一方面视叛乱为癣疥之疾,另一方面又有一种莫名的危机感萦绕在心头。

【注释】

　　①崔少府十九翁:杜甫舅氏崔顼,行十九,时为白水县尉。诗题一本无"十九翁"。

　　②南县:奉先县,在白水之南,后魏时为南白水县。

　　③况:一作"向"。朱炎:夏季。炎,一作"夏"。

　　④怀:一作"回"或"迴"。

　　⑤贤主人:一作"主人贤"。

　　⑥息:一作"急"。击:一作"激"。

　　⑦道:一作"适"。

　　⑧白水:此为双关语。《左传·僖公二十四年》载,晋文公谓子犯曰:"所不与舅氏同心者,有如白水。"

　　⑨拆:一作"坼"。

⑩崒：原作“萃”，据他本改。

⑪顾炎武《日知录·杂论·相公》：“前代拜相者必封公，故称之曰相公，若封王则称相王。”时哥舒翰为尚书左仆射、同中书门下平章事。雾：一作“烟”。

⑫休明：美而明。《左传·宣公三年》：“德之休明。”狄：一作“敌”。

⑬未：一作“来”。

【汇评】

吴瞻泰《杜诗提要》卷一：此忧乱之诗，非宴会之诗，故一切主宾酬酢语皆置不用。然题曰“高斋”，则高斋是主，而凡兵气、军声、将帅以及逆贼皆客也。偏若一齐在高斋见之，此是何等眼光，何等怀抱。故“前轩颓返照”一段，乃一篇精神结穴处。而前写高斋本两层，分作三层。后写时事本一层，分作两层。断续离奇，化其直序之迹，此长篇结构之妙也。

浦起龙《读杜心解》卷一之一：只是相依舅氏高斋清宴之诗耳，中有无穷比例，无数波澜，遂令人莫穷其涯际。

杨伦《杜诗镜铨》卷三：自早至晚，备写所历多少奇景奇情，结归伤时正意，尤见深识隐忧。叙次错综，波澜万状。

三川观水涨二十韵 天宝十五年七月中避寇时作[①]

我经华原来，不复见平陆[②]。北上惟土山，连天走穷谷[③]。火云无时出，飞电常在目[④]。自多穷岫雨，行潦相豗蹙。蓊匌川气黄，群流会空曲[⑤]。清晨望高浪，忽谓阴崖踣。恐泥窜蛟龙，登危聚麋鹿。枯查卷拔树，礧磈共充塞[⑥]。声吹鬼神下，势阅人代速。不有万穴归，何以尊四渎。及观泉源涨，反惧江海覆。漂沙圻岸去，漱壑松柏秃[⑦]。乘陵破山门，回斡裂地轴。交洛赴洪河，及关岂信宿。应沉数州没，如听万室哭。秽浊殊未清，风涛怒犹蓄。何时通舟车？阴气不黪黩。浮生有荡汩,吾道正羁束。人寰难容身,石壁滑侧足。云雷屯不已,艰险路更蹐⑧。普天无川梁,欲济愿水缩。因悲中林士,未脱众鱼腹。举头向苍天,安得骑鸿鹄。

【题解】

连日多雨,三川水涨。从华原北上,除土门山之外,平地尽成泽国。河流水急浪高,似乎要冲毁堤岸。麋鹿等那些平素难得一见的动物,都纷纷聚集在一起,躲在高地上。那些被河水卷来的枯枝败叶,挂在水中的大树上,填满了各个罅隙。这里的水流尤为湍急,似乎一夜就可以抵达黄河,让人想起了如梭的时光。人们常说没有众川的汇集,就无法形成大江大河,但眼前如此汹涌的奔流,不禁使人担忧江海如何能够容纳。河面一望无际,堤岸早已不见踪影,沟壑中的松柏光秃秃地矗立在那里。雨这样下个不停,数个州县都要被河水吞没了,耳边仿佛听见千家万户在悲泣。雨中的道路一片泥泞,山石侧滑,走在水边提心吊胆,此时多么希望大道平夷,天气晴和。又想起那些山林之士,恐怕要葬身鱼腹,也希望他们能搭乘黄鹄高飞而去。杜甫徒步避敌于三川县,见河水暴涨,又感时危事艰而有此作。

【注释】

①三川:县名,属鄜州,以华池水、黑源水及洛水三条河流汇合而得名。年:一作"载"。

②华原:县名,属雍州,故址在今陕西铜川耀州区东南。来:一作"水"。

③土山:土门山,在陕西铜川耀州区东。穷:一作"穹"。

④火云:夏日之云。无时出:一作"出无时"。飞电:闪电。

⑤翁匈:弥漫,充塞。

⑥查:一作"槎"。礧磈:沙石。

⑦圻:岸界,一作"拆"。岸去:一作"去岸"。

⑧屯:原作"此",据他本改。《易·屯》:"云雷屯,君子以经纶。"

【汇评】

郭知达《新刊校定集注杜诗》卷二:此篇即事体物之诗,句法雄浑,读之者见川涨之足骇矣。

张溍《读书堂杜诗注解》卷三：每述一事，必极其情状，是谓真诗。

吴瞻泰《杜诗提要》卷一：从涨前起，是其来路；从涨后结，是其去路。盖善在题之前后左右着想也。而每段有起必有束，涨在群流，则有万穴之归；涨在泉源，即恐数州之没。针锋极紧。"浮生"句陡接，末二句推开。上文方言水涨不暇，忽入自悲，使人不测。自悲未了，又代人悲，更不测。盖于诗人为胸襟，于诗法为起伏。无起伏则局平而边幅狭，无胸襟则景多而寄兴少。持此以观杜，迎刃而解矣。

月　夜

今夜鄜州月，闺中只独看①。遥怜小儿女，未解忆长安。香雾云鬟湿，清辉玉臂寒。何时倚虚幌，双照泪痕干②。

【题解】

天宝十五载正月，杜甫携家从奉先至白水。六月，安禄山叛军攻破潼关，诗人全家北上，避居鄜州羌村。七月，唐肃宗即位于灵武，杜甫前去投奔，途中为叛军俘获，押解至长安。在长安羁留的大半年里，杜甫写下了不少名篇。《月夜》是其中最早的一首，大约写于中秋之夜，其最大的特点是从对面写来，即没有直接抒发他的思家之苦，而是想象妻子在这特殊的时刻——战火纷飞的中秋之夜，如何惦记自己。她在月下久久徘徊，以至头上的发鬟都被雾水沾湿，双臂在月下感受到了阵阵寒意。更令她难过的是，自己的一双儿女，年纪太小，无法劝慰宽解。或许只有诗人夫妻团聚的时刻，这份忧虑才会彻底释怀。

【注释】

①鄜州：治今陕西富县。

②虚幌：薄帷。

【汇评】

纪昀《瀛奎律髓刊误》卷二二：入手便摆脱现境，纯从对面着笔，蹊径甚别。后四句又纯为预拟之词，通篇无一笔着正面，机轴奇绝。

吴瞻泰《杜诗提要》卷七：怀远诗说我忆彼，意只一层；即说彼忆我，意亦只两层；唯说我遥揣彼忆我，意便三层；又遥揣彼不知忆我，则层折无限矣。此公陷贼中，本写长安之月，却偏陡写鄜州之月；本写自己独看，却偏写闺中独看，已得遥揣神情。三、四又脱开一笔，以儿女不解忆，衬出空闺之独忆，故"云鬟湿""玉臂寒"而不知也。沉郁顿挫，写尽闺中深情苦境。

万俊《杜诗说肤》卷一：说者谓公制题之巧，立意之新，此犹公之余事耳。不知公于家人骨肉间，乐天伦而笃伉俪，至亲至切，一举念，自有此种情致，何假雕琢为哉？

悲陈陶①

孟冬十郡良家子，血作陈陶泽中水。野旷天清无战声，四万义军同日死②。群胡归来血洗箭，仍唱胡歌饮都市③。都人回面向北啼，日夜更望官军至④。

【题解】

至德元载(756)十月，房琯自请领兵平叛，在陈陶斜与叛军血战。房琯采用古书中的车战之法，以二千乘牛车挟裹骑兵、步兵进击，为叛军纵火焚烧，一日之间，阵亡士兵四万有余，仅数千人得以生还。在长安苦等胜利消息的杜甫，亲眼见到叛军得胜归来的嚣张气焰，悲痛万分，写下这首泣血之作。"'野旷天清无战声'七字，具天、地、人，盖从来两军交锋，天地变色，军士号呼，乃成苦战。今野旷天清而人无战声，则天地人皆若不知有战者，而轻轻四万义军，同日受戮，岂不可悲。"(吴瞻泰《杜诗提要》卷五)

【注释】

①陈陶：又名陈陶斜或陈陶泽，在陕西咸阳东。

②旷：一作"广"。清：一作"晴"。军：一作"兵"。

③血：一作"雪"。仍唱：一作"揶箭"。都：一作"东"。

④日夜更望官军至:一作"前后官军苦如此"。

【汇评】

仇兆鳌《杜诗详注》卷四:《陈陶》,伤主帅之轻敌也。贼势方张,而驱民狳斗,致四万义军,没于一战,所谓将不知兵,以卒与敌也。幸而唐德在人,倾都系望,此国祚终赖之以恢复欤。曰野无战声,见不战而自溃也。

浦起龙《读杜心解》卷二之一:陈陶之悲,悲轻进以致败也。官军之聊草败没,贼军之得志骄横,两两如生。结语兜转一笔好,写出人心不去。

悲青坂①

我军青坂在东门,天寒饮马太白窟②。黄头奚儿日向西,数骑弯弓敢驰突③。山雪河冰野萧飚,青是烽烟白人骨④。焉得附书与我军,忍待明年莫仓卒。

【题解】

至德元载十月二十一日陈陶斜战败之后,二十三日,房琯又率领南军再战,结果又是惨败。陷身贼中的杜甫,眼见官军一再失利,内心万分焦急,认为此时天寒地冻,而叛军气势正猛,希望官军不要轻举妄动,应该忍辱负重,积蓄力量,等待来年再与叛军决战。"(杜)甫欲待明年冰泮,伺隙而与之战,未为晚也。何必仓促冒寒,驱人于万死之地乎。"(蔡梦弼《杜工部草堂诗笺》卷九)

【注释】

①青坂:唐军驻地,陈陶斜附近;一说为军营壁垒。

②太白:山名,主峰在今陕西太白县东南。

③黄头奚儿:黄头室韦,此代指由东胡所组成的叛军。

④野:一作"晚"。飚:一作"飒"。烽:一作"人"。人:一作"是"。

【汇评】

《杜工部集五家评本》卷一邵长衡曰:"日夜更望官军至",人情如此;

189

"忍待明年莫仓卒",军机如此。此杜所以为诗史。

　　吴瞻泰《杜诗提要》卷五:此欲附书我军,戒以慎重,而中有山河之隔,不得附也。数骑弯弓敢于驰突,其利于速战可知。我军既失于前,当谨于后,故曰"忍待明年",又曰"莫仓卒",一句中两番谆嘱,此杜公之诗法,亦即杜公之兵法也。史称琯既败,犹欲持重有所伺,而中人邢延恩促战,遂大败。公用是悲陈陶,又悲青坂也。

　　仇兆鳌《杜诗详注》卷四:《青坂》,伤中官之促战也。大败之余,正宜练兵休息,自中使促师,隔朝再战,而白骨委于荒郊,则丧师辱国之罪,有分其责者矣。公深识兵机,而欲坚待明年,其后香积寺之捷,果在至德二载。

避　地①

　　避地岁时晚,窜身筋骨劳。诗书遂墙壁,奴仆且旌旄②。行在仅闻信,此生随所遭③。神尧旧天下,会见出腥臊。

【题解】

　　至德元载冬天,杜甫从长安逃脱,避乱于白水、鄜州一带,后听说唐肃宗即位于灵武,便拟前往,诗作于此间。诗人说,他晚年四处逃难,精疲力竭,只是因为旧时的礼仪荡然无存,社会秩序全然遭到破坏。刚刚听说了天子的消息,便下定决心前往追随。大唐高祖建立的基业,怎会允许夷狄毁坏? 此诗见录于蔡梦弼《杜工部草堂诗笺》卷四〇"逸诗拾遗"中,真伪存疑。

【注释】

　　①《论语·宪问》:"子曰:贤者避世,其次避地。"邢昺疏:"其次避地者,未能高栖绝世,但择地而处,去乱国,适治邦也。"

　　②孔安国《尚书序》:"及秦始皇灭先代典籍,焚书坑儒,天下学士逃难解散,我先人用藏其家书于屋壁。"遂:一作"逐"。且:一作"亦"。

　　③仅:一作"近"。

仇兆鳌《杜诗详注》卷四:上四避乱伤时,下思遭逢新主而光复旧物也。能写出皇皇奔赴之情,汲汲匡时之志。

对　雪

战哭多新鬼,愁吟独老翁①。乱云低薄暮,急雪舞回风。瓢弃樽无绿,炉存火似红②。数州消息断,愁坐正书空③。

【题解】

薄暮时分,天气阴沉,大雪飞舞。屋内虽有火炉,但感受不到半点暖意;杯中虽自有酒,却没有心情品饮。诗人独自愁坐,想到多少官军新近阵亡,而又有数个州县沦落,不由茫然四顾,如今这世道,究竟出了什么问题?诗作于至德元载冬日。

【注释】

①《后汉书·陈宠传》载,陈宠为太守,洛阳城每阴雨常有哭声。陈宠闻而疑其故,使史查问,回答说:世乱之时,此地多死亡者,而骸骨不得葬。陈宠尽收葬之,自是哭声遂绝。哭:一作"国"。多:一作"若"。

②樽无绿:一作"苔缘绿"。

③《世说新语·黜免》:"殷中军被废,在信安,终日恒书空作字。扬州吏民寻义逐之,窃视,唯作'咄咄怪事'四字而已。"

【汇评】

王嗣奭《杜臆》卷二:"乱云"一联,写雪景甚肖,而自愁肠出之,便觉凄然。闻战败而独吟,已不可堪;又对此暮云急雪,非酒不解,乃瓢既弃矣,樽已空矣,炉虽在,火似红,何所用?数州临贼,消息俱绝,愁坐何为?止有书空,诧为怪事而已。此诗起兴于雪,则"乱云"二句兴也,而首尾皆赋也,别是一格。此闻房琯陈陶之败而作。曰"愁吟",曰"愁坐",正以愁思之极,不觉其复也。初伤军败,既愁吟又不闻后来消息,尤可愁也。琯贤相,天下望其有为,今乃败绩,故书空以为怪事。

仇兆鳌《杜诗详注》卷四:此诗中间咏雪,而前后俱叹时事,正是有感而赋雪耳。乱云急雪,对雪之景。樽空火冷,对雪之况。前日愁吟,伤官军之新败。末云愁坐,伤贼势之方张。

浦起龙《读杜心解》卷三之一:非泛咏雪也,上提伤时之意,递到雪景,下借对雪之景,兜回时事。虽似中间咏雪,隔断两头,实则中皆苦况,正足绾摄两头也。

元　日①

近闻韦氏妹,迎在汉钟离②。郎伯殊方镇,京华旧国移③。春城回北斗,郢树发南枝。不见朝正使,啼痕满面垂④。

【题解】

唐时每年正月初一,各地均要派遣使者进京朝贺。今年天子被迫离开京都,流落他方,各地之朝正使也因战乱而无法前来。诗人嫁给韦氏的妹妹,远在九江的钟离县,如今是消息全无。诗人"身不在京华,故不见朝正之使。既不见朝正,自然涕泪满面。彼骨肉流离,又次之矣"(金圣叹《唱经堂杜诗解》卷一)。诗作于至德二载(757)元日。

【注释】

①诗题一作"元日寄韦氏妹"。

②钟离:县名,时属九江郡,今在安徽凤阳县东北。

③华:一作"城"。

④《唐会要·受朝贺》:"天宝六载十二月二十七日敕,中书门下奏,……望自今以后,应贺正使,并取元日,随京官例,序立便见。"

【汇评】

刘克庄《后村先生大全集》卷一八二:公流落颠沛,而一念不忘弟妹。"不见朝正使,啼痕满面垂",读之感慨。不但隆友爱而厚纪伦,其厌离乱而思生平，以不见朝正使为恨，言四方表章未达行在，恐未有见妹之期耳。

黄生《杜工部诗说》卷六：乘舆播迁，骨肉乖隔，此日何日？此情何情？将家事、国事写作一片，自觉缠绵婉挚。在后人必分作二首，不惟无此笔力，亦不具此肝膈。盖公于家国不分两念，皆本一片真诚融液而出耳。

吴瞻泰《杜诗提要》卷七：于鼎云通篇全是寄妹，因元日不见朝正使而忆之。叹旧国，乃是带言。旧国既移，则殊方已不可料；殊方不可料，则妹之消息更不可知。钟离之迎，但属传闻；朝正无使，亲经目见。安能已于涕泪哉。元日斗柄回东，南枝花发，而朝正无使，正见旧国之移。盖五、六、七句，单承四句"移"字来，到第八句，方结通章。题面是哭骨肉也，题神则哭君臣矣，浑然不觉，但以"满面"二字微露其意，使人于言外得之。往往极大关目，从极小题面中发出，此少陵家法也。

塞芦子①

五城何迢迢，迢迢隔河水②。边兵尽东征，城内空荆杞。思明割怀卫，秀岩西未已③。回略大荒来，崤函盖虚尔④。延州秦北户，关防犹可倚⑤。焉得一万人，疾驱塞芦子。岐有薛大夫，旁制山贼起⑥。近闻昆戎徒，为退三百里⑦。芦关扼两寇，深意实在此⑧。谁能叫帝阍，胡行速如鬼⑨。

【题解】

北方五城本为边防重镇，安史之乱爆发后，驻防的官军调发东征，防卫不免空虚。如今史思明兵指太原，高秀岩西窥延州，形势紧急。延州是灵武（唐肃宗驻跸之地）与长安之间的要冲，而芦子关又为太原西进陕甘的关口，故当迅速发兵万余，严守芦关，以防不测，而薛景仙在延州之西的岐州，威慑吐蕃、党项，则大局安稳。希望这份建议，得到朝廷重视。当时诗人身陷贼中，心忧天下，故以诗为奏章，剖析形成，指画方略。

【注释】

①芦子:芦子关,在今陕西延安安塞区西北,因形如葫芦而得名。

②五城:一般认为指朔方节度使所领定远、丰安及东、中、西三受降城。

③思明:史思明。怀:怀州,今河南沁阳。卫:卫州,治今河南卫辉。秀岩:高秀岩,哥舒翰旧将,后降安禄山。

④来:一作“东”。崤函:崤山,为函谷关东端。

⑤延州:今陕西延安。

⑥岐:原作“歧”,据他本改;一作“须”。薛大夫:薛景仙,时为扶风太守兼防御史。

⑦昆戎:昆夷,古西戎之国,此指吐蕃、党项。

⑧扼:一作“振”。

⑨能:一作“敢”。阍:一作“门”。

【汇评】

浦起龙《读杜心解》卷一之一:此杜氏筹边策也。灼形势,切事情,以韵语为奏议,成一家之言矣。盖为太原事急,边兵撤备而作,意豁然也。……起四句,从帝所在说起,谓朔方悬远而空虚也。“思明”四句,指出时事危机,趁势将灵武、长安一笔囊括。言两寇乘锐西冲,略西北而大荒尽,则灵武去矣。回马崤函,长安至是乃终非我有矣。统曰“大荒”,不敢斥言灵武也。“盖虚尔”者,犹俗言此是空帐,非无备之谓。时已为贼所有也。“延州”四句,乃是扼要本旨。曰“秦北户”者,自灵武来由此入,南达长安由此过。而河东之贼,来截两头,亦由此进。以我塞之,则我可通而彼可扼也。“岐有”四句,插入绝奇,一见设守有成效,一见助守有声援。岐在延西,尚且如此得力,况延州尤据形要而逼贼冲者乎?末四句,表明本意,复为危词以惕之。“速如鬼”者,稍迟则彼乘之矣。幸而当日太原不破,贼不得西耳。不然,亦危矣哉!

杨伦《杜诗镜铨》卷三:以韵语代奏议,洞悉时势,见此老硕画苦心。学者熟读此等诗,那得以诗为无用,作诗为闲事?

哀江头

少陵野老吞声哭,春日潜行曲江曲①。江头宫殿锁千门,
细柳新蒲为谁绿。忆昔霓旌下南苑,苑中万物生颜色。昭阳
殿里第一人,同辇随君侍君侧②。辇前才人带弓箭,白马嚼啮
黄金勒③。翻身向天仰射云,一笑正坠双飞翼④。明眸皓齿今
何在,血污游魂归不得。清渭东流剑阁深,去住彼此无消息。
人生有情泪沾臆,江水江花岂终极⑤。黄昏胡骑尘满城,欲往
城南忘南北⑥。

【题解】

长安沦陷后,被羁押在长安的诗人,独自潜行到曲江池旁。往日的曲
江边,烟柳翠幕,游人如织,如今新蒲青青,杨柳依依,而鲜车怒马却杳如黄
鹤。世事如梦,繁花似烟,他禁不住潸然泪下。想当初,玄宗皇帝携美出游
的场面真是壮观啊!而贵妃出场也是万物生辉,风光无限。还有随同出游
的宫女,手引弯弓,射下飞禽,引来阵阵惊呼。可惜李、杨二人的命运正如
射中的比翼鸟,贵妃葬身马嵬坡,玄宗远去蜀中,两人就此生死永别。江水
长流,江花常开,而人生充满变故,有情之人对此怎能不垂泪呢?胡骑肆虐
长安,城中满是黄尘,诗人内心无限迷茫,不知何所归依。

【注释】

①少陵:许后葬宣帝杜陵南园,即为少陵。

②《汉书·外戚传》:"赵皇后既立,后宠少衰,而弟绝幸,为昭仪,居昭
阳殿。"

③才人:宫中女官,一作"词人"。《新唐书·百官志》:"内官,才人七
人,正四品,掌叙燕寝,理丝枲,以献岁功。"

④天:一作"空"。笑:原作"箭",据他本改。

⑤水：一作"草"。

⑥忘南北：一作"望城北"。

【汇评】

苏辙《栾城集》卷五《诗病五事》：老杜陷贼时有诗曰"少陵野老吞声哭……"予爱其词气若百金战马，注坡蓦涧，如履平地，得诗人之遗法。如白乐天诗词甚工，然拙于纪事，寸步不遗，犹恐失之，所以望老杜之藩垣而不及也。

张戒《岁寒堂诗话》卷上：题云《哀江头》，乃子美在贼中时，潜行曲江，睹江水江花，哀思而作。其词婉而雅，其意微而有礼，真可谓得诗人之旨者。

黄生《杜工部诗说》卷三：此诗半露半含，若悲若讽。天宝之乱，实杨氏为祸阶，杜公身事明皇，既不可直陈，又不敢曲讳，如此用笔，浅深极为合宜。善述事者，但举一事而众端可以包括，使人自得其于言外。若纤悉备记，文愈繁而味愈短矣。《长恨歌》今古脍炙，而《哀江头》无称焉，雅音之不谐俗耳如此。

哀王孙

长安城头头白乌，夜飞延秋门上呼①。又向人家啄大屋，屋底达官走避胡②。金鞭折断九马死，骨肉不待同驰驱③。腰下宝玦青珊瑚，可怜王孙泣路隅。问之不肯道姓名，但道困苦乞为奴。已经百日窜荆棘，身上无有完肌肤。高帝子孙尽高准，龙种自与常人殊④。豺狼在邑龙在野，王孙善保千金躯。不敢长语临交衢，且为王孙立斯须⑤。昨夜东风吹血腥，东来橐驼满旧都⑥。朔方健儿好身手，昔何勇锐今何愚。窃闻天子已传位，圣德北服南单于⑦。花门剺面请雪耻，慎勿出口他人狙⑧。哀哉王孙慎勿疏，五陵佳气无时无⑨。

【题解】

这首诗是杜甫的一篇现场报道。唐玄宗出逃长安时,极为仓促,鞭马急驰,马死鞭断,诸多公子王孙还被抛弃在长安。《资治通鉴》记载说:"乙未黎明,上独与贵妃姊妹、皇子、妃、主、皇孙、杨国忠、韦见素、魏方进、陈玄礼及亲近宦官、宫人,出延秋门。妃、主、王孙之在外者,皆委之而去。"那些落难的王子王孙,生活发生了翻天覆地的变化。杜甫见到的这位王孙,隐姓埋名,流窜于荆棘丛中,衣衫褴褛,无以为生,只好乞求他人收为奴仆。诗人充满同情,却又无可奈何,唯有偷偷安慰他:虽然乱军四处劫掠,不可一世,昔日勇猛的哥舒翰部也令人失望,但听闻唐玄宗已经传位给了肃宗皇帝,回纥诸将要前来协助平叛,天下复归正统的日子已经不远了,天命还在大唐这边。诗篇开端描写乌鸦伫立城头,夜飞延秋门墙,剥啄达官贵人之大门,以暗示玄宗出逃、百官四散而秩序混乱,借用了汉乐府的传统手法,极尽讽刺之能事。

【注释】

①头白:一作"颈白"。杨慎《升庵诗话》卷三:"《三国典略》:'侯景篡位,令饰朱雀门,其日有白头乌万计,集于门楼。童谣曰:白头乌,拂朱雀,还与吴。'杜工部诗盖用其事,以侯景比禄山也。"延秋门:宫苑的西门,通往咸阳大道。

②向:一作"来"。

③待:一作"得"。

④高准:一作"龙准"或"隆准"。准,鼻子。《汉书·高祖纪》:"高祖为人,隆准而龙颜。"

⑤立:一作"泣"。

⑥东:一作"秦"或"春"。橐:一作"骆"。

⑦天子:一作"太子"。南单于:指回纥。《旧唐书·肃宗纪》载,肃宗即位,九月,南幸彭原,遣使与回纥和亲。二载二月,其首领入朝。

⑧花门:花门山堡,在居延海,为回纥骑兵驻地。劙面:割面。《后汉书·耿秉传》:"匈奴闻(耿)秉卒,举国号哭,或至劙面流血。"狙:监视,一作"伹"。

⑨五陵:汉高帝葬长陵,惠帝葬安陵,景帝葬阳陵,武帝葬茂陵,昭帝葬平陵,谓之五陵。

【汇评】

王嗣奭《杜臆》卷二:通篇哀痛顾惜,潦倒淋漓,似乱而整,断而复续,无一懈语,无一死字,真下笔有神。

王夫之《唐诗评选》卷一:世之为写情事语者,苦于不肖,唯杜苦于逼肖。画家有工笔、士气之别,肖处大损士气。此作亦肖甚,而士气未损,较"血污游魂归不得"一派,自高一格。

汪灏《树人堂读杜诗》卷四:未必定是亲身目击,亲口问答,大抵传闻其事,为之哀伤者多。然既诗人以志哀,苟非目击亲口慰藉,岂足以称此题。先从避乱说起,及说到王孙,亦复次第井井,写其貌,写其泣,写其惊惧,写其肌肉残毁,写其骨格异常,令读者如见王孙,如见一落难之王孙。次乃嘱其暗中珍重,为之留恋,为之劝慰,为之达音信,为之危祸患,嘱其苟全残喘,太平可待,勿自草草。无一语不周到。

春　望

国破山河在,城春草木深①。感时花溅泪,恨别鸟惊心②。烽火连三月,家书抵万金。白头搔更短,浑欲不胜簪。

【题解】

山河虽在,社稷几亡;草木丛生,人烟稀少。时局动荡,家人阻隔,花儿含露,如泣似诉,鸟儿幽鸣,心惊魂移。一春三月,烽火未息,家书难得,可值万金。忧家虑国,搔头抓耳,白发零落稀少,几乎难别住发簪。连三月,一说连续两个仲春三月,即从去年的三月到今年的三月;一说指整个三月份。

【注释】

①春:一作"荒"。

②溅：一作"下"。

【汇评】

司马光《司马温公诗话》：古人为诗，贵于意在言外，使人思而得之，故言之者无罪，闻之者足以戒。近世诗人，唯杜子美最得诗人之体，如"国破山河在……"。"山河在"，明无余物矣；"草木深"，明无人迹矣。花鸟平时可娱之物，见之而泣，闻之而悲，则时可知矣。

佚名《杜诗言志》卷三：写春望离乱，偏用花溅鸟鸣字面，使其情更悲，而气氛仍壮。故而异于郊寒岛瘦，而与酸馅蔬笋者远矣。

吴见思《杜诗论文》卷六：杜诗有点一字而神理俱出者，如"国破山河在"，"在"字则兴废可悲；"城春草木深"，"深"字则荟蔚满目矣。

得舍弟消息二首①

其一

近有平阴信，遥怜舍弟存②。侧身千里道，寄食一家村。烽举新酣战，啼垂旧血痕③。不知临老日，招得几人魂④。

【题解】

最近终于收到兄弟杜观从山东平阴传来的消息，获知他们寄食在千里之外的一个偏僻荒村，心中算是长舒了一口气。如今烽烟四起，战火连绵，疮痍满目，能够平安活着都值得庆幸。这样的世道，朝不保夕，音讯隔绝，如果兄弟之中有谁突然故去，也无法及时获知消息。

【注释】

①舍弟：杜甫有弟四人，此指杜观。舍，原无此字，据诸本补。

②有：一作"得"。平阴：县名，今在山东济南。

③举：一作"火"。

④人：一作"时"。

仇兆鳌《杜诗详注》卷四：首章，初得消息，怜弟而复自伤也。

浦起龙《读杜心解》卷三之一：上四，舍弟消息；下四，得消息而悲乱离也。……"侧身""寄食"，申"舍弟存"；"千里""一家"，申"平阴信"。此与《春望》之次联，皆横劈承顶之法。第五拓开，第六收拢。一"新"一"旧"，见乱方殷而悲已久也。曰"几人魂"，则彼此存亡难卜，不知兄召弟、弟召兄，语极深痛。

其二

　　汝懦归无计，吾衰往未期。浪传乌鹊喜，深负鹡鸰诗①。生理何颜面，忧端且岁时。两京三十口，虽在命如丝。

【题解】

　　兄弟两人相隔千里，你无法归来，我也不能前往团聚，所以得知你的消息，也是徒添惆怅而已。现在生机艰难，苦熬度日，两家三十口人，都是苟且偷生，命悬一线。

【注释】

　　①《诗·小雅·常棣》："脊令在原，兄弟急难。"毛传："脊令，雝渠也。"郑玄笺："雝渠，水鸟，而今在原，失其常处，则飞则鸣求其类，天性也。犹兄弟之于急难。"

【汇评】

　　仇兆鳌《杜诗详注》卷四：次章，叙兄弟远离，而叹资生无计也。弟不能归，空传乌鹊之喜。公不能往，深负鹡鸰之诗。见虽有消息，而彼此悬隔也。何颜面，穷困而惭。且岁时，销忧无日。家口危如丝发，不但兄弟两人难保矣。

　　浦起龙《读杜心解》卷三之一：即就前章下截申写，要是从得消息撇进一层作意也。言汝不能归，吾不能往，消息亦徒然耳。下截咏叹法。"三十口"，正与前"几人魂"相照。

　　刘濬《杜诗集评》卷七引吴农祥曰：前首是望弟之来，而知其必不能来；次首是冀身之去，而知其必不能去。读之益知身世骨肉之感。

忆幼子 字骥子，时隔绝在鄜州①

骥子春犹隔，莺歌暖正繁。别离惊节换，聪慧与谁论。
涧水空山道，柴门老树村。忆渠愁只睡，炙背俯晴轩②。

【题解】

听见春莺唱歌，不禁想起了家中呱呱学语的幼子。离家已经半年，转眼春天到来，季节转换之快令人吃惊。远在山中小村的幼子，如此聪明伶俐，现在正与谁咿咿呀呀，嬉戏玩耍呢？那里涧水潺湲，柴门紧闭，想必十分清冷。诗人愁思满怀伏在栏杆上，太阳晒着脊背，睡意涌上来了。

【注释】

①骥子：杜甫幼子宗武小名。

②只：一作"即"。睡：一作"卧"。

【汇评】

吴瞻泰《杜诗提要》卷七：一、二闻莺忆子，是倒联。三、四亦是倒接。五、六见幼子所隔之地，不言如何忆，只将骥子所居景象，写得如画，而忆自在其中。七、八描出老人只影无亲之状，在一"俯"字，忆渠一截，愁一截，只俯晴轩炙背睡。又以倒押成套装，其句法亦奇绝。

仇兆鳌《杜诗详注》卷四：此章，情景间叙。莺歌节换，言景。子隔谁论，言情。涧水柴门，家在鄜州之景。愁睡晴轩，长安思子之情。春犹隔，自去夏离家，至春犹隔也。

庄咏《杜律浅说》卷上：末句一"俯"字，不但善画炙背之态，想见风暖昼永，天气困人，又思家念子，闷个不了，故惟有炙背欲睡，虽强打精神不能也。只此一字，真有传神之妙。

一百五日夜对月①

无家对寒食,有泪如金波。斫却月中桂,清光应更多②。
仳离放红蕊,想像颦青蛾③。牛女漫愁思,秋期犹渡河④。

【题解】

寒食节这天,远离家人,独自在外,眼含泪水,注视水面,金色的月光随
波闪烁。如果吴刚真能将月中的桂树斫去,那么月光就会更加皎洁明亮。
想必家中的妻子,此刻亦正在羌村望月怀远,身边的红蕊扰得她心绪不宁,
颦眉轻蹙。牛郎织女虽然分处银河两岸,离愁无穷,但终会注定在秋日相
聚。而我们团圆的日子,何时才能来临。这首诗为杜甫在寒食节思念妻子
所作。洪业《杜甫传》以为诗所写寒食节之满月,据考证天象,当作于天宝
十四载。

【注释】

①一百五日:寒食节,在冬至后一百零五天。

②斫却:一作"折尽"。《酉阳杂俎·天咫》:"旧言月中有桂,有蟾蜍,故
异书言月桂高五百丈,下有一人常斫之,树创随合。人姓吴,名刚,西河人,
学仙有过,谪令伐树。"

③仳离:别离。《诗·王风·谷中有蓷》:"有女仳离,啜其泣矣。"蛾:原
作"娥",据他本改。

④漫:一作"谩"。犹:一作"应"。

【汇评】

魏庆之《诗人玉屑》卷二:其法颔联虽不足对偶,疑非声律,然破题已的
对矣,谓之偷春格,言如梅花偷春色而先开也。

吴瞻泰《杜诗提要》卷七:通首以"无家"二字作主,下七句俱包在"无家
对寒食"五字内。前半写己思家,后半代家人思己,微分两截。然"无家"
句,已暗笼五、六。"仳离"对"无家","红蕊"对"寒食","颦蛾"对"有泪",则

又暗抱一、二。结用牛、女,彼此双绾,用"秋期",倒应"寒食"。布局之整,线索之细,真所谓隐隐隆隆,蛛丝马迹也。五、六言仳离之人,愁眼看花,其颦蹙可想像而知。二句本写我忆家,却不写我忆,偏写家人忆,写得低徊欲绝,唯"想像"二字属己。家人对花颦蹙,不能自知,偏自我想象中得之,遂觉两地相思,一字一泪,十字中无限层折,而对仗尤奇。

遣　兴

骥子好男儿,前年学语时。问知人客姓,诵得老夫诗。世乱怜渠小,家贫仰母慈①。鹿门携不遂,雁足系难期②。天地军麾满,山河战角悲。傥归免相失,见日敢辞迟③。

【题解】

这又是一首杜甫思念幼子宗武的诗篇。诗人说,骥子我这聪慧的男儿,当时离开的时候,他才刚刚学会说话,就已经能够向客人请教姓名,背诵我的诗作。可惜他小小年纪就身处乱世,父亲又不在身边,家境贫寒,只是依赖母亲生活。如今战鼓阵阵,兵火四起,我既无法携带他们去隐居避世,又不能给他们传递消息,只好乞求一家人相聚的时候都能平平安安,哪怕见面之日晚一点到来也没有关系。

【注释】

①仰:一作"赖"。

②"鹿门"两句:一作"鹿门携有处,鸟道去无期"。《汉书·苏武传》:"(苏武)教使者谓单于,言天子射上林中,得雁,足有系帛书,言武等在某泽中。"

③傥:一作"东"。日:一作"尔"。

【汇评】

仇兆鳌《杜诗详注》卷四:此诗遥忆幼子也。上四忆从前,中四叹现在,末四思将来。知客、诵诗,承学语来。鹿门句,伤妻子相隔。雁足句,慨音信不通。

刘濬《杜诗集评》卷一二引吴农祥曰：此排律也。能一气奔注，句断而意不断，故六句韵也如一句。此等非公不能。

又引李因笃曰：题为"遣兴"，自不得概作苦词。此法唯古人得之。

大云寺赞公房四首①

其一

心在水精域，衣沾春雨时②。洞门尽徐步，深院果幽期。到扉开复闭，撞钟斋及兹③。醍醐长发性，饮食过扶衰④。把臂有多日，开怀无愧词。黄鹂度结构，紫鸽下罘罳⑤。愚意会所适，花边行自迟⑥。汤休起我病，微笑索题诗⑦。

【题解】

这四首诗记述了杜甫拜访赞公并留宿的过程，"首章以题统之，次章写暮景，三章写夜宿，末章写晨起"（刘濬《杜诗集评》卷一引俞犀月语），诗中隐约有慨于时事，或当作于身陷贼中之日。其一写初到。虽然天空还飘着霏微春雨，可诗人的心早已飞向佛家清净之地。漫步穿过重殿复门，来到赞公的小院，这里果然十分清幽静寂。刚刚坐下，就到了用斋的时刻，随即走出院落。斋饭十分精美，用后精神大振。缓步回到赞公僧房，周围鸟语花香，令人沉醉。与赞公结识已久，可以敞开胸怀，肆意谈诗衡文。赞公深知我的诗癖，笑着让我即景赋诗。

【注释】

①诗题原作"大云寺赞公房二首"，题下注云："本四首，二首在前卷。"大云寺：在长安朱雀街南，本名光明寺。赞公：大云寺主持。

②水精域：佛界庄严清净之地。

③到扉：一作"倒屣"。

④醍醐：从酥酪中提制出的油。《大般涅槃经·圣行品》："譬如从牛出乳，从乳出酪，从酪出生酥，从生酥出熟酥，从熟酥出醍醐。醍醐最上。"饮：一作"饭"。过：一作"遇"。扶衰：扶助衰弱。

⑤紫鸽：佛家故事中，有鸽子被猎人追逐而隐身舍利佛旁以得安稳之事。罘罳：旧时设在门外或城楼的网状建筑；原作"芳菲"，据他本改。

⑥愚：一作"芳"。

⑦汤休：南朝宋沙门惠休，原姓汤，善属文，与鲍照交往颇密，后还俗，官至扬州从事。枚乘《七发》："太子能强起听之乎？太子曰：'仆病未能也。'"

【汇评】

王嗣奭《杜臆》卷二："水精"句，谓思赞公；"衣沾"句，自谓。"到扉开复闭"，僧家行径，今古一律。公诗人，意适行迟，诗兴动矣。赞会其意，故"微笑索题"，景况殊妙。"起我病"，谓有好诗之癖。

仇兆鳌《杜诗详注》卷四：此初过寺而记其胜概。"到扉"六句，叙事言情。"黄鹂"六句，叙景言情。水精域，地清也。春雨时，气和也。扉开复闭，正值斋时，"醍醐"二句蒙此。

浦起龙《读杜心解》卷一之一：四诗似古似排，系杂诗体。此章到寺未久，因赞公索诗而成也。首六，叙初到事。中四，叙几日相周旋事。后六，叙留连作诗事。起笔便幽。

其二

细软青丝履，光明白氎巾①。深藏供老宿，取用及吾身。
自顾转无趣，交情何尚新。道林才不世，惠远德过人②。雨泻
暮檐竹，风吹青井芹③。天阴对图画，最觉润龙鳞④。

【题解】

除了用精美的斋饭来款待，赞公还送给杜甫青色的软布鞋与白色的棉头巾。这些东西本来是用来给寺庙中那些年老的高僧使用的，现在送给诗人，诗人倍感不安与惭愧。作为老朋友，杜甫觉得赞公实在没有必要这样

客气。赞公真是才如支道林,而德似慧远。饭后风起,雨也越来越大,从屋檐上阵阵泻下。诗人既然无法出门,就干脆去佛殿欣赏壁画。

【注释】

①白氎:白棉布。《南史·夷貊传》:"高昌国,……多草木,有草实如茧,茧中丝如细纑,名曰白氎子,国人织以为布,布甚软白,交市用焉。"《大藏一览》:"后汉明帝遣将士往西域迎佛法,至月氏国,遇二梵僧带白氎,画释迦像。"

②支遁(314—366),字道林,东晋高僧。惠远,即慧远(334—416),净土宗始祖。

③青:一作"春"。

④《画断》载,吴道子尝画殿内五龙,鳞甲飞动,每欲大雨,即生云雾。

【汇评】

仇兆鳌《杜诗详注》卷四:此留斋之后而记其赠物。"自顾"四句,感赞公交情。"雨泻"四句,咏薄暮雨景。老宿,谓高僧。无趣,遭乱失意也。道林、惠远,借比赞公。龙鳞,指壁上图画。

浦起龙《读杜心解》卷一之一:此只谢赠物,而写晚来雨景,与前首不连。仇谓设斋后所记,太黏滞矣。"图画""龙鳞",定指山林远色。

其三

灯影照无睡,心清闻妙香①。夜深殿突兀,风动金琅珰②。天黑闭春院,地清栖暗芳。玉绳回断绝,铁凤森翱翔③。梵放时出寺,钟残仍殷床。明朝在沃野,苦见尘沙黄④。

【题解】

其三写夜宿寺中。天黑之后,僧院就安静下来了。诗人闻着禅香,对着灯烛,久久无法成眠。夜风吹拂屋檐上的铃铛,传来阵阵声响,在寂静的寺中格外清脆。黝黑的大殿,庄重森严。直到玉绳隐退,夜色将残,曙光渐现,屋顶上的铁凤凰已经露出模糊身影,诗人才在朦朦胧胧中睡去。第二天寺庙钟声已响,梵音吟唱,诗人仍然高卧在床,想到马上又要重返滚滚红尘,与黄沙为伍,他不禁心情黯淡。

【注释】

①《维摩经·香积佛品》:"尔时,维摩诘问众香菩萨:'香积如来,以何说法?'彼菩萨曰:'我土如来,无文字说,但以众香令诸天人得入律行。菩萨各各坐香树下,闻斯妙香,即获一切德藏三昧。'"

②琅玕:这里指铃铎。

③玉绳:北斗之第五星。铁凤:铁凤凰,建在屋顶,下有转枢,迎风如飞。

④见:一作"是"。诗句原有注:"时西郊逆贼拒官军未已。"

【汇评】

张远《杜诗会稡》卷四:此首夜间作,总以"闻""见"二字作骨。灯影,见也。妙香,闻也。殿突兀,见也。金琅玕,闻也。"天黑"二句,闻见俱寂也。"玉绳"二句,仰而见也。"梵放"二句,侧而闻也。有此闻见之清净,因以慨沃野之尘沙矣。

《唐诗归》卷二二钟惺曰:三诗有一片幽润灵妙之气,浮动笔舌间,拂拂撩人,此排律化境也。旧编入古诗,觉天趣减矣。

浦起龙《读杜心解》卷一之一:此夜寝不寐所得。除起二结二,皆写景也。而笔意清幽,深领寂而常照、照而常寂之旨。"明朝""苦尘",知将去矣。

其四

童儿汲井华,惯捷瓶上手①。沾洒不濡地,扫除似无帚。明霞烂复阁,霁雾搴高牖。侧塞被径花,飘飖委墀柳②。艰难世事迫,隐遁佳期后。晤语契深心,那能总钳口。奉辞还杖策,暂别终回首。泱泱泥污人,狺狺国多狗③。既未免羁绊,时来憩奔走④。近公如白雪,执热烦何有。

【题解】

其四写晨起与告别。寺院的童子拂晓起床,汲水洒扫,无声无息将庭

207

院打扫得干干净净，动作轻盈熟练。透过窗格望去，朝霞灿烂，宿雾尚未散尽；飘零的小花塞满小径两侧，台阶上的杨柳轻拂。这样的环境，实在让人留恋。何况平日钳口不言，这次晤谈又深契于心。如今世路艰难，下人横行，群狗乱窜，秩序紊乱，他日也可能隐遁避世。虽然暂且还不能摆脱羁绊，但会时不时前往探访。赞公净洁如同白雪，靠近他心地自凉，烦嚣尽释。

【注释】

①童儿：一作"儿童"。井华：清晨第一次所汲之井水。上：一作"在"。

②墀：一作"阶"。

③泱泱：一作"浃浃"或"狭狭"。泥污人：地位卑下之人。狺狺：犬吠之声，原作"听听"，据他本改。

④羁绊：一作"羁寓"或"寓绊"。

【汇评】

仇兆鳌《杜诗详注》卷四：此记早晨惜别之意。"童儿"四句，朝起之事。"明霞"四句，晓时之景。"艰难"六句，言宾主相投，欲别不忍。"泱泱"六句，言世乱难容，还期后会。

浦起龙《读杜心解》卷一之一：此晓景话别之诗。起四，别甚。非赞公如白雪，不能畜此童儿。次四，写洒扫后之景，清芬可恋。中四句转关。其"晤语"云云，即所谓"开怀无愧辞"也。后八句，皆叙别之语。

雨过苏端 端置酒

鸡鸣风雨交，久旱雨亦好①。杖藜入春泥，无食起我早。诸家忆所历，一饭迹便扫②。苏侯得数过，欢喜每倾倒。也复可怜人，呼儿具梨枣③。浊醪必在眼，尽醉摅怀抱。红稠屋角花，碧委墙隅草④。亲宾纵谈谑，喧闹慰衰老⑤。况蒙霈泽垂，粮粒或自保。妻孥隔军垒，拨弃不拟道⑥。

【题解】

晚上风雨大作,令人亦喜亦忧。久旱逢春雨,自是人生快事,但遍地泥泞,访友极为不便。此时生活无所依傍,拖泥带水也得出门。清晨早早起床,仔细回想,常人多是一顿饭之交谊,唯有苏端很是热情,可以一再叨扰。他也是个厚重可爱之人,不仅让儿子准备好水果,还亲自陪我饮酒谈笑。墙角的红花,雨后开得极为稠密,一边的小草也碧绿葱郁。亲朋好友欢聚一堂,畅饮高谈,气氛热烈。我也受此感染,暂时遗忘了自己的衰老穷困,想到甘霖及时又充沛,今年粮食或可自给,颇为兴奋。不过,转念又想到妻子儿女至今为战火阻隔,情绪不免低落——这不愉快的事情就不要说了。

【注释】

①《诗·郑风·风雨》:"风雨如晦,鸡鸣不已。"雨:一作"云"。

②饭:一作"饱"。迹便扫:绝足不再往。便,一作"更"。

③也复:一作"复也"。

④红稠:红密。委:一作"秀"。

⑤纵:一作"绝"。慰:原作"畏",据他本改。

⑥不:一作"未"。

【汇评】

《唐诗归》卷一八钟惺曰:杜老每受人一酒一肉,不胜感恩,不胜得意,盖有一肚愤谵,即太白所谓"今日醉饱,乐过千春"也。

吴瞻泰《杜诗提要》卷一:直书其事曰赋,而有比兴以间之,则直而婉,此《三百篇》及汉魏诗秘诀也。比兴无他,触物写景皆是。如"尽醉撼怀抱"即接"亲朋纵谈谵",未尝不可,然直序索然矣。故此篇"红稠""碧委"一联为一篇波澜。

仇兆鳌《杜诗详注》卷四:首言冒雨访苏。久旱得雨,何云亦好,此照下句而言。盖访友须晴,但旱后得雨,虽雨亦好也。"无食起我早",犹陶诗言"饥来驱我去"。次记苏君款待之情。末述雨后遣怀之意。花草增妍,粮粒有望。流离穷困中,作对景舒愁语,亦无可如何而安之耳。

喜　晴①

　　皇天久不雨，既雨晴亦佳②。出郭眺西郊，肃肃春增华③。青荧陵陂麦，窈窕桃李花④。春夏各有实，我饥岂无涯。干戈虽横放，惨淡斗龙蛇。甘泽不犹愈，且耕今未赊。丈夫则带甲，妇女终在家。力难及黍稷，得种菜与麻。千载商山芝，往者东门瓜⑤。其人骨已朽，此道谁疵瑕⑥。英贤遇辗轲，远引蟠泥沙⑦。顾惭昧所适，回首白日斜。汉阴有鹿门，沧海有灵查⑧。焉能学众口，咄咄空咨嗟⑨。

【题解】

　　这首诗与前面一首，创作时间相差无几。前首诗开篇说"久旱雨亦好"，这一首开篇则说"既雨晴亦佳"，显然在上次聚会之后，又接连下了好几天雨，诗人一直困守在家。今天刚一放晴，诗人就迫不及待地出城解闷了。城外桃李盛开，荞麦青青，这等秀美的景色，在长期挨饿的杜甫眼中，都成为了食物的来源与保障。诗人立刻想到，这一次及时雨会使今年收成有望，自己吃不饱的日子也总算有个尽头了。至于那些农户，即使丈夫出征在外，这场雨也会有助于家中的妻子种菜种麻。遭逢乱世，真当如前贤那样，见机高飞远举，及时抽身而去，焉能如众人仅仅诧异惊叹而已。

【注释】

　　①喜晴：一作"喜雨"。

　　②亦：一作"且"。

　　③西：一作"四"。肃肃：整齐的样子，一作"萧萧"。

　　④青荧：光明的样子。李：一作"杏"。

　　⑤《高士传》载，四皓避秦入商雒山，作歌曰："莫莫高山，深谷逶迤。晔

晔紫芝,可以疗饥。"

⑥骨已朽:《史记·老子韩非列传》:"老聃曰:'子所言者,其人与骨已朽矣,独其言在耳。'"朽,一作"灭"。

⑦扬雄《法言》:"龙蟠于泥,蚖其肆矣。"

⑧盛弘之《荆州记》载,庞德公居汉之阴。沧:一作"苍"。灵:一作"云"。查:古同"槎"。张华《博物志》卷三载,有人于海上乘浮槎漂至银河。

⑨咄咄:用殷浩空中书写"咄咄怪事"之典故。空:一作"同"。

【汇评】

唐汝询《唐诗十集》壬集五:因晴而想耕,虑耕之不继而想菜茹,因菜茹而念古人之餐芝啖瓜者,因芝瓜而生隐心,遂有潜山蹈海之想。脉络条贯,与他作不同。

吴瞻泰《杜诗提要》卷一:此诗分三段写。首段写晴景,就题说,放松一步。次段、末段皆脱题说,渐渐逼紧。盖因横戈带甲,思为高蹈计,喜晴不过借以起兴耳。"干戈"二句接得突兀。"商山"二句、"汉阴"二句四引古人,更接得突兀。是古文起伏扼腕处。悟此益知直序之不可言诗也。末段一意作两层写。朱长孺云:先以古人之道可尚,而不能远引为惭。又言必欲追踪古人,不徒付之咨嗟已也。

浦起龙《读杜心解》卷一之一:起八,从喜晴暗引可耕意。次八,言乱世归耕,犹胜于从征荒业者。"千载"以下,乃援古言怀,却又翻去前首贫困仰人之状。

郑驸马池台喜遇郑广文同饮

不谓生戎马,何知共酒杯①。燃脐郿坞败,握节汉臣回②。白发千茎雪,丹心一寸灰③。别离经死地,披写忽登台。重对秦箫发,俱过阮宅来④。留连春夜舞,泪落强徘徊⑤。

至德二载(757)正月,安禄山被戮,郑虔脱归长安,在神禾原郑驸马家别墅偶遇杜甫。两人在兵乱之前,往来频繁,交谊深厚,如今重逢,自然喜不自禁。所以杜甫在诗歌开篇连呼意外:没想到我们会遭逢乱世,更没有想到我们还能再度聚首共饮。好在贼酋授首,太平可期,身陷贼中的你白发丹心,忠君忧民,也将会如持节牧羊的苏武那样得到认可。九死一生,重登池台,心情激荡,感慨万端。

【注释】

①知:一作"如"。

②《后汉书·董卓传》载,及吕布杀(董)卓,"乃尸卓于市。天时始热,卓素充肥,脂流于地,守尸吏燃火置卓脐中,光明达曙"。《新唐书·安禄山》载,至德二载正月,严庄与禄山子庆绪,谋杀禄山,使帐下李猪儿以大刀斫其腹,肠溃于床而死。郿坞:城堡名,在今陕西眉县东北。《后汉书·董卓传》载,董卓"又筑坞于郿,高厚七丈,号曰万岁坞"。握节:一作"秃节"。

③寸:一作"片"。

④秦箫:箫史,亦作"萧史",为秦穆公驸马,借指驸马郑潜曜。阮宅:《晋书·阮籍传》载,阮籍与兄子咸居道南,诸阮居道北。这里以阮籍、阮咸叔侄喻郑虔、郑潜曜两人。

⑤"留连"两句:一作"醉连春苑夜,舞泪落徘徊"或"醉留春苑夜,舞泪落徘徊"。舞:一作"席"。

【汇评】

吴瞻泰《杜诗提要》卷一三:全在用虚字生动,篇中"忽"字、"重"字、"强徘徊"字,皆是再生时语,正从"不谓""何知"四字中体勘出来。盖死别之余,思前想后,不觉喜极悲来,故其词哀婉如此。"生""死"二字,一篇关捩。

喜达行在所三首 自京窜至凤翔①

其一

西忆岐阳信，无人遂却回②。眼穿当落日，心死著寒灰③。雾树行相引，连山望忽开④。所亲惊老瘦，辛苦贼中来。

【题解】

至德二载二月，唐肃宗从彭原进驻凤翔。得知消息的杜甫，从长安金光门脱逃，历经艰辛，抵达凤翔。这三首即写诗人到达之后的喜悦心情。"三首极写'喜'字，然第一首是喜脱贼中来，第二首是喜见人主，第三首是喜见中兴之象"（刘濬《杜诗集评》卷七引俞玚语）。其一详述他出逃的历程。诗人在长安牵挂着凤翔，望眼欲穿，却迟迟得不到朝廷反攻的消息，不知如死灰之心何时得以复燃。于是他干脆独自前往皇帝驻跸之地，摸索着一路向西，无人指引而以驿道旁的大树为标识，前行似山阻无路而峰回路转。抵达之后，亲友见其心力交瘁而颇为震撼。

【注释】

①诗题一作"自京窜凤翔喜达行在所"。行在所：蔡邕《独断》："天子以四海为家，谓所居为行在所。"

②岐阳：岐山之阳，即凤翔。

③当：一作"看"。《庄子·齐物论》："而心固可使如死灰乎？"鲍照《赠故人马子乔诗》："寒灰灭更燃，夕华晨更鲜。"

④雾：一作"茂"或"几"。连山：原作"莲峰"，有校语："一作连山。"

【汇评】

黄生《杜工部诗说》卷四：此首如初见所亲，仓卒未暇细叙；次首则痛定思痛，喜极翻悲；末首则初列朝序，心神甫定之语。所以情事参错，与诸通数章为首尾者不同。

仇兆鳌《杜诗详注》卷五：首章自京赴凤翔。眼穿落日，承"西忆"。心着寒灰，承"无人"。依树傍山，间道奔窜之迹。辛苦贼中，亲知惊问之词。

浦起龙《读杜心解》卷三之一：起倒提凤翔，暗藏在京。四句一气下，是未达前一层也。五为窜去之路径，六为将至之情形，七、八，就已至倒点自京。妙在前说在京时，着"西忆""眼穿""心死"等字，精神已全注欲达矣。又妙在结联说至凤翔处，用贴身写，令"喜"字反迸而出；而自身"老瘦"，又从旁眼看出，笔尤跳脱也。

其二

愁思胡笳夕，凄凉汉苑春①。生还今日事，间道暂时人。司隶章初睹，南阳气已新②。喜心翻倒极，呜咽泪沾巾。

【题解】

其二写初抵凤翔时的喜悦。九死一生，安全抵达，惊魂甫定，旧痛即生。想起长安沦陷之日，胡笳四起，满目凄凉。亡命小道之时，死活未卜，心惊肉跳。重返朝廷的梦想，今日终于得以实现。再睹大唐威仪，一片中兴气象，欣喜至极，呜咽难言。

【注释】

①笳：一作"乐"。

②《后汉书·光武帝纪》："更始将北都洛阳，以光武行司隶校尉，使前整修宫府。于是置僚属，作文移，从事司察，一如旧章。"《后汉书·光武帝纪》："望气者苏伯阿为王莽使至南阳，遥望见春陵郭，唶曰：'气佳哉！郁郁葱葱然。'"

【汇评】

吴瞻泰《杜诗提要》卷七：通章以"愁""喜"二字呼应，转信转疑，声容毕现。白山云：四写冒死脱走，语简而意透，然不得上句，亦托不出。"间道暂时人"，意中必死；"书到汝为人"，意外幸生。皆善述离乱之苦者。七、八真情实语，亦写得出，说得透。从五、六读下，则知其悲其喜，不在一己之死生，而关宗庙之大计矣。

仇兆鳌《杜诗详注》卷五:下二章,喜达行在所。此承上贼中来,故接以"愁思胡笳夕"。今日生还,得睹中兴气象。间道暂免,尚觉呜咽伤心。三、四分领,下段说出喜极而悲。苑中花木之地,春尚凄凉,以胡骑蹂躏其中也。暂时人,谓生死悬于顷刻。

边连宝《杜律启蒙》五言卷二:前首结联,已达行在矣。此首起联,又复拽转,暗跟"辛苦"字,从未达时叙起,极往复回环之妙。生还特今日事耳,他日愁思凄凉之际,则未敢必也。当其间道微行,特暂时人耳,犹云人鬼关头也。五、六,正写"喜"字。七、八,却从喜翻出悲来,其实用"悲"字倍写喜耳,一番烦恼,正是一番快活,须要认定题目。

其三

死去凭谁报,归来始自怜。犹瞻太白雪,喜遇武功天①。影静千官里,心苏七校前②。今朝汉社稷,新数中兴年。

【题解】

其三写上朝时的激动心情。诗人安顿下来之后,再去追忆逃亡时的艰巨危险,不由心有余悸:假如途中遇难,谁会为我报信,又有谁会知晓我的行踪呢? 当初一心逃亡,尚不自觉,如今却满是后怕。现在终于重见天日,身处百官行列,自是身心安稳,踌躇满志。朝堂人才济济,中兴指日可待。

【注释】

①太白:山名,在今陕西眉县东南。武功:山名,在今陕西武功县南。两山均在凤翔附近。《三秦记》:"武功太白,去天三百。"

②官:一作"门"。《荀子·正论》:"古者天子千官,诸侯百官。"《汉书·刑法志》:"京师有南北军屯,至武帝平百粤,内增七校。"晋灼注:"《百官表》中垒、屯骑、步兵、越骑、长水、胡骑、射声、虎贲,凡八校尉。胡骑不常置,故此言七也。"

【汇评】

赵汸《赵子常选杜律五言注》卷上:题言喜达行在所,而诗多追说脱身归顺、间关跋涉之情状,所谓痛定思痛,愈于在痛时也。

215

仇兆鳌《杜诗详注》卷五：此承上"暂时人"，故接以"死去凭谁报"。瞻雪遇天，幸依行在矣。千官七校，亲睹朝班矣。新数中兴，从此治安矣。皆写出破愁为喜。……首章曰心死，次章曰喜心，末章曰心苏，脉络自相照应。首章见亲知，次章至行在，末章对朝官，次第又有浅深。

边连宝《杜律启蒙》五言卷二：起联暗承上章之结联，至今读之，如闻呜咽声。太白雪而曰"犹瞻"，自怜其几不能瞻也；武功天而曰"喜遇"，自怜其几不得遇也。于是千官里，本热闹场也，而影反为之静矣；七校前，本森严地也，而心反为之苏矣。所以然者，以再见社稷之中兴耳。拈出"中兴"字为结穴，"喜"字才见踏实。

送樊二十三侍御赴汉中判官

威弧不能弦，自尔无宁岁①。川谷血横流，豺狼沸相噬。天子从北来，长驱振凋敝。顿兵岐梁下，却跨沙漠裔②。二京陷未收，四极我得制。萧索汉水清，缅通淮湖税③。使者纷星散，王纲尚旒缀④。南伯从事贤，君行立谈际⑤。生知七曜历，手画三军势⑥。冰雪净聪明，雷霆走精锐。幕府辍谏官，朝廷无此例⑦。至尊方旰食，仗尔布嘉惠。补阙暮征入，柱史晨征憩⑧。正当艰难时，实藉长久计⑨。回风吹独树，白日照执袂。恸哭苍烟根，山门万重闭⑩。居人莽牢落，游子方迢递。徘徊悲生离，局促老一世。陶唐歌遗民，后汉更列帝⑪。恨无匡复姿，聊欲从此逝⑫。

【题解】

侍御史樊某将赴汉中为李瑀手下判官，杜甫以诗相送，共有三层。第一层陈述当前形势。明皇信任安禄山，没有及时清除，导致兵火连年，战乱不休，群丑肆虐。肃宗皇帝重新收拾山河，借回纥之力，陈兵陕西岐山、梁山一带，虽尚未收复两京，却也稳住了大局。第二层称赞樊侍御史能胜任其职。汉中为当今赋税重要来源，汉中王李瑀为人贤明，樊某上知天文，下知兵机，为朝廷破格擢升，肩负重任，此次前往汉中，必将大放异彩。第三层描述送别场景。苍烟袅袅，暮霭沉沉，千山静穆，万户伤悲。中兴有望，而诗人却无报效朝廷之机遇，唯有长啸山林。

【注释】

①《易·系辞下》："弦木为弧，剡木为矢，弧矢之利，以威天下。"

②岐：底本作"歧"，据他本改。岐山，在今陕西岐山县东北。梁：梁山，在今陕西乾县西北。沙漠裔：指回纥。

③萧索：一作"萧瑟"。《资治通鉴·唐纪三十五》载：肃宗至德元载十月，"第五琦见上于彭原，请以江淮租庸市轻货，沂江汉而上至洋川，令汉中王瑀陆运至扶风以助军，上从之"。

④《诗·商颂·长发》："为下国缀旒。"朱熹注："缀，犹结也。旒，旗之垂者。言天子为诸侯所属，如旗之縿为旒所缀著也。"

⑤南伯：南方诸侯之长，此指李瑀，时其为汉中王、梁州都督、山南西道采访防御使。

⑥生：一作"坐"。七曜：即日、月、岁星、荧惑、填星、太白、辰星。

⑦此：一作"比"。

⑧补阙：谏官，从七品。柱史：柱下史，此指侍御史。

⑨久：一作"大"。

⑩重：一作"里"。

⑪列：一作"别"。

⑫姿：一作"资"。

【汇评】

仇兆鳌《杜诗详注》卷五引胡夏客曰：公《送樊侍御》《送从弟亚》《送韦评事》三诗，感慨悲壮，使人懦气亦奋，宜其躬遇中兴，此声音之通乎时命者也。

浦起龙《读杜心解》卷一之一：在凤翔五古中，送判官凡四，看其各篇结构迥别。此篇分三段：首叙时事起，从丧乱说到兴复；中则表其智能，详其委任，而勖其弘济也；末乃送别而致自谦之词。

217

述怀一首① 此已下自贼中窜归凤翔作

去年潼关破,妻子隔绝久。今夏草木长,脱身得西走。麻鞋见天子,衣袖露两肘。朝廷愍生还,亲故伤老丑。涕泪授拾遗,流离主恩厚②。柴门虽得去,未忍即开口。寄书问三川,不知家在否。比闻同罹祸,杀戮到鸡狗。山中漏茅屋,谁复依户牖。摧颓苍松根,地冷骨未朽。几人全性命,尽室岂相偶。嵚岑猛虎场,郁结回我首③。自寄一封书,今已十月后。反畏消息来,寸心亦何有。汉运初中兴,平生老耽酒④。沉思欢会处,恐作穷独叟⑤。

【题解】

至德二载四月,杜甫在凤翔被授左拾遗。兴奋之余,诗人想到妻儿还寄居在鄜州,兵荒马乱,生死未卜,有心即刻告假探亲,但履职之初却难以开口,于是赋诗抒怀。诗中说,自从去年潼关被叛军攻破之后,自己就与妻儿音讯隔绝了。今年四月逃归凤翔,衣衫褴褛,狼狈不堪,蒙天子垂怜,得朝廷厚遇,获左拾遗一职,自当勠力尽忠,怎能此刻请假?只是报喜的书信虽已寄向鄜州,尚未得到回复,心中忐忑不安。听说鄜州遭受兵灾,多处被杀得鸡犬不留,不知山中那间漏雨的茅屋是否尚有人住?被砍伐的松树根下,或许已经埋葬了不少尸骨吧?乱世之中,又有几人得以保全性命,几家得以安然无恙呢?自从书信寄出之后,反而更为紧张,生怕听到不好的消息。国家中兴有望,真害怕太平之日到来的时候,自己成为孤家寡人,茕茕孑立。

【注释】

①诗题一本无"一首"二字。

②授:一作"受"。拾遗:从八品上,掌供奉讽谏,扈从乘舆,凡发令举事

有不便于时,不合于道,大则廷议,小则上封事。

　　③嶔岑:高峻。岑,一作"崟"。

　　④平生:一作"生平"。

　　⑤独:一作"途"。

【汇评】

　　张溍《读书堂杜诗注解》卷三:真到极处,或二句一折,或四句一折,逐次写出,有十数层,句句从实景实事描来,如见其心,如闻其语,何处有文字可指? 却又极旨极厚,非率意可幾,此正杜之远过诸家处。

　　吴瞻泰《杜诗提要》卷二:昔人谓此诗只平平说去,又谓杜古诗铺叙太实,不知其波澜突起,断续无踪,其笔正出神入圣也。题曰述怀,世难未平,心惟恋国;世难稍定,心又思家。此公隐隐伤怀,无可向人述者也。首二句思家,是追序法,意未止而言已断。"今夏"一段恋国,便已隔绝家事矣。"寄书"二段,又思家,却是空中摹拟,将疑将信,辗转不定。难在"汉运中兴"句提笔一振,既已隔断家书,更复遥应天子。一提一锁,岭断云生矣。如此大波澜、大结构,何从指他平铺处? 真所谓"文章千古事,得失寸心知"也。

　　刘濬《杜诗集评》卷一引申涵光曰:"麻鞋见天子,衣袖露两肘",一时君臣草草,狼籍在目。"反畏消息来,寸心亦何有",非经丧乱,不知此语之真。此等诗,无一语空闲,只平平说去,有声有泪,真《三百篇》嫡派,人疑杜古铺叙太真,不知其淋漓慷慨耳。

送长孙九侍御赴武威判官①

　　骢马新凿蹄,银鞍被来好。绣衣黄白郎,骑向交河道②。问君适万里,取别何草草③。天子忧凉州,严程到须早。去秋群胡反,不得无电扫。此行收遗甿,风俗方再造④。族父领元戎,名声国中老⑤。夺我同官良,飘飘按城堡⑥。使我不能餐,令我恶怀抱。若人才思阔,溟涨浸绝岛⑦。樽前失诗流,塞上得国宝⑧。皇天悲送远,云雨白浩浩。东郊尚烽火,朝野色枯槁。西极柱亦倾,如何正穹昊。

【题解】

至德二载五月,杜鸿渐任河西节度使。嗣后,杜甫同僚长孙侍御史将赴凉州为判官,诗人以此相送。全诗可分为上下两段。上段写相送。长孙侍御史匆匆告别,直奔万里之外的凉州,那里去年刚刚发生叛乱,天子忧心忡忡,正需要长孙侍御史以雷霆之势清扫乱兵,所以他行程紧迫。下段写惜别。长孙侍御史才华横溢,为杜鸿渐所任用,必将在塞上建立功勋。可惜的是朝中少了一位诗人,自己少了一位朋友。如今东部战火未熄,西部又局势不稳,朝野不宁,希望对方此去能挽救危局。

【注释】

①武威:今属甘肃,又名凉州,时为河西节度使所治。

②绣衣:御史。《汉书·武帝纪》载,天汉二年,武帝遣直指使者,衣绣衣,杖斧,分部逐捕群盗。黄白:或以为是金印、银印。交河:唐时交河郡下有交河县,故城在今新疆吐鲁番西。

③问:一作"闻"。

④收:一作"牧"。方:一作"还"。

⑤族父:指杜鸿渐,时为河西节度使。国:一作"阁"。

⑥飘飖:一作"飘飘"。

⑦溟涨:大海。浸:一作"漫"或"称"。

⑧得:一作"多"。

【汇评】

单复《读杜诗愚得》卷三:其爱君忧国之词情,慷慨若是,宜乎与六经并行也。

浦起龙《读杜心解》卷一之一:此篇前分两段,后四句结。直从赴官起,然后找出所以赴官之故。是倒势,又一变格。"骢马"本切侍御,却便借作上任脚力,用古入化。"问君"四句,写出慷慨赴国家之急。仇氏从中截开,何故？下四，点清本事也。"族父"一段，叙彼之幕主，叙我之交情，文致缠绵。"樽前失""塞上得"，无限摇曳。昌黎《送温处士序》本此。结又带"东"事来，与"西"事陪说。不特局阵开拓，当时两京未收，视河西倍急。于题虽有宾主，于事则分重轻，自不容阁起一边也。结作请教口气，妙。

送从弟亚赴河西判官①

南风作秋声，杀气薄炎炽。盛夏鹰隼击，时危异人至。令弟草中来，苍然请论事②。诏书引上殿，奋舌动天意。兵法五十家，尔腹为箧笥③。应对如转丸，疏通略文字④。经纶皆新语，足以正神器⑤。宗庙尚为灰，君臣俱下泪⑥。崆峒地无轴，青海天轩轾。西极最疮痍，连山暗烽燧。帝曰大布衣，藉卿佐元帅。坐看清流沙，所以子奉使。归当再前席，适远非历试⑦。须存武威郡，为画长久利⑧。孤峰石戴驿，快马金缠辔。黄羊饫不膻，芦酒多还醉⑨。踊跃常人情，惨淡苦士志。安边敌何有，反正计始遂。吾闻驾鼓车，不合用骐骥⑩。龙吟回其头，夹辅待所致。

【题解】

杜甫这三首"送判官"诗，创作时间近，情绪一致，均以为中兴在望而积极出谋划策，并祝福对方有所作为。"送三判官诗，绝有关系，别出杼机。于威弧、振敝、制极、收京、布嘉惠、藉长计、清流沙、存武威，反复谆托，即愤激林丘，论兵远絜，穆然有无穷之思，与寻常赠送迥别"（卢世㴶《杜诗胥钞余论·论五言古诗》）。此首先介绍杜亚如何脱颖而出：世乱时危，杜亚起自草泽，以满腹韬略倾动人主。然后诗人再叙述杜亚如何获得重用：河西未平，凉州不稳，杜亚临危受命，前往武威辅佐杜鸿渐。最后表达诗人的祝福：杜亚此去，醉卧沙场，牛刀小试，必将龙马长吟，拨乱反正，安边定国。

【注释】

①从弟亚:从弟杜亚。《旧唐书·杜亚传》:"杜亚,字次公,自云京兆人。少颇涉学,善言物理及历代成败之事。至德初,于灵武献封章,言政事,授校书郎。其年,杜鸿渐为河西节度,辟为从事,累授评事、御史。后入朝,历工、户、兵、吏四员外郎。"河西:原作"安西",据他本改。

②然:一作"茫"。

③《汉书·艺文志》:"兵权谋十三家,兵形势十一家,阴阳十六家,兵技巧十三家,凡兵书五十三家,七百九十篇。"篋笥:盛物的竹器。

④《文心雕龙·论说》:"转丸骋其巧辞,飞钳伏其精术。"通略:一作"略通"。

⑤《史记·郦生陆贾列传》:"陆生乃粗述存亡之征,凡著十二篇。每奏一篇,高帝未尝不称善,左右呼万岁,号其书曰《新语》。"

⑥俱:一作"皆"。

⑦《汉书·贾谊传》:"文帝思谊,征之。至,入见,上方受釐,坐宣室。上因感鬼神事而问鬼神之本,谊具道所以然之故。至夜半,文帝前席。"历:一作"虚"。

⑧画:一作"书"。

⑨芦酒:用芦苇插入酒器中吸饮。一说为糜谷酝成之酒,多饮则醉。芦,一作"鲁"或"虏"。

⑩《后汉书·循吏传》:"建武十二年,异国有献名马者,日行千里,又进宝剑,贾兼百金,诏以马驾鼓车,剑赐骑士。"

【汇评】

吴瞻泰《杜诗提要》卷二:以兴起,以比结,中间亦只平序。"帝曰大布衣"与"孤峰石戴驿",两峰特起,使人不可捉摸,司马史传常用此法。

浦起龙《读杜心解》卷一之一:此篇起四结四,中只作一片读。起四,兴而比也,手法又别。"异人"二字,一篇标目。"苍然",便是"异人"气色。富腹笥而略文字,不为书缚,才是善读书人。"宗庙"二句,本是陪笔,却是结处伏笔。"石戴驿",是送别处。"金缠辔",是行客装。自"令弟"至"计始遂",大意言从弟异才挺出,故以西陲危地,简任责成。而亚即慷慨登程,知

222

其有安边成算也。结四，神龙掉尾。言远地小官，非所以屈"异人"。即日成功归国，乃勋当在王室耳。

刘濬《杜诗集评》卷一引吴农祥曰：鼓舞赞叹，使人忠义之气，勃然欲动。一洗古人惯用之字、惯下之语，亦公所独创也。

送韦十六评事充同谷郡防御判官①

昔没贼中时，潜与子同游。今归行在所，王事有去留。偪侧兵马间，主忧急良筹。子虽躯干小，老气横九州②。挺身艰难际，张目视寇仇。朝廷壮其节，奉诏令参谋。銮舆驻凤翔，同谷为咽喉。西扼弱水道，南镇枹罕陬③。此邦承平日，剽劫吏所羞。况乃胡未灭，控带莽悠悠。府中韦使君，道足示怀柔。令侄才俊茂，二美又何求。受词太白脚，走马仇池头④。古色沙土裂，积阴雪云稠⑤。羌父豪猪靴，羌儿青兕裘⑥。吹角向月窟，苍山旌旆愁⑦。鸟惊出死树，龙怒拔老湫。古来无人境，今代横戈矛。伤哉文儒士，愤激驰林丘。中原正格斗，后会何缘由。百年赋命定，岂料沉与浮。且复恋良友，握手步道周。论兵远壑净，亦可纵冥搜⑧。题诗得秀句，札翰时相投。

【题解】

大理寺评事韦某，与诗人为旧识，两人当初曾一同被叛军扣押在长安。如今韦某身负重任，前往同谷郡，诗人职责在身，不能陪同，故以诗相送。同谷为交通要冲，咽喉重地，西扼弱水，南镇金城，而自古以来民风彪悍，殊难治理，如今战乱未平，掌管更难。韦评事虽然身材矮小，但志气高昂，不避艰险，又得到其叔同谷郡韦使君的重用，自然是马到成功。同谷山高水寒，树深草密，野兽横行，人烟稀少，而韦评事一介书生，感奋而起，纵横于林莽之中,实在令人感伤。中原战争不休,不知何时重逢,临别之际,依依难舍。他日倘若有秀句佳篇,务必寄来共同欣赏。

【注释】

①评事:大理寺评事,从八品下。同谷郡:治今甘肃成县。《资治通鉴·唐纪三十三》:"(安禄山反)诸郡当贼冲者,始置防御使。"

②《晋书·刘曜载记》云,刘曜讨陈安于陇城,安死,人歌曰:"陇上壮士有陈安,躯干虽小腹中宽,爱养将士同心肝。"老:一作"志"。

③弱水:经甘肃山丹县流入张掖北。《尚书·禹贡》:"弱水既西。"枹罕:原作"抱罕",据他本改;在今甘肃临夏西南,一作"氐羌"。陬:边角。

④仇池:山名,在今甘肃西和县南。《辛氏三秦记》载,仇池山上广百顷,地平如砥。其南北有山路,东西绝壁万仞,上有数万家。一人守道,万夫莫向。

⑤色:一作"邑"。积阴雪云稠:一作"积雪阴云稠"或"积阴霜雪稠"。

⑥豪猪:箭猪。羌儿青兕裘:一作"汉兵黑貂裘"。

⑦苍山:一作"山苍"。

⑧净:一作"静"。

【汇评】

李长祥《杜诗编年》卷三:极言险阻,而通篇毫无远慰之意,词正如三百篇中《采薇》诸诗,戍卒艰苦反自遣戍者口中道出。

浦起龙《读杜心解》卷一之一:此篇起结各四句,中分两长段。公诗每于篇末叙交谊,此独从头叙起,格变。"偪侧"以下,表其躯干气节,受命严疆,而适与其叔兼美也。赞评事处有丰棱。说同谷处有关系。"受词"以下,言之官作别之事。写羌土风俗,有声有光。"文儒""愤激",应"气横九州"。注家指公自谓,非。"中原格斗",应"偪侧兵马"。"岂料沉浮",应"王事去留"。"恋友""握手",应"昔时""同游"。结四,直透到勋成之后。吴论云:论兵既定,使远垫清静,亦可冥搜得句,投寄相慰矣。此解最得,非徒望寻常消耗也。

得家书

去凭游客寄,来为附家书①。今日知消息,他乡且旧居。熊儿幸无恙,骥子最怜渠②。临老羁孤极,伤时会合疏。二毛趋帐殿,一命侍銮舆③。北阙妖氛满,西郊白露初。凉风新过雁,秋雨欲生鱼。农事空山里,眷言终荷锄④。

【题解】

去年托付给一位游客,带去家书一封;今日游客回转,捎来一封家书。此时此刻,方得知妻儿还是寄居在鄜州的老地方,大儿宗文安然无恙,小儿宗武惹人喜爱。时局动荡,自己年老体衰,以一介微末小官,趋走在皇帝身边,不知何时能一家人团聚。白露初降,凉风吹起,雁过鱼生,真希望早日退隐山中,荷锄终老。

【注释】

①游客寄:一作"休汝骑"。

②熊儿:杜甫之长子宗文。

③《礼记·王制》:"大国之卿,不过三命;下卿再命;小国之卿与下大夫,一命。"

④眷言终荷锄:一作"终篇言荷锄"。

【汇评】

仇兆鳌《杜诗详注》卷五:此喜得家书,犹伤父子相隔。

刘濬《杜诗集评》卷一二引李因笃曰:直序亦赋体也。真气溢然于行间,然不难其真,而难其雅。

《唐宋诗醇》卷一三:入后清逸,翛然意远。

月

天上秋期近，人间月影清。入河蟾不没，捣药兔长生。只益丹心苦，能添白发明。干戈知满地，休照国西营①。

【题解】

秋期已近，月光皎洁。月中蟾蜍依稀可见，白兔捣药无休无止。一片丹心，满头白发，在月照之下，益加凄苦。如今战乱四起，干戈遍布，这月光千万不要洒向长安西营，免得勾起全营将士的无穷乡思。一说，杜甫借咏月以慨叹嬖幸荧惑，小人弄权。"蟾兔以比近习小人。入河不没，不离君侧也。捣药长生，窃国柄者不绝也。只益丹心苦，无路以告也。能添白发明，忧思益老也。故结句云云谓照见军营，则愈触其忧矣。盖禄山之乱，官军营于长安城西。虏寇势逼如此，而近习犹用事，天下望清光者何由见太平耶"（张綖《杜工部诗通》卷五）。

【注释】

①地：一作"道"。国：国都长安。

【汇评】

唐汝询《唐诗解》卷三四：此见月不胜悲，亦哀时作也。秋至气朗，月影倍清。然彼之蟾兔无亏，己之心发难鉴，又况干戈满地，民不聊生。幸无照国西之营，使从军者见之倍增凄怆也。

金圣叹《唱经堂杜诗解》卷一：一、二句见月，三、四句赞月，五、六句骂月，结二句戒月。一、二句之妙，妙于天上只说"秋期"，人间方说出"月"，造语新妙。三、四句，"蟾""兔"切月。三、四"蟾""兔"，固切月事。五、六句，却用"丹心""白发"，与月何与哉？乃深于诗者则曰：正为丹心白发，故咏月耳。若"蟾""兔"于月何与哉？结二句，戒月勿照西营，似意在月，而实在"丹心""白发"四字也。

边连宝《杜律启蒙》五言卷二：此诗只宜如此浅浅看去，便妙。诸家务为穿凿，妄生枝节，有谓讥肃宗近小人者，有谓讥肃宗偏安一隅者，更有谓蟾以比张良娣，兔以比李辅国者，种种臆说，并应删却。

奉送郭中丞兼太仆卿充陇右节度使三十韵 英乂[①]

诏发西山将，秋屯陇右兵[②]。凄凉余部曲，烜赫旧家声[③]。雕鹗乘时去，骅骝顾主鸣。艰难须上策，容易即前程。斜日当轩盖，高风卷旆旌[④]。松悲天水冷，沙乱雪山清。和虏犹怀惠，防边不敢惊[⑤]。古来于异域，镇静示专征[⑥]。燕蓟奔封豕，周秦触骇鲸。中原何惨黩，余孽尚纵横。箭入昭阳殿，笳吟细柳营。内人红袖泣，王子白衣行[⑦]。宸极妖星动，园陵杀气平[⑧]。空余金碗出，无复綵帷轻[⑨]。毁庙天飞雨，焚宫火彻明。罘罳朝共落，榆梬夜同倾。三月师逾整，群胡势就烹。疮痍亲接战，勇决冠垂成[⑩]。妙誉期元宰，殊恩且列卿[⑪]。几时回节钺，戮力扫欃枪。圭窦三千士，云梯七十城[⑫]。耻非齐说客，只似鲁诸生。通籍微班忝，周行独座荣[⑬]。随肩趋漏刻，短发寄簪缨[⑭]。径欲依刘表，还疑厌祢衡[⑮]。渐衰那此别，忍泪独含情[⑯]。废邑狐狸语，空村虎豹争。人频坠涂炭，公岂忘精诚。元帅调新律，前军压旧京[⑰]。安边仍扈从，莫作后功名[⑱]。

【题解】

至德二载秋，郭英乂赴陇右节度使任。杜甫以为，眼下时局重中之重，在于收复两京，稳定中原，至于边备乃非当前急务，故送之实乃挽留。"中丞才堪靖乱，自当留其戮力旧京，岂容出之陇右。公送以此作，道破留中丞之意，欲使谋国者闻之改图，或中丞感动辞而不去。一片忠赤，照耀纸上"（汪灏《树人堂读杜诗》卷五）。故诗歌开篇在颂扬郭英乂为将门宿望之后，即跳转笔头,强调御戎备边不在惊扰,而在镇定专征,而安史之乱以来,中原倾覆,宗庙烧焚,正需要郭英乂这样的忠勇之士。虽然前番征伐不利,但朝廷经过整顿,破贼指日可待。诗人自以为年老官微,于时局无所裨益,唯期待郭英乂早日引兵归来,建立勤王功勋。

【注释】

①郭中丞:郭英乂,时为御史中丞、太常寺卿兼陇西陇右节度使。

②西山:一作"山西"。《汉书·赵充国传》赞:"秦汉以来,山东出相,山西出将。"

③郭英乂之父郭知运曾为鄯州都督、陇右诸军节度大使。烨赫:显赫。烨,一作"炬"。

④高:一作"归"。

⑤不:一作"讵"。

⑥示:一作"得"。

⑦《周礼·寺人》:"王之内人及女官之戒令。"郑玄注:"内人,女御也。"红:一作"细"。泣:一作"短"。白衣行:微服而行。

⑧宸极:北极星,指帝王。动:一作"大"。陵:一作"林"。

⑨金碗:用《搜神记》卖金碗于市之事,此代指殉葬之物。繐帷:指灵帐。

⑩疮痍:一作"恭承"。勇决:一作"余勇"。

⑪殊恩:指朝廷特许郭英乂以御史中丞兼太常寺卿。前者为正四品下,后者为从三品。

⑫圭窦:形状如圭的墙洞,借指寒微之家;一作"蓬户"。《左传·襄公十年》:"筚门圭窦之人,而皆陵其上,其难为上矣!"杜预注:"圭窦,小户,穿壁为户,上锐下方,状如圭也。"《汉书·郦食其传》载,郦食其说田广罢历下守备,冯轼下齐七十余城。

⑬《后汉书·宣秉传》载,宣秉拜御史中丞,光武特诏,御史中丞与司隶校尉、尚书令,并专席而坐,京师号三独坐。座:一作"坐"。

⑭《礼记·曲礼》:"十年以长,则兄事之;五年以长,则肩随之"。寄:一作"愧"。

⑮《三国志·魏书·王粲传》载，王粲以西京扰乱，乃之荆州，依刘表。还疑：一作"能无"。

⑯那：一作"宁"。

⑰律：一作"鼎"。

⑱莫作：一作"无使"。

【汇评】

胡震亨《杜诗通》卷三四：通言陇右可缓，禄山祸重，长安未复为急，望英乂归而扈从，用人者易置非策，与英乂之避急就缓之非宜。其见言表，读者当细绎之。

吴瞻泰《杜诗提要》卷一三：送人赴陇右，自应以防边为主。既以防边为主，则恢复中原，便是客矣。然诗人之意，却以恢复为主，不惮言之又言。而"燕蓟"一段，十分沉痛；"废邑"一段，十分期望。又以"回节钺""扫欃枪"，蓄士攻城，谆谆付托，若全不是客笔。其于第一段，只"怀惠""静镇"数语，其意不过安边而止，原在所轻，至中原涂炭，蛇豕未除，实在所重。故篇中处处激厉中丞，此客之所以为主，而主之所以为客也。

夏力恕《杜诗增注》卷三：首推家声，次及军国，因历数寇盗激之，又自叙而感以至诚悱恻也。排比韵语，有议论，有叙次，骨脉相交，飞腾自在，此其绝技。

送杨六判官使西蕃

送远秋风落，西征海气寒。帝京氛祲满，人世别离难。绝域遥怀怒，和亲愿结欢。敕书怜赞普，兵甲望长安①。宣命前程急，惟良待士宽②。子云清自守，今日起为官③。垂泪方投笔，伤时即据鞍④。儒衣山鸟怪，汉节野童看。边酒排金盏，夷歌捧玉盘。草轻蕃马健，雪重拂庐干⑤。慎尔参筹画，从兹正羽翰。归来权可取，九万一朝抟⑥。

《旧唐书·肃宗纪》载,至德元载八月,吐蕃遣使和亲,愿助国讨贼。二载三月,吐蕃遣使和亲,遣给事中南巨川报命。秋日,杨判官随南巨川出使,杜甫以诗相送。或诗人认为借兵吐蕃终非美事,故一方面在诗中称颂杨判官在朝廷危难之际,以老弱之躯、文士之身,远赴风土殊异之绝域,归来必将鹏程万里,另一方面则含蓄告诫对方当务必慎重,仔细筹划。

【注释】

①《新唐书·吐蕃传》:"其俗谓强雄曰赞,丈夫曰普,故号君长曰赞普。"

②命:一作"令"。士:一作"子"。

③子云:扬雄。《汉书》本传载其"三世不徙官"。

④《后汉书·马援传》载,马援年六十二,请讨五溪蛮,据鞍顾盼,以示可用。

⑤轻:一作"肥"。《新唐书·吐蕃传》:"(吐蕃)有城郭庐舍不肯处,联毳帐以居,号大拂庐,容数百人。"

⑥《庄子·逍遥游》:"鹏之徙于南冥也,水击三千里,抟扶摇而上者九万里。"

【汇评】

浦起龙《读杜心解》卷五之一:起四结四,俱就送杨边着笔。中一片,俱就杨奉使边着笔。杨之副巨川出使,本为借助而行,非美事也。公送之,处处有分寸。起四,面面皆到。京有氛而人乃别,不得已也。"遥怀怒",谓蕃人知怒贼寇。"怜赞普",谓朝廷鉴其诚而许之,若非我欲借力者,立言有体。此推命使之故。"宣命"四句,叙杨承使之由。"垂泪",非言杨惮远行,言其衷激时危,遂尔涕洟就道。忠心敢气,两言双表。"儒衣"六句,《杜臆》所谓摹边景者也。结四,连读方得解。言尔为天朝命使,其正尔羽翰,无亵国体乎。尔其细审机宜,速归报命。权此举之可取与否,无久淹也。

送灵州李判官

羯胡腥四海，回首一茫茫。血战乾坤赤，氛迷日月黄①。将军专策略，幕府盛才良。近贺中兴主，神兵动朔方。

【题解】

安史叛军祸乱天下，战事惨烈，四海骚动不安，回首使人黯然。李判官此去灵武赴任，幕府更添谋划之才，而将军又善于决断，当祝贺中兴之主得此朔方之神兵襄助。诗中所言将军，或指灵武太守、朔方军节度使郭子仪。

【注释】

①赤：一作"内"。氛：一作"气"。

【汇评】

仇兆鳌《杜诗详注》卷五：上四记当时之乱，下望其乘时建功也。血战氛迷，正言四海腥膻。"策略"称其主将，"才良"美李判官。兵动朔方，盖将大举兴复也。

边连宝《杜律启蒙》五言卷三：兴会不到之作，三、四句，俗所目为痛快者。然语太伤热，学杜者宜深戒之。

奉赠严八阁老①

扈圣登黄阁，明公独妙年②。蛟龙得云雨，雕鹗在秋天。客礼容疏放，官曹可接联③。新诗句句好，应任老夫传。

【题解】

杜甫与严武父子都有很深的交往。这是杜甫集中写给严武的现存最早的一首诗。此时严武年仅三十一岁,官居正五品上的给事中,而杜甫年已四十六岁,不过从八品上的左拾遗。两人虽然同属门下省,官署相连,但官阶相差悬殊,地位不可同日而语。故诗人不无羡慕地说:严武你年纪轻轻就身居要职,如蛟龙乘云飞舞于天际、雕鹗盘旋于秋野,前程远大。即使如此,年少得意的你,却能容纳我的疏放,雅量非同常人。你的诗篇句句可诵,当由我传播开去。

【注释】

①严八:严武(726—765),字季鹰,华州华阴(今属陕西渭南)人,中书侍郎严挺之之子,两次镇蜀,封郑国公。阁老:时严武为给事中,属门下省,掌分判省事。

②扈圣:一作"今日"。黄阁:开元时,门下省以黄涂门,为黄门省。

③容疏:一作"疏容"。可:一作"许"。

【汇评】

黄生《杜工部诗说》卷一二:或问严、杜此时名位相亚,年齿又轻,详此诗语意甚谦,且以"明公"呼之,何也?曰:严以门荫知名,杜则初登仕籍,以英妙而喜接老成,以刚严而不嫌疏放,此公所以乐为推重而致其倾倒之怀也。官曹虽可接联,客礼却容疏放,既相近又相亲也。观此则知严本刚毅之士,独不以杜之疏纵为忤。不然,则亦不必有此句矣。合前后诸诗观之,又知二人性情,一矜一率,在严则自视待杜已出格外,在杜则犹若为严拘束不堪,然于交情固无少间也。

仇兆鳌《杜诗详注》卷五:上四颂严,称其遇主乘时。下四叙情,喜其同官相契。

留别贾严二阁老两院补阙① 得云字

田园须暂往,戎马惜离群②。去远留诗别,愁多任酒醺。
一秋常苦雨,今日始无云。山路时吹角,那堪处处闻③。

至德二载八月,杜甫回鄜州省亲,临行前时留诗与贾至、严武。我就要去田园中暂住一段时间了,在这战火纷飞的时刻独自离开,心中依依难舍。所去往的地方如此之远,唯有借助诗歌来表达这惜别之情;心中苦闷甚多,就任凭自己酣饮至醉醺。整个秋天都在为雨水而苦恼,今日终于天气放晴,正适合启程。走在山路上,还时不时听见号角声,令人心忧。

【注释】

①贾严二阁老:中书舍人贾至、给事中严武。题注"得云字"后,原有"严武、贾至"四字。

②《礼记·檀弓上》:"子夏投其杖而拜曰:'吾过矣! 吾过矣! 吾离群而索居,亦已久矣。'"

③时:一作"晴"。

【汇评】

仇兆鳌《杜诗详注》卷五:上四留别之情,下四归途之景。

边连宝《杜律启蒙》五言卷二:公谒行在,拜拾遗,诏许往鄜州省家,留别诸公而作也。浦云:一、二,别之故;三、四,留别之情;五、六,别之时;七、八,预想别途之感。

九成宫①

苍山入百里,崖断如杵臼。曾宫凭风回,岌嶪土囊口②。立神扶栋梁,凿翠开户牖。其阳产灵芝,其阴宿牛斗③。纷披长松倒,揭嵲怪石走。哀猿啼一声,客泪迸林薮。荒哉隋家帝,制此今颓朽④。向使国不亡,焉为巨唐有。虽无新增修,尚置官居守⑤。巡非瑶水远,迹是雕墙后⑥。我行属时危,仰望嗟叹久⑦。天王守太白,驻马更搔首⑧。

沿着青山前行百余里,突见断崖陡峭如杵,谷深似臼,九成宫便矗立在谷口。它依山而建,栋宇神奇,苍翠掩映。其南多生瑞草灵芝,其北对接斗、牛二星,宫前长松倒伏,怪石嶙峋,远处时有清猿哀鸣。诗人不禁感叹:当初隋文帝劳民伤财、死伤无数才建立的宫殿,转眼破败如此。如果隋朝没有灭亡,怎么会为大唐所拥有呢?唐朝虽然没有扩建翻修,却也增设了一些官吏看守。皇帝巡游至此,虽不如周穆王那样遥远,留下的痕迹依然使人忧心忡忡。途径此地,正逢肃宗巡狩太白山区,时势艰危,抚今追昔,如何能不长叹息。

【注释】

①《新唐书·地理志》:"凤翔府麟游县西五里有九成宫,本隋仁寿宫,义宁元年废,贞观五年复置更名。永徽二年曰万年宫,乾符二年复曰九成宫。周垣千八百步,并置禁苑及府库官寺等。"

②岌嶪:高峻貌。土囊:谷口。

③牛:一作"北"。

④《资治通鉴·隋纪二》载,二月,隋文帝诏营仁寿宫于岐州之北,夷山堙谷以立宫殿,崇台累榭,宛转相属。役使严急,丁夫多死。

⑤《旧唐书·职官志》载,九成宫设总监一人,副监一人,丞、簿、录事各一人,府三人,史五人。

⑥《尚书·五子之歌》:"内作色荒,外作禽荒。甘酒嗜音,峻宇雕墙。有一于此,未或不亡。"

⑦行:一作"来"。

⑧《春秋·僖公二十八年》:"天王狩于河阳。"守:一作"狩"。搔:一作"回"。

【汇评】

吴瞻泰《杜诗提要》卷二:亦是纪行之作。一起十字,直是一幅万山行旅图。盖于百里苍山中,目睹曾宫而叹其兴废也。"我行"二字点明,纪行是血脉,感时是主脑。

汪灏《树人堂读杜诗》卷五:公时已得马而乘,急省妻子,何暇徘徊道路？乃事关国计，足陈当宁，不觉忠肝披露也。

浦起龙《读杜心解》卷一之一：归鄜途经所作，是纪行诗体。前半记官制之壮丽，而"哀猿"二句，乃束上引下之文。后半明叙来历，来入议论。既伤荒制，复慨危端。所伤就官上生发，所慨由在途兴感，一即一离。

徒步归行 赠李特进，自凤翔赴鄜州途经邠州作①

明公壮年值时危，经济实藉英雄姿。国之社稷今若是，武定祸乱非公谁。凤翔千官且饱饭，衣马不复能轻肥。青袍朝士最困者，白头拾遗徒步归。人生交契无老少，论交何必先同调②。妻子山中哭向天，须公枥上追风骠③。

【题解】

此为借马而作。诗人先称颂对方时值壮年，英气勃发，文足经国，武能定乱，如今社稷倾覆之际，正需要他戡乱扶持；然后叙述凤翔百官汇集，供给不足，他身为拾遗，官低位卑，白发苍苍，探亲无马，唯有步行；最后描述自己妻儿困守山中，日夜期待，希望对方能将槽枥间那匹日行千里的黄骠马借给他。

【注释】

①李特进：当指李嗣业，京兆高陵人，因随高仙芝平少勃律，加特进。

②论交：一作"论心"。

③崔豹《古今注》：始皇有七名马，一曰追风。

【汇评】

陈式《问斋杜意》卷三：公诗全属私情，然说起凤翔千官，亦仍是动以大义。

浦起龙《读杜心解》卷二之一：中途欲借马也。与《北征》诗同时。起四，赞勉，发端语。中四，感慨，原题语。后四，道意，代札语。

杨伦《杜诗镜铨》卷四引蒋弱六曰：借马帖，亦写得慷慨淋漓。

玉华宫①

溪回松风长，苍鼠窜古瓦。不知何王殿，遗构绝壁下。
阴房鬼火青，坏道哀湍泻。万籁真笙竽，秋色正萧洒②。美人
为黄土，况乃粉黛假。当时侍金舆，故物独石马。忧来藉草
坐，浩歌泪盈把。冉冉征途间，谁是长年者。

【题解】

诗可分为前后两段。前八句极力描摹玉华宫之废败阴森，后八句则睹
物起兴，抚迹叹息。溪水回绕，松风呼啸，苍鼠乱钻，磷火飘忽，古瓦残壁，
万籁齐鸣，一片萧瑟凄凉景象。当年如花之美人，早已成一抔黄土，故物唯
余石马，横卧荒草之中。岁月不停流逝，冉冉人生旅途，谁能长久永存？诗
中所谓"不知何王殿"，一说时人不知玉华宫来历，一说诗人不知，一说诗人
知而不忍言说。

【注释】

①玉华宫：在今陕西铜川西北。《新唐书·地理志》载，贞观二十年置
玉华宫，在坊州宜君县北七里凤凰谷。永徽二年，废为玉华寺。

②色：一作"气"或"光"。

【汇评】

佚名《杜诗言志》卷三：此先生自凤归鄜，道经故宫而凭吊之作。虽无
寓意，而指点亲切，气味道上，直欲比拟屈骚，王、孟不足道也。长年自古所
无，而人世代谢，物类久暂，总不抵造化轮转，一片笙竽潇洒中，吹送得逝若
轻埃，而况冉冉征途，其所负不更多乎？天地逆旅，大块戏场，先生斯作，感
慨深矣。

浦起龙《读杜心解》卷一之一：前八直写废宫起，冷色逼人。后八抚迹
增慨。……《九成》《玉华》，用意各别。一为隋代所建，故明志来历，有借
秦为喻之意；一为国初所作，故不忍斥言，有黍离行迈之思。又彼承荒主

而踵事也,故由盛及衰,意存追感;此则俭德而终废也,故因衰起兴,泪洒当前。

晚行口号①

三川不可到,归路晚山稠。落雁浮寒水,饥乌集戍楼。市朝今日异,丧乱几时休。远愧梁江总,还家尚黑头②。

【题解】
山路弯弯曲曲,一眼望不到尽头,看来今晚是无法赶到三川县了。夕阳西下,水边、戍楼都挤满了栖息的鸟儿。一番战乱之后,风景大不同于往昔。当年南朝诗人江总,飘零而归,仍是壮年,而我现在已经是白发苍颜了。

【注释】
①口号:随口吟成。

②江总(519—594),字总持,济阳考城(治今河南民权)人。顾炎武《日知录》考证其先仕于梁,台城陷落时年三十一,至陈天嘉四年还朝,时四十五岁,故"还家尚黑头"。

【汇评】
仇兆鳌《杜诗详注》卷五:上四晚行之景,下四晚行有感。落雁饥乌,写中路凄凉之状,亦见丧败之余,行人少而戍卒稀。

浦起龙《读杜心解》卷三之一:此将到时作,将到而反恨途长,反嫌日晚,远归心急人确确如此。三、四之景,正是姑且问宿时。下四,书感。

边连宝《杜律启蒙》五言卷二:三、四极写荒凉之景,正见市朝之异也。市朝之异,以丧乱故耳,丧乱复几时休乎?但我甫经丧乱,头已斑白,纵有休时,已不及见矣。况其未必休邪?此是言外之旨。

独酌成诗

灯花何太喜,酒绿正相亲①。醉里从为客,诗成觉有神。
兵戈犹在眼,儒术岂谋身。苦被微官缚,低头愧野人②。

【题解】

漫漫长夜,诗人于旅舍对灯独坐,举杯自酌。忽然灯花迸开,他不由哑
然失笑:眼下兵戈未休,岂是儒士大显身手之际? 自身官卑位低,俯仰于
人,不得自由,不知这喜事从何而来? 唯一差强人意的,大概就是醉里为
客,作诗有如神助吧!

【注释】

①绿:一作"色"。

②苦:一作"共"。

【汇评】

王嗣奭《杜臆》卷二:得酒而灯花为兆,酒之难得可知。"儒术岂谋身",
自怜其穷,而世之轻儒并见。

仇兆鳌《杜诗详注》卷五:上四叙旅夜情事,题意已完。下则有感身世,
而叹一官之拘束。

杨伦《杜诗镜铨》卷四引蒋弱六曰:前半是初酌时,不觉一切放下;后半
是酒后,又不觉万感都集,心事如画。

彭衙行①

忆昔避贼初,北走经险艰。夜深彭衙道,月照白水山②。
尽室久徒步,逢人多厚颜。参差谷鸟吟,不见游子还③。痴女

饥咬我,啼畏虎狼闻④。怀中掩其口,反侧声愈嗔。小儿强解事,故索苦李餐。一旬半雷雨,泥泞相牵攀⑤。既无御雨备,径滑衣又寒⑥。有时经契阔,竟日数里间⑦。野果充糇粮,卑枝成屋椽。早行石上水,暮宿天边烟。少留同家洼,欲出芦子关⑧。故人有孙宰,高义薄曾云。延客已曛黑,张灯启重门。暖汤濯我足,剪纸招我魂⑨。从此出妻孥,相视涕阑干。众雏烂漫睡,唤起沾盘飧⑩。誓将与夫子,永结为弟昆。遂空所坐堂,安居奉我欢。谁肯艰难际,豁达露心肝。别来岁月周,胡羯仍构患。何当有翅翎,飞去堕尔前。

【题解】

这是一首赠人之作而非纪行之诗。天宝十五载,战乱初起,杜甫携家北上避难,途径彭衙,受到故人孙宰热情款待。一年后,诗人返归鄜州探亲,途径彭衙附近,想起去年逃难遭遇,或枉道拜访而有此作。"此诗本怀孙宰,后人制题,必云怀某人矣。然不先叙在途一节饥寒困苦之状,则不足显此人情意之浓,并己感激之忱亦不见刻挚"(黄生《杜工部诗说》卷一)。诗人对逃难细节的描写尤为朴实生动,如小女儿饿得直咬人,大人害怕她的哭声在夜晚被虎狼听见,赶忙捂住她的嘴巴,结果她哭闹得反而更厉害了;小儿子装作懂事的模样,跑到路边采摘难以下咽的苦李充饥;连日雷雨交加,一家人没有雨具,在泥泞中艰难跋涉。正因为诗人对逃难的惨状描写得如此逼真,故人孙宰热情款待的厚义才能更充分地展示出来。写故人的款待,诗人也写得极为朴素,极为琐屑,极有生活气息。主人本已安歇,听见来客就开门点灯,准备好热水热饭,给诗人一家人洗尘压惊,并腾出堂屋让他们休息。

【注释】

①彭衙:在陕西白水县东北,在秦为邑,在汉为县。
②道:一作"门"。白水山:白水县内之山。
③吟:一作"鸣"。

④虎狼：一作"猛虎"。

⑤牵攀：一作"攀牵"。

⑥御雨：一作"御湿"。

⑦经：一作"最"。

⑧同家注：地名，在彭衙与鄜州间。同，原作"周"，据他本改。

⑨剪纸招魂：剪白纸条贴门上，以招行人之魂。或是压惊的一种方式。

⑩飧：原作"餐"，据他本改。

【汇评】

李长祥《杜诗编年》卷三：少陵长诗佳意佳事，十分无余，掩卷思索，山穷水尽，忽转一事一念，接一念一事，只如现成，皆意中笔下所有，意中笔下人却不能到。

陈式《问斋杜意》卷三：此事后追想之作，篇中叙起尽室暴露、儿女幼稚与避贼奔窜、故人艰难款洽之情状，令读者宛如目击。

刘濬《杜诗集评》卷一引吴农祥曰：至琐碎之语，至不堪之言，入其笔端皆成风雅。

羌村三首①

其一

峥嵘赤云西，日脚下平地②。柴门鸟雀噪，归客千里至③。妻孥怪我在，惊定还拭泪。世乱遭飘荡，生还偶然遂。邻人满墙头，感叹亦歔欷。夜阑更秉烛，相对如梦寐。

【题解】

夕阳西下，晚霞满天，柴门鸟雀，叽叽喳喳，喧闹不休。千里之外的诗人，终于踏进了家门。家中的妻子，虽是日思夜想，但乱世阻隔，盗贼横行，人人朝不保夕，平安相聚实属侥幸，所以乍见之下，难以置信，随即悲从中来，满腹委屈涌上心头，眼泪便掉落下来。周围的邻居，扒满墙头，指点议论，欷歔感叹，或羡慕，或同情，不一而足。夜深人静，喧嚣已去，家人歇息。诗人夫妇灯下相对而坐，恍惚迷离，犹以为是梦中相聚。

【注释】

①羌村：故址在今陕西富县茶坊街道。诗题一作"羌村"，"三首"为小字题注。

②云：一作"城"。

③归客：一作"客子"。

【汇评】

《杜工部集五家评本》卷二引王慎中曰：三首俱佳，而第一首尤绝，一字一句，镂出肺肠，才人莫知措手，而婉转周至，跃然目前，又若寻常人所欲道者。真《国风》之义，黄初之旨，而结体终始，乃杜本色耳。

仇兆鳌《杜诗详注》卷四：此记悲欢交集之状。家人乍见而骇，邻人遥望而怜，道出情事逼真。后二章，俱发端于此。乱后忽归，猝然怪惊，有疑鬼疑人之意。偶然遂，死方幸免。如梦寐，生恐未真。

又引申涵光曰：杜诗"邻人满墙头"，与"群鸡正乱叫"，摹写村落田家，情事如见。今人谓苦无诗料者，只是才弱胆小，观此等诗，何者非料耶？

其二

晚岁迫偷生，还家少欢趣。娇儿不离膝，畏我复却去。忆昔好追凉，故绕池边树。萧萧北风劲，抚事煎百虑。赖知禾黍收，已觉糟床注①。如今足斟酌，且用慰迟暮。

【题解】

暮年苟且偷生，归家也心情郁悒。小孩子担心我再次离开，整天缠绕在膝边。闲闷时突然记起去年夏天乘凉的地方，于是旧地重游，来到池塘边的大树下。此时北风呼啸，心中不由百虑交煎，幸亏黍收酒熟，可以一解忧愁。遭逢乱世，诗人有心报效朝廷，却得不到信用，此次归来，名为探亲，实乃被朝廷冷藏,所以他心情极为郁闷。

【注释】

①禾黍:一作"黍秋"。糟床:榨酒的器具。

【汇评】

金圣叹《唱经堂杜诗解》卷一:此解用意最曲,不说不知,说之便朗如日月之在怀也。既归后,忽然自想早岁出此门去,岂不自谓致君尧舜,返俗黄虞,功成名遂,始奉身退,壮矣大哉!快乎乐也!乃今心短计促,迫为偷生,窜身还乡,昔图总废,咄咄自诧,又何惫欤!娇儿心孔千灵,眼光百利,早见此归,不是本意。于是绕膝慰留,畏爷复去。四句总是曲写万不欲归一段幽恨。……因又细说所以不复又去之故。"禾黍收""糟床注"六字,生理足矣。"如今"妙,便明明说未归已前,饥渴不免,如今正复快意,安忍反弃去也?呜呼!先生则岂酒杯饭碗边人?末句"且"字分明败露。由来志士,不与妻子实语,类如斯矣。

仇兆鳌《杜诗详注》卷四:此章叙还家后事,承上妻孥来。急于回家,而仍少欢趣者,一为父子久疏,一为生计艰难也。不离膝,乍见而喜,复却去,久视而畏,此写幼子情状最肖。好追凉,去夏方暑。北风劲,今秋向冬矣。抚事百虑,伤御寒无具。末乃对酒自慰,方幸家人完聚也。慰迟暮,回应晚岁偷生,抚事百虑。

其三

群鸡正乱叫,客至鸡斗争①。驱鸡上树木,始闻叩柴荆。父老四五人,问我久远行。手中各有携,倾榼浊复清②。莫辞酒味薄,黍地无人耕。兵革既未息,儿童尽东征③。请为父老歌,艰难愧深情④。歌罢仰天叹,四座涕纵横。

【题解】

院落里群鸡正在追逐争斗,乱成一团。诗人将它们驱赶到一边的小树上,这才听见客人在敲门,原来是村中的父老各自携酒前来看望慰问诗人。

他们一再致歉,说年轻人都去打仗去了,村子里的土地无人耕种,粮食收成不好,所以这些自酿的酒也清浊不同,颇为简陋。面对父老乡亲的深情厚谊,诗人十分感激与惭愧,便为他们高歌一曲。无论是当前的国政还是乡亲们的处境,诗人都无能为力,歌罢唯有仰天叹息。念及时事艰难,满座亦是涕泪纵横。

【注释】

①斗争:一作"正生"。

②榼:盛酒之器。

③童:一作"郎"。

④深:一作"余"。

【汇评】

沈德潜《杜诗偶评》卷一:读此等诗,千载之下尚为堕泪,况同时旁观者也。三章字字从肺腑镂出,又似人人所能道者。变风之义欤?汉京之音欤?

杨伦《杜诗镜铨》卷四:语语从真性情流出,故足感发人心。此便是汉魏、《三百篇》一家的髓传也。

施补华《岘佣说诗》:《羌村三首》惊心动魄,直至极矣。陶公直至,寓于平淡;少陵直至,结为沉痛。此境界之分,亦情性之分。

北征 归至凤翔墨制放往鄜州作①

皇帝二载秋,闰八月初吉②。杜子将北征,苍茫问家室。维时遭艰虞,朝野少暇日。顾惭恩私被,诏许归蓬荜。拜辞诣阙下,怵惕久未出③。虽乏谏净姿,恐君有遗失。君诚中兴主,经纬固密勿④。东胡反未已,臣甫愤所切。挥涕恋行在,道途犹恍惚。乾坤含疮痍,忧虞何时毕。靡靡逾阡陌,人烟眇萧瑟。所遇多被伤,呻吟更流血。回首凤翔县,旌旗晚明灭。前登寒山重,屡得饮马窟。邠郊入地底,泾水中荡潏。

猛虎立我前，苍崖吼时裂。菊垂今秋花，石戴古车辙⑤。青云动高兴，幽事亦可悦。山果多琐细，罗生杂橡栗。或红如丹砂，或黑如点漆。雨露之所濡，甘苦齐结实。缅思桃源内，益叹身世拙。坡陀望鄜畤，岩谷互出没⑥。我行已水滨，我仆犹木末。鸱鸟鸣黄桑，野鼠拱乱穴。夜深经战场，寒月照白骨。潼关百万师，往者散何卒⑦。遂令半秦民，残害为异物。况我堕胡尘，及归尽华发。经年至茅屋，妻子衣百结。恸哭松声回，悲泉共幽咽。平生所娇儿，颜色白胜雪。见耶背面啼，垢腻脚不袜⑧。床前两小女，补绽才过膝。海图拆波涛，旧绣移曲折。天吴及紫凤，颠倒在裋褐⑨。老夫情怀恶，呕泄卧数日⑩。那无囊中帛，救汝寒凛慄。粉黛亦解苞，衾裯稍罗列。瘦妻面复光，痴女头自栉。学母无不为，晓妆随手抹。移时施朱铅，狼籍画眉阔。生还对童稚，似欲忘饥渴。问事竞挽须，谁能即嗔喝。翻思在贼愁，甘受杂乱聒。新归且慰意，生理焉得说。至尊尚蒙尘，几日休练卒。仰观天色改，旁觉妖气豁⑪。阴风西北来，惨淡随回鹘⑫。其王愿助顺，其俗善驰突⑬。送兵五千人，驱马一万匹。此辈少为贵，四方服勇决。所用皆鹰腾，破敌过箭疾。圣心颇虚伫，时议气欲夺。伊洛指掌收，西京不足拔。官军请深入，蓄锐何俱发。此举开青徐，旋瞻略恒碣⑭。昊天积霜露，正气有肃杀。祸转亡胡岁，势成擒胡月。胡命其能久，皇纲未宜绝。忆昨狼狈初，事与古先别。奸臣竟菹醢，同恶随荡析⑮。不闻夏殷衰，中自诛褒妲⑯。周汉获再兴，宣光果明哲⑰。桓桓陈将军，仗钺奋忠烈⑱。微尔人尽非，于今国犹活。凄凉大同殿，寂寞白兽闼⑲。都人望翠华，佳气向金阙。园陵固有神，扫洒数不缺。煌煌太宗业，树立甚宏达。

【题解】

在羌村稍事休息之后,杜甫回顾了他一路跋涉回家的见闻感受,表露了他对当前朝政方略及未来走向的看法,写下了这首长诗。全诗共七百字,可分为四个部分。从开篇至"忧虞何时毕"为第一部分,交代诗人何时以及为何离开凤翔。至德二载八月初一,诗人北行探亲。在国势艰危、朝野奔忙之际,诗人却蒙受这样的恩惠,心中实在惶恐难安。他认为自己也许缺乏做好谏官的能力,但为皇上查缺补漏、唯恐有所疏忽的心意是诚挚的;皇上的确是中兴之主,勤勉周密,无须多言,但眼下毕竟叛乱尚未平息,正需要群策群力:这正是他感愤忧虑、迟迟舍不得离开的缘故。从"靡靡逾阡陌"至"及归尽华发"为第二部分,写诗人途中所见。离开凤翔,人烟萧瑟,疮痍满目,一路寒山重重,泾水萦萦,巨石崔嵬,峭壁森立。偶见秋菊摇曳,白云飘浮,心情也明朗起来。山中野果或红或黑,或甜或苦,使人兴起桃源之思。站在坡顶,鄜州隐约可见,步伐顿时加快。等他来到水边,蓦然回首,发现仆人还远远落在山上。夜晚经过战场,寒月照着白骨,想到潼关惨败,百万士卒死散,自己也一度陷落胡尘,如今头白方归。从"经年至茅屋"到"生理焉得说"为第三部分,写诗人一家团聚的情形。阔别一年之后,终于见到了家人。妻子满身补丁,刚一见面就失声痛哭;以往白皙可爱的儿女,赤脚上满是泥垢,拼凑而成的衣服上图纹错乱。诗人一路劳顿,休息好几天方才缓过气来,此时欢聚的氛围荡漾开来。妻子开始恢复昔日的光彩;调皮的女儿学着化妆,在脸上乱涂一气;男孩子扯着诗人的胡须,打听外面的事情。从"至尊尚蒙尘"到结束为第四部分,写诗人对当前形势的忧虑及未来走向的展望。天子蒙尘在外,叛军气焰嚣张,战争还要继续。回纥骁勇善战,愿意帮助平叛,朝廷却不能过于依赖他们,应该养精蓄锐,依靠自身力量收复青州、徐州,直捣幽燕之地。马嵬之变,奸臣授首,祸源肃清,意味着国祚未移,唐运未衰。荡涤妖氛、廓清残贼、复振皇纲、发扬祖业、中兴国家的重任和机遇,落在了肃宗身上。

【注释】

①北征:班彪自长安避地凉州,曾作《北征赋》。杜甫所放往之鄜州,亦在凤翔东北。

245

②《诗·小雅·小明》："二月初吉。"毛传："初吉,朔日也。"

③拜:一作"奉"。阙下:一作"阁门"。

④密勿:勤勉努力。

⑤戴:一作"带"。

⑥鄜畤:即鄜州。《汉书·郊祀志》载秦文公梦黄蛇自天而下,止于鄜衍,因作鄜畤,用三牲郊祀白帝。

⑦"潼关"二句:指驻守潼关之哥舒翰,战败于灵宝,二十万大军覆没。

⑧耶:父亲。《木兰诗》:"不闻耶娘唤女声。"

⑨天吴:水神,这里指海图所画之物。紫凤:旧绣所刺之物。颠倒:剪旧物以补衣服,致使图纹错乱。裋褐:粗陋的短衣。

⑩呕泄卧数日:一作"数日卧呕泄"。

⑪旁:一作"坐"。气:一作"氛"。

⑫回鹘:一作"胡纥"。

⑬《旧唐书·回纥传》:"(至德二载)回纥遣其太子叶护领其将帝德等兵马四千余众,助国讨逆。肃宗宴赐甚厚,又命广平王见叶护,约为兄弟。"善:一作"喜"。

⑭青徐:青州(今属山东)与徐州(今属江苏)。恒碣:恒山与碣石。《书·禹贡》:"太行、恒山,至于碣石,入于海。"

⑮奸臣:指杨国忠。菹醢:剁成肉酱。同恶:指虢国夫人等。

⑯褒妲:周幽王所宠之褒姒与商纣王所宠之妲己。

⑰宣光:周宣王和光武帝。

⑱陈将军:禁军龙武大将军陈玄礼,在马嵬率士卒请处死杨国忠、杨贵妃等。

⑲大同殿:在长安南内兴庆宫勤政楼之北。白兽闼:白兽门。《三辅黄图》:"未央宫有白虎殿,唐避太祖讳,改为兽。"

【汇评】

黄周星《唐诗快》卷二:长篇缠绵悱恻,潦倒淋漓,忽而女儿喁喁,忽而老夫灌灌,似骚似史,似记似碑。诚如涪公所言,足与《国风》《雅》《颂》相表里。

吴瞻泰《杜诗提要》卷二:以皇帝始,以皇帝终,是一篇大结撰。看其说家事中，必带国事；说国事中，并无一语及家事。故虽呶呶絮语，绝非儿女情多也。长诗之妙，于接续结构处见之，又于闲中衬带处见之，全在能换笔也。不能换笔，则无起伏。无起伏，则俗所云死龙死凤，不如活鸡活蛇也。此作有大有小、有提有束、有急有闲、有擒有纵，故长而不伤于冗，细而不病于琐。然又须看其忽然转笔，突兀无端，尤属神化。此诗大略分四段：辞阙一段，征途一段，到家一段，时事一段。其时事一段，暗分五层。本应属辞阙时一副说话，却留在后找完，化整为散，正所谓裁缝灭尽针线迹也。其征途一段，暗分八层。到家一段，亦分六层。而其变换之法，则又在对面相形。看其征途中人烟萧瑟，旌旗明灭，猛虎苍崖，一路惨淡，方使人不寒而栗，忽一变而为丹砂点漆，幽事可悦，遂觉风云尽散，化为旭日青天气象矣。忽又变而为鸱鸮野鼠，一片恶景，如读《古战场文》，岂复能量其笔之所底哉？及至到家一段，细写儿女刺绣，及老妻施朱画眉。琐琐屑屑，回嗔作喜，几于生还乐业，为到头结穴矣。乃于呢喃儿女中，忽陡接"至尊蒙尘"，一直至尾，更不回顾一字。其来无端，其去无迹，此真生龙活虎也。

刘濬《杜诗集评》卷一引吴农祥曰：极正大处，却从琐细处述起；极凄凉处，却从繁华处述起。看他转处，笔力苍深。

又引查慎行曰：叙事言情，不伦不类，拉拉杂杂，信笔直书。作者亦不知其所以然，而家国之感、悲喜之绪，随其怅触，引而弥长，遂成千古至文，独立无偶。

喜闻官军已临贼寇二十韵①

胡虏潜京县，官军拥贼壕②。鼎鱼犹假息，穴蚁欲何逃③。帐殿罗玄冕，辕门照白袍。秦山当警跸，汉苑入旌旄。路失羊肠险，云横雉尾高④。五原空壁垒，八水散风涛⑤。今日看天意，游魂贷尔曹。乞降那更得，尚诈莫徒劳。元帅归龙种，司空握豹韬⑥。前军苏武节，左将吕虔刀⑦。兵气回飞鸟，威声没巨鳌。戈铤开雪色，弓矢向秋毫。天步艰方尽，时和运更遭。谁云遗毒螫，已是沃腥臊。睿想丹墀近，神行羽卫牢⑧。花门腾绝漠，拓羯渡临洮⑨。此辈感恩至，羸俘何足操。锋先衣染血，骑突剑吹毛。喜觉都城动，悲连子女号⑩。家家卖钗钏，只待献春醪⑪。

【题解】

《旧唐书·肃宗纪》载，"(至德二载)闰八月辛未，贼将遘寇凤翔，崔光远行军司马王伯伦、判官李椿率众捍贼。贼退，乘胜至中渭桥，杀贼守桥众千人，追击入苑中"，"丁亥，元帅广平王统朔方、安西、回纥、南蛮、大食之众二十万，东向讨贼。壬寅，与贼将安守忠、李归仁等战于香积寺西北，贼军大败"。杜甫此诗即为得知消息后所作。诗歌开篇就概述了这一大快人心之事：官军步步紧逼，兵临贼境；叛军犹如釜中之游鱼、穴中之蝼蚁，走投无路，时日无多。以下称颂朝廷已经度过最艰难的时期，眼下人才济济，兵强马壮，又得到回纥、安西等部众的协助，在广平王李俶及司空郭子仪的率领下，必定会高歌猛进，如履平地。敌军苟延残喘，乞降唯恐不及。整个京城都沸腾了，家家户户且悲且喜，备具壶浆，准备着犒劳王师。

【注释】

①寇：一作"境"。

②虏：一作"骑"。

③《异苑》："晋太元中，桓谦字敬祖，忽有人皆长寸余，悉被铠持槊，乘具装马，从堁中出，……蒋山道士朱应子，令作沸汤，浇所入处，寂不复出。因掘之，有斛许大蚁，死在穴中。"

④失：一作"湿"。《新唐书·仪卫志》："其人君举动必以扇，……次小团雉尾扇四、方雉尾扇十二。"

⑤仇兆鳌注引《长安志》："长安、万年二县之外，有毕原、白鹿原、少陵原、高阳原、细柳原，谓之五原。"又引《关中记》："泾、渭、浐、灞、涝、滈、沣、潏，为关内八水。"

⑥元帅：至德二载九月，唐肃宗以广平王俶为天下兵马元帅，郭子仪副

之。司空:郭子仪。

⑦军:一作"旗"。《晋书·王祥传》:"吕虔有佩刀,工相之,以为必登三公,可服此刀。"

⑧想:一作"思"。

⑨《新唐书·西域传》:"安者,一曰布豁,又曰捕喝,……大城四十,小堡千余。募勇健者为柘羯。柘羯,犹中国言战士也。"

⑩连:一作"怜"。

⑪春:一作"香"。

【汇评】

王嗣奭《杜臆》卷二:此诗四十句二百字,字字犀利,句句雄壮,真是笔能扛鼎。中间如"今日看天意"与"此辈感恩至",不用偶语,更觉精神顿起。而"锋先""骑突"倒用,更觉铦锐。至末悲、喜兼用,却是真景,然人不及此。

杨伦《杜诗镜铨》卷四:字字精彩,句句雄壮,全是喜极涕零语。逐色铺张,觉一片快情,飞动纸上。俞犀月云:可作军中露布读。

刘濬《杜诗集评》卷二〇引李因笃曰:老朴精彩,大家之篇语多极写,字能狠下,施此等题则宜。否则,壮"喜"字不畅。

收京三首

其一

仙仗离丹极,妖星照玉除①。须为下殿走,不可好楼居②。
暂屈汾阳驾,聊飞燕将书③。依然七庙略,更与万方初④。

【题解】

至德二载九月广平王李俶收复长安,十月唐肃宗回京。杜甫在鄜州得知喜讯而作此三首。其一回溯过往,重在说明西京何以陷落。自安禄山作乱,唐玄宗不得安居,避地蜀中,忘其天下。而今叛贼奔逃,河北折简可定,万象即将更新。诗人虽出语委婉,对玄宗之作为实有不满。浦起龙以为全无追责之意,似乎过于拘泥。

①仙仗:天子仪卫。丹极:丹墀。《安禄山事迹》卷上载,安禄山出生之夜,赤光旁照,群兽四鸣,望气者见妖星芒炽,落其穹庐。照:一作"带"。玉除:玉阶。

②《梁书·武帝纪》:"谚云:荧惑入南斗,天子下殿走。乃跣足下殿以禳之。"《汉书·孝武本纪》:"公孙卿曰:仙人可见,……且仙人好楼居。""须为"两句:一作"得非群盗起,难作九重居"。

③《庄子·逍遥游》:"尧治天下之民,平海内之政,往见四子藐姑射之山,汾水之阳,窅然丧其天下焉。"《史记·鲁仲连邹阳列传》载,燕将攻下聊城,聊城人或谗之,燕将惧诛,不敢归。田单攻之,岁余不下。仲连乃为书,约之矢射城中,遗燕将。燕将见书,泣而自杀。

④《礼记·王制》:"天子七庙,三昭三穆,与太祖之庙而七。"

【汇评】

朱鹤龄《杜工部诗集辑注》卷四:玄宗晚节怠荒,深居九重,政由妃子,以致播迁之祸。公不忍显言,而寓意于仙人之楼居,因贵妃尝为女道士,故举此况之。《连昌宫辞》:"上皇正在望仙楼,太真同凭阑干立。"此一的证。

佚名《杜诗言志》卷三:此少陵居鄜,闻收京之喜而作也。看他于颂祷之中,寓规箴之旨,纯是老成忠荩,不是词臣扬厉。首章从妖乱之先说起,次章正面,末章豫为善后之计,次序井然。独是其引古处字字典则,托喻处言言切实。为君上阐扬盛德,为国家收拾人心,关系非浅。此首章言乱之始生,由于气数使然,非尽关于人事。

浦起龙《读杜心解》卷三之一:首章,原题也。须识此时闻信而喜,全无追咎上皇之意。……或谓三、四讥其好神仙,或谓尤其宠妃子,此皆以轻薄之见测浑厚之语也。

其二

生意甘衰白,天涯正寂寥①。忽闻哀痛诏,又下圣明朝②。羽翼怀商老,文思忆帝尧③。叨逢罪己日,沾洒望青霄④。

【题解】

其二写诗人当下的感受。远在偏僻的鄜州，眼看着自己一天天衰老，心中自是落寞。此时忽然听到皇帝罪己的诏书又一次从丹凤楼发出，不由得喜出望外，对苍天而泪下。今日之政局，不由让人想起了当日帝尧逊位于舜、商山四皓羽翼太子之旧事。为何期待"商老"这样的人出来稳定大局呢？历来多以为诗人感受到广平王继位之事存在着隐忧。

【注释】

①嵇康《养生论》："积微成损，积损成衰，从衰得白，从白得老。"

②《汉书·西域传》载，武帝弃轮台，下哀痛之诏。《旧唐书·肃宗纪》载，至德二载十月，肃宗还京。十一月壬申朔，御丹凤楼，下制曰："早承圣训，尝读礼经，义切奉先，恐不克荷。"十二月戊午朔，又御丹凤门，下制大赦。

③怀：一作"惭"。商老：商山四皓。《史记·留侯世家》载四人者隐商雒山，从太子。汉高祖召戚夫人指示曰："彼羽翼已成，难动矣。"

④沾洒：一作"洒涕"。

【汇评】

朱鹤龄《杜工部诗集辑注》曰：羽翼，指广平王而言。肃宗前以良娣、辅国之谮，赐建宁王死。至是广平初立大功，又为良娣所忌，潜构流言，虽李泌力为调护，而时已还山。公恐复有建宁之祸，故不能无思于商老也。

佚名《杜诗言志》卷三：此第二首，则从自己闻收复诏书说起，是收京正面。惟是诏书非徒将收复之喜布告中外，必举此两年以来四方乱离之苦，从头陈说一番，一一悲伤痛悼，引咎归己，庶使海内闻之，而人心帖服。盖人情于受苦之余，得有人怜惜，便即轻可，此哀痛之诏所不容缓下者也。然哀痛必要罪己，罪己必要改图。为今之计，其所最切于纲常伦纪之大，而为人心世道所统系者，孰有大于怀商老、忆帝尧二事？

浦起龙《读杜心解》卷三之一：次章，题正面也。上四，反折醒跳，声与泪与眉端喜气，一并跃出。五、六于正始之日，首举其重且大者以为颂祷，断非小家数所能及。言我君从此安储位，恋寝门，和气熏蒸，重开太平。小臣何幸，叨逢于此日矣，能不望青霄而感泣哉！时上皇尚未还京，故曰"忆"。

其三

汗马收宫阙，春城铲贼壕。赏应歌杕杜，归及荐樱桃①。杂虏横戈数，功臣甲第高②。万方频送喜，无乃圣躬劳③。

【题解】

其三写诗人畅想未来之事。如今宫阙业已收复，城前战壕即将铲平，来春论功行赏，将士必将大有收获。而等到天下大定，君王更要为封赏功臣而忙碌了。这是一种委婉的颂祷，并非心忧诸将骄奢无度，将成蹂躏跋扈之势。

【注释】

①《诗·小雅·杕杜》："有杕之杜，有睆其实。"《诗序》："《杕杜》，劳远役也。"归：一作"福"。《礼记·月令》："仲夏之月，……天子乃以雏尝黍，羞以含桃，先荐寝庙。"郑玄注："含桃，樱桃也。"

②数：一作"槊"。

③频：一作"同"。

【汇评】

陆时雍《唐诗镜》卷二五：收京数首，多诚恳语。忧喜所至，如写家事。

仇兆鳌《杜诗详注》卷五：三章，收京而忧事后，亦四句分截。宫阙已收，贼壕可铲，赏功荐庙，即在来春时也。但恐回纥恃功邀赏，诸将僭奢无度，故又为之虑曰：今京师收复，此万方送喜之时，无乃圣躬焦劳之渐乎。公盖忧卤横臣骄，将成蹂躏跋扈之势，厥后边方猾夏，藩镇专权，果如所虑，惜当时不能见及此耳。

佚名《杜诗言志》卷三：此第三首，从收宫铲壕、赏功荐寝之后，而言措置中外臣民者，正烦庙略也。两京先后收复，颇藉回纥叶护之力，遂至与之狎昵，其后流连于沙苑之间而不能去。少陵盖已早见及此矣。至于功臣，惟汾阳始终一节，临淮而下，皆为宦官所忌，以不保其终，是皆朝廷不善措置之过。

送郑十八虔贬台州司户,伤其临老陷贼之故,阙为面别,情见于诗①

郑公樗散鬓成丝,酒后常称老画师②。万里伤心严谴日,百年垂死中兴时。苍惶已就长途往,邂逅无端出饯迟③。便与先生应永诀,九重泉路尽交期④。

【题解】

至德二载十二月,朝廷裁定出任安禄山伪官者,按照罪行分成六等。郑虔属于三等,被贬为台州司户。此时杜甫或尚未到京,无法亲自与郑虔饯行送别,故追赋了这首诗。他与郑虔往来密切,交谊深厚。对于郑虔这样的结局,他无法为之辨白,却又深为痛惜。郑虔满腹才华而不为世人所知,所以常常寄情于酒而自嘲为老画师。如今王朝中兴,正属欣欣向荣之际,他却以老迈垂死之躯,栖栖遑遑,远贬天涯,不能不令人痛心。更令人心碎的是,两人无缘面别,再见之日唯有同处九重黄泉之时了。

【注释】

①《新唐书·郑虔传》:"安禄山反,遣张通儒劫百官置东都,伪授(郑)虔水部郎中,因称风缓,求摄市令,潜以密章达灵武。贼平,与张通、王维并囚宣阳里。三人者,皆善画,崔圆使绘斋壁。虔等方悸死,即极思祈解于圆,卒免死,贬台州司户参军事,维此下迁。后数年卒。"

②《庄子·逍遥游》:"吾有大树,人谓之樗。其大本拥肿而不中绳墨,其小枝卷曲而不中规矩,立之涂,匠者不顾"。鬓:一作"发"。成:一作"如"。《旧唐书·阎立本传》:"太宗尝与侍臣泛舟于春苑。池中有异鸟随波容与。太宗击赏数四,诏座者为咏,召立本令写焉。时阁外传呼云:'画师阎立本。'时已为主爵郎中,奔走流汗,俯伏池侧,手挥丹粉,瞻望座宾,不堪愧赧。退诫其子曰:'吾少好读书,幸免面墙,缘情染翰,颇及侪流。唯以丹青见知,躬斯役之务,辱莫大焉。汝宜深诫,勿习此末伎。'"

③苍惶：一作"伶俜"。出：一作"去"。

④路：一作"下"。

【汇评】

卢世㴐《杜诗胥钞余论·论七言律诗》：既伤其临老陷贼，又因阙为面别，故篇中徬徨特至。如云"万里伤心严谴日，百年垂死中兴时。仓皇已就长途往，邂逅无端出饯迟"，万转千回，清空一气，纯是泪点，都无墨痕。诗至此，直可使暑日雪飞，午时鬼泣，在七言律中尤难。末径云"便与先生应永诀，九重泉路尽交期"，乃知诗到真处，不嫌其直，不妨于尽。

齐翀《杜诗本义》卷上：此诗虽题曰"送"，而实非送行之诗，盖郑已行，而公未得送，因作此诗，以伤之也。伤其临老，有朋友之情焉；著其陷贼，有君臣之义焉。

腊　日①

腊日常年暖尚遥，今年腊日冻全消②。侵陵雪色还萱草，漏泄春光有柳条③。纵酒欲谋良夜醉，还家初散紫宸朝④。口脂面药随恩泽，翠管银罂下九霄⑤。

【题解】

人逢喜事精神爽，老天似乎也乐意成人之美。以往的腊日，寒气十足；今年的这一天，大地全面解冻，万物复苏。萱草早早从雪地里钻出头来，柳条也开始吐青，宣告着春天就要到来。紫宸殿的朝会一结束，诗人就筹划着晚上好好喝上一顿酒。究竟有什么喜事？原来是皇上赐下了包装精致的防冻药物。这些药物价值虽小，意义不可谓不大。赏赐朝臣的旧例开始恢复，说明朝廷终于重新走上了正轨。就杜甫个人而言，能够进入紫宸殿议事，能够享受口脂、面药这些恩赐，也意味着他终于修成了正果，坐稳了京官，真正开始享受皇帝近侍的荣耀。

【注释】

①腊日：岁末祭祀百神之日，唐时在大寒之后的辰日。

②常年：一作"年年"。

③有：一作"是"。

④良：一作"长"。还：一作"归"。散：一作"放"。紫宸：紫宸殿，内朝议事之处。紫，一作"北"。《长安志》："宣政殿北曰紫宸门，内有紫宸殿，即内衙之正殿。"

⑤口脂、面药：防冻药物。《酉阳杂俎·忠志》："腊日，赐北门学士口脂、蜡脂，盛以碧镂牙筒。"翠管银罂：盛药之器。

【汇评】

顾宸《辟疆园杜诗注解》七律卷一：先言谋饮，后言散朝，欣庆之怀，急在未散之先。若先用"口脂"二句作联，散朝、纵酒作结，便板实无余味矣。杜诗章法之妙，全在此等处。

仇兆鳌《杜诗详注》卷五引张綖曰：大寒之后，必有阳春；大乱之后，必有至治。腊日而暖，此寒极而春、乱极将治之象，公故喜而赋焉。

佚名《杜诗言志》卷四：此拜拾遗后扈从还京，居省中，腊日退朝之作也。少陵自开元末年来长安，急欲得君而仕，然始而遭林甫按抑，继而逢禄山叛乱。至是始得以间道生还之故，迁拜拾遗，得居言路，摩厉以须，欲赞成中兴太平之治。故于腊日退朝喜其志之得遂，乃作此诗。

奉和贾至舍人早朝大明宫 舍人先世尝掌丝纶①

五夜漏声催晓箭，九重春色醉仙桃②。旌旗日暖龙蛇动，宫殿风微燕雀高。朝罢香烟携满袖，诗成珠玉在挥毫。欲知世掌丝纶美，池上于今有凤毛③。

【题解】

两京收复以后，大局甫定，朝野上下享受着胜利的喜悦，展望着即将到来的王朝中兴。乾元元年(758)春日,中书舍人贾至把他的这种乐观兴奋之情以《早朝大明宫呈两省僚友》一诗展示出来:"银烛朝天紫陌长,禁城春色晓苍苍。千条弱柳垂青琐,百啭流莺满建章。剑佩声随玉墀步,衣冠身惹御炉香。共沐恩波凤池里,朝朝染翰侍君王。"同朝为官的王维、杜甫与岑参等人不甘落后,纷纷应和,极力夸耀升平景象,这也引起了后人的质疑:"四人早朝之作,俱伟丽可喜,不但东坡所赏子美'龙蛇''燕雀'一联也。然京师蹀血之后,疮痍未复,四人虽夸美朝仪,不已泰乎?"(方回《瀛奎律髓》卷二)四人之诗写得珠圆玉润、花团锦簇,一方面是应酬、唱和之诗的体例所限,另一方面他们四人确实对当前政局抱有盲目的乐观情绪,故杜诗所极力渲染的依然是君臣的雍容熙和:五更时分,听着漏壶中滴答滴答的声音,朝臣们就默默地等着上朝了;太阳出来了,皇宫内灿烂的桃花红得耀眼,旌旗在风中招展,燕雀穿梭往来;大殿中香气缭绕,臣子们智珠在握,华美的奏章一挥而就;其中父子相继执掌诏诰的,如今也只有贾至一家了。

【注释】

①贾至(718—772),字幼几,河南洛阳人,历起居舍人、中书舍人、岳州司马、兵部侍郎等。贾至之父贾曾,一度亦为中书舍人。丝纶:诏书。《礼记·淄衣》:"王言如丝,其出如纶。"《新唐书·地理志》:"曰东内,本永安宫。贞观八年置,九年曰大明宫。……龙朔二年始大兴葺,曰蓬莱宫,咸亨元年曰含元宫,长安元年复曰大明宫。"

②五夜:旧时将一夜分为甲夜、乙夜、丙夜、丁夜、戊夜五个阶段,也称五更。漏箭:更筹。重:一作"天"。

③《旧唐书·贾至传》:"(贾)至,天宝末为中书舍人。禄山之乱,从上皇幸蜀。时肃宗即位于灵武,上皇遣至为传位册文。上皇览之,叹曰:'昔先帝逊位于朕,册文即卿之先父所为。今朕以神器大宝付储君,卿又当演诰。累朝盛典,出卿父子之手,可谓难矣。'"于:一作"如"。有:一作"得"。《世说新语·容止》:"王敬伦(王邵)风姿似父(王导),作侍中,加授桓公,公服从大门入。桓公望之,曰:'大奴固自有凤毛。'"

【汇评】

单复《读杜诗愚得》卷三:曰晓箭,曰春色,曰香烟,曰凤池,皆和贾诗中事意。古人和诗并如此，后世和韵不知意者，非古法矣。

朱瀚《杜诗七言律解意》：作诗须知宾主，前半撮略宾意，后半重发主意，始见精神。王、岑宾太详，主太略，岑掉尾犹有力，王则迂缓不振矣。"翠裘""冕旒""衮龙"偏倚重复之病，更不必言。又"弱柳""流莺"，毕竟属对体，必如"旌旗"一联，锻炼功深，精采飞动，始见格律。拈"凤"字更奇，王、岑远逊。

黄生《杜工部诗说》卷八：合观四作，贾首唱殊平平，三和俱有夺席之意。就三诗论之，杜老气无前，王、岑秀色可揽。一则三春秾李，一则千尺乔松，一结用事，天然凑泊，语更绸挚，故当推为擅场。

奉答岑参补阙见赠①

窈窕清禁闼，罢朝归不同。君随丞相后，我往日华东②。
冉冉柳枝碧，娟娟花蕊红。故人得佳句，独赠白头翁③。

【题解】

至德二载六月十二日，杜甫与左右拾遗裴荐、孟昌浩及左补阙韦少游等人，共同举荐岑参为近侍。嗣后，由试大理评事摄监察御史升任右补阙的岑参，写下《寄左省杜拾遗》："联步趋丹陛，分曹限紫微。晓随天仗入，暮惹御香归。白发悲花落，青云羡鸟飞。圣朝无阙事，自觉谏书稀。"杜甫即酬答此诗。前四句说他与岑参同朝为官而分属门下省、中书省，言下不无自得之意；后四句称对方芳华正茂，且与自己交谊深厚。

【注释】

①岑参(716—770)，南阳(今属河南)人，天宝三载进士，历任率府兵曹参军、右补阙、嘉州刺史等。

②往：一作"住"。日华：日华门。钱谦益笺引《雍录》："宣政殿前有两庑，两庑各有门。其东曰日华，日华之东则门下省也，居殿庑之左，故曰左省。西廊有门曰月华，月华之西即中书省也。凡两省官，系衔以左右者，皆

分属焉。"

③独:一作"犹"。

【汇评】

仇兆鳌《杜诗详注》卷六:岑诗有联步、分曹之语,前四就其意而答之。岑又有白发落花之语,后四反其意而答之。古人答诗,但和意而不和韵。

边连宝《杜律启蒙》五言卷二:诗似少味,句句都不消说得。

奉赠王中允维①

中允声名久,如今契阔深。共传收庾信,不比得陈琳②。一病缘明主,三年独此心。穷愁应有作,试诵白头吟③。

【题解】

王维因曾陷落贼中而受伪职,此时承受着巨大的压力。杜甫颇为同情,赋诗安慰宽解。他认为王维之遭遇,犹如庾信被迫仕于北周,两人都是因为才华卓著。即使如此,他却也没有如陈琳那样助纣为虐。王维虽然身陷贼中,却心向君王,服药称病,三年不改其志。久负盛名的他遭此磨难,处于困顿之中,应该会有诗作来抒发情志吧?

【注释】

①诗题"维"字,原本作题注,今据他本改。《新唐书·百官志》:"东宫官,左春坊,左庶子二人,正四品上;中允二人,正五品下。掌侍从赞相,驳正启奏。"《旧唐书·王维传》载,天宝末,王维历官给事中,扈从不及,为贼所得,服药取痢,诈称瘖病。安禄山素怜之,遣人迎至洛阳,拘于普施寺,迫以伪署。贼平,陷贼官六等定罪,王维以《凝碧》诗闻于行在,肃宗特宥之,责授太子中允。

②《周书·庾信传》:"侯景作乱,梁简文帝命信率宫中文武千余人,营于朱雀航。及景至,信以众先退。台城陷后,信奔于江陵。梁元帝承制,除御史中丞。及即位,转右卫将军,封武康县侯,加散骑常侍,来聘于我。属大军

南讨,遂留长安。江陵平,拜使持节、抚军将军、右金紫光禄大夫、大都督,寻进车骑大将军、仪同三司。"《三国志·魏书·陈琳传》:"(陈琳)避难冀州,袁绍使典文章。袁氏败,琳归太祖,太祖谓曰:'卿昔为本初移书,但可罪状孤而已,恶恶止其身,何乃上及父祖耶?'琳谢罪,太祖爱其才而不之咎。"

③《西京杂记》载,司马相如将聘茂陵女子为妾,卓文君作《白头吟》,有云:"凄凄自凄凄,嫁女不须啼。愿得一心人,白头不相离。"

【汇评】

黄生《杜工部诗说》卷四:叙王人品心事,时论辩章,风闻眼见,无数说话,极难表白,却叙得恬雅温厚如此,此唐贤真风雅、少陵真面目也。全得三、四用古人影掠,故叙事无痕。凡诗写景易而叙事难,叙事直致粗率,只为无少陵万卷胸、如神笔耳。

吴瞻泰《杜诗提要》卷七:此深察王中允之心而叹之,不独以其声名也。"三年独此心"一句,是主。三、四引古为喻,自为俯仰,维之心已可见白矣。五、六进一步,言其托疾三年,不受伪职,其心存故主,亦已至矣。而明主尚不谅其心耶?故七、八又进一步,意谓《凝碧池》之作,尚未必见信,何不再诵文君之《白头吟》也?言外寓肃宗有弃旧臣如弃妇意。一篇波澜顿挫,全用曲笔,以表白摩诘之心,而言之温厚和平如此。此少陵所以为真风雅也。事之难序者,必用比兴,便无径直浅率之病。引古即比兴也,但用有反正之不同,则在隶事之人耳。

宣政殿退朝晚出左掖①

天门日射黄金榜,春殿晴曛赤羽旗。宫草微微承委佩,炉烟细细驻游丝②。云近蓬莱常好色,雪残鳷鹊亦多时③。侍臣缓步归青琐,退食从容出每迟。

【题解】

云开日出,朝阳洒向皇宫,大殿之匾额金光灿灿,赤羽之旗帜鲜艳夺目。上朝的官员走进宫廷,轻盈的佩带拂过茂密的青草;殿中炉烟袅袅升起,黏住了细细游丝,朝臣专心致志审阅奏章。傍晚缓步回到左边的门下省,不慌不忙退朝进食,蓬莱宫上晚霞五彩缤纷,鸡鹊观前积雪融化多时。

【注释】

①宣政殿:大明宫第二大殿,在含元殿后,为常朝之处。左掖:殿东之阁门,通向门下省。时杜甫为左拾遗,属门下省。

②微微:一作"霏霏"。

③蓬莱:蓬莱宫。大明宫于龙朔二年曾改名为蓬莱宫。好:一作"五"。鸡鹊:汉武帝所筑楼观名,在甘泉苑中。

【汇评】

王夫之《唐诗评选》卷四:体物自然,结归纯净。首二句亦寻常思路所不到,举目得之。

仇兆鳌《杜诗详注》卷六:上四咏宣政殿,景之自外而内者。下四退朝出掖,时之自早而晚也。

石闾居士《藏云山房杜律详解》七律卷上:合看之,则首联与三联合为一景,次联与末联同为一情,有原有委,有叫有应。分则仍成顺布,合则反见错综,拗体诗变化至此,真可谓异样笔墨,乃不识者以为失粘之作,岂其然哉?

紫宸殿退朝口号

户外昭容紫袖垂,双瞻御座引朝仪①。香飘合殿春风转,花覆千官淑景移②。昼漏希闻高阁报,天颜有喜近臣知③。宫中每出归东省,会送夔龙集凤池④。

【题解】

紫宸殿外,身着紫袖的宫女侍立两旁,引导官员逐次进入殿内朝拜君王。院内春风拂面,香气馥郁,官员们静待花下,随着树荫移动而变换位置。君臣奏对,专注而肃穆,忘记了时间的流逝。诗人身为拾遗,乃天子近臣,天颜有喜而得以先知,朝中之事也能够预闻。从紫宸殿散朝而出,他还要跟随宰相去政事堂。诗无讽谏之意,仅抒写天子近臣的荣耀。

【注释】

①《新唐书·百官志》:"昭仪、昭容、昭媛、修仪、修容、修媛、充仪、充容、充媛,各一人,为九嫔,正二品。"

②景:一作"日"。

③希:一作"稀"或"声"。

④夔龙:舜的两个臣子。《书·舜典》:"伯拜稽首,让于夔龙。"集:一作"到"。

【汇评】

唐汝询《唐诗解》卷四一:此亦退朝归省而赋其事。天子将朝,官人引导。双瞻御座者,两昭容面内而却行也。是时炉香随风遍满殿上,宫花向日掩映朝班。紫宸内衙,昼漏必待外阁之报,故稀闻。拾遗末僚,不得密侍,故天颜有喜惟近臣知耳。既朝而退,则又与三省僚属会送丞相至中书而后退也。盖公为拾遗,本宜亲君,而以位卑分疏,不得近,故无所建,而随班碌碌,良可叹也,岂帝宠浸衰之时乎。

王嗣奭《杜臆》卷二:宣政殿在含元殿北,朔望所御;紫宸殿日御,古之燕朝也。故二诗气象大小庄媒不同。内朝则昼漏不甚闻,须外廷高阁之报。天颜有喜,近臣知之;拾遗末僚,空怀景仰之私耳。

黄生《杜工部诗说》卷八:此诗首尾并具典故,虽浓丽工整,颇无深意,疑即从二事托讽。缘官人引驾,虽属旧制,然大廷临御,万国观瞻,岂容此辈接迹?而时主因循不改,于朝仪为已亵矣。至如宰相虽尊,实与群臣比肩而事主,退朝会送,此何礼乎?此诗所以志讽。然第具文见意,《春秋》之法在焉。宋人目公为"诗史",浅之乎窥公矣。

春宿左省①

　　花隐掖垣暮,啾啾栖鸟过。星临万户动,月傍九霄多。不寝听金钥,因风想玉珂②。明朝有封事,数问夜如何③。

【题解】

　　诗写杜甫于乾元元年春日在门下省值宿的情景。暮色来临,皇宫旁垣里鲜花的影子逐渐模糊,归巢的鸟儿叽叽喳喳,呼朋引伴,从空中喧闹而过。夜深了,一切终于安静下来。月亮慢慢爬上了九霄,千门万户沐浴着星光。值宿的诗人难于安寝,因为记着明天要上呈奏章,他多次探问夜到了几更。屋檐下的铃铎在风中碰撞,使他不免恍惚,以为是听见了官员上朝时玉珂的声响,于是屏气聆听宫门是否有钥匙在转动。

【注释】

　　①左省:门下省,在宣政殿之左。

　　②玉珂:马络头上的玉制或贝壳制装饰物。

　　③《诗·小雅·庭燎》:"夜如何其? 夜未央,庭燎之光。君子至止,鸾声将将。"

【汇评】

　　汪瑗《杜律五言补注》卷一:前四句言宿省之景,乃未寝时所见者也;后四句言宿省之情,乃既寝时所思者也。

　　金圣叹《唱经堂杜诗解》卷一:此诗之妙,妙于将题劈头写尽,却出己意,得大宽转。只起二句,已尽题矣。何也?"掖垣"者,左省也。"暮"则应宿之候也,却于"暮"字上加"花隐"二字,补"春"字也。"啾啾栖鸟过"言万物无不以时而宿。如此十字,"春宿左省"已完矣。下六句,何也? 是则老杜一腔忠君爱国之心,而非诸家之所知也。

　　邓献璋《艺兰书屋精选杜诗评注》卷一:前半写宿省之景,花鸟星月皆生出精彩;后半写未寝所思,忧君爱国之思,淋漓满纸。

晚出左掖

昼刻传呼浅,春旗簇仗齐。退朝花底散,归院柳边迷。楼雪融城湿,宫云去殿低。避人焚谏草,骑马欲鸡栖①。

【题解】

白天总是很难听见报时的声音,不知不觉就到了下朝的时刻。走出大殿,院子里早已摆好散朝的仪仗。官员们沿着树丛花间的小径,各自回到他们的办公之地。积雪开始融化,到处是湿漉漉的,宫殿在澄净的天空中格外高大。诗人在无人之处烧掉他上奏的草稿,骑上马准备回家。刘辰翁说:"焚谏草者,不欲人知也。然使人知其焚稿,是犹欲知也。虽焚稿亦避人,正是点破古事。无限恳款,此事君当然之体。"(《集千家注批点杜工部诗集》卷四)

【注释】

①《晋书·羊祜传》:"其嘉谋谠议,皆焚其草,故世莫闻。"《诗·王风·君子于役》:"鸡栖于埘,日之夕矣。"诗末原有注:"朱仲卿车如鸡栖,马如狗。"

【汇评】

王夫之《唐诗评选》卷三:起二句皆写一"出"字,妙在不显,而竟以退朝接之。"楼雪"一联是回望景,为"晚出"传神,得句精微,是此翁独契。一篇止以事之先后为初终,何尝有所谓起承开阖者,俗子画地成牢,誓不入焉,可也。

唐汝询《唐诗解》卷三四:此因晚出掖门而赋其事。天子临朝传呼,漏刻浅者,昼将尽也。帝将入内,故整齐旗仗,则己亦散去而归省也。迷柳而观云雪,有无心在朝意,于是,焚其谏草,骑马而出,则鸡栖埘也。

杨伦《杜诗镜铨》卷四:首二入朝,次二朝退,五、六未进院路上景,七句在院中事,出院只末一句。与前首专写"宿"字者,格法各不相同。

题省中院壁①

掖垣竹埤梧十寻,洞门对霤常阴阴②。落花游丝白日静,鸣鸠乳燕青春深。腐儒衰晚谬通籍,退食迟回违寸心。衮职曾无一字补,许身愧比双南金③。

【题解】

此诗之主旨,或以为自警,如仇兆鳌《杜诗详注》所言"公年四十六始拜拾遗,时已晚矣,乃迟回一官,未尽言责,徒违素心耳。职无补而身有愧,乃题于院壁以自警";或以为自叹,如《杜诗言志》所说"此诗乃不得志于时,而题壁以自叹者"。细绎诗意,当以后者为是。高峻的院墙里,门下省之衙署分外深沉幽静。几株高大的梧桐树旁,点缀着数丛稀疏矮小的毛竹。顺着屋檐下的水槽望去,远处重门相对,深不可测。大院阒寂无人,乳燕初飞,鸠鸟时鸣,落花轻飏,游丝飘荡。苦苦追求多年,到晚年终于为君王认可,处禁苑重地,值可为之时,却无所事事,优游销日,如何教诗人不难堪?

【注释】

①诗题一本无"院"字。

②十:一作"千"。霤:屋檐下接水的长槽,一作"雪"。

③《诗·大雅·烝民》:"衮职有阙,唯仲山甫补之。"双南金:黄金,喻贵重之物。西晋张载《拟四愁诗》:"佳人遗我绿绮琴,何以赠之双南金。"

【汇评】

方回《瀛奎律髓》卷二五:此篇八句俱拗,而律吕铿锵,试以微吟或以长歌,其实文从字顺也。……两句中各自为对,或以壮丽,或以沉郁,或以劲健,或以闲雅。

卢元昌《杜诗阐》卷六:公在谏垣,身任国事,排众直言,未免撄忌。兼之贾至去位,凡坐房琯交者,大率不免。平生稷、契自命,幸而遇主,可以有为,乃时事龃龉,枘凿已见,从此不复上封事,焚谏草,曲江诗酒,消磨宦情。《题壁》一章,竟作乞骸疏读。

杨伦《杜诗镜铨》卷四:杜好作拗体七律,自觉意致倏然。

送贾阁老出汝州①

西掖梧桐树,空留一院阴。艰难归故里,去住损春心。
宫殿青门隔,云山紫逻深②。人生五马贵,莫受二毛侵③。

【题解】

诗送贾至由中书舍人出守汝州。杜甫、贾至、严武等人皆同房琯相亲厚,贾至之贬黜,可以视为房琯一党遭受清算的信号。杜甫或是嗅察到这一严重危机,所以对于贾至的离去格外伤感。诗中他一方面为贾之离去而惋惜,明言偌大的中书衙门再也难觅知音,无论离去的贾至还是留下的他自己,都为春天发生的这一变故而憔悴心伤,都感觉到此后见面不易;另一方面他又极力安慰对方,劝慰他人生在世,做到刺史也足以自豪了,不必为此而忧愁衰老。显然,这里的慰藉之词是苍白无力的,身处中枢的贾阁老,如何会为出任紫逻山区的汝州刺史而感到荣幸呢?

【注释】

①贾阁老:贾至,此前为中书舍人。汝州:今属河南平顶山。
②紫逻:山名。《九域志》:"汝州梁县有紫逻山。"
③五马:这里指太守。《陌上桑》:"使君从南来,五马立踟蹰。"

【汇评】

卢元昌《杜诗阐》卷六:公悲贾去,自分不免,故有"去住损春心"句。盖公与房琯、贾至、严武、张镐诸公同功一体。……自贾先出汝州,张镐随罢相,公亦出华州,严武贬巴州,至房琯则下制数罪,贬邠州刺史,不出两月,朝署一空。譬彼雨雪,先集维霰,公于贾出,用是耿耿。

吴瞻泰《杜诗提要》卷七:出外之嗟,惜别之意,皆具首二句景中,浑然不露。白山云：起语醇深雅健，兴体之妙，无出其右，三唐之绝唱也。七、八故为慰藉之词。"莫受"二字，寓意微甚。

杨伦《杜诗镜铨》卷四：起句妙在破空而来，入结联则常调矣。

送翰林张司马南海勒碑 相国制文①

冠冕通南极，文章落上台②。诏从三殿去，碑到百蛮开③。野馆浓花发，春帆细雨来。不知沧海上，天遣几时回④。

【题解】

张司马身负相国亲自撰写的文章，从翰林院出发，经天子坐镇之麟德殿，远赴极南之地的南海郡，镌勒碑铭。此去水陆舟车，细雨野花，一路定会风光无限。只是南海辽远，归期难定，不知何时回转归来。

【注释】

①翰林张司马：翰林院无司马，唯元帅府有行军司马，大都督府上下州有司马，张司马或临行前获赠翰林虚衔。司马，一本作"学士"。南海：南海郡，治所在今广州。题注一本无。

②上台：此指相国。

③三殿：此指大明宫之麟德殿，有三面，在仙居殿西北，翰林院在其西厢重廊后；一作"天上"。

④上：一作"使"。天遣：天使。

【汇评】

唐汝询《唐诗解》卷三四：南极非冠冕之地，今遇司马而始通。碑文乃相国所制，益又贵矣。彼百蛮能不披靡乎？于是见花而喜春景之暄妍，对雨而感征途之跋涉。君顾何时而返国耶？道远难期，听之于天耳。

孙鑛《杜律》五律卷二：前四句叙事佳，后四句虽工，然花雨丝颜，凄凉惨象，是羁旅景。结似有忧其不即返意，以赠谪官则宜；今送勒碑，须点以壮丽景，而结以刻期速归，美之斯得。

王嗣奭《杜臆》卷二：前四句极得大体，后联"野馆浓花"，极堪玩赏；"春帆细雨"，又觉凄凉。长途情景，在处有之，描写深细。

曲江陪郑八丈南史饮

雀啄江头黄柳花，鸬鹚鸂鶒满晴沙。自知白发非春事，且尽芳樽恋物华。近侍即今难浪迹，此身那得更无家①。丈人文力犹强健，岂傍青门学种瓜②。

【题解】

曲江池头，嫩柳吐蕊；晴日沙边，群鸟嬉戏。赏春拈花，乃是年少轻狂之事，如今头白，唯有敬陪友人，且尽芳樽之酒。自己虽为近侍，常睹天颜，却难以履行言官职责，不如就此归去，求田问舍，享受天伦之乐。至于您郑八丈，才力强健，大有可为，怎能萌生归隐之心，学邵平种瓜青门呢？

【注释】

①难浪迹：难于与世浮沉，即不愿尸位素餐。一说难于浪迹其间，自知罢斥在即。

②文：一作"才"。

【汇评】

王嗣奭《杜臆》卷二：此诗起最有力，若他人必用为实联矣。一气转下，势若连环，妙甚。

黄生《杜工部诗说》卷一二：公虽为拾遗，不得行其志，故每有拂衣之思，特假五、六为辞，言作吏既苦拘束，家乡又久抛离，因此欲动归兴。若丈人才力犹堪效用于时，岂可遽作邵平之计耶？酒间必谈及时事，郑亦有志拂衣，故姑以此慰藉之。八句言人见己，乃上下映带法也。

曲江二首

其一

　　一片花飞减却春,风飘万点正愁人。且看欲尽花经眼,莫厌伤多酒入唇。江上小堂巢翡翠,苑边高冢卧麒麟①。细推物理须行乐,何用浮名绊此身②。

【题解】

　　当一片花瓣在眼前飘落的时候,敏感的诗人就意识到春意衰减而郁郁难安;等到千万朵落花飞舞于空中,他的心中该是何等惆怅。正因为眼睁睁地看着花飞花谢而终至一无可落,所以再多的美酒也无法消释他心中的愁闷。昔日宴游的江边小屋,如今荒废而筑上了鸟巢;芙蓉苑边,当年雄踞高冢的石麒麟,已淹没于荒草之中。想一想万物兴衰本是自然之理,沧海桑田、人事变迁不可阻挡,不如及时行乐,方不辜负大好人生。

【注释】

　　①堂:一作"棠"。苑:原作"花",据他本改。
　　②用:一作"事"。名:一作"荣"。

【汇评】

　　金圣叹《唱经堂杜诗解》卷二:本为万点齐飘,故作此诗,却以曲笔倒追至一片初飞时说起。细思老人眼中,物候惊心,节节寸寸,全与少年相异,真为可悲可痛。看他接连三句飞花,第一句是初飞,第二句是乱飞,第三句是飞将尽。裁诗从未有如此奇事。"欲尽花""伤多酒",以三字插放句腰,其法亦异。酒是"伤多酒入唇"最难,本最可厌,而先生叮嘱"莫厌"者,为花是"欲尽花"。看他下"经眼"二字,便将眼前一片一片不算是花,直是老人千金一刻中之一点一点血泪也。小堂翡翠,不过小鸟,而今日现存,即金碧可喜;高冢麒麟,虽是大官,而今日不在,即黄土沉冥。"巢"字妙,写出加一

268

倍生意；"卧"字妙，写出透一步荒凉。"江上"者，又于生趣边写得逝波不停，便宜及时寻乐；"苑边"者，又于死人傍写出后人行乐，便悟更不能强起追陪也。如此二句十四字中间，凡寓无数悲痛感悟。因结之云：物理既一定如此，细推又深悟其然；然则浮名之与行乐，我将何去何从，孰得孰失也哉。

其二

朝回日日典春衣，每日江头尽醉归。酒债寻常行处有，人生七十古来稀。穿花蛱蝶深深见，点水蜻蜓款款飞①。传语风光共流转，暂时相赏莫相违。

【题解】

其二从上首结语写起，既然细推万物变迁之理，唯有及时行乐，那就理直气壮地流连曲江池边，每日大醉方归吧。但酣饮颇费酒钱，诗人经济拮据，无计可施，唯有典衣沽酒。时值暮春，冬衣典尽而续之以当季的春衣，无衣可典而四处赊酒以至无处可赊。一身酒债固然令人难堪，不过人生苦短，春光易逝，蝴蝶翩翩、蜻蜓款款，这样的美景怎容错过？

【注释】

①见：一作"舞"。款款：一作"缓缓"。

【汇评】

金圣叹《唱经堂杜诗解》卷二：承前一首，遂力疾行乐也。八句，通首是痛饮诗，却劈头强安"朝回"二字，妙。便是"浮名绊身"四字，一气说下语，而后首"懒朝"二字，亦全伏于此矣。"酒债"说是"寻常"，妙甚。须知穷人酒债，最不寻常。一日醉，一日债；一日无债，一日不醉。然则"日日典春衣"，一年那有三百六十春衣？"每日尽醉归"，三百六十日又那可一日不醉而归？如是而又毕竟以酒债为"寻常"者。细思人望七十大不寻常，然则酒债乃真是寻常，看惊心骇魄之论也。"日日""每日"，接口成文。"蛱蝶"句，写出残春；"蜻蜓"句，写出初夏。言蛱蝶穿花，深深尚见，可见余春未尽；蜻蜓点水，略求款款，莫令初夏便来。老人岂有多时，不过暂尔相赏，何苦流转太速,风光如此毒害耶。无聊无赖,望空传语,不知传语与谁,惟有思之欲涕。"共"字妙,犹言我尽尔亦尽。

毛张健《杜诗谱释》卷一:前篇用顺势,此篇用逆势。顺者先述春尽,次接行乐;逆者先言行乐,缴还春尽。公二篇之法多如此。

曲江对酒

苑外江头坐不归,水精春殿转霏微①。桃花细逐杨花落,黄鸟时兼白鸟飞②。纵饮久判人共弃,懒朝真与世相违。吏情更觉沧洲远,老大悲伤未拂衣③。

【题解】

芙蓉苑外,曲江池边,桃花、柳絮先后飘落,白鸟、黄鸟往来追逐。水晶般的宫殿,倒映在波光潋滟的春水中,微风吹拂,晃动的倒影渐次模糊。诗人纵情酣饮于此,久久不愿离去,毫不顾忌他人的嫌弃。他觉得归隐沧州的乐趣要远远多于上朝参谒,这种旨趣真与世俗之情大相背离。可惜由于种种缘故,年老头白,一事无成,却仍然无法拂衣而去。

【注释】

①春:一作"宫"。

②细逐杨花落:一作"欲共梨花语"。时:一作"仍"。

③吏:一作"含"。洲:原作"州",据他本改。悲伤:一作"徒悲"。

【汇评】

金圣叹《唱经堂杜诗解》卷二:前诗云"尽醉归",是虽醉还归。此诗乃云"坐不归",竟醉亦不归,不醉亦不归矣。"江头"上又添"苑外",妙。自明非为赏玩物华,所以坐不归者,只为下三语耳。"霏微",是描写春阴好字,只加"转"字,便是借好字作刺语,言尔来渐复阴蔽也。看他于"宫殿"上,故着"水精"字可见。桃花贪结子,而与杨花细落,即知渐渐百无一成。所以然者,黄鸟喻友声,而与白鸟闲飞,便悟是同学少年不相顾盼也。人生至此,生理尽矣,江头不归,不亦宜乎。"纵饮"犹可言,"懒朝"不可言。前云日日江头去醉,还是"纵饮";今云花外江头去坐,真是"懒朝"矣。"纵饮"还是人共弃我,"懒朝"直是我自违世;如此,便应拂衣竟去。而犹徒悲老大,全未拂衣者,先生眷眷不忘朝廷,故作此缠绵凄恻之词,尚希有所感悟也。此解不因"懒朝"二字,几不知前解一、二句之妙。试思诸公衮衮入朝,先生却江头去坐。"坐"字奇杀人,骤然读之,使人笑泪一时俱有。坐江头却回身看宫殿,此水精霏微之所以了然于目中;坐江头又回身看宫殿,此水精霏微之所以决不能已于胸中也。后解因云,吏情到此田地,真觉沧洲非远。然老大终未拂衣者,试思懒朝去坐江头,犹看水精宫殿,如此人,则虽复老大,岂忍拂衣也。

汪灏《树人堂读杜诗》卷六:"桃花"二语,开后世无数叠字句,然细玩之,真是难学。公盖只用四样飞舞空中物,上不粘天,下不粘地,所以不嫌重笨。后人摹其句法,终觉粘滞。

曲江对雨

　　城上春云覆苑墙,江亭晚色静年芳①。林花著雨燕脂湿,水荇牵风翠带长②。龙武新军深驻辇,芙蓉别殿漫焚香③。何时诏此金钱会,暂醉佳人锦瑟傍④。

【题解】

　　暮色时分,诗人坐在曲江池旁的亭子里。空中的乌云越集越厚,越来越低,似乎就要盖住城墙了。一阵春雨飘然而至,林中的红花,经过雨水一番冲刷,显得格外鲜艳;水中的荇草,被微风牵引,蔓丝更加细长。在这寂寥的晚春,君王没有出来巡游,随辇的龙武新军安静地驻守在深宫。芙蓉别殿,冷香缭绕,一派幽静。朝臣什么时候才能欢聚,莺歌燕舞,重享太平欢乐呢?"虽赋雨中人事,亦至德间乱后初复景象,回思开元曲江之盛,赐金紫,赐女乐,不可复得。杜老胸中无限悲慨,却又不露"(陈之壎《杜工部七言律诗注》卷一）。

【注释】

①年：一作“天”。

②燕脂：一作“燕支”。

③龙武新军：据《新唐书·兵志》载，高宗龙朔二年，置左右羽林军，玄宗后改为左右龙武军。肃宗至德二载，置左右神武军，赐名天骑，即新军。深：一作“经”。

④诏：一作“重”。金钱会：《旧唐书·玄宗纪》：“（开元元年九月）己卯，宴王公百寮于承天门，令左右于楼下撒金钱，许中书门下五品已上官及诸司三品以上官争拾之，仍赐物有差。”暂：一作“烂”。

【汇评】

朱瀚《杜诗七言律解意》：前半写雨景之苍凉，以长安新经丧乱也。后半因雨而伤南内之寂寥，少陵实曾见知于上皇也。春云覆苑，则林花著雨，而车马阒然；江亭晚景而水荇牵风，则彩舟绝迹矣：所谓静年芳也。中联又申言之。玄宗用万骑军平韦氏，改为龙武军，亲近宿卫，今日深驻辇，则不自临阅，威柄非复曩时。又常从夹城达芙蓉园，今不复游幸，当无焚香以待者，曰漫漫焚香。几许忠厚，全在“诏”字，扼定思君之意。

吴瞻泰《杜诗提要》卷一一：感慨诗最忌衰飒，而以绮藻出之，意全不露，一结翻身作进步法。又于冷处想到热处，不惟不落衰飒一边，且将臣子思复升平景象，溢于言外。

奉陪郑驸马韦曲二首①

其一

韦曲花无赖，家家恼杀人。绿樽须尽日，白发好禁春②。石角钩衣破，藤枝刺眼新③。何时占丛竹，头戴小乌巾④。

韦曲一带家家种花。这些花开得真艳丽,让人极为羡慕。头白之时,面对如此春色,自当痛饮整日方休。刚刚长出来的藤枝,可爱得让人移不开眼睛。石头的棱角则勾住诗人的衣服,似乎不愿让他就此离去。诗人他多么希望能够头戴乌巾,隐居在这丛竹深处。

【注释】

①郑驸马:郑潜曜。韦曲:在今陕西西安长安区。《雍录》卷七:"韦曲在明德门外,韦后家在此,盖皇子陂之西也。"

②绿:一作"渌"。须:原作"虽",据他本改。禁:一作"伤"。

③枝:一作"梢"或"萝"。

④张彦远《法书要录》卷八:"吴处士张弘,字敬礼,吴郡人,笃学不仕,恒著乌巾,时号张乌巾。"

【汇评】

陆时雍《诗镜总论》:少陵"绿樽须尽日,白发好禁春",一语意经几折,本是惜春,却缘白发拘束怀抱,不能舒散,乃知少年之意气犹存,而老去之愁怀莫展,所以对酒而自伤也。少陵作用,大略如此。

金圣叹《唱经堂杜诗解》卷二:平日本是一肚不合时意思,是日陪郑至韦曲,却是更忍不得,不觉颓然放口借花痛骂。试思花有何"无赖",且何至"家家"无赖?先生自年老官卑,不蒙诸公之所齿录,因而恃老放颠,全不顾人耳目,纵笔遂作此二句十字。先生可谓"无赖"之至也。绿尊必须尽日;不尔者,白发那好禁春耶。悉是无赖语,笔态狂甚也。

仇兆鳌《杜诗详注》卷三:首章,对韦曲春景而动归隐之怀。上四,惜花之情反言以志胜。下四,寻幽之意托言以寄慨。时盖献赋不遇,有感而发欤?

其二

野寺垂杨里,春畦乱水间。美花多映竹,好鸟不归山。城郭终何事,风尘岂驻颜。谁能与公子,薄暮欲俱还。

　　垂杨深处，一座小小的寺庙隐约可见；一泓春水，点缀着几处绿油油的菜地。绿竹、鲜花触目尽是，连鸟儿也爱上了这里，根本不想归栖深山。自己整日在城市中奔波忙碌，精神日渐耗损，容颜日见憔悴，不知意义何在？真不愿在黄昏时刻，随公子一起回到那喧嚣的都市。诗人"自言平日在市朝间，曾无所成，坐老岁月，故留恋韦曲之盛，至不欲与公子薄暮俱还。然此乃公为左拾遗时诗，殆不得行其志而然耳"（赵汸《赵子常选杜律五言注》卷一）。

【汇评】

　　金圣叹《唱经堂杜诗解》卷二：承前首我既不耐欲去，则或于"野寺垂杨"之内，或于"春畦乱水"之间，随分空闲，皆堪投老也。试看美花无不映竹，岂有好鸟而不归山；若必待有丛竹可占，方始乞休，则愧美花好鸟久矣。盖计决即去，更无留恋之辞。从来只作韦曲景物看，遂不解先生妙笔。

　　仇兆鳌《杜诗详注》卷三：次章，记韦曲诸胜，有超然世外之意。上四写景，羡村居幽事。下四叙情，慨城市尘缘。

　　浦起龙《读杜心解》卷三之一：二诗一滚递下，直滚到下章末联，反点奉陪作结。

送许八拾遗归江宁觐省，甫昔时尝客
游此县，于许生处乞瓦棺寺维摩图
样，志诸篇末①

　　诏许辞中禁，慈颜赴北堂②。圣朝新孝理，祖席倍辉光③。内帛擎偏重，宫衣著更香④。淮阴清夜驿，京口渡江航⑤。春隔鸡人昼，秋期燕子凉⑥。赐书夸父老，寿酒乐城隍⑦。看画曾饥渴，追踪恨森茫⑧。虎头金粟影，神妙独难忘⑨。

【题解】

许拾遗将回故乡江宁探望他的母亲,杜甫前来送别,回忆起他当年漫游吴越,曾到过许拾遗的家乡,还参观过当地的瓦棺寺,于是向许拾遗讨要寺中维摩居士的画像,写下此诗。前六句先叙述许拾遗此行是为了表达孝心,得到了朝廷的嘉许,获得了众多的赏赐。次六句写许拾遗经淮阴、京口而荣归故里,与同乡父老宴饮谈乐,春日去而秋日将归。最后四句写杜甫对瓦棺寺之画图念念不忘,恨不得追随许拾遗前去。

【注释】

①许八拾遗:或当为许登。尝:原作"常",据他本改。瓦棺寺:在今江苏南京秦淮河畔。维摩:即维摩诘,早期佛教居士。

②"诏许"两句:一作"天语辞中禁,家荣赴北堂"。北堂:指母亲。

③祖席倍辉光:一作"行子倍恩光"。祖席,饮饯。

④内:一作"赠"。

⑤淮阴:今属江苏淮安。清夜:一作"绩代"。清,一作"新"。

⑥鸡人:报晓之人。《周礼·春官·鸡人》:"夜呼旦,以嘂百官。"嘂,大呼。

⑦"春隔"至"城隍"四句:一作"竹引趋庭曙,山添扇枕凉。十年过父老,几日赛城隍"。城隍,《北齐书·慕容俨传》:"(郢州)城中先有神祠一所,俗号城隍神,公私每有祈祷。"

⑧恨:一作"限"。

⑨张彦远《历代名画记》载,顾恺之字长康,小字虎头,晋陵无锡人,多才气,尤工丹青,传写形像,莫不妙绝。曾于瓦棺殿画维摩诘,画讫,光耀月余。金粟:金粟如来,维摩居士之前身。

【汇评】

浦起龙《读杜心解》卷五之二:前四,述荣饯,得体。中四,纪归觐,周币。后四,志忆图,余波。

因许八奉寄江宁旻上人

不见旻公三十年，封书寄与泪潺湲①。旧来好事今能否，老去新诗谁与传。棋局动随寻涧竹，袈裟忆上泛湖船②。问君话我为官在，头白昏昏只醉眠③。

【题解】

此诗与前首同时而作。杜甫早年在江宁结识了高僧旻上人，多年来音讯不通，此时借许拾遗回乡观省之机，捎去问候。诗人说：江宁一别，至今已有三十年了。当日旻公你喜欢吟诗下棋，多与文士往来，如今不知风采是否依旧，是否又有新的诗友？那时我们两人可谓形影不离，你隐居幽谷，我携带棋局往寻；我泛舟湖上，你披袈裟相随。如果你向许拾遗打听我的近况，我会托他告诉你，我虽官职在身，却是无心为官，只是昏昏欲醉而已。"诗以情为主，情以真为主。此诗入他人手，便用僧家许多话，一时似工，细玩取厌，以其套而不真也。不使一事，不设一景，淡淡说来，何尝不佳"（陈之壎《杜工部七言律诗注》卷一）。

【注释】

①与：一作"为"。

②寻：一作"幽"。

③问：本作"闻"，据他本改。

【汇评】

卢世㴶《杜诗胥钞余论·论七言律诗》：是七言律中足色好诗，清切悠扬，最为合拍。

吴见思《杜诗论文》卷一〇：只就实事细写，而感今追昔。

杨伦《杜诗镜铨》卷四引王阮亭曰：清空如话。东坡、半山七律多祖此。

题李尊师松树障子歌①

老夫清晨梳白头,玄都道士来相访②。握发呼儿延入户,手提新画青松障③。障子松林静杳冥,凭轩忽若无丹青④。阴崖却承霜雪干,偃盖反走虬龙形⑤。老夫平生好奇古,对此兴与精灵聚。已知仙客意相亲,更觉良工心独苦。松下丈人巾屦同,偶坐似是商山翁⑥。怅望聊歌紫芝曲,时危惨淡来悲风⑦。

【题解】

这是一首题画诗。当时诗人正在长安任拾遗,一大早他还在打理头上的白发,玄都观的李道士就携带着画作前来索诗。诗人一边呼唤儿子出来安排客人就坐,一边握着头发就欣赏起画作来。李道士画的是悬崖下的松树,画中的松树十分逼真,好像就是凭轩眺望所见。松枝倒盘,形如虬龙,与李道士的品性颇为契合。松树下还坐着几位老者,他们萧散的神态,使人想起了商山四皓。诗人顿时感到一阵悲风似乎从松间飒然而起,而避世之心也油然而生。

【注释】

①尊师:对道士的尊称。障子:屏障。

②玄都:玄都观。《长安志》卷九:"崇业坊玄都观,隋开皇二年,自长安故城徙通道观于此,改名玄都观,东与善庆寺相比。"

③提:一作"持"。

④静:一作"尽"。

⑤承:一作"成"。雪:一作"露"。

⑥屦:一作"履"。似:一作"自"。商山翁:商山四皓。

⑦紫芝曲:商山四皓所歌云:"晔晔紫芝,可以疗饥。"

陈式《问斋杜意》卷四：前大半极赞画松之妙，精灵以聚。至言松下丈人巾屦之同，能使悲风起于树下，则精灵之所以聚。精灵，兼作者、看者在内。

张溍《读书堂杜诗注解》卷四：画中所有作两层写，有笔法。感时思隐，末意甚深，方不是拘拘题画。

得舍弟消息

风吹紫荆树，色与春庭暮①。花落辞故枝，风回返无处。骨肉恩书重，漂泊难相遇。犹有泪成河，经天复东注。

【题解】

诗作于乾元元年春季。庭中的紫荆树，向来是兄弟同气连枝的象征。如今紫荆花被风从树上吹落，再也无法回到原来的枝头，不正意味着诗人兄弟在战乱中分离，再也无法回到故土重聚了吗？就在这一时刻，接到兄弟从东边寄来的书信，想到相聚之无望，眺望兄弟之所在而如何不泪下如注呢？"苦心怨调，使人凄然。终鲜之痛，憯于脊令死丧之喻"（刘辰翁《集千家注批点杜工部诗集》卷四）。

【注释】

①周景式《孝子传》："古有兄弟，忽欲分异，出门见三荆同株，接叶连阴，叹曰：'木犹欣聚，况我而殊哉。'还为雍和。"吴均《续齐谐记》载，田真兄弟三人欲分财，生资皆平均，唯堂前紫荆花叶美茂，夜议砍分取为三。晓欲伐，即枯死。真叹曰："树本同株，闻将分斫，所以憔悴，是人不如木也。"兄弟因不复分。

【汇评】

张远《杜诗会粹》卷六：此诗系比体。荆树喻同气也；春风落而返无处，喻乱离漂泊无定也。虽得消息而相与难期，不免泪如注耳。

278

仇兆鳌《杜诗详注》卷六：此章对景言情,上比下赋,有古诗遗意。荆花吹落,喻兄弟分张。风回不返,喻漂泊难遇。公在西京,弟在河南,故云泪东注。"恩书"二字,点题。

送李校书二十六韵①

代北有豪鹰,生子毛尽赤。渥洼骐骥儿,尤异是龙脊②。李舟名父子,清峻流辈伯③。人间好少年,不必须白皙。十五富文史,十八足宾客。十九授校书,二十声辉赫。众中每一见,使我潜动魄。自恐二男儿,辛勤养无益。乾元元年春,万姓始安宅。舟也衣彩衣,告我欲远适④。倚门固有望,敛衽就行役。南登吟白华,已见楚山碧⑤。蔼蔼咸阳都,冠盖日云积⑥。何时太夫人,堂上会亲戚。汝翁草明光,天子正前席⑦。归期岂烂漫,别意终感激。顾我蓬屋资,谬通金闺籍。小来习性懒,晚节慵转剧⑧。每愁悔吝作,如觉天地窄。羡君齿发新,行己能夕惕⑨。临歧意颇切,对酒不能吃。回身视绿野,惨澹如荒泽。老雁春忍饥,哀号待枯麦。时哉高飞燕,绚练新羽翮。长云湿褒斜,汉水饶巨石⑩。无令轩车迟,衰疾悲宿昔。

【题解】

弘文馆校书郎李舟将赴襄阳探望他的母亲,杜甫作诗相送。前十六句称颂李舟的家世及才华,着重叙述了他少年成名。次十六句就眼前之事说起,交代李舟探亲的背景与目的,着重突出他的孝行。最后二十句落到诗人自己身上,感叹年老官卑,表达对友人远行的难舍之情。"(杜)甫与(李)舟有宿昔之欢,况当老而有此别,倘或来迟,无以慰哀疾,宁免悲思之乎?"(王洙等《分门集注杜工部诗》卷九引师氏语)

【注释】

①李校书：李舟，字公受，天宝十四载以黄老学登第，乾元元年，授弘文馆校书郎。校书郎，正九品上，掌雠校典籍、刊正文章。

②儿：一作"种"。龙：一作"虎"。

③李舟父子：李舟之父李岑，进士及第，历官水部郎中、眉州刺史。

④《列士传》："老莱子，楚人，少以孝行养亲。年七十一，父母犹存，莱子服斑斓之衣，为婴儿戏于亲前。"

⑤《毛诗序》："《白华》，孝子之洁白也。"束皙《补亡诗》："白华朱萼，被于幽薄。粲粲门子，如磨如错。终晨三省，匪惰其恪。"

⑥日云积：一作"已如积"。

⑦明光：明光殿。《三辅黄图·汉宫》："未央宫渐台西，有桂宫，中有明光殿，皆金玉珠玑为帘箔，处处明月珠，金陛玉阶，昼夜光明。"《汉官仪》卷上："尚书郎事光明殿。"前席：《史记·商君列传》："卫鞅复见孝公。公与语，不自知膝之前于席也。"

⑧节：一作"岁"。

⑨《论语·子路》："子曰：'行己有耻，使于四方，不辱君命，可谓士矣。'"《易·乾》："君子终日乾乾，夕惕若厉，无咎。"

⑩《后汉书·顺帝纪》："诏益州刺史罢子午道，通褒斜路。"李贤注："褒斜，汉中谷名。南谷名褒，北谷名斜，首尾七百里。"

【汇评】

王嗣奭《杜臆》卷二：此是一篇送人序，韵而为诗，极其详实。

陈训《读杜随笔》卷上：公为父执作诗送行，虽如家长语，绝不草草。

偪仄行 赠毕耀①

偪仄何偪仄，我居巷南子巷北。可怜邻里间，十日不一见颜色②。自从官马送还官，行路难行涩如棘③。我贫无乘非无足,昔者相过今不得。实不是爱微躯,又非关足无力④。徒步翻愁官长怒,此心炯炯君应识⑤。晓来急雨春风颠,睡美不闻钟鼓传。东家骞驴许借我,泥滑不敢骑朝天。已令请急会通籍,男儿性命绝可怜⑥。焉能终日心拳拳,忆君诵诗神凛然⑦。辛夷始花亦已落,况我与子非壮年⑧。街头酒价常苦贵,方外酒徒稀醉眠⑨。速宜相就饮一斗,恰有三百青铜钱。

【题解】

诗为杜甫邀请毕曜前来饮酒而作,写得极为活泼,婉曲不失真率,幽默略带苦涩。诗人说,两人就住在同一个巷子里,按理说会面不难,可十天半月都难得一见。自从朝廷将公私马匹都送上前线后,出门更不方便了,自己也不是非要有坐骑,也不是两脚无力走不动路,只是因为步行终究有失体统,害怕上司责骂。今天早上一场春雨,使自己美美地睡了一觉,虽说房东答应借给我一头毛驴,但道路泥泞,我还是爱惜性命,怕被摔死而不敢骑着它上朝,于是派人前去请假。辛夷花开了又落了,我们两个也非壮年了,我整天在家吟诵你的诗篇,街头的酒价太高喝不痛快,现在我正好身边有三百铜钱,请了假而不好出门,不如你过来我们好好喝它一顿。

【注释】

①偪仄:迫近,密集;一作"偪侧"。毕曜:钱笺等作"毕曜",底本此人名"耀""曜"两见;排行第四,先世居东平(今属山东),后徙偃师(今属河南),曾官监察御史。

②江淹《古别离》诗:"君在天一涯,妾身长别离。愿一见颜色,不异琼树枝。"

③《旧唐书·肃宗纪》:"(至德二载)二月戊子,幸凤翔郡。……上议大举收复两京,尽括公私马以助军。给事中李廙署云无马,大夫崔光远劾之,贬廙江华太守。"

④实不是爱微躯:一作"实不是慵相访"。

⑤《论语·先进》:"吾不徒行以为之椁。以吾从大夫之后,不可徒行也"。

⑥请急:请假。通籍:注籍,凭证。性:原作"信",据他本改。

⑦心:一作"神"。

⑧《本草·木一》:"辛夷,花未发时,苞如小桃子有毛,故名候桃,初发如笔头,北人呼为木笔。其花最早,南人呼为迎春。"

⑨方外:世俗之外。《庄子·大宗师》:"彼游方之外者也,而(孔)丘游方之内者也。"

【汇评】

王嗣奭《杜臆》卷二:信笔写意,俗语皆诗,他人所不能到。真情实话,不嫌其俗,然"实""又"二字,真可汰也。

黄生《杜工部诗说》卷一一:公五言力追汉魏,可谓毫发无憾,波澜老成矣。至七言未免颓然自放,工拙互陈,而宋之陋儒自以其才识所及,专取此种为其诗派,于公亦不能无作俑之叹也。

杨伦《杜诗镜铨》卷四:只是不能亲来访毕一意,既贫难具马,又不可徒步,至告假后更不便出门,作三层写出,语意曲折。

赠毕四曜①

才大今诗伯,家贫苦宦卑。饥寒奴仆贱,颜状老翁为。同调嗟谁惜,论文笑自知。流传江鲍体,相顾免无儿②。

【题解】

前诗邀请毕曜来饮,此诗即或酒席上所作。前四句说毕曜虽然才华杰出,为诗坛霸主,但官职低微,家境贫寒,容颜衰老,连奴仆都瞧不起他。"奴仆贱,凡奴仆贱主、奴仆为人所贱、奴仆自贱,意俱妙。但此处自应以奴仆贱主为是"(张溍《读书堂杜诗注解》卷四)。后四句说两人才调相同,惺惺相惜,而且都有儿子可以传诗,足堪自慰。诗虽是赠毕曜,也是杜甫自身写照。

【注释】

①诗题"曜"字,底本原为小字题注。

②江鲍:江淹与鲍照。钟嵘《诗品》:"文通诗体总杂,善于摹拟,筋力于王微,成就于谢朓。""鲍照诗,其源出于二张,善制形状写物之词。"无儿:《晋书·邓攸传》:"天道无知,使伯道无儿。"

【汇评】

浦起龙《读杜心解》卷三之一:玩此诗赠毕,非止赠毕,兼自写抱。状己况以形容毕况,实借毕况以感慨己况也。意毕亦与公贫薄相类,故云然。观末句"相顾"字可悟。

杨伦《杜诗镜铨》卷四:观一"相"字,知上七句俱是两人合说。

题郑十八著作丈①

台州地阔海冥冥,云水长和岛屿青②。乱后故人双别泪,春深逐客一浮萍③。酒酣懒舞谁相拽,诗罢能吟不复听。第五桥东流恨水,皇陂岸北结愁亭。贾生对鹏伤王傅,苏武看羊陷贼庭④。可念此翁怀直道,也沾新国用轻刑⑤。祢衡实恐遭江夏,方朔虚传是岁星⑥。穷巷悄然车马绝,案头干死读书萤⑦。

【题解】

此诗所题,乃郑虔在长安之故居,非郑虔此人。乾元元年春末,杜甫偶经郑虔之旧宅,见其门前冷落,车马绝迹,不由感慨万端。郑虔远谪滨海之台州,那里云水相连,岛屿荒僻,他定然十分孤寂。战乱之后,两人诀别,如逐客,似浮萍,相见之日遥遥无期。自从对方离开,诗人醉后再也无人同舞,新诗写好也无人同赏,同游第五桥、皇子陂的情形也唯有在梦中再现。郑虔同苏武一样并未失节附敌,却落得如贾谊远赴长沙的结局,那是因为这老翁心怀直道,性格刚傲似祢衡,即使名闻于君王也不为世人所真正了解。

【注释】

①郑十八:郑虔。著作:著作郎,从五品上,掌撰碑志、祝文、祭文。丈:原作"主人",据他本改。

②阔:一作"僻"。

③春深:一作"飘飘"。

④《汉书·贾谊传》:"谊为长沙傅三年,有鵩飞入谊舍,止于坐隅。鵩似鸮,不祥鸟也。谊既以適居长沙,长沙卑湿,谊自伤悼,以为寿不得长,为赋以自广。"《汉书·苏武传》:"(匈奴)乃徙武北海上无人处,使牧羝,羝乳乃得归。"

⑤翁:一作"心"或"公"。怀:一作"常"。

⑥《东方朔传》载,东方朔未死时,谓同舍郎曰:"天下人无能知朔,知朔者唯大王公耳。"朔卒后,汉武帝问大王公曰:"尔知东方朔乎?"对曰:"不知。""公何所能?"曰:"颇善星历。"帝问诸星具在否,曰:"具在。独不见岁星十八年,今复见耳。"帝叹曰:"东方朔在朕旁十八年,而不知是岁星哉。"

⑦悄然:一作"一朝"。《晋书·车胤传》:"(车)胤恭勤不倦,博学多通。家贫不常得油,夏月则练囊盛数十萤火以照书,以夜继日焉。"

【汇评】

吴智临《唐诗增评》卷二:起四,遥想而惜别;次四,忆旧而生感;又次四,叙其得罪而伤之;末四,忧其贬死而悯之。

吴瞻泰《杜诗提要》卷一三:一起一结,遥相映带。中间作两段排叙,一念故人聚散,一伤谪谴飘零,委曲详尽,而立言尤为得体。"双"字、"一"字练得最响,下四句,皆有"双"字、"一"字在。言酒酣而舞,诗罢而吟,是故人相聚快事,惟双焉故也。今则酣舞谁相搅,吟诗谁复听乎?只缘逐客独作浮萍故耳。二句搅作一团,方知"双"字、"一"字之工。第五桥东水,皇陂岸北亭,本是故人游赏之处,亦惟双焉故也。今则水流是恨,亭结成愁,则又因一人向隅也。一字而成数句之关捩,脉隐而意深浑如此。

义鹘行①

　　阴崖有苍鹰,养子黑柏颠②。白蛇登其巢,吞噬恣朝餐③。雄飞远求食,雌者鸣辛酸④。力强不可制,黄口无半存⑤。其父从西归,翻身入长烟⑥。斯须领健鹘,痛愤寄所宣⑦。斗上掠孤影,嗷哮来九天⑧。修鳞脱远枝,巨颡拆老拳。高空得蹭蹬,短草辞蜿蜒⑨。折尾能一掉,饱肠皆已穿⑩。生虽灭众雏,死亦垂千年。物情有报复,快意贵目前。兹实鸷鸟最,急难心炯然⑪。功成失所往,用舍何其贤⑫。近经潏水湄,此事樵夫传⑬。飘萧觉素发,凛欲冲儒冠⑭。人生许与分,只在顾盼间⑮。聊为义鹘行,用激壮士肝⑯。

【题解】

　　此诗歌颂一只惩恶除害的猛隼,可作为寓言来读。在高高的悬崖上,耸立着一株参天的黑柏树,一对苍鹰来到这高树之巅筑巢育雏。这一天,一条巨大的白蛇沿着蜿蜒的树干,爬到树顶吞食雏鸟。雄鸟到远处觅食去了,雌鸟无能为力,一边绕飞,一边悲鸣。不久,雄鸟从西方归来,见此情景,翻身飞入云烟之中,一会引来一只猛隼,似乎在向它倾诉悲愤。只见这猛隼飞到黑柏树附近,陡然一转身,直飞九天之上,厉声长啸,然后笔直俯冲下来,对白蛇猛然一击。白蛇从树顶跌落草丛,尾折肠穿,顿时毙命。白蛇虽然死了,但作为鉴戒,它的故事会千年流传,蛮横者终会受到报复。而那只猛隼见义勇为,磊落坦然,不矜其能,功成身退,可谓义鹘。诗人近日经过潏河,听樵夫讲述了这个故事,大为激动。人生在世,许身助人,也往往就在顾盼之间完成,所以他写下这首诗以激励壮士。

【注释】

①诗题底本原无"行"字,据他本增补。

②苍:一作"二"。

③噬:一作"之"。

④者:一作"有"。

⑤无:一作"宁"。

⑥归:一作"来"。

⑦痛愤:一作"愤懑"。

⑧噭哮:一作"无声"。

⑨短:一作"茂"。

⑩掉:一作"摆"。皆已:一作"今已"或"已皆"。

⑪炯:一作"惆"。

⑫往:一作"在"。用舍:进退出处。《论语·述而》:"用之则行,舍之则藏。"

⑬潏水:今陕西西安东南之潏河。

⑭欲:一作"烈"。

⑮许与:一作"计有"或"所与"。分:情分。只:一作"亦"。

⑯用:一作"永"。

【汇评】

周珽《唐诗选脉会通评林》盛五古八:喻枭恶之徒,忍心贪虐,弱肉强食,不肆其毒不止。"其父"以下,总叙义鹘为鹰父报复,大逞勇力,雪愤惩仇,极其痛快。世安得如鹘之大,使家国朋友之间,长无抱羞遗恨也。

唐汝询《唐诗十集》壬集四引吴山民曰:子美平生,要借奇事以警世,故每每说得精透如此。如此诗说老鹘仁慈义勇,所以感动人情,而其慷慨激昂,正欲使毒心人敛威夺魄。

黄生《杜工部诗说》卷一:"用舍"二字,即括用行舍藏之意。托物比兴,诗中常调。但其叙事处,无此老笔、细笔,固不能妙耳。

画鹘行①

　　高堂见生鹘,飒爽动秋骨②。初惊无拘挛,何得立突兀③。乃知画师妙,功刮造化窟④。写此神俊姿,充君眼中物⑤。乌鹊满樛枝,轩然恐其出。侧脑看青霄,宁为众禽没。长翮如刀剑,人寰可超越。乾坤空峥嵘,粉墨且萧瑟。缅思云沙际,自有烟雾质⑥。吾今意何伤,顾步独纤郁⑦。

【题解】

　　这是一首题画诗。诗人刚一走进高堂,就看见一只鹘鸟傲然兀立,雄姿飒爽。他不由得心中纳闷,这只神采飞扬的猛禽没有绳索拘牵,为何不直冲云霄、高飞远举呢?仔细一看,原来是画师巧夺天工,把鹘鸟画得过于逼真。画上还有一群乌鹊,惊恐地缩在树枝上,生怕鹘鸟突然飞起。而这只鹘鸟侧着脑袋,仰望着青云,对身边的那些凡鸟根本不屑一顾。它的翅膀如刀剑一般,可以划破天际,以遨游寰宇。可惜乾坤虽大,粉墨虽工,纸上的画鹘终究无法云游四海。缅想在烟雾之中,应该有鹘鸟在自在腾飞,所以画图上也充溢着萧索之意,诗人此时也顿时伤感起来。诗虽咏画鹘,却是以真鹘自况。

【注释】

①鹘:一作"雕"。

②生:一作"老"。

③挛:一作"卷"。

④功:一作"巧"。

⑤此:一作"作"。

⑥思:一作"想"。

⑦顾:一作"举"。纤郁:纤回郁结。

金圣叹《唱经堂杜诗解》卷三：咏鹘便笔笔纯用鹘势。起时，瞥然飞到人眼前；结时，瞥然飞出人意外。真是自来未见如此俊物也。"初惊"，一奇；"何得"，一奇；"乃知"，一奇。接连用三奇笔，都从"飒爽动秋骨"五字中，跳脱而出也。

吴瞻泰《杜诗提要》卷二：题是画鹘，诗偏以生鹘突起，使鹘之精神毕露，然后徐出画师。此抬高一步法，着意在未落笔之前也。"乌鹊"四句，侧笔衬贴，写画鹘也，如生鹘矣。"长翮"四句，顿挫，写生鹘也，终成画鹘耳。"缅思"二句，又于题外写生鹘。"吾今"二句，又收转画鹘，而寓己意于其中。变化无端，使读之者若为画鹘咏，若为生鹘咏，又若借鹘为自己咏，生龙活虎，八面玲珑。

仇兆鳌《杜诗详注》卷六：从生鹘突起，转到画鹘，顿挫生姿。此鹘无缘镟拘挛，何以兀立不去乎？及细观之，方知画师巧夺化工也。此写画鹘神妙，酷似生鹘，抑扬尽致。乌鹊恐其出击，疑于真鹘矣，乃仰天而不肯没去，则画鹘也。长翮可任超越，又疑真鹘矣。乃墨痕似带萧瑟，亦画鹘也。语意层层跌宕。末又借生鹘寄慨。鹘能腾举云沙，己则顾步而不能奋飞，未免郁郁伤情耳。

端午日赐衣

宫衣亦有名，端午被恩荣。细葛含风软，香罗叠雪轻。自天题处湿，当暑著来清。意内称长短，终身荷圣情[①]。

【题解】

这是一首谢赏感恩之作。端午佳节，君王循例给近臣赏赐宫衣，杜甫没有想到自己也能名列被赏赐者之中，受宠若惊。这带着清香的宫衣，是由细葛所纺成，洁白宛如新雪，轻柔得可以随风扬起。这件宫衣大小刚好合身，上面所题写的名字尚没有干透，酷暑季节穿上它，定然清凉无比，全身上下都会感受到圣上的恩情。

【注释】

①意内称：一作"恰称身"。情：一作"明"。

【汇评】

唐汝询《唐诗十集》壬集一五引钟惺曰：是近臣谢表语，入诗风趣而典。

黄生《杜工部诗说》卷六：起联总冒，后乃细细申之。"叠雪"，体也。"含风"，用也。体物之精，以敲字见之。葛曰细，细葛曰软，软曰含风，一句有三层折。然二物皆轻、皆软，皆含风、叠雪，又分装对法。五、六用《经》，是杜惯家，不足剧赏。"湿"即新，"清"即凉，佳乃在二字。题名于衣，细事耳，然见当时故事。二字运开作两处见，亦妙。三、四，就衣紧写二句，五、六，略开一步，此不易之法。七言长短称意，"称"，义去声，读平声。本集"细草偏称坐"，皇甫冉"浅薄将何称献纳"，皆作平声读。此句亦妙在将"称意"二字运开。受赐未有不作感荷之语者，觉他人是虚套，公是实情，以生平肺肝如揭耳。

酬孟云卿①

乐极伤头白，更长爱烛红②。相逢难衮衮，告别莫匆匆③。但恐天河落，宁辞酒盏空。明朝牵世务，挥泪各西东。

【题解】

在出为华州司功参军之际，友人孟云卿前来对饮夜话，杜甫赋诗相酬。今夜如此欢乐，希望它更长更久。人生难得有这样的好时光，所以现在要尽情畅饮。天明之时，为了生活我们就将挥泪而别，各自西东。此时一别，不知何日才能重逢。

【注释】

①孟云卿(725—?)，字升之，祖籍平昌(今属山东德州)，河南(今河南洛阳)人，曾官校书郎。

②长：一作"深"。

③难：一作"虽"。

【汇评】

金圣叹《唱经堂杜诗解》卷一：前四句当回环读之。犹言今夜乐极矣，但此生那得更几番乐极耶，则且极今夜之乐；而又深幸红烛，足助人极乐也。遇知己故"乐极"，图后会故"伤白"，惜此夕故"更深"，得尽欢故"爱烛"也，四句曲折串成句矣。

仇兆鳌《杜诗详注》卷六：此诗乃席上惜别语。五、六应首联，是夜饮之情。七、八应次联，是别离之感。上下自相照应。公诗常有此格。

汪灏《树人堂读杜诗》卷六：有唯夜不足意。一面乐，即一面愁矣。

至德二载，甫自京金光门出，间道归凤翔。乾元初，从左拾遗移华州掾，与亲故别，因出此门，有悲往事①

此道昔归顺，西郊胡正繁②。至今残破胆，应有未招魂③。近侍归京邑，移官岂至尊④。无才日衰老，驻马望千门⑤。

【题解】

诗作于乾元元年六月。是月，房琯被贬为邠州刺史，被视为房琯一党的杜甫随即出为华州司功参军，诗人也就此告别长安，再也没有回到京师。不过，杜甫当时尚没有意识到这一点，只是想到一年前他正是从这里逃出尚为叛军所盘踞的长安城，投奔肃宗成为近侍，好不容易才回到京城，如今却又要贬谪而出。虽然这并非皇帝的原意，而是因为自己年老又缺乏才干，但走出金光门时，他还是忍不住停下马了，回首眺望皇宫。诗人表面上极力为皇帝开脱，实际上心中还是有所芥蒂。"此诗不无怨，然不怨厚"

（钟惺、谭元春《唐诗归》卷二一）。

【注释】

①金光门：长安城门。《长安志》："唐京师外郭城西门三门，北曰开远门，中曰金光门，南曰延平门。"间：原作"问"，据他本改。华州缘：此指华州司功参军。华州，治今陕西渭南华州区。

②胡：一作"骑"。

③残：一作"犹"。应：一作"犹"。

④侍：原作"得"，据他本改。岂：一作"远"。

⑤千门：宫门。《史记·孝武本纪》："于是作建章宫，度为千门万户。"

【汇评】

黄生《杜工部诗说》卷一二：前半具文见意，拔贼自归，孤忠可录；坐党横斥，臣不负君，君负臣矣。后半移官京邑，但咎己之无才；远去至尊，不胜情之瞻恋。立言忠厚，可观可感。

吴瞻泰《杜诗提要》卷七：一句一转，风神欲绝，实公生平出处之大节。自觉孤臣去国，徘徊四顾，凄怆动人。"移官"句，较辋川"执政方持法，明君无此心"更含蓄。"无才"句具两层，自叹无才，兼之衰老，并不敢致怨于君侧之人。七、八中间藏一转，言无才衰老之人，移官固宜，然小臣恋主之情，则何日可忘也？皆以曲笔写其长情，深厚之至。

鲁一同《鲁通甫读书记》：八句一起承折，情词兼到，亦是高篇。心夷而气平，失意时乃尔委婉恳到，不独辞翰之工，亦是性情之厚。收十字尤令人味之百过。

寄高三十五詹事 适①

安稳高詹事，兵戈久索居②。时来如宦达，岁晚莫情疏③。天上多鸿雁，池中足鲤鱼④。相看过半百，不寄一行书。

【题解】

永王李璘起兵江东之后，高适被任命为御史大夫、扬州大都督府长史、淮南节度使以围剿之。兵罢归来,由于李辅国进献谗言,高适左迁为太子少詹事这一闲职,心中颇为郁郁,曾有诗"留司洛阳宫,詹府唯蒿莱"(《酬裴员外以诗代书》)。杜甫得知消息,寄诗安慰。诗中说,你离开熟悉的前线,住进冷清的詹事府,不知是否安然无恙?虽然目前遭受冷藏,但很快就会有飞腾之时。人到老年,更加珍惜友情,我一直苦苦等待你的来信,却始终没有如意,这让我很不解。杜甫责备高适在落寞时候没有给自己写信,正说明他对友人的关怀,也说明两人情谊浓厚。

【注释】

①詹事:太子府官名。《新唐书·百官志》:"太子詹事一人,正三品;少詹事一人,正四品上。"高适所任为太子少詹事。

②安稳:无恙。《世说新语·排调》:"顾长康作殷荆州佐,请假还东。……作笺与殷云:'地名破冢,真破冢而出。行人安稳,布帆无恙。'"

③如:一作"知"。

④池:一作"河"。《文选·古乐府〈饮马长城窟行〉》:"客从远方来,遗我双鲤鱼。呼儿烹鲤鱼,中有尺素书。"

【汇评】

卢元昌《杜诗阐》卷七:詹事,则宦不达矣;时不终否,泰来有时。索居,则情已疏矣。人寿几何,如此长别,公竟情疏于我。得毋天上无鸿可以寄书,乃天上非无鸿;得毋池中无鲤可以寄书,乃池中非无鲤。况五十之年,忽焉已过,尺素杳然,真情疏矣,此我所不解者。

边连宝《杜律启蒙》五言卷二:此责高之疏于音问也。前四,极委婉温厚;后四,稍直率,只是申前四句意耳。

题郑县亭子①

郑县亭子涧之滨,户牖凭高发兴新②。云断岳莲临大路,天晴宫柳暗长春③。巢边野雀群欺燕,花底山蜂远趁人④。更欲题诗满青竹，晚来幽独恐伤神。

【题解】

由长安赴华州，途径郑县亭子。亭子筑在高爽之处，下临溪涧，风景优美，诗人便驻足暂憩。他凭高远眺，只见莲花峰云雾缭绕，那条通向长安的大路蜿蜒而去。天朗日清之时，或许还可以望见柳条掩映的长春宫，高宗在入主长安之前，正是在那里修养。由于战乱，亭子久无人至，燕子所筑之巢早已被一群野雀占领，人刚刚伫立在花下，就有山蜂呼啸而至。他本欲在亭子里留连题咏，却担心山色已晚，不得不早早离开了。杜甫刚刚被贬出长安，心中不免耿耿于怀，所写"云断""柳暗"应暗指君王被小人环绕蒙蔽，而"野雀""山蜂"则比喻那些宵小之辈。

【注释】

①郑县：唐属华州，今属渭南华州区。陆游《老学庵笔记》卷六："先君入蜀时，至华之郑县，过西溪。唐昭宗避兵尝幸之。其地在官道旁七八十步，澄深可爱。亭曰西溪亭，盖杜工部诗所谓'郑县亭子涧之滨'者。"

②凭：一作"平"或"亭"。

③岳莲：西岳莲花峰。大路：一作"大道"，或以为专指入潼关赴长安之一段路。《资治通鉴·晋安帝义熙十三年》胡三省注："自渑池西入关，有两路。南路由回溪阪，自汉以前皆由之。曹公恶南路之险，更开北路，遂以北路为大路。"晴：一作"清"。长春：原有注云："宫名。"故址在今陕西大荔县。《元和郡县图志》卷二："长春宫，后周武帝置。隋大业十三年，高祖起义兵，自太原舍于此宫，休甲养士而定京邑。"

④雀：一作"鹊"或"鹤"。

【汇评】

周篆《杜工部诗集集解》卷九：前半首以亭之胜景言，后半首以游人之心事言。心事不佳，胜景亦无如之何也。岳莲、宫柳，皆发兴之物，欺燕、趁人，皆伤神之处。

单复《读杜诗愚得》卷四：此诗首言郑县亭子，而主意在凭高发兴，上二凭高所见远景，兴念君也。见岳莲、宫柳，犹见君父然，三凭高所见近景，兴身事也。雀欺燕、蜂趁人，犹同列谮己，己被斥逐也。末则不胜其悲，遂欲忘言也。

吴瞻泰《杜诗提要》卷一一："云断"二句，大景，赋也。云在山腰，益显岳莲之高，故曰"临大路"。"断"字、"临"字，皆百炼而后精者，难写之景，出之若不经意。"巢边"二句，小景，比也。起言发兴，以三、四也；结言伤神，以五、六也。不肯道出本怀，故不欲再题，而但以"幽独"两字醒之，意厚而法则清矣。

望　岳

西岳崚嶒竦处尊，诸峰罗立似儿孙①。安得仙人九节杖，拄到玉女洗头盆②。车箱入谷无归路，箭栝通天有一门③。稍待秋风凉冷后，高寻白帝问真源④。

【题解】

西岳诸峰均高峻突兀，其中最高处最受尊崇，其他山峰罗列其下，如儿孙环拱其旁。玉女峰奇险难通，除非得到仙人的九节杖，拄着它才能一直攀上峰顶的洗头盆。攀越华山也并非没有路，但从车箱谷上山，山径狭窄，不容并列交错，如箭栝一般，笔直通向天门，毫无盘旋曲折。现在我只能在远处眺望，等待秋凉，我再去峰顶求仙访道。杜甫作有三首《望岳》，一望泰山，一望华山，一望衡山。望泰山之时，正值意气风发，颇有壮志雄心；望华山之时，饱经沧桑，慨叹世路艰难。

【注释】

①崚嶒：高峻突兀，一作"危棱"。立：一作"列"。

②九节杖：仙人的竹杖。《神仙传·王遥》："（王）遥有竹箧，长数寸，……常一夜大雨晦暝，遥使钱（其弟子）以九节杖担此箧，将钱出，冒雨而行，遥及弟子衣皆不湿。"玉女：玉女峰。洗头盆：《集仙录》载明星玉女居华山，服玉浆，白日升天，祠前有五石臼，号玉女洗头盆。

③车箱谷:在今陕西华阴华山莲花峰二仙桥西崖下。归:一作"回"。
栝:箭的末端,或作"阁""阙"等。

④待:一作"得"。白帝:少昊。《洞天记》载,华山名太极总仙之天,即
少昊为白帝,治西岳。

【汇评】

朱瀚《杜诗七言律解意》:言西岳全体,固自岐嶒,就其竦处,尤有尊严。
俯视诸峰,大者如儿,小者如孙。欲从众峰中,一到最高处,除非借仙人之
杖,而今安可得也。况车箱绝无归路,箭栝仅有一门,山行又艰难如此。亦
惟俟秋凉,始可寻探,以酬此志耳。

浦起龙《读杜心解》卷四之一:从贬斥失意,写望岳之神,兼有两意:一
以华顶比帝居,见远不可到;一以华顶作仙府,将邈焉相从。盖寄慨而兼托
隐之词也,笔力朴老。

石闾居士《藏云山房杜律详解》七律卷上:此诗亦七律中之变体,乃句
句从"望"字传西岳之神,尤为升天入渊之思,追魂摄魄之笔。末联较"望
岱"之收结更深透一层,殊非人拟议所能到。为诗至此,安得不令人叹为奇
绝之至。

早秋苦热堆案相仍 时任华州司功

七月六日苦炎蒸,对食暂餐还不能①。每愁夜中自足蝎,
况乃秋后转多蝇②。束带发狂欲大叫,簿书何急来相仍。南
望青松架短壑,安得赤脚踏层冰③。

【题解】

到了早秋,华州依然十分炎热。晚上蝎子横行,白天苍蝇环飞。诗人还
要整整齐齐地穿着官服,规规矩矩坐在官府处理堆积如山的公文,这样的日
子真要叫人发狂。南望华山青松遮蔽的深谷,那里应该还有冰层,真希望打
着赤脚走在上面。这首诗是杜甫于乾元元年秋天在华州司功参军任上所

作。关于诗歌的主旨,主要有两种说法:一种认为是单纯叙说天气炎热、环境恶劣及由此引起的烦躁心情,如"公居州廨,不胜抑郁,私自烦懑,又值秋暑毒热,对食不能餐,夜则畏蝎,昼则苦蝇,殆无处措身也"(日本津阪孝绰《杜律详解》卷上);另一种则认为多有隐喻,"此不愿为掾而托意于苦热也"(顾施祯《杜工部诗疏解》卷一)。又有两种对立的评价:一则以为粗率乃至伪作,"题拙而诗更粗率,或公一时游戏调笑耳,后人拉杂阑入,已为无识,更欲奉为楷模,则更可笑"(边连宝《杜律启蒙》七言卷一);一则认为生动而真实,多有创新,"仄体老健"(刘濬《杜诗集评》卷一一引吴农祥语)。

【注释】

①蒸:一作"热"。

②每愁:一作"常愁"。夜中:一作"中夜"或"夜来"。自足:一作"皆是"。

③短:一作"绝"。

【汇评】

单复《读杜诗愚得》卷四:首言炎热,欲暂食不能也;次承炎热之外,有蝎蝇之众多也;三承不能餐之外,又有束带簿书之相仍也;末则欲避去矣。青松架壑与炎热蝎蝇相反,赤脚踏层冰与束带簿书相反。

陈醇儒《书巢笺注杜工部七言律诗》卷一:此诗是先生论房琯事贬华州时所作,满腹不得意情事自不待言,然本诗只是就题即事,而遭谗不得意处,自见言外。

朱瀚《杜诗七言律解意》:此必赝作也。命题既蠢,而全诗亦无一句可取,纵云发狂大叫时戏作俳谐,恐万不至此,风雅扫地尽矣。

观安西兵过赴关中待命二首

其一

四镇富精锐,摧锋皆绝伦①。还闻献士卒,足以静风尘②。
老马夜知道,苍鹰饥著人③。临危经久战,用急始如神④。

【题解】

《资治通鉴·唐纪三十六》：“(九月)庚寅，命朔方郭子仪、淮西鲁炅、兴平李奂、滑濮许叔冀、镇西北庭李嗣业、郑蔡季广琛、河南崔光远七节度使及平卢兵马使董秦将步骑二十万讨庆绪，又命河东李光弼、关内泽潞王思礼二节度使将所部兵助之。”为参加这一会战，怀州刺史充镇西(即安西)、北庭行营节度使李嗣业，率兵从怀州赴关中。杜甫两首诗，乃李嗣业士卒途经华州时所作。其一称颂戍卒骁勇善战。安西四镇皆精锐之师，兵强马壮，久经战阵，所向披靡，用以危难之际，始见制敌如神。诗中“老马”“苍鹰”，均用以形容士卒经验丰富、乐于效用。

【注释】

①四：一作“西”。《旧唐书·地理志》：“安西都护府所统四镇：龟兹都督府，本龟兹国；毗沙都督府，本于阗国；疏勒都督府，本疏勒国；焉耆都护府，本焉耆国。”

②献：一作“见”或“就”。静：一作“动”。

③饥：一作“秋”。著人：乐为人所用。《晋书·慕容垂载记》：“且垂犹鹰也，饥则附人，饱便高飏。”

④急：一作“意”。

【汇评】

金圣叹《唱经堂杜诗解》卷一：此诗是讥当时勤王之师，迁延不进，又无节制也，而用语特浑。起二句，姑予之。三、四句，言闻其如此，未见其足以如此也。五句，讥其夜不辑将士，妄行者多也。六句，讥其时肆劫掠也。结，讽其尚必用意，始得如神也。言之无罪，而闻者足戒，其是诗之谓矣。

吴见思《杜诗论文》卷一一：此美安西节度使李嗣业之诗。安西所领四镇，皆极精锐，故摧锋绝伦也。今献之于朝廷，足以平祸乱矣。况将帅深知方略，如老马之识道；士卒尚为饱飏，如饥鹰之附人。所以临阵久战，而决胜如神耳。

汪灏《树人堂读杜诗》卷六：第一章，言西兵之锐。精锐西来，奏凯在即矣。观此兵过，安得不喜。

其二

奇兵不在众,万马救中原。谈笑无河北,心肝奉至尊。
孤云随杀气,飞鸟避辕门。竟日留欢乐,城池未觉喧①。

【题解】

其二称颂李嗣业义勇双全。他胸中有韬略,肝胆忠心,镇定自若,视乱
军若无物;治军严谨,号令森严,军营杀气如云。"以言其勇,则谈笑之间已
无河北;以言其义,则心肝之剖以奉至尊"(石闾居士《藏云山房杜律详解》
五律卷二)。

【注释】

①欢乐:一作"观乐"。

【汇评】

吴见思《杜诗论文》卷一一:奇兵原不在众,今有万众以救中原。故谈
笑之中,气吞河北;心膂之寄,诚奉至尊也。而其节制之严,则杀气成云,鸟
不敢过。所以万人留此,欢乐竟日,而城市不变也。

吴瞻泰《杜诗提要》卷七:此首写兵过,见部伍之严也。言纪律之兵不
在众,只须万马救中原,便可"谈笑无河北",持此"心肝奉至尊"。四句一笔
写下,期许自在言外。下截特写兵过,与上截暗相呼应,而以孤云飞鸟兴不
喧,以见纪律之森严耳。

浦起龙《读杜心解》卷三之一:次章就"兵过待命"着笔。上四,美其忠勇;
五、六,见军容;七、八,见纪律。二诗能以劲笔画出胜兵。"心肝"句使笔太狠。

留花门①

花门天骄子,饱肉气勇决②。高秋马肥健,挟矢射汉月。
自古以为患,诗人厌薄伐③。修德使其来,羁縻固不绝。胡为

倾国至,出入暗金阙。中原有驱除,隐忍用此物。公主歌黄
鹄,君王指白日④。连营屯左辅,百里见积雪⑤。长戟鸟休飞,
哀笳曙幽咽⑥。田家最恐惧,麦倒桑枝折。沙苑临清渭,泉香
草丰洁。渡河不用船,千骑常撇烈⑦。胡尘逾太行,杂种抵京
室。花门既须留,原野转萧瑟。

【题解】

　　为急于平定安史之乱,唐肃宗听取郭子仪的建议,邀请回纥出兵相助,
约定收复的土地归大唐,财物自留。嗣后回纥不仅在关中肆意劫掠,还占
据了沙苑。乾元元年,肃宗将幼女远嫁回纥可汗昆伽,并同意回纥驻留沙
苑。杜甫对此并不认同,他以为回纥的祖先匈奴以食肉为生,骁勇善战,每
当秋高马肥之时,就会弯弓南下,侵扰汉塞,自古以来就是边疆的祸患。古
人不主张征伐,而是大修王政,加以羁縻。如今回纥倾国而来,任意出入长
安,是因为中原发生叛乱,迫不得已才借助于他们的力量,为此君王指天发
誓,下嫁公主。现在屯留在沙苑的回纥士卒如云一样密集,如雪一样众多,
森立的长戟连鸟儿都不敢飞越,彻天的笳鸣将长安变成了边塞。而最恐惧
的还是关中的农民,他们整日担心自己的麦田被践踏,桑枝被摧折。沙苑
临近渭河,水草丰美,回纥在此极为得意逍遥。目前史思明的叛军翻越了
太行山,即将侵扰洛阳,看来回纥士卒还要继续驻留。这样下去,恐怕敌寇
未平,关中反而饱受荼毒,一片萧条了。

【注释】

　　①花门:花门山堡,在今内蒙古,代指回纥。

　　②花门:原作"北门",且有校语"一作北方"。《汉书·匈奴传》:"单于
遣使遗汉书云:'南有大汉,北有强胡。胡者,天之骄子也。'"

　　③《诗·小雅·六月》:"薄伐猃狁,至于太原。"朱熹注:"至于太原,言
逐出之而已,不穷追也。"

　　④《汉书·西域传》载,元封中,以江东王建女细君为公主,妻乌孙昆
莫。昆莫年老,言语不通,公主悲愁作歌曰:"居常土思兮心内伤,愿为黄鹄
兮归故乡。"又《旧唐书·回纥传》载,乾元元年七月,上以幼女宁国公主妻

回纥可汗,送至咸阳磁门驿。公主辞诀曰:"国家事重,死且无恨。"指白日:指白日以发誓言。《诗·王风·大车》:"谓予不信,有如皦日。"

⑤营:一作"云"。左辅:指沙苑。

⑥曙:一作"晓"。

⑦撇烈:摇摆跳跃的样子,一作"灭没"或"撇捩"。

【汇评】

张溍《读书堂杜诗注解》卷三:经国之计,忧深虑远,岂寻常韵体。

黄生《杜工部诗说》卷一:公主下嫁,天子歃盟,事俱可羞,却说得轻隐不露。"积雪"指全军帐幕,从上句读下自见。按恢复两京,回纥之功为多,当时用之,亦非得已,而公顾深愤之,似属儒生之见;然使朝不失政,边无弛备,虽寇起仓卒,亦何至借驱除于此物哉。《留花门》之作,非恶回纥,恶夫所以留回纥者也!

仇兆鳌《杜诗详注》卷七引唐汝询曰:肃宗以回纥兵收京,久留不遣,子美忧其为害而作。是诗"公主""君王"二语,说得可怜可羞;"田家""原野"二语,说得亦忧亦愤。

九日蓝田崔氏庄

老去悲秋强自宽,兴来今日尽君欢①。羞将短发还吹帽,笑倩傍人为正冠②。蓝水远从千涧落,玉山高并两峰寒③。明年此会知谁健,醉把茱萸仔细看④。

【题解】

年老之时又逢秋日,心中本是悲伤不已,往常多自宽自解,强作欢颜;今日群贤毕至,兴致高昂,得尽一日之欢。当年重阳雅集,孟嘉落帽,遂成千古佳话;自身发短而不耐风吹,羞于露顶,不免倩人为己正冠以登高望远。崔氏山庄,坐落蓝田山下,前有双峰并峙,气象峥嵘,旁有蓝水远来,寒涧潺湲。如此美景良辰,自当痛饮。江山无恙,人生多故,离乱不定,聚首难期,今日醉把茱萸仔细赏玩,明年却不知有谁健在。崔氏庄,即下诗之崔氏东山草堂,当为王维内兄崔季重之山庄。

【注释】

①兴来今日尽君欢:一作"今朝醉里为君欢"。

②还:一作"犹"。

③蓝水:蓝溪,源出陕西商州秦岭,西北流入蓝田,为灞水支流。玉山:蓝田山,又名覆车山。

④健:一作"在"。醉:一作"再"或"更"。

【汇评】

杨万里《诚斋诗话》:唐律七言八句,一篇之中,句句皆奇;一句之中,字字皆奇,古今作者皆难之。予尝与林谦之论此事。谦之慨然曰:但吾辈诗集中,不可不作数篇耳。如老杜《九日》诗云:"老去悲秋强自宽,兴来今日尽君欢。"不徒入句便字字对属,又第一句顷刻变化,才说悲秋,忽又自宽,以"自"对"君"甚切,君者君也,自者我也。"羞将短发还吹帽,笑倩旁人为正冠。"将一事翻腾作一联,又孟嘉以落帽为风流,少陵以不落为风流,翻尽古人公案,最为妙法。"蓝水远从千涧落,玉山高并两峰寒。"诗人至此,笔力多衰,今方且雄杰挺拔,唤起一篇精神,自非笔力拔山,不至于此。"明年此会知谁健,醉把茱萸仔细看"则意味深长,悠然无穷矣。

赵大纲《杜律测旨》:羞将短发,未免老去伤情;笑倩傍人,仍见兴来雅致。二句分承,却取孟嘉事而翻用之。千涧汇流,两峰遥峙,此壮观之足以发兴者。但思山水无恙,而人事难知,故又细看茱萸,仍与老去悲秋相应。

浦起龙《读杜心解》卷四之一:字字亮,笔笔高;三、四,宋人极口,然犹是"随波逐浪"句;五、六,乃所谓"截断众流"句。

崔氏东山草堂

爱汝玉山草堂静,高秋爽气相鲜新①。有时自发钟磬响,落日更见渔樵人。盘剥白鸦谷口栗,饭煮青泥坊底芹②。何为西庄王给事,柴门空闭锁松筠③。

崔氏东山草堂最令人喜爱之处,是它的清幽。深秋晴日明净,空气凉爽新鲜,万籁俱寂,唯有谷中寺庙钟磬之声不时传来。落日之际,渔舟唱晚,樵夫高歌,前呼后拥。(王维《归辋川作》有云"谷口疏钟动,渔樵稍欲稀",可见钟磬、渔樵等蓝田山中景物,乃杜甫目睹耳闻。)剥着白鸦谷的栗子用以佐茶,夹起青泥城的香芹用以佐饭,生活如此悠闲,王维为何要锁住他的草堂而进入朝堂呢? 杜甫的疑问,一说为讽劝"维之再仕,必非得志者,故以此柴门空锁,讽其归老蓝田"(朱鹤龄《杜工部诗集辑注》卷五);一说为叹息,"公诗意谓维既有此别墅,却不宜再仕朝廷,遂令柴门空锁松筠为可叹耳"(顾宸《辟疆园杜诗注解》七律卷一)。

【注释】

①相:一作"多"。

②宋敏求《长安志》:"白鸦谷,在蓝田县东南二十里,谷中有翠微寺,其地宜栗。""青泥城,在蓝田县南七里。又,青泥驿在县郭下。"坊:一作"防"。

③西庄:王维辋川别业,与崔氏东山草堂东西相望。王给事:王维,乾元中迁太子中庶子、中书舍人,复拜给事中,转尚书右丞。诗后原有注:"王维时被张通儒禁在东山北寺,有所叹息,故云。"

【汇评】

《唐诗归》卷二二钟惺曰:拗矣,然生成律诗,入歌行不得。

仇兆鳌《杜诗详注》卷六:此借崔氏草堂以讽王给事也。首句记草堂,次句记秋候。三、四堂外闻见之景,仍含静意。五、六堂中食物之佳,仍含秋意。末慨西庄,以见仕者之不如隐也。

《唐宋诗醇》卷一三:甫集特多拗律,然其声调自有一定之法。如此诗及"西岳崚嶒竦处尊""锦官城西生事微""披垣竹埤梧十寻""城尖径仄旌旆愁"诸篇,以古调入律,所谓苍莽历落中自成音节者。然此及"西岳"篇,收入律调为正法;如后二篇八句全拗,又拗体之变格,不易学也。若并不识七古声调,而以诗拗体,难矣。他如"洞道余寒历冰雪""传语风光共流转"及"映阶碧草自春色""九江日落醒何处"诸联,乃单拗双拗正法。宋人胡仔谓平仄固有定体,众共守之,然不若时用变体,如兵之出奇,变化无穷,以惊世骇目;王世懋则疑为变风变雅,皆恍惚之语耳。

瘦马行

　　东郊瘦马使我伤,骨骼硐兀如堵墙①。绊之欲动转欹侧,此岂有意仍腾骧。细看六印带官字,众道三军遗路旁②。皮干剥落杂泥滓,毛暗萧条连雪霜③。去岁奔波逐余寇,骅骝不惯不得将。士卒多骑内厩马,惆怅恐是病乘黄④。当时历块误一蹶,委弃非汝能周防。见人惨澹若哀诉,失主错莫无晶光。天寒远放雁为伴,日暮不收乌啄疮⑤。谁家且养愿终惠,更试明年春草长。

【题解】

　　在长安东郊,诗人遇见一匹瘦马,感到十分悲伤。这匹瘦马骨骼高大,站在那里就如一堵墙壁。倘若有人牵动缰绳,马儿就表现出要行进的样子,只是身体会不由自主地歪斜,难道它还想纵横驰骋吗?仔细审视,瘦马身上的印记带有"官"字,围观的人都说它是被官军所遗弃的。马儿瘦骨嶙峋,毛色暗淡,满身污泥霜雪。去年它还在战场上追逐敌寇,将士们所骑乘的都是训练有素的良马,想来它必是朝廷蓄养的骏马,可能是上阵杀敌时不小心被石块绊倒,导致腿脚受伤而被遗弃。这种意外是它所无法预料的,自从失去了主人,马儿就眼神无光,它那惨淡的模样似乎在向人诉说委屈。在寒冷的冬日,它只能与野雁为伍,乌鸦还时不时剥啄它的伤口。希望有人好心收养它,等到明年春天它就会精神焕发。"此诗之作,必有所感。或以为伤房琯,或以为自况,总不必深求。所谓可解不可解,此类是也"(周篆《杜工部诗集集解》卷九)。

【注释】

　　①骨骼:一作"骨骸"。硐兀:原为巨石突兀,此处形容马儿瘦骨嶙峋,

一作"硡矹"。

②六：一作"火"。三：一作"官"。《唐六典·太仆寺》："凡在牧之马，皆印。"

③杂：一作"尽"。

④内厩：御厩。乘黄：良马。《山海经·海外西经》："白民之国，在龙鱼北，白身被发，有乘黄，其状如狐，背上有两角，乘之寿二千岁。"《唐六典·太仆寺》："乘黄署，令一人，从七品下。"

⑤伴：一作"侣"。不：一作"未"。收：一作"衣"。

【汇评】

刘辰翁《集千家注批点杜工部诗集》卷三：展转沉着，忠厚恻怛，感动千古。

吴瞻泰《杜诗提要》卷五：乘黄，良马也。良马不应委弃而委弃，病故也。乘黄上加一"病"字，见弃之非其罪也。"病乘黄"上又加"恐是"二字，见病亦是受屈也。古来忠臣见逐，心事不能自明，往往如此，其寄慨者深矣。"失主"二字更写得沉痛。"雁为伴"，无知己也。"乌啄疮"，伤凌侮也。英雄失路，楚楚可怜。写到"天寒远放""日暮不收"，已是委弃尽头。末句复宽一笔，以作望词，环回婉转，总不欲淹没其材。盖深冀明年更试，则此马亦终腾骧耳，正与第四句相应作波。

江浩然《杜诗集说》卷四引查慎行曰：不作转韵，音调历落入古。此种格调，直至昌黎畅之。亦是为人写照，分明有盐车伏枥之感。马无复收养之望，旁观者惜之耳。通篇只此意。

遣兴三首①

其一

我今日夜忧，诸弟各异方。不知死与生，何况道路长②。避寇一分散，饥寒永相望。岂无柴门归，欲出畏虎狼③。仰看云中雁，禽鸟亦有行。

此首思念兄弟。几位兄弟为了躲避乱军,四处流离,天各一方,生死未卜,令我日夜忧心忡忡,不得安宁。他们即使活着,恐怕也是过着饥寒交迫的生活。如今逆贼肆掠,道路不靖,有家难归,团聚遥遥无期,无法如云中之雁风雨相随,唯有引颈相望而已。

【注释】

①诗题原作《遣兴五首》,且所录三首顺序,以"蓬生非无根"诗居首,"我今日夜忧""昔在洛阳时"次之。宋千家本后多用此题。

②《古诗十九首·行行重行行》:"道路阻且长,会面安可知。"

③归:一作"扫"。

【汇评】

唐汝询《唐诗解》卷六:此诗忆诸弟也。言我日夜怀忧者,正以诸弟各在一方,生死饥寒咸不相闻耳。岂无柴门可归乎?亦畏盗而不敢出也。会合无时乃尔,人固不如鸟矣。

仇兆鳌《杜诗详注》卷六:首章,思兄弟也。因彼此各天,归途中梗,而叹不如雁行之同群。

其二

蓬生非无根,漂荡随高风①。天寒落万里,不复归本丛。客子念故宅,三年门巷空。怅望但烽火,戎车满关东。生涯能几何,常在羁旅中。

【题解】

此首怀念故居。飞蓬并非没有根,深秋时刻,它随风飘扬,远落万里之外,再也不能回到原来的地方。诗人离开洛阳故居,已经三年了,可此时关中烽火连天,他依然有家难回。人生本自有限,而短暂的人生却大量耗费在漂泊之中,如何让人不痛心。

【注释】

①曹植《杂诗》:"转蓬离本根,飘飘随长风。何意回飙举,吹我入云中。

高高上无极，天路安可穷。类此游客子，捐躯远从戎。"

【汇评】

唐汝询《唐诗解》卷六：此自伤久客而以转蓬起兴也。言蓬非无根，特为风所漂荡，不得还其本处。客子非不思归，特为兵戈所阻，不得返其故居。末又自叹曰：人生几何，曷为而常羁旅哉。深可哀也。

仇兆鳌《杜诗详注》卷六：次章，念故居也。飘蓬远去，如游子行踪，盖不胜羁旅寂寥之悲矣。

其三

昔在洛阳时，亲友相追攀。送客东郊道，遨游宿南山①。烟尘阻长河，树羽成皋间②。回首载酒地，岂无一日还③。丈夫贵壮健，惨戚非朱颜。

【题解】

此首思念旧时亲友。先前居住在洛阳的时候，亲友相聚，甚为欢快。后来诗人挈家迁往长安，亲友追攀相送，依依难舍，一路送至伊阙，夜宿南山，盘桓终夜，逶迤而去。回望往日遨游嬉戏之所，难道没有返回之日吗？只是恐怕重归之时，年事已高，容颜已老。

【注释】

①南山：伊阙山。

②尘：一作"霞"。长河：黄河。成皋：成皋关，即虎牢关，故址在今河南荥阳汜水镇。陆机《洛阳记》："汉洛阳四关：东成皋关，南伊阙关，西函谷关，北孟津关。"

③《汉书·扬雄传》："时有好事者载酒看从游学。"

【汇评】

唐汝询《唐诗解》卷六：此怀归而作。言洛阳本我行乐之地，今乃为烟尘所隔，然岂永无归期乎？奚为惨戚乃尔？盖愁极而聊自慰云。

仇兆鳌《杜诗详注》卷六：三章，怀旧交也。往日遨游之地，今成戎马之场,虽或还乡有日,但恨不如少年时耳。

杨伦《杜诗镜铨》卷五:公诸《遣兴》诗,亦自汉魏出,但蹊径易寻,不及汉魏之纵横变化耳。

至日遣兴奉寄北省旧阁老两院故人二首①

其一

去岁兹晨捧御床,五更三点入鹓行②。欲知趋走伤心地,正想氛氲满眼香③。无路从容陪语笑,有时颠倒著衣裳④。何人错忆穷愁日,愁日愁随一线长⑤。

【题解】

乾元元年冬至,正在华州履职的杜甫,想到去年今日他尚在京都参加朝廷盛典,心中百感交集,于是赋诗寄与往日同僚。其一着重表现今昔之不同。去年的冬至,自己早早入宫,站在大参的行列,朝贺君王;如今担任地方功曹,趋走于州衙,参谒郡守,与氛氲的御香再也无缘。去年有诸多同僚相陪谈笑,今年劳于案牍,奔走不暇。不知旧时同僚是否还记得自己,冬至以后,日长一线,白天越来越长,自己的愁闷也越来越多了。诗人"不言迁谪而迁谪之意自见言外"(谢杰《杜律詹言》)。

【注释】

①至日:此处指冬至日。北省:指门下省、中书省。故人:一作"补遗"。

②五更三点:旧时一夜分五更,一更有五点。入:一作"出"。鹓行:朝官的行列。《梁书·张缅传》:"殿中郎缺。高祖谓徐勉曰:'此曹旧用文学,且居鹓行之首,宜详择其人。'勉举缅充选。"

③氛:一作"氲"。

④语笑:一作"笑语"。《诗·齐风·东方未明》:"东方未明,颠倒衣裳。"

⑤忆：一作"认"。愁日愁随一线长：一作"日日愁随一线长"或"白日愁随一线长"。一线，日影，或以为指冬至绣工添线。

【汇评】

张性《杜律演义》前集：此诗首两句追言为拾遗之荣，中四句言今为掾吏之劳，末以至日之事言其愁也。

张溍《读书堂杜诗注解》卷四：通首今昔相拟，一气流转中有层次。四怀君，六思友，皆以奔走形容厌苦一掾极矣。

仇兆鳌《杜诗详注》卷六：此公为华州司功，逢至日而有感也。上四忆去年，下四慨今日。

其二

忆昨逍遥供奉班，去年今日侍龙颜。麒麟不动炉烟上，孔雀徐开扇影还①。玉几由来天北极，朱衣只在殿中间②。孤城此日堪肠断，愁对寒云雪满山③。

【题解】

其二着重描绘冬至日朝参盛典。当日他随着众同僚进入大殿，只见麒麟状的香炉上空，细烟袅袅升起盘旋，北边孔雀扇缓缓分开，君王南向而坐。身着朱衣的大臣们，在大殿中间一起躬身朝贺。今年此日，他却孤零零谪居华州，独自面对寒云雪山，心中满是凄凉。"一结淡然，洗涤铅华，亦得停匀之妙，而无限感慨溢乎言表矣"（日本津阪孝绰《杜律详解》卷上）。

【注释】

①麒麟：指麒麟状的香炉。孔雀：指孔雀状的羽扇。

②几：一作"坐"。《周礼·春官》："凡大朝觐、大飨射，凡封国、命诸侯，王位设黼依，依前南乡，设莞筵、纷纯，加缫席、画纯，加次席、黼纯，左右玉几。祀先王昨席，亦如之。"北极：一作"极北"。

③寒：一作"闲"。雪：一作"白"。

【汇评】

洪仲《苦竹轩杜诗评律》卷六：前叙情多，此景多，后章变换前章格。

仇兆鳌《杜诗详注》卷六:次章,想至日早朝,而叹山城寥落也。

潘树棠《杜律正蒙》卷上:前首以夹叙情事为追叙,次首以详叙朝仪为追叙。

路逢襄阳杨少府入城戏呈杨员外绾

甫赴华州日,许员外茯苓①

寄语杨员外,山寒少茯苓。归来稍暄暖,当为翩青冥②。翻动龙蛇窟,封题鸟兽形③。兼将老藤杖,扶汝醉初醒。

【题解】

杜甫从华州奔赴洛阳,途中偶然碰见杨绾之家人杨县尉,以诗代笺而有此作。诗人托杨县尉向杨绾转告说,华州山高云寒,茯苓产量不高。等从洛阳回转,天气暖和,他就去苍翠的山中,寻找灵气汇聚之处,采挖出价值最高的鸟兽形茯苓,封存好寄去。同时还会一同寄去老藤手杖,用以陪伴杨员外左右。

【注释】

①杨员外绾:杨绾,字公权,华阴(今属陕西渭南)人。肃宗即位,自贼中冒难赴行在,除起居舍人、知制诰,历司勋员外郎、职方郎中。茯苓:菌类植物,秋季采挖,阴干入药。许员外茯苓:一作"许寄员外茯苓"。

②稍暄:一作"候和"。青冥:山色,一说为树色。

③动:一作"倒"。龙蛇:一作"神仙"。《本草纲目·木部》"茯苓"集解引韩保昇《蜀本草》:"所在大松处皆有,惟华山最多。生枯松树下,形块无定,以似龟、鸟形者为佳。"

【汇评】

吴瞻泰《杜诗提要》卷七:清空一气到底。如说话,无一字作意。李青莲集中常有之,老杜绝少,特为拈出,以见波斯宝盘中无所不具。此直属少府寄简耳。

仇兆鳌《杜诗详注》卷六：全首皆属寄语，以律诗代短札，质而有文。

杨伦《杜诗镜铨》卷五引邵长蘅曰：诗代尺牍，亦自有致。

阌乡姜七少府设脍戏赠长歌①

姜侯设脍当严冬，昨日今日皆天风。河冻未渔不易得，凿冰恐侵河伯宫②。饔人受鱼鲛人手，洗鱼磨刀鱼眼红③。无声细下飞碎雪，有骨已剁嘴春葱④。偏劝腹腴愧年少，软炊香饭缘老翁⑤。落砧何曾白纸湿，放箸未觉金盘空。新欢便饱姜侯德，清觞异味情屡极。东归贪路自觉难，欲别上马身无力⑥。可怜为人好心事，于我见子真颜色。不恨我衰子贵时，怅望且为今相忆。

【题解】

乾元元年深冬，杜甫从华州归洛阳，经行阌乡，受到姜县尉的盛情款待，内心感激而作此作。首四句，写鲜鱼之难得。时值严冬，连日大风，黄河冰冻，能捕获鲜鱼实属不易。中八句写厨艺之高，鲜鱼之味美。刚刚打捞上来的鲜鱼，鱼眼是红的，鱼嘴如青葱。厨师从渔夫手中接过鲜鱼，运刀如飞，将鱼片切得薄薄细细。鱼腹嫩滑，香饭松软，诗人大快朵颐，不知不觉将一大盘鱼脍吃得精光。后八句述说姜县尉的深厚情谊。诗人急于归家，行色匆匆，一路风餐露宿，疲惫不堪，此刻姜县尉以脍鱼招待，无异于雪中送炭。酒足饭饱之后，本该立即启程，谁知告别上马，浑身无力，舍不得离开，诗人自以为年事已高，他日姜县尉如何富贵腾达，恐怕来不及见到。不过这并不令人遗憾，遗憾的是这样的欢聚无法重现，所以离别之时格外怅惘。

【注释】

①阌乡：古县，今位于河南灵宝。

②河冻未渔：一作"黄河冰鱼"或"黄河味鱼"或"黄河美鱼"等。

③饔人：厨师。《周礼·天官·内饔》："凡主之好赐肉修，则饔人共之。"潘岳《西征赋》："饔人细切，鸾刀若飞。"《太平御览》卷七九〇引张华《博物志》："南海水有鲛人室，水居如鱼。"

④碎：一作"素"。春：一作"青"。

⑤饭：一作"粳"。

⑥贪：一作"贫"。

【汇评】

汪灝《树人堂读杜诗》卷六：一尉之微，一餐之美，津津生感，公之境遇怀抱可知。

刘濬《杜诗集评》卷七引吴农祥曰：设鲙微事，写得浓郁，见人情之厚也。

戏赠阌乡秦少公短歌①

去年行宫当太白，朝回君是同舍客②。同心不减骨肉亲，每语见许文章伯。今日时清两京道，相逢苦觉人情好。昨夜邀欢乐更无，多才依旧能潦倒③。

【题解】

去年君王驻跸太白山时，曾与秦县尉你同馆一舍。我们一见如故，心意相通，亲如骨肉，当时你对我的诗歌赞不绝口。今年我赴京都，与你再度相逢，倍感亲切。昨夜你邀我欢聚痛饮，没有比这更快乐的事情了。你如此多才，却依旧散漫衰颓。此首当与前诗同时而作。

【注释】

①少公：县尉，一作"少府"或"少翁"。

②当：一作"守"。

③《世说新语·文学》刘孝标注引《文章传》:"(陆)机善属文,司空张华见其文章,……谓曰:'人之作文,患于不才;至子为文,乃患太多也。'"

【汇评】

仇兆鳌《杜诗详注》卷六:四句转韵。上忆往日交情,下喜中途欢聚。乐更无,谓更无如此之乐。秦抱才而为下吏,故曰依旧潦倒。

湖城东遇孟云卿,复归刘颢宅宿宴饮散,因为醉歌①

疾风吹尘暗河县,行子隔手不相见。湖城城东一开眼,驻马偶识云卿面②。况非刘颢为地主,懒回鞭辔成高宴③。刘侯叹我携客来,置酒张灯促华馔④。且将款曲终今夕,休语艰难尚酣战⑤。照室红炉促曙光,萦窗素月垂文练⑥。天开地裂长安陌,寒尽春生洛阳殿。岂知驱车复同轨,可惜刻漏随更箭。人生会合不可常,庭树鸡鸣泪如线⑦。

【题解】

狂风掀起漫天灰尘,湖城天昏地暗,举手遮目,不辨物人。诗人刚走出东门,风停间隙,偶一驻马睁眼,竟然看见了旧友孟云卿。他喜出望外,拉着孟氏转身就回到城中刘颢宅中,一边打趣说:要不是刘颢尽地主之谊招待了我,我才懒得回去叨扰他。刘颢见诗人携客回转,毫不嫌怪,急忙张灯置酒,置办筵席。大家通宵畅饮高谈,不要提那些大战正酣的扫兴事,安史之乱算是天崩地裂了,如今洛阳光复,大难初平,寒尽春回,只可惜朱颜已改,聚散难期。

【注释】

①一本题前更有"冬末以事之东都"数字。湖城:古县名,黄帝铸鼎处,今属河南灵宝。刘颢:或为刘正子,彭城(今江苏徐州)人。

②东：原作"南"，据他本改。眼：一作"颜"。

③况：一作"向"。成高：一作"城南"。

④叹：一作"欢"。

⑤终：一作"经"。夕：一作"冬"。语：一作"话"。

⑥促曙光：一作"簇曙花"。文：一作"秋"。

⑦线：一作"霰"。

【汇评】

卢世㴶《读杜私言·论七言古诗》：夫子美已起身出城矣，于疾风暗尘中开眼忽见云卿，岂不喜出意外。于是拉云卿复往刘宅会宿，云卿亦不以生客自嫌，携手径造。当是时，刘侯欢甚，张灯促馔，从残局中翻出新局，宾主友朋相视而笑。此一段光景，至今使人回环，则诗虽欲不佳，得乎？

浦起龙《读杜心解》卷二之一：前十二句，叙事。后六句，感慨。一路将数虚字点拨，文机翔舞，情事活跃。……吾读此诗，用以观化焉。长吉酷效此种，却入鬼窟。

杨伦《杜诗镜铨》卷五引张溍曰：写途中风沙之苦，字字逼真。

李鄠县丈人胡马行①

丈人骏马名胡骝，前年避贼过金牛②。回鞭却走见天子，朝饮汉水暮灵州。自矜胡骝奇绝代，乘出千人万人爱。一闻说尽急难材，转益愁向驽骀辈。头上锐耳批秋竹，脚下高蹄削寒玉。始知神龙别有种，不比俗马空多肉③。洛阳大道时再清，累日喜得俱东行。凤臆龙鬐未易识，侧身注目长风生④。

【题解】

鄠县李县令这匹骏马胡骝，当年胡人叛乱时，李氏正是骑着它进入金牛大道,后来听闻肃宗即位,又骑着它一日之间从汉水赶到灵武。众人都非常喜爱它,称之为急难之材,而转视自己的坐骑为俗马凡驹。这匹骏马双耳锐如秋竹,高蹄可削寒玉,自是神龙别种,与多肉之驽马迥然不同。现在两京收复,道路畅通,我有幸多日伴着它东行,真令人高兴。凤膺麟身的宝马是不太容易判定的,不过看它侧身注目、足下生风的姿态,果真是绝尘之骥啊!"因观此马异相,自是神龙有别,不必驽驹但豢养多肉而已。此比出众之才,非若庸流徒享富贵,无补缓急也"(张缙《杜工部诗通》卷六)。

【注释】

①李鄠县丈人:鄠县李县令。鄠县,今陕西西安鄠邑区。《易·师》:"师贞,丈人,吉,无咎。"孔颖达疏:"丈人,谓严庄尊重之人。"

②扬雄《蜀土记》载,秦欲伐蜀而无路,遣人告蜀王曰:秦有金牛,其粪成金,使蜀迎之。蜀王使五丁力士开山,路通,秦遂伐蜀,取其国,因号其国曰金牛。川陕通道又名金牛道,北起陕西勉县,南至四川剑门关。

③俗:一作"凡"。

④凤臆龙鬐:一作"龙臆凤鬐"。《晋书·苻坚载记》:"大宛献天马千里驹,皆汗血,朱鬣五色,凤膺麟身,及诸珍异五百余种。"

【汇评】

陈式《问斋杜意》卷四:避胡,见天子,皆赖此急难之马,是得之丈人口中;至"头上"以下,自言从相马得之,从同行注目得之,犹云及今益信耳。

杨伦《杜诗镜铨》卷五引李因笃曰:朴老中有激发之致。

又引张潽曰:侧身注目,写出英雄未遇,磊落自负光景。

又引蒋弱六曰:前半是闻用虚说,后半是见用实说。说前段转似说尽,后段转似不尽,章法又别。

忆弟二首 时归在河南陆浑庄①

其一

丧乱闻吾弟，饥寒傍济州②。人稀吾不到，兵在见何由③。忆昨狂催走，无时病去忧。即今千种恨，惟共水东流。

【题解】

乾元二年(759)春日，杜甫回到洛阳东、偃师西北的陆浑旧居，想起远在山东的兄弟而写下这两首诗。第一首说，自从丧乱以来，听闻你避乱济州，过着饥寒交迫的生活，而道路榛梗，人烟稀少，往来不便，未知何日才能相见。回忆战争初起之时，栖栖遑遑，整日为你而忧心忡忡，心病从未去除。如今这千万种愁恨，唯有随河水东流而去。

【注释】

①陆浑：古县名，故址在今河南嵩县东北。

②济州：领卢、平阴、阳谷、东阿、长清五县，天宝十三载废，州治在今山东东阿西北。

③吾：一作"书"。

【汇评】

仇兆鳌《杜诗详注》卷六：公至东都而忆弟也。上四，叹乱后分离。下四，伤乱初奔散，辗转相忆，故忧结而成恨。"忆昨"二句，乃十字句法。谓自昔奔走以来，忧弟而病，无能解去也。洛阳在西，济州在东，故愁恨与水而俱东。

边连宝《杜律启蒙》五言卷二：玩前题"消息"字，此题"闻"字，知是得之传闻，非其弟有家报也，与第三句自不相碍。五、六不大可解。顾注谓当离乱之际，其弟催公急走以避乱。而弟以病故，不得与俱，故公忧其病而无时去心也。意亦可通，然殊不成语。

其二

且喜河南定，不问邺城围^①。百战今谁在，三年望汝归。
故园花自发，春日鸟还飞。断绝人烟久，东西消息稀。

【题解】

这一首说，洛阳初定，使人转忧为喜；至于邺城之战，也是胜利在望（溃败的消息尚未传来）。久战之后，不知有几人尚存。你离开旧居已经三年了，我无时无刻不在等着你的归来。故园的花儿落了又开，鸟儿也几度飞还，可你迟迟没有归来。

【注释】

①邺城围：唐肃宗乾元元年九月至次年三月，唐军围攻邺城（今河南安阳）安庆绪部，后为史思明援军所败。

【汇评】

仇兆鳌《杜诗详注》卷六：洛阳初定，故转忧为喜。花鸟空存，则喜处仍忧矣。邺城之战，关于河北存亡，曰"不问"者，以初见家乡为幸，故不暇计及耳。花发鸟飞，即灭泪伤心意。

边连宝《杜律启蒙》五言卷二：时安庆绪已去东都据邺城，九节度围之。"且喜""不问"，聊作自慰之词。盖身经百战，幸得不亡，复何问哉？惟己身在，故"望汝归"，而今已三年矣。五、六写景，正望其归而同乐也。末云消息亦不可多得，况望其归乎？

得舍弟消息

乱后谁归得，他乡胜故乡。直为心厄苦，久念与存亡^①。
汝书犹在壁，汝妾已辞房^②。旧犬知愁恨，垂头傍我床^③。

【题解】

战乱之后，我倒是回到了家乡，比起兄弟你来，似乎更为幸运，可瞧瞧故乡的模样，反而觉得他乡更好。"休明之际，则他乡虽乐，不如还家；为遭离乱，则他乡安处，自足居也"（林继中《杜诗赵次公先后解辑校》乙帙卷六）。这段日子以来，不知道你生死存亡的消息，一直为你担惊受怕，心中满是凄苦。你写在墙壁上的字迹还在，而你的小妾已经离开走掉了。你的消息我终于打听到了，我的消息却无法让你知晓。咱们家那只旧犬似乎懂得我的愁恨，它奄拉着脑袋，靠在我的床边——它是否想效法陆机的黄耳来传递家书呢？

【注释】

①直：一作"若"或"昔"。念：一作"得"。与：一作"汝"。

②妾：一作"室"。

③《晋书·陆机传》："初机有骏犬，名曰黄耳，甚爱之。既而羁寓京师，久无家问，笑语犬曰：'我家绝无书信，汝能赍书取消息不？'犬摇尾作声。机乃为书以竹筒盛之而系其颈，犬寻路南走，遂至其家，得报还洛。其后因以为常。"

【汇评】

汪灏《树人堂读杜诗》卷六：他乡岂及故乡，今反谓之胜者，真是我心痛汝，但愿两命俱存，虽久客亦不暇顾也。况故乡景况，更不可问，有出汝意外者。此因得弟之消息，即以此消息转寄于弟。

仇兆鳌《杜诗详注》卷六：此叙始终忆弟之情。未得消息，直欲同与存亡，患弟身难保也。既得消息，又欲藉犬传书，恨己情莫达也。

边连宝《杜律启蒙》五言卷二：首联，亦略作相慰之词，实以宕起下意也。三、四，承上作转，言如此似可以不归，而我必欲其归者，直以吾心厄苦欲与汝共其存亡耳。后四，极写其凄楚寂寥之状，言傍我者，只一旧犬而已，能不思汝之归而共存亡哉？浦注谓后四反若劝其不归者，大谬。

观　兵

北庭送壮士，貔虎数尤多。精锐旧无敌，边隅今若何。妖氛拥白马，元帅待彤戈①。莫守邺城下，斩鲸辽海波。

诗人说,李嗣业所带来的安西兵,以精锐居多,骁勇善战,不如让元帅引军直捣范阳叛军巢穴,何苦现在固守邺城之下,师老无功。杜甫的看法很有见地。乾元元年九月,朝廷命朔方节度使郭子仪、淮西鲁炅、镇西北庭李嗣业与河东李光弼、关内王思礼等,号称九节度,将安庆绪围困于邺城。次年正月,李光弼与诸将以为史思明得魏州而按兵不动,请与朔方兵同逼史思明于魏州。这条建议为鱼朝恩所否定。

【注释】

①《汉书·郊祀志》:"赐尔旅鸾黼黻珇戈。"师古曰:"珇戈,刻镂之戈也。"

【汇评】

杨伦《杜诗镜铨》卷五:此如《诸将五首》之类,皆以议论为诗,具见才识。是时顿兵邺城,军无统制,公早知其有覆败之患,故借所见嗣业之兵以发之。

石闾居士《藏云山房杜律详解》五律卷二:前次观兵,是赞兵将之精锐义勇;此次观兵,又是为国家谋用之之策。公之兵法,已超出当日将相之上。古人云"杜老甲兵胸百万",岂止赞其文章而云然哉。

不　归

河间尚征伐,汝骨在空城①。从弟人皆有,终身恨不平②。数金怜俊迈,总角爱聪明③。面上三年土,春风草又生④。

【题解】

诗人此次回故居探望亲人,才知道自小聪颖俊杰的从弟,在战争初起而河间沦陷时,就丧身兵乱之中,三年过去了,至今仍浮葬于空城。春风又起,青草重生,而从弟之魂灵却无所归依,诗人不胜凄恻。

【注释】

①河间:今属河北。《新唐书·地理志》:"瀛州河间郡,上,县五:河间,

高阳,平舒,东城,景城。"征:一作"战"。

②《论语·颜渊》:"司马牛忧曰:'人皆有兄弟,我独亡。'"

③数金:幼时识数钱。《后汉书·五行志》:"河间姹女工数钱,以钱为室金为堂。"

④面:一作"西"。春:一作"秋"。草:一作"吹"。

【汇评】

陈模《怀古录》卷上:人皆知杜诗之工而好者,而少能知其拙而好者也。……忆从弟云:"河间尚征伐,汝骨在空城。"盖言兵戈路阻,则凡百难为矣。"从弟人皆有,终身恨不平。数金怜俊迈,总角爱聪明。"此四句亦是拙而好者也。辞皆足以逢其意也,却终之曰:"面上三年土,春风草又生。"则足以见当时葬之者草草。不言肠断痛哭,而可怜之意自溢于言外矣。

仇兆鳌《杜诗详注》卷六:通首俱是叙事言情,独于结尾写景收题。各两句转意。丧乱之感,死生之戚,生前之念,身后之悲,备尽一诗之中,语意凄切。

汪灏《树人堂读杜诗》卷六:不作哭告外人语,只作向弟魂面诉,那不哀音动人。

独　立

空外一鸷鸟,河间双白鸥。飘飘搏击便,容易往来游①。草露亦多湿,蛛丝仍未收。天机近人事,独立万端忧。

【题解】

杜甫独立荒野,见一只苍鹰正在高空盘旋,随时准备俯冲搏击,而河中一双白鸥,毫无察觉,依然嬉戏遨游。大自然处处充满危险,连露水浸润的草丛中,也密布着蛛网。他转念一想,人事也莫非如此,仕途之危机何尝不是无所不在。"公为拾遗,为小人所间,遂迟回于秦、华间。因睹草露蛛丝,而知天机之与人事,于是不能无忧。其忧也,岂为己而已?诗在乾元二年秦、华间作"(黄希、黄鹤《黄氏补千家集注杜工部诗史》卷二〇黄鹤语)。

【汇评】

卢元昌《杜诗阐》卷八：鸷鸟空外，使人不及防；草露蛛丝，使人不屑防。不及防者，搏击固忽及；不屑防者，罗织亦暗施。何多端也！我人处世，自任天机；人事一遗，多所不测。彼独立者，何能当此万端纷构矣。

金圣叹《唱经堂杜诗解》卷一：操危虑深，故云"独立"。起二句，写得阴贼人与忘怀人，如画。明明一鸷鸟，尚不知而游于河间，恨不在三句之"便"，正恨四句之"容易"也。后解"近"字，正是一副语。露又湿，蛛又丝，可见当时处处不容人入脚。"独立"者，言诸子皆往而受祸也。

吴见思《杜诗论文》卷一一：此即所见而寓意，通首皆喻言也。空外鸷鸟，方眈眈也；河间白鸥，犹泛泛也。鸷鸟之飘摇，搏击甚便；白鸥之忘机，可易出游耶？况草露之沾濡，蛛丝之密布，天地之间，无非杀机，人事亦然，故独立而万端俱集也。

洗兵马① 收京后作

中兴诸将收山东，捷书夕报清昼同②。河广传闻一苇过，胡危命在破竹中③。只残邺城不日得，独任朔方无限功④。京师皆骑汗血马，回纥喂肉蒲萄宫⑤。已喜皇威清海岱，常思仙仗过崆峒。三年笛里关山月，万国兵前草木风⑥。成王功大心转小，郭相谋深古来少⑦。司徒清鉴悬明镜，尚书气与秋天杳⑧。二三豪俊为时出，整顿乾坤济时了。东走无复忆鲈鱼，南飞觉有安巢鸟⑨。青春复随冠冕入，紫禁正耐烟花绕。鹤驾通宵凤辇备，鸡鸣问寝龙楼晓⑩。攀龙附凤世莫当，天下尽化为侯王⑪。汝等岂知蒙帝力，时来不得夸身强。关中既留萧丞相,幕下复用张子房⑫。张公一生江海客,身长九尺须眉苍⑬。征起适遇风云会,扶颠始知筹策良。青袍白马更何有,后汉今周喜再昌⑭。寸地尺天皆入贡,奇祥异瑞争来送。不知何国致白环,复道诸山得银瓮⑮。隐士休歌紫芝曲,词人解撰清河颂⑯。田家望望惜雨干,布谷处处催春种。淇上健儿归莫懒,城南思妇愁多梦⑰。安得壮士挽天河,净洗甲兵长不用。

【题解】

大唐的那些使国家中兴的将领,收复了河北一带,报捷的喜讯接连不断,夜晚同白天一样频繁。官军势如破竹,很轻易就跨越了黄河,叛军苟延残喘,时日无多,邺城指日可破。作为主力的朔方军,立下了汗马功劳;前来助战的回纥骑兵,则在京师蒲萄宫宴饮。残敌肃清,河清海晏,天下太平,皇帝高兴之余,不会忘记在甘肃灵武的那些艰难岁月,当时风声鹤唳,草木皆兵,形势岌岌可危,将士们经过三年艰苦奋战,才取得了现在的成就。在这来之不易的胜利中,一些关键人物发挥了重要作用。成王功劳甚大,为人却谨慎小心;郭子仪具有远见卓识,李光弼能够洞察幽微,王思礼气度非凡:他们应时而起,重整乾坤,收拾河山。此后,官吏不再托辞归隐,百姓可以安兴定居,朝堂春意盎然,君王勤勉,太子孝顺。那些攀龙附凤者都做了王侯,不知道这都是蒙负皇帝的恩泽才时来运转,并非自己有什么能力。臣子中也有扶危济困、力挽狂澜者,房琯犹如汉时的萧何,稳固了后方;张镐则似当年的张良,谋划精当。正是在他们的共同努力下,安庆绪的乱军才不堪一击,国家才得到了光武帝、周宣王时那样的中兴,普天之下莫不朝贡,白环、银瓮等祥瑞层出不穷,文士献赋歌颂太平,农民一心等待着播种,思妇盼望着健儿归乡。真希望有壮士能力引天河之水,洗净甲兵,使天下再无征战。杜甫这首诗的创作时间,有"乾元元年春"与"二年春"两说。至于主旨,一般认为在表达歌颂祝愿、欣喜期盼之余,不无忧虑与讽劝。不过,如朱鹤龄那样拈出"鹤驾通宵凤辇备,鸡鸣问寝龙楼晓"两句以强调对两代君王矛盾的暗示,似是一叶障目了。

【注释】

①洗兵马：一作"洗兵行"。《说苑·权谋》："武王伐纣，……风霁而乘以大雨，水平地而啬。散宜生又谏曰：'此其妖欤？'武王曰：'非也，天洒兵也。'"左思《魏都赋》："洗兵海岛，刷马江州。"

②山东：华山以东，此泛指河北。夕：原作"日"，据他本改；一作"夜"。

③《诗·卫风·河广》："谁谓河广？一苇杭之。"危：一作"儿"。

④任：原作"往"，据他本改。朔方：朔方军，时郭子仪为节度使。

⑤蒲萄宫：上林苑宫殿。《汉书·匈奴传》载，元寿二年，单于来朝，舍之上林苑蒲陶宫。此指回纥遣兵三千助讨安庆绪事。

⑥关山月：汉乐府横吹曲名。《乐府解题》："《关山月》，伤离别也。"《晋书·符坚载记》："(符)坚与符融登城而望王师，见部阵齐整，将士精锐，又北望八公山上草木，皆类人形，顾谓融曰：'此亦劲敌也，何谓少乎？'忼然有惧色。"

⑦成王：肃宗之子李俶，乾元元年三月封成王，五月为太子，即位后为唐代宗。刘昼《刘子新论·诚盈》："楚庄王功立而心惧，晋文公战胜而色忧，非憎荣而恶胜，乃功大而心小，居安而念危也。"郭相：郭子仪，乾元八月加中书令。深：一作"猷"。

⑧司徒：李光弼，至德二载加检校司徒。尚书：王思礼，高丽人，时为兵部尚书。

⑨《古诗十九首·行行重行行》："胡马依北风，越鸟巢南枝。"

⑩鹤驾：太子之车驾，相传周朝王子晋曾乘白鹤仙去。宵：原作"霄"，据他本改。《礼记·文王世子》："文王之为世子，朝于王季，日三。鸡初鸣而衣服，至于寝门外，问内竖之御者曰：'今日安否？何如？'"

⑪攀龙附凤：一作"攀麟附翼"。世：一作"势"。

⑫萧丞相：萧何，或以为指房琯或杜鸿渐等。张子房：张良，此处指张镐。

⑬张公：张镐。《旧唐书·张镐传》："张镐，博州人也。风仪魁岸，廓落有大志，涉猎经史，好谈王伯大略。"

⑭青袍白马：喻安庆绪等乱军。《梁书·侯景传》："普通中，童谣曰：

'青丝白马寿阳来。'后景果乘白马,兵皆青衣。"

⑮白环:《竹书纪年》:"帝舜九年,西王母来朝,献白环、玉玦。"《孝经援神契》:"神灵滋液,有银瓮,不汲自满。"又《瑞应图》:"王者宴不及醉,刑罚中,则银瓮出焉。"

⑯《宋书·鲍照传》:"元嘉中,河、济俱清,当时以为美瑞。照作《河清颂》,其序甚工。"

⑰淇上:唐时属河北道卫州一带,今河南淇县附近。

【汇评】

王嗣奭《杜臆》卷三:一篇四转韵,一韵十二句,句似排律,自成一体,而笔力矫健,词气老苍,喜跃之象,浮动笔墨间。

《唐宋诗醇》卷一〇:平仄相间,对偶整齐,王、李、高、岑,上及唐初,声调如是,乃杜集七古之整丽可法者。至于此诗之作,自是河北屡捷,贼势大蹙,特为工丽之章,用志欣幸,中间略有寄意,全无讥讽,而论者以为直刺肃宗,步步文致,殊伤子美之志。昔人谓甫一饭不忘君,遂穿凿附会,欲全篇无虚设,可谓不善说诗。

施补华《岘佣说诗》:《洗兵马》对仗既整,音节亦谐,几近初唐四家体;然苍劲之气,时流楮墨,非少陵不能作也。

新安吏① 收京后作。虽收两京,贼犹充斥

客行新安道,喧呼闻点兵。借问新安吏,县小更无丁。府帖昨夜下,次选中男行②。中男绝短小,何以守王城③。肥男有母送,瘦男独伶俜④。白水暮东流,青山犹哭声⑤。莫自使眼枯,收汝泪纵横。眼枯即见骨,天地终无情⑥。我军取相州,日夕望其平⑦。岂意贼难料,归军星散营。就粮近故垒,练卒依旧京。掘壕不到水,牧马役亦轻。况乃王师顺,抚养甚分明。送行勿泣血,仆射如父兄⑧。

【题解】

据《资治通鉴》记载,乾元元年,郭子仪、李光弼等九节度围邺城,自冬涉春。安庆绪食尽,克在朝夕。而诸军既无统帅,城久不下,上下解体。史思明自魏州引兵趋邺,每营选精骑五百,日于城下抄掠,诸军樵采甚艰,乏食思溃。次年三月,战于安阳河北,大风昼晦,官军溃而南,贼溃而北。郭子仪以朔方军断河阳桥,保东京,筑南北两城而守之。此时,杜甫从洛阳回华州,沿途见到征兵拉夫等现象,有感而写了《新安吏》等"三吏""三别"六首。此首写弱龄男子被征召入伍的情形。这天他经过新安县,听到一片嘈杂喧闹,仔细打听,原来是官府在征兵。诗人看见出征的尽是瘦弱的年轻人,就把负责征兵的小吏叫过来询问:难道新安县再也抽不出壮丁了吗?差役回答说确实如此,所以昨晚官府发下军帖,要求挨次征选"中男"。"中男"又矮又小,怎能防守洛阳?几个壮实一点的男孩,还有母亲相送;那些瘦弱的小个子,都孤零零地站在一边。河水白茫茫一片,不停向东流去,呜咽之声,回荡在青山之间。诗人安慰这群人说:把你们的眼泪收起来吧,不要再哭泣了。即使把眼睛哭瞎,苍天依然是那样无情,不会让你们摆脱出征的命运。听说朝廷的大军围攻邺城,胜利只在朝夕之间,谁知叛军狡猾,才出现了意外。这次所征士卒,就挨着原来的营地,挖掘战壕、放牧军马都很轻松;阵地靠近洛阳,粮食也充足;何况作为天子之师,抚恤分明清楚,统帅郭子仪爱兵如子,你们尽管放心。

【注释】

①新安:今属河南洛阳。

②夜:一作"日"。次:一作"况"。中男:顾炎武《日知录》以为十八岁以上为中男,二十三岁为成丁;汪灏《树人堂读杜诗》则认为当指十二三岁之孺子。

③王城:周之王城,即洛阳。

④独:一作"犹"。

⑤犹:一作"闻"。

⑥即:一作"却"。

⑦取:一作"至"。相州:即邺城。夕:一作"夜"。

⑧泣血：一作"垂泣"。仆射：官名。《通典》载，唐左右二仆射，本副尚书令，自尚书令废，仆射为宰相。开元元年，改为左右丞相，从二品。天宝元年复旧。诗末原有注："郭子仪也。"

【汇评】

陆时雍《诗镜总论》：少陵五古，材力作用，本之汉魏居多。第出手稍钝，苦雕细琢，降为唐音。夫一往而至者，情也；苦慕而出者，意也；若有若无者，情也；必然必不然者，意也。意死而情活，意迹而情神，意近而情远，意伪而情真。情意之分，古今所由判矣。少陵精矣刻矣，高矣卓矣，然而未齐于古人者，以意胜也。假令以《古诗十九首》与少陵作，便是首首皆意。假令以《石壕》诸什与古人作，便是首首皆情。此皆有神往神来，不知而自至之妙。

黄生《杜工部诗说》卷一："肥男"二句，见先时长男赴役，其母尚在，今母已死。"肥""瘦"二字，见先时犹有粮粒，今已乏食饥羸，犹不免征戍之苦。无限情事，只用十字叙之，笔力如此。"白水"二句，言人心悲惨，故闻流水之声，有似青山之哭。末语如闻其声，明"中男"以下皆其父送之之语。本系强勉宽慰之辞，翻令千载而下，读者为之喉哽。

沈德潜《杜诗偶评》卷一：诸咏身所见闻，运以古乐府神理，惊心动魄，疑鬼疑神，千古谁能措手？

石壕吏①

暮投石壕村，有吏夜捉人。老翁逾墙走，老妇出门看②。吏呼一何怒，妇啼一何苦。听妇前致词，三男邺城戍。一男附书至，二男新战死③。存者且偷生，死者长已矣。室中更无人，惟有乳下孙④。有孙母未去，出入无完裙⑤。老妪力虽衰，请从吏夜归。急应河阳役，犹得备晨炊⑥。夜久语声绝，如闻泣幽咽⑦。天明登前途，独与老翁别。

【题解】

"三吏"都是以对话形式展开,都是以"吏"为对话的重要一方,《石壕吏》也没有例外。虽然表面上我们所见到的,似乎是老妇在一次又一次地独自陈述,但仔细推敲,她的陈述只是在不断地回答"吏"的发问。老妇人首先述说她的三个儿子全部被征调,两个战死而剩下一个还在前线,这是第一次回复"吏"的点兵征丁。按照惯例,一家只用征调一人即可,如今三个儿子全部出征,老夫人满以为这次可以幸免,谁知小吏不管不顾,依然蛮横地朝他们家要人。于是老夫人再次致辞,悲愤地说家里只剩下媳妇和尚在吃奶的孙子,难道让他们去应征吗?可小吏毫不动摇,一口咬定这次她家必须有人应差。老妇人眼见小吏没有办法说服,只好第三次致辞,表示她愿意即刻出发,星夜上前线给官军做饭。老妇人一家的悲惨遭遇,就在她的三次陈词中清晰地展示出来,诗歌也由此显得极为洗练。诗人不是对话的另一方,而是作为事件的见证者出现,仅仅"实录"而不作任何"旁白",使诗歌余味无穷。

【注释】

①石壕:村名今尚存,约位于河南三门峡陕州区观音堂镇。

②出门看:一作"出门首"或"出看门"。

③至:一作"到"。

④惟:一作"所"。

⑤有孙:一作"孙有"。"有孙"两句:一作"孙母未便出,见更无完裙"。

⑥河阳:今河南孟县,即古孟津。

⑦泣:一作"泪"。

【汇评】

陆时雍《唐诗镜》卷二一:其事何长,其言何简。"吏呼一何怒,妇啼一何苦"二语,便当数十言写矣。文章家所云要会,以去形而得情,去情而得神故也。末四语酸楚殊甚。

汪灏《树人堂读杜诗》卷七:此一家也,有老翁、老妇,有三男,有媳,有孙,虽贫亦乐也。乃一遭兵乱,三男出戍,二男阵亡,孙方乳,媳无完裙,妇今又夜往,老翁何以为心乎?举一家而万室可知,举一村而他村可知,举一陕县而他县可知,举河阳一役而他役可知,勿只作一时一家叙事读过。曰暮,曰夜,曰夜归,曰夜久,曰天明,公自投宿所闻,自暮至晓情事。

鲁一同《鲁通甫读书记》:滴泪迸血之文,化工元气之笔。

潼关吏①

士卒何草草,筑城潼关道。大城铁不如,小城万丈余②。借问潼关吏,修关还备胡③。要我下马行,为我指山隅。连云列战格,飞鸟不能逾④。胡来但自守,岂复忧西都。丈人视要处,窄狭容单车⑤。艰难奋长戟,万古用一夫。哀哉桃林战,百万化为鱼⑥。请嘱防关将,慎勿学哥舒。

【题解】

潼关是洛阳通向长安的咽喉要冲。乾元二年春,九节度使所率六十万大军溃败邺城之后,洛阳危在旦夕,长安亦随之震动不安。因此官军积极筑城修关,加紧备战。杜甫适从洛阳返回华州任所,见此情景,通过与潼关吏的问答,指出潼关高峻险要,易守难攻,从而提醒官军应该据险坚守,不要轻率出战迎敌,以免重蹈哥舒翰败亡的覆辙。

【注释】

①潼关:故址在今陕西潼关县北。

②大城:旧关。小城:新关。

③修关:一作"筑城"。

④战格:御敌的木栅。

⑤丈人:一作"大人"。处:一作"道"。窄:一作"穿"。

⑥桃林:桃林塞。《元和郡县图志》卷六:"桃林塞,自(灵宝)县以西至潼关,皆是也。"天宝十五载,哥舒翰兵败于此,遂使叛乱不可收拾。《旧唐书·哥舒翰传》:"六月四日,次于灵宝县之西原。八日,与贼交战,官军南迫险峭,北临黄河。崔乾祐以数千人先据险要,翰及良丘浮船中流以观进

退,谓乾祐兵少,轻之,遂促将士令进,争路拥塞,无复队伍。午后,东风急,乾祐以草车数十乘纵火焚之,烟焰亘天。将士掩面,开目不得,因为凶徒所乘,王师自相排挤,坠于河。其后者见前军陷败,悉溃,填委于河,死者数万人,号叫之声振天地,缚器械,以枪为楫,投北岸,十不存一二。"

【汇评】

卢元昌《杜诗阐》卷六:禄山初反,哥舒翰守潼关,相打半载余,贼兵冲突襄、邓间,卒不敢窥潼关,则守之效也。夫潼关宜守不宜战,李、郭力持其议,即禄山亦苦之,谓严庄曰:"今守潼关,乒不能进。"是潼关守而贼坐困。向使国忠之奏不行,中使之命不趣,坚壁固守,长安可保无恙。此诗眼目,全在"胡来但自守"一句。"修关还备胡"句有讽,正是焦头烂额后,为曲突徙薪计。

郭曾炘《读杜札记》:"三吏"诗昔人多兼提,其实《潼关吏》一首专论形势,无关民隐,别是一意。

新婚别

兔丝附蓬麻,引蔓故不长①。嫁女与征夫,不如弃路傍。结发为妻子,席不暖君床②。暮婚晨告别,无乃太匆忙。君行虽不远,守边赴河阳③。妾身未分明,何以拜姑嫜④。父母养我时,日夜令我藏。生女有所归,鸡狗亦得将。君今往死地,沉痛迫中肠⑤。誓欲随君去,形势反苍黄⑥。勿为新婚念,努力事戎行⑦。妇人在军中,兵气恐不扬。自嗟贫家女,久致罗襦裳⑧。罗襦不复施,对君洗红妆。仰视百鸟飞,大小必双翔。人事多错迕,与君永相望⑨。

【题解】

诗写新婚妻子送新郎上前线时的复杂心情。刘辰翁评论此诗说"曲折

328

详至缕缕,凡七转,微显条达"(《集千家注批点杜工部诗集》卷五),即说明杜甫在诗中对新妇内心世界的描写极其细致流畅。新婚应该是喜气洋洋的,但嫁给征夫就未必值得高兴,还不如将女儿抛弃在大路旁,因为这样的婚姻可能难以持久,就好比菟丝子攀附在蓬麻上,它的藤蔓肯定不会太长:这是第一转。嫁给征夫固然是悲剧,嫁给第二天就要上前线的征夫则是更大的悲剧了;昨夜成婚,今晨告别,连婚床都还没有来得及坐暖,这离别岂不是太匆忙:这是第二转。虽然丈夫服役的河阳不算太远,可问题是连婚礼的仪式都没有全部完成,新娘子没来得及告庙上坟,她的身份尚未确定,怎么好去拜见公婆呢:这是第三转。新妇从小所受到的教育是"嫁鸡随鸡,嫁狗随狗",如今丈夫前往生死未卜之地,她本应跟随同行,可又担心影响丈夫,不得不独自滞留在家:这是第四转。女子既然不能出现在军中,新妇就安慰丈夫不要以新婚为念,上了前线就好好作战:这是第五转。作为贫家之女,新妇精心准备了很久才做好了嫁衣,可现在她会将之收拾起来,洗去红妆,在家中耐心等待:这是第六传。天上的鸟儿都成双成对,而人生之不如意却十之八九,新妇会永远地与丈夫相望相守:这是第七转。

【注释】

①兔丝:菟丝子,一种蔓生草。《古诗十九首·冉冉孤生竹》:"与君为新婚,兔丝附女萝。"

②《文选·苏武〈诗四首〉》:"结发为夫妻,恩爱两不疑。"李善注:"结发,始成人也,谓男年二十,女年十五,取笄冠之义也。"妻子:一作"君妻"。

③虽:一作"既"。赴:一作"戍"。

④姑嫜:公婆。蔡梦弼注:"妇人嫁三日,告庙上坟,谓之成婚。婚礼既明,然后称姑嫜。今未成婚而别,故曰'未分明'云云。"

⑤君今往死地:一作"君今生死地"或"君今死生地"或"君生往死地"。

⑥去:一作"往"。苍黄:形容形势反覆多变。

⑦为:一作"以"。

⑧久致:一作"致此"。襦:短衣。

⑨事:一作"生"。

王嗣奭《杜臆》卷三：起来四句，是真乐府，是《三百篇》兴起法。"暮婚晨告别"，是诗柄。一篇都是妇人语，而公揣摩以发之。有极细心语，如"妾身未分明"二句、"妇人在军中"二句是也；有极大纲常语，如"勿为新婚念"二句、"罗襦不复施"二句是也。真无愧于《三百篇》者。

仇兆鳌《杜诗详注》卷七：陈琳《饮马长城窟行》设为问答，此《三吏》《三别》诸篇所自来也。而《新婚》一章叙室家离别之情及夫妇始终之分，全祖乐府遗意，而沉痛更为过之。此诗"君"字凡七见。"君妻""君床"，聚之暂也；"君行""君往"，别之速也；"随君"，情之切也；"对君"，意之伤也；"与君永望"，志之贞且坚也。频频呼"君"，几于一声一泪。

汪灏《树人堂读杜诗》卷七：若作旁观之言，固不足见哀惨。即作其夫言之，亦类出门嘱家事，刺刺不休，仍不至心痛十分。竟作新妇语气，欲言不得，婉转缠绵几乎欲绝。

垂老别

四郊未宁静，垂老不得安①。子孙阵亡尽，焉用身独完。投杖出门去，同行为辛酸②。幸有牙齿存，所悲骨髓干③。男儿既介胄，长揖别上官④。老妻卧路啼，岁暮衣裳单。孰知是死别，且复伤其寒。此去必不归，还闻劝加餐⑤。土门壁甚坚，杏园度亦难⑥。势异邺城下，纵死时犹宽。人生有离合，岂择衰老端⑦。忆昔少壮日，迟回竟长叹。万国尽征戍，烽火被冈峦⑧。积尸草木腥，流血川原丹。何乡为乐土，安敢尚盘桓。弃绝蓬室居，塌然摧肺肝。

【题解】

诗写一位"子孙阵亡尽"的老翁被征调时，告别老妻、故园时的场景。

胡夏客说:"《新安》《石壕》《新婚》《垂老》诸诗,述军兴之调发,写民情之怨哀,详矣,然作者之意,又不止此。国家不幸多事,犹幸有缮兵中兴之主,上能用其民,下能应其命,至杀身弃家不顾,以成一时恢复之功,故娓娓言之。义合风雅,不为诽谤耳。若势极危亡,一人束手,四海离心,则不可道已。"(仇兆鳌《杜诗详注》卷七引)朝廷征发新婚燕尔者与孤独老者,从人情出发显然是不合理的;但其时万方多难,时艰世危,从国情出发,士民均不得束手旁观。所以前一首诗中的新妇,虽然满腹怨愤却深明大义;此首诗中的老翁悲愤辛酸之余,而又不无慨然自奋。离开了那几间草屋,今生今世恐怕再也回不来了;身着单衣的老妻一边躺在路上哭泣,一边还叮嘱自己保重身体;这无疑令人凄恻彷徨。但此时烽火连天,血染川原,普天之下不见乐土,既然子孙都战死沙场而天下尚不能安宁,那就让我把老骨头扔掉挂杖披上战袍,纵然战死,也会让形势有所缓和。这位老者时而刚毅悲壮,时而低徊凄怆,就这样走出家门,走向了沙场。

【注释】

①四郊:一作"四方"。《礼记·曲礼上》:"四郊多垒,此卿大夫之辱也。"孔颖达疏:"四郊者,王城四面并有郊,近郊五十里,远郊百里。"

②同:一作"闻"。

③存:一作"好"。髓:一作"肉"。

④介胄:铁甲与头盔。《史记·绛侯周勃世家》:"于是天子乃按辔徐行,至营,将军亚夫持兵揖曰:'介胄之士不拜,请以军礼见。'"

⑤《古诗十九首·行行重行行》:"弃捐不复道,努力加餐饭。"

⑥土门:地名,或即土门口。《元和郡县图志》卷一七:"(恒州获鹿县)井陉口,今名土门口,县西南十里,即太行八陉之第五陉也。"壁:壁垒。杏园:杏园镇,在今河南卫辉东南。

⑦择:一作"特"。衰老:一作"盛衰"。

⑧征戍:一作"东征"。

【汇评】

吴瞻泰《杜诗提要》卷二:诗以开阖为波澜,以比兴为断续,无比兴必用开阖。有开阖，则其气不促，而有摇曳之神。篇中多用开笔，自宽处正自痛处，所谓愈宽愈紧也。

浦起龙《读杜心解》卷一之二：《垂老别》，行者之词也。《石壕》之妇，以智脱其夫；《垂老》之翁，以愤舍其家；其为苦则均。凡三段，首段叙出门，用直起法，开首即点。"子孙"二句，抵《石壕》中十六句。中段叙别妻，忽而永诀，忽而相慰，忽而自奋，千曲百折。末段又推开解譬，作死心塌地语，犹云无一寸干净地，愈益悲痛。

杨伦《杜诗镜铨》卷五引蒋弱六曰：通首心事，千回百转，似竟去，又似难去。至"土门"以下，一一想到，尤肖老人声吻。

无家别

寂寞天宝后，园庐但蒿藜。我里百余家，世乱各东西①。存者无消息，死者为尘泥②。贱子因阵败，归来寻旧蹊③。久行见空巷，日瘦气惨凄④。但对狐与狸，竖毛怒我啼。四邻何所有，一二老寡妻。宿鸟恋本枝，安辞且穷栖⑤。方春独荷锄，日暮还灌畦。县吏知我至，召令习鼓鞞。虽从本州役，内顾无所携⑥。近行止一身，远去终转迷。家乡既荡尽，远近理亦齐。永痛长病母，五年委沟溪。生我不得力，终身两酸嘶⑦。人生无家别，何以为蒸黎⑧。

【题解】

无家别，即无家人与之告别。诗写一位刚从战场上逃命归来的士卒重新被征召入伍时的情形。邺城溃败，他幸运归来，却发现故乡早已荒芜凋敝，触目尽是蓬蒿荆棘；邻里十室九空，唯有一二白头寡妻尚存。故土破败不堪，已非安居之所，但终究难以舍离，于是他强打精神，锄草灌溉。谁知县吏得知消息，随即又将他征调前去。虽说此次就在本州服役，要好于漂泊他地,可家乡已经被扫荡一空,实在与外地没有什么不同。他那多病的母亲,早已在五年前逝去,如今连尸体都不知道在哪里。想到母亲辛辛苦苦抚养他成人,他却没有尽到丝毫孝心,不由得抱憾终身。现在他一个人生活在这世上,连个家都没有,还算不算黎民百姓?陈诒说:"读公《前出塞》远赴交河,吞声哀怨,已觉内地骚然;读公《后出塞》募赴蓟门,去时亲戚满地,归来故里空村,已非太平景象。然《前出塞》俱自称丈夫,则非老、稚可知;《后出塞》俱自称男儿,则非妇、姬可知。又《前出塞》有父母,有六亲;《后出塞》有闾里,有亲戚,有颁白,有少年……读公诗,于《新安吏》则丁无中小之分,府帖尽行;于《潼关吏》则百万为鱼,惟恃天险;于《石壕吏》则尽室死亡,役及老妪;而《新婚别》《垂老别》《无家别》则人皆无家,蒸黎无以为蒸黎,国又何以为国耶?"(《读杜随笔》卷上)杜甫"诗史"的意义,可见一斑。

【注释】

①百:一作"万"。

②为:一作"委"。

③贱子:士卒自称。旧:一作"故"。

④巷:一作"室"。日瘦:日色惨淡。

⑤安:一作"敢"。

⑥无所携:无告别的人。宋袁淑《防御索虏议》:"始附之众,分莸无序。蛊以威利,势必携离。"

⑦《诗·小雅·蓼莪》:"哀哀父母,生我劬劳。"

⑧蒸黎:民众。《诗·大雅·荡》:"天生烝民,其命匪谌。"《诗·大雅·云汉》:"周余黎民,靡有孑遗。"

【汇评】

王嗣奭《杜臆》卷三:"空巷"而曰"久行见",触处萧条。日安有肥瘦?创云"日瘦",而惨凄宛然在目。狐啼而加一"竖毛怒我",形状逼真,似虎头作画。"远近理亦齐",语似宽而痛已极矣。又念及长病死母,生不得力,痛上加痛,而道理关系最大。"二吏""三别",惟《石壕》换韵,且用古韵,余俱一韵到底,且用"沈韵"。此五首非亲见不能作,他人虽亲见亦不能作。公以事至东都,目击成诗,若有神使之,遂下千秋之泪。

汪灏《树人堂读杜诗》卷七：题明说无家，却偏寻出已死五年之病母，娓娓与鬼魂对语，自怨自责，作牵衣痛哭情形，岂非神笔？《新婚别》犹有夫，有妻，有姑嫜；《垂老别》犹有老妻；至《无家别》只孑然一身，破屋数间而已。将作与邻里絮语，既泛而无情；若作与坟墓辞，又仓皇而不暇；忽然追痛到病母死时，未得亲视含敛，抱恨终天，更类将阕琵琶声。

赠卫八处士①

　　人生不相见，动如参与商②。今夕复何夕，共此灯烛光③。少壮能几时，鬓发各已苍。访旧半为鬼，惊呼热中肠④。焉知二十载，重上君子堂。昔别君未婚，儿女忽成行⑤。怡然敬父执，问我来何方⑥。问答乃未已，儿女罗酒浆⑦。夜雨剪春韭，新炊间黄粱⑧。主称会面难，一举累十觞⑨。十觞亦不醉，感子故意长⑩。明日隔山岳，世事两茫茫。

【题解】

　　人生之分离常演变为诀别，动辄如天上的参星与商星，从此无法相见。不知道今晚是个怎样的好日子，我们才能意外重逢。时间过得真快，转眼间我们都已经鬓发苍苍。进而打听那些我们所共同熟识的亲朋故旧，居然有一半不在人世了，这如何让人不悲痛惋惜。我也没有想到，分别二十年后，能够再次登上你家客堂。当年分别的时候，你尚未成婚，如今已然是儿女成群。他们以晚辈的身份和颜悦色地接待我，客气地询问我来自何方。你却不等他们寒暄完毕，就打发他们去张罗酒席。席上是冒着夜雨剪来的春韭，还有热气腾腾的黄米饭。你说老朋友见一次面太难，一连劝我喝了十多觞。我为你深厚的情意所打动，这么多酒也没有让我喝醉。只是想到明天我又要踏上旅程，山河相隔，世事难料，再见之日难期，不由心中充满了迷茫。杜甫在诗中将与友人意外重逢而夜饮的情形，娓娓道来，"信手写去，意尽而止，空灵宛畅，曲尽其妙"（王嗣奭《杜臆》卷一）。

①卫八:其人未详。处士:隐逸不仕者。

②动:动辄。参与商:二十八星宿中的参星与商星,两者东西相对,不会同时出现。

③《诗·唐风·绸缪》:"今夕何夕,见此邂逅。"共此灯烛光:一作"共宿此灯光"。

④旧:一作"问"。

⑤儿女:一作"男女"。

⑥《礼记·曲礼上》:"见父之执,不谓之进不敢进,不谓之退不敢退。"孔颖达疏:"父之执谓执友,与父同志者也。"

⑦乃未已:一作"未及已"。儿女:一作"驱儿"。

⑧新:一作"晨"。

⑨累十觞:一作"蒙十觞"。

⑩醉:一作"辞"。

【汇评】

《唐诗归》卷一七钟惺曰:只叙真境,如道家常,欲歌欲哭。

张溍《读书堂杜诗注解》卷一:全诗无句不关人情之至,直到极处便厚。情景逼真,兼有顿挫之妙。

江浩然《杜诗集说》卷五引查慎行曰:感今怀旧,如风行水上,自然成文。若涉一毫客气,便成两橛。

夏日叹

夏日出东北,陵天经中街①。朱光彻厚地,郁蒸何由开。上苍久无雷,无乃号令乖②。雨降不濡物,良田起黄埃③。飞鸟苦热死,池鱼涸其泥④。万人尚流冗,举目惟蒿莱⑤。至今大河北,化作虎与豺⑥。浩荡想幽蓟,王师安在哉。对食不能餐,我心殊未谐。眇然贞观初,难与数子偕。

乾元二年四月,关中久旱无雨,赤地千里,民众流离失所。时在华州任上的诗人心急如焚,慨叹天灾人祸不断,朝中无有贤士而民众苦难深重。前十二句先写天灾。夏季的太阳早早从东北升起,午时高挂当空,阳光炽烈,天气闷热,即使偶尔小雨也无法滋润大地,以致池塘干涸,黄尘飞舞,田园荒芜,民众四处逃离。中四句继写人祸。黄河以北的大片地区,至今还为乱军盘踞,而朝廷却一直无力平叛。后四句写诗人的悲愤。想到形势如此危急,他连吃饭的心情都没有,而朝廷尽是碌碌庸臣,对此情形束手无策,他们根本无法同贞观年间那些名臣相提并论。

【注释】

①中街:中道,即黄道。

②苍:一作"天"。《后汉书·郎颛传》:"故《易传》曰:'当雷不雷,太阳弱也。'……雷者号令,其德生养。号令殆废,当生而杀,则雷反作,其时无岁。"

③黄:一作"尘"。

④泥:一作"涯"。

⑤《汉书·谷永传》:"流散冗食,馁死于道,以百万数。"

⑥化:一作"尽"。

【汇评】

浦起龙《读杜心解》卷一之二:以"郁蒸"二字提起,"郁蒸"以况中心之烦闷。中间隐叹病民,明叹河北,皆是也。必如置身贞观,乃始开释耳。

杨伦《杜诗镜铨》卷五:追想太平,无限心事,隐然言外。

夏夜叹

永日不可暮,炎蒸毒我肠①。安得万里风,飘飖吹我裳。昊天出华月,茂林延疏光。仲夏苦夜短,开轩纳微凉。虚明见纤毫,羽虫亦飞扬。物情无巨细,自适固其常。念彼荷戈士,穷年守边疆②。何由一洗濯,执热互相望③。竟夕击刁斗,喧声连万方。青紫虽被体,不如早还乡④。北城悲笳发,鹳鹤号且翔。况复烦促倦,激烈思时康⑤。

【题解】

此首与前首同时所作。前首由炎日天旱而忧心国事,此首由深夜纳凉而期盼太平。夏季的白天如此漫长,似乎等不到落日的到来。蒸腾的热气,进入了心肺,使人焦灼不安。哪里才有强劲的风,吹动衣襟,带来阵阵凉爽?月亮终于升起,人们推开窗户迎接微风,树林渐渐笼罩在朦胧的月光中。月光越来越明亮,萤火虫等自由自在地往来飞扬。世上的事物,无论大小,都希望过上舒适的生活。可那些出征的士卒,不得不在炎热的夏季执戈戍守,日夜相望。他们即使获得官爵,穿上青紫之服,也比不上回家返乡的惬意生活。拂晓时分,军营的号角响起,戍卒辛勤的一天重新开始。在这酷热不安的日子,人们更为强烈地盼望着战乱的平息。

【注释】

①我:一作"中"。

②《诗·曹风·候人》:"彼候人兮,何戈与祋。"

③《诗·大雅·桑柔》:"谁能执热,逝不以濯。"

④青紫:官服。《汉书·夏侯胜传》:"始,胜每讲授,常谓诸生曰:'士病不明经术,经术苟明,其取青紫如俯拾地芥耳。'"又黄鹤注引《通鉴》:至德二载,郭子仪败于清渠,复以官爵收散卒。由是应募入军者,一切衣金紫。

⑤复:一作"怀"。

【汇评】

张綖《杜工部诗通》卷七:此诗因夏日炎热,幸夜凉可适,虽羽虫之微,亦借夜凉以自适,而征戍者日既有荷戈之劳,竟夜又不得洗濯烦热,此所以激烈思时康也。

浦起龙《读杜心解》卷一之二:此以"万里风"三字提起。万里风能吹去"刁斗",亦能吹至"时康"。"昊天"以下,由凉月中群物,而叹竟夕之戍士。末遂以夜短热烦,叹时康难遇也。

杨伦《杜诗镜铨》卷五引蒋弱六曰：前首借"死涸"兴起，此却从"自适"翻出，各有意境。

立秋后题

日月不相饶，节序昨夜隔①。玄蝉无停号，秋燕已如客。平生独往愿，惆怅年半百②。罢官亦由人，何事拘形役③。

【题解】

乾元二年的风云变幻，使诗人进一步认清了当前的形势和自身的处境，他早先萌发的去意更为坚定了。这首诗作于是年立秋次日，在精神上与陶潜《归去来兮辞》如出一辙。岁月不饶人，转眼自己年近半百。昨日刚进入立秋，知了还在不停地叫唤，而秋燕已如过客，随时准备启程。平生向往徜徉山水，如今这委任自然的愿望越来越强烈。既然做官对自己是一种折磨，那就不如挂印而去，反正罢不罢官都是自己所决定的。

【注释】

①鲍照《拟行路难》："日月流迈不相饶，令我愁思怨恨多。"

②《文选·谢灵运〈入华子岗是麻源第三谷〉》"且申独往意，乘月弄潺湲"句，李善注引淮南王《庄子要略》："江海之士，山谷之人，轻天下、细万物而独往者也。"又引司马彪曰："独往，任自然，不复顾世也。"

③陶潜《归去来兮辞》："既自以心为形役，奚惆怅而独悲。"

【汇评】

吴见思《杜诗论文》卷一一：日月不停，节序已隔。今且立秋矣，喧热犹存，蝉无停响。凉风渐至，燕又将归。因叹平生归隐之愿，半百未遂而空为惆怅乎。夫罢官长往，亦由人耳。何事拘于行役，而不去耶。公此时去官之志决矣。

杨伦《杜诗镜铨》卷五引邵子湘曰：音节简古。

刘濬《杜诗集评》卷二引李因笃曰：居然江左之遗。

遣兴三首

其一

下马古战场，四顾但茫然^①。风悲浮云去，黄叶坠我前^②。朽骨穴蝼蚁，又为蔓草缠。故老行叹息，今人尚开边。汉虏互胜负，封疆不常全^③。安得廉颇将，三军同晏眠^④。

【题解】

此三首为随感杂录，作于乾元二年秋日之秦州。三首"各自为一章，每一章叹一事"，"第一章叹战伐之惨，以戒开边"（汪灏《树人堂读杜诗》卷七）。秦州饱经战火，战争留下的遗迹甚多，如司马宣王垒、诸葛亮垒、姜维垒等。初到秦州的诗人，骑马来到古战场，四顾茫然，只见悲风阵阵，黄叶飘零，旷野萧索，冢坟垒垒，不由喟然叹息。当年胡汉难分胜负，战争连绵不休，不知多少战士葬身此处。而今人却毫不汲取教训，依然开边不已。多么希望能有廉颇那样的将军出现，安边守土，使天下晏然无事。

【注释】

①但：一作"俱"。

②坠：一作"堕"。

③胜负：一作"失约"。

④廉颇：原作"廉耻"，据他本改。

【汇评】

张溍《读书堂杜诗注解》卷五：所谓善战不如善守。此致恨于边帅生事开边，以人命为草菅也。

吴瞻泰《杜诗提要》卷二：今古遥对。说古战场，凄楚详尽；说今人开边，只一"尚"字，略文见意。两两相形，可悟诗人吞吐之妙。"不常全"三字，括尽古今穷兵黩武之失，深为开边者咎，故终以"晏眠"望之今人也。篇法以参差为工。

仇兆鳌《杜诗详注》卷七：此经战场而议边将之要功者。上六叙景，下六论事。"风悲"二句，仰而见者；"朽骨"二句，俯而见者。廉颇安边而不生事，叹天宝诸将之不然也。

其二

高秋登寒山，南望马邑州①。降虏东击胡，壮健尽不留。穹庐莽牢落，上有行云愁。老弱哭道路，愿闻甲兵休。邺中事反覆，死人积如丘②。诸将已茅土，载驱谁与谋。

【题解】

深秋登上高山，向南眺望马邑州一带。天宝事变之后，为了抵御乱军，朝廷大肆收编降虏，壮年胡儿全部由此东征，只留下老弱号哭于道路，草原一派惨淡。谁能料想邺城一战功败垂成，居然出现溃散的结局，使许多士卒为此丧命。而那些将帅都已加官进爵，心满意足，还有谁还在为国事操劳呢？"第二章叹官军之溃散，更无人以拨乱"（汪灏《树人堂读杜诗》卷七）。

【注释】

①《新唐书·地理志》"羁縻州"："马邑州，开元十七年置，在秦、成二州山谷间。宝应元年，徙于成州之盐井故城。"寒：一作"塞"。

②事反覆：一作"何萧条"。

【汇评】

吴瞻泰《杜诗提要》卷二：一诗而括二事，本是排偶体。用"老弱"二句，双关以乱其绪，便错综。末责诸将，亦是双收，有离奇变化之妙。

仇兆鳌《杜诗详注》卷七：次章望马邑，讽诸将之败军也。上八叹降夷东征，下四伤邺城师溃。

其三

丰年孰云迟，甘泽不在早①。耕田秋雨足，禾黍已映道②。

春苗九月交,颜色同日老。劝汝衡门士,勿悲尚枯槁③。时来展材力,先后无丑好。但讶鹿皮翁,忘机对芳草④。

【题解】

今年春天虽有大旱,但秋天雨水充足,所以禾黍丰茂,长势喜人,到了九月之交,全部成熟,大道旁一派丰收气象。可见甘露之降临,不在于早晚而在于适时,而丰收总不会嫌来得太迟。那些贫寒之士,坎壈不遇,形容枯槁,却不必灰心失望,更不必耿耿于先后早晚,一旦时来运转,自然就会舒展怀抱。令人惊讶的是鹿皮翁,他一生才学,却避世隐居,或许他清楚地意识到自己终无用武之地。"第三章叹才士之隐于草莱"(汪灏《树人堂读杜诗》卷七)。

【注释】

①曹植《赠徐幹诗》:"良田无晚岁,膏泽多丰年。"孰:一作"既"或"亦"。

②禾:一作"稼"。

③《诗·陈风·衡门》:"衡门之下,可以栖迟。"毛传:"横木为门,言浅陋也。"

④《列仙传》:"鹿皮翁者,淄川人也,少为府小吏,木工,举手能成器械。岑山上有神泉,人不能至也。小吏白府君,请木工斤斧三十人,作转轮悬阁,意思横生。数十日,梯道四间成,上其巅,作祠舍,留止其旁,绝其二间以自固。食芝草、饮神泉且七十余年。淄水来山下,呼宗族家室得六十余人,命上山,半,水尽漂一郡,没者万计。小吏乃辞遣宗族,令下山。著鹿皮衣遂去,复上阁,后百余年,下,卖药于市。"芳:一作"荒"。

【汇评】

吴见思《杜诗论文》卷一二:衡门之士,不必有枯槁之叹也。若一旦时来,才力得展,又安有先后丑好乎?但我则如鹿皮翁忘机事外,无意天下矣。

吴瞻泰《杜诗提要》卷二:以"时"字作眼,用前六句兴后四句。前暗藏"时"字,后乃明出,迟早先后,暗相映射,如草蛇灰线。"芳草"又与"禾黍"相映,末二句又进一层。此与上二首另是一副说话,然意亦相承。上二章

341

责备诸将,此乃说到自己,故皆谓之遣兴。既欲待时,又说忘机,一擒一纵,总是欲遣而无可遣也。

仇兆鳌《杜诗详注》卷七:三章睹秋成,感贤士之晚遇也。上六句,兴起下意。秋禾晚登,犹士之晚遇,迟速何足计乎。今既不能遇,当如鹿皮翁之遁世矣。

又引胡夏客曰:杜公古诗、近体,在长安时才力未为造极。秦州以后,古诗则卓练精深;夔州以后,又纵情杂乱,不及前矣。律诗则老而愈细,四韵固多佳篇,长律尤尽其妙。

佳　人

绝代有佳人,幽居在空谷①。自云良家子,零落依草木②。关中昔丧败,兄弟遭杀戮。官高何足论,不得收骨肉。世情恶衰歇,万事随转烛③。夫婿轻薄儿,新人美如玉④。合昏尚知时,鸳鸯不独宿⑤。但见新人笑,那闻旧人哭。在山泉水清,出山泉水浊。侍婢卖珠回,牵萝补茅屋。摘花不插发,采柏动盈掬⑥。天寒翠袖薄,日暮倚修竹。

【题解】

诗写一位战乱期间被丈夫抛弃而贞洁自守的女子,共分三层。前八句写她遭逢乱世而飘零孤苦。这位幽居在空谷的绝世美女,本世家出身,因关中遭受兵乱,兄弟俱遭杀戮而无所依靠。中八句写她遇人不淑,为丈夫所厌弃。趋炎附势是世态人情,人情冷暖就如风中飘忽不定的烛光,丈夫本是轻薄浮浪子弟,见此变故而喜新厌旧,毫无怜惜之心。后八句写她隐居幽谷,不胜清寒。泉水在山中是清澈的,到了山外就变得浑浊了。她甘愿坚守空谷,卖珠自给,以野草为食,以藤蔓葺屋,不事修饰,远离世俗。杜甫歌咏佳人,一说实有所见,"天宝乱后,当是实有是人,故形容曲尽其情。旧谓托弃妇以比逐臣,伤新进猖狂、老成凋谢而作,恐悬空撰意,不能淋漓恺至如此"(仇兆鳌《杜诗详注》卷七);一说纯是比拟,"此先生自喻之诗"(佚名《杜诗言志》卷五)。结尾两句写景而不着议论,意在言外,余味无穷。

【注释】

①《汉书·孝武李夫人传》载李延年歌:"北方有佳人,绝世而独立。"唐人避太宗讳,故改"世"为"代"。空:一作"山"。

②良家子:世家出身。《史记·外戚世家》:"窦姬以良家子入宫侍太后。"

③转烛:飘忽的灯光。《佛说贫穷老公经》:"昼夜七日七夕,水浆断绝,小有气息,命在转烛。"

④美如玉:一作"已如玉"。《古诗十九首·东城高且长》:"燕赵多佳人,美者颜如玉。"

⑤合昏:即合欢树。周处《风土记》:"合昏,槿也,华晨舒而昏合。"

⑥发:一作"髻"。《古艳歌》:"马啖柏叶,人啖柏脂。不可常饱,聊可遏饥。"

【汇评】

王嗣奭《杜臆》卷三:大抵佳人事必有所感,而公遂借以写自己情事。

张远《杜诗会粹》卷六:此诗只起、结四句叙事,中间俱承"自言〔云〕"二字来,备极悲惨。至末二句,益难为情。

吴瞻泰《杜诗提要》卷二:观此诗气静神闲,怨而不怒,使千载下人读之起敬起爱,何其移人情若此也。自述一段,历叙家败事迁,只"新人美如玉"一句怨及夫婿。后段全以比兴错综其间,而一种贞操之性、随遇而安景象,真画出一绝代佳人,跃出纸上,一起一结,翩翩欲飞。……起二句提纲,言简而意已尽,曰"绝代佳人",品题既高,而接"幽居在空谷",则又遭逢不偶。有此包笼语,后虽长篇细序,不厌其繁,是最善于发端者。"在山"二句,不即不离,乐府妙境。学古诗者,能知比兴之即为断续,则三昧得矣。"侍婢"四句,又复序起。若用在前段作一副说话,即直序无复起伏。末二句,风韵嫣然,正与起句映射。只写其悠闲贞静之德,绝不作哀词怨调,而空闺独守之感,自在言外。此真得《国风》之神髓者也。

梦李白二首

其一

死别已吞声，生别常恻恻。江南瘴疠地，逐客无消息^①。故人入我梦，明我长相忆^②。恐非平生魂，路远不可测^③。魂来枫林青，魂返关塞黑^④。今君在罗网，何以有羽翼^⑤。落月满屋梁，犹疑照颜色。水深波浪阔，无使蛟龙得。

【题解】

诗作于杜甫听闻李白长流夜郎之后，写他对李白的牵挂与担忧。两首"始于梦前之凄恻，卒于梦后之感慨"，"前写梦境迷离，后写梦语亲切"（浦起龙《读杜心解》卷一之二），将梦前、梦中与梦后的心理感受一一叙出。对于死别的朋友，止于吞声恸哭一场；而于长远别离的老友，常感到无边无际的凄凉，何况故人远在南方湿热蒸郁、疫病流行之地，久久没有消息传来。昨夜你进入了我的梦中，正是我苦苦思念所致。路途是如此遥远，你的魂魄是如何跨越千山万水，从江南来到关塞的呢？如今你身处罗网之中，又如何生长出了翅膀？我从梦中醒来，面对满屋的月光，依然惝恍迷离，感觉你仿佛刚刚离去。这一路上风波险恶，你务必要珍重小心。

【注释】

①逐：一作"远"。孙万寿《远戍江南寄京邑亲友诗》："江南瘴疠地，从来多逐臣。"

②明：一作"知"。

③远：一作"迷"。

④魂：一作"梦"。《楚辞·招魂》："湛湛江水兮上有枫，目极千里兮伤春心，魂兮归来哀江南。"

⑤今君：一作"君今"。以：一作"似"或"生"。

【汇评】

陈式《问斋杜意》卷五：起言死别一哭而止，生别不能不为恻恻，言下便有冀白入梦之意在。然既已入梦，入梦之魂必是真魂，却说江南逐客之远，魂不必来；身在罗网之中，魂不能来。公岂疑白魂之非？亦感白之奋身罗网，不惮路远耳。是以"落月"二句，则因月色而信其真；"水深"二句，则因其真而即为归途之虑。公至此不惟魂待之，直人待之矣。读竟想见公之梦中相迎，醒后相送，仍复疾纪其事而为诗。

浦起龙《读杜心解》卷一之二：首章处处翻死。起四，反势也。说梦，先说离，此是定法。中八，正面也，却纯用疑阵。句句喜其见，句句疑其非。末四，觉后也。梦中人杳然矣，偏说其神犹在，偏与叮咛嘱咐，此皆景外出奇。

陈訏《读杜随笔》卷上：诗言"明我长相忆"，通首都作公忆白语。江南久无消息，是未梦前相忆；路远恐非平生魂，是入梦时相忆；至魂来魂去，网罗何有羽翼，乃梦中相对相忆之情；而落月屋梁犹疑颜色，则梦后相忆，有缠绵不尽之意。

其二

浮云终日行，游子久不至①。三夜频梦君，情亲见君意。告归常局促，苦道来不易。江湖多风波，舟楫恐失坠②。出门搔白首，若负平生志③。冠盖满京华，斯人独憔悴。孰云网恢恢，将老身反累④。千秋万岁名，寂寞身后事⑤。

【题解】

浮云无根，终日飘荡，无所休止，游子也是这样啊。一连几天都梦见了你，可见你对我的情意也尤为深厚。每次到了告别的时候，你都局促不安。江湖多风浪，常有覆舟之虞。来往一次实属不易，真希望能与你好好畅谈。你搔首出门而去，大异于往日。世上得意之人不知凡几，为何你却如此落拓困顿。谁说天网恢恢疏而不漏？为何你要遭受这样的冤屈？活着的时候得不到任用，死后留下千秋美名又有什么意义呢？也不过委之寂寞罢了。"此伤其遭遇坎轲，深致不平之意。身累名传，其屈伸亦足相慰。但恻

345

恻交情说到痛心酸鼻,不是信将来,还是悼目前也"(仇兆鳌《杜诗详注》卷七)。

【注释】

①《古诗十九首·行行重行行》:"浮云蔽白日,游子不顾返。"

②多风波:一作"秋多风"。

③若:一作"苦"。

④《老子》第七十三章:"天网恢恢,疏而不失。"

⑤身:一作"才"。

【汇评】

张溍《读书堂杜诗注解》卷五:此首较前首俱深一层。前止言梦,此则言"三夜",言"频";前止言"明我",此则言"见君";前止言"魂返",此则言"告归常局促";前止言避祸,此则以身后名惜之,甚有深义。"千秋"句,不独以大名许之,亦见他日叹慕不得同时,而生前无容身地为可悲矣。

仇兆鳌《杜诗详注》卷七:此因频梦而作,故诗语更进一层。前云"明我忆",是白知公;此云"见君意",是公知白。前云"波浪蛟龙",是公为白忧;此云"江湖舟楫",是白又自为虑。前章说梦处,多涉疑词;此处说梦处,宛如目击。形愈疏而情愈笃,千古交情,惟此为至。然非公至性,不能有此至情;非公至文,亦不能写此至性。

有怀台州郑十八司户 虔

天台隔三江,风浪无晨暮①。郑公纵得归,老病不识路。昔如水上鸥,今为罝中兔②。性命由他人,悲辛但狂顾。山鬼独一脚,蝮蛇长如树③。呼号旁孤城,岁月谁与度④。从来御魑魅,多为才名误。夫子稽阮流,更被时俗恶。海隅微小吏,眼暗发垂素。黄帽映青袍,非供折腰具⑤。平生一杯酒,见我故人遇⑥。相望无所成,乾坤莽回互⑦。

【题解】

诗人辞官西去,流寓秦州,自觉日益远离亲朋故旧,相见遥遥无期,而思念愈发浓郁,于是写下这首怀念郑虔的诗。郑虔你远谪台州,江海阻遏,风浪不息,加上你年老多病,恐怕难以归来。郑公你当年是何等潇洒任性,如今如罗网之兔,任人摆布,举动不得自由,想必会发狂乱奔。台州环境恶劣,有一足之山鬼呼号,有长如树之蝮蛇缠绕盘旋,这样的日子谁陪你度过? 有才之人,多为名所误而常遭贬斥,你本是嵇康、阮籍一流的人物,自然更被时俗所厌恶。你在海滨做着微末小官,身着青袍,手拄拐杖,两眼发昏,头发花白,却不折腰摧眉。故人相见,一杯酒足见彼此情意。可惜你我流落无成,万里相望,不知何时得以聚首。

【注释】

①天台:山名,今在浙江台州。三江:当指松江、浙江、浦阳江,一作"江海"。

②水:一作"江"或"天"。《诗·周南·兔罝》:"肃肃兔罝,椓之丁丁。"罝,捕兔之网。

③《国语》卷五《鲁语》下:"木石之怪曰夔、魍魉。"韦昭注云:"木石,谓山也。或云,夔,一足,越人谓之山缲,音'骚',或作'獟',富阳有之,人面猴身,能言。或云独足。"如:一作"若"。

④旁:一作"傍"。

⑤黄帽映青袍:一作"鸠杖近青袍"。黄帽,野老之冠。《隋书·礼仪志》:"都下及外州人,年七十以上,赐鸠杖黄帽。"青袍,唐时八、九品之官服。

⑥沈约《别范安成》:"生平少年日,分手易前期。及尔同衰暮,非复别离时。勿言一樽酒,明日难重持。"

⑦回互:回转交互。木华《海赋》:"乖蛮隔夷,回互万里。"

【汇评】

仇兆鳌《杜诗详注》卷七引王嗣奭曰:此诗想像郑公孤危之状,如亲见,亦如身历。说到离别之伤、死生之痛,从肺腑交情流露出来,几于一字一泪。

浦起龙《读杜心解》卷一之二：此亦披腹见愫之诗。起四，痛其隔远不归，而曰"老病迷路"，便见作意。如是，则永无归日矣。次八句，叙事也。叙其放逐远恶之处，源出《招魂》。又次八句，忧危之旨也。言既以才名误于前，惧其复以放旷招时恶也。屈首暮途，则以不恭而招恶者一；年老脱略，则以疏节而招恶者一。此段本一片下，旧解失之。结四，又悲惋深至。后无见期，而念及从前杯酒；我亦漂泊，而两为翘首乾坤。落句更欲括一篇《天问》矣。

所思 得台州郑司户虔消息

郑老身仍窜，台州信所传①。为农山涧曲，卧病海云边。世已疏儒素，人犹乞酒钱②。徒劳望牛斗，无计斸龙泉③。

【题解】

自从郑虔远窜台州，诗人一直没能获知他的确切消息，如今收到他的来信，知晓他虽然为世所弃，卧病海滨，务农涧曲，但好歹活着，时不时还能得到一点酒钱，不由心中长舒一口气。只是郑虔贬官远邑，不获擢用，犹如龙泉宝剑深埋地下而无计挖掘，不能不令人扼腕叹息。

【注释】

①所：一作"始"。

②杜甫《戏简郑广文兼呈苏司业赠郑虔》："赖有苏司业，时时乞酒钱。"乞，分给。

③《晋书·张华传》："初，吴之未灭也，斗牛之间常有紫气，……华闻豫章人雷焕妙达纬象，乃要焕宿，……焕曰：'仆察之久矣，惟斗牛之间颇有异气。'华曰：'是何祥也？'焕曰：'宝剑之精，上彻于天耳。'……华大喜，即补焕为丰城令。焕到县，掘狱屋基，入地四丈余，得一石函，光气非常，中有双剑，并刻题，一曰龙泉，一曰太阿。其夕，斗牛间气不复见焉。"

仇兆鳌《杜诗详注》卷八：此诗怀郑虔而作也，在四句分截。为农卧病，即来信中所言者。疏儒素，为世所弃。乞酒钱，为时所怜。

浦起龙《读杜心解》卷三之二：起二，明点。中四，来信中意。七、八以郑所处在斗牛之分，故借用丰城狱底事。

刘濬《杜诗集评》卷八引李因笃曰：虽短篇，具见苏、郑身份，却无露语，最高。

遣兴五首①

其一

蛰龙三冬卧，老鹤万里心②。昔时贤俊人，未遇犹视今。嵇康不得死，孔明有知音③。又如垄底松，用舍在所寻④。大哉霜雪干，岁久为枯林。

【题解】

这一组诗依次歌咏嵇康、庞德公、陶渊明、贺知章、孟浩然，在写法上受到阮籍《咏怀诗》、左思《咏史》及颜延年《五君咏》的影响而有所变化，"五诗怀贤、思友、自嘲，寄托遥深"（杨伦《杜诗镜铨》卷五引张甄陶语）。首篇所言"昔时贤俊人，未遇犹视今"，可视为组诗的总纲，五首诗所咏大抵为遭时不偶之贤人，诗人亦借此自抒怀抱。第一首以孔明陪衬嵇康，两人同为蛰伏之卧龙，同如鹤舞九天，择主而从，同如苍松经霜傲雪，卓然特立，结果孔明得遇明主而嵇康遭逢大难。

【注释】

①宋本原为三首，据诸本合为五首。

②《易·系辞下》："尺蠖之屈，以求信也；龙蛇之蛰，以存身也。"嵇康《述志诗》："潜龙育神躯，跃鳞戏兰池。"老鹤：《世说新语·容止》载，人言嵇

延祖(嵇康之子)如野鹤之在鸡群,王戎曰:"君未见其父耳。"

③不得死:一作"且不死"。《晋书·嵇康传》载,钟会言于文帝曰:"嵇康,卧龙也,不可起。公无忧天下,顾以康为虑耳。"因潜康欲助毌丘俭,杀之。《三国志·蜀书·诸葛亮传》:"徐庶见先主,先主器之,谓先主曰:'诸葛孔明者,卧龙也,将军岂愿见之乎?'……由是先主遂诣亮,凡三往,乃见。"

④垄底:一作"陇坻"。

【汇评】

吴瞻泰《杜诗提要》卷二:此以"未遇"二字为眼,以"用舍"二字为线。蛰龙虽卧于三冬,而孔明卒有知音,贴"用"。老鹤虽有心万里,而嵇康不得其死,贴"舍"。然篇意在未遇,则又以"舍"为主,而"用"陪之,故末二句专就"舍"言。"大战霜雪干",极力抬高,而岁久终为枯林,正所以深惜之也。通篇俱属比兴,不遇之感全不出,只"犹视今"三字透之,蓄意深永。

仇兆鳌《杜诗详注》卷七:此诗见贤者在世,贵逢知己,后四章皆发端于此。在六句分截。上言抱志欲伸,今古皆然;下言遭遇不同,荣辱遂异。用比意作起、结,章法甚古。叔夜、孔明,不宜专承卧龙,亦不当分顶龙、鹤。起语乃托兴,盖自伤不得志而发欤?

浦起龙《读杜心解》卷一之二:贤俊生世,遇不遇皆不系于己。忽而比,忽插古人,忽又比,章法逼古。

其二

昔者庞德公,未曾入州府①。襄阳耆旧间,处士节独苦②。岂无济时策,终竟畏罗罟③。林茂鸟有归,水深鱼知聚。举家隐鹿门,刘表焉得取。

【题解】

当年庞德公在襄阳众名士中,最为励志苦节,却从未踏进州府半步,获取一官半职。难道他没有济世之才、安邦之略吗?他是担心罗网缠身,难逃其害,所以不为刘表所用,举家隐居鹿门,如鸟归深林、鱼入深渊,过上了悠闲自在的生活。

【注释】

①昔者：一作"在昔"。《后汉书·庞公传》："庞德公者，南郡襄阳人也。居岘山之南，未尝入城府。夫妻相敬如宾。荆州刺史刘表数延请，不能屈，乃就候之。谓曰：'夫保全一身，孰若保全天下乎？'庞公笑曰：'鸿鹄巢于高林之上，暮而得所栖；鼋鼍穴于深渊之下，夕而得所宿。夫趣舍行止，亦人之巢穴也。且各得其栖宿而已，天下非所保也。'因释耕于垄上，而妻子耘于前。表指而问曰：'先生苦居畎亩而不肯官禄，后世何以遗子孙乎？'庞公曰：'世人皆遗之以危，今独遗之以安。虽所遗不同，未为无所遗也。'表叹息而去。后遂携其妻子登鹿门山，因采药不反。"

②独：一作"犹"。

③策：一作"术"。终竟畏罗罟：一作"终岁畏罪罟"。

【汇评】

陈式《问斋杜意》卷五：庞德公抱济世之策，不屈于刘表，诗美其既能全志，又能全身。

仇兆鳌《杜诗详注》卷七：此言不能如孔明之救时，则当如庞公之高隐。上四叙述其事，下六推见其心。

《唐宋诗醇》卷一〇：用世之志，保身之哲，具见于此。此所谓以意为主，以文傅义者。"林茂"二白虽用庞公语，然其旨自是《孟子》民之归仁、士愿立朝之义，而用笔跌宕，弥觉深远。

其三

陶潜避俗翁，未必能达道①。观其著诗集，颇亦恨枯槁②。达生岂是足，默识盖不早③。有子贤与愚，何其挂怀抱④。

【题解】

陶渊明虽然避俗归隐，躬耕田园，却并没有彻底忘怀世事，所以算不上体悟了出处之道。在他的诗集中，不少作品依然对自身的坎壈不遇耿耿于怀，这岂是达生任性之人的想法？早年他奔走仕途，后来又望子成龙，可见他没有做到真正的旷达。杜甫此诗看起来似乎是嘲讽陶渊明，实际上是自嘲对辞官西去、儿子失学等诸事未能释怀。"只看诗正面，便似抹杀陶潜，其实枯槁之恨、贤愚之虑，人情不免。诗正称其不离俗，又能免俗"（陈式《问斋杜意》卷五）。

【注释】

①陶渊明《归园田居》："少无适俗韵，性本爱丘山。"又《归去来兮辞》："世与我而相违，复驾言兮焉求。"《汉书·王贡两龚鲍传》赞曰："《易》称'君子之道，或出或处，或默或语'，言其各得道之一节，譬诸草木，区以别矣。故曰山林之士往而不能反，朝廷之士入而不能出，二者各有所短。"

②陶渊明《饮酒二十首》其十一："虽留身后名，一生亦枯槁。"

③《庄子·达生》："达生之情者，不务生之所无以为。"郭象注："生之所无以为者，分外物也。"

④陶渊明《责子》诗："虽有五男儿，总不好纸笔。阿舒已二八，懒惰故无匹。阿宣行志学，而不爱文术。雍端年十三，不识六与七。通子垂九龄，但觅梨与栗。"

【汇评】

胡仔《苕溪渔隐丛话》前集卷三引黄庭坚曰："子美困顿于山川，盖为不知者诟病，以为拙于生事，又往往讥议宗文、宗武失学，故聊解嘲耳。其诗名《遣兴》，可解也。俗人便以为讥病渊明，所谓痴人面前不得说梦也。"

（朝鲜）李植《纂注杜诗泽风堂批解》卷七：陶潜诗多怨辞，不但《责子》诗为然，此特举其一也。杜流落贫病而自负豪气，欲以陶诗"枯槁"为戒，非为贬陶而作也。

仇兆鳌《杜诗详注》卷七：彭泽高节，可追鹿门。诗若有微词者，盖借陶集而翻其意，故为旷达以自遣耳，初非讥刺先贤也。

其四

贺公雅吴语，在位常清狂①。上疏乞骸骨，黄冠归故乡②。爽气不可致，斯人今则亡③。山阴一茅宇，江海日凄凉④。

贺知章说着一口吴越方言,嗜酒狂放。他无意仕进,上疏请求度为道士,还归乡里。他亡故于鉴湖之后,山阴只有旧宅尚且留存。贺公任性自然的风采再也难以看到,江海之上日觉凄凉。

【注释】

①雅:一作"惟"。《世说新语·排调》:"刘真长始见王丞相,时盛暑之月,丞相以腹熨弹棋局,曰:'何乃淘?'刘既出,人问王公云何,刘曰:'未见他异,唯闻作吴语耳。'"

②《旧唐书·贺知章传》:"天宝三载,知章因病恍惚,乃上疏请度为道士,求还乡里,仍舍本乡宅为观。上许之。"

③《论语·雍也》:"孔子对曰:'有颜回者好学,不迁怒,不贰过。不幸短命死矣!今也则亡,未闻好学者也。'"

④凄凉:一作"清凉"。

【汇评】

仇兆鳌《杜诗详注》卷七:贺、孟二公,皆当时人物,论古而并及此者,以故交零落,并为遣兴之词也。吴语清狂,写其语言意态;乞身归里,记其出处大节。鉴湖一曲,茅宇在焉,抚遗迹而仰流风也。

汪灏《树人堂读杜诗》卷七:第四章,叹狂客之不可再得。

其五

吾怜孟浩然,裋褐即长夜①。赋诗何必多,往往凌鲍谢。清江空旧鱼,春雨余甘蔗②。每望东南云,令人几悲吒。

【题解】

孟浩然一生未能进入仕途,以布衣终老,实在令人惋惜。他的诗歌数量虽然不多,可篇篇精彩,质量往往超过了鲍照、谢灵运等人的作品。当日他手植甘蔗,垂钓清江,如今春雨迷蒙,江水依旧,斯人却已永远离去。每每眺望东南,思而不见,徒增伤悲。

【注释】

①裋：原作"裋"，据他本改；一作"短"。

②空旧鱼：一作"旧鱼美"或"旧鱼羹"。

【汇评】

王嗣奭《杜臆》卷三：浩然之穷，公亦似之，怜孟所以自怜也。

吴瞻泰《杜诗提要》卷二：《遣兴》五首，以四古人、二时人自况。后二首渐有归乡之感。贺是遇而归乡者，故曰"山阴一茅屋，江海日清凉"，有羡词。孟是不遇而归者，故曰"每望东南云，令人几悲咤"，有慨词。五首相承而下，总为不遇而发，而自寓之意，自在言外，故皆谓之"遣兴"。

仇兆鳌《杜诗详注》卷七：高、岑、王、孟，并驰声天宝间。孟独布衣终身，早年谢世，乃处士之最可悲者。清江以下，望襄阳而感叹。"空"、"余"二字，见物在人亡。

遣兴二首

其一

天用莫如龙，有时系扶桑①。顿辔海徒涌，神人身更长。性命苟不存，英雄徒自强。吞声勿复道，真宰意茫茫②。

【题解】

此两首之发端，取自《史记·平准书》："又造银锡为白金。以为天用莫如龙，地用莫如马，人用莫如龟。故白金三品：其一曰重八两，圜之，其文龙，名曰'白选'，直三千；二曰以重差小，方之，其文马，直五百；三曰复小，撱之，其文龟，直三百。"龙、马、龟三种不同图案的钱币，代表了不同的价值。杜甫借此起兴，感叹才人遇合之难，似与原文并无关涉。其一说即使空中遨游的神龙，也受制于神人，有时还会被拴在扶桑树上，并不能自由自在飞越四海。英雄失路，可能连性命都难以保全，更毋论所谓自强不息了，在命运面前他唯有忍气吞声。"此言君子既不遇时,当知远害全身,不须强进"(张溍《读书堂杜诗注解》卷五)。

【注释】

①刘向《九叹·远游》:"贯濒濛以东揭兮,维六龙于扶桑。"《十洲记》载,扶桑在碧海中,树长数千丈,一千余围,两两同根,更相依倚,故曰扶桑。

②真宰:天地间的主宰。《庄子·齐物论》:"若有真宰,而特不得其朕。"

【汇评】

朱鹤龄《杜工部诗集辑注》卷五:六龙本以驾日,有时恃其强阳,则顿辔扶桑之上,徒使海波鼎沸,神人之力,更足以制之。此可见人臣而改行称乱者,虽英雄自命,终必不保其身。事后饮泣,亦何及矣。且天意茫茫,非可妄觊,彼独不以跋扈不臣而惧乎?此诗乃深警禄山之徒也,或曰为仆固怀恩所发也。

仇兆鳌《杜诗详注》卷七:龙乃君象,人臣而欲窃据天位,势必不行,故曰顿辔。扶桑在东海,比安、史之地。神人更长,谓朝有名将。性命不存,言积恶自毙。临殁吞声,不敢复言天意渺茫,见报应之不爽也。

其二

地用莫如马,无良复谁记①。此日千里鸣,追风可君意。君看渥洼种,态与驽骀异。不杂蹄啮间,逍遥有能事②。

【题解】

大地上任意驰骋的马儿,如果没有神骏之名,有谁会关注它呢?唯有日行千里的良马,追风蹑影,才会得到人们的喜爱。看看那些龙种骐骥吧!它们根本不屑与凡马驽骀为伍,不经意间就展示出绝世的风采。良马要有善于相马之人发掘,诗人实在为人才埋没而呐喊。

【注释】

①《易·坤·象》:"牝马,地类,行地无疆。"王弼注:"乾以龙御天,坤以马行地。"

②杂:一作"在"。

朱鹤龄《杜工部诗集辑注》卷五：渥洼之种，遇异驽骀。所谓追风可君意者，当时惟郭子仪、李光弼足以语此。肃宗不能专任，公诗盖以讽之。

仇兆鳌《杜诗详注》卷七：此章冀朝廷专用李、郭也。马比汗马之臣。驽骀蹄啮，此其无良者，如哥舒翰、仆固怀恩辈是也。千里渥洼，有驯良之德者，如李、郭之赤心报国，百战不疲是也。曰不杂，欲朝廷分别而用之。曰逍遥，谓其从容制胜，能立大功也。

陈沆《诗比兴笺》卷三：前章言天龙九五，容有失水之时；神妖长身，偏擅凶强之势。性命，犹言天命也。命运一去，英雄束手，茫茫真宰，天难谌斯。岂可恃万乘之尊，而谓天下莫我何哉？次章言人主何以自强，惟得贤自辅则强耳。勿谓世无贤，用之则见。

遣兴五首

其一

朔风飘胡雁，惨淡带砂砾。长林何萧萧，秋草萋更碧。北里富薰天，高楼夜吹笛。焉知南邻客，九月犹绤绤①。

【题解】

此五首咏长安旧事，意在讽劝世人，不必拘泥史事，如张溍《读书堂杜诗注解》卷四所言："五首叹世戒世，一首一事，天下事亦略尽此矣，岂是泛常笔法。"其一感叹贫富不均。已届深秋九月，北风惨烈，长林肃肃，秋草萋萋，砂砾飞扬，胡雁徘徊，穷苦之人还身着单衣，而富贵者却饮酒作乐，通宵达旦，气焰薰天。

【注释】

①绤绤：夏天所穿之葛衣。《诗·周南·葛覃》："为绤为绤，服之无教。"毛传："精曰绤，粗曰绤。"

唐汝询《唐诗解》卷六：此客中贫窭无相知也。前二联叙深秋之景，言当此时富者方吹笛以娱夜，安知我九月而衣绨绤耶。盖无复有怜之者矣。

仇兆鳌《杜诗详注》卷七：此章叹富家宴乐之盛。上四深秋之景，下四炎凉之况。南邻客，公自谓。

其二

长陵锐头儿，出猎待明发①。骍弓金爪镝，白马蹴微雪②。未知所驰逐，但见暮光灭。归来悬两狼，门户有旌节。

【题解】

长安高门贵族子弟，一大早出城打猎。他们骑着白马，携带着珍贵的红色弓箭，在雪地上任意驰骋，尽情追逐，不知不觉嬉戏了一天。黄昏时刻，他们马头上悬挂着不知从何而来的两只狼尸，得意洋洋地回到了城中的豪宅。

【注释】

①长陵：汉高祖刘邦陵墓，在今陕西咸阳东北。锐头：《世说新语·言语》注引严尤《三将叙》："（平原君）对曰：'渑池之会，臣察武安君小头而面锐，瞳子白黑分明，视瞻不转。小头而面锐者，敢断决也；瞳子白黑分明者，见事明也；视瞻不转者，执志强也。可与持久，难于争锋。'"

②骍：红色，一作"觲"。《诗·小雅·角弓》："骍骍角弓，翩其反矣。"

【汇评】

仇兆鳌《杜诗详注》卷七：此章叹少年射猎之事。上四早猎之景，下四夜归之兴。前曰"长陵锐头儿"，后曰"门户有旌节"，盖指勋戚豪势之家，乃追忆长安事也。

其三

漆有用而割，膏以明自煎①。兰摧白露下，桂折秋风前。府中罗旧尹，沙道尚依然②。赫赫萧京兆，今为时所怜③。

漆树为人所用而遭受刀割,油膏能够照明却备受煎烧;兰草至白露零落,秋风起而桂花摧折。盛衰总是相继,世事难免无常。当日京兆尹萧炅,党于李林甫,威风凛凛,不可一世,如今却只是让人怜惜而已。

【注释】

①《庄子·人间世》:"山木自寇也,膏火自煎也。桂可食,故伐之。漆可用,故割之。"

②李肇《唐国史补》卷下:"凡拜相,礼绝班行,府县载沙填路,自私第至子城东街,号曰沙堤。"

③萧京兆:指萧炅。其阿附李林甫,天宝初为京兆尹,杨国忠上台后被贬为汝阴太守。《汉书·五行志》载成帝时童谣:"故为人所羡,今为人所怜。"

【汇评】

仇兆鳌《杜诗详注》卷七:此章慨趋炎附势之徒。借物托兴,言盛衰倏忽,凡事皆然,如萧京兆可鉴矣。

其四

猛虎凭其威,往往遭急缚①。雷吼徒咆哮,枝撑已在脚②。忽看皮寝处,无复睛闪烁。人有甚于斯,足以劝元恶③。

【题解】

猛虎自恃勇力,肆虐逞威,往往会被紧紧捆缚起来。等到被绑在树桩上,哪怕它发出雷鸣般的吼叫,拼命挣扎,也无济于事,最终还是免不了被剥皮的下场。那些强横之徒,凭借权势,作恶多端,只会死无葬身之地。

【注释】

①《三国志·魏书·吕布传》:"遂生缚(吕)布。布曰:'缚太急,小缓之。'太祖曰:'缚虎不得不急也。'"

②枝撑:木柱。王延寿《鲁灵光殿赋》:"枝撑杈丫而斜据。"

③劝：一作"戒"。

【汇评】

仇兆鳌《杜诗详注》卷七：此章戒当时凭威肆虐者。上六，借虎作比，所谓强梁者不得其死也。末点正意。

其五

朝逢富家葬，前后皆辉光①。共指亲戚大，缌麻百夫行②。送者各有死，不须羡其强。君看束缚去，亦得归山冈③。

【题解】

清晨出门，遇上富贵人家正在举行葬礼。这家的亲戚众多而显赫，送葬的队伍尤为庞大。其实旁观者不必羡慕，世人无论地位高低、财产多寡，最终都要死去。对于死人而言，殡葬的厚薄毫无意义。那些贫穷之人，无力置办棺木，以席子卷身，麻绳扎缚，同样也安葬在山岗上。

【注释】

①逢：一作"逆"。

②缌麻：细熟麻布做出的丧服。《仪礼·丧服》："缌麻三月者。"郑玄注："缌麻，布衰裳而麻绖带也。"

③缚：原作"练"，据他本改。

【汇评】

吴见思《杜诗论文》卷二〇：末首言富贵贫贱，同归于尽，以终前四章之义。

仇兆鳌《杜诗详注》卷七：公见富家之葬，送者极盛，因叹送者亦各有死，又何足羡乎。彼桐棺苇索，亦得束缚而归土，何必欣戚于其间哉。

又引唐汝询曰：《遣兴》诗，章法简净，属词平直，不露才情，有建安风骨。《杂诗》六首之遗韵也。譬之宫室，《三吏》《三别》、前后《出塞》，堂殿之壮者也；《遣兴》各五首，曲室之精者也。

秦州杂诗二十首①

其一

满目悲生事，因人作远游。迟回度陇怯，浩荡及关愁②。水落鱼龙夜，山空鸟鼠秋③。西征问烽火，心折此淹留。

【题解】

此为乾元二年秋杜甫流寓秦州时所作。诗人"久客秦州，触绪成咏，非一时之诗也。事不相蒙，题不相类，前后皆在秦州所得，遂统而名之曰《秦州杂诗》"（汪灏《树人堂读杜诗》卷七）。杜甫之辞官入秦，固然与关中饥馑、东都动荡有关，根本上还是由他对朝政的失望所促成的。首章开篇所言"悲生事"而远游，既是组诗创作的缘起，也是他心路变化的发端。"是诗二十首，首章叙来秦之由，其余皆至秦所见所闻也，或游览，或感怀，或即事……此身访道探奇，穷愁卒岁，寄语诸友，无复有立朝之望矣"（杨伦《杜诗镜铨》卷六引张潜语）。他行经陇坂，翻越陇关，一路皆犹豫恍惚，而沿途所见鱼龙川之水涸、鸟鼠山之空廓，无不令人恓惶凄恻。诗人也明确地意识到秦州并非是一个良好的选择，它依然饱受烽火的侵扰，不过眼下无处可去，只好暂时寄居于此。

【注释】

①秦州：州治在今甘肃天水。杂诗：魏晋诗人常用诗题。

②陇：陇山，亦名陇坂。《元和郡县图志》卷三九："陇坂九回，不知高几里。每山东人西役，升此瞻望，莫不悲思。"及：一作"入"。关：指陇关，即大震关，在今陕西陇县西陇山下。

③鱼龙：川名，汧水之中下流。《水经注》卷一七："其水东北流，历涧注以成渊，潭涨不测。出五色鱼，俗以为灵而莫敢采捕，因谓是水为龙鱼水，自下亦通谓之龙鱼川。"空：一作"通"。鸟鼠：山名，又名青雀山，位于甘肃渭源。

【汇评】

单复《读杜诗愚得》卷五：言生事满目可悲，"悲"字乃一篇骨子。因人作远游，度陇怯，及关愁，水落山空，而问西征之烽火，皆满目可悲之事，故此淹留而心折也。

佚名《杜诗言志》卷四：此二十首，则自明其游秦之由。看他开口便说"满目悲生事"，是其所可悲之事不一而足。半生期许，至此尽蠲，一可悲也；遍历艰辛，都付流水，二可悲也；进既莫容，退又无归，三可悲也；干戈未息，骨肉远离，四可悲也；君国多难，忠孝莫解，五可悲也；边塞凄凉，惊心鼓角，六可悲也；风雨凄其，秋阴短少，七可悲也；老骥伏枥，壮志难忘，八可悲也；羁栖异地，送老何时，九可悲也；回忆鸳行，寒云愁对，十可悲也。夫抱此多般愁苦，难以缕析，故以"满目"二字概之，其后二十首中所触发之事，悉由此生出，所谓笼盖全篇之句也。

其二

秦州城北寺，胜迹隗嚣宫①。苔藓山门古，丹青野殿空②。月明垂叶露，云逐度溪风。清渭无情极，愁时独向东。

【题解】

秦州城北的崇宁寺，相传为汉代西州上将军隗嚣的行宫故址，现在人迹罕至，不复当年的盛况了。古老的山门长满了苔藓，荒芜的大殿破败空旷。月亮升起，垂叶之露珠晶莹透亮；微风吹拂，无根之浮云越过溪流。诗人伫立崇宁寺所在之北山，俯瞰渭水，见其东流长安而自己不能与之同行，心中惆怅不已。"渭水与我无情之极，当我愁时独向东也。诗人优柔之旨还是如此。其思乡之怀，朝宗之喻，举在中矣"（张綖《杜工部诗通》卷七）。

【注释】

①城北寺：又名崇宁寺，遗址在今甘肃天水市区北山。城，原作"山"，据他本改。隗嚣（？—33），字季孟，天水成纪（今甘肃静宁）人，王莽之乱时曾割据陇右。胜迹：一作"传是"。

②古：一作"故"。青：一作"霄"。

361

邵宝《邵二泉先生分类集注杜诗》卷一九：此章言秦州城北寺乃汉隗嚣故居，今门古殿空，毕竟英雄何在？但见月明叶露，云逐溪风而已。因临无情之水，东向生愁，吊古兴悲，公之无倚可伤矣。

佚名《杜诗言志》卷四：承上章言，此秦州岂我之所乐居者哉？考其古迹，不过为隗嚣所窃据之一邑耳。至今城北之寺，犹其所遗之宫阙也。山门久生苔藓，野殿空有丹青，岂惟荒寂无人之境，而亦非山川名胜之乡。月无文明之照，惟垂叶露而已；风无流传之韵，惟度溪云而已。风月已不足取，而况无情之至极者，则莫若渭水之水东流，滔滔不息。而人乃不得与之俱东者，其愁绝宁有已时耶？

其三

州图领同谷，驿道出流沙①。降虏兼千帐，居人有万家。马骄珠汗落，胡舞白题斜②。年少临洮子，西来亦自夸③。

【题解】

从军事版图上看，管辖同谷的秦州算得上边陲重地，从长安而来的驿道，正是通过秦州直通西域。这里人烟稠密，胡人众多，充满了异域风情，随处可见高大壮健的胡马往来飞驰、头戴白毡的胡人翩翩起舞。连西来的临洮少年，也深受胡习熏染，矫健自负。面对骄横强悍的胡人，诗人是怎样的心情呢？一说诗人不无隐忧，"州领同谷，驿出流沙，见为吐蕃往来之冲。今降戎多而居民少，势可危矣"（仇兆鳌《杜诗详注》卷七）；一说诗人颇为欣慰，"近势可凭，远势有赖，降人既多，居民亦众。物产强，风俗劲，邻郡人来，亦强悍不群，隐隐有其人可藉以灭贼意在"（汪灏《树人堂读杜诗》卷七）。

【注释】

①州图：秦州都督府之图志。《通典·州郡二》："大唐武德初改郡为州，太守为刺史，其边郡及襟带之地置总管府以领军戎，至七年改总管为都督府。"秦州都督府督领天水、陇西、同谷三郡。

②《说文解字》:"骄,马高六尺为骄。"珠:一作"朱"。白题:古代匈奴之部落。《史记·樊郦滕灌列传》:"复从击韩信胡骑晋阳下,所将卒斩胡白题将一人。"裴骃《集解》引服虔注曰:"胡名也。"一说为白毡制成的毡笠。题,原作"蹄",据他本改。

③临洮:郡名,治所在今甘肃临潭。子:一作"至"。

【汇评】

邵傅《杜律集解》五律卷一:此公在同谷见降虏势盛而作。言秦州之图志领同谷,驿道所经,远处流沙,固胡虏之冲也。其降虏在此乃兼千帐,何其多也;所居郡民仅有万家,何其少也。马骄胡舞,气势凌厉,而临洮之少年亦自夸勇悍,不但如珠汗之落,白斜之题。当居民鲜少之地宁不启轻视中国之心哉?

邵宝《邵二泉先生分类集注杜诗》卷一九:此言秦州督领同谷而驿道直通流沙。当时降虏多而居民尚少,马骄胡舞,威振西域,且临洮少年,守御可夸,中兴气象不亦泯然乎。

佚名《杜诗言志》卷四:承上章言其古迹如此,而其风土则又有不可解者。盖以图经考之,则同谷其所领县,而驿道通乎西域之流沙,是边地也。故羌民杂处,其本夷种而内附为降虏者,何啻千帐?而本土之居民则仅有万家,夷民几相半也。是以夷固夷习,而民亦习于夷。人人便于骑马,乐为胡舞,而年少之临洮子来军于此者,亦莫不以习于夷习而自夸焉。

其四

鼓角缘边郡,川原欲夜时。秋听殷地发,风散入云悲①。抱叶寒蝉静,归山独鸟迟②。万方声一概,吾道竟何之③。

【题解】

夜晚来临,城门欲闭,警示的鼓声似乎从地底发出一般,响彻秦川,飘入风中,飞上云际。紧紧依附树叶的寒蝉,此时停止了哀鸣;鸟儿在空中盘旋,迟迟不敢归栖山林。在这烽火遍野、万方多难的时刻,何处是自己的乐土呢?诗人"言本因避乱而来到此,仍无宁宇,亦更有何地可托足耶"(杨伦

（《杜诗镜铨》卷六）。

【注释】

①殷：雷声。《诗·召南·殷其雷》："殷其雷，在南山之阳。"

②山：一作"来"。

③方：一作"年"。

【汇评】

吴瞻泰《杜诗提要》卷七：此专咏鼓角也，妙处全在离合。若沾沾一事，便无断续。故三、四已实写鼓角矣，五、六却写"欲夜时"一笔，然后再接"声一概"，便觉离奇变幻。

仇兆鳌《杜诗详注》卷七：四章，咏鼓角也。边郡而闻鼓角，又当秋天欲夜之时，何等凄慄。殷地、入云，承鼓角；蝉静、鸟迟，承夜时。末因边郡而及万方，则所慨于身世者深矣。殷地发，鼓声震动；入云悲，角吹凄凉。

佚名《杜诗言志》卷四：承上言秦州既为边郡，则川原欲夜之时，其鼓角之声何其悲也。但听其乘秋而发，殷然地动，而临风而散，高入于云，一篇愁惨噍杀之音弥空密布。斯时也，抱叶之寒蝉寂然无声，而归山之独鸟不敢言迟。盖以秋气本肃，而又加之以禁夜之警，故惟有闭口深藏，全身远害耳。顾边郡之鼓角，因防备戎虏宜然，何以万方之声息，大概如斯，其凭威肆焰，有甚焉者。则吾道之好为忠言谠论，以取戾于时者，何之而可哉。

其五

南使宜天马，由来万匹强①。浮云连阵没，秋草遍山长②。闻说真龙种，仍残老骕骦③。哀鸣思战斗，迴立向苍苍。

【题解】

朝廷曾在秦州设立牧监，分属南使，以驯养骏马。骏马在此蕃息，往往多达万匹。可惜这些良马都在战阵中丧命，如今漫山遍野都是秋草了。残留下来的骕骦也渐渐衰老，它们不甘于被闲掷，迴然独立在这苍茫原野，不时长啸，希望回到战场纵横驰骋。诗中不得志之"老骕骦"，一说喻郭子仪等，一说自喻，如赵次公即云："末句盖言所余之骕骦，以遣而不用于战，故

哀思战斗也。岂非公自况耶？使当时用公如张镐,则庙谟神算,必能破贼
矣"(林继中《杜诗赵次公先后解辑校》乙帙卷七)。

【注释】

①南使:唐代监牧使属官之一,掌管陇西、金城、平凉、天水一带牧场。
南,一作"西"。

②浮云:或为骏马名。葛洪《西京杂记》卷二:"文帝自代还,有良马九
匹,皆天下之骏马也。一名浮云。"遍:一作"满"。

③龙种:骏马。《魏书·吐谷浑传》:"青海周回千余里,海内有小山,每
冬冰合后,以良牝马置此山,至来春收,马皆有孕,所生得驹,号为龙种。"
仍残:一作"空余"。骕骦:古骏马名。《左传·定公三年》:"唐成公如楚,有
两肃爽(亦作"骕骦")马。"杜预注:"肃爽,骏马名。"

【汇评】

仇兆鳌《杜诗详注》卷七:五章,借天马以喻意。良马阵没,秋草徒长,
伤邺城军溃。今者龙种在军,而骕骦空老,其哀鸣向天者,何不用之以收后
效耶?此盖为郭子仪而发欤?

佚名《杜诗言志》卷四:承上章言吾道虽无所之,而老骥终伤伏枥。即
如此秦州,本属非子养马之地,汧渭之间,水草丰美,大能蕃息。是以南朝
之使,每岁供驹,由来有万匹之强。无奈天宝丧乱以后,马皆阵没,今所余
者,遍山秋草之长而已。然而代不绝才,龙种自在,残破之余,犹有骕骦其
人者,惜乎其不遇伯乐,空谷终老。虽有哀鸣迥立,欲为朝廷效死疆场者,
谁则为之扬抈也。

浦起龙《读杜心解》卷三之二:三、四正形其多,言马群如云,秋原尽掩,
忽然没去,见草色青青满山也。诸解不悟"没"字为出没之没,而扯入邺城
军溃,误矣。

其六

城上胡笳奏,山边汉节归。防河赴沧海,奉诏发金微①。
士苦形骸黑,林疏鸟兽稀②。那堪往来戍,恨解邺城围③。

城头上胡笳齐鸣,这是使节从燕然都护府归来。他们奉命前往西北前线金微山,将士卒召回以讨伐沧州的乱军。树林稀疏,鸟兽自然稀少;戍卒疲惫不堪,不免憔悴黝黑。他们既要抵御外患,又要平定内忧,如此千里奔波,往来无休,怎能承受得了? 这全是因为朝廷兵败邺城、形势恶化所致。"时发金微之卒以防河北,若邺城早灭安、史,则河北不须防矣"(张溍《读书堂杜诗注解》卷五)。

【注释】

①沧海:沧州。《元和郡县图志》卷一八:"后魏孝明帝熙平二年,分瀛洲、冀州置沧州,以沧海为名。"金微:阿尔泰山。贞观二十一年,唐设置金微都督府,属燕然都护府。微,一作"徽"。

②林:原作"旌",据他本改。

③那堪:原作"那闻",据他本改。

【汇评】

仇兆鳌《杜诗详注》卷七:六章,咏防河戍卒也。使节归来,盖为防守河北,而发金微之兵。今见军士远涉,适当林木风凋,尚堪此往来征戍乎? 所恨邺城围解,以致复有遣戍之役也。此亦在驿道所见者。

佚名《杜诗言志》卷四:秦州之风土,既如上文所言矣,而今日所值之时事,则又有难言者。如城上之胡笳方奏,而山边之汉节又归。问其奉诏之由,则以防河而调发士卒耳。士既苦于本州防御之役,而又遣之远戍他方,无怪乎形骸之黑。以是流离播越,如鸟兽之不得止于其所,势必至于散亡稀绝矣。夫此之往来不堪其苦者,皆由于邺城之围未得成功,而九节度之师溃而自散,以致釜鱼复逸,遗孽再炎,至于劳师远役,深堪痛恨也。

其七

莽莽万重山,孤城山谷间①。无风云出塞,不夜月临关。
属国归何晚,楼兰斩未还②。烟尘独长望,衰飒正摧颜③。

【题解】

冈峦起伏,群山密布,秦州扼守山谷。地面虽然感受不到风的存在,白云却悠然飘出塞外;太阳还没有西沉,而月亮早已悄然升起。西征的将士尚未功成归来,中原又烽烟四起。诗人忧心忡忡,翘首以待,期盼他们早日回归勘定战乱。

【注释】

①山谷:一作"石谷"。

②属国:典属国,掌管藩国事务的官。《汉书·苏武传》载苏武出使归,拜为典属国。楼兰:古西域国。《汉书·傅介子传》载傅介子持节至楼兰,斩其王,持首还,诏封为义阳侯。

③独:一作"一"。摧:一作"催"。

【汇评】

陈式《问斋杜意》卷五:此即景即事忧生之作。秦州在山谷之中,而又当关塞之上,云月自是不同,三、四承上二句为一气,则景之可忧;是时由秦州出境讲和之使未归,实不定使之何以不归,则事之可忧。可忧之在景与事如此,所以怅望烟尘,摧心衰飒。语意含蓄无限。

仇兆鳌《杜诗详注》卷七:七章,咏使臣未还也。山多,故无风而云常出塞;城迥,故不夜而月先临关。二句写出阴云惨淡、月色凄凉景象。下则有感于时事也。往属国者未归,岂为欲斩楼兰乎?故西望而忧形于色耳。

佚名《杜诗言志》卷四:要而论之,秦州本以边地孤城而处万山之中,外御羌夷,内保畿辅,一重镇也。幸迩年无事,风云得以暂闲,夜月安然临照。然亦未闻有苏子卿之奉使无忝,傅介子之立功异域者。则是烟尘一望,惟见衰飒之气,令人愁惨摧颜耳。

其八

闻道寻源使,从天此路回①。牵牛去几许,宛马至今来。一望幽燕隔,何时郡国开。东征健儿尽,羌笛暮吹哀。

当年张骞几乎凭借一己之力,打通西域之路,直达黄河源头,然后由秦州胜利返回长安,从此大宛名马源不断从西而来。如今安史乱起,幽燕阻隔,朝廷集全国之力也无法歼灭乱贼,连陇西的将士也不得不全部东去平叛,不得归来。边关日暮,羌笛如泣如诉。

【注释】

①《史记·大宛列传》:"汉使穷河源。河源出于阗,其山多玉石,采来。天子案古图书,名河所出山曰昆仑云。"张华《博物志》卷一〇:"旧说云天河与海通。近世有人居海渚者,年年八月有浮槎去来,不失期。人有奇志,立飞阁于槎上,多赍粮,乘槎而去。十余日中犹观星月日辰,自后茫茫忽忽亦不觉昼夜。去十余日,奄至一处,有城郭状,屋舍甚严,遥望宫中多织妇,见一丈夫牵牛渚次饮之。牵牛人乃惊问曰:'何由至此?'此人具说来意,并问此是何处。答曰:'君还至蜀郡,访严君平则知之。'竟不上岸,因还如期。后至蜀问君平,曰:'某年月日有客星犯牵牛宿。'计年月,正是此人到天河时也。"

【汇评】

孙鑛《杜律》五律卷一:方说西,忽说东,结构甚奇。前四句步骤超绝,看他是何等顿挫,何等呼应。五、六未工,然须得如此,转意乃呈。结感慨有风致。

仇兆鳌《杜诗详注》卷七引赵汸曰:因秦州为西域驿道,叹汉以一使穷河源,且通大宛,如此其易。今以天下之力,不能戡定幽燕,至令壮士几尽,一何难耶! 是可哀也。

佚名《杜诗言志》卷四:承上言秦州本以控制西夷,是以汉朝张骞奉使寻源,乘槎直犯斗牛,皆由此路而往回。虽银汉极远,而道路既通,故宛马至今来贡。奈何幽燕作乱,反使西人之子,因东征而尽,以致所存者,惟余衰弱之民,每暮闻羌笛悲怨之吹,抑何哀也。

其九

今日明人眼,临池好驿亭。<u>丛篁</u>低地碧,高柳半天青。稠叠多幽事,喧呼阅使星①。老夫如有此,不异在郊坰②。

愁绪满怀的诗人,信步来到池边的驿站,眼睛顿时一亮。这里天空澄净,杨柳高垂,篁竹丛丛,青草萋萋,极其幽静。由于长年无人叨扰,偶尔信使经过,便会引起阵阵惊呼。诗人觉得居住在此处,就好比隐居在郊野一般。顾宸以为"是时汉使往来于吐蕃,相见持节喧呼,何等郑重,言外有素餐之愧"(《辟疆园杜诗注解》五律卷三),当是求之过深。

【注释】

①《后汉书·李郃传》:"李郃,字孟节,汉中南郑人也。……县召署幕门候吏。和帝即位,分遣使者,皆微服单行,各至州县,观采风谣。使者二人当到益部,投郃候舍。时,夏夕露坐,郃因仰观,问曰:'二君发京师时,宁知朝廷遣二使邪?'二人默然,惊相视曰:'不闻也。'问何以知之。郃指星示云:'有二使星向益州分野,故知之耳。'"

②《尔雅·释地》:"邑外谓之郊,郊外谓之牧,牧外谓之野,野外谓之林,林外谓之坰。"

【汇评】

陈式《问斋杜意》卷三:此则有感于驿亭而作。起言眼明于驿亭之丛篁高柳,后至谓使星有乖幽事,结到自家。只由正面看,便似羡在驿亭,谓公果羡在驿亭乎?朝廷自来庀材鸠工,所为婚姻盟好,使者往来驻节,畴不自量。公亦谓吐蕃反覆难信,王者守在四夷,驿亭多此一建。口头戏语,讽刺此前。

仇兆鳌《杜诗详注》卷七:九章,咏秦州驿亭也。丛篁、高柳,此写驿亭好景。惜乎稠叠幽致,徒供使客往来,若使旅人得此,虽处喧地而不异郊居,盖深羡此亭之幽胜矣。

佚名《杜诗言志》卷四:然则老夫之在今日,惟有满目悲凉耳。乃强作徘徊消遣,而忽得此意外之喜,令人眼明者,则此临池之好驿亭也。彼其丛篁低碧,高柳天青,幽事可称稠叠,足供清赏矣。奈何徒以酬往来之使,阅尽喧呼扰攘之声,是大可惜也。使此地而不作驿亭,判为老夫之所有,则杜门谢客,终日徜徉于水竹之间,亦何异于隐处郊坰者乎?而无如不可得也。

其十

云气接昆仑,淥淥塞雨繁。羌童看渭水,使客向河源^①。烟火军中幕,牛羊岭上村^②。所居秋草净,正闭小蓬门。

【题解】

秦州地接昆仑,秋日云气弥漫,久雨不止,渭河暴涨。烂漫的羌族儿童,成群结队前往河边嬉戏;使者、商人不敢懈怠,冒险溯河而上;军队照常训练,营地的炊烟袅袅升起;村中的牛羊,悠悠爬上山岭。诗人闭门索居,彷徨无依,内心极为凄凉。"一收写尽凄凉寂寞情景,却不著慨伤之语,而慨伤已到十分,所谓寓浓至于浅淡之中者,此类是也"(石闲居士《藏云山房杜律详解》五律卷二)。

【注释】

①使:一作"估"。向:一作"尚"。

②幕:一作"暮"。

【汇评】

仇兆鳌《杜诗详注》卷七:十章,咏秦州雨景也。云气弥漫,故雨势淫溢。"羌童"二句,雨中之事。"烟火"二句,雨中之景。秋日闭门,自伤雨后岑寂也。

周篆《杜工部诗集集解》卷一一:寓居所书,无非边塞寥落情景。

佚名《杜诗言志》卷四:临池之亭既不可得,而塞雨之繁,则有增人悲感者。每遇阴雨,云气布合,远接昆仑,而淥淥不绝矣。于是渭水暴涨,其奔腾迅驶之状,羌童喜而群往观之。西征之使客,冒雨而向河源,不敢言瘁。至若雨中之烟火萦斜,则军中之幕,糗粮粗足也。牛羊散落,则岭上之村,孳息各备也。而淹留于此者,既不能如羌童之不识不知,又不能如使客之载脂载秣,而晨炊不举,四壁萧然,惟有闭门僵卧,与一庭秋草共此寂寥而已。

其十一

萧萧古塞冷,漠漠秋云低^①。黄鹄翅垂雨,苍鹰饥啄泥。蓟门谁自北,汉将独征西^②。不意书生耳,临衰厌鼓鼙^③。

秋日烟云密布,阴雨连绵,关塞冷落萧条。黄鹄双翅为淫雨所湿而下垂,不能高飞翱翔;苍鹰为饥饿所迫,居然去泥水中啄食小鱼、泥鳅之类。当年横扫西域的将军不复存在,如今渔阳安、史叛乱,无人挺身而出,致使历经太平岁月的书生,在无休无止的战鼓声中度过他的暮年时光。"书生之耳,本不欲闻鼓鼙,况以衰老之年,而且厌闻之乎? 意凡三折"(边连宝《杜律启蒙》五言卷二)。

【注释】

①云:一作"风"。

②蓟门:关名,泛指蓟州,治所在渔阳(今天津蓟州区)。曹植《艳歌行》:"出自蓟北门,遥望胡地桑。"

③耳:一作"眼"。厌:一作"见"。

【汇评】

仇兆鳌《杜诗详注》卷七:十一章,对雨而伤寇乱也。上四写景,下四感时。鹄垂翅,伤奋飞无路;鹰啄泥,慨一饱难期。且燕蓟为梗,谁成北伐之功;吐蕃在边,尚遗征西之将。故听鼓鼙而心厌耳。

汪灝《树人堂读杜诗》卷七:近塞之地,经秋愁惨,因而触景伤心。幽燕内地,沦于安、史;西方膏壤,陷于吐蕃。书生衰年,双耳日满金鼓,谁之过欤?

佚名《杜诗言志》卷四:承上言惟雨之故,是以萧萧者古塞冷也,漠漠者秋云低也。而淹留于此者,不能奋飞而去,如黄鹄之翅,为雨湿而垂,虽有冲天之志,胡益焉? 不能自糊其口,如苍鹰之饥,惟泥是啄,虽有搏击之能,胡逞焉? 且非独饥栖之苦而已也,彼蓟门安史之乱未除,回纥之和亲又败,则西北并在多虞,而使衰老书生之耳,厌听鼓鼙兵革之声,更何以为情耶?

其十二

山头南郭寺,水号北流泉①。老树空庭得,清渠一邑传②。秋花危石底,晚景卧钟边③。俯仰悲身世,溪风为飒然④。

诗人秋日漫步,来到秦州南郊慧音山头的南郭寺。寺庙中的北流泉清澈甘甜,在秦州广为人知。庭中有一株古树,引人瞩目。这里景色清幽,有悠悠绽放的秋花,有穆然深沉的寺钟。诗人站在溪水边,感受飒飒西风吹过,不由感慨万端:秋花灿烂,而生于危石之下;晚景宜人,却近黄昏;自己游历山川,获此美景,只是由于遭逢乱世,四处漂泊而流寓此地。

【注释】

①南郭寺:又名南山寺,位于今甘肃天水南郊慧音山。南,一作"东"。北流泉:即八卦泉,在南郭寺内。

②老树:即南山古柏,在南郭寺内,为秦州十景之一。

③边:一作"前"。

④飒:一作"肃"。

【汇评】

卢元昌《杜诗阐》卷八:秦州有城北寺,又有南郭寺。城北寺枕秦山,接渭水;南郭寺控山头,带北流。所见寺中老树,占空庭之胜,似独见者。至于北流泉,即清渠,名清水者,为一邑所传。于时危石之底,秋花生焉,一何失所;卧钟之边,晚景落焉,能几何时?凡此皆俯仰所及者:仰则见山头寺,俯则见北流泉;仰则见老树婆娑,俯则见清渠湛净;仰则见沉沉焉钟边晚景,俯则见冉冉焉石底秋花。一俯一仰,身世之悲交集焉。夫身世之悲,只自悲耳,乃溪风亦飒然而动,似溪风亦知我悲者。知我悲,亦惟溪风而已。

佚名《杜诗言志》卷四:言既淹留于此,而满目生悲,亦尝求所以自解,或者某山某水,可以暂适吾怀乎?乃以山言之,则有南郭寺矣;以水言之,则有北流泉矣。寺虽不古,而空庭之中,得一老树,支离兀㪉,有不屈之节;水虽不远,而一邑之内,仅号清渠,澄空净澈,无污浊之湾。秋花艳艳,依于危石之底;晚景迟回,次于卧钟之边。其可玩之景若此,而以返观身世,则俯仰之间,皆成感触。老树何为而仅在空庭,不付以栋梁之任?清渠何为而仅传一邑,不极其浩荡之观?秋花何为而危石底,岌岌乎有覆压之忧?晚景何为而卧钟边,忽忽焉居废弃之地?身世如此,其可悲孰甚。故溪曲之风,似为之飒然而长鸣也。

其十三

传道东柯谷,深藏数十家①。对门藤盖瓦,映竹水穿沙。瘦地翻宜粟,阳坡可种瓜。船人近相报,但恐失桃花②。

【题解】

听说东柯谷一带,住着数十户人家。那里清静幽深,藤蔓爬满屋顶,篁竹掩映,溪水环绕。土地虽然不丰饶,却适宜种粟;向阳的坡地,还可以栽种瓜果。如果小船靠近此处,就请船夫赶快告诉我,免得错过了这样的"世外桃源"。诗表达了杜甫希望隐居东柯河谷的愿望。浦起龙《读杜心解》说:"嘱船人将近即报,如恐失之者,意此中可以避世,非止急于一游也。"

【注释】

①东柯谷:东柯河谷,位于今甘肃天水麦积区一带。

②近相:一作"相近"。

【汇评】

仇兆鳌《杜诗详注》卷七引赵汸曰:起用"传道"二字,则此下景物,皆是未至谷中,而先述所闻。东柯佳胜如此,故嘱舟人相近即报,惟恐失却桃源也。

佚名《杜诗言志》卷四:承上言山水之间,犹有可访为居止者。时有人传说东柯一谷,其中深藏数十人家,甚为幽邃。家家屋上,皆在藤萝苍翠之中;处处溪沙,皆有丛篁掩映之趣。且地虽瘦,而偏宜种粟;坡向阳,而可以种瓜。若是,则卜筑其间,可以遁世,如武陵源矣。及此船人之来报,急往图之,但恐仙路易迷,失却桃花之蹊径,则无问津之处耳。

其十四

万古仇池穴,潜通小有天①。神鱼人不见,福地语真传。近接西南境,长怀十九泉②。何时一茅屋,送老白云边③。

在秦州的西南边境,是古老的仇池。相传它在地底与道家洞府小有天相通连,是著名的福地。从洞穴游出的神鱼,据说食用后可以延年益寿,可惜现在已经很难发现它了。令人神往的,还有那里的九十九处泉眼。何时才能在仇池结一茅屋,以青山为伍、白云为伴,优游岁月呢?诗人对隐居仇池的向往,固然是因为它风景秀丽,同时也与对现实的失望有关。"此诗咏仇池之灵异,有出尘之想,亦因世事所迫而云然,不可错认为必欲游仙也"(石闾居士《藏云山房杜律详解》五律卷二)。

【注释】

①仇池:仇池山,位于今甘肃西和县西南。《水经注》卷二〇:"(仇池)绝壁峭峙,孤险云高,望之形若覆壶,高平地方二十余里,羊肠蟠道三十六回,《开山图》谓之仇夷,所谓积石嵯峨、嵚岑隐阿者也。上有平田百顷,煮土成盐,因百顷为号。山上丰水泉,所谓清泉涌沸、润气上流者也。"小有天:小有洞天,或指河南济源王屋山。《名山洞天福地记》:"第一王屋洞,周回一万里,名小有清虚之天。"

②十九泉:九十九泉之省称。相传仇池上有田百顷,泉九十九眼。

③时:一作"当"。

【汇评】

仇兆鳌《杜诗详注》卷七:十四章,咏仇池穴也。池穴通天,见其灵异。神鱼、福地,据所闻而称述之;名泉近接而曰"长怀",总属遥想之词。送老云边,公将有终焉之志矣。观末章"读记忆仇池",则前六句皆是引"记"中语。

佚名《杜诗言志》卷四:东柯而外,则又有仇池穴者,自古传为福地,而潜通小有之天。时有神鱼,出为灵异,今虽不见,而福地则仍然如故也。且近接此州之境西南,不过数十里之遥。其中之丘壑,有名泉十九,吾心常系怀于此。何时得遂吾愿,而于其中结一茅屋以送老耶?夫少陵非出世人,不过聊作此语以自遣耳,非其真也。

范廷谋《杜诗直解》五律卷一:此诗大意谓仇池可以避世,虽不必妄冀神鱼,但福地之语究非虚传。宜其泉水可怀,欲结庐而终老也。曰"长怀",曰"何时",盖遥企而虚拟之词。

其十五

未暇泛沧海，悠悠兵马间。塞门风落木，客舍雨连山①。阮籍行多兴，庞公隐不还②。东柯遂疏懒，休镊鬓毛斑③。

【题解】

兵荒马乱的岁月，没有效法古人乘槎而去，泛于沧海，结果在凄风苦雨中，流落塞外，客居山下。聊以自慰的是，还可以如阮籍那样率性而游，如庞德公那般逃居世外。生活在东柯谷，日子可以过得随意轻松，即使鬓角斑白，也无须修饰遮掩。"夫镊去白发，只欲强为壮颜以涉世耳。疏懒可遂，何以镊为"（周篆《杜工部诗集集解》卷一一）。

【注释】

①塞门风落木：一作"塞风寒落木"。

②《晋书·阮籍传》："（阮籍）或登临山水，经日忘归。"

③懒：一作"放"。嵇康《与山巨源绝交书》："少加孤露，母兄见骄，不涉经学。性复疏懒。"左思《白发赋》："星星白发，生于鬓垂。……将拔将镊，好爵是縻。"

【汇评】

仇兆鳌《杜诗详注》卷七：十五章，在秦而羡东柯也。上四客居之况，下四避地之思。阮籍、庞公，借以自方。无心出仕，故鬓斑不须镊矣。

佚名《杜诗言志》卷四：承上言当乱离之世，久宜效管幼安泛海而去，乃悠悠不决，遂至常混迹于兵马之间。今来秦州，当此秋暮塞门之内，惟见风高落木，且困处于客舍之中，常遭阴雨，可谓日暮途穷。然而不作阮籍之哭，愿效庞公之隐，则东柯妙境，可以遂吾疏懒之性而终老矣，何嫌于鬓毛之斑乎。

其十六

东柯好崖谷，不与众峰群。落日邀双鸟，晴天卷片云①。野人矜险绝，水竹会平分②。采药吾将老，童儿未遣闻③。

东柯谷的悬崖峭壁,也与周围的山峰大不相同。晴天丽日,白云徘徊不去;黄昏日落,鸟儿双双归栖。一眼望去,谷中尽是青竹、溪水,连山民也为它的险峻而自豪。如此幽静的居处,诗人决定要终老于此,不管妻子儿女的态度如何。"此有决计隐东柯,不谋诸妻子之意"(吴瞻泰《杜诗提要》卷七)。

【注释】

①卷:原作"养",据他本改。仇兆鳌注引申涵光曰:"卷片云,可想晴空景色。吴季海作养云,便腐。"何焯《义门读书记·杜工部集》:"晴天无云,而养片云于谷中,则崖谷之深峻可知矣。山泽多藏蓄,山川出云,皆合'养'字之义,似新实稳。"

②矜:一作"吟"。

③童儿:一作"儿童"。

【汇评】

仇兆鳌《杜诗详注》卷七:十六章,欲卜居东谷也。上四东柯之景,下四卜居之意。归皆双鸟,晴带片云,见与众峰独异。"邀"字、"卷"字,乃句眼。野人勿矜险绝,水竹会须平分,羡其可避世也。一云险处行吟,以观水竹之佳胜。

佚名《杜诗言志》卷四:且所谓东柯者不仅可为隐居之地也,盖崖谷绝佳,不与众峰为伍。其林木森蔚,为栖鸟所归,故落日时若为之邀,而偕隐者可往矣。山川清回,云气常遮,故晴明时亦为舒卷,是与尘世隔断矣。其地幽僻,野人所矜为险绝,不欲与凡俗相通者。我则适获于心,会当与之平分其水竹。且将托采药以为名,入而不返,老于此乡。惟恐外人知之,虽在童稚,亦不告之所往之处也。

其十七

边秋阴易夕,不复辨晨光①。檐雨乱淋幔,山云低度墙。鸱鹠窥浅井,蚯蚓上深堂②。车马何萧索,门前百草长。

东柯谷处于险绝之地,四周多高山悬崖,故早晚光线昏暗,难见天日。入秋以来,谷中更为阴暗,浓云不时从墙头飘来;连日多雨,屋檐上流下的雨水织成道道帘幕。雨后井水上涨,引得鸬鹚前来窥探觅食。久雨不止,室外泥泞,蚯蚓无处藏身而爬进堂庑。家家闭门不出,门前少有车马往来,杂草丛生。诗写杜甫隐居东柯遭逢秋雨时的苦闷。

【注释】

①夕:原本作"久",据他本改。

②深:一作"高"。

【汇评】

仇兆鳌《杜诗详注》卷七:十七章,咏山居苦雨也。日夕、日晨,见晓夜皆雨。中四,写雨中景物。乱淋则骤,低度则浓。窥井,求食。上堂,避湿也。车马萧索,益增旅中愁闷矣。

佚名《杜诗言志》卷四:东柯之结愿未易得,而目前之阴雨且难调。当此秋阴易夕之时,晨光莫辨,惟有乱雨淋幔,低云度墙,逼仄之至矣。而鸬鹚、蚯蚓,一派阴类,都来欺人,窥井上堂,绝无忌惮,竟成一片污浊世界。试看门前惟余百草之长,岂犹有衣冠之族,乘一车两马过而相问者耶?

赵星海《杜解传薪》卷三之二:一、二,易昏难晓,虚写雨景;三、四,乱淋低度,实写雨景;五、六,鸬窥井,蚓上堂,借衬雨景,并含人迹稀少意,以引结联;末乃自嘲枯寂,而车马萧索,门前草长,又与第十首结联遥遥相应。

其十八

地僻秋将尽,山高客未归①。塞云多断续,边日少光辉。警急烽常报,传闻檄屡飞②。西戎外甥国,何得迕天威③。

【题解】

隐居在僻静的东柯河谷,日光越来越弱,不知不觉秋天就要过去了。这里山高路险,风云变幻,客居他乡的我还是没有找到安身之地。何况谷外烽火频举,羽檄屡传,可见形势依然颇为严峻。吐蕃自称与大唐结为甥舅之好,为何要触忤天威,侵扰边关呢?

【注释】

①客:一作"夜"。

②闻:一作"声"。

③《旧唐书·吐蕃传》载,开元十八年,吐蕃赞普请和,上表曰:"外甥是先皇帝舅宿亲,又蒙降金城公主,遂和同为一家,天下百姓,普皆安乐。……如蒙圣恩,千年万岁,外甥终不敢先违盟誓。"得:一作"德"。近:一作"近"或"逆"。

【汇评】

仇兆鳌《杜诗详注》卷七:十八章,客秦而忧吐蕃也。上四记边秋苦景,下四言边警可危。吐蕃外甥之国,何得近犯天威,盖反言以见和亲之无益。客未归,乃自叹流离。

佚名《杜诗言志》卷四:此与下一节则又有感于时事。言我居此淹留者,本出于暂,无如日月忽其不淹,则又已秋将尽矣,而作客者仍然未得所归也。但见塞云不断,变幻多端,清平无时也。边日无光,政令不行,拓清何望也? 是以见烽火而知警急之常报,听传闻而惊羽檄之频飞。所可虑者,西戎本已和亲,于我朝为外甥之国,两京收复,颇赖其力,今又忽为奸人所疑衅,致有败盟之事,竟欲称兵以犯天威,其故何耶?

其十九

凤林戈未息,鱼海路常难①。候火云峰峻,悬军幕井干②。风连西极动,月过北庭寒③。故老思飞将,何时议筑坛④。

【题解】

此诗承上首吐蕃侵扰而来。凤林、鱼海均为西往吐蕃所经之地,如今这里烽烟四起,王师多年不加征讨,致使西北愁云惨淡,西戎气焰嚣张。诗人期待朝廷早日筑坛拜将,任用韩信、李广那样的将领。"苟得李广、韩信之将,则戈自息,而路不难矣。如郭子仪者,亦当世之飞将也,岂是时犹委任未专,故公为此言邪"(汪瑗《杜律五言补注》卷一)。

①凤林:县名,治所在今甘肃临夏积石山县。凤林关在凤林山下,《元和郡县图志》卷三九云"凤林山在县北三十五里"。鱼海:湖泽名,又名白亭海,在今甘肃民勤县东北。

②候火:烽火。《墨子·号令》:"出候无过十里,居高便所树表,表三人守之,比至城者三表,与城上烽燧相望,昼则举烽,夜则举火。"峰:原作"烽",据他本改。悬军:深入敌方的孤军。幕井:《易·井》:"井收勿幕,有孚元吉。"孔颖达疏:"幕,覆也。"幕,一作"暮"。

③北庭:北庭都护府,治所在今新疆吉木萨尔北破城子。

④《史记·李将军列传》:"广居右北平,匈奴闻之,号曰'汉之飞将军'。"时:一作"人"。《汉书·高帝纪》:"于是汉王斋戒设坛场,拜(韩)信为大将军,问以计策。"

【汇评】

吴瞻泰《杜诗提要》卷七:凤林、鱼海,候火、悬军,西极、北庭,重重叠叙,只是为"飞将"一语而设,遂觉句句有一飞将,不见重叠之痕。乃以上六句逼下二句为章法也。

仇兆鳌《杜诗详注》卷七:十九章,忧乱而思良将也。时边境未宁,故尚须远戍。风连欲动,谓吐蕃西竟。月过加寒,谓北庭无将。此借秋景以慨时事。又是年子仪召还,故望筑坛而任飞将。

佚名《杜诗言志》卷四:此承上文言西北之乱未宁,朝廷当以用人为急也。是时郭汾阳为鱼朝恩所谗,诏还京师,大失人望。篇中所言飞将,盖指郭公而言也。

其二十

唐尧真自圣,野老复何知①。晒药能无妇,应门幸有儿②。藏书闻禹穴,读记忆仇池③。为报鸳行旧,鹓鹐在一枝④。

【题解】

天子是圣明的,所以国事无须我呶呶不休;晒药之事由妻子承担,迎来送往儿子足以胜任,因此家事也无须我操劳忧烦。我所能做的事情,仅仅读读书、游览古迹罢了。我以诗代笺,寄赠往日同僚;我所需求的只是一块安身之地,并无用世之意。这首诗是组诗的总结。诗人终究对离职远去一事耿耿于怀,他满腹冤屈,却又无法申诉,于是正话反说以抒其积愤。"人到极不可解处,偏句句作自解语。言国事自有圣君,家事尽付之妻子。唯有探书觅奇,以苟安野老之身。而家国之忧,都若置之膜外者,乃以宽语为愤词,因以结尽二十首之意"(吴瞻泰《杜诗提要》卷七)。

【注释】

①《史记·五帝本纪》:"帝尧者,放勋。"裴骃《集解》引徐广曰:"号陶唐。"《列子·仲尼》:"尧治天下五十年,不知天下治欤不治欤,……问外朝,外朝不知;问在野,在野不知。"

②幸:一作"亦"。

③禹穴:在浙江绍兴会稽山。《吴越春秋》载禹登宛委之山,发石,得金简玉字之书。山中有一穴,深不见底,谓之禹穴。一说在今陕西旬阳县东,一说在今甘肃永靖县炳灵寺石窟。忆:一作"悟"。

④《庄子·逍遥游》:"鹪鹩巢于深林,不过一枝。"

【汇评】

刘克庄《后村诗话》新集卷二:唐人游边之作,数十篇中间有三数篇、一篇间有一二联可采。若此二十篇,山川城郭之异,土地风气所宜,开卷一览,尽在是矣。纲山《送蕲帅》云"杜陵诗卷是图经",岂不信然。

黄生《杜工部诗说》卷四:此题二十首,闵时伤乱者居半。卒章放松一步,谓上有唐尧,天下无忧不治,野老何用与知时事耶?今幸偕隐有侣,栖隐有地,为报故人勉事圣君,已将弃世谢事,以成其巢、由之志矣。

佚名《杜诗言志》卷四:二十首一线穿成,总完得首句"满目悲生事"。或在于身,或在于世,或在于身世之交。而波澜壮阔,气格雄浑,声调铿钛,色泽瑰丽,在集中尤为弘巨之作,五言长城,当推为千古绝调也。

月夜忆舍弟

戍鼓断人行,边秋一雁声①。露从今夜白,月是故乡明。
有弟皆分散,无家问死生②。寄书长不达,况乃未休兵③。

【题解】

杜甫流寓秦州时,诸弟杜颖、杜观、杜丰与杜占四人中,唯有幼弟杜占跟随在他身边。这年九月,史思明重新占领洛阳及齐州、汝州、郑州与滑州,朝野震动。得知消息的诗人,听着夜间戍楼敲击的鼓声,久久无法成眠。此时行人早已停止走动,旷野突然传来一只孤雁的哀鸣,前人常以"雁行"比喻兄弟相随相依,诗人更加思念流散他乡的兄弟。即使鸿雁能够传书,可兄弟们都已经离开故乡,不知所踪,平常捎寄的书信都难以抵达,何况现在战争还没有停息。"露从今夜白,月是故乡明"两句,写诗人农历白露节气这一天对月怀人,可谓绝妙古今。"白露明月,本是常语,离析倒装而用之,则语峻体健,意亦深稳"(汪瑗《杜律五言补注》卷一)。

【注释】

①人行:一作"行人"。边秋:一作"秋边"。

②分散:一作"羁旅"。

③达:原作"避",据他本改。

【汇评】

单复《读杜诗愚得》卷五:此诗前四句言月夜,后四句忆舍弟。盖以严徼之际,行人断绝,所闻见者唯雁声、月露耳。于是念诸弟之分散,而存亡不知,况兵戈未定而寄书不达,其何以为怀哉。

陈式《问斋杜意》卷五:题曰"忆弟",而诗却宽一步,说起故乡。"故乡"二字,正用来形出故乡无家之苦。月照故乡,不照故乡之弟,以致书问死生,终将不得其处也。

梁运昌《杜园说杜》卷九：起句十字全无说月处，而月光直从纸缝耀出，神来之作，能使月下人形神毕现。下半首亦沉痛。

天末怀李白

凉风起天末，君子意如何。鸿雁几时到，江湖秋水多。文章憎命达，魑魅喜人过①。应共冤魂语，投诗赠汨罗②。

【题解】

当凉风从边塞秦州刚刚吹起的时候，诗人顿时想到了流放南国的李白，不知对方近况可好，心情如何。此前他曾寄诗写信以相慰藉，只是这一路风狂波恶，也不知道书信何时能够送达。文人总是命运坎坷，那些奸佞小人一心盼望着人们犯错。想必李白渡越湘江时，也会效法贾谊，将诗篇投入汨罗以悼念自沉的屈原。"古屈原亦君子也。尔流夜郎，原放湘江，尔之心，即屈原之心，惟屈原知之。想尔此时，惟有投诗以赠汨罗，与屈原之冤魂共语尔"（卢元昌《杜诗阐》卷八）。诗中"魑魅喜人过"一句，或指山精水怪以人为食，故喜欢人经过。

【注释】

①《左传·文公十八年》："投诸四裔，以御魑魅。"杜预注："魑魅，山林异气所生，为人害者。"

②汨罗：水名，在湖南东北，由汨水、罗水汇合而注入湘江。《史记·屈原贾生列传》载，屈原自沉汨罗以死，贾谊为长沙王太傅，渡湘水，作《吊屈原赋》。

【汇评】

仇兆鳌《杜诗详注》卷七：风起天末，感秋托兴。鸿雁，想其音信。江湖，虑其风波。四句对景怀人。下则因其放逐，而重为悲悯之词，盖文章不遇，魑魅见侵，夜郎一窜，几与汨罗同冤。说到流离生死，千里关情，真堪声泪交下，此怀人之最惨怛者。文人多遭困踬，似憎命达。山鬼择人而食，故喜人过。冤魂,指屈原。投诗,谓李白。

浦起龙《读杜心解》卷三之二:太白仙才,公诗起四语,亦便有仙气,竟似太白语。五、六,直隐括《天问》《招魂》两篇。

刘濬《杜诗集评》卷八引李因笃曰:清空悲壮,怀其人便得其人。次联有俯仰乾坤之概,然是拈景说,故自蕴藉。状太白才高受厄,只末一句便尽。

赤谷西崦人家①

跻险不自喧,出郊已清目②。溪回日气暖,径转山田熟。鸟雀依茅茨,藩篱带松菊。如行武陵暮,欲问桃花宿③。

【题解】

诗为留宿山居所作。攀登险峰,已属寻常之事,用不着大惊小怪。走出城郊,沿途所见,令人心旷神怡。赤谷地形曲折,溪水萦绕,较他处更为暖和,坡地上的作物已经成熟。谷中农舍周围,松树掩映,菊花摇曳。众多鸟雀以屋顶茅草为巢穴,喧闹嘈杂。这安闲祥和的景象,让诗人疑心走进了陶渊明笔下的"桃花源"。"当斯境也,而忽得茅茨松菊人家之宿,岂不犹武陵之桃源耶"(张绖《杜工部诗通》卷七)。

【注释】

①赤谷:今甘肃天水秦州区一带之山谷。西崦:崦嵫山之西。崦嵫山,日入之山。

②跻:一作"路"。喧:一作"安"。

③花:一作"源"。

【汇评】

陈式《问斋杜意》卷五:溪回日暖,径转田熟,茅茨东篱,不减武陵。无非跻险所得,即莫非出郊所得。言下俨然幸喜出郊,又不畏跻险。

仇兆鳌《杜诗详注》卷七:此宿赤谷山家,而题诗以志其胜也。通首写远近幽景，如一幅《桃花源记》。

又引张綖曰：公弃官之秦州，留宿赤谷西崦人家，而有此作。又公诗云"晨发赤谷亭，险艰方自兹。深山苦多风，落日童稚饥。悄然村墟迥，烟火何由追"，亦言其地僻而人稀耳。当斯境也，忽得茅茨松菊人家一宿，岂不犹武陵之桃源耶？"鸟雀依茅茨，藩篱带松菊"，说山家景物甚幽。"贫知静者性，白益毛发古"，说隐居品格特高。

宿赞公房 京中大云寺主，谪此安置①

杖锡何来此，秋风已飒然②。雨荒深院菊，霜倒半池莲。放逐宁违性，虚空不离禅。相逢成夜宿，陇月向人圆。

【题解】

赞公是杜甫在京师时的旧友，曾为长安大云寺主持。如今在僻幽的秦州城外，两人意外重逢，可谓悲喜交加，感慨良多。故乍然见面，诗人就情不自禁发问：你怎么也会来到这里呢？自己失意于仕途，失望于朝政，辞官西来，似是理所当然；而对方为一僧人，本应与官场无所牵连，居然也流落至此，实为匪夷所思。然后诗人再细笔描摹秋风下萧索的景象，以衬托两人黯然的心情：菊花因淫雨而荒芜，荷叶经风霜而破败。诗人随即转过一笔，强作安慰之词：有道之士不会因贬谪放逐而改变自己的本性，何况禅家所追求的正是空寂无碍之境。在陇西的月圆之夜，故人重逢夜话，也是一桩幸事。

【注释】

①京中：一作"京师"。

②杖锡：一作"锡杖"。《释氏要览·道具》："锡杖，梵云隙弃罗，此云锡杖，由振时作锡声故。"

【汇评】

黄生《杜工部诗说》卷六：赞公与房相往送，故并得遣。房以乾元元年六月贬,杜以是月左官华州,意赞公安置亦在此时。次年杜来秦州,与赞公会,屈指已一年矣。此"秋风"之句所由兴也。……起语问得无端,却不急答,至五句始轻应"放逐"二字,若不敢过激其辞者。诗与题注并一字不及房,使人读之,谓赞公以方外人而得窜逐,真不可解,其旨深而意切矣。月圆,比人之会合,而己与赞公会合,乃在此地,无限感酸,俱在"陇月"二字见出。

仇兆鳌《杜诗详注》卷七:从谪迁叙起。菊荒雨后,莲倒霜前,此僧房秋景,承次句。身虽放逐,心本空虚,此称美赞公,承首句。陇月团圆,是伤异地相逢,结处点还"宿"字。

浦起龙《读杜心解》卷三之二:同病相怜之作也。有惊愕意,有赞意,有聊相慰藉意,无怨意。

西枝村寻置草堂地,夜宿赞公土室二首①

其一

出郭眺细岑,披榛得微路②。溪行一流水,曲折方屡渡。赞公汤休徒,好静心迹素。昨枉霞上作,盛论岩中趣③。怡然共携手,恣意同远步。扪萝涩先登,陟巘眩反顾。要求阳冈暖,苦涉阴岭冱④。惆怅老大藤,沉吟屈蟠树。卜居意未展,杖策回且暮。曾巅余落日,草蔓已多露⑤。

【题解】

杜甫移居东柯河谷后,因拜访赞公,喜欢上了赞公土室附近的西枝村,一度欲于此处寻觅地基修造草堂。此两首诗即记其事。其一写诗人白天拜访赞公及与他同寻居处的历程。从城中出来,便是小山了。分开满地的荆棘,才找到一条蜿蜒细窄的小路。沿着溪水前行,或左或右,来回跨越,终于抵达赞公的住处。赞公昨日赠诗与我,畅论山中雅趣,今日两人就怡然携手,恣意登临。抓住藤蔓,用力攀爬,来到山顶,回顾来路,诗人不觉头晕眼花,一阵后怕。他好不容易找到一处向阳的坡地,可那里老树盘曲,枯藤粗壮,难以拓荒。诗人沉吟良久,还是怅然而归,回到赞公的土室。此时太阳已经下山,野草挂上了露珠。

【注释】

①西枝村:在今甘肃天水麦积区甘泉镇。《秦州直隶州新志》:"甘泉寺镇,有甘泉寺,泉在寺厦下,一名春晓泉。南五里为西枝村,村后有赞公土室。"

②榛:一作"荆"。

③霞上作:身伴云霞而作书相寄。一说才思挺出云霞之外,一说辞采灿烂如云霞。

④苦:一作"若"。冱:因寒冷而冻结。

⑤曾:一作"层"。《诗·郑风·野有蔓草》:"野有蔓草,零露漙兮。"

【汇评】

陈式《问斋杜意》卷六:诗备叙一日之始终,以见寻置所以不遂。

仇兆鳌《杜诗详注》卷七:此章,往西村寻地而作。首段,过访赞公,欲问西枝之胜也。次言共游村中,欲卜草堂之地也。末乃未得佳地,而回宿于土室也。

浦起龙《读杜心解》卷一之二:起四,先叙来到赞室之路。中十二,四叙来寻之由,八叙同寻之事。结四,明未得置草堂地,抵暮回室,为下篇夜宿作引。

其二

天寒鸟已归,月出山更静①。土室延白光,松门耿疏影。跻攀倦日短,语乐寄夜永。明燃林中薪,暗汲石底井②。大师京国旧,德业天机秉。从来支许游,兴趣江湖迥③。数奇谪关塞,道广存箕颍④。何知戎马间,复接尘事屏⑤。幽寻岂一路,远色有诸岭。晨光稍曚昽,更越西南顶。

【题解】

"前首西枝村寻置草堂地,后首夜宿赞公土室"(沈德潜《杜诗偶评》卷一）。山中的秋夜，寒气逼人，鸟儿早早归栖。月亮爬了上来，月光渐次铺满了赞公的土室，松门的影子在地上格外清晰。虽然白天登山颇为疲倦，但烧着柴火，喝着井水，两人的谈兴还是极其浓厚。赞公是京都有名的高僧，天机醇厚，精通佛理，雅好山水，虽谪居关塞，而内心依然旷达恬静。谁能想到在兵荒马乱之际，自己却与他摒弃尘世，啸傲山林？而幽雅的景致又岂只是今日一路所拥有？远处那些秀丽的山岭，定然不乏佳处。等晨光熹微，两人就赶快起身，翻越西南山顶，前去探寻。

【注释】

①山：一作"人"。更：一作"已"。

②底：一作"泉"。

③支许：支遁与许询。

④数奇：命运不佳。古代占法以偶为吉，奇为凶。《汉书·李广传》："大将军阴受上指，以为李广数奇，毋令当单于，恐不得所欲。"颜师古注："言广命只不耦合也。"箕颍：许由曾隐于箕山之下，颍水之阳。

⑤知：一作"以"。

【汇评】

张溍《读书堂杜诗注解》卷六：此首赋宿赞公土室，夜景、交情，一一如绘。

杨伦《杜诗镜铨》卷六：前首从寻置草堂带起宿土室，次首从夜宿土室环转寻草堂，章法整密。

朱颢英《朱雪鸿批杜诗》卷上：二首头讫了然。看其平铺直叙，却是峰回路转。此虽一定之法，然离奇变化，即从此出。故曰有定法，无定法。

寄赞上人

一昨陪锡杖，卜邻南山幽。年侵腰脚衰，未便阴崖秋。重冈北面起，竟日阳光留。茅屋买兼土，斯焉心所求①。近闻西枝西，有谷杉漆稠②。亭午颇和暖，石田又足收③。当期塞雨干,宿昔齿疾瘳④。徘徊虎穴上,面势龙泓头⑤。柴荆具茶茗,径路通林丘⑥。与子成二老,来往亦风流。

【题解】

"此别后更寄之作。玩诗意似是前此卜居未遂,今闻西谷有可居处,复寄诗与商榷耳"(杨伦《杜诗镜铨》卷六)。前些日子,赞公你陪我跑来跑去,折腾良久,希望能够在南山找到一块地,以便两人比邻而居。但那里位于山崖之北面,秋冬气温低而日照少,我又腰腿衰弱,进出不便。我所期待的,是寻觅到一处面南背北、阳光充足且带有田地的住处。最近听说西枝村西面有个长满了杉树、漆树的山谷,正合我的心意。等天气好转,牙痛舒缓,我就移居过去,到时候再请你前来品茶。

【注释】

①买:一作"置"。

②漆:原作"黍",据他本改。

③亭午:正午。石:一作"沙"。

④塞:一作"寒"。

⑤虎穴、龙泓:堪舆术语,形容风水奇佳。

⑥径:一作"遥"。

【汇评】

王嗣奭《杜臆》卷三:卜居先卜邻,公之惓惓寻地于西枝村,放赞公不下耳。"与子成二老",此衷语也。西枝村所以未当意者,本求阳冈暖地,而路从阴岭,苦于寒冱,前已言之。而此云"未便阴崖秋",正与相应。而"近闻西枝西",又与前次章"更越西南顶"相照。知此公诗皆实语也。虎穴、龙泓,其地幽胜。径通林丘,与赞公近。今《志》于此有杜甫故宅,岂公于此暂住耶? 此以竿牍为诗,确是商量语。

杨伦《杜诗镜铨》卷六引蒋弱六曰:此首全是虚拟,却说得十分热闹,十分畅适,如已在草堂上共话,足见相知之真。

鲁一同《鲁通甫读书记》:诗亦无甚警特,而清远自然,要非老手熟极,不能到此境也。

太平寺泉眼①

招提凭高冈,疏散连草莽。出泉枯柳根,汲引岁月古。石间见海眼,天畔萦水府。广深尺丈间,宴息敢轻侮②。青白二小蛇,幽姿可时睹。如丝气或上,烂熳为云雨。山头到山下,凿井不尽土。取供十方僧,香美胜牛乳③。北风起寒文,弱藻舒翠缕④。明涵客衣净,细荡林影趣。何当宅下流,余润通药圃⑤。三春湿黄精,一食生毛羽⑥。

【题解】

诗为赋体,描摹春晓泉的甘美、清彻、幽静与神奇。太平寺坐落在高岗之上,面对着莽莽草原。在寺内一株古柳的树根下,有一泓古老的泉眼。据说它是海眼,可以遥通天畔的水府,所以哪怕它深广仅有丈尺,谁也不敢轻视。泉流初如两条小蛇,蜿蜒而下,涓细可爱。从山头流向山下,逐渐丰沛,喷涌而出。泉水甘美,甚得寺僧喜爱。它长年不歇,在大地冰封之时,潺湲如故。真希望卜居在它的下游,用这神奇的泉水灌溉园圃,种植黄精,以食用成仙。

【注释】

①太平寺:即甘泉寺,在今甘肃天水麦积区甘泉镇。

②尺丈:一作"丈尺"。

③《维摩经》:"忆念昔时,世尊身小有疾,当用牛乳。"

④舒:一作"胜"。

⑤当:一作"曾"。

⑥张华《博物志》卷五:"黄帝问天老曰:'天地所生,岂有食之令人不死者乎?'天老曰:'太阳之草,名曰黄精,饵而食之,可以长生。'"生毛羽:羽化登仙。

浦起龙《读杜心解》卷一之二：起四点题。中二段各八句，叙其幽异而清美。结四，羡而欲居之。此虚致，非实情也。

夏力恕《杜诗增注》卷六：通体精凿者不易浑灏，惟少陵气盛能办此耳。只一泉眼，说得有体有用，有质有文，有人有我，此为作诗根本。

鲁一同《鲁通甫读书记》：写怪异不为惝恍之词，而炯质中自含灵变。

东　楼

万里流沙道，西征过此门①。但添新战骨，不返旧征魂②。楼角凌风迥，城阴带水昏③。传声看驿使，送节向河源。

【题解】

秦州城的东城楼，见证了无数的战争惨剧。一批又一批的健儿由此门而出，一去而不复返，只留下无数英魂含恨西域。惨烈的北风，从城楼的棱角呼啸而过；阴沉的天空下，护城河昏暗无光。远处人群骚动，传闻有使节往来，边境战事又起。

【注释】

①流：一作"行"。西征：一作"征西"或"西行"。

②"但添"两句：一作"但添征战骨，不返死生魂"。

③凌：一作"临"。水：一作"雨"。

【汇评】

仇兆鳌《杜诗详注》卷七：此咏秦州东楼也。上四痛已往将士，下四怜现在使臣。楼当驿道，故征西者皆过此门。战骨、征魂，言其有去无还。楼角、城阴，写出高寒阴惨景色。故驿使至此，不禁触目伤心。

江浩然《杜诗集说》卷六引查慎行曰：只是纪时事，非为赋东楼也。此等更是一种笔法。三、四沉着。末句只以淡笔作收，更有不尽之致。

边连宝《杜律启蒙》五言卷三：前四，因东楼为西征之路，而慨吐蕃之乱也。三、四,犹言见其出而不见其入也,抵得一篇《吊古战场文》。五、六,正写东楼,而"城阴带水昏"五字,正为三、四句助其阴惨。末言相传驿使之向河源者,又出此门而去矣,其得返与否,总未可知也,暗缴前半之意。

雨　晴①

天际秋云薄,从西万里风②。今朝好晴景,久雨不妨农。塞柳行疏翠,山梨结小红③。胡笳楼上发,一雁入高空。

【题解】

秦州秋日多雨,对农事没有太大妨碍。万里长风由西而来,将高空之纤云吹向天外。今日放晴,阳光灿烂,景色宜人。雨后疏柳、山梨,或绿或红,清新爽目。高亢的胡笳声中,一只孤雁直上云霄。诗渲染久雨放晴后的欣喜。"胡笳之发,其声因晴而倍响;一雁之入,其飞因晴更高"(顾宸《辟疆园杜诗注解》五律卷三)。

【注释】

①雨晴:一作"秋霁"。
②际:一作"外"或"水"或"永"。
③塞:一作"岸"。

【汇评】

仇兆鳌《杜诗详注》卷七:此喜边塞初晴也。上四雨后新晴,下四晴时景物。上是一气说,下是四散说。西风起,则秋气晴。不妨农,可收获也。柳疏梨结,深秋物候。或翠或红,雨后色新。末二,当分合看。笳遇晴而倍响,雁因晴而向空,此分说也。雁在塞外,习听胡笳,今忽闻笳发,而翔入空中,此合说也。

边连宝《杜律启蒙》五言卷三:"疏翠""小红",皆晴后景色。"行"字、"结"字是诗眼,而"行"字尤妙。"结"字确,"行"字活。胡笳因晴而声倍彻,鸿雁因晴而飞更高，而下句又因上句。

杨伦《杜诗镜铨》卷六引邵子湘曰：写景疏散。

寓　目

一县葡萄熟，秋山苜蓿多。关云常带雨，塞水不成河。羌女轻烽燧，胡儿掣骆驼①。自伤迟暮眼，丧乱饱经过②。

【题解】

诗人触目所见，尽是异域风情。县中所种植的，是中原少见的葡萄树；山上所生长的，是来自西域的苜蓿草；原野上放牧的人，是羌胡的妇女儿童；秦州虽然多雨，却由于荒凉无阻，雨水四处漫流，竟然无法形成溪河。边塞的风景固然令人诧异，但想到自己于年老之际、丧乱之余来到这里，心情不由黯然。顾宸《辟疆园杜诗注解》五律卷三引李璁佩云：“丧乱经过，情已伤矣；迟暮见之，其惨倍甚。且此中光景何如，偶一经过，已属不堪，况‘饱经过’乎！十字中抵一篇《恨赋》。”

【注释】

①轻：一作“摇”。掣：牵挽，原作“制”，据他本改。

②眼：一作“恨”。

【汇评】

朱鹤龄《杜工部诗集辑注》卷六：此诗当与《杂诗》“州图领同谷”一首参看。关塞无阻，羌胡杂居，乃世变之深可虑者，公故感而叹之。未几，秦陇果为吐蕃所陷。

仇兆鳌《杜诗详注》卷七：寓目，动边愁也。上六，皆目中所见者。末点“眼”字以醒题。首联，物产之异。次联，地气之殊。三联，人性之悍。渐说到边塞可忧处。故有丧乱经过之慨，谓不堪再逢乱离也。

边连宝《杜律启蒙》五言卷三：首联，纪草木之异也。次联，山川之异也。三联，风俗习尚之异也，而“丧乱”二字，足以括之。末联，意亦三层，与

"不意书生耳,临衰厌鼓鼙"同意。题曰"寓目",便有不堪寓目之意,通首皆写丧乱景物之不堪寓目者。

山　寺①

　　野寺残僧少,山园细路高。麝香眠石竹,鹦鹉啄金桃。乱石通人过,悬崖置屋牢②。上方重阁晚,百里见秋毫③。

【题解】

　　麦积山上有一座不知名的寺庙,里面没有几个僧人。沿着细窄的山路往上攀爬,只见石竹丛生,金桃累累,麝鹿出没,鹦鹉飞还。穿过一堆乱石,发现寺庙就牢牢地建在悬崖之上。站在寺庙的楼阁上远眺,秦州之晚景历历在目。"既曰'晚',虽最高之处,宜一无所见矣。乃周览无遗,纤毫毕照,且百里之内,尚能见其纤毫,形容山之高,正从'晚'字见出"(顾宸《辟疆园杜诗注解》五律卷三)。

【注释】

　　①山寺:即麦积山石窟寺,位于甘肃天水麦积区之麦积山。

　　②石:一作"水"。

　　③秋:一作"纤"。

【汇评】

　　仇兆鳌《杜诗详注》卷七:山寺,记胜游也。首二总提。石竹、金桃,此山园之物。麝香自眠,鹦鹉皆啄,可见残僧之少矣。牢屋、重阁,乃野寺之房。涉水登崖,上方远见,又知细路之高矣。此诗分承互应,脉理精密如此。

　　浦起龙《读杜心解》卷三之二:山野荒墟中,废寺如画。

　　夏力恕《杜诗增注》卷六:无他缪巧,只使人如在目前。

即　事

　　闻道花门破,和亲事却非^①。人怜汉公主,生得渡河归。秋思抛云髻,腰支剩宝衣^②。群凶犹索战,回首意多违^③。

【题解】

　　乾元二年八月,和亲的宁国公主,在可汗毗伽阙病故后,因为无子而得以生还故乡,杜甫听闻后有感而作。诗人认为,当初和亲是为了借助回纥的力量平定叛乱,如今回纥已经战败,宁国公主髠面披发,形容憔悴,侥幸返归,而叛军却气势汹汹,不可一世,可见和亲之举有违初衷,并不可取。

【注释】

　　①《旧唐书·回纥传》载,乾元二年三月,回纥从郭子仪战于相州城下,不利,奔西京。四月,可汗死,其牙官、都督等欲以宁国公主殉葬,公主以中国礼拒之,然犹依本国法,髠面大哭,竟以无子得归。八月,诏百官于明凤门外迎之。

　　②髻:一作"鬟"。剩:原作"胜",据他本改。

　　③《资治通鉴·唐纪三十七》:"(乾元二年九月)史思明使其子朝清守范阳,命诸郡太守各将兵三千从己向河南,分为四道,使其将令狐彰将兵五千自黎阳济河取滑州,思明自濮阳,史朝义自白皋,周挚自胡良济河,会于汴州。"

【汇评】

　　仇兆鳌《杜诗详注》卷七:此诗讽时事也。"和亲事却非",谓一事而三失具焉。初与回纥结婚,本欲借兵以平北寇,孰知滏水溃军,花门同破,此一失也。且可汗既死,公主髠面而归,抛髻剩衣,忍耻含羞之状见矣,此二失也。是时思明济河索战,而回纥之好已绝,与和亲本意始终违悖,此三失也。公诗云:"圣心颇虚伫,时议气欲夺。"老成谋国之言,真如烛照而数计矣。

　　杨伦《杜诗镜铨》卷六:三、四系直下格,又公诗每不拘对偶。

遣　怀

愁眼看霜露,寒城菊自花①。天风随断柳,客泪堕清笳②。水净楼阴直,山昏塞日斜。夜来归鸟尽,啼杀后栖鸦。

【题解】

诗人触景生情,偶有所感。"'愁眼'二字,便见所怀,'霜露'以下所言景物皆其所愁者,故欲排而遣之"(顾宸《辟疆园杜诗注解》五律卷三)。客居边城,秋日霜降,菊花不畏严寒,独自绽放,凉风乍起,枯柳吹折。河水澄净,塞日西斜,群山昏昧,笳声悲怆,归鸦无依。诗人愁肠寸断。"一收是即归鸦之无依,以想己之无依,不言愁而愁更深"(石闾居士《藏云山房杜律详解》五律卷二)。

【注释】

①露:一作"雪"。

②清:一作"晴"。

【汇评】

赵汸《赵子常选杜律五言注》卷上:天地间景物,非有所厚薄于人,惟人当适意时,则景与心会,而景物之美,若为我设。一有不慊,则景自景,物之物,漠然与我不相干。故公诗多用一"自"字,如"故园花自发""风月自清夜"之类甚多。

吴见思《杜诗论文》卷一三:愁眼而及霜露,愁益甚矣。城寒而菊自花,物不知也。然柳随天风而断,泪听清笳而堕,感人又何深乎?又见楼阴之直,因水净也;山色之昏,因日斜也。四句皆用一正一倒句法。因叹归鸟已尽,而后栖者无托,不益动飘零之感乎?

仇兆鳌《杜诗详注》卷七:此边塞凄凉,触景伤怀,而借诗以遣之。句句是咏景,句句是言情,说到酸心渗骨处,读之令人欲涕。

天　河①

常时任显晦,秋至辄分明②。纵被微云掩,终能永夜清③。含星动双阙,伴月落边城④。牛女年年渡,何曾风浪生⑤。

【题解】

天上的银河,平时有显有晦,而秋高气爽之日,哪怕偶有微云飘浮,也终不改它彻夜澄清的本色。无论身在边关还是身在帝阙,都能在月光下欣赏到明净的天河。天河清澈如许,何曾会有波浪出现。诗歌的主旨,一说以天河喻君子,一说天河为诗人自喻,吴瞻泰认为"少陵咏物诸作,犹蒙庄之寓言,正意皆在言外,涵咏自得。若拘文取义,强作解事,未免失之穿凿"(《杜诗提要》卷七)。

【注释】

①天河:银河。

②辄:一作"转"或"最"。

③能:一作"当"或"输"。

④落:一作"下"。

⑤南朝梁吴均《续齐谐记》:"桂阳成武丁,有仙道,常在人间,忽谓其弟曰:'七月七日,织女当渡河,诸仙悉还宫,吾向已被召,不得停,与尔别矣。'弟问曰:'织女何事渡河?去当何还?'答曰:'织女暂诣牵牛。吾复三年当还。'明日失武丁。"

【汇评】

张綖《杜工部诗通》卷七:此托意而言君子。首二句,见君子之节因时而显也;三、四,虽被小人之掩蔽,不损其光也;五句,怀忠而著于朝,诚则形也;六句,与类而居于远,德不孤也;末二句,接引抑塞之贤,无忌嫉也。

仇兆鳌《杜诗详注》卷七:此客秦而咏天河也。秋至分明,提醒天河;三、四,见其夜夜分明;五、六,见其处处分明;七、八,见其岁岁分明。此直咏天河,而寓意在言外。篇中微云掩、风浪生,似为小人谗妒而发。双阙,指京师。边城,指秦州。

浦起龙《读杜心解》卷三之二:上四,只在空际写,一气下。咏天河必于秋,如此四句,一字不着迹,却字字是秋夜天河也。下四,方是实拈,而恋阙之诚,远客之感,与隐匿中伤之不足相挠,跃跃毫端,益见身虽冷落,心自分明。

初 月

　　光细弦岂上,影斜轮未安①。微升古塞外,已隐暮云端。河汉不改色,关山空自寒。庭前有白露,暗满菊花团②。

【题解】

初月款款,悄然升于塞外暮云之中,光线暗淡,晕轮模糊,银河、大地无不处于昏昧之中,连庭前的露珠,也未见光华。诗咏初月朦胧之象,或以为比拟唐肃宗,如张綖所言:"此诗主言肃宗无疑,即少陵无此意而郢书燕说不为无理。盖新君即位,必有以新天下耳目,一天下之志。'河汉不改色',是犹夫旧也;'关山空自寒',是失其望也;'露满菊园',阴邪胜而厌君子,则何以成君子之功哉!"(《杜工部诗通》卷六)杜诗未尝不无寄托,但不必如此附会。

【注释】

①光细:一作"常时"。岂:一作"欲"或"初"。
②满:一作"滴"。团:一作"栏",或以为当作"汻"。《诗·郑风·野有蔓草》:"零露汻兮。"

【汇评】

王夫之《唐诗评选》卷三:就当境一直写出,而远近正旁,情无不届。未尝不为清音高节,乃陶、谢风旨,居然未远,五言之正宗赖以仅存,如此不愧与青莲同其光焰。笔欲放而仍留,思不奢而自富,方名诗品。句句是初月。

仇兆鳌《杜诗详注》卷七：此在秦而咏初月也。光细影斜，初月之状。乍升旋隐，初月之时。下四，皆承月隐说。河汉关山，言远景。庭露菊花，言近景。总是夜色朦胧之象。

鲁一同《鲁通甫读书记》：不着色而字字精妙。

捣　衣

亦知戍不返，秋至拭清砧。已近苦寒月，况经长别心①。宁辞捣熨倦，一寄塞垣深。用尽闺中力，君听空外音②。

【题解】

在秋天来临的时候，闺中的妻子意识到征戍的丈夫无法返家，就轻轻拂拭捣衣之砧石，于月光下捣制寒衣。她用尽全力，不知疲倦，因为这寒衣代表着她对丈夫的一片深情。夜深人静之时，请仔细倾听那远处传来的捣衣声，每一声都饱含着妻子无限的幽恨。

【注释】

①苦：一作"暮"。月：一作"夜"。经：一作"惊"。

②熨：一作"衣"。

【汇评】

徐增《而庵说唐诗》卷一四：此首前解写捣衣人之苦心，后解做捣衣，却又用虚逆法，绝不粘"捣衣"二字，妙作也。此首妙在下"戍不返"三字，使人读去，眼泪迸出也。通首精神结聚在"亦知"二字上，起用虚字，却如此有力，真大家数作也。

吴瞻泰《杜诗提要》卷七：题前蓄无限意，题后亦蓄无限意。八句诗一句一转，深情浓至，写尽空闺口角，不得以其用虚调而病之也。白山云：望归而寄衣者，常情也。知不返而必寄衣者，至情也，亦苦情也。安此一句于首，便觉通篇字字是至情，字字是苦情。

仇兆鳌《杜诗详注》卷七引赵汸曰：此因闻砧而托为捣衣戍妇之词。曰我亦知夫之远戍，不得遽归，方秋至而拂拭衣砧者，盖以苦寒之月近、长别之情悲，亦安得辞捣衣之劳，而不一寄塞垣之远。是以竭我闺中之力，而不自惜也。今夕空外之音，君其听之否耶？"音"字，含一诗之意。

归　燕

不独避霜雪，其如俦侣稀。四时无失序，八月自知归。春色岂相访，众雏还识机①。故巢傥未毁，会傍主人飞。

【题解】

到了八月，秦州的燕子纷纷南下，它们在空中的身影也越来越少。燕子按照季节的变换南北往返，从无舛错。明年春天即将到来的时候，雏燕也懂得飞还。倘若它们的旧巢尚在，往往会依傍主人飞翔。诗人客居秦州，有家难回，见雁南归而伤己之难返。

【注释】

①访：一作"误"。

【汇评】

单复《读杜诗愚得》卷五：言归燕知时识机，不忘故主，是以秋归而春来。倘旧巢未毁，会傍主人而飞矣。喻君子能知时念主，比也。

张溍《读书堂杜诗注解》卷五：诸咏以肖物为主，而前后以二、三语寄意。或感岁时之迁，或怀君上之德，言外无穷。后人欲句句作比，非支则露。

吴瞻泰《杜诗提要》卷七：前半赋其归，后半预期其来。五、六设为问词，七、八代燕答词。温厚和平，斯能以己之性情，曲写物之性情者也。

促　织①

促织甚微细,哀音何动人。草根吟不稳,床下夜相亲②。
久客得无泪,故妻难及晨③。悲丝与急管,感激异天真④。

【题解】

随着天气逐渐转凉,蟋蟀也由野外转入室内,离人们越来越近。在寂
静的夜晚,它那轻微细小的声音是如此哀婉,让那些客居他乡的游子、独守
空闺的妻子辗转难眠,一夜歔欷到天明。"大凡羁客劳人、怨夫思妇,闻蟋
蟀之声,尤觉凄恻,故以'久客''故妻'概之,非止此二者然也"(周篆《杜工
部诗集集解》卷六)。蟋蟀哀鸣所带来的触动,连那些管弦乐器都比不上,
因为这声音出于天然。

【注释】

①促织:即蟋蟀。

②吟:一作"冷"。《诗·豳风·七月》:"七月在野,八月在宇,九月在
户,十月蟋蟀入我床下。"

③故:原作"放",且有校语:"一作故。"

④陶渊明《晋故征西大将军长史孟府君传》:"又问:'听妓'丝不如竹,
竹不如肉?'答曰:'渐近自然。'"丝:一作"弦"。

【汇评】

吴瞻泰《杜诗提要》卷七:阳元云:第二联应"哀音",第三联应"动人"。
白山云:岂"得无泪",应"难及晨",各缩一字。《诗经》多此句法。结语借彼
形此,收尽一章之意。

仇兆鳌《杜诗详注》卷七:促织,感客思也。哀音动人,领起通章。草
根、床下,皆其哀音。久客、故妻,此其动人者。末言虫鸣出自天真,故其感
人独至。

边连宝《杜律启蒙》五言卷三:三、四,顶首句,盖不能耐寒,正以微细故

也。五、六,顶次句。故妻,谓孀妇、弃妇。难及晨,闻之而不能寐也。末言悲丝急管,虽能令人感动,然异此之出于天真矣。亦"丝不如竹,竹不如肉"之意也。

萤　火①

幸因腐草出,敢近太阳飞②。未足临书卷,时能点客衣。随风隔幔小,带雨傍林微。十月清霜重,飘零何处归。

【题解】

诗人中宵端坐,见雨后风微,林中萤火虫明灭飘忽,想到它本出自腐草,为阴寒卑微之物,岂敢靠近太阳,白日翻飞? 它所发出的光芒又是如此暗淡,哪里能照亮书卷,留下囊萤读书的佳话? 等到十月风霜凄紧,它又能归向何处呢?

【注释】

①萤火:萤火虫,又名夜照、熠耀等。

②《礼记·月令》:"季夏之月……腐草为萤。"孔颖达疏:"腐草此时得暑湿之气,故为萤。"

【汇评】

邵宝《邵二泉先生分类集注杜诗》卷二○:此见萤火而有感。言萤出于微贱,有时而飞近太阳,犹小人出自卑陋而蒙蔽天子也。其为物甚微,不足以照书卷,但有时而点客衣。随风则隔幔而小,带雨则依林而微,犹小人不足以当大任,有时而侮君子。然其立身制行甚微,终不足以为大患也。萤至霜重而不知所归,犹小人逢时清明,必见摈斥也。

王嗣奭《杜臆》卷三:公因不得于君,借萤为喻。出自腐草,幸有微光,宁敢飞近太阳? 只知自反,不敢怨君,何等忠厚。然而流离奔走,飘零无归,固太阳所不及照也,良可悲矣。起语忠厚固已,下面字字有意。……细写苦情,一字一泪。

仇兆鳌《杜诗详注》卷七：萤火，刺阉人也。首言种之贱，次言性之阴；三、四近看，见其多暗而少明；五、六远看，见其潜形而匿迹；末言时过将销，此辈直置身无地矣。鹤注谓指李辅国辈，以宦者近君而挠政也。今按腐草喻腐刑之人，太阳乃人君之象，比义显然。

兼　葭

摧折不自守，秋风吹若何①。暂时花戴雪，几处叶沉波②。
体弱春风早，丛长夜露多③。江湖后摇落，亦恐岁蹉跎④。

【题解】

兼葭天性脆弱，缺乏刚劲之骨，所以秋风肆虐之时，它无法自守，唯有随风飘零。它那雪白的花穗，在风中左右摇摆；吹折的细叶，在水中盘旋起伏。它逢春早发，以求占得先机；它茎长叶密，以求获得更多的雨露。但这些努力终究无济于事，即使南方日暖，略微迁延时日，也无法改变它在岁末遭受摧折的命运。

【注释】

①守：一作"与"。
②戴：一作"载"或"带"。
③风：原作"甲"，据他本改；一作"苗"。早：一作"草"。
④亦：一作"只"。

【汇评】

顾宸《辟疆园杜诗注解》五律卷二：按春苗始生，以春言；丛长多露，以夏言；及遇秋风之吹，便遭摧折；至于摇落之后，岁月蹉跎，明是冬景矣：咏兼葭而四时之气俱备。然公意只怜其摧折，故独虑秋风之吹，用为造句，其寓感言外自得之。

吴瞻泰《杜诗提要》卷七：咏兼葭小物耳，而四时之气已备。起四句正言秋风不自守，于题已毕。五、六忽追溯春夏以前一笔，接以冬时必摇落，顿跌其词,以为不知自守者之戒。运笔精微,托寄深远矣。白山云:"不自守",无后凋之节也。首二句若呼而警之。

仇兆鳌《杜诗详注》卷七:蒹葭,伤贤人之失志者。……北方风气早寒,故蒹葭望秋先零。南方地气多暖,故在江湖者后落。秋风摧折如彼,而远托江湖者,亦复蹉跎于岁晚乎。末二句,隐然有自伤意。

苦 竹

青冥亦自守,软弱强扶持。味苦夏虫避,丛卑春鸟疑。轩墀曾不重,剪伐欲无辞①。幸近幽人屋,霜根结在兹。

【题解】

此首与前首《蒹葭》对照而写。蒹葭茎长叶密,又逢春先发,但由于体弱而难以自守;苦竹卑低而春鸟不愿栖息,味苦而虫子远避,华屋重阶下偶尔数丛,也屡经剪伐。它看起来是如此柔弱,本性却极为倔强,能始终保持自己的本色,哪怕饱经风霜,也直上云霄,从不改节。所以幽隐之士引之为同道,将它种植在居处旁边。

【注释】

①欲:一作"亦"。《诗·召南·甘棠》:"蔽芾甘棠,勿翦勿伐,召伯所茇。"

【汇评】

邵宝《邵二泉先生分类集注杜诗》卷二一:此公以苦竹而方君子也。言竹本有凌霄之节,今则体弱强自支持。然夏虫见避,春鸟见疑,不足齿于轩墀,惟取惨于剪伐。幸得种近幽人之屋而霜根有所托耳。喻君子生不逢时,勉求无谪,然又见恶于群小,幸可自守保其余生而已。

洪仲《苦竹轩杜诗评律》卷一:公托苦竹之言自道也。一、二言己孤忠,三、四伤时不录,五、六言廊庙非分,七、八说林麓堪终。然非少陵本意也。

仇兆鳌《杜诗详注》卷七引钟惺曰:少陵如《苦竹》《蒹葭》《胡马》《病马》

《鸂鶒》《孤雁》《促织》《萤火》《归燕》《归雁》《鹦鹉》《白小》《猿》《鸡》《麂》诸诗,于诸物有赞美者,有悲悯者,有痛惜者,有怀思者,有慰藉者,有嗔怪者,有嘲笑者,有劝戒者,有计议者,有用我语诘问者,有代彼语对答者,蠢者灵,细者巨,恒者奇,嘿者辩,咏物至此,神佛圣贤帝王豪杰具此,难着手矣。

除　架①

束薪已零落,瓠叶转萧疏②。幸结白花了,宁辞青蔓除。秋虫声不去,暮雀意何如。寒事今牢落,人生亦有初③。

【题解】

当初为了让瓠子的蔓藤顺利生长,人们用树枝等来搭建木架。如今瓜熟蒂落,瓠叶稀疏,虽然瓜蔓青色尚存,也到了拆除瓜架的时候。瓜架之下的秋虫,嘶哑悲鸣,徘徊不去;几度驻留歇息的暮雀,也恋恋难舍。但寒冷的季节已然来临,瓜架也完成了它的使命。兴盛衰亡,聚会离散,本是人生常态。

【注释】

①诗题一本有注:"瓜架也。"

②瓠:一作"匏"。转:一作"卷"。萧:一作"相"。

③《诗·大雅·荡》:"靡不有初,鲜克有终。"

【汇评】

卢元昌《杜诗阐》卷九:种瓜构架,故有束薪。架构而蔓延,蔓延而叶生,叶生而花开,花开而瓜结,此架始事也。今架零落,叶萧疏矣。叶萧疏,白花了矣。白花了而青蔓除,青蔓除而架亦除,此架终事也。四时之物,成功者退。当其既谢,智力难争。而乃秋虫之声,犹依架下;暮雀之意,尚恋架前。有识者叹盛衰乘除,自有定数,寒事寥落,亦何足悲。盖有初者必有终,人生亦然,即瓜架可悟矣。

仇兆鳌《杜诗详注》卷八:此见除架而有感也。上四记事,下四寓言。

花开瓠结，除蔓何辞，有功成身退之义。秋虫犹在，暮雀已离，有倏忽聚散之悲。寒事已落，人生亦然，有始盛终衰之慨。

边连宝《杜律启蒙》五言卷三：首四句，论以不得不除之理势。五、六言既除之后，虫雀皆恋恋不舍。末复申谕之曰：寒事牢落，虽欲不除而不能矣。物固有之，人亦宜然。人生亦有初，苟无其终，奚以有初？此固理势之必然。身受其除，与旁观其除者，俱不必怅怅也。此是四时之运、功成者退的恒理，也便是兔死狗烹、鸟尽弓藏的变态。小中见大，无蕴不包，此谓言中有物。不似王、孟诸家，只可领取一点神味耳。

废　畦

秋蔬拥霜露，岂敢惜凋残[①]。暮景数枝叶，天风吹汝寒。绿沾泥滓尽，香与岁时阑。生意春如昨，悲君白玉盘。

【题解】

《除架》与《废畦》均咏叹事物之凋残，不过前者以之为事理之必然，而强作安慰；后者触景伤怀，言人情之所难免。暮秋时分，霜露交加，寒风凛凛，园圃里的蔬菜香气消散，渐渐枯黄，零星的几片绿叶也沾满了污泥。春意盎然的景象似乎还历历在目，转眼之间，菜园就荒败如此。

【注释】

①露：一作"落"。

【汇评】

黄生《杜工部诗说》卷四：前诗炎凉之感，此诗荣落之感，起结俱代物言，中联作己言，问答处缠绵曲至，而己之生意凄凉之况，自在言外。

仇兆鳌《杜诗详注》卷八：此对废畦而志慨也。六句一气说下。蔬经霜露而凋，但存残叶数枝耳，况又寒风吹落，势必绿尽香阑矣。回思春意如昨，不复登君之玉盘，所以可悲。末二，追说从前，意带寓言。

边连宝《杜律启蒙》五言卷三：首联代秋蔬为安命之词，以下却作转语，言汝虽不自惜，然以枝叶萧疏，当暮景天风之际，反不能不代为之惜也。其色则已尽矣，其香则已阑矣。回想玉盘春荐，春意如昨，曾几何时而已凋残如此也，可不惜哉！前首晓之以理，此首慰之以情。

夕　烽①

夕烽来不近，每日报平安②。塞上传光小，云边落点残③。照秦通警急，过陇自艰难④。闻道蓬莱殿，千门立马看⑤。

【题解】

薄暮时边境所点燃的烽火，每天向内地的人们传达着平安的消息。这云外塞上的几束微光，直接影响着千家万户的生活。秦州的人们，借此判断边情是否紧急；陇关虽然艰险，也不敢掉以轻心；甚至连长安的民众，也都在时刻关注着烽火的变化。"结意似讽守御诸臣安边无策，徒使蓬莱殿上，望烽火为忧喜"（卢元昌《杜诗阐》卷八）。

【注释】

①夕烽：薄暮时通报边情的烽火。《唐六典·尚书兵部》："凡烽候所置，大率相去三十里，……其放烽有一炬、二炬、三炬、四炬者，随贼多少而为差焉。"又《通典》："烽台于高山四顾险绝处置之……每晨及夜平安，举一火。"

②近：一作"止"。"夕烽"两句：一作"夕烽明照灼，了了报平安"。

③光：一作"声"。落：一作"数"。

④"照秦"两句：一作"熖销仍再灭，烟迥不胜寒"。

⑤"闻道"两句：一作"恐照蓬莱殿，城中几道看"。蓬莱殿：在长安大明宫内。

【汇评】

仇兆鳌《杜诗详注》卷八：此秦州而望夕烽也。"平安""警急"四字，为一诗之眼。上四，喜边方无事。下四，忧边警猝来。

浦起龙《读杜心解》卷三之二：上半写所见平安之火，但借来作一松步，以跌重下文。言今日"光小""残点"，可幸无事矣，然惟边将照秦知警，则蕃兵过陇斯难，所谓"将军且莫破愁颜"也。结更将廊庙忧思醒惕守者，曰"蓬莱""立马"，恍见君心安不忘危之象，足使闻者矍然。此诗杜渐防微，忧深思远，自解者划作两概，深负婆心矣。

《唐宋诗醇》卷一四：俨然有宗社安危之虑，乃心王室，不觉流露。其后吐蕃卒犯长安，知甫深思远虑矣。

秋　笛①

清商欲尽奏，奏苦血沾衣。他日伤心极，征人白骨归。
相逢恐恨过，故作发声微。不见秋云动，悲风稍稍飞②。

【题解】

秋日的边关，有人在吹奏竹笛。或许是想到无数朝夕相处的战友，他日会埋骨沙场，再也无法归来，这笛声顿时变得细微凄厉，连空中的秋云也为之吸引，在微风中停滞不动。笛声本自凄清哀婉，使人不堪听闻，如今吹奏者竟欲奏完全曲，听者唯有泪尽而泣之以血。

【注释】

①诗题一作"吹笛"。

②《韩非子·十过》载，师旷奏清徵，有玄云从西北方起。再奏之，大风至。稍稍：一说当为"梢梢"，萧然之意。

【汇评】

王嗣奭《杜臆》卷三：起来二句，乃尾后余意，而用之作起，奇突变幻，而悲痛便增十倍。此命格之最奇者。

边连宝《杜律启蒙》五言卷三：五音之中，商最清而悲。非不欲尽奏也，特恐奏苦而血沾衣耳。曾忆他日，当白骨方归之际，为之尽奏而伤心已极，此亦血沾衣之一证矣。故今日相逢，恐其恨之过也，而发声微焉。然发声虽微,固已动秋云而飞悲风矣。苟尽奏之,有不血沾衣者乎?意甚曲折,但嫌语多滞晦耳。

赵星海《杜解传薪》卷三之二:此伤世乱而借笛声为征人悼也。

空　囊

翠柏苦犹食,晨霞高可餐①。世人共卤莽,吾道属艰难。不爨井晨冻,无衣床夜寒。囊空恐羞涩,留得一钱看。

【题解】

没有粮食,或许只有如仙人一样餐霞饮露、采食柏叶了。"明是无食,偏曰'食柏''餐霞',妙语诙谐"(赵星海《杜解传薪》卷三之二)。世人随波逐流,但求苟得,浑浑噩噩,而吾辈严持操守,有所不为,所以生活艰难拮据。好久没有做饭用水,清晨起来,井栏周边已经结冰;夜晚天寒,乏厚衣暖被,无法入睡。口袋倒也不是空空如也,好歹总留着一文钱在里面。

【注释】

①晨:一作"明"。高:一作"朝"。

【汇评】

金圣叹《唱经堂杜诗解》卷二:君子亦有囊。君子囊,亦欲其不空;君子囊空,亦且感愤成诗乎。《空囊》一篇,是先生自写不改之乐,非写不堪之忧也。衣、食二者,无一日可以暂废。乃小人偏于此卤莽,君子偏于此艰难。"卤莽""艰难",字法妙绝。乱就下曰"卤",乱就上曰"莽",不能前进曰"艰",不能后却曰"难":四个字便活画出两样人,两样身份来。

吴见思《杜诗论文》卷一四:翠柏虽苦而可食,明霞虽高而可餐,亦虚语耳。世人贵苟得,或卤莽而获;吾道守困穷,正在艰难之时也。所以连朝无食,而井冻矣;兼且无衣,床夜寒矣。两句咏艰难也。艰难如此,囊空羞涩可知,而尚留一钱。嘲笑语,正艰难语也。

仇兆鳌《杜诗详注》卷八：空囊，见安贫之意。首二，作感慨无聊语。三、四，空囊之故。五、六，空囊之状。末作谐戏语以自解。

病　马

乘尔亦已久，天寒关塞深①。尘中老尽力，岁晚病伤心②。毛骨岂殊众，驯良犹至今。物微意不浅，感动一沉吟③。

【题解】

这匹马已经陪伴自己很长时间了。即使来到边塞，天寒地冻，它依然竭尽全力，奔波于风尘之中。如今它又老又病，使我伤感不已。并非这匹马的骨骼皮毛与众不同，让人分外怜惜，而是它一直驯良温顺。一匹兢兢业业的老马尚且令人难以释怀，何况那些忠贞之士？

【注释】

①尔：一作"汝"。

②尽力：一作"力尽"。

③动：一作"激"。

【汇评】

《唐诗归》卷二一钟惺曰：同一爱马，买死马者，英雄牢络之微权；赎老马、怜病马者，圣贤悲悯之深心。

仇兆鳌《杜诗详注》卷八：病马，见爱物之心。上四致病之由，下四病后伤感。

又引申涵光曰：杜公每遇废弃之物，便说得性情相关，如《病马》《除架》是也。

蕃　剑

致此自僻远，又非珠玉装①。如何有奇怪，每夜吐光芒②。虎气必腾趠，龙身宁久藏③。风尘苦未息，持汝奉明王。

【题解】

这把宝剑身处僻远之地，又无华丽的装饰，似乎并不引人瞩目，但每到深夜，它就会作龙吟虎吼，发出神奇的光芒。如今战争尚未平息，希望有人将它献给圣明的君主，以建立功业。杜甫所咏之蕃剑，或以为比拟野处之贤士，但正如张溍所言："诗中比赋，原无定体。杜秦州咏物诸诗，正当放废之余，触物对景，伤心寓意往往有之。然作解亦须顺其自然，若牵强穿凿，则失之矣。"（《读书堂杜诗注解》卷五）

【注释】

①葛洪《西京杂记》卷一："高帝斩白蛇剑，剑上有七采珠、九华玉以为饰。"

②《太平御览》卷三四四引雷次宗《豫章记》载，吴未亡，恒有紫气见牛斗间。张华问雷孔章，孔章言宝物之精，在豫章丰城。遂以孔章为丰城令。至县，掘狱得二剑，其夕牛斗气不复见。孔章乃留其一，匣而进之。后华遇害，此剑飞入襄城水中。孔章临亡，戒其子恒以剑自随。后其子为建安从事，经浅濑，剑忽于腰间跃出，见二龙相随逝焉。

③南朝梁殷芸《小说》："王子乔墓，在京茂陵。战国时，有人盗发之，睹之无所见，惟有一剑悬在空中。欲取之，剑便作龙鸣虎吼，遂不敢近，俄而径飞上天。"趠：一作"上"。

【汇评】

《唐诗归》卷二一钟惺曰：妙在用朴用拗，一气而成，奇壮不必言。

仇兆鳌《杜诗详注》卷八：蕃剑，不忘用世也。上二叙剑，三、四作问辞，五、六作答语。末言神奇之物，可以救时，乃开拓一意。龙虎腾跃，所以光怪莫掩。

又引王嗣奭曰:此诗似为以貌取人者发,故言不烦装饰,而有奇自见。即戡乱济时,亦非若人不可。以结语深致意焉。

石闾居士《藏云山房杜律详解》五律卷三:此诗通身一气,若问之,若答之,若疑之,若解之。觉豪迈之气,与用世之情,跳跃纸上。

铜　瓶

　　乱后碧井废,时清瑶殿深。铜瓶未失水,百丈有哀音。侧想美人意,应悲寒甃沉①。蛟龙半缺落,犹得折黄金。

【题解】

有人从废弃的行宫枯井中打捞上来一个铜瓶,虽然铜瓶的龙耳已经缺落,但它的价值依然堪比黄金。这样精美高贵的铜瓶,在太平时节只有深宫才配拥有使用。想当初宫女汲水时失手将它跌落,听到深井中传来的回响,她定然十分惆怅惋惜。此诗在结构上颇有特色,"首二句从已废之井,逆言清时之殿;次二句从瓶之存,逆言瓶之用;次二句从美人之悲,逆言瓶之沉;末二句从瓶之破坏,言瓶之贵重:层层逆折,非夷所思"(周篆《杜工部诗集集解》卷一二)。

【注释】

①悲:原作"非",据他本改。

【汇评】

金圣叹《唱经堂杜诗解》卷二:此诗真乃有鬼在腕,使人不能知其如何下笔。夫为出水铜瓶,写至其初失水时,已尽文人能事。今乃又必写其未失水时,岂非搜奇抉怪,全不顾自己心血者耶?不宁惟是而已,且又于铜瓶之中,并写井之兴废,乃至如"美人",如"百丈",一切等事,细细毕具。只是八句四十字,为幅最为逼仄,而欲如是等七曲八折,莫不安置停妥,且使读者转见清空轻脱之至。先生补笔造化,真非世间之恒见也。

吴见思《杜诗论文》卷一二：乱后碧井已废，故铜瓶零落耳。追言时清之时，铜瓶在御，而汲以修绠，转以辘轳。此时照影自怜，想美人之意态，操瓶独汲，悲寒甃之深沉。今则井废瓶毁，瓶上之蛟龙，已经断折矣。盛衰之感，即一瓶而已然耶。

黄生《杜工部诗说》卷四：劈起一句，至结处始应，次句以后只叙未乱时事，即一物而寓废兴之感也。……因蛟龙思铜瓶，因铜瓶思美人，然皆非其思之所注也。注思在太平之时不可复见耳。如此诗乃可当"沉郁顿挫"四字。

日　暮

日落风亦起，城头乌尾讹①。黄云高未动，白水已扬波。羌妇语还笑，胡儿行且歌②。将军别换马，夜出拥彫戈③。

【题解】

夕阳西沉，寒风漫起，高空之黄云尚未移动，而护城之河水已生涟漪。群鸦飞还，聚集于城头；羌妇与胡儿，歌笑行牧来归。奔波劳顿的将军，换上马匹，提起戈矛，又出城巡查去了。"日暮而犹拥彫戈，具见兵戈满地，警报时闻，将军鞍马之劳，不得休息。公盖目击而心伤矣"（顾宸《辟疆园杜诗注解》五律卷三）。羌妇之语笑，胡儿之行歌，与将军之警觉，形成了鲜明对照，反映出秦州胡汉杂处的边关特色。

【注释】

①落：一作"暮"。乌：原作"鸟"，据他本改。《后汉书·五行志》："桓帝之初，京都童谣曰：'城上乌，尾毕逋。'"《诗·小雅·无羊》："或寝或讹。"毛传："讹，动也。"

②笑：原作"哭"，据他本改。

③别换马：一作"换骏马"。换，一作"上"。

仇兆鳌《杜诗详注》卷八：此咏边城日暮也。上四日暮之景，下四日暮之事。

又引王嗣奭《杜臆》：日落风起，云屯波撼，此虏将入寇之象，故羌妇笑而胡儿歌。羌胡，盖降夷也。边将拥戈夜出，其惶急可知矣。

野　　望

清秋望不极，迢递起曾阴。远水兼天净，孤城隐雾深。叶稀风更落，山迥日初沉。独鹤归何晚，昏鸦已满林。

【题解】

诗写杜甫薄暮时分眺望原野所见所感。秋高气爽，本应一览无余，但升起的层层阴云，遮蔽了自己的视线。远处澄净的秋水，与长天连为一体。一座孤零零的城池，在雾霭中时隐时现。太阳隐退于山后，山上的树叶稀稀落落。林中遍是昏鸦，一只孤鹤从天边飞来，不知将归栖何处。

【汇评】

仇兆鳌《杜诗详注》卷八：此边秋野望而作也。通首俱望中所见者。水空天净，一望清旷；城隐雾中，再望迷离；枝枯叶脱，三望萧疏；山高日落，四望沉冥。又见此时日暮鸟还，昏鸦满树，而鹤归何晚耶？孤飞寡侣，良可叹矣。

范廷谋《杜诗直解》五律卷一：通首俱是野望所见。清秋爽气，一望无际，所以"望不及"者，盖缘"迢递起曾阴"耳。远水与天俱净，此可望也；孤城隐雾而深，则望又不极。叶既稀而风吹更落，此可望也；山已迥而日色方沉，则又望不极。四句中或明或晦，或见或隐，正如画家用笔，浓淡相兼，极尽野望之景。末言昏鸦已满林间，独鹤归来何晚？用倒挑句。虽意有所指，然亦皆"望"中所见。触景生情，借以作结。妙在有意无意之间，使人思而方得。

送　远

带甲满天地，胡为君远行。亲朋尽一哭，鞍马去孤城。草木岁月晚，关河霜雪清。别离已昨日，因见古人情[①]。

【题解】

诗为别后追送之作。在这烽烟四起、干戈遍地的时刻，友人你为何还要独自远行呢？关河冷落，草木飘零，霜雪载途，你孤身一人，远去天涯，亲朋故旧无不悲泣。你离开已有数日，但离别的场景依然是那样清晰，宛如发生在昨天。直到此时此刻，我才深深地体会到古人难以为别的情怀。浦起龙认为"不言所送，盖自送也"（《读杜心解》卷三之二），亦是一说。

【注释】

①江淹《古别离》："黄云蔽千里，游子何时还。送君如昨日，檐前露已团。不惜蕙草晚，所悲道里寒。"

【汇评】

黄生《杜工部诗说》卷四：别离在平时犹可，最是乱世会面难期，感伤自增一倍。起十字已写得万难分手，接联更作一幅关河送别图，觉班马悲鸣，风云变色，使人设身其地，亦自黯然销魂矣。非以全副性情入诗，安能感人若是哉？结语旧解多不畅，盖不知此诗本拟《古别离》之作耳。试诵江诗一过，此诗自不烦而解。

吴瞻泰《杜诗提要》卷八：此行人已去而追送之辞也。送别律诗至此，天真烂漫，无以复加。

仇兆鳌《杜诗详注》卷八：此章乃既行后，作诗以寄赠者。上四，昨日送行之事。下四，今朝忆别之情。甲兵满世，胡为远行，怜而问之也。亲朋皆哭，生离而有死别之忧。五、六，写出既去后，中途憔悴之苦。因思《古别离》有"送君如昨日"者，知今古有同悲也。

送人从军

弱水应无地,阳关已近天^①。今君度砂碛,累月断人烟^②。好武宁论命,封侯不计年^③。马寒防失道,雪没锦鞍鞯。

【题解】

阳关已靠近天边,弱水则在河水的尽头。如今你要穿越的戈壁滩,乃是不毛之地,累月不见人烟。既然你天性好武,志在封侯,就不用去计较时间的长短、年数的多寡,更不用探听命中是否有封侯之望。你所要关注的,是不能迷失道路。当年李广因失道当斩,错失了建功立业的机会,诗人提醒对方"防失道",警戒中实寓鼓励、劝勉之意。

【注释】

①《元和郡县图志》卷四〇:"阳关,在(沙州寿昌)县西六里,以居玉门关之南,故曰阳关。本汉置也,谓之南道,西趋鄯善、莎车。"故址在今敦煌西南古董滩附近。

②月:一作"日"。

③《史记·李将军列传》载李广语云:"岂吾相不当侯邪? 且固命也?"

【汇评】

黄生《杜工部诗说》卷四:"已近天",言是天边头;"应无地",言是地尽处。一、二极言所经之远,三、四极言所经之惨,合来不过写得"胡为君远行"五字。五、六则代述其意,七、八又为微辞以讽之,总见拼死以博功名之为非计耳。……盖此行未必能得志于敌,不但封侯难冀,亦且裹革可虞,然但以马寒、雪盛为词,此诗人立言之旨也。

仇兆鳌《杜诗详注》卷八:上四,极言远行之苦。五、六,代述其意。七、八,作丁宁语。写景叙情,恻怛入人。弱水、阳关,唐备吐蕃之所,沙碛又在其外。宁论命,死生不顾也。不计年,迟速勿较也。

浦起龙《读杜心解》卷三之二：若将上两联倒转，便平坦。如此起势，分外突兀。下四，既悲之，复壮之，又叮咛之，恩谊备至。

示侄佐① 佐草堂在东柯谷

多病秋风落，君来慰眼前。自闻茅屋趣，只想竹林眠②。满谷山云起，侵篱涧水悬。嗣宗诸子侄，早觉仲容贤③。

【题解】

秋风萧瑟，黄叶飘零，又兼年老多病，故愁闷不堪。此刻杜佐你前来探访安慰，谈及你眼下隐居的东柯谷，云雾缭绕，瀑布高悬，以为如同魏晋贤士所啸聚之竹林，幽雅不俗。看来咱们叔侄俩人，算是志趣相投。"阮嗣宗与其侄仲容同为竹林之游者，以仲容任达不拘，甚贤故也。今佐之贤不减仲容，故吾亦眠佐茅屋如竹林焉，非但爱其茅屋也已"（邵傅《杜律集解》卷二）。

【注释】

①杜佐，杜预十四世孙，杜繁之子，官大理正。

②《世说新语·任诞》："（阮籍、嵇康、山涛、阮咸、向秀、王戎、刘伶）七人常集于竹林之下，肆意酣畅，故世谓'竹林七贤'。"

③嗣：一作"阮"。阮籍，字嗣宗。阮咸，字仲容，阮籍之侄。

【汇评】

仇兆鳌《杜诗详注》卷八：此喜佐来，而作诗以嘉之。首尾叙情，中四摹景。

又引《杜臆》：山云涧水，即所闻茅屋趣也，因此想竹林之眠，犹二阮之把臂入林耳。

佐还山后寄三首

其一

山晚浮云合，归时恐路迷①。涧寒人欲到，林黑鸟应栖②。
野客茅茨小，田家树木低。旧谙疏懒叔，须汝故相携。

【题解】

你回家之时，天色将晚，暮云低合，恐怕道路很难看清吧。听到涧水潺
湲之声，望见寒鸦聚栖之林，你就该到家了。你所居住的草屋较为矮小，周
围的树木也不高大，这样简陋的环境，正与我疏懒的本性相合。希望你早
日携我前去，共同隐居于此。

【注释】

①浮：一作"黄"。时：一作"来"。

②林：原作"村"，据他本改。

【汇评】

浦起龙《读杜心解》卷三之二：首篇，追想其还山时之景，历历在念，具
见关情。结联引动下二首。疏懒则拙于生计，故须汝提携，即所云"生事"
"因人"者也。

边连宝《杜律启蒙》五言卷三：因佐前日还山之晚，故前四句慰问之，情
词极恳挚。五、六，正写佐之草堂，言其正与疏懒之性相宜也。末联则明言
借寓之意。

刘濬《杜诗集评》卷七引吴农祥曰：恋恋若此，依人之情，感激在言外。

其二

白露黄粱熟，分张素有期①。已应春得细，颇觉寄来迟。
味岂同金菊，香宜配绿葵②。老人他日爱，正想滑流匙。

分别已经有一段日子了,现在到了白露时节,想必黄粱应该成熟,被你舂得细细的。如今我整日吃着金菊与绿葵,约定好的黄粱,你为何还没有寄来呢?想着黄粱入口的美味,我有些迫不及待了。

【注释】

①分张:分别。

②金:一作"甘"。绿:一作"紫"。

【汇评】

仇兆鳌《杜诗详注》卷八:次章,望佐寄米也。八句皆叙事,上半嫌其寄迟,下乃促其速致。

浦起龙《读杜心解》卷三之二:次章,望寄黄粱。黄粱,其必需者也,故通首详述,作谆复之词。

杨伦《杜诗镜铨》卷六引蒋弱六曰:只如白话,韵言化境。

其三

几道泉浇圃,交横落慢坡①。葳蕤秋叶少,隐映野云多②。隔沼连香芰,通林带女萝。甚闻霜薤白,重惠意如何③。

【题解】

几道泉水纵横交错,从山坡流下,可以用来浇灌你的菜园。附近的池塘,不乏香荷摇曳;近处的林中,遍是女萝牵连。但在你的菜园中,恐怕很难见到绿色了。听说霜后的薤白长得很不错,不知能否再寄一些过来?

【注释】

①慢:一作"幔"。

②叶少:一作"菜色"或"叶色"。少,又作"小"。

③惠:一作"荐"。

【汇评】

顾宸《辟疆园杜诗注解》五律卷三:前首是索黄粱,此首是索蔬果。公神已先往矣,安得不卜居?

仇兆鳌《杜诗详注》卷八:三章,索佐寄薤也。流泉注坡,藉以灌蔬,故菜叶映云而增绿。且芰萝之间,杂栽霜薤,故又索其重寄也。

边连宝《杜律启蒙》五言卷三:前首索黄粱,首句即点出;此首索薤,末句始结明。前首,通篇俱言黄粱;此首,中间岂容杂以他物耶?此首以香芰、女萝衬薤,犹前首以金菊、绿葵衬黄粱耳。

从人觅小胡孙许寄①

人说南州路,山猿树树悬②。举家闻若骇,为寄小如拳③。预哂愁胡面,初调见马鞭④。许求聪惠者,童稚捧应癫。

【题解】

人们都说同谷一带的大山中,许多猿猴常常悬挂在树上。家人听闻后,感到十分惊奇,于是我便四处打听,希望有人能够捎来一只小小的猴子。想着这只小猴子在马鞭下精灵古怪又偏偏天生长着一副愁眉苦脸的模样,不由令人发笑。最高兴的莫过于家中的小孩子,到时候他们定然欣喜若狂。

【注释】

①小胡孙:小猴子。

②南州路:指秦州之南的同谷一带。《旧唐书·地理志》:"梁置南秦州,又改为成州。"

③若骇:一作"共爱"。为寄小如拳:一说同诗末"童稚捧应癫"位置对换。

④初:一作"何"。

【汇评】

仇兆鳌《杜诗详注》卷八:四句分截,上是从人觅,下是许见寄。诗写胡孙,于其形声情状,亦颇详悉,但意义短浅,恐属率尔之作,故邵宝疑其可删。

杨伦《杜诗镜铨》卷六引何义门曰:俗题措笔,乃尔蕴藉。

贻阮隐居 昉

陈留风俗衰,人物世不数①。塞上得阮生,迥继先父祖。贫知静者性,自益毛发古②。车马入邻家,蓬蒿翳环堵。清诗近道要,识子用心苦③。寻我草径微,褰裳踏寒雨④。更议居远村,避喧甘猛虎⑤。足明箕颍客,荣贵如粪土。

【题解】

诗赠隐士阮昉。陈留阮氏,自魏晋以来,很久没有名士出来了。没想到在幽僻的关塞,有一位阮生能远绍先人风致,鹤发童颜,清静淡泊,野处穷居,蓬蒿环堵,断绝交游。他的诗歌风格清丽,却又能切中时要。他提起衣裳,披开草丛,前来与我商议,准备移居到更为偏僻的村庄,以避开嘈杂的人群,为此他宁愿承受猛虎侵害的危险。这才是一位有巢父、许由之心而视荣华富贵如粪土的真隐士。

【注释】

①陈留:治所在今河南开封东南。《晋书·阮籍传》:"阮籍字嗣宗,陈留尉氏人。父瑀,魏丞相掾,知名于世。"又载其子浑、侄咸、咸子瞻、瞻弟孚、咸从子修、孚族弟放、放弟裕等,皆知名当世。

②《论语·雍也》:"知者动,仁者静。"自:一作"白"。

③枚乘《七发》:"此亦天下要言妙道也。"

④陶渊明《归园田居》:"时复墟曲中,披草共来往。"

⑤村:原作"林",据他本改。

【汇评】

黄生《杜工部诗说》卷一:"白益"句,因其古心,更敬其古貌,此意人不能以五字见之。"喧"字何指? 即"入邻"之车马是也。静者畏之过于猛虎,名利热中人必不信有此事。此有唐诗人中高士,其诗惜不传,赖公此赠,略见其风概。

仇兆鳌《杜诗详注》卷七引王嗣奭《杜臆》:蓬蒿环堵,而先以车马邻家。议居远村,而继以甘近猛虎。静者性如是,方是真隐。

秋日阮隐居致薤三十束①

隐者柴门内,畦蔬绕舍秋②。盈筐承露薤,不待致书求③。束比青刍色,圆齐玉箸头④。衰年关鬲冷,味暖并无忧⑤。

【题解】

阮昉秋日送来三十束薤白,杜甫作诗答谢。阮昉在他的房前屋后,种植了许多蔬菜,还没有等我前去讨要,他就主动送来了一大筐薤白。薤白刚刚从菜地挖掘采收出来,上面还沾满着露珠。茎叶青嫩可爱,薤根洁白圆美。如今我肠胃虚寒,正好食用薤白以理气通阳。"诗作于盈筐分惠之日,说起从前柴门所见,盖谓己之心欲在薤,未尝明言,隐居为能知己之心事,物微而意可感也"(陈式《问斋杜意》卷五)。

【注释】

①阮:一作"陈"。

②门:一作"荆"。

③《诗·周南·卷耳》:"采采卷耳,不盈倾筐。"

④《诗·小雅·白驹》:"生刍一束,其人如玉。"

⑤关鬲:关膈,胸腹间的膜状肌肉。《本草纲目》卷二六引王祯《农书》:"夫薤,韭属也,支本益茂,而功用过之。生则气辛,熟则甘美,种之不蠹,食之有益。故学道之所资,而老人之所宜食也。"并:一作"复"或"腹"。

【汇评】

浦起龙《读杜心解》卷三之二:以诗作寄谢之简。

秦州见敕目，薛三璩授司议郎，毕四曜除监察，与二子有故，远喜迁官，兼述索居，凡三十韵①

大雅何寥阔，斯人尚典型②。交期余潦倒，材力尔精灵。二子声同日，诸生困一经③。文章开突奥，迁擢润朝廷④。旧好何由展，新诗更忆听。别来头并白，相见眼终青。伊昔贫皆甚，同忧心不宁⑤。栖遑分半菽，浩荡逐流萍⑥。俗态犹猜忌，妖氛忽杳冥⑦。独惭投汉阁，俱议哭秦庭⑧。还蜀只无补，囚梁亦固扃。华夷相混合，宇宙一膻腥。帝力收三统，天威总四溟⑨。旧都俄望幸，清庙肃惟馨⑩。杂种虽高垒，长驱甚建瓴⑪。焚香淑景殿，涨水望云亭⑫。法驾初还日，群公若会星。宫臣仍点染，柱史正零丁⑬。官乔趋栖凤，朝回叹聚萤⑭。唤人看骥嬲，不嫁惜娉婷。掘狱知埋剑，提刀见发硎⑮。侏儒应共饱，渔父忌偏醒⑯。旅泊穷清渭，长吟望浊泾。羽书还似急，烽火未全停。师老资残寇，戎生及近坰。忠臣词愤激，烈士涕飘零。上将盈边鄙，元勋溢鼎铭⑰。仰思调玉烛，谁定握青萍⑱。陇俗轻鹦鹉，原情类鹡鸰。秋风动关塞，高卧想仪形。

【题解】

诗人在秦州见到朝廷任用官员的文书，得知旧友薛据、毕曜升职迁官，写诗相贺，并介绍自己离群索居的情况。全诗分为四段。首十二句称颂两人升官，足为朝廷生色，日后必念旧情，对处于困顿之中的自己会青眼相加。次十二句，回顾三人当日共同挣扎于穷困之中，遭逢乱世，报国无门，奔投无路。中二十二句，叙述长安收复，朝野欢庆，其时诗人身为拾遗，举

422

荐二人不遗余力,而二人终不得擢拔。最后十四句,慨叹烽火未息,叛乱未平,正值有志之士建功立业之时,期待两人有所作为,并表达了对二人的浓厚思念之情。

【注释】

①敕目:除官目次。敕,一作"除"。薛璩,当为薛据。《新唐书·百官志》:"司议郎二人,正六品上,掌侍从规谏、驳正启奏。凡皇太子出入、朝谒、从祀、释奠、讲学、监国之命,可传于史册者,录为注记。"

②阆:一作"廓"。《诗·大雅·荡》:"虽无老成人,尚有典刑。"

③声:一作"升"。

④突:一作"窔"。奥:一作"隩"。

⑤心:一作"岁"。

⑥《汉书·项羽传》:"今岁饥民贫,卒食半菽。"颜师古注引臣瓒曰:"士卒食蔬菜,以菽杂半之。"

⑦猜忌:一作"猜忍"。忽:一作"遂"。

⑧俱:一作"但"。《左传·定公四年》载吴兵入郢,申包胥如秦乞师,立依庭墙而哭,日夜不绝声,勺水不入口,七日,秦师乃出。

⑨《汉书·律历志》:"三统者,天施、地化、人事之纪也。"四溟:四海。

⑩《诗·周颂·清庙》毛序:"《清庙》,祀文王也。"《书·君陈》:"至治馨香,感于神明。黍稷非馨,明德惟馨。"

⑪虽:一作"难"。全:原作"壁",据他本改。

⑫《长安志·宫室四》载,西内安仁殿后,有彩丝院,院西有淑景殿。望云亭:在西内景福台西。

⑬点染:玷污。柱史:柱下史,老聃曾任此职。

⑭栖凤:栖凤阁,在含元殿西南。叹:一作"欲"。

⑮掘狱知埋剑:一作"掘剑知埋狱"。硎:磨刀石。《庄子·养生主》:"今臣之刀十九年矣,所解数千牛矣,而刀刃若新发于硎。"

⑯《汉书·东方朔传》:"侏儒长三尺余,奉一囊粟,钱二百四十。臣朔长九尺余,亦奉一囊粟,钱二百四十。侏儒饱欲死,臣朔饥欲死。"《楚辞·渔父》载屈原语曰:"众人皆醉,惟吾独醒。"

⑱《尔雅·释天》："四气和，谓之玉烛。"握：一作"淬"。青萍：诗句原有注："剑名。"

【汇评】

《杜工部集五家评本》卷一〇王世贞曰：用事押韵，备极苦心，不无费心。

浦起龙《读杜心解》卷五之二：分四段看。起十二句，总领大意。本是统提二子，每每夹写客中遥想之情，笔致生动。四为冒中之冒；四以昔日之有声久困，蹴起目前除授；四致远闻之悲喜。相见即在"敕目"上见其名字，非面见也。次段亦十二句。仇云：申彼此旧交，及遭逢乱离之故。愚按："投汉阁"，陷贼中也；"哭秦庭"，望诸节镇出师也；"无补"，自谦脱贼任拾遗之事；"固扃"，谓二子亦尝被贼拘于洛阳也；"混合""膻腥"，两京陷没也。三段二十句。八言肃宗收京；四言从驾皆归，而其两人尚困……八又以己陪衬而转惜其发迹之迟。……末十二句，远伤军败贼炽，以时艰责之二子。

寄彭州高三十五使君适、虢州岑二十七长史参三十韵① 时患疟病

故人何寂寞，今我独凄凉②。老去才虽尽，秋来兴甚长③。物情尤可见，辞客未能忘。海内知名士，云端各异方。高岑殊缓步，沈鲍得同行④。意惬关飞动，篇终接混茫。举天悲富骆，近代惜卢王⑤。似尔官仍贵，前贤命可伤⑥。诸侯非弃掷，半刺已翱翔⑦。诗好几时见，书成无信将⑧。男儿行处是，客子斗身强⑨。羁旅推贤圣，沉绵抵咎殃。三年犹疟疾，一鬼不销亡⑩。隔日搜脂髓，增寒抱雪霜。徒然潜隙地，有靦屡鲜妆⑪。何太龙钟极，于今出处妨⑫。无钱居帝里，尽室在边疆。刘表虽遗恨，庞公至死藏。心微傍鱼鸟，肉瘦怯豺狼。陇草

萧萧白,洮云片片黄。彭门剑阁外,虢略鼎湖旁⑬。荆玉簪头冷,巴笺染翰光⑭。乌麻蒸续晒,丹橘露应尝⑮。岂异神仙宅,俱兼山水乡。竹斋烧药灶,花屿读书床。更得清新否,遥知对属忙⑯。旧官宁改汉,淳俗本归唐。济世宜公等,安贫亦士常。蚩尤终戮辱,胡羯漫猖狂。会待妖氛静,论文暂裹粮⑰。

【题解】

高适、岑参乃海内名士,分别外放彭州、虢州,天各一方,何等寂寞。我客居秦州,饱经风霜,年虽迟暮而兴味悠长,凄凉之秋日,不免惦记两位迁谪之友人。你们两人才华杰出,写诗舒缓自如,神思飞动,元气混茫,成就堪与沈约、鲍照相埒,而命运要好于王勃、卢照邻诸人,如今履职于州郡,也并非无可作为。大好男儿,总是志在四方。我幽居关塞,与两位境况不同,实是经济拮据,无法寄身京都,只能举家流落边地,而多年身患疟疾,出处艰难,狼狈憔悴。现在两位一身处剑阁之外,一身处鼎湖之旁,有山川之宜,有风物之美,公务之暇,观览品茗,读书作诗,亦是人间乐事。两位或当勠力济世,我则安守贫贱。眼下叛军虽然猖獗,但终究难逃覆灭的下场。等天下太平之时,我再背上干粮,前去找你们二人谈诗论文。高、岑为杜甫诗友,此诗亦以"词客"为线索,逐步展开。

【注释】

①彭州:今属四川。使君:汉以后对州郡长官的尊称。虢州:治所在今河南灵宝。长史:属吏之长。

②故:一作"古"。

③虽:原作"难",据他本改。《南史·江淹传》谓江淹少以文章显,晚节才思微退,时人谓之才尽。

④沈鲍:沈约与鲍照。同:一作"周"。

⑤富骆:富嘉谟与骆宾王。富嘉谟,雍州武功(今属陕西咸阳)人,举进士,官监察御史等。与吴少微"皆以经术为本,时人钦慕之,文体一变,称为富吴体"(《旧唐书·富嘉谟传》)。

⑥命:一作"事"。

⑦诸侯:刺史。曹冏《六代论》:"今之州牧郡守,古之方伯诸侯。"半刺:半个刺史。《通典》引庾亮《答郭预书》:"别驾旧与刺史别乘同流,宣王化于万里,其任居刺史之半,安可任非其人。"

⑧信:一作"使"。

⑨斗:一作"问"。

⑩一鬼:指疟疾。《后汉书·礼仪志》注引《汉旧仪》载,颛顼氏有三子,生而亡去,为疫鬼,一居江水为疟鬼。不:一作"未"。

⑪有靦:羞颜。旧时以疟疾为疟鬼附身,故应对以躲避或化妆之法。

⑫于:一作"子"。

⑬彭门:山名,在今四川彭州西北;一作"天彭"。《水经注》卷三三:"秦昭王以李冰为蜀守,冰见氐道县有天彭山,两山相对,其形如阙,谓之天彭门,亦曰天彭阙。"鼎湖:黄帝乘龙飞天之处。《水经注》卷四:"弘农湖县有轩辕黄帝登仙处,黄帝采首山之铜,铸鼎于荆山之下,有龙垂胡于鼎,黄帝登龙,从登者七十人,遂升于天,故名其地为鼎胡。"

⑭荆玉:荆山之玉。《太平寰宇记·河南道·陕州·湖城县》:"荆山在(鼎湖)县南,出美玉,即黄帝铸鼎之所。"

⑮乌麻:胡麻的一种。《本草纲目·谷部》引陶弘景曰:"服食胡麻,取乌色者,当九蒸九暴,熬捣饵之。断谷,长生,充饥。"

⑯清新:原作"新清",据他本改。

⑰静:一作"灭"。

【汇评】

张溍《读书堂杜诗注解》卷六:似悲似慰,亦羡亦慕,流动变化之极,真大手笔。

仇兆鳌《杜诗详注》卷八:凡排律,多在首联扼题;若作长排,必在首段总挈。如此篇,用四语标眼,而后用四段分应;下篇用两语提纲,而后用两扇对承。细心体玩,方见杜诗脉络之精密。

刘濬《杜诗集评》卷一二引李因笃曰:高、岑伟人,兼公凤契,故其诗浑雄沉着,冠冕古今,乃加意为之,脱去应酬常套矣。大处有推倒一世之风,深处有刻入肌骨之妙,排荡开合顿挫,而气格弥自浑然,大家之篇。

寄岳州贾司马六丈、巴州严八使君
两阁老五十韵①

衡岳啼猿里，巴州鸟道边。故人俱不利，谪宦两悠然②。开辟乾坤正，荣枯雨露偏。长沙才子远，钓濑客星悬③。忆昨趋行殿，殷忧捧御筵。讨胡愁李广，奉使待张骞。无复云台仗，虚修水战船④。苍茫城七十，流落剑三千⑤。画角吹秦晋，旄头俯涧瀍⑥。小儒轻董卓，有识笑苻坚⑦。浪作禽填海，那将血射天⑧。万方思助顺，一鼓气无前。阴散陈仓北，晴熏太白巅⑨。乱麻尸积卫，破竹势临燕。法驾还双阙，王师下八川⑩。此时沾奉引，佳气拂周旋。貔虎开金甲，麒麟受玉鞭。侍臣谙入仗，厩马解登仙。花动朱楼雪，城凝碧树烟。衣冠心惨怆，故老泪潺湲。哭庙悲风急，朝正霁景鲜⑪。月分梁汉米，春得水衡钱⑫。内蕊繁于缬，宫莎软胜绵。恩荣同拜手，出入最随肩。晚著华堂醉，寒重绣被眠。蛮齐兼秉烛，书柱满怀笺。每觉升元辅，深期列大贤。秉钧方咫尺，铩翮再联翩。禁掖朋从改，微班性命全。青蒲甘受戮，白发竟谁怜⑬。弟子贫原宪，诸生老伏虔⑭。师资谦未达，乡党敬何先。旧好肠堪断，新愁眼欲穿。翠干危栈竹，红腻小湖莲。贾笔论孤愤，严诗赋几篇。定知深意苦，莫使众人传。贝锦无停织，朱丝有断弦⑮。浦鸥防碎首，霜鹘不空拳。地僻昏炎瘴，山稠隘石泉。且将棋度日，应用酒为年。典郡终微眇，治中实弃捐⑯。安排求傲吏，比兴展归田⑰。去去才难得，苍苍理又玄。古人称逝矣，吾道卜终焉⑱。陇外翻投迹，渔阳复控弦。笑为

427

妻子累,甘与岁时迁。亲故行稀少,兵戈动接连。他乡饶梦寐,失侣自迍邅。多病加淹泊,长吟阻静便⑲。如公尽雄俊,志在必腾骞⑳。

【题解】

在朝廷拨乱反正、众人沐浴圣恩之时,两位故人却或左迁猿鸣啾啾之衡岳,或外放于鸟兽聚集之巴中,实在令人叹惋。回忆当初我们同朝共事的时光,仿佛就在昨日。自哥舒翰潼关战败,明皇巡蜀,西京陷落,我们齐聚凤翔,共谒肃宗。虽敌焰方炽,不可一世,外援未知,国势飘摇,但我们都清楚知道他们是倒行逆施,如董卓与苻坚自不量力。此后君臣同心协力,一鼓作气,驱散阴霾,收复两京。长安佳气葱郁,朝野一派升平。故老喜极而泣,君臣苦尽甘来。你我同为近侍,同享恩荣,出入相随,晚醉寒眠,与共晨夕,往来密切。满以为你们二人从此青云直上,备受重用,谁知却接连遭受放逐,我上疏相救也无可奈何,终待罪阙下而仅苟全性命,失官穷老,彷徨无依。你们二人身处巴山楚水凄凉之地,不胜愁苦,倘有泻幽抒愤之作,也当缄默深藏,以防小人罗织谗害。我投迹陇外,迍遭困厄,迁延岁月,用世无望,唯有祝愿你们两人早日腾身云霄,一展怀抱。

【注释】

①岳州:今湖南岳阳。贾司马六:(岳州)司马贾至。巴州:今四川巴中。严八使君:刺史严武。

②利:一作"别"。

③长沙才子:贾谊以大中大夫,谪长沙王太傅。钓濑:严光耕于富春山中,后人名其钓处为严陵濑。客星:《后汉书》载光武帝与严光共卧,太史奏客星犯帝座甚急。

④云台仗:宫廷侍卫之兵杖。《西京杂记》:"昆明池中有戈船、楼船各数百艘,楼船上建楼橹,戈船上建戈矛。"

⑤落:一作"客"。

⑥吹:一作"歙"。晋:一作"塞"。旄头:昴宿。《汉书·天文志》:"昴曰旄头,胡星也。"涧瀍:东都洛阳附近的两条河流。据《水经注》卷一六载,涧

水出新安县南白石山,东南入于洛;瀍水出河南谷城县北山,东过偃师县,入于洛。

⑦苻:原作"符",据他本改。苻坚(338—385),前秦皇帝,战败于淝水。

⑧《山海经》载,赤帝女溺死东海,化为鸟,名精卫,取西山木石填海。将:一作"堪"。血:一作"矢"。《史记·殷本纪》:"帝武乙无道,为偶人,谓之天神,与之博,令人为行。天神不胜,乃僇辱之,为革囊盛血,仰而射之,命曰射天。"

⑨陈仓:县名,至德二载更名为宝鸡,今属陕西。

⑩《文选·司马相如〈上林赋〉》:"荡荡乎八川分流。"李善注引潘岳《关中记》:"泾、渭、灞、浐、鄷、鄗、潦、潏,凡八川。"

⑪《旧唐书·肃宗纪》载,太庙为贼所焚。郭子仪复京师,权移神主于大内长安殿。唐玄宗还,谒庙请罪。唐肃宗素服,向庙哭三日。霁:一作"暮"。

⑫梁汉米:梁汉间所出储米。得:一作"给"。水衡钱:官俸。《汉书·宣帝纪》载,本始二年春,"以水衡钱为平陵,徙民起第宅"。应劭注:"水衡与少府,皆天子私藏耳。"

⑬青蒲:蒲草之席。《汉书·史丹传》载元帝欲易太子,史丹直入卧内,伏青蒲上泣谏。受:一作"就"。

⑭伏虔:即服虔。《后汉书·儒林传》载服虔,字子慎,少入太学受业,有雅才,著《春秋左氏传解》行于世,遭乱病客,病卒。或以为指伏胜,始皇焚书时藏《尚书》于夹壁。

⑮《诗·小雅·巷伯》:"萋兮斐兮,成是贝锦。"郑玄笺:"喻谗人集作己过以成于罪,犹女工之集采色以成锦文。"朱丝:朱弦。鲍照《代白头吟》:"直如朱丝绳,清如玉壶冰。"

⑯典郡:治理郡政。《后汉书·黄香传》:"少为诸生,典郡从政,固非所堪。"治中:即司马。杜佑《通典》卷三二:"治中,旧州职也,隋时州废,遂为郡官。开皇三年,改治中为司马,唐武德初,复为治中,高宗即位,改诸州治中并为司马。"

⑰傲吏:庄子尝为漆园吏,楚威王聘之,欲以为丞相。谓使者曰:"亟

去,无污我。"

⑱《汉书·楚元王传》载,楚元王敬礼穆生,常为设醴,及王戊即位,忘设醴,穆生退曰:"可以逝矣。"遂谢病去。

⑲加:一作"成"。

⑳"如公"两句:一作"公如尽忧患,何事有陶甄"或"如公尽雄俊,何事负陶甄"。

【汇评】

仇兆鳌《杜诗详注》卷八:前章寄高、岑,语无悲悯,以彭州、虢州,乃除授也,故曰"诸侯非弃掷,半刺已翱翔"。此章寄严、贾,词多感慨,以巴州、岳州,乃贬谪也,故曰"典郡终微眇,治中实弃捐"。同一官职,而词语不同,意各有为耳。后段归田,以目前境界言;腾骞,以将来遇合言。上下自不相背。

浦起龙《读杜心解》卷五之二:大抵此等题,以清出眼目为标头,以世故更历为缘起,以旧时同事为烘托,以异地相勖为归宿。而其间错综变化,不拘一方。如此篇,起八句,提两人谪官直起,是吾所谓标头也。"忆昨"二十句,述帝在凤翔时事,十二叙丧乱,八叙克复,而用"忆昨""殷忧"作提,则所言虽属国事,主意仍以原彼此遭逢世乱之由,是吾所谓缘起也。"法驾"二十四句,述乘舆反正后事,提出"奉引""周旋"作把握,而又以"貔虎"等句,写主上还京之喜,衬起"月分"等句,铺排同官共事之乐,总以反击下文之迁逐,是吾所谓烘托也。"每觉"四句,位置通局中腰,另为一段,特揭主盟之房琯,以表诸人起倒之因,为上下转枢,具大神力。"禁掖"二十四句,叙彼此迁谪,八先自慨,四乃寄慨两人,又十二谆谆以诗文之祸为戒,世故不深者不能言,交情不笃者亦不肯言。末二十句,申彼此情怀,妙将贾、严与己相间低昂:八作揣摩太息语,恐其效傲吏归田,致类己之甘心遁世;十二作在远忧时语,见己身终废,而世患方殷,故寄诗慰勉,终以"雄俊""腾骞"勖之。此与上段,乃投寄正文,是吾所谓归宿也。极有间架,长律正宗。

刘濬《杜诗集评》卷一二引李因笃曰:序事整赡,用意深苦。有点缀,有分合,章法秩然。五十韵无一失所,如左、马大片文字,精神到底,卓绝百代。

寄张十二山人彪三十韵①

独卧嵩阳客,三违颍水春②。艰难随老母,惨淡向时人。谢氏寻山屐,陶公漉酒巾③。群凶弥宇宙,此物在风尘。历下辞姜被,关西得孟邻④。早通交契密,晚接道流新⑤。静者心多妙,先生艺绝伦。草书何太古,诗兴不无神⑥。曹植休前辈,张芝更后身。数篇吟可老,一字买堪贫。将恐曾防寇,深潜托所亲⑦。宁闻倚门夕,尽力洁餐晨⑧。疏懒为名误,驱驰丧我真。索居犹寂寞,相遇益愁辛。流转依边徼,逢迎念席珍⑨。时来故旧少,乱后别离频。世祖修高庙,文公赏从臣⑩。商山犹入楚,渭水不离秦⑪。存想青龙秘,骑行白鹿驯⑫。耕岩非谷口,结草即河滨⑬。肘后符应验,囊中药未陈⑭。旅怀殊不惬,良觌眇无因。自古皆悲恨,浮生有屈伸。此邦今尚武,何处且依仁。鼓角凌天籁,关山信月轮⑮。官场罗镇碛,贼火近洮岷⑯。萧瑟论兵地,苍茫斗将辰⑰。大军多处所,余孽尚纷纶。高兴知笼鸟,斯文起获麟⑱。穷秋正摇落,回首望松筠。

【题解】

友人张彪你本隐居于嵩阳,因奉母避乱而离开颍水已经三年,虽处于风尘之间,备极艰辛,而逸兴不减。我早年与你结识于齐州历下,后来又比邻而居于关西,可谓相知甚深。你为人沉静,心机神妙,才艺绝伦。诗作有曹植之能,足堪吟诵至老;书法如张芝之工,一字千金。只是因为遭逢世乱,尽孝事亲,避居不出。我天性疏懒,无意富贵而为浮名所误,蹉跎流离,离群索居,故旧稀少,相见日难,相思益浓。现在京师收复,你得以返归故里,躬耕谷口,结庐河滨,学仙访道,极为逍遥。而我栖泊他乡,处用武之地,遭侵扰之秋,战鼓日闻,烽烟屡睹,困如笼鸟,回首松筠,空有江湖山薮之思。

【注释】

①张彪,唐代隐士,存诗四首。《唐诗纪事》卷二三:"读子美诗,则(张)彪盖颍洛间静者。天宝末,将母避乱,故子美以诗寄云。"

②嵩阳:县名,即今河南登封。阳,一作"云"。

③《宋书·谢灵运传》:"寻山陟岭,必造幽峻。岩障千里,莫不备尽。登蹑尝著木屐,上山则去前齿,下山则去其后齿。"《宋书·陶潜传》:"郡将候潜,值其酒熟,取头上葛巾漉酒,毕,还复著之。"

④《后汉书·姜肱传》李贤注引谢承《后汉书》:"肱性笃孝,事继母恪勤。母既年少,又严厉。肱感《凯风》之孝,兄弟同被而寝,不入房室,以慰母心。"

⑤孔稚圭《北山移文》:"覈元元于道流。"

⑥何太古:一作"应甚苦"。

⑦潜:一作"情"。

⑧《战国策·齐策六》:"王孙贾年十五,事闵王。王出走,失王之处。其母曰:'女朝出而晚来,则吾倚门而望;女暮出而不还,则吾倚闾而望。'"

⑨流转:一作"转徙"。《礼记·儒行》:"儒有席上之珍以待聘。"

⑩世祖:东汉光武帝。文公:晋文公。《左传·僖公二十四年》载晋侯赏从亡者,介之推不言禄,禄亦弗及。

⑪渭:原作"源",据他本改。离:一作"知"。

⑫《云笈七签》卷四三:"凡行道时所存,清旦先思青云之气,匝满斋室中,青龙狮子备守前后。"《三辅决录》载辛缮隐居弘农华阴,所居旁有白鹿,甚驯,不畏人。

⑬《神仙传》卷八:"河上公者,莫知其姓名也。汉孝文帝时,结草为庵于河之滨。"即:一作"在"或"欲"。

⑭《晋书·葛洪传》载葛洪著《肘后要急方》四卷,《神仙传》载张道陵弟子赵升,七试皆过,乃授《肘后丹经》。《后汉书·方术志》载,王和平性好道

木，孙巨少事之。会和平病殁，邕葬之东陶。有书百余卷，药数囊，悉以送之。后人言其尸解，邕恨不取其方药宝书。

⑮信：一作"倚"。

⑯场：一作"壕"。镇：一作"锦"。据《新唐书·地理志》载，陇右道北庭都护府有神山镇、大漠、小碛等。洮岷：洮州与岷州。

⑰兵：一作"功"。

⑱起：一作"岂"。《左传·哀公十四年》："西狩获麟。"杜预注："麟者，仁兽，圣王之嘉瑞也。时无明王，出而遇获。仲尼伤周道之不兴，感嘉瑞之无应，故因《鲁春秋》而修中兴之教，绝笔于'获麟'之一句，所感而作。"

【汇评】

张溍《读书堂杜诗注解》卷六：诗有定格，亦无定格。如他人作山人诗，必总其品技一处言之。此独先叙其奉亲高隐，次又举其称诗之工、经乱事亲之孝言之，次又及其种种技艺，分作三层，有波澜，有轻重。每段从山人收到自己，又极严紧。

乔亿《杜诗义法》卷下：叙次参错，不用长律排比之式，意境依附萧散。

杨伦《杜诗镜铨》卷六引李因笃曰：清圆雅正，兼诸公之长。无所不有，如太庙明堂；无所不空，如霜天霁宇。

寄李十二白二十韵 会稽

贺知章一见白，号为天上谪仙人

昔年有狂客，号尔谪仙人①。笔落惊风雨，诗成泣鬼神②。声名从此大，汩没一朝伸。文彩承殊渥，流传必绝伦③。龙舟移棹晚，兽锦夺袍新④。白日来深殿，青云满后尘。乞归优诏许，遇我宿心亲⑤。未负幽栖志，兼全宠辱身⑥。剧谈怜野逸，嗜酒见天真。醉舞梁园夜，行歌泗水春⑦。才高心不展，道屈善无邻。处士祢衡后，诸生原宪贫。稻粱求未足，薏苡谤何频⑧。五岭炎蒸地，三危放逐臣⑨。几年遭鹏鸟，独泣向麒麟⑩。苏武先还汉，黄公岂事秦⑪。楚筵辞醴日，梁狱上书辰⑫。已用当时法，谁将此义陈⑬。老吟秋月下，病起暮江滨。莫怪恩波隔，乘槎与问津。

【题解】

你作诗敏捷，胜过疾风骤雨；诗作感染力强，连鬼神也为之动容落泪。当年四明狂客贺知章，尚未读完你的《蜀道难》，就连呼你为谪仙人，从此你声名赫赫，享誉京师。玄宗皇帝对你极为赏识，经常诏入宫中作诗。后来你托幽栖而全宠辱，乞归放还，与我相遇于洛阳。我们两人一见如故，饮酒畅谈，漫游梁宋、齐鲁。你才华卓越如祢衡，却无由伸展抱负，只得如孔子弟子原宪那般穷困。你应聘而入永王李璘之幕，仅仅是为稻粱谋，却备受诽谤，长流夜郎，含冤负屈，悲伤绝望，似贾谊之赋鹏鸟、孔子之泣麒麟。世人哪里知晓你忠贞如苏武不降匈奴，清白如穆生之辞别楚王。虽然你也曾效法邹阳狱中上书，可有谁将你的冤屈申告？如今你只落得吟哦秋月之下，徘徊大江之滨。你莫要抱怨没有接受到皇帝的恩泽，我将乘槎问津，直诉于天帝。

【注释】

①狂客：贺知章。《旧唐书·文苑传》："知章晚年尤加纵诞，无复规检，自号四明狂客。"孟棨《本事诗·高逸》："李太白初自蜀至京师，舍于逆旅，贺监知章闻其名，首访之，既奇其姿，复请所为文。出《蜀道难》以示之。读未竟，称叹者数四，号为谪仙，解金龟换酒，与倾尽醉。期不间日，由是称誉光赫。"

②惊：一作"闻"。范传正《唐左拾遗翰林学士李公新墓碑》："在长安时，秘书监贺知章号公为谪仙，吟公《乌栖曲》，云：'此诗可以泣鬼神矣。'"

③李阳冰《草堂集序》："天宝中，皇祖下诏，征就金马，降辇步迎，如见绮、皓。以七宝床赐食，御手调羹以饭之，谓曰：'卿是布衣，名为朕知，非素蓄道义，何以及此？'置于金銮殿，出入翰林中，问以国政，潜草诏诰，人无知者。"

④范传正《唐左拾遗翰林学士李公新墓碑》载,唐玄宗泛白莲池,皇欢既洽,召公(李白)作序。时公已被酒于翰苑中,命高将军扶以登舟。

⑤乞归:一作"还山"。宿:一作"夙"。

⑥未:一作"不"。负:一作"遂"。

⑦《汉书·梁孝王传》:"于是孝王筑东苑,方三百余里,广睢阳城七十里,大治宫室,为复道,自宫连属于平台三十余里。"李白《梁园吟》有云:"我浮黄河去京阙,挂席欲进波连山。天长水阔厌远涉,访古始及平台间。平台为客忧思多,对酒遂作梁园歌。"泗水:源出山东蒙山南麓,经泗水县、曲阜及兖州注入南阳湖。

⑧薏苡:一年生草本植物,果仁为薏米,可食用。《汉书·马援传》:"南方薏苡实大,(马)援欲以为种,军还,载之一车。时人以为南土珍怪,权贵皆望之。"

⑨裴渊《广州记》:"大庾、始安、临贺、桂阳、揭阳,是为五岭。"《书·舜典》:"窜三苗于三危。"《山海经·西山经》:"又西二百二十里,曰三危之山。"郭璞注:"今在敦煌郡。"

⑩鵩鸟:猫头鹰一类的鸟儿。《汉书·贾谊传》:"谊为长沙傅三年,有服(鵩)飞入谊舍,止于坐隅。服似鸮,不祥鸟也。谊既以适居长沙,长沙卑湿,谊自伤悼,以为寿不得长,乃为赋以自广。"泣:一作"立"。独泣向麒麟:一作"不独泣麒麟"。《公羊传·哀公十四年》载,西狩获麟,孔子反袂拭面,涕沾袍曰:"吾道穷矣。"

⑪先:一作"元"。黄公:商山四皓之一。

⑫《汉书·邹阳传》载,邹阳见怒于梁王,下狱,遂从狱中上书。

⑬当时法:当时三等定罪之法。《唐律疏议》卷一:"流刑三:二千里,二千五百里,三千里。"义:一作"议"。

【汇评】

张溍《读书堂杜诗注解》卷六:篇中叙太白快心事,何等藻艳;伤心事,何等爱护。真是情文兼至。

吴智临《唐诗增评》卷一:起四句,先美其才。"声名"八句,次溯其遇。"乞归"八句,次叙其辞归后两人交与之情。"未负"二句,反伏后半篇。"才高"以下，折到今之被放，笔如屈铁。"处士"一联，言才俊家贫，素本安分。"稻粱"一联，非缘逐利而已蒙垢。"五岭"四句，叙长流夜郎。"几年"句濒于死，"独泣"句嗟道穷。"苏武"一联，极言其未污伪名。"楚筵"句，足上，开；"梁狱"句，受枉下狱，合。"已用"一联，慷慨沉着。"老吟"以下，白在夜郎之况。收句欲上诉于天。太白一生具见于此。

浦起龙《读杜心解》卷五之二：前十韵，叙其才名宠渥，以及去官之后，文酒相从。后十韵，伤其蒙污被放，为之力雪其诬，诉天称枉。

别赞上人

百川日东流，客去亦不息①。我生苦飘荡，何时有终极。赞公释门老，放逐来上国。还为世尘婴，颇带憔悴色。杨枝晨在手，豆子两已熟②。是身如浮云，安可限南北③。异县逢旧友，初欣写胸臆④。天长关塞寒，岁暮饥冻逼⑤。野风吹征衣，欲别向曛黑⑥。马嘶思故枥，归鸟尽敛翼⑦。古来聚散地，宿昔长荆棘。相看俱衰年，出处各努力。

【题解】

百川东流，日夜不息；我亦飘荡流离，无有终极。赞公本为佛门长老，京都名宿，却为世尘所累，放逐于秦州，转瞬之间，两年有余。我身如浮云，栖止难定，他乡重逢旧友，欣喜难以言说。可惜相聚未久，我又要匆匆离去。秦州天寒风疾，旅途又布满荆棘，我们均已年衰体弱，无论去与留，都要好生将息，各自珍重。

【注释】

①古乐府《长歌行》："百川东到海，何时复西归。"

②杨枝：用以清洁口齿，以示敬重。《涅槃经》载诸大比丘等，于晨朝初出，离常住处，嚼杨枝，遇佛光明，疾速漱口澡手。两：一作"雨"。

③限：一作"恨"。

④友：一作"交"。

⑤"天长"两句：一作"天长关塞远，岁暮饥寒逼"。

⑥曛：一作"昏"。

⑦嘶：一作"鸣"。

【汇评】

浦起龙《读杜心解》卷一之二：起四，兴起去秦，笔致飘忽。次八，慨赞公窜迹，而以随缘慰之。又次八，叙客遇即别之情。末四，仇云：临别交勉之词。

杨伦《杜诗镜铨》卷六：相勉语极真至。

发秦州 乾元二年，自秦州赴同谷县纪行十二首①

我衰更懒拙，生事不自谋。无食问乐土，无衣思南州②。汉源十月交，天气如凉秋③。草木未黄落，况闻山水幽。栗亭名更嘉，下有良田畴④。充肠多薯蓣，崖蜜亦易求⑤。密竹复冬笋，清池可方舟。虽伤旅寓远，庶遂平生游。此邦俯要冲，实恐人事稠。应接非本性，登临未销忧。溪谷无异石，塞田始微收。岂复慰老夫，惘然难久留⑥。日色隐孤戍，乌啼满城头⑦。中宵驱车去，饮马寒塘流。磊落星月高，苍茫云雾浮。大哉乾坤内，吾道长悠悠。

【题解】

乾元二年十月，因寄寓秦州时生计困窘，杜甫携家南行，前往同谷，途中写下十二首纪行诗。此为第一首，叙说离开秦州的原因及此时的心情。在写法上，诗人采用了倒叙的方式，先拟想居处同谷的种种佳处，再追述困居秦州的种种艰难。他听说哪怕到了十月之交，同谷周围依然凉爽如秋，山水清幽,草木尚未枯黄凋落。尤其是同谷县东的栗亭一带,有许多可供耕种的良田,此外还有野生的山药、珍贵的崖蜜及肥嫩的冬笋可供充饥食用,宽广的清池用以泛舟。而目前所寄寓的秦州,地处要冲,人员往来甚多,应酬频繁,而且山田贫瘠,无奇异风光以消解忧愁。日落时分,寒鸦聚集城头,诗人一家从秦州出发,夜半而饮马于寒塘,披星戴月,继续行进于苍茫之原野。他暗自长叹:悠悠天地之间,何处才有容身之地呢?

【注释】

①题注一作“自秦州如同谷十二月一日纪行”。

②《诗·魏风·硕鼠》:“乐土乐土,爰得我所。”南州:指同谷,其在秦州之南。

③汉源:汉水之西源,出于陇西县之嶓冢山,南入广汉。一说指同谷邻县,治所在今甘肃西河县汉源镇。如凉秋:一作“凉如秋”。

④栗亭:古县名,北魏置县,隋废为栗亭镇。今位于甘肃徽县,时在同谷县东。

⑤薯蓣:山药。崖蜜:山崖间野蜂所酿之蜜。

⑥夫:一作“大”。惘:一作“炯”。

⑦隐:一作“应”。

【汇评】

朱彝尊《朱竹垞先生杜诗评本》卷三:前半远拟同谷之佳,后半乃实写发秦州事。笔法入妙。

吴瞻泰《杜诗提要》卷三:此首有总起,有总收,中分同谷、秦州二段。同谷反序秦州之前,而启行一段,另作提笔,序秦州之后,参错倒序,以乱其线。为诗文而不谙乱字者,其狃于整齐之法而不知变者矣。自发秦州至成都诗,心雄骨峭,格险韵高,疏莽雄质,写气范形,无不曲尽其妙。

何焯《义门读书记·杜工部集》:此诗以“衣食”二字为眼。“汉源”四句,言其地之暖,可以有衣也;“栗亭”四句,言其产物之多,不须忧食也;“密竹”四句,言风景之妙,可以旅寓也;“此邦”八句,言秦州之不可居也;“日色”八句,乃发秦州之时也。

赤　谷

天寒霜雪繁,游子有所之。岂但岁月暮,重来未有期。晨发赤谷亭,险艰方自兹①。乱石无改辙,我车已载脂②。山深苦多风,落日童稚饥。悄然村墟迥,烟火何由追。贫病转零落,故乡不可思③。常恐死道路,永为高人嗤。

【题解】

天寒地冻之际,游子又踏上了征程。想到此去恐怕难以重游,心中又不免生出几分惆怅,真可谓欲留不能,欲去不忍。清晨从赤谷亭出发,艰难的旅程算是真正开始了。车轴上涂上了油脂,车辆便沿着车辙,穿行在乱石间。一路山高谷深而风急,到了日落时分,依然看不见村庄烟火,而孩子们早已饥寒交迫。故乡犹乱,归期难定,漂泊的生涯似乎没有尽头,真担心有朝一日就这样死在流徙途中。

【注释】

①艰:一作"难"。

②载脂:在车轴上加油以使之润滑。《诗·邶风·泉水》:"载脂载辖,还车言迈。"

③零落:一作"飘零"。

【汇评】

陆时雍《唐诗镜》卷二二:老杜发秦川一段,诸诗正入细,所以首首可诵。凡好高好奇,便与物情相远,人到历练既深,事理物情入手,知向高奇一无用处。

张远《杜诗会粹》卷八:前四句领起,中段叙途中饥寒之状,末则追思故乡,叹其疲于道路耳。

仇兆鳌《杜诗详注》卷八引梅鼎祚曰:首四语,凄婉具足。其历叙穷途处,过于恸哭,结语虽直,亦是实情。

铁堂峡①

山风吹游子，缥缈乘险绝。峡形藏堂隍，壁色立积铁。径摩穹苍蟠，石与厚地裂。修纤无垠竹，嵌空太始雪②。威迟哀壑底，徒旅惨不悦③。水寒长冰横，我马骨正折④。生涯抵弧矢，盗贼殊未灭⑤。飘蓬逾三年，回首肝肺热。

【题解】

铁堂峡真是险绝，迎着山风，行走在其间，缥缈恍惚，如在虚空。峡口狭窄而中间宽大，峡壁色黑且直，有如积铁。小径蜿蜒，直上苍天；岩石开裂，隙缝深不可测。触目尽是修竹，一望无垠；谷顶积雪皑皑，似镶嵌于太空。谷中水寒冰多，道路曲折，行走艰难。生逢乱世，盗贼肆虐，奔走不息，流荡已逾三年。回首往日行踪，热血上涌，心中烦闷。

【注释】

①铁堂峡：在今甘肃天水秦州区平南镇与天水镇之间。

②垠：一作"限"。空：一作"孔"。

③徒旅惨不悦：一作"徒怀松柏悦"。

④《诗·周南·卷耳》："陟彼砠矣，我马瘏矣。我仆痡矣，云何吁矣。"

⑤弧矢：弓箭。

【汇评】

陈式《问斋杜意》卷六：前八句高处行；"威迟"四句，是又在低处行；"生涯"四句，兼束高低，付之一叹。

吴瞻泰《杜诗提要》卷三：三、四点出峡形，为一篇之纲。"径摩"四句，仰而观也，写其高。"威迟"四句，俯而视也，写其下。"生涯"以下，游子之情也。一路平序，得此一提，云生泉涌。

仇兆鳌《杜诗详注》卷八：入蜀诸章，用仄韵居多，盖逢险峭之境，写愁苦之词，自不能为平缓之调也。

440

盐　井①

卤中草木白,青者官盐烟。官作既有程,煮盐烟在川②。汲井岁搰搰,出车日连连③。自公斗三百,转致斛六千。君子慎止足,小人苦喧阗。我何良叹嗟,物理固自然④。

【题解】

唐代甘肃产井盐,《元和郡县图志》卷二二载,成州长道县井盐"水与岸起,盐极甘美,食之破气"。杜甫途经甘肃礼县东北之盐官镇,见盐井作业繁忙而盐价居高不下,有所感慨。远远见到青烟腾起,道旁被卤气侵蚀的草木渐次枯白,诗人便意识到前方的谷中有盐井在作业。朝廷给盐户规定了具体的份额与任务,盐户们不敢懈怠,他们用力汲水,一车车将卤水从盐井中拉出来。令人费解的是,井盐的官价一斗只有区区三百文,而商贩却将价格抬高到六百文。那些获利者真应该适可而止了,否则老百姓无法承受,就会有怨言了。这本来是很浅显的道理,为什么总是会被人遗忘呢?

【注释】

①盐井:旧时汲取盐水煮盐的井盐作坊。

②陈琳《饮马长城窟行》:"官作自有程,举筑谐汝声。"

③搰搰:一作"榾榾",用力的样子。

④固自然:一作"亦固然"。

【汇评】

唐元竑《杜诗捃》卷一:《盐井》诗不为佳,亦能剪裁,故不厌耳。

张溍《读书堂杜诗注解》卷六:此感盐井逐利之贪而叹为物情之常,以朴见古。此及时事,前八句写尽盐井始末,岂非诗史?

刘濬《杜诗集评》卷二引李因笃曰:直而钝。

寒 硖①

　　行迈日悄悄,山谷势多端②。云门转绝岸,积阻霾天寒。寒硖不可度,我实衣裳单③。况当仲冬交,溯沿增波澜。野人寻烟语,行子傍水餐。此生免荷殳,未敢辞路难④。

【题解】

　　一天天长途跋涉,穿行在连绵不绝、变化多端的山谷里,心中越来越焦急。好不容易转出峡口,又遭逢悬崖峭壁,阴沉寒森中重峦叠嶂若隐若现。身上衣裳单薄,实在难以穿越寒峡,何况时值仲冬,沿水逆流而上又风急气寒。荒山阒寂,望着炊烟才找到山野之人问讯,傍着溪水匆匆就餐。虽然旅途艰辛,但想想那些执戈出征的将士,也就没有什么好抱怨了。

【注释】

①寒硖:今名祁家峡,在甘肃西和县长道镇。

②《诗·王风·黍离》:"行迈靡靡。"《诗·小雅·出车》:"忧心悄悄。"

③实:一作"贫"。

④殳:兵器。《诗·卫风·伯兮》:"伯也执殳,为王前驱。"

【汇评】

　　仇兆鳌《杜诗详注》卷八:首记峡中势险而气寒。云门乍转,却逢绝岸,积阻之处,又霾天寒,此所谓势多端也。单衣仲冬,冲寒而度峡,旅人之困如此。曰仲冬交,盖在十一月初矣。末叹峡行之艰苦。寻烟傍水,皆荒山阒寂之象。路难犹胜荷殳,此自解语,实自伤语。

　　又引陈继儒曰:此与《铁堂》《青阳》二篇,幽奥古远,多象外异想,悲风泣雨,入蜀人不堪多读。

　　梁运昌《杜园说杜》卷三:起结各二句;"云门"四句,山程;"况当"四句,水程也。

法镜寺①

　　身危适他州,勉强终劳苦。神伤山行深,愁破崖寺古。
婵娟碧鲜净,萧摋寒箨聚②。回回山根水,冉冉松上雨③。浥
云蒙清晨,初日翳复吐。朱甍半光炯,户牖粲可数。挂策忘
前期,出萝已亭午④。冥冥子规叫,微径不敢取⑤。

【题解】

　　身处艰难之中,不辞劳苦,前往他州寻找寄居之处。逶迤而行,山深路
僻,耳目惨淡,黯然神伤。忽见古老之法镜寺,景致不凡,于是兴致盎然,前
去寻幽探胜。蜿蜒迂回的河水,从寺前流淌而过。高大的松树上,挂满了
露珠。遥望初日,乍开乍闭。俯首见竹叶飘零,苔藓明润;仰望则屋脊闪闪
发光,窗户历历在目。盘桓在寺中,不知不觉就到了正午。扪萝而出,旁有
微径,隐隐约约似有子规哀鸣,但行程紧迫,无暇探究。

【注释】

　　①法镜寺:故址在今甘肃西和县石堡镇。
　　②鲜:一作"藓"。萧摋:凋零。箨:竹皮。
　　③回回:一作"洄洄"。山:一作"石"。
　　④挂:一作"枉"。出:一作"高"。
　　⑤敢:一作"复"。

【汇评】

　　王嗣奭《杜臆》卷三:山行而神伤,寺古而愁破,极穷苦中一见胜地,不
顾程期,不取捷径,见此老胸中无宿物,于境遇外别有一副胸襟,搜冥而构
奇也。

　　周篆《杜工部诗集集解》卷一三:凡旅途止作,必有一定之期。今因崖
寺足以破愁,挂策低徊,竟与前期相忘,及至扪萝而出,不觉日已亭午。所
以子规啼处,尚有微径可游,第急欲前进,不复探取耳。

仇兆鳌《杜诗详注》卷八引钟惺曰：老杜蜀中诗，非唯山川阴霁、云日朝昏，写得刻骨，即细草败叶、破屋堄垣，皆具性情。千载之下，身历如见。

青阳峡[①]

塞外苦厌山，南行道弥恶。冈峦相经亘，云水气参错。林迥硖角来，天窄壁面削[②]。礌西五里石，奋怒向我落。仰看日车侧，俯恐坤轴弱。魑魅啸有风，霜霰浩漠漠。昨忆逾陇坂，高秋视吴岳[③]。东笑莲花卑，北知崆峒薄[④]。超然侔壮观，已谓殷寥廓。突兀犹趁人，及兹叹冥寞[⑤]。

【题解】

塞外山多得令人生厌，越往南行道路越崎岖。冈峦起伏，无休无止；浓云雾气，弥漫天地。苍茫林海，两山对峙形如牛角；逼仄峡口，峭壁森立如在面前。远处的巨石，摇摇欲坠，真担心它碰散了日车，砸坏了地轴。阴风呼啸，霜霰飞舞。当日在陇坂之上，西见吴山，东压华山莲花峰，北掩巍峨之崆峒，寥廓苍茫，极尽壮观之能事，如今抵达青阳峡，见其突兀之势逐人而来，乃知溟漠之境不可穷尽。

【注释】

①青阳峡：即青羊峡，在今甘肃西和县十里镇青羊村。

②窄：一作"穿"。

③昨忆：一作"忆昨"。吴岳：吴山，陇山支脉，位于陕西宝鸡陈仓。

④莲花：莲花峰，西岳华山山峰。

⑤叹：一作"欲"。

【汇评】

陆时雍《唐诗镜》卷二二：语多险僻，犹有囊时之态。

仇兆鳌《杜诗详注》卷八引江盈科《雪涛诗评》云：少陵秦州以后诗，突兀宏肆,迥异昔作。非有意换格,蜀中山水,自是挺特奇崛,独能象景传神,使人读之,山川历落,居然在眼。所谓春蚕结茧,随物肖形,乃为真诗人,真手笔也。

《唐宋诗醇》卷一〇:力凿隘艰,彼地山川,非此不称。后人刻意摹之,过于险怪,非杜之过也。

龙门镇①

　　细泉兼轻冰,沮洳栈道湿②。不辞辛苦行,迫此短景急。石门雪云隘,古镇峰峦集③。旌竿暮惨淡,风水白刃涩。胡马屯成皋,防虞此何及④。嗟尔远戍人,山寒夜中泣。

【题解】

　　飞溅的泉水,不时落在栈道上,化作薄薄的冰层,令人行走艰难。但冬日天短,行程紧迫,又不得不冒险赶路。龙门双峰对峙,直插云霄,四周峭削,中通一路,有屯兵戍守。日暮天寒,风急水冻,旌旗无色,刀枪锈钝。诗人不由感叹,叛军已经占据了虎牢关,现在朝廷派兵驻守此处又有何益,只是让戍卒徒增劳苦罢了。

【注释】

　　①龙门镇:在今甘肃西和县石峡镇。

　　②沮洳:水浸处,下湿之地。《诗·魏风·汾沮洳》:"彼汾沮洳,言采其莫。"

　　③石门:即龙门。雪云:一作"云雷"。

　　④成皋:即虎牢关,在河南荥阳汜水镇大伾山东麓。

【汇评】

　　张溍《读书堂杜诗注解》卷六:此感古镇防守无益,而叹戍卒之苦也。

　　仇兆鳌《杜诗详注》卷八引黄淳耀曰:时东京为史思明所据,秦、成间密迩关辅,故龙门镇兵有石门之守。然旌竿惨淡,白刃钝涩,既无以壮我军容,况此地又与成皋远不相及,而防戍于此,则亦徒劳吾民而已。使之山寒夜泣,亦何为哉。

浦起龙《读杜心解》卷一之三:上四,亦写来路。下八,四叙景事,四寄慨叹。

石　龛①

熊罴咆我东,虎豹号我西。我后鬼长啸,我前狨又啼。天寒昏无日,山远道路迷。驱车石龛下,仲冬见虹霓。伐竹者谁子,悲歌上云梯②。为官采美箭,五岁供梁齐。苦云直簳尽,无以充提携③。奈何渔阳骑,飒飒惊蒸黎。

【题解】

驱车行进在石龛一带,真令人心惊胆寒。天色昏暗,山路崎岖。怪石嶙峋,似熊罴虎豹,森然欲搏。四周凄惨,如有魑魅鬼狨,前阻后追。本不应在冬日出现的虹霓,也高悬山谷。险峻的高山之上,为何还有许多人在砍伐竹子呢?原来他们被朝廷征发,为山东、河南的官军提供箭杆。他们已经连续砍伐了五年,山中的竹子砍伐殆尽,连制作竹篮的材料也快没有了,但叛军依然来去自如,四处惊扰百姓。

【注释】

①石龛:石壁上凿出用以供奉神主或神像的洞阁。此指八峰崖石窟,位于甘肃西河县石峡镇西侧。一说指双石寺石窟,在坦途关。

②竹:一作“木”。谁子:什么人。上:一作“抱”。

③簳:一作“笴”。充:一作“应”。

【汇评】

唐元竑《杜诗捃》卷一:秦州、同谷纪行诸诗,妙有剪裁,句意俱炼,色浓响切,无浮声,无冗语,殊胜夔州以后,晦翁论甚当。如《石龛》诗“苦云直簳尽,无以充提携”,而接云“奈何渔阳骑,飒飒惊烝黎”,截然便在。他诗或覃矗更数十言,此以剪裁胜也。

仇兆鳌《杜诗详注》卷八引杨慎曰:起得奇壮突兀,末段深为时虑。

又引申涵光曰:起势奇崛,若安放在中间,亦常语耳。

积草岭①

连峰积长阴,白日递隐见。飕飕林响交,惨惨石状变。
山分积草岭,路异明水县②。旅泊吾道穷,衰年岁时倦③。卜
居尚百里,休驾投诸彦。邑有佳主人,情如已会面。来书语
绝妙,远客惊深眷。食蕨不愿余,茅茨眼中见④。

【题解】

接连数日都行进在深山之中。层峦叠嶂,日光时强时弱。树茂石异,
寒风飕飕惨惨。登上积草岭,就到了同谷与鸣水两县的岔路口。以年老之
身,值岁暮之时,已厌倦漂泊。现在离同谷尚有百里之遥,不如暂作休整,
再去投奔那里的士绅。同谷的东道主,虽素昧平生,却情好如晤,来信相
邀,眷顾甚深。新鲜的蕨菜、朴实的茅屋,仿佛就在眼前。

【注释】

①一本有题注:"同谷界。"

②分:一作"外"。明水县:即鸣水县,治所在今陕西略阳县。明,一作
"鸣"。

③穷:一作"东"。

④《史记·伯夷列传》:"(伯夷、叔齐)隐于首阳山,采薇而食之。"司马
贞《索隐》:"薇,蕨也。"茅茨:茅屋。《南史·王彧传》载袁粲曰:"恨眼中不
见此人。"

【汇评】

张綖《杜工部诗通》卷八:首四句,言连峰蔽日,阴寒之状。次四句,叹
己道途行役之倦。"卜居"至篇末,言去同谷尚远,且欲休驾,投宿诸彦。喜

邑有佳主人,未晤而情已至。来书之语极好,使我远客,惊其深爱。而我所愿者,食蕨之外,无他求也。夫主人之情既厚,我所求者又微,卜居不难图矣。

杨伦《杜诗镜铨》卷七引申涵光曰:此及上首,俱于题外生波。

又引蒋金式曰:将到未到,中间又添此一段波折。

泥功山[①]

朝行青泥上,暮在青泥中[②]。泥污非一时,版筑劳人功[③]。不畏道途永,乃将汩没同[④]。白马为铁骊,小儿成老翁。哀猿透却坠,死鹿力所穷[⑤]。寄语北来人,后来莫匆匆。

【题解】

泥功山一片泥泞,一大早进入了泥功山,到了夜晚还在泥泞中挣扎。这泥泞由来已久,无论怎样修整都无济于事。泥泞的道路,一眼望不到尽头,真担心余生都要陷入这泥泞之中。行经在泥功山上,骑乘的白马成了黑马,活泼的小孩变为颤巍巍的老翁。哪怕是敏捷的猿猴与小鹿,陷入这样的泥泞,想必也会筋疲力尽。看来要提醒那些后来者,千万要谨慎小心。

【注释】

①泥功山:又名牛心山、二郎山等,位于甘肃成县二郎乡。

②郦道元《水经注》卷三四:"朝发黄牛,暮宿黄牛。三朝三暮,黄牛如故。"在:一作"行"。

③版筑:把土夹在两块木板中间,用杵捣坚实。

④途:一作"路"。乃将:一作"反将"或"及此"。

⑤猿:一作"猱"。

【汇评】

陈式《问斋杜意》卷六:山下泥泞,其来久远。版筑劳人功,版筑徒劳无用,泥泞其常耳。至因所遭泥泞,生出将来汩没相同之惧,此语亦只带下,故下第写泥泞苦壮，垂戒后人，经此当慎，犹云不因泥泞而断行人之意。

张溍《读书堂杜诗注解》卷六：此纪行泥淖之苦而并戒后人也。版筑，以布道路；成老翁，谓力疲也；透却坠，谓猿即上亦下堕，鹿以陷泥而死。虽非得意之诗，然必如此，方行出泥山之险。

梁运昌《杜园说杜》卷三：只切题写，末二语稍涉到行程上，与诸篇十律相接。

凤凰台① 山峻，不至高顶

亭亭凤凰台，北对西康州②。西伯今寂寞，凤声亦悠悠③。山峻路绝踪，石林气高浮。安得万丈梯，为君上上头。恐有无母雏，饥寒日啾啾④。我能剖心出，饮啄慰孤愁⑤。心以当竹实，炯然无外求⑥。血以当醴泉，岂徒比清流。所重王者瑞，敢辞微命休⑦。坐看彩翮长，举意八极周。自天衔瑞图，飞下十二楼⑧。图以奉至尊，凤以垂鸿猷⑨。再光中兴业，一洗苍生忧。深衷正为此，群盗何淹留。

【题解】

高耸挺拔的凤凰台，向北正对着同谷县。很久没有听到凤凰的鸣叫声了，周文王那样的圣人也一直没有再出现。眼前的大山如此之高峻，石峰林立，云气缭绕，无法登顶。怎样才能获得一架万丈长梯，爬到凤凰台的上头？因为那里恐怕还有失去母亲的凤雏，嗷嗷待哺，正在饥寒交迫中哀鸣。我唯有登临山顶，才能献出心血，供凤雏饮啄以抚慰它的孤愁。就把我的心当作竹实，把我的血当作醴泉吧！我一片赤诚，别无他求，只要多灾多难的国家能够出现吉祥的征兆，哪怕献出生命也在所不惜。我多么希望美丽高贵的凤凰，遨游八极，从天而降，衔来瑞图，献给天子，使国家得以中兴，苍生得以解救，而叛军得以被清除。

【注释】

①凤凰台:在今甘肃成县东南之飞龙峡口。

②西康州:同谷。《新唐书·地理志》:"武德元年以县(同谷)置西康州,贞观元年州废。"

③西伯:西方诸侯之长,此特指周文王姬昌。《国语·周语》:"周之兴也,鸑鷟鸣于岐山。"鸑鷟,凤凰的别名。

④焦赣《焦氏易林》:"凤有十子,同巢共母,欢以相保。"古乐府《陇西行》:"凤凰鸣啾啾,一母将九雏。"

⑤出:一作"血"。

⑥竹实:竹类植物的子实。《庄子·秋水》:"南方有鸟,其名鹓鶵……非梧桐不止,非练实不食,非醴泉不饮。"无:原作"忘",据他本改。

⑦王者瑞:王者之祥瑞。《春秋元命苞》载,黄帝游玄扈洛水之上,凤凰衔图置帝前,帝再拜受图。

⑧十二楼:传说昆仑山有玉楼十二座,为仙人所居。《汉书·郊祀志》:"方士有言,黄帝时为五城十二楼,以候神人于执期,名曰迎年。"

⑨奉:一作"献"。

【汇评】

吴瞻泰《杜诗提要》卷三:此公想望中兴,托兴西伯,不惜自剖心血,效死以图王业,特借凤凰铺张,以扬圣瑞。乃极无聊赖之时,悬空揣度,思见中兴盛事耳。其蕴藉深厚,最得比兴之妙。不然,台上安得有凤凰?凤凰又岂心血所能供其饮啄哉?前极力作意描写中兴气象,至末忽轻轻唤出"群盗",见中兴之不复者,以群盗故也。又不言群盗如何纵横,只以"何淹留"三字冷刺,使当时诸将为之猛省。得此一结,并上剖心血意,精神百倍。此等胸襟,此等笔力,足使神惊鬼泣。

仇兆鳌《杜诗详注》卷八:解杜者,诗中本无寓言,而必欲傅会时事,失于穿凿;诗中本有寓意,而必欲抹杀微词,谓之矫枉。

浦起龙《读杜心解》卷一之三:是诗想入非非,要只是凤台本地风光,亦只是杜老平生血性。不惜此身颠沛,但期国运中兴。刳心沥血,兴会淋漓,为十二诗意外之结局也。

乾元中寓居同谷县作歌七首①

其一

有客有客字子美,白头乱发垂过耳②。岁拾橡栗随狙公,天寒日暮山谷里③。中原无书归不得,手脚冻皴皮肉死④。呜呼一歌兮歌已哀,悲风为我从天来⑤。

【题解】

乾元二年十一月,杜甫一家经过长途跋涉,好不容易来到同谷,不料却在接下来的一个月中,陷入了极其艰难的境地。诗人没有得到任何接济与帮助,饥寒交迫,唯有负薪采稆以度日。这组诗即作于此间,"慷慨悲歌,足以裂山石而立海水,殆所谓自铸《离骚》者……甫之遇,为何如哉!流离困顿,转徙山谷,仰天一呼,万感交集,而笔之奇,气之豪,又足以发其所感。淋漓顿挫,自成音节,自古及今,不可有二"(《唐宋诗醇》卷一一)。其一可视为组诗的总纲。诗人自叙他以迟暮之年,客居他乡,乱发垂耳,日暮途穷,不得不跟随养猴的老人采拾橡栗充饥。天寒地冻,手足皴裂,有家难回。他刚刚唱起了第一支歌,那北风就从天呼啸而来,似乎为哀伤的歌声所感动。

【注释】

①诗题一本无"歌"字。

②乱:一作"短"。过:一作"两"。

③狙公:养猴者。

④书:一作"主"。

⑤已:一作"独"。天:一作"东"。

【汇评】

邵宝《邵二泉先生分类集注杜诗》卷一四:时遭安史之乱,公避地困穷,而言己衰老畏寒,欲归不得,寓此悲歌,而天亦为之垂怜也。

仇兆鳌《杜诗详注》卷八：此章从自叙说起。垂老之年，寒山寄迹，无食无衣，几于身不自保，所以感而发叹也。悲风天来，若助旅人之愁矣。首二领意，中四叙事，末二感慨悲歌。七首同格。

杨伦《杜诗镜铨》卷七引申涵光曰：七歌顿挫淋漓，有一唱三叹之致，是集中得意作。

其二

长镵长镵白木柄，我生托子以为命①。黄精无苗山雪盛，短衣数挽不掩胫②。此时与子空归来，男呻女吟四壁静③。呜呼二歌兮歌始放，邻里为我色惆怅④。

【题解】

其二叙说生计艰难。诗人所穿之衣，又薄又短，牵来拉去，都遮不住小腿。在大雪满山的日子，他还要扛着一根白木柄的长镵，进山去挖掘野生的黄精。他对长镵说道：我们一家大小的口粮就全指望你了。但此时大雪将黄精的秧苗埋得严严实实，一眼望去，白雪皑皑，哪里找得到黄精呢？他只好空手而归。家人无以为食，寂静的夜晚，屋内响起一片啼饥号寒之声。诗人于是唱起了第二支歌曲，邻居听后也为之惆怅伤感。

【注释】

①长镵：长柄掘土农具。

②黄精：一作"黄独"，多年生草本，根与茎皆可入药，具补脾润肺的疗效。生食、炖服均可，既可以充饥，又能健身。

③空：一作"同"。

④邻：一作"间"。

【汇评】

张溍《读书堂杜诗注解》卷六：此叹持镵求食而不得，累及男女也。

仇兆鳌《杜诗详注》卷八：上章自叹冻馁，此并痛及妻孥也。命托长镵，一语惨绝。橡栗已空，又掘黄独，直是资生无计。雪满山，故无苗可寻。风吹衣，故挽以掩膝。男女呻吟，饥寒并迫也。前日悲风，天助之哀。此日间里,则人为之悯矣。前后章以有客对弟妹,叙骨肉之情也。中间独将长镵配言,盖托此为命,不啻一家至亲。

其三

有弟有弟在远方,三人各瘦何人强^①。生别展转不相见,胡尘暗天道路长^②。东飞鴐鹅后鹙鸧,安得送我置汝傍^③。呜呼三歌兮歌三发,汝归何处收兄骨^④。

【题解】

其三叙说思念诸弟。诗人的四位弟弟,除了杜占跟随在他身边,其余三人天各一方。大家都流离他乡,各自在为生计而奔波,战乱未平,相见遥遥无期。诗人看见东飞的野鹅,后面跟随着鹙鸧,便希望也能飞到诸弟的身旁。他担忧即使有朝一日诸弟都回到故乡,也不知去何处寻找他的骸骨。想到连死后也无法重聚,于是他唱起了第三支歌,这歌曲不禁让他再三咏叹。

【注释】

①在远方:一作"各一方"。《陈书·虞荔传》:"时荔第二弟寄寓于闽中,依陈宝应,荔每言之辄流涕。文帝哀而谓曰:'我亦有弟在远,此情甚切,他人岂知?'"又《后汉书·赵孝传》载赵孝之弟礼,为贼所得,将食之。赵孝自缚诣贼曰:"礼久饿羸瘦,不如孝肥饱。"贼感其意,俱舍之。又梁元帝《又与武陵王书》:"兄肥弟瘦,无复相见之期。"

②古乐府《饮马长城窟行》:"他乡各异县,展转不可见。"

③鴐鹅:野鹅。鹙鸧:秃鹙与鸧鸹。

④收:一作"取"。

【汇评】

张溍《读书堂杜诗注解》卷六:此叹诸弟远隔,恐身死无归也。

仇兆鳌《杜诗详注》卷八:此章叹兄弟各天也。生别展转,自东都而长安,又自秦陇而同谷。胡尘暗天,申言生别之故。弟在东方,因欲东飞而去也。始念生离,终恐死别,故有收骨之语。

其四

有妹有妹在钟离,良人早殁诸孤痴①。长淮浪高蛟龙怒,十年不见来何时②。扁舟欲往箭满眼,杳杳南国多旌旗。呜呼四歌兮歌四奏,林猿为我啼清昼③。

【题解】

其四叙说对妹妹的牵挂。诗人的妹妹远嫁钟离,丈夫早已病故,儿女尚年幼无知。由于淮水阻隔,浪高水急,往来凶险,两人已经有十年没有见面了。他多么希望能够驾一叶扁舟,前往探望,可如今干戈遍地,兵荒马乱,终究无法成行。于是他唱起了第四支歌曲,歌曲重复了四次,引来林中的猿猴也在白日哀鸣。

【注释】

①钟离:故城在今安徽凤阳东北。

②时:一作"迟"。

③林猿:一作"竹林"。

【汇评】

张溍《读书堂杜诗注解》卷六:此叹有妹孤苦远隔,不能往恤也。

仇兆鳌《杜诗详注》卷八:此章叹兄妹异地也。嫠妇客居,孤儿难倚。十年,妹不能来。扁舟,公不得往。蛟龙,防路之险。旌旗,患时之危。猿啼清昼,不特天人感动,即物情亦若分忧矣。

杨伦《杜诗镜铨》卷七引李因笃曰:呜咽悱恻,如闻哀弦。淡至矣,而文采烂然;雄至矣,而声色俱化。

其五

四山多风溪水急,寒雨飒飒枯树湿①。黄蒿古城云不开,白狐跳梁黄狐立②。我生何为在穷谷,中夜起坐万感集③。呜呼五歌兮歌正长,魂招不来归故乡④。

　　其五感叹自己流寓他乡。同谷的寓所四面环山,山高风多,溪涧水急,淅淅沥沥的寒雨将山坡上的枯树枝都淋湿了。厚重的乌云笼罩着古城,原野上黄蒿疯狂地生长,白狐、黄狐四处乱窜。诗人夜半醒来,彷徨起坐,感叹自己为何会流落至此,于是唱起了第五支歌。这歌声如此凄凉而悠长,他的魂魄已经返回故乡,再也招不回来了。

【注释】

①枯树湿:一作“枯树枝”或“树枝湿”。

②白狐:一作“玄狐”。黄狐:一作“玄狐”。《庄子·逍遥游》:“子独不见狸狌乎?……东西跳梁,不避高下。”

③万感集:一作“百忧集”。

④《楚辞·招魂》:“魂兮归来,反故居些。”

【汇评】

　　张溍《读书堂杜诗注解》卷六:此叹己居穷谷与异类杂处也。此变调,见天下妖孽浊乱,置身无地也。

　　仇兆鳌《杜诗详注》卷八:此章咏同谷冬景也。此歌忽然变调,写得山昏水恶,雨骤风狂,荒城昼冥,野狐群啸,顿觉空谷孤危而万感交迫,招魂不来,魂惊欲散也。收骨于死后,招魂于生前,见存亡总不能自必矣。

　　杨伦《杜诗镜铨》卷七引李因笃曰:此首写同谷实景。上四确是谷里孤城,说得凄惨可畏。

其六

　　南有龙兮在山湫,古木巃嵸枝相樛①。木叶黄落龙正蛰,蝮蛇东来水上游。我行怪此安敢出,拔剑欲斩且复休。呜呼六歌兮歌思迟,溪壑为我回春姿②。

【题解】

　　其六盼望春回大地。南山有一处水潭,潭边古木森森,枝干交错,低拂水面。如今树叶枯黄,唯有从东而来的蝮蛇恣意游玩。诗人见此情景十分惊异,蝮蛇怎么能在龙潭里游来游去?他想拔出宝剑将蝮蛇斩首,却又隐忍而罢,于是就唱起了第六支歌。这歌声婉转舒缓,因为涧溪寒谷已经透露出了春天的气息。

【注释】

①湫:崖下水潭。此指万丈潭,在同谷东南飞龙峡内。龍嵸:耸立。樛:弯曲交缠。

②歌思迟:一作“怨迟迟”。

【汇评】

吴见思《杜诗论文》卷一五:前五歌只言一身,此则推及世事。前五歌声意俱竭,此则不得不迟,迟则从容婉转,溪壑回春矣。穷而必变,天之道也。

张溍《读书堂杜诗注解》卷六:此叹帝室蒙蔽凌夷,盗贼纵横,欲剪灭而权不在己也。每每关心君国,忠爱之至。

仇兆鳌《杜诗详注》卷八:此章咏同谷龙湫也。古木龍嵸,树覆湫潭,神龙蛰伏,而蝮蛇肆行,此阳微阴胜之象。拔剑且休,诛之不胜诛也。溪壑回春,盖望阳长阴消,回造化于指日,其所慨于身世者大矣。《易传》以潜龙比君子,蔡琰谓暴猛如虺蛇,此君子、小人之别也。时在仲冬,而曰春回者,天气晴和有似春意耳。

其七

男儿生不成名身已老,三年饥走荒山道①。长安卿相多少年,富贵应须致身早。山中儒生旧相识,但话宿昔伤怀抱②。呜呼七歌兮悄终曲,仰视皇天白日速。

【题解】

其七感叹光阴如梭,功业未就。大好男儿,还没有功成名就却已经衰老,这真令人颓然心伤。三年了,自己奔走在秦陇的荒山古道,忍饥挨饿,狼狈不堪。而长安的那些卿相,大半青春年少,看来获取富贵还得趁早。

诗人在山中巧遇一位儒生,原来是旧日相识,两人谈起往事,无不怅然。这第七支歌是结束之曲,歌声消散,一切又复归于寂静。诗人仰望苍穹,白日西坠,一天就这样快速地过去了。

【注释】

①三年:一作"十年"。

②旧相识:或以为指李衔。杜甫晚年有诗《长沙送李十一衔》云:"与子避地西康州,洞庭相逢十二秋。"

【汇评】

朱熹《朱文公文集》卷八四:杜陵此歌,豪宕奇崛,诗流少及之者。顾其卒章叹老嗟卑,则志亦陋矣,人可以不闻道哉。

胡应麟《诗薮·内编》卷三:杜《七歌》亦仿张衡《四愁》,然《七歌》奇崛雄深,《四愁》和平婉丽。汉唐短歌,各为绝唱,所谓异曲同工。

仇兆鳌《杜诗详注》卷八:此章仍以自叹作结,盖穷老流离之感深矣。卿相少年,反照首句。山中话昔,回应次句。皇天日速,叹不能挽暮景之衰颓也。首尾两章,俱结到天,盖穷则呼天之意耳。三年走山,谓自至德二载至乾元二年,奔凤翔,贬华州,客秦陇,迁同谷也。

万丈潭 同谷县作

青溪合冥寞,神物有显晦①。龙依积水蟠,窟压万丈内。蹢步凌垠堮,侧身下烟霭②。前临洪涛宽,却立苍石大。山危一径尽,岸绝两壁对。削成根虚无,倒影垂澹濑③。黑如湾澴底,清见光炯碎④。孤云到来深,飞鸟不在外⑤。高萝成帷幄,寒木叠旌斾⑥。远川曲通流,嵌窦潜泄濑。造幽无人境,发兴自我辈。告归遗恨多,将老斯游最⑦。闭藏修鳞蛰,出入巨石碍⑧。何事炎天过,快意风雨会⑨。

　　飞龙峡的万丈潭,传说有巨龙盘踞,所以显得格外幽深神秘。诗人小心翼翼地翻过山巅,侧身从烟雾中钻了出来,站在苔藓苍翠的巨石上,感觉波涛汹涌的水面就在脚下,一动也不敢动。险峻的山路,至此已是尽头。只见眼前两岸峭壁,相对屹立。峡壁犹如刀削,直插入深潭之中,倒影荡漾在水面,俯视不见崖底。水面黝黑之处,或即是潭底所在。那些清浅的地方,则是波光粼粼。孤云飘来,平添了几分幽深;盘旋的飞鸟,似乎难以飞离。悬崖上垂下的藤萝,变成了深潭的帷幕;寒风中摇曳的树木,如同密密麻麻的旗帜。清溪从远方蜿蜒而下,到此停蓄聚集,又从暗穴潜去。到这远离尘世的清幽之地探访吟咏,大概就是从这一次游历开始的吧。离去的时候,诗人依依难舍,感觉留下了太多的遗憾。比如神龙尚潜伏在潭底,出入还有巨石阻挡。或许夏天再来的时候,会更酣畅淋漓。

【注释】

①合:一作"含"。

②蹢:小心翼翼。垠埒:悬崖,断岸。

③成:一作"然"。濒:一作"濑"。

④如:一作"知"。澴:一作"環"。

⑤到:一作"倒"。

⑥帷:一作"帐"。叠:一作"垒"。

⑦斯游:一作"游斯"。

⑧石:一作"爪"。

⑨事:一作"当"。炎:一作"暑"。快:一作"决"。雨:一作"云"。

【汇评】

　　吴瞻泰《杜诗提要》卷三:写潭必写龙,而潭之形始显。乃未写潭,先写龙;未写龙,先写"青溪合冥寞",则万丈之势,更自跃然。试读上三句,掩卷而思,不知其为万丈潭也。及至第四句点明,始知前三句字字有一万丈潭在。此即书家作势之法,用意在未落笔之前也。四句是潭之先声,下乃写潭之正面。言蹢步则垠埒可凌,侧身则烟霭在下,前往则洪涛方宽,却立则苍石又碍,历其径则孤危,扪其壁则峻绝,而于其中为虚无、为澹濑、为湾澒、为炯碎、为孤云、为飞鸟,精采四射,使人目光闪忽不定,亦可谓曲尽潭之极致矣。而又以高萝、寒木、远川、嵌窦,描写潭之侧面以足其势。然后以"造幽"四句锁住,以明非我辈不能作斯游,而潭之表里、上下、左右、前后,无一不尽。结四句又故为顿挫,作进步法,以缴上"神物有显晦"意。笔有以开为束者,此类是也。

仇兆鳌《杜诗详注》卷八引杨德周曰:山水间诗,最忌庸腐答应,试看杜公《青阳峡》《万丈潭》《飞仙阁》《龙门阁》诸篇,幽灵危险,直令气浮者沉,心浅者深,刻划之中,元气浑沦,窈冥之内,光怪进发。初学更宜于此锻炼揣摩,庶能自拔泥滓。

刘濬《杜诗集评》卷二引吴农祥曰:刻削元气,硬句幽警,相逼而出,昌黎祖此。只写潭之险恶,而龙之鳞甲,闪出纸尾。似句句对,却一串读。

两当县吴十侍御江上宅①

寒城朝烟淡,山谷落叶赤。阴风千里来,吹汝江上宅。鹖鸡号枉渚,日色傍阡陌②。借问持斧翁,几年长沙客③。哀哀失木狖,矫矫避弓翮④。亦知故乡乐,未敢思宿昔。昔在凤翔都,共通金闺籍⑤。天子犹蒙尘,东郊暗长戟。兵家忌间谍,此辈常接迹。台中领举劾,君必慎剖析⑥。不忍杀无辜,所以分白黑⑦。上官权许与,失意见迁斥。朝廷非不知,闭口休叹息。仲尼甘旅人,向子识损益⑧。余时忝净臣,丹陛实咫尺。相看受狼狈,至死难塞责。行迈心多违,出门无与适⑨。于公负明义,惆怅头更白。

【题解】

杜甫旧友吴郁,至德二载任侍御史时,因替被诬为间谍的良民理冤辨白,忤逆权贵,遭到贬斥。诗人或在寄居同谷期间,记起吴郁宅第就在邻近的两当县,于是前往探访。首十二句由人去宅空,引出诗人对老友的牵挂。江边阴风沉沉,山谷落叶遍地,小洲鸥鸡悲鸣,原野日色漠漠,主人流贬,不知在他乡是否安好。离开森林的猿猴,难免凄厉;高飞的惊弓之鸟,怎能有安闲之态?友人并不愿意离开故土,可往事不堪回首。接下来十二句具体叙述吴郁遭贬的经过。当时天子尚在行都凤翔,战局胶着,间谍纷扰,御史台大力弹劾,牵连无辜。吴郁不愿随声附和,挺身而出,谨慎分辨,触怒执政,由此遭到贬斥。最后十二句劝慰吴郁不必灰心,孔夫子那样的圣人,尚且备受磨难,何况朝廷终究会知晓你所遭受的委屈。诗人由此自责,以为当时身为谏官,处境亦是狼狈,无法出言相救,如今想来,依然怅恨不已。仇兆鳌《杜诗详注》卷八说:"此悔当时不能疏救也。公方营救房琯,惴惴不安,故侍御之斥,力不能为耳,与他人缄默取容者不同。但身为谏官,而坐视其贬,终有负于明义,所以痛自刻责耳。"

【注释】

①两当县:今属甘肃陇南。吴十侍御:吴郁,唐凤州两当县人,曾官雍县尉、侍御史等,上元二年过成都而访杜甫。

②鸥鸡:似鹤,黄白色。日色:一作"落日"。

③持斧翁:指御史。《汉书·王诉传》:"绣衣御史暴胜之,使持斧逐捕盗贼。"

④狖:黄黑色长尾猴。

⑤金闺籍:出入宫门的凭证。金闺,金马门,代指朝廷。

⑥台:御史台。

⑦白黑:原作"黑白",为避免与末句重韵,据他本改。

⑧"仲尼"一联:一本在"朝廷"一联之上。《后汉书·逸民传》载,向长字子平,读《易》至《损》《益》卦,喟然叹曰:"吾已知富不如贫,贵不如贱,但未知死何如生耳。"

⑨《诗·王风·黍离》:"行迈靡靡,中心摇摇。"《诗·邶风·谷风》:"行道迟迟,中心有违。"

【汇评】

王嗣奭《杜臆》卷三:吴之盛德,托之彩笔,千载犹生。身苟无瑕,何必与蜉蝣较是非哉。公作诗时,侍御尚谪长沙,此过其空宅而思及旧事也。

梁运昌《杜园说杜》卷三:"寒城"四句,先点清江上宅。"鹓鸡"八句,叙侍御客长沙。"故乡""宿昔",反扣到宅上。"昔在"十二句,叙侍御所以贬斥之故。"仲尼"八句,上四慰之,下四以阙于疏救自引咎。"行迈"四句,转到现在行役过宅,叙情做结。

发同谷县 乾元二年十二月一日,自陇右赴剑南纪行

贤有不黔突,圣有不暖席①。况我饥愚人,焉能尚安宅②。始来兹山中,休驾喜地僻③。奈何迫物累,一岁四行役。怅怅去绝境,杳杳更远适。停骖龙潭云,回首白崖石④。临岐别数子,握手泪再滴。交情无旧深,穷老多惨戚⑤。平生懒拙意,偶值栖遁迹⑥。去住与愿违,仰惭林间翮⑦。

【题解】

杜甫寓居同谷将近一个月,最终迫于生计,不得不携眷入蜀。从同谷赴成都途中,诗人又写下了十二首纪行诗,此为第一首,依然叙说离开的原因与心情,不过"前由秦州赴同谷,倒叙也;此由同谷赴成都,则顺叙"(乔亿《杜诗义法》卷上)。杜甫先以圣人之栖栖遑遑、无暇安居来自嘲,"昔圣贤如孔、墨,犹不免栖栖,况我饥愚,岂能安居而受其蔽"(蔡梦弼《杜工部草堂诗笺》卷一八)。但转念想到自己春天由洛阳至华州,秋天由华州赴秦州,冬日由秦州转同谷,如今再往成都,一年之中竟有四次长途奔波,这转徙未免过于频繁了。同谷的友人虽是新近结识交往,情谊却不逊于故旧;同谷的生活虽然拮据艰难,景色亦自宜人。同谷幽僻,与自己遁世隐居的心思契合,但衣食无着,又不得不离去。无论去留,终是不能随心所欲。仰望林间自在的飞鸟,他既羡慕又惭愧。

【注释】

①黔突:因烧水做饭而熏黑了的烟囱。黔,黑。突,烟囱。《淮南子·

修务训》:"孔子无黔突,墨子无暖席。"

②人:一作"夫"。

③喜:一作"嘉"。

④龙潭:万丈潭。白崖:一作"虎崖",在今甘肃成县凤凰山飞龙峡口。

⑤交情无旧深:一作"虽无旧深知"或"虽旧情深知"。

⑥拙:一作"屈"。

⑦违:原作"达",据他本改。

【汇评】

张远《杜诗会稡》卷八:此诗前十句叙将发之故,后段叙不忍别之情,以比作结,见奔驰殊非本愿耳。

吴瞻泰《杜诗提要》卷三:以议论起,又一法。工于发端,将发同谷之故,提在题前,便自奇幻。

浦起龙《读杜心解》卷一之三:此为后十二首之开端,亦如《发秦州》诗,都叙未发将发时情事,但彼则偷起所赴之区,逆探其景,此则只就别去之地,曲道其情。

木皮岭①

首路栗亭西,尚想凤凰村②。季冬携童稚,辛苦赴蜀门③。南登木皮岭,艰险不易论④。汗流被我体,祁寒为之暄。远岫争辅佐,千岩自崩奔。始知五岳外,别有他山尊⑤。仰干塞大明,俯入裂厚坤⑥。再闻虎豹斗,屡蹋风水昏。高有废阁道,摧折如短辕⑦。下有冬青林,石上走长根。西崖特秀发,焕若灵芝繁。润聚金碧气,清无沙土痕。忆观昆仑图,目击玄圃存⑧。对此欲何适,默伤垂老魂。

【题解】

寒冬腊月,带着一家老小,准备不计辛苦,前往剑门关镇。动身出发、取道栗亭西边的时候，心里头还牵挂着此前暂居的凤凰村。一路南行，好不容易登上了木皮岭，居然在寒冷的冬日全身湿透，旅途的艰难可想而知。木皮岭真是险峻雄奇，群山奔赴而来，全部臣服在它的脚下。到了此处，方才知晓在五岳之外，尚有挺拔特出的高山。仰首则见其遮天蔽日，俯视则见深谷万丈。再加上虎豹怒吼，风急水暗，使人胆战心惊。山壁上废弃的阁道，如同断裂的车辕七零八落。嶙峋的巨石上，爬满了树根。西崖的景色尤为秀美，如灵芝一般润湿光洁，让人联想到曾经观赏过的昆仑画卷。或许仙境就是这个模样吧，可惜自己无法在此长久停留。

【注释】

①木皮岭：在今甘肃徽县西南。

②凤凰村：在今甘肃成县东南凤凰山下。

③童：一作“幼”。蜀门：剑门。

④艰险：一作“险艰”。

⑤别：一作“更”。

⑥干：一作“看”。大明：太阳。

⑦短：一作“断”。

⑧图：一作“墟”。

【汇评】

董养性《杜工部诗选注》卷一：此篇言首路虽向栗亭西，尚想同谷，有依恨不忍去之意。然迫于物累，无可奈何，故当大寒之时，而有入蜀之苦。自“南登”以下，叙木皮岭之形高势大。“虎豹”以下，叙木皮岭之危途怪景。末四句言平常思欲观昆仑之冈，而今日于此已目击玄圃矣。故对此景，夫复何往哉。所以伤魂也。

陈式《问斋杜意》卷六：季冬登陟，至于汗流被体，则木皮岭之高也。所以远岫千岩，先就“辅佐”“崩奔”，形容出岭如五岳之高。而“再闻”以下，始及高上所得零碎见闻之景。但既言五岳，忽又言昆仑玄圃，亦以昆仑又高出五岳之外。公将拟木皮于昆仑，拟木皮之景于昆仑，谓岭与昆仑之不列于五岳也。故末二句具道己之心爱难舍，默伤垂老之不能再至。

张溍《读书堂杜诗注解》卷六：此美木皮岭之佳而惜不能卜居也。山形及登山之景，俱曲曲写神，不欲一语涉套。

白沙渡①

畏途随长江，渡口下绝岸。差池上舟楫，杳窕入云汉。天寒荒野外，日暮中流半。我马向北嘶，山猿饮相唤。水清石礧礧，沙白滩漫漫②。迥然洗愁辛，多病一疏散③。高壁抵嵚崟，洪涛越凌乱④。临风独回首，揽辔复三叹。

【题解】

崎岖的山路，随着奔腾的长江盘旋起伏。到了绝壁之下，无路可行，就不得不登舟渡河了。颤巍巍地进入小舟，小舟行进在洪流中，前后不睹陆地，如同穿梭在云汉。河面如此广阔，日暮时分才抵达中流。船快到岸的时候，河水清澈起来，乱石磊磊，白沙漫漫，心情也轻松多了。舍舟登岸，揽辔将行，回首见洪流呼啸而来，直抵岸壁，不觉暗自庆幸，逃脱风波之患。

【注释】

①白沙渡：在今甘肃徽县大河店镇官桥渡口。

②礧礧：众石堆积的样子。

③迥：一作"翛"。

④嵚崟：山势高峻。崟，一作"岑"。

【汇评】

单复《读杜诗愚得》卷六：言渡口险而江面阔，虽曰"畏途随长江"，然其沙白水清，可洗愁辛而散病。及乎揽辔登途而回首三叹者，以其高壁洪涛，终可畏也。

张溍《读书堂杜诗注解》卷六：此写过渡之景而方喜又忧也。此首是昼渡，下首是夜渡。一渡分作三层写，法密心细。

吴瞻泰《杜诗提要》卷三：此写过渡之景，以陆行起，以陆行住，中间水渡作四层写。小小结构,亦自法密。而起曰"畏途",结曰"三叹",中曰"洗愁",其喜水畏陆之情,又自井井。

水会渡①

　　山行有常程,中夜尚未安。微月没已久,崖倾路何难②。大江动我前,汹若溟渤宽③。篙师暗理楫,歌啸轻波澜④。霜浓木石滑,风急手足寒⑤。入舟已千忧,陟巘仍万盘。回眺积水外,始知众星干⑥。远游令人瘦,衰疾惭加餐。

【题解】

　　大山之中,居民鲜少,必须事先计划好行程。诗人一行,到了夜半,无处借宿,只得继续赶路。月色本自微薄,山路又多蜿蜒于悬崖之下,所以抬头往往不见月亮。远远就听见大江咆哮,坐上渡船,才发现汹涌的江流实在壮观,大有吞吐日月之势。但篙工镇定自若,一面操纵着船桨,一面在洪流中啸傲高歌。渡江之后,再度山行。夜深霜浓,小径湿滑,风急天寒,手足僵硬。行进在盘曲的山路上,似乎比夜渡激流更危险。行舟之时,但见水天一色,以为繁星就散落在水面;等攀上山顶,回首眺望,才发现群星仍然挂在夜空,并未与江水相连。远赴他乡,令人憔悴;年老体衰,尤为艰难。

【注释】

　　①水会渡:甘肃徽县虞关乡之虞关渡,一说为徽县与两当县交界之黄沙渡。原有校语:"一云水回渡。"

　　②倾:一作"侧"。

　　③动:一作"当"。

　　④啸:一作"笑"。

　　⑤急:一作"冽"。

　　⑥回:一作"出"。水:一作"石"。

【汇评】

董养性《杜工部诗选注》卷一：此篇首言山行之苦，次言舟行之险。入舟、陟巘者，人复舍舟而遵陆。其初在舟，但见水汪洋浩渺；及再登山回眺水外，始知众星尚干。此亦诗人兴外之言。

仇兆鳌《杜诗详注》卷九引周明辅曰：少陵入蜀纪行诸作，雄奇崛壮，盖其辛苦中得之益工耳。

浦起龙《读杜心解》卷一之三：前篇写薄暮，此篇写向晓。前写江行之趣，此写江势之险。前用正笔写，此多旁笔写。

飞仙阁①

土门山行窄，微径缘秋毫②。栈云阑干峻，梯石结构牢。万壑敧疏林，积阴带奔涛③。寒日外澹泊，长风中怒号④。歇鞍在地底，始觉所历高。往来杂坐卧，人马同疲劳。浮生有定分，饥饱岂可逃。叹息谓妻子，我何随汝曹⑤。

【题解】

站在飞仙岭上，仰首而望，但见山路穿过土门之后，越来越窄，越来越细，远端竟然如秋毫之末。阁道由此而起，外设栏杆，垒石成梯，直插云霄。仇兆鳌《杜诗详注》引《梁州图经》说："栈道连空，极天下之至险。兴利州至三泉县，桥阁共一万九千三百八十间，护险编栏共四万七千一百三十四间。"行进在栈道中，上则寒日无光，长风怒号，下则万壑千树，激流奔湍。走出阁道，人马俱疲，来来往往的行人，或坐或卧，混杂在一起稍事歇息。回首来处，如在地底；仰望去处，高险峻绝。诗人不由感叹：浮生难免行役之苦，到底是我连累了妻儿，还是妻儿连累了自己呢？我为何要和你们一起到这种地方来呢？

【注释】

①飞仙阁：在今陕西略阳县飞仙岭。

②土门：一作"出门"。微径缘秋毫：一作"径微上秋毫"。

③林：一作"竹"。

④日：一作"月"。

⑤汝：一作"尔"。

【汇评】

单复《读杜诗愚得》卷六：言出门山行微径窄如秋毫，今陟梯石栈云之险，人马同劳，乃叹浮生各有定分，我何随汝妻子而受此苦耶？赋也。

张远《杜诗会稡》卷八：此诗首八句叙阁道，次四句过后事，末则言情也。

吴瞻泰《杜诗提要》卷三："万壑"，倒句，谓疏林欹于万壑。"积阴"，顺句，谓积阴带于奔涛。直是上上下下，一片寒气。"寒日"二句，正写阴寒气象，乃上三下二句法。此景非高处不知，故下文透出一"高"字。然正出便浅，偏于歇鞍时始觉所历之高，而又足以"往来杂坐"二语。白山所谓"正笔不能写，特用侧笔以写之"是也。结四句，一开一合，抑扬顿挫，即"飘零愧老妻"意。古诗全在过接参差处见作意。若"往来"二语置"长风"句下，即浅薄无味。固知同一琢句，而位置不得其所，譬如剪彩不成章也。

五　盘①

五盘虽云险，山色佳有余。仰凌栈道细，俯映江木疏②。地僻无罥网，水清反多鱼③。好鸟不妄飞，野人半巢居。喜见淳朴俗，坦然心神舒。东郊尚格斗，巨猾何时除④。故乡有弟妹，流落随丘墟。成都万事好，岂若归吾庐⑤。

【题解】

五盘岭虽然险峻，但景色清佳，令人神清气爽。仰首可见细长的栈道盘旋而上，俯视可观江流涌动，草木扶疏。这里位置偏僻，民风淳朴，百姓往往筑巢而居。水清鱼多乏罾笱，林密鸟众少罥网。想到洛阳战乱未平，史思明这样的奸贼尚未被歼灭，自己的弟弟妹妹依然流落他乡，有家难回，即使成都再好，也无法阻挡心中滋生出浓烈的乡思之情。

【注释】

①五盘：五盘岭，在今四川广元市北。

②道：一作"阁"。

③罟网：一作"网罟"。反：一作"至"。

④东郊：此指洛阳一带。《书·费誓》："徐夷并兴，东郊不开。"

⑤《古诗十九首·明月何皎皎》："客行虽云乐，不如早旋归。"陶潜《读山海经》："众鸟欣有托，吾亦爱吾庐。"

【汇评】

仇兆鳌《杜诗详注》卷九：首记五盘岭。栈在上，江在下，岭在中间，故曰仰凌俯映。次记盘中风景。鱼安于水，鸟不避人，即此见淳朴之俗。末慨故乡乱离也。方对景神舒，而忽动乡关之思，以思明未平，归家无日也。

浦起龙《读杜心解》卷一之三：栈道四篇，一苦一愉，相间成章。起四，叙过题面。中四、后八，皆即景言情。五盘本亦险境，要说向喜边。妙在首句即点即撇。上不履"栈"，下不涉"江"，正写出盘纡避险之趣。"地僻"四句，述其风土，忽到羲皇以上。惟所见淳朴如此，因想到故乡经乱，离散不还，则不如入蜀好矣。而诗却云"岂若吾庐"，乃知思归心切，仍是望治情殷也。乡国之思，都从前文好景触起，不然，则此等意篇篇可入。

杨伦《杜诗镜铨》卷七引蒋弱六曰：是险极中略见可喜，反因此生出别感来，分明一路恐惧惊忧，万苦在心，俱记不起；至此心神略开，不觉兜底触出，最为神到。

龙门阁①

清江下龙门，绝壁无尺土。长风驾高浪，浩浩自太古②。危途中萦盘，仰望垂线缕③。滑石敧谁凿，浮梁袅相拄④。目眩眴杂花,头风吹过雨⑤。百年不敢料,一坠那得取。饱闻经瞿塘,足见度大庾⑥。终身历艰险,恐惧从此数。

【题解】

嘉陵江流经龙门,绝壁之下,竟无尺土。或许是长风席卷巨浪,从太古一直冲刷到今天的缘故。栈道又细又长,如同丝线从天空垂下。浮梁为巨石撑拄,这样光滑的石头,是谁将它凿开? 站在悬空的栈道上,头晕眼花,凉风吹来,似有雨丝飘过。倘若失足坠落,定然会尸骨无存。经常听世人夸耀瞿塘峡、大庾岭险峻,它们究竟如何险要,自己还没有体验过。从以往的经历来看,最恐惧的地方还属这龙门阁。

【注释】

①龙门阁:故址在今四川广元朝天区龙门山上,是由关中入蜀之栈道上最为险峻的一段。《方舆胜览·利州东路·利州》:"他阁道虽险,然在山腰,亦微有径,可以增置阁道。独惟此阁石壁斗立,虚凿石窍,而架木其上,比他处极险。"

②高:一作"白"。

③中萦盘:一作"萦盘道"。

④拄:一作"柱"。

⑤吹过雨:一作"过飞雨"。

⑥闻:一作"知"。大庾:大庾岭,在今江西大余与广东南雄交界处。

【汇评】

单复《读杜诗愚得》卷六:言龙门绝壁,清江巨浪,自古而然。危途如线而萦盘,且滑石敧,浮梁袅,过此则目眩头风而恐坠也。瞿塘、庾岭虽云绝险,不若此栈,为险之极至者也。

张溍《读书堂杜诗注解》卷六:此感阁道之危而叹恐惧无穷也。人寿以百年为期,经险不敢预料寿数,此韩文公登华山恸哭之想。

浦起龙《读杜心解》卷一之三:飞仙之险在山,龙门之险尤在下临急水。起四,领清。中八,先述阁道之敧危,次述临江之恐坠,其意承递而下。后四,经险之叹也。

石柜阁^①

　　季冬日已长,山晚半天赤^②。蜀道多早花,江间饶奇石^③。石柜曾波上,临虚荡高壁。清晖回群鸥,暝色带远客。羁栖负幽意,感叹向绝迹。信甘屏孺婴,不独冻馁迫。优游谢康乐,放浪陶彭泽^④。吾衰未自由,谢尔性所适^⑤。

【题解】

　　来到石柜阁的时候,冬至已经过去了,白天的时间越来越长。山中的傍晚,大半个天空都被晚霞染红了。蜀地比山外暖和,花儿早早绽放。荡漾的江水中,随处可见奇特的石头。成群的白鸥,沐浴着夕阳,嬉戏于江面。身在远方的游子,伫立在悬空的栈道上,感叹自己多年来奔波辗转,不能栖息于山水幽异之处,如今饥寒交迫,年老多病,更无法如陶渊明、谢灵运那样寄意山水,优游放浪,任情任性。

【注释】

　　①石柜阁:在四川广元城北嘉陵江东岸千佛崖南端。《方舆胜览·利州东路·利州》:"石栏桥,在绵谷县北一里,自城北至大安军界管桥,栏阁共一万五千三百一十六间,其著名者为石柜、龙门焉。"

　　②季冬:一作"冬季"。日已:一作"白日"。

　　③早:一作"草"。

　　④谢康乐:谢灵运袭封康乐公。陶彭泽:陶渊明曾为彭泽令。

　　⑤由:一作"安"。所:一作"有"或"颇"。

【汇评】

　　张溍《读书堂杜诗注解》卷六:此感薄暮奔驰,叹不如陶、谢之自适也。此首静秀,便似三谢。

　　张远《杜诗会稡》卷八:此诗前八句叙景事,后八句言怀。

　　浦起龙《读杜心解》卷一之三:此亦临江之栈也,又言幽,不言险,所谓相间成章者也。上八景,下八情。上竟作游赏意境,下还行役本色。

桔柏渡^①

青冥寒江渡,驾竹为长桥。竿湿烟漠漠,江永风萧萧^②。连筏动嫋娜,征衣飒飘飘^③。急流鸧鸹散,绝岸鼋鼍骄^④。西辕自兹异,东逝不可要^⑤。高通荆门路,阔会沧海潮。孤光隐顾眄,游子怅寂寥^⑥。无以洗心胸,前登但山椒^⑦。

【题解】

悠悠的江面上,搭建着一座长长的竹桥。雾气蒙蒙,竹桥湿滑,寒风吹来,衣襟飘扬,竹桥也随之微微晃动。桥下激流奔腾,大型的水鸟都无法驻足,唯有骄傲的鼋鼍不受影响,依然慢腾腾在绝岸下爬行。这段日子,诗人一行都是沿着江岸前进,过了桔柏渡,就要一路向西,进入蜀地。而嘉陵江水则依然滚滚东流,跨越荆门,直至汇入波澜壮阔的沧海。诗人回看江水,神往不已。他无法借江水以洗涤心胸,便只好攀登西行路上一个又一个的山峰,聊以纾解怅恨。

【注释】

①桔柏渡:在今四川广元昭化区昭化镇东嘉陵江、白龙江河流处。

②竿湿烟漠漠:一作"竹竿湿漠漠"。永:一作"水"。

③筏:竹篾拧成的绳索。《梁益记》:"筏桥,连竹索为之,亦名绳桥。"

④鸧:水鸟,形似雁而略大,无后趾。鸹:水鸟,形如鹭而大,羽色苍白。

⑤不:一作"余"。

⑥怅:一作"恨"。

⑦登:一作"路"。椒:山顶。《广雅》:"土高四堕曰椒。"

【汇评】

陆时雍《唐诗镜》卷二二:轻蔚可喜,杜集所稀。

张溍《读书堂杜诗注解》卷六:此详写竹桥之景,而便登山椒以散怀也。

鲁一同《鲁通甫读书记》:此诗前半写江桥之景固妙,其实情绪之妙,乃在后八句。江水东流而游子西上，令人惆怅无端。"前登山椒"中，着一"但"字，低徊欲绝。嘉陵江本自北而南，至此乃转而东。公入蜀，前此缘江行，或渡而东，或渡而西，至此则江东行而公西上矣，故有"西辕""东逝"云云。

剑　门^①

　　惟天有设险，剑门天下壮^②。连山抱西南，石角皆北向。两崖崇墉倚，刻画城郭状。一夫怒临关，百万未可傍^③。珠玉走中原，岷峨气凄怆^④。三皇五帝前，鸡犬各相放^⑤。后王尚柔远，职贡道已丧。至今英雄人，高视见霸王^⑥。并吞与割据，极力不相让。吾将罪真宰，意欲铲叠嶂。恐此复偶然，临风默惆怅^⑦。

【题解】

　　剑门如此壮观、险要，实乃天造地设。大剑山连着小剑山，环抱着整个西南，抗拒着京师，连石头的犄角都指向北方。两边的山崖如同高峻的城墙，构成了城郭的模样，可谓一夫当关万夫莫开。遗憾的是蜀地的财物都经由此处运送到中原，蜀中的百姓日益困乏，连岷山、峨眉山都为之凄怆。上古时期，蜀地民风淳朴，百姓安居乐业，鸡犬之声相闻。自从三代帝王对边远地区采取怀柔政策，要求他们上交赋税和贡品，蜀中从此多事，百姓安宁的生活就被破坏了。后世所谓的英雄豪杰，看到蜀地如此险峻，不免滋生了吞并割据的野心，他们拼命争斗，各不相让，更给当地民众带来深重的灾难。这样看来，我将要问罪苍天，让它铲平剑门这个雄奇的关口，使野心家无险可守。一想到凭险割据的故事将来又可能重现，我不禁临风惆怅，默默无言。

【注释】

　　①剑门：即大剑山，在今四川剑阁县北。《大清一统志·保宁府一》："大剑山，在剑州北二十五里。其山峭壁中断，两崖相嵌，如门之辟，如剑之植，故又名剑门山。"

②门：一作"阁"。

③关：一作"门"。傍：一作"仰"。

④珠玉：一作"玉帛"。岷峨：岷山与峨眉山。

⑤皇：一作"王"。各：一作"莫"。相：一作"自"。

⑥今：一作"令"。

⑦默：一作"黯"。

【汇评】

张溍《读书堂杜诗注解》卷六：此睹剑阁之险而惧叛贼割据之害也。忽从剑门发出大道理，又一变格。

刘濬《杜诗集评》卷二引李因笃曰：文彩自雄，遂超议论之功。假令后人为之，便多露语，由其笔力不逮耳。俯仰古今，当与剑门并峙。

刘凤诰《杜工部诗话》卷三：大山水诗，须有大气概，方能俯仰八荒，吐纳千古。若但搜抉奇奥，作寻常登览语，犹人工耳。少陵《发同谷县》十二首，较秦州诗更为刻画精诣。《剑门》一首尤极振动峥嵘，以"惟天有设险"，喝起地形，以"珠玉走中原"接入物产，以"三皇五帝前"盱衡世运，包举数千年治乱兴亡，而极之于并吞割据。至欲"罪真宰""铲叠嶂"，设想太奇，且似预知蜀将有事，忽为此深忧远虑者。

鹿头山①

鹿头何亭亭，是日慰饥渴。连山西南断，俯见千里豁②。游子出京华，剑门不可越③。及兹阻险尽，始喜原野阔④。殊方昔三分，霸气曾间发。天下今一家，云端失双阙。悠然想杨马，继起名硉兀⑤。有文令人伤，何处埋尔骨⑥。纡余脂膏地，惨澹豪侠窟。仗钺非老臣，宣风岂专达。冀公柱石姿，论道邦国活⑦。斯人亦何幸，公镇逾岁月⑧。

登上高高的鹿头山,疲惫一扫而空,饥渴之感得以消解。去陇入蜀以来,一路山势连绵,险阻不断,尤其是那剑门关,令人望而生畏。现在翻过了鹿头山,从此一马平川,沃野千里,眼前顿时豁然开朗,如何不令人神清气爽。三国时期,先主刘备据此与魏、吴鼎足而立,建立霸业,如今天下一家,蜀都高耸入云的双阙早已散失。成都人杰地灵,曾出现过司马相如、扬雄这样才华横溢的名士,只是不知道该去何处凭吊他们。作为天府之国、膏腴之地,成都还是豪侠聚集的场所,若非深受朝廷器重的老臣坐镇,很难治理。冀国公为国之柱石,杖钺教化成都好些日子,这也是我这个初来者的幸运。

【注释】

①鹿头山:位于四川德阳境内。

②《三国志·蜀书·诸葛亮传》:"益州险塞,沃野千里。"《水经注》卷三三:"《记》曰:水旱从人,不知饥馑,沃野千里,世号陆海,谓之天府也。"

③京华:一作"咸京"。郭璞《游仙诗》:"京华游侠窟。"

④阻险:一作"险阻"。

⑤杨马:一作"扬马",即扬雄与司马相如。硉兀:山石高耸。

⑥文:一作"才"。

⑦冀公:冀国公裴冕。《旧唐书·裴冕传》载,至德二载十二月,右仆射裴冕封冀国公,乾元二年六月,拜成都尹,充剑南西川节度使。柱石:许靖《与曹操书》:"扶危持倾,为国柱石。"国:一作"家"。

⑧逾:一作"余"。诗末原有注:"仆射裴冀公冕。"

【汇评】

张溍《读书堂杜诗注解》卷六:此喜至平原,追思蜀中古人,而美重地镇守之得人也。此首统前数十首而为诗,亦写景少,发论多。"慰饥渴",甚见思履平地之急也。致颂大臣,不于成都,而于鹿头,各从其便,此文家变化之法。

吴瞻泰《杜诗提要》卷三:此喜自秦入蜀,逾越险阻,而知镇抚之有人也。妙就蜀事平序三段,作宾;而以冀公为主,作结。不缴不收,又是一格。

浦起龙《读杜心解》卷一之三:亦前中后各八句。起处忽与上篇作钩连体,其立论正复相发,作法又变。前八叙事,中八吊古,后八发议。入蜀者,过鹿头便无山路,皆成沃野矣。曰"连山断",曰"险阻尽",将前来无数奇险,一笔扫空,眼界旷然,又恰是将到之体。"殊方"四句凭古以吊今,"悠然"四句伤往以悼己,然本意重在"霸气间发"上,与末段关生。其慨想扬马,乃是带笔。连者断之,古者往往有之。"纡余"句,即前篇"川岳"一段意。"惨淡"句,即前篇"英雄"一段意。"仗钺"二句,呼起下文冀公抚蜀。以冀公作结,于庙谟,于地主,两俱得体。而以颂为规,原与"霸气间发"相回顾,亦复与前篇相证明。总要见怀远以德意。

成都府

翳翳桑榆日,照我征衣裳①。我行山川异,忽在天一方。但逢新人民,未卜见故乡②。大江东流去,游子去日长③。曾城填华屋,季冬树木苍。喧然名都会,吹箫间笙簧④。信美无与适,侧身望川梁⑤。鸟雀夜各归,中原杳茫茫。初月出不高,众星尚争光。自古有羁旅,我何苦哀伤⑥。

【题解】

此诗是杜甫入蜀纪行诗的总归宿,同时也是他开启新生活的重要标志。黄昏时分,诗人风尘仆仆地来到成都。沿途所见,风情不同,山川各异,对故乡的思念更为浓厚。江水不停地向东流去,诗人却一路向西,离家的日子越来越长,回归的难度越来越大。成都确实是个好地方,人声鼎沸,街市繁华,气候温暖,树木苍翠,但鸟雀尚且知道夜来归巢,诗人又如何忘得了中原呢?月亮初升的时候,众星还想与它争光比亮。大唐中兴的局面刚刚确立,稳定还需假以时日。自古以来就有人不断羁留他乡,诗人自问何苦这般哀伤。对于当前的形势和自身的处境,诗人有着清醒的认识,他预感到自己将会在蜀地停留较长时间,事实上也是如此。他在蜀中居住将近四年,度过了一生中难得的安宁时光,留下了近三百首诗篇。

【注释】

①桑榆:日落之处。《太平御览》卷三引《淮南子》:"日西垂,景在树端,谓之桑榆。"《后汉书·冯异传》:"可谓失之东隅,收之桑榆。"

②曹植《送应氏》:"不见旧耆老,但睹新少年。"

③大江:这里指岷江。谢朓《暂使下都夜发新林至京邑赠西府同僚》:"大江流日夜,客心悲未央。"东流去:一作"从东来"。去日:一作"日月"。

④间:一作"奏"。《诗·小雅·鹿鸣》:"我有嘉宾,鼓瑟吹笙。吹笙鼓簧,承筐是将。"

⑤王粲《登楼赋》:"虽信美而非吾土兮,曾何足以少留。"川梁:河桥。

⑥阮籍《咏怀诗》其二十:"羁旅无俦匹,俯仰怀哀伤。"

【汇评】

李长祥《杜诗编年》卷六:自秦州至此,山川之奇险处尽;自秦州之诗至此,诗之奇险尽。乃发为清和之音,微妙之语,使读者至此,别一眼光,别一世界。人移于诗,诗移于风,不可强也。如吴下人作山水,虽代有名家,终一丘一壑,目之所见,胸怀亦然,笔墨因之。然苟非其人,虽剑阁、夔门、峨眉、锦水,日接于前,与面墙何异。

梁运昌《杜园说杜》卷三:此篇为十二章总结,立意趋重在末四句。《桔柏》是八章后大段落,《剑门》是九章后大关键,《鹿头》是十章后大结束,《成都》是十一章后总归宿。地势即文势,十二章可作一章读。

仇兆鳌《杜诗详注》卷九引周斑曰:少陵入蜀诸篇,绝脂粉以坚其骨,贱丰神以实其髓,破绳格以活其肢,首首摘幽撷奥,出鬼入神。诗运之变,至此极盛矣。

酬高使君相赠①

古寺僧牢落,空房客寓居②。故人供禄米,邻舍与园蔬。双树容听法,三车肯载书③。草玄吾岂敢,赋或似相如④。

杜甫一家初至成都,曾寓居城西浣花溪畔的草堂寺。时任彭州刺史的高适,作《赠杜二拾遗》:"传道招提客,诗书自讨论。佛香时入院,僧饭屡过门。听法还应难,寻经剩欲翻。草玄今已毕,此后更何言。"杜甫便回赠此诗。高适在诗中说:"听闻你寄居佛寺,燃着佛香,用着僧饭,翻阅着佛经,还和僧众讨论佛法和儒典。不知你在完成了《太玄》那样的大作之后,还准备写些什么呢?"杜甫则逐句作答:"我虽然借住在寺庙,但那里其实极为寥落荒凉。供给我禄米的,是友人;送来蔬菜的,是邻居。僧人讲经说法,听听是可以的,辩论就要却之不恭了。至于书籍,则更是付之阙如了。我所写的东西,顶多算得上扬雄视为'童子雕虫篆刻'的赋作,拟经是万万不敢的。"

【注释】

①高使君:高适,时为彭州(今属四川)刺史。

②客:一作"得"。朱鹤龄注引《成都记》:"草堂寺,在府西七里,寺极宏丽。僧复空居其中,与杜员外居处逼近。"

③《翻译名义集》载:娑罗树,东西南北四方各双,故曰双树。方面悉皆一荣一枯。《涅槃经》:"世尊在双树间演法。"三车:牛车、羊车、鹿车,佛教语,喻三乘。钱谦益笺引《唐慈恩窥基传》"基师,姓尉迟氏,鄂国公其诸父也。奘师因缘相扣,欲度为弟子,基曰:'听我三事,方誓出家。'奘许之。行至太原,以三车自随,前乘经论箱表,中乘自御,后乘妓女食馔。道中,文殊菩萨化为老人,诃之而止",释之云"此诗正用慈恩事也。言如容我双树听法,亦应许我如慈恩三车自随,但我只办用以载书耳"。

④《汉书·扬雄传》:"时雄方草《太玄》,……以为经莫大于《易》,故作《太玄》。"

【汇评】

洪仲《苦竹轩杜诗评律》卷二:前半序事,五、六寓情,七、八说转答高,抑扬顿挫。五、六暗粘一、二,七、八暗粘三、四。

仇兆鳌《杜诗详注》卷九:此诗逐联分答,与高诗句句相应。空房客居,见无诗书可讨;邻友供给,见非取资僧饭。但容听法,则不能设难;未肯载书,亦何处翻经乎。末则谢草《玄》而居作赋,言词人不敢拟经也。

刘濬《杜诗集评》卷八引李因笃曰:诗有真气,与高作却自针对。

卜 居

浣花流水水西头,主人为卜林塘幽①。已知出郭少尘事,
更有澄江销客愁。无数蜻蜓齐上下,一双鸂鶒对沉浮②。东
行万里堪乘兴,须向山阴上小舟③。

【题解】

中原战乱不休,诗人预感将要滞留成都,便拟从借居的寺庙中搬出来,
寻找一处长久的安居之所。有人提供了一块土地,就在浣花溪的西侧,位
于成都西郊,颇为幽静。那里溪水清澈澄净,蜻蜓上下翻飞,鸂鶒往来浮
沉,景色也十分幽美。最奇妙的是,从那里乘兴舟行万里,向东即可漫游吴
越了。当年王徽之居山阴,想去就去,想回即回,十分惬意自在。杜甫此时
卜居成都,时刻想着的是如何离开成都,可见此作并非"快意"之语。

【注释】

①浣花溪:锦江支流,在四川成都西郊。朱鹤龄注引《寰宇记》:"浣花
溪,在成都西郭外,属犀浦县,一名百花潭。"流:一作"之"或"溪"。

②鸂鶒:水鸟,又称紫鸳鸯。

③万里:万里桥,在成都南门外,横跨锦江。《太平御览》卷七三引常璩
《华阳国志》:"万里桥在成都县南八十里。蜀使费祎使吴,诸葛亮送之于
此,叹曰:'万里之路,始于此桥。'因名万里桥。"上:一作"入"。

【汇评】

王嗣奭《杜臆》卷四:客游者以即次为快,故此诗翩跹潇洒,不但自适,
亦且与物俱适。况溪水东行,一泻万里,直通吴越,可以乘兴而往山阴,易
舟作子猷之访戴,岂非卜居之一快哉。

陈之壎《杜工部七言律诗注》卷一:此全是少陵快活语,字字有兴,语语

飞扬。

浦起龙《读杜心解》卷四之一：此草堂未就时作。上明"卜居"之意，下都从江上生情。公虽入蜀，而东游乃其素志，故结联特缘江寄兴。盖当卜筑伊始，而露栖止未定之意。

王十五司马弟出郭相访兼遗营茅屋赀①

客里何迁次，江边正寂寥②。肯来寻一老，愁破是今朝③。忧我营茅栋，携钱过野桥。他乡惟表弟，还往莫辞遥。

【题解】

流落他乡，独处江边，正万分寂寥而又无可奈何之际，你不仅肯出城过桥来看望我这个老头，还担心我缺乏修建草堂的资金，亲自携来钱财，助我一解燃眉之急。如今在成都，只有表弟你这样一位亲人，希望今后常来常往。诗歌上四句，叙述表弟出城过访；下四句，感谢对方赠营造草堂之资。

【注释】

①茅屋：一作"草堂"。

②迁次：迁居次舍。《左传·哀公十五年》："楚子西、子期伐吴，……废日共积，一日迁次。"

③《诗·小雅·十月之交》："不慭遗一老。"

【汇评】

沈汉《杜律五言集》卷四：一气相生，寻不出佳处，更见其工。

杨伦《杜诗镜铨》卷七引蒋金式曰：且诉且谢且祝，只如白话自妙。

刘濬《杜诗集评》卷八引查慎行曰：一气呵成，化尽排偶，诗家老境。

萧八明府隄处觅桃栽①

奉乞桃栽一百根，春前为送浣花村。河阳县里虽无数，濯锦江边未满园②。

【题解】

你那里的桃花树多得数不过来，我锦江边的园子里却还没种满。请你在春前送来一百棵桃树苗到浣花村，我好抓紧时间栽种。

【注释】

①萧八明府隄：县令萧隄。隄，原有校语："一作实。"

②河阳：县名，治所在今河南孟州西。《白氏六帖事类集》卷二一："潘岳为河阳令，树桃李花，人号曰'河阳一县花'。"濯锦江：即锦江，流经成都。

【汇评】

王嗣奭《杜臆》卷四：此等皆戏笔手札，不足为诗，然亦有致。此公无日不思乡，而种柑、栽松，若为久住之计，其慕情可想。然浣花一草堂，遂为千古宅，岂偶然哉？

金圣叹《唱经堂杜诗解》卷二：欲于荒凉地上，劈空捏造园林，却百无一有，既少财物，更无工力，此念一动，昼夜不能自已。正无设法处，忽然一时想着萧八明府，得意之极，故开口便"奉乞桃栽一百根，春前为送浣花村"，既要讨得多，又要来得快，此刻便觉荒凉地上竟成锦绣园林。下二句，因思此桃亦无奇特，但此地绝少，独我得有百根，于此一方，无佛称尊，已似平泉、金谷，想出一时手舞足蹈光景。后来园亦未必成，连桃亦未必讨。我辈闲坐书斋，常有此事，莫认老杜持书乞索也。

仇兆鳌《杜诗详注》卷九：初春乞栽，及时易种，故欲致桃之早。河阳，贴明府。此截律诗上四句。

从韦二明府续处觅绵竹①

华轩蔼蔼他年到,绵竹亭亭出县高。江上舍前无此物,
幸分苍翠拂波涛。

【题解】

韦县令你在绵谷县任职已经好些日子,想必亲手栽种的竹子长得很高
了。我江边草堂前还没有种上竹子,希望你能分数丛给我,让我把它们栽
种在绿水边。

【注释】

①韦二明府:韦续,京兆万年人,上元元年在利州绵谷(今四川广元)县
令任上。绵竹:一本下有"三数丛"诸字。

【汇评】

仇兆鳌《杜诗详注》卷九:出县之梢,映波加翠,故欲分竹江干。华轩,
指韦署。此截律诗下四句。

凭何十一少府邕觅桤木栽①

草堂堑西无树林,非子谁复见幽心②。饱闻桤木三年大,
与致溪边十亩阴。

【题解】

我草堂西边的水沟旁还没有种上树,听说这里的桤木长得很快,三年
就可以成材。何县尉你是我的知己,望你能送来一些桤树苗,不久这溪水
边就能绿树成荫了。

①何十一少府邕：县尉何邕，京兆人，时在利州绵谷县尉任。栀木：落叶乔木。宋祁《益部方物记》载，栀木蜀所宜，民家莳之，不三年可为薪，疾种亟取，里人利之。诗题一本"栀木"下有"数百"两字。

②林：一作"木"。

【汇评】

金圣叹《唱经堂杜诗解》卷二：前得桃树，主人无边快活。明年一春，受用已极。又思看朱成碧，倏忽长夏，不有清簟疏帘，何以解衣盘薄？堂西无树，将来散发披襟，木床投足，炎炎西日，岂不重难？故第一句，开口作失惊之辞。言如许大事，曾未算到，一时救急无策，何暇广求珍异？必贱而易致者，方可取快一时。左右思惟，浓阴易茂，除非栀木。第二句，妙绝。"非子"，"子"字指栀木。盖半日沉吟，胸结沉想，眼起空花，便如身坐其下，觉草堂堂西，拂云蔽日，一碧无际，与栀木亲切如良友然。子猷称竹为君，少陵又称栀为子，千古绝对，写尽当时神理。前一首，胸中本无桃树，因想着萧八，随其所有，就便栽桃，非爱桃树也。此却胸中先有栀木，方想着何十一。题用"凭"字，凭借也，犹言靠托也。言又有人替我用心，此园必成，从此安然受享，并不费心。故末句作志得意满之语。

仇兆鳌《杜诗详注》卷九：堂西夕照，得木成阴，故欲致栀之多。"子"指何邕，时解指栀木者，非。亦截上四句。

凭韦少府班觅松树子①

落落出群非櫸柳，青青不朽岂杨梅②。欲存老盖千年意，为觅霜根数寸栽③。

【题解】

櫸柳也能长得高大挺拔，杨梅亦是经冬不凋，不过它们都活不了多久。能够垂荫千载的，唯有落落之长松。希望韦县尉你能帮我找一些松树苗送来。

【注释】

①韦少府班：县尉韦班，京兆万年人，上元元年在涪城县尉任。诗题一本"松树子"后有"栽"字。

②榉柳：枫杨，喜光性树种，生长迅速。杨梅：常绿乔木。

③盖：一作"尽"。栽：一作"来"。吴筠《赠王桂阳》："松生数寸时，遂为草所没。未见笼云心，谁知负霜骨。"

【汇评】

金圣叹《唱经堂杜诗解》卷二：第一首，因题衍诗。第二首，因诗著题。此首却将诗笑题。盖春夏乐事，备足无余，其余事事皆在可缓。无端无事讨事，又想数松点缀。静坐三思，不觉自笑，我欲成此园，原为逃名息机，聊以卒岁。今觅松树子栽，既不能取效目前，又不能馈实日后。老盖千年，霜根数寸，欲并三槐，作身后佳话，俟河之清，人寿几何。迂缓荒唐，莫此为甚。一生跅落，正受此病。乃尔习气未除，重复露出，因而自言自语，自嘲自笑，故诗中皆作推敲商榷之语。方寻快活，又起悲凉。若同前二首并看，不特文气板腐，有负良工苦心；亦且逢人硬索，见物便取，使少陵与当世贵人一例去也。嗟乎！吾辈刳心呕血，穷奇极奥，并为"千年"二字所误，皆见数寸霜根者也。欲免斧斤，比寿栎樗，计亦疏矣，即使有成，饥寒常在身前，功名常在身后，悲夫。

仇兆鳌《杜诗详注》卷九：不露一松字，却句句切松，较之他章，独有蕴藉。此截中四句。

浦起龙《读杜心解》卷六之下：榉柳高可及松而易凋，杨梅不凋，类松而干矮，故两夹为衬。

又于韦处乞大邑瓷碗①

大邑烧瓷轻且坚，扣如哀玉锦城传②。君家白碗胜霜雪，急送茅斋也可怜。

大邑所烧制的白瓷,又轻巧又结实,轻轻叩击,会发出寒玉一般清脆的声响,在成都名气很大。韦县尉你家的白瓷碗,像霜雪一样洁白可爱,希望能送一些到我新建的草堂来。

【注释】

①大邑:县名,今属四川,位于成都平原西部,产优质白瓷。

②哀:一作"寒"。

【汇评】

金圣叹《唱经堂杜诗解》卷二:已悟前事尚赊,今日作何消遣?惟有曲蘖〔糵〕,少延清欢数日,遂触动韦家瓷碗,手摩袖拂,心口相语,立刻送来,倾银注玉。从前经画,暂且阁起。一瓷碗至轻至微,却用三四层笔法,曲曲染就名士玩物性情来,与昌黎《竹簟》诗"有卖直欲倾家资"一样痴癖。第一句,先于未见瓷碗时生无限叹羡。第二句,想见入手后把玩时有如此可爱。先赞其质,后誉其声,方羡其色,觉在韦家案头,耀眼夺目,可望不可即一段光景,无限低徊,心头跃跃不能自持,方显第四句"急送茅斋"之乐也。"可怜"二字,如渴鹿望尘,忽得甘泉美草,一时身心泰然,皆文人常态不失童心妙处,寄语世人勿见嗤也。

仇兆鳌《杜诗详注》卷九:上二瓷碗,下二乞韦。此截首尾四句。

刘濬《杜诗集评》卷一五引李因笃曰:本色语,却自不粘。

诣徐卿觅果栽①

草堂少花今欲栽,不问绿李与黄梅。石笋街中却归去,果园坊里为求来②。

【题解】

新建的草堂还没有种植花草果树,无论李子树还是梅子树,都不妨栽种一些。现在我就去果园坊,向徐卿讨要一些果树苗。

【注释】

①徐卿:或以为指徐知道。上元二年(761),杜甫作有《徐卿二子歌》。冬日,徐知道任成都少尹兼侍御史。诗题一本"果"下有"子"字。

②石笋街:旧在成都少城西门附近,以两石笋立于街上而得名。果园坊:在成都西南部。

【汇评】

仇兆鳌《杜诗详注》卷九:上二觅果,下二诣徐。石笋街,公归路。果园坊,徐住所。亦截上四句。

堂　成

背郭堂成荫白茅,缘江路熟俯青郊。桤林碍日吟风叶,笼竹和烟滴露梢。暂止飞乌将数子,频来语燕定新巢①。旁人错比扬雄宅,懒惰无心作解嘲②。

【题解】

初成的草堂,还盖着白茅。它背靠着城郭,俯瞰着青青的原野。通往江边的小路,我已经渐渐走熟了。高大的桤木遮住了小径的阳光,树叶在风中吟唱。笼竹青翠欲滴,竹梢上沾满了露珠。乌鸦拖家带口,前来定居。燕子软语商量不定,讨论着如何搭建新巢。旁人都把这草堂比作扬雄当日隐居的故宅,我却十分懒惰,根本没有心思去写《解嘲》那样的文章。"盖奔走之际,初得托,是故不觉其言之欣然"(周篆《杜工部诗集集解》卷一四)。

【注释】

①止:一作"下"。

②扬雄:蜀郡成都人,其宅在成都少城西南隅。《汉书·扬雄传》:"哀帝时,丁、傅、董贤用事,诸附离之者或起家至二千石。时,雄方草《太玄》,有以

自守,泊如也。或嘲雄以玄尚白,而雄解之,号曰《解嘲》。"惰:一作"慢"。

【汇评】

仇兆鳌《杜诗详注》卷九:诗家因事立题,便须就题命意。此拈堂成为题,则赋堂之外,不得旁及矣。起联,言堂之规制面势。中四,记竹木之佳,禽鸟之适,则堂成后景物备矣。末借扬雄自况,以终所赋之意。一起一结,自相照应,此通篇章法也。背郭成堂,缘江熟路,四字本相对,将堂成、路熟倒转,则上半句变化矣。林碍目,叶吟风,竹和烟,露滴梢,六字本相对,将风叶露梢倒转,则下半句变化矣。

又引王嗣奭曰:此章与《卜居》相发,前诗写溪前外景,此诗写堂前内景;前景是天然自有者,此景则人工所致者,乃《卜居》《堂成》之别也。

赵臣瑗《山满楼笺注唐诗七言律》卷二:写堂之四面,则有茂林,则有修竹。缩笔再写堂之上,则有飞鸟;堂之内,则有语燕事。其写鸟,写其吟风,必先写其碍目;写竹,写其滴露,必先写其和烟;其写鸟,写其暂止,又兼写其将雏;写燕,写其频来,又并写其定巢。令后人观之,俨然一幅浣花草堂图也。

蜀　相①

丞相祠堂何处寻,锦官城外柏森森②。映阶碧草自春色,隔叶黄鹂空好音③。三顾频繁天下计,两朝开济老臣心④。出师未捷身先死,长使英雄泪满襟⑤。

【题解】

到哪里寻找诸葛丞相的祠堂?就在锦官城外,翠柏森森的所在。阶前芳草萋萋,树上黄鹂巧啭,春意盎然。可是,谁会来到这荒凉的祠宇领略春光?想当年,先主刘备三顾茅庐,向诸葛亮咨询天下大计。出山后,诸葛丞相先后辅佐两朝君主,一片忠心,世人共仰。只可惜大功未成,丞相就过早辞世,留下了永久的憾恨,使后世英雄为此扼腕太息,泪流满襟。这是一首怀古诗,诗歌的标题点明了诗人怀念的对象;首两句顺势而起,写诗人专程前往成都城外拜谒武侯祠;次两句承接而来,写诗人在祠堂所见之景;五、六句转到对诸葛亮一生功业的评判;最后两句总束,抒写诗人此时此刻的感触。诗人一路写来,有写景,有议论,有抒情,无一不与诗人对诸葛孔明的钦慕痛惜之情结合起来。诗人寻找而至的热情,与他在祠堂感受到的寂寞及所联想到的武侯的执着虔诚,形成了巨大的落差,故而能将无比痛惜的情感烘托到极致。

【注释】

①蜀相:诸葛亮。建安二十六年,刘备在蜀地即位,册诸葛亮为丞相。

②丞相祠堂:即武侯祠(诸葛亮曾受封武乡侯),在成都南门外。锦官城:指成都。一说以成都江山明丽,错杂如锦;一说以其地有锦官,如铜官、盐官之类。《华阳国志》载,成都西城,故锦官城也。锦江,织锦濯其中则鲜明,他江则不好,故命曰锦官。

③空:一作“多”。

④诸葛亮《出师表》:“三顾臣于草庐之中。”频繁:一作“频烦”。

⑤捷:一作“用”或“战”。《三国志·蜀书·诸葛亮传》:“(建兴)十二年春,亮悉大众由斜谷出,以流马运,据武功五丈原,与司马宣王对于渭南。……相持百余日,其年八月,亮疾病,卒于军。”

【汇评】

单复《读杜诗愚得》卷七:此诗问答起,先以映阶碧草、隔叶黄鹂,答祠堂之处所,且写其幽寂之景,而伤其人之不复见也。次乃述先主为天下计而三顾之频繁,丞相敷诚布公而两朝开济,至于出师未捷而先死,故每使英雄伤之不能自已。此盖发明武侯复汉之忠诚,而叹其功业之不就也。

黄生《杜工部诗说》卷八:起联设为问答,三、四点祠堂之景,五、六叙孔明出处大略,七、八寓凭吊之意。因谒祠堂,故必写祠景,后半方入事。唐贤多如此,不特少陵为然。此方是诗中真境。若后人三、四便思发议论矣,岂能为诗留余地、为风雅留性情哉。后四句叙公始末,以寓慨叹,笔力简劲。恨宋人专学此种,流为议论一派,未免并为公累耳。曰“自春色”,曰“空好音”,确见入庙时低回想象之意,此诗中之性情也。

仇兆鳌《杜诗详注》卷九：上四祠堂之景，下四丞相之事。首联，自为问答，记祠堂所在。草自春色，鸟空好音，此写祠庙荒凉，而感物思人之意，即在言外。天下计，见匡时雄略。老臣心，见报国苦衷。有此两句之沉挚悲壮，结作痛心酸鼻语，方有精神。宋宗忠简公临殁时诵此二语，千载英雄有同感也。

梅 雨①

南京西浦道，四月熟黄梅②。湛湛长江去，冥冥细雨来③。茅茨疏易湿，云雾密难开。竟日蛟龙喜，盘涡与岸回。

【题解】

四月的成都，是梅子成熟的季节，会迎来很长一段时间的绵绵细雨。新建的草堂，屋顶上的茅草尚不够密实，为梅雨浸润湿透，滴滴答答开始渗漏。天上的乌云没有散去的迹象，细雨就这样淅淅沥沥地不停下着。江水越来越急，打着漩涡，冲刷着堤岸，一路滚滚而去，犹如蛟龙在兴风作浪。

【注释】

①仇兆鳌注引《埤雅》："江湘二浙，四五月间，梅欲黄落，则水润土溽，柱础皆汗，蒸郁成雨，谓之梅雨，沾衣败污。故自江以南，三月雨谓之迎梅，四月雨谓之送梅，然则蜀亦不异江南也。"

②朱鹤龄注引《唐书》："玄宗幸蜀还，至德二载，改成都府，置尹视二京，号曰南京。"西浦：一作"犀浦"，犀浦县旧治在今四川成都郫都区。

③宋玉《招魂》："湛湛江水兮上有枫。"屈原《九歌·山鬼》："雷填填兮雨冥冥。"

【汇评】

顾宸《辟疆园杜诗注解》五律卷四：此赋黄梅之雨，然非与长江相连，则终日郁蒸，非有倾注之势，安能使蛟龙喜、涡岸回？惟雨势不已，江水涨发，故虽湿茅茨之细雨，而郁溽之气，蒸布于江水之间，酿成一片阴黑。公所以恶湿而不欲久留也。极言雨大,便非。

仇兆鳌《杜诗详注》卷九:此咏蜀中梅雨也。犀浦记地,黄梅记时,长江承浦,细雨承梅。"茅茨"二句,见细雨濛濛之象。"蛟龙"二句,见长江汹汹之势。

浦起龙《读杜心解》卷三之二:公在北方,无此蒸湿之象,故特以首句全领通篇,志风土也。

为　农

锦里烟尘外,江村八九家。圆荷浮小叶,细麦落轻花①。卜宅从兹老,为农去国赊。远惭句漏令,不得问丹砂②。

【题解】

我所移居的江村,在人烟稠密的闹市区之外,仅仅只有八九户人家。时值夏初,水面铺满圆圆的荷叶,田里尽是摇曳的小麦,这样悠闲安宁的生活,真如神仙一般,让人沉醉。我真希望在这远离中原的地方,务农为生,终老于此。一说诗人对"为农"终究是耿耿于怀,心不甘而情不愿,"末句言去国无禄,衣食累之,不得不为农也,所谓味在咸酸之外"(何焯《义门读书记·杜工部集》)。

【注释】

①落:一作"坠"或"堕"。

②句漏令:指葛洪。《晋书·葛洪传》:"(葛洪)以年老,欲炼丹以祈遐寿,闻交阯出丹,求为句扁令。"句漏,山名,在今广西北流县东北,有山峰耸立如林,溶洞勾曲穿漏。

【汇评】

王嗣奭《杜臆》卷四:此喜避地得所,而"烟尘外"三字为一诗之骨。自羯胡倡乱,遍地烟尘,而锦里江村独在烟尘之外。举目所见,圆荷、细麦,皆风尘外物也,故将卜宅而终老于兹,为农以食力而已。……烟尘不到,便同仙隐,而不得以丹砂为惭,戏词也。喜在言外。

夏力恕《杜诗增注》卷七:藏法度于蹊径之外,有自然气象。

宾　至①

患气经时久,临江卜宅新②。喧卑方避俗,疏快颇宜人。
有客过茅宇,呼儿正葛巾。自锄稀菜甲,小摘为情亲③。

【题解】

患有肺疾已经好些日子了,如今移居到江滨,空气清新,远离尘嚣,不
与世俗之人往来,日子过得疏放畅快,正好调理身体。今日难得有佳客过
访,赶紧呼唤儿子过来帮我整饬衣冠。我在菜园亲手栽种的蔬菜,虽然长
得稀稀疏疏,叶子刚生出几片,不妨也采摘一些来招待客人。"(菜)既出自
锄,又稀少,又尚是菜甲,而未免小摘者,为情亲故也。十字中极有数曲折。
方尔避俗,而客来,既正巾以肃之,复小摘自锄之菜甲以为具,不知何客,情
亲如此"(赵汸《赵子常选杜律五言注》卷中)。

【注释】

①诗题一本作"有客"。

②患气:患有肺病。杜甫《进封西岳赋表》:"臣常有肺气之疾。"

③菜甲:菜初生的叶芽。

【汇评】

仇兆鳌《杜诗详注》卷九:此章见相亲之意。上四卜居景况,下言客来
情事。

又引赵汸曰:此诗自一句顺说至八句,不事对偶,而未尝无对偶;不用
故实,而自可为故实。散淡率真之态,偶尔成章,而厌世避喧,少求易足之
意,自在言外,所以为不可及也。

赵星海《杜解传薪》卷三之三:率直平和,偶尔拈来,都饶情韵。至今读
之,逸兴高风,令人可想。

有　客①

　　幽栖地僻经过少,老病人扶再拜难。岂有文章惊海内,漫劳车马驻江干②。竟日淹留佳客坐,百年粗粝腐儒餐。不嫌野外无供给,乘兴还来看药栏③。

【题解】

　　草堂的位置极为幽僻,很少有人顺道过访;我又老又病,无法拜访他人,所以更无人回访。今日竟然有佳客,不辞劳顿,乘坐马车,专程前来,说是为我的文章所吸引。我哪里有什么惊动海内的作品,能够劳驾你远道而来。你在我这儿停留了一整天,除了粗茶淡饭也没有其他的东西来招待。如果不嫌弃草堂的寒酸,就请你在恰当的时候再来观赏我的药栏。"既在野外,自不能供给佳宾,但花药之栏,聊堪寓目,佳宾倘不嫌腐儒之餐,虽去而还来,未尝不可"(顾宸《辟疆园杜诗注解》七律卷二)。

【注释】

　　①诗题一本作"宾至"。

　　②江干:江岸。

　　③不:一作"莫"。

【汇评】

　　顾宸《辟疆园杜诗注解》七律卷二:此诗前四句,言不应客而客至;后四句,言无可待客而待客。地僻则无便道相访之客,老病则无因我访彼、彼来答访之客。乃车马交集,竟日淹留,公只以粗粝待之。野老之况,亦高亦傲,亦倨亦恭。末云"乘兴还来看药栏",谓不必访我而来也。

　　朱瀚《杜诗七言律解意》:一主一宾,对仗成篇,而错综照应,极结构之法。起语郑重,次联谦谨,腹联真率,结语殷勤。如聆其謦欬,如见其仪型。较之香山诸作,真觉高曾规矩,肃肃雝雝也。

　　仇兆鳌《杜诗详注》卷九:此章见相款之情。上四宾至,下四留宾。直叙情事而不及于景,此七律独创之体,不拘唐人成格矣。僻居老病,不意人来。客以文章之契,跋涉江干,意亦诚矣。公先为谦己之语,而复尽款洽之情。读此诗,见豪放中有恳挚气象。

狂　夫

　　万里桥西一草堂,百花潭水即沧浪①。风含翠篠娟娟净,雨裛红蕖冉冉香②。厚禄故人书断绝,恒饥稚子色凄凉。欲填沟壑惟疏放,自笑狂夫老更狂。

【题解】

　　新建的草堂坐落在成都南门外万里桥的西边,堂前的百花潭水既可以濯缨,又可以濯足,有无穷的妙用。青翠欲滴的细竹迎风摇摆,湿润的荷花吐露芬芳。虽然俸禄优厚的故人断绝了音讯,停止了接济,使诗人一家失去了依靠,小孩子饿得面黄肌瘦,但诗人依然萧散狂放,雅兴不减。杜甫以"狂夫"以自许,其实颇有些无可奈何的味道,当视为自嘲。

【注释】

　　①一草堂:一作"新草堂"。百花潭:浣花溪的一段。
　　②翠篠:绿色细竹。裛:沾湿。红蕖:荷花。

【汇评】

　　顾宸《辟疆园杜诗注解》七律卷二:此公自咏其狂以见志也。言有堂可居,有水可濯,竹之净,莲之香,又足以从吾所好,吾复何求于世哉。是以故人绝问,稚子恒饥,甚则一身填于沟壑,亦惟此疏放而已,其老而更狂如此。不惟人笑,吾亦自笑之矣。到底是不肯求人意。

　　吴景旭《历代诗话》卷四〇:此诗以"狂夫"为题,前四句言疏狂之意,后四句言思家忆旧之意。狂中之穷愁也,身且欲填沟壑而反疏狂,盖其自叹也。

　　边连宝《杜律启蒙》七言卷一:题曰"狂夫",而疏放则狂之实也,故应以

"疏放"字作线。草堂、潭水,容吾疏放之地也;翠篠、红蕖,供吾疏放之景
也;故人书绝,稚子恒饥,迫吾以不得不疏放之情也。欲填沟壑,则已老矣;
惟有疏放,则更狂矣。末句归结题面,笔力如截奔马。

田　舍

　　田舍清江曲,柴门古道旁①。草深迷市井,地僻懒衣裳。
榉柳枝枝弱,枇杷树树香②。鸬鹚西日照,晒翅满鱼梁。

【题解】

　　草堂在浣花溪东岸的弯曲之处,那里地僻草深,远离市井,少有人事应
酬。堂前榉柳,枝叶婀娜;屋后枇杷,送来清香。夕阳西下,鸬鹚挤满鱼梁,
各自晒着翅膀。"此诗晴日江村散逸萧闲之景,句句如画"(赵星海《杜解传
薪》卷三之三)。

【注释】

　　①曲:一作"上"。
　　②榉柳:一作"杨柳"。树树:一作"对对"。

【汇评】

　　蔡梦弼《杜工部草堂诗笺》卷一八:此诗乐田舍在清江之曲,草深地僻,
无干戈之乱,又有榉柳之木、枇杷之果,可以栖息。鸬鹚水鸟,能捕鱼晒翅
在鱼梁之间,而无惊扰也。

　　陈式《问斋杜意》卷七:起言田舍可适,末言晒翅鸬鹚,正如各适其
所适。

　　浦起龙《读杜心解》卷三之二:叙意在前,缀景在后,倒格见致。

江　村

　　清江一曲抱村流,长夏江村事事幽。自去自来堂上燕,相亲相近水中鸥①。老妻画纸为棋局,稚子敲针作钓钩②。多病所须唯药物,微躯此外更何求③。

【题解】

　　夏日的江村,可谓事事幽静,人人安闲。澄净的江水环抱着村庄,水中的鸥鸟亲昵依偎,和谐安详。梁上的燕子飞来飞去,自由自在。家中的老妻,画纸为棋,两人对弈为戏。未成年的儿子,忙着把缝衣针敲击成鱼钩,准备去江边钓鱼。我一向疾病缠身,倘若药物足够,就别无他求了。诗人之优游愉悦,见于嬉戏悠然之间。"多病所须唯药物"一句,或以为当是"但有故人供禄米",则诗人先扬后抑,对故人饱含期待,不乏宾朋断绝、车马寂寥之感。

【注释】

　　①来:一作"归"。

　　②为:一作"成"。

　　③多病所须唯药物:一作"但有故人供禄米"。何:一作"无"。

【汇评】

　　刘辰翁《集千家注批点杜工部诗集》卷七:全首高旷,真野人之能言者。

　　李庆甲《瀛奎律髓汇评》卷二三引冯舒曰:不必黏题,无句脱题;不必紧结,却自收得住、说得煞;不必求好,却无句不好。

　　边连宝《杜律启蒙》七言卷一:来去只燕,亲近惟鸥,燕鸥之外,阒其无人也。偶与老妻对局,闲看稚子垂钓,物外逍遥,差堪自适。倘得药物以扶持病身,使之常享江村幽事,亦愿足矣,此外固无所求也。语语清真有味,不得以其开宋派而少之。

江　涨

江涨柴门外,儿童报急流。下床高数尺,倚杖没中洲。细动迎风燕,轻摇逐浪鸥。渔人萦小楫,容易拔船头[①]。

【题解】

小孩子在柴门外大声嚷嚷,说江水涨起来了。诗人听见后,刚从床上下来,就发现江水已经漫入室内,转瞬之间积水深达数尺。挂着拐杖,走出院门一看,大水淹没了江中的小洲,铺满了堤岸,眼前一片汪洋。迎风轻飏的燕子,贴着水面,越飞越远。水中浮游的鸥鸟,随着波浪起伏摇摆。溪边渔人的小船,因担心漂失,船头被搁置在岸上,如今没入水中,更容易滑动了。诗写江水暴涨的场景,"平日习惯,则不见其异;骤然忽睹,人物皆觉其欢"(赵星海《杜解传薪》卷三之三)。

【注释】

①拔:一作"捩"。

【汇评】

张远《杜诗会稡》卷八:"下床"二句,正写涨而流之急。唯其涨,故燕之动觉其细;唯其急,故鸥之摇觉其轻。且前此舟之凝滞者,今且拔之容易,可谓摹写尽致。

仇兆鳌《杜诗详注》卷九:上四江涨,下写涨时景物。方下床而水高数尺,及倚杖而水没中洲,是急涨之势。迎风之燕,贴近水面,水微动而燕不惊。逐浪之鸥,浮泛水中,水轻摇而鸥自适。此见江流平满,波浪不兴。"容易拔船头",亦见江水宽而渔人乐。

赵星海《杜解传薪》卷三之三:此写江涨,全在"急流"上著意,八句一气下。

野　老

野老篱前江岸回,柴门不正逐江开①。渔人网集澄潭下,贾客船随返照来。长路关心悲剑阁,片云何意傍琴台②。王师未报收东郡,城阙秋生画角哀③。

【题解】

江岸曲折,院子的篱笆随着岸势展开,所以柴门无法正对着江面。秋日的黄昏,渔人会集浣花溪边撒网捕鱼,商船在半江瑟瑟中缓缓驶来。他们不远万里来到蜀中,想必如同诗人一样历经艰难险阻。诗人觉得自己如无根之浮云,飘荡至成都,现在之所以滞留难去,是因为中原叛乱尚未平息,许多州郡没有收复。"无奈秋声入耳,更使人增哀,能伤野老之心而动野老之感。当此时也,几不知何故而来此"(顾宸《辟疆园杜诗注解》七律卷二)。诗人以"野老"为题,正反映了他不甘于去国离职,虽闲居江村,依然忧时思乡。

【注释】

①前:一作"边"。

②片云何意:一作"片云何事"或"行云几处"。琴台:即相如琴台,在成都浣花溪北,相传为司马相如弹琴处。

③诗末原有注:"南京同两都,得云城阙也。"

【汇评】

黄生《杜工部诗说》卷八:前半赋景,后半写怀。当此时,对此景,抱此怀,捉笔一直写就,诗成乃拈二字为题,此类皆漫兴之作。

吴瞻泰《杜诗提要》卷一一:铸题炼意,高迈等伦,可知前半正深于言情,看作景语便前。"野老""关心"四字,是大眼目,拆见使人不觉。结尾"野老""王师","柴门""城阙",针锋相向,正其惨淡经营处。

梁运昌《杜园说杜》卷一一:前半写景,后半写情。长路关东下之心,片云遮北望之眼,所以淹滞难归者,以东都未复耳。

云　山

京洛云山外，音书静不来。神交作赋客，力尽望乡台①。衰疾江边卧，亲朋日暮回。白鸥元水宿，何事有余哀。

【题解】

传闻京洛一带又有变故发生，因云山阻隔，具体情形无从知晓，不禁心忧如焚。此时此刻，哪怕是神交已久的司马相如等人，站在望乡台上，也无法动笔作赋了吧。自己卧病在床，同寓蜀中的亲朋前来探望，日暮即返，孤寂的滋味又涌上心头。原本栖息在溪边的白鸥，现在突然哀鸣，莫非它也失去了侣伴？诗以"云山"为题，是因为回首故乡，怅望京洛，京洛不可见，所见唯有云山而已。

【注释】

①望乡台：在今成都市北。诗句原有注："隋蜀王秀所筑。"

【汇评】

陈式《问斋杜意》卷七：题曰"云山"，诗则因问病亲朋之归，有怪鸥哀也。想公于亲朋散后，极目云山，不禁哀从中起，鸥哀忽从触犯，公遂被之为诗。

黄生《杜工部诗说》卷六：两京皆公之故乡，故并举"京洛"两字。"作赋客"，暗以王粲自喻，王粲《登楼》为望乡赋也，京洛故人音书不至，尔虽神交作赋客，如我力尽望乡台，何哉？意怨而语厚，是苦情，亦出苦想。五、六云云，意中之寥落如彼，眼前之寂寞又如此，因言此地非我安栖，故乡在念，其呼号怅望宜矣。若白鸥本是水中之物，何事亦有余哀耶？望乡台在蜀中，暗用登楼作赋，而语意玲珑变化如此。不言己而言物，不言己宜哀，而怪物不宜哀，此之谓意深，此之谓笔曲。"水宿"二字，反照"云山"，挽回之法，尤入化境。

遣　兴①

　　干戈犹未定,弟妹各何之。拭泪沾襟血,梳头满面丝②。
地卑荒野大,天远暮江迟。衰疾那能久,应无见汝时③。

【题解】

　　战乱还没有平息,自己的弟弟妹妹奔散流离,如今也不知道在哪里。
每每想起他们正寄身荒野,有家难回,就禁不住潸然泪下,心如刀绞。"泪
血而曰沾襟,见哭非一时之哭;头丝而曰满面,见愁非一日之愁"(石闾居士
《藏云山房杜律详解》五律卷三)。天如此之辽阔,时光如此之迅疾,自己以
年老多病之身,流寓偏远之蜀中,显然无法支撑太久,看来是再也见不到弟
弟妹妹了。诗人之情,正是触景所生,所谓见荒野而生荒远之思,见暮江而
兴迟暮之感。

【注释】

　　①诗题一作"遣兴二首",另一首首句为"我今日夜忧"。
　　②襟:一作"巾"。
　　③疾:一作"病"。时:一作"期"。

【汇评】

　　仇兆鳌《杜诗详注》卷九:此章,忆弟妹而作也。上四伤手足睽离,下四
叹行踪流落。地平,故见野宽。天旷,故觉暮迟。此写蜀中春景。

　　杨伦《杜诗镜铨》卷七引邵长蘅曰:情事飒然。

　　石闾居士《藏云山房杜律详解》五律卷三:题是"遣兴",而通身以痛哭
遣之,可悲也夫。

中国古典诗词校注评丛书

杜甫诗全集 【汇校汇注汇评】

中

闵泽平　校注

长江出版传媒　崇文书局

石笋行①

　　君不见益州城西门，陌上石笋双高蹲②。古来相传是海眼，苔藓蚀尽波涛痕③。雨多往往得瑟瑟，此事恍惚难明论④。恐是昔时卿相墓，立石为表今仍存⑤。惜哉俗态好蒙蔽，亦如小臣媚至尊。政化错迕失大体，坐看倾危受厚恩。嗟尔石笋擅虚名，后来未识犹骏奔⑥。安得壮士掷天外，使人不疑见本根。

【题解】

　　成都西门外的石笋街头，有两根巨大的石柱，传说它们是用来镇压海眼的，不能轻易移动，否则就洪水滔天。如今两个石笋上长满了苔藓，再也看不到波涛侵蚀的痕迹了，只是在夏天大雨之际，石柱上面会涌现一些雨珠。事实的真相究竟如何，现在也很难弄清楚了。不过我认为石笋只不过是往日公卿贵人的墓表罢了，世人受其蒙蔽，以讹传讹，好比小人蛊惑天子，致使国势倾危。令人遗憾的是，石笋至今还享受着神奇的虚名，前来观赏的人络绎不绝。我真希望有壮士现身，将两根石柱抛掷天外，使真相大白于天下。

【注释】

　　①石笋：这里指原位于成都少城西门的石柱。《黄氏补千家集注杜工部诗史》卷七曰："石笋，在衙西门外，仅百五十步，二株双蹲，一南一北。北笋长一丈六尺，围极于九尺五寸。南笋长一丈三尺，围极于一丈二尺。南笋盖公孙述时折，故长不逮北笋。"

　　②益州：即成都。陌：一作"街"。

　　③来：一作"老"。《华阳风俗记》："蜀人曰：我州之西，有石笋焉，天地之堆，以镇海眼，动则洪涛大溢。"又蔡梦弼注引《成都记》：距石笋二三尺，

每夏六月大雨,往往陷作土穴,泓水湛然。以竹测之,深不可及。以绳系石而投其下,愈投而愈无穷。凡三五日,忽然不见。

④得:一作"有"。瑟瑟:雨珠。仇兆鳌注引《成都记》:"石笋之地,雨过必有小珠,或青黄如粟,亦有细孔,可以贯丝。"

⑤墓:一作"冢"。《华阳国志·蜀志·蜀都》:"每王薨,辄立大石,长三丈,重千钧,为墓志,今石笋是也,号曰笋里。"

⑥来:一作"生"或"坐"。

【汇评】

王嗣奭《杜臆》卷四:此诗专为俗好蒙蔽、小臣献媚有感,而借石笋以发之。

陈式《问斋杜意》卷七:公不喜以石笋为海眼,而中忽有所感,故借来发议论。

吴瞻泰《杜诗提要》卷六:绝大议论,忽发在石笋极细事中,使人动心骇目,正不必泥于其所指也。横插一段正论,无从捉摸,忽又挽到石笋上去,煞出"不疑"二字,不惟三疑案收挽明晰,并使"小臣"一段,莹澈如镜,线索极隐极细。其来无端,其去无迹,下笔真有神也。

石犀行

君不见秦时蜀太守,刻石立作三犀牛①。自古虽有厌胜法,天生江水向东流②。蜀人矜夸一千载,泛溢不近张仪楼③。今日灌口损户口,此事或恐为神羞④。终藉堤防出众力,高拥木石当清秋⑤。先王作法皆正道,诡怪何得参人谋⑥。嗟尔三犀不经济,缺讹只与长川逝⑦。但见元气常调和,自免洪涛恣凋瘵。安得壮士提天纲,再平水土犀奔茫⑧。

【题解】

传说秦孝王时蜀郡太守李冰,曾刻立了五头石犀牛,用来镇伏水怪。

自古以来,确实有所谓的厌胜之术,但江水原本就向东而流,哪里还需要厌胜之物呢?蜀人夸耀了一千年,又说成都是按照神龟的指示建造的,不会遭受水灾。但今年灌口却有许多百姓被水淹死,如果真有神灵存在,它们肯定会为此羞愧不安。历代帝王治理水患,都是在清秋的汛期,群策群力,收集木石,修筑堤坝,根本不会采取荒诞诡异的方式。他们任用得力的宰相,燮理阴阳,调和元气,不会让洪水任意为害。那几个石犀牛能有什么用处,早就让大水冲得东倒西歪了。希望能有顶天立地的壮士,重新整顿山河,让那些所谓的厌胜之物消失得无影无踪。

【注释】

①蜀太守:蜀郡太守李冰,曾督建都江堰水利工程。朱鹤龄注引《华阳国志》:"李冰作石犀五头以厌水精,穿石犀溪于江南,命曰犀牛里。后转置犀牛二头,一在府中市桥门,一在渊中。"又引陆游《老学庵笔记》:"石犀,在李太守庙内东阶下,亦粗似一犀,正如陕之铁牛。一足不备,以他石续之,气象甚古。"三犀:一作"五犀",下同。

②厌胜:以法术诅咒或祈祷以达到制胜所厌恶的人、物或魔怪的目的。胜,一作"圣"。向:一作"须"。

③张仪楼:故址在今四川成都。《元和郡县图志》卷三一:"初仪筑城,屡颓不立,忽有大龟周行旋走,巫言依龟行处筑之,遂得坚立。城西南楼,百有余尺,名张仪楼,临山瞰江。"

④灌口:一作"灌注"。钱谦益注引《元和郡县志》:"灌口山,在彭州导江县西北二十六里,文翁穿湔江灌溉,故以灌口名山。灌口镇,在县西六十里。灌口镇城内有望帝祠,西有李冰祠。"

⑤终藉:一作"修筑"。

⑥先王:原作"先生",据他本改。

⑦川:一作"江"。

⑧诗末原有注:"《后汉书》:户口减如毛米。"

【汇评】

黄鹤《黄氏补千家集注杜工部诗史》卷七:李冰作石犀以厌水灾,而上元二年秋八月,灌口捐户口,故作是诗,然意亦有所寓也。

吴瞻泰《杜诗提要》卷六：篇中两"法"字遥遥对针，又于贬抑犀牛时提出先王，见先王治水，有法度，有元气调和，有壮士提纲，发出三层正论，何藉于厌胜？抑扬反覆，一唱三叹，悠然有余，而不见议论之迹。驳邪归正，可以羽翼六经。

刘濬《杜诗集评》卷九引吴农祥曰：《石笋》《石犀》两作相配，然多议论，易开恶道。

杜鹃行

君不见昔日蜀天子，化为杜鹃似老乌[①]。寄巢生子不自啄，群鸟至今为哺雏[②]。虽同君臣有旧礼，骨肉满眼身羁孤[③]。业工窜伏深树里，四月五月偏号呼[④]。其声哀痛口流血，所诉何事常区区。尔岂摧残始发愤，羞带羽翮伤形愚[⑤]。苍天变化谁料得，万事反覆何所无。万事反覆何所无，岂忆当殿群臣趋。

【题解】

君不见往日蜀国的天子，最终化为杜鹃哀鸣不已。杜鹃生子之后，从不亲自抚育，而是寄养在他鸟的巢穴中。众鸟替它哺育幼鸟，如同旧时的君臣尽心尽力。但杜鹃骨肉分离，毕竟各自孤单。杜鹃喜欢藏在密林深处，每到四五月就发出嘹亮的叫声。它不停地鸣叫，哪怕口中已经流血。它到底在向苍天倾诉什么呢？还是遭受摧残之后，羞于化身为带着翅膀的鸟类才开始发愤？这翻天覆地的变化谁又能够预料？万事反覆，什么事情都有可能发生。难道它还在回忆南面为君、群臣驱走的日子吗？杜甫此诗，或为唐玄宗失位滞留蜀中而作。

【注释】

①为：一作"作"。似：一作"如"。

②为：一作"与"。

③身：一作"如"。

④里：一作"头"。

⑤岂：一作"惟"。始：一作"如"。

【汇评】

仇兆鳌《杜诗详注》卷一〇引卢元昌曰：蜀天子，虽指望帝，实言明皇幸蜀也。禅位以后，身等寄巢矣。劫迁之时，辅国执鞚，将士拜呼，虽存君臣旧礼，而如仙、玉真一时并斥，满眼骨肉俱散矣。移居西内，父子暌离，羁孤深树也。罢玄礼，流力士，彻卫兵，此摧残羽翮也。上皇不茹荤，致辟谷成疾，即哀痛发愤也。当殿群趋，至此不复可见矣。此诗托讽显然。鹤注援事证诗，确乎有据。张綖疑"羞带羽翮伤形愚"句，谓非所以喻君父，亦太泥矣。盖托物寓言，正在隐跃离合间，所谓言之者无罪也。

杜鹃行①

古时杜宇称望帝，魂作杜鹃何微细②。跳枝窜叶树木中，抢佯瞥捩雌随雄③。毛衣惨黑貌憔悴，众鸟安肯相尊崇④。隳形不敢栖华屋，短翮惟愿巢深丛⑤。穿皮啄朽嘴欲秃，苦饥始得食一虫。谁言养雏不自哺，此语亦足为愚蒙。声音咽咽如有谓，号啼略与婴儿同。口干垂血转迫促，似欲上诉于苍穹。蜀人闻之皆起立，至今教学传遗风，乃知变化不可穷⑥。岂思昔日居深宫，嫔嫱左右如花红⑦。

【题解】

历来相传蜀王杜宇死后魂化为杜鹃，但杜鹃这种鸟儿，毛色黯淡，模样憔悴，雌雄相伴，在茂密的树林中飞来窜去，抢夺食物，哪儿有一星半点尊贵气质？它们只想把鸟巢深深地藏起来，根本不敢装饰得华丽高贵，引人瞩目。每啄食一只小毛虫，它们都得费心尽力地剥开树皮，仿佛把鸟喙都磨秃了。至于说它们从来不自己哺育雏鸟，显然更是无稽之谈。唯一奇特的,大概就是它们的鸣叫声了吧。一啼一叫,如同婴儿哀哭,令人柔肠寸断,莫非它们在向苍天倾诉凄苦。这鸣叫声如此哀婉而急迫,似乎连血都啼出来了,所以蜀人听后,无不恻然。如果杜鹃真是望帝杜宇所化,那它此时此刻恐怕还在怀念在深宫与嫔妃相聚欢娱的时光。

【注释】

①诗题一作"杜鹃"。一说诗为唐人司空曙所作。

②杜宇:古蜀国开国国王。《华阳国志·蜀志》载,"鱼凫王后,有王曰杜宇,教民务农,一号杜主。……七国称王,杜宇称帝,号曰望帝,更名蒲卑。……会有水灾,其相开明,决玉垒山以除水患,……遂禅位于开明,帝升西山隐焉。时适二月,子鹃鸟鸣,故蜀人悲子鹃鸟鸣也"。又《成都记》载,望帝死,其魂化为鸟,名曰杜鹃,亦曰子规。

③佯:一作"翔"。

④貌憔悴:一作"自憔悴"。

⑤隤:一作"陋"。

⑥教学传遗风:一作"相效传微风"。《书·说命下》:"惟教学半,念终始典于学。"教,教。

⑦嫱:一作"妃"。

【汇评】

仇兆鳌《杜诗详注》卷九:此章咏杜宇,以破从来望帝之说也。

浦起龙《读杜心解》卷二之二:于蜀既有前首,于夔又有五古一首,此篇必非杜作,题同而传讹也。笔亦高老,前幅似翻杜。

题壁画马歌 韦偃画①

韦侯别我有所适,知我怜君画无敌②。戏拈秃笔扫骅骝,欻见骐骥出东壁③。一匹龁草一匹嘶,坐看千里当霜蹄④。时危安得真致此,与人同生亦同死。

504

友人韦偃前来告别，知道我特别喜欢他的画作，于是随手拿了一支秃笔，很快在草堂的东壁上画了两匹千里马。其中一匹在啃食草根，另一匹则仰天长嘶。东壁上的这两匹马栩栩如生，大有践霜履雪、驰骋千里之势。如今时局艰难，如果能够得到这样的骏马，我一定会与它们同生共死。

【注释】

①诗题一本作"题壁上韦偃画马歌"。韦偃，唐代画家。仇兆鳌注引朱景玄《画断》："韦偃，京兆人，寓居于蜀。常以越笔点簇鞍马，千变万态，或腾或倚，或龁或饮，或惊或止，或走或起，或翘或跂。其小者，或头一点，或尾一抹，巧妙精奇，韩幹之匹也。"

②君：一作"渠"。

③戏：一作"试"。

④《庄子·马蹄》："马，蹄可以践霜雪，毛可以御风寒。龁草饮水，翘足而陆，此马之真性也。"

【汇评】

汪灏《树人堂读杜诗》卷九：短幅写画马，亦写得马是神马，亦写得马是活马，亦写得马是千里马，可骑之以共命之马。

仇兆鳌《杜诗详注》卷九：韦偃画马在草堂壁上，乃临行留迹也。公爱其神骏，而欲得此以同生死，其所感于身世者深矣。

夏力恕《杜诗增注》卷七：其奇杰之气，亦踏马欲飞，真绝唱也。

戏题画山水图歌 王宰画，宰丹青绝伦①

十日画一水，五日画一石。能事不受相促迫，王宰始肯留真迹。壮哉昆仑方壶图，挂君高堂之素壁②。巴陵洞庭日本东，赤岸水与银河通，中有云气随飞龙③。舟人渔子入浦淑,山木尽亚洪涛风④。尤工远势古莫比,咫尺应须论万里⑤。焉得并州快剪刀,剪取吴松半江水⑥。

【题解】

王宰作画,不受催促,不肯妄作,往往十日才画一水,五日才画一石,若非苦心经营,是不会留下真迹的。他家大厅的白粉墙壁上,有一幅极为壮观的山水画。画中的山,从西天的昆仑到东海的方丈,都没有这种巍峨的气势;水,从巴陵的洞庭湖到日本国的东洋,从地上的赤岸到天上的银河,也没有它广远浩淼。画面上波涛汹涌,狂风将山中的树木都吹得东倒西歪,渔人则将渔船藏在了深港。王宰尤其擅长画山水的远景,在咫尺的画幅上绘出了万里江山,这一点连古来的画家也比不上。他的山水画如此逼真,简直是用并州的锋利剪刀,把吴淞的半江水剪了过来。

【注释】

①诗题一本作"戏题王宰画山水图歌"。张彦远《历代名画记》卷一〇:"王宰,蜀中人,多画蜀山,玲珑窳空,巉嵯巧峭。"

②方壶:海上仙山。壶,一作"丈"。仇兆鳌注引《拾遗记》:"三壶,海中三山也。一曰方壶,则方丈;二曰蓬壶,则蓬莱也;三曰瀛壶,则瀛州也。形如壶器,上广,中狭,下方。"

③巴陵:山名,在今湖南岳阳南。赤岸:远方的江海之岸。赤,一作"南"。

④浦溆:水边。木:一作"水"。亚:低垂,一作"带"。

⑤论:一作"千"。

⑥并州:今山西太原一带。吴松:即吴淞江,源于江苏苏州太湖瓜泾口,东流至上海白渡桥入黄浦江。

【汇评】

张溍《读书堂杜诗注解》卷七:绝技往往如此,意到笔随,皆有天机。"咫尺""万里",论画尤入微。

仇兆鳌《杜诗详注》卷九引王嗣奭曰:王画神妙,只咫尺万里尽之。前面许多景象皆包在一句中。此诗通篇设想,俱有戏意,而收语尤戏之甚,故云戏题。公少游吴越，故对画而思及松江。

浦起龙《读杜心解》卷二之二：首六句出题，品高则画自高，故先推画品，次落画名，得争上游法。中五句，叙画正文，即上所谓"壮哉"，下所谓"远势"也。本写水势，兼带风势，笔墨生动。末四，咏叹以束前文。"焉得"，犹云何处得来，非有待将来之辞。言此非复笔墨之技，直是觅得快剪，剪来江水也。诗至此，亦化作烟波一片矣。

戏为双松图歌 韦偃①

天下几人画古松，毕宏已老韦偃少②。绝笔长风起纤末，满堂动色嗟神妙。两株惨裂苔藓皮，屈铁交错回高枝。白摧朽骨龙虎死，黑入太阴雷雨垂③。松根胡僧憩寂寞，庞眉皓首无往著。偏袒右肩露双脚，叶里松子僧前落。韦侯韦侯数相见，我有一匹好东绢，重之不减锦绣段④。已令拂拭光凌乱，请公放笔为直干⑤。

【题解】

天下以画松树知名的，毕宏已老而韦偃正年轻。当韦偃画完搁笔之时，仿佛感到长风起于青蘋之末，整个大堂顿时肃然。仔细看去，画上的两棵苍松藓皮开裂，树枝盘曲。开裂处，惨白如龙虎之朽骨；盘曲处，阴森似雷雨下垂。松树下有一位胡僧正在憩息，他长眉白首，偏袒右肩，露出双脚，脚下还掉落着几颗松子。韦偃我与你数次相见，也知道你擅长画屈曲的老松。我有一匹上好的东绢，珍爱不亚于锦绣绸缎，现在我把它铺平理顺，请你放笔在上面画一棵挺拔耸立的松树吧。诗人结尾所谓的"乞画"，实则是戏言而已，以强人所难来突出韦偃画松的特点。

【注释】

①诗题一本作"戏韦偃为双松图歌"。

②松：一作"树"。钱谦益笺引张彦远《历代名画记》："毕宏，大历二年为给事中，画松石于左省厅壁，好事者皆许之。改京兆少尹为左庶子。树石擅名于代，树木改步变古，自宏始也。"

③垂：一作"随"。

④东绢：鹅溪绢。东，一作"素"。王士禛《池北偶谈》卷一八："蜀（梓州）盐亭县有鹅溪，县出绢，谓之鹅溪绢，亦名东绢。"

⑤直：一作"真"。

【汇评】

王嗣奭《杜臆》卷四：起来二句极宽静，而忽接以"绝笔长风起纤末"，何等笔力。至于描写双松止四句，而冥思玄构，幽事深情，更无剩语。后入"胡僧"，窅冥灵超，更有神气。然韦之画松，以屈曲见奇，直便难工。一匹东绢，长可二丈，汝能放笔为直干乎？所以戏之也。

黄生《杜工部诗说》卷三："两株"四句，写松之肤干枝叶，造语极奇极确。以松为主，胡僧特画中点缀，舟鹤之类耳。画格有宾主，故叙意有轻重。题中"戏"意，亦见末段。

刘濬《杜诗集评》卷五引李因笃曰：老笔奇气，足排万人。

北　邻

明府岂辞满，藏身方告劳①。青钱买野竹，白帻岸江皋②。爱酒晋山简，能诗何水曹③。时来访老疾，步屟到蓬蒿。

【题解】

草堂北边住着一位致仕的县令。他任期未满便自求退免，归隐之后才向我讲述为官的辛劳。此人性情高雅，不惜钱财买来野竹栽种于住宅周围，戴着白头巾到江滨遨游吟咏。其嗜酒如晋人山简，能诗似梁人何逊，时常穿着木板拖鞋，走到草堂来看望我。

【注释】

①辞满：任期满而辞去。

②帻：头巾。

③山简(253—312)，字季伦，河内怀县(今河南武陟)人，山涛第五子。何逊，字仲言，东海郯(今属山东临沂)人，曾任建安王(萧伟)水曹，官至尚书水部郎。

【汇评】

王嗣奭《杜臆》卷四：其人乃弃官而归者，推其意，非谓满之招损而辞，实弃劳而就逸耳。然至藏身而方告劳，为官日未尝以劳为辞，盖一日在位，则一日业乎其官者，品可知已。"步屧到蓬蒿"，绝无官态，真高人也。

仇兆鳌《杜诗详注》卷九：上四美明府高致，下则喜其兴豪而多情也。不为辞满而为藏身，见其志在隐遁。野竹江皋，写其闲适，亦见邻居相近。山简、水曹，人名、官职，借对自巧。

赵星海《杜解传薪》卷三之三：二句赞其贤，中四赞其高雅，末二喜其时来，拍合近邻意。

南　邻

锦里先生乌角巾，园收芋栗不全贫①。惯看宾客儿童喜，得食阶除鸟雀驯②。秋水才深四五尺，野航恰受两三人③。白沙翠竹江村暮，相对柴门月色新④。

【题解】

草堂的南边住着一位戴黑头巾的隐士，他以园地里的青芋、甘栗为生，还不算特别贫穷。家里的小孩或许习惯了客人的拜访，对于我的到来，显得十分高兴；甚而连台阶前的麻雀都表现得镇定自若，悠然自得地在那里啄食。主人更是热情相待，趁着江水初涨，领我乘坐小艇游览了一番，最后还踏着月色送我回到家门口。

①乌角巾:古代隐士所戴之有棱角的黑色头巾。芋栗:青芋和甘栗。栗,一作"粟"。

②宾客:一作"门户"或"朋友"。

③才:一作"虽"。深:一作"添"。航:一作"艇"。

④村:一作"山"。暮:一作"路"。对:一作"送"。柴门:一作"篱门"或"篱南"。

【汇评】

陈之壎《杜工部七言律诗注》卷一:人物忘机,主宾互映,层递而来,尽堪入画。

佚名《杜诗言志》卷五:此亦是先生自得之诗,而带与物同乐之意。上下同流,一片化机,妙在宾客、儿童、秋水、鸟雀、野航、白沙、翠竹、柴门、月色,一概阑入,不是专为宾客。总见先生悠然胸次,眼前无非妙境也。

宋宗元《网师园唐诗笺注》卷一〇:落笔似不经意而拈来,俱成眼前天趣,此诗之化境也,当从靖节脱胎。

因崔五侍御寄高彭州一绝①

百年已过半,秋至转饥寒。为问彭州牧,何时救急难②。

【题解】

人生常不满百,转眼已届五十。时至秋收,反而遭受饥寒,因此写信给彭州高刺史,何时能为我解急救难?杜甫以诗代柬,向友人高适请求接济。

【注释】

①高彭州:彭州刺史高适。彭州,今属四川,在成都西北。

②《诗·小雅·常棣》:"脊令在原,兄弟急难。"

仇兆鳌《杜诗详注》卷九：此诗自叙穷老，而望高公之相恤也。秋至，收获之时，宜免于饥寒，而兹不然，故曰转。

奉简高三十五使君①

当代论才子，如公复几人②。骅骝开道路，鹰隼出风尘。行色秋将晚，交情老更亲。天涯喜相见，披豁对吾君③。

【题解】

当代被目为才子的，能有几人似你那样功成名就？你超凡绝伦，就如那大道上飞驰的骏马、高空中盘旋的鹰隼。秋色渐晚，岁月将老，我们两人的交谊越来越深厚。在这远离中原的蜀地重逢，也是人生的幸事。我会专程前去拜访，到时候再好好畅谈一番。杜甫欲访高适，先有此作。

【注释】

①高三十五使君：刺史高适，时高适已由彭州转任蜀州。蜀州，治所在今四川崇州。

②《旧唐书·高适传》："有唐以来，诗人之达者，唯适而已。"

③对：一作"道"。君：一作"真"。

【汇评】

仇兆鳌《杜诗详注》卷九：上四，称高之才调。下四，述高之交情。骅骝致远，鹰隼高骞，喻才人得位，可以大行其志。晚秋行色，引起下句。披豁，即开心见诚之意。

夏力恕《杜诗增注》卷七：意流格内，律中老境。

和裴迪登新津寺寄王侍郎^① 王时牧蜀

何限倚山木,吟诗秋叶黄^②。蝉声集古寺,鸟影度寒塘。风物悲游子,登临忆侍郎。老夫贪佛日,随意宿僧房^③。

【题解】

你的诗中为何充满了悲伤?是秋景堪伤,还是故人难忘?满目所见山木之叶,无不遇秋而黄;耳闻蝉声之阵阵,古寺更显清静;飞鸟一闪而过,寒塘愈加冷寂。此情此景,如何让你不思念王侍郎?我亦流寓蜀地,本该有悲秋之怀,但日游佛寺,似乎为佛理所浸染,不免随遇而安了。裴迪登高赋诗,以寄王缙,杜甫作此相和。

【注释】

①新津:县名,今属四川成都。王侍郎:或为王维之弟、宪部侍郎王缙。
②限:一作"恨"。
③《隋书·李士谦传》:"客又问三教优劣,士谦曰:'佛,日也;道,月也;儒,五星也。'"佛:一作"赏"或"费"。

【汇评】

仇兆鳌《杜诗详注》卷九:首句陡然而起。言我亦何所愁恨,而倚木吟诗乎?正以草木黄落之时,蝉声鸟影,秋景堪伤,而风物登临,故人足念也。且己之栖宿寺中,漂流更可叹耳。此诗句句含恨意,必裴诗原有"恨"字,而和之如此。

杨伦《杜诗镜铨》卷七:上六句皆述裴诗,末句打一转语,言我在此,虽亦日游招提,然颇悟解脱之理,几忘却悲秋之兴矣。

梁运昌《杜园说杜》卷一〇:题下八字,即裴元题。前半先将和意说清,五、六还彼题面,七句折入自己,其根已伏于"何恨"内,八句回顾"寺"字。法老而密。

泛　溪

　　落景下高堂,进舟泛回溪。谁谓筑居小,未尽乔木西。远郊信荒僻,秋色有余凄。练练峰上雪,纤纤云表霓。童戏左右岸,罟弋毕提携①。翻倒荷芰乱,指挥径路迷。得鱼已割鳞,采藕不洗泥。人情逐鲜美,物贱事已暌②。吾村霭暝姿,异舍鸡亦栖。萧条欲何适,出处庶可齐。衣上见新月,霜中登故畦。浊醪自初熟,东城多鼓鼙。

【题解】

　　诗写杜甫乘船沿着浣花溪游览的情景。太阳偏西,诗人登上了小船。船往前行进了一程,再回头眺望村子,发现它一点也不小,树林西边的大块地方居然从来没有去过。再往前走,到了远郊,就更为幽静偏僻了。视线的尽头,是西岭长年不融的皑皑积雪和云外纤细弯曲的虹霓。浣花溪两岸,不少儿童在网鱼捕鸟,挖藕采菱角。小家伙们很淘气,抓到的鱼往往连鱼鳞都弄坏了,挖到的藕更是连泥巴都懒得洗干净。或许是这些鲜美的食物得来太容易,他们一点也不爱惜。向他们打听道路,他们也胡乱指挥,以至暮色时分,诗人才回到村子。别人家的鸡早就进入了鸡窝。动物们都知道归家,在这萧条的荒野,诗人彷徨无依,不知如何抉择,出与处对他而言似乎没有区别。迎着新月,沿着田埂,他走进了家门。听到东郊传来的战鼓之声,想到这种宁静日子值得珍惜,诗人就拿出新酿的米酒,自斟自饮。

【注释】

　　①童戏左右岸:一作"儿童戏左右"。

　　②已:一作"迹"。

【汇评】

　　浦起龙《读杜心解》卷一之三:秋溪晚泛也,兼陶、谢风味。前八,叙题写景。中八,溪边幽事。后八,回舟情景。结语正喜身超事外。

出　郭

　　霜露晚凄凄,高天逐望低。远烟盐井上,斜景雪峰西。故国犹兵马,他乡亦鼓鼙①。江城今夜客,还与旧乌啼。

【题解】

　　从成都城中出来,准备返回郊外的浣花村。这时天色已晚,霜露渐起,野旷而天低。一道残阳抹在西岭的雪峰上,几缕青烟缭绕着远山中的盐井。中原如今兵荒马乱,成都也是风声鹤唳,枕戈待旦。流寓蜀地的诗人,无人与话凄凉,唯有与旧乌相对而悲啼号泣。

【注释】

①亦:一作"正"。

【汇评】

　　王嗣奭《杜臆》卷四:故国兵马,既未可归;他乡鼓鼙,亦未可去。"旧乌",故国之乌也,语新。

　　仇兆鳌《杜诗详注》卷九:此出成都郭外而作也。上四,郭外晚眺之景。下四,郭外夜宿之情。

　　梁运昌《杜园说杜》卷一〇:起调响,接笔秀,写景亦清旷。

恨　别

　　洛城一别四千里,胡骑长驱五六年①。草木变衰行剑外,兵戈阻绝老江边。思家步月清宵立,忆弟看云白日眠。闻道河阳近乘胜,司徒急为破幽燕②。

【题解】

　　上元元年(760)春夏,李光弼大败史思明于河阳。得知喜讯,杜甫看到

514

返回故乡的希望,想到胡骑长驱入关已有五六年之久,自己远离洛阳达四千里之外,亲人阻隔而难以相见,不禁期盼李光弼一鼓作气,率兵直捣叛军老巢。诗中写其思家忆弟,忽行忽止,忽起忽卧,颠倒错乱,不能自定,尤为真挚感人。

【注释】

①四千里:一作"三千里"。五六年:一作"六七年"。

②司徒:指李光弼。《旧唐书·李光弼传》载,乾元二年冬十月,光弼悉军赴河阳,大破贼众。上元元年,进围怀州。

【汇评】

孙镛《杜律》七律卷七:八句皆别意。首别事,次别故,三、四别景,五、六别情,末则急欲解此恨也。

朱瀚《杜诗七言律解意》:以所居言,则昔在洛城,今在剑外,百花潭边,相去四千;以时序言,则当第六年草木摇落之候;以情状言,或思或忆,或步或立;以世事言,则河阳乘胜,幽燕未破。条分缕析,无一剩字。而河阳、洛城、幽燕、胡骑,首尾融结,真堪百回顾、十日思。

吴瞻泰《杜诗提要》卷一一:通首俱是"恨别",一远别可恨,二久别可恨。然久且远,皆由于"骑长驱"。句法上因下,三应二,四应一,愈见远久之可恨。五、六则或步或立,或看或眠,昼夜失常,无一是处,其恨更不可胜言。六句皆正面写恨别也。结忽提笔反振而下,言河阳乘胜逐北,直破幽燕,则洛城可归,庶可消吾之恨。是从极恨处,思一避恨之法。然着"闻道"字,仍属悬望,则依然恨不可除。言外之意,曲折之笔,收挽之力,如天马行空,忽然回辔,岂寻常控驭之法能及哉!

散愁二首

其一

久客宜旋旆,兴王未息戈①。蜀星阴见少,江雨夜闻多。百万传深入,寰区望匪他②。司徒下燕赵,收取旧山河。

这两首诗也作于获知官军破敌的喜讯之后。诗以"散愁"为题,所谓"愁",源于客游之苦,思乡之切,而要散除种种愁恨,一场两场的胜利显然是不够的,必须彻底歼灭叛军。故诗中所写,非已然之事,而是对未来之殷切期盼。其一写对李光弼之厚望。久客他乡,早该回去了,何况蜀地多雨,晚上连星星都很难见到,但中原干戈未止,自己终有家难回。听说司徒李光弼正挥师百万,深入敌境,希望他早日攻下幽燕,收拾旧山河。

【注释】

①旋:一作"悬"。

②区:一作"宇"。

【汇评】

吴瞻泰《杜诗提要》卷八:前四愁所由来,后四归到散愁,其实皆传闻语,则愁仍不可散,聊用自解耳。"未息戈"是正笔,故后半皆不欲息戈也。

仇兆鳌《杜诗详注》卷九:首章,以北伐之功望诸李光弼也。因久客而思靖乱,从有愁处说到散愁。三、四,承首句,言作客凄凉。五、六,承次句,欲河北息兵。望匪他,注下司徒。

浦起龙《读杜心解》卷三之二:首句正提三、四,次句反呼下截,总是翘首切望之词。

其二

闻道并州镇,尚书训士齐①。几时通蓟北,当日报关西。恋阙丹心破,沾衣皓首啼。老魂招不得,归路恐长迷。

【题解】

其二写对王思礼之厚望。听说兵部尚书王思礼坐镇并州,训练士卒,用法严整,人不敢犯。什么时候他能率兵打通蓟北,使报捷的喜讯一日传遍关西?我在蜀中整日思念京都,血泪沾襟,唯恐老死于他乡,连魂魄都因路途遥远而无法归去。

【注释】

①闻:一作"开"。尚书:原注有"王思礼"三字。《旧唐书·肃宗纪》载,乾元二年七月,以兵部尚书、潞泌节度使、霍国公王思礼兼太原尹,充北京留守。

【汇评】

顾宸《辟疆园杜诗注解》五律卷四:前首先言不得归,后则望之司徒。此首先望之尚书,后复言不得归。题曰"散愁",盖欲归而不得归,故愁不得归而至于长迷,故愈愁。谁能为我散愁者,其惟司徒、尚书乎?其致意于二公者深矣。

浦起龙《读杜心解》卷三之二:与前首作倒转势。以上半配前首下半,以下半配前首上半。合两首而观,恰好将靖乱意包括在中间,将思归意管在两头。

梁运昌《杜园说杜》卷一〇:杜诗每合二章为一章。以前篇之后半、后篇之前半为腹,以前篇之前半、后篇之后半为首尾,将二公置在中间,将自己情事置在两头,二篇直作一篇看。此老杜新格,集中多有之,如《社日二首》亦是也。

赠蜀僧闾丘师兄①

大师铜梁秀,籍籍名家孙②。呜呼先博士,炳灵精气奔。惟昔武皇后,临轩御乾坤。多士尽儒冠,墨客蔼云屯。当时上紫殿,不独卿相尊。世传闾丘笔,峻极逾昆仑③。凤藏丹霄暮,龙去白水浑④。青荧雪岭东,碑碣旧制存⑤。斯文散都邑,高价越玙璠⑥。晚看作者意,妙绝与谁论。吾祖诗冠古,同年蒙主恩⑦。豫章夹日月,岁久空深根⑧。小子思疏阔,岂能达词门。穷愁一挥泪,相遇即诸昆。我住锦官城,兄居祇树园⑨。地近慰旅愁,往来当丘樊⑩。天涯歇滞雨,粳稻卧不翻。

漂然薄游倦,始与道旅敦⑪。景晏步修廊,而无车马喧。夜阑接软语,落月如金盆。漠漠世界黑,驱驱争夺繁。惟有摩尼珠,可照浊水源⑫。

【题解】

　　闾丘氏与杜甫两人之祖父,一度为同僚,同仕于武后时期。杜甫此作,就由此入手,以将近一半的篇幅赞颂其祖父闾丘均才气逼人,名重一时,所撰写之碑文,文辞之妙无与伦比,故流传至今。然后再由自己祖父过渡,叙说当年杜审言与闾丘均同样蒙受皇恩,如今自己与闾丘氏两人又同样家道中落,所以相遇倍感亲切。最后陈述自己厌倦了漂泊,对佛门不无亲近之感,故与闾丘氏倾盖如故,洽谈甚欢。在争斗不休的黑暗世界,对方犹如清水宝珠,泠然空明。

【注释】

　　①一本有题注:"太常博士均之孙。"《旧唐书·文苑传》:"(陈)子昂卒后,益州成都人闾丘均,亦以文章著称。景龙中,为安乐公主所荐,起家拜太常博士。而公主被诛,均坐贬为循州司仓,卒。有集十卷。"

　　②铜梁:山名,在今重庆合川西南。

　　③笔:六朝人以有韵者为诗,无韵者为笔。逾:一作"偨"。

　　④暮:一作"穴"。

　　⑤雪岭:西岭雪山,在今四川大邑县西岭镇。

　　⑥玙璠:美玉。

　　⑦吾祖:此指杜甫祖父杜审言。杜审言,字必简,河南巩县(今河南巩义)人,累官修文馆直学士。

　　⑧豫章:枕木和樟木两种树。

　　⑨祇树园:指佛寺。朱鹤龄注引《金刚经注》:"须达长者施园,祇陀太子施树,为佛说法之处,故后人名为祇园,亦曰给孤园。"

　　⑩丘樊:园圃,乡村。

　　⑪始:一作"如"。旅:一作"侣"。

　　⑫摩尼:宝珠,传说有消除灾难、疾病及澄清浊水、改变水色之德。

朱彝尊《朱竹垞先生杜诗评本》卷三：此篇虽备极委曲，而乏神韵。然细玩之，自是清老圆转。

仇兆鳌《杜诗详注》卷九：今人作五古长篇，多任意挥洒，不知段落匀称之法。杜诗局阵布置，章法森然，如此篇，首尾中腰各四句提束，前后两段俱十六句铺叙，有毫发不容增减者。然此法起于魏人繁钦《定情诗》，"我出东门游"八句作起，"中情既款款"八句作结。前面"何以致拳拳"两句一转者十段，后面"与我期何所"六句一转者四段。后四段，本张平子《四愁诗》，其前十段，则韩昌黎《南山》诗所自出也。古诗各有渊源如此。

梁运昌《杜园说杜》卷三：赠僧诗一不及其宿德，二不及其文才，唯有两人家世为交契所由来，便写得十分热闹，而不知其实是无话可说也。于此可悟文字敷衍之法。

建都十二韵①

苍生未苏息，胡马半乾坤。议在云台上，谁扶黄屋尊②。建都分魏阙，下诏辟荆门③。恐失东人望，其如西极存。时危当雪耻，计大岂轻论。虽倚三阶正，终愁万国翻④。牵裾恨不死，漏网辱殊恩⑤。永负汉庭哭，遥怜湘水魂⑥。穷冬客江剑，随事有田园⑦。风断青蒲节，霜埋翠竹根。衣冠空穰穰，关辅久昏昏⑧。愿枉长安日，光辉照北原⑨。

【题解】

上元元年秋冬，杜甫听说朝廷即将罢除蜀都的"南京"称号，改封荆州为南都，大为愤慨，即以诗为谏疏而有此作。诗人将矛头直指朝廷重臣，言辞颇为犀利，开篇就质问道：如今大半个中国都正遭受着胡人的蹂躏，老百姓还没有缓过气来，你们这些在中枢议事的衮衮诸公，不想着如何辅佐天子扶危济困，反而兴师动众，劳民伤财，提出要大封江陵府。你们的理由是不能让荆州以东的人们失望，可如此一来，又将蜀都的百姓置于何地？眼下时局如此危急，当务之急是洗雪国耻。建都事关复兴天下之大计，岂可草率从事？你们虽然高居三阶正位，可如此鲁莽，恐怕会导致万国沸腾，无法收拾。当日我上疏救房琯，态度决绝，不惜一死；后来遭贬华州，仅是漏网之鱼，实有负君王擢用的厚恩。如今再想效法贾谊哭谏于朝廷也没有机会，只得如远窜自沉的屈原痛愤哀怨。风吹断了清蒲之节，霜埋住了翠竹之根，我眼下仅仅是一个流落剑外、归隐田园的老农，想到朝廷衣冠之士虽多而无力救关辅之难，不觉忧心如焚，衷心希望天子能以沦陷的河北为重，不要采纳建都的提议。

【注释】

①建都：据《资治通鉴》载，至德二载，以蜀郡为南京，凤翔为西京，西京为中京。上元元年，又以荆州为南都，州曰江陵府，官吏制置同京兆。其蜀郡先为南京，宜复为蜀郡。

②黄屋：天子所乘黄缯车盖。

③魏阙：原指宫门上巍然高出的观楼，其下常悬挂法令，后代称朝廷。《庄子·让王》："身在江海之上，心居乎魏阙之下"。

④三阶：三台星。《汉书·东方朔传》："愿陈《泰阶六符》。"颜师古注引应劭曰："《黄帝泰阶六符经》曰：泰阶者，天之三阶也。上阶为天子，中阶为诸侯、公卿、大夫，下阶为士、庶人。……三阶平，则阴阳和，风雨时，社稷神祇咸获其宜，天下大安，是为太平。"

⑤《三国志·魏书·辛毗传》载，魏文帝欲徙十万户实河南，辛毗谏，帝不答，起入内，毗随而引其裾。

⑥《汉书·贾谊传》载，贾谊数上疏陈政事，以"事势可为痛哭者一，可为流涕者二，可为长太息者六"。怜：一作"惜"。湘水魂：指屈原自沉汨罗。

⑦江剑：蜀地与长江流域一带，一作"剑外"。

⑧冠：一作"裳"。关辅：指扶风、冯翊、京兆。久：一作"远"。

⑨愿枉：一作"唯驻"或"愿驻"。《晋书·明帝纪》载，明帝数岁，元帝问日与长安孰远？其答曰："长安近。"明日重问之，则答曰："日近。"元帝惊问其故，曰："举目则见日，不见长安。"

汪灏《树人堂读杜诗》卷九:建都江陵,非时事所急,而汲汲行之,有识者隐抒所见,就事论事,不必有他寓意。

翁方纲《杜诗附记》卷上:杜五排到此篇,纯是血泪,所谓浩然之气,塞乎天地之间者,岂得以句字之平仄求之。然即以一三五字乘除翕辟之理言,亦极正变起伏、出没神化之能矣。

刘濬《杜诗集评》卷一二引查慎行曰:凡读一诗,必先观作者命意所在,如此篇大段谓分建五都非当时之急务,自叹身离阙下,不得上疏谏止也。

村　夜

肃肃风色暮,江头人不行①。村舂雨外急,邻火夜深明。胡羯何多难,樵渔寄此生②。中原有兄弟,万里正含情。

【题解】

萧萧风起,暮色愈浓,江头行人断绝。闭门沉思,直至夜深人静,风雨虽急,仔细聆听,仍可闻村舂之声。默默凝视,邻家灯火在漆黑中尤为明亮瞩目。诗人辗转难眠,想到羯胡至今猖獗,兵乱连绵,自己沦落蜀中,樵渔以终老,兄弟流离于万里之外的中原,难以相见,不由悲从中来。

【注释】

①肃肃风色暮:一作“风色萧萧暮”或“萧萧风色暮”。暮,一作“起”。

②樵渔:一作“渔樵”。

【汇评】

陈式《问斋杜意》卷七:此赋以为兴之体也。风色入夜,路无行人,所闻村舂,所见邻火,本赋雨夜之景,然起二句即用兴五、六句,三、四即用兴末二句。人但两两开看,便失诗人之旨。

浦起龙《读杜心解》卷三之二:江秋夜雨,乱离远客之悲。

《唐宋诗醇》卷一五:写难状之景如在目前。

寄杨五桂州谭^① 因州参军段子之任

五岭皆炎热，宜人独桂林^②。梅花万里外，雪片一冬深^③。闻此宽相忆，为邦复好音^④。江边送孙楚，远附白头吟。

【题解】

五岭之地，向来以炎热著称，充斥瘴疠之气，令人闻而生畏。唯独桂林一带，适宜居住。岭南十月，梅花即已绽放，桂林深冬却雪花片片，足销炎瘴。桂林风土之佳，已足以宽慰我对你的牵挂，更何况还听到了你善政的佳音。现借段氏赴任的良机，捎去诗作一篇，聊以表达我这个白发老翁对你的思念之情。

【注释】

①杨五桂州谭：即杨谭，弘农华阴（今属陕西华阴）人，时为桂州刺史。桂州，唐时属岭南道中都督府，治所在今广西桂林。

②五岭：说法不一，大致指长江与珠江流域的分水岭。

③梅花：大庾岭又称梅岭。仇兆鳌注引《南康记》：大庾岭多梅而先发，亦曰梅岭。《白孔六帖》卷九九："大庾岭上梅，南枝落，北枝开。"

④《诗·鲁颂·泮水》："怀我好音。"

【汇评】

陈式《问斋杜意》卷七：今人寄官人诗，必止用第六句中意，而公却带说。

仇兆鳌《杜诗详注》卷九引王嗣奭曰：通篇气势流走，字句空灵，诗之不缚于律者。

翁方纲《杜诗附记》卷上：此首一、三即以回带为消纳，更不费力，亦各自为章法。

和裴迪登蜀州东亭送客逢早梅见寄①

东阁官梅动诗兴,还如何逊在扬州②。此时对雪遥相忆,送客逢春可自由③。幸不折来伤岁暮,若为看去乱乡愁④。江边一树垂垂发,朝夕催人自白头。

【题解】

上元元年,裴迪时为蜀州从事。冬日,有客即将远行,官府宴客于东亭,裴迪当筵赋诗,并寄与杜甫。杜甫回赠此作,以南朝咏梅名家何逊、陆凯相烘托。何逊为建安郡王记室时,留下了咏梅名篇;如今你为蜀州刺史王缙僚属,不让何逊专美于前。你以羁旅之身,送客东亭,忽逢早梅,情动于中,不能自已,发而为诗,赠寄与我。幸而你尚没有折梅随寄,不然就会触动我的去国之恨、感时之愁。虽然如此,可我居所的江滨,也有一株梅花垂垂欲开,催人白头之景即将出现在眼前。"咏梅意不在梅,意不在梅而妙于咏梅,为千古梅花诗特绝"(顾宸《辟疆园杜诗注解》七律卷二)。

【注释】

①东亭:故址在今四川崇州罨画池公园内,唐时为蜀州官府宴客之处。诗题一本"见寄"前有"相忆"两字。

②扬州:这里指扬州大都督府,治所在今江苏南京。南朝梁武帝天监六年(507),建安郡王萧伟出为都督扬、南徐二州军事,扬州刺史,何逊为水曹行参军兼记室,次年作《早梅》诗:"兔园标物序,惊时最是梅。衔霜当路发,映雪拟寒开。枝横却月观,花绕凌风台。朝洒长门泣,夕驻临邛杯。应知早飘落,故逐上春来。"诗句原有注:"何逊集有《早梅》诗。"

③春:一作"花"。可:一作"更"。

④南朝宋陆凯《赠范蔚宗》:"折梅逢驿使,寄与陇头人。江南何所有,聊赠一枝春。"乡:一作"春"。

王嗣奭《杜臆》卷四：谓迪此时对雪，固已相忆，况当送客，又逢梅花，则相忆宁容已乎？犹幸汝不折来，致伤岁暮，如何可去蜀州同看，更乱我乡愁也。且我江边亦有梅一树，垂垂而发，朝夕催人，自家头白，而公岂知之耶？裴诗必有惜公不同看梅之语，故和之如此，婉曲周至。

黄生《杜工部诗说》卷八：篇中无一字不言梅，无一字是言梅，曲折如意，往复尽情，笔力横绝千古。

吴瞻泰《杜诗提要》卷一一：前四是裴登东亭送客逢早梅相忆见寄，一字不遗。后四说自己，方是和，而用意曲折，飞舞流动，直是生龙活虎，不受排偶之束者。陈后山最得其法，然宋人门庭，公亦开之矣。

西　郊

时出碧鸡坊，西郊向草堂①。市桥官柳细，江路野梅香②。傍架齐书帙，看题检药囊③。无人觉来往，疏懒意何长④。

【题解】

诗写杜甫之自得其乐，始终围绕"无人觉"阐发。他从碧鸡坊走出来经西郊返回草堂的时候，城内虽然熙熙攘攘，却没有一个人关注他；走过市桥，行经江滨，一路也连一个人影都没见到，唯见官道之细柳，唯闻野梅之馨香；回到家中，亦无人与之交谈，他随意整理书架，翻检药囊，消磨时日。这样的生活，他人或以为过于孤寂，诗人却感到十分舒畅，因为这正与他疏懒的个性吻合。

【注释】

①碧鸡坊：在今成都石马巷西。

②市桥：在成都西南石牛门外郫江上，今西校场东北下同仁路口附近。路：一作"岸"。

③检：原作"减"，据他本改。

④觉:一作"竞"或"与"。

【汇评】

沈汉《杜律五言集》卷一:通首闲情幽事,细入无间。

浦起龙《读杜心解》卷三之二:独步归来,萧然无俚,触兴而得。

石闾居士《藏云山房杜律详解》五律卷三:此诗通身从寂寞中写出自适之情趣来,亦公高尚之志所由见欤?

奉酬李都督表丈早春作①

力疾坐清晓,来诗悲早春②。转添愁伴客,更觉老随人③。
红入桃花嫩,青归柳叶新④。望乡应未已,四海尚风尘⑤。

【题解】

成都尹李南华,有伤春之诗。杜甫酬和,即以"悲"字贯穿全篇,略有四端:一悲多病,清晨要由他人相扶才能勉强坐起;二悲客居他乡,欲归不得;三悲日渐衰老;四悲战事不断,可谓一波未平一波又起。"红入桃花嫩,青归柳叶新"两句,不仅绘景如画,更点明了此刻"悲"之缘起:"春归而客不归,春方早而客已老,所以堪悲耳。"(赵星海《杜解传薪》卷三之三)

【注释】

①李都督:李国贞(715—761),字南华,唐室宗亲,淮安王神通子淄川郡王孝同之曾孙,杜甫亲亲。时为成都尹,兼御史大夫,充剑南节度使。

②力疾:扶病强起。来:一作"采"。诗:一作"时"。

③人:一作"身"。

④桃:一作"梅"。

⑤应:一作"犹"。

【汇评】

范晞文《对床夜话》卷三:老杜多欲以颜色字置第一,却引实字来,如"红入桃花嫩,青归柳叶新"是也。不如此,则语既弱而气亦馁。

525

王嗣奭《杜臆》卷四:言来诗但悲早春,我有转添而更甚者。愁之伴客,与老之随人,麾之不去,更可悲也。且早春何足悲,红入桃而花方嫩,青归柳而叶正新,此早春景色,桃柳得遂其性矣。乃四海尚乱,望乡未已,此吾所以闻诗而愈悲也。曰"入",曰"归",以起"望乡",与他人点缀尖巧者别。

石间居士《藏云山房杜律详解》五律卷三:此诗通身用转笔,愈转愈深,愈深愈转,直转到四海风尘,望乡未已,自然与首联接成一片。神乎其技矣。

题新津北桥楼 得郊字

望极春城上,开筵近鸟巢。白花檐外朵,青柳槛前梢。池水观为政,厨烟觉远庖①。西川供客眼,唯有此江郊②。

【题解】

上元二年(761)早春,杜甫偶至新津县。时县令宴宾客于北桥楼,分韵赋诗,杜甫拈得"郊"字而有此作。筵席开设在城楼上,这北桥楼真高啊,简直要挨着鸟巢了。青柳之树梢就在栏杆前面,朵朵白花绽放在屋檐下。楼前的池水,让人想到县令素有清名;远处的厨烟,说明县令乃是一位真正的君子,有仁爱之心。整个西川,大概也只有新津城郊的景色,足以供客人赏玩吧。"通首读去,自有一段风淳化美气象,的是佳作"(赵星海《杜解传薪》卷三之三)。

【注释】

①《后汉书·庞参传》载,庞参赴汉阳太守任时,有郡人任棠者,以薤一大本,水一盂,置户屏前,自抱孙儿伏于户下。庞参思其微意,良久曰:"棠是欲晓太守也。水者,欲吾清也。拔大本薤者,欲吾击强宗也。抱儿当户,欲吾开门恤孤也。"《孟子·梁惠王上》:"君子之于禽兽也,见其生不忍见其死,闻其声不忍食其肉,是以君子远庖厨也。"

②客:一作"远"。唯有:一作"偏爱"。有,一作"是"。

仇兆鳌《杜诗详注》卷九：通首皆楼上所见者，"望极"二字，直贯至末。春城、鸟巢，属外景；花檐、柳槛，属内景；池水、厨烟，又属席前之景。末则叹美江郊也。

又引王嗣奭曰：设宴者乃邑令，故以池水比其官清。厨烟远庖，又称其有好生之仁。江郊供客眼，必田野辟而稻粱肥也。

石间居士《藏云山房杜律详解》五律卷三：通身一气灌注，情景兼到，用意关合处，却又无斧凿之痕，真奇作也。

暮登四安寺钟楼寄裴十 迪①

暮倚高楼对雪峰，僧来不语自鸣钟。孤城返照红将敛，近市浮烟翠且重。多病独愁常阒寂，故人相见未从容。知君苦思缘诗瘦，大向交游万事慵②。

【题解】

杜甫在新津县独游四安寺，落寞无聊之中，想起近在蜀州的友人裴迪，便责怪其无诗寄来。天色向晚，独倚四安寺之钟楼，颇为孤寂。好不容易上来一位僧人，却漫不相顾，一言不发，径直前去敲钟。斜照于县城的夕阳开始消退，集市上的炊烟越来越浓。近来多病愁苦，常恨无友以倾诉郁闷。此来新津，与你邂逅，不胜欣慰，奈何你又仓促离去，不能从容尽欢。我深知你以苦吟作诗为辛劳，懒于应酬交际，可你不知我这故友幽寂难遣，正满心期待你的大作。

【注释】

①四安寺：在新津县。四，一作"西"。《大清一统志·成都府一》："（新津）县南二里有四安寺，亦神秀所创。"

②大：一作"太"。

方回《瀛奎律髓》卷二一：老杜七言律无全篇雪诗，此首起句言"高楼对雪峰"，三、四"返照""浮烟"，乃雪后景也。选置于此以表诗体。前四句专言雪后晚景，后四句专言彼此情味，自然雅洁。

夏力恕《杜诗增注》卷八：言峰下之城市，红将敛而翠且重，景物为不孤。楼上之僧，鸣钟不语，人之阒寂，不如物矣。使故交得从容，如此共成赋咏，犹可即景以破寂，何乃耽诗，而竟不一来耶？三、四承首句，五、六承次句，结二语总承上六句，落落写出，暗地缠绵最密。

边连宝《杜律启蒙》七言卷二：前四，登钟楼；后四，寄裴迪。末言知君之所以瘦者，特缘作诗苦思而然耳，非为交游而瘦也，责之正所以厚之。

游修觉寺 前游①

野寺江天豁，山扉花竹幽。诗应有神助，吾得及春游②。
径石相萦带，川云自去留③。禅枝宿众鸟，漂转暮归愁。

【题解】

上元元年春，杜甫两度游览修觉寺。此诗记初游之感受。修觉寺前，江天一色，极为开阔。绕过小山，进入寺中，花竹掩映，别有洞天。春日觅得如此清幽之处，诗兴大发，如有神助。一路游来，见山径盘旋，奇石叠出，川云舒卷自如，去留无心。日暮而众鸟皆安稳栖息于禅林，诗人自感萍踪漂泊，无所归止，顿生愁思。

【注释】

①《大清一统志·成都府二》："修觉寺，在新津县东南五里修觉山，僧神秀结庐于此。唐明皇驻跸，为题'修觉山'三字。"一本无题注"前游"二字。

②《南史·谢灵运传》载，谢灵运尝于永嘉西堂，吟诗不就，忽梦见族弟惠连，即得"池塘生春草"之句，云此语有神助。

③相：一作"深"。自：一作"晚"或"任"。

陈式《问斋杜意》卷七：起既言寺内寺外之景，而接言诗本神助，吾及春游，分明有景不可不诗。五、六径石萦带，川云去留，即景迟回，分明诗成不可即去。然两路并逼，无非归谷宿鸟，其实日暮言归，与宿鸟何与？而诗人偏则如此，说明己留连之至也。

仇兆鳌《杜诗详注》卷九：此初游修觉寺而作也。上、下两截，遥相照应。首联，景之自外而内者，就一远一近说；次联，记入寺之事；三联，景之自内而外者，就一静一动说；末联，记宿寺之情。诗有神助，非自夸能诗，是云胜境能发诗兴耳。川云自去留，写得流行无碍，语涉禅机。宿众鸟，即陶诗众鸟皆有意。用"禅枝"二字，便于游寺有关切。

邓献璋《艺兰书屋精选杜评评注》卷三：此春游寺中，睹江天之浩荡，花竹之掩映，自庆得游此而吟诗耳。五、六"相萦带""自去留"，别有世路荆棘，吾去住无心之感。然终年漂泊，未知归休何处日，转叹不如众鸟，犹有一枝之栖，悲慨无尽。

后　游

寺忆新游处，桥怜再渡时①。江山如有待，花柳更无私。野润烟光薄，沙暄日色迟②。客愁全为减，舍此复何之。

【题解】

此诗记再游，处处与前游牵合关联，打成一片。再一次走过小桥迈入寺中，心中不自觉地将眼前之景同前度游览时的记忆相比较，感到各有妙处，不可轩轾。江山如此多娇，其佳景妙理，似乎等待我不断去挖掘阐发。花柳非无情之物，尽情向我展示它们的妩媚。田野朗润起来了，烟光日渐淡泊。阳光更加暖和，日暮时分沙滩依然喧闹。初游时，曾因无所归止而增愁；此番重游，则见风光烂漫而减愁。修觉寺有如此胜景，值得三游四游。

【注释】

①新:一作"曾"。

②润:一作"花"。

【汇评】

仇兆鳌《杜诗详注》卷九:此重游修觉寺而作也。在四句分截。江山花柳,足上曾游;烟光日色,起下减愁。末联与前章互应,盖思家则生愁,睹景则销愁也。如有待,依然待人;更无私,常得赏玩也。野润之处,烟光微薄,是早景;沙暄之候,日色迟留,是昼景。

汪灏《树人堂读杜诗》卷九:屡借游寺以消愁,妙在读是诗,知有前游在;读是诗,知后游仍有后游在。

石闾居士《藏云山房杜律详解》五律卷三:合此诗之上下截观之,上截是喜得再游,下截是不肯同于前游之归去,此亦通身一气贯注之妙也。如此措词,则后游之作,一句不能移易于前诗之中,安得不叹为奇妙,安得不称为绝唱!

春夜喜雨①

好雨知时节,当春乃发生②。随风潜入夜,润物细无声。野径云俱黑,江船火独明。晓看红湿处,花重锦官城。

【题解】

春天是万物生长的季节,一场细雨应时而降。这阵细雨不仅来得恰到好处,而且还来得不急不躁,不动声色。在春风骀荡的夜晚,它悄然无声地潜入千家万户,将草木浸润沾湿。漆黑的夜里,很难发现这春雨的痕迹,唯有迎着江船渔火的光亮,才能看到村旁小路的尽头满是乌云。可以想见的是,这场春雨过后,明朝锦官城中的鲜花定然会加倍湿润鲜艳。

【注释】

①诗题一本作"春夜雨"。

②乃：一作"及"。

【汇评】

邵傅《杜律集解》五律卷二：春乃发生之候,而雨及其时,且入夜不骤,则暗润潜滋。虽无声可闻,然明日江城之花勃然,见其生色矣,是故喜之。草木当春发生,而滋息多在于夜。腹联言其入夜,结句验其发生。

刘濬《杜诗集评》卷八引俞场曰：绝不露一"喜"字,而无一字不是喜雨,无一笔不是春夜喜雨。结语写尽题中四字之神。

又引查慎行曰：此种景,画家所不能绘,惟诗足以发之。微嫌结局落尖巧家数,与前六句不称。

客至 喜崔明府相遇①

舍南舍北皆春水,但见群鸥日日来②。花径不曾缘客扫,蓬门今始为君开。盘飧市远无兼味,樽酒家贫只旧醅。肯与邻翁相对饮,隔篱呼取尽余杯③。

【题解】

诗极写"有朋自远方来"的喜悦,在写法上采用了反衬的方式。前四句说,诗人所居住的草堂僻静清幽,从来没有人来拜访,与他嬉戏相伴的只有成群的鸥鸟;如今客人前来,诗人简直是喜出望外,赶快清扫小径,打开蓬门,隆重迎接。这是用他人的"不至"来烘托来访者的可贵。后四句写贵客也是相知之客、高雅之客,不需要用严谨的礼节与精美的食物来招待。餐桌上只有陈年浊酒与家常饭菜,集市太远与家中清贫不是真正的理由,而是主人认为与客人关系亲昵,了解来访者之意不在于醇酒美食,所以还把邻家老翁一并叫来陪客。这是以礼节上的随意来反衬客人的洒脱及与主人感情的深厚。

【注释】

①相遇：一作"相过"或"见过"。

②《列子·黄帝》:"海上之人有好沤鸟者,每旦之海上,从沤鸟游,沤鸟之至者百住而不止。其父曰:'吾闻沤鸟皆从汝游,汝取来,吾玩之。'明日之海上,沤鸟舞而不下也。"见:一作"有"。

③与:一作"为"。

【汇评】

黄生《杜工部诗说》卷八:前半见空谷足音之喜,后半见贫家真率之趣。隔篱之邻翁,酒半可呼,是亦鸥鸟之类,而宾主之两各忘机,亦可见矣。

浦起龙《读杜心解》卷四之一:首联兴起,次联流水入题,三联使"至"字足意,至则须款也。末联就"客"字生情,客则须陪也。

夏力恕《杜诗增注》卷八:齐物我,泯贵贱,襟度超然,不著意写,便写得出。此与《南邻》诗相近,皆荡溢于胸次,而流露于笔墨也。

遣意二首

其一

啭枝黄鸟近,泛渚白鸥轻。一径野花落,孤村春水生。衰年催酿黍,细雨更移橙①。渐喜交游绝,幽居不用名②。

【题解】

诗以"遣意"为题,前人或以为诗人意有不快,故借目前之景物以遣之。但诗人极力摹写幽居的乐趣,似乎意在表达无论白天、黑夜均有无限赏心乐事。其一写白日幽居村庄之自得其乐。流水绕孤村,野花满小径。黄鹂婉转而鸣,恋枝不肯去。白鸥轻盈而舞,盘旋于渚中。年老体衰,须有酒助兴,故催黍酿;春雨绵绵,植物移种易活,故引栽新橙。我渐渐地喜欢上了这种息交绝游的生活,既然选择了幽居,就不用去关注声名如何了。

①更:一作"夜"。

②陶渊明《归去来兮辞》:"归去来兮,请息交以绝游。"

【汇评】

陈式《问斋杜意》卷七:此雨中遣意之作。莺啭鸥泛,花落水生,加之酿酒移橙,交游罕到,不得谓非幽事。

吴瞻泰《杜诗提要》卷八:前半有物各得所之乐,以兴幽居之自适,而反言以结之。其轻清静细,安和雅澹之致,溢于言外,不减陶、孟。

邓献璋《艺兰书屋精选杜诗评注》卷三:鸥鸟狎习,花落水生,村径自在,真好遣意之地。酿酒养老,逢雨栽花,妙在"催"字、"更"字,末则所谓息交绝游,身既隐矣,焉用文之。

其二

檐影微微落,津流脉脉斜。野船明细火,宿雁取圆沙①。
云掩初弦月,香传小树花。邻人有美酒,稚子夜能赊②。

【题解】

其二写夜晚幽居之雅趣。月下屋檐之影,微微可见;室外泉流之声,隐隐可闻。江畔野船渔火,明灭可见;大雁呼朋引伴,栖于寒沙。一片云彩飘过,遮住了弦月,但花儿的香气依然悠悠传来。如此良宵,即便家中美酒告罄,也可随时遣幼子,告赊于邻居。"是说幽居意,非酒不可,乃邻人即有美酒,虽稚子亦能赊,又何时不可遣意也哉"(石间居士《藏云山房杜律详解》五律卷三)。

【注释】

①取圆沙:一作"聚寒沙"。

②夜:一作"也"。

【汇评】

张綖《杜工部诗通》卷九:世有大可忧者,众人不知所忧,惟君子忧之。

然世有可适意者,众人不知所适,惟君子独取之以自适。如"一径野花落,孤村春水生""云掩初弦月,香传小树花",此景此趣,谁不见之,而取之以适者君子也。此其忧世之志,乐天之诚,而非夫人之所能与欤?

仇兆鳌《杜诗详注》卷九:次章,叙草堂春夜之景,皆堪遣意。首联,将夜之景;次联,入夜之景;三联,久夜之景。末点"夜"字,上文皆有关束。因影落,故见流斜;因船火,故见鹭起;月为云掩,故花香暗传。六句语平而意穿。

汪灏《树人堂读杜诗》卷九:所居临江,明明有船有花,兼有火有月,偏写出一派昏黑景象,所以为奇。

漫成二首

其一

野日荒荒白,春流泯泯清①。渚蒲随地有,村径逐门成。只作披衣惯,常从漉酒生②。眼边无俗物,多病也身轻③。

【题解】

诗题所谓"漫成",是指生活中处处有诗意在,俯拾皆是,不必苦心经营。其一写眼前无俗物,村居处处雅。寄生于此,见旷野之日荒荒而白,脉脉江水静谧澄澈;丛生之蒲草,水边皆是;村中之小路,随意所向。可披衣而出,不衫不履,饮酒度日,悠然自得。身边无烦恼之事,虽多病也身心轻快。

【注释】

①野日荒荒:一作"野月茫茫"。春:一作"江"。

②陶渊明《移居二首》:"相思则披衣,言笑无厌时。"

③《世说新语·排调》:"嵇、阮、山、刘在竹林酣饮。王戎后往,步兵曰:'俗物已复来败人意。'"

邵宝《邵二泉先生分类集注杜诗》卷一八：此公村居自乐之词。言江皋景物幽雅，起居自适，故虽多病，而无物届挠，亦自轻健。盖无求之意也。

黄生《杜工部诗说》卷六：观六句，则知前半正为取村径入酒家，一路闲玩。其景信笔写成，今日犹留作画家粉本也。

其二

江皋已仲春，花下复清晨。仰面贪看鸟，回头错应人。读书难字过，对酒满壶频。近识峨嵋老，知余懒是真①。

【题解】

春日之清晨，漫步至江边，江花正灿烂开放。偶因抬头贪看高飞之鸟，漫不经心，回头错应了他人的呼唤。读书不求甚解，遇有难字，随即轻轻略过；饮酒必须尽兴，一壶接着一壶，倾不厌频。我知道自己确实生性疏懒，并非托辞，这一点唯有新近结识的峨嵋隐士，算是真正了解。

【注释】

①诗末原有注："东山隐者。"宋本校语："又作陈山。"

【汇评】

周篆《杜工部诗集集解》卷一五：前篇因春色未深，又值半雨半晴之际，渚浦村径，纵横芜没，所以无一善状，漉酒披衣，去人惟恐不远。次篇因春色已深，且兼花下清晨之胜，为贪为错，总属天机。是以众妙俱臻，读书对酒，不觉世有知己。

仇兆鳌《杜诗详注》卷一〇：次章随时适兴，申前章未尽之意。前章上四句，说花溪外景。此章上四句，说草堂内景。前章披衣漉酒，乐在身闲。此章读书对酒，乐在心得。末云"懒是真"，总不欲与俗物为缘。

石闾居士《藏云山房杜律详解》五律卷三：合前后两诗观之，前诗上截先说晚景，后诗上截先说早景，与《遣意二首》前章先说昼景、后章接说夜景有别。可知公之为诗，全在变换处以争奇，岂寻常吟咏所能同其旨趣也哉。

春水生二绝

其一

二月六夜春水生,门前小滩浑欲平[①]。鸬鹚鸂鶒莫漫喜,吾与汝曹俱眼明。

【题解】

二月初六这一夜,春水突然涨起来了,门前的小洲都被淹没。鸬鹚、鸂鶒莫要得意,我心中的喜悦一点也不输于你们。

【注释】

①滩:一作"篱"。

【汇评】

仇兆鳌《杜诗详注》卷一〇:此章见春水而喜。

汪灏《树人堂读杜诗》卷一〇:首言春水江涨,客眼一新。

杨伦《杜诗镜铨》卷八引邵长蘅曰:绝句别致自老。山谷好学此种。

其二

一夜水高二尺强,数日不可更禁当[①]。南市津头有船卖,无钱即买系篱旁。

【题解】

春水一夜就猛涨了两尺有余,假如像这样连涨数日,那有谁能受得了?南边集市的渡口倒是有船售卖,买上一只系在篱笆旁可以高枕无忧,但思来想去,却没有钱去买。

【注释】

①二尺:一作"三尺"。禁当:承受,担当。

江上值水如海势，聊短述①

为人性僻耽佳句，语不惊人死不休。老去诗篇浑漫兴，春来花鸟莫深愁②。新添水槛供垂钓，故著浮槎替入舟。焉得思如陶谢手，令渠述作与同游③。

【题解】

杜甫自言年轻时以诗才自负，不肯作寻常之语，必呕心沥血以写出惊人之语而后已。不意年老思钝，率意信口，平平无奇，再无耐心去镂刻春花时鸟。人也散漫，钓鱼水槛而不入江，坐于浮槎而懒于乘船。如今正值江上水势如海，本该作雄奇长诗以咏叹，奈何一时拙于诗思，安得才思雄赡如陶、谢之辈，与我同游而赋浑灏之篇。

【注释】

①值：一作"置"。

②兴：一作"与"。

③令：一作"今"。

【汇评】

汪灏《树人堂读杜诗》卷一〇：江上值水势如海，是一大好题，须作长篇纪之，并邀同人共赋，方为畅快。今我因衰老，诗只漫兴，不能长篇。必欲强作长篇，无奈癖性不肯下寻常语，聊述此意于简，以待陶、谢手。究竟水如海势，未曾赋。

浦起龙《读杜心解》卷四之一：八句滚下甚紧，言句喜惊人，固其本性，乃忽然手涩，聊尔付与。彼花鸟不须愁得，吾亦不耐雕镂矣。即如此番水势，添槛著槎，大可放笔为长篇者，今安得如陶、谢之澜翻述作乎？以上四作案，下四作证。

赵星海《杜解传薪》卷四之一：如此大题，诗只八句，且前四句全在空里盘拿，只五、六题面略一点逗，仍不实写，留在末联，以陶、谢述作补之，用取题外远神。运笔神奥，妙手空空，不足方其奇幻，是乃文章翻空之法，此中意匠人无解者。

水槛遣心二首①

其一

去郭轩楹敞，无村眺望赊。澄江平少岸，幽树晚多花②。细雨鱼儿出，微风燕子斜。城中十万户，此地两三家。

【题解】

两首写诗人于草堂水亭所见所感。"前篇从晴说到雨，次篇从雨说到晴。合而观之，盖前一日本晴，傍晚微雨，至夜雨甚，次日早复晴也。"（周篆《杜工部诗集集解》卷一五）其一写槛外之景。草堂坐落溪边，离城郭甚远，庭院宽敞，前无村落阻隔视线，视野开阔。春江水满，几乎淹没两岸，一望渺然。细雨蒙蒙，时有小鱼上浮。树木葱茏，春深时分依然可以看见许多鲜花。微风习习，燕子倾斜着掠过天空。城中有十万户人家，喧闹非凡；此地仅两三家邻居，幽静闲适。

【注释】

①心：一作"兴"。

②晚：一作"绝"。

叶梦得《石林诗话》卷下:诗语固忌用巧太过,然缘情体物,自有天然工妙而不见刻削之痕。老杜"细雨鱼儿出,微风燕子斜",此十字,殆无一字虚设。细雨着水面为沤,鱼常上浮而淰。若大雨,则伏而不出矣。燕体轻弱,风猛则不胜。惟微风乃受以为势,故又有"轻燕受风斜"之句。

赵汸《赵子常选杜律五言注》卷中:此诗八句皆言景,每句中自有曲折,题曰"遣心",而不言情者,盖寓有不乐,登水槛,览景物,而赋之以自释也。

刘濬《杜诗集评》卷八引李因笃曰:语语体勘入微,真无一字直写,然却自浑妙。

其二

蜀天常夜雨,江槛已朝晴。叶润林塘密,衣干枕席清。不堪祗老病,何得尚浮名①。浅把涓涓酒,深凭送此生。

【题解】

蜀中常常是夜里下雨,第二天起床时天已放晴,所以屋外水塘边的花叶还是一片湿润,而床上的枕席、身上的衣衫早已干爽。我年老多病,哪里还需要什么浮名。之所以选择居住于这偏僻的江边,只是为了方便调理身体。我希望能慢慢品着酒,度过余生。

【注释】

①尚:一作"向"。

【汇评】

王嗣奭《杜臆》卷四:前首止咏水槛所见,次首始见遣心。选者止收前首,失作者之意矣。盖公有意用世,今老病不堪,则浮名无用,止凭涓涓之酒以送此生而已。曰"浅把",则酒亦不能如意,可怜。

仇兆鳌《杜诗详注》卷一〇:次章,说初晴晓景,下四言情。叶润承雨,衣干顶晴。老病忘名,酒送余生,此对景而遣怀也。

夏力恕《杜诗增注》卷八:此首却难寻佳处。

春　水

三月桃花浪,江流复旧痕①。朝来没沙尾,碧色动柴门②。接缕垂芳饵,连筒灌小园。已添无数鸟,争浴故相喧③。

【题解】

三月桃花盛开的时候,江水暴涨,很快覆盖了去年水退时留下的痕迹。早上起床一看,远处的沙尾就快被淹没了,汹涌的江流似乎就要逼近柴门。河水更深了,垂钓必须要接上一截丝线,灌溉园地仅仅只是连上竹筒就可以了。江上的鸟儿越来越多,它们争相沐浴,吵闹不已。

【注释】

①浪:一作"水"。

②尾:一作"岸"。

③"已添"两句:一作"不知无数鸟,何意更相喧"。

【汇评】

仇兆鳌《杜诗详注》卷一〇:上四春江水涨,下四春江景事。水深则线短,故钓须接缕。水高则近岸,故车可连筒。鸟浴声喧,得水为乐也。

浦起龙《读杜心解》卷三之二:写春雨后水涨,能一字不混入雨,能字字切春,断非他手能办。通首生趣盎然,活泼泼地。

杨伦《杜诗镜铨》卷八引李因笃曰:结语俊宕,添毫妙手。

江　亭

坦腹江亭暖,长吟野望时①。水流心不竞,云在意俱迟。寂寂春将晚,欣欣物自私。故林归未得,排闷强裁诗②。

晚春时节,天气转暖。诗人披襟江亭之中,沉吟四望。眼前江水滔滔汨汨,不知为何昼夜不停,奔竞而去;天上云彩久久不动,又不知为何迟疑徘徊。诗人反顾自身,也极为困惑彷徨,不知自己为何栖栖遑遑,也不知为何滞留他乡。万物欣欣向荣,百花争奇斗妍,它们各适其性,各得其所,但诗人无法分享它们的喜悦。他有家难回,唯有勉强作诗以遣烦闷。

【注释】

①《世说新语·雅量》:"郗太傅在京口,遣门生与王丞相书,求女婿。丞相语郗信:'君往东厢,任意选之。'门生归,白郗曰:'王家诸郎,亦皆可嘉,闻来觅婿,咸自矜持。唯有一郎,在床上坦腹卧,如不闻。'郗公云:'正此好。'访之,乃是逸少,因嫁女与焉。"

②"故林"两句:一作"江东犹苦战,回首一颦眉"。

【汇评】

邵傅《杜律集解》五律卷二:愚按公言我当江亭和暖而长吟野望,此时春水滔滔流去,我心则不与水竞相驰逐;春云凝在一处,我意则与云俱此迟留。何以故哉?盖春寂寂将暮矣,万物皆欣欣自得,我乃欲归故林未能,是以心不与水竞,意则与云俱迟,其长吟特强排闷耳。此诗诸家每每以"水""云"两句为心融神会,有道气象,遂使后学即以公此诗形容道体,而全篇诗意上下不贯,何相误之甚哉。不知宋儒举此作谈柄,特断章取义而已。

顾宸《辟疆园杜诗注解》五律卷四:江亭之景无闷,想到故林则闷。不归之闷无可排,惟强裁诗则排。回首江亭景物,真觉与故林一毫无与,我胡为而坦腹江亭也?从最可排闷处,转到闷不可排,从最不可排闷处,又强撇下故林而排。此际之吟诗,仍在江亭耳。宛折如许,何曾著一语理障,却被宋人把作道理看,将公裁诗之意,埋入腐儒窟中。公若如此裁诗,闷真不可解矣。

夏力恕《杜诗增注》卷八:坦腹江亭,水自行而心自止。长吟野望,云偶定而意亦相忘。此种诗乃乐道者气象。

早　起

春来常早起,幽事颇相关。帖石防陨岸,开林出远山①。一丘藏曲折,缓步有跻攀②。童仆来城市,瓶中得酒还。

【题解】

春来常常早起,做一些自己关心的事情。比如收集一些石块,贴护江岸以防止其崩塌;芟除一些树枝,使视线更开阔,能一眼望见远山。一丘虽小,也深藏无数曲折,缓步攀登,总能发现新的乐趣。当然,最令人期待的,还是僮仆赶集归来,从城中载酒而还。

【注释】

①陨:下坠,一作"颓"。

②《汉书·叙传上》:"渔钓于一壑,则万物不奸其志;栖迟于一丘,则天下不易其乐。"

【汇评】

仇兆鳌《杜诗详注》卷一〇:惟幽事关心,故春常早起。次联,幽事之在外者。三联,幽事之在内者。童仆携酒,可以遂此幽兴矣。

边连宝《杜律启蒙》五律卷四:一丘虽小,然其中亦藏曲折,躁心人以为无可跻攀耳。惟缓步而徐领其趣,其可跻攀者正无尽也。此真善游者之言也,吾尝取此以为读书之法。即注公诗,亦用此法也。

刘濬《杜诗集评》卷八引李因笃曰:总是胸无挂碍,亦正于作用见幽情,杜大家能备众体,然一篇之中正须看其浑成。

落　日

落日在帘钩,溪边春事幽。芳菲缘岸圃,樵爨倚滩舟。啅雀争枝坠,飞虫满院游①。浊醪谁造汝,一酌散千忧②。

【题解】

日落时分,诗人独坐草堂,卷帘自酌。缘岸园圃里的花儿开得正鲜艳,河滩弯曲处渔夫正忙着砍柴做饭。两只麻雀为争夺树枝坠落于地,满院的虫子飞来飞去。这撩人的春色,勾起诗人满腹心思,但一杯浊酒,即消去了千般忧愁。

【注释】

①啅:一作"啄"。

②一酌:一作"酌罢"。一酌散千忧:一作"一酌罢人忧"。

【汇评】

王嗣奭《杜臆》卷四:草堂中卷帘独酌,忽见落日正照帘钩,因用发兴,遂有此作。盖草堂逼近溪边,举目所见,春事方幽,如芳菲者溪岸之圃,樵爨者溪滩之舟,雀争枝而鸣坠,虫出院而飞游,无非幽事。情与景会,乐以忘忧,融融泄泄,不自知其乐之所自,而归功于酒,曰:是谁造汝,一酌而千忧俱散乎?不知亦非酒之功也。公老逢乱离,异乡孤客,不如意事十常八九,至于衔杯对景,身世俱忘,百忧尽遣。吾谓此老胸中无宿物者,此也。

石闾居士《藏云山房杜律详解》五律卷三:此诗正是赋《早起》诗以后之作,看末联之意自明。盖前诗是得酒之有喜,此诗是酌酒之无忧。两诗参看,其为同日之作无疑。

赵星海《杜解传薪》卷三之三:通首妙处,全在一结,突然而来,与上六全不相属,令读者至此精神一振,此青乌家所谓回龙结穴者是也。二句意在笔先,然著于起联,则平直无味,此诗所以贵逆笔也。夫溪边春事,平日岂遂不幽,然以幽心观之,则适增愁烦耳。今日一酌,意境顿殊,故不禁狂喜,而大呼之曰:浊醪是谁造汝,竟一酌而千忧毕散若是耶。似十分感激此酒者,故并其造酒之人亦不觉而呼之耳。

独　酌

步屧深林晚，开樽独酌迟①。仰蜂粘落絮，行蚁上枯梨②。薄劣惭真隐，幽偏得自怡③。本无轩冕意，不是傲当时④。

【题解】

我穿着拖鞋，悠然地来到密林深处。林中光线昏暗，阒寂无人，我开樽而独酌，享受这闲暇的时光。飘落的花絮沾惹着仰飞的蜜蜂，成列的蚂蚁爬行在枯老的梨树上。我才学浅薄，并非那些满腹经纶而志在天下的隐士。我本无意做官，无志求荣，选择这样的幽僻之地，并非矫情寄傲，孤芳自赏，仅仅是自怡情性。

【注释】

①步屧：木板拖鞋，一作"步履"或"倚杖"。

②絮：一作"蕊"。行：一作"倒"。

③真隐：《南史·何尚之传》载，何尚之致仕方山，著《退居赋》以明所守。后还摄职，袁淑录古隐士有踪无名者，为《真隐传》以嗤焉。

④轩冕：代指官爵禄位。《庄子·缮性》："今之所谓得志者，轩冕之谓也。"

【汇评】

陈式《问斋杜意》卷八：此亦晚酌之诗。仰蜂、行蚁，要不过酌时所触小景，而以下遂言薄劣之就幽偏，有似于傲，实则非傲。公政谓仰蜂之沾絮，行蚁之上枯树，所求于世不多，而己亦然耳。

仇兆鳌《杜诗详注》卷一〇：上四独酌之景，下四独酌之情。步林向晚，独酌从容，故得详玩物情。此时逸兴自娱，可以忘情荣禄矣。行，行列也。或作倒蚁，便与仰蜂同意。下四句，辗转说来，有自怜自慰意。言才劣见弃，非同真隐，但对此幽胜聊以自怡耳。才薄劣，故无轩冕之志。非真隐，又何敢笑傲当时乎？

浦起龙《读杜心解》卷三之二：一种幽微之景，悉领之于恬退之情，律体正宗。

可　惜

花飞有底急，老去愿春迟①。可惜欢娱地，都非少壮时。宽心应是酒，遣兴莫过诗。此意陶潜解，吾生后汝期。

【题解】

花落本是自然之理，我为何要这样焦急？只是因为衰老之人，总希望春天能晚些归去。来到这欢娱之地，可惜已非少壮之时，不能有所作为，唯有借诗酒以宽心遣兴。这种感受只有陶渊明能够理解，遗憾的是我生也晚，不能与之同时而游。诗人之"可惜"，不仅仅是悲老愁春，还有落落寡合，世无知音。

【注释】

①急：一作"意"。

【汇评】

邵傅《杜律集解》五律卷二：怪问花飞之急何故欤？日月竞起，我老惟愿春迟，而岁莫我与。即此欢娱之地，都非少壮之时，不亦可惜哉。然所赖以宽心与遣性者，惟诗酒，而此意他人莫解。仰想千古，惟陶渊明与吾吻合，奈何生不同时，则心岂能以尽宽，兴岂能以尽遣耶？

范濂《杜律选注》卷六：此诗句句是老人家实录。

仇兆鳌《杜诗详注》卷一〇：通首逐句流对，似古诗，却是律体，清洒逸宕。

徐 步

整履步青芜,荒庭日欲晡①。芹泥随燕嘴,花蕊上蜂须②。把酒从衣湿,吟诗信杖扶。敢论才见忌,实有醉如愚③。

【题解】

整理好鞋子,来到荒芜的庭中漫步。这时太阳已开始下山,燕子衔着芹泥归来,蜜蜂嘴须上沾满花蕊。诗人一手把着酒杯,一手拄着手杖,在园中边行边吟。偶有所得,心情激动,酒杯倾斜,打湿了衣衫。他哪里敢自称是因为才高见忌,避世于此,只不过是真心喜欢诗酒罢了。结语是正话反说,自谦实为自愤。

【注释】

①履:一作"屦"。晡:申时,下午三时至五时。

②花蕊:一作"蕊粉"。

③《论语·为政》:"子曰:'吾与回言终日,不违如愚。退而省其私,亦足以发。回也不愚。'"

【汇评】

金圣叹《唱经堂杜诗解》卷一:读之极似即事诗,而题曰"徐步","徐"字妙。篇中并无一"徐"字,而实句句皆"徐"也。燕与蜂,汲汲然,如将不及,即其泥随嘴,蕊上须。彼徐步者,何所得沾耶?徒目睹而心动耳。首句"整履"二字,写尽生平。天下鲁莽人,往往得应时及令,安见整履者,必能有及耶?荒庭日晡,何可胜慨。

仇兆鳌《杜诗详注》卷一〇:上四徐步景物,下四徐步情事。此庭内徐步也。燕衔泥而至,蜂采蕊而回,皆在日晡以后。步而把酒,故至倾衣。步而吟诗,故犹携杖。才见忌,承诗。醉如愚,承酒。日从、日信,犹云凭他、任他。

赵星海《杜解传薪》卷三之三:当深林傍晚,荒庭欲晡之时,若蜂若燕若蚁之类,皆有所营,而入则屏迹山林,无所事事,岂贤士忧时悯世之初心哉。然真隐非甘,而高才见忌,则亦惟诗酒,是从幽偏以自怡耳。然前诗说得和平,后诗说得委婉。读去浑然无迹,深得风人温柔敦厚之旨也。

寒　食

寒食江村路,风花高下飞①。汀烟轻冉冉,竹日净晖晖。田父要皆去,邻家闹不违②。地偏相识尽,鸡犬亦忘归③。

【题解】

寒食节的这一天,诗人走出家门,行进在乡间的小道上。江风吹来,落花上下乱飞,汀州上的烟雾袅袅升起,竹叶在阳光下熠熠生辉。只要是热情的农夫邀请,诗人都会去拜访。凡是他们的馈赠,诗人也痛快地接受,毫不推辞。这里地偏人稀,邻居相互十分熟悉,连彼此的鸡犬也常常四处串门而忘了回家。

【注释】

①路:一作"落"或"树"。

②父:一作"舍"。闹:一作"问"或"闲"。

③地偏相识尽:一作"地偏不相识"。归:一作"机"。

【汇评】

邵傅《杜律集解》五律卷二:上四句言寒食江村之景物,下四句言与田父邻家和睦盘桓,尽皆知识,虽鸡犬亦不归而与之相忘也。俱与俗无忤意。

黄生《杜工部诗说》卷四:此寒食日赴人要饮之作,题却只是"寒食"二字。诗中说得留连款洽,见公居草野混俗和光如此。次句写景精细,出语又复老成。三、四与"野润烟光薄,沙暄日色迟"同妙,觉融和之景在目。问,馈问也。不违,虽微物亦不拂其意也。六言平日,五言今日,此陪说法,故七、八只承五说下,而"相识"字则六未尝不该其中。八句之妙,又非一语可尽。"亦"字连人在内,一也;说人忘归则庸,说物忘归便趣,二也;本只有犬相随,径说"鸡犬",才见老笔,三也。

仇兆鳌《杜诗详注》卷一〇:上四,寒食所见之景。下四,寒食所接之人。招要则赴,馈问不辞,人情既相亲狎,至于鸡犬忘归,物性亦与之相忘矣。

江畔独步寻花七绝句①

其一

江上被花恼不彻,无处告诉只颠狂。走觅南邻爱酒伴,经旬出饮独空床②。

【题解】

这一首是组诗的总纲,诗题名曰"江畔独步寻花",此诗解释他何以至江畔寻花,又何故独自一人。鲜花盛开的季节,江滨有些地方居然无花。诗人心烦意乱,无法静坐,到南边想找嗜酒的邻居共饮一番,不料邻居竟然在十多天前就已经出门饮酒去了。

【注释】

①江畔:一作"江上"。

②诗句原有注:"斛斯融,吾酒徒。"

【汇评】

刘辰翁《集千家注批点杜工部诗集》卷七:每诵数过,可歌可舞,能使老人复少。

张𬘋《杜工部诗通》卷九:公方走觅此公共饮,而彼已出饮经旬矣,家独余空床耳,其风致更高如此。

陈式《问斋杜意》卷七:花何必恼,恼亦恼己之无酒付花耳。走觅南邻,出饮空床,恼益之恼。七诗皆为无酒作。

其二

稠花乱蕊畏江滨，行步欹危实怕春^①。诗酒尚堪驱使在，未须料理白头人。

【题解】

诗人独步寻花至江畔，只见那里的鲜花又稠密又繁乱，如锦绣一般。他不禁踉踉跄跄，步伐缓慢，心中迟疑。以年老之身而见此春色，如何承受得了？好在如今虽然白头，尚能饮酒作诗。

【注释】

①畏：一作"裹"。欹：一作"艰"。实：一作"独"。

【汇评】

王嗣奭《杜臆》卷四：第一首"花恼"，其二"怕春"，皆反语。……"诗酒"而曰"驱使"，"白头人"而曰"料理"，俱是奇语。

黄生《杜工部诗说》卷一〇：言怕此春色撩人，使己老狂不禁。然己虽老，尚堪为诗酒差排。春色纵尔无赖，其如此白头人何哉？

仇兆鳌《杜诗详注》卷一〇：行步欹危，老年之状。诗酒堪使，不须虑死也。前二自悲，后二自慰。

其三

江深竹静两三家，多事红花映白花。报答春光知有处，应须美酒送生涯。

【题解】

幽深的江边有一片寂静的竹林，那里住着两三户人家，房前繁花似锦，红、白交相辉映。诗人终于知道如何才能不辜负这大好春色，那就是以美酒来相伴今后的岁月。多事，或以为是多种，或以为是嗔怪。

【汇评】

仇兆鳌《杜诗详注》卷一〇：两三家，家之少。红白花，花之繁。曰多

549

事,亦有恼花意。酒送余生,不孤春色,便是报答处。

汪灏《树人堂读杜诗》卷一○:此言花最撩人,酒以赏之。

杨伦《杜诗镜铨》卷八:一路寻去,由近及远。

其四

东望少城花满烟,百花高楼更可怜①。谁能载酒开金盏,唤取佳人舞绣筵②。

【题解】

向东眺望,只见少城鲜花如烟,而百花酒楼更令人眼馋。谁能邀我前去畅饮,并唤来美人在华筵欢歌笑舞?

【注释】

①少城:在成都西南。左思《蜀都赋》:"亚以少城,接乎其西。市廛所会,万商之渊。"

②盏:一作"锁"。

【汇评】

仇兆鳌《杜诗详注》卷一○:少城居密,故烟气蒙花。招饮无人,所以望楼兴叹。

汪灏《树人堂读杜诗》卷一○:此章城上楼上看花更好,谁知我心,急急载酒携妓。

杨伦《杜诗镜铨》卷八:此首系遥望,更寻出奢想。

其五

黄师塔前江水东,春光懒困倚微风①。桃花一簇开无主,可爱深红爱浅红②。

【题解】

黄师塔前,江水东流。春风骀荡,使人困倦。眼前桃花,灿烂鲜艳,令人目不暇接。无论喜欢深红还是浅红,皆可任意采摘,因为它们本是无主之物。

550

①黄师塔:僧人黄氏的墓塔。陆游《老学庵笔记》卷九:"予在成都,偶以事至犀浦,过松林甚茂,问驭卒此何处? 答曰:'师塔也。'盖谓僧所葬之塔。于是乃悟少陵诗'黄师塔前江水东'之句。"

②可爱深红爱浅红:一作"可爱深红映浅红"或"可爱深红与浅红"。

【汇评】

黄生《杜工部诗说》卷一○:风曰"倚",春光曰"懒",困倚微风,无其理而有其趣。桃花一簇,任人玩赏,可爱其深红乎,可爱其浅红乎? 言应接不暇也。

仇兆鳌《杜诗详注》卷一○:春时懒倦,故倚风少憩。师亡无主,则深浅红花,亦任人自赏而已。

其六

黄四娘家花满蹊,千朵万朵压枝低①。留连戏蝶时时舞,自在娇莺恰恰啼。

【题解】

在去往黄四娘家的小路上,开满了千朵万朵的鲜花,它们将花枝都压得很低。流连忘返的蝴蝶,不时翩翩起舞;自由自在的黄莺儿,偶尔欢快地啼叫。

【注释】

①枝低:一作"低枝"。

【汇评】

黄生《杜工部诗说》卷一○:横竖是看花,一处作一样文法,便引读者一处换一番心眼。

仇兆鳌《杜诗详注》卷一○:师塔、黄家,殁存虽异,但看春光易度,同归零落耳,故复有花尽老催之感。此三章联络意也。

刘濬《杜诗集评》卷一五引李因笃曰:拗处却极自然。

其七

不是爱花即肯死,只恐花尽老相催①。繁枝容易纷纷落,嫩叶商量细细开②。

【题解】

不是爱花爱到不顾死活的程度,实在是担心花谢春归又一年,时光催人老。盛开的花儿容易飘落啊!那些含苞待放的花蕊,你们是否可以好好商量一下,慢慢绽放呢?

【注释】

①肯:一作"欲"。"不是爱花即肯死":一作"不是看花即索死"。

②叶:一作"蕊"。

【汇评】

张溍《读书堂杜诗注解》卷七:前二首恨花,中二首赏花,后二首爱花,末首留花。

仇兆鳌《杜诗详注》卷一〇:爱花欲死,少年之情。花尽老催,暮年之感。繁枝易落,过时者将谢。嫩蕊细开,方来者有待。亦寓悲老惜少之意。

汪灏《树人堂读杜诗》卷一〇:此言非关爱花,实为惜花;非关惜花,实为惜老。

绝句漫兴九首

其一

眼见客愁愁不醒,无赖春色到江亭①。即遣花开深造次,便觉莺语太丁宁②。

552

春天哪怕亲眼见到我客居他乡而愁得不可开交,还是不管不顾地将春色撒播在江亭四周,不仅让花儿开得这样突然,令人措手不及,还让黄莺儿不停地在耳旁念念叨叨,使人心烦意乱。

【注释】

①见:一作"前"。

②开:一作"飞"。深:一作"从"。觉:一作"教"。

【汇评】

金圣叹《唱经堂杜诗解》卷二:"眼",春之眼也。"眼见客愁",可应暂避;今全然不顾,客自愁,春自到,毫无半分相为之意,则"无赖"之至也。且一到无事不到,花即遣之开,莺便教之语,炫目聒耳,纷纷恼人,诚为造次之极,丁宁之甚,可厌也,可恨也。看他将春便当作一人相似,滑稽极矣。

陈式《问斋杜意》卷七引陈涤岑曰:人人有打发春色不开时,此老能言,亦妙注能注。

周篆《杜工部诗集集解》卷一四:花开造次,莺语丁宁,皆其无聊处也。夫感时则花能溅泪,恨别则鸟亦惊心,今春色亲见人愁,而不能使花不开、令莺不语,故以无赖目之。

<h1 style="text-align:center">其二</h1>

　　手种桃李非无主,野老墙低还是家。恰似春风相欺得,夜来吹折数枝花①。

【题解】

春风啊你为何偏偏要欺负我?这桃树、李树不是无主之物,乃是我去年亲手所栽种;我家院墙虽然低矮,可好歹还是我的家。为何你昨夜偷偷溜了进来,将我院子里的桃花、李花吹折了好几枝?

【注释】

①相:原有小字注:"入声。"

金圣叹《唱经堂杜诗解》卷二:前首才云"即遣花开",此首早已风吹花折矣。流光之疾如此。若云"无主",则实"手种";若云"墙低",则亦人家。"得"字妙,便令"恰似"字如闻脱于口。夫势豪侵夺,世所常见,春风作横,古所未闻,滑稽极也。

仇兆鳌《杜诗详注》卷九:此章借春风以寄其牢骚,承首章花开。桃李有主,且近家园,而春风忽然吹折,似乎造物亦欺人者。惜桃李,正自惜羁孤也。

杨伦《杜诗镜铨》卷八:前花开既恨,此花折又恨,总是奈何不得光景。

其三

熟知茅斋绝低小,江上燕子故来频①。衔泥点污琴书内,更接飞虫打着人②。

【题解】

江上的燕子,你们应该非常清楚我茅屋的低矮了,为什么还要不断地进进出出,不仅让衔来筑巢的春泥弄脏了我的琴和书,还在追捕飞虫时撞到我的身上。

【注释】

①熟知:一作"孰如"。

②内:一作"困"。

【汇评】

金圣叹《唱经堂杜诗解》卷二:此又燕子来矣,流光之疾如此。"眼见"则春色眼见,"熟知"则燕子熟知,皆最滑稽语。夫同是燕子也,有时郁金堂上,玳瑁梁间,呢喃可爱;有时衔泥污物,接虫打人,频来得骂。夫燕子何异之有? 此皆人异其心,因而物异其致。先生满肚恼春,遂并恼燕子。看其"熟知"字、"故"字、"频"字,皆恼极,几于欲杀欲割,语可笑也。

仇兆鳌《杜诗详注》卷九:此章借燕子以寓其感慨,承首章莺语。莺去燕来,春已半矣。污琴书,扑衣袂,即禽鸟亦若欺人者。

浦起龙《读杜心解》卷六之下:身栖矮屋,见燕而寄其嘲也。

其四

二月已破三月来,渐老逢春能几回。莫思身外无穷事,且尽生前有限杯①。

【题解】

二月即将过去,三月就要到来了。这样的大好春色,人的一生能经历几回?能尽情畅饮的机会又有几次?身后的事情就不要想得太多,还是不要辜负这春光,痛饮一番。

【注释】

①思:一作“辞”。《晋书·张翰传》载,张翰任心自适,不求当世,曰:“使我有身后名,不如即时一杯酒。”

【汇评】

金圣叹《唱经堂杜诗解》卷二:此言春将尽矣,诚乃流光疾甚也。“逢春能几回”,语在白乐天,止解用入春来时。先生偏用入春去后,便令“能几回”三字竟有一回亦未必之事,可骇也。先生与白用笔迥绝如此,刘会孟小儿乃谓此诗近白,尔乌知。

吴瞻泰《杜诗提要》卷一四:及时行乐,是九章主脑,于此章点明,不嫌率易。

仇兆鳌《杜诗详注》卷九:此章言春不暂留,有及时行乐之意。

其五

肠断江春欲尽头,杖藜徐步立芳洲①。颠狂柳絮随风去,轻薄桃花逐水流。

【题解】

三春将尽,柔肠寸断。手拄藜杖,徘徊江滨,独立芳洲。柳絮如癫似狂,随风而舞;桃花毫不自重,逐水而流。它们怎能这样无情无义地离去呢?以“轻薄”“颠狂”斥桃花、柳絮,只是嗔怪之语,用以表明诗人惜春之意超过这些花花草草,并无太多寄托。

【注释】

①江春:一作"春江"。尽:一作"白"。

【汇评】

邵宝《邵二泉先生分类集注杜诗》卷一五:肠断于春江之上而杖藜独立于芳洲之间者,盖因柳絮之轻狂,重伤势利之交不奈久也。公亦有所感而云然尔。

金圣叹《唱经堂杜诗解》卷二:此言春竟去矣,诚乃流光疾甚也。妙于不说春欲尽,却说江欲尽。实字只作虚用,从来少此妙笔。"徐步立芳洲",意欲留春,少作盘桓,乃前日不欲其来则偏要来,且偏莺花纷纷齐来,今日不欲其去则偏要去,且偏桃柳纷纷尽去,可厌也,可恨也。看此一首,便是第一首之后半。

仇兆鳌《杜诗详注》卷九:此见春光欲尽,有傲睨万物之意。颠狂轻薄,是借人比物,亦是托物讽人,盖年老兴阑,不耐春事也。此并下二章,声调俱谐,不用拗体。

其六

懒慢无堪不出村,呼儿日在掩柴门①。苍苔浊酒林中静,碧水春风野外昏。

【题解】

春天就要过去了,野外没有什么景致值得去观赏了。于是叫儿子把柴门掩上,自己坐在院中,面对苍苔,自斟自饮,哪管林外春风吹皱碧水,吹得郊野天昏地暗。

【注释】

①儿:一作"童"。

【汇评】

金圣叹《唱经堂杜诗解》卷二:此首以前是春,此首以后是夏。恰置此首于春夏之交,明四序有推迁,一心无动静。此谓君子居易俟命,无入不得,素春行春,素夏行夏,更无他求也。九首中赖是此诗,知先生胸中有本,不然其将逐日愁苦者耶?

陈式《问斋杜意》卷七:只因野外昏,故就林中之饮,不是寻常懒慢。

仇兆鳌《杜诗详注》卷九:此是酌酒留春,有物外逍遥之意。无堪,无可人意者。林中静,聊以自适。野外昏,听其自扰。

其七

糁径杨花铺白毡,点溪荷叶叠青钱①。笋根稚子无人见,沙上凫雏傍母眠②。

【题解】

洒满柳絮的小径,如同铺开了一条长长的白毡。浮在小溪上的嫩嫩荷叶,如同一个叠着一个的铜钱。竹林里刚刚破土而出的竹笋,躲在老根旁还没有人注意。才孵出没多久的小水鸟,在沙滩上依偎着母亲酣睡。

【注释】

①钱:一作"钿"。

②笋:一作"竹"。稚子:一作"雉子",或以为笋名;或以为竹留;或以为鼠名;或以为食笋之竹豚,鼠形而大;或以为诗人之子宗文,字稚子。

【汇评】

金圣叹《唱经堂杜诗解》卷二:此言春去夏来。"糁径"句写春去之尽情,"点溪"句写夏来之明验。乃或有人疑春即已去、夏尚未来者,因更用"笋根"二句反覆证之。"笋根稚子"人自不见耳,沙上新凫孚乳已久矣,甚言流光之疾也。世间别有恶解,可为呕哕。

仇兆鳌《杜诗详注》卷九:此借景物以自娱,乃将夏之候也。

汪灏《树人堂读杜诗》卷九:春事已深,万物各自成长,不肯少待。

其八

舍西柔桑叶可拈,江畔细麦复纤纤①。人生几何春已夏,不放香醪如蜜甜②。

【题解】

草堂西边的桑叶,已经可以采摘养蚕了。江边农田里的麦子,长势喜人。时间过得真快,转眼就由春到了夏。丰收有望,衣食无忧,浊酒亦如蜜甜。

【注释】

①《诗·豳风·七月》:"女执懿筐,遵彼微行,爰求柔桑。"畔:一作"上"或"边"。

②曹操《短歌行》:"对酒当歌,人生几何。"香:一作"酒"。

【汇评】

金圣叹《唱经堂杜诗解》卷二:此明言春已夏,桑肥麦熟,皆新夏景物也。夫自初春、仲春、深春,而今倏然已夏,百年人生,如此能几?况有桑足衣,有麦足食,生在世间,饱暖即快,不饮酒复奚求耶?前诗杂用无数莺儿、燕子、桃花、柳絮、杨花、荷叶、笋子、凫雏,独此诗恰用"桑麦"字,先生固有意。

仇兆鳌《杜诗详注》卷九:此与四章相应,前是逢春而饮,此则遇夏而饮。桑青麦秀,言初夏农桑之乐。

刘濬《杜诗集评》卷一五引李因笃曰:触目成兴。

其九

隔户杨柳弱袅袅,恰似十五女儿腰①。谁谓朝来不作意,狂风挽断最长条。

【题解】

院墙外的杨柳妖媚动人,看那纤细柔弱的柳条,正好比十五岁少女轻

558

盈柔美的细腰。谁说它早晨不尽情展示自己的婀娜多姿？那是因为狂风吹断了最长的枝条。不作意，一说指不关心。后两句也可以理解为：谁说早上没人关注它呢？那狂风对它爱不释手，极力牵挽，结果挽断了柳条。

【注释】

①隔户：一作"户外"。

【汇评】

金圣叹《唱经堂杜诗解》卷二：前八首次第写流光之疾，至此第九首忽然说一意外变事，言我今为有力所负而趋，日老一日，曾无暂缓，以为愁叹，更难慰遣，岂知天地间事，尚有不可说者。邻家少年，年始二十，白皙长大，兼兼初髭，朝骑白马，暮饮黄垆，钟动归家，半夜竟没。"谁谓"字妙，真乃理之所必无，却是事之所时有。"不作意"，犹言不在意也，言忽然出于不料也。然则我今老去，虽是万无奈何，然而以此方彼，所谓差胜乎尔。九首诗以此首作结，先生于《南华·达生》之义，盖甚深矣。于是九首遂毕。

周篆《杜工部诗集集解》卷一四：占断春光，惟有杨柳。杨柳吹折，春光无复足观，故以作结。

仇兆鳌《杜诗详注》卷九：此与二章相应，折花断柳，皆叹所遭之不幸。自春入夏，所咏花木禽鸟，俱随时托兴者，独柳色夏青，而仍经摧折，故感慨终焉。

少年行二首

其一

莫笑田家老瓦盆，自从盛酒长儿孙①。倾银注瓦惊人眼，共醉终同卧竹根②。

【题解】

不要嘲笑农家的老瓦盆，从祖父到儿孙好几代人，都一直用它在盛酒。

金银酒器虽然耀眼,但用来盛酒与瓦盆并没有什么差别。醉于瓦盆之酒,与醉于金银酒器之酒,同是一醉。醉后卧于竹林,与卧于锦榻,也同是一卧。

【注释】

①长:一作"养"。

②瓦:一作"玉"。

【汇评】

罗大经《鹤林玉露》乙编卷二:盖言以瓦盆盛酒,与倾银壶而注玉杯者同一醉也,尚何分别之有。由是推之,蹇驴布鞯,与骏马金鞍同一游也;松床莞席,与绣帏玉枕同一寝也。知此,则贫富贵贱可以一视矣。

卢元昌《杜诗阐》卷一二:世人莫作富贵贫贱观,即此酒器,瓦者与金玉者有异;若论盛酒而饮至于既醉,则瓦此醉,倾银注玉者亦此醉,陶然共醉,同卧竹根,原作平等观也。寄语少年,休恃惊人眼者,笑此老瓦盆哉。

汪灏《树人堂读杜诗》卷一〇:此少年行,不是专赋少年,亦不是作唤醒少年语。乃公独饮无聊,必近村有善饮少年,用以招之。

其二

巢燕养雏浑去尽,江花结子已无多①。黄衫年少来宜数,不见堂前东逝波。

【题解】

燕子带着今年新孵的小鸟,纷纷飞走了。江边的野花大多已经结子,不再迎风招展。青春易逝,岁月如水,年轻人不能辜负青春时光,应该多来看看这美景。

【注释】

①养:一作"引"。雏:一作"儿"。江:一作"红"。已:一作"也"。

【汇评】

仇兆鳌《杜诗详注》卷一〇:次章有及时行乐意,乃鼓舞少年之词。春光已去,时不可返,故宜频数来游。

浦起龙《读杜心解》卷六之下:二诗为题所误,解作少年行径,昏昏久矣。不知两章串下,乃自伤衰迟减兴,暗用"今我不乐,日月其除"意。以少年命题,聊尔自劝,非为少年觉悟也。……上首只自写当前模样,田家自谓。言我今取醉,赖此瓦盆,莫笑其陋也。口气不完。此首云不见春去波流乎?人惟趁年少时,领取风光耳。我今放怀自遣,无多日矣。正缴完上首。

江　涨

　　江发蛮夷涨,山添雨雪流。大声吹地转,高浪蹴天浮。鱼鳖为人得,蛟龙不自谋。轻帆好去便,吾道付沧洲①。

【题解】

蜀地的河流发源于蛮夷之地,每当夏季积雪融化而又赶上倾盆大雨,江水就暴涨起来。汹涌的急流似乎从天而降,咆哮的声响震得地轴旋转,高高的浪头直上云霄。鱼鳖被冲到岸边,为人捕获;蛟龙无处安身,不知如何是好。我多想趁着这波涛,驾一叶轻帆,去寻找缥缈的沧洲。

【注释】

①沧洲:滨水的地方,古时常以称隐士的居处。一说这里指神仙之境。《论语·公冶长》:"子曰:'道不行,乘桴浮于海。'"

【汇评】

吴瞻泰《杜诗提要》卷八:诗文扼要争奇,全在善用虚实。实处易写,虚处难写。此篇前六句皆实发江涨,结忽置身题外,虚神澹远,通体俱灵。

仇兆鳌《杜诗详注》卷一〇:雨降雪融,江涨之由。地转天浮,江涨之势。鱼龙失所,江涨所驱。轻帆浮海,江涨有感也。次联句意警拔,全在"吹""蹴"二字,下得奇隽。

《唐宋诗醇》卷一五:落落写来,极有声势。他人一经模写,便觉与题不似。

石　镜①

蜀王将此镜,送死置空山②。冥寞怜香骨,提携近玉颜③。众妃无复叹,千骑亦虚还。独有伤心石,埋轮月宇间④。

【题解】

成都北面的武担山,有一石镜,相传是蜀王妃的墓表。当年王妃故去,埋葬于此山,蜀王怜惜她寂寞,特携来石镜以作为陪伴。送葬之后,众妃不再叹慕,千骑不再留恋,均纷纷而还。唯独这伤心之石镜,长留此处,与天上明月共存。如今不仅不见美人,连蜀王也不知归于何处。

【注释】

①石镜:古蜀王开明妃之墓表。《华阳国志·蜀志·蜀郡》:"武都有一丈夫,化为女子,美而艳,盖山精也。蜀王纳为妃,不习水土,欲去。王必留之,乃为《东平之歌》以乐之。无几,物故。蜀王哀之,乃遣五丁之武都,担土为妃作冢,盖地数亩,高七丈,上有石镜。今成都北角武担是也。后王悲悼,作《臾邪歌》《陇归之曲》。"又《太平寰宇记·益州》:"(冢)上有一石,厚五寸,径五尺,莹彻,号曰石镜。"

②置:一作"至"。

③寞:一作"寂"。

④月:一作"玉"。

【汇评】

陈式《问斋杜意》卷七:诗只就当时情事想象,而凭吊之意,自在言外,至令人不忍读。……公于美人陈迹,往往伤心。要知伤心处,即是从来作诗种子。

仇兆鳌《杜诗详注》卷一〇:上四叙石镜之由,下则睹镜而生感也。当时留石表墓,为怜香骨,故携镜以对玉颜。及送葬之后,众妃既去,千骑亦归,独有山留片石,长映月光而已。

赵星海《杜解传薪》卷三之三：夫石镜何为置于空山耶？特因怜香骨须表其墓，故提携以近玉颜耳。王于死妃，犹钟情若此，则生前之眷恋可知矣。然众妃虽无复可叹，而千骑亦终只虚还。即怜之而为伤心，则亦惟寄情于此石而已。伤心而寄情于石，石复何知？况石已埋轮月宇，则亦徒伤心而已。痴于情者不可以悟乎？

琴　台

茂陵多病后，尚爱卓文君①。酒肆人间世，琴台日暮云②。野花留宝靥，蔓草见罗裙。归凤求皇意，寥寥不复闻③。

【题解】

司马相如生病以后，还深爱着卓文君，可见当年他们琴心相结的情谊是何等深厚。司马相如游戏人间的酒肆、弹琴传心的琴台，至今还供人瞻仰。琴台下的野花，仿佛就是卓文君的笑脸；路旁的野草，如同她身着的罗裙。但司马相如追求卓文君的那种千古雅事，后来几乎闻所未闻了。

【注释】

①《史记·司马相如列传》载，司马相如为蜀郡成都人，字长卿，以赀为郎，因病免归，而家贫。时卓王孙有女新寡，好音，相如以琴心挑之。文君夜亡奔相如，与俱之临邛。尽卖其车骑，买一酒舍酤酒，而令文君当垆，相如自涤于市中。又载司马相如常有消渴病，既病免，家居茂陵。尚：一作"常"。

②人间世：《庄子》有《人间世》篇。日暮云：江淹《休上人怨别》："日暮碧云合，佳人殊未来。"

③《玉台新咏》卷九载有《司马相如琴歌》二首："凤兮凤兮归故乡，遨游四海求其皇。时未遇兮无所将，何悟今兮升斯堂。有艳淑女在闺房，室迩人遐毒我肠。何缘交颈为鸳鸯，胡颉颃兮共翱翔。""皇兮皇兮从我栖，得托孳尾永为妃。交情通意心和谐，中夜相从知者谁？双翼俱起翻高飞，无感我思使余悲。"

边连宝《杜律启蒙》五律卷三:细思此等题,最难着手。艳羡之则病狂,讥切之又近腐。诗独妙在不即不离、若远若近之间,以讥切之旨寓艳羡之中,淡淡用笔,几于不肯着纸。

石间居士《藏云山房杜律详解》五律卷三:此诗通篇是吊古兴悲之意,却不加一字褒贬,盖因相如、文君,皆系绝代才人,故不肯稍为唐突矣。

赵星海《杜解传薪》卷三之三:病后尚爱,茂陵之钟情何如耶?乃当日玩世行云之地,而今已成为阅世望云之区矣。然风流虽杳,而仿像遗踪,蔓草野花,犹深忆念。美丽之感人者,真有莫可解者矣。独恨归凤求凰琴心所托,今不复阅;名士美人,同归寂寞。则对此荒台,亦徒增其凭吊焉而已。

朝　雨

凉气晓萧萧,江云乱眼飘①。风鸳藏近渚,雨燕集深条②。黄绮终辞汉,巢由不见尧③。草堂樽酒在,幸得过清朝④。

【题解】

清晨凉气肃肃,江上乌云乱飘。暴雨倏然而至,鸳、燕四处避匿,或深藏于洲渚,或汇集于深林。巢父、许由不愿受让于尧,商山四皓不肯留仕于汉,他们的清风高致,令人仰慕。我如今避乱成都,正如避雨之鸳、燕。聊以自慰的是,草堂尚有樽酒,可对雨而酌以度此良辰。

【注释】

①晓:原作“晚”,据他本改。

②鸳:一作“鸢”。

③黄绮:夏黄公与绮里季,商山四皓中的两人。辞:一作“投”。巢由:巢父与许由。皇甫谧《高士传》载,尧欲让位于许由,许由告之巢父,巢父说:“汝何不隐汝形,藏汝光?若非吾友也。”许由怅然不自得,乃过清泠之水,洗其耳,遂去,终身不相见。

④朝：一作"宵"。

【汇评】

董养性《杜工部诗选注》卷二：此篇虽以朝雨为题，然却从未有雨上述起，至第四句方发泄雨意，此与《对雪》一诗同体。后四句又是外意，此公自况之辞。

刘濬《杜诗集评》卷八引李因笃曰：朝雨，非时雨也，斯须而已，故借兴出处。全诗用意，而仍浑然。

赵星海《杜解传薪》卷三之三：通首一气递转。风从江气生出，雨从江云生出，而黄绮、巢由，又从莺藏、燕集转出，末落到草堂樽酒。总是以古人自况，欲托身于世外之意。

晚　晴

村晚惊风度，庭幽过雨霑①。夕阳薰细草，江色映疏帘。
书乱谁能帙，杯干可自添②。时闻有余论，未怪老夫潜③。

【题解】

一阵风雨之后，院子里积满了雨水。到了傍晚，天突然放晴，院外景致如画。夕阳之下，细草散发出清新的气味，江水反射着粼粼波光。屋子里到处是摊开的书籍，现在也没有心情收拾，面对无限好的晚晴，还是抓紧时间喝上几杯酒。世人偶尔听我谈及时事，就不会责怪我潜居此处了。

【注释】

①庭幽：一作"幽亭"。

②可自：一作"自可"。

③《后汉书·王符传》："（王符）志意蕴愤，乃隐居著书三十余篇，以讥当时失得，不欲章显其名，故号曰《潜夫论》。其指讦时短，讨谪物情，足以观见当时风政。"

　　吴瞻泰《杜诗提要》卷八：前黏题，后拓开，其实后半是主笔，不过借晚晴起兴耳。方舟云：不怪朝列不收，却幸时人不怪，诗有谦和而悲愤愈甚者，此类是也。

　　赵星海《杜解传薪》卷三之三：前四写草堂晚晴之景，字字入细，乃潜夫之幽居也。后四书谁帙、杯自添，正潜夫情事，七句宕开，八句收合。言当此清朝，不思出仕，独潜身远隐，无亦有怪而论之者，乃时闻余论，未怪老夫潜，恰好两首俱收住。

高　柟①

　　柟树色冥冥，江边一盖青。近根开药圃，接叶制茅亭。落景阴犹合，微风韵可听。寻常绝醉困，卧此片时醒。

【题解】

　　江边的这株柟树，真是青翠高大。单单它树根的近处，就可以开辟一个药圃；而它茂密的枝叶，完全可以搭建一个茅亭。即使斜射的夕阳，也能被树荫遮住。微风吹过，树叶发出哗啦啦的声响，颇有韵致。每至酩酊大醉，偃卧于树下，清芬入鼻，昏沉之气顿然消释，片刻之间就清醒过来。

【注释】

　　①柟：即楠树，大乔木，叶似桑，子似杏实酸。

【汇评】

　　刘濬《杜诗集评》卷八引李因笃曰：日夕则阴移，落景而阴犹合，风细则响绝，微风而韵可听，柟树之高可知。无一字虚下。

　　邓献璋《艺兰书屋精选杜诗评注》卷三：首句领起，次句总写。"一盖青"，字法奇绝。中四写药圃、茅亭，皆依树出色，浓阴远荫，风韵长闻，真醒酒妙地妙方也。

　　夏力恕《杜诗增注》卷八：无一字说高，无一字不见其高，化工也。

恶　树

独绕虚斋径,常持小斧柯。幽阴成颇杂,恶木剪还多。枸杞因吾有,鸡栖奈汝何①。方知不材者,生长漫婆娑②。

【题解】

我常常独自一人,手持斧柄在房前屋后转悠。那些偏僻的角落,生长着许多杂木,仿佛怎么也砍伐不尽。枸杞树自然是我所需要的,但那些皂荚树又有何用? 我这才知道,越是无用的树木,生长得越茂盛。

【注释】

①因:一作"固"。汝:一作"尔"。鸡栖:皂荚树。《三国志·魏书·刘放传》"然后帝崩"句,裴松之注引《魏晋世语》:"(刘)放、(孙)资久典机任。(夏侯)献、(曹)肇心不平。殿中有鸡栖树,二人相谓:'此亦久矣,其能复几?'"

②者:一作"木"。

【汇评】

黄生《杜工部诗说》卷六:起得从容,妙在不遽入"剪"字,想见踟蹰审顾之意。七句"方知"二字,正应此。细读乃是恶木俱已剪尽,所多者独此鸡栖之树,恨不能去耳。

仇兆鳌《杜诗详注》卷一○:上四厌恶木难除,下叹其徒生无益。"恶木剪还多"起下四句,言枸杞延年,若因吾而有者,鸡栖贱树,奈何其复丛耶。可见不材漫生,物类亦有然者。

浦起龙《读杜心解》卷三之三:除恶务尽,其初心也。下忽从"恶木"易长,转出"不材"寄老,以全吾天,不测。

进　艇

南京久客耕南亩,北望伤神坐北窗[1]。昼引老妻乘小艇,晴看稚子浴清江。俱飞蛱蝶元相逐,并蒂芙蓉本自双。茗饮蔗浆携所有,瓷罂无谢玉为缸[2]。

【题解】

久客成都,躬耕南亩,高卧北窗,眺望中原,黯然神伤。心中烦闷,白日便引领妻子,驾着小小船艇,泛游于浣花溪上,看小孩子们嬉戏于清流之中。成双成对的蝴蝶,上下翻飞,相互追逐。并蒂的荷花,宛如双栖的鸳鸯,相互依偎。世上万物往往如此,今日夫妻相随相伴,也足以自慰,何况还随身携带着茶具与蔗汁。虽然盛装的器皿无非是泥壶瓦罐,但在我眼里,却丝毫不逊色于金樽玉缸。

【注释】

①南京:这里指成都。坐:一作"卧"。陶渊明《与子俨等疏》:"常言五六月中,北窗下卧,遇凉风暂至,自谓是羲皇上人。"

②罂:大腹小口的酒器。

【汇评】

王嗣奭《杜臆》卷四:观起语,知非真快心之作,所谓"驾言出游,以写我忧"者。"稚子",即公之二公子。世乱而骨肉离散者多,公虽漂泊,而得携妻子与同苦乐,犹不幸中之幸,故俱飞、并蒂,借微物以见意,虽茗饮蔗浆亦甘之如饴,而瓷罂等于玉缸矣。

陈之壎《杜工部七言律诗注》卷一:此成都闲适之作。虽入手有"北望伤神"四字,而全首不泥此意。诗忌呆实,少陵每以游戏出之,触口属对,便尔成章,此又别一种风格。

杨伦《杜诗镜铨》卷八引邵长蘅曰:叠字易涉恶道,语亦颇村气。

一 室①

一室他乡远,空林暮景悬②。正愁闻塞笛,独立见江船。巴蜀来多病,荆蛮去几年③。应同王粲宅,留井岘山前④。

【题解】

虽有一室可以安居,但此室远在他乡,林非我林,景非我景,时值暮年,心忧难安。乡愁正浓,又闻塞笛,益加惆怅。独立江头,见江船往来,归思更为急切。自从来到巴蜀,身体苦于多病,这种状况,不知何时才能去蜀适楚?当年王粲客居襄阳,留井于岘山之前;如今我则是在浣花溪旁,修筑草堂。

【注释】

①《后汉书·陈蕃传》载陈蕃曰:"大丈夫处世,当扫除天下,安事一室乎!"

②远:一作"老"。

③荆蛮:楚地。王粲《七哀诗》:"复弃中国去,远身适荆蛮。"年:一作"千"。

④王粲宅:故址在今湖北襄阳西北万山下,宅前有井,人呼为仲宣井。王粲,字仲宣,山阳郡高平县(今山东济宁微山)人,曾客居荆州。岘山:位于今湖北襄阳。

【汇评】

金圣叹《唱经堂杜诗解》卷二:前解,室中犹有先生;后解,直说至室中已无先生。夫先生得归而室中无先生,可也;先生不得归而室中无先生,是真大痛也。题之伤心如此,岂截篇初二字耶?若据今日,应云有室。想到身后,故云一室。……身若无病者,十年二十年,将终必归耳,谁定其几年。乃今病急如此,归定何日?故知"几年"非不知何年之辞,乃无此一年之辞。肠断泪枯,接此十字,于是遂定此诗题曰"一室"也。他人览古,尚当出涕;

先生自说,得不痛杀。

汪灝《树人堂读杜诗》卷一〇:客居结屋,因思往古传人以窃比。无聊独立,借所居之室以为题,若谓我虽无家可归,飘然一室,而自信诗兴高,境遇苦,极我笔力所至,断不泯灭,异日此寓居之宅,亦将与王粲井并传。何必以一时之忧,易我千古!

仇兆鳌《杜诗详注》卷一〇:公在蜀而怀楚也。"正愁"二句,承上暮景,亦起下意。闻笛而愁,以留蜀多病故也。独立见船,适荆将在何年乎?襄阳本公祖居,故欲留迹其地。

所　思

　　苦忆荆州醉司马,谪官樽俎定常开①。九江日落醒何处,一柱观头眠几回②。可怜怀抱向人尽,欲问平安无使来。故凭锦水将双泪,好过瞿唐滟滪堆③。

【题解】

　　我在苦苦地思念着荆州"醉司马"崔漪:你是如此喜欢喝酒,想必在遭受贬谪后,无可消遣,会更加离不开酒杯了。那么请你告诉我,当九江日落之时,你酒醒于何处?那一柱观头,你曾醉眠几回?我对你的思念之情,一直没有找到人来倾诉。我想向你道一声平安,荆州也没有信使过来。我唯有凭借这锦江之水,捎去我思念的泪水,希望它能顺利地通过滟滪堆,直达荆州。

【注释】

　　①诗句原有注:"崔吏部漪。"崔漪,清河东武城(今属山东)人,至德二载秋,以带酒容入朝,贬太子右庶子,后复贬为荆南节度使司马。官:一作"居"。俎:一作"酒"。

　　②一柱观:故址在湖北松滋东邱家湖中。

　　③过:一作"向"。唐:一作"塘"。

顾宸《辟疆园杜诗注解》七律卷二:通首俱是苦忆,曰"醉司马"者,望其醉而忘迁谪也。曰"定常开"者,未可定之词也。曰"醒何处"者,既忆其醉,又忆其醒,然不知果在何处也。曰"眠几回"者,不知其曾几回眠也。直至逢人便问,怀抱尽人而倾,终无使来,真一无可凭矣。所凭者双泪而已。又惧瞿塘天险阻之,而不能过此,所以为苦忆也欤?

又引黄家舒曰:琐琐屑屑,颠颠倒倒,缠绵之极。若入《子夜》《竹枝》体,不知添几许情致宛转矣。此则莽直悲凉,转益疏落,此少陵所以称老手也。

张溍《读书堂杜诗注解》卷八:每读公赠友诗,缠绵真切,处处自处于厚。苦忆,其情状之苦可忆也。下字不苟。

闻斛斯六官未归①

故人南郡去,去索作碑钱。本卖文为活,翻令室倒悬。荆扉深蔓草,土锉冷疏烟②。老罢休无赖,归来省醉眠。

【题解】

老朋友斛斯融,你到南方去索要撰写碑文的润笔费,至今未归。你本以卖文为生,如今杳无音讯,家中一贫如洗,荒草蔓生,冷火疏烟。现在你已经老了,不能如年轻时那样不顾生计,有钱即饮,酒醉即眠,还是早点归来吧。

【注释】

①闻:原作"问",据他本改。斛斯六:即杜甫前诗中所提及的南邻酒友斛斯融,"斛斯"为姓,"六"为排行。

②"土锉"句原有注:"蜀人呼釜为锉。"锉,小釜,瓦锅。

【汇评】

仇兆鳌《杜诗详注》卷一〇:此为斛斯耽酒而讽之也。卖文得金,李北海亦尝为之，若索钱则不雅矣。得钱即饮，饮醉即眠，少年有此，亦近无赖。况老寻醉乡，不顾其家，故嘱其早归，以为善后之计。朋友相规之义也。

浦起龙《读杜心解》卷三之三：斛斯本为制碑资养计而出，乃久滞而家坐困，故为遥促之词。无一世情语，纯乎休戚相关之爱。

送裴五赴东川^①

故人亦流落，高义动乾坤。何日通燕塞，相看老蜀门。东行应暂别，北望苦销魂^②。凛凛悲秋意，非君谁与论。

【题解】

己之无才，固当沦落至此。不意故人裴五，匡时济世之志感天动地，也从北方流落到了蜀中。去往北方的道路，何日才能畅通无阻？我们两人眼看就要老死于蜀中了。无穷无尽的等待，真使人失魂落魄。而现在你又要离我东去，那凛凛秋意所带来的凄苦，除了你我还能向谁诉说？

【注释】

①至德二载，唐分剑南为东川、西川，各置节度使。东川治梓州，治所在今四川三台潼川镇。

②苦：一作"若"。

【汇评】

汪灏《树人堂读杜诗》卷一〇：我今流落蜀地，日望贼亡，万邦底定，唯裴五同具此心，时时讲论。今却久虚此愿，燕塞未通，而裴又往东川，不复共数晨夕，遂于送行发出此意。公之悲秋，盖悲在天下也。

浦起龙《读杜心解》卷三之三：裴与公同为北人，其在蜀当亦无官而流寓，故作同病相怜之语。

石闾居士《藏云山房杜律详解》五律卷三：此诗通身折转而下，愈折愈深，至末收入送别，更凄然欲绝。

赠虞十五司马

　　远师虞秘监,今喜识玄孙①。形象丹青逼,家声器宇存。凄凉怜笔势,浩荡问词源。爽气金天豁,清谈玉露繁。伫鸣南岳凤,欲化北溟鲲②。交态知浮俗,儒流不异门③。过逢连客位,日夜倒芳樽。沙岸风吹叶,云江月上轩。百年嗟已半,四座敢辞喧。书籍终相与,青山隔故园④。

【题解】

　　今天有幸结识了唐初名臣虞世南的玄孙虞司马,太宗曾将虞世南的画像保存在凌烟阁,虞司马不仅容貌逼似其曾祖,气度、胸襟也与曾祖毫无二致,书法、辞采、谈吐与才华样样超凡脱俗,可谓不坠家声。虽然世情浇薄,但我们两家自有渊源,同出儒门,如今又客里相逢,畅饮至月上华轩也意犹未尽。我已年过半百,你来日方长,他时你北归故园,不要忘记我这埋骨蜀中青山的世交。

【注释】

　　①虞世监:虞世南。《旧唐书·虞世南传》载,太宗践阼,迁虞世南太子右庶子,固辞,改为秘书监,封永兴县子。殁,太宗敕图其像于凌烟阁。时称其五绝,一曰德行,二曰忠直,三曰博学,四曰文词,五曰书翰。

　　②刘桢《赠从弟》:"凤凰集南岳,徘徊孤竹根。"《庄子·逍遥游》:"北冥有鱼,其名为鲲。"

　　③《史记·汲郑列传》:"一死一生,乃知交情;一贫一富,乃知交态;一贵一贱,交情乃见。"

　　④《三国志·魏书·王粲传》载,蔡邕闻王粲在门,倒屣迎之。谓座客曰:"此王公孙也,有异才,吾家书籍文章,尽当与之。"

【汇评】

　　刘濬《杜诗集评》卷一二引李因笃曰:气象轩翥,词格老成,好德怀贤,风人之雅致。

夏力恕《杜诗增注》卷一〇：暮年排律，英气勃勃，乃尔写景到真处，如闻其声，如见其色。

徐卿二子歌①

君不见徐卿二子生绝奇，感应吉梦相追随②。孔子释氏亲抱送，并是天上麒麟儿。大儿九龄色清彻，秋水为神玉为骨。小儿五岁气食牛，满堂宾客皆回头③。吾知徐公百不忧，积善衮衮生公侯④。丈夫生儿有如此二雏者，名位岂肯卑微休⑤。

【题解】

徐卿的两位公子，出生时就有吉兆，乃是孔子、佛祖梦中亲自抱送而来，可谓天上的麒麟儿。现在大公子九岁了，长得神清气爽；小公子五岁，气量宏大。众人无不啧啧称奇。我知道徐卿有了这样两位公子，百事无忧，这是积善行德的福报。大丈夫生儿如此，哪里还会担心他们的官爵名位呢？此为应酬之作，如申涵光所言："俗题诗，不得不俗。"（张溍《读书堂杜诗注解》卷八引）

【注释】

①徐卿：一般认为是西川兵马使徐知道。

②《诗·小雅·斯干》："吉梦维何，维熊维罴。"

③《尸子》卷下："虎豹之驹，未成文而有食牛之气。"

④公：一作"卿"。

⑤名位：一作"异时名位"。

【汇评】

仇兆鳌《杜诗详注》卷一〇：此章画然三段，第七、八句，本与五、六相应,却另一转韵,直连至末。杜诗歌行,有韵换而意不换者,如中四句是也。有意换而韵不换者,如末四句是也。

又引申涵光曰:此等题,虽老杜亦不能佳。今人刻诗集,生子祝寿,套数满纸,岂不可厌。

夏力恕《杜诗增注》卷八:写二子面面如生,结四语固期望之词,而轻世肆志,亦寓其中。

戏作花卿歌①

　　成都猛将有花卿,学语小儿知姓名。用如快鹘风火生,见贼惟多身始轻②。绵州副使著柘黄,我卿扫除即日平。子璋髑髅血模糊,手提掷还崔大夫。李侯重有此节度,人道我卿绝世无③。既称绝世无,天子何不唤取守京都。

【题解】

成都有一位猛将花惊定,连咿呀学语的小孩都知道他的姓名。他用兵如鹘,勇猛迅捷,锐不可当。梓州刺史段子璋刚刚起兵造反,就被他当即平定。他把段子璋血肉模糊的头颅,上交给成都尹、西川节度使崔光远。东川节度使李奂,也非常器重他,认为他是绝世猛将。这样勇猛的将领,天子为何不擢拔他镇守京都呢?由于花惊定桀骜不驯,曾大肆劫掠,后人多以为杜诗以"戏作"为题,含有讥讽调笑之意。

【注释】

①花卿:西川牙将花惊定。《旧唐书·肃宗纪》载,上元二年四月,梓州刺史段子璋反,袭东川节度使李奂(诗中之"李侯")于绵州,自称梁王,改元黄龙,以绵州为黄龙府(诗中之"绵州副使"),置百官。五月,成都尹崔光远(诗中之"崔大夫")率将花惊定攻拔绵州,斩子璋。又《旧唐书·高适传》载,西川牙将花惊定,恃勇,既诛子璋,大掠东蜀。

②用:一作"目"。

③世:一作"代"。

【汇评】

罗大经《鹤林玉露》丙编卷六：此诗全篇形容其勇锐有余,而忠义不足,故虽可以守京都而天子终不敢信用之。语意涵蓄不迫切,使人咀嚼而自得之,可以亚《国风》矣。

张溍《读书堂杜诗注解》卷七：此诗语语警拔,妙处在能用虚,能设色。若据实铺写,安能有此奇情。

浦起龙《读杜心解》卷二之二：前韵叙述,后韵赏叹,本皆赞词也。然前叙平乱,自有一种剽悍之气,跃将出来。后言"髑髅""掷还""重有节度",功已烈矣,而气则傲睨,誉亦假托。结语亦于言外见非重用之器,即赞为贬。使笔如骇鸡之犀。通体粗辣,"髑髅"二句精采。

赠花卿

锦城丝管日纷纷,半入江风半入云。此曲只应天上有,人间能得几回闻。

【题解】

锦官城中,各种丝管乐器日日交相弹奏,乐声悠扬四散,或随风荡漾于锦江之中,或冉冉直上云霄之上。如此美妙的乐曲,只应该天上才能拥有,人间又能听闻几次呢? 诗人的创作动机,有讽与颂两种截然对立的说法。前者如杨慎《升庵诗话》卷八所言:"花卿,名惊定,丹棱人,蜀之勇将也,恃功骄恣。杜公此诗,讥其僭用天子礼乐也,而含蓄不露。"后者如邵宝《邵二泉先生分类集注杜诗》卷一五有云:"公因花卿有功而不见用,故借乐以比之。言成都作乐,每日纷纷,一半入于江风,一半入于云去,无有知音而听之者。况此曲只应天上方有,人间能得几番听闻? 如花卿功盖天下而不见用,人间大功能有几人如花卿者,是诚深可惜也。"

柟树为风雨所拔叹①

倚江柟树草堂前,故老相传二百年②。诛茅卜居总为此,五月仿佛闻寒蝉。东南飘风动地至,江翻石走流云气③。干排雷雨犹力争,根断泉源岂天意④。沧波老树性所爱,浦上童童一青盖⑤。野客频留惧雪霜,行人不过听竽籁。虎倒龙颠委榛棘,泪痕血点垂胸臆。我有新诗何处吟,草堂自此无颜色。

【题解】

草堂前的那株柟树,故老相传已经有二百年树龄了。它倚江而立,郁郁葱葱,枝繁叶茂。当初我芟除杂草,卜居于此,就是为了能够紧靠着这株高大的柟树。没想到从东南刮来一阵旋风,吹得天昏地暗,沙飞石走,江水翻腾,浓云滚滚。柟树正在与雷雨抗争,深入泉流的树根却一齐断裂,这难道是上天要让它毁灭吗?这株屹立江边的老树,亭亭如盖,深受我的喜爱。不仅如此,连那些路过的行人也常常徘徊树下,流连忘返,或躲避霜雪,或聆听天籁。如今它被狂风连根拔起,委弃于榛莽荒草,似乎是受创僵仆的苍龙猛虎,那树上的雨珠分明就是泪痕血迹。自此以后,草堂再也没有生气,我有了新诗,也不知道该到何处去吟咏?

【注释】

①柟:一作"高"。

577

②故老：一作"古老"。

③《老子》第二十三章："飘风不终朝。"河上公注："飘风，疾风也。"

④干：一作"斡"。岂：一作"起"。

⑤沧波：一作"苍茫"。青盖：一作"车盖"。

【汇评】

杨伦《杜诗镜铨》卷八引蒋金式曰：写楠树耳，不觉写出一篇《离骚》，两道《出师表》。

刘濬《杜诗集评》卷五引吴农祥曰：公随赋一物，必以全力赴之，此其一也。高于《病柏》，彼空焉，此实事也。树犹如此，况平生知交切存殁之感者乎？

茅屋为秋风所破歌

八月秋高风怒号，卷我屋上三重茅。茅飞度江洒江郊，高者挂罥长林梢，下者飘转沉塘坳①。南村群童欺我老无力，忍能对面为盗贼，公然抱茅入竹去。唇焦口燥呼不得，归来倚杖自叹息。俄顷风定云墨色，秋天漠漠向昏黑。布衾多年冷似铁，娇儿恶卧踏里裂②。床床屋漏无干处，雨脚如麻未断绝③。自经丧乱少睡眠，长夜沾湿何由彻。安得广厦千万间，大庇天下寒士俱欢颜，风雨不动安如山。呜呼！何时眼前突兀见此屋，吾庐独破受冻死亦足。

【题解】

秋高气爽的八月，天气骤变。狂风呼啸而来，卷走了我草屋顶上的三重茅草。这些茅草在风中飞舞，有的飞得很远，散落在对岸的江郊；有的飞得很高，挂落在高高的树梢；有的飞得很低，沉入了附近的水洼池塘。南村的一群儿童，欺负我年迈腿脚慢，无力追赶，竟忍心当面做盗贼，毫无顾忌地抱起茅草钻进了竹林,任凭我喊得口焦舌燥。我无可奈何,黯然归来,倚杖叹息。过了一会,风停了,乌云密布,天空昏暗,大雨就要来了。盖了多年的被子,在深夜里冰冷似铁。家里的小孩子睡不安稳,将被里子也蹬破了。雨下得越来越大,屋顶四处漏雨,渗透的雨水密集得像麻线一样,室内找不到一处干爽的地方。自从安史之乱爆发以来,我就没有睡过好觉。秋夜漫漫,到处湿漉漉的,我如何挨到天亮?哪里能够获得千万间高大宽敞的房子,使天下的寒士都欢欢喜喜地住在里面,即使面对狂风暴雨也安稳如山?唉!什么时候真能在我眼前出现这样的房屋,哪怕只有我的草屋遭受破坏以至我受冻而死,我也心甘情愿啊!

【注释】

①度:一作"渡"。洒:一作"满"。罥:一作"捲"。梢:原作"稍",据他本改。

②似:一作"象"。

③床床:一作"床头"。

【汇评】

张綖《杜工部诗通》卷九:茅屋既为秋风所破,风急而雨作,屋漏床湿,此所以难度夜也。末数句则因己之不得其所而忧天下寒士不得其所,思有以共骈幪之。此其忧以天下,非独一己之忧也。禹稷思天下有溺者、饥者,若己溺而饥之,公之心即禹稷之心也。其自比稷契,岂虚语哉?

陈訏《读杜随笔》卷下:风破茅屋,又兼夜雨。前半先秋风怒号,次及卷茅屋破,用顺序。后半风定云墨,先秋天昏黑,布衾似铁,次及床床屋漏,方点出夜雨沾湿,用逆序手法,绝不雷同。末以广厦万间,风雨不动,寒士欢颜,收缴前路风雨,结构严密。

杨伦《杜诗镜铨》卷八引邵长蘅曰:此老襟抱自阔,与蝼蚁辈迥异。又曰:诗亦以朴胜,遂开宋派。

百忧集行

忆年十五心尚孩,健如黄犊走复来①。庭前八月梨枣熟,一日上树能千回。即今倏忽已五十,坐卧只多少行立②。强将笑语供主人,悲见生涯百忧集。入门依旧四壁空,老妻睹我颜色同。痴儿未知父子礼,叫怒索饭啼门东。

【题解】

回想我十五岁时,依然无忧无虑。精力充沛得如黄牛犊一样,整日跑来跑去。等到庭院前梨子、枣子快要成熟的时候,一天甚至可以爬树上千次。转眼之间我就五十岁了,如今则是尽量坐卧而少有行立。年轻时倔强率性,如今生活艰难,满腹忧虑,对人则是尽量逢迎,强作笑脸。回到家中,但见一贫如洗,徒有四壁,老夫老妻,相顾无言。小孩年幼无知,饥肠辘辘,对着厨房大喊大叫,索要饭吃。

【注释】

①年:一作"昔"。

②即今倏忽已五十:一作"即今年才五六十"或"只今倏忽已五十"。

【汇评】

卢世㴞《读杜私言·论摘录》:声中有泪,泪下无声,凄惋伤心,仰天叹息。

张溍《读书堂杜诗注解》卷八:前半言筋力之衰,后半言贫乏之苦,而中间"强将笑语"二句,则感慨之所由。

夏力恕《杜诗增注》卷八:起处以赋为兴,自述往日之健,兴今日之痴也。

病　柏

有柏生崇冈,童童状车盖①。偃蹇龙虎姿,主当风云会②。神明依正直,故老多再拜。岂知千年根,中路颜色坏。出非不得地,蟠据亦高大。岁寒忽无凭,日夜柯叶改③。丹凤领九雏,哀鸣翔其外④。鸱鸮志意满,养子穿穴内⑤。客从何乡来,伫立久吁怪。静求元精理,浩荡难倚赖⑥。

【题解】

高高的山岗上,长着一株巨大的古柏。它枝叶茂密,状如龙虎,气势不凡。那些有声望的老人,以为这棵树正直挺拔,有神明之德,常常向它跪拜祈福。没想到有千年根基的这株古柏,竟然中途就枯萎了。它所生长的地方正合适,根基也很深厚,却在严寒的冬日,突然就像失去了神明的庇护,枝叶迅速干枯。栖息在它上面的丹凤,领着九只雏鸟哀鸣而去;志得意满的鸱鸮,趁机占据了半枯的古柏,打洞做窝,养育后代。不知从何而来的客人,久久地伫立在古柏前面,感叹歔欷。仔细想想微妙的造化之理,就会发现它变化多端,难以依赖。

【注释】

①车:一作"青"。

②蹇:一作"蹇"。《三国志·蜀书·先主传》:"(先主)舍东南角篱上有桑树生,高五丈余,遥望见童童如小车盖。"

③凭:一作"用"。

④古乐府《陇西行》:"凤凰鸣啾啾,一母将九雏。"

⑤《诗·豳风·鸱鸮》:"鸱鸮鸱鸮,既取我子,无毁我室。"穿:一作"窟"。

⑥元精:一作"无根"。

董养性《杜工部诗选注》卷一：此篇言柏本有风霜之节，岁寒之操，故内通神明之德而有龙虎之姿，外择盘据之地而经鸾凤之宿，此柏之所秉者，有定理也。忽然而病，柯叶凋瘁，此又理之不可晓也。故末章云静而求之元精造化之理，浩汗旷荡，诚难为凭准也。大抵是托此以喻君子本出而鸣国家之盛，而谗人中沮，卒以亡身，此时耶？命耶？皆不可晓者。

朱彝尊《朱竹垞先生杜诗评本》卷三：纷披老致，设色更佳。

黄生《杜工部诗说》卷二：此喻宗社欹倾之时，贤人君子废斥在外，无所用其匡救，而宵小盘据于内，恣为奸私，国祚安得再振？天意如此，真不可问也。

病　橘

群橘少生意，虽多亦奚为^①。惜哉结实小，酸涩如棠梨^②。剖之尽蠹虫，采掇爽其宜^③。纷然不适口，岂只存其皮。萧萧半死叶，未忍别故枝^④。玄冬霜雪积，况乃回风吹。尝闻蓬莱殿，罗列潇湘姿^⑤。此物岁不稔，玉食失光辉^⑥。寇盗尚凭陵，当君减膳时。汝病是天意，吾谂罪有司^⑦。忆昔南海使，奔腾献荔支^⑧。百马死山谷，到今耆旧悲。

【题解】

这群橘子树，病得失去了生机，再多又有什么用呢？可惜它们所结的果实小，酸涩得如同棠梨一样。剥开橘子一看，里面尽是蛀虫。这种橘子根本就不应该采摘下来，它们一点都不好吃，难道采摘它们只是为了收集橘子皮吗？萧萧的秋风中，树叶在瑟瑟发抖，橘子也不忍心离开树枝，何况到了冬天，寒风呼啸，霜雪凛冽。听说皇宫蓬莱殿中，经常陈列着许多橘子。现在橘子歉收，君王的饮食不免减色。不过正值叛军猖獗、皇帝减膳自警之际,橘子出现病象而歉收,应该是天意,我很担心有关官吏会受到惩处。想当初南海用快马进贡荔枝,累死了多少马匹,至今老人们谈及此事还慨叹不已。

【注释】

①群:一作"伊"。

②小:一作"少"。棠梨:野梨,子小而涩。

③剖:一作"割"。虫:一作"蚀"。其:一作"所"。

④未忍:一作"匆匆"。

⑤蓬莱殿:唐朝长安大内大明宫中殿名。潇湘姿:潇湘一带盛产橘子。《杨太真外传》:"初,开元末,江陵进乳柑橘,上以十枝种于蓬莱宫,至天宝十载九月秋结实,宣赐宰臣。"

⑥失:一作"少"。

⑦谂:一作"愁"。

⑧忆:一作"闻"。《后汉书·孝和孝殇帝纪》:"旧南海献龙眼、荔支,十里一置,五里一候,奔腾阻险,死者继路。"《唐国史补》卷上:"杨贵妃生于蜀,好食荔支。南海所生,尤胜蜀者。故每岁飞驰以进。"

【汇评】

张綖《杜工部诗通》卷九:此言人主以口腹之欲而病人也,末以贵妃之荔枝之害致戒,题小而关涉者大。

又引郑继之曰:苦恼勉强,只欲摆脱一时工声韵之习气,然已非诗法矣,亦作俑之弊也。此类甚多,聊著于此。

吴瞻泰《杜诗提要》卷三:《史》《汉》善用提笔,正于极平淡之时,忽然涛兴云涌,通体灵动。此诗亦两用提笔,故尔不同。

枯　棕

蜀门多棕榈,高者十八九①。其皮割剥甚,虽众亦易朽。徒布如云叶,青黄岁寒后②。交横集斧斤,凋丧先蒲柳。伤时苦军乏，一物官尽取。嗟尔江汉人，生成复何有③。有同枯棕木，使我沉叹久④。死者即已休，生者何自守⑤。啾啾黄雀啅，侧见寒蓬走。念尔形影干，摧残没藜莠⑥。

枯　柟

梗柟枯峥嵘，乡党皆莫记。不知几百岁，惨惨无生意。
上枝摩皇天，下根蟠厚地①。巨围雷霆坼，万孔虫蚁萃②。冻
雨落流胶，冲风夺佳气。白鹄遂不来，天鸡为愁思③。犹含栋
梁具，无复霄汉志。良工古昔少，识者出涕泪。种榆水中央，
成长何容易。截承金露盘，袅袅不自畏④。

【题解】

这株柟树看起来峥嵘高峻，不知道活了几百年，连乡亲们也记不住什
么时候栽种的。它的上枝高耸入云，直摩苍天；它的树根深入地下，纵横交
错。不过现在它枯萎憔悴，狂风暴雨夺取了它的生机，巨大的树干为雷霆
所劈开，无数的孔隙成为虫蚁的乐园。白鹄从此不再来栖息，天鸡也为之
惆怅不已。虽然它依然算得上栋梁之材，但已经丧失了凌霄之志。自古以
来，能够识别木材的良匠就很少，有识之士只能为这株柟树洒以同情之泪。
那些种在水中央的榆树，倒是很容易成活，倘若以作皇宫承露盘之用，就不
堪重负了。

【注释】

①皇：一作"苍"。

②坼：一作"拆"或"折"。

③白鹄：天鹅。任昉《述异记》卷下："东南有桃都山，上有大树，名曰桃
都，枝相去三千里，上有天鸡。日初出，照此木，天鸡则鸣，天下鸡皆随
之鸣。"

④《汉书·郊祀志》："其后又作柏梁、铜柱、承露仙人掌之属矣。"颜师
古注引《三辅故事》："建章宫承露盘，高二十丈，大七围，以铜为之，上有仙
人掌承露，和玉屑饮之。"

【汇评】

董养性《杜工部诗选注》卷一:此篇言君子失时而不见知,小人得志而不自度。大抵四篇皆赋而比也。

吴瞻泰《杜诗提要》卷三:此伤才不遇识,而识又非才也。乡党莫记,已伏识者一笔,故此章以"识者"字为主脑。结另写水榆,谓无才任重为可畏也。

夏力恕《杜诗增注》卷八:此篇盖以枯楠自况,从起手至"涕泪"句,每四语为一段,皆以二语叙述,二语嗟叹之。结末四语复借水榆以悼流俗,亦以二语扬之,二语贬之。计五段,绝似五解,而比兴重叠,一气相承,文法成立,未易仿佛也。

赴青城县出成都寄陶、王二少尹①

老耻妻孥笑,贫嗟出入劳②。客情投异县,诗态忆吾曹③。东郭沧江合,西山白雪高④。文章差底病,回首兴滔滔⑤。

【题解】

自己一事无成,生活窘困,为妻子儿女所嘲笑,所以不辞劳顿之苦,出成都,前往青城以求生计。辗转奔波,本是我所不乐意的,但一路上茫茫沧江之水、皑皑高山之雪,无不触动诗兴,使我想到了同样喜欢写诗的陶、王二位。虽然喜欢写诗不足以改变我眼下的窘况,或许这种窘况更是因为喜欢写诗所造成的,但我依然兴致勃勃,诗兴大发。

【注释】

①青城县:今四川都江堰市,唐时为蜀州属县。少尹:府州的副职,从四品下。时成都称南京,故置少尹。

②老耻妻孥笑:一作"老被樊笼役"。

③古乐府《饮马长城窟行》:"他乡各异县,展转不相见。"吾:一作"君"。

④沧江:一作"沧浪"。

⑤差：有去除、差错等种种说法。病：有疾病、贫病或文章之病等诸种解说。

【汇评】

边连宝《杜律启蒙》五言卷三：老役樊笼，贫嗟出入，以至冒沧江白雪之险而投异县，可谓病矣。然当此至病之时，犹复回首成都，忆吾曹之诗态，其兴致亦何滔滔也？不知文章能差减何等之病，而兴之滔滔，一至于此乎？盖亦不自解其故矣。

刘濬《杜诗集评》卷八引李因笃曰：起语苦矣，故下即推开。五、六纯拈景言之，结意与发端一反一正，又妙括中二联，合作也。

赵星海《杜解传薪》卷三之三：一肚皮牢骚，说来却极和平。前四言皓首穷经，依然贫病，虽妻孥犹且相笑，则饥躯奔走，客情之劳苦亦惟吾曹可以相知而相告耳。五、六周旋题中，赴青城，出成都，应"出入劳"句。末联乃所以寄陶、王二尹，应"忆吾曹"句，言为文一世，贫苦若斯，其文章不能无病乎？乃至今回想，犹觉其兴滔滔，此中甘苦，妻孥虽不得知，吾曹自应识之，其差果在何病，亦只付之命焉而已耳，又奚言哉？

野望因过常少仙

　　野桥齐度马，秋望转悠哉。竹覆青城合，江从灌口来①。入村樵径引，尝果栗皱开②。落尽高天日，幽人未遣回。

【题解】

　　诗写杜甫拜访幽居的友人。诗人骑着马走过野桥，悠闲自在地欣赏着秋色。青城山几乎被葱茏的竹林覆盖了，湍急的流水从灌口奔腾而来。顺着一条樵夫砍柴的小径，他来到了友人的居处。友人分外热情，拿出新鲜的栗子来招待。太阳落山了，友人还殷勤挽留，不肯放我回转。齐度马，只是形容野桥很宽，并非指他与友人并驾齐驱。

①青城:青城山。灌口:灌口山。《元和郡县图志》卷三一:"灌口山,在(彭州导江)县西北二十六里。汉蜀文翁穿湔江溉灌,故以灌口名山。"

②皱:一作"皴"或"园"。

【汇评】

汪瑗《杜律五言补注》卷二:前四句言野望,后四句言过常。此盖与友人出游,偶然乘兴访之,故题曰"野望",曰"因过",而诗亦不尽咏访常也。

浦起龙《读杜心解》卷三之三:逐层引出,景事情意俱到。

赵星海《杜解传薪》卷三之三:后半因见此幽景,转思幽人。入村相话而樵径为引,尝果相欢而栗园为开。虽曰尽高天,犹相留莫遣,则对此幽景幽人,益此幽事幽情,真可助人之幽兴矣。通首一气滚下。

丈人山①

自为青城客,不唾青城地。为爱丈人山,丹梯近幽意。丈人祠西佳气浓,缘云拟住最高峰②。扫除白发黄精在,君看他时冰雪容③。

【题解】

自从来到青城山,我就对这个灵仙胜地极为恭敬。而之所以喜欢丈人山,则是因为它高峻清幽,近于仙境。丈人祠西边,祥瑞之气郁郁葱葱。我真想驾云而上,栖息在丈人山的顶峰,服食黄精,使白发转黑,肌肤似雪。

【注释】

①丈人山:即青城山,又名赤城、天国山,在今四川都江堰西南。

②丈人祠:丈人观,今名建福宫,位于青城山丈人峰。叶廷珪《海录碎事》卷一三引《青城山记》:"昔宁封先生栖于此岩之上,黄帝筑坛拜为五岳丈人,晋代置观。"

③《庄子·逍遥游》:"藐姑射之山,有神人居焉,肌肤若冰雪,绰约若处子。"

张溍《读书堂杜诗注解》卷七：前四句言爱此山，后四句遂言欲住此山，而服食求仙也。

仇兆鳌《杜诗详注》卷一〇：此章五七言各半，盖唐人七古，长短参用，如李颀《送刘昱》诗亦然。

浦起龙《读杜心解》卷二之二：因登览而期栖托也。起笔尚在题前，先著"不唾"字，神已注入仙都。结作游仙语，而带诙谐出之，趣甚。

逢唐兴刘主簿弟①

分手开元末，连年绝尺书。江山且相见，戎马未安居。剑外官人冷，关中驿骑疏②。轻舟下吴会，主簿意何如③。

【题解】

自从开元末年分别之后，江山阻隔，兵马纷扰，不暇安居，多少年来音书断绝。今日重逢于关外，冷落萧条，难于久居，而关中战乱未平，犹不可归，看来唯有泛轻舟而东下吴越，不知你意下如何？

【注释】

①唐兴：县名，治所在今四川崇州江源街道。

②官人：隋唐间对士绅的称呼。骑：一作"使"。

③吴会：吴郡与会稽郡。

【汇评】

仇兆鳌《杜诗详注》卷一〇：上四，叙知交离合之情，下则自叹羁旅飘零也。暂逢而又值戎马，含无限悲伤。官冷则无可凭藉，骑疏则遥隔音书，所以有轻舟东下之慨。

浦起龙《读杜心解》卷三之三：先叙离合之踪，而兼及世乱，则来蜀之故已见矣。因言旅况之苦，而意将东下。末句"主簿"字，须一读，呼而就商之，以定行止也。大有身分，宛如面谈。

边连宝《杜律启蒙》五言卷三：前四，寒暄已毕。后四，邀与共游吴会也。官人，即指主簿。主簿，冷官也。六句，承四句来。关中音信之疏，以戎马之故，言长安不可归也。第五句，言冷官不必恋，正起结句之意。有谓剑外官人，待公冷淡者，非是。

敬简王明府①

叶县郎官宰，周南太史公②。神仙才有数，流落意无穷③。骥病思偏秣，鹰愁怕苦笼④。看君用高义，耻与万人同⑤。

【题解】

王县令您才华杰出，出宰唐兴；我日暮途穷，流落蜀地。良马违时而病，它所期待的是充足的粮食，无食则不能驰骋天下；鹰隼得志而翔翔，它所害怕的是牢笼，困于笼内则无法展翅。您这样慷慨仗义，对漠视交情的人，必定会羞与为伍。

【注释】

①王明府：唐兴县令王潜。杜甫《唐兴县客馆记》："中兴之四年，王潜为唐兴宰，修厥政事。"

②《后汉书·王乔传》："王乔者，河东人也。显宗世为叶（县）令，乔有神术。"《后汉书·明帝纪》载湖阳公主为子求郎，明帝曰："郎官上应列宿，出宰百里。"《史记·太史公自序》："是岁天子始建汉家之封，而太史公留滞周南，不得与从事，故发愤且卒。"

③才：一作"方"。

④愁：一作"秋"。

⑤看君：一作"看归"。

【汇评】

黄生《杜工部诗说》卷一二：骥无异秣，鹰每苦笼，时人待士则然耳。高义如君，必耻同此。

仇兆鳌《杜诗详注》卷一〇：此章宾主叠叙，致简之意在末联。

浦起龙《读杜心解》卷三之三：上四，彼此叠句分提，意则侧注，故五、六单落自身，而七、八兜回明府。

重简王明府

甲子西南异，冬来只薄寒。江云何夜尽，蜀雨几时干①。行李须相问，穷愁岂有宽②。君听鸿雁响，恐致稻粱难。

【题解】

蜀地的气候与我的家乡大不一样，冬天并不寒冷，只是那锦江上空的乌云从不消散，雨水无休无止。您应该问一问我这个客居者的情况啊！我一直穷困潦倒，哪有宽心舒畅的时候？您听一听鸿雁的哀鸣，就能想象出谋求果腹之粮的艰难了。

【注释】

①夜：一作"处"。尽：一作"静"。

②岂有：一作"岂自"。

【汇评】

仇兆鳌《杜诗详注》卷一〇：此章重简以望王，犹前章骥病思秣之意。冬而云雨，蜀候异也。王令问我行李，岂有宽解穷愁之法乎。鸿雁哀鸣，各求稻粱，君听其音，得无怜谋食之艰难耶。

浦起龙《读杜心解》卷三之三：上四，述气候风土之殊，厌之也。故须商及行李，欲他适矣，然囊空，岂能自宽之乎？结露意，却合时序。

边连宝《杜律启蒙》五言卷三：前四，非泛纪时令风土之异。盖时当绝粮，又苦雨也，正与后半相属。前六句，都是赋体。然不欲直致其词，末故托喻于鸿雁，而其音倍为哀苦。殆如渊明《乞食》诗，所谓"叩门拙言词"者。读之酸鼻。

寄杜位 位京中宅近西曲江,诗尾有述

近闻宽法离新州,想见怀归尚百忧①。逐客虽皆万里去,悲君已是十年流。干戈况复尘随眼,鬓发还应雪满头②。玉垒题书心绪乱,何时更得曲江游③。

【题解】

听说最近朝廷法度渐宽,你终于可以离开岭南的新州了,不觉为你感到高兴。转念又想,即使你归思心切,心中依然还会有许多忧虑。何况同样是流贬万里之外的岭南,而你已经在那里滞留了整整十年。现在干戈满地,烽烟四起,你应该和我一样满头白发了吧?想起你的遭遇,远在玉垒山的我心绪烦乱,什么时候我们两人才能回到长安,把臂重游曲江呢?

【注释】

①离:一作"别"。新州:天宝元年改为新兴郡,乾元元年复名新州,属岭南道,治所在今广东新兴县。怀归:一作"情怀"或"归怀"。

②尘:一作"行"。雪:一作"白"。

③玉垒:山名,在今四川都江堰北岷江东岸。

【汇评】

卢世㴑《读杜私言·论七言律诗》:从回护中寓感慨,字字排空,却字字蹠实,其妙多端,不可名状。今人求其说而不得,遂以虚摹为绝诣,恐境地全隔。

王嗣奭《杜臆》卷四:此诗"近闻""想见""虽皆""已是""况复""还应",通篇用虚字斡旋,字字皆活。

顾宸《辟疆园杜诗注解》七律卷二:通首俱用虚字缠绵。近闻朝廷之宽法,不觉为汝喜。即想见汝之归怀,尚不能无忧。所以如此其忧者,逐客虽皆万里,悲君已是十年也。况复干戈在眼,归路难期,还应白发满头,非复少壮。我所以在玉垒而题书寄汝,心绪俱乱也。故乡之游,不知在于何日耳。此是一纸家书,率真抒写,不复致饰。曰"近闻"、曰"想见"、曰"尚"、曰"虽皆"、曰"已是"、曰"况复"、曰"还应"、曰"何时更得",无数虚字,情文历乱,正写出"心绪乱"三字,骨肉之谊,溢于言外。

送韩十四江东觐省①

兵戈不见老莱衣,叹息人间万事非②。我已无家寻弟妹,君今何处访庭闱③。黄牛峡静滩声转,白马江寒树影稀④。此别还须各努力,故乡犹恐未同归⑤。

【题解】

自从战乱以来,一切事情都不同于往昔,更不用说像老莱子那样侍亲尽孝了。我为躲避战火,四处逃难,连家也没有了,弟弟妹妹更不知道流落何处。你说要到江东觐省父母,也不知道具体到哪里去寻找他们。我站在寒冷的白马江头,眼看你奔向湍急的黄牛峡。前路艰险重重,我们要各自保重。故乡迢迢万里,恐怕我们很难一同归去啊!

【注释】

①觐省:一作"省觐"。

②《艺文类聚》卷二〇引《列女传》:"老莱子孝养二亲,行年七十,婴儿自娱,着五色采衣。尝取浆堂上,跌仆,因卧地为小儿啼。"

③庭闱:父母所居。《文选·束晳〈补亡诗·南陔〉》:"眷恋庭闱,心不遑安。"李善注:"庭闱,亲之所居。"

④黄牛峡:在今湖北宜昌西长江西陵峡中,黄牛山对岸。《水经注》卷三四:"江水又东径黄牛山。下有滩名曰黄牛滩。南岸重岭叠起,最外高崖间,有石如人,负刀牵牛,人黑牛黄,成就分明。……故行者云:'朝发黄牛,暮宿黄牛。三朝三暮,黄牛如故。'"静:一作"浅"。转:一作"急"。白马:河水名,在四川崇州东北。

⑤还:一作"应"。同:一作"堪"。

仇兆鳌《杜诗详注》卷一○引谢榛曰：凡七言八句，起承转合，具有四声，歌则扬之抑之，靡不尽其妙。如此诗首联，以平声扬之也。次联，以上声抑之也。三联，以去声扬之也。四联，以入声抑之也。平仄以成句，抑扬以合调，扬多抑少则调匀，抑多扬少则调促。

浦起龙《读杜心解》卷四之一：猛触起乱离心绪，情文恻恻。首提"莱衣"，扣题既紧，妙在不著韩说，虚从时会领起，故三、四便好彼此夹发。偏能笔势侧注，宾主历然，使五、六单顶无痕。然先言滩转，神则预驰，后言蜀江，袂才初判。是虽单写彼行，仍已逆兜临送，恰好双拖"此别"，就势总收回顾，神矣，化矣。笔笔凌架。

石间居士《藏云山房杜律详解》七律卷上：此诗上截四句，语语至性；下截四句，字字深情。凄怆悱恻，一片神行。人谓文到妙来无过熟，我谓文到至处总由真。

不见 近无李白消息

不见李生久，佯狂真可哀。世人皆欲杀，吾意独怜才①。敏捷诗千首，飘零酒一杯。匡山读书处，头白好归来②。

【题解】

好长时间没有见到李白了，听说他纵酒佯狂，真让人痛心。因为误上永王李璘之船，世人都说他该杀；我却知道他是迫不得已，独独怜惜这位盖世的天才。他真是才华横溢啊，一下笔就是千首诗，如今却东飘西荡，借酒消愁。我听说这匡山有你少年时读书的地方，现在你已满头白发，真希望你能平安归来。

【注释】

①世：一作"众"。吾意独怜才：一作"惟我独怜才"。
②匡山：在四川江油，一说指江西庐山。好：一作"始"。

仇兆鳌《杜诗详注》卷一〇：此怀李白而作也。敏捷千篇，见才可怜。飘零纵酒，见狂可哀。归老匡山，盖悯其放逐而望其生还，始终是哀怜意。

浦起龙《读杜心解》卷三之三："不见""可哀"四字，八句之骨。只五、六着李说，余俱就自心上写出"不见"之哀，笔笔凌空。上四，泛言其概，下乃从放逐后招之。然放逐之由，已含"欲杀"内；招之之神，已含"怜才"内。公忆李诗，首首着痛痒。

杨伦《杜诗镜铨》卷八：真知己语。结语抵一篇《大招》。

草堂即事

荒村建子月，独树老夫家①。雾里江船渡，风前竹径斜②。寒鱼依密藻，宿鹭起圆沙。蜀酒禁愁得，无钱何处赊。

【题解】

上元二年(761)十一月，肃宗皇帝改换年号，想必正在京城接受朝臣的热烈祝贺。老夫我却独自一人，住在荒凉的村庄，陪伴自己的只有那同样孤独的老树。天空弥漫着雾霭，江上渡船往来，并没有带来自己所期待的朋友；风越来越大，连小径旁的竹子都被吹得东倒西歪。天冷的时候，鱼儿紧紧依偎着茂密的水藻，聚宿在岸边沙丘的鹭鸟，不时惊起。凄凉寂寞之中，对于我而言，聊作安慰的只有酒了，但现在连钱也没有，哪里能赊点酒来喝呢？

【注释】

①《新唐书·肃宗纪》载，上元二年九月，诏去上元号，称元年，以十一月为岁首，建子月壬午朔，肃宗受朝贺，如正旦仪。

②雾：一作"雪"。

【汇评】

黄生《杜工部诗说》卷四：题曰"即事"，诗中竟无一事。味其意，不过借一诗以纪"建子月"三字耳。三字何等典重,却以"荒村"二字冒之,又只接"独树老夫家"五字,后人读之欲笑,在公书之欲哭矣。读全诗,觉得字字冰冷。是时盖以建子月为岁首,诗必作于其所谓"元日",而极写其寥落之概,含蓄深永,抱慨无穷。

汪灏《树人堂读杜诗》卷一〇:诗有大关系而作者,有偶尔细故感触而成者。风雪时艰于谋酒,细已甚矣,乃偏有如此一作。

王嗣奭《杜臆》卷四:"独树"犹云孤立,非树木也。中联都写萧条景象,而末言愁不可禁,非真欲赊酒也。"宿鹭"此当作"宿雁",唯寒冱时有之。

徐九少尹见过

晚景孤村僻,行军数骑来。交新徒有喜,礼厚愧无才。赏静怜云竹,忘归步月台。何当看花蕊,欲发照江梅。

【题解】

太阳快要下山了,徐少尹您一行数骑不辞辛劳,到这荒僻的孤村看望我。有幸结识新朋友,是一件高兴事情;承蒙您错爱,带来如此丰厚的礼物,让我自愧无才接受。您喜欢我草堂的幽静,欣赏云竹交映的夜色,在月光下徘徊,久久舍不得归去。江边的梅花已经含苞待放,您何日再来观看盛开的花蕊?

【汇评】

仇兆鳌《杜诗详注》卷一〇:上四叙事,见自谦意。下四叙景,见喜客意。晚景,谓日暮之时。尹何时当再来乎,梅将发而照江矣,期之也。

浦起龙《读杜心解》卷三之三:少尹有周急之谊,故感而颂之。来在冬月,故期以花发再过也。

范二员外邈、吴十侍御郁特枉驾,阙展待,聊寄此[1]

暂往比邻去,空闻二妙归[2]。幽栖诚简略,衰白已光辉。野外贫家远,村中好客稀。论文或不愧,肯重款柴扉[3]。

【题解】

我偶尔到邻居家去了一趟,回来听说您二位特地来访,不遇而归,我深感遗憾。我所居住的草堂又偏僻又简略,您二位的屈驾过访,可谓蓬荜生辉。因为家贫而幽栖荒野,平素难得有像样的客人专程前来。我也拿不出好东西来款待,谈谈文章我或许当仁不让,不知您二位能否重来?乾元二年秋冬,杜甫度陇入蜀时,曾去两当县拜访吴郁的故宅。

【注释】

①诗题一本"此"后有"作"字。范邈:时为尚书员外郎。展待:招待。

②去:一作"至"。二妙:《晋书·卫瓘传》载,尚书令卫瓘与尚书郎索靖,俱善草书,时人号为一台二妙。

③肯重:一作"重肯"。

【汇评】

赵汸《赵子常选杜律五言注》卷中:前后诗中,每以无俗物、绝交游、门径榛塞为喜,今于二妙之来,乃以在外阙展待,委曲尽情如此,则平日称懒,其果真懒乎?

杨伦《杜诗镜铨》卷八:曲折如话,亦所谓不烦绳削而自合者。

刘濬《杜诗集评》卷八引李因笃曰:只平平写去,无一字闲设,便成绝调。后人刻意求工,总不能到此境界。极力摹似,亦不能到此境界也。

王十七侍御抡许携酒至草堂，奉寄此诗，便请邀高三十五使君同到①

老夫卧稳朝慵起，白屋寒多暖始开。江鹳巧当幽径浴，邻鸡还过短墙来②。绣衣屡许携家酝，皂盖能忘折野梅③。戏假霜威促山简，须成一醉习池回④。

【题解】

老夫虽然夜里睡得还算安稳，但第二天依然赖床不肯早起，这是因为身老家贫，只有太阳出来之后，才能感受到温暖。当早上打开大门的时候，我常常发现江鹳已经在水中嬉戏，邻家的鸡也飞过矮墙来了。御史王抡多次答应携带自家酿的好酒前来痛饮，刺史高适你难道忘了前来草堂折梅的雅事吗？我这次要假借王御史的威风，强迫高刺史你前来浣花溪共谋一醉。

【注释】

①王十七侍御：王抡，天宝年间曾为御史、大理司直，广德二年与杜甫同在严武幕中，官终彭州刺史。高三十五使君：高适，时代摄成都尹。

②鹳：一作"鹤"。

③绣衣：御史，这里指王抡。《汉书·百官公卿表》："侍御史有绣衣直指，出讨奸猾，治大狱。"皂盖：郡守，这里指高适。《后汉书·舆服志》："中二千石、二千石，皆皂盖，朱两轓。"皂，即"皂"。

④一醉：一作"醉里"。习池：在今湖北襄阳白马山麓。《晋书·山简传》："(简)镇襄阳，……诸习氏荆土豪族，有佳园池。简每出嬉游，多之池上，置酒辄醉。名之曰高阳池。"

【汇评】

朱瀚《杜诗七言律解意》：老人畏寒，每晨晏起，门亦待暖始开。鹳浴鸡来，皆晴暖景象，开门所见。因念天寒，不可无酒，遂作诗代书，促侍御践约,并邀使君同来一醉。真率如话,而矩度谨饬,仍有惜墨如金之意。

汪灝《树人堂读杜诗》卷一〇:上四句备写寂寞情状,见绝无酒至,绝无人来,急望移尊,急望邀友。五、六二句即王许携酒屡矣,而竟忘之耶? 末乃论其邀高,分明是一速客之柬。

石间居士《藏云山房杜律详解》七律卷上:此诗上截四句,先叙草堂之幽静,以起下截,却从眼前指点,极得天然真趣。下截四句,包括全题,以应上截,妙在借绣衣、皂盖、家酝、野梅,点染生色。且通篇重在邀高同到,故末联以趣语迫之,既令王不能不邀高,又令高不能不同到。用意至此,真游戏笔墨中具大神通。

王竟携酒,高亦同过,共用寒字①

卧疾荒郊远,通行小径难②。故人能领客,携酒重相看。
自愧无鲑菜,空烦卸马鞍③。移时劝山简,头白恐风寒④。

【题解】

住在偏僻的荒郊外,从城中过来的小路难走,自己又年老多病,所以家里一直没有什么客人。现在老朋友携带美酒,领着客人,再次前来看望我这个老头子,真令人喜出望外。你们不辞劳顿,骑马前来,我拿不出鲑菜那样的佳肴来招待,实在很惭愧。不过举起酒杯时,我还是要劝刺史高适多喝几杯酒,他常常开玩笑说年纪比我还大,而酒能帮助老年人抵御风寒。

【注释】

①用:一作“得”。

②疾:一作“病”。

③鲑:一作“虾”。《集韵》:“鲑,吴人谓鱼菜总称。”《南齐书·庾杲之传》:“(庾杲之)清贫自业,食唯有韭菹、瀹韭、生韭杂菜。或戏之曰:‘谁谓庾郎贫,食鲑常有二十七种。’言三九也。”

599

④时：一作"樽"或"杯"。原本诗末有注："高每云：'汝年几（小）？且不必小于我。'故此句戏之。"

浦起龙《读杜心解》卷三之三：七律以诗代简。此竟似说话，如闻款洽笑语之声。

刘濬《杜诗集评》卷八引李因笃曰：如龙眠白描，正宜看其气韵。

又曰：诗与文不同，有入文未雅驯，入诗则雅者，此篇可例看。

陪李七司马皂江上观造竹桥，即日成，往来之人免冬寒入水，聊题短作，简李公二首①

其一

伐竹为桥结构同，褰裳不涉往来通②。天寒白鹤归华表，日落青龙见水中③。顾我老非题柱客，知君才是济川功④。合欢却笑千年事，驱石何时到海东⑤。

【题解】

砍伐竹子所修建的桥梁，同木桥、石桥一样坚固可靠，给皂江两岸往来的人们带来了巨大的便利，使他们不再遭受冬日涉水之苦。不仅如此，空中盘旋的白鹤，也可以停留在桥柱上稍作歇息。这座竹桥修建得真够迅速，日落之时就看见一条青龙横跨皂江了。我年纪大了，不再有当日司马相如题柱时的意气风发，而李司马年富力强，弹指挥手间便建成这座竹桥，给蜀州百姓带来福祉与欢笑，前途不可限量。想一想当年秦始皇，为观海而驱石为桥，何等荒唐，可谓贻笑千年。

【注释】

①皂江：岷江之一段，或即金马河。简：一作"奉简"。诗题一本无"二

首"二字,第二首另有标题:"观作桥成,月夜舟中有述还呈李司马。"

②竹:一作"木"。《诗·郑风·褰裳》:"子惠思我,褰裳涉洧。"

③刘敬叔《异苑》卷三:"晋太康二年冬,大寒,南洲人见二白鹤语于桥下曰:'今兹寒不减尧崩年也。'于是飞去。"《朝野金载》卷五载,赵州石桥甚工,望之如初月出云,长虹饮涧。天后时,默啜欲南过桥,马跪地不进,但见青龙卧桥上,奋迅而怒,贼乃遁去。

④《华阳国志·蜀志》载,蜀城北八十里,有升仙桥、送客观。司马相如初入长安,题其柱曰:"大丈夫不乘赤车驷马,不过汝下。"

⑤欢:一作"观"。《太平寰宇记·登州》引《三齐略记》载,秦始皇作石桥,欲过海观日出处,有神人能驱石下海,石去不速,神辄鞭之,石皆流血。

【汇评】

杨伦《杜诗镜铨》卷八引王阮亭曰:诗近俗套,今人大半应酬仿此。

刘濬《杜诗集评》卷一一引李因笃曰:实境虚写,却无一意落空,真能手也。

石闾居士《藏云山房杜律详解》七律卷上:此诗首句是造桥之法,次句是作桥之用,三、四桥成速而可观,五、六是羡司马犹有济人利物之功。末联援古作证,是赞其不多劳人力而毕乃事。如此长题,以八句括之,不惟不遗一意,并且绰有余步,实非易事。而"天寒"一联,写桥之成,从上下之所见中夹出,尤为奇幻莫测。

其二

把烛成桥夜,回舟坐客时①。天高云去尽,江迥月来迟。衰谢多扶病,招邀屡有期。异方乘此兴,乐罢不无悲。

【题解】

在竹桥完工的当天夜里,李司马在船上大宴宾客。此时天空高远,不见一丝云彩;江水远去,月光姗姗来迟。我年老多病,出门极为不便,承蒙李司马多次邀请,深感荣幸。实在没想到,能在异地他乡还会有这么高的兴致。可高兴之余,依然不免凄惨悲伤。"悲有三意,衰年,多病,而又在异方,故悲不自胜"(仇兆鳌《杜诗详注》卷一〇)。

【注释】

①成桥:一作"桥成"。坐客:一作"客坐"。

【汇评】

仇兆鳌《杜诗详注》卷一〇:上章题桥成,此章述己意。把烛桥成,言刻日完功。云去月来,记舟前夜景。

边连宝《杜律启蒙》五言卷三:首句,桥成。次句,舟中。三、四,月夜。后四,有述呈李司马。天高以云去之尽,江迥则月来自迟。亦是一逆一顺。后半率。

李司马桥了,承高使君自成都回①

向来江上手纷纷,三日成功事出群②。已传童子骑青竹,总拟桥东待使君③。

【题解】

自古以来,在江上修筑桥梁的事情屡见不鲜,但仅仅三天就能完工,则实属罕见。李司马真可谓出类拔萃。听说刺史高适就要从成都回来了,蜀州的百姓早早地等在竹桥之东,准备夹道迎接。高适此前曾代摄成都尹,现在回任蜀州刺史。

【注释】

①桥了:一作"桥成"。

②成功:一作"功成"。

③《后汉书·郭伋传》载,郭伋为并州牧,始至行部,到西河美稷,有童儿数百,骑竹马迎之。

【汇评】

刘濬《杜诗集评》卷一五引李因笃曰:杜集中当家之作。

浦起龙《读杜心解》卷六之下：适当桥工甫毕，高君回任渡此桥，率尔成咏。

野　望

西山白雪三奇戍，南浦清江万里桥①。海内风尘诸弟隔，天涯涕泪一身遥。惟将迟暮供多病，未有涓埃答圣朝。跨马出郊时极目，不堪人事日萧条②。

【题解】

我骑马行至郊外，极目远眺，时事不堪，景色也日益萧条。向西而望，皑皑白雪的岷山旁，有三座城池正严阵以待；向南而望，万里桥横跨锦江之上。中原战乱未定，西边烽烟又起，国步多艰，家人离散，我沦落蜀地，如在天涯。如今病魔又将耗费我的迟暮之年，七尺男儿之躯，不能有丝毫作为以报效朝廷，未尝有尺寸之功以报答圣恩，伫立郊野，情不自已。

【注释】

①西山：岷山主峰，在今四川松潘县南。因其终年积雪，又名雪岭。三奇戍：又作"三城戍"，即松（四川松潘）、维（四川理县西）、堡（四川理县新保关西北）三城，为抵御吐蕃侵扰之堡垒。

②日：一作"自"或"且"。

【汇评】

张𬙂《杜律本义》卷二：目击时艰，徒自不能为情而已。然则公之涕泪者，岂以一身羁旅之故哉？实伤世乱而悯人穷也。远播江湖之外，切怀廊庙之忧，史谓人怜其忠者，其以是夫。

毛张健《杜诗谱释》卷一：起联写野望中，二联述心事，结联分绾，局法最为明晰。妙在三、四仍根首联，而下句法虽对，意实侧注，故五、六即从四句中生出，何其融洽也。

石闾居士《藏云山房杜律详解》七律卷上：此诗笔意横放，大气盘旋，层层顶贯,语语神接,一联深一联,直至末联倒点出野望来,犹能更深一层作结。可谓眼高于顶,力大于身,集中惟此种笔墨尤见少陵本色,自来读者皆寻常看过,惜哉。

入奏行 赠西山检察使窦侍御

窦侍御,骥之子,凤之雏。年未三十忠义俱,骨鲠绝代无。炯如一段清冰出万壑,置在迎风寒露之玉壶①。蔗浆归厨金碗冻,洗涤烦热足以宁君躯。政用疏通合典则,戚联豪贵耽文儒②。兵革未息人未苏,天子亦念西南隅。吐蕃凭陵气颇粗,窦氏检察应时须③。运粮绳桥壮士喜,斩木火井穷猿呼④。八州刺史思一战,三城守边却可图⑤。此行入奏计未小,密奉圣旨恩宜殊⑥。绣衣春当霄汉立,彩服日向庭闱趋⑦。省郎京尹必俯拾,江花未落还成都⑧。江花未落还成都,肯访浣花老翁无⑨。为君酤酒满眼酤,与奴白饭马青刍⑩。

【题解】

宝应元年(762),吐蕃分三道入寇,西山运粮使窦公以侍御史出检校诸州军储器械,经成都入京进奏,杜甫作诗以赠之。诗先极力称颂窦侍御个人品质,说他出身不凡,年纪轻轻而正直忠义,达权通变而不失其常,联姻豪贵而尊崇儒术,清澈如重山万壑中的冰水,足以放在皇宫的玉壶里,调制蔗浆以涤除君王心中的烦热。然后谈及当前政局,称吐蕃嚣张猖獗,天子正挂念西南边地的安宁,窦侍御此行正是应时所须,为朝廷解忧排难。他斩木为栅,通过绳桥运送粮草,使边地八州刺史无后顾之忧,有死战之志。最后诗人表达他的良好祝愿和诚挚邀请:你此行回京所奏之事,事关边地安宁,必然合帝心而受重用。虽然省郎、京尹的高官,可以手到擒来,并且还可以侍奉双亲,但我还是希望你在江花未落的时候返回成都。如果回到成都以后,你肯屈尊访问我这个浣花溪边的老头,我一定会竭尽所能,盛情款待。

【注释】

①迎风、寒露:汉宫殿名。《文选·张衡〈西京赋〉》:"既新作于迎风,增露寒与储胥。"张铣注:"武帝先作迎风馆于甘泉山,后加寒露、储胥二馆。"寒露,一作"露寒"。

②政:一作"整"。《礼记·经解》:"疏通知远,书教也。"《书·五子之歌》:"有典有则。"戚:一作"武"。

③气:一作"志"。应时须:一作"才能俱"。

④穷:一作"寒"。

⑤《旧唐书·地理志》:"剑南节度使,西抗吐蕃,南抚蛮獠,统团结营及松、维、蓬、恭、雅、黎、姚,悉八州兵马。"

⑥圣旨:一作"圣主"。

⑦春当:一作"飘飘"。日向:一作"粲粲"。"绣衣"两句:一本下有"开济人所仰,飞腾时所须"或"开济人所仰,飞腾时正须"。

⑧《汉书·夏侯胜传》:"士病不明经术,经术苟明,其取青紫如俯拾地芥耳。"

⑨肯访浣花老翁无:一作"公来肯访浣花老"。

⑩"为君"两句:一作"携酒肯访浣花老,为君着衫捋髭须"。

【汇评】

王嗣奭《杜臆》卷四:此篇起来八句,如雷轰电闪,风雨骤至,长短错杂,似无条理,而所著意在"骨鲠绝代无""足以宁君躯",而衬语则形容其清冷。盖侍御入奏,期于鲠直,然必清心冷面人,然后敢直言。时吐蕃分道入寇,上方烦热,宵旰不宁,得此清直人从公简较,不徇情面,然后可以制强寇而释主上之忧也。

仇兆鳌《杜诗详注》卷一〇引申涵光曰:《入奏行》是集中变体。长短纵横,太白所长,正尔不必效之,失其故步。

杨伦《杜诗镜铨》卷八引蒋弱六曰:颇似诔人文字,却一团忠爱,无限激昂。

广州段功曹到，得杨五长史谭书，功曹却归，聊寄此诗①

卫青开幕府，杨仆将楼船②。汉节梅花外，春城海水边。铜梁书远及，珠浦使将旋③。贫病他乡老，烦君万里传。

【题解】

段功曹从广东带来杨谭给诗人的书信，现在诗人又托段功曹捎去他给杨谭的回信。前四句写诗人从来信中得知了杨谭的境况：在梅岭之外，南海之滨，任职于中都督府。下四句叙述自己作诗的心情：自己又贫又病，独自在蜀中的铜梁山，得到来自南海合浦的问候，颇为感激。"述己之苦，嘱段之意，寄杨之情，结联俱见"（汪瑗《杜律五言补注》卷二）。

【注释】

①功曹：郡守佐官。《通典·职官》："开元初，京尹属官及诸都督府并曰功曹参军，而列郡则曰司功参军，令掌官员、祭祀、礼乐、学校、选举、表疏、医筮、考课、丧葬之事。"

②《东观汉记》载，卫青大克匈奴，武帝拜大将军于幕中，因号幕府。《汉书·南粤传》载，主爵都尉杨仆为楼船将军，出豫章，下横浦。

③铜梁：山名，在今重庆合川区，此处代指巴蜀。珠浦：即广西合浦，其地以产珠著称。

【汇评】

杨伦《杜诗镜铨》卷八引邵长蘅曰：数诗虽非警语，章法稳称，要不作小家数。

刘濬《杜诗集评》卷八引李因笃曰：诗有数层，不用虚字斡旋，而意义写得畅满，可谓才大如海矣。

赵星海《杜解传薪》卷三之三引庞氏曰：叙来明白如话，是为大手笔。

得广州张判官叔卿书，使还，以诗代意①

乡关胡骑远，宇宙蜀城偏②。忽得炎州信，遥从月峡传③。
云深骠骑幕，夜隔孝廉船④。却寄双愁眼，相思泪点悬⑤。

【题解】

家乡为胡骑盘踞，自己流落到偏远的蜀地。寥落之际，突然接到友人从万里之外写来的书信，不由惊喜万分。友人任职于南海幕府，与自己相距遥远，相见无期。我唯有将洒满相思之泪的诗稿，托使者捎去给你，以表达我对你浓厚的情意。

【注释】

①张叔卿，鲁郡（治今山东济宁兖州区）人，曾任岭南节度判官，后坐事流桂州。

②远：一作"满"。

③炎州：泛指南海诸州。《楚辞·远游》："嘉南州之炎德兮，丽桂树之冬荣。"月峡：明月峡，在今重庆南岸区广阳镇东。《太平御览》卷五三引李膺《益州记》："广阳州东七里，水南有遮要二碛石，石东二里至明月峡，峡前南岸壁高四十丈，其壁有圆孔，形如满月，因以为名。"

④《晋书·张凭传》载，张凭尝谒丹阳尹刘惔，惔留宿，明日乃还船。须臾，惔遣传教觅张孝廉船，召与同载，时人荣之。

⑤思：一作"望"。

【汇评】

王嗣奭《杜臆》卷四："宇宙蜀城偏"，见寄书不便，故承之以"忽得炎州信"。月峡在蜀，而云"遥从月峡传"，盖月峡去锦城尚远，而亦见其地之偏也。"云深""夜隔"，总见其远。"骠骑幕"，判官所居；而"孝廉船"，则因张凭同姓而借用之，止是悲其相隔耳。所寄者诗，而云"却寄双愁眼"，奇甚。盖写诗泪点沾纸，则泪眼与诗同去矣，十字为句。

刘濬《杜诗集评》卷八引李因笃曰：老笔自成曲折。

赵星海《杜解传薪》卷三之三：前四句倒叙法，一、二答书，三、四得书；五、六忆之，兼美其遇；美张正所以慨己，故末不曰寄诗，而曰寄泪。"愁"字暗涵首二意在内。

送段功曹归广州

南海春天外，功曹几月程[①]。峡云笼树小，湖日落船明[②]。交趾丹砂重，韶州白葛轻[③]。幸君因旅客，时寄锦官城[④]。

【题解】

南海如此遥远，春天出发，不知几月份才能抵达？你顺水而下时，可以先观赏三峡与洞庭湖。三峡山高而水急，云厚而树小；洞庭湖碧波荡漾，壮阔无涯。途经交趾与韶关时，不要忘记收集当地的特产丹砂与白葛，然后托往来的旅客捎给远在成都的我。

【注释】

①程：一作"行"。

②落：一作"荡"。船：一作"江"。

③交趾：交趾郡，泛指岭南地区。韶州：今广东韶关一带。

④因：一作"依"。旅：一作"估"。

【汇评】

方回《瀛奎律髓》卷二四：才大则气盛。此小诗八句，若转石下千仞山。而细看只四十字，非如他人补缀费力，酸嘶破碎也。

仇兆鳌《杜诗详注》卷一一引申涵光曰：此诗上六句，句尾皆拈单字，亦犯叠足之病。

石间居士《藏云山房杜律详解》五律卷三：此诗以南海起，以锦官城终，首尾自相呼应；而颔联峡云、湖日，幻出奇观；颈联丹砂、白葛，属对工稳。非大家手笔安能有此？

魏十四侍御就敝庐相别

有客骑骢马,江边问草堂。远寻留药价,惜别倒文场①。入幕旌旗动,归轩锦绣香。时应念衰疾,书疏及沧浪②。

【题解】

魏侍御骑着高头大马,到浣花溪边的草堂来看我。你大老远地寻找到这偏僻的地方,临别时还因为倾倒于文人的聚会而留下馈赠。你入幕时旌旗飘扬,现告别远去,定然前程似锦。你如此重情重义,不要忘了我这个老病之人,还应时常写信到浣花溪边的草堂。

【注释】

①倒:原作"到",据他本改。

②疏:一作"迹"。

【汇评】

仇兆鳌《杜诗详注》卷一〇:上四侍御就别,下四送别侍御。倒文场,意气倾倒于文场。若作到字,与问草堂重复矣。

金圣叹《唱经堂杜诗解》卷二:寻常乘车戴笠语,已成烂熟,此乃重新洗刮拆补,复成妙诗。彼骢马上人,是一样气色;草堂中人,是一样气色。据此两样气色,此两人可谓风马牛,终不得相及也。乃今日江边远寻不忍别去,殷勤眷恋加人一等者,无他,云泥一判,日月如驰,老病无常,旧游若梦。"留药价""到文场",妙。今日来寻,须留药价,甚矣吾衰,知扶几年?追念少时,共在文场,曾几何时,衰谢遂极。然则于今再别,岂复思意之所得料?盖车过腹痛之言,犹未痛于此诗矣。……今魏十四,不直于草堂而远寻惜别,眷眷如此。乃至入幕,乃至归轩,而衰疾经心,沧浪在眼,到底如彼。真觉昔人乘车戴笠之不足复道也。

赠别何邕

生死论交地，何由见一人。悲君随燕雀，薄宦走风尘①。绵谷元通汉，沱江不向秦②。五陵花满眼，传语故乡春。

【题解】

当年我在京师结下了许多生死相托的友人，但在蜀中，除了你就见不到其他人了。你本是胸有大志之人，却只能做个小官四处奔波，好比那燕雀在风中徘徊。现在你就要通过绵谷，循汉水北上而抵达京城，只剩下我独自一人无法回到长安。遥想繁华的五陵一带已经是鲜花满眼，我唯有委托你问候故乡的春天了。

【注释】

①《史记·陈涉世家》："陈涉太息曰：'嗟乎！燕雀安知鸿鹄之志哉！'"

②绵谷：山谷名，为关中进出蜀地的重要通道，在今四川广元境内。通：一作"过"。沱江：岷江支流，或即郫江。

【汇评】

黄生《杜工部诗说》卷六：言昔在京师，所称生死交甚众，今远不得见，惟何以薄宦来蜀，故及相晤。然何且归，而己犹留滞于此，徒嘱其传语故乡春色以己不归之情而已。一联一转，情事极其委折。

仇兆鳌《杜诗详注》卷一〇：上四送别何邕，下四别后情绪。生死交情，既难多得，何又随燕雀而走风尘，更觉孤寂矣。绵谷通汉，邕可至京。沱江背秦，己犹滞蜀也。长安不见，而欲传语春光，公思乡之意切矣。"悲君"二字贯下，此十字为句。

刘濬《杜诗集评》卷八引李因笃曰：语淡而悲，非老手不能。

赠别郑炼赴襄阳

戎马交驰际，柴门老病身。把君诗过日，念此别惊神[1]。地阔峨眉晚，天高岘首春[2]。为于耆旧内，试觅姓庞人。

【题解】

在这戎马飞驰、干戈遍地的时候，我幽居在草堂，不知不觉老病缠身。平日尚可与你谈诗周旋以消遣时日，现在你又将远去，我怎能不心绪烦乱？想到自此一别，你在岘山，我在峨眉，天高地远，再难相见，我又如何不黯然神伤？你回到岘山之后，再去襄阳的耆老中找一找，看还没有庞德公那样的隐者，他或许就是你的知己。

【注释】

①念此别惊神：一作"念别意惊神"。

②晚：一作"晓"或"远"。岘首：岘山，在湖北襄阳，庞德公曾居于此。

【汇评】

王嗣奭《杜臆》卷四：以戎马交驰之际，有此柴门老病之身，时刻难堪，止是把君之诗以过日耳；则念此之别，能不惊神乎？……五、六承念别来，自兹一别，我在峨眉，君在岘首，地阔天高，何由会面？所以惊神者此也。倘耆旧内有如庞德公，觅以相报，吾将与之偕隐于襄阳，则吾得所归，而君亦无嗟于远别矣。

黄生《杜工部诗说》卷四：时事如彼，身事如此，无复好怀，惟与诗友周旋遣日而已。忽忽又别，能不惊神？此后两地相悬，不知襄阳耆旧复有姓庞其者乎？为我寄声，己今亦有入山采药之志矣。庞公隐居不出，本以世乱之故，结法全不露意，只从首句映出，极浅极深，极近极远，极平极奇，然亦因其所往之地姑借古人以寓意耳。公岂愿学庞公者哉？

重赠郑绝句①

郑子将行罢使臣,囊无一物献尊亲。江山路远羁离日,
裘马谁为感激人。

【题解】

郑炼就要辞去幕职回归襄阳了,但他两袖清风,囊中没有一样东西可
以献给襄阳的尊亲。当他离开蜀郡、踏上漫漫征程的时候,不知道乘肥马
衣轻裘之人,会不会为郑炼的行为所感动?

【注释】

①郑:一本作"郑炼"。

【汇评】

唐汝询《唐诗解》卷二七:此惜郑之贫,因叹好义者寡也。意谓郑常奉
使,抱清操,今罢使将还,而囊橐萧然无可献亲者,斯时也,有能念其远别而
赠以裘马者乎?

仇兆鳌《杜诗详注》卷一○:上章叙惜别之情,此章怜其清况也。

刘濬《杜诗集评》卷一五引李因笃曰:用意纯乎杜公本色,调则整甚。

戏为六绝句①

其一

庾信文章老更成,凌云健笔意纵横。今人嗤点流传赋,
不觉前贤畏后生。

【题解】

一般认为,这组绝句为论诗而作。其主旨,郭绍虞《〈戏为六绝句〉集解》

总结有三种说法:"其谓为寓言自况者,以为嫌于自许,故曰戏。其谓为告诫后生者以为语多讽刺,故曰戏;亦有以为'戏'字仅指第一首言者。其谓为自述论诗宗旨者,则又以为诗忌议论,故曰戏;或以为此辈不足论文,故曰戏。实则上述诸说皆有可通。"其一肯定了庾信的艺术成就。庾信的诗赋,到了晚年更为出色。他的诗赋笔力雄健,气势凌云,文思开阔。如今有些人嗤笑指点他流传下来的作品,其实未必真有多么高明,难以令前贤信服。

【注释】

①诗题一本作"戏为六绝"。

【汇评】

杨慎《丹铅总录》卷一八:庾信之诗,为梁之冠绝,启唐之先鞭。史评其诗曰绮艳,杜子美称之曰清新,又曰老成。绮艳、清新,人皆知之,而其老成,独子美能发其妙。予尝合而衍之曰:绮多伤质,艳多无骨,清易近薄,新易近尖。子山之诗,绮而有质,艳而有骨,清而不薄,新而不尖,所以为老成也。若元人之诗,非不绮艳,非不清新,而乏老成。宋人诗则强作老成态度,而绮艳、清新,概未之有。若子山者,可谓兼之矣。不然,则子美何以服之如此。

卢元昌《杜诗阐》卷一二:庾信文章清新独绝,老而弥健,意复纵横。彼轻薄者,何足语此?所以流传之赋漫为今人嗤点,使前贤如庾信者反畏后人之姗笑,是可叹也。

仇兆鳌《杜诗详注》卷一一:首章,推美庾信也。开府文章,老愈成格,其笔势则凌云超俗,其才思则纵横出奇。后人取其流传之赋,嗤笑而指点之,岂知前贤自有品格,未见其当畏后生也。

其二

杨王卢骆当时体,轻薄为文哂未休①。尔曹身与名俱灭,不废江河万古流。

【题解】

初唐四杰杨炯、王勃、卢照邻和骆宾王,他们的作品展示了当时的文体和风格,今天有些人却很随意地加以指斥、嘲笑。要知道这些嘲笑者如果死了,就会淹没在历史长河中,丝毫不会影响四杰诗文的万古流传。

【注释】

①杨王卢骆:一作"王杨卢骆",即杨炯、王勃、卢照邻和骆宾王。魏庆之《诗人玉屑》卷一一引《玉泉子》:"王、杨、卢、骆有文名,人议其疵,曰:'杨好用古人姓名,谓之点鬼簿。骆好用数对,谓之算博士。'"

【汇评】

吴见思《杜诗论文》卷一七:杨炯、王勃、卢照邻、骆宾王当时文体杰出,今日轻薄之流为文何似而哂之哉?以尔之文,不过身名俱灭。四公之文,则长江大河流传万古,亦何损乎。

黄生《杜工部诗说》卷一〇:"当时体"三字,出后生轻薄之口,非定论也,故告之云:吾见尔曹名止一时,若彼数公,自当江河万古耳。后人论唐文三变,必以子昂为称首,四子未泯齐、梁余习,固难正始唐风,而子美特相推重如此,非惟不欲轻议前辈,亦见广师博取,有美必收,此公之所以为大也。

仇兆鳌《杜诗详注》卷一一:此表章杨、王四子也。四公之文,当时杰出,今乃轻薄其为文而哂笑之。岂知尔辈不久销亡,前人则万古长垂,如江河不废乎?

其三

纵使卢王操翰墨,劣于汉魏近风骚。龙文虎脊皆君驭,历块过都见尔曹①。

【题解】

即使王勃、卢照邻等四杰的作品,不如汉魏诗歌那样接近《国风》《离骚》,但也是非常优秀的。四杰才华横溢,驾驭文辞得心应手,越过国都就如同跨过一个小山丘那样容易,这哪里是你们这些嗤笑者所能想象的。

【注释】

①《汉书·西域传赞》:"蒲梢、龙文、鱼目、汗血之马,充于黄门。"《天马歌》:"虎脊两,化若鬼。"应劭注:"马毛血如虎脊(者)有两也。"王褒《圣主得

贤臣颂》："过都越国，蹙如历块。"

【汇评】

黄生《杜工部诗说》卷一〇：今人论诗，首推汉、魏，以其近《风》《骚》耳。纵使四子有逊于彼，然譬之于马，终是天间上驷，岂尔辈所驰之乘所可方驾，而何得轻哂之耶！

仇兆鳌《杜诗详注》卷一一：承上章，言纵使卢王操笔，不如汉魏近古，但似此龙文虎脊，皆足供王者之用。若尔曹薄劣之材，试之长途，当自蹙耳，奈何轻议古人耶。"纵使"二字，紧注下句。"劣于"二字，另读。"汉魏近风骚"，连读。

其四

才力应难跨数公，凡今谁是出群雄。或看翡翠兰苕上，未掣鲸鱼碧海中①。

【题解】

庾信、四杰这数位前贤，应该是很难超越的。不然请看当今文坛上，有谁能超群出众，令人信服？秾丽纤巧的作品不难见到，大气磅礴、气度恢宏的巨制鸿篇就闻所未闻了。

【注释】

①翡翠：鸟名。兰苕：香草。郭璞《游仙诗》："翡翠戏兰苕，容色更相鲜。"

【汇评】

钱谦益《钱注杜诗》卷一二：翡翠兰苕，指当时研揣声病、寻章摘句之徒。鲸鱼碧海，则所谓浑涵汪洋，千汇万壮，兼古人而有之者也。

黄生《杜工部诗说》卷一〇：言今人修饰文采，或有可观，若其才力之雄拔，诚未见有出群者，辄欲跨彼诸公，诚难矣。

仇兆鳌《杜诗详注》卷一一：此兼承上三章，才如庾杨数公，应难跨出其上，今人亦谁是出群者。据其小巧适观，如戏翡翠于兰苕，岂能巨力惊人，若掣鲸鱼于碧海乎？

其五

不薄今人爱古人,清词丽句必为邻。窃攀屈宋宜方驾,恐与齐梁作后尘。

【题解】

我对于今人和古人一样敬重,从不妄加菲薄,因为清词丽句也有可取之处。你们内心里想着是要努力学习屈原、宋玉,希望与他们并驾齐驱,对齐梁人鄙薄不已,但事实上有心无力,恐怕最后还是步了齐梁人的后尘。

【汇评】

钱谦益《钱注杜诗》卷一二:今人目长足短,自谓窃攀屈、宋,而转作齐梁之后尘,不亦伤乎。

仇兆鳌《杜诗详注》卷一一:此戒其好高而骛远也。言今人爱慕古人,取其清词丽句,而必与为邻,我亦岂敢薄之。但恐志大才庸,揣其意,窃思仰攀屈宋,论其文,终作齐梁后尘耳。知古人未易摹仿,则知数公未可蔑视矣。

杨伦《杜诗镜铨》卷九:俗子多好为高论,得少陵痛下针砭。

其六

未及前贤更勿疑,递相祖述复先谁①。别裁伪体亲风雅,转益多师是汝师。

【题解】

我不妨直言相告,现今你们这些文人不如前辈优秀,这是毫无疑问的。前贤的文学成就,是一代代继承和发展而来的,你们又何必只认定最初的学习对象呢? 所有那些有成就的作家,都值得去学习。只有转益多师,博采众家之长,才会有很好的鉴别能力,真正继承风雅的传统。

【注释】

①沈约《谢灵运传论》:"王褒、刘向、扬、班、崔、蔡之徒,异轨同奔,递相

师祖。"

仇兆鳌《杜诗详注》卷一一:少陵绝句,多纵横跌宕,能以议论摅其胸臆。气格才情,迥异常调,不徒以风韵姿致见长矣。

《诸名家评定本钱笺杜诗》卷一二引李因笃曰:《六绝》论诗之源流当祖《风》《骚》,固矣。然递相承述,则舍六朝、初唐无从入也。可谓卓识确见,独冠古今矣。

吴冯栻《青城说杜》:六首一气,刀割不断,而顿挫曲折、轻重低昂之旨自见。

江头五咏

丁　香①

丁香体柔弱,乱结枝犹垫。细叶带浮毛,疏花披素艳。深栽小斋后,庶近幽人占②。晚堕兰麝中,休怀粉身念。

【题解】

这组诗作于宝应元年春天。时杜甫闲居草堂,触目有感,借物抒怀。顾宸说:"五咏据江头是日所见而言。首咏丁香,立晚节也;次咏丽春,守坚操也;三咏栀子,适幽性也;四咏鸂鶒,遣留滞也;五咏花鸭,戒多言也。虽咏物,实自咏耳。"(《辟疆园杜诗注解》五律卷五)诗人首先以丁香自喻,现掷弃远方,应当安分隐退,不复怀有末路之荣。丁香枝干柔弱,枝叶繁密,结子后枝条常常下垂。它的细叶上有一层茸毛,稀疏的花朵披着素装,楚楚可怜。这种花移种在书房后,会让隐士爱不释手。不过它一旦堕入兰麝,与众香混杂,就会失去它的幽芳之品。

【注释】

①丁香:常绿乔木,高丈余,叶似栎,凌冬不凋,花圆细,黄色,花蕾可得

香料。《本草纲目·木部》载,丁香,又名丁子香、鸡舌香,汉时郎官奏事含之以使口芬香。

②近:一作"使"。

【汇评】

卢元昌《杜诗阐》卷一三:喻柔弱者当知自守。丁香纤卉,幸而结实,其枝犹垫,柔弱故也。叶带浮毛,花披素艳,以植小斋,但堪与幽人作缘耳。使晚节不坚,捣入兰麝,一坠之后,随即粉身,此时而念,亦云晚矣。抱弱质者宜自裁哉。

吴见思《杜诗论文》卷一八:丁香以柔弱之姿,故结而犹剩也。"细叶"二句咏其状。今种近小斋,可供幽人之玩,而结实之后,反和入兰麝之中。自处既卑,则粉身不足惜矣。

仇兆鳌《杜诗详注》卷一〇:丁香体弱而枝垫,其花叶植于小斋,止堪与幽人作缘。若使坠入兰麝,将粉身而不保矣。身名隳于晚节,大概如此。

丽　春①

百草竞春华,丽春应最胜。少须好颜色,多漫枝条剩②。纷纷桃李枝,处处总能移。如何贵此重,却怕有人知③。

【题解】

此首以丽春自喻,感叹奔竞者多,而自己耿介自守,少有知己。在百花争奇斗妍的春天,丽春最为艳丽可爱。它的花开得很少,颜色显得极其鲜嫩。它似乎不愿任人围观,总是绽放在幽僻之处,移植后就会枯槁。那些桃花、李花在枝头开得密密麻麻,不显得多余吗? 而且它们到处可以移种,从不矜持。

【注释】

①丽春:花名,又名赛牡丹,一说即虞美人。《广群芳谱·花谱二五·丽春》:"丽春,罂粟别种也。丛生柔干,多叶有刺,根苗止一类而具数色。有红者、白者、紫者,傅粉之红者,间青之黄者……姿状葱秀,色泽鲜明,颇堪娱目,草花中妙品也。"

②须：一作"顷"。好颜色：一作"颜色好"。

③如何贵此重：一作"稀如可贵重"。

【汇评】

仇兆鳌《杜诗详注》卷一〇：花少则颜色鲜好，花多则枝头余剩，此丽春之胜也。彼桃李凡姿，随移随活，独丽春性异，移之即槁，却似怕人知者，所以可贵也。

佚名《杜诗言志》卷六：此以比幽人之我贵，不屑于时流争胜。

浦起龙《读杜心解》卷一之三：有最胜之姿，而能自保，少故也。少则不等近玩，故莫夺其好也。彼多而衔美者，只剩枝条耳。三、四，凭空说法，为上下枢机，解家无得其旨者。桃李，即所谓多者也，多故易移，则剩者仅矣。然则兹何以擅此贵重乎？其可自轻乎？稍欲见知，则怕者亦至矣。垂诫何等微婉，须合五律三首看。

栀　子①

栀子比众木，人间诚未多。于身色有用，与道气伤和②。红取风霜实，青看雨露柯。无情移得汝，贵在映江波③。

【题解】

此首以栀子自喻，感叹有用之身而不合于时，终老于江湖。与世间众多树木相比，栀子可谓浑身是宝。它本身可作为染料，结子后又能入药以理气清热。这样一种不可多得的树木，遗落在野外，树叶因雨水冲洗而更青，果实经风霜摧折而更红。我也无心把你移栽到别处去，就让你在江滨与绿波相辉映。

【注释】

①栀子：常绿灌木，高七八尺，三四月生白花，有芬香；夏秋结实，可作染料，可入药。

②伤：一作"相"。

③谢朓《咏墙北栀子诗》："有美当阶树，霜露未能移。……还思照绿水，君阶无曲池。"

仇兆鳌《杜诗详注》卷一〇：此章全属自寓。人间未多,种特异矣。色有用比才堪济时。气相和,比性不戾俗。青红点景,自叹历经霜露。色映江波,故钟情在此。舍汝之外,别无可移情矣。

佚名《杜诗言志》卷六：此以见物之冷僻者,与隐逸人自相宜称也。

石闲居士《藏云山房杜律详解》五律卷三：此诗通篇是栀子之品题,而道理自见于言外。

鸂鶒

故使笼宽织,须知动损毛。看云莫怅望,失水任呼号①。六翮曾经剪,孤飞卒未高②。且无鹰隼虑,留滞莫辞劳。

【题解】

此首以鸂鶒自警,既然已经失位于外,困于蜀地,当随遇而安。为了使鸂鶒能安心地待在笼中,我专门做了一个宽大的笼子。鸂鶒你就不要走出笼子,否则羽毛就会被人拔去；没有了水就别在笼中悲鸣,也别老望着白云想要飞走,因为你的双翅已经被剪过,再也飞不高了。待在笼中,固然不自由,但同时也免受鹰隼的袭击,好歹住得安稳。

【注释】

①莫：一作"犹"。

②卒：一作"只"。

【汇评】

陈式《问斋杜意》卷八引潘木厓曰：起二句突兀,甚分明,藏一半说一半,如泆流然。

黄生《杜工部诗说》卷五：此物不受笼,故须剪翮,笼其栖宿之地耳。前半若儆戒之,后半若慰藉之,然实假物自喻之辞。言尔虽以云飞水宿为性,然既供人耳目近玩,剪其翮而居以笼,则势难远去,况留滞于此,差免鹰隼之虑,无为怅望呼号而不已也。

佚名《杜诗言志》卷六：此以喻士君子不幸而为世难而羁,即当宽以待之,使得免于祸足矣,无为戚戚也。是正得先生暂居草堂之意。

花　鸭

花鸭无泥滓,阶前每缓行①。羽毛知独立,黑白太分明。
不觉群心妒,休牵众眼惊。稻粱沾汝在,作意莫先鸣②。

【题解】

此首以花鸭自喻见妒于时,当深自韬晦。花鸭常常游于水中,所以身
上没有沾染泥土渣滓。它很懂得洁身自爱,在阶前行走的时候,不慌不忙,
态度从容。它的羽毛实在太有特色了,黑白分明,引人注目。不知不觉,它
就引来了周围的妒忌。给你口粮的人预先知道你要来觅食,早已做好了准
备,只是你不要先鸣叫,以免遭受打击。

【注释】

①阶前:一作"中庭"。

②沾:一作"知"。

【汇评】

黄生《杜工部诗说》卷五:咏物下至鸡鸭,亦难乎动笔矣,然非失次之
鸡、独立之鸭,亦无取托兴。此诗寓意婉至不必言,出语尤见高秀。

仇兆鳌《杜诗详注》卷一〇:独立、分明,是花鸭之曒然自异处。然惟独
立,故群心妒。惟分明,故众眼惊。且既沾足稻粱,又何须先鸣以取忌乎?
上四,作称羡之词;下四,作警戒之词。

汪灏《树人堂读杜诗》卷一〇:有箴规意,有惊惧意。

畏　人

早花随处发,春鸟异方啼。万里清江上,三年落日低①。
畏人成小筑,褊性合幽栖。门径从榛草,无心待马蹄②。

621

从乾元元年至宝应元年已经三年了。又是一年春天到了,早开的花儿哪儿都是,婉转的鸟声哪儿也都能听到,但我总不自觉地回忆起故乡的花香与鸟语。我经常徘徊在清江之旁,思念着万里之外的故乡,直至太阳西斜,日复一日,也有三年了。我褊躁的性子只适合幽居,为避免俗人的纠缠,我在溪边建了这座小小的茅屋。我不期待客人的来访,任凭门前长满杂树野草。

【注释】

①年:一作"峰"。

②门径:一作"径没"。待:原作"走",据他本改。

【汇评】

仇兆鳌《杜诗详注》卷一〇:此诗叹羁旅寂寥也。上四言景,有故乡故国之思。下四叙情,有避世避人之意。

又引《杜臆》:离家万里,寄迹三年,身世孤危,所以畏人而幽栖也。

边连宝《杜律启蒙》五言卷四:花已发矣,鸟又啼矣。万里之外,清江之上,其见落日之低者,已三年矣。有无限低徊。

屏迹三首①

其一

衰年甘屏迹,幽事供高卧②。鸟下竹根行,龟开萍叶过。年荒酒价乏,日并园蔬课。独酌甘泉歌,歌长击樽破③。

【题解】

在这衰老的暮年,我甘愿屏迹世外,幽居自处,高枕而卧,过悠闲清静的生活,看那小鸟在竹根旁跳跃啄食,乌龟拨开浮萍悠然而去。即使荒年岁馑,每天卖菜都换不来酒钱,但依然以甘泉水作酒,边饮边击杯而歌。唱得兴起,我甚至连酒杯也敲破了。

【注释】

①三首编次与题目，诸本不一，今从《杜诗详注》与《杜诗镜铨》。

②年：一作"颜"。

③独酌甘泉歌：一作"独酌酣且歌"。《世说新语·豪爽》："王处仲每酒后辄咏'老骥伏枥，志在千里。烈士暮年，壮心不已'，以如意打唾壶，壶口尽缺。"

【汇评】

顾宸《辟疆园杜诗注解》五律卷五：酒价既乏，所酌者惟甘泉而已。酌而且歌，歌而且长，长而至于击樽，击樽而至于破，公之狂态具见，无聊之态亦具见。

仇兆鳌《杜诗详注》卷一〇：首章，言屏迹景事，在四句分截。鸟下竹根，龟开萍叶，偶然所见，皆属幽事。日并卖蔬课钱，以充沽酒之价，然犹苦不继，故止酌饮甘泉耳。

刘濬《杜诗集评》卷二引李因笃曰：如观古器，时存古朴之气。

其二

　　用拙存吾道，幽居近物情①。桑麻深雨露，燕雀半生成。村鼓时时急，渔舟个个轻。杖藜从白首，心迹喜双清。

【题解】

　　因为本性朴拙，所以最好选择幽居的生活，而这种生活方式最符合人情物理，又使我本真的天性得以保全。桑麻在雨露的滋润下苗壮成长，燕雀不断繁衍，这是事物的本性。初夏之时，村中社鼓敲响，村民忙着耕种，渔人也忙着捕鱼，这是人之常情。我虽然年衰头白，但可以拄着拐杖任意行走，无拘无束，无尘俗之纷扰而心情喜悦。

【注释】

①存：一作"诚"。

【汇评】

王嗣奭《杜臆》卷四：用拙故幽居，幽居故与物情近。桑麻雨露，燕雀生成,此物情也,与人情正相近也。村鼓自急,渔舟自轻,理乱不闻,人已白首,止用杖藜从之足矣。心迹双清,吾道所由存也。生已成,成又生,"生成"两用,故着"半"字妙。

仇兆鳌《杜诗详注》卷一〇:拙者心静,故能存道。幽居身暇,故近物情。桑麻、燕雀,动植对言。村鼓、渔舟,耕渔对言。皆物情之相近者。对此而心迹两清,吾道得以常存矣。

佚名《杜诗言志》卷六:此与《畏人》一首,皆自明所以退隐之由,而此尤兼有自得之乐意,真妙作也。

其三

　　晚起家何事,无营地转幽。竹光团野色,舍影漾江流[①]。失学从儿懒,长贫任妇愁。百年浑得醉,一月不梳头。

【题解】

无事可做,不妨很晚起床;无所经营,居处更加幽静。太阳老早爬上了天空,青翠的丛竹在郊野中熠熠生辉,草屋的倒影荡漾于碧波之上。儿子们没有地方读书,任随他们疏懒;家中长期贫困,也听凭妻子发愁。我希望一辈子就生活在醉乡之中,那样一个月就可以不用梳头了。

【注释】

①团:一作"围"。舍:一作"山"。

【汇评】

王嗣奭《杜臆》卷四:无营,又根"用拙"来;转幽,又根"幽居"来。居已幽矣,以无营而转幽;"竹光""野色"二句,申言地幽如此,以补前章幽居所未尽。儿从其懒,妇任其愁,百年了于一醉,头亦可以不梳,正言无营如此,以发"用拙"之旨。

佚名《杜诗言志》卷六:承上章言既用拙幽居,则一无所事,亦一无所营矣。如野色既芳,而竹光益团团而直上;江流虽漾,而舍影自如如不动也。夫充无事无营之极致,则虽儿之失学、妇之愁贫,一皆置之不道。而百年之间,惟知戴雨露生成之恩,以自全其天年。浑如醉乡之无荣辱,尚何修饰之文为耶？虽蓬垢终日可也。使隐居者真能若此，斯可谓之真隐，而岂绝物鸣高者之所可拟耶？

夏力恕《杜诗增注》卷八：三首作法，筋脉暗通，直如一首。

少年行

马上谁家白面郎，临阶下马坐人床①。不通姓字粗豪甚，指点银瓶索酒尝②。

【题解】

不知是哪一家的白面小子，骑着马一直走到台阶前才下来，一进屋就大大咧咧地坐下，没有通告自己的姓名，就指着装酒的银瓶，要人拿过来给他尝尝。

【注释】

①马上：一作"骑马"。白面：原作"薄媚"，据他本改。临阶：一作"临轩"。坐：一作"踏"。

②姓字：一作"姓氏"。豪：一作"疏"。索酒尝：一作"酒未尝"。《南史·颜延之传》载，颜延之好骑马，遨游里巷，遇知旧，辄据鞍索酒。

【汇评】

仇兆鳌《杜诗详注》卷一〇：此摹少年意气，色色逼真。下马坐床，指瓶索酒，有旁若无人之状，其写生之妙，尤在"不通姓氏"一句。

又引胡夏客曰：此盖贵介子弟，恃其家世，而恣情放荡者。既非才流，又非侠士，徒供少陵诗料，留千古一噱耳。

绝　句

江边踏青罢，回首见旌旗。风起春城暮，高楼鼓角悲。

【题解】

江边踏青归来,悲风渐浓,暮色渐重。回首城头,旌旗招展,鼓角悲鸣,乡思之情又悄然滋生。

【汇评】

仇兆鳌《杜诗详注》卷一〇:此春日伤乱之作。旌旗,日所见。鼓角,夕所闻。

又引周敬曰:五言绝难于七言绝者,以语短而气苦于促,字少而意忌于露,格似拙而辞易流于俗也。众唐人一样,宋人又是一样,当以摩诘、青莲为法。

又引茅一相曰:绝句固难,五言尤难,离首即尾,离尾即首,而腹亦不可少,妙在愈小而愈大,愈促而愈缓。

即　　事

百宝装腰带,真珠络臂鞲①。笑时花近眼,舞罢锦缠头②。

【题解】

诗写贵人赏赐舞女。舞女腰上系着百宝装饰的腰带,臂膀上串着珍珠手镯。她微笑时,仿佛鲜花就在眼前绽放。一曲刚刚舞罢,就获得了客人赏赐的彩物。

【注释】

①《后汉书·皇后纪》:"仓头衣绿褠。"李贤注:"褠,臂衣。今之臂鞲,以缚左右手,于事便也。"

②《资治通鉴·唐纪三十九》:"怀恩起舞,奉仙赠以缠头彩。"胡三省注:"唐人宴集,酒酣为人舞,当此礼者,以彩物为赠,为之缠头。倡妓当筵舞者,亦有缠头喝赐。"

【汇评】

汪灏《树人堂读杜诗》卷一〇:感时人而叹其奢僭,不便注其姓名。

杨伦《杜诗镜铨》卷九：杜集中艳体只此。

刘濬《杜诗集评》卷一五引吴农祥曰：不置一语，妙。

奉酬严公寄题野亭之作

拾遗曾奏数行书，懒性从来水竹居。奉引滥骑沙苑马，幽栖真钓锦江鱼。谢安不倦登临费，阮籍焉知礼法疏[①]。枉沐旌麾出城府，草茅无径欲教锄[②]。

【题解】

上元二年十二月，严武任成都尹。次年春，作诗《寄题杜二锦江野亭》，希望诗人不要只是吟诗作赋，要出来为朝廷效力："漫向江头把钓竿，懒眠沙草爱风湍。莫倚善题鹦鹉赋，何须不著鹔鹴冠。腹中书籍幽时晒，肘后医方静处看。兴发会能驰骏马，终当直到使君滩。"杜甫接到诗后十分高兴，句句相应加以回复。严武在诗中说，你应该出来做官；诗人说，自从在左拾遗任上救房琯而遭受贬谪之后，我就甘心隐居，无心仕途了。严武说，你满腹才华，不能就这样埋没；诗人说，我生性疏懒，难容于礼法之士，不适合做官。严武说，你有空到城里来坐坐；诗人说，还是你出城来看我，为了迎接你到草堂来，我将在荒草覆盖的地方，专门开辟一条道路。

【注释】

①《晋书·谢安传》载，谢安于东山营墅，楼馆林竹甚盛，子侄往来游集，肴膳亦屡费百金。《晋书·阮籍传》载，阮籍性疏懒，礼法之士，疾之如仇。

②枉沐：一作"何日"或"今日"。无：一作"荒"。

【汇评】

仇兆鳌《杜诗详注》卷一〇：在严诗固款曲而殷勤，在公诗亦和平而委婉。解者指严为语多刺讥，指公为始终傲岸，两失作者之意。

刘濬《杜诗集评》卷一〇引李因笃曰：严作倨甚，公此诗不亢不陵，身份毅然,真绝构也。格甚高,所谓恰到好处便是绝顶处,可为知者言。序事用古,自然不露,可为羚羊挂角,无迹可求矣。

严中丞枉驾见过① 严自东川除西川,敕令两川都节制

元戎小队出郊坰,问柳寻花到野亭②。川合东西瞻使节,地分南北任流萍③。扁舟不独如张翰,皂帽还应似管宁④。寂寞江天云雾里,何人道有少微星⑤。

【题解】

严武中丞带来随从一路观赏风光,来到草堂。在东川、西川刚刚合并,人们都希望瞻仰你这位新任使节的时候,你却屈尊相访。我从北方流寓蜀地,就如同无根的浮萍,任意漂流。现在你来到这里,希望如贺循帮助张翰那样帮我实现归隐之志,而我甘愿似管宁以布衣终老。在空廓、寂静的云雾中,谁说那里还隐藏着少微星呢?

【注释】

①严中丞:严武,时兼任御史中丞。诗题一作"严黄门枉驾见过"或"严黄门下驾见过"。

②《诗·小雅·六月》:"元戎十乘,以先启行。"

③《资治通鉴》载,广德二年正月,东、西两川合为一道,以黄门侍郎严武为节度。流:一作"孤"。

④《晋书·文苑传》载,贺循入洛,经吴阊门,于船中弹琴。张翰就循言谈,相钦悦曰:"吾亦有事北京。"便同载而去。《三国志·魏书·管宁传》载,管宁字幼安,北海朱虚人,天下大乱,闻公孙度令行于海外,遂往辽东。常着皂帽、布襦裤、布裙,随时单复。

⑤寂寞:一作"今日"。《隋书·天文志》载,少微四星,在太微西,士大夫之位也,一名处士星。

吴瞻泰《杜诗提要》卷一一：此公与严公初款洽之时，故立言之抑扬如此。而承接之错落，属对之开合，叙事之雅澹，命意之渊永，无不备至。

汪灏《树人堂读杜诗》卷一一：上是感其枉顾而必表出使节者，新并两川为一，纪时事，见隆贵也；下是自慨客居寂静，得严之爱敬，愈彰严之重贤出常情之上。

边连宝《杜律启蒙》七言卷一：首句枉驾，次句见过，三句美严，四句自叙。感其以使节之尊荣，而下交流萍之孤踪也。五、六单顶"流萍"，在己边写。七、八又从自己打合严公，言江天云雾之中，虽有星光，亦幽而不耀，何人向公道及，而使之问柳寻花到此也？与首联紧相呼应，自负不浅，而美严公亦至，此为人己两得。

遭田父泥饮美严中丞

步屧随春风，村村自花柳。田翁逼社日，邀我尝春酒①。酒酣夸新尹，畜眼未见有。回头指大男，渠是弓弩手②。名在飞骑籍，长番岁时久③。前日放营农，辛苦救衰朽。差科死则已，誓不举家走④。今年大作社，拾遗能住否。叫妇开大瓶，盆中为吾取。感此气扬扬，须知风化首。语多虽杂乱，说尹终在口。朝来偶然出，自卯将及酉。久客惜人情，如何拒邻叟。高声索果栗，欲起时被肘。指挥过无礼，未觉村野丑。月出遮我留，仍嗔问升斗。

【题解】

一大早起床，沐浴着春风，我外出散步，只见家家户户，村村落落，红红绿绿。偶尔碰见一位田家老翁，死磨硬泡，非要拉我去喝春酒。老翁喝得兴致高昂，句句不离新上任的成都尹严武，称严武是平生未见的好官，并回头指着他家的大儿子说:"他是严中丞手下的弓弩手,已经服役很久了,没想到前些日子放假回来务农,说是要帮助一下我这个衰朽的老头。这让我太感动了。以后不管有什么徭役赋税,我宁死也会承担,绝不逃走。今年我们这里大办春社,拾遗您能留下来喝几杯吗?"他边说边叫老伴把大坛子打开,把酒倒在瓦盆里。我见老翁如此意气洋洋,深深感到爱民如春风化雨,是地方官的首要职责。老人家喝酒时唠叨不休,话说得很多很杂,但始终是在称颂成都尹。我本来是早上出来随意走走,谁知从上午卯时一直喝到了下午酉时。主人如此好客,我真是盛情难却。趁着老人家高声喊着再拿些果栗来,我站起身来想要离开,却被他拉着胳膊肘按在座位上。他指手画脚,举止似乎不太礼貌,但我感受到的是真诚纯朴。月亮出来了,他还强留着我,责怪我不应问今天喝了多少,说他家里的酒足够喝。

【注释】

①社日:祭祀土地神祇、祈祷丰收的节日。《礼记·月令》:"择元日,命民社。"郑玄注:"社,后土也,使民祀焉,神其农业也。"春:一作"新"。

②《新唐书·兵志》:"择材勇者为番头,颇习弩射。又有羽林军飞骑,亦习弩。"

③《唐会要·京城诸军》:"贞观十二年十一月三日,于玄武门置左右屯营,以诸卫军领之,其兵名曰飞骑。""天宝五载三月十八日敕,应募飞骑,请委郡县长官,先取长六尺,不足,即选取五尺九寸以上,灼然阔壮膂力过人者,申送。"长番:长期服役。

④差科:徭役与赋税。

【汇评】

黄生《杜工部诗说》卷二:如此制题,全因美中丞故作是诗。若其殷勤款客,意虽足取,终是村野,不可耐耳。写村翁请客,如见其人,如闻其语,并其起坐指顾之状,俱在纸上,似未曾费半点笔墨者。要知费其笔墨,即非古乐府本色。此不在效其格调,而在食其神气也。

仇兆鳌《杜诗详注》卷一一引郝敬曰:此诗情景意象,妙解入神。口所不能传者,宛转笔端,如虚谷答响,字字停匀。野老留客,与田家朴直之致,无不生活。昔人称其为诗史,正使班、马记事,未必如此亲切。千百世下,读者无不绝倒。

浦起龙《读杜心解》卷一之三：笔笔泥饮，却字字美严，此以田家乐为德政歌也。如此称美上官，才得吃紧，才是脱套。

奉和严中丞西城晚眺十韵^①

汲黯匡君切，廉颇出将频^②。直词才不世，雄略动如神^③。政简移风速，诗清立意新。层城临暇景，绝域望余春^④。旗尾蛟龙会，楼头燕雀驯。地平江动蜀，天阔树浮秦。帝念深分阃，军须远算缗^⑤。花罗封蛱蝶，瑞锦送麒麟。辞第输高义，观图忆古人^⑥。征南多兴绪，事业暗相亲^⑦。

【题解】

你像西汉的汲黯那样匡时心切，又如赵国廉颇一般忠勇敢为。你有雄才大略，用兵如神，又直词敢谏，可谓不世之才。你出任成都尹以来，移风易俗，政简民便。理政之余，又不乏风雅，闲暇登临远眺，睹西城之晚景，赋清新之诗。此时城楼上旌旗飘扬如蛟龙聚会，连往来的燕雀也显得极为雅驯。江流滚滚而去，蜀地都为之振动；天空阔远，树木摇曳，关中缥缈难见，那里正是君王所在。朝廷对你尤为倚重，厚赏而付以要职；你则辞去朝廷赐给的府邸以示忠心，思安蜀地以报君恩。回想当年先祖征南灭吴的情形，和你多么相似。宝应元年春天，杜甫同成都尹严武唱和而作此诗，颂扬对方的文治武功。

【注释】

①十韵：底本原为小字题注。

②汲黯，字长孺，西汉名臣，濮阳（今属河南濮阳）人。汉武帝召为大中大夫，以数切谏，迁为东海太守。廉颇，赵国良将，曾大败齐国，拜为上卿，以勇气闻于诸侯。

③动：一作"用"。

④暇:一作"媚"。

⑤分阃:封疆大吏。《史记·张释之冯唐列传》:"臣闻上古王者之遣将也,跪而推毂,曰:阃以内者,寡人制之;阃以外者,将军制之。"算缗:统计赋税。缗,穿铜钱的丝线。

⑥《史记·卫将军骠骑列传》:"天子为治第,令骠骑视之,对曰:'匈奴未灭,无以家为也。'"晋裴秀《禹贡九州地域图序》:"文皇帝乃命有司,撰吴蜀地图。蜀土既定,六军所经地域远近,山川险易,征路迂直,校验图记,罔有或差。"

⑦征南:杜甫十三世祖杜预,任镇南大将军灭吴,封当阳侯,逝后追赠为征南大将军。

【汇评】

黄生《杜工部诗说》卷一〇:始以古人节慨美之,终以古人事业期之,才见关系。不徒写区区登眺之意而已。

吴瞻泰《杜诗提要》卷一三:排律发端,即须有笼罩一篇之势。引汲黯、廉颇二古人起,随点出中丞之政,而诗即顺带一笔写去,简捷至矣。次写西城晚眺,却不平铺。"旗尾"二句,是流水对。蛟龙,旗也。蛟龙会集,而楼上之燕雀驯习,则中丞之安静和辑可知,美之也。"地平""天阔"二句,写眺望远景,包尽全蜀形势,见非严公抚绥不可,是加倍赞美也。故提出"帝念"一段,明公之镇蜀,以分阃为重,不以算缗为急,故罗锦却贡,所以夸之也。因复引霍去病、裴秀、杜预三古人结之,与起手二古人为章法,而束以匡君事业为重,以吟眺兴绪为工,则一篇之大旨了然矣。如此十韵,气力何等深厚。而节骤之安闲,线脉之起伏,从来论诗者皆未尝及也。

翁方纲《杜诗附记》卷上:作到"天阔树浮秦",则已到巅顶矣,其下止余四韵,而"秦"字之下,更复无路可出,乃此出提喝"帝念"四韵,八句之中,稠叠沉厚,竟若不为收场计者,如银云托月之妙。

中丞严公雨中垂寄见忆一绝,奉答二绝

其一

雨映行宫辱赠诗,元戎肯赴野人期^①。江边老病虽无力,强拟晴天理钓丝。

【题解】

在这春雨映照行宫之际,承蒙严武中丞寄来一首诗。我没有想到您这个统兵的大帅肯来郊外赴我这个野老的约会,现在虽然老病无力,我也勉强起身整理钓鱼的丝线,等待你在晴日一起来钓鱼。

【注释】

①《资治通鉴·唐纪四十》:"玄宗之离蜀也,以所居行宫为道士观。"元戎肯赴野人期:一作"元戎欲动野人知"。

【汇评】

仇兆鳌《杜诗详注》卷一一:首章,从雨中说起,据来诗而答之。晴理钓丝,畜鱼待赴也。

其二

何日雨晴云出溪,白沙青石洗无泥^①。只须伐竹开荒径,拄杖穿花听马嘶^②。

【题解】

一场春雨,将白沙、青石洗刷得干干净净。什么时候才能天晴,让白云出现在小溪的上空?到那时我只需砍去青竹,开辟一条小路,在花丛中拄着拐杖,听着马的嘶鸣来迎接你。

【注释】

①洗:原作"先",一作"光"。

②拄:一作"倚"。马嘶:一作"鸟啼"。

【汇评】

仇兆鳌《杜诗详注》卷一一:次章,承晴天说入,望严公枉过也。路不沮泥,见马蹄可至。

谢严中丞送青城山道士乳酒一瓶

山瓶乳酒下青云,气味浓香幸见分①。鸣鞭走送怜渔父,洗盏开尝对马军②。

【题解】

严武派手下的兵丁送来一瓶青城山道士所酿的乳酒,杜甫作诗表示感谢。这瓶乳酒香味浓郁,如仙酿一样从青云下到了凡尘,我能得到严中丞的馈赠,非常荣幸,何况你还派人骑马送到我这渔父家中。接到美酒,使者尚未离开,我就迫不及待洗净酒盏开始品尝。

【注释】

①乳酒:酒名,一说指其色白而醲浓。杨慎引《孝经纬》:"酒者,乳也。王者法酒旗以布政,施天乳以哺人。"张率《对酒》诗:"如华良可贵,似乳更堪珍。"

②诗末原有注:"军州谓驱使骑为马军。"驱使骑,三字底本无,据他本补。

【汇评】

仇兆鳌《杜诗详注》卷一一:此为送酒而致申谢。渔父,公自谓。马军,即走送者。

三绝句

其一

楸树馨香倚钓矶,斩新花蕊未应飞①。不如醉里风吹尽,可忍醒时雨打稀②。

【题解】

紧靠着钓石矶,生长着一株高大的楸树,上面新开的花蕊一时半会不会凋谢。不过想到终有一天它们还是会枯萎飘零,那么不如趁我醉眠的时候让风把它们全部吹走,免得让我清醒之时眼睁睁看着它们被雨水淋得七零八落。

【注释】

①楸树:落叶高大乔木,花白色,子可入药。楸:一作"春"。

②风吹尽:一作"春风尽"。可:一作"何"。

【汇评】

卢元昌《杜诗阐》卷一三:楸树之倚钓矶者,其斩新花蕊,幸免飘零,然终不免。与其醒时触目,不如醉里听之。

仇兆鳌《杜诗详注》卷一一:此咏楸花也。一见花开,旋忧花落,有《庄子》方生方死意。

杨伦《杜诗镜铨》卷九引邵长蘅曰:老人情语。

其二

门外鸬鹚去不来,沙头忽见眼相猜①。自今已后知人意,一日须来一百回。

草堂外,一群鸀鹉离开后很久没有回来了。这天它们又出现在沙头,我简直不敢相信自己的眼睛。从今以后,鸀鹉知道了我是如何喜欢它们,每天应该飞来一百回。

【注释】

①去:一作"久"。

【汇评】

仇兆鳌《杜诗详注》卷一一:此咏鸀鹉也。物本异类,视若同群,有《列子》海翁狎鸥意。

杨伦《杜诗镜铨》卷九:正极写寂寞也。

其三

　　无数春笋满林生,柴门密掩断人行。会须上番看成竹,客至从嗔不出迎①。

【题解】

竹林里一下子窜出了无数的春笋,我要马上关紧柴门,不再让人们走来走去。我要亲自看着这头批竹笋长成高大的竹子,哪怕客人来了责怪我不去迎接。

【注释】

①上番:方言,指头批。番,原有注:"去声。"

【汇评】

仇兆鳌《杜诗详注》卷一一:此咏春笋也。杜门谢人,护笋成竹,有圣人对时育物意。

又引杨慎曰:"楸树"三绝句,格调既高,风致又韵,真可一空唐人。

杨伦《杜诗镜铨》卷九:三首一片无赖意思,有托而言,字字令人心醉。亦开宋元诗派。

野人送朱樱①

　　西蜀樱桃也自红,野人相赠满筠笼。数回细写愁仍破,万颗匀圆讶许同②。忆昨赐沾门下省,退朝擎出大明宫③。金盘玉箸无消息,此日尝新任转蓬。

【题解】

　　有农夫送给杜甫一竹筐樱桃,诗人想起当年任职朝廷时皇帝以樱桃赏赐群臣的往事,感慨万千而作此诗。乡野之人送来一满筐樱桃,个个一般大小,同样匀称,我几番细心移放,还是担心给弄破了。没想到蜀地的樱桃也是这般鲜红,我当年在门下省供职时,曾经蒙受皇帝恩赐樱桃,退朝时自豪地举着走出大明宫。今日尝新之时,我如转蓬漂泊不定,以金盘玉箸承受赏赐的事情,算是无缘了。

【注释】

　　①朱樱:樱桃。《本草纲目·果部》集解引《图经本草》:"(樱桃)其实熟时深红色者,谓之朱樱;紫色皮里有细黄点者,谓之紫樱。"

　　②写:移置。《礼记·曲礼上》:"器之溉者不写,其余皆写。"孔颖达疏:"写,谓倒传之也。"

　　③李绰《岁时记》:"四月一日,内园进樱桃,寝庙荐讫,班赐各有差。"

【汇评】

　　范温《潜溪诗眼》:此诗如禅家所谓信手拈来,头头是道者,直书目前所见,平易委曲,得人心所同然。但他人艰难,不能发耳。

　　王嗣奭《杜臆》卷四:公一见朱樱,遂想到在省中拜赐之时,故"也自红""愁仍破""讶许同",俱唤起"忆昨"二句,而归宿于"金盘玉箸无消息"。通篇血脉融一片,公之律诗大都如此。

　　杨伦《杜诗镜铨》卷九:托兴深远,格力矫健,此为咏物上乘。开手击此动彼,入后一气直下,独往独来,小题具如此笔力。

严公仲夏枉驾草堂兼携酒馔 得寒字

竹里行厨洗玉盘，花边立马簇金鞍①。非关使者征求急，自识将军礼数宽②。百年地僻柴门迥，五月江深草阁寒。看弄渔舟移白日，老农何有罄交欢。

【题解】

仲夏之时，严公你携带酒食到草堂前竹林宴饮，所骑乘的马儿挂着金鞍立在花旁等候。这样隆重的礼仪，并非是为了催我离隐出仕，而只是严公讲求礼数，对故人过于宽厚。我所居住的江滨十分偏远，五月江水上涨时还带有阵阵寒意。我这个老农也没有什么好东西来款待，只有请你观看渔船打鱼以消磨暑日。

【注释】

①《神仙传》卷七载，麻姑降蔡经家，坐定，召进行厨，皆金盘、玉杯。

②征求：征聘。《庄子·让王》载，颜阖守陋闾，鲁君之使者至。阖对曰："恐听者谬，而遗使者罪，不若审之。"使者还，反审之，复来求之，则不得已。

【汇评】

黄生《杜工部诗说》卷八：极喧闹事，写得极幽适，非止笔妙，亦由襟旷。

陈訏《读杜随笔》卷下：严公枉驾草堂携酒交欢，拈韵赋诗，自应严公说起，再写枉驾，再写酒馔，以交欢作结。然逐层粘缀，神气欠道。公先从携酒馔起，从使者逆入将军，真若从天而降，有千仞建瓴之势。又曰：全章通体道亮，超轶绝群，在神气不在声调，读公诗可思过半矣。

石间居士《藏云山房杜律详解》七律卷上：合上下截观之，一宾一主，一极煊赫，一极萧索，两相对照，而忘形之交自见。且通身用虚实之法以出之，亦拗体诗中格局之奇胜者。

严公厅宴同咏蜀道画图 得空字

日临公馆静,画满地图雄①。剑阁星桥北,松州雪岭东②。
华夷山不断,吴蜀水相通。兴与烟霞会,清樽幸不空。

【题解】

严武在府厅举办宴会,以厅堂所画蜀地地图为题同咏,杜甫拈得"空"字而作此诗。诗人说,大白天到了幽静的严公馆,厅堂里陈列着雄伟的蜀中地形图。从地图上可以看到,山自西南而来,水往东方而去。剑阁在星桥的北面,雪岭在松州的西面,蜀地可谓华夷杂居,山峰连亘不断。吴地和蜀地虽然相距甚远,但也有江水连通。我的诗兴顿时与图中山川之烟霞相会,何况樽中盛满美酒,怎能无诗?

【注释】

①满:一作"列"。

②星桥:七星桥,即成都之冲治桥、市桥、江桥、万里桥、夷里桥、长升桥与永平桥。《华阳国志》卷三:"长老传言:李冰造七桥,上应七星。故世祖谓吴汉曰:'安军宜在七星间。'"松州:属剑南道,在今四川松潘一带。雪岭:即岷山山脉,在唐松州嘉城县东八十里。

【汇评】

刘辰翁《集千家注批点杜工部诗集》卷八:开辟古今,渺在言外,画不足言矣。

王嗣奭《杜臆》卷四:此诗三、四在地图内,而五、六推及图以外,包罗宏阔,俯仰无际矣,此地图之雄也。

夏力恕《杜诗增注》卷九:寥寥数语,万里如在指掌。

戏赠友二首^①

其一

元年建巳月,郎有焦校书^②。自夸足膂力,能骑生马驹。一朝被马踏,唇裂板齿无。壮心不肯已,欲得东擒胡。

【题解】

宝应元年四月,一个姓焦的校书郎自夸膂力好,能骑没经训练的生马驹,结果从马上摔了下来,碰破了嘴唇,磕掉了门牙。但他依然不肯罢休,还说有机会要东征上阵杀敌。

【注释】

①诗题一作"戏赠二友"。

②建巳月:四月。《新唐书·肃宗纪》载,上元二年,以十一月建子为岁首月。至建巳月,帝寝疾,诏皇太子监国,改元年为宝应元年,复以正月为岁首。

【汇评】

仇兆鳌《杜诗详注》卷一一:堕马伤齿,志为好勇者之戒。末二,讽之也。

其二

元年建巳月,官有王司直^①。马惊折左臂,骨折面如墨。驽骀漫深泥,何不避雨色^②。劝君休叹恨,未必不为福^③。

【题解】

宝应元年四月,有一位姓王的司直官,骑着一匹劣马陷入了深泥。马受惊吓,把他摔了下来,折断了他的左臂。王司直心情很恶劣,面色深沉。

我劝王司直用不着叹恨,你为什么要在雨天骑马呢? 受了这点伤未必不是好事。

【注释】

①《新唐书·百官志》载,东宫官有"司直二人,正七品上,掌纠劾宫寮及率府之兵"。

②深:一作"染"。

③《淮南子·人间训》载有"塞翁失马,焉知非福"事。

【汇评】

仇兆鳌《杜诗详注》卷一一:马陷损臂,志为冒险者之戒。末二,慰之也。

又引胡夏客曰:焦校书、王司直,一为乘生驹之堕,一为乘驽骀而堕,天下事之难料如此。公于此有深感焉,非仅戏笔而已也。

杨伦《杜诗镜铨》卷九:俚词记事,亦是一体。

大　雨

　　西蜀冬不雪,春农尚嗷嗷。上天回哀眷,朱夏云郁陶①。执热乃沸鼎,纤绤成缊袍。风雷飒万里,霈泽施蓬蒿。敢辞茅苇漏,已喜黍豆高。三日无行人,二江声怒号②。流恶邑里清,矧兹远江皋③。荒庭步鹳鹤,隐几望波涛。沉疴聚药饵,顿忘所进劳。则知润物功,可以贷不毛。阴色静垄亩,劝耕自官曹。四邻耒耜出,何必吾家操④。

【题解】

　　去年冬天以来,蜀地就没有下雪。春天麦苗枯黄,农民心急如焚。到了夏天,苍天终于大发怜悯之心,乌云顷刻之间聚拢起来,气温顿时下降,刚刚还热得如同泡在汤锅之中,转眼之际连单衣也挡不住凉意了。惊雷从万里之外飒然而至,倾盆大雨降下原野。虽然茅屋又开始漏雨,可只要庄稼能迅速生长也就不用在意了。这瓢泼大雨一连下了三天,外江、内江水势澎湃,路上没有了行人。村里污秽的东西被冲走了,僻远的江滨更是干干净净。我伏在靠几上远眺着汹涌的波涛,鹳鹤在荒芜的庭院里信步而走。这些天一直靠着吃药来压制肺热,现在天气凉爽,我可以暂时停药了。由此可见,上天润化万物,连不毛之地都可以用雨水带来生机。雨后天尚未晴,田垄上静悄悄的,地方官就要敦促耕作了。虽然我家没有土地,可看着邻居们扛着耒耜出来,我还是感到很高兴。

【注释】

①朱夏:夏天。朱,一作"清"。《尔雅·释天》:"夏为朱明。"郁陶:郁结,引申为凝聚貌。《书·五子之歌》:"郁陶乎予心。"

②二江:流经成都的内江和外江。二,一作"大"。

③《左传·成公六年》:"有汾浍以流其恶。"杜预注:"恶,垢秽。"

④耒耜出:一作"出耒耜"。

【汇评】

陈式《问斋杜意》卷八:极形雨之大且久,无非喜雨之意。"四邻出耒耜,何必吾家操",正妙在说得阔远。

浦起龙《读杜心解》卷一之三:前八,从旱入雨,两层申说。中八,雨后之景。不特旱苗复醒,而暑气亦清。后八,畅言喜雨之情。

刘濬《杜诗集评》卷二引李因笃曰:语皆实际,先后有章。

溪　涨

当时浣花桥,溪水才尺余。白石明可把,水中有行车①。秋夏忽泛溢,岂惟入吾庐。蛟龙亦狼狈,况是鳖与鱼。兹晨已半落,归路趦步疏。马嘶未敢动,前有深填淤。青青屋东麻,散乱床上书。不意远山雨,夜来复何如②。我游都市间,晚憩必村墟。乃知久行客,终日思其居。

诗写杜甫因溪水猛涨,不得归家而折返城中。浣花溪水,平时仅深尺余,白石可拾,清浅可涉,不料夏日泛滥,一片汪洋,水深而泥泞,人马不敢涉。溪水涨得如此迅猛,诗人担心草堂会进水;夜雨一直下个不停,诗人又想着东屋雨漏如麻,会将床上的书籍淋湿。往日到城中应酬,夜晚必定回郊外的草堂休息;现在为溪水阻隔,有家难回,才更理解那些久行之客思家的情怀了。

【注释】

①石:一作"日"或"月"。

②意:一作"知"。

【汇评】

张溍《读书堂杜诗注解》卷八:以客边暂出必归,见久客未有不思还乡者。意甚佳,但语欠明。

浦起龙《读杜心解》卷一之三:阻水不得归草堂而作也。前八,从常景入溪涨。中八,述初退仍阻,而更为后虑。末四,闲情作结。

刘濬《杜诗集评》卷二引李因笃曰:虚实无一语落空。

大麦行

大麦干枯小麦黄,妇女行泣夫走藏①。东至集壁西梁洋,问谁腰镰胡与羌②。岂无蜀兵三千人,部领辛苦江山长③。安得如鸟有羽翅,托身白云还故乡④。

【题解】

宝应元年,党项、吐蕃先后攻打梁州、洋州、渭州、成州等地,并收割了这些地方已经成熟的麦子。杜甫此诗,正写胡羌寇边抢粮而蜀兵不能救护。在大麦、小麦即将成熟的时候,妇女们却边哭边跑,男子们也四处躲藏。为什么会出现这种情况呢？原来是那些羌胡拿着镰刀下山抢粮来了。难道蜀地没有士兵守护吗？从集州、壁州到梁州、洋州，这样一大片地区仅有三千士卒，他们疲于奔命，难于保护。诗人希望能像鸟儿一样有一双翅膀，那样就可以飞回故乡了。

【注释】

①《后汉书·五行志》载桓帝时童谣曰："小麦青青大麦枯，谁当获者妇与姑。丈人何在西击胡。"妇女：一作"妇人"。

②集壁梁洋：唐时山南西道所之四州。集州，约在今四川南江县；壁州，约在今四川通江县；梁州，约在今陕西汉中；洋州，约在今陕西洋县。西：一作"北"。

③三千人：一作"千人去"。部：一作"簿"。

④还：一作"归"。

【汇评】

仇兆鳌《杜诗详注》卷一一：《大麦行》，忧边寇而作也。腰镰刈麦，出自胡羌，徒赍盗粮耳。蜀兵三千，鞭长不及，故思东归以避之。

浦起龙《读杜心解》卷二之二：今借蜀兵之口，反其意而歌之。谓梁州之民，被寇流亡，诸羌因粮于野，客兵难与争锋，思去而归耳。刺寇横，伤兵疲，言外无穷恺切。

朱颢英《朱雪鸿批杜诗》卷上：直序时事，饶有古韵，妙在短简不枝，亦自曲折。

奉送严公入朝十韵①

鼎湖瞻望远，象阙宪章新。四海犹多难，中原忆旧臣。与时安反侧，自昔有经纶。感激张天步，从容静塞尘②。南图回羽翮，北极捧星辰③。漏鼓还思昼，宫莺罢啭春。空留玉帐术，愁杀锦城人④。阁道通丹地，江潭隐白蘋⑤。此生那老蜀，不死会归秦。公若登台辅，临危莫爱身。

【题解】

唐肃宗上元二年十二月,严武任成都尹。次年四月,玄宗、肃宗先后驾崩,代宗即位,七月召严武入朝,任山陵桥道使。杜甫作此诗送行。玄宗、肃宗如黄帝那样升天仙去,代宗初立,颁发了新的宪章。在此多难之秋,朝廷思念旧臣,召你还朝。你有安邦定国之才,从容自若地安抚西蜀,人们期待你能使国运复兴。你像大鹏展翅一样飞回长安,入京辅佐天子,成为朝廷重臣,兢兢业业,夜以继日。你从剑阁径直回到京中,蜀地的父老再也见不到你的用兵之术,十分愁苦。我隐居在这遥远的江滨,只要不老死在蜀中,就一定会想办法回长安。你如果登上了宰辅之位,临危之际,千万莫要顾惜自身。

【注释】

①"入朝"二字原本在题下,据诸本改。

②天步:国运。《诗·小雅·白华》:"天步艰难,之子不犹。"

③《庄子·逍遥游》:"抟扶摇羊角而上者九万里,绝云气,负青天,然后图南。"《论语·为政》:"为政以德,譬如北辰,居其所而众星共之。"

④玉帐术:兵法。《新唐书·艺文志》兵家有《玉帐经》一卷。张淏《云谷杂记》载,盖玉帐乃兵家厌胜之方位,主将于其方置军帐,则坚不可犯,如玉帐然。

⑤阁道:栈道。丹地:宫殿前红漆所涂之地。

【汇评】

卢世潅《杜诗胥钞余论·论五七言排律》:兴象规模,与题雅称。末复嘱一语曰:"公若登台辅,临危莫爱身。"法言正告,令人肃然。夫奉送府主,谁敢作此语,谁肯作此语,子美真古人也。

张溍《读书堂杜诗注解》卷八:端严简括,排体之正。

吴瞻泰《杜诗提要》卷一三:此肃宗晏驾,代宗新即位,而望严公之赞画也。起二句浑沦庄重,蓄一篇意,而以新政望之旧臣。"四海"一段,皆属望之词,句句流水,以化为开阖之笔。"南图""北极",比也。"思昼""啭春",赋也。暗对宪章新气象,为一束。"玉帐"二句,惜严去蜀,以起下瞻恋之情。"此生"二句,跌宕之笔,乃甫哭罢自己,忽转出一副告戒语,勖励严公,真诚悱恻。始知其为己哭者，不过老死而已，而为严公哭者，台辅临危之事，正回顾中原旧臣，而发端之蓄意乃伸矣。此排律中沉郁顿挫之章，非公无此性情，非公无此笔力。

送严侍郎到绵州同登杜使君江楼^① 得心字

野兴每难尽，江楼延赏心。归朝送使节，落景惜登临。稍稍烟集渚，微微风动襟。重船依浅濑，轻鸟度曾阴。槛峻背幽谷，窗虚交茂林。灯光散远近，月彩静高深。城拥朝来客，天横醉后参。穷途衰谢意，苦调短长吟。此会共能几，诸孙贤至今。不劳朱户闭，自待白河沉^②。

【题解】

严武受诏回朝，杜甫相送至绵州，刺史杜济在江楼宴请，众人赋诗，杜甫拈得"心"字而有此作。从成都到绵州，相送而随，山光水色，每每难以尽兴。如今在落日时分，登上江楼，所见尤为赏心悦目。微风吹拂着衣襟，薄雾萦绕着江中小洲，重载的木船泊于浅滩，轻盈的小鸟飞过层楼，飞向楼旁的幽谷茂林。在月光与江楼的灯光映照之下，楼旁那些树林显得更为幽静。绵州士绅，倾城而来，热情款待。面对如此美景，一行人纵情畅饮，从日落一直喝到月出参横、银河西沉。我已是垂暮老翁，这样的盛会再也难遇到几次，此时只有愁苦之作。杜济是我的诸孙辈，他贤能好客。大家不必劳费他关闭朱门以挽留客人，尽情自斟自饮，直到天明。

【注释】

①绵州：治所在今四川绵阳。杜使君：绵州刺史杜济，杜甫从孙。江楼：《方舆胜览·成都府路·绵州》："江楼，枕城之东隅，上有唐江亭记。"诗题一本"江楼"后有"宴"字。

②《汉书·游侠传》："(陈)遵耆酒，每大饮，宾客满堂，辄关门，取客车辖投井中，虽有急，终不得去。"

黄生《杜工部诗说》卷一〇：此诗以"延赏心"三字立一篇之意，从落景说到月出参横，终以河沉，具见节次。

吴瞻泰《杜诗提要》卷一三：此章以落景、开筵、烟集、鸟归、灯光、月彩、朝来、醉后、户闭、河沉为节奏，具见缠绵难尽之意。然待至天晓，终当别耳，落语凄然。篇法以重叙一层见波澜，诗意以重叙一层见苦调，非细心体认，未有不以为复者也。

仇兆鳌《杜诗详注》卷一一：篇中叙次，自暮至晓，历历分明。

奉济驿重送严公四韵①

远送从此别，青山空复情。几时杯重把，昨夜月同行。列郡讴歌惜，三朝出入荣。江村独归处，寂寞养残生②。

【题解】

远送到这奉济驿站，就要分别了。怅然青山伫立，也似含情送客，却不知我内心无限低徊不舍。后会难期，往事历历在眼前。昨夜我们还在月下携手同行，什么时候能重聚首而把杯畅饮？东西川各郡在讴歌你的德政，惋惜你的离去。你有三朝迭为将相的经历，足以让后人羡慕，算不虚此行。而我在分别之后，又将重归江村，在寂寞中度过残生。

【注释】

①奉济驿：在绵州城北三十里。

②处：一作"去"。

【汇评】

黄生《杜工部诗说》卷六：谢朓诗："婵娟空复情。"严公镇蜀，于公甚推故旧之分，故在成都有《送入朝十韵》；同到绵州，有《同登江楼》十韵。及此复以四韵诀别，其留连感激之意可概见矣。发端已觉声嘶喉哽，结处回思严去之后穷老无依，真欲放声大哭，虽无"泪"字，尔时语景，已可想见矣。

送别诗至此,使人不忍再读。远送至此,前途再难复进矣,从此遂一别矣。此时离杯在手,几时再得杯重把?昨夜皓月当头,几时再得月同行?分袂之后,青山空在,岂能知我此情之郁结耶?在公则去思留于列郡,位望冠于三朝,荣已极矣。特已别公之后,残生寂寞,依藉无人,不堪回想耳。七句紧承六句,以严入朝之恩荣,与己独归之寂寞,两两相形,深悲隐痛,自见言外。

夏力恕《杜诗增注》卷九:数语耳,诸意具备,更增减不得,一结尤凄然。

边连宝《杜律启蒙》五言卷四:直读首五字已觉酸鼻,直抵得三叠阳关、一声河满也。

送梓州李使君之任 故陈拾遗,射洪人也,篇末有云①

籍甚黄丞相,能名自颍川②。近看除刺史,还喜得吾贤。五马何时到,双鱼会早传③。老思筇竹杖,冬要锦衾眠④。不作临岐恨,惟听举最先。火云挥汗日,山驿醒心泉。遇害陈公殒,于今蜀道怜⑤。君行射洪县,为我一潸然。

【题解】

汉代名相黄霸,名闻天下始于他任颍川太守之时。现在李使君出任梓州刺史,我为朝廷又得到一位贤才之士而高兴。李刺史赴任后,希望在寄来书信的同时,还能捎来一些当地土特产。在这炎炎夏日,你匆匆赶路,要注意多饮甘泉,保重身体,我等待你考核卓异的好消息。遇害的梓州射洪县诗人陈子昂,至今还令人惋惜。你巡视到射洪县,请代我一洒潸然之泪。

【注释】

①梓州:唐时属剑南道,治所在今四川三台。陈拾遗:陈子昂,梓州射洪人,武后时曾任右拾遗。

②黄丞相:黄霸,字次公,淮阳阳夏(今河南太康)人,曾拜颍川太守,咸称神明,后征入为丞相。

③五马：指太守。古乐府《陌上桑》："使君从南来，五马立踟蹰。"双鱼：指书信。古乐府《饮马长城窟行》："客从远方来，遗我双鲤鱼。"

④笻竹杖：用笻竹做的手杖。戴凯之《竹谱》："笻竹，高节实中，状若人刻，为杖之极。《广志》云：'出南广邛都县。'……此竹实既固，杖又名扶老，故曰'名实縣同'也。"

⑤《旧唐书·陈子昂传》载，陈子昂父在乡，为县令段简所辱。陈子昂闻之，遽还乡里。段简乃因事收系狱中，忧愤而卒。

【汇评】

浦起龙《读杜心解》卷五之二：各四句转意。首颂而祝之。次以书信土物为期，次叙别景而曰"听举最"、曰"醒心泉"，带劝勉意。末嘱其留心耆旧。

杨伦《杜诗镜铨》卷九：亦近应酬之作，注意全在一结。送人之官有此，可见古人无忌讳。

刘濬《杜诗集评》卷一三引李因笃曰：陈公一段精彩。此段哀甚，却自古雅，乃见精彩耳。

观打鱼歌

绵州江水之东津，鲂鱼鲅鲅色胜银①。渔人漾舟沉大网，截江一拥数百鳞。众鱼常才尽却弃，赤鲤腾出如有神。潜龙无声老蛟怒，回风飒飒吹沙尘②。饔子左右挥霜刀，鲙飞金盘白雪高③。徐州秃尾不足忆，汉阴槎头远遁逃④。鲂鱼肥美知第一，既饱观娱亦萧瑟。君不见朝来割素鬐，咫尺波涛永相失⑤。

【题解】

杜甫送走严武之后，因徐知道在成都叛乱而暂留于绵州。此诗与下首,写他在涪江旁观看渔人打鱼时的感受。在绵州涪江水面,经常有一群渔夫,将船排成一排拦江拉网捕鱼。他们将渔网撒下去,往往可以打上来数百尾银光闪闪的鲂鱼。那些味道平常的鱼,都被渔夫抛弃了。红色的鲤鱼跳动有力,在水中挣扎的时候犹如蛟龙发狂。厨师飞快地将鲜鱼削成白雪般的鱼片,堆积在金盘中。这鲂鱼的味道最为鲜美,吃过它就再不会惦记徐州的鲢鱼和汉水的鳊鱼。鲂鱼虽然好吃,可想到它被割断鱼鳍之后再也回不了水中,又不免令人恻然。

【注释】

①东津:渡口,故址在今四川绵阳游仙区沈家坝富乐山麓涪江岸边。《尔雅·释鱼》:"鲂,魾。"郭璞注:"江东呼鲂鱼为鳊,一名魾。"陆玑疏:"(鲂鱼)广而薄,肥恬而少力,细鳞,鱼之美者。"《诗·周南·汝坟》:"鲂鱼赪尾。"

②《易·乾》:"潜龙勿用。"回:一作"西"。

③饔子:厨子。潘岳《西征赋》:"华鲂跃鳞,素鲔扬鬐。雍人缕切,鸾刀若飞。应丸落俎,霍霍霏霏。"

④秃尾:或指鲢鱼,一说为鲶鱼。忆:一作"惜"。槎头:鳊鱼。

⑤鬐:鱼鳍。

【汇评】

《诸名家评定本钱注杜诗》卷五引吴农祥曰:随一题,吞吐必与人心天道相关,非草草下笔者。

杨伦《杜诗镜铨》卷九:二诗(此及下首《又观打鱼》)体物既精,命意复远。一饱之后,仍归萧瑟。数语可当一篇戒杀文。

刘濬《杜诗集评》卷五引查慎行曰:题外着想,其实百倍豪雄。

又观打鱼

苍江渔子清晨集,设网提纲万鱼急①。能者操舟疾若风,撑突波涛挺叉入。小鱼脱漏不可纪,半死半生犹戢戢②。大

鱼伤损皆垂头,屈强泥沙有时立。东津观鱼已再来,主人罢
鲙还倾杯。日暮蛟龙改窟穴,山根鳣鲔随云雷③。干戈兵革
斗未止,凤凰麒麟安在哉。吾徒胡为纵此乐,暴殄天物圣
所哀④。

【题解】

一大早渔夫们就聚集起来,在江面上拦江拖大网捕鱼。那些水平高超
的船工,驾着小船在水面上飞驰;眼疾手快的渔夫,则用鱼叉在波涛中叉着
大鱼。被丢弃在一旁的小鱼半死不活,受伤的大鱼在泥沙中挣扎摆动。看
完打鱼,好客的主人立刻为诗人举行了鱼宴,宴会一直延续到日暮。诗人
想到战乱不休而凤凰、麒麟难以出世,自己一群人还在饮酒作乐,吃着鲜
鱼,真可谓暴殄天物。

【注释】

①万:一作"取"。

②漏:一作"网"。

③鳣:鲟鱼。郭璞《尔雅注》:"鳣,大鱼,似鱏而短鼻,口在颔下,体有邪
行甲,无鳞,肉黄,大者长二三丈,今江东呼为黄鱼。"鲔,白鲟。陆玑《尔雅
疏》:"鲔鱼,形似鳣而青黑,头小而尖,似铁兜鍪,口亦在颔下,……大者为
王鲔,小者为鮛鲔。"云:一作"风"。

④干戈兵革斗未止:一作"干戈格斗尚未已"。

【汇评】

《唐诗归》卷二〇钟惺曰:观猎壮事,观渔幽事。二诗以壮为幽,然胸中
无一段深心至理,亦说不出。

李长祥《杜诗编年》卷八:二诗将鱼之死生、强弱、力量、精神一一写出,
令读者之意中又惊又喜,又惨淡又畏惧。

仇兆鳌《杜诗详注》卷一一:此观鱼而有感也。大鱼小鱼,既遭急捕,故
蛟龙鳣鲔,亦避杀机。且当此兵戈之后,麟凤潜踪,奈何暴殄以损天和哉?
盖深痛之耳。

越王楼歌①

绵州州府何磊落,显庆年中越王作②。孤城西北起高楼,碧瓦朱甍照城郭。楼下长江百丈清,山头落日半轮明。君王旧迹今人赏,转见千秋万古情。

【题解】

高宗显庆年间,越王在绵州建起一座高楼。这座高楼位于绵州城西北,碧瓦朱甍,光芒四射。下临长江,远映青山,气概非凡。越王早已故去,而城楼至今为人观赏。千秋万古之思,窥见一斑。

【注释】

①越王楼:钱谦益笺引《绵州图经》:"在绵州城外,西北有台,高百尺,上有楼,下瞰州城。唐显庆中,太宗子越王贞为绵州刺史日建。"越王,唐太宗第八子。

②显庆:唐高宗年号。

【汇评】

王嗣奭《杜臆》卷五:"越王作",言作绵州刺史也。曰"照城郭",则此楼又为磊落之助。而楼下长江,山头落日,山高水清,奇观胜览。然君王身造此楼,不能长享,已成旧迹,而今人赏之,古诗所谓"万岁更相送"者信矣。千秋万岁,其情尽然,不可转见乎?

乔亿《杜诗义法》卷下:王子安《滕王阁》诗,工丽中气自豪华,此篇较有深沉之思,为本贤王也。

海棕行①

左绵公馆清江濆,海棕一株高入云。龙鳞犀甲相错落,苍

652

棱白皮十抱文②。自是众木乱纷纷，海棕焉知身出群③。移栽北辰不可得，时有西域胡僧识。

【题解】

诗人寓居绵州时，其公馆濒临涪江，江滨有一株海棕高耸入云。海棕的叶子，如龙鳞犀甲，错落丛生；它的枝干粗大，棱角突出，白皮醒目。杂居于纷乱的树林之中，旁人不知它的超凡脱俗之处，它自己也不知道，更不可能被移种到京城。唯有西域的胡僧，偶然经过此处，才让人们知晓海棕的出身不凡。

【注释】

①海棕：常绿乔木，椰木的一种。宋祁《益部方物略记》卷一"海棕"注曰："大抵棕类，然不皮而干，叶丛于杪，至秋乃实，似楝子。"

②甲：一作"角"。

③自：一作"但"。

【汇评】

王嗣奭《杜臆》卷五：公抱经济而不得试，自负自叹，非咏海棕也。

仇兆鳌《杜诗详注》卷一一：上四，咏海棕，下乃抚棕有感。一株入云，远望也。鳞甲苍白，近视也。惜乎混迹群木，无从自见其奇，孰有移之以植禁苑乎？然抱此异质，终当遇识者之鉴赏矣。

佚名《杜诗言志》卷六：此以喻大才者之不为人所识也。

姜楚公画角鹰歌①

楚公画鹰鹰戴角，杀气森森到幽朔②。观者贪愁掣臂飞，画师不是无心学③。此鹰写真在左绵，却嗟真骨遂虚传。梁间燕雀休惊怕，亦未抟空上九天。

姜楚公所画之鹰，头上羽毛直竖如角，威风凛凛，让人感受到了朔北无边无际的杀气。这画上的老鹰如此逼真，看画的人总在担心它会脱卸臂韝飞去。其他的画师不是不想学，而是没有办法画到如此栩栩如生的程度。这幅老鹰图创作于绵州，使真鹰都相形见绌，徒有虚名。梁上的燕雀不必惊慌，即使画上的老鹰再威武凶猛，也不能腾空而起，直上云霄。

【注释】

①姜楚公：姜皎。《历代名画记》卷九载，姜皎上邽人，善画鹰鸟。玄宗即位，累官至太常卿，封楚国公。

②森森：一作"森如"。

③贪愁：一作"徒惊"。

【汇评】

仇兆鳌《杜诗详注》卷一一：上四，赞画之神妙。下四，借鹰以寄慨。鹰生漠北，故云"幽朔"。"贪愁"有二义，贪其能飞，又愁其飞去。后之画师，不是无心学，但不能学耳。人见画鹰神似，反觉真鹰少色。究竟画中假影，岂能腾空直上？世人奈何好画鹰，而不好真鹰乎？感慨无限。

杨伦《杜诗镜铨》卷九：此诗若有所讥笑，用意又别。集中题画鹰、画马诗极多，看总无一首相同处。

东津送韦讽摄阆州录事①

闻说江山好，怜君更隐兼。宠行舟远泛，惜别酒频添。推荐非承乏，操持必去嫌②。他时如按县，不得慢陶潜③。

【题解】

听说阆州景色秀丽，吏隐于此不失为一件令人羡慕的雅事。乘舟远行之际，你我频频举杯，以尽惜别之情。你此行赴任，乃是抡才推荐，朝廷寄寓厚望，并非滥竽充数，所以希望你能早日就职，屈己尊贤，不要嫌弃官位卑微,敷衍塞责。

【注释】

①阆州:治所在今四川阆中。录事:录事参军,州郡属官。

②承乏:暂时充任空缺之职。《左传·成公二年》:"敢告不敏,摄官承乏。"

③《晋书·陶潜传》载,陶渊明为彭泽令,郡遣督邮至县,吏白应束带见之,陶渊明解印去县,赋《归去来》。录事参军,职责与督邮相近,故有末言。

【汇评】

浦起龙《读杜心解》卷三之三:如面相赠处,字字亲切。

石闾居士《藏云山房杜律详解》五律卷三:此诗通身是对旷达一流人作规劝语。

光禄坂行①

　　山行落日下绝壁,西望千山万山赤②。树枝有鸟乱鸣时,暝色无人独归客③。马惊不忧深谷坠,草动只怕长弓射。安得更似开元中,道路即今多拥隔④。

【题解】

　　太阳就要下山了,我还行走在山间绝壁之下。纵目西眺,晚霞当空,千山万水都染得通红。暝色苍苍,山野无人,一路只听见树上的鸟儿叽叽喳喳。此时此刻,我不担心马儿受惊而坠落深谷,只害怕草丛中飞出冷箭。如今道路艰险重重,开元年间行万里路而手无寸铁的情形,再也很难见到了。诗写杜甫由绵州回成都途径梓州的情景,当时蜀中发生叛乱,守军多摇身一变为山贼,故诗人一路提心吊胆。

【注释】

①光禄坂:在梓州铜山县(治所在今四川中江县广福镇)。

②万山:一作"万水"。

③鸣:一作"栖"。

④中：一作"年"。诗末原有注："白日贼多，翻是长弓子弟。"《资治通鉴·唐纪三十》玄宗开元二十八年："海内安富，行者虽万里不持寸兵。"

【汇评】

王嗣奭《杜臆》卷五："暝色无人独归客"，读之凛然。……笔力所至，只忧贼，不暇忧坠，巧于形容。

仇兆鳌《杜诗详注》卷一一：光禄坂，伤乱离奔走也。前四，坂上暮景。后四，度坂情事。马惊草动，中途恐惧之状。因拥隔而念开元，乃伤今思昔也。

苦战行

苦战身死马将军，自云伏波之子孙①。干戈未定失壮士，使我叹恨伤精魂。去年江南讨狂贼，临江把臂难再得②。别时孤云今不飞，时独看云泪横臆。

【题解】

马将军自称是东汉伏波将军马援之后，去年蜀中乱起，他前去讨伐叛军，我与他在涪江之南分别。没想到他苦战身死，此次分别竟成永诀。在国运艰难之际，失去这样骁勇善战的将军，实在使人痛心。眺望去年的分别之处，只见孤云徘徊，不禁潸然泪下。

【注释】

①伏波：伏波将军马援。《后汉书·马援传》载，交趾女子徵侧、徵贰反，玺书拜其为伏波将军。

②江南：涪江之南，一作"南行"。

【汇评】

仇兆鳌《杜诗详注》卷一一：《苦战行》，为将领死事而作也。上四，痛其阵没。下四，忆其生前。

杨伦《杜诗镜铨》卷九：伤战死之将也。

夏力恕《杜诗增注》卷九：更不多写，直令读者泪落，言下感人。

去秋行

去秋涪江木落时，臂枪走马谁家儿。到今不知白骨处，部曲有去皆无归。遂州城中汉节在，遂州城外巴人稀①。战场冤魂每夜哭，空令野营猛士悲。

【题解】

此诗与前首同时而作，前首伤悼阵亡的马将军，此首伤悼阵亡的士卒。唐肃宗上元二年，段子璋反于东川，攻陷遂州。马将军率领涪江之兵，前往遂州平叛，不幸陨身于城外，而部曲也苦战而死，有去无回，伤亡殆尽。

【注释】

①遂州：治所在今四川遂宁。

【汇评】

仇兆鳌《杜诗详注》卷一一：《去秋行》，为战士丧败而作也。来自涪水，故白骨无归。没于遂州，故冤魂夜哭。

杨伦《杜诗镜铨》卷九：伤战败之士也。

夏力恕《杜诗增注》卷九：此类诗歌，可泣鬼神。

宗武生日①

小子何时见，高秋此日生。自从都邑语，已伴老夫名。诗是吾家事，人传世上情。熟精文选理，休觅彩衣轻②。凋瘵筵初秩，欹斜坐不成③。流霞分片片，涓滴就徐倾④。

【题解】

因战乱阻隔,杜甫只身旅居梓州,想起次子宗武生日到了,遥寄此诗。在秋高气爽的时节,你呱呱坠地。十多年过去了,你已经有了不小的名气,人们都说我后继有人。虽然写诗是我们家祖辈相传的学业,人们称赞你或许不免是人之常情,但你还是要精读《文选》,绍承家学,不必学老莱子彩衣娱亲。我强扶病体,在酒席上喝上几口,以祝贺你的生日。

【注释】

①宗武:杜甫次子,小名骥子。

②文选:南朝梁昭明太子萧统编,又名《昭明文选》,选录先秦至梁之诗文六十卷。

③凋瘵:衰弱。木华《海赋》:"为凋为瘵。"

④流霞:这里指酒。王充《论衡·道虚》:"口饥欲食,仙人辄饮我以流霞一杯。"分:一作"飞"。片片:一作"几片"。诗末原有注:"宗武小名骥子。曾有诗'骥子好男儿'。"

【汇评】

刘濬《杜诗集评》卷一三引李因笃曰:分三段,一段生日,二段勉学,三段置酒。序事历历,如眉目之自然。

仇兆鳌《杜诗详注》卷一七:此以家学勖宗武。小子何时见其生乎? 此日正其堕地时也,起作问答之词。都邑语,成都之人夸语也。公祖审言善诗,世情因而传述,故当精《文选》以绍家学,何必为彩衣娱亲乎?

浦起龙《读杜心解》卷五之三:前四提笔。中四,勖子正文。后四,以己之老愈,微惕后生。"何时见",期以学成名立也。中四句,字字家常语。质而有味。由祖而来,诗学绍述。此事直是家业。人言传说有子,特是世上俗情耳。须得学问渊源,本于汉魏,熟精《选》理,乃称克家。岂必戏彩娱亲,方为孝子。面命之语,如闻其声。

寄高适

楚隔乾坤远,难招病客魂。诗名惟我共,世事与谁论。北阙更新主,南星落故园①。定知相见日,烂漫倒芳樽。

【题解】

我寄身梓州,如屈原谪居沅湘,与你相隔甚远,病客之魂难招。你我不仅同享诗名,论及世事也分外契合。时值新君初立,你擢任成都尹,等我回到草堂之后,我们一定要好好相聚,痛饮一番。学者多取浦起龙之说,以为"南星"指高适,以"故园"为成都草堂。但杜甫诗中多以"南星"自喻,故园或当在京师。

【注释】

①南星:南极老人星。《汉书·天文志》:"下有四星曰弧,直狼。比地有大星,曰南极老人。"

【汇评】

仇兆鳌《杜诗详注》卷一一:此在梓州,而寄诗于适也。一、二,从高说至己。三、四,从己说向高。此叙出相隔苦衷。新主初立,则故园可归,从此相见倾樽,得以谈诗论事,此豫道还京之乐也。

石间居士《藏云山房杜律详解》五律卷三:此诗上截四句作开势,下截四句作合势,只一开一合,写尽昔离今聚、昔忧今乐之情,亦格局之奇胜者。

题玄武禅师屋壁①

何年顾虎头,满壁画瀛洲②。赤日石林气,青天江海流③。锡飞常近鹤,杯渡不惊鸥④。似得庐山路,真随惠远游⑤。

玄武山禅师房中的这幅画如此绝妙,几乎让人以为是顾恺之所作。画中天空辽远,红日初升,云气氤氲,江水奔流,石林嶙峋。画中山水之妙,令人想起了志公与白鹤道人相互争夺的美丽潜山。想必玄武山的这位禅师,也从画中得到许多感悟,故追随慧远而隐居于此。

【注释】

①玄武:山名,在今四川中江县。

②壁:一作"座"。瀛洲:一作"沧州"。洲,原作"州",据他本改。

③海:一作"水"。

④锡飞:执锡杖行于虚空。《高僧传·神异》载,舒州潜山最奇绝,而山麓尤胜。志公与白鹤道人欲之,同白武帝。帝俾各以物识其地,得者居之。道人以鹤,志公以锡。已而鹤先飞去,至麓将止,忽闻空中锡飞声,志公之锡,遂卓于山麓。道人不怿,然以前言不可食,遂各于所识筑室焉。

⑤惠远:即慧远,净土宗初祖,晋太元九年入庐山,居东林寺。

【汇评】

胡应麟《诗薮·内编》卷四:"荒庭垂橘柚,古屋画龙蛇""锡飞常近鹤,杯渡不惊鸥",杜用事入化处。然不作用事看,则古庙之荒凉,画壁之飞动,亦更无人可着语。此杜老千古绝技,未易追也。

唐汝询《唐诗解》卷三四:壁之山水妙绝,非名笔不能,故以虎头拟之。日照石林而生气,天临江海而若连,肖之甚也。苟山水鹤鸥一如其真,信若入庐山之路而与惠远从游矣。以庐山比画,故曰"似";以惠远比僧,故云"真"。

黄生《杜工部诗说》卷四:咏画如真,画作怪,诗亦作怪。白日青天,壁上水流,此极奇极险之语,人多作寻常看过。

悲　秋

凉风动万里,群盗尚纵横。家远传书日,秋来为客情①。愁窥高鸟过,老逐众人行②。始欲投三峡,何由见两京。

凉风动地而来,触目所见,一派萧瑟。盗贼肆虐,欲归不能;家书远道而至,思念之情愈浓。鸟儿尚能自由翱翔,自己唯有尾随众人苟且偷生,什么时候才能经由三峡回到中原呢?

【注释】

①传:一作"待"。

②窥:一作"归"。

【汇评】

汪瑗《杜律五言补注》卷二:诗中不言悲秋字,而意自可见。

黄生《杜工部诗说》卷六:题云"悲秋",诗中实述下峡之意,盖暗取"憭慄兮若在远行"语意。

石间居士《藏云山房杜律详解》五律卷三:此诗八句皆悲,总因无还乡日,值凉风万里来,触动身世之感而生悲,故总题曰"悲秋"也。

客 夜

客睡何曾著,秋天不肯明。卷帘残月影,高枕远江声①。计拙无衣食,途穷仗友生。老妻书数纸,应悉未归情。

【题解】

独自一人,客居梓州,秋夜辗转难眠,久久盼不来天明。月光透过门帘,洒在床前,勾起无穷愁思。此刻万籁俱静,远处的涛声清晰可闻。如今年老途穷,生计艰难,唯有依仗友人资助接济。老妻写来一封家书,询问我何时归去,想必她现在应该收到了我的书信,明白我滞留梓州的苦衷。

【注释】

①卷:一作"人"。

金圣叹《唱经堂杜诗解》卷二:写客却写夜,写客夜却写下半夜,奇撰可思。……言我为客在外,岂是"此间乐,不思蜀",虽非吾土而淘美,故尔久恋梁园耶?人老计拙,资生大难,略仗朋友以自存活耳。因于千里外望空低呼老妻一声,而遥告之:我此苦趣,以前数书,曲折每尽,身虽未归,汝固应悉也。"老妻"二字须略住,不然不复成语。久客不归,最无以自解于老妻,故此诗全为老妻而发。然亦只是意思中忽忽欲向老妻诉明,不必真寄与老妻读也。但得还家,此等语,要知全不向老妻提起。

黄生《杜工部诗说》卷四:起句用俗语而不俗,笔健故尔。接句"不肯"字,索性以俗语作对,声口隐出纸上。后半四语,的是老人无眠心事,并其情性亦出纸上矣。

吴瞻泰《杜诗提要》卷八:《国风》"转展反侧",千古不眠绝调了。此诗亦然。清宵好景,写得老人忽起忽坐,竟夕仓皇,自言自语情状,总是为"秋天不肯明"一句。

客　亭

秋窗犹曙色,落木更高风①。日出寒山外,江流宿雾中。圣朝无弃物,老病已成翁②。多少残生事,飘零任转蓬③。

【题解】

此首紧接前首而来,均是客床高卧的情形,前首写后半夜无心睡眠,此首写拂晓时分所见所感。好不容易挨到天亮,秋窗里终于露出了一抹曙光。凉风还是不依不饶地吹着,但太阳从寒山上升了起来,江流也慢慢从迷雾中探出身影。圣明的时代,才无大小,均可量能而用;如今自己又老又病,看起来真是一无所用了,余生唯有付之漂泊了。

【注释】

①落木:一作"木落"。高:一作"天"。

②《淮南子·道应训》:"故老子曰:人无弃人,物无弃物。"成:一作"衰"。

③零:一作"流"。

【汇评】

顾宸《辟疆园杜诗注解》五律卷五:此首与上首合作一首看,从不睡而望天之明,从不肯明而见残月之影,时犹高枕也。从残月影落而见秋窗之曙色。

吴瞻泰《杜诗提要》卷八:前半客亭之景,后半老病之情,而托词"圣朝无弃物",何等深厚。四句皆以反言见意。

石闾居士《藏云山房杜律详解》五律卷三:此诗首末两联紧相呼应,次联承上又起下,三联趋下而又抱上,浑沦一气中更极其脉络分明。律诗至此,无以复加,孰能不叹为圣奇之至。

九日登梓州城

伊昔黄花酒,如今白发翁①。追欢筋力异,望远岁时同。弟妹悲歌里,朝廷醉眼中②。兵戈与关塞,此日意无穷。

【题解】

往昔九月九日,会登高而畅饮菊花酒。如今成为白头老翁,精力衰颓,虽逢佳日,也无法追欢寻乐了。何况登高望远,兵戈遍野,关塞寥落,家人流离,种种伤心之事涌上心头,凄凉之感难以言说。

【注释】

①黄花酒:即菊花酒。《西京杂记》卷三:"菊花舒时,并采茎叶,杂黍米酿之,至来年九月九日始熟,就饮焉,故谓之菊花酒。"

②朝廷:一作"乾坤"。

【汇评】

方回《瀛奎律髓》卷一六:老杜此诗悲不可言,唐人无能及之者。

夏力恕《杜诗增注》卷九:"追欢"句,了起联;"望远"句,开后半。另辟一格,神光离合,意象天成。

赵星海《杜解传薪》卷三之四:章法紧严,笔势矫变。

九日奉寄严大夫

九日应愁思,经时冒险艰。不眠持汉节,何路出巴山。小驿香醪嫩,重岩细菊斑。遥知簇鞍马,回首白云间。

【题解】

你深受皇命,应诏入朝,但蜀中道路艰险,兵戈梗塞,故而你整夜难眠,正发愁如何出得这蜀地。重阳佳节,驿站并非没有香醪,山中菊花放眼皆是,但无人与你共赏共饮,料想你必然停马驻足,回首怅望白云之下的我。诗写杜甫在九月九日惦记友人,反而从对面写来,揣测友人当正思念自己。

【汇评】

王嗣奭《杜臆》卷五:通篇不说思严大夫,只写大夫客行之景与思我之情。"簇鞍马"妙,盖念我则回首,回首则驻马,而从人之马亦驻,簇于一处也。

张溍《读书堂杜诗注解》卷九:情意缠绵之极,人谓公每与武诗辄不佳,何也?

边连宝《杜律启蒙》五言卷四:我忆人,却说人忆我,此法最妙。只从《陟岵》章得来。

戏题寄上汉中王三首[①]

时王在梓州,初至断酒不饮,篇有戏述

其一

西汉亲王子,成都老客星。百年双白鬓,一别五秋萤[②]。忍断杯中物,只看座右铭[③]。不能随皂盖,自醉逐流萍。

因蜀中战乱未平,绵州难以久居,时值与杜甫有旧的汉中王李瑀暂住梓州,诗人便欲前往。临行前,作此三首,借"断酒不饮"为词,申说两人旧谊。第一首说自己无法戒酒。汉中王你是嫡亲的王子,我是流落成都的一老翁,两人分别了五年,重聚时均已是两鬓斑白。你本是善饮之人,现在居然忍心戒酒,眼睛只是盯着戒酒的座右铭。在这一点上,我不能追随你。乱世浮萍,我唯有一醉方休。

【注释】

①汉中王:李瑀。《旧唐书·睿宗诸子》载,李瑀,让皇帝第六子,汝阳王李琎之弟,早有才望,伟仪表,封陇西郡公。从明皇幸蜀,至汉中,封汉中王。仍加银青光禄大夫,汉中郡太守。

②秋:一作"飞"。

③只:一作"眠"。

【汇评】

张溍《读书堂杜诗注解》卷九:此言久别乍会欲饮,次首言久病赖酒欲饮,末首追思昔日饮酒赋诗,而有同异存亡之感,皆从断酒作戏。

仇兆鳌《杜诗详注》卷一一:首章,因王断饮而讽之,后四戏词。各当衰白之年,而久别方聚,正可借酒谈心。今王复断酒看铭,将不得与之同饮矣,唯有旅中独醉而已。

杨伦《杜诗镜铨》卷九引邵长蘅曰:浅语自佳。

其二

　　策杖时能出,王门异昔游。已知嗟不起,未许醉相留。蜀酒浓无敌,江鱼美可求。终思一酩酊,净扫雁池头①。

【题解】

其二写诗人欲寻汉中王痛饮。我虽已年老体衰,但勉强还可以策杖出游。听说汉中王你门前冷落,宾客不复往日之盛。你知道我已经在仕途上不可能起复了,为何不留我痛饮呢?蜀地的酒醇厚无敌,长江的鱼鲜嫩可口,我很希望你打扫好雁池,等我来一谋酩酊大醉。

【注释】

①《西京杂记》卷二载,梁孝王筑兔园,有雁池,池间有鹤洲凫渚。

【汇评】

仇兆鳌《杜诗详注》卷一一:此劝王无忘燕好,下四属戏词。策杖而出,
己兴犹存。王门异昔,不复燕客也。嗟不起,述王自叹之词。未许留,惜王
断酒之禁。蜀酒、江鱼,尽堪适口,何不净扫池头,以博一醉,乃冀王款留
也。不起,用《七发》语。醉留,用陈孟公事。酩酊,用山简事。雁池,用梁
孝王事。

杨伦《杜诗镜铨》卷九:前首用反笔,此用正笔。

其三

群盗无归路,衰颜会远方。尚怜诗警策,犹记酒颠狂①。
鲁卫弥尊重,徐陈略丧亡②。空余枚叟在,应念早升堂③。

【题解】

其三写诗人欲去拜访对方。因为群盗迭起,归路阻隔,我们俩在衰老
之年相会于他乡。当年您非常喜欢我警策的诗句,对我酒后放旷的行为应
该还记忆犹新吧。您的地位越来越尊崇,当日往来宾客大多亡故,只剩下
我一个,想必您也会期待我早日重新登门拜访。

【注释】

①记:一作"忆"。

②鲁卫:喻兄弟。《论语·子路》:"鲁卫之政,兄弟也。"仇兆鳌注引钱
笺:开元十四年十一月,明皇幸宁宪王宅,与诸皇宴,探韵赋诗曰:"鲁卫情
尤重,亲贤尚转多。"(李)瑀为宁宪王之子,故用其语。徐陈:徐幹与陈琳。
曹丕《与吴质书》:"昔年疾疫,亲故多离其灾,徐、陈、应、刘,一时俱逝。"

③枚:枚乘,一作"故"。《汉书·枚乘传》载,枚乘为弘农都尉,去官游
梁,梁客皆善属词赋,乘尤高。

张溍《读书堂杜诗注解》卷九：三首皆王不饮而公必欲饮，故云"戏题"。可见少陵兴趣甚高，随事写意无不可。

夏力恕《杜诗增注》卷九：三诗注意断酒事，而各归各路，又复一线串来，亦见篇法之妙。

刘濬《杜诗集评》卷八引李因笃曰：三诗有潦尽水清、木落天空之致，伤离感别，故恻恻动人。第一首序别，次首序旧，三首适将造王，因及诗酒之留连、宾客之存没，而断酒戏述，则娓娓言之。

玩月呈汉中王

夜深露气清，江月满江城。浮客转危坐，归舟应独行^①。关山同一照，乌鹊自多惊^②。欲得淮王术，风吹晕已生^③。

【题解】

夜晚赏月，念及汉中王乘舟夜行而赠此诗。夜深人静，露气清寒，月光洒满江城。我本是飘零之客，现在端坐梓州；汉中王你以王爵之尊，谪往蓬州，如今月下乘舟独行。自从你远去，我如月下之惊鹊，徘徊不知所依。你我关山远隔，所共唯此明月。微风渐起，月晕已生，月光迷离，我多么希望能得到《淮南子》所载之方术，使风止月圆，照你前行。

【注释】

①浮：一作"游"。

②照：一作"点"。

③《淮南子·览冥训》："画随灰而月运阙。"高诱注："以芦草灰随牖下月光中令围画，缺其一面，则月运亦缺于上也。"

【汇评】

黄生《杜工部诗说》卷四："浮客"，犹行客。言己本当行之客，转对月危坐，因思王归舟应在月中独行，可见今夜关山皆同一照。独己如乌鹊不能

667

安栖，其困厄有同月晕，能如淮王一试画灰之术，庶其有济乎。前诗欲投三峡，此时已不果行，更欲冀王垂念耳。如此寓意，如此用事，真是镜花水月，无质可求。

吴瞻泰《杜诗提要》卷八：诗意谓深夜晕生，欲凭风吹缺此已生之晕，俾月常满江城，关山同照也。然后恍然于"清"字、"满"字、"照"字，皆与"晕已生"反映，乃知其起伏照应，炼字炼句，洵有神工。而一篇伤感离别之情、无枝可栖之慨，自在言外。

刘濬《杜诗集评》卷八引李因笃曰：淡语有深致。

相从歌 赠严二别驾①

我行入东川，十步一回首。成都乱罢气萧索，浣花草堂亦何有。梓中豪俊大者谁，本州从事知名久。把臂开樽饮我酒，酒酣击剑蛟龙吼。乌帽拂尘青螺粟，紫衣将炙绯衣走②。铜盘烧蜡光吐日，夜如何其初促膝③。黄昏始扣主人门，谁谓俄顷胶在漆。万事尽付形骸外，百年未见欢娱毕。神倾意豁真佳士，久客多忧今愈疾。高视乾坤又可愁，一躯交态同悠悠④。垂老遇君未恨晚，似君须向古人求⑤。

【题解】

我进入东川时，真可谓十步一回头。去年剑南兵马使徐知道造反，成都大乱，一片萧索，浣花溪边的草堂也没有值钱的东西，我为何念念不忘呢？实在是草堂安宁的生活令人留恋。到了梓州，谁是这里最豪爽的人？那就是我久仰大名的严别驾。今日傍晚我初次登门拜访，他就把臂相迎，大办宴席，盛情款待。他热心地为我洗尘，让仆人准备丰厚的酒食，喝得兴起还即席舞剑。严别驾真是一位豁达真诚之士，他的热情使我非常感动，我顿时将所有的忧愁烦恼抛之脑后。自从辞官流离以来，我很久没有这样畅饮高歌了。我们虽然是初次见面,却一见如故,相逢恨晚。

【注释】

①诗题一作"相从行"或"严别驾相逢歌"或"从事行赠严二别驾"。题下所注,一作"赠严二别驾,时方经崔旰之乱"。别驾:刺史佐吏。《通典·职官十四》:"别驾从事史一人,从刺史行部,别乘一乘传车,故谓之别驾。"

②螺粟:帽纹,一作"织粟"或"骡粟"。

③蜡:原作"腊",据他本改。光:一作"炎"。《诗·小雅·庭燎》:"夜如何其? 夜未央。"

④可:一作"何"。躯:一作"体"。

⑤《晋书·王衍传》载,晋武帝问王戎曰:"(王)夷甫当世谁比?"戎云:"未见其比,当从古人中求之。"

【汇评】

浦起龙《读杜心解》卷二之二:初识面而能馨欢,故即席为赠。公诗所谓"久客惜人情"者,此也。起四反势。中段,上六下八,述相待之厚。或顺叙,或倒找,不分两层,总见倾倒之至。后四,感叹作结。

夏力恕《杜诗增注》卷九:写出乱离中得友之难,极尽低回,不觉已收转前面。

杨伦《杜诗镜铨》卷九:想公于潦倒中,严能极致周旋,不觉感激如此。

秋　尽

秋尽东行且未回,茅斋寄在少城隈①。篱边老却陶潜菊,江上徒逢袁绍杯②。雪岭独看西日落,剑门犹阻北人来③。不辞万里长为客,怀抱何时得好开④。

【题解】

秋天就要过去了,我东行滞留梓州,尚未还家。想到浣花溪边草堂的

669

菊花已经枯萎,即使我在江边得到朋友的盛情款待,也难以开怀。遥望着雪山上的太阳慢慢落下,想起剑门阻隔,北人无法到来,我也无法归去,心中满是忧虑。我以垂暮之年,不辞万里之遥,长日作客于蜀地,愁绪何时能够舒展呢?

【注释】

①少城:在成都大城之西,相传为张仪所筑。

②陶潜《饮酒》:"采菊东篱下,悠然见南山。"袁绍杯:杨慎注引《后汉书·郑玄传》:袁绍总兵冀州,遣使要玄,大会宾客。玄最后至,乃延升上坐。身长八尺,饮酒一斛,秀眉明目,容仪温伟。

③落:一作"暮"。阻:一作"断"。

④得好开:一作"好一开"。

【汇评】

仇兆鳌《杜诗详注》卷一一:此秋尽思家而作。上四,秋日景事。下则感时而自叹也。

边连宝《杜律启蒙》七言卷一:东行未返,家寄成都,空忆陶潜之菊,徒叩袁绍之杯。是身在万里之外,而仍不免于长为客也。且也吐蕃有警,而独看西日;徐寇未平,而犹阻北人,则此时怀抱之恶可知矣。万里为客,在所不辞,但不知何日寇平,而使怀抱得好开乎?前四伤羁旅,后四伤离乱,而以离乱为重,故以第七句勾联剔醒之。

野　望

金华山北涪水西,仲冬风日始凄凄①。山连越嶲蟠三蜀,水散巴渝下五溪②。独鹤不知何事舞,饥乌似欲向人啼③。射洪春酒寒仍绿,目极伤神谁为携④。

【题解】

射洪县城在金华山之北,涪江水之西。金华山勾连着蜀中群山,涪江水经过巴渝直流到五溪。仲冬时节，北风凄凄，极目远眺，山高水寒。一只孤独的野鹤，不知为何在翩翩起舞。那群饥饿的鸟儿叽叽喳喳，似乎在向人乞食。射洪的春酒，到了寒冬依然碧绿。我野望之际，无限伤神，客行他乡，无人携酒与共消愁。

【注释】

①金华山：在今射洪县金华镇北，原射洪县治所附近。北：一作"南"。涪水：涪江。《元和郡县图志·射洪县》："涪江水，西北自郪县界流入，在县东一百步。"

②越嶲：汉代郡名，即唐之嶲州，属剑南道，故址在今四川西昌。三蜀：秦置蜀郡，汉高祖置广汉郡，汉武帝又分置犍为郡，后人谓之三蜀。五溪：雄溪、蒲溪、酉溪、沅溪、辰溪，一说指酉、辰、巫、武、沅五溪。

③似欲：一作"欲似"。

④为：一作"欲"。

【汇评】

方回《瀛奎律髓》卷一三：格律高耸，意气悲壮，唐人无能及者。

王嗣奭《杜臆》卷五：三、四顶首句山水来，纪其望之所极。五、六借所见之物，以自比其作客之穷也。结句"目极"又顶颔联，"谁为携"又顶颈联，而"伤神"二字，乃一篇之眼。

佚名《杜诗言志》卷七：此自言丧乱西行，举目有山河之异，而天涯孤客，孑然无所倚附之悲也。

冬到金华山观因得故拾遗陈公学堂遗迹①

涪右众山内，金华紫崔嵬。上有蔚蓝天，垂光抱琼台。系舟接绝壁，杖策穷萦回。四顾俯层巅，淡然川谷开。雪岭日色死，霜鸿有余哀②。焚香玉女跪，雾里仙人来③。陈公读书堂，石柱仄青苔。悲风为我起，激烈伤雄才。

在涪江右边的群山之中,金华山最为崔嵬高大,佳气葱郁,气象不凡。蔚蓝的天空下,冬日的暖阳直垂而下,似乎拥抱着山顶的道观。我乘舟来到绝壁之上,拄着手杖,沿着屈曲的小径,一路蜿蜒而上。登上山顶,四下眺望,群峰俯首,川谷豁然开朗。悬岩山白雪皑皑,日色惨淡,空中时闻鸿雁的哀鸣。进入玉京观,观中陈列着玉女跪而焚香、仙人往来雾霭的神像。陈子昂的读书堂,就在道观之后,堂柱上已经布满青苔。想到陈子昂有才无遇,含冤而陨,我不禁为他感伤。

【注释】

①金华山观:即玉京观。《方舆胜览·潼川府》:"玉京观,在射洪县北金华山上,东晋陈勋学道山中,白日仙去,梁天监中建观。有唐明皇所铸老君像,有陈拾遗读书堂及卢藏用祭文。"陈公:陈子昂。

②雪岭:悬岩山,在射洪县南。《太平寰宇记·射洪县》:"悬岩一名白崖山,在县南一十五里,远望悬崖,皎如白雪。"色:一作"光"。

③曹植《远游篇》:"仙人翔其隅,玉女戏其阿。"

【汇评】

佚名《杜诗言志》卷七:题是因游山而得学堂遗址,诗是因遗迹并赋游山,盖结语乃是作诗本旨。

杨伦《杜诗镜铨》卷九:首四记山观,中八叙登山瞻眺,后四记学堂遗迹。

刘濬《杜诗集评》卷二引李因笃曰:次第多寡,并得其宜。其雅乃在气骨,非可袭而取也。

陈拾遗故宅①

拾遗平昔居,大屋尚修椽②。悠扬荒山日,惨淡故园烟。位下曷足伤,所贵者圣贤。有才继骚雅,哲匠不比肩。公生扬马后,名与日月悬。同游英俊人,多秉辅佐权。彦昭超玉价,郭振起通泉③。到今素壁滑,洒翰银钩连。盛事会一时,此堂岂千年。终古立忠义,感遇有遗篇④。

【题解】

我来到陈子昂的故居,其堂庑尚存,在荒山白日映照下,萧瑟惨淡。陈子昂官位卑下,那又有什么关系呢。他秉持圣贤之道,承接风雅传统,一时才俊之士不敢与之比肩,可谓扬雄、司马相如之后蜀中最有影响的人物。当时与他交游之人,大多青云直上。赵彦昭在四川任南部尉、郭震任通泉尉时,两人都曾拜访陈子昂,如今陈氏故居的墙壁上,还留有赵、郭二人的翰墨。陈子昂与两人的盛会已经成为往事,他的故居也不会千年永存,但陈子昂之忠义及其所作《感遇》诗,将会千古不朽。

【注释】

①陈拾遗故宅:陈子昂故居。仇兆鳌注引杨德周之言,以为其在射洪县东武山下,去县北里许。

②屋:一作"宅"。

③超:原作"赵",据他本改。赵彦昭,字奂然,甘州张掖(今属甘肃张掖)人,进士及第,曾任南部尉。中宗时累迁中书侍郎,同中书门下平章事。后迁刑部尚书,封耿国公。振:一作"震"。郭震,字元振,魏州贵乡(今河北邯郸大名)人,进士及第,授通泉尉,官至宰相,封代国公。

④立:一作"占"。感遇:陈子昂有诗《感遇》三十八首。篇:一作"编"。

【汇评】

仇兆鳌《杜诗详注》卷一一引王嗣奭曰:拾遗《感遇》诗,著名已久。然阅其本传及集中所上书疏,多侃侃忠直语。此诗前提圣贤,后结忠义,盖能立忠义,乃是圣贤之徒,而终古不朽矣。公特阐其幽,见其文章有本领也。

浦起龙《读杜心解》卷一之三:起四,记故宅。中段,曲折叙典才高。"位下"二句,泛提。故着"圣贤"字,然正以抬起才高。见有才则位虽下,而同游者尽当代宗工矣。故以"到今"二句,指点束住。末四,咏叹作结。见堂之传,全系乎其人也。

刘濬《杜诗集评》卷二引李因笃曰:悲壮之篇,足为陈公吐气。

谒文公上方①

野寺隐乔木,山僧高下居。石门日色异,绛气横扶疏。
窈窕入风磴,长萝纷卷舒。庭前猛虎卧,遂得文公庐②。俯视
万家邑,烟尘对阶除。吾师雨花外,不下十年余③。长者自布
金,禅龛只宴如④。大珠脱玷翳,白月当空虚⑤。甫也南北人,
芜蔓少耘锄⑥。久遭诗酒污,何事忝簪裾。王侯与蝼蚁,同尽
随丘墟。愿闻第一义,回向心地初⑦。金篦刮眼膜,价重百车
渠⑧。无生有汲引,兹理傥吹嘘⑨。

【题解】

文公之寺庙,掩映于乔木之中,随山势而起伏。走过山门,但见日色照
耀,树木扶疏,佳气磅礴。迎着微风,顺着台阶而上,女萝纷披舒卷。进入寺
庙,僧庐层叠,来到最高处文公之所居禅房,但见万家烟火,历历在目。文公
精修佛十余年,不与世人相接,信徒布金满地,他也不见不闻。他禅心不动,
中无所翳。我四处漂泊,嗜酒好饮,违忤权贵,落拓桀骜,希望能够听闻佛门
无上之义理,恢复原初之本心,除去无明昏愚,达到寂灭境界。

【注释】

①上方:天界,转指佛寺,这里指主持。上方寺,遗址在今四川射洪金
华镇西南。

②《高僧传》初集卷六《晋庐山释慧永》载,慧永住庐山西林寺,屋中常
有一虎,人或畏之,辄驱出令上山。人去后,还复驯伏。

③唐释道宣《续高僧传》卷五载,法云讲《法华经》,忽感天花,状如飞
雪,满空而下,延于堂内,升空不坠。

674

④《大唐西域记》卷六载,昔善施长者,拯乏济贫,哀孤惜老,时号给孤独。愿建精舍,请佛降临,惟太子逝多园地爽垲,具以情告。太子戏言金遍乃卖。善施即出藏金,随言布地,建立精舍。

⑤印度历法,以初月一日至十五日名为白月,十六日至月尽为黑月。

⑥《礼记·檀弓上》:"今丘也,东西南北人也。"

⑦第一义:佛教中最上乘的妙理。心地初:初心,初发求菩提之心。心地,佛教以为心生一切之法,如大地生五谷。

⑧金篦:医治眼病的器具。《涅槃经》卷八:"如百盲目人为治目故,造诣良医,是时良医即以金錍决其眼膜。"金錍,即金篦。车渠:玉石之类,一说为砗磲。

⑨无生:没有生灭,即寂灭。

【汇评】

王嗣奭《杜臆》卷五:上方寺名,诗云"俯视万家邑,烟尘对阶除",便得寺之所由名矣。十年不下山而布金自至,知此僧不凡,公之重此僧有以也。王侯与蚁同尽,不过袭庄、列语;"愿闻第一义",亦禅门常谈。东坡以此四句卜其得道,此窥公之浅者。余读公诗,见道语不一而足,而公亦不自知也,非以学佛得之。平生饥饿、穷愁,无所不有,天若有意煅炼之,而动心忍性,天机自露,如铁以百炼成钢,所存者铁之筋也,千年不磨矣。

仇兆鳌《杜诗详注》卷一一:咏僧家诗,全用释典,乃杜公独步处。

乔亿《杜诗义法》卷上:格制平正,词旨洞达,大开北宋人门径。

奉赠射洪李四丈①

丈人屋上乌,人好乌亦好②。人生意气豁,不在相逢早。南京乱初定,所向色枯槁③。游子无根株,茅斋付秋草④。东征下月峡,挂席穷海岛⑤。万里须十金,妻孥未相保⑥。苍茫风尘际,蹭蹬骐骥老。志士怀感伤,心胸已倾倒。

【题解】

爱屋及乌，人之常情。你意气豁达，我相逢恨晚。成都战乱之后，往昔交游的那些朋友，大多憔悴困顿。我在浣花溪边的草堂，也付之阙如。如今无依无靠，家室没有归处，我想经由明月峡出川，直抵东海，却没有旅资。现在我犹如蹭蹬之老马，奔波风尘，你能为我感伤倾倒，也是有志之士。

【注释】

①诗题“李四丈”下，一本注有“明甫”二字。

②《尚书大传·牧誓·大战篇》：“爱人者，兼其屋上之乌。”

③色：原作“邑”，据他本改。

④秋：一作“堂”。

⑤月峡：明月峡，在今重庆南岸区广阳镇东。

⑥《汉书·扬雄传》：“家产不过十金。”

【汇评】

仇兆鳌《杜诗详注》卷一一：此自叙行踪。上四，叹成都乱后，草堂不可复居。下四，伤出峡无资，室家未有归处。

浦起龙《读杜心解》卷一之三：起四，用兴体叙相逢。中八，叙来梓之故，兼言远去无资。末四，感其知己。

夏力恕《杜诗增注》卷九：寥寥叙次中有神韵，盖神韵每藏于枯淡也。

早发射洪县南途中作

将老忧贫窭，筋力岂能及[①]。征途乃侵星，得使诸病入[②]。鄙人寡道气，在困无独立。俶装逐徒旅，达曙凌险涩。寒日出雾迟，清江转山急。仆夫行不进，驽马若维絷[③]。汀洲稍疏散，风景开怏悒。空慰所尚怀，终非曩游集。衰颜偶一破，胜事难屡挹[④]。茫然阮籍途，更洒杨朱泣[⑤]。

【题解】

年轻时意气风发,对谋生之事不以为意,临到老年心忧生计,筋骨已衰,力不从心,为时已晚。自己以迟暮之年,还要披星戴月,冒霜犯露,怎能没有疾病之忧?但困穷之际,无以自立,只好整理行装,追随众人,搭伙赶路。在崎岖的山道上走了很久,太阳才慢慢从大雾中露出来。转过山脚,清江水流更为湍急,仆人已经疲惫不堪,而驽马也似被绳索绊住一样,行动极其迟缓。好不容易来到汀州,视野开阔,风景疏散,郁悒的情绪有所缓解。眼前景色可堪欣赏,可惜我已经没有了早年漫游的兴致。此时衰老的愁颜固然为之一改,但前面恐怕不会再有这样的好景色了,我终究难免阮籍穷途之哭、杨朱歧路之悲。

【注释】

①贫窭:贫穷。《诗·邶风·北门》:"终窭且贫。"

②乃:一作"复"。侵星:戴星。鲍照《上浔阳还都道中作诗》:"侵星赴早路。"

③维絷:系绊。《诗·小雅·白驹》:"絷之维之。"

④难屡:一作"皆空"。

⑤《晋书·阮籍传》:"(阮籍)时率意独驾,不由径路,车迹所穷,辄痛哭而反。"《淮南子·说林训》:"杨子见逵路而哭之,为其可以南,可以北。"

【汇评】

单复《读杜诗愚得》卷八:是诗写征途早发及跋涉苦乐之事,委曲详尽。

仇兆鳌《杜诗详注》卷一一引申涵光曰:少时谋生颇易,然正尔负气,岂屑及此。至老方忧,已无可奈何矣。起语怅然。"鄙人寡道气,在困无独立。"他人不肯自言,然正是高处。

浦起龙《读杜心解》卷一之三:悲饥驱也。前十二句,总从早发落想。四提明,四原其故,四写景。后八句,借途景略一飏开。结仍拨转,文致不直。简古有骨。

通泉驿南去通泉县十五里山水作^①

溪行衣自湿，亭午气始散。冬温蚊蚋在，人远凫鸭乱^②。登顿生曾阴，欹倾出高岸^③。驿楼衰柳侧，县郭轻烟畔。一川何绮丽，尽目穷壮观^④。山色远寂寞，江光夕滋漫。伤时愧孔父，去国同王粲^⑤。我生苦飘零，所历有嗟叹。

【题解】

诗写杜甫行至通泉县驿站时所见所感。一大早在迷雾中沿着溪水边赶路，衣服都被雾气打湿了。到了正中午，雾气才消散。这里冬天暖和，草丛里还聚集着许多小飞虫；又由于人迹罕至，可以看见野鸭子四处乱飞。山道崎岖难行，上上下下，天气也阴晴不定。夕阳时分，终于赶到了通泉驿站。驿站旁有一株衰柳，从那里望去，通泉县城缭绕在轻烟之中。远处的通泉山寂寞地仁立着，清澈的涪江波光粼粼，景色极其绮丽壮观。可惜风景虽好，自己却如同前人一样四处飘零，心中还是感伤不已。

【注释】

①通泉县：治所在今四川射洪市沱牌镇。《太平寰宇记·梓州》："通泉山，在县西北二十里，东临涪江，绝壁二百余丈，水从山顶涌出，下注于涪江，绝壁涌泉，郡故城在此。"

②在：一作"集"。

③倾：一作"侧"。

④目：一作"日"。

⑤伤：一作"知"。孔父：孔子。《论语·子罕》："子曰：'凤鸟不至，河不出图，吾已矣夫。'"去国：汉献帝西迁，王粲至荆州依刘表。

【汇评】

张远《杜诗会粹》卷一一：叙景中自早而午而夕，条绪秩然。

夏力恕《杜诗增注》卷九：前半最胜，如天马行空而至，笙竽杂奏其间，

678

五古中最为出色。

刘濬《杜诗集评》卷二引李因笃曰:状所历之境,每每在人目前,然非好学深思却道不出。

过郭代公故宅①

豪俊初未遇,其迹或脱略②。代公尉通泉,放意何自若。及夫登衮冕,直气森喷薄。磊落见异人,岂伊常情度。定策神龙后,宫中翕清廓③。俄顷辨尊亲,指麾存顾托。群公有惭色,王室无削弱④。迥出名臣上,丹青照台阁。我行得遗迹,池馆皆疏凿⑤。壮公临事断,顾步涕横落⑥。高咏宝剑篇,神交付冥寞⑦。

【题解】

通泉县尉是代国公郭元振进士及第后的首任官职,杜甫进入通泉县城,前去凭吊其故宅而作此诗。俊杰之士,遇合之前往往是豪放不羁。郭元振任职通泉县时,何等率性放旷。等到他入朝拜相,又是何等果敢刚直。他辅佐唐明皇决定大策,廓清宫闱,使尊亲归位,皇室牢固,功勋远出群臣之上。我来到他在通泉县的故宅,看见池馆亭台都收拾得整整齐齐。代国公处事果断的风采,令人向往。他所作的《宝剑篇》一诗,也与我心有戚戚焉。

【注释】

①郭代公:郭元振,封代国公。黄鹤注曰:“郭公,魏州贵乡人,宅在京师宣阳里。今云故宅,当是尉通泉时所居。”

②脱略:不拘小节,一作“脱落”。《新唐书·郭元振传》:“十八岁举进士,为通泉尉,任侠使气,拨去小节。”

③神龙:唐中宗年号。《新唐书·郭元振传》:“玄宗诛太平公主也,睿

679

宗御承天门,诸宰相走伏外省,独元振总兵扈帝,事定,宿中书者十四昔乃休。进封代国公。"

④有:一作"见"。

⑤遗迹:一作"遗址"。

⑥"壮公"两句:一本此下有"精魄凛如在,所历终萧索"两句。

⑦《新唐书·郭元振传》:"武后知所为,召欲诘,既与语,奇之。索所为文章,上《宝剑篇》,后览嘉叹,诏示学士李峤等,即授右武卫铠曹参军,进奉宸监丞。"寞:一作"漠"。

【汇评】

浦起龙《读杜心解》卷一之三:纯是论断体,笔笔坚卓。前八句,总挈生平;中八句,特表勋伐;后八句,凭吊还题。格复峻整。

夏力恕《杜诗增注》卷九:叙先朝事如良史断才,结束二语方赞及诗词,令通首飞动。

刘濬《杜诗集评》卷二引李因笃曰:拾遗宅感慨之情,代公宅英雄本色。

观薛稷少保书画壁①

少保有古风,得之陕郊篇②。惜哉功名忤,但见书画传。我游梓州东,遗迹涪江边。画藏青莲界,书入金榜悬③。仰看垂露姿,不崩亦不骞④。郁郁三大字,蛟龙岌相缠。又挥西方变,发地扶屋椽⑤。惨淡壁飞动,到今色未填⑥。此行叠壮观,郭薛俱才贤。不知百载后,谁复来通泉⑦。

【题解】

太子少保薛稷,写诗犹有古风,可惜功名不终,仅有书画流传。我来到梓州东南的通泉县,在涪江之滨见到了他的真迹。薛稷的书画保存在通泉县的寺院,寺院匾额上悬挂着他所书写的"慧普寺"三个大字(《舆地纪胜》记载,这三个大字径三尺许,保存于通泉县庆善寺聚古堂)。字用垂露体书

680

写,如虬龙纠缠,苍劲有力。画是佛经变相,从地面一直延伸到屋椽,神采奕奕,气韵生动,到现在还没有褪色。此次通泉县之行,我瞻仰了郭元振留下的故居,又欣赏了薛稷的书画,收获颇多。郭、薛两人都是贤才,他们的遗韵有我题咏,不知道千百年后,还有谁来到这里?

【注释】

①薛稷少保:太子少保薛稷,初唐书画家。《新唐书·薛稷传》载,薛稷字嗣通,薛收之从子,好古博雅。贞观、永徽间,虞世南、褚遂良以书顓家,后莫能继。外祖魏徵家,多藏虞、褚旧迹,稷锐精模仿,结体遒丽,遂以书名天下,画又绝品。睿宗在藩,留意文学,尝喜之。及即位,迁黄门侍郎,历太子少保。及窦怀贞以附太平公主伏诛,薛稷坐知谋,赐死万年狱。诗题原有注:"公诗曰:'驱车越陕郊,北顾临大河。'"

②陕郊篇:薛稷诗《秋日还京陕西十里作》有云"驱车越陕郊,北顾临大河"。

③青莲界:佛寺。

④垂露:书法之一体。《初学记》卷二一引王愔《文字志》:"垂露书,如悬针而势不遒劲,阿那如浓露之垂,故谓之垂露。"《诗·小雅·天保》:"如南山之寿,不骞不崩。"骞,亏。

⑤西方变:佛教变相,用图画或雕塑宣示佛经故事。

⑥色未填:未褪色。《诗·小雅·小宛》:"哀我填寡。"填,尽也,病也。

⑦百:一作"千"。

【汇评】

仇兆鳌《杜诗详注》卷一一:郭、薛题留,皆成壮观矣,将来谁复到此,而继其韵事乎?语含自负意。

浦起龙《读杜心解》卷一之三:起四,以诗才引书画,而又以功名作翻剔,亦见直笔。中十二句,将书、画并提分写,纪法整齐。末四,萦带郭公,波澜轻便。

夏力恕《杜诗增注》卷九:前四语已尽之,叹惋形于言外。郭以功业著,只一语及其文字。结末四语,虽两人并数,不害于有底昂也。

通泉县署屋壁后薛少保画鹤①

　　薛公十一鹤,皆写青田真②。画色久欲尽,苍然犹出尘。低昂各有意,磊落如长人。佳此志气远,岂惟粉墨新。万里不以力,群游森会神。威迟白凤态,非是仓鹒邻。高堂未倾覆,幸得慰嘉宾③。曝露墙壁外,终嗟风雨频。赤霄有真骨,耻饮洿池津。冥冥任所往,脱略谁能驯④。

【题解】

　　在通泉县署的墙壁后面,有薛稷所画的十一只鹤。这幅画所摹写的是青田之鹤的神韵,虽然壁画的颜色已经模糊,但这十一只鹤或梳翎,或反啄,或戾天,或顾步,一低一昂,神态清奇,犹如贤人毫无尘俗气象。壁画的神妙,在于志气悠远而不是粉墨鲜艳。这群鹤有万里之势,可与凤凰为伍,而非黄鹏等凡鸟所拟。幸好通泉署衙后壁尚未倾覆,我才得以欣赏薛稷的真迹。不过这壁画饱经风吹雨打,很快也会湮没。但转念想到野鹤本是冲天之物,不当受此拘束而留于画壁,破壁而去乃是最好的归宿,我也不再为真迹的消亡而愧惜了。

【注释】

　　①《历代名画记》卷九:"(薛稷)尤善花鸟人物杂画,画鹤知名,屏风六扇鹤样,自稷始也。"

　　②青田:今属浙江。《太平御览·羽族部》引《永嘉郡记》:"沐溪野青田中有双白鹤,年年生子,长大便去,只余父母一双在耳,精白可爱,多云神仙所养。"

　　③幸:一作"常"。

　　④往:一作"适"。

【汇评】

　　朱鹤龄《杜工部诗集辑注》卷九:本咏画鹤,以真鹤结之,犹之咏画鹰而及真鹰,咏画鹖而及真鹖,咏画马而及真马也。公诗格往往如是。

李长祥《杜诗编年》卷八:少陵诸禽兽草木诗,皆有一种峻骨厉响,引人幽入,见于画亦然。

刘濬《杜诗集评》卷二引李因笃曰:写马得其神俊,写鹤得其高逸,皆绝构也。

陪王侍御宴通泉东山野亭①

江水东流去,清樽日复斜。异方同宴赏,何处是京华。亭影临山水,村烟对浦沙。狂歌遇形胜,得醉即为家②。

【题解】

陪着友人侍御王抡,来到东山的野亭宴饮。两人他乡相逢而对酌,不免勾起了对京师生活的回忆,举杯相劝,不知不觉喝到日薄西山。抬头眺望,但见亭下涪江东流而去,远处炊烟袅袅。如此美景,当一醉方休,直把他乡作故乡。

【注释】

①王侍御:王抡。野亭:时在射洪县治东北。

②遇形:原作"过于",一作"过形"。

【汇评】

顾宸《辟疆园杜诗注解》五律卷五引李璁佩曰:"得醉即为家"五字怨极。飘零之感,乡国之思,含藏无限,与"何处是京华"莫作两层看。

仇兆鳌《杜诗详注》卷一一:上四,写景言情,乃感伤语。下四,逐句分应,作自解语。亭临山水,承江流。烟对浦沙,承日斜。遇此形胜,则异地相忘。醉即为家,故旧京莫问耳。

边连宝《杜律启蒙》五言卷四:前半,因宴赏而忆京华也;后半,聊作自解之辞。

陪王侍御同登东山最高顶，
宴姚通泉，晚携酒泛江^①

　　姚公美政谁与俦，不减昔时陈太丘^②。邑中上客有柱史，多暇日陪骢马游^③。东山高顶罗珍羞，下顾城郭销我忧。清江白日落欲尽，复携美人登彩舟。笛声愤怒哀中流，妙舞逶迤夜未休^④。灯前往往大鱼出，听曲低昂如有求^⑤。三更风起寒浪涌，取乐喧呼觉船重。满空星河光破碎，四座宾客色不动。请公临深莫相违，回船罢酒上马归^⑥。人生欢会岂有极，无使霜过沾人衣^⑦。

【题解】

　　在野亭宴饮之后，杜甫又陪御史王抡登上东山顶峰。晚上通泉县令姚某接着宴请王侍御，诗人又一同前往。此诗记录了下午登山及夜晚泛舟夜饮的整个过程。县令姚某为政清静，如同汉代名士陈寔。王侍御前来通泉县巡视，他公庭清闲，便陪着游历。登上东山，远眺城郭，设宴对饮，欢乐无极。日落下山，主人豪兴未减，携带歌伎，泛舟于涪江之上。星光满天，江水荡漾，笛声悠扬，舞姿曼妙，众人喧呼，连江中的鱼儿也似乎为音乐所吸引，不时涌现在船头。三更风生，寒浪涌起，舟行迟缓，满座宾客神情自若，不以为意。诗人却认为不必蹈险履危，不能乐极生悲，应该下船离开，上马归去。

【注释】

　　①姚通泉：通泉县令姚某。

　　②陈太丘：陈寔。《后汉书·陈寔传》载其任太丘长，修德清静，百姓以安。太丘，在今河南永城。

　　③柱下：柱下史。《史记·张丞相列传》："秦时为御史，主柱下方书。"

684

司马贞《索隐》："周秦皆有柱下史,谓御史也。所掌及侍立恒在殿柱之下,故老子为周柱下史。"

④怒:一作"怨"。

⑤《荀子·劝学》:"昔者瓠巴鼓瑟,而流鱼出听。"

⑥《诗·小雅·小旻》:"战战兢兢,如临深渊,如履薄冰。"深:一作"江"。

⑦会:一作"乐"。过:一作"露"。谢庄《月赋》:"佳期可以还,微霜沾人衣。"

【汇评】

毛先舒《诗辩坻》卷三:其诗起四句先将二人叙完,次叙登山只二句,次将泛江衍为长篇。登山、泛江,自是俳势;一略一详乃尔,章法已奇。至主客是两长官,二十句中以四句了却,意在有无间耳。他人于此恋恋怅怅,岂能自已。

陈讦《读杜随笔》卷下:题特书陪王侍御,则此宴亦姚通泉为主。可知公诗先姚公美政,次上客柱史,次暇陪骢马,宾主分明。以下先东山高宴,次登舟夜泛,先后不爽。而宾客欢会,三更喧乐,又应前"多暇日陪"。通首俱通泉为主,故日落登舟不复再言通泉也。

渔 阳

渔阳突骑犹精锐,赫赫雍王都节制①。猛将飘然恐后时,本朝不入非高计②。禄山北筑雄武城,旧防败走归其营③。系书请问燕耆旧,今日何须十万兵。

【题解】

渔阳一带的骑兵,是天下赫赫有名的精锐之师,现在统归雍王李适节制。河北地区的猛将,又纷纷来降,唯恐落后。雍王手下兵强马壮,你们燕地的叛军,若再不归顺本朝,那就是失策了。当初安禄山在蓟北修筑雄武城,原本是为了以防战败而有所退守。我想捎封书信给燕地的父老:如今这样的形势,用不着十万兵马来收拾那些负隅顽抗之辈吧? 宝应元年(762)冬日,杜甫听闻雍王统兵进讨史朝义,写此诗讽劝燕地叛军归降。

【注释】

①《后汉书·吴汉传》载,吴汉亡命在渔阳,说太守彭宠曰:"渔阳、上谷突骑,天下所闻也。"雍王:即唐德宗李适。《旧唐书·代宗纪》载,宝应元年九月,鲁王适改封雍王。冬十月,以雍王为天下兵马元帅,统河东、朔方及诸道行营、回纥等兵十余万,进讨史朝义,会军于陕州。节:一作"前"。

②飘:一作"翻"。

③雄武城:故址在今北京市北。《旧唐书·安禄山传》载,禄山反时,筑垒范阳北,号雄武城,峙兵聚粮。

【汇评】

仇兆鳌《杜诗详注》卷一一:上四,讽贼党之归顺。下四,慰燕人之向化。官军精锐,节制得人,彼河北诸将,翻然而来,犹恐后时,若不入本朝,真失计矣。又为慰谕燕人之词曰:当时禄山猖獗,尚筑垒以防退走,今王师破竹,思明旦夕奔窜,诸耆老当亦知之否耶。

浦起龙《读杜心解》卷二之二:首句放单,次句立一诗之柱。只一句,已足压倒群凶。以下都顶首句说。三、四假归顺者以动之,五、六又援往辙以晓之,七、八只作诘词,冷甚。读此如楚歌吹散矣。

闻官军收河南河北①

剑外忽传收蓟北,初闻涕泪满衣裳。却看妻子愁何在,漫卷诗书喜欲狂。白日放歌须纵酒,青春作伴好还乡②。即从巴峡穿巫峡,便下襄阳向洛阳③。

【题解】

在剑门关外,忽然听说官军收复了河北州郡。初闻之下,喜极而泣,涕泗交加,淌满衣裳。身旁的妻子儿女,个个喜形于色,忧愁一扫而空。我情不自禁地想要立刻整理行装,下意识地胡乱收拾手边摊开的书卷。得到这样的好消息,真应该放声高歌,开怀痛饮。在这阳光明媚的日子里,正好趁着风和景明、花艳柳媚,一路山清水秀而还乡。我家园田在东都洛阳,应该即刻沿江而下,穿过巴峡、巫峡,抵达襄阳,然后奔向洛阳。

【注释】

①诗题"收河南河北",一本作"收两河"。《旧唐书·代宗纪》载,壬申,王师次洛阳北郊。甲戌,战于横水,贼大败,俘斩六万计。史朝义奔冀州。乙亥,雍王奏收东京、河阳、汴、郑、滑、相、魏等州。……丁酉,伪恒州节度使张忠志以赵、定、深、恒、易五州归顺……于是河北州郡悉平。

②日:一作"首"。

③巴峡:位于湖北巴东县之西。一说位于四川东北部巴江中,一说泛指渝州以下川东峡江地带。诗末原有注:"余田园在东京。"

【汇评】

王嗣奭《杜臆》卷五:此诗无一字非喜,无一字不跃。其喜在还乡,而最妙在束语直写还乡之路,他人决不敢道。

顾宸《辟疆园杜诗注解》七律卷二引黄维章曰:杜诗之妙,有以意胜者,有以篇法胜者,有以俚质胜者,有以仓卒造状胜者。此诗之"忽传""初闻""却看""漫卷""即从""便下",仓卒间写出欲歌欲哭之状,使人千载如见。

浦起龙《读杜心解》卷四之一:八句诗,其疾如飞。题事只一句,余俱写情。得力全在次句,于神理妙在逼真,于文势妙在反振。……生平第一首快诗也。

远　游

贱子何人记,迷方著处家①。竹风连野色,江沫拥春沙。种药扶衰病,吟诗解叹嗟。似闻胡骑走,失喜问京华。

这些年来我行踪不定,四海为家,还有谁会记得我呢?春风吹拂原野,翠竹青青;江水初涨,白沫涌上沙滩。客居他乡,我自种药材以维持衰病之躯;苟延残喘,常吟诗以消解愁闷。传闻胡骑败走,我喜不自胜,急忙打听京都之事,或许从此可以归乡,不再漂泊远游。

【注释】

①方:原作"芳",据他本改。

【汇评】

顾宸《辟疆园杜诗注解》五律卷五引王又宣曰:闻贼破而喜,人之常情。只着一"失"字,从前之揣摩忧虑,当日之惊疑踊跃,种种如画。老杜真写生手也。

仇兆鳌《杜诗详注》卷一一:首联,远游之迹。三、四,言景。五、六,远游之事。末二,言情。何人记,言旧交已疏。著处家,谓行踪无定。风竹江沙,自况飘摇流荡。即景寓情,善于变化。传言未确,故云似闻。不觉失喜,犹云失声失笑。

春日梓州登楼二首

其一

行路难如此,登楼望欲迷。身无却少壮,迹有但羁栖①。江水流城郭,春风入鼓鼙。双双新燕子,依旧已衔泥。

【题解】

又一年春天到来,春风吹拂,春水荡漾,春燕成双成对,忙着衔泥筑巢。此时史朝义也被歼灭,似乎是万象更新,但战争并未结束。诗人年老,困于梓州,春日登楼而望,内心彷徨。

①有但:一作"但有"。

【汇评】

仇兆鳌《杜诗详注》卷一一:杜律首句,有语似承上,却是突起者。如"杖锡何来此,秋风已飒然""故人亦流落,高义动乾坤""行路难如此,登楼望欲迷",既飘忽,又陡健,此皆化境语也。

又引《杜臆》:行路之难不一,故用"如此"二字该之,起语无限悲凉。衰年流落,此身却无少壮,而浪迹但有羁栖,两句各倒转一字,便语新而声协矣。水流城下,登楼所见。风送鼓声,登楼所闻。新燕巢楼,而旅人无定,对景伤情,语意双关。数句中,有梓、有春、有楼,写景言情,相融入化。

其二

天畔登楼眼,随春入故园①。战场今始定,移柳更能存②。厌蜀交游冷,思吴胜事繁。应须理舟楫,长啸下荆门③。

【题解】

春日在梓州城楼瞭望之时,心中想着故乡,双眼便似乎穿越千山万水,看见了魂牵梦萦的故园。现在中原战争已经平息,经此大乱,不知家园变成了何等模样。我在蜀中滞留太久,故园又一时无法归去,想到吴越风景如画,盛事颇多,不如整理舟楫而下荆门山,经楚入吴。

【注释】

①春:一作"风"。

②移:一作"移"。庾信《哀江南赋》:"钓台移柳,非玉关之可望。"更:一作"岂"。

③袁山松《宜都山川记》:南崖有山,名荆门,北岸有山,名虎牙,二山相对……有像门也。

【汇评】

刘濬《杜诗集评》卷八引吴农祥曰:首篇是他乡之春,次首是故乡之春。

合读甚惨。

仇兆鳌《杜诗详注》卷一一引赵汸曰：五言近体，句中用一虚字斡旋，诗家以为难。若一句中用两虚字，抑扬见意，惟老杜能之，而陈后山妙得其法。

又引《杜臆》：心之所至，目亦随之，故登楼一望，而天畔之眼，遥入故园。朝义既平，战场定矣。洛阳园柳，能复存乎？公少游吴越，故思胜事，自蜀江至吴，必取道荆门也。

春日戏题恼郝使君兄①

使君意气凌青霄，忆昨欢娱常见招。细马时鸣金騕褭，佳人屡出董娇饶②。东流江水西飞燕，可惜春光不相见。愿携王赵两红颜，再骋肌肤如素练。通泉百里近梓州，请公一来开我愁③。舞处重看花满面，樽前还有锦缠头。

【题解】

郝使君你意气干云，热情好客。去年常遣名马前来邀我前去宴饮，酒席上又出佳人歌舞侑酒，至今还记得王、赵两位红颜、肌肤胜雪。可惜一别之后，如江水东逝，鸿雁西飞，不复相见。眼下春光明媚，通泉离梓州不足百里，你可否携带佳丽，前来梓州为我一解春愁？你尽管放心，如花儿一样美丽的舞女，在酒席上不会缺少锦缠头。

【注释】

①诗题一本无"兄"字。

②细马：好马。《旧唐书·职官志三》载，凡马有左右监，以别其粗良。细马称左，粗马称右。騕褭：骏马。《文选·思玄赋》："紫騕褭以服箱。"李善注引应劭《汉书音义》曰："騕褭，古之骏马也，赤喙玄身，日行五千里。"董娇饶：美女。《玉台新咏》载有宋子侯《董娇饶》诗。

③请：一作"诸"。

黄生《杜工部诗说》卷三:春光,指携佳丽而言。"东西"两句即"不相见"之隐语,梁武帝"东飞伯劳西飞燕,黄姑织女时相见",此祖其调。此等调笑取乐之作,最集中所少,不可不存。

仇兆鳌《杜诗详注》卷一一:百里携妓,势所不能,亦空想花容而已,故曰戏、曰恼也。

花　底

紫萼扶千蕊,黄须照万花。忽疑行暮雨,何事入朝霞。恐是潘安县,堪留卫玠车①。深知好颜色,莫作委泥沙。

【题解】

千株花蕊为紫色花瓣所层层包裹环绕,万朵花苞无不有黄色丝须映衬。漫步在鲜花丛中,仿佛置身于仙境,得遇仙子;又如同闯入了灿烂的朝霞之中,目不暇接。花儿如此娇艳,令人流连忘返。它们值得人们爱怜啊,千万莫要让这些花儿独自零落,委弃于泥沙。

【注释】

①潘安:潘岳,字安仁,晋荣阳中牟(河南中牟)人。《白氏六帖事类集》卷二一"县令七十六":"潘岳为河阳令,树桃李花,人号曰'河阳一县花'。"卫玠,字叔宝,河东安邑(今山西夏县北)人,《晋书·卫玠传》载其风神秀异,乘羊车入市,见者以为玉人。

【汇评】

黄生《杜工部诗说》卷六:首尾全对格。……《花底》《柳边》二首,见黄鹤本,非杜公不能作。语致鲜嫩,而胎骨自带老气。

仇兆鳌《杜诗详注》卷一一:此诗咏花,有妍华易谢之感。上四句,对花惊喜,下则意在惜花也。紫萼包乎蕊外,黄须映自花中,花之内外俱丽矣。行暮雨,见花润。入朝霞,见花鲜。潘安县,见花多。留卫玠,见花美。莫委泥沙,不忍睹其零落耳。

刘濬《杜诗集评》卷八引李因笃曰:似唐人应制咏物诗。

柳　边

只道梅花发,那知柳亦新。枝枝总到地,叶叶自开春[1]。
紫燕时翻翼,黄鹂不露身。汉南应老尽,霸上远愁人[2]。

【题解】

春日到来的时候,人们都在谈论梅花的绽放,又有谁注意到柳树早已焕然一新呢?它的枝条全然展开了,枝叶也长垂拂地。紫燕轻快的身影,飞速从树梢掠过;歌声婉转的黄鹂,藏身树间,很难被发现。不知不觉,我已经老了,不知道何日才能回到长安?

【注释】

[1]叶叶:一作“蕊蕊”。

[2]庾信《枯树赋》:“昔年移柳,依依汉南。今看摇落,凄怆江潭。”《三辅黄图》卷六:“霸桥在长安东,跨水作桥。汉人送客至此,折柳赠别。”

【汇评】

顾宸《辟疆园杜诗注解》五律卷五引王又宣曰:七句是柳,突起一句是梅,所云柳边梅也。咏柳诗得此一句,便高洁孤耸。

仇兆鳌《杜诗详注》卷一一:首二,初春之柳。枝嫩叶青,正见其新。五、六,暮春之柳。汉南、灞上,借柳寄慨。枝动,故翻燕。叶密,故藏鹂。汉南之柳,应且老尽,自况淹留。灞上之柳,远亦愁人,遥忆长安也。

奉送崔都水翁下峡[1]

无数涪江筏,鸣桡总发时。别离终不久,宗族忍相遗。
白狗黄牛峡,朝云暮雨祠[2]。所过凭问讯,到日自题诗。

无数的竹木之筏,附于出峡之舟两旁,浩浩荡荡,和都水使者崔翁一起出发。你我有舅甥之亲,故园同在长安,现在虽然暂时相别,但我相信很快就会见面,因为我也马上就要下峡还乡了。你出峡途中,途径白狗峡、黄牛峡以及神女祠这些名胜古迹之时,不要忘记在抵达之日留下诗篇。我日后追随而至时,可以凭借这些讯息题诗相唱和。

【注释】

①崔翁:杜甫之舅族。《新唐书·百官志》"都水监":"使者二人,正五品上,掌川泽、津梁、渠堰、陂池之政,总河渠、诸津监署。"

②白狗:白狗峡,今称兵书宝剑峡,位于今湖北秭归东。黄牛峡:位于今湖北宜昌西陵峡中。仇兆鳌注引《十道志》:"白狗峡,在归州,两崖如削,白石隐起,其状如狗。黄牛峡,在夷陵州,石色如人牵牛之状,人黑牛黄。"朝云暮雨祠:神女庙,故址在今重庆巫山县西阳台山上。宋玉《高唐赋》序:"旦为朝云,暮为行雨,朝朝暮暮,阳台之下。"

【汇评】

仇兆鳌《杜诗详注》卷一二:上四叙送崔,下四记下峡。筏多桡响,从行者众。别离不久,公亦将出峡,以亲族在京,不忍遗弃故也。峡畔祠前,皆崔翁经过之地。

又引《杜臆》:经过之处,有相知者在,先凭翁问讯,待将来到日,我自题诗以赠也。

边连宝《杜律启蒙》五言卷三:首联,言与翁同下峡者之多。次联,言己亦不久下峡,以宗族皆在中原,不忍相遗也。"白狗黄牛峡,朝云暮雨祠",今日为崔所过也,他日即公所过也。故嘱崔到此题诗为记,我他日将凭诗以问讯也。

郪城西原送李判官兄、武判官弟赴成都府①

凭高送所亲,久坐惜芳辰。远水非无浪,他山自有春。野花随处发,官柳著行新②。天际伤愁别,离筵何太频。

【题解】

在这春风和煦的日子里,登高送别自己要好的朋友,久久舍不得分手。朋友此去,固然不免劳顿之苦、风波之险,但一路春色,也是触处可乐。山间野花点染行装,路旁新柳行行逢迎。水有浪,山有春,忧乐甘苦,也唯有朋友自行体会了。我栖止于天涯,接连送别友人归去,心中颇为落寞。

【注释】

①郪城:郪县县城,时为梓州治所,故址在今四川三台西南。

②官:一作"妖"。

【汇评】

仇兆鳌《杜诗详注》卷一二:此章惜芳辰三字,见恋别之情。水浪可忧,而山春又可乐,花柳可娱,而离筵又可怅,皆就芳辰上写出悲欢交集之意,于惜别情景,倍觉悲伤矣。李、武称兄弟,故曰所亲。两人俱往蜀,故云太频。

浦起龙《读杜心解》卷三之三:起、结写惜别,而中四俱从去后途景取致,为前后激射,格奇。

刘濬《杜诗集评》卷八引李因笃曰:"所亲"意,层层反写,情无不伸。

涪城县香积寺官阁①

寺下春江深不流,山腰官阁迥添愁。含风翠壁孤云细,背日丹枫万木稠。小院回廊春寂寂,浴凫飞鹭晚悠悠②。诸天合在藤萝外,昏黑应须到上头③。

【题解】

站在涪城香积山腰的迎官阁里,极目远眺,但见山下江水幽深,凫浴鹭飞;峭壁绿叶葱翠,摇曳多姿;天边一片孤云,悠然远去;落日下万木森立,丹枫耀眼。回顾官阁所在之小院,回廊空寂。天已黄昏,香积寺想必就在藤萝小道的尽头,天黑之前应该可以到达。

【注释】

①涪城县:故治在今四川三台县芦溪镇。《太平寰宇记·梓州》:"香积山,在(涪城)县东南三里,北枕涪江。"

②春:一作"清"。

③诸天:佛教有三界诸天,此指山顶殿像。《法苑珠林》卷五"诸天部":"天有三十二种:欲界有十,色界有十八,无色界有四,合有三十二天也。"

【汇评】

张溍《读书堂杜诗注解》卷九:玩诗意,则寺在山顶,阁在山腰。从寺下说起,俯仰一山,多少曲折,尽该八句中。写景须如此,方有位置,方有次第。

仇兆鳌《杜诗详注》卷一二:迥阁临江,故易生愁。中四,皆登阁所见之景,云细木稠在山前,小院回廊在阁内,浴凫飞鹭在江中。日晚到寺,得以尽览其胜矣,作三层看便明。山下有江,山腰有阁,山上则有寺也。轻风散云则渐细,落日映枫则更稠,此从一淡一浓对说。

刘濬《杜诗集评》卷八:调亦圆宕,而取材更欲其难。

涪江泛舟送韦班归京 得山字

追饯同舟日,伤春一水间①。飘零为客久,衰老羡君还。
花远重重树,云轻处处山②。天涯故人少,更益鬓毛斑③。

韦班已经踏上归京的旅程,诗人追而送之,践行于涪江舟中,席中分韵赋诗,拈得"山"字而有此作。诗人与友人韦班眼下虽同处一江之上,但一则滞留梓州,一则即将回京,心情自是迥然不同。故人此去,风景宜人,心旷神怡。一路重重树叶之间,定有鲜花杂隐;处处青山之上,自有白云飘浮。而诗人以迟暮之年,长久天涯飘零,知音绝少,忧思益浓而鬓毛益白。

【注释】

①春:一作"心"。

②远:一作"杂"。

③益:一作"忆"

【汇评】

仇兆鳌《杜诗详注》卷一二:上四泛舟送别,下四对景伤情。花树云山,归途春色。"天涯"应"为客","故人"应"君还","鬓班"应"衰老",比上截更进一步,愈觉可伤。

浦起龙《读杜心解》卷三之三:以久客人送还京客,自应神往于彼,而心伤于此。

边连宝《杜律启蒙》五言卷四:三、四,明所以伤春之故。五、六,申写"春"字。七、八,申写"伤"字。然此等诗,要是牵率应酬之作。

泛江送魏十八仓曹还京,因寄
岑中允参、范郎中季明①

迟日深春水,轻舟送别筵②。帝乡愁绪外,春色泪痕边。见酒须相忆,将诗莫浪传。若逢岑与范,为报各衰年。

【题解】

魏仓曹即将还京,杜甫在江上设宴饯行,赋诗相赠,并寄语岑参、范季明。春日迟迟,江水幽深。友人轻舟欲行,诗人举杯劝饮。每望长安,即生愁绪;春色明媚,泪水涟涟。你抵京之后,宴饮于长安,请不要忘记蜀中故旧,但也不要轻易传语我的诗篇。倘若遇见岑参、范季明两人,请代为问候,并告知晚年的境况。

【注释】

①仓曹:主管公廨、度量、庖厨、仓库、租赋征收、田园、市肆等事务的官员。中允:太子属官,掌管侍从礼仪等。郎中:朝堂各部中分管各司之主官。

②春:一作"江"。

【汇评】

仇兆鳌《杜诗详注》卷一二:上四,送魏还京,有感时事。下四,临别丁宁,兼寄岑、范也。

送路六侍御入朝

童稚情亲四十年,中间消息两茫然①。更为后会知何地,忽漫相逢是别筵。不分桃花红胜锦,生憎柳絮白于绵②。剑南春色还无赖,触忤愁人到酒边。

【题解】

幼童之时,就与你相识结好。没想到此后四十年间,消息隔绝,无从往来。今日异地蓦然重逢于酒筵,喜出望外,只可惜刚刚聚首又将分别,他日之相会又不知在何地。此时此刻,连鲜艳的桃花、轻飏的柳絮也变得面目可憎。剑南的春色就是这样不解风情,偏偏还要凑上眼前,使酒席上的离人心情郁悒。

【注释】

①四十:一作"三十"。

②分:一作"愤"。于:一作"如"。

【汇评】

朱瀚《杜诗七言律解意》:始而相亲,继而相隔,忽而相逢,俄而相别,此铁板步骤也。翻覆照应，便觉神彩飞动。后会无期，衬消息茫然；忽漫相逢，衬童稚情亲。

周篆《杜工部诗集集解》卷一八：以全篇言之，则八句一气；以段落言之，则上下两节；以转折言之，则前四句四转，后四句二转。公七律无不皆然，而此首尤明。

刘濬《杜诗集评》卷八引李因笃曰：一气滚注，直如说话，而浑成不可及。从此等诗如龙眠白描，无微不入，由其运笔之高也。

泛江送客

二月频送客，东津江欲平[①]。烟花山际重，舟楫浪前轻。泪逐劝杯下，愁连吹笛生[②]。离筵不隔日，那得易为情。

【题解】

在春水欲平的二月，我多次在涪江东津送别客人。在这个季节，大山因野花盛开而显得更加厚实，小舟借波涌之力而愈发轻快。我举杯劝客，酒未饮而泪先下；舟上吹笛取乐，曲已终而愁愈浓。这离别的筵席一天接着一天，我如何能够承受？

【注释】

①东津：故址在今四川三台县涪江边。

②下：一作"落"。

【汇评】

仇兆鳌《杜诗详注》卷一二：上四泛江送客，下四临别伤情。

刘濬《杜诗集评》卷八引李因笃曰：起结好，悲不在送客，而在频送也，故脱所送之人。

上牛头寺①

　　青山意不尽,衮衮上牛头。无复能拘碍,真成浪出游。花浓春寺静,竹细野池幽。何处莺啼切,移时独未休②。

【题解】

　　我一步紧接一步,攀爬着牛头山。牛头山一带,层峦叠嶂,意趣无穷。我也敞开心胸,随心所欲,任情遨游。山上春意正浓,野花灿烂,莺啼婉转,但池塘边竹林掩映的寺庙,却极为清寂。

【注释】

　　①牛头寺:西域僧人明达建于梁天监年间,梁武帝赐名长乐寺,唐时改为灵瑞寺,宋时称永福寺,俗称牛头寺。《太平寰宇记·梓州》:"牛头山,在(郪)县西南二里,高一里,形似牛头,四面孤绝,俯临州郭。下有长乐寺,楼阁烟花,为一方胜概。"牛头山,又名华林山,在今四川三台县。

　　②莺啼:一作"啼莺"。

【汇评】

　　张溍《读书堂杜诗注解》卷九:意不尽,言游山之兴未息。衮衮,跟"不尽"来,言登涉源源相继,不以为劳。浪出游,言放浪纵恣也。末二句言莺啼之久,正是"鸟鸣山更幽"意。

　　仇兆鳌《杜诗详注》卷一二:首章,初上寺而赋也。上四登山,喜心目之旷。下四入寺,咏景物之佳。山意不尽,谓峦嶂层叠。衮衮,连步登陟貌。无拘碍,触景萧洒。浪出游,恣情览胜。花竹之下,寺静池幽,反觉莺啼太切,真是巧于形容。

　　边连宝《杜律启蒙》五言卷四:前四,虚写兴会;后四,实拈景物。而莺啼不歇,若有以助衮衮之兴者。

望牛头寺

牛头见鹤林,梯径绕幽深①。春色浮山外,天河宿殿阴②。传灯无白日,布地有黄金③。休作狂歌老,回看不住心④。

【题解】

诗写杜甫在牛头山中的见闻感受。王嗣奭说:"诗是登牛头而望,非望牛头,题不可晓。"(《杜臆》卷五)诗人登上牛头山顶,顺着幽深曲折的石磴进入牛头寺,感觉这寺庙远在诸峰之上,高与天齐。虔诚的佛家弟子,在这里潜心传教。诗人也受到感染,决定不再狂歌醉舞,要静悟本心。

【注释】

①鹤林:佛入灭之处。《大般涅槃经后分·应尽还源品第二》:"大觉世尊入涅槃已,其娑罗林东西二双合为一树,南北二双亦合为一树,垂覆宝床盖于如来,其树即时惨然变白犹如白鹤。"梯径绕幽深:一作"秀丽一何深"。

②浮:一作"流"。宿:一作"没"。

③传灯:传法。《大智度论》卷一〇〇《释嘱累品第九十》:"汝当教化弟子,弟子复教余人,展转相教,譬如一灯复燃余灯,其明转多。"

④不住心:无住心,空灵禅心。《顿悟入道要门论》卷上:"问:心住何处即住?答:住无住处即住。"

【汇评】

张溍《读书堂杜诗注解》卷九:此首俱望中景,宜叙在《上牛头寺》前。末二句见不宜狂歌潦倒,当静悟本心。公盖进于禅悦矣。

仇兆鳌《杜诗详注》卷一二:次章,既上寺而有望也。上四望中之景,下四望中之意。

边连宝《杜律启蒙》五言卷四:前四,正写望寺;五、六,想像寺中;末则因望生感也。

登牛头山亭子

路出双林外，亭窥万井中①。江城孤照日，山谷远含风②。兵革身将老，关河信不通。犹残数行泪，忍对百花丛。

【题解】

从牛头寺出来，站在山亭中，凭高可以眺望山下万户人家。阳光笼罩着江滨这座孤城，山谷在风鸣中显得格外悠远。战争频起，关河阻隔，音讯断绝，人将衰老，面对百花，泪水将尽。

【注释】

①双林：佛祖圆寂之处，这里指佛寺。

②山：一作"春"。

【汇评】

王嗣奭《杜臆》卷五："双林"似用双树语。三、四即景，却是凄清之象，以起五、六自发情事。末谓作客之穷，更无长物，犹余"数行之泪"，忍之以对亭前之花，冀以消忧而不可得也。

仇兆鳌《杜诗详注》卷一二：此章，乃登山亭而作也。上四叙景，下四感怀，八句皆整对。凭高遥望，故城照日而见其孤，谷含风而觉其远。世乱无家，止余数行之泪，忍对此百花丛中乎，伤心甚矣。

边连宝《杜律启蒙》五言卷四：前四，登亭所见；后四，登亭所感。残，余也。言犹余数行之泪，今乃忍而不流，以对此百花丛也。或曰：忍，不忍也，亦通。

上兜率寺①

兜率知名寺，真如会法堂②。江山有巴蜀，栋宇自齐梁。庾信哀虽久，何颙好不忘③。白牛车远近，且欲上慈航④。

兜率寺为著名佛寺,是演说真如等佛理的地方。它建于齐梁之间,坐落在形胜之地巴蜀。我虽然如庾信那样流寓他乡很久了,可依然难忘当日交游的旧友。眼下故乡无法归去,友人又难以忘记,看来唯有游览佛寺、体悟佛理以为慰藉。

【注释】

①兜率寺:故址在今四川三台县印盒山。侯圭《东山观音院记》:"广明初,梓州浮图祠大小共十二。慧义居其北,兜率当其南,牛头据其西,正观距其东。"

②真如:佛教所言宇宙万物之本体。《圆觉经略疏》:"圆觉自性,本无伪妄变易,即是真如。真谓真实,显非虚妄。如谓如常,表无变易。"法堂:演说佛法之堂。

③何颙,字伯求,南阳襄乡(今属湖北襄阳)人,东汉末年名士,与陈蕃、李膺交好。一说当作"周颙"。《南史》本传载,周颙音词辩丽,长于佛理,于钟山西立精舍,休沐则归之。清贫寡欲,终日长蔬,虽有妻子,独处山舍。

④《妙法莲华经》卷二《譬喻品第三》:"驾以白牛,肤色充洁,形体姝好,有大筋力,行步平正,其疾如风。"慈航:菩萨以大慈悲救度众生离开尘世苦海,有如舟航。

【汇评】

叶梦得《石林诗话》卷上:诗人以一字为工,世固知之,唯变化开阖,出奇无穷,殆不可以形迹捕。如"江山有巴蜀,栋宇自齐梁",则其远近数千里,上下数百年,尽在"有""自"两字间,而吞吐山川之气,俯仰古今之怀,皆见于言外也。

王嗣奭《杜臆》卷五:本是"巴蜀有江山"而倒言之,见此江山不囿于巴蜀耳,刘评可笑。"庾信""何颙"俱自寓。谓虽因兵乱,逃窜远乡,而好佛之念不忘,白牛车远近俱载,且欲学佛以终身耳。

浦起龙《读杜心解》卷三之三:一、二,对体。三、四,气象函盖。五、六,将自身转侧牵搭。七、八,结出仰法意,收束完密。

望兜率寺

树密当山径,江深隔寺门。霏霏云气重,闪闪浪花翻①。不复知天大,空余见佛尊。时应清盥罢,随喜给孤园②。

【题解】

兜率寺依江而立,坐落在大山之上,山上云雾缭绕,山下波浪翻滚。密密麻麻的树叶遮住了上山的小道,幽深湍急的江流阻隔了寺门。行进在途中,视线受阻,抬头望不见空旷的天空,只能从空隙处看到巨大的佛像。想必抵达寺院,用清水盥洗双手后,就可以游览了。诗写杜甫上山入寺的经过。"不复知天大,空余见佛尊"两句,写他途中所见。

【注释】

①重:一作"动"。

②清盥:拜谒佛像前清洗双手以示虔诚恭敬。盥,一作"兴"。随喜:见人做善事而乐意参加,这里指游览寺院。给孤园:给孤独园,指佛寺。

【汇评】

仇兆鳌《杜诗详注》卷一二:次章,既上寺而又望也。上四咏寺前之景,下四有超世之思。云气,承树密。浪花,承江深。到此禅林妙境,不复知天之大,而唯见佛为尊矣,因欲盥手而行,随处览胜也。

浦起龙《读杜心解》卷三之三:此盖泛江回望而作。一、二,身在江间,见树不见寺也。三、四,由彼及此,但见山云远动,江浪近翻而已。此时境界旷阔,宜"知天大"矣,而心依初地,犹然但"见佛尊"也。着一"余"字,见过后之思。结言嗣此当常常"随喜",着"时应"字,见续叩之义。

甘　园^①

春日清江岸，千甘二顷园。青云羞叶密，白雪避花繁^②。结子随边使，开笼近至尊^③。后于桃李熟，终得献金门。

【题解】

春日的江滨，有两顷柑园，种着上千株柑橘树。柑橘树叶密如青云，花儿洁白胜雪。等到柑橘成熟之后，蜀人还把它们装入笼中，运至京都，献给天子。桃子、李子都比柑橘成熟早，却没有这种待遇。

【注释】

①甘园：或当为"柑园"。朱鹤龄注引李实曰："柑园在梓州城南十里，今犹名柑子铺，柑废。"

②羞：一作"著"。

③笼：原作"筒"，据他本改。

【汇评】

王嗣奭《杜臆》卷五：此诗极次第，先言柑园，次叶，次花，次结子，而随边使以献君。公方蹭蹬，而用世之心犹切，故于落句发之，此作诗本指。柑岂"筒"盛？恐当作"筐"。

仇兆鳌《杜诗详注》卷一二：此咏春日甘园，故从叶花说起。结子上贡，在秋来成熟时。末二，言外感慨，见大器晚成，不求早达也。

刘濬《杜诗集评》卷八引查慎行曰：结句从第六句出，此法亦创自少陵。

陪李梓州、王阆州、苏遂州、
李果州四使君登惠义寺①

春日无人境,虚空不住天。莺花随世界,楼阁寄山巅②。迟暮身何得,登临意惘然③。谁能解金印,萧洒共安禅④。

【题解】

春日偕同四位刺史,来此空旷无人之地,见莺飞花开、楼阁高悬,而时至暮年,一无所成,回顾往昔,意绪惘然,大有避世逃禅之想。不知诸位刺史,有谁愿意舍去职位来陪我一起修禅?

【注释】

①阆州:治所在今四川阆中。果州:治所在今四川南充。惠义寺:或即琴泉寺,在今四川三台县北二里左右。

②寄:一作"依"。

③惘:一作"寂"。

④萧:一作"潇"。"谁能"两句:一作"三车将五马,若个合安禅"。

【汇评】

边连宝《杜律启蒙》五言卷四:上四登寺之景,下则登寺而有感也。游山寺而思禅隐,亦属诗家常套,妙在"迟暮身何得"一语,于睡梦唤醒痴迷,能令大家回首,爽然自失。盖不独公之潦倒穷途者,无所得也。即四使君之印累累、绶若若,荣膺五马,势拥专城者,其究竟亦何所得哉?不过傀儡场中、骷髅队里而已。只此语,真足以渡迷津而烛昏衢也。

刘濬《杜诗集评》卷八引李因笃曰:写寺七句,又以解金印讽之,诗格焉得不高。

数陪李梓州泛江,有女乐在诸舫, 戏为艳曲二首赠李①

其一

上客回空骑,佳人满近船。江清歌扇底,野旷舞衣前。玉袖凌风并,金壶隐浪偏。竞将明媚色,偷眼艳阳天②。

【题解】

尊贵的客人下马登船,船上近乎一满船的佳丽。这些美人或以扇自障,在清澈的江面上婉转而歌;或手挥长袖,凌风翩翩起舞;或手提酒壶,随着波浪起伏。她们互不相让,竞相展示明媚之色,不时偷眼相看。

【注释】

①李梓州:一作"章梓州"。赠李:一作"赠章"。

②色:一作"景"。天:一作"年"。

【汇评】

王嗣奭《杜臆》卷五:束语摹写佳人,工艳之极。

仇兆鳌《杜诗详注》卷一二:首章从李公说到女乐,形容一时声妓之盛,所谓艳曲也。舫上佳人,有歌者,有舞者,有迎风并立者,有提壶引水者,此分写佳人景态也。又见彼此凝眸,媚眼交映于春光,此合写佳人情致也。

边连宝《杜律启蒙》五言卷四:以明媚之色,观艳阳之天,谁复禁之?"偷眼"二字,写尽女郎性情姿态,知此老于此道,正复不浅。

其二

白日移歌袖,青霄近笛床。翠眉萦度曲,云鬟俨成行①。立马千山暮,回舟一水香。使君自有妇,莫学野鸳鸯②。

客人在船上静心欣赏着歌舞。歌女递相歌唱,高亢入云;舞女排列成行,翩跹飞动。不知不觉,白日西斜,客人的坐骑早已等候在岸边。你们要赶快下船,骑马回家,莫要留恋那些歌儿舞女。

【注释】

①成:一作"分"。

②古乐府《陌上桑》:"使君自有妇,罗敷自有夫。"

【汇评】

仇兆鳌《杜诗详注》卷一二:次章从女乐说到李公。"白日"承"艳阳"来,前后自相联络。移白日,酣歌终日也。近青霄,声彻云霄也。萦回度曲,前歌将尽也。俨立成行,后歌将继也。立马,即空骑之候迎者。回舟,即女乐之满舫者。末联虽涉戏词,而却含规讽。

边连宝《杜律启蒙》五言卷四:上首"偷眼"字,此首"萦"字,非深于观物者不能下,所谓真道学亦自风流也。

刘濬《杜诗集评》卷八引李因笃曰:处处贴泛江写艳游,亦自淋漓满志,而不伤雅,所以为难。

送何侍御归朝 李梓州泛舟筵上作①

舟楫诸侯饯,车舆使者归②。山花相映发,水鸟自孤飞。春日垂霜鬓,天隅把绣衣。故人从此去,寥落寸心违③。

【题解】

何侍御就要还朝入京了,梓州李刺史在船上举办筵席,给他送行。山上野花灿烂,水边孤鸟寂寞。两鬓斑白的我,在春日与刺史执手相别。故人从此远去,我内心落寞。

【注释】

①李:一作"章"。

②诸侯:这里指郡守、刺史等。《汉书·王嘉传》:"今之郡守,重于古诸侯。"

③去:一作"远"。

【汇评】

王嗣奭《杜臆》卷五:起语述事。三、四即事为比,"山花映发"顶上句来,见侍御归朝之荣;"水鸟孤飞"起下四句,以见己作客之穷。五、六悲极。

仇兆鳌《杜诗详注》卷一二:上四送别之景,下四怅别之情。舟楫水伐,车舆陆行,诸侯指李,使者指何。山花映发,起下绣衣故人,见侍御归朝之乐。水鸟孤飞,起下霜鬓寸心,见异方作客之穷。兴中有比,杜诗善用此法。

杨伦《杜诗镜铨》卷一〇:三、四,一喧一寂,景中带比,杜诗善用此法。

行次盐亭县,聊题四韵,奉简严遂州蓬州两使君、咨议诸昆季①

马首见盐亭,高山拥县青。云溪花淡淡,春郭水泠泠②。全蜀多名士,严家聚德星③。长歌意无极,好为老夫听。

【题解】

我还在马首上,就看见盐亭高山起伏,龙盘虎踞,溪水泠泠,春花淡淡,山水无不饱含灵秀气象。盐亭地灵而人亦杰,名士众多,其中尤其以严家为最。严府人才济济一堂,倘若容我厕身其间,我将为诸公反复长吟此诗,以表达景慕之意。

【注释】

①盐亭县:今属四川绵阳。蓬州:州治大寅县,在今四川仪陇。咨议诸昆季:一般认为指严震、严砺。咨议,咨议参军。《旧唐书》本传载,严震字遐闻,梓州盐亭人,至德、乾元间屡出家财以助军需,授州长史、王府咨议参军,德宗朝累官至检校尚书左仆射、同平章事。严砺,严震之宗人,累官至

708

山南西道节度使。

②淡淡：一作"漠漠"。

③德星：德者之星，即岁星或土星。《异苑》卷四："陈仲弓从诸子侄造荀季和父子，于时德星聚，太史奏五百里内有贤人聚。"

【汇评】

刘濬《杜诗集评》卷八引李因笃曰：拈得出，写得彻，此非心胸破万卷不能，非但其笔力之高也。

仇兆鳌《杜诗详注》卷一二：上四盐亭之景，下四简严昆弟。首二乃远望，次二乃近见，五、六言地灵而人杰。

倚杖 盐亭县作

看花虽郭内，倚杖即溪边①。山县早休市，江桥春聚船。狎鸥轻白浪，归雁喜青天②。物色兼生意，凄凉忆去年。

【题解】

在城内赏花，拄着手杖，缓步行至溪边。盐亭是山中小县，民风淳朴，集市很早就散了。春水上涨，桥边聚集了不少船只。亲昵的白鸥在浪尖嬉戏，北归的大雁最喜欢青天。这里春意盎然，一派生机，我却不由自主地想起了去年避乱逃到梓州的情形。

【注释】

①内：一作"外"。

②狎：一作"野"。轻：一作"经"或"惊"。浪：一作"日"。雁：一作"鸟"。

【汇评】

吴瞻泰《杜诗提要》卷八：于鼎云本意虽往郭外看花，不觉即溪边倚杖。首句已将看花撇开，以下单写倚杖时所见，题故只有"倚杖"二字。物色，指县桥、鸥、雁。生意，指休、聚、轻、喜。言物色当春而生意动也。休市聚船，以人之得所，反兴己之羁栖。鸥轻雁喜，以物能狎能归，反兴己之久滞。故

709

七、八总束，而有"凄凉忆去年"之感，若谓又过一年，不识归期何日耳。章法正而实奇。

刘濬《杜诗集评》卷八引李因笃曰：无一语借凑，亦见思路之宽。

惠义寺送王少尹赴成都 得峰字

苒苒谷中寺，娟娟林表峰。阑干上处远，结构坐来重。骑马行春径，衣冠起晚钟[①]。云门青寂寂，此别惜相从[②]。

【题解】

王少尹将要前赴成都，杜甫一行至惠义寺送别，拈韵赋诗，杜甫分得"峰"字而作此诗。惠义寺隐于山谷中，结构恢宏，眼前重峦叠嶂，草木茂盛，风景秀美。暮钟敲响，王少尹即将启程，骑马行于春径，送行者纷纷整肃衣冠，与之话别。诗人不得从归成都，颇为寂寥。

【注释】

①晚：一作"暮"。

②青：一作"春"。寂寂：一作"寂寞"。

【汇评】

仇兆鳌《杜诗详注》卷一二：上四登寺，写景叙事。下四送王，即景言情。外设阑干，中有石级，所谓结构也，前《飞仙阁》诗"栈云阑干峻，梯石结构牢"可证。"上处"见其遥远，"坐来"见其重叠，山路之高峻可知。饯别之后，少尹骑马而行，僧人衣冠而起暮钟矣。山门阒寂，惜不与之偕行也。

惠义寺园送辛员外[①]

朱樱此日垂朱实，郭外谁家负郭田。万里相逢贪握手，高才仰望足离筵。

春末夏初,深红的樱桃垂着累累果实,我送别辛员外而来到城外,眼前不知是谁家的田亩。你我万里相逢,极为难得,故双手紧握不愿分开。对你这高才的无穷仰望,在离别的筵席上我尽情展露。

【注释】

①辛员外:辛昇之,曾任祠部员外郎,转司勋员外郎,出为眉州别驾。

【汇评】

仇兆鳌《杜诗详注》卷一二:此章从寺前时景,写出饯别伤情。足,尽也,言仰望无穷之意,尽于离筵顷刻之间。

刘濬《杜诗集评》卷一五引李因笃曰:疏疏落落,公每如此。

又　送

双峰寂寂对春台,万竹青青照客杯①。细草留连侵坐软,残花怅望近人开。同舟昨日何由得,并马今朝未拟回。直到绵州始分首,江边树里共谁来。

【题解】

在春台设宴饯别,远处双峰默默相对,近处丛竹幽幽清泠,座下是柔软的细草,近旁是枯萎的春花。昨日我们同舟而来,今天我们并马而行。我并没有打算今天就回去,因为我会将你一直送到绵州。但想到回转之时,我独坐舟中,远望江树,又情何以堪。

【注释】

①照:一作“送”。

【汇评】

仇兆鳌《杜诗详注》卷一二:台上酌酒,而花草伤情,四句亦自联络。唯下四语生意索然,疑非少陵手笔耳。

又引朱瀚曰：此诗一、二死句，三、四无脉，五、六枯拙，七、八不韵，故知其为赝作也。

石间居士《藏云山房杜律详解》七律卷上：此诗首联接前诗说来，故用点景对起；次联情致缠绵，笔意幽折，上承"春台""客杯"，下起并马远送，尤见手法灵异；三联思前想后，一气流转；末联收结本章，回应前诗，用意更深，岂他家所能拟作乎？

巴西驿亭观江涨呈窦十五使君二首[①]

其一

宿雨南江涨，波涛乱远峰。孤亭凌喷薄，万井逼春容。霄汉愁高鸟，泥沙困老龙。天边同客舍，携我豁心胸。

【题解】

近来下了很长时间的雨，南江的水涨起来了。这江流如此汹涌壮观，连远处的山峰与洪峰都搅在了一起，让人难以分别。同样流落天涯的窦使君，见我心胸烦闷，便邀我来到涪水边的亭中饮酒。江亭凌驾于喷薄的洪流之上，两岸千家万户都受到波涛冲击的威胁。洪流带来的泥沙使老龙困顿不堪，连高飞云霄的鸟儿也在发愁。

【注释】

①巴西：绵州治所所在，今属四川绵阳。诗题原作"巴西驿亭观江涨呈窦使君"。此两首及下首《又呈窦使君》，各本编次不同，今从宋九家本。

【汇评】

仇兆鳌《杜诗详注》卷一二：公咏江涨诗，前后三见。初云"细动迎风燕，轻摇濯浪鸥"，此状江流平满之景。继云"大声吹地转，高浪蹴天浮"，此状江水汹涌之势。两者工力悉敌。其云"鱼鳖为人得，蛟龙不自谋"，语稍近直，不如"霄汉愁高鸟，泥沙困老龙"，尤为警拔。

刘濬《杜诗集评》卷八引李因笃曰：每至难写处，每见其大，其力岂止扛鼎而已。

其二

转惊波作怒，即恐岸随流①。赖有杯中物，还同海上鸥。关心小剡县，傍眼见扬州②。为接情人饮，朝来减片愁③。

【题解】

看见波涛如此汹涌，我不禁担心江滨两岸也会被它冲毁淹没。幸亏喝了不少酒，这种担忧很快被抛之脑后，我如同那海鸥，顿时不害怕浩渺的水势。早年我曾去过靠近大海的剡县，也曾观览过浩瀚的扬子江，此刻面对这江水上涨的奇观，我好像又回到了那些地方。真感谢友人接我前来江亭宴饮，今早滋生的忧愁得以缓解。

【注释】

①怒：一作"恶"。
②剡县：治所在今浙江嵊州西南。
③片：一作"半"。

【汇评】

仇兆鳌《杜诗详注》卷一二：次章畏江涨之势，记与窦同饮，在四句分截。波恶岸流，江涨未平，此眼前实景。杯酒海鸥，忘其沦溺矣。剡县、扬州，比拟江涨，此意中客景。对饮销愁，感在使君也。

浦起龙《读杜心解》卷三之三：此就前首五、六意翻转。因水涨以鼓浮海之兴，亦因留滞而姑为旷语也。

又呈窦使君

向晚波微绿，连空岸脚青①。日兼春有暮，愁与醉无醒。漂泊犹杯酒，踟蹰此驿亭。相看万里外，同是一浮萍②。

此诗与前两首同时而作。傍晚时分,浑浊汹涌的洪流消退,江水变得澄清起来,两岸露出一抹青色。白天和春天都有尽头,但我的愁和醉却无止无休。漂泊他乡,客居无聊,幸亏有酒相伴。来到江亭,又得浮生一日闲,离开之际不免踌躇。同为水面漂荡的浮萍,你我偶然相逢万里之外,又要匆匆相别。

【注释】

①微:一作"犹"。脚:一作"却"。

②外:一作"别"。

【汇评】

周篆《杜工部诗集集解》卷一七:按此三首,自清晨而至日暮,自雨过而至晚晴,自水涨而至势杀,自往观而至尽醉,章法秩然,非公不能,缺一不可。

仇兆鳌《杜诗详注》卷一二:此诗在驿亭志别,又与窦同慨。首联叙景,次联叙情,下四逐联相承。波绿岸青,水平雨止矣。日晚春尽,故皆云暮。愁来醉倦,故不能醒。杯酒驿亭,此春日愁醉之由。万里浮萍,此飘泊踌躇之感。

又引鄢陵刘连曰:子美五言律,多创立法度,迥异诸人,变化无穷,诚可师资,但有脍炙群口,实非当效者。如"身无却少壮,迹有但羁栖""客病留因药,春深买为花""日兼春有暮,愁与醉无醒",俱属刻削。

陪王汉州留杜绵州泛房公西湖①

旧相恩追后,春池赏不稀。阙庭分未到,舟楫有光辉。豉化莼丝熟,刀鸣鲙缕飞②。使君双皂盖,滩浅正相依。

【题解】

自从旧相房琯被召回朝廷之后,来西湖游览的人络绎不绝。我没有缘分跟随房公回到京城,却有幸陪同两位刺史泛舟西湖。此时西湖水满滩浅,两位刺史将车盖留在岸上,登上滩边小舟,欣赏着湖中美景,品尝着湖中特产。

【注释】

①汉州:州治在今四川广汉。房公西湖:今为房湖公园,在四川广汉城西。房公,房琯,上元元年八月曾任汉州刺史。湖,一作"池"。

②豉:豆豉。莼:莼菜,多年水生草本宿根。《世说新语·言语》载,陆机诣王武子,武子前置数斛羊酪,问:"吴中何以敌此?"陆机曰:"有千里莼羹,但未下盐豉耳。"

【汇评】

浦起龙《读杜心解》卷三之三:湖为房公旧迹,而房又公之知己,篇中自宜首及。然现在同泛者,新使君也,此中却分宾主。看其落笔斟酌,言言得体。首提"旧相",遥为房贺也,却是递下语。次句,则归美使君,能增辉前政矣。三、四分顶,着到自身,言随朝则无分,而陪宴实有光。两边气谊俱见,彼复侧注。五、六又即以房湖物产作王宴铺排,更能融洽入化。结联恰好就宴上收合使君,而曰"双皂盖",则不漏绵州,曰"正相依",则仍绾陪泛,洵是规重矩叠。

得房公池鹅①

房相西亭鹅一群,眠沙泛浦白于云②。凤凰池上应回首,为报笼随王右军③。

【题解】

房公在池中所养的这群鹅洁白可爱,它们或悠闲地游在水面上,或惬意地昼眠于沙上。房公您现在已经被召回京,就不要在任职的中书省回顾眷念它们了。我会请如今的主人——汉州刺史向您转告,这群鹅已经被我放进笼中带走了。杜甫"九龄书大字",这里自比为王右军,表明他们有同样的爱好。

【注释】

①房公池:即房公西湖。

②相:一作"公"。亭:一作"池"。于:一作"如"。

③凤凰池:凤池,指中书省。王右军:王羲之。《晋书·王羲之传》:"(王羲之)性爱鹅,会稽有孤居姥养一鹅,善鸣,求市未能得,遂携新友命驾就观。姥闻羲之将至,烹以待之,羲之叹惜弥日。又山阴有一道士,养好鹅,羲之往观焉,意甚悦,固求市之。道士云:'为写《道德经》,当举群相赠耳。'羲之欣然写毕,笼鹅而归,甚以为乐。"

【汇评】

王嗣奭《杜臆》卷五:房公池当是房公所凿,或其所习游,而当时以为名也。池中养鹅,而题云得鹅,必有取而饷之者。房公常在中书,而与公相知,因戏言(房)公在凤池休得回首而顾惜此鹅,为报右军已笼而去矣。右军,公自谓也。

答杨梓州

闷到房公池水头,坐逢杨子镇东州①。却向青溪不相见,回船应载阿戎游。

【题解】

梓州杨刺史赴任,经过绵州,前来看望,不巧赶上我心中烦闷,跑到西湖散心去了,两人未能相见。等下次刺史再来绵州,我带着你的子侄去漫游清溪。诗中的"阿戎",有指杨刺史之子、其弟及其本人诸说。诗人此处说法较为委婉,既然希望与杨刺史之子侄同船而游,那么杨刺史本人也自然就在邀请之列了。

【注释】

①闷:一作"闵"。房:一作"杨"。

仇兆鳌《杜诗详注》卷一二：遇杨而未尽游池之兴，故作诗以答之，此只如一首短札耳。

舟前小鹅儿 汉州城西北角官池作

鹅儿黄似酒，对酒爱新鹅①。引颈嗔船逼，无行乱眼多②。翅开遭宿雨，力小困沧波。客散曾城暮，狐狸奈若何。

【题解】

在房公西湖上划着小船，看着新孵出的小鹅，喝着淡黄色的鹅儿酒。这些新鹅在池子里游来游去，让人眼花缭乱。小船一靠近，它们个个伸着脖子叫唤起来。前些日子一直在下着雨，池水上涨得很快，遇到波浪，小鹅还要奋力地张开翅膀。小鹅如此可爱，让人揪心在日暮客散之后，狐狸会来伤害它们。

【注释】

①鹅儿黄：酒名。《方舆胜览·成都府路·汉州》："（土产鹅儿酒）乃汉州酒名，蜀中无能及者。"

②逼：一作"过"。

【汇评】

仇兆鳌《杜诗详注》卷一二：杜诗有用俗字而反趣者，如"鹅儿""雁儿"，本谚语也，一经韵手点染，便成佳句。如"鹅儿黄似酒，对酒爱新鹅""雁儿争水马，燕子逐樯乌"是也。

官池春雁二首

其一

自古稻粱多不足，至今鸂鶒乱为群。且休怅望看春水，更恐归飞隔暮云。

【题解】

官池这里的食物历来就不多，何况现在还涌进了一群鸂鶒，叽叽咕咕，乱扑乱飞，争夺食物。还是不要再出神地凝望这池春水，以免怅然若失，即使下定决心回归故乡，恐怕也会为夜空的云朵所阻隔。

【汇评】

王嗣奭《杜臆》卷四：此感官池之雁，而借以发己欲归未得之意。

仇兆鳌《杜诗详注》卷一二：此诗寓意于春雁也。上二叹其失所，下二惜其未归。看春水，时不能留。隔暮云，远不能达。

其二

青春欲尽急还乡，紫塞宁论尚有霜①。翅在云天终不远，力微缯缴绝须防②。

【题解】

美好的春天就要过去了，你还是抓紧时间赶快回乡吧，何必在意长城塞外还有寒霜。只要你展开翅膀飞上了云霄，故乡即使在千里之外也不算远。只是你身体单弱，一路上要小心强弓劲弩。

【注释】

①欲：一作"易"。

②缯：一作"矰"。按，"缯"通"矰"。

刘辰翁《集千家注批点杜工部诗集》卷八:句意紧严,后山概得之,故节度森严。

仇兆鳌《杜诗详注》卷一二:承前章归飞说来。上二归思之急,下二归路之难。终不远,慰之也;绝须防,危之也。

投简梓州幕府兼简韦十郎官^①

幕下郎官安隐无,从来不奉一行书^②。固知贫病人须弃,能使韦郎迹也疏^③。

【题解】

梓州幕府的各位郎官最近是否一切安好?自从分别以后,我还没有接到过你们的一封书信。我本来就知道,像我这样又穷又病的人会遭到嫌弃,没有想到韦郎你竟然也对我生疏起来了。

【注释】

①韦十:或以为指韦都宾,京兆万年人,时为梓州幕僚,后迁殿中侍御史、太常博士等。郎官:唐时多指郎中、员外郎等。

②隐:一作"稳"。

③"固知"句:一作"不知贫病关何事"。

【汇评】

仇兆鳌《杜诗详注》卷一二:上二讽幕府诸公,下二讽韦十郎官。

汉州王大录事宅作^①

南溪老病客,相见下肩舆。近发看乌帽,催莼煮白鱼。宅中平岸水,身外满床书。忆尔才名叔,含凄意有余。

这天,我这长期客居浣花溪的病人,受汉州王录事之邀前往做客。坐着轿子来到他家门口,刚一下轿,就看见主人戴着乌帽前来迎接——原来他的头发也白得遮不住了。主人非常热情,催促下人赶快煮白鱼莼菜来招待。他的房屋靠近江滨,坐在宅中就可以看见春水平岸。走进室内,床头堆满了书卷。我们两人聊起旧事,提到他颇有才名的叔叔,想到他叔叔的故去,不禁黯然凄怆。

【注释】

①此诗见载于宋九家本,他本皆不载。汉州:仇兆鳌《杜诗详注》等作"汉川",或误。

【汇评】

仇兆鳌《杜诗详注》卷一二:首联自叙,下六叙王,三、四见其老而好客,五、六见其宅之清雅。

喜　雨

　　春旱天地昏,日色赤如血。农事都已休,兵戎况骚屑①。巴人困军须,恸哭厚土热。沧江夜来雨,真宰罪一雪。谷根小苏息,沴气终不灭②。何由见宁岁,解我忧思结。峥嵘群山云,交会未断绝③。安得鞭雷公,滂沱洗吴越④。

【题解】

　　宝应元年(762)八月,台州人袁晁反,聚众二十万余人,攻陷浙东州郡。广德元年(763)四月,李光弼奉命征讨,杜诗作于此后。广德元年春日以来,蜀地天旱少雨,大地蒸腾,日光四射,赤如血流,禾苗枯萎,农民束手无策,心急如焚。何况此时兵戈未息,烽烟四起,蜀人更因输送粮饷军资而困乏。夜晚沧江终于下了一场雨,老天带来的亢旱也有所舒缓,禾苗开始重新滋长。不过这雨下得太小,无法彻底解除旱灾。苍天什么时候才能让我过上安宁的生活,不再为民生疾苦而忧虑?高峻的山峰上,白云飘来飘去,时有汇合。真希望鞭策雷公,降下滂沱大雨,一洗吴越之乱。

【注释】

①已:一作"未"。

②小:一作"少"。

③群:一作"东"。

④诗末原有注:"时闻浙右多盗贼。"

【汇评】

仇兆鳌《杜诗详注》卷一二引孙季昭曰:杜诗结语,每用"安得"二字,皆切望之词。"安得广厦千万间,大庇天下寒士俱欢颜""安得壮士挽天河,净洗甲兵长不用",此云"安得鞭雷公,滂沱洗吴越",皆是一片济世苦心。

赠韦赞善别①

扶病送君发,自怜犹不归。只应尽客泪,复作掩荆扉。江汉故人少,音书从此稀。往还二十载,岁晚寸心违②。

【题解】

我强扶病体,送君归去,艳羡不已。顾影自怜,我滞留他地多年,还乡无路,唯有掩荆扉而流涕。蜀中的友人纷纷离去,山河远隔,书信必定会越来越稀少。与君交往二十年了,没有想到暮年之时,两人还要远别。

【注释】

①赞善:赞善大夫。《新唐书·百官志四上》"东宫官"载,左右春坊各设左右赞善大夫五人,正五品,掌传令,讽过失,赞礼仪,以经教授诸郡王。

②违:一作"迟"。

【汇评】

王嗣奭《杜臆》卷五:此诗许多婉转,无限感伤,一字一泪。

浦起龙《读杜心解》卷三之三:赠别故人,纯从自己羁栖苦衷一片滚出。

边连宝《杜律启蒙》五言卷九:前四,因送韦而自叹留滞也;中二,叹韦
去而无可往还也。末则专与韦赠别之辞。

短歌行 送祁录事归合州因寄苏使君[①]

前者途中一相见,人事经年记君面。后生相动何寂寥,
君有长才不贫贱[②]。君今起舵春江流,余亦沙边具小舟。幸
为达书贤府主,江花未尽会江楼。

【题解】

曾经在社交场合偶然见过一次你祁录事,多年以后对你还记忆犹新。
年轻人一旦有机会施展抱负,就不会寂寥无闻。祁录事你既然有如此才
华,就不会永远处于贫贱之中。现在你就要顺江而下,启航去合州,我也在
沙滩上准备好了小舟。请你先行一步,替我向你的府主——合州苏刺史捎
去口信,我将在春末的时候与他在合州江边的小楼见面。

【注释】

①诗题一本题注连题作大字。合州:治所在今重庆合川区。

②动:一作“劝”。《史记·陈丞相世家》:“人固有好美如陈平而长贫贱
者乎?”

【汇评】

仇兆鳌《杜诗详注》卷一二:上四称祁录事,下四送归寄苏。相劝后生,
何忧寂寥,具此长才,终当显达矣。二句慰词。贤府主,指苏使君。花期相
订,公亦将往合州也。

送韦郎司直归成都①

窜身来蜀地,同病得韦郎。天下兵戈满,江边岁月长。
别筵花欲暮,春日鬓俱苍②。为问南溪竹,抽梢合过墙③。

【题解】

我避难奔走入蜀,遇到了同样流落而来的韦郎,我们可谓同病相怜。
当时天下烽烟四起,干戈满地,唯有蜀地可以避居,只是没有想到在蜀江滞
留的时间会如此漫长,不知不觉两人均已鬓发苍苍。春末的时候,你要回
到成都去了,我在花下为你举行筵席。回到成都后,请你到我寄居的浣花
溪边看一看,我在草堂里所种植的竹子,它们的梢头是否高过了院墙。

【注释】

①韦郎:或以为指韦津,曾任剑南节度判官,转大理司直。大理司直,
从六品上,掌出使推按。

②春日鬓俱苍:一作"春鬓色俱苍"。

③竹:一作"笋"。诗末原有注:"余草堂在成都西郭。"

【汇评】

唐汝询《唐诗解》卷三四:韦郎,成都人,盖亦不偶于俗者。子美避难入
蜀而与之友,所谓同病相怜也。既而从子美赴梓州,子美留梓,而韦还成
都。故言往昔兵戈满天下,尔我得苟延岁月于江滨,良亦幸矣,今乃饮别而
感花之将暮,当春而惜鬓之俱苍乎。已又问及南溪之竹,亦"并州故乡"之
意也。

仇兆鳌《杜诗详注》卷一二:上四留蜀之感,下四送韦成都。

刘濬《杜诗集评》卷八:诗情深,笔意大,结更悠然有致。

寄题江外草堂 梓州作，寄成都故居

我生性放诞，难欲逃自然①。嗜酒爱风竹，卜居必林泉②。遭乱到蜀江，卧疴遭所便。诛茅初一亩，广地方连延③。经营上元始，断手宝应年④。敢谋土木丽，自觉面势坚。台庭随高下，敞豁当清川⑤。虽有会心侣，数能同钓船⑥。干戈未偃息，安得酣歌眠。蛟龙无定窟，黄鹄摩苍天。古来达士志，宁受外物牵⑦。顾惟鲁钝姿，岂识悔吝先⑧。偶携老妻去，惨淡凌风烟。事迹无固必，幽贞愧双全⑨。尚念四小松，蔓草易拘缠⑩。霜骨不堪长，永为邻里怜⑪。

【题解】

我生性放纵不羁，嗜酒而任自然，喜欢修竹、山林、泉石，一直希望居于幽静之处。遭逢安史之乱后，我流落蜀中，卧疾江边，为疗养病体而芟除荒茅，建造了草堂。从上元元年开始奠基动工，到宝应元年终于落成。我不求草堂建造得多么华丽壮观，只求它看起来要坚固。顺着原来的地势，还建立了亭台。亭台正对着浣花溪，前面颇为敞亮。闲暇之时，可以邀请三五好友，乘船到溪中钓鱼。遗憾的是战争没有平息，怎么可能酣饮高歌与醉眠呢？蛟龙没有固定的居所，黄鹄不得不高飞盘旋，我也是东躲西藏。自古以来，贤明达通之士总能摆脱外物的牵引，可惜我资质鲁钝，没有料事于先，所以只有带着老妻冒寒奔波。世上的事情难免出乎意料啊！隐逸之人也有失身之惧。草堂里的四棵小松树，让我念念不忘，它们很容易为藤蔓所缠绕。没有我帮助清除这些蔓草，它们恐怕很难长得挺拔刚劲，不免会成为邻居们怜悯的对象。

【注释】

①难：一作"雅"。

②风：一作"修"。必：一作"此"。

③一亩：《礼记·儒行》："儒有一亩之宫。"广地：一作"地广"。方：一作"必"。

④始：一作"初"。

⑤台庭：一作"台亭"或"亭台"。

⑥虽：一作"惟"。

⑦达士志：一作"贤达士"。

⑧悔吝：悔恨。《易·系辞上》："悔吝者，忧虞之象也。"

⑨幽贞：《易·履》："幽人贞吉。"愧：一作"贵"。

⑩易：一作"已"。

⑪堪：一作"甚"。

【汇评】

仇兆鳌《杜诗详注》卷一二：士大夫能视物我一体，则无自私自利之怀。少陵伤茅屋之破，则思广厦万间，以庇寒士，念草堂则曰"干戈未偃息，安得酣歌眠"，咏四松则曰"敢为故林主，黎庶犹未康"，触处皆仁心发露，稷契之徒也。

杨伦《杜诗镜铨》卷一〇："蛟龙"八句，一扬一抑，可见公胸襟旷达处。束两句总上，又转得地步。

述古三首

其一

赤骥顿长缨，非无万里姿^①。悲鸣泪至地，为问驭者谁^②。凤凰从天来，何意复高飞^③。竹花不结实，念子忍朝饥。古来君臣合，可以物理推。贤人识定分，进退固其宜^④。

【题解】

所谓述古，即借古讽今。当赤骥这样的骏马被缰绳勒住的时候，它无论如何也不可能驰骋万里。当骏马用非所长,被人套在马车上爬坡负重时,它会多么期待伯乐的出现,人们也会追问是谁造成了这种境况。从天而降的凤凰,发现没有竹米可食,就会忍饥高飞而去。自古以来君臣遇合的道理,也可以从这些人情物理中推断出来。所以贤达之士要明白自己的处境,懂得进退之道。

【注释】

①赤骥:周穆王西游时所乘八骏之一。缰:缰绳。

②《战国策·楚策四》:"(骥)服盐车上太行,蹄申膝折,尾湛胕溃,漉汁洒地,白汗交流,中阪迁延,负辕不能上。伯乐遭之,下车攀而哭之,解纻衣以幂之。骥于是俯而喷、仰而鸣,声达于天,若出金石声者,何也?彼见伯乐之知己也。"

③《韩诗外传》卷八载,黄帝即位,凤凰蔽日而至,止帝东园,集帝梧桐,食帝竹实,没身不去。

④退:一作"用"。固:一作"因"。

【汇评】

朱鹤龄《杜工部诗集辑注》卷九:肃宗初立,任用李泌、房琯、张镐诸贤,其后或罢或斥,或归隐,君臣之分不终,故言骥非善驭则顿缰,凤无竹实则飞去,君臣遇合其难如此,贤者可不明于进退之义乎。

仇兆鳌《杜诗详注》卷一二:此伤贤士不遇也。

刘濬《杜诗集评》卷二引朱彝尊曰:说得不怨不尤,真学问语。

其二

　　市人日中集,于利竞锥刀①。置膏烈火上,哀哀自煎熬②。农人望岁稔,相率除蓬蒿。所务谷为本,邪赢无乃劳③。舜举十六相,身尊道何高④。秦时任商鞅,法令如牛毛⑤。

【题解】

　　城中的市民,每每日中就群聚于集市,争夺微末之利,无休无止,如同置膏于火上,自取煎熬。乡下的农民,则努力耕作以求丰衣足食。这些农民所从事的，才是国家得以立足的根本，市民孳孳求利对朝廷而言是徒劳无用的。当年舜重用八元八恺这些君子，天下安居乐业，舜也得以身尊道高而垂拱而治。秦孝公任用商鞅，新颁布的法令多如牛马，民众苦不堪言。

【注释】

①《易·系辞下》："日中为市，致天下之民，聚天下之货，交易而退，各得其所。"《左传·昭公六年》："锥刀之末，将尽争之。"

②膏：油脂。《庄子·人间世》："膏火自煎也。"

③邪赢：不正当的手段获取利益。张衡《西京赋》："何必昏于作劳，邪赢优而足恃。"

④十六相：八元与八恺。《左传·文公十八年》："是以尧崩而天下如一，同心戴舜，以为天子，以其举十六相。"

⑤《史记·商君列传》载，商鞅，姓公孙氏，名鞅，卫之庶公子，相秦，封商君，天资刻薄少恩，变秦法令，密如牛毛，宗室贵戚多怨望者，后车裂死。

【汇评】

朱鹤龄《杜工部诗集辑注》卷九：是时第五琦、刘晏，皆以宰相领度支盐铁使，榷税四出，利悉锥刀，故言为治之道，在乎敦本而抑末，举良相以任之。不当用兴利之臣，以滋民邪伪也。

卢元昌《杜诗阐》卷一四：宝应间，元载代刘晏，专判财利，按籍举八年租调之违负者，计其大数，籍其所有，谓之白著，故曰商鞅。注家谓指刘晏、第五琦，非也。

仇兆鳌《杜诗详注》卷一二：此讽当时理财者。市争利，农艺谷，此本末之辩。舜举贤致治，知本计也。秦苛法敛民，但趋末耳。谋国者奈何不知鉴哉。上两段亦属引端，正意在结末。

其三

汉光得天下，祚永固有开。岂唯高祖圣，功自萧曹来。经纶中兴业，何代无长才①。吾慕寇邓勋，济时信良哉②。耿贾亦宗臣,羽翼共徘徊③。休运终四百,图画在云台④。

【题解】

东汉光武帝刘秀,之所以获取天下,是因为他得到了众多贤士的辅佐,就如同汉高祖刘邦奠定基业离不开萧何、曹参的支持。天下何时没有贤才呢? 只要任用得当,用心经营,就会迎来中兴。我仰慕寇恂、邓禹、耿弇与贾复那样的良才,他们得到了光武帝任用,功成名遂,不仅使汉朝的国祚延续至四百年之久,而且自己的画像也留在云台供后人瞻仰。

【注释】

①长:一作"良"。

②寇邓:寇恂与邓禹。寇恂,字子翼,上谷昌平(今属北京)人,曾任颍川、汝南太守等,封雍奴县侯。邓禹,字仲华,南阳新野(今属河南南阳)人,曾任大司徒,封高密侯。

③耿贾:耿弇与贾复。耿弇,字伯昭,扶风茂陵(今陕西兴平)人,曾任建威大将军、好畤县侯。贾复,字君文,南阳冠军(今河南邓州)人,曾任左将军,封胶东侯。

④休:一作"汉"。

【汇评】

仇兆鳌《杜诗详注》卷一二:此念中兴诸将也。论光武中兴,而推本高祖人才,思太宗创业名臣也。其引寇、邓、耿、贾,比肃宗恢复诸将,但昔则图画云台,生享爵禄,而没垂令名,今则功臣疑忌,忠如李、郭,尚忧谗畏讥,故借汉事以讽唐。

又引王嗣奭《杜臆》:高祖创业,萧何养民以致贤,曹参有攻城略地之功。及光武中兴,有寇、邓以当萧何,而耿、贾以战功羽翼之,犹之曹参也。此见文武并用之意。

杨伦《杜诗镜铨》卷一〇:讽切时事,皆关治要,天地间有用文章。

送王十五判官扶侍还黔中^① 得开字

大家东征逐子回,风生洲渚锦帆开^②。青青竹笋迎船出,日日江鱼入馔来^③。离别不堪无限意,艰危深仗济时才。黔阳信使应稀少,莫怪频频劝酒杯^④。

【题解】

王判官送其母归乡,众人设宴相别,席上分韵赋诗,杜甫拈得"开"字而有此作。诗中说,王判官的母亲随其赴任,如今即将返回黔中。锦帆早已停靠在沙洲之旁,就等风生而起航。你此次送母回家,定然会效法古人,一路尽心侍奉。我不堪离别,希望你能早日归来,眼下时局艰难,正需要你这样的济时之才。你回到黔中之后,音讯难通,交流不便,所以临别之际,我要请你多喝几杯。

【注释】

①扶侍:服侍。《后汉书·刘平传》:"扶持其母,弃走逃难。"黔中:郡名,唐时黔中道,治所在今重庆彭水苗族土家族自治县。

②大家:曹大家班昭,其《东征赋》云:"维永初之有七兮,余随子乎东征。"逐子:随子。《后汉书·列女传》:"扶风曹世叔妻者,同郡班彪之女也,名昭,……帝数召入宫,令皇后、诸贵人师事焉,号曰大家。"

③《三国志·吴书·三嗣主传》"司空孟仁卒"注引《楚国先贤传》:"宗母嗜笋,冬节将至。时笋尚未生,宗入竹林哀叹,而笋为之出,得以供母,皆以为至孝之所致感。"日日:一作"白白"或"且且"。《东观汉记》卷一〇载,姜诗与妇佣作养母,母好饮江水,嗜鱼鲙,俄而涌泉舍侧,味如江水,每旦出双鲤鱼。

④频频:一作"频烦"。

【汇评】

仇兆鳌《杜诗详注》卷一二:上四王归养,下四送还黔。大家同回,提明扶侍。风生洲渚,还舟之景。竹笋江鱼,舟中供母。临别而叹时危,以其才堪济蜀也。频劝酒杯,欲别不忍之意。

又引朱瀚曰:首句逐字无出,次句可入元人院本,三、四竟是吴歌,而用事亦俗。五句无聊之极,六句上文不接,但剿袭"安危须仗出群材"句耳。七、八浅易,又似酒肆主人声口。

刘濬《杜诗集评》卷一一引李因笃曰:用事精切正在颔联,见扶持慈母之义,暗用孟竹、姜鱼故事,却自浑然。凡用故事须如此。

陪章留后惠义寺饯嘉州崔都督赴州^①

中军待上客,令肃事有恒。前驱入宝地,祖帐飘金绳^②。南陌既留欢,兹山亦深登^③。清闻树杪磬,远谒云端僧。回策匪新岸,所攀仍旧藤。耳激洞门飙,目存寒谷冰。出尘阅轨躅,毕景遗炎蒸^④。永愿坐长夏,将衰栖大乘^⑤。羁旅惜宴会,艰难怀友朋。劳生共几何,离恨兼相仍。

【题解】

东川节度使留后章彝,在惠义寺饯别嘉州崔都督,杜甫列席而作此诗。诗人说,章留后号令森严,处事周到,为招待座上之宾崔都督,派属下先至佛寺陈设帐幕。我们一行在南陌欢宴之后,又登上惠义寺所在之深山。行进在山路上,远远就听见从树梢传来的钟磬之声,感觉寺庙似乎高在云端。此前送别王少尹,我曾登临此山,此前重来,河岸的景色有所不同。来到寺门,凉风飒然而至;走进寺中,发现深谷仍有寒冰尚未消融。惠义寺远离人世,如出尘外,极其幽静。六月太阳虽然落山,天气依然炎热,这里正好消暑,希望我年老之后能长期在这里避暑。身为羁旅之客,对离别的筵席尤为珍惜;久处艰难之地,更加怀念亲朋好友。人生如此短暂,还要饱受离愁别恨的折磨。

①章留后：章彝，吴兴（今浙江湖州）人，广德元年夏为梓州刺史、东川节度使留后。留后，唐代节度使缺位时的代理者。杜佑《通典》："（节度使）若朝觐，则置留后，择其人而任之。"嘉州：治所在今四川乐山。

②《诗·卫风·伯兮》："伯也执殳，为王前驱。"宝地：佛土，这里指佛寺。《正法华经》卷五："尔时江河沙等三千大千世界为一佛土，七宝为地，地平如掌。"祖帐：祖饯之地设帐饯饮。《汉书·疏广传》："公卿大夫故人邑子设祖道，供张东都门外。"祖，出行前祭祀路神。金绳：佛经中所说离垢国用以分别界限的金制绳索。

③陌：一作"伯"。

④阒：深。轨躅：车辙。《文选·左思〈蜀都赋〉》："外则轨躅八达，里闬对出。"刘良注："轨，车也。躅，迹也。"

⑤大乘：圆满而能救济众生的佛法，对小乘而言。

【汇评】

浦起龙《读杜心解》卷五之二：此诗可古可排。前四句点题面，后四句叙别情。中十二句详述登览。中段，四虚提登山向寺也，四实摹磴道盘纡、岩磴凉冷之趣也，四深致到寺留恋心事也。

陪章留后侍御宴南楼 得风字

绝域长夏晚，兹楼清宴同。朝廷烧栈北，鼓角漏天东①。屡食将军第，仍骑御史骢②。本无丹灶术，那免白头翁③。寇盗狂歌外，形骸痛饮中。野云低渡水，檐雨细随风。出号江城黑，题诗蜡炬红④。此身醒复醉，不拟哭途穷。

【题解】

夏天的傍晚，章留后在梓州南楼之上举行宴会，众人分韵赋诗，杜甫拈得"风"字。诗首四句写登楼而慨叹时事。朝廷在剑阁之北,如今长安未平,而战鼓之声又从西川传来,东川也骚扰不安。以下写其尴尬处境。虽然多次受到章留后的盛情款待,甚至在筵席后还被他用马送回家,但自己衰朽无能,本来也没有什么仙丹,哪里能够不让满头白发出现呢?寇盗可忧而无可奈何,只好狂歌;形骸为心灵之累,姑且痛饮以消遣苦闷。城前野云低飞渡水,檐下细雨随风飘落,这样的景色也可以使人暂时忘却忧虑。江城逐渐笼罩在黑暗中,军中发出号令,城楼上点燃蜡烛,宾主纷纷开始赋诗。我托身于醉乡,酒醒而又醉饮,不想学阮籍痛哭于途穷。

【注释】

①朱鹤龄注引《资治通鉴》:"上元二年二月,奴剌、党项寇宝鸡,烧大震关。广德元年秋七月,吐蕃入大震关,陷兰、廓、河、鄯、洮、岷、秦、成、渭等州,故有'烧栈'二句。"漏:原作"满",据他本改。朱鹤龄注引《寰宇记》:"邛都县漏天,秋夏长雨,僰道有大漏天、小漏天。"邛都县,今四川西昌。

②第:一作"邸"。骑:一作"骄"。

③术:一作"诀"。

④蜡:原作"腊",据他本改。炬:一作"烛"。

【汇评】

单复《读杜诗愚得》卷九:末二章虽皆若自宽之词,而有至悲之意寓焉。其爱君忧国之心,真一饭不忘君者欤。

浦起龙《读杜心解》卷五之二:诗当是醉后所成,但自写牢骚,绝不周旋世法,狂豪之态如见,分两截看。前言身遥世乱,而依人以老,是叙事;后言身世两忘,一托之于酒,是述怀。其陪宴赋诗,前后略带而已,故曰醉后诗也。

杨伦《杜诗镜铨》卷一○:诗之豪放不必言,通首格律甚细。

台上 得凉字

改席台能迥,留门月复光。云霄遗暑湿,山谷进风凉①。老去一杯足,谁怜屡舞长。何须把官烛,似恼鬓毛苍②。

　　南楼前有风雨,嗣后雨止月出,主人移席于楼头瞭望台,继续饮酒赋诗,此次杜甫拈得"凉"字。酒席改到高台,视野更为开阔,何况灯火辉煌的城门尚未关闭,再加上明亮的月光,外面颇为敞亮。台高如在云霄,夏日的暑气顿时消除;四面空旷,能够充分享受山谷吹来的凉风。人老而不胜酒力,只要一杯就足够了,谁还会有兴致去欣赏那漫长的歌舞表演。至于蜡烛,更无须点燃,免得照见我白发苍苍,使我心中烦闷。此首为前诗的续作。

【注释】

①遗:一作"遣"。

②《初学记》卷二五引谢承《后汉书》:"巴祇为扬州刺史,与客坐暗下,不然官烛。"

【汇评】

仇兆鳌《杜诗详注》卷一二:此台上夜饮而作也。上四风月之佳,下四衰老之感。近云纳风,台上高旷也。酒杯乐舞,席间供设也。"把烛"句,又与月光相应,此只随意说来,而脉理清析如此。

浦起龙《读杜心解》卷三之三:是篇无一语复前,却无一语杂出,与《陪宴》篇都不作世故周旋,疑俱是醉后作。

杨伦《杜诗镜铨》卷一〇:前首借酒自遣,此首仍不免伤老。

棕拂子

　　棕拂且薄陋,岂知身效能。不堪代白羽,有足除苍蝇①。荧荧金错刀,擢擢朱丝绳②。非独颜色好,亦用顾眄称③。吾老抱疾病,家贫卧炎蒸。呕肤倦扑灭,赖尔甘服膺。物微世竞弃,义在谁肯征。三岁清秋至,未敢阙缄縢④。

这是一首咏物诗。诗人说,用棕榈皮所制作的拂尘,看起来十分简陋,却非常实用,虽然不足以取代白羽之扇,用它来驱除苍蝇足足有余。那金光闪闪的宝刀、光洁明亮的琴瑟,确实引人瞩目,不由人不倍加珍惜。我年老多病,家贫而苦于炎热,每当受到蚊虫叮咬之时,都是这看不起眼的棕拂尘发挥了巨大作用。多年以来,即使秋天到了,蚊虫少了,我还是无法忘记它的功劳,不会把它锁在箱子里。

【注释】

①苍蝇:一作"青蝇"。

②金错刀:可指钱币或刀具,此处当指刀。张衡《四愁诗》:"美人赠我金错刀,何以报之英琼瑶。"擢擢:一作"濯濯"。

③亦用顾盼称:一作"亦由顾盼称"。

④缄縢:绳索。《庄子·胠箧》:"唯恐缄縢扃鐍之不固也。"

【汇评】

张綖《杜工部诗通》卷一一:观此诗,便有翕受敷施,使野无遗贤之意。此其所以自比稷、契者欤。

佚名《杜诗言志》卷七:此言不弃勋旧,所以明厚也。一棕拂耳,不过资其炎蒸之用,而清秋之后,不敢阙其缄縢,爱物如是。而世间固有鸟尽弓藏、兔死狗烹者,何耶?少陵故为此以讽切之。

章梓州橘亭饯成都窦少尹① 得凉字

秋日野亭千橘香,玉杯锦席高云凉。主人送客何所作,行酒赋诗殊未央。衰老应为难离别,贤声此去有辉光②。预传籍籍新京尹,青史无劳数赵张③。

【题解】

窦少尹将赴成都上任,梓州刺史章彝在橘亭为之饯行,席中分韵赋诗而杜甫拈得"凉"字。秋日天高气爽,主人送客于梓州城外的橘亭。橘亭为千株橘树所环绕,香味扑鼻,环境幽雅。锦席铺陈,玉杯罗列,筵席极为隆重。众人兴致高昂,行酒赋诗,毫不厌倦。我已衰老,不愿再承受离别之苦。窦少尹此去,定然会有所作为。成都已经在传诵你的名声了,我相信你不会让赵广汉、张敞等人专美于前。

【注释】

①橘亭:旧址在今四川三台县潼川镇。

②衰老应为难离别:一作"衰老难为应离别"。

③尹:一作"兆"。数:一作"缺"。赵张:赵广汉与张敞。《汉书·赵尹韩张两王传》载,赵广汉、张敞、王尊、王章相继为京兆尹,皆有政声,吏民语曰:"前有赵张,后有三王。"

【汇评】

仇兆鳌《杜诗详注》卷一二:橘亭之饯,公属陪宾,故上四称梓州厚情,下截祝少尹新政,唯第五句带自序。

刘濬《杜诗集评》卷一一引李因笃曰:前半古调有拙意,须气候自生,非可袭取。

石间居士《藏云山房杜律详解》七律卷上:此诗首联浑括全题景事,妙在硬装叠对,故觉气象峥嵘。次联就主人承明,又妙在用借对之法,以运单行之机,故能四句连成一气,以完上截之意。较偷春之格更为变化也。三联一己一窦,两峰对峙中,仍用一串之笔行之,与上联主人送客行酒赋诗之对法相应相避。此化去偷春格颈联板实之迹,乃变而又变也。末联更意外出奇,从旁人之赞少尹以为收拾,以见己之期望于窦非私情,章之敬重于窦有同好,所以行酒赋诗无已时也。变声之作,能神变至此,安得不推公为独步哉。

章梓州水亭 时汉中王兼道士席谦在会,同用荷字韵①

城晚通云雾,亭深到芰荷。吏人桥外少,秋水席边多。近属淮王至,高门蓟子过②。荆州爱山简,吾醉亦长歌。

时近黄昏,梓州城已经为云雾所笼罩。刺史章彝在水亭举行宴会,水亭在荷花深处,秋水环绕,人迹罕至。参加宴会的有尊贵的汉中王李瑀,还有达官贵人的座上宾道士席谦。刺史章彝有晋人山简之风,深受梓州吏民爱戴,我也想为之长歌一曲。

【注释】

①朱鹤龄注引《吴郡志》:"席谦,郡人,梓州肃明观道士,善棋。"吴郡,今江苏苏州。

②蓟子:蓟子训,东汉方术之士。《后汉书·方术传》载:"蓟子训者,不知所由来也。……既到京师,公卿以下候之者,坐上恒数百人,皆为设酒脯,终日不匮。后因遁去,遂不知所止。初去之日,唯见白云腾起,从旦至暮,如是数十处。"

【汇评】

王嗣奭《杜臆》卷五:后四句并列宾主四人,而流利不板。

仇兆鳌《杜诗详注》卷一二:上四水亭景物,下四同席交情。

刘濬《杜诗集评》卷八引李因笃曰:次联尽高宴之致,微公不能拈出。妙是序出,不涉议论,故佳。

随章留后新亭会送诸君①

新亭有高会,行子得良时。日动映江幕,风鸣排槛旗。绝荤终不改,劝酒欲无辞。已堕岘山泪,因题零雨诗②。

【题解】

有梓州官员将要离任远去,东川节度留后章彝,在新亭举行盛大的酒会为他们饯行。此时,凉风吹来,树立在槛外的行路之旗发出啸鸣之声;夕阳西下,将新亭中幕帐的倒影投射在江面上。在座的汉中王断食荤腥,我也没有办法劝酒。离职的官员会让梓州吏民思念不已,我赋诗一首为其送行。

【注释】

①随:一作"题"。

②《晋书·羊祜传》载,羊祜尝登岘山置酒。祜没,襄阳百姓建碑其上,见者莫不流涕,杜预因名之为堕泪碑。零雨诗:孙楚《征西官属送于陟阳候作诗》曰:"晨风飘歧路,零雨被秋草。"

【汇评】

仇兆鳌《杜诗详注》卷一二:上四新亭会送,是景。下四惜别诸君,是情。

戏作寄上汉中王二首 王新诞明珠①

其一

云里不闻双雁过,掌中贪见一珠新②。秋风袅袅吹江汉,只在他乡何处人③。

【题解】

秋风袅袅,吹越江汉,京城消息断绝,惆怅惘然。但汉中王新得掌上明珠,不胜欣喜,顿时忘却了流落之苦,全然不知自己正身处异乡,不得归去。诗末一句,历来认为写诗人自身之飘零,是诗人之自述,倾诉他身在异乡转徙不定。不过诗既然以贺汉中王李瑀得子女为题,那么诗中所言应当围绕李瑀此时的情怀入手。

【注释】

①明珠:掌上明珠,比喻珍爱的子女。江淹《伤爱子赋》:"痛掌珠之爱子。"

②见:一作"看"。

③《楚辞·九歌·湘夫人》:"袅袅兮秋风。"江汉:这里指嘉陵江和长江流经的巴蜀地区。嘉陵江上源为西汉水。《新唐书·李瑀传》:"肃宗诏收

群臣马助战,瑀与魏少游等持不可。帝怒,贬蓬州长史。"

【汇评】

仇兆鳌《杜诗详注》卷一二:首章怜己之飘泊。雁书不至,岂为贪看新珠之故乎。抑知秋风江上,流落他乡者,为何处人耶?

杨伦《杜诗镜铨》卷一〇:此首怜其远谪。

其二

谢安舟楫风还起,梁苑池台雪欲飞①。杳杳东山携妓去,泠泠修竹待王归②。

【题解】

汉中王你乘船去江上巡游,如同当年谢安泛海那样优游从容,但时近岁暮,寒风已至,大雪将飞,你的王府颇为冷落。效仿谢安高卧东山之时携妓出游,固然飘逸旷达,不过想到王府奇果佳树、瑰禽异兽正翘首以待,而江湖又多风波,你还是早日归去吧。

【注释】

①《晋书·谢安传》载,谢安尝与孙绰等泛海,风起浪涌,诸人并惧,安吟啸自若。舟人犹去不止,风转急,安徐曰:"如此,将何归耶?"舟人承言即回,众咸服其雅量。梁苑:故址在今河南开封东南。谢惠连《雪赋》:"岁将暮,时既昏,寒风积,愁云繁。梁王不悦,游于兔园。……俄而微霰零,密雪下。"

②携妓去:一作"携汉妓"。《晋书·谢安传》载,谢安居东山,每游赏,必以妓女从。葛洪《西京杂记》载,梁孝王苑中,奇果佳树,瑰禽异兽,靡不毕备,世人言梁王竹园也。

【汇评】

仇兆鳌《杜诗详注》卷一二:次章怜王之远谪。谢安舟楫,王在蓬州。梁苑池台,京有旧第。风起雪飞,深秋景候也。

杨伦《杜诗镜铨》卷一〇:此首祝其还朝。

刘濬《杜诗集评》卷一五引李因笃曰:无一意不稳贴。

客旧馆

陈迹随人事,初秋别此亭①。重来梨叶赤,依旧竹林青。风幔何时卷,寒砧昨夜声②。无由出江汉,愁绪月冥冥③。

【题解】

时光流转,世事无常,倏忽之间,经历就成为了记忆。初秋时节我离开这座凉亭时,梨叶尚是青色。此刻重来,竹林依旧,而梨叶经霜转红。旅馆中的幔布,不知何时已经卷了起来。昨夜住在旧馆,可以清晰地听到寒杵之声。我没有办法离开这巴蜀地区,整日昏昏然,愁绪连绵。

【注释】

①王羲之《兰亭集序》:"俯仰之间,已为陈迹。"

②何:一作"前"。

③愁绪:一作"秋渚"。月:一作"日"。

【汇评】

仇兆鳌《杜诗详注》卷一二:上四旧馆秋景,下四触物伤情。

边连宝《杜律启蒙》五言卷九:世事无常,俯仰之间,已成陈迹,观天时而人事可见。如我始别此亭,特初秋耳;及至重来,而梨叶之青者,已变而为赤,不改其青者,唯有竹林耳。且初秋作别之时,风幔故也,今则不知何时已卷矣;未有寒砧也,今于昨夜已闻矣。天时如此,而人事不成陈迹乎?乃人事已陈,而羁栖如故,故不能已于愁耳。

刘濬《杜诗集评》卷一八引李因笃曰:客意、旧馆,虚实俱拈,有霜飞木脱之致。

送陵州路使君赴任①

　　王室比多难,高官皆武臣。幽燕通使者,岳牧用词人②。国待贤良急,君当拔擢新。佩刀成气象,行盖出风尘③。战伐乾坤破,疮痍府库贫。众寮宜洁白,万役但平均④。霄汉瞻佳士,泥涂任此身⑤。秋天正摇落,回首大江滨。

【题解】

　　近来王室多难,急于酬功,武官多在高位。自从安史之乱平定之后,州牧之职位逐渐由文人接任。国家求贤若渴,路刺史由此得到擢升。大乱之后,天下残蔽,疮痍未息,民众嗷嗷待哺,路刺史治理州县,必当慎简廉洁之吏,平均众民之役。路刺史你从此青云直上,翱翔九天,而我困于泥途,彼此悬隔。秋日送你征帆远去,回首大江之滨,见草木摇落而不胜孤寂。

【注释】

　　①陵州:治所在今四川仁寿县。赴:一作"之"。

　　②岳牧:泛指封疆大吏。《书·周官》:"曰:'唐虞稽古,建官惟百。内有百揆四岳,外有州牧侯伯。'"

　　③《晋书·王祥传》载,吕虔为刺史,有佩刀,相者以为必三公可服,虔乃赠别驾王祥曰:"卿有公辅之望,故相与也。"行盖:刺史之伞盖。

　　④万役但平均:一作"万物役平均"。

　　⑤佳士:一作"家事"。

【汇评】

　　杨伦《杜诗镜铨》卷一〇引邵长蘅曰:杜此等诗,不必尽有警语,要是深浑难到。

　　刘濬《杜诗集评》卷一三引吴农祥曰:词严义正,不粉饰一笔。

　　又引查慎行曰:以史笔为诗,醒快夺目。审时地以立言,忠君爱友之诚,蔼然流露。一篇有韵之文,感事策勋,托意深厚。

送元二适江左

乱后今相见,秋深复远行。风尘为客日,江海送君情。晋室丹阳尹,公孙白帝城①。经过自爱惜,取次莫论兵②。

【题解】

战乱之后,能与友人元二重逢,本是值得庆幸的事情,但两人均是作客他乡,有家难回,不能不令人难堪。何况相聚未久,友人又将远赴江东,送别之日,自然难以为情。友人此去,将途径跋扈之藩镇,诗人临别反复叮咛,千万不要轻言兵事以招来祸患。

【注释】

①《宋书·州郡志》载,汉元封二年,立丹阳郡,治今宣城之宛陵县。晋武帝太康二年,分丹阳为宣城郡,治宛陵,而丹阳移治建业。元帝太兴元年,改为尹,领县八。白帝城:故址在今重庆奉节东。《太平寰宇记·夔州》载:"公孙述至鱼复,有白龙出井中,因号鱼复为白帝城。"鱼复,古县名。

②诗末原有注:"元尝应孙吴科举。"

【汇评】

仇兆鳌《杜诗详注》卷一二:上四送别伤情,下则嘱其前途慎密也。

《唐宋诗醇》卷一六引刘会孟曰:戒其经过论兵,岂非藩镇节度有难言者乎。此等结语,熟味最是深者。

刘濬《杜诗集评》卷八引李因笃曰:满张之弧,诸义俱畅。

送窦九归成都

文章亦不尽,窦子才纵横。非尔更苦节,何人符大名①。读书云阁观,问绢锦官城②。我有浣花竹,题诗须一行。

窦九你才华横溢,岂是文章这一小道所能充分展示?你苦守名节,不事干进,名声远扬,实乃众望所归。此时你将回成都省亲读书,希望能够去浣花溪探访,并留下诗句。窦九,仇兆鳌以为是成都窦少尹之子。

【注释】

①苦:一作"持"。

②《三国志·魏书·徐胡二王传》注引《晋阳秋》,胡质为荆州刺史,子威自京师往省,家贫,自驱驴单行,拜见父。留十余日告归,父赐绢一疋,威跪问曰:"大人清白,不审于何得此绢?"质曰:"是吾俸禄之余,故以为汝粮耳。"

【汇评】

仇兆鳌《杜诗详注》卷一二:上四称窦才名,下则送归成都。有文章才略,而又砥节立名,见其人品不凡。

又引《杜臆》:起得突兀,转亦顿挫,似尺水兴波。

九　日

去年登高郪县北,今日重在涪江滨。苦遭白发不相放,羞见黄花无数新。世乱郁郁久为客,路难悠悠常傍人。酒阑却忆十年事,肠断骊山清路尘①。

【题解】

去年重阳节我在这里登高,今年重阳节我还是在这里登高(郪县县城位于涪江之滨)。满头白头,纠缠我不放,使我无颜面对那一年一新的菊花。世乱而长久漂泊,使人郁悒的是总是作客他乡;生路艰难,每每忧愁要不断依傍他人。酒罢人散,忽然想起十年以前,玄宗和贵妃游乐骊山,人们要天天清除路尘。

【注释】

①清路尘：出行前清扫道路。

【汇评】

仇兆鳌《杜诗详注》卷一二：公在梓州，自叹两度重九也。上四九日情事，下四旅中感怀。白发、黄花，本属常景，只添数虚字，语意便新。世乱而久为客，意增郁郁。路难而长傍人，倍觉悠悠。两句中，含多少悲伤。酒阑以后，忽忆骊山往事，盖叹明皇荒游无度，以致世乱路难也。末作推原祸本，方有关系，若徒说追思盛事，诗义反浅矣。

石间居士《藏云山房杜律详解》七律卷上：此诗通身是九日客中感怀之作。一层深一层，直想到未经乱离之前早已饿穷不免，直欲肝肠欲断矣。吁！感怀至此，能令读者坠泪，悲哉！

边连宝《杜律启蒙》七言卷二：倐忽去年，忽而今日，故遭白发而羞黄花。去年郪县，今日涪江，是久为客而常傍人。世乱路难，则为客傍人之故，而骊山游幸，又世乱路难之由也。

题郪县郭三十二明府茅屋壁①

江头且系船，为尔独相怜。云散灌坛雨，春青彭泽田②。频惊适小国，一拟问高天。别后巴东路，逢人问几贤。

【题解】

为了安慰你，我在江头把船停好，前来拜访。你担任郪县县令，造福一方，使县田野一片碧绿。你如此贤明，却任职于如此小邑，我想责问苍天待你为何如此不公。分别之后，在去往巴东路上，我将逢人就问：如你这般贤明的人有几位？

【注释】

①县：一作"原"。

②干宝《搜神记》卷四载，周文王以姜太公为灌坛令，期年，风不鸣条。

文王梦一妇人甚丽,当道而哭,问其故,曰:"我泰山之女,嫁为东海妇,欲归,灌坛令当道有德,废吾行。吾行,必有大风疾雨。"文王觉,召太公问之。是日果有疾风暴雨从太公邑外过。文王乃拜太公为大司马。《晋书·陶潜传》载,陶潜为彭泽令,公田悉令种秫,曰:"令吾常醉于酒足矣。"妻子固请种秫,乃使一顷五十亩种秫,五十亩种秔。此引灌坛、彭泽,乃借比县令。

【汇评】

卢元昌《杜诗阐》卷一五:"茅屋壁"三字,便见廉吏梗概,题诗茅屋壁,以媿当时大吏不能如郭明府;又叹为大吏者,有贤能如郭明府,不能荐之朝廷。

仇兆鳌《杜诗详注》卷一二:首联临别之情,次联郡县之景,下皆怜郭之意。明府大才小试,天意虽曰难知,但有遗爱在民,人情应共称述,问天问人,乃互应之词。

倦　夜①

竹凉侵卧内,野月满庭隅②。重露成涓滴,稀星乍有无。暗飞萤自照,水宿鸟相呼③。万事干戈里,空悲清夜徂。

【题解】

秋夜,室内凉意越来越重,诗人辗转难眠,起床漫步于庭中,只见月光洒满院落,天上的星星稀疏难辨,萤火虫在草丛中穿梭,草叶上的露珠缓缓滴落,远处孤栖的水鸟呼唤着伴侣。想起世乱多故,诗人长夜难寐。

【注释】

①倦夜:一作"倦秋夜"。

②满:一作"遍"。

③"暗飞"两句:一作"飞萤自照水,宿鸟竞相呼"。

【汇评】

杨伦《杜诗镜铨》卷一〇:前三句上半夜,下三句下半夜,结以"徂"字,正见得彻夜无眠，所以为"倦夜"也。

刘濬《杜诗集评》卷九引李因笃曰：写夜易，写倦夜难。公必先其难者，乃浑然无迹。写倦俱在景上说，不用羁孤疲困之意，所以为高。

又引查慎行曰：静极细极，此段境界，他人百舍不能至也。前六语俱写景，极其细润，结处无限感慨。首尾四十字，无一字虚设。五律至此，难矣，蔑以加矣。起结扣定题面，中间两句说夜，两句说秋，切题极矣，却极开宕。

南　池①

　　峥嵘巴阆间，所向尽山谷。安知有苍池，万顷浸坤轴。呀然阆城南，枕带巴江腹②。芰荷入异县，粳稻共比屋。皇天不无意，美利戒止足③。高田失西成，此物颇丰熟④。清源多众鱼，远岸富乔木。独叹枫香林，春时好颜色。南有汉王祠，终朝走巫祝⑤。歌舞散灵衣，荒哉旧风俗。高皇亦明王，魂魄犹正直⑥。不应空陂上，缥缈亲酒食。淫祀自古昔，非惟一川渎。干戈浩茫茫，地僻伤极目。平生江海兴，遭乱身局促⑦。驻马问渔舟，踌蹰慰羁束。

【题解】

　　阆州一带群山巍峨，所到之处都是山谷，谁能想到这里还有一个巨大的池塘。它依傍嘉陵江，碧波万顷，横亘在阆州城南。高山地区秋天向来没有什么收成，但上天格外垂青南池，赐予了丰富的物产，如清香的菱藕、可口的粳稻、众多的鱼类，以及高大的树木，其中远岸的枫香树尤为引人注目。南池之南，有一座汉高祖庙，许多巫祝整日在那里又唱又跳，装神弄鬼。这些旧风俗真是荒诞，汉高祖也是圣明之君，他的魂灵应该还是正直的，不会去享受这类酒肉。可叹的是滥事鬼神的事情由来已久，并非蜀中独有。我平生喜欢远游,适逢战乱,滞留这偏远之地,内心伤感,于是驻马访舟,漫游池上以消解烦忧。

【注释】

①南池:故址在今四川阆中市南。

②枕:一作"控"。

③《易·乾》:"乾始能以美利利天下,不言所利,大矣哉!"孔颖达疏:"谓能以生长美善之道,利益天下也。"《老子》第四十四章:"知足不辱,知止不殆。"

④西成:秋季收成。《书·尧典》:"寅饯纳日,平秩西成。"

⑤王:一作"主"。《大清一统志·保宁府二》卷二九八:"汉高帝庙,在阆中县南十数里西偃山下,范目等立。"

⑥皇:原作"堂",据他本改。

⑦江海:一作"溟渤"。

【汇评】

唐汝询《唐诗十集》壬集四:据目所见,随事兴感,质而不浮,宜列中品。

浦起龙《读杜心解》卷一之四:起四,以山剔池,逗出胜境。"呀然"十二句,记风土之美。四就地形写其膏腴,四就年岁写其独稔,四又就杂植志其景物。"南有"十二句,记祠祀之旧俗,嗤尚鬼之陋习,表明神之大义。又借径度入蹋处以引下文,言巫风自昔已然,不足深责,而苍波所在多有,愧未遍游也。结四,羁栖之感,仍照定南池。

刘濬《杜诗集评》卷三引吴农祥曰:因南池之丰熟而遂及汉王祠之巫祝,偶相触而成诗,诗亦流便,非故作艰涩者。

薄　暮

江水长流地,山云薄暮时①。寒花隐乱草,宿鸟择深枝②。故国见何日,高秋心苦悲③。人生不再好,鬓发白成丝④。

秋天的傍晚,诗人漫步江边,但见山高云长,江水奔流,寒花隐于乱草,宿鸟栖于深枝,不禁想到了正在蜀中避乱的自己,滞留他乡而不得归去,傍人为生,正如这寒花、宿鸟。青春不再来,人老不能少,岁月如梭,令人叹惋。

【注释】

①长流:一作"最深"。

②择:一作"探"。

③故:一作"旧"。

④白:一作"自"。

【汇评】

仇兆鳌《杜诗详注》卷一二:上四暮景,下四暮情。此诗纵横看来,意无不合。晚花隐色,喻己之混迹。夕鸟归林,方己之避乱。此虽写景,而兼属寓言。故国生悲,仍与流水相应。白头兴叹,又与暮云相关。脉理之精细如此。

石闾居士《藏云山房杜律详解》五律卷四:此诗于两截之中,却使中间两联两相发明,首尾两联互为体用,格局之变化,真愈出愈奇也。

阆州奉送二十四舅使自京赴任青城①

闻道王乔舄,名因太史传②。如何碧鸡使,把诏紫微天③。
秦岭愁回首,涪江醉泛船④。青城漫污杂,吾舅意凄然。

【题解】

杜甫舅氏崔二十四从京城到青城任县令,诗人为之鸣不平,在送别崔氏赴任时写此诗。听说王乔双舄化凫的事情,是太史发现并流传开来的。王乔曾为叶县令,如今崔氏也担任了青城令。崔氏原来任职京城,陪伴在天子身边,为何在出使蜀地时外放为青城令呢?当崔氏途径秦岭,回首长安,定然是愁绪满怀;现在泛舟涪江,不免借酒消愁。青城县如此杂乱,崔氏怎能不为之凄然。

【注释】

①阆州:郡名,治所在今四川阆中市。青城:县名,治所在今四川都江堰市。

②王乔,东汉河东人,曾为叶县县令。《后汉书·方术列传》载其每朔望来朝,双凫先至。帝令太史伺之,候凫至,举罗张之,但得一只舄。舄,鞋。

③碧鸡使:出使蜀地的使者。《汉书·王褒传》载,益州有金马碧鸡之宝,宣帝使王褒往祀焉。《晋书·天文志上》:"紫宫垣十五星,……一曰紫微,大帝之座也,天子之常居也。"

④首:一作"马"。

【汇评】

张溍《读书堂杜诗注解》卷一〇:此必乃舅出使,未还京即转县令,故甚惜之。前四句言县令固有其人,不宜遽令。

仇兆鳌《杜诗详注》卷一二:上四惜舅氏外授,下四送舅氏赴任。王乔因太史而传,见外吏有藉于朝臣,今以王朝之使,诏除县令,是京官反为外吏矣。"如何"二字,讶而惜之也。秦岭不堪回首,涪江且醉客船,自此至青城,见彼污杂之俗,舅氏得不凄然乎。

边连宝《杜律启蒙》五言卷五:大概惜其以奉使而复为令也。然前四,语都欠亮。

王阆州筵奉酬十一舅惜别之作

万壑树声满,千崖秋气高。浮舟出郡郭,别酒寄江涛①。良会不复久,此生何太劳。穷愁但有骨,群盗尚如毛②。吾舅惜分手,使君寒赠袍③。沙头暮黄鹤,失侣自哀号④。

苍凉的深秋,千山万壑树声飒飒。崔十一舅将要离开阆州,前往青城探望崔二十四舅。阆州王刺史出城饯别,设筵席于江上。崔十一舅赋有分别之诗,王刺史有程仪相赠。人生总是这样劳苦,相聚的日子实在短暂。朝廷内外交困,乱兵多如牛毛,我真是忧愁至极。时值黄昏,黄鹤因失去伴侣正在哀鸣。

【注释】

①舟:一作"云"。

②但:一作"唯"。

③《史记·范雎蔡泽列传》载,魏国须贾使秦,秦相范雎为微行,敝衣见之。须贾曰:"范叔一寒如此哉!"乃取一绨袍以赐之。

④鹤:一作"鹄"。自:一作"亦"。

【汇评】

刘濬《杜诗集评》卷一三引李因笃曰:发端陡如谢宣城,余亦老气纷披。

又引吴农祥曰:以朴直见笔力。

阆州东楼筵奉送十一舅往青城县得昏字①

曾城有高楼,制古丹腹存②。迢迢百余尺,豁达开四门。虽有车马客,而无人世喧。游目俯大江,列筵慰别魂。是时秋冬交,节往颜色昏。天寒鸟兽休,霜露在草根③。今我送舅氏,万感集清樽④。岂伊山川间,回首盗贼繁⑤。高贤意不暇,王命久崩奔。临风欲恸哭,声出已复吞。

【题解】

此诗与前首作于同时。王刺史又在阆州城东楼设宴送别崔十一,众人分韵赋诗,杜甫拈得"昏"字。阆州东楼崇高而古老,红色涂料依稀尚存。

站在楼上,眺望四方,豁达敞亮。虽有车马经过,却无喧闹之感。筵席正对着大江,时值秋冬之交,天色黯淡,霜露凄惨,鸟兽潜藏。在此情形下送别舅氏,万种情感都融入了杯酒之中。分别之后,岂止是山川阻隔,还有盗贼纷扰其间。崔二十四舅王命在身,四处奔波,崔十一舅也是行色匆匆,无暇感伤。看到你们如此劳顿,真恨不得在秋风中放声恸哭,只是刚想出声就又强行忍住了。

【注释】

①东楼:阆州州治(今四川阆中保宁街道)所在东门城楼。

②《书·梓材》:"惟其涂丹腹。"丹,朱色;腹,彩色。

③休:一作"伏"。

④《诗·秦风·渭阳》:"我送舅氏,曰至渭阳。"

⑤《穆天子传》卷三载,西王母为天子谣曰:"道里悠远,山川间之。"

【汇评】

仇兆鳌《杜诗详注》卷一二:前奉命而任青城者,实以贤劳之故,今舅氏复往,益觉孤危矣,故伤心而欲哭。

浦起龙《读杜心解》卷一之三:分两段。前叙楼境及时令,而"列筵"句逗眼目;后叙送行并附候,而"回首"句见本怀。

放　船

送客苍溪县,山寒雨不开①。直愁骑马滑,故作泛舟回②。
青惜峰峦过,黄知橘柚来③。江流大自在,坐稳兴悠哉④。

【题解】

送客至嘉陵江边的苍溪县,因雨后地湿路滑,骑马不便,故改坐船而回。此时江流如箭,瞬息千里。人在船中,但见青色山峰欻然而来,黄色橘柚一闪而过,两岸美景应接不暇,诗人稳坐船头,顾盼自若,清兴悠然。

【注释】

①苍溪县：今属四川广元，位于嘉陵江中游。

②泛：一作"放"。

③橘柚：楼钥《答杜仲高俪书》以为两岸黄色之物非橘柚，而是花桦。

④大：一作"天"。

【汇评】

汪瑗《杜律五言补注》卷二：此篇从头顺说，而开阖照应，脉络分明，学者当熟读之。

仇兆鳌《杜诗详注》卷一二：上四放船之由，下四放船景事。见青而惜峰过，望黄而知橘来，皆舟行迅速之象。青是雨后色，黄是秋深色。

石间居士《藏云山房杜律详解》五律卷四：此诗通身作意处，全在上截"雨不开""直愁""故作"等语上，乃是从不快中翻出快境来，故如此之异样灵动，岂俗笔所能为也？

薄　游

淅淅风生砌，团团日隐墙①。遥空秋雁灭，半岭暮云长②。病叶多先坠，寒花只暂香。巴城添泪眼，今夕复秋光③。

【题解】

细细的微风在台阶上盘旋，圆圆的太阳隐退于墙后。秋雁在天空中越飞越远，慢慢消失在天际。暮云越拉越长，渐渐覆盖了半个山岭。枯萎的树叶率先飘落，寒花也抓住最后的时光，努力绽放。今晚在阆州又见秋月，情不能已，眼泪涟涟。薄游，当指俭朴浮游，非指薄禄宦游。

【注释】

①淅淅：一作"渐渐"。日：一作"月"。

②遥：一作"满"。灭：一作"过"。长：一作"张"。

③巴城：此处指阆州，其属巴郡地。秋：一作"清"。

仇兆鳌《杜诗详注》卷一二:上四叙景,薄游所见。下四言情,薄游所感。风声日影,属近景。空雁岭云,属远景。病叶,寓言憔悴。寒花,自况凄凉。触景增悲,故泪添此夕耳。五、六,赋中带比,故属下截。七、八用倒装句,本是对清光而堕泪。

浦起龙《读杜心解》卷三之三:通首只言景不言情,而悲怀尽吐。

刘濬《杜诗集评》卷八引李因笃曰:工于体物,感兴极深。

严氏溪放歌行①

天下甲马未尽销,岂免沟壑常漂漂②。剑南岁月不可度,边头公卿仍独骄③。费心姑息是一役,肥肉大酒徒相要。呜呼古人已粪土,独觉志士甘渔樵。况我飘转无定所,终日慊慊忍羁旅④。秋宿霜溪素月高,喜得与子长夜语。东游西还力实倦,从此将身更何许。知子松根长茯苓,迟暮有意来同煮⑤。

【题解】

杜甫夜宿阆州严氏溪而作此诗。此刻天下战争还没有平息,我也就免不了流离失所,漂泊奔走。入蜀以来的日子真是难过,边地的公卿极其骄矜,他们费尽心思巧施恩惠,其实还只是把你当作一名可供驱使的清客。可叹那些爱惜才士的古人,早已被视为粪土,我这才明白有志之士为何甘心隐遁。何况我四处飘转,无所依止,所以只有整日愁眉不展,忍受羁旅的痛苦。今夜严氏溪霜月高照,我有幸得与严氏长夜对谈,十分高兴。这段日子东奔西走,心力交瘁,身心俱疲,我真不知今后该何去何从。得知严氏这儿松根下生有茯苓,我很想和他一起隐居在这里。

【注释】

①诗题一本无“行”字。

②甲:一作"兵"。《孟子·梁惠王下》:"凶年饥岁,君之民老弱转乎沟壑。"

③边头:边地。仍独:一作"何其"。

④转:一作"蓬"。慽慽:忧愁不安的样子。

⑤茯苓:菌类植物。《淮南子·说山训》:"千年之松,下有茯苓,上有菟丝。"高诱注:"茯苓,千岁松脂也。"

【汇评】

张溍《读书堂杜诗注解》卷九:此言君子不遇知己,徒以私惠酒食相招,志士宁甘隐遁,而不乐于游也。

浦起龙《读杜心解》卷二之二:严氏主人,隐者也。喜其相待意厚,作歌以赠。言剑外官人,莫可相依。渔樵志士,差堪作伴。盖有激而云然。

与严二归奉礼别①

别君谁暖眼,将老病缠身。出涕同斜日,临风看去尘。商歌还入夜,巴俗自为邻②。尚愧微躯在,遥闻盛礼新③。山东群盗散,阙下受降频④。诸将归应尽,题书报旅人。

【题解】

广德元年秋天,严氏将入京任奉礼郎,杜甫写诗相赠。伫立在斜阳下,看着你迎风而去。想到分别后,再也不会有人像你那样亲热地对待我这老病缠身之人,眼泪就忍不住流下来。你入京为官本是值得庆贺的事情,何况时逢河北叛将纷纷归附,朝廷即将举行告捷大典,这正是你大有作为之际。遗憾的是我滞留巴蜀,无法参与这样的盛事。更令人伤感的是,安史残贼业已溃败,朝廷频频招纳降将,我却依然无法返乡。只希望在叛军全部归顺入朝、天下太平的那一天,你能报信给我这个沦落天涯之人。

【注释】

①归:一作"郎"。奉礼:即奉礼郎,从九品上,掌君臣班位,以奉朝会、

祭祀之礼。

②《淮南子·道应训》:"宁越饭牛车下,望见桓公而悲,击牛角而疾商歌。桓公闻之,抚其仆之手曰:'异哉!歌者非常人也。'命后车载之。"

③礼:一作"德"。

④"山东"两句:指薛嵩以四州降,张忠志以五州降,田承嗣以魏州降等。

【汇评】

吴瞻泰《杜诗提要》卷一三:前六送别,后六别后之情,预期之语。"盛礼新",贴"奉礼"。"应"字联贯三句,谓礼乐兴,则干戈息,群盗应散矣,受降应频矣,诸将应归矣。三句一样文法,而以一语总结,谓及此时一报旅人,犹得睹太平于巴西客舍也。掉转处浑身是力,而羚羊挂角,无迹可求。公客巴蜀,以兵戈也。今日诸将尽归,而己不归,伤如之何。思见太平是其言中之意,思归是其言外之意。此水中之月,镜中之像也。

赠裴南部① 闻袁判官自来,欲有按问

尘满莱芜甑,堂横单父琴②。人皆知饮水,公辈不偷金③。梁狱书应上,秦台镜欲临④。独醒时所嫉,群小谤能深。即出黄沙在,何须白发侵⑤。使君传旧德,已见直绳心。

【题解】

阆州南部县令裴某,被人告发,太守派袁判官前来查问。杜甫作诗安慰裴县令说:你清贫如东汉任莱芜令的范冉,自守如任吴郡太守的邓攸,高雅如治理单父的宓子贱,即使遭人告发,也是如同当年被人误解的直不疑。你应该上书为自己辩解,就如同为自己雪冤的邹阳那样。你不同流合污,难免遭人嫉恨。我相信太守会向袁判官陈述你良好的品德,袁判官心地正直如垂直的绳线,定然会秉公办理。你的冤案不久会得到澄清,何必为此愁白头发呢?

【注释】

①南部：县名，时属阆州，今属四川南充。

②《后汉书·独行列传》载，范冉，字史云，为莱芜令，以丁母忧未到官。清贫自若，言貌无改。人歌曰："甑中生尘范史云，釜中生鱼范莱芜。"《吕氏春秋·察贤》载，宓子贱为单父宰，弹琴不下堂而单父治。

③《晋书·邓攸传》载，邓攸字伯道，为吴郡守，载米之郡，俸禄无所受，饮吴水而已。《史记·万石张叔列传》载，直不疑为郎，其同舍有告归者，持同舍郎金去。金主意不疑，不疑买金偿之。后告归者来而归金，金主大惭。

④《史记·鲁仲连邹阳列传》载，邹阳从梁孝王游，羊胜等谗毁之，王怒，下之吏，邹阳从狱中上书，王出之。应：一作"因"。《西京杂记》卷三载，高祖入咸阳宫，周行府库，有方镜，广四尺，高五尺九寸，表里洞明，人直来照之，影则倒见，以手掩心而来，即见肠胃五脏。又女子有邪心，则胆张心动。

⑤黄沙：狱名。《晋书·武帝纪》载，太康五年六月，初置黄沙狱。

【汇评】

浦起龙《读杜心解》卷五之二：裴以清节蒙狱，公为此诗，一纸辨诬状也。先表之，次原之，终慰之。"秦镜""直绳"，兼颂判官，得体。

对　雨

莽莽天涯雨，江边独立时。不愁巴道路，恐湿汉旌旗。
雪岭防秋急，绳桥战胜迟①。西戎甥舅礼，未敢背恩私②。

【题解】

广德元年，杜甫将从梓州赴阆州。时值秋雨连绵，诗人伫立江边，天地茫茫一片，他心中涌起阵阵忧虑。但他忧心的不是个人旅途的泥泞，而是雪岭下绳桥一带形势紧张，战士行军作战都会受到大雨的影响。那么，杜甫究竟如何看待此时与中原有甥舅之亲的吐蕃呢？对于诗歌结尾两句，有两种对立的说法:一种是肯定吐蕃有内附之心,朝廷应该施之以恩,否则会引起动荡;一种认为吐蕃咄咄逼人,哪里会顾忌甥舅之谊,诗人分明是正话反说。

【注释】

①雪岭:黄鹤注引《九域志》:"雪岭距威州二百六十里,威即维州。"绳桥:黄鹤注引《唐志注》:"唐兴有羊灌田、朋筝、绳桥三守捉城。绳桥盖三城之一,非指岷江竹桥也。"

②甥:原作"生",据他本改。

【汇评】

仇兆鳌《杜诗详注》卷一二:上四雨景,下四感时。雨时独立,忧思并起,故不愁身经梓阆,巴路崎岖,但恐征人逢雨,旗湿难行耳。因思雪岭绳桥,乃御寇之地,今防秋方急,而战胜无期,事势大可虑矣。或者吐蕃念甥舅之礼,不忍背我国恩乎?然虏情终未可测也。五、六句,上四字连读,下一字另读。

《唐宋诗醇》卷一六:感时忧国,触绪即来,非忠义根于至性者不可强为,所以独冠千古而上继骚雅。

石闾居士《藏云山房杜律详解》五律卷四:此诗通身是因雨而忧吐蕃之乱。末忽作意外之想,截然收住,所谓"篇终接浑茫"者也。

愁　坐

高斋常见野,愁坐更临门。十月山寒重,孤城水气昏①。葭萌氐种迥,左担犬戎屯②。终日忧奔走,归期未敢论。

【题解】

阆州的书斋前临旷野,独坐其中,不免心中烦闷,于是走到门口眺望。十月山中寒意已浓,江边孤城雾气朦胧。那条左担之道逶迤而去,消失在天际。近处有吐蕃骚动不安,远处有羌人虎视眈眈,此时阆州可谓内外交困。我终日在为奔波流离而发愁,何时才能安然归去呢?

【注释】

①水气:一作"月水"。

②葭萌:县名,秦置,故城在今四川广元西南。氐种:古民族名,这里指羌人。左担:任豫《益州记》:"剑西左担道,按图在阴平县北,于成都为西。注曰:其道至险,自北来者,担在左肩,不得度右肩也。"此指四川北部平武至江油的一段山路。犬戎:古部落名,这里指吐蕃。屯:一作"存"。

【汇评】

仇兆鳌《杜诗详注》卷一二:上四叙景,愁坐所见。下四感事,愁坐所思。葭萌、左担,与梓州相近。氐种,指羌人。犬戎,指吐蕃。恐其内外相结为乱,故忧奔走也。

边连宝《杜律启蒙》五言卷五:高斋见野,坐更临门,故山寒水昏,皆寓目而增愁也。况异类为伍,归期未定,又乌得以无愁耶。

警急 <small>时高公适领西川节度</small>

才名旧楚将,妙略拥兵机。玉垒虽传檄,松州会解围①。和亲知拙计,公主漫无归②。青海今谁得,西戎实饱飞。

【题解】

高适有诗才,又富韬略,曾任扬州左都督府长史、淮南节度使,为楚中名将。当下吐蕃不可一世,侵扰边地,他来这里担任西川节度使,才略足以掌控局势。虽然玉垒山檄文频传,军情紧急,但我相信松潘一带一定能够解围。如今看来,唐中宗把金城公主嫁到吐蕃,真不是高明的办法。公主现在滞留在那里,而青海落却入了吐蕃手中,他们就像吃饱的老鹰,再也无法羁绊了。

【注释】

①玉垒:山名,在今四川汶川县东。松州:治所嘉诚县,即今四川松

潘县。

②拙计：一作"计拙"。

【汇评】

仇兆鳌《杜诗详注》卷一二：题曰警急，畏边警之日急也。上四望高适，下四忧吐蕃。高公才略，自足控制边疆，但恐和亲失计于前，青海失守于后，一时骤难攘斥耳。

杨伦《杜诗镜铨》卷一〇：规讽处立言甚浑。

王　命①

汉北豺狼满，巴西道路难②。血埋诸将甲，骨断使臣鞍③。牢落新烧栈，苍茫旧筑坛。深怀喻蜀意，恸哭望王官④。

【题解】

汉水上游以北到处都是如狼似虎的敌人，巴西一带道路崎岖，援军又难以抵达。战争失利，前线将士的铠甲都被鲜血浸透；和谈无果，频繁往来的使臣几乎被马鞍颠折了骨头。为了阻敌而烧断的栈道凌乱不堪，旧日的主将在仓促之中重新披挂上阵。我深深地感怀汉武帝派司马相如前来喻蜀的用意，这里的民众正痛哭流涕，期待着朝廷官员的到来。

【注释】

①王命：朝廷命将、命官。《诗·小雅·出车》："王命南仲。"

②汉：一作"漠"。

③臣：一作"君"。

④《史记·司马相如列传》载，中郎将唐蒙通夜郎，征巴蜀吏卒，用军兴法诛其渠帅，巴蜀大惊恐，汉武帝使司马相如责蒙等，因喻告巴蜀人以非上意。王官：一作"京峦"。

【汇评】

陆时雍《唐诗镜》卷二五：是老成忧国语。肉食悠悠，萍踪悁悁，自是千古长慨。

仇兆鳌《杜诗详注》卷一二：题曰王命，望王朝之命将也。上六叙时事，下二想安边。西戎入寇，和战无功，故诸将之血埋入于甲中，使臣之骨几断于鞍上。今栈阁已烧，而始用旧人，亦已晚矣。此时安得诏书谕蜀以退寇兵乎？故人皆恸哭而望王官之至也。

征　夫

十室几人在，千山空自多。路衢唯见哭，城市不闻歌。漂梗无安地，衔枚有荷戈[①]。官军未通蜀，吾道竟如何。

【题解】

许许多多的蜀地百姓都应征服役去了，千山万壑显得空空荡荡，十户人家里还有多少人能留在家中呢？蜀中四处哭哭啼啼，大路上、城市中再也听不到欢笑之声。这些征夫衔枚荷戈，东奔西走，疲惫不堪。官军至今还没有打通蜀道前来救援，我也进退失据，不知如何是好。一说征夫指杜甫自己。边连宝《杜律启蒙》五言卷五说："题曰《征夫》，公自谓也，如《北征》之'征'。"

【注释】

①《周礼·秋官·衔枚氏》："军旅田役，令衔枚。"贾公彦疏："使六军之士皆衔枚，止言语也。"《汉书·高帝纪》："章邯夜衔枚击项梁定陶。"颜师古注："枚状如箸，横衔之，……盖为结纽而绕项也。"

【汇评】

仇兆鳌《杜诗详注》卷一二：题曰征夫，伤征人之丧败也。上四哀阵亡者多，下四叹援师不至。千山空多，言有险莫守，衔枚荷戈，望官军来救。吾道如何，自慨进退失据矣。

西山三首①

其一

夷界荒山顶，蕃州积雪边。筑城依白帝，转粟上青天②。
蜀将分旗鼓，羌兵助铠铤③。西南背和好，杀气日相缠④。

【题解】

西山地理位置极为重要，它的山顶就是西蜀与吐蕃的分界线，李宗谔
《图经》说："岷山巉绝崛立，捍阻羌夷，全蜀依为巨屏。唐自肃、代后，西
山三城屡陷吐蕃。"松州、维州、保州等边境州县就紧挨着雪岭，建筑在高
山之上用以驻防的军城，粮食等给养转送尤为困难。但为了捍阻吐蕃的
侵扰，蜀将不得不分兵布防，友好的羌兵也前来助战。自从西南的吐蕃
背弃了和好盟约，西山的杀气越来越重了。诗作于广德元年松州被围
之时。

【注释】

①西山：又名雪山、汶山、雪岭，岷山主峰，在今四川松潘县。《元和郡
县图志·剑南道中》："汶山，即岷山也，南去青山、石山百里，天色晴明，望
见成都。山岭停雪，常深百丈，夏月融泮，江川为之洪溢，即陇之南首也。"

②依：一作"连"。白帝：西方之帝。

③铠铤：原作"井泉"，据他本改。铠，古代的战衣，用金属薄片缀成；铤，
小矛。

④西南：一作"西戎"。

【汇评】

仇兆鳌《杜诗详注》卷一二：此章记西山时事。首联言地之遥，次联言
守之难，三联言战之急，末联言战之故。荒山顶，望可见。雪岭边，近易侵
也。依白帝，拟其高。上青天，状其险。蜀将，会讨之师。羌兵，服属之夷。

背和尚杀,故须同仇以敌忾。

边连宝《杜律启蒙》五言卷五:前四,言向来之形势;后四,言今日之情形。

杨伦《杜诗镜铨》卷一〇引邵长蘅曰:少陵诗及时事,往往气格高绝。

<h1 style="text-align:center">其二</h1>

辛苦三城戍,长防万里秋①。烟尘侵火井,雨雪闭松州②。风动将军幕,天寒使者裘③。漫山贼营垒,回首得无忧④。

【题解】

西蜀官兵辛苦地戍守着三州之地,在漫长的边境线上防范着吐蕃的秋季侵扰。战争的烟火一度逼近了火井县,而松州在雨雪之中与外界中断了联系。朝廷进退不定,举措失宜,战既不胜,和亦无成。如今漫山遍野都是吐蕃的营垒,如何不让人忧心如焚?

【注释】

①三城:松州(今四川松潘县)、维州(今四川理县东北)、保州(今四川理县西南)三州州治所在之地。

②火井:县名,在今四川邛崃市西南。

③幕:一作"盖"。

④贼营垒:一作"成壁垒"。

【汇评】

仇兆鳌《杜诗详注》卷一二:次章记松州之围。上四叙寇边之事,下四叹安边无策。戍卒防秋,而犯边者屡至。侵火井,彼深入矣。闭松州,此被围矣。行军遣使,和战两疲,贼垒漫山,长驱莫遏也。

边连宝《杜律启蒙》五言卷五:三城之戍,本以防秋,今则侵火井而闭松州矣,所谓防秋者安在?不将徒为辛苦耶?且也和战皆不足恃,而贼之营垒,遍满山谷。身其事者,得无回首而忧乎?

杨伦《杜诗镜铨》卷一〇:三首章法,相衔而下。

其三

子弟犹深入，关城未解围。蚕崖铁马瘦，灌口米船稀①。辩士安边策，元戎决胜威②。今朝乌鹊喜，欲报凯歌归。

【题解】

西蜀的子弟兵还在苦苦戍守着边关，松州之围也没有解除。士卒们越来越疲惫，给养渐渐稀少，供应不上。使臣们有他们的安边策略，将军们也有自己决胜的信心，无论是战是和，都应该有一个理想的结果吧。今天听到喜鹊报喜，大概就是要报告好消息吧。

【注释】

①蚕崖：关名。灌口：镇名。两者均在今四川都江堰。

②辩士：能言善辩的谋士。《庄子·徐无鬼》："辩士无谈说之序则不乐。"

【汇评】

仇兆鳌《杜诗详注》卷一二：公抱忧国之怀，筹时之略，而又沦逢乱离，故在梓阆间有感于朝事边防，凡见诸诗歌者，多悲凉激壮之语。而各篇精神焕发，气骨风神，并臻其极。此五律之入圣者，熟复长吟，方知为千古绝唱也。

边连宝《杜律启蒙》五言卷五：我军深入，彼围未解，士马饥疲，馈饷复绝，将欲安边而决胜，何可得乎？然安边所恃者，辩士之策耳；决胜所恃者，元戎之威耳。今者，乌鹊无端而喜，意者边果可安，胜果可决，欲报凯歌而归乎？盖不可知之词也。

石闲居士《藏云山房杜律详解》五律卷四：此诗上截叙时事极其危迫，下截特设宽慰喜幸之词以为收场，缘高为公之至好，故既忧其事甚危急，复又望其功或幸成。然危是真危，幸乃虚幸。仇沧柱谓此章"忧松州将陷"，亦不误也。合三章观之，层层顶贯，一层深一层，总是记西山之实事，亦作一气说。

遣　忧

乱离知又甚,消息苦难真。受谏无今日,临危忆古人[1]。
纷纷乘白马,攘攘著黄巾[2]。隋氏留宫室,焚烧何太频[3]。

【题解】

突然听说吐蕃攻陷京师,代宗出奔陕州,那些野心勃勃之徒也纷纷出
来作乱,泾州刺史高晖以城降吐蕃,射生将王献忠胁丰王李珙以迎吐蕃,宦
官广州市舶使吕太一乘机反叛,这简直比当年安禄山占据长安更令人难
堪,也不知道传闻是真是假。如果朝廷能够早日接受谏言,就不会发生这
样的惨剧,更不至于在危难之际追悔不已。当年唐明皇幸奔蜀地,一日登
高山眺望秦川,对高力士说:"吾取张九龄言,不至于此。"而郭子仪也多次
建言,提醒代宗皇帝要警惕防备吐蕃、党项,却为代宗所忽略。等到收复为
吐蕃焚烧劫掠一空的长安,代宗方才醒悟,安慰郭子仪说:"用卿不早,亦已
晚矣。"

【注释】

①忆古人:一作"伤故臣"。

②乘白马:指侯景。《梁书·侯景传》载,普通中童谣曰:"青丝白马寿
阳来。"后侯景果然乘白马、率青巾兵而反叛。黄巾:指张角。《后汉书·孝
灵帝纪》载,东汉灵帝时,巨鹿人张角,自称天公,其部帅有三十六万人,皆
著黄巾,同日反叛。

③留:一作"营"。

【汇评】

刘濬《杜诗集评》卷八引李因笃曰:情深词婉,《国风》之遗。

石闾居士《藏云山房杜律详解》五律卷四:通身无一怨诽之词,亦无一
实信之语,纯臣爱国,即此可见其心。

巴　山

巴山遇中使，云自陕城来。盗贼还奔突，乘舆恐未回。
天寒召伯树，地阔望仙台①。狼狈风尘里，群臣安在哉。

【题解】

在阆州遇见宫中的使者，说他自陕州而来。吐蕃攻陷长安之后，在那里横冲直撞，剽掠劫杀，代宗皇帝出奔在陕州，恐怕还没有回到长安。想着天子一路逃难，狼狈地经过甘棠树、望仙台，而文官不能扈从，武将不能御敌，天寒地阔，无处安身，实在令人愤慨。《资治通鉴·唐纪三十九》载唐代宗广德元年十月，吐蕃陷长安，代宗"出幸陕州，官吏藏窜，六军逃散"。

【注释】

①《史记·燕召公世家》："召公之治西方，甚得兆民和。召公巡行乡邑，有棠树，决狱政事其下，自侯伯至庶人各得其所，无失职者。召公卒，而民人思召公之政，怀棠树不敢伐，歌咏之，作《甘棠》之诗。"仇兆鳌注引《九域志》："邵伯甘棠树，在陕州府署西南隅。"《太平寰宇记·河南道·陕州》："望仙台，在(陕)县西南一十三里。汉文帝亲谒河上公，公既上升，故筑此台以望祭之。"

【汇评】

边连宝《杜律启蒙》五言卷五：三、四，述中使之言。一"恐"字，极有神理，言我来时乘舆在陕，恐此时亦尚未回也。

刘濬《杜诗集评》卷八引李因笃曰：语老而壮，迫而能舒，忠义溢于肺肝，自不可袭。

江陵望幸

雄都元壮丽,望幸敳威神。地利西通蜀,天文北照秦。风烟含越鸟,舟楫控吴人。未枉周王驾,终期汉武巡①。甲兵分圣旨,居守付宗臣②。早发云台仗,恩波起涸鳞③。

【题解】

雄伟的江陵原本就十分壮丽,如今盼望着天子的驾临给它增添威风凛凛的气势。江陵地理位置十分优越,向西可获取巴蜀之利,向北可直达长安,向东可以控制吴越。当年周穆王巡游天下,可惜未曾屈驾江陵。眼下江陵正期待着代宗如汉武帝那样巡幸南郡,让卫伯玉统兵前来,将长安托付给郭子仪留守。希望代宗皇帝早日动身,使江陵民众得以沐浴皇恩。

【注释】

①周王:周穆王。《左传·昭公十二年》载,子革曰:"昔穆王欲肆其心,周行天下,将皆必有车辙马迹焉。"汉武:汉武帝。《汉书·武帝纪》:"五年冬,(武帝)行南巡狩,至于盛唐。"韦昭注"盛唐":"在南郡。"

②宗臣:仇兆鳌以为指郭子仪。朱鹤龄以为指卫伯玉,其引《唐书》云:"上元初,吕諲建请荆州置南都,于是更号江陵府,以諲为尹,置永平军一万人,以遏吴蜀之冲。广德元年冬,乘舆幸陕,以卫伯玉有干略,可当重寄,乃拜江陵尹,充荆南节度观察等使。"

③云台仗:此指天子仪仗。庾信《哀江南赋》:"非无北阙之兵,犹有云台之仗。"

【汇评】

张戒《岁寒堂诗话》卷下:此非诗,乃望幸表也。通蜀、照秦、含越、控吴,则指陈江陵建都大略也。"甲兵分圣旨,居守付宗臣",则祈请语也,气象廓然,可与《两都》《三京》齐驱并驾矣。

仇兆鳌《杜诗详注》卷一二：首句江陵，次句望幸，中四咏江陵形势，下六写望幸情事。作短章排律，多在首联扼题，此定式也。

发阆中

前有毒蛇后猛虎，溪行尽日无村坞。江风萧萧云拂地，山木惨惨天欲雨。女病妻忧归意速，秋花锦石谁复数①。别家三月一得书，避地何时免愁苦②。

【题解】

广德元年十一月，离家已有三月之久的杜甫接到家书，获悉女儿生病，妻子颇为焦虑，便昼夜兼程由阆中赶回梓州。他沿着小溪急匆匆地赶路，顾不上前有毒蛇后有猛虎，常常一整天见不到可供借宿的村庄。一路上景色惨淡，江风萧萧，乌云低垂，山林黯淡，总是一副大雨即将来临的模样，路旁那些寒花奇石也没有心情去关注了。

【注释】

①速：一作"急"。谁：一作"能"。

②得书：一作"书来"。

【汇评】

仇兆鳌《杜诗详注》卷一二：此自阆州回梓而作也。上四阆中景物，下四发阆情事。蛇虎为患，无村可避，且当此云迷雨暗，愈增中途凄怆矣。女病妻忧，即于家书中见之。

杨伦《杜诗镜铨》卷一〇引蒋弱六曰：发阆州为女病，知女病缘得书，节节倒出。

刘濬《杜诗集评》卷六引查慎行曰：写出荒山穷谷孤旅行役之苦。

冬狩行① 时梓州刺史章彝兼侍御史留后东川

君不见东川节度兵马雄,校猎亦似观成功。夜发猛士三千人,清晨合围步骤同。禽兽已毙十七八,杀声落日回苍穹。幕前生致九青兕,馲驼崛峉垂玄熊②。东西南北百里间,仿佛蹴踏寒山空。有鸟名鹡鸰,力不能高飞逐走蓬③。肉味不足登鼎俎,胡为见羁虞罗中④。春蒐冬狩侯得用,使君五马一马骢⑤。况今摄行大将权,号令颇有前贤风。飘然时危一老翁,十年厌见旌旗红。喜君士卒甚整肃,为我回辔擒西戎。草中狐兔尽何益,天子不在咸阳宫。朝廷虽无幽王祸,得不哀痛尘再蒙⑥。呜呼,得不哀痛尘再蒙!

【题解】

广德元年冬天,梓州刺史章彝在东川大张旗鼓围禽狩猎。诗人寓刺于美,在夸饰其军容肃整、号令森严、战斗力强大的同时,指出在此国难当头之际,这样的军队当勠力王室、抵御吐蕃以安天下。前十句极力描摹章彝军队的兵强马壮。你没有看见那东川节度使的兵马真是威武啊,他们围猎的场面就如同凯旋奏功。夜里派出三千猛士,清晨就有条不紊地完成了合围。里面的飞禽走兽被杀得七零八落,直到落日西下依然杀声震天。将军的帐幕前有许多被活捉而来的犀牛,高大的骆驼上还悬挂着大黑熊。方圆百里的猎物仿佛被士卒清扫一空。以下四句忽然插入八哥,以暗讽章彝好杀。猎物中有一种鸟名叫八哥,它本无力高飞,味道也不鲜美,为何也会被捕获而来呢?最后十四句表达诗人的劝告与期待。章彝身为地方大员,身兼侍御史,又执掌军权,一声令下,颇有当年细柳营的风范。我只是一个乱世飘零的老翁,多年来最怕看见军旗飞扬。现在刺史的军队如此整肃,希望他们能够调转马头去攻打入侵的吐蕃,此刻在这里捕杀草中的狐兔有什么意义？要知道天子此刻正在逃难，虽然还不至于出现周幽王被杀的惨剧，但天子再一次出奔蒙尘也实在令人哀痛。

【注释】

①冬狩：古代帝王、诸侯冬天打猎。

②兕：犀牛。駝駞：即骆驼。嵓嵤：山高耸的样子。玄熊：黑熊。

③鸜鹆：俗称八哥。

④虞：虞人，掌山泽、园囿、田猎之官。罗：大罗氏，掌鸟兽之官。

⑤用：原作"同"，据他本改。

⑥幽王祸：指《史记·周本纪》所载申侯与犬戎攻杀幽王于骊山之下。

【汇评】

张溍《读书堂杜诗注解》卷一〇：以流寓一老而正词举义，督强镇勤王，真过人胆力，真有用文章。

仇兆鳌《杜诗详注》卷一二引胡夏客曰：《冬狩行》因校猎之盛，思外清西戎，内匡王室，视他题他篇之忧国者，尤为切贴矣。

汪灏《树人堂读杜诗》卷二〇：先有此意然后作此诗，警之讽之，落笔有忠节，否则铺张阔大，终归于谀。

山寺 得开字，章留后同游

野寺根石壁，诸龛遍崔嵬①。前佛不复辨，百身一莓苔。虽有古殿存，世尊亦尘埃②。如闻龙象泣，足令信者哀③。使君骑紫马，捧拥从西来。树羽静千里，临江久徘徊。山僧衣蓝缕，告诉栋梁摧。公为顾宾徒，咄嗟檀施开④。吾知多罗树，却倚莲华台⑤。诸天必欢喜，鬼物无嫌猜⑥。以兹抚土卒，孰曰非周才。穷子失净处，高人忧祸胎⑦。岁晏风破肉，荒林寒可回。思量入道苦，自哂同婴孩。

诗写杜甫陪章彝游览山寺,分韵作诗,拈得"开"字韵。不知名的小寺依山而建,那些佛龛就开凿在高高的岩壁上。天长日久,上百尊露天的佛像都长满青苔,毁坏得难以辨别。古旧的大殿虽然还在,里面的如来佛像也是一身尘埃。这破败的景象,使信徒们深感悲哀。梓州刺史章彝,骑着紫骝马,前呼后拥从西边而来。密密麻麻的军旗旗杆如树林一般,场面宏大而肃静,大队人马在江边久久徘徊。衣衫褴褛的僧众,向刺史诉说寺庙破败的惨状。章公回头环顾宾客随从,随即带头向山寺布施钱财。看着这布施的情形,我相信佛寺很快就会得到修复,诸界神佛也会满意欢喜。如果以这样的慈悲心肠来安抚士卒,谁说不是济世之才?穷人往往是失去亲人、远离净土才会同流合污,铤而走险,高明之士在祸事萌芽前就知道防范。寺庙建造在这荒山之中,岁暮寒风刺骨,冷到极致或许春天就要回来了。我想到出家修行也是这般艰苦,不免嘲笑自己天真得如一个婴孩,只知道贪图安逸舒适。

【注释】

①野:一作"山"。根:一作"限"。

②虽:一作"唯"。世尊:释迦牟尼佛。

③龙象:水行中龙力最大,陆行中象力最大。这里借指菩萨。

④顾:一作"领"。宾徒:一作"兵徒"或"宾从"等。咄嗟:呼吸之间。《晋书·石崇传》:"崇为客作豆粥,咄嗟便办。"檀施:布施。

⑤多罗树:即贝多树。《大唐西域记》卷一一:"(恭建那补罗国)城北不远处有多罗树林,周三十余里,其叶长广,其色光润,诸国书写,莫不采用。"莲花台,佛座。

⑥诸天:佛界有三十三天,欲界以上为诸天。

⑦《法华经·信解品第四》载,譬如有人,年既幼稚,舍父逃逝,年既长大,复加困穷。父求不得,穷子佣赁,遇到父舍,受雇除粪,污秽不净。其父宣言,尔是我子,今我财物,皆是子有。穷子闻言,即大欢喜。

【汇评】

朱鹤龄《杜工部诗集辑注》卷一〇:章彝事,二史无考,但附见《严武传》，云武再镇剑南，杖杀之。公在东川，与往来最数，然《桃竹杖》《冬狩行》语皆含刺，他诗又以指挥能事、训练强兵称之。大抵彝之为人，将略似优，乃心不在王室。是冬天子在陕，彝从容校猎，未必无拥兵观望、坐制一方之意。公窥其微而不敢诵言，因游寺以讽谕之。世尊尘埃，咄嗟檀施，岂天子蒙尘，独能宴然閟闻乎。"以兹抚士卒，孰曰非周才"，欲其用此道以治兵敌忾，无但广求福田也。

张溍《读书堂杜诗注解》卷一〇：此诗虽嘉留后布施，中寓规正，方是吾儒本领，即苏、欧作佛记皆然。

桃竹杖引[①] 赠章留后

　　江心磻石生桃竹，苍波喷浸尺度足[②]。斩根削皮如紫玉，江妃水仙惜不得[③]。梓潼使君开一束，满堂宾客皆叹息。怜我老病赠两茎，出入爪甲铿有声。老夫复欲东南征，乘涛鼓枻白帝城[④]。路幽必为鬼神夺，拔剑或与蛟龙争[⑤]。重为告曰杖兮杖兮，尔之生也甚正直，慎勿见水踊跃学变化为龙[⑥]。使我不得尔之扶持，灭迹于君山湖上之青峰[⑦]。噫！风尘澒洞兮豺虎咬人，忽失双杖兮吾将曷从。

【题解】

　　广德元年冬日，杜甫即将离蜀东下，梓州刺史章彝赠送他两根桃竹杖，故有此作。江心磻石旁的桃竹，当它们在碧波中生长到合适的长度后，就会被齐根斩断，削去外皮，做成温润如玉的手杖，虽然水中的神仙觉得可惜也无可奈何。梓州章刺史打开了一束桃竹杖，满座宾客都赞叹艳羡。章刺史大概同情我年老多病，特地赠送我两支桃竹杖，拄着它们出入如同爪甲发出铿锵的声响。老夫我就要乘船出峡向东南而去，在波涛中用它们敲着船舷东下白帝城。这手杖如此珍贵，我真担心路途幽暗，它们会被鬼神夺走,有时候或许还要拔出宝剑与前来抢夺的蛟龙争斗。我又一次对桃竹杖说:"手杖啊手杖,你们生来就很正直,千万不要像壶公的竹杖那样在水中变成蛟龙,这样会使我失去你们的扶持,无法遨游洞庭湖的君山。"噫!风尘铺天盖地啊豺狼虎豹肆虐,忽然失去双杖啊我将如何是好?

【注释】

①桃竹:又名桃枝竹、棕竹等。苏轼《跋桃竹杖引后》:"桃竹,叶如棕,身如竹,密节而实中,犀理瘦骨,盖天成拄杖也,出巴渝间。"

②心:一作"上"。

③《列仙传》载,江妃二女,出游汉江湄,逢郑交甫,解佩与之。水仙:水神。

④柤:一作"棹"。

⑤拔:一作"杖"。

⑥《太平广记》卷一二载,壶公遣费长房归,以一竹杖与之曰:"骑此当还家中矣。"长房骑杖,忽然如眠,便到家,以竹杖投葛陂中,视之乃青龙耳。

⑦君山:位于今湖南岳阳洞庭湖中。

【汇评】

朱鹤龄《杜工部诗集辑注》卷一〇:此诗盖借竹杖规讽章留后也。既以踊跃为龙戒之,又以忽失双杖危之,其微旨可见。

王嗣奭《杜臆》卷五:余谓"老去诗篇浑漫兴"是实话。广德以来之作,俱是漫兴,而得失相半,失之或浅率无味,得之则出神入鬼。如此等诗,俱非苦心极力所能至也。

黄生《杜工部诗说》卷三:一竹杖耳,说得如此珍贵,便增其诗多少斤两。前是对主人语,后是对杖语,故作一转,用"重为告曰"字,盖诗之变调,而其源出于骚赋者也。后段亦非告杖,暗讽朋友之不可倚仗者耳,细味语气自见。

将适吴楚，留别章使君留后
兼幕府诸公 得柳字

　　我来入蜀门，岁月亦已久①。岂惟长儿童，自觉成老丑。常恐性坦率，失身为杯酒。近辞痛饮徒，折节万夫后。昔如纵壑鱼，今如丧家狗。既无游方恋，行止复何有②。相逢半新故，取别随薄厚。不意青草湖，扁舟落吾手③。眷眷章梓州，开筵俯高柳。楼前出骑马，帐下罗宾友。健儿簇红旗，此乐或难朽④。日车隐昆仑，鸟雀噪户牖。波涛未足畏，三峡徒雷吼⑤。所忧盗贼多，重见衣冠走。中原消息断，黄屋今安否⑥。终作适荆蛮，安排用庄叟⑦。随云拜东皇，挂席上南斗⑧。有使即寄书，无使长回首⑨。

【题解】

　　杜甫将离开梓州前往阆州，梓州刺史章彝招集幕僚为其设宴践行。众人分韵赋诗，杜甫分得"柳"字而作此诗。自从来到蜀中，转眼好几年过去了，不仅孩子们长高了，我也变得又老又丑了。我经常担心自己性情过于直率，酒后失言，招致祸患，所以最近疏远了那帮整日痛饮的酒徒，不管见到谁都点头哈腰退在一旁。以前我就像那纵情遨游在深渊的鱼儿自由自在，如今却成了丧家之犬。没有了家我四处漂泊，随意流浪。他乡相逢的有故交，也有新友，临行时他们的馈赠也有厚有薄。没有想到我还能弄到一艘小船，可以上路开往湖南青草湖了。临行前，梓州章刺史在柳树掩映的高楼上设下筵席，楼前满是骑兵，楼下坐满了宾客。士兵们挥动红旗进行表演，直到太阳西下，鸟雀在门窗前喧闹。这样欢快的场面令人难忘。我此行并不害怕波涛险恶，三峡也不过是水声如雷鸣罢了。我所忧虑的是盗贼众多，官员们又在战乱中奔走流离。好久没有得到中原的消息了，不知道天子如今是否安好。我被命运安排，也终于流落到荆楚，即将去拜谒东皇太一祠，再扬帆驶向吴地。如果有人往来，就请捎信给我，免得让我总是翘首以待。

【注释】

①我：一作"甫"。

②《论语·里仁》："父母在，不远游，游必有方。"

③青草湖：在今湖南洞庭湖南部。

④或：一作"几"。

⑤畏：原作"慰"，据诸本改。

⑥黄屋：天子车盖。

⑦庄叟：庄子。《庄子·大宗师》："安排而去化，乃入于寥天一。"

⑧东皇：《楚辞》有《东皇太一》章。王逸注："太一，星名，天之尊神，祠在楚东，以配东帝，故曰东皇。"南斗：星宿，指吴地。

⑨释宝月《估客乐》："有信数寄书，无信心相忆。"

【汇评】

王嗣奭《杜臆》卷五：章留后所为多不法，而待杜特厚。公诗讽谏殊不俊，想公托词避去，乃保身之哲。不然，公有地主如章，不必去蜀，何以留别而终不去蜀也。后章将入朝，公又寄诗，而诗云"江汉垂纶"，则公客阆州，去梓固不远也。

仇兆鳌《杜诗详注》卷一二引申涵光曰："常恐性坦率，失身为杯酒"，半生疏放，晚乃谨饬如是。饱更患难，遂得老成，方是豪杰归落处，一味使酒骂坐，祢正平为可鉴已。

舍弟占归草堂检校，聊示此诗①

久客应吾道，相随独尔来②。孰知江路近，频为草堂回。
鹅鸭宜长数，柴荆莫浪开。东林竹影薄，腊月更须栽。

杜甫派其弟杜占回成都草堂查看收拾,行前作此诗。看样子我要久客他乡了,兄弟四人中,跟随我前来异乡的只有小弟你。你多次前往草堂,也熟知江边那条小路抵达草堂最为方便。这次到了草堂,你要仔细叮嘱代为看管的人,提醒他经常清点鹅鸭以免丢失,柴门更是不要随便打开。东边那片竹林有些稀疏了,趁着腊月回去,赶紧补栽。

【注释】

①舍弟占:杜甫之弟杜占。检校:检查,料理。

②《孔子家语·在厄》载,孔子厄于陈蔡,对子路曰:"吾道非乎,奚为至于此?"

【汇评】

《唐诗归》卷二〇钟惺曰:家务琐屑,有一片骨肉友爱在内。只觉其真,不觉其俚且碎,由其笔老气厚故也。

仇兆鳌《杜诗详注》卷一二引黄生曰:杜善炼字,竹稀而曰影薄,树多而曰阴杂,皆能涉笔成趣。

石闾居士《藏云山房杜律详解》五律卷四:此诗通身是对舍弟说话,朴而弥真,质而弥雅。

早 花

西京安稳未,不见一人来。腊月巴江曲,山花已自开①。盈盈当雪杏,艳艳待春梅②。直苦风尘暗,谁忧客鬓催③。

【题解】

最近没有见到人从中原前来,所以不清楚长安是否已经安稳。蜀中天气更为暖和,腊月巴江边的山花就已经绽放了。这些山花或仪态万方如轻盈洁白的杏花,或艳丽耀眼如春来盛开的梅花。但我一心牵挂动荡的时局,根本无意关注花开花落所隐喻的岁月流逝。

【注释】

①月:一作"日"。

②春:一作"香"。

③客:一作"容"。

【汇评】

仇兆鳌《杜诗详注》卷一二:此叹腊尽花开,而乱犹未平也。首联伤时,次联感物,五、六承次联,七、八承首联。不见人来,无确耗也。

又引王嗣奭《杜臆》:早花有二意。一是因闻报之迟,而伤花开之早。一是见花开之早,而感年华之易迈。但忧乱为重,不暇忧老耳。此诗上四散行,下四整对,亦藏春格也。

杨伦《杜诗镜铨》卷一〇:直下格,亦自清空一气。

岁 暮

岁暮远为客,边隅还用兵。烟尘犯雪岭,鼓角动江城。天地日流血,朝廷谁请缨①。济时敢爱死,寂寞壮心惊②。

【题解】

天寒岁晚,流落天涯,但边地仍不得安定,烽烟不断。吐蕃攻陷了雪岭之松州、保州和维州,嘉陵江边的阆州也为之震动,备敌的鼓声不时响起。天地之间日日夜夜有流血厮杀,朝廷之上却无人挺身而出以请缨杀敌。世乱时危,我哪里会苟全性命,惜死不出,即使客居寂寞之中,内心也不时激发起烈士暮年的雄心壮志。诗作于广德元年岁末,时杜甫客居阆州。

【注释】

①《汉书·终军传》:"军自请:愿受长缨,必羁南越王而致之阙下。"

②曹操《龟虽寿》:"烈士暮年,壮心不已。"

仇兆鳌《杜诗详注》卷一二：此诗忧乱而作也。上四岁暮之景，下四岁暮之情。烟尘鼓角，蒙上用兵。当此流血不已，请缨无人，安忍惜死不救哉。故虽寂寞之中，而壮心忽觉惊起，可见公济时之念，至老犹存也。

刘濬《杜诗集评》卷八引李因笃曰：雄心时一自吐。

天边行

天边老人归未得，日暮东临大江哭。陇右河源不种田，胡骑羌兵入巴蜀。洪涛滔天风拔木，前飞秃鹙后鸿鹄①。九度附书向洛阳，十年骨肉无消息。

【题解】

我这漂泊天涯的老人没有办法回到故乡，日暮时分唯有东临大江痛哭不已。陇右和青海的黄河源头一带已经为吐蕃占领，百姓早就不能在那里耕作安憩。如今吐蕃又联合羌人攻入巴蜀，占领了松州、维州与保州。这样的灾难，真如同洪水滔天，狂风卷树。乱世之中，奸邪得意，良善难行，好比那秃鹙飞在前面而鸿鹄只能跟随在后。我多次捎信前往洛阳，十年来却始终没有获得弟弟妹妹的消息。诗写世乱漂泊、骨肉分离之伤痛。

【注释】

①秃鹙：水鸟，头颈无毛，状如鹤而大，色苍灰。鸿：一作"黄"。

【汇评】

仇兆鳌《杜诗详注》卷一四：此诗为久客思乡而作也。"陇右"二句，天边忧乱；"洪涛"四句，欲归未得：皆申明临江哭泣之故。

奉寄别马巴州① 时甫除京兆功曹,在东川

勋业终归马伏波,功曹非复汉萧何②。扁舟系缆沙边久,
南国浮云水上多。独把鱼竿终远去,难随鸟翼一相过③。知
君未爱春湖色,兴在骊驹白玉珂④。

【题解】

马刺史本是勋业之后,而我这个功曹却是万万无法和汉初名相萧何相
比。系在岸边的小船已经等我很久了,它将载着我如浮云一般飘向大江之
南。我马上就要独自一人垂钓南国,无法似鸟儿那样张开双翅飞来辞行。
我知道马刺史的志向不在寻找山水之乐,而是期待建立功业,朝谒天子。
此时杜甫被朝廷任命为京兆功曹,但他还是想出川南下,故作此诗留别马
刺史。

【注释】

①诗题一作"寄巴州马别驾"。马巴州:巴州刺史马某。巴州,时属山
南西道,治所在今四川巴中。

②终:一作"真"。非:一作"无"。诗句原有注:"甫曾任华州司功。"

③鸟:一作"乌"。

④骊驹:黑色骏马。此为逸《诗》篇名,所存见《大戴礼》:"骊驹在门,仆
夫具存。骊驹在路,仆夫整驾。"

【汇评】

仇兆鳌《杜诗详注》卷一三:此章以出处殊途,记临别心事。上二宾主
并提,中四叙将别之情,末二陈寄马之意。不赴功曹,故思乘舟南下。欲成
勋业,应想骊驹玉珂。宾主自相照应。

边连宝《杜律启蒙》七言卷一:巴州勋业,终继伏波。至我虽有功曹之
授,然与萧何之起自功曹、终赞帝业者,不可同年语矣。故思解缆南游,持
竿远去,但恨不得与巴州作面别耳。然吾知其定舍巴州而朝金阙,以图伏

波之勋业也。首句直提巴州而入,却便按住阵脚。次句以下,即转入自己。至六句以下,忽又兜合巴州,与首句遥应,此常山蛇势也。首句作一气,次句至五句作一气,六句至八句作一气。于排比之中,寓散行之神。公于律诗中惯用此等狡狯。系缆沙边,欲南下也。水上浮云,助游兴也。

送李卿晔①

王子思归日,长安已乱兵。沾衣问行在,走马向承明②。暮景巴蜀僻,春风江汉清。晋山虽自弃,魏阙尚含情③。

【题解】

广德二年(764)春天,贬为岭南尉的李晔被朝廷诏回,行经阆州,与杜甫相遇,杜甫遂以诗相赠。诗人说李晔你身为大唐宗室,在长安为吐蕃攻陷的危急时刻,流着眼泪探问天子在何处,一心想着早日回到朝廷。我以迟暮之年流落于偏僻的巴蜀,在这里眼看着你在春风中经江汉直达天子身边。虽然我自弃于江海之上,但心存乎魏阙之下,始终没有忘怀朝廷。

【注释】

①李晔,大唐宗室,历任监察御史、弘农太守、宗正卿等,终刑部侍郎。

②承明:汉未央宫之承明殿。

③晋山:当指绵山。随晋公子重耳流亡之介之推,拒不受禄,逃入绵山。一说为阆州晋安县之山。

【汇评】

仇兆鳌《杜诗详注》卷一二:上四送李还京,下乃自叙己意。乱兵,指吐蕃。问行在而向承明,急于觐君也。垂暮巴西,自怜地僻,伤春江上,唯待时清,盖身虽废弃而心犹恋阙也。

浦起龙《读杜心解》卷三之三:送人还京,神驰魏阙,想行者之情,致居者之感,无限低徊。

城　上①

草满巴西绿,空城白日长②。风吹花片片,春动水茫茫③。八骏随天子,群臣从武皇。遥闻出巡狩,早晚遍遐荒。

【题解】

春天到了,青草萋萋,春水茫茫,花瓣在空中飞舞,阆州城外一派碧绿。白昼越来越长,但由于松州、维州和保州为吐蕃攻陷,人们避乱而逃,阆州受到影响也格外空寂。此时此刻,想到天子蒙尘出奔,群臣车马相随,正不知巡狩何处,诗人心情黯然。

【注释】

①诗题一作"空城"。

②空城:一作"城空"。

③春动水:一作"春送雨"。动,一作"荡"。

【汇评】

仇兆鳌《杜诗详注》卷一三:上四,城上所望之景。下四,城上所感之怀。时松、维初陷,人皆避乱,故曰城空。所见者惟花吹水动,则景物亦觉凄然矣。末借周汉巡游,以比代宗幸陕。

又引王嗣奭《杜臆》:此诗叙景言情,真堪痛哭,诗之不愧风人者也。

黄生《杜工部诗说》卷四:此闻吐蕃之乱而作。前半虽写春景,自觉惨淡无色,与情事相副,真是神来之笔。诗亦只似信手写成,亦无字法,亦无句法。公诗至此,渐近自然矣。

双　燕

旅食惊双燕,衔泥入此堂①。应同避燥湿,且复过炎凉②。养子风尘际,来时道路长。今秋天地在,吾亦离殊方。

旅食他乡,见燕子双双飞回,衔泥筑巢于此堂,不禁惊叹时间过得真快,转眼又是一年。燕子筑巢,是为了躲避燥热潮湿以度过炎夏和凉秋,就如同我去家离乡暂居巴蜀以躲避战乱。为了养育幼雏,燕子风尘仆仆,来回奔波,而我也是挈妇将雏,四处漂泊。世经乱离,天地仍在,今秋无论如何,我都要和燕子一起离开这遥远的异乡。

【注释】

①惊双燕:一作"双飞燕"。《古诗十九首·东城高且长》:"昔为双飞燕,衔泥巢君室。"此:一作"北"。

②过:一作"遇"。

【汇评】

陈式《问斋杜意》卷一〇:凡作诗之法,意固有取于参差互见者,不可不知。如此诗前六句第说燕,而己在其中;后二句第说己,而燕在其中。

洪仲《苦竹轩杜诗评律》卷二:前说物情似人,后说人情似物。直中曲,拙中巧,淡中浓,无人识,不须人识。

仇兆鳌《杜诗详注》卷一二:此诗托燕自喻,于首尾露意。旅食而惊双燕者,为身将去而燕反来也。随地羁栖,聊避燥湿也。交游渐冷,历过炎凉也。携家梓阆,养子风尘也。长安赴蜀,来时道路也。句句说燕,却句句自慨,皆与"旅食"二字相关。

百 舌①

百舌来何处,重重只报春。知音兼众语,整翮岂多身。花密藏难见,枝高听转新②。过时如发口,君侧有谗人③。

【题解】

百舌鸟你从哪里而来呢? 你一遍又一遍地鸣叫着,只是想告诉我们春天已经到了。你这小小的鸟儿,只有一个身子,却能模仿许多鸟儿的声音,真是奇特啊！你藏着密密的花丛中，难以被人发现；你在高高的枝头上鸣叫，声音听起来更为清脆。如果过了季节你还在鸣叫，那就说明君主身边有了进谗言之人。

【注释】

①百舌：鸟名，又名反舌。其鸣叫声反复多变，如能随百鸟之音，春啭夏止。

②藏难见：一作"难相见"。

③时：时令。《逸周书·时训解》："芒种之日，螳螂生。又五日，鹍始鸣。又五日，反舌无声。螳螂不生，是谓阴息。鹍不始鸣，令奸壅逼。反舌有声，佞人在侧。"诗末原有注："《周公时训》曰：反舌有声，谗人在侧。"

【汇评】

仇兆鳌《杜诗详注》卷一二：此诗借鸟托讽，在末二露意。起句便有怪骇意，重重报春，厌其聒耳。中四，见利口百出，不在多人，且匿形难见，而耸听易投。过时发口，虑及谗人，结语大有关系。

边连宝《杜律启蒙》五言卷五：首句，便有怪骇之意。犹言适从何来，遽集于此也？次句，言喋喋不已，但言瑞应也。三、四，言以一人之身，而能诳张为幻，诡变百出也。五句，言其踪迹之诡秘，莫可窥寻也。六句，言其位据高明，甘言易入也。句句是百舌，句句是谗人。七、八，索性结出，深切著明，不嫌直尽。

伤春五首①

其一

天下兵虽满，春光日自浓②。西京疲百战，北阙任群凶③。关塞三千里，烟花一万重。蒙尘清路急，御宿且谁供④。殷复前王道，周迁旧国容⑤。蓬莱足云气，应合总从龙⑥。

广德二年春,杜甫在阆州遥思朝廷,感怀时乱而有此伤春之作,诗旨源于《楚辞·招魂》:"目极千里兮伤春心。"五首诗一意贯穿,"首篇言旧事也,次篇言久游也,至三篇则知吐蕃之乱,四篇则代宗之出幸,末则望回銮"(刘濬《杜诗集评》卷一三引吴农祥语)。此首开篇就说,尽管眼下兵荒马乱,烽烟四起,但春天不管不顾,春光依然明媚灿烂,春意依旧日渐浓厚。长安饱经战火,皇宫任凭群凶蹂躏。阆州与长安关塞阻隔,相距遥远,天子如今出奔蒙尘,备受风霜之苦,不知有谁提供食宿车马?虽然遭此劫难,也不必灰心绝望,当年周平王也曾为了躲避犬戎而将首都由镐京东迁至洛邑,只要效法商朝武丁修行先王之政,也会迎来中兴之机。大明宫上云气蓬勃,群臣定然会拥戴君王返回长安。

【注释】

①诗题一本有自注:"巴阆僻远,伤春罢始知春前已收宫阙。"

②春光:一作"青春"。

③仇兆鳌注引《通鉴》:"广德元年冬十月,吐蕃陷京畿,渭北行营兵马使吕月将将精卒二千,与吐蕃战于盩厔,为寇所擒。又泾州刺史高晖、射生将王献忠等迎吐蕃入长安,立邠王守礼孙承宏为帝,故曰'疲百战''任群凶'也。"

④且:一作"有"。

⑤《史记·殷本纪》:"武丁修政行德,天下咸欢,殷道复兴。"《史记·周本纪》:"平王立,东迁于洛邑,辟戎寇。"

⑥蓬莱:宫名,即大明宫。《易·乾》:"云从龙,风从虎。"

【汇评】

吴瞻泰《杜诗提要》卷一三:此篇赋处,不作一了语,俱以比兴间之,不即不离,欲吐还吞,使人悠然兴会于意言之表,是能以神运气者也。

其二

莺入新年语,花开满故枝。天青风卷幔,草碧水通池①。牢落官军速,萧条万事危②。鬓毛元自白,泪点向来垂。不是无兄弟,其如有别离。巴山春色静,北望转逶迤。

【题解】

新的一年里,黄莺儿又开始啼叫了,旧枝上也重新缀满了新花。天空清朗,微风吹动着帷帐;青草碧绿,春水灌满池塘。但在这美好的春景中,国事萧条,国势日危,长安陷落,各地官军迟迟不来救援。我的鬓发早已斑白,如今更是泪如垂珠。我不是没有兄弟,但天各一方。阆州春色如画,北望长安,千山阻隔,路途是那样遥远。

【注释】

①青:一作"清"。通:一作"连"。

②逶:一作"远"。

【汇评】

王嗣奭《杜臆》卷五:莺、花俱更新换旧,而鬓之白,泪之垂,与向来同,前后相照。

张溍《读书堂杜诗注解》卷一〇:前四句述巴阆春景,下因长安正乱而叹骨肉别离也。

仇兆鳌《杜诗详注》卷一三:二章,所忧在家国也。上四春日之景,下八伤春之意。巴地春光,依然无恙,但恨长安被兵,而援军不赴,则万事俱危矣。鬓白泪垂,当此更甚,且想兄弟别离,能无北望伤神乎。

其三

日月还相斗,星辰屡合围①。不成诛执法,焉得变危机②。大角缠兵气,钩陈出帝畿③。烟尘昏御道,耆旧把天衣④。行在诸军阙,来朝大将稀。贤多隐屠钓,王肯载同归⑤。

【题解】

人间的祸乱,上天总会有所警示。日月星辰出现争斗凌犯的现象,这意味着天下不再太平,兵乱会出现,君王也会蒙受灾难。如果不把皇帝身边作乱的近侍诛杀,怎能使朝廷转危为安?吐蕃陷落长安之时,禁军护卫着天子出奔,京中父老牵着天子的御衣不愿松手;而天子巡狩陕州,却很少有大将前来勤王。如今有许多贤者隐居山野,天子肯启用他们吗?

【注释】

①《晋书·天文志》:"数日俱出若斗,天下兵起大战。"《汉书·天文志》载,汉高祖七年,月晕,围参、毕七重,是岁汉高祖至平城,为单于所围。屡合:一作"亦屡"。

②执法:星名。《星经》卷上:"执法四星,在太阳首西北,主刑狱之人,又为刑政之官,助宣王命,内常侍官也。"

③大角:星名。《晋书·天文志》:"大角者,天王座也。又为天栋,正经纪也。"钩陈:星名。《星经》卷上:"又主天子六军将军,又主三公。若星暗,人主凶恶之象矣。"

④"烟尘"两句:一作"固无牵白马,几至著青衣"。

⑤《韩诗外传》卷八载,姜太公吕望屠牛朝歌,赁于棘津,钓于磻溪,文王举而用之。

【汇评】

吴瞻泰《杜诗提要》卷一三:此伤勤王之乏人也。

仇兆鳌《杜诗详注》卷一三:三章,以天变儆君心也。上八,言诛佞。后四,言用贤。君能去佞亲贤,则将士皆思效力,而天心亦从此悔祸矣。代宗不能斩程元振以谢天下,有一李泌久废而不复用,公故恺切言之。

其四

再有朝廷乱,难知消息真。近传王在洛,复道使归秦①。夺马悲公主,登车泣贵嫔②。萧关迷北上,沧海欲东巡③。敢料安危体,犹多老大臣。岂无嵇绍血,沾洒属车尘④。

【题解】

京师在安史之乱后再度为吐蕃攻陷后,传闻纷纷,阆州位置偏僻,消息难辨真假。最近传说天子已经从陕州来到洛阳,又说朝廷已经派兵去收复长安了。皇帝一行出奔所遭受的屈辱,比如公主为自己的坐骑被夺而悲愤以及妃嫔在启程时哀泣等情形，想必应该也出现了吧，因为这既不是汉武帝北出萧关而迷路，也不是秦始皇出游海上而东巡。朝中还有许多重臣，有关国家安危的大事绝非我所能料想。当年晋惠帝身处险境时，有嵇绍那样的臣子以身护驾；如果现在到了紧要关头，我想一定还会有甘洒热血的忠臣。

【注释】

①归：一作"通"或"回"。

②《北史·齐本纪》载，高欢自晋阳出滏口，道逢北乡郡长公主自洛阳来，有马三百匹，尽夺而易之。《晋书·成帝纪》载，成帝咸和三年五月，苏峻逼迁天子于石头城，帝哀泣升车，宫中恸哭。泣：一作"哭"。

③萧关：故址在今宁夏固原县东南。《汉书·武帝纪》载，元封四年，行幸雍，祠五畤，通回中道，遂北出萧关。《史记·秦始皇本纪》载，二十八年，始皇东巡郡县，上邹峄山；二十九年，始皇东游，登之罘，临照于海。

④岂：一作"得"。《晋书·嵇绍传》载，惠帝北征，王师败绩于荡阴。嵇绍以身捍卫，兵交御辇，绍遂被害，血溅帝服。

【汇评】

吴瞻泰《杜诗提要》卷一三：此与卒章皆极言播迁之事。摹写东奔西窜，传信传疑，一时仓皇情状如绘，而以消息难真一句为关键。

浦起龙《读杜心解》卷五之二：四章，亦述时事，却从僻远不得实信摹写出来，纯是架虚立格。

其五

闻说初东幸，孤儿却走多①。难分太仓粟，竞弃鲁阳戈②。胡虏登前殿，王公出御河。得无中夜舞，谁忆大风歌③。春色生烽燧，幽人泣薜萝。君臣重修德，犹足见时和。

【题解】

听说天子初奔至陕州时，扈从的将士逃散的颇多。这是因为军士们的粮食都不够吃，他们无法拿起武器为朝廷效力，结果导致吐蕃占据皇宫，另立天子,王公大臣纷纷出逃。难道当今没有祖逖那样的志士奋起抗敌？恐怕朝廷遗忘了汉高祖唱《大风歌》思得猛士的深意。战火纷飞之中,春天又回到大地,沉沦草野的志士唯有在薜萝间哭泣。如果从现在起君臣重视修养德行,那么我还是能够见到太平景象的。

【注释】

①孤儿:羽林孤儿。《汉书·百官公卿表上》:"又取从军死事之子孙养羽林,官教以五兵,号曰羽林孤儿。"

②太仓:京城的粮仓。《淮南子·览冥训》:"鲁阳公与韩构难,战酣日暮,援戈而扬之,日为之反三舍。"

③得无:一作"忍为"。《晋书·祖逖传》载,祖逖与刘琨共被而寝,中夜闻鸡鸣,因起舞曰:"此非恶声也。"谁:一作"宜"。《史记·高祖本纪》载,高祖置酒沛宫,自歌曰:"大风起兮云飞扬,威加海内兮归故乡,安得猛士兮守四方。"

【汇评】

王嗣奭《杜臆》卷五:五首皆感春色而伤朝廷之乱也。公诗凡一题数首,必有次第,而脉理相贯。此不然,总哀乘舆播越,而时不去心,有触即发,非一日之作,故语不嫌其重复也。

仇兆鳌《杜诗详注》卷一三:五章,伤军士散亡也。"闻说"六句,历记所闻时事。当此之时,英雄思奋,岂无中夜起舞者,惜朝廷信谗,不念《大风》猛士耳。幽人当春而泣,公念不忘君也。终以修德望诸君臣,此乃收人心、挽国脉之本。

杨伦《杜诗镜铨》卷一一:末首君臣双绾,高呼震天,正复泪痕满纸。

收　京

复道收京邑,兼闻杀犬戎。衣冠却扈从,车驾已还宫①。克复诚如此,安危在数公②。莫令回首地,恸哭起悲风。

广德元年十月，郭子仪收复长安。次年春天，杜甫在阆州得知消息而有此作。听到长安第二次被收复，据说吐蕃还遭受了重创，这是令人振奋的好消息。能够在这样短的时间内收复京师，使朝廷转危为安，几位大臣功不可没。当时天子蒙尘而奔，狼狈而出，群臣四散，如今形势好转，天子回宫，臣子们又纷纷前来扈从。昔日之事，不堪回首，唯有希望这样的悲剧不再上演，今后不再为长安遭受劫难而恸哭于风中。

【注释】

①驾：一作"马"。

②安危：一作"扶持"。在数：一作"数在"。

【汇评】

仇兆鳌《杜诗详注》卷一三：上四收京而喜，下乃事后之忧。

刘濬《杜诗集评》卷九引李因笃曰：至性忧君，先其所急，亦是文章得大路头处。

石间居士《藏云山房杜律详解》五律卷四：此诗上截是闻收京而喜，下截是闻善后而忧。一喜一忧，纯是忠君爱国之心发见于吟咏之间，诗人云乎？

巴西闻收京，送班司马入京二首①

其一

闻道收宗庙，鸣銮自陕归。倾都看黄屋，正殿引朱衣。剑外春天远，巴西敕使稀。念君经世乱，匹马向王畿。

【题解】

听说宗庙被收复，社稷得以保全，天子的銮驾也从陕州回到了京城。回归之日，长安想必是万人空巷，倾城而出，前来迎接天子的车驾。归来之后，大臣们也会重新开始上朝，到正殿参拜君王。阆州位于蜀中，皇使往来艰难稀少。班司马你在乱世之中，不畏险远，匹马驰向京畿，令人敬佩又艳羡。

【注释】

①收京：一本作"收宫阙"。

【汇评】

仇兆鳌《杜诗详注》卷一三：此章从收京说到送班，在四句分截。乘舆还京，君臣如故，公犹迟身寄迹，而班独匹马归朝，故临别伤心。

又引郑继之曰：诗之妙处，正在不必写到真，说到尽，而其欲写欲说者自宛然可想，斯得风人之义。杜诗每有失之太真太尽者，如此诗末二句，则有不真不尽之兴矣，余可类推。

其二

群盗至今日，先朝忝从臣。叹君能恋主，久客羡归秦。黄阁长司谏，丹墀有故人①。向来论社稷，为话涕沾巾。

【题解】

我也曾在肃宗朝担任过侍从之臣，可惜由于安史叛乱、吐蕃侵扰，至今还无法归去。长久客居在蜀中，真羡慕班司马你能回到天子身边。当年我在门下省担任左拾遗时结识的一些老朋友，如今还在朝中。希望此去能够转告他们，我俩一起谈论国事的时候，我总是泪下沾巾。

【注释】

①黄阁：此指唐之门下省。

【汇评】

黄生《杜工部诗说》卷四：此诗全首虚运，于格本不为贵，其奇乃在章法、句法。缘情事极其郁结，故章句极其顿挫。本经锻炼而出，又无着意锻炼之痕，故不得与全虚诸作一例视也。

吴瞻泰《杜诗提要》卷八：送人诗不说送人，单说自己，只当与故人书，托司马代柬耳。

释　闷

　　四海十年不解兵，犬戎也复临咸京。失道非关出襄野，扬鞭忽是过湖城①。豺狼塞路人断绝，烽火照夜尸纵横。天子亦应厌奔走，群公固合思升平。但恐诛求不改辙，闻道嫛孽能全生。江边老翁错料事，眼暗不见风尘清。

【题解】

　　自从天宝十四载安史之乱爆发以来，到如今广德二年已经整整十个年头了。十年来，四海一直战乱不休，兵戈未止，烽烟彻夜不息，豺狼横行，尸体纵横，路人断绝，以至于连吐蕃都敢入侵而占领京师。这一次代宗皇帝出奔陕州，显然既不像黄帝出巡襄野而迷失道路，更不似晋明帝乘马扬鞭过芜湖而勘查敌情。天子大概也厌倦了逃难奔波的生活，朝廷里的衮衮诸公理当考虑如何才能谋求天下太平。如果不做出改变，只是一心想着横征暴敛，甚至连程元振那样的佞臣都能得到保全，恐怕太平之日就遥遥无期了。看起来还是我这位江边的老翁料错了当前的政事，老眼昏花的我不知能否等到战乱平息的那一天。

【注释】

　　①《庄子·徐无鬼》载，黄帝将见大隗乎具茨之山，至于襄城之野，七圣皆迷，无所问涂。《世说新语·假谲》载，王大将军既为逆，顿军姑孰。晋明帝以英武之才，犹相猜惮，乃著戎服，骑巴赍马，赍一金马鞭，阴察军形势。未至十余里，有一客姥居店卖食，帝与客姥马鞭而去。湖城：芜湖。湖，原作"胡"，据他本改。

【汇评】

　　吴瞻泰《杜诗提要》卷一三：是篇气韵平和，音旨中律，诸本皆作七古读，惟《杜臆》作七排。

　　仇兆鳌《杜诗详注》卷一二：上八乱极思治之机，下四忧时虑患之意。

又引王嗣奭《杜臆》：此为代宗不诛程元振而作。吐蕃入寇，逼乘舆，毒生民，祸皆起于程元振。所望一时君臣，翻然悔悟。当柳伉疏入，但削官放归，此诗所以有"婴孽全生"之叹也。岂知婴孽不除，则兵不得解。兵不能解，则诛求仍不得息。其事之舛谬，真出于意料之外矣。然则风尘亦何由清，而太平将何时见乎。通篇一气转下，皆作怪叹之词。

有感五首

其一

将帅蒙恩泽，兵戈有岁年。至今劳圣主，何以报皇天。白骨新交战，云台旧拓边①。乘槎断消息，无处觅张骞②。

【题解】

诗题曰"有感"，自然是感伤时事之作，或写于广德二年春天。当时"吐蕃虽退，而诸镇多跋扈不臣，公复忧其致乱，作此惩前毖后之词"（杨伦《杜诗镜铨》卷一一）。第一首指责藩镇将帅不能御寇，丧师失地，使朝廷使臣受辱。这些将帅虽然蒙受圣主的恩泽，却不思进取，致使战火不断，直到现在还令君王忧心操劳，不知他们拿什么来报效天子。在这白骨累累的战场上，最近又有战事发生，而这战场正是旧日功臣们所开拓的疆土。出使吐蕃的使者也被扣押了，不知道他们现在身处何方。

【注释】

①新：一作"将"。

②《汉书·张骞传》载，张骞以郎应募使月氏，经匈奴，匈奴留骞十余载，后亡归汉。《新唐书·吐蕃传》："明年（广德元年），使散骑常侍李之芳、太子左庶子崔伦往聘，吐蕃留不遣。"

【汇评】

吴瞻泰《杜诗提要》卷八：此责将帅也。……盖慨将帅之无谋，而启吐

790

蕃之入寇,战和皆非策也。

仇兆鳌《杜诗详注》卷一一:首章,叹节镇不能御寇。当时将帅负恩,不知尽心报国,以致边土争战,而敕使不归。……时李之芳使吐蕃,被留经年,故用张骞乘槎为喻。

杨伦《杜诗镜铨》卷一一:此因吐蕃入寇,愤诸镇不赴援而作,为五诗之缘起。

其二

幽蓟余蛇豕,乾坤尚虎狼①。诸侯春不贡,使者日相望。慎勿吞青海,无劳问越裳②。大君先息战,归马华山阳③。

【题解】

此首诗的主旨,大约有两种对立的说法。一说河北藩镇诸将,收纳安史叛军余绪,各拥劲卒,跋扈不贡,朝廷无可奈何,仅仅派遣使者前去责问,所以此时不必与吐蕃交战,也不急于征讨南诏,朝廷应该养精蓄锐,休养生息以清除内忧;一说在此外患未平、内忧又起之际,君王却无力振作,不图自强,反而委曲求全,苟且偷安,放马于华山之阳,致使国力削弱,国威不振。

【注释】

①蛇:一作“封”。《左传·定公四年》:“吴为封豕长蛇,以荐食上国。”

②越裳:国名,在今越南南部。《后汉书·南蛮西南夷列传》:“交趾之南,有越裳国。”

③大君:天子。《易·师》:“大君有命。”《书·武成》:“乃偃武修文,归马于华山之阳,放牛于桃林之野,示天下弗服。”

【汇评】

吴瞻泰《杜诗提要》卷八:此言诸镇之跋扈,当剪灭也。……息战归马,谓不能用兵,而婉词以讥之,意极明透。盖反言以讽代宗之懦弱,除恶不绝,致失河北。辞若赞扬,实婉讥而深惜之也。不然,此乾坤何等时,而议息战哉?

仇兆鳌《杜诗详注》卷一一：此诗末二句，向有三说。旧注谓戒当时生事外夷者，其说迂而不切。观吐蕃入寇，郭子仪仅以二千骑从事，亦何暇生事乎？《杜臆》谓推原祸本，因玄宗大开边衅，致贻患至今，若早能息战归马，焉有此祸乎？玩诗语意，亦不相合。《钱笺》谓息战归马，惜代宗不复能用兵，而婉其辞以议之。此说近是。

石闾居士《藏云山房杜律详解》五律卷三：合上下截观之，总是据事直书，不著一字褒贬而褒贬之意自见。此公以《春秋》之笔形之于律诗之间也。

其三

洛下舟车入，天中贡赋均①。日闻红粟腐，寒待翠华春②。莫取金汤固，长令宇宙新③。不过行俭德，盗贼本王臣。

【题解】

此首反对迁都洛阳之议。长安收复之后，有人劝告天子东迁洛阳以避吐蕃，并且还振振有词地说，洛阳位居天下之中央，为舟车汇集之地，纳税进贡极其便利，那里的粮食丰足得开始腐烂，那里的民众如在寒冬期盼春天一样等待着天子的驾临。不过诗人却认为，仅仅凭借着金城汤池，并不能维系长治久安。如果能够厉行节约，俭以养德，爱护百姓，天下自然就会太平，因为那些盗贼原本就是走投无路才铤而走险的臣民。

【注释】

①洛下：洛阳。《史记·周本纪》载，成王使召公复营洛邑，周公复卜申视，曰："此天下之中，四方入贡道里均。"

②《汉书·食货志》："太仓之粟陈陈相因，充溢露积于外，腐败不可食。"翠华：天子仪仗中以翠羽为饰的旗帜或车盖。《上林赋》："建翠华之旗。"

③金汤：金城汤池。《汉书·蒯通传》："必将婴城固守，皆为金城汤池不可攻也。"

【汇评】

吴瞻泰《杜诗提要》卷八：诸注谓前半叙当时之盛，不知前半首二句是交互语，美在其中；三、四是转语，戒在其中；五、六又作一顿挫，然后七、八方归正意。盖公明于当世之务,而诗法变换又如此。

仇兆鳌《杜诗详注》卷一一:此章叹都洛之非计。上四述时议,下四讽时事。议者谓帝幸东都,其地舟车咸集,贡赋道均,且传仓多积粟,春待驾临,此特进言之侈谈耳。岂知国家欲固金汤而新宇宙,实不系乎此。若能行俭德以爱人,则盗贼本吾王臣耳,何必为此迁都之役耶?

其四

丹桂风霜急,青梧日夜凋。由来强干地,未有不臣朝[①]。受钺亲贤往,卑宫制诏遥[②]。终依古封建,岂独听箫韶[③]。

【题解】

此诗建议分封宗亲以抑制藩镇。丹桂遭受风霜而感到危机的时刻,青色梧桐也正日夜不断地凋落,正好比皇室不安而宗藩也在衰微。自古以来,只要王室宗藩强盛,就不会有地方分离叛乱。如果当今天子能够依照古代分封的方式,授钺宗亲贤王,使他们分赴遥远的领地,那么天下就会太平,盛世就会重现。

【注释】

①《后汉书·光武帝纪》:"古帝王封诸侯不过百里……强干弱枝,所以为治也。"

②《六韬·龙韬·立将》:"太公曰:'凡国有难,君避正殿,召将而诏之曰……将既受命,乃命太史卜,……以授斧钺。'"

③《左传·僖公二十四年》:"昔周公吊二叔之不咸,故封建亲戚,以蕃屏周。"孔颖达疏:"故封立亲戚为诸侯之君,以为蕃篱,屏蔽周室。"《书·益稷》:"箫韶九成,凤凰来仪。"

【汇评】

吴瞻泰《杜诗提要》卷八:此刺时不分镇讨贼也。"强干"二字,一篇之眼,是正说;"箫韶"是反说,讽寓于颂。

仇兆鳌《杜诗详注》卷一一:此章讽朝廷建宗藩以慑叛臣。上二,即景托兴,引起强干。下文,亲贤封建,即申明此意。

其五

胡灭人还乱,兵残将自疑。登坛名绝假,报主尔何迟[①]。
领郡辄无色,之官皆有词。愿闻哀痛诏,端拱问疮痍。

【题解】

此诗感叹朝廷给予藩镇的权柄太重,地方官难以作为。安史叛军虽然
被歼灭,但寰宇并未安宁。平乱使各地镇将士卒残缺,他们不免对朝廷心
生疑虑。为了安抚这些镇将,朝廷对他们委以重任,实封爵土,可他们为何
迟迟不来报答君王的恩义呢?如今地方郡守迫于藩镇的威势,根本不愿前
去赴任。希望天子能颁下哀痛之诏,抚恤那些被藩镇残害的郡民。

【注释】

①登坛:用汉高祖筑坛拜韩信为大将事。名:名分。又《史记·淮阴侯
列传》载,韩信使人言汉王曰:"齐边楚,不为假王以镇之,其势不定。"汉王
曰:"大丈夫定诸侯,即为真王耳,何以假为。"报主:一作"执玉"。

【汇评】

仇兆鳌《杜诗详注》卷一一:此章慨当时重节镇而轻郡守。上四,责诸
将之跋扈;下四,伤州郡之诛求。寇灭而人还乱者,由兵少而将自疑也。在
诸将实封爵土,绝非假摄者比,何以不思报主,而反怀贰心耶?且节镇权
重,则征敛日繁,郡守不得自主,故领郡常无气色,而之官每有怨词。代宗
端拱方新,何不下哀痛之诏,以恤穷民乎。知恤民疾苦,则当重司牧之任,
以免节镇之牵制也。

又引王嗣奭《杜臆》:诗人尚风,其弊也,烟云花草,凑砌成篇,核其归
存,恍无定处。杜诗宗雅颂,比兴少而赋多。如此五首,皆赋也,即用比兴,
意有所主,总归于赋。故情景不一,而变化无穷,一时感触,而千载长新。
又曰:读此五诗,皆救时之硕画,报主之赤心,自许稷契,真非虚语。耳食者
谓公志大才疏,良可悲矣。

石闾居士《藏云山房杜律详解》五律卷三:此章是揭明藩镇不臣、人心
不定之实事实情,以望君上早为图治,乃五章之大收拾。

阆山歌

阆州城东灵山白,阆州城北玉台碧①。松浮欲尽不尽云,江动将崩未崩石②。那知根无鬼神会,已觉气与嵩华敌。中原格斗且未归,应结茅斋看青壁③。

【题解】

阆州城东的灵山白雪皑皑,阆州城北的玉台山碧树重重。松树上端飘浮着欲尽不尽的白云,碧清的江水从将崩未崩的石岸下流过。我无法断定这险峻的山岸究竟有没有鬼神守护,只是感觉到它的气势不逊于嵩山、华山。中原的战乱尚未平息,我依然无法返回故乡,或许就应该在这青色石壁上结庐隐居。

【注释】

①灵:一作"雪"。《太平寰宇记·阆州》:"仙穴山,在县东北十里。《周地图记》云:灵山峰多杂树。昔蜀王鳖灵帝登此,因名灵山。"玉台:山名,在阆州城北七里。台,一作"壶"。

②未:原作"已",据他本改。

③"应结"句:一作"应著茅斋向青壁"。

【汇评】

张表臣《珊瑚钩诗话》卷二引陈师道语云:《阆中歌》辞致峭丽,语脉新奇,句清而体好。兹非立格之妙乎?

仇兆鳌《杜诗详注》卷一三:此咏阆山之胜。上六叙景,下二述情。灵山、玉台,近阆山名。云在山上,石在山下,"浮"字写不尽之态,"动"字摹欲落之势。石根下盘,乃鬼神所护,云气上际,与嵩、华并高。结庐其下,聊堪避乱矣。

阆水歌①

　　嘉陵江色何所似,石黛碧玉相因依②。正怜日破浪花出,更复春从沙际归③。巴童荡桨欹侧过,水鸡衔鱼来去飞④。阆中胜事可肠断,阆州城南天下稀。

【题解】

　　嘉陵江水清澈如碧玉,江边的锦屏山石黑如黛,两者辉映成趣。春光灿烂,阳光下江面浪花朵朵,江边花草明媚,美色无限,当地的少年划着小船倾侧而过,水鸡衔着小鱼飞来飞去。阆中美好的景色真是爱煞人,而城南锦屏山一带尤为天下少见。

【注释】

　　①阆水:嘉陵江流经阆州的水段。

　　②色:一作"山"。

　　③浪花:一作"阆山"。

　　④朱鹤龄注云:"尝闻一蜀士云,水鸡,其状如雄鸡而短尾,好宿水田中,今川人呼为水鸡翁。"

【汇评】

　　楼钥《答杜仲高游书》引蜀士黄文叔裳曰:"嘉陵江水何所似",一本作"山水"者是。盖嘉陵江至阆州西北,折而趋南,横流而东,复折而北,州城三面皆水,故亦谓之阆中、阆内,如河内然。地势平阔,江流舒缓,城南正当佳处,对面即锦屏山。盖山如石黛,水如碧玉,故云"嘉陵山水何所似,石黛碧玉相因依",真绝唱也。

　　仇兆鳌《杜诗详注》卷一三:此咏阆水之胜,亦在六句分别景情。水兼黛碧,清绿可爱也。日出阆中,照水加丽,春回沙际,映水倍妍。桨欹侧,江流急也。鸟来去,江波静也。肠断,中原未归。天下稀,胜地堪玩。

陪王使君晦日泛江就黄家亭子二首①

其一

　　山豁何时断，江平不肯流。稍知花改岸，始验鸟随舟。结束多红粉，欢娱恨白头。非君爱人客，晦日更添愁②。

【题解】

　　广德二年正月晦日，诗人陪同阆州王刺史泛舟至黄家亭子遨游宴饮。此首写泛江时所见所感。行舟于江上，不知何时两山之间忽然就出现了豁口，江面顿时变得平阔，江水也流动得更为缓慢，似乎不肯离开。岸边的景物发生了变化，才惊觉原来船一直在移动，而鸟儿一直在随着船飞行。船上还有许多打扮得漂漂亮亮的歌伎随行，在欢娱之中我只恨自己衰老得太早。如果不是王刺史你如此好客，在这晦日我会更加惆怅。

【注释】

　　①晦日：农历每月最后一日。

　　②添：一作"禁"。

【汇评】

　　王嗣奭《杜臆》卷五：水深不流，水平不流，非不肯流，不见其流也。即流亦缓，故"花改岸"曰"稍知"，"鸟随舟"曰"始觉"，有自在之趣。

　　仇兆鳌《杜诗详注》卷一三：此章陪使君泛江。上四江上之景，下四席中情事。山开豁，故江面平。见花已改岸，始觉鸟亦随舟，其不流处仍流也。末点晦日，反掉作结。

其二

　　有径金沙软，无人碧草芳。野畦连蛱蝶，江槛俯鸳鸯。日晚烟花乱，风生锦绣香。不须吹急管，衰老易悲伤。

第二首写亭中观景与赏舞听乐。走过柔软的金色沙滩,进入小路,沿途芳草因无人践踏而格外碧绿。田野间蝴蝶成双成对,翩翩飞舞。倚着黄家亭子的栏杆,可以俯视鸳鸯在江中戏水。不知不觉到了傍晚,似锦的繁花上升起了烟雾,微风吹拂,歌伎长袖飘香。我年老体衰,本来就容易感伤,何况耳边正奏着节奏急促的管乐。

【汇评】

王嗣奭《杜臆》卷五:次首叙登亭所经。径金沙,踏碧草,穿野畦,始凭江槛而俯鸳鸯也。次第如此,而词极葱蒨。

石间居士《藏云山房杜律详解》五律卷四:是作前章之泛江,句句为次章生根;作次章之就亭,句句为前章申意。使前后两章如连锁之势,剖不能断;似连环之扣,解不能开。文心奇幻至于如此其极,无怪索解人不得。

赵星海《杜解传薪》卷三之五:上四写亭景,妙能应合声伎;下四写声伎,仍不脱亭景。可谓情景双融。

江亭王阆州筵饯萧遂州①

离亭非旧国,春色是他乡。老畏歌声断,愁从舞曲长②。二天开宠饯,五马烂生光③。川路风烟接,俱宜下凤凰④。

【题解】

阆州王刺史在江边亭中为遂州萧刺史设宴饯行,杜甫作陪而有是诗。前四句先写诗人自身处境。送别的亭子不是故乡的亭子,眼前的春色也非故乡的风光。久处他乡,年已衰老,观赏歌舞只能平添愁绪。后四句才落到宾主双方。王刺史设宴饯行,萧刺史使筵席生辉。两州同处蜀中,水路相连,都应该降下象征祥瑞的凤凰。

【注释】

①诗题一作"阆州王使君江亭饯萧遂州"。遂州:唐时治所在今四川

遂宁。

②断:一作"短"或"继"。从:一作"随"。

③《后汉书·苏章传》载,苏章迁冀州刺史,有故人为清河太守。苏章行部案其奸臧,乃请太守,为设酒肴。清河太守喜曰:"人皆有一天,我独有二天。"开:一作"悲"。生光:一作"光辉"。

④宜:一作"看"。《汉书·黄霸传》载,黄霸为颍川太守,是时凤凰、神爵(雀)数集郡国,颍川尤多。

【汇评】

胡震亨《杜诗通》卷二七:前二韵陪饯者自咏,后二韵方咏饯客,熟复不知其然而然。若他人为之,即颠倒矣。

仇兆鳌《杜诗详注》卷一三:上四陪宴情景,下四饯别颂言。离亭记地,春色记时。对歌舞而愁畏,身在他乡故也。二天指王,五马指萧。阆、遂俱属川中,故风烟相接。下凤凰,言化能感物。畏继愁长,老年不耐久坐,即公诗"老去一杯足,谁怜屡舞长"也。

又引王嗣奭《杜臆》:歌既畏其断,舞又愁其长,总因漂泊他乡,写出侘傺无聊之状,其语稍曲。

江亭送眉州辛别驾昇之^① 得芜字

柳影含云幕,江波近酒壶^②。异方惊会面,终宴惜征途。
沙晚低风蝶,天晴喜浴凫^③。别离伤老大,意绪日荒芜。

【题解】

诗为杜甫在江亭送别旧友眉州别驾辛昇之所作。送别的帐幕设在江边的柳荫下,宾主双方面对江水举起酒杯。能够在异乡他地与故友相逢,固然令人惊喜,不过想到宴会结束后辛别驾将要踏上征程,又深感惋惜。江边美景如画,天朗日暮,蝴蝶在沙滩上贴地徘徊,野鸭在江水中愉悦嬉戏。值此离别之际,不禁因年老身衰相见日难而心绪烦乱。

①眉州:州治在今四川眉山。

②幕:一作"重"。

③晚:一作"暖"或"远"。

【汇评】

仇兆鳌《杜诗详注》卷一二:首联,饯别之事。次联,惜别之情。三联,临别之景。末联,忆别之怀。柳影江波之处,设幕置酒,故属叙事。下面风蝶浴凫,全写时景,意非重复。

石闾居士《藏云山房杜律详解》五律卷四:此诗通身虚实相称,措词雅而蓄意深。中唐多学此种,然风骨则远不能及也。

赠别贺兰铦

黄雀饱野粟,群飞动荆榛。今君抱何恨,寂寞向时人①。老骥倦骧首,苍鹰愁易驯②。高贤世未识,固合婴饥贫。国步初返正,乾坤尚风尘③。悲歌鬓发白,远赴湘吴春。我恋岷下芋,君思千里莼④。生离与死别,自古鼻酸辛。

【题解】

落魄之友人贺兰铦将要离开蜀中前往吴湘,杜甫赠诗相送。前八句感叹贺兰铦之蹭蹬不遇。胸无大志的黄雀,吃饱了田野中的粮食就成群结队地在灌木丛中嬉戏飞闹;洁身自好、志存高远的凤凰,却徘徊而无所依止。你郁郁不得志,抱着何等的怅恨,凄然地混迹凡人之中。时无伯乐,千里马老了,也懒得再昂起头来;苍鹰所担心的,是在饥饿中容易被驯服豢养。高明的贤士得不到赏识,本来就只有饥寒缠身。后八句陈述离别时的感受。虽然天子已经返回长安,朝廷重新步入正轨,但许多地方战争并未平息。鬓发已白的你,悲歌远赴湘吴,即将返回故乡,而我依然滞留蜀地,此次生离或许就是死别,这真令人心酸。

【注释】

①君:一作"吾"。

②苍:一作"饥"。

③国步:国家命运。

④《史记·货殖列传》载,蜀人卓氏曰:"吾闻汶山之下沃野,下有蹲鸱,至死不饥。"汶山,岷山。蹲鸱,芋芳。

【汇评】

仇兆鳌《杜诗详注》卷一二:士之寂寞,由于世未识贤。其甘守饥贫,宁为骥倦鹰驯,不为雀饱群飞,此可见其志节矣。

浦起龙《读杜心解》卷一之四:此诗先发意,后叙事。"寂寞向时人"一语,能使依人生活者堕泪。为贺兰抚膺,正为自己写愤也。

泛 江

方舟不用楫,极目总无波①。长日容杯酒,深江净绮罗。乱离还奏乐,飘泊且听歌。故国流清渭,如今花正多②。

【题解】

春日杜甫泛舟于嘉陵江上,想起长安而兴起故乡之思。江水平静,千里无波;两船相并,泛于中流。白天的时间越来越长,不惮于暮色侵避,可以尽情畅饮;江水澄澈如洁净的绮罗,也可堪观赏对酌。在乱离之中欣赏歌舞,心中固然有所不安,但客居无聊,姑且打发时光。长安附近就有清澈的渭水流过,想必那里也正繁花似锦吧,可惜我现在无从得见。

【注释】

①方舟:两船并行。

②国:一作"园"。

【汇评】

卢元昌《杜诗阐》卷一七：方舟并泛，不须鼓楫，况波恬浪静乎。日惟长也，有酒能容；江惟深也，其净如练。惟是乱离非奏乐之时，歌声入愁人之耳。我见江流，难忘乎清渭，遥想长安此时花浓春艳，惜乎无由得见也。

浦起龙《读杜心解》卷三之四：时方多故，此尚安然，悲中有乐也。京阙回春，客途绵邈，乐中有悲也。

渡　江

春江不可渡，二月已风涛①。舟楫欹斜疾，鱼龙偃卧高②。渚花兼素锦，汀草乱青袍③。戏问垂纶客，悠悠见汝曹④。

【题解】

广德二年春，杜甫由阆州返回成都，此诗即或作于途中。春水涨溢，春江原本难以渡过，而二月就出现的风涛更增加了难度。小船在江中欹侧着疾速行进，鱼儿在高浪中轻快地游动。小洲上花开得茂密，如铺上了一张素锦；水边长满了青草，如同给江岸穿上了青袍。江边垂钓之人，悠然自得，令人向往。

【注释】

①可：一作"用"。

②疾：一作"甚"。

③兼：一作"张"。

④见：一作"是"。汝：一作"尔"。

【汇评】

卢元昌《杜诗阐》卷一七：江可渡，春江则不渡，盖风涛正壮耳。操舟楫者，欹斜而过，自以为疾，何如为鱼龙者伏处其下，不失其高哉。此时渚花汀草，其景惟垂纶自得之。试戏问焉，得无悠悠然笑汝曹为徒劳也。

仇兆鳌《杜诗详注》卷一三：上四江波之险，下四江岸之景。江风急，故舟楫敧斜而迅疾；江涛涌，故鱼龙偃卧而高浮。二句分顶风涛。锦花、青草，舟中所见。垂钓悠悠，羡其从容自适也。

暮　寒①

雾隐平郊树，风含广岸波。沉沉春色静，惨惨暮寒多。戍鼓犹长击，林莺遂不歌。忽思高宴会，朱袖拂云和②。

【题解】

春日的黄昏，寒意渐重。雾霭升起，平旷的原野上树木若隐若现；细风吹来，远处江水波光荡漾。戍楼上的军鼓不时响起，林中的黄莺不再歌唱。此时此刻，突然记起往日盛大的宴会中女子红袖轻拂琴瑟的场景，心中百感交集。

【注释】

①暮：一作"春"。

②云和：地名，一说山名，产良材，中琴瑟。故诗中常用以代指乐器琴瑟。《周礼·春官·大司乐》："孤竹之管，云和之琴瑟。"

【汇评】

仇兆鳌《杜诗详注》卷一三：上四暮寒春景，下四暮寒有感。雾隐写暮，风含写寒，二句远景。沉沉承雾，惨惨承风，二句近景。鸟避兵气，故春莺不歌。末从乱离中追想欢娱盛事也。

石闲居士《藏云山房杜律详解》五律卷四：此诗通身是赋愁闷之意，末忽作快意之想，文思奇变，出人意料外，异哉！

游　子

巴蜀愁谁语，吴门兴杳然。九江春草外，三峡暮帆前。厌就成都卜，休为吏部眠[①]。蓬莱如可到，衰白问群仙。

【题解】

此诗为杜甫自述。长时间客居巴蜀，心中的愁苦能向谁诉说呢？游历吴越的希望，依然是如此渺茫，何时才能出三峡而抵达九江呢？我早已厌倦了蜀中的生活，即使饮酒醉眠也无法释怀。此时既不愿安居成都，又无法前往吴越，如果海上仙山可以到达，哪怕以衰白之年，我还是愿意去寻访神仙。

【注释】

①《汉书·严君平传》载，严君平卖卜成都市中，日阅数人，得百钱足自养，则闭肆下帘而授《老子》。《晋书·毕卓传》载，毕卓为吏部郎，比舍郎酿熟，因醉夜至其瓮间盗饮之，为掌酒者所缚，明旦视之，乃毕吏部也。

【汇评】

仇兆鳌《杜诗详注》卷一三：意将去蜀游吴也。三、四叙景，言赴吴所经。五、六叙情，见巴蜀难留。末将决意长往矣。

又引王嗣奭《杜臆》：启行不待踌躇，故厌就问卜。而愁怀非酒可解，故休学醉眠。无论吴门，倘蓬莱可到，亦当长往以求却老之方。盖自悲其年老也。

滕王亭子二首[①] 在玉台观内，王调露年中任阆州刺史

其一

君王台榭枕巴山，万丈丹梯尚可攀。春日莺啼修竹里，

仙家犬吠白云间②。清江锦石伤心丽,嫩蕊浓花满目斑③。人
到于今歌出牧,来游此地不知还。

【题解】

　　滕王亭子枕玉台山而建,据说从这里向上攀爬可以进入仙境,春天里
总能听见黄莺在修竹里啼鸣、神仙的家犬在白云中吠叫。俯视清江,水中
的五彩石子漂亮得让人心动,娇嫩的花蕊使人眼花缭乱。直到今天,来到
这里而流连忘返的人们,还在感谢滕王建造了这座亭子。关于诗末两句,
由于滕王骄横奢侈,论者多以为杜甫讥讽滕王贪图游乐。

【注释】

　　①滕王亭子:大唐滕王李元婴所造,旧址在今四川阆中嘉陵江畔玉
台山。

　　②《神仙传》卷六载,八公与淮南王安,白日升天,临去时余药器置在中
庭,鸡犬舐啄之,尽得升天,故鸡鸣天上,犬吠云中。

　　③锦:一作"碧"。斑:原作"班",据他本改。

【汇评】

　　仇兆鳌《杜诗详注》卷一三:此章赋滕王亭子,对景而怀古也。台榭当
春,故听莺啼竹里。丹梯极峻,故想犬吠云间。江石丽而伤心,抚遗迹也。
花蕊斑然满目,逢春色也。来不知还,就滕王出牧时言之,讥其佚游无
度也。

　　浦起龙《读杜心解》卷四之一:诗本是吊古之篇,安章顿句,高曾矩
矱也。

　　刘濬《杜诗集评》卷一一引李因笃曰:极其铺张,却自疏朴,初唐名手得
意之篇。

其二①

寂寞春山路,君王不复行。古墙犹竹色,虚阁自松声。
鸟雀荒村暮,云霞过客情。尚思歌吹入,千骑把霓旌②。

自从滕王不复来到玉台山,春山便显得冷冷清清。翠绿的青竹,犹自掩映着古旧的院墙;阵阵松涛,回荡在空空的阁子里。暮色时分,鸟雀飞越荒凉的村落;天空云霞掠过,牵动了诗人的乡情。当日滕王出游时,前呼后拥,旌旗招展,是何等喧闹啊!

【注释】

①原本未将二首合并,此首单列,诗题亦作"滕王亭子"。

②把:一作"拥"。

【汇评】

叶梦得《石林诗话》卷中:《滕王亭子》"粉墙犹竹色,虚阁自松声",若不用"犹"与"自"两字,则余八言凡亭子可用,不必滕王也。此皆工妙至到,人力不可及,而此老独雍容闲肆,出于自然,略不见其用力处。今人多取其已用字模放用之,偃蹇狭陋,尽成死法。不知意与境会,言中其节,凡字皆可用也。

唐汝询《唐诗解》卷三四:亭在道间,是王所经行之处,故以路之寂寞发端。王既不复行此道,则松竹仅存,亭阁寥寂,旁皆为鸟雀之荒村矣。今此对云霞而兴慨者,过客之情也。荒凉虽甚,然吾尚思往日王之来游,歌吹入亭,千骑罗列,而建天子旌旗,何其盛也。今去世未久,亭苑顿空,世之纷华孰非梦幻乎?

仇兆鳌《杜诗详注》卷一三引黄生曰:前六句凄凉已甚,若再以衰飒语结,意兴索然。七、八忽用丽句,翻身作结,力大思深,奇变不测。

玉台观二首 滕王作①

其一

中天积翠玉台遥,上帝高居绛节朝②。遂有冯夷来击鼓,始知嬴女善吹箫③。江光隐见鼋鼍窟,石势参差乌鹊桥④。更肯红颜生羽翰,便应黄发老渔樵⑤。

【题解】

玉台观建在高高的山上,下面是葱茏的树林,如同天帝高居于此而各路神仙前来参拜。伫立台上,听见万籁齐鸣,仿佛群仙在奏乐。仔细听去,其中有河神在击鼓,弄玉在吹箫。俯视嘉陵江面,鼋鼍的穴窟若隐若现,错落的山石勾连如鹊桥。如果无法学道成仙,返老还童,我只求能够渔樵江渚,终老于此。

【注释】

①玉台观:在今四川阆中玉台山上,为滕王所建。滕王作:一作"滕王造"。两诗原各题为"玉台观",今据他本合为一题。

②台:一作"虚"。绛节:深红色的仪仗。

③冯夷:河神。嬴女:秦穆公之女弄玉。曹植《洛神赋》:"冯夷鸣鼓,女娲清歌。"

④参差:一作"差池"。

⑤肯:一作"有"。翰:一作"翼"。

【汇评】

陈之壎《杜工部七言律诗注》卷二:前四句从玉台作想,全写上帝气象,绛节来朝,箫鼓喧阗是也。后四句从观上作想,"江光""石势"二句,形容观前之景,迷离近仙。末二句又想象道家长生之意。总之,诗家形容不嫌其幻。

黄生《杜工部诗说》卷八:此诗首尾俱对,而无琢对之迹,气格深老不必言,妙在写景处极灵活,寓意处极深远。触事必见本怀,故虽闲题杂咏,不为徒作,此其身分高于后人处。

石间居士《藏云山房杜律详解》七律卷上:此诗通身从空中模拟,是真是假,是有是无,经妙笔写来,真神辨莫测。

其二

浩劫因王造,平台访古游①。彩云萧史驻,文字鲁恭留②。
宫阙通群帝,乾坤到十洲③。人传有笙鹤,时过此山头④。

我有幸来到玉台观寻访古迹。玉台观是滕王所建造的，里面的题咏还是滕王所留。壁画上所绘的彩云，大概就是萧史、弄玉的驻留之处吧；上面聚集了众多的神仙，来自天下十洲。听说这里还经常出现笙声鹤鸣，那或许是王子乔正经过这里。

【注释】

①浩劫：宫观的大台阶。造：一作"起"。《史记·梁孝王世家》载，梁孝王大治宫室，为复道，自宫连属于平台三十余里。

②《列仙传》载，萧史善吹箫，秦穆公以女妻之。鲁恭：鲁恭王。孔安国《尚书序》载，鲁恭王坏孔子旧宅以广其居，于壁中得古文虞夏商周之书，及传《尚书》《孝经》。恭，一作"宫"。

③十洲：海上仙境。托名东方朔所作《十洲记》，称八方巨海之中，有祖洲、瀛洲、玄洲、炎洲、长洲、元洲、凤麟洲、聚窟洲、流洲、生洲。

④《列仙传》卷上载，王子乔，周灵王太子晋也。好吹笙，作凤鸣，游伊洛间，道士浮丘公接上嵩山。三十余年后，子乔乘白鹤驻缑氏山顶，举手谢时人而去。过：一作"遇"。此：一作"北"。

【汇评】

唐汝询《唐诗解》卷三四：玉台，帝所居也。滕王作观以祀上帝，故以此名。言此观因往古滕王所建，故有此平台，而我得访古焉。于是，见彩云则想萧史曾憩于此，见文字知为鲁恭所留，借以指滕王遗迹耳。观既为天帝所居，则宫阙乃群帝所集，且在水之中央，是乾坤间之十洲也。人传此中有笙鹤往来，今于北山之顶仿佛闻之，非滕王之精灵耶？

黄生《杜工部诗说》卷六：起联分疏"玉台观"三字，见此地有古时仙迹，而观则造自滕王也。三承次句，四承首句。此用萧史事。七律作又用赢女事，故唐仲言疑有前代公主遗迹。予谓必蜀人相传古蜀王女于此升仙耳。五、六再顺应一、二。宫阙之高，可通群帝，乾坤之外，如到十洲，皆极力形容之语。结意仍着滕王，其事又系仙家。以此缩题，玄之又玄矣。

范廷谋《杜诗直解》五律卷二：前首有荒墟之感，此首有飘渺不可即之思。

奉寄章十侍御 时初罢梓州刺史、东川留后,将赴朝廷

淮海维扬一俊人,金章紫绶照青春①。指麾能事回天地,训练强兵动鬼神。湘西不得归关羽,河内犹宜借寇恂②。朝觐从容问幽仄,勿云江汉有垂纶③。

【题解】

章彝免除梓州刺史、东川留后,将要赴京,杜甫作此诗寄赠。章侍御你是出生于扬州的俊杰之士,壮年就已经担任了刺史职位。你具有的军事指挥能力,足以扭转乾坤;你所训练出来的强兵,使鬼神为之震撼。你出任梓州刺史,就如同当年关羽镇守荆州那样重要;如今回朝之际,梓州百姓热情挽留你,不亚于汉朝时颍川百姓挽留寇恂。章御史你入朝拜见天子,被问起蜀中的情形时,不要谈到江边还有我这个垂钓的老头。诗句末尾的叮咛,有人以为表达了杜甫无意出仕、甘老草野的愤激;有人则以为是正话反说,希望章彝能够向朝廷举荐自己。

【注释】

①维扬:扬州。《书·禹贡》:“淮海惟扬州。”金章紫绶:用紫色绶带所系的金印。

②《文选·陆机〈辩亡论〉》:“汉王亦凭帝王之号,帅巴、汉之民……志报关羽之败,图收湘西之地。”李善注:“湘西,则荆州也。”《后汉书·寇恂传》载,光武帝收河内,拜寇恂为太守,后移颍川,又移汝南。颍川盗贼群起,恂从驾南征,百姓请复借寇君一年,乃留恂。

③有:一作“老”。

【汇评】

单复《读杜诗愚得》卷一〇:此诗以首句“一俊人”三字生下五句,而以“朝觐”“问幽侧”结之,其造语雄浑,命意曲折,非它人所及。

奉待严大夫

殊方又喜故人来，重镇还须济世才。常怪偏裨终日待，不知旌节隔年回①。欲辞巴徼啼莺合，远下荆门去鹢催②。身老时危思会面，一生襟抱向谁开③。

【题解】

广德二年正月，朝廷将剑南东、西川合为一道，任黄门侍郎严武为成都府尹兼剑南节度使。正在阆州的杜甫得知消息，十分兴奋，写下此诗。在遥远的他乡，听到友人即将前来，不由满心喜悦。在成都这样的重镇，应该由济世之才来掌管。我本来奇怪蜀中的偏将为何终日在等待，原来是在等待严武你隔年归来。我原来打算在群莺合鸣的春日离开偏远的巴地，远下荆门的画船一直在催促我启程。在国家艰难而身老力衰的时刻，我特别期待着与故人的会面，不然一身的胸怀抱负还能向谁诉说？

【注释】

①偏裨：偏将和裨将。《旧唐书·职官志》载，天宝中，缘边御戎之地，置八节度使，受命之日，赐之旌节。

②徼：边界。鹢：鸟名，旧时画在船首以惊水怪。

③襟：一作"怀"。

【汇评】

仇兆鳌《杜诗详注》卷一三：上四喜严公再镇，下述奉待之意。故人来，喜在一己。济世才，喜在全蜀。偏裨待而旌节回，喜在三军。数语重叠叙出。啼莺合，仲春时也。去鹢催，停舟久也。身老则思故人，时危则望济世，仍与首联相应。

何焯《义门读书记·杜工部集》：八句无一句非"待"字。

边连宝《杜律启蒙》七言卷二：首句,喜严之来；次句,可喜之故；三、四,正言其喜；以下言欲下荆南而不果者,思与严会面而开怀抱耳,正是题中"待"字。

自阆州领妻子却赴蜀山行三首

其一

汩汩避群盗,悠悠经十年①。不成向南国,复作游西川。物役水虚照,魂伤山寂然。我生无倚著,尽室畏途边。

【题解】

因严武再度镇蜀,杜甫携眷从阆州返回成都,一路山行而作此三首。第一首写诗人启程时感慨万千,以"畏"字写出全家人之厌倦漂泊。自从安史乱起,东奔西窜,转眼在流离中已经度过了十年。很久以来就想着出峡离川,这次又没有去成荆南而将重返西川。蜀中山山水水原本清秀宜人,但因身不由己,情绪黯淡,无心观赏。此身如萍梗飘零,无所依著,连累全家人也被迫又踏上了他们早已畏惧的旅程。

【注释】

①汩汩:一作"揖揖"或"淈淈"。

【汇评】

仇兆鳌《杜诗详注》卷一三:题曰"领妻子赴蜀",故首章结出"尽室畏途"。上四记自阆赴蜀,下四写山行惨淡,着眼在一"畏"字。公自天宝十五年避乱,至广德二年,已经十载,欲往楚而仍游蜀,此行出于意外。山水本堪玩赏,乃形役神伤,故觉水空照映,而山亦寂寥耳。

其二

长林偃风色,回复意犹迷①。衫裛翠微润,马衔青草嘶。栈悬斜避石,桥断却寻溪②。何日兵戈尽,飘飘愧老妻③。

其二着重写对老妻之"愧"。树木高大,山路曲折,风声萧萧,天色昏暗。衣衫为绿色的山岚所浸湿,疲惫的马儿嚼着青草嘶鸣。为了躲避倾斜的巨石,有些地方要架木为路;有时桥梁断了,就不得不寻找可以涉水而过的浅溪。哪一天才是战乱的尽头啊!这种四处飘零的生活使我愧对老妻。

【注释】

①复:一作"首"。

②栈:一作"遥"或"径"。

③兵:一作"干"。

【汇评】

仇兆鳌《杜诗详注》卷一三:次章领妻。上六山行之景,末二伤乱之怀,着眼在一"愧"字。疾风偃林,行人怯阻,故将回而意犹迷。山气湿衣,晓行也。马饥衔草,日晡矣。斜行避石,登陟崎岖,却步寻溪,水边曲折。干戈未尽,应前"群盗"。

其三

行色递隐见,人烟时有无。仆夫穿竹语,稚子入云呼。转石惊魑魅,抨弓落狖鼯①。真供一笑乐,似欲慰穷途。

【题解】

其三写苦中作乐,以稚子之欢呼雀跃强作安慰。路曲林深,行人隐时现,人烟时有时无。穿行于竹林的仆夫,只能听见他们交谈的声音,看不见行进的身影。小孩子攀上山顶,在云雾中兴奋呼喊。不小心踩翻的石块,一路滚下山,声音越来越响,简直可以惊散山魈魑魅;弹弓响处,猿猴和鼯鼠应声落下。途中的这些趣事,似乎是要给我这日暮途穷之人一点安慰。

【注释】

①抨弓:弹弓。

汪瑗《杜律五言补注》卷三：三诗皆佳，而亦有章法存乎其间。首章山水总泛言也，后二章皆详言山水之曲折也。第二结，承首结"尽室"字来；第三结，承首结"畏途"字来。一题而作数首者，不可不知此法。

王嗣奭《杜臆》卷五：三首写客途情事如画，而末首犹极变幻，有事外意外之趣。

浦起龙《读杜心解》卷三之四：首章述情，下两章写景，总不漏"领妻子"意。次章之景，纡回之意多，尚为题中"却赴"传神。末章之景，开畅之意多，全是挈家山行趣致。始而伤，中而愧，终而笑，三首自然之结构。

别房太尉墓 阆州①

他乡复行役，驻马别孤坟。近泪无干土，低空有断云②。对棋陪谢傅，把剑觅徐君③。唯见林花落，莺啼送客闻。

【题解】

本自滞留他乡，如今还得奔波。启程之际，我驻马于坟前，与亡故的老友告别。此时泪如雨下，湿润了坟上的干土。低空中朵朵浮云，也凝滞在这里，似乎为我的悲情感染，不忍离去。当年我陪你下棋时，你如谢安一样举重若轻。如今我似季札手持宝剑，前来寻找精于识剑的徐君，可只看见林中百花纷纷坠落，只听见凄切的黄莺送客的悲鸣。

【注释】

①诗题一作"阆州别房太尉墓"。房太尉：房琯，卒于阆州，赠太尉。

②低空：一作"空山"。

③谢傅：谢安。《晋书·谢安传》载，谢玄等破苻坚，有驿书至，谢安方对客围棋，看书竟，了无喜色，棋如故。《史记·吴太伯世家》载，吴季札聘晋过徐，心知徐君爱其宝剑，及还，徐君已殁，遂解剑系其冢树而去。

【汇评】

唐汝询《唐诗解》卷三四：房琯，子美故人也，卒于阆而葬焉。时子美行役去阆而别其墓。泣泪之多，土为之湿；哀伤所感，云为之断也。生则对弈以从，没则把剑相觅，情亦厚矣。今别墓之时，惟见林花之落，闻啼鸟之送，不复有丧主，岂不深可痛惜乎？按琯卒无后，故去世未久而冢间寂寞如此。

仇兆鳌《杜诗详注》卷一三：上四坟前哀悼，下四临别留连。行役，将适成都。泪沾土湿，多哀痛也。断云孤飞，带愁惨也。

赵星海《杜解传薪》卷三之五：此一诗，一身作客之难，朋友相与之情，而名宦生前没后之德诣凄凉，无一不见。他人千言不能尽，而公四十字括之，是称巨笔。

将赴成都草堂，途中有作，先寄严郑公五首①

其一

得归茅屋赴成都，直为文翁再剖符②。但使闾阎还揖让，敢论松竹久荒芜。鱼知丙穴由来美，酒忆郫筒不用酤③。五马旧曾谙小径，几回书札待潜夫。

【题解】

因严武相邀，杜甫再度返回成都，即将抵达草堂时，作此五首。第一首解释他为何返回成都。我之所以决定返归成都草堂居住，那就是因为你再度镇蜀。只要成都在你的执掌之下重新恢复良好的秩序，我哪里还会计较草堂的松竹已经长久荒芜。况且我喜爱丙穴味道鲜美的嘉鱼，常常怀念那无须购买的郫筒美酒。你曾多次携带这些酒食前来草堂，甚至连马儿都熟悉了那儿的小径。现在你又数次写信邀请我这个隐退的人，我怎会不为之感动呢？

①严郑公:严武,广德元年被封郑国公,迁黄门侍郎。

②直:一作"真"。剖符:分封诸侯、功臣时将信符一分为二,君臣各执其一,后借指授官。

③丙穴:产嘉鱼之地,或在邛州大邑(今属成都)。左思《蜀都赋》:"嘉鱼出于丙穴。"郫筒:酒名。郫,一作"箄"或"笟"。《华阳风俗录》载,郫县有郫筒池,池旁有大竹,郫人剖其节,倾春酿于筒,苞以藕丝,蔽以蕉叶,信宿,香达于林外,然后断之以献,俗号郫筒酒。

【汇评】

吴瞻泰《杜诗提要》卷一一:严郑公还朝后,公去成都入梓州,又往阆州。郑公再镇,乃由阆州归成都。故前半俱欣幸之词,言得见文翁礼乐之化,虽松竹荒芜,亦所不论。则不特以得归茅屋为幸,而以得归严公为幸。然"待潜夫"三字,具有书法。公之倚严,不甘以潜夫老也。而知己暌隔,度严亦必有音问相遗,故有"几回书札"之句。而曰"待潜夫"者,其品题甚高,其望严之荐剡不薄矣。"时闻有余论,未怪老夫潜",亦即此意。

仇兆鳌《杜诗详注》卷一三:首章,重赴成都之故,八句皆叙事。欲归草堂者,为严公再镇也。揖让,承次句。松竹,承首句。五、六,思成都品物之佳;七、八,想严公交情之厚。首尾宾主互说。玩末句,知严入蜀时便有书见招矣。

边连宝《杜律启蒙》七言卷二:再赴成都,因严再镇。但得闾阎揖让,如文翁之化蜀足矣。至于茅屋之松竹荒芜,敢复论哉。盖未尝不以得归为幸也。因思鱼出丙穴,酒号郫筒,向者严公常携之以过草堂之小径矣。今者书札频来,几回相待,盖欲继前游而寻旧好也,能无动归兴乎?

其二

处处清江带白蘋,故园犹得见残春。雪山斥候无兵马,锦里逢迎有主人①。休怪儿童延俗客,不教鹅鸭恼比邻。习池未觉风流尽,况复荆州赏更新②。

其二邀请严武嗣后再访成都草堂。这一路紧赶慢赶,回到草堂,应该还能看到残春的风光,看见浣花溪上处处漂浮的白蘋。严公你再镇蜀中,想必雪山一带的紧张形势会得到缓和,吐蕃定然不敢再犯。等我回到草堂,我想邻居们都会出来迎接我,孩子们也会呼朋引伴,家中的鹅鸭也会被很好地看管起来,不再四处乱跑。那时我这草堂就如同襄阳旁的习家池,希望你能再度驾临宴赏。

【注释】

①锦里:指成都。《华阳国志·蜀志》:"其道西城,故锦官也。锦工织锦濯其江中则鲜明,濯他江则不好,故命曰锦里也。"

②习池:习家池。晋代山简镇襄阳,经常出入习家园池,嬉戏池上,尽醉而归。时山简以征南将军都督荆、湘、交、广四州,故可称荆州。

【汇评】

仇兆鳌《杜诗详注》卷一三:次章,想春归景事。上四草堂安居之乐,归美严公。下四草堂睦俗之情,预待严公也。无兵马,严能靖寇。有主人,公返旧居。习池,自比草堂。荆州,借比严公。次末二联,宾主对举。每句首字,七用仄声,未见变化。

边连宝《杜律启蒙》七言卷二:江上春残,归来得见。西山寇盗已息,东道主人犹在,是真可以动归兴矣。因而预计归家之日,俗客可延,比邻莫恼。田夫野老,日相狎荡,其风流不减习池。况严公时能枉驾,不更令草堂生色乎?

其三

竹寒沙碧浣花溪,菱刺藤梢咫尺迷①。过客径须愁出入,居人不自解东西。书签药裹封蛛网,野店山桥送马蹄。岂藉荒庭春草色,先判一饮醉如泥②。

【题解】

诗人想象此刻草堂荒凉之景象。浣花溪畔的沙滩上寒竹掩映,菱刺、藤萝梢紧紧纠缠在一起,咫尺之间也会让人迷路,所以往来的客人常常为找不到出入的路口而发愁,就连此地的居民也时时分不清东西南北。草堂里的书签和药包无人翻动,想必早已被蜘蛛网封了起来。前来访问的客人,因无人接待怅然而归。如果我回到草堂尚未清理好庭院,而你就已经前来,只要严公你愿意坐在荒庭的青草上,那么就让我们先喝一个烂醉如泥。

【注释】

①菱:一作"橘"。

②岂:一作"肯"。春草:一作"新月"。判:豁出去,不顾惜。《后汉书·周泽传》:"时人为之语曰:生世不谐作太常妻,一岁三百六十日,三十五十九日斋。"李贤注:"《汉官仪》此下云:一日不斋醉如泥。"

【汇评】

单复《读杜诗愚得》卷一〇:言成都草堂之幽僻。次联接次句"咫尺迷"而言。三四联承首句"浣花溪",言虽书签药裹为蛛网所封,然野店山桥可通车马,严公肯来草堂,藉春色而一醉乎?

仇兆鳌《杜诗详注》卷一三:三章,写故园荒芜之状。上四花溪,下四草堂。竹映水,故见沙碧。咫尺迷,起下二句。蛛网久封,马蹄空送,堂中阒无人迹矣。

边连宝《杜律启蒙》七言卷二:前两章,皆极言归兴之浓,此首却说草堂榛芜,于中间作一宕,以为章法。末联即已转过,言不嫌荒寂,可先一醉,以徐俟他日之修理耳,故下章遂言修理之事。上四,是草堂之外,花溪之内。书签药裹,又从草堂之内写一句;野店山桥,又从花溪之外写一句,先中间而后两头也。

其四

常苦沙崩损药栏,也从江槛落风湍。新松恨不高千尺,恶竹应须斩万竿①。生理只凭黄阁老,衰颜欲付紫金丹②。三年奔走空皮骨,信有人间行路难。

其四则寄厚望于严武。以前居住在草堂时,我经常为沙滩崩坏了药圃的栏杆而苦恼,面对大风急流一再损坏江边的护栏也无可奈何。新近栽种的松树恨不得让它们一下子能长千尺之高,那些到处乱窜的竹子真应该砍掉一万竿。这次重回草堂,此后全家的生计就只有依靠你这位黄门侍郎了,至于我衰老的容颜恐怕需要依赖返老还童的紫金丹了。三年来奔走在梓州、阆州、绵州等地,疲惫得只剩下这副皮包骨,如今才真正体会到人间行路实在太艰难了。

【注释】

①高:一作"长"。

②颜:一作"容"。付:一作"赴"。紫金丹:道家丹药,据说可以返老还童。

【汇评】

仇兆鳌《杜诗详注》卷一三:四章,言故园虽芜,而严公可依。上四叙景,下四叙情。药栏、江槛,昔所结构者。新松、恶竹,昔所栽薙者。谋生驻颜,俱藉严公,庶从前奔走艰难,得以休息耳。五、六自伤贫老,作望严之词,严盖雅好服食,故着"金丹"句。

边连宝《杜律启蒙》七言卷二:药栏在内,江槛在外,江槛已落风湍,势必沙崩而药栏损,此其所当修葺者也。新松未茂,恶竹须除,此其所当栽培者也。至于饔飧之计,但凭严公;衰暮之年,欲付大药,将以栏槛松竹之间,为栖真养性之所矣。盖以三年奔走,皮骨空存,行路之难如此。故于栏槛松竹之间,求一枝之安以为休息之地也。

其五

锦官城西生事微,乌皮几在还思归①。昔去为忧乱兵入,今来已恐邻人非。侧身天地更怀古,回首风尘甘息机。共说总戎云鸟阵,不妨游子芰荷衣②。

【题解】

第五首总结组诗,称颂对方。锦官城西的草堂,其实并没有多少赖以生存的产业,只是忘不了曾经倚靠的乌皮几而不免思归。前年离开成都时担心乱兵的侵害,如今回归又害怕邻舍换了主人。我惊恐不安地活在世上,不由更加怀念过去那太平的日子。回想起在风尘中奔波的惨状,我甘心退隐,与世无争。大家都说严公你节度众兵,素怀韬略,能确保蜀地平安,我这个异乡之人,不妨留在这里做个隐士过过悠闲的生活。

【注释】

①锦官城西生事微:一作"锦官生事城西微"。官,一作"馆"或"里"。乌皮几:乌羔皮所裹之几,一说为髹漆器。

②云鸟阵:《太平御览》卷三〇一引《太白阴经》:"黄帝设八阵之形……鸟云乌翔,火也。"又"飞龙、虎翼、鸟翔、蛇盘为四奇阵,天、地、风、云为四正阵。"《楚辞·离骚》:"制芰荷以为衣兮,集芙蓉以为裳。"

【汇评】

王嗣奭《杜臆》卷五:五作意极条达,词极稳称,都是真人真话,诗只应如此。

仇兆鳌《杜诗详注》卷一三:杜律如《秋兴》八首,《诸将》《古迹》诸首,虽叠章联络,而语无重复,故其气骨丰神,俊迈不群。若《寄严公》五首,意思颇嫌重出,盖赴草堂只是一事,寄严公只是一人,缕缕情绪,终觉言之繁絮耳。但就其各章铺叙,自有层次。首章言严公书札,次章言荆州赏新,三章言荒庭饮醉,四章以生理衰颜诉之,五章以生事息机告之。说得迢递浅深,条理井然,而前以剖符起,后以总戎结,文治武功,均望严公,又实喜溢于词气间矣。

(日本)津阪孝绰《杜律详解》卷中:前三章归兴飞扬,俱作快意语,笔机混瀁,兴会雄豪。后二章回思往事,追说愁苦,体亦虚松荡漾。而末作对结以终,格局自不雷同,可见变化手段也。

春　归

　　苔径临江竹,茅檐覆地花。别来频甲子,归到忽春华①。倚杖看孤石,倾壶就浅沙。远鸥浮水静,轻燕受风斜。世路虽多梗,吾生亦有涯。此身醒复醉,乘兴即为家②。

【题解】

　　草堂一别,岁月悠悠,归来时春光满眼。屋檐下的地面覆盖着野花,通向江边竹林的小径长满了青苔。拄着拐杖,顺着小径来到江边欣赏孤石,在浅浅的沙滩上倾壶自饮自酌。远处江面上有水鸟静静地浮着,空中有轻盈的燕子倾斜着划过。世道艰难,我的生涯也是有限的,还是与世浮沉,酣饮沉醉,兴之所至,随处为家吧。

【注释】

　　①归到:一作"倏忽"。忽:一作"又"。

　　②此身:一作"且应"。为:一作"归"。

【汇评】

　　王夫之《唐诗评选》卷三:用古句极不易得味,如"吾生亦有涯"则意致不穷,人莫知其用古。

　　唐汝询《唐诗解》卷四八:子美构草堂于成都,已而去之阆,闻严武复镇蜀,因还旧居而有是作也。檐径如故,花竹纷然,正以别久而年华变也。春色既佳,聊移壶沙上,玩赏适情,岂可因世路多阻,苦我有限之生哉。姑复纵饮自宽,就此异乡为家耳。

　　刘濬《杜诗集评》卷一三引吴农祥曰:着眼高,不为题所缚。

归　来

客里有所过,归来知路难①。开门野鼠走,散帙壁鱼干。洗杓开新酝,低头拭小盘②。凭谁给曲糵,细酌老江干③。

【题解】

诗写杜甫乍归草堂的情景。客居成都,三年来又奔波于梓州、阆州等地,真可谓客中作客,今日归来方深知行路的艰难。打开家门,但见老鼠慌忙逃走;翻开书卷,里面的蠹虫早已干瘪。洗净杓子舀出新酿的美酒,低头擦拭装菜的小盘子。这种惬意洒脱,大不同于寄人篱下的拘谨,只是以后有谁能提供酿酒的曲糵,使我得以细酌慢饮终老于浣花溪边。

【注释】

①过:一作"适"。
②开:一作"斟"。拭小盘:一作"着小冠"。
③糵:原作"蘖",据他本改。

【汇评】

仇兆鳌《杜诗详注》卷一三引《杜臆》:此诗首尾照应,中间次第。初到开门,既而散帙,既而斟酝,既而拭盘,此其次第也。唯客里往来,苦行路艰难,故思耽曲糵以送老江干,此其照应也。小盘以盛下酒之物,低头而拭,尘垢多,须细视也。若作小冠,于上下不伦矣。

金圣叹《唱经堂杜诗解》卷二:客里难,故有所适。不料所适难上又难,于是归来而吟。而后客里之难,遂更无救路也。更开门别适乎?抑闭门散帙乎?开门别适,则见野鼠乱走,彼亦不审何往,我亦不审何往;若闭门散帙,则见壁鱼干朽,彼先枵腹以死,我将稿顶(按:"稿"通"槁","顶"疑当作"项")继之。于此于彼,何去何从,其难真不可再说也。

草　堂

昔我去草堂，蛮夷塞成都。今我归草堂，成都适无虞①。请陈初乱时，反覆乃须臾②。大将赴朝廷，群小起异图。中宵斩白马，盟歃气已粗③。西取邛南兵，北断剑阁隅。布衣数十人，亦拥专城居④。其势不两大，始闻蕃汉殊。西卒却倒戈，贼臣互相诛⑤。焉知肘腋祸，自及枭镜徒⑥。义士皆痛愤，纪纲乱相逾。一国实三公，万人欲为鱼⑦。唱和作威福，孰肯辨无辜。眼前列杻械，背后吹笙竽⑧。谈笑行杀戮，溅血满长衢。到今用钺地，风雨闻号呼。鬼妾与鬼马，色悲充尔娱⑨。国家法令在，此又足惊吁。贱子且奔走，三年望东吴。弧矢暗江海，难为游五湖⑩。不忍竟舍此，复来薙榛芜。入门四松在，步屧万竹疏。旧犬喜我归，低徊入衣裾。邻舍喜我归，沽酒携胡芦⑪。大官喜我来，遣骑问所须⑫。城郭喜我来，宾客隘村墟⑬。天下尚未宁，健儿胜腐儒。飘飘风尘际，何地置老夫⑭。于时见疣赘，骨髓幸未枯⑮。饮啄愧残生，食薇不敢余⑯。

【题解】

诗人初归草堂，对三年来的逃难生活进行了反思和总结，"以草堂去来为主，而叙西川一时寇乱情形，并带入天下，铺陈终始，畅极淋漓，岂非诗史"（杨伦《杜诗镜铨》卷一一）。首四句为总冒，概括他因成都之乱而离开草堂，又因成都无忧而回归草堂。以下十六句叙述西川兵马使徐知道勾结羌兵作乱的情形，可补史料之阙。前年的那次兵变来得突然，严武刚刚被召回朝廷，这帮宵小之徒就乘机图谋不轨。他们在半夜里斩杀白马，歃血为盟，气焰嚣张，勾结邛州以南的羌兵以虚张声势，阻断剑阁要道以抗拒长安王师。几十个本无一官半职的布衣，一跃而成为所谓的"刺史""县令"。

不久叛军出现蕃、汉相争而自相残杀,徐知道没有想到祸起肘腋,他这个忘恩负义的恶人被部下李忠厚所杀。其次十六句写乱军残民为乐,志士深感悲愤。徐知道一死,手下头领各行其是,竞相作威作福,根本不在意平民的死活。他们滥杀百姓,寻欢作乐,大街上溅满了无辜者的鲜血,至今风雨之际还可以听见怨鬼的号哭。被害者的妻妾,还得强忍悲色,供他们娱乐。出现这样的惨剧,实在令人震惊,不知大唐法令何在。其次十六句写诗人之逃难与回归。三年来,诗人转徙于梓州、阆州等地,曾计划前往东吴,只是因为那里也有战争而未能成行。他不忍心舍弃浣花草堂,于是回来重整庭院,清除杂草,与松竹为伴。旧犬喜其久别而归,依恋徘徊于身旁;邻里携带美酒,前来接风洗尘;严武也专门派来使者,探问有何需求。前来看望的人非常之多,挤满了整个村庄。最后八句痛定思痛,抒发感想。在这时局动荡、国无宁日之际,一介腐儒还不如一个健卒有用。诗人深感长年累月地四处漂泊,居无定所,简直就是一个多余之人。今日回到草堂,只求一饮一啄,安度余生,哪怕是采薇而食也心满意足。

【注释】

①成:一作"此"。

②初乱:指宝应元年七月,徐知道叛乱初起。须臾:一作"斯须"。

③斩白马:古人杀白马以为盟誓。《战国策·赵策》:"(苏秦)令天下之将相相与会于洹水之上,通质,刑白马以盟。"盟歃:歃血为盟。

④专城居:太守、刺史一类的地方长官。《陌上桑》:"三十侍中郎,四十专城居。"诗句原有注:"即杨子琳、柏贞节之徒。"

⑤西卒:指李忠厚所率邛南之羌兵。却倒戈:一作"倒干戈"。互相诛:指徐知道与李忠厚互相残杀。

⑥枭镜:传说中食父母的禽兽。《汉书·郊祀志》:"祠黄帝用一枭、破镜。"孟康注:"枭,鸟名,食母。破镜,兽名,食父。黄帝欲绝其类,使百吏祠皆用之。破镜如貙而虎眼。"

⑦《左传·僖公五年》:"一国三公,吾谁适从。"《左传·昭公元年》:"微禹,吾其鱼乎。"

⑧列:一作"引"。杻械:刑具。《博雅·释室》:"杻谓之梏,械谓之桎。"

⑨鬼妾：一作"人妾"。仇兆鳌注引赵次公曰："已杀其主而夺之，故谓之鬼妾鬼马，如匈奴以亡者之妻为鬼妻也。"

⑩弧矢：弓箭，喻战乱。五湖：江苏太湖一带。

⑪邻舍：一作"邻里"。携胡芦：一作"提楛壶"。《世说新语·简傲》载，陆士衡初入洛，诣刘道真。刘性嗜酒，礼毕，初无他言，惟问："东吴有长柄壶卢，卿得种来否？"

⑫喜：一作"知"。

⑬喜：一作"知"。隘：一作"溢"。

⑭飘飘：一作"飘飘"。风尘：一作"尘埃"。置：一作"致"。

⑮见：一作"是"。疣赘：肉瘤，喻无用之物。《庄子·大宗师》："彼以生为附赘悬疣。"

⑯《庄子·养生主》："泽雉十步一啄，百步一饮，不蕲畜乎樊中。"

【汇评】

陈沆《读杜随笔》卷下：此诗序述其事，似一篇重来草堂记序。盖仿太史公《史记》序事体，直书其事而以韵语出之，开后来《诸将》《八哀》《往昔》《壮游》诸体体格。有意垂世，独出心裁，故词不厌详，语不修饰。

吴瞻泰《杜诗提要》卷三："旧犬"数语化用《木兰诗》，妙在旧犬偏写在人前，令人闻之且痛且哭。末八句足归草堂之情，无限伤心刺骨，而语意却极温和。此不袭乐府之貌而深得乐府之神者也。

刘濬《杜诗集评》卷三引李因笃曰：丧乱之悲，吏卒之惨，如绘图而观。深于痛哭，而词亦太杂。

题桃树

小径升堂旧不斜，五株桃树亦从遮。高秋总馁贫人实，来岁还舒满眼花①。帘户每宜通乳燕，儿童莫信打慈鸦。寡妻群盗非今日，天下车书正一家②。

【题解】

杜甫重归草堂,见昔日栽种之桃树郁郁葱葱,生发出对未来生活的美好憧憬。当日在庭前所栽种的五株桃树,如今枝叶茂密。从院中进入堂屋的小径,因为要躲避桃树也变得歪歪斜斜。到了秋天,桃树能提供充饥的果实;来年春天,它们还将开满桃花。我应该打开门窗,让乳燕自由通行;也会提醒小孩,不要任意扑打哺雏的慈鸦。天下大乱,群盗横行,就会使寡妻变多;如今社会渐趋安定,天下一统的太平岁月即将来临。

【注释】

①餧:一作"馈"。

②正:一作"已"。《礼记·中庸》:"今天下车同轨,书同文。"

【汇评】

黄生《杜工部诗说》卷九:此亦漫兴之作,人不能学,亦不可学。襄嫌此诗意甚散漫,结又作头巾语,不知惟此题入此语乃觉化腐为奇。而漫兴之篇,正是花鸟所深愁耳。观其思深意远,忧乐无方,寓民胞物与之怀于吟花看鸟之际,其材力虽不可强而能,其性情固可感而发。不得其性情,而肤求之字句,宜杜诗之难读也。

吴瞻泰《杜诗提要》卷一一:此杜公一首道学诗,平生经济,皆具于此,可作张子厚《西铭》读,然却无甚理学气。

范廷谋《杜诗直解》七律卷一:此诗之兴体,偶借桃树以起兴,于小题中抒写大胸襟大道理。通首八句,因桃树而念及贫人,因贫人而念及禽鸟,而遂及寡妻群盗,仁民爱物之心一时俱到。公之性情、经济具见于此,勿认作咏物诗。

四　松

四松初移时,大抵三尺强。别来忽三岁,离立如人长。会看根不拔,莫计枝凋伤。幽色幸秀发,疏柯亦昂藏①。所插小藩篱,本亦有堤防。终然振拨损,得愧千叶黄②。敢为故林主,黎庶犹未康。避贼今始归,春草满空堂。览物叹衰谢,及兹慰凄凉。清风为我起,洒面若微霜。足以送老姿,聊待偃盖张③。我生无根蒂,配尔亦茫茫。有情且赋诗,事迹可两忘④。勿矜千载后,惨淡蟠穹苍。

【题解】

杜甫回到草堂,见到昔日手植四棵小松颇有感触。当初把这四棵松树刚刚移植到草堂时,它们不过三尺多高,别后一晃三年,这会儿并排而立,长成大人一般高了。原先只希望它们不会被连根拔起就已经心满意足,没想到现在清幽秀发,枝叶伸展,气势不凡。我曾经给它们插了小篱笆,筑起了土堰,但还是免不了遭受碰撞,看到满地的黄叶真让人揪心。当时我哪敢再做园林的主人,天下的百姓都无法安生,我也东躲西藏,直到今天才得以归来。草堂衰败的景物,增添了我暮年的伤感;四棵松树的勃勃生机,却使我得到了慰藉。它们送来了阵阵清风,吹到脸上仿佛微霜贴面。这四棵松树免除了我老年的寂寞,姑且让我耐心等待它们长成如盖的大树吧。不过我一生漂泊不定,能否守住它们寸步不移,实在也难说。如果心中有所感怀,那就去观赏作诗吧,不要计较未来的烦恼,更不必矜羡千年后四松的高摩苍穹。

【注释】

①幸:一作"会"。亦:一作"已"。昂藏:气宇轩昂。

②振:触碰。谢惠连《祭古冢文》:"以物枨拨之,应手灰灭。"愧:一作"愧"。

③足以送老姿:一作"足为送老资"。待:一作"将"。

④可两:一作"两可"。

【汇评】

吴瞻泰《杜诗提要》卷三:前半黏题,后半渐脱。低昂反复,自悲自慰。后半凡四转,须看他转句硬强,为人百思不到处。"敢为故林主,黎庶犹未康",极小题目,忽作极大胸怀,尤奇杰。

乔亿《杜诗义法》卷上:子美赋物,往往自抒怀抱,况四松在草堂为手植耶? 流连感叹,倍觉情殷。

水　槛

苍江多风飙,云雨昼夜飞。茅轩驾巨浪,焉得不低垂。游子久在外,门户无人持。高岸尚为谷,何伤浮柱欹①。扶颠有劝诫,恐贻识者嗤②。既殊大厦倾,可以一木支。临川视万里,何必栏槛为。人生感故物,慷慨有余悲。

【题解】

杜甫重归草堂,四处察看,见水槛摇摇欲坠而有此作。水榭临江,下支以柱,锦江多有风暴,大雨常昼夜不息,怎能不倾斜欲倒? 何况我长期避乱在外,家中无人主持,草亭又得不到及时修葺。想想高岸尚且会变成深谷,我又何必为水榭浮柱倾欹而感伤呢? 古人劝诫要扶颠,我若把整修水榭视为扶颠,定然会被有识者所嗤笑,因为水榭的歪斜不同于大厦的倾塌,它只需一根木头支撑起来就行了。其实水槛是可有可无的,没有了水槛,似乎在江面上可以看得更远。只不过人对旧物都是有感情的,看见水槛损坏,心中难免感慨万端。

【注释】

①为:一作"如"。《诗·小雅·十月之交》:"高岸为谷,深谷为陵。"浮柱:承梁之柱。

②《论语·季氏》:"危而不持,颠而不扶,则将焉用彼相者矣。"

【汇评】

浦起龙《读杜心解》卷一之四:前八句言槛坏,后八句言修槛。每八句又三层曲折。

翁方纲《杜诗附记》卷上:一句一转,所谓一唱有三叹。

鲁一同《鲁通甫读书记》：清转百折，极老极熟之境。意多词简，笔笔转侧，语语筋节。

破　船

平生江海心，宿昔具扁舟。岂惟青溪上，日傍柴门游。苍惶避乱兵，缅邈怀旧丘①。邻人亦已非，野竹独修修。船舷不重扣，埋没已经秋。仰看西飞翼，下愧东逝流。故者或可掘，新者亦易求。所悲数奔窜，白屋难久留。

【题解】

杜甫至江边，见昔日所坐之小船破败深埋于淤泥，感而赋诗。我平生有远游江海的夙愿，往日准备扁舟将以远行，岂止是为了在家门口整日游玩而已？后来因为躲避战乱而仓皇离去，在远方依然难忘草堂。此番归来，邻居非死即走，大异于当日，唯独野竹如故。这艘小船深埋中泥中，已经一年有余，无法再坐着它遣兴遨游、扣弦而歌。旧船也许可以挖出来修理，即使一艘新船也容易寻求，但我既不能如鸟之高飞，也不能似水之东流。我所悲伤的是长年流窜，连草堂都难以久留，哪里还奢望遨游江海。

【注释】

①苍：一作"怆"。惶：一作"皇"。缅邈怀：一作"缅怀邈"。

【汇评】

王嗣奭《杜臆》卷六：仓惶避乱，既不能如鸟高飞；缅怀旧丘，又不能随川而东逝，愧负素心矣。故者可掘，新亦易求，具舟何难！直以奔窜之频，白屋不能久住，而何有于扁舟？所以悲也。

浦起龙《读杜心解》卷一之四：起四，述具船之由；中八，述归来船坏；末四，述不修之故。

过南邻朱山人水亭①

相近竹参差,相过人不知。幽花欹满树,小水细通池②。归客村非远,残樽席更移。看君多道气,从此数追随。

【题解】

浣花溪草堂南边住着一位姓朱的隐士,杜甫应邀前去其家水亭饮酒而作此诗。两家竹林相接,水亭就在竹林旁边,从参差的竹林中往来,外人无法察觉。亭旁的小树上开满了朵朵小花,亭下的细水弯弯曲曲流向水池。两人住得近,回家没有几步路,所以不妨喝完一顿酒挪个地方继续喝,直到尽兴为止。我看朱山人你身上有股子仙气,以后会经常来拜访你。

【注释】

①朱山人:即杜甫《南邻》诗中所云"锦里先生乌角巾"。

②小水细通池:一作"细水曲通池"。

【汇评】

浦起龙《读杜心解》卷三之二:最爱起二句,萧然尘外,又确是村舍往还之趣。"村非远",不妨稍晚也。"席更移",堪与尽兴也。其于朋情厚矣,所谓"多道气"者也。然"道气"字阔绰,不止于上所云。

杨伦《杜诗镜铨》卷一一:前半写地,后半写人。想见幽居素心之乐,字字有余味。

刘濬《杜诗集评》卷八:淡淡写来,正见胸中一片活波,触目即拈出。

登　楼

花近高楼伤客心,万方多难此登临。锦江春色来天地,玉垒浮云变古今①。北极朝廷终不改,西山寇盗莫相侵。可怜后主还祠庙，日暮聊为梁甫吟^②。

【题解】

在这国事艰难、万方多难的时刻，我登上了成都的高楼。楼前花儿开得正鲜艳，我心中却一片凄凉。锦江春水荡漾，日夜流淌，亘古不变；玉垒山屹然耸立，山顶飘浮的白云忽聚忽散，变幻不定如古往今来的人事。大唐王朝的命运，就如同那北极星一样终究无法改易，奉劝西山的寇盗最好不要前来侵扰。令人叹息的是宠信宦官、昏庸误国的蜀汉后主刘禅，至今还在祠堂里享受着后人的祭祀。不知不觉到了黄昏，我同隐居时的诸葛亮那样开始吟诵《梁甫吟》。

【注释】

①色来：一作"水流"。春色来天地：一作"春水沁天地"。玉垒：山名，在今四川都江堰岷江东岸。

②后主：蜀汉后主刘禅。其祠庙原在武侯祠东。《三国志·蜀书·诸葛亮传》："亮躬耕陇亩，好为《梁父吟》。"

【汇评】

仇兆鳌《杜诗详注》卷一三：上四登楼所见之景，赋而兴也。下四登楼所感之怀，赋而比也。以天地春来，起朝廷不改，以古今云变，起寇盗相侵，所谓兴也。时郭子仪初复京师，而吐蕃又新陷三州，故有"北极""西山"句，所谓赋也。代宗任用程元振、鱼朝恩，犹后主之信黄皓，故借祠托讽，所谓比也。《梁父吟》，思得诸葛以济世耳。伤心之故，由于多难。而多难之事，于后半发明之。其辞微婉而其意深切矣。

又引王嗣奭曰：首联写登临所见，意极愤懑而词犹未露，此诗家急来缓受之法。"锦江""玉垒"二句，俯视弘阔，气笼宇宙，人竟赏之，而佳不在是，止作过脉语耳。北极朝廷，如锦江春色，万古常新，而西山寇盗，如玉垒浮云，倏起倏灭。结语忽入后主，深思多难之故，无从发泄，而借后主以泄之。又及《梁甫吟》，伤当国无诸葛也，而自伤不用亦在其中。不然，登楼对花，何反作伤心之叹哉。

又引朱瀚曰：俯视江流，仰观山色，矫首而北，矫首而西，切登楼情事。

又矫首以望荒祠,因念及卧龙一段忠勤,有功于后主,伤今无是人,以致三朝鼎沸,寇盗频仍,遂彷徨徙倚,至于日暮,犹为《梁父吟》而不忍下楼,其自负亦可见矣。

奉寄高常侍①

　　汶上相逢年颇多,飞腾无那故人何。总戎楚蜀应全未,方驾曹刘不啻过②。今日朝廷须汲黯,中原将帅忆廉颇。天涯春色催迟暮,别泪遥添锦水波③。

【题解】

　　广德二年三月,高适被朝廷召回,任刑部侍郎、散骑常侍,杜甫写诗寄赠。自从早年与你在齐鲁汶水之上相逢,至今颇有些年头了。你如此飞黄腾达,我真是望尘莫及。你先后在楚、蜀两地为官,担任淮南、剑南西川节度使,尚未充分展示你的武略;至于你的文采,说来与曹植、刘桢并驾齐驱也不为过。如今朝廷正需要西汉汲黯那样直言切谏的官员,这应该就是你被召回的缘由,而中原也一直在思念你这位廉颇一样的帅才。你的远去,使我这个流落天涯的迟暮之人更加凄凉,那伤别的眼泪不断落下,让锦江之水也更添波澜。

【注释】

①诗题一作"寄高三十五大夫"。
②驾:一作"价"。曹刘:曹植、刘桢。
③催:一作"摧"。

【汇评】

　　仇兆鳌《杜诗详注》卷一三:此为高适入朝,寄诗以赠之也。上四称常侍才略,是从前事。下四惜常侍还京,是目前事。

　　刘濬《杜诗集评》卷一一引李因笃曰:语语沉着,咀之有味。

寄邛州崔录事^①

邛州崔录事,闻在果园坊^②。久待无消息,终朝有底忙。应愁江树远,怯见野亭荒。浩荡风烟外,谁知酒熟香^③。

【题解】

邛州录事参军崔某适在成都,杜甫写诗邀请他到草堂。邛州的崔录事,听说你现在住在成都果园坊。不知道你整天在忙些什么,我久久等不到你来访的消息。莫非是觉得草堂太偏远,害怕看见这里荒凉的景象?这里远离尘世,所酿的酒熟了,正香气袭人,你还是前来尝一尝吧。

【注释】

①邛州:州治在今四川邛崃市。

②诗句原有注:"坊名。在成都。"

③烟:一作"尘"。

【汇评】

(朝鲜)李植《纂注杜诗泽风堂批解》卷一三:柬寄之作,直致平说,而自有纡余曲折,别是一体。

边连宝《杜律启蒙》五言卷五:此因录事之不见访而戏诘之也。江树而愁其远,野亭而怯其荒。碌碌风尘,而不知酒熟之香,录事其俗客欤?故嘲之如此。

王录事许修草堂赀不到聊小诘

为嗔王录事,不寄草堂赀。昨属愁春雨,能忘欲漏时。

王录事答应资助杜甫修葺草堂,杜甫等钱不到,以诗代札,前去催促。我要责怪你王录事,为何还不把修葺草堂的资金寄来呢?前些日子你还担心我会被春雨困扰,难道现在就忘了我的草堂会漏雨吗?

【汇评】

仇兆鳌《杜诗详注》卷一三:此以短章代手札。嗔录事,乃戏词。下二句作诘词,谓既愁我雨,岂遂忘我漏乎。

夏力恕《杜诗增注》卷一一:一时戏简,后人不忍弃掷耳,学者不必效颦,以为真杜耶。

归　雁

东来万里客,乱定几年归①。肠断江城雁,高高正北飞②。

【题解】

我从中原来到万里之外的蜀中,虽说眼下洛阳一带战乱已经平息了,但仍不知道什么时候可以回到故乡。仰望着江城上向北高飞的大雁,不禁肝肠寸断。一说诗中的“万里”,指成都的万里桥。

【注释】

①东:一作“春”。定:一作“走”。
②正:一作“向”。

【汇评】

仇兆鳌《杜诗详注》卷一三:此是托物以寓意。东来客,赴成都。几年归,念长安。见江雁北飞,故乡思弥切耳。

刘濬《杜诗集评》卷一五:吞吐妙。若一倒置,便不成诗。

绝句二首

其一

迟日江山丽,春风花草香①。泥融飞燕子,沙暖睡鸳鸯。

【题解】

春日溶溶,春风骀荡,花草飘香,江山秀丽。泥土解冻而松软,燕子飞来飞去,衔泥筑巢。沙滩被春日晒得越来越暖和,鸳鸯交颈而眠于其上。

【注释】

①迟日:春日。《诗·豳风·七月》:"春日迟迟,采蘩祁祁。"

【汇评】

罗大经《鹤林玉露》乙编卷二:或谓此与儿童之属对何以异。余曰:不然。上二句,见两间莫非生意;下二句,见万物莫不适性。于此而涵泳之,体认之,岂不足以感发吾心之真乐乎。

仇兆鳌《杜诗详注》卷一三:此章言春景可乐。摹写春景,极其工秀,而出语浑成,妙入化工矣。"丽"字、"香"字,眼在句底。"融"字、"暖"字,眼在句腰。……此诗皆对语,似律诗中幅,何以见起承转阖?曰:江山丽而花草生香,从气化说向物情,此即一起一承也。下从花草说到飞禽,便是转折处,而鸳、燕却与江山相应,此又是收阖法也。范元实《诗眼》曾细辨之。

其二

江碧鸟逾白,山青花欲燃。今春看又过,何日是归年。

【题解】

江水碧绿,使鸟儿的羽毛显得更加洁白;山色青青,更显得山花如火一样鲜红。眼看着春天就又这样过去了,不知什么时候才能返回故乡。

【汇评】

仇兆鳌《杜诗详注》卷一三引周甸曰:江山花鸟,著眼易过,身在他乡,归去无期,所触皆成愁思矣。前首全属咏景,此则对景言情。前是截五律中四,此是截五律下四。

吴冯栻《青城说杜》:初读是春日极富丽语,细读是穷客极悲酸语,直至次首结,方明说出,悲在一"又"字,见不止今春为然。

寄司马山人十二韵

关内昔分袂,天边今转蓬。驱驰不可说,谈笑偶然同。道术曾留意,先生早击蒙。家家迎蓟子,处处识壶公①。长啸峨嵋北,潜行玉垒东。有时骑猛虎,虚室使仙童②。发少何劳白,颜衰肯更红。望云悲辙轲,毕景羡冲融③。丧乱形仍役,凄凉信不通④。悬旌要路口,倚剑短亭中。永作殊方客,残生一老翁。相哀骨可换,亦遣驭清风⑤。

【题解】

诗写给一位姓司马的隐士。杜甫与他早年相识,如今同处蜀中,世乱身衰,感喟良多。自从昔日在长安分手之后,至今我还如飞蓬一般在天边漂泊。一路流浪的艰辛可谓一言难尽,能够在蜀地重逢实为侥幸。司马山人你的道术令人仰慕,高明如蓟子训、壶公,此时又来到峨嵋山一带修行。早年我也曾受到你的启发,留心道术,如今容颜衰老,头发稀少,学道无成,整日战战兢兢,为生活而奔波挣扎,说不定还要老死他乡,埋骨异地。我真希望能够化去凡胎,摆脱尘累,驭风而行。

【注释】

①《后汉书·方术传》载,费长房为市吏,有卖药老翁悬一壶于肆,市罢

辄跳入壶中。长房异之,因往再拜,同入此壶。

②《洞冥记》卷一载,东方朔出遇一苍虎,息于道旁,朔便骑虎而还。《庄子·人间世》:"瞻彼阕者,虚室生白,吉祥止止。"

③辚轲:道路不平,喻人生曲折多艰或不得志。毕景:落日日影已尽,喻人之暮年。

④陶渊明《归去来兮辞》:"既自以心为形役,奚惆怅而独悲。"

⑤《汉武帝内传》:"气化血,血化精,精化液,液化骨。行之不倦,神精充溢。为之一年易气,二年易血,三年易精,四年易脉,五年易髓,六年易骨,七年易筋,八年易发,九年易形。"《庄子·逍遥游》:"列子御风而行,泠然善也。"

【汇评】

吴瞻泰《杜诗提要》卷一三:总起总收,于中截分两段,格律庄整。前段写山人具仙风道术,后段写己欲脱胎换骨,故著白发、颜红、役形、残生,一派悲愤语。横插"悬旌要路"二句,见当道无一援手,惟望山人见哀,施其换骨之术,遣我驭风而行,盖无聊之极思也,而用笔幻甚。发少而曰"何劳白",发尽白也;颜衰而曰"肯更红",颜不红也。至末忽欲并骨换去,奇思乱想,极行文变化跌宕之妙。

刘濬《杜诗集评》卷一三引李因笃曰:诗有英雄之度,寄山人最合。

赠王二十四侍御契四十韵①

往往虽相见,飘飘愧此身。不关轻绂冕,俱是避风尘②。一别星桥夜,三移斗柄春③。败亡非赤壁,奔走为黄巾。子去何潇洒,余藏异隐沦。书成无过雁,衣故有悬鹑。恐惧行装数,伶俜卧疾频。晓莺工迸泪,秋月解伤神。会面嗟黧黑,含凄话苦辛。接舆还入楚,王粲不归秦④。锦里残丹灶,花溪得钓纶。消中只自惜,晚起索谁亲⑤。伏柱闻周史,乘槎有汉臣⑥。鹓鸿不易狎，龙虎未宜驯。客则挂冠至，交非倾盖新。由来意气合，直取性情真。浪迹同生死，无心耻贱贫。偶然存蔗芋，幸各对松筠。粗饭依他日，穷愁怪此辰。女长裁褐稳，男大卷书匀。灕口江如练，蚕崖雪似银⑦。名园当翠巘，野棹没青蘋。屡喜王侯宅，时邀江海人⑧。追随不觉晚，款曲动弥旬。但使芝兰秀，何须栋宇邻⑨。山阳无俗物，郑驿正留宾⑩。出入并鞍马，光辉参席珍⑪。重游先主庙，更历少城闉⑫。石镜通幽魄，琴台隐绛唇。送终惟粪土，结爱独荆榛。置酒高林下，观棋积水滨。区区甘累趼，稍稍息劳筋。网聚粘圆鲫，丝繁煮细莼。长歌敲柳瘿，小睡凭藤轮⑬。农月须知课，田家敢忘勤。浮生难去食，良会惜清晨。列国兵戈暗，今王德教淳。要闻除猰㺄，休作画麒麟⑭。洗眼看轻薄，虚怀任屈伸。莫令胶漆地，万古重雷陈⑮。

【题解】

侍御王契辞官居蜀，与杜甫过从往来，杜甫作诗相赠。以往见面，总为自己的漂泊不定而惭愧，弃官来蜀也仅仅是为了躲避战乱。自从在七星桥分别，转眼三年过去了，三年之间，我依然为躲避战乱而四处逃难。当时你回朝做官何其潇洒，我避乱梓州却不同于隐居。整日逃难，衣服破烂如悬鹑；写好书信，也无法寄给你。在恐慌之中，我往来于梓州、阆州等地，贫病交加，闻晓莺而落泪，见秋月而伤心。重返草堂，故友都嗟叹我脸色黧黑，我也反复向他们倾诉奔波的苦辛，感叹自己恐怕很难重归中原。草堂里还残存着我当年炼丹的炉灶，浣花溪边也能找到我旧日垂钓之处，而身体却日渐衰朽。你为官之时曾有出使之事，如鹓鸿不易亲近，似龙虎不易驯服。你我本是故交，意气相投，此时你挂冠来蜀，可谓患难与共了。我这浣花溪边的草堂，能款待你的除了青松翠竹就只有幸存的甘蔗、芋芳了。粗茶淡饭我也习惯了，只是子女长大成人，令人发愁。你住在导江，灌口江水如练，蚕崖积雪似银，别墅掩映在翠绿的山峰，小船出没于青蘋，我这个落魄

837

江湖之人也经常被邀请前往,不知不觉就会在那里住上一旬。只要我们的交谊如芝兰,何必一定要比邻而居呢？我们一起出入少城,游览刘备庙,观石镜,登琴台,痛饮高林之下,观棋锦江之滨,网鱼浣花溪,长歌垂柳下,小憩藤枕上。农忙季节,农家怎敢不勤劳耕耘。人活着离不开食物,我不能继续游赏,要去劳作了。天下被兵戈搅得昏暗不堪,天子正以道德感化臣民。希望残害民众之人能被清除,朝臣不再有名无实。我将洗净眼睛细看世俗的轻薄丑态,襟怀宽广,心无所求。你我的友谊当如胶似漆,莫要让雷义、陈重专美于前。

【注释】

①据元结《别王佐卿序》,王契字佐卿,排行二十四,京兆(今陕西西安)人。

②俱是:一作"但是"。

③星桥:成都七星桥。斗柄:北斗七星之斗杓,即第五至第七星。《鹖冠子·环流》:"斗柄东指,天下皆春。"

④接舆:名陆通,春秋时楚国隐士。《论语·微子》:"楚狂接舆,歌而过孔子曰:'凤兮凤兮,何德之衰?'"

⑤消中:消渴疾,即糖尿病。消,一作"宵"。

⑥有:一作"似"。

⑦湔口:即灌口,都江堰泄水口。蚕崖:关名,在都江堰西北。

⑧邀:一作"逢"。

⑨须:原作"烦",据他本改。

⑩山阳:晋代县名,嵇康曾居于此,与向秀等作竹林之游。其地约在今河南修武。《汉书·郑当时传》载,郑当时字庄,常置驿马于长安诸郊,请谢宾客,夜以继日。

⑪参:一作"吞"。

⑫先主庙:刘备祠庙,与诸葛祠合庙,在成都南郊。

⑬长:一作"慨"。

⑭要:一作"安"。猰㺄:古代传说中的一种吃人的猛兽。《尔雅·释兽》:"猰㺄,类貙,虎爪,食人,迅走。"《朝野佥载》载,杨炯每目朝官为麒麟

楦,言如弄假麒麟,刻画头角,修饰皮毛,覆之驴上,巡场而走,及脱皮,还是驴耳。

⑮《后汉书·独行列传》载,陈重与雷义同为举辟,更相推让,乡里为之语曰:"胶漆自为坚,不如雷与陈。"

【汇评】

张溍《读书堂杜诗注解》卷一一:排律似此卷舒收放,一一如意,具有仙气。

汪灏《树人堂读杜诗》卷一三:公与侍御同以近侍罢官,穷途相依。篇中叙述别前晤后,两人交谊如见。

刘濬《杜诗集评》卷一三引李因笃曰:乱离会面之难,反复言之,然能逐段各出一意,闲处设色,格法最高。

黄河二首

其一

黄河北岸海西军,椎鼓鸣钟天下闻①。铁马长鸣不知数,胡人高鼻动成群。

【题解】

盛唐时期,朝廷曾在黄河北岸建有海西军,其时军容整肃,声势浩大,天下仰望。如今青海湖一带尽没于吐蕃之手,胡人铁骑成群,肆意往来。

【注释】

①海:此指青海。

【汇评】

仇兆鳌《杜诗详注》卷一三:此叹当时戍兵甚众,不能制吐蕃之横行。

其二

黄河西岸是吾蜀,欲须供给家无粟①。愿驱众庶戴君王,混一车书弃金玉。

【题解】

黄河是漕运的要道,蜀地独在偏僻的西南,河槽不通,西山三城粮食难以供给。希望臣民都拥戴君王,齐心协力,天下一统,弃奢华而尚敦朴。

【注释】

①西岸:一作"南岸"或"北岸"。吾:一作"故"。

【汇评】

仇兆鳌《杜诗详注》卷一三:此叹蜀人迫于军饷,故愿太平以纾民困。

丹青引 赠曹将军霸

将军魏武之子孙,于今为庶为清门。英雄割据虽已矣,文采风流今尚存。学书初学卫夫人,但恨无过王右军①。丹青不知老将至,富贵于我如浮云②。开元之中常引见,承恩数上南薰殿③。凌烟功臣少颜色,将军下笔开生面。良相头上进贤冠,猛将腰间大羽箭④。褒公鄂公毛发动,英姿飒爽来酣战⑤。先帝天马玉花骢,画工如山貌不同。是日牵来赤墀下,迥立阊阖生长风⑥。诏谓将军拂绢素,意匠惨淡经营中。斯须九重真龙出,一洗万古凡马空。玉花却在御榻上,榻上庭前屹相向。至尊含笑催赐金,圉人太仆皆惆怅⑦。弟子韩干早入室,亦能画马穷殊相。干惟画肉不画骨,忍使骅骝气凋丧。将军尽善盖有神,必逢佳士亦写真⑧。即今漂泊干戈际,屡貌寻常行路人。途穷反遭俗眼白,世上未有如公贫。但看古来盛名下,终日坎壈缠其身。

【题解】

曹霸是杜甫同时代的画家,在开元年间已负盛名,天宝末年官至左武卫将军,后因罪削职为庶人,安史之乱爆发后流落蜀中。杜甫用此诗概述了曹霸一生事迹,"此太史公列传也,多少事实,多少议论,多少顿挫,俱在尺幅中。章法跌宕纵横,如神龙在霄,变化不可方物"(杨伦《杜诗镜铨》卷一一引张愒庵语)。曹霸本是魏武帝曹操之后,继承了祖先的文采风流,最初学习卫夫人的书法,遗憾未能超过王羲之,后舍书攻画,专心致志,视富贵为浮云,不知老之将至。开元年间,他得到唐玄宗的器重,经常被召入皇宫。当时凌烟阁功臣图像,因年代久远而黯淡剥落,经曹霸修复描摹,人像焕然一新,栩栩如生,良相之儒雅与武将之威猛都被充分展示出来了。尤其是褒国公、鄂国公两幅画像给人印象深刻,他们俩英姿飒爽,须眉生动,似乎还在战场上厮杀。还记得唐玄宗当时有一匹玉骢马,众多画师都无法画出它的神韵,后来玄宗皇帝把它牵到御阶下,诏令曹霸作画。曹霸苦心经营,惨淡构思,一会儿就在画纸上展现出了真龙的神骏,使万古以来的凡马都为之一扫而空。由于画像太过逼真,似乎真有一匹马登上了御榻,与御阶下的马遥相对峙。玄宗见了十分高兴,催促侍从给予奖赏;那些马夫、车官也不无惊叹惆怅。曹霸有位弟子韩幹,画马虽然也能穷形尽相,却画不出马的神韵骨力。曹霸作画,往往如有神助,当时很少替人作画。如今流落蜀地,辗转异乡,贫穷无以为生,不得不为陌生人作画,经常还遭人白眼。自古以来,负有盛名之士往往潦倒困顿,这真令人慨叹。

【注释】

①张彦远《书法要录》卷八引张怀瓘《书断》:"卫夫人,名铄,字茂猗,廷尉展之女弟,恒之从女,汝阴太守李矩之妻也。隶书尤善,规矩钟公,……右军少尝师之。永和五年卒,年七十八。子充为中书郎,亦工书。"无:一作"未"。王右军:王羲之,曾为右军将军。

②《论语·述而》:"子曰:'女奚不曰其为人也,发愤忘食,乐以忘忧,不

知老之将至云尔。'"“不义而富且贵,于我如浮云。”

③中:一作"年"。《长安志》卷九:"南内兴庆宫内正殿曰兴庆殿,……前有瀛洲门,内有南薰殿,北有龙池。"

④《后汉书·舆服志》:"进贤冠,古缁布冠也,文儒者之服。"

⑤褒公:褒国公段志玄。鄂公:鄂国公尉迟敬德。两人皆为凌烟阁功臣。飒爽:一作"飒飒"。来:一作"犹"。

⑥迥:一作"复"。阊阖:天宫之门。

⑦《周礼·夏官》:"圉人,掌养马刍牧之事,以役圉师。"《汉书·百官公卿表》:"太仆,秦官,掌舆马。"

⑧尽:一作"画"。善:一作"妙"。必:一作"偶"。

【汇评】

黄生《杜工部诗说》卷三:诸题画诗,皆七言古神境,此首尤宛转跌荡。

吴瞻泰《杜诗提要》卷六:盛则数上南薰,图画功臣;衰则飘泊干戈,屡貌路人。一样写真,分作两番摹写,将人世荣枯之遇与时俗炎凉之态,两边对照,如灯取影,笔笔活现。

杨伦《杜诗镜铨》卷一一引邵沧来曰:写画人物却状其画功臣,写画马却状其画玉花骢,难貌者已有神,而常人、凡马更不待言。乃前画功臣、御马,能令至尊含笑;后画行路常人,反遭俗子白眼,有无限感慨。然曹惟浮云富贵,则虽贫贱终身,亦足以自慰耳。

韦讽录事宅观曹将军画马图歌①

国初已来画鞍马,神妙独数江都王②。将军得名三十载,人间又见真乘黄③。曾貌先帝照夜白,龙池十日飞霹雳④。内府殷红马脑盘,婕妤传诏才人索⑤。盥赐将军拜舞归,轻纨细绮相追飞⑥。贵戚权门得笔迹,始觉屏障生光辉。昔日太宗拳毛𫘝,近时郭家师子花⑦。今之新图有二马,复令识者久叹嗟。此皆战骑一敌万,缟素漠漠开风沙。其余七匹亦殊绝,迥若寒空动烟雪⑧。霜蹄蹴踏长楸间,马官厮养森成列。可怜九马争神骏,顾视清高气深稳。借问苦心爱者谁,后有韦讽前支遁⑨。忆昔巡幸新丰宫,翠华拂天来向东。腾骧磊落三万匹,皆与此图筋骨同。自从献宝朝河宗,无复射蛟江水中⑩。君不见金粟堆前松柏里,龙媒去尽鸟呼风⑪。

【题解】

　　杜甫在成都韦讽家中欣赏曹霸所画九马图,作此诗。有唐以来,画马最为精妙传神的当数江都王李绪了。成名已有三十年之久的曹霸将军,又将骏马的神韵展示出来了。他曾经画过唐玄宗的御马照夜白,把它画得酷似龙马,好像有风雷随之而至,玄宗十分高兴,大加赏赐。当时长安的皇亲国戚得到曹将军所画的屏障,才觉得有荣耀,所以抢着给曹将军送礼。唐代骏马中,以唐太宗的拳毛𬴊和郭子仪家中的狮子花最为著名,眼前曹将军新画的"九马图"上就有它们。这两匹良驹都能以一敌万,素绢上的它们犹如在大漠风沙中奔腾而来,其他七匹也与众不同,它们的毛色有红有白,远远望去如同在寒空下、霜雪中飞舞。它们行进在大道上,马官排列成行,人们仿佛可以听见马蹄阵阵的声响。这九匹马神清气爽,顾盼自若,沉静稳健。韦讽如此珍爱这幅图画,看来他和东晋支道林一样真心爱马。回想当年唐玄宗巡行骊山华清宫,仪仗遮天蔽日,随行的三万匹骏马,匹匹都与画中骏马筋骨相同。自从玄宗奔蜀而又仙逝,良马就不见踪影了。

【注释】

　　①韦讽,时为阆州录事参军。仇兆鳌注引朱鹤龄曰:"曹将军《九马图》,后藏长安薛绍彭家,苏子瞻有赞。"

　　②张彦远《历代名画记》:"江都王绪,霍王元轨之子,太宗皇帝犹子也。多才艺,善书画,鞍马擅名。"

　　③三十:一作"四十"。见:一作"有"。乘黄:《竹书纪年》:"(舜)即帝位,……景星出于房,地出乘黄之马。"

843

④照夜白:骏马名。郑处诲《明皇杂录》:"上所乘马有玉花骢、照夜白。"龙池:仇兆鳌注引《长安志》:"龙池,在南内南薰殿北、跃龙门南,本是平地,垂拱后因雨水流潦成小池,后又引龙首支渠分溉之,日以滋广,弥亘数顷,深至数丈,常有云气,或见黄龙出其中,谓之龙池。"

⑤盘:一作"盋"。

⑥盋:一作"盘"。飞:一作"随"。

⑦拳毛騧:唐太宗六骏之一,平刘黑闼时所乘。郭家:郭子仪家。师子花:狮子花。苏鹗《杜阳杂编》载,代宗自陕还命,以御马九花虬并紫玉鞭辔赐郭子仪。

⑧动烟:一作"杂霞"。

⑨支遁:支道林,东晋僧人。《世说新语·言语》载,支道林尝养数匹马,或言道人畜马不韵,支曰:"贫道重其神骏耳。"

⑩《穆天子传》卷一载,天子西征至阳纡之山,河伯冯夷之所都居,是惟河宗氏,天子沉璧礼焉。河伯乃与天子披图视典,用观天子之宝器,曰天子之宝。《汉书·武帝纪》载,元封五年,自浔阳浮江,亲射蛟江中,获之。

⑪金粟堆:玄宗陵墓。《旧唐书·玄宗纪》载,明皇尝至睿宗桥陵,见金粟山冈有龙盘凤翥之势,谓侍臣曰:"吾千秋万岁后,葬此。"暨升遐,群臣遵先旨葬焉。龙媒:骏马。《汉书·礼乐志》引《天马歌》:"天马来,龙之媒。"

【汇评】

张溍《读书堂杜诗注解》卷一一:风格之老,神韵之豪,针线之细,可谓千古绝调。杜诗咏一物,必及时事,感慨淋漓。今人不过就事填写,宜其兴致索然耳。

杨伦《杜诗镜铨》卷一一:此与前篇俱极沉郁顿挫,尤须玩其结构之妙,将江都王衬出曹霸,又将支遁衬出韦讽,便增两人多少身分。本画九马,先从照夜白说来,详其宠赐之出;本结九马,却想到三万匹去,不胜龙媒之悲。前后波澜亦阔。中叙九马,先将拳毛、狮子二马拈出另叙,次及七马,然后将九马并说,妙在一气浑雄,了不著迹,真属化工之笔。

《唐宋诗醇》卷一一:苍莽历落中法律深细。前从照夜白叙入,即伏末段感慨。中间错综九马,文势跌宕,可谓"毫发无遗憾,波澜独老成"矣。七古至于老杜,浩浩落落,独往独来,神龙在霄,连蜷变化,不可方物;天马行空,脱去羁靮,足以横睨一世,独有千古。

送韦讽上阆州录事参军

国步犹艰难,兵革未衰息。万方哀嗷嗷,十载供军食①。庶官务割剥,不暇忧反侧②。诛求何多门,贤者贵为德③。韦生富春秋,洞澈有清识。操持纪纲地,喜见朱丝直④。当令豪夺吏,自此无颜色⑤。必若救疮痍,先应去蝥贼。挥泪临大江,高天意凄恻。行行树佳政,慰我深相忆。

【题解】

广德二年,韦讽由成都赴阆州录事参军任,杜甫作诗送之。眼下国运日艰,兵革未息,万方多难,各地百姓因供给十年的军粮而嗷嗷待哺。各级官吏只管盘剥榨取民脂民膏,根本无意关注民心的动荡。索取民财的官吏是如此之多,名目是如此之繁,哪里还顾得上以德治国。韦讽你正值年富力强,洞达事理,见识卓越,我很高兴看见你去担任维持纲纪的官职,想必你一定会使那些强取豪夺的贪官污吏不敢再胡作非为。如果要解除百姓的疾苦,首先就要铲除这帮祸国殃民之徒。我在锦江之滨与你挥手告别,天高地远,内心凄恻。希望你此去能树立良好的政绩,以回报我对你的深切思念。

【注释】

①哀:一作"尚"。载:一作"年"。

②反侧:叛逆。《周礼·夏官·匡人》:"匡人掌达法则,匡邦国,……使无敢反侧,以听王命。"

③贤者贵为德:一作"贤俊愧为力"。

④纪纲:一作"纲纪"。杨伦注引《白帖》:"录事参军,谓之纲纪掾。"鲍

照《代白头吟》:"直如朱丝绳。"

⑤当令:一作"因循"。

【汇评】

朝鲜李植《纂注杜诗泽风堂批解》卷一四:深诚粗语,直致输写,若无难者。至末结二句,尤属宛转,思致凄然。

张溍《读书堂杜诗注解》卷一一:是一则致治宝训,不当作诗读。

浦起龙《读杜心解》卷一之四:起四句述时艰,中段抉积弊而正告之,后四句丁宁以送之。不独为当时药石,直说破千古病痛。

杨伦《杜诗镜铨》卷一一:是救时切务语,无文饰。

绝句六首

其一

日出篱东水,云生舍北泥。竹高鸣翡翠,沙僻舞鹍鸡①。

【题解】

广德二年春,杜甫重归成都草堂,写下此组诗。公"奔窜既久,初归草堂,凡目所见,景所触,情所感,掇拾成诗,犹之漫兴也"(王嗣奭《杜臆》卷六)。第一首写雨后初晴的景色。太阳出现在竹篱东边的水面,云雾飘漂浮在屋北的泥塘上。翡翠鸟在高高的竹梢头上鸣叫,鹍鸡在僻静的沙滩上翩翩起舞。

【注释】

①翡翠:鸟名,亦名翠雀。《楚辞·招魂》:"翡翠珠被,烂齐光些。"《尔雅翼》卷一七:"昆(鹍)鸡似鹤,黄白色,长颈赤喙。"

【汇评】

(朝鲜)李植《纂注杜诗泽风堂批解》卷一三:绝句体本是如是,唐贤绝句虽极妙绝,终非本格法。

仇兆鳌《杜诗详注》卷一三：首章，积雨初晴之景。

杨伦《杜诗镜铨》卷一二：写积雨新晴，景色曲尽。

其二

蔼蔼花蕊乱，飞飞蜂蝶多。幽栖身懒动，客至欲如何。

【题解】

繁茂的花儿开得参差不齐，众多的蜂蝶飞来飞去。幽居于此懒得应酬，客人来访，将如何是好？

【汇评】

王嗣奭《杜臆》卷六：花蕊既乱，蜂蝶自多，花招之也。幽栖之人，身亦懒动，而客亦纷纷而至，将何求于我乎。三年奔走，阅尽世情，盖有息交绝游之意矣。六首中此称具体。

仇兆鳌《杜诗详注》卷一三：次章，幽居自适之情。花蕊蜂蝶，乘春而动。闲中玩物，故客至懒迎。

其三

凿井交棕叶，开渠断竹根。扁舟轻袅缆，小径曲通村。

【题解】

在高大的棕树下挖凿新井，棕叶错综交加，遮蔽其上；在竹林附近开掘沟渠，时常不免挖断了竹根。小船的缆绳轻轻晃动，弯弯的小路通向江村。

【汇评】

王嗣奭《杜臆》卷六：既凿井，又开渠，又具扁舟，又通小径，草堂所需略具，盖为久居计矣。

仇兆鳌《杜诗详注》卷一三：三章，见井渠而起咏。井在棕下，故叶交加。渠在竹旁，故根断截。此属内景，下二则外景也。

其四

急雨捎溪足,斜晖转树腰。隔巢黄鸟并,翻藻白鱼跳。

【题解】

急雨掠过小溪下游,夕阳斜射树腰之间。黄鸟隔巢相并,梳理湿润的羽毛;白鱼从溪水中跳起,翻动了水藻。

【汇评】

王嗣奭《杜臆》卷六:一日之间,忽而急雨,忽而斜晖,理或有之。"斜晖转树腰",晚日横穿树也,与"隔巢黄鸟并",一时之景却有致。

仇兆鳌《杜诗详注》卷一三:四章,倏雨倏晴之景。捎溪足,雨势掠过也。转树腰,日影横穿也。"鸟并"承树,"鱼跳"承溪。

其五

舍下笋穿壁,庭中藤刺檐①。地晴丝冉冉,江白草纤纤。

【题解】

屋外的竹笋,穿透墙壁长进了室内;庭中的藤蔓,一路爬上了屋檐。晴后的天空中,游丝冉冉浮动;江水泛着白波,水草纤纤摇摆。

【注释】

①刺:一作"到"。

【汇评】

王嗣奭《杜臆》卷六:笋穿壁,藤刺檐,他人以为不足写者,却是草堂局面。前二句近景,后二句远景,具见幽致。

仇兆鳌《杜诗详注》卷一三:五章,草堂春日之景。笋穿壁,藤刺檐,此近景。丝冉冉,草纤纤,此远景。

其六

江动月移石,溪虚云傍花。鸟栖知故道,帆过宿谁家。

【题解】

江水荡漾,月影翻移,岸边的石头忽明忽暗。溪水空明,天上行云与水边花草的影子,相互依傍。鸟雀总是循着旧路回到巢中,客船路过,不知今夜停泊在何处。

【汇评】

仇兆鳌《杜诗详注》卷一三:六章,江溪春夜之景。江动月翻,恍如移石而去。溪虚云度,隐然傍花而迷。写景俱在空际。鸟归溪畔,帆迅江流,二句分承,而意则有感,见客帆之不如栖鸟也。

杨伦《杜诗镜铨》卷一二:写所居景物,当在春夏之交,禽鱼花草,种种幽适,字堪入画,唯稍嫌太板实耳。

刘濬《杜诗集评》卷一五引李因笃曰:六首拈来总是兴到语,无生硬撏掇之态,在杜集中最为当家。

绝句四首

其一

堂西长笋别开门,堑北行椒却背村。梅熟许同朱老吃,松高拟对阮生论①。

【题解】

组诗作于初夏,“此皆就所见掇拾成诗,亦漫兴之类”(杨伦《杜诗镜铨》卷一二)。第一首写园中景物。草堂西面长满了竹笋,怕踩断它们就另开了一个门。在村庄的背后、水沟的北面,种上了一行花椒树。梅子成熟了,答应要和朱老一起吃。高高的松树下,不妨和阮生一起讨论诗文。

【注释】

①诗句原有注:“朱、阮,剑外相知。”

【汇评】

王嗣奭《杜臆》卷四:盖厌俗客之至也,故梅熟、松高,止与一二知契同吃并论而已。

仇兆鳌《杜诗详注》卷一三:首章,咏园中夏景。别开门,恐踏笋也。却背村,为堑隔也。朱老、阮生,俱成都人。

刘濬《杜诗集评》卷一五引李因笃曰:朴甚,然雅致。

其二

欲作鱼梁云复湍,因惊四月雨声寒①。青溪先有蛟龙窟,竹石如山不敢安。

【题解】

第二首写诗人拟在溪中建造鱼梁而未果。正想着造一个鱼梁,就发现头顶上乌云翻滚。四月暴雨说来就来,寒气逼人。溪流湍急,如有蛟龙兴风作浪,即使用如山的竹石筑堰,也未必安稳。

【注释】

①复:一作"覆"。

【汇评】

仇兆鳌《杜诗详注》卷一三:次章,为鱼梁而赋也。

又引赵汸曰:作鱼梁,须劈竹沉石,横截中流,以为聚鱼之区。因溪有蛟龙,时兴云雨,公故不敢冒险以取利。

其三

两个黄鹂鸣翠柳,一行白鹭上青天。窗含西岭千秋雪,门泊东吴万里船①。

【题解】

第三首写草堂远近所望之景物。两只黄鹂鸟,在翠绿的柳树枝头婉转鸣唱;一行白鹭,径直飞向蔚蓝的天空。从窗外远眺,可以望见西岭上长年不化的积雪；草堂门外，停泊着前往万里之外的东吴的行船。

【注释】

①诗句原有注："西山白雪，四时不消。"

【汇评】

仇兆鳌《杜诗详注》卷一三：三章，咏溪前诸景。此皆指现前所见，而近远兼举。

刘濬《杜诗集评》卷一五引吴农祥曰：极熟诗，却用意陶铸者。

其四

药条药甲润青青，色过棕亭入草亭①。苗满空山惭取誉，根居隙地怯成形。

【题解】

第四首描写诗人之药圃。药圃面积很大，青青的草药从棕亭一直延伸到草亭。草药的枝条、嫩叶润泽鲜绿，长势喜人。倘若草药种植在深山之中，自然可以顺利生长，但如今只是种植在屋边空地，恐怕难以成材。

【注释】

①条：枝条。药甲：一作"菜甲"。甲，外皮。

【汇评】

仇兆鳌《杜诗详注》卷一三：四章，为药圃而赋也。种药在两亭之间，故青色叠映。彼苗长荒山者，不能遍识其名。此隙地所栽者，又恐日浅未及成形耳。

扬旗 二年夏六月，成都尹郑公
置酒公堂，观骑士试新旗帜

江雨飒长夏，府中有余清①。我公会宾客，肃肃有异声。

初筵阅军装,罗列照广庭。庭空六马入,駊騀扬旗旌②。回回偃飞盖,熠熠迸流星。来缠风飙急,去擘山岳倾③。材归俯身尽,妙取略地平④。虹霓就掌握,舒卷随人轻。三州陷犬戎,但见西岭青⑤。公来练猛士,欲夺天边城。此堂不易升,庸蜀日已宁⑥。吾徒且加餐,休适蛮与荆⑦。

【题解】

广德二年六月,严武为收复陷落于吐蕃的松州、维州与保州,大力整顿军队,训练士卒。杜甫或以幕府参谋的身份参加了启用新旗帜的仪式和宴会,并以诗记录了这盛大的场面。长夏之风雨,飒然而至,节度使府中极其清凉。宴会以检阅士卒而开始,严武以治军严明而享有盛名。将士们身着军装,整齐地排列于广庭。紧接着六匹战马进入空庭,马背上的骑士威武地挥动旗帜。军旗招展如飞盖俯仰,闪耀如流星崩落;骑士冲锋似风驰电掣,撤退似山岳崩倾。旗手在马上向下俯身时,旗帜从地面上平平掠过,仿佛虹霓被握在手中,舒卷随意自如。自从松州、维州与保州为吐蕃占据之后,西岭一带战火就没有熄灭。严郑公训练士卒,就是为了夺回这天边之城,他守土安边的责任极其重大,蜀中目前已经渐趋安宁。看来我辈可以安心住在这里,无须避乱荆楚了。

【注释】

①江:一作"风"。

②六:一作"四"。駊騀:马头摇晃。

③缠:一作"冲"。

④曹植《白马篇》:"仰手接飞猱,俯身散马蹄。"

⑤三州:此指唐剑南道之松州、维州与保州。

⑥庸:春秋时国名,在今重庆东、湖北西北一带。

⑦王粲《七哀诗》:"复弃中国去,远身适荆蛮。"

【汇评】

汪灏《树人堂读杜诗》卷一三:观骑士试新旗帜,说出练猛士、夺边城、靖庸蜀，非徒作颂祷语，是写实事。

浦起龙《读杜心解》卷一之四：前八句叙事，中八句摹写，后八句属望，体制秩如。

鲁一同《鲁通甫读书记》：公燕诗耳，如此闳雄，又非贡谀，其体自尊。

军中醉饮寄沈八、刘叟①

酒渴爱江清，余甘漱晚汀②。软沙欹坐稳，冷石醉眠醒。野膳随行帐，华音发从伶③。数杯君不见，醉已遣沉冥④。

【题解】

诗为杜甫在严武幕中时所作。酒后口渴，更喜爱饮清澈的江水；傍晚乘着酒兴，在江边漱口。醉意朦胧，随意斜坐在松软的沙滩上，靠着冰冷的石头睡了一觉醉酒才醒。军中野膳，会搭起行帐，还有从军的伶人演奏中原的音乐。喝了几杯，没有看见沈、刘二位，便昏昏欲睡了。

【注释】

①《文苑英华》卷二一五以此诗为畅当所作。

②甘：一作"酣"。

③华音：中原之音。一说为华美的音乐。

④醉：一作"都"。

【汇评】

仇兆鳌《杜诗详注》卷一三：此诗不乐居幕府而作也。上四言草堂醉后，有徜徉自得之兴。下四言军中陪宴，非豪饮畅意之时。沈、刘盖草堂同饮者，故寄诗以见意。

边连宝《杜律启蒙》五言卷五：惟爱江清，故漱晚汀；漱毕而坐，坐久而眠。此既醉以后事。行帐供膳，宴于军中也。华音，中华之音也。从伶，伶人之供俸军中者。此二句，追叙未醉以前事。君，指沈、刘，盖同在幕中者。数杯之后，不能见君，而我已醉至沉冥矣。

忆昔二首

其一

忆昔先皇巡朔方，千乘万骑入咸阳①。阴山骄子汗血马，长驱东胡胡走藏。邺城反覆不足怪，关中小儿坏纪纲，张后不乐上为忙②。至今今上犹拨乱，劳身焦思补四方③。我昔近侍叨奉引，出兵整肃不可当④。为留猛士守未央，致使岐雍防西羌⑤。犬戎直来坐御床，百官跣足随天王。愿见北地傅介子，老儒不用尚书郎⑥。

【题解】

诗题曰"忆昔"，实则在讽今。其一借回忆肃宗朝事警戒代宗。当初先皇唐肃宗在朔方灵武即位，不久便率领千军万马，浩浩荡荡返回长安。他所借来的回纥士卒，骑着汗血宝马，将安庆绪的叛军撵到河北。后来史思明已降复叛，救安庆绪于邺城，再度攻陷洛阳，这本不足为怪。奇怪的是此后关中小儿李辅国，独揽大权，把持朝政，而肃宗忙着讨张皇后的欢心，使国事一塌糊涂，至今代宗皇帝还忙着拨乱反正，劳心焦思去补救。我当年曾在肃宗皇帝身边任职，那时代宗皇帝以广平王的身份拜天下兵马大元帅，号令严明，军容整肃，势不可挡。遗憾的是后来听信谗言，罢夺郭子仪的兵权，将他闲置长安，致使凤翔一带兵力单薄，吐蕃得以长驱直入，闯进京城。文武百官狼狈不堪，光着脚跟随代宗逃出京城。我真希望朝廷任用傅介子那种能够为国雪耻的官员，至于我这样的老儒，不用再担任尚书郎。

【注释】

①朔方：唐方镇名，治所在灵州(今宁夏灵武西南)。

②关中小儿：这里指李辅国。《旧唐书·宦官传》："李辅国，本名静忠，

闲厩马家小儿。少为阉,貌陋,粗知书计,为仆,事高力士。……肃宗还京,拜殿中监,闲厩、五坊、宫苑、营田、栽接、总监等使。"《资治通鉴》卷二一九胡三省注:"凡厩、牧、五坊、禁苑给使者,皆谓之小儿。"张后:指肃宗皇后张良娣。《旧唐书·后妃传》:"皇后宠遇专房,与中官李辅国持权禁中,干预政事,请谒过当,帝颇不悦,无如之何。"

③身:一作"心"。

④出兵:一作"兵出"。当:一作"忘"。

⑤岐:岐州,北魏所置。雍:岐州治所,在今陕西凤翔南,唐时升为凤翔府。

⑥傅介子:西汉北地义渠人,持节使楼兰,斩其王,归之北阙。老儒:杜甫自谓。《木兰辞》:"可汗问所欲,木兰不用尚书郎。"

【汇评】

刘辰翁《集千家注批点杜工部诗集》卷一〇:出于胸臆,声气自异。

钱谦益《钱注杜诗》卷五:《忆昔》之首章,刺代宗也。肃宗朝之祸乱,成于张后、辅国。代宗在东朝,已身履其难。少属乱离,长于军旅,即位以来,劳心焦思,祸犹未艾,亦可以少悟矣。乃复信任程元振,解郭子仪兵柄,以召匈奴之祸,此不亦童昏之尤乎。公不敢斥言,而以"忆昔"为词,其意婉而切矣。

浦起龙《读杜心解》卷二之二:首章,历叙肃宗临御,以及代宗之蒙尘。其中关目,在肃宗,则以辅国、张后之蔽,致师溃邺城,遗忧继世。在代宗,则不能借鉴前车,信任程元振,縶禁旅而忽边防,致宗社再倾,身羁取辱。先皇其炯鉴,今日其覆辙也,陈戒之旨切矣。结仍作望词。

其二

忆昔开元全盛日,小邑犹藏万家室①。稻米流脂粟米白,公私仓廪俱丰实②。九州道路无豺虎,远行不劳吉日出。齐纨鲁缟车班班,男耕女桑不相失③。宫中圣人奏云门,天下朋友皆胶漆④。百余年间未灾变,叔孙礼乐萧何律⑤。岂闻一绢直万钱,有田种谷今流血。洛阳宫殿烧焚尽,宗庙新除狐兔穴⑥。伤心不忍问耆旧,复恐初从乱离说。小臣鲁钝无所能,朝廷记识蒙禄秩。周宣中兴望我皇,洒泪江汉身衰疾⑦。

【题解】

其二回忆玄宗朝事以警戒代宗。回想当年开元盛世之时,哪怕是个小城镇也有上万户居民。稻米饱满,小米洁白,无论公仓,还是私人粮仓都装得满满的。那时道路通畅,交通方便,运送丝绸的车辆往来不绝。百姓安居乐业,男耕女织,各守其职。皇帝在宫中欣赏乐曲《云门》,朋友之间和睦友好。百余年间没有发生灾异动乱,大家都遵循礼律法度,从来没有听说过一匹绢竟值一万钱的事情,凡是有田的地方都种上了粮食。如今战乱不休,四处流血,洛阳宫殿化为灰烬,宗庙刚刚被收复。往事不堪回首,不忍询问那些耆老,怕他们又要从"安史之乱"说起。我生性愚鲁迟钝,没有什么才能,承蒙朝廷赏识,赐予官职,衷心希望代宗皇帝能如周宣王那样带来国家中兴。想到自己年老体衰,无补于时,我又不禁泪洒江汉。

【注释】

①全:一作"前"。

②丰:一作"富"或"盈"。

③车班班:众车声,这里指商贾不绝于道。《后汉书·五行志》:"桓帝之初,京都童谣曰:'……车班班,入河间,河间姹女工数钱。'"

④云门:周六乐舞之一,相传为黄帝所制,以祭祀天神。《周礼·春官·大司乐》:"歌大吕,舞云门,以祀天神。"

⑤叔孙:叔孙通。《资治通鉴·汉纪四》汉高帝十二年:"天下既定,命萧何次律令,……叔孙通制礼仪。"

⑥烧焚:一作"焚烧"。

⑦周宣:周宣王,承周厉王之乱,使周室复兴。泪:一作"血"。身:一作"长"。

【汇评】

仇兆鳌《杜诗详注》卷一三:古今极盛之世,不能数见,自汉文景、唐贞观后,惟开元盛时,称民熙物阜。考柳芳《唐历》,开元二十八年,天下雄富,京师米价斛不盈二百,绢亦如之。东由汴宋,西历岐凤,夹路列店,陈酒馔待客,行人万里,不持寸刃。呜呼,可谓盛矣! 明皇当丰亨豫大时,忽盈虚消息之理,致开元变为天宝,流祸两朝,而乱犹未已。此章于理乱兴亡之故,反覆痛陈,盖亟望代宗拨乱反治,复见开元之盛焉。

浦起龙《读杜心解》卷二之二:前章戒词,此章祝词。述开元之民风国势,津津不容于口,全为后幅想望中兴样子也。前说开元。"岂闻"四句,直说目下。中间隔一大段时光,故用"伤心"二句搭连之。意以其间乱离之事,不忍再提,但远追盛事,以冀今之克还其旧耳。

乔亿《杜诗义法》卷下:后篇较胜,铺陈始终,气脉苍浑,文中之班、史。

过故斛斯校书庄二首① 老儒艰难,
时病于庸蜀,叹其殁后方授一官

其一

此老已云殁,邻人嗟未休②。竟无宣室召,徒有茂陵求③。妻子寄他食,园林非昔游。空堂縓帷在,淅淅野风秋④。

【题解】

我来到斛斯融的家中,不见其踪迹,通过与邻人交谈,才知道他居然已经病故。他活着的时候,生活极其艰难,朝廷毫无重用之意。等到亡故之后,敕封他为校书郎的诏书方姗姗来迟。如今他的妻儿寄食于他处,故居面目全非,只有门窗上那些破败残存的縓帷,在凉风中飞舞飘动。

【注释】

①斛斯校书:校书郎斛斯融。

②嗟:一作"叹"。未:原作"亦",据他本改。

③《史记·司马相如列传》载,司马相如家居茂陵,病甚,汉武帝遣使求

其书,至则相如已死,问其妻,得遗札,言封禅事。

④堂:一作"余"。繐帷:一作"遗绋"。

【汇评】

黄生《杜工部诗说》卷五:此叹其生前不蒙召用,死后方授一官,无济困乏,特借二古事为辞。《左传》:"民食于他。"观五句,则知此特空舍,邻人盖代为守视,相过之际,特与此人盘桓半晌而已,故开口即及之。细味似授官事正得于邻人之口。"嗟未休",实嗟其殁后得官,不救妻子贫困。叙事之妙,如蛛丝马迹,断续隐见,曲曲可寻。此诗未及说泪,似方听邻人话其家事,至末二句,则已喉哽声咽,泪栖于睫矣。

其二

燕入非傍舍,鸥归只故池。断桥无复板,卧柳自生枝。
遂有山阳作,多惭鲍叔知①。素交零落尽,白首泪双垂。

【题解】

燕子依旧飞了回来,鸥鸟也依然在池塘里嬉戏,可园林中的主人已经不会再出现了。木桥七零八落,柳树东倒西歪,园圃一派荒芜。我来到这里写下悼念的诗篇,犹如向秀当年过山阳写下《思旧赋》,可惜我辜负了咱俩的交谊,无力赈济你的家人。往日的朋友一个个故去,我这白首之人潸然泪下。

【注释】

①《晋书·向秀传》载,向秀与嵇康友善。嵇康被诛,向秀过其山阳旧居而作《思旧赋》。

【汇评】

黄生《杜工部诗说》卷五:前半人有此意,第说得欲疑若讶,笔下自是不同。入门不见主人,似游他人池馆;既而回思,燕入之舍,非傍舍也,鸥归之池,只故池也,但主人不在耳;再一周视,断桥已无复板矣,主人在时,岂有此也。步步咨嗟,处处伤感。字字写景,字字迸泪。后半言感旧有诗,遂同山阳之作;振穷无力,多惭鲍叔之知;徒念素交零落,不禁老泪双垂而已。

"遂"字亦有意,见公去成都,不过一年,而斛斯已作古人矣。鲍叔,公自谓。虽与斛斯知己,不能济其妻子之困,用此为惭。素交俱尽,白头一老,能几何时! 极尽老人哭旧友心事。二诗借古叙事处,见笔之老;写景寓情处,见笔之灵。二种笔法俱难到,况兼而有之乎。

太子张舍人遗织成褥段①

客从西北来,遗我翠织成。开缄风涛涌,中有掉尾鲸。透迤罗水族,琐细不足名。客云充君褥,承君终宴荣。空堂魑魅走,高枕形神清。领客珍重意,顾我非公卿。留之惧不祥,施之混柴荆②。服饰定尊卑,大哉万古程。今我一贱老,裋褐更无营。煌煌珠宫物,寝处祸所婴。叹息当路子,干戈尚纵横。掌握有权柄,衣马自肥轻。李鼎死岐阳,实以骄贵盈③。来瑱赐自尽,气豪直阻兵④。皆闻黄金多,坐见悔吝生。奈何田舍翁,受此厚赆情。锦鲸卷还客,始觉心和平。振我粗席尘,愧客茹藜羹⑤。

【题解】

太子舍人张某从西北来到成都,送给我一条绿色的褥子。打开这条褥缎,只见上面绘着大海的图案。汹涌的波涛中,除了摇着尾巴游动的鲸鱼之外,还有许许多多说不出名字的海鱼。客人说把它充作坐垫,可以给宴席增光添彩;把它铺在空堂上,可以吓走鬼神;人若睡在上面,可以高枕无忧。我心领了客人的珍贵情意,但我不是公卿,留用这样名贵的褥缎与身分不符,况且把它挂在草堂也与环境不协调。我想用服饰来区分尊卑,是古往今来最重要的法度。如今像我这样的穷困老头儿,只要有件粗布短袄就别无他求了。这种来自宫中的宝物,恐怕会招来灾祸。可叹那些达官贵人,在干戈纵横之际掌握权柄,却只顾自己享乐。如李鼎过于骄贵,死于凤翔;来瑱气焰嚣张,死在流放途中。听说黄金多了,就会有飞来横祸。我只是一个田舍翁,怎能接受这样的厚礼呢?把锦鲤褥缎卷起来退还给客人,坐在粗席上我才心安理得。惭愧的是,我只能够以粗茶淡饭来招待客人。

【注释】

①《新唐书·百官志》:"太子舍人四人,正六品上,掌行令书、表启。"织成:有图案的名贵丝织品。《后汉书·舆服志》:"衣裳玉佩备章采,乘舆刺绣,公侯九卿以下皆织成。"段:同"缎"。

②《左传·僖公二十四年》:"服之不衷,身之灾也。"

③《旧唐书·肃宗纪》载,上元元年十二月,以右羽林军大将军李鼎为凤翔尹,兴、凤、陇等州节度使。

④来瑱,邠州永寿人,历任左赞善大夫、淮南西道节度使、兵部尚书、同中书门下平章事等。后为代宗贬为播州县尉,途中下诏赐死。

⑤茹:一作"饭"。《庄子·让王》:"孔子穷于陈蔡之间,七日不火食,藜羹不糁。"成玄英疏:"藜菜之羹,不加米糁。"

【汇评】

张溍《读书堂杜诗注解》卷一一:杜诗往往可作语录训戒,此类是也。

李长祥《杜诗编年》卷一一:客口中将一物说得奇奇怪怪,令人动念。辞者口中却极严正,令客心折,惭怨不得。

立秋日雨院中有作

山云行绝塞,大火复西流①。飞雨动华屋,萧萧梁栋秋。穷途愧知己,暮齿借前筹②。已费清晨谒,那成长者谋。解衣开北户,高枕对南楼。树湿风凉进,江喧水气浮。礼宽心有适,节爽病微瘳。主将归调鼎,吾还访旧丘③。

【题解】

广德二年立秋之日,任职于严武幕中的杜甫,事毕回到所住节度使府署院中,触景生情,有感而作。秋季到来,乌云笼罩成都。秋雨敲击着节度使署的高屋大瓦,梁栋之间萧瑟的秋意越来越浓。年老途穷之时任职于幕府,除了每天例行公事在清晨谒见,也提不出多少老成谋国之良策,实在有愧于知己的厚望。打开北边的窗户,解开外衣,对着南楼高枕而卧,雾气腾腾,凉风入室,江流有声。受到如此礼遇,心情自然舒畅;天气逐渐转凉,疾病也有所好转。等到严公回朝任职,辅佐天子,我就返回草堂隐居吧。

【注释】

①《诗·豳风·七月》:"七月流火。"朱熹注:"火,大火,心星也。以六月之昏,加于地之南方,至七月之昏,则下而西流也。"

②前筹:座前的筷子,喻指为人谋划。《史记·留侯世家》:"张良对曰:'臣请借前箸为大王筹之。'"

③调鼎:调味于鼎中,喻宰相职责。应劭《汉官仪》卷上:"太尉、司徒、司空长史,秩比千石,号为'毗左三台,助成鼎味'。"

【汇评】

佚名《杜诗言志》卷八:此先生自明幕中之乐,虽蒙严公之高谊,而非其志也。

刘濬《杜诗集评》卷一三引李因笃曰:高人入幕,落落难堪,触事写之,自饶兴致。

寄董卿嘉荣十韵

闻道君牙帐,防秋近赤霄①。下临千雪岭,却背五绳桥②。海内久戎服,京师今晏朝。犬羊曾烂漫,宫阙尚萧条。猛将宜尝胆,龙泉必在腰。黄图遭污辱,月窟可焚烧③。会取干戈利,无令斥候骄④。居然双捕虏,自是一嫖姚⑤。落日思轻骑,高天忆射雕⑥。云台画形像,皆为扫氛妖。

　　广德二年秋,将军董卿嘉荣率部开赴西山前线,防御吐蕃入寇,杜甫寄诗勉励。听说你将牙帐树立在高入云霄的西山之上,以抵御吐蕃秋季入侵。这里地势险要,下临千仞积雪,背靠交通要道五绳桥。海内战乱已久,朝廷如今才恢复秩序。吐蕃曾大肆烧杀掠夺,宫殿还未修缮,一派萧条冷落。帝都既然遭受蹂躏,猛将就应该卧薪尝胆,腰悬龙泉宝剑,报仇雪耻,直捣吐蕃巢穴。现在董将军亲临前线,定然会取得战事的胜利,让敌人的斥候不再嚣张,从而成为捕虏将军。夕阳西下时要考虑到轻骑的偷袭,秋天要注重训练士卒。云台上的画中人,都建立了赫赫功勋。

【注释】

①牙帐:将帅所居的营帐。将军的牙旗树立于其军帐之前,故名。

②千雪岭:一作"千仞雪"。

③黄图:即《三辅黄图》,后代指帝都。

④斥候:指侦察、候望的人,类似今天的侦察兵。

⑤《后汉书·马武传》:"建武四年,与虎牙将军盖延等讨刘永,武别击济阴,下成武、楚丘,拜捕虏将军。""显宗初,西羌寇陇右,覆军杀将,朝廷患之,复拜武捕虏将军。"

⑥高:一作"秋"。

【汇评】

杨伦《杜诗镜铨》卷一一:十分鼓动,一片苦心。

奉和军城早秋①

　　秋风袅袅动高旌,玉帐分弓射虏营。已收滴博云间戍,更夺蓬婆雪外城②。

【题解】

　　广德二年七月,严武来到西山前线军所,作诗《军城早秋》:"昨夜秋风入汉关,朔云边雪满西山。更催飞将追骄虏,莫遣沙场匹马还。"杜甫在成都幕府获悉,即和此诗。秋风袅袅,吹拂着高悬的战旗,主将运筹帷幄,将士整装待发,整备冲向敌营。如今已经收复了高入云端的滴博岭戍所,希望再接再厉,夺取蓬婆岭外的平戎城。

【注释】

①诗题一作"奉和严郑公军城早秋"。

②滴博:即的博岭,在今四川汶川,唐时属维州。更:一作"欲"。蓬婆:蓬婆岭,山名,在今四川茂县西南。

【汇评】

汪灏《树人堂读杜诗》卷一四:开疆拓土本是幕府职分,是诗虽颂,无溢美矣。

黄生《杜工部诗说》卷一〇:"云间",言其高;"雪外",言其远。"滴博""蓬婆",地名,极粗硬,用"云间""雪外"四字调适之,眼中、口中全然不觉,运用之妙如此。

杨伦《杜诗镜铨》卷一一引蒋弱六曰:严诗一味英武,此更写得精细,有多少方略在,而颂处仍不溢美。

院中晚晴怀西郭茅舍①

幕府秋风日夜清,澹云疏雨过高城。叶心朱实看时落,阶面青苔先自生②。复有楼台衔暮景,不劳钟鼓报新晴。浣花溪里花饶笑,肯信吾兼吏隐名③。

【题解】

广德二年秋,杜甫在严武幕府,想起浣花溪边草堂,自笑吏非吏而隐非隐,束缚蹉跎,怏怏不乐。秋高气爽,幕府无论日夜都很清静,偶有疏云飘过,洒下几点雨滴。叶子中间的果实早已成熟,变成殷红,不时掉落;石阶上的青苔,老黄之后又有新生。夕阳照在楼台之上,不用钟声来报就知道

863

天已放晴。浣花溪边的花儿开得正浓，它们大概不会相信我虽为官却一心想着归隐吧。

【注释】

①院中：一作"使院"。西郭茅舍：即浣花草堂。

②看：一作"堪"。先自：一作"老更"。

③兼：一作"今"。

【汇评】

卢世㴐《杜诗胥钞余论·论七言律诗》：举束缚蹉跎、无可奈何意一痕不露，只轻轻结一语云："浣花溪里花饶笑，肯信吾兼吏隐名。"既悲"白头趋幕府"，为溪花所笑，将欲驾言吏隐，又恐为溪花所疑。几多心事，俱听命于花，深乎深乎！

石间居士《藏云山房杜律详解》七律卷上：此诗自来注家俱赏其气韵之佳，而不知所以气韵之佳，总在于寓意之妙。岂浅赏者所可尽其旨趣哉。

到　村

碧涧虽多雨，秋沙先少泥①。蛟龙引子过，荷芰逐花低②。老去参戎幕，归来散马蹄。稻粱须就列，榛草即相迷。蓄积思江汉，顽疏惑町畦③。暂酬知己分，还入故林栖④。

【题解】

任职于严武幕府的杜甫，秋日偶归草堂而作此诗。秋来雨水充足，淤泥多遭冲刷，溪水清澈，沙岸洁净。水涨之后的荷花，枝叶不免低垂倒伏，好像是蛟龙引着小龙从上面爬过。上了年纪再去幕府任职，总感到有些精力不济，如今暂且骑马回村散心，顿时一身轻松。稻子应该成行成列，否则杂草就难以识别。我老早想着东下江汉，但看到这些田埂、菜畦又不免动摇。等在幕府报答了严公的知遇之恩，我还是回到这浣花溪边的草堂隐居吧。

①先:一作"亦"。

②仇兆鳌注引《西京杂记》:"瓠子河决,有蛟龙从九子,自决中逆上入河,喷沫流波数十里。"

③顽疏:一作"疏顽"。惑:一作"感"。町畦:田界。《庄子·人间世》:"彼且为无町畦,亦与之为无町畦。"

④暂:一作"稍"。

【汇评】

仇兆鳌《杜诗详注》卷一四:此到村叙怀。老参戎幕,苦于拘束。归散马蹄,喜得游行也。下文皆商度归来之事。欲谋稻粱,须身就农列,惜田间榛草日已荒迷耳。思出江汉,则蜀难久留,但旧畦仍在,未免惑志耳,所以愿辞戎幕而归栖故园也。

杨伦《杜诗镜铨》卷一一:盖此时既不愿久留,又不便辞去,不知何适而可,颇费踌躇耳。

村　雨

雨声传两夜,寒事飒高秋。挈带看朱绂,开箱睹黑裘①。
世情只益睡,盗贼敢忘忧。松菊新霑洗,茅斋慰远游。

【题解】

秋日回到草堂,连续下了两夜雨,寒意渐重,揽起衣带看了看红色官袍,打开衣箱翻出黑色皮衣。西山的盗贼尚未平定,我哪里敢忘记为主帅分忧,可世情浇薄,不能有所作为,唯有一睡了之。经过秋雨冲洗的松树、菊花,好歹给我这个返归草堂的远游者带来一丝安慰。

【注释】

①挈:一作"揽"。朱绂:系官印的红色绶带。《战国策·秦策》载,苏秦说秦王,书十上而说不行,黑貂之裘敝,黄金百斤尽。

仇兆鳌《杜诗详注》卷一四:首联记村雨,次联承寒事,下乃感怀自遣。御寒则思衣,看朱绂,君恩未报;睹黑裘,失意未归。今幕僚不合,世情付之一睡。而军谋既豫,盗贼每以分忧。唯此松菊茅斋,差慰客游耳,仍照村雨作结。

宿　府

清秋幕府井梧寒,独宿江城蜡炬残①。永夜角声悲自语,中天月色好谁看。风尘荏苒音书绝,关塞萧条行路难。已忍伶俜十年事,强移栖息一枝安②。

【题解】

清秋之夜,独自宿在成都的幕府之中。井栏边的梧桐树,带来阵阵寒意;不知不觉,房中的蜡烛就要烧尽了。漫长的夜晚,凄凉的号角声就好像在自言自语;当空的明月如此姣好,又有谁会和我一起去欣赏。战火不熄,辗转奔波,亲朋故旧的音讯早已断绝;关塞阻隔,满目萧条,世路更为艰难。从安史之乱发生到如今,我东奔西走,已经忍受了十年的流离之苦,现如今为了一时的安宁,勉强自己做一个幕僚。张綖说:"公虽为严公表为参谋,而非其所乐,因宿幕府以发之。"(《杜工部诗通》卷一一)

【注释】

①梧:一作"桐"。炬:一作"烛"。

②《庄子·逍遥游》:"鹪鹩巢于深林,不过一枝。"

【汇评】

孙鑛《杜律》七律卷一:通首俱是伤叹之意,而不点出"伤叹"字,读完自见,最有深味。

《唐宋诗醇》卷一六:多少心事,于无聊中出之,字字沉郁。

刘濬《杜诗集评》卷一一引吴农祥曰：八句皆对，既极严整从容，复带错综变化，此公之神境。

遣闷奉呈严公二十韵

白水鱼竿客，清秋鹤发翁。胡为来幕下，只合在舟中①。黄卷真如律，青袍也自公②。老妻忧坐痹，幼女问头风③。平地专敧倒，分曹失异同④。礼甘衰力就，义忝上官通。畴昔论诗早，光辉仗钺雄。宽容存性拙，剪拂念途穷。露裛思藤架，烟霏想桂丛。信然龟触网，直作鸟窥笼⑤。西岭纡村北，南江绕舍东。竹皮寒旧翠，椒实雨新红。浪簸船应拆，杯干瓮即空⑥。藩篱生野径，斤斧任樵童。束缚酬知己，蹉跎效小忠。周防期稍稍，太简遂恩恩。晓入朱扉启，昏归画角终。不成寻别业，未敢息微躬。乌鹊愁银汉，驽骀怕锦幪⑦。会希全物色，时放倚梧桐⑧。

【题解】

我原本隐于草野，年事已高，只应与渔樵为伍，为何会来到你的辖下担任幕职呢？那是因为早年我就与你为诗文之交，现在你雄镇一方，包容我的笨拙，顾惜我的窘困，对我以礼相待，将我引入幕中。但幕府的生活真不自在，每日上班点卯，限期完成任务，而我每每与同僚意见相左，平时走路都踉踉跄跄，妻子担心我患上坐痹症，女儿不停询问我的头风病。我真怀念草堂挂满露珠的藤架、烟雨蒙蒙的桂树丛，心情犹如网中之龟、笼中之鸟。草堂真是个好地方，北面西岭逶迤，东面南江萦回，堂前翠竹葱茏，花椒由青而红。自从我离开了草堂进入幕府，想必江中的小船被风浪打坏，酒瓮早已空空如也，篱笆倒塌任由他人穿行，树木遭受樵童的砍伐。我到幕府受此束缚，既是为了报答你的知遇之恩，也是希望在蹉跎多年后能为朝廷尽菲薄之力。我虽然处处小心谨慎，但生性简率，终究不免有所疏忽。早上幕府朱门一开我即入府，直到黄昏画角吹尽我才归来，兢兢业业，根本没有机会回到草堂休憩。我才疏学浅，难当重任，如同乌鹊担心构架银河之桥、驽马被搭上锦制的马鞍，唯望你顾全我的体面，准许我辞去幕职，逍遥自适。

【注释】

①来：一作"居"。

②黄卷：官府用以考核的文书、簿册。《唐会要》载，天宝四载十一月，敕御史依旧制，黄卷书阙失，每岁委知杂御史长官比类能否，送中书门下，改转日褒贬。《诗·召南·羔羊》："自公退食。"

③痹：痹症，因风、寒、湿所导致的肌肉疼痛或麻木。头风：头疼病。

④分曹：官署分司治事。

⑤《史记·龟策列传》："江使神龟使于河，至于泉阳，渔者豫且举网得而囚之，置之笼中。"

⑥拆：一作"折"或"坼"。

⑦锦幪：覆于马背的锦巾。

⑧《庄子·德充符》："倚树而吟，据槁梧而瞑。"

【汇评】

黄生《杜工部诗说》卷一二：公与严公始终暌合之故，具见此一诗。盖公在蜀，两依严武，其于公故旧之情，不可谓不厚。及居幕中，未免以礼数相拘，又为同辈所谮，此公所以不堪其束缚，往往寄之篇咏也。

佚名《杜诗言志》卷八：读之真抵一篇《北山移文》，发笑之极。若说作是少陵自述己意，便说不去，且亦无此体也。

刘濬《杜诗集评》卷一三引李因笃曰：与昌黎《上张仆射书》并读，总是吐情知己，意之所到，笔能随之。其文力正同。

严郑公阶下新松 得霜字

弱质岂自负,移根方尔瞻。细声侵玉帐,疏翠近珠帘^①。未见紫烟集,虚蒙清露霜。何当一百丈,欹盖拥高檐。

【题解】

新松尚嫩弱矮小,岂敢自命不凡?最近被移种在台阶下,才被人们关注。它稀疏的绿枝靠近珠帘,微风将寨寨的松声吹入帐内。虽然承受着清露的滋润,但它还不能聚集云烟。什么时候它能长到百丈之高,让倾斜的树冠遮蔽高高的屋檐?

【注释】

①侵:一作"闻"或"隐"。玉帐:主帅之军帐,也指玉饰之帐,含华贵意。

【汇评】

沈汉《杜律五言集》卷四:却是咏新松,与赋他松苍髯老干者不同。

仇兆鳌《杜诗详注》卷一四:全首咏松,俱属寓意。一、二新松,三、四阶下,五、六新松,七、八阶下。

石闾居士《藏云山房杜律详解》五律卷四:此诗句句是咏松,句句是自况。说到末路,有涵盖一世之概。可知此老之怀抱,迥非一幕职所能维系者也。

严郑公宅同咏竹 得香字

绿竹半含箨,新梢才出墙^①。色侵书帙晚,阴过酒樽凉。雨洗娟娟净,风吹细细香^②。但令无剪伐,会见拂云长。

【题解】

嫩绿的竹子一半还包着笋壳,刚长出来的竹梢也才高过院墙。相对而坐,看书时绿色映照在书帙上迟迟不退,小酌时竹影掠过酒樽更为清凉。雨后的新竹娟秀明净,微风吹来细细的清香。只要没有遭受砍伐,它们一定会长得很高。

【注释】

①箨:笋壳。

②净:一作"静"。

【汇评】

刘濬《杜诗集评》卷九引李因笃曰:咏松已含轩昂之情,咏竹便具潇洒之致。

浦起龙《读杜心解》卷三之四:二诗皆寓依人意。松诗负气不凡,竹诗托意又婉。

石闾居士《藏云山房杜律详解》五律卷四:此诗亦见自况之意,一收却与咏松之末联互相发明,总无雷同之语。此公诗所以为独至欤?

晚秋陪严郑公摩诃池泛舟① 得溪字

湍驶风醒酒,船回雾起堤②。高城秋自落,杂树晚相迷。坐触鸳鸯起,巢倾翡翠低。莫须惊白鹭,为伴宿青溪③。

【题解】

舟行在激流中,江风迎面而来,吹走了浓浓的酒意。大雾从堤岸升起,满城秋色,杂树隐约可见。水边的鸳鸯,快要被船碰触才惊飞而起;鸟巢倾斜水面,翡翠飞得很低。还是不要去惊动白鹭吧,就让它们成群结伴栖宿在青溪。

【注释】

①摩诃池:故址在今四川成都。《成都记》载,摩诃池在张仪子城内,隋蜀王秀取土筑广子城,因为池。有一僧见之曰:"摩诃宫毗罗。"盖胡僧谓摩诃为大,宫毗罗为龙,谓此池广大有龙,因名摩诃池。

②驶：一作"駃"。回：一作"行"。

③青：一作"清"。

【汇评】

王嗣奭《杜臆》卷六：泛池赋诗而得"溪"字，如此落韵，意外巧妙，亦寓乞归意。

陈式《问斋杜意》卷一一：泛舟原为秋色，觉无鸳鸯、翡翠点缀，即不成为郑公之泛，故从热闹上说。至于白鹭、清溪，陪客如公，此喻又何可少？

仇兆鳌《杜诗详注》卷一四：首联泛舟，次联晚秋，五、六池上所见，七、八池上所感。

陪郑公秋晚北池临眺①

北池云水阔，华馆辟秋风②。独鹤先依渚，衰荷且映空。采菱寒刺上，踏藕野泥中。素楫分曹往，金盘小径通。萋萋露草碧，片片晚旗红。杯酒沾津吏，衣裳与钓翁。异方初艳菊，故里亦高桐。摇落关山思，淹留战伐功。严城殊未掩，清宴已知终。何补参卿事，欢娱到薄躬③。

【题解】

北池云水相连，岸边华美的馆舍可以蔽挡萧瑟的秋风。辽阔的水面上，一只孤独的野鹤在小洲漫步，一望无际的枯荷掩映寒空。附近百姓或划着小船，采摘带刺的菱角，或打着赤脚，在淤泥中挖藕。菱角、塘藕被装上小船，一批批送到岸边，用金盘装着呈列在筵席上。岸边小草碧绿，小船上的红旗与晚霞交相辉映。严郑公大加赏赐，与民同乐。此时有人送来盛开的秋菊，我不觉想起了故乡的梧桐，看来只有战事成功我才能返乡吧。在城门戒严关闭之前，宴会结束，严郑公一行回到城中。我这个不称职的幕僚，也有幸参加了这场欢宴。

【注释】

①北池：万岁池，故址在今四川成都北。《新唐书·地理志》载，成都府北十八里有万岁池，天宝中，长史章仇兼琼筑堤，积水溉田。

②阒：一作"阁"。

③参卿事：一作"参军乏"。事，一作"乏"。

【汇评】

张溍《读书堂杜诗注解》卷一一：公在严武幕中，自《遣闷有作奉呈》后，如《咏竹》《泛舟》《观岷山画》《北池临眺》，皆分韵赋诗，其情分稠密如此，而史谓严武中颇衔之，不知何所本而云。

刘濬《杜诗集评》卷一三引李因笃曰：语意圆足，轻点陪郑公，尤高。

奉观严郑公厅事岷山沱江画图十韵①

沱水流中座，岷山到此堂②。白波吹粉壁，青嶂插雕梁。直讶杉松冷，兼疑菱荇香。雪云虚点缀，沙草得微茫。岭雁随毫末，川霓饮练光。霏红洲蕊乱，拂黛石萝长。暗谷非关雨，丹枫不为霜③。秋成玄圃外，景物洞庭旁④。绘事功殊绝，幽襟兴激昂。从来谢太傅，丘壑道难忘⑤。

【题解】

广德二年深秋，严武请人在他的厅堂粉壁上作巨幅岷江沱水图，杜甫为之赋诗。岷山似乎搬移到了大堂，沱水简直要流到座位旁。粉壁上白波仿佛在荡漾，青山直插雕梁。山中的松杉充满了寒意，水中的菱角、荇菜散发着清香。雪山上白云点点，沙岸旁青草迷离。飞越山岭的大雁隐约可见，江上的桥梁似虹霓饮水。江洲红花杂乱，山石藤蔓缠绕。山谷幽暗，枫叶丹红。秋日的成都，景色如此幽美，似在玄圃之外、洞庭湖旁。这绘画的技巧如此妙绝，使我情绪激昂。严郑公犹如东晋太傅谢安，对山林的爱好始终不衰。

【注释】

①诗题一本题后有"得忘字"三小字。沱江:长江支流。《书·禹贡》:"岷山导江,东别为沱。"《太平寰宇记》载,沱水在成都府新繁县。

②流:一作"临"。到:一作"赴"或"对"。此:一作"北"。

③暗谷:一作"谷暗"。丹枫:一作"枫丹"。

④成:一作"城"。

⑤《晋书·谢安传》载,谢安放情丘壑,虽受朝寄,东山之志,始末不渝。

【汇评】

仇兆鳌《杜诗详注》卷一四引杨万里曰:杜集排律多矣,独此琼枝寸寸是玉,栴檀片片皆香。然排律仅可止此,至五十韵百韵,则非古矣。

又引王嗣奭曰:此诗是唐人咏画格调,而遣词工致,娓娓不穷,他人无复措手处。末拈限韵,亦自稳称。

又引胡夏客曰:起联庄重,接联精警,收语稳足,此最入格之篇。

送舍弟颖赴齐州三首①

其一

岷岭南蛮北,徐关东海西②。此行何日到,送汝万行啼。绝域惟高枕,清风独杖藜。时危暂相见,衰白意都迷③。

【题解】

杜甫之弟杜颖来成都探望他,秋日返回齐州,杜甫作诗相送。这一首说,我寓居在南蛮之北的岷山山麓,你将要回到东海之西的徐关。此行路途遥远,不知你何日才能抵达,送别时我流下了无数泪滴。我滞留蜀中,除了蒙头闷睡,就只有在清风中拄藜杖眺望。时危年衰,暂聚又远别,再晤难期,心中凄迷。

①颖:原作"频",据他本改。齐州:州治在今山东济南。

②徐关:古地名,在今山东淄博。

③时危:一作"危时"。

【汇评】

仇兆鳌《杜诗详注》卷一四:首章,叙惜别之情。上四送弟赴齐,下四自叹寥落。

杨伦《杜诗镜铨》卷一一引邵长蘅曰:老人絮絮,真情苦语。公寄弟、忆弟诸诗无不佳,以其从真性情流出也。

其二

风尘暗不开,汝去几时来。兄弟分离苦,形容老病催。江通一柱观,日落望乡台^①。客意长东北,齐州安在哉。

【题解】

战火尚未停止,时局不见好转,你此去不知何日再来?我们兄弟饱受分离之苦,何况老病催人憔悴。你顺江直下,经一柱观而东去;我淹留成都,在望乡台伫立至日落,虽然常常想着你而望着东北方,却不知道齐州在何处。

【注释】

①一柱观:故址在今湖北松滋东丘家湖。望乡台:在今四川成都北。

【汇评】

仇兆鳌《杜诗详注》卷一四:次章,兼叙别后之思。此亦四句分截。"风尘"二句,承上时危。"兄弟"二句,承上衰白。一柱观,经过之路。望乡台,遥想齐州。"安在"二字,写颖意中旁皇奔赴之情,从上句连读。

边连宝《杜律启蒙》五言卷五:战伐之风尘不休,则汝何日复来?兄弟分离已自苦矣,况又当风尘之际而兼老病乎?

刘濬《杜诗集评》卷九引李因笃曰:真有老笔瘦硬之意。

874

其三

诸姑今海畔,两弟亦山东。去傍干戈觅,来看道路通。短衣防战地,匹马逐秋风。莫作俱流落,长瞻碣石鸿①。

【题解】

几位姑姑如今都住在海边,两个弟弟也留在山东。你此去冒着战火的风险,单骑匹马行进在秋风中,希望重来时道路已经畅通。我一直会等着你抵达后的来信,但愿有一日我们都不再流落他乡。

【注释】

①碣石:在今河北昌黎西北。《淮南子·览冥训》:"过归雁于碣石。"

【汇评】

仇兆鳌《杜诗详注》卷一四:末章,冀其去而复来。颖赴齐州,故并想诸姑两弟。去傍干戈,冒险可虑。来看道路,后会难期。五、六承去,七、八承来。碣石在山东,鸿雁比兄弟。

张溍《读书堂杜诗注解》卷一一:三首全是至性,不落文字。第一首先忧其去,第二首又望其来。末首方实指,兼计去来,说及诸姑两弟,正赴齐州之故。

别唐十五诫,因寄礼部贾侍郎①

九载一相逢,百年能几何。复为万里别,送子山之阿。白鹤久同林,潜鱼本同河。未知栖集期,衰老强高歌。歌罢两凄恻,六龙忽蹉跎②。相视发皓白,况难驻羲和。胡星坠燕地,汉将仍横戈。萧条四海内,人少豺虎多。少人慎莫投,多虎信所过。饥有易子食,兽犹畏虞罗。子负经济才,天门郁嵯峨。飘飘适东周,来往若崩波③。南宫吾故人,白马金盘陀④。雄笔映千古，见贤心靡他⑤。念子善师事，岁寒守旧柯。为我谢贾公，病肺卧江沱⑥。

【题解】

广德二年秋，贾至转任礼部侍郎，知东都举。杜甫故交唐诚将赴洛阳应试，诗人赠诗并寄语贾至。我与唐诚你分别九年见面，即使长命百岁又能会面几回？何况你又要远行万里之外，所以我依依难舍，一直将你送到山边。我们曾经如白鹤长久同栖一林，似潜鱼同处一河，不知道今后还能否相聚，哪怕年已老依然要勉强高歌。一曲歌罢，两人十分感伤，相对一看，均是满头白发，时光飞逝，难以挽留。如今史朝义已经死于幽州，河北降将依然拥兵自固，四海萧条，豺虎肆虐，人烟稀少，百姓饥馑，易子而食。唐诚你本有济世之才，却未能入朝为官，现在行色匆匆，直奔洛阳，一路要小心谨慎。侍郎贾至是我的旧友，他身骑白马，笔力雄健，思贤若渴。希望你能师事贾至侍郎，如岁寒之松柏那样始终不渝，并替我问候贾公，告诉他我正卧病江边。

【注释】

①唐诚，并州晋阳（今山西太原）人，行十五，官至河南府士曹参军。

②六龙：日神乘车，驾以六龙，羲和为御者。刘向《九叹·远游》："维六龙于扶桑。"

③飘飖：一作"飘飘"。东周：这里指东周都城洛阳。若崩：一作"亦奔"。

④南宫：指尚书省。盘陀：马笼头，一说指马鞍。

⑤靡：一作"匪"。《诗·鄘风·柏舟》："之死矢靡它。"

⑥沱：江水的支流。《诗·召南·江有汜》："江有沱。"

【汇评】

刘濬《杜诗集评》卷三引吴农祥曰：起四句千愁万恨，承下一唱三叹。此非公之至者，而其气魄不可掩。

鲁一同《鲁通甫读书记》：纯乎汉人声息，却不由摹拟，老手自得之境。

怀　旧

地下苏司业，情亲独有君①。那因丧乱后，便有死生分②。老罢知明镜，悲来望白云。自从失词伯，不复更论文③。

【题解】

九泉下的国子司业苏源明，我与你感情尤为亲厚。奈何自从安史之乱后，分别竟成为永诀。明镜里我双鬓斑白，容颜衰老，忧愁之时更加想念你。失去你之后，我没有了知音，再也没有兴趣衡文论道了。

【注释】

①苏司业：苏源明，曾任国子司业。司业，原主管音乐，隋始设国子监司业，为祭酒之副，掌儒学训导。

②丧：一作"衰"。便有：一作"更作"。

③诗末原有注："公前名预，缘避御讳，改为源明。"

【汇评】

汪瑗《杜律五言补注》卷三：此诗每联自相唤应，皆有哀死之意。

仇兆鳌《杜诗详注》卷一四：上四悼苏之亡，下四自伤失侣。对镜而知身老，望云而想故人，说得身世凄然。杜诗有用字犯重者，"汉使徒空到"，"徒"下不当用"空"字；"不复更论文"，"复"下不当用"更"字。

石间居士《藏云山房杜律详解》五律卷四：此诗通身不露悲痛字面，而悲痛之意更深。

哭台州郑司户苏少监

故旧谁怜我，平生郑与苏。存亡不重见，丧乱独前途。豪俊何人在，文章扫地无①。羁游万里阔，凶问一年俱②。白日中原上,清秋大海隅。夜台当北斗,泉路著东吴③。得罪台州去,时危弃硕儒。移官蓬阁后,谷贵没潜夫④。流恸嗟何及,衔冤有是夫。道消诗兴废,心息酒为徒⑤。许与才虽薄,追随迹未拘⑥。班扬名甚盛,嵇阮逸相须。会取君臣合,宁铨品命殊。贤良不必展,廊庙偶然趋。胜决风尘际,功安造化炉。从容拘旧学,惨淡闷阴符⑦。摆落嫌疑久,哀伤志力输。俗依绵谷异,客对雪山孤。童稚思诸子,交朋列友于⑧。情乖清酒送,望绝抚坟呼⑨。疟病餐巴水,疮痍老蜀都⑩。飘零迷哭处,天地日榛芜。

【题解】

广德二年,杜甫获悉郑虔、苏源明先后去世的消息,十分悲痛,写下此诗。自己平生最相得的朋友,莫过于郑、苏两人了。现在他们均已亡故,生死异途,再也无法相见,只剩下我一人在丧乱中独自挣扎。世上没有郑、苏那样的豪俊之士,好文章也就扫地无余了。我滞留在万里之外的蜀中,一年之内郑、苏的噩耗接踵而至。苏源明卒于京师而郑虔卒于台州,遥祭苏氏要眼望北斗,遥祭郑氏则须面对东吴。国势艰危之际,朝廷居然抛弃郑虔这位大儒;移官秘书省之后,苏氏竟会因谷价飞涨而饿死长安。如今我为二人恸哭又何济于事,实在无法相信天下会有这样冤屈的事情。道义消亡,不妨寄情诗酒。我才学浅陋,受到两人的称许,与他们交往不拘形迹。郑、苏二人有班固、扬雄的才名,还有嵇康、阮籍的旷达飘逸,却官小位卑,未获重用。肃宗复国,苏源明转为秘书少监,郑虔远贬台州,而我也隐居绵谷。幼时我就倾慕郑、苏二人,此后相交有如兄弟,如今两人亡故,我哭墓无缘,唯有遥祭清酒。此刻我身患疟疾,辗转满目疮痍之巴蜀,面对梗塞之旅途,失声痛哭,不知何去何从。

【注释】

①何人:一作"人谁"。

②凶问:死讯。

③夜台:坟墓。泉路:泉下,地下。

④移官:一作"马移"。蓬阁:蓬莱阁,此指秘书省。《后汉书·窦章传》:"是时学者称东观为老氏藏室,道家蓬莱山,康遂荐章入东观为校书郎。"

⑤《易·否》:"内小人而外君子,小人道长,君子道消也。"兴废:一作"发兴"。

⑥许与:结交引为知己。

⑦拘:一作"询"。阴符:兵书。《新唐书·郑虔传》:"虔学长于地里,山川险易、方隅物产、兵戍众寡无不详。尝为《天宝军防录》,言典事该。"

⑧交朋列友于:一作"交期列友于"。《论语·为政》:"友于兄弟。"

⑨清酒:祭祀之酒。《诗·小雅·信南山》:"祭以清酒,从以骍牡。"

⑩病:一作"痢"。

【汇评】

仇兆鳌《杜诗详注》卷一四引卢世㴶曰:此诗泣下最多,缘两公与子美莫逆故也。"豪俊人谁在,文章扫地无。羁游万里阔,凶问一年俱。"二十字,抵一篇大祭文。结云:"飘零迷哭处,天地日榛芜。"苍苍茫茫,有何地置老夫之意。想诗成时,热泪一涌而出,不复论行点矣,是以谓之哭也。

刘濬《杜诗集评》卷一三引吴农祥曰:真语出之肝膈。

初　冬

垂老戎衣窄,归休寒色深①。渔舟上急水,猎火著高林。日有习池醉,愁来梁甫吟②。干戈未偃息,出处遂何心。

【题解】

我在垂暮之年穿上了窄窄的军服,初冬时分暂且回到草堂休假。渔舟逆流而上,岸边的树林里有猎人点亮了篝火。回到家中,可以重新过上饮酒赋诗的生活。只是此刻战乱尚未平息,无论出仕还是隐居,都不能让人感到舒心。

【注释】

①休：一作"来"。色：一作"气"。

②有：一作"暮"。

【汇评】

黄生《杜工部诗说》卷六：白首老人，戎衣趋府，想见觥觫之状，偏写出以发人笑，而其不情愿之意已见言外矣。

仇兆鳌《杜诗详注》卷一四：此暂归草堂而作也。首联双提；三、四承次句，言归溪冬景；五、六承首句，言在幕情事；末句"出处"二字总绾。

观李固请司马弟山水图三首

其一

简易高人意，匡床竹火炉①。寒天留远客，碧海挂新图。虽对连山好，贪看绝岛孤。群仙不愁思，冉冉下蓬壶。

【题解】

蜀人李固藏有其弟李司马所画海上仙山图，冬日杜甫至李固家中，赏画题诗。"观三篇所赋其图，所画必皆仙山、仙人也。一章言主人留客观画，二章言己见画不能真游，三章言己欲与仙老同游，其立意亦各不同也"（汪瑗《杜律五言补注》卷三）。李固生活简朴，性格平易，在寒冬为了挽留我这远来客，不仅准备好了火炉、方床，还拿出其弟新画的碧海仙山图供我观赏。绵延的群山固然美好，但我更喜欢海中的孤岛。我仿佛看见，一群无忧无虑的仙人悠然降落在仙岛。

【注释】

①《汉书·刘向传》："向为人简易，无威仪，廉靖乐道，不交接世俗。"意：一作"体"。匡床：方床，一说安稳舒适的床。

王嗣奭《杜臆》卷六：已有愁思，而不知不觉发之于群仙，喜其不愁思，真味外味。

张溍《读书堂杜诗注解》卷一一：首四句从李张画延客高况说起，括几许情事。后四句方赞画。

边连宝《杜律启蒙》五言卷五：此首山海错出，不如下二首句句分切之精密。

其二

方丈浑连水，天台总映云。人间长见画，老去恨空闻[1]。范蠡舟偏小，王乔鹤不群。此生随万物，何路出尘氛[2]。

【题解】

画上的青山如天台山掩映在彩云之间，画面上的孤岛如方丈仙山与茫茫海水浑然一片。我在人世间常常看见画中有仙山，直到年老也无缘亲临其地。画上有小船还有仙鹤，可惜我既无法与范蠡一同去浮海泛游，又无法同王子乔驾鹤飞去。我这一生都在与世浮沉，何时才能摆脱尘俗的牵累？

【注释】

①老去：一作"身老"。

②路：一作"处"。

【汇评】

仇兆鳌《杜诗详注》卷一四：次章，概言山水人物。见山水恨不能亲至其地，见人物又叹不能离俗而去。上下两段，各用一景一情，谓之虚实相间格。

张溍《读书堂杜诗注解》卷一一：此首虚拟画上名胜而身不能往。

其三

高浪垂翻屋，崩崖欲压床。野桥分子细，沙岸绕微茫[1]。红浸珊瑚短，青悬薜荔长。浮查并坐得，仙老暂相将[2]。

画面中巨浪澎湃,似乎要掀翻房屋;悬崖崩裂,简直要压垮方床。仔细分辨,小桥位于水的上方,沙岸曲折环绕,水中珊瑚红润短小,岛上薛荔葱翠修长。画面上的竹筏看起来还比较宽裕,可以并排坐上两人,那就请仙老携我同上银河吧。

【注释】

①桥:一作"楼"。

②浮查:浮槎。并坐得:一作"相并坐"。

【汇评】

王嗣奭《杜臆》卷六:"高浪""崩崖",何等雄大。小之而"野桥""沙岸",又小之而"珊瑚""薛荔",粗中有细,此画家妙处。六句说景,结语说到自身,谓浮查尚宽,可以并坐,仙老肯暂将我去乎?三首结同一意,而变幻不拘。

浦起龙《读杜心解》卷三之四:三诗一意,总是因画而动高隐之思,其次第更自秩然。首言群仙不愁,遥羡也;次言何处出尘,惧隔也;末言浮查相将,望引也。以此作题画观,又恰以不黏不脱见超。

至　后①

冬至至后日初长,远在剑南思洛阳。青袍白马有何意,金谷铜驼非故乡②。梅花欲开不自觉,棣萼一别永相望③。愁极本凭诗遣兴,诗成吟咏转凄凉。

【题解】

冬至节过后,白天逐渐由短变长。我远寓剑南,无比思念洛阳。供职于幕府,有志难骋;成都没有金谷园、铜驼街那样的名胜,终究不是故乡。不知不觉,就又到了梅花开放的时节;兄弟一别,难以晤面,唯有长相守望。愁闷之时,本想借诗遣怀;诗成吟咏,反而更添凄凉。

①诗题一作"至节后"。

②金谷:金谷园,石崇所建,在洛阳西北。铜驼:洛阳铜驼街。

③《诗·小雅·常棣》:"常棣之华,鄂不韡韡。凡今之人,莫如兄弟。"

【汇评】

范廷谋《杜诗直解》七律卷二:写出困于逆旅,思绪无聊之况。

石间居士《藏云山房杜律详解》七律卷上:此诗亦七律之拗体,通身得古拙之趣,固不待言。而"青袍白马"一联,互相顾盼,句中藏意,言外传神,尤为奇僻异常,迥出人意想之外。

送王侍御往东川放生池祖席①

东川诗友合,此赠怯轻为②。况复传宗匠,空然惜别离。梅花交近野,草色向平池。傥忆江边卧,归期愿早知。

【题解】

杜甫幕友王侍御将要去东川任职,在放生池旁所摆设的饯别宴席上,杜甫作此诗相送。东川的梓州是诗友荟萃之地,赠送此诗我担心是轻率的举动,何况王侍御又是诗文巨匠,我再说一些普通的惜别之语,就更无意义了。放生池边青草萋萋,附近田野梅花交相绽放。如果到了东川你还想念我这个卧病江边之人,就早日告知我你归来的消息。

【注释】

①祖席:饯别的宴席。

②友:一作"文"。

【汇评】

仇兆鳌《杜诗详注》卷一四:上四送王侍御,五、六池边春景,末乃预订归期。东川乃诗友会合之地,故欲赠诗而怯于轻为。况侍御能诗,共传宗匠,徒然作惜别常语,亦何为乎。当兹冬尽春来之际,惟愿早归,以慰衰疾,此今日送行之意也。

寄贺兰铦

朝野欢娱后,乾坤震荡中①。相随万里日,总作白头翁。岁晚仍分袂,江边更转蓬。勿云俱异域,饮啄几回同。

【题解】

在朝野欢娱的开元、天宝之后,整个国家都进入了震荡之中。我们在万里之外的蜀中重逢,不知不觉中都成了白头翁。可惜垂暮之年依然要分别,我这江边的老头就如同随风飘转的蓬草。不要说这些流落异乡之苦,其他的经历我们也是如此相似。

【注释】

①张协《咏史》:"昔在西京时,朝野多欢娱。"

【汇评】

仇兆鳌《杜诗详注》卷一四:上四,乱后相逢之感;下四,远方惜别之情。从欢娱说至震荡,公与铦初交于盛时,而再逢于乱日也。万里白头,暂遇途中,分袂转蓬,又忽散去矣。

石闾居士《藏云山房杜律详解》五律卷四:此诗通身一气流走,却又结构紧严,无空滑之弊,所以为佳。

正月三日归溪上有作,简院内诸公

野外堂依竹,篱边水向城。蚁浮仍腊味,鸥泛已春声①。药许邻人劚,书从稚子擎。白头趋幕府,深觉负平生。

永泰元年(765)正月三日,回归浣花溪草堂的杜甫寄诗旧日同僚,抒发他摆脱幕职后的舒畅之情。草堂外茂竹环绕,篱笆边溪水流向锦城。杯中之酒还是腊月酿造的,嬉水的鸥鸟已发出春天的叫声。药圃里的药材任凭邻居来采摘,家中的藏书也允许小孩子随意翻阅。鬓发苍苍而趋走于幕府,我深深感到违背了平生的志趣。

【注释】

①蚁浮:指酒。《文选·张衡〈南都赋〉》:"醪敷径寸,浮蚁若萍。"唐刘良注:"酒膏径寸,布于酒上,亦有浮蚁如水萍也。"

【汇评】

方回《瀛奎律髓》卷二三:老杜合是廊庙人物,其在成都依严武为参谋,亦屈甚矣。此诗起二句言草堂之状,三、四言时节,五、六言情怀,而末二句感慨深矣。老杜平生虽流离多在郊野,而目击兵戈盗贼之变,与朝廷郡国不平之事,心常不忘君父,故哀愤之辞不一,不独为一身发也。

仇兆鳌《杜诗详注》卷一四:首联溪前景趣,次联新正物候,三联归溪之事,末联简院之怀。

梁运昌《杜园说杜》卷一〇:趋幕府则味同鲁酒,归溪则物自忘机。从前忌我嫉我者,可以已矣。而正面只是写正月三日,故为双管齐下。

敝庐遣兴奉寄严公

野水平桥路,春沙映竹村。风轻粉蝶喜,花暖蜜蜂喧。把酒宜深酌,题诗好细论。府中瞻暇日,江上忆词源。迹忝朝廷旧,情依节制尊①。还思长者辙,恐避席为门②。

【题解】

诗写杜甫邀请严武重来草堂。春水猛涨,漫上小桥村路。村边的沙滩旁,修竹掩映。微风吹拂,轻盈的蝴蝶来回飞舞,喧闹的蜜蜂忙碌不停。面对如此美景,正宜把酒论诗。在幕府任职时,我期待着闲暇的日子,辞归草堂后又特别思念你。以往我们同在朝廷为官,现在我则要依附于你这节制一方的大员。大前年你曾枉驾草堂,如果不嫌草堂简陋,希望你能重来。

【注释】

①忝:一作"寄"。

②《史记·陈丞相世家》:"(陈平)家乃负郭穷巷,以弊席为门,然门外多有长者车辙。"

【汇评】

(朝鲜)李植《纂注杜诗泽风堂批解》卷一〇:字字句句皆钩致严公之词,而终无自请之语,此辞之妙。先言水竹佳境,次言风花好景,次言诗酒之乐,皆望严公之肯来。又言己之思严词源,严之有公暇可访己,情态曲尽。又谓己昔曾在朝廷为旧班,今依节制,有宾礼云尔,则严之访杜不为辱可知。而谦中寓讽云,恐贵人嫌我寒陋而不来也。

杨伦《杜诗镜铨》卷一二引蒋弱六曰:上四句敝庐遣兴,若傲以所无,拨动他诗兴,招之使不得不来也。下四句奉寄严公,末更以相与之素,相依之情,坐实他不弃贫贱之谊,而特用反跌以速之,绝妙招饮小简。

除草 去蔋草也。蔋音潜,山韭①

草有害于人,曾何生阻修。其毒甚蜂虿,其多弥道周。清晨步前林,江色未散忧。芒刺在我眼,焉能待高秋。霜露一霑凝,蕙叶亦难留②。荷锄先童稚,日入仍讨求。转致水中央,岂无双钓舟③。顽根易滋蔓,敢使依旧丘。自兹藩篱旷,更觉松竹幽。芟夷不可阙,疾恶信如仇④。

这种蘻草对人有毒,毒性甚至超过马蜂、蝎子,又不是生长在偏远险阻之地,危害性特别大。清晨到林中散步,道路两旁都是蘻草,便觉得芒刺入眼,心中不快,即使江中美景也无法让人高兴起来。除去毒草,时不我待,怎能推延到高秋?因为秋霜苍临,即使香草也会枯萎凋零。于是我带领童稚,扛上锄头,前去清除道旁毒草,一直忙到太阳下山。我们还用两只小船,把芟除的毒草倒入深水中,因为毒草极易生长蔓延,留在原地就会继续滋生。铲除毒草之后,庭院显得开阔,松树、竹林也看起来更为清幽。毒草不可不铲除,嫉恶如仇的立场不可不坚定。

【注释】

①一本题注为:“去蘻草。蘻,徐盐反,或音潜。苏东坡云:‘蘻草,蜀中谓之毛蘻毛芒可畏,触之如蜂蛋,治风疹,以此点之,一身失去。叶背紫者入药。蘻,山韭。’”蘻草:荨草,即荨麻。

②露:一作“雪”。凝:一作“衣”。

③《周礼·秋官·薙氏》:“薙氏,掌杀草。……若欲其化也,则以水火变之。”

④《左传·隐公六年》:“为国家者,见恶,如农夫之务去草焉。芟夷蕴崇之,绝其本根,勿使能殖。”

【汇评】

李长祥《杜诗编年》卷一二:细心精理,清机亮响,读之使人凡近胸次进一层。

浦起龙《读杜心解》卷一之四:从来去奸而奸反为害者,不速不尽故也。解此诗者,总不得肯綮。非胸有千古,目有时艰,深识祸乱之源,历鉴优柔之弊,未易语此。

春日江村五首

其一

农务村村急，春流岸岸深。乾坤万里眼，时序百年心。茅屋还堪赋，桃源自可寻。艰难贱生理，飘泊到如今①。

【题解】

永泰元年春日，回到浣花溪草堂的杜甫，对他的六年寓蜀生涯进行了一番梳理，写下这五首诗。"五诗前首总起，末首总结，中三首逐章承递。从前心事，向后行藏，备悉此中，可作公一篇自述小传读"（杨伦《杜诗镜铨》卷一二）。第一首诗人就眼前所见起兴。春耕播种时节，田间沟渠水满，村村忙于农作。独处江村，放眼天地间，故乡渺渺。又逢春日，时光荏苒，百年易逝。幸有茅屋草堂可以托居，浣花溪畔可堪避世。生于艰难之世，生计难以为继，漂泊至今，难得安逸。

【注释】

①贱：一作"昧"或"浅"。

【汇评】

吴瞻泰《杜诗提要》卷九：将辞幕府而归江村，此其总冒也。开口说农务，便有不得济时之感，而躬耕自给，又复不能，所谓"艰难昧生理"以此。三、四即"飘泊到如今"也。夫有万里乾坤之眼，而系百年时序之心者，岂堪退处茅屋、寻桃源而避世乎？然五、六是归江村正意，故又以昧生理，缴转农务去。抑扬顿挫，颠倒错叙，于自怨自艾之中，寓舒和微婉之趣，其度量亦过人远者。

仇兆鳌《杜诗详注》卷一四：首章，叙春日江村，有躬耕自给之意。

边连宝《杜律启蒙》五言卷五：江流甫深，农务方急，此真可以为生理矣。因而纵目遥观，乾坤万里，何其阔也，而不得一安居之所。抚心自问，百年时序,不亦疾乎,而不得安居之日,盖其飘泊也久矣。不知茅屋之内,即是桃源,生理自足,何烦飘泊,而乃冒昧以至今日乎?此首言从前之昧生理,已寓辞幕归隐之意。

其二

迢递来三蜀,蹉跎有六年①。客身逢故旧,发兴自林泉。过懒从衣结,频游任履穿。藩篱无限景,恣意买江天②。

【题解】

迢迢万里,北来至蜀,岁月蹉跎,转眼六年。客中幸逢故旧,得以卜居江村,营建草堂,吟咏林泉。我本性疏懒,不自修饰,衣衫任其不整,鞋底任其磨穿。藩篱之外,毫无遮蔽,可以纵情遥望江天。

【注释】

①《文选·左思〈蜀都赋〉》:"三蜀之豪,时来时往。"刘良注:"三蜀,谓蜀郡、广汉(郡)、犍为(郡)也。本一蜀国,汉高祖分置广汉,汉武帝分置犍为。"有:一作"又"。

②无限景:一作"颇无限"。买:一作"向"。

【汇评】

仇兆鳌《杜诗详注》卷一四:次章,归蜀而依严武。上四承飘泊来,下截仍抱江村。故交复镇,便堪发兴,且未讲到幕府事。下两章,方层次叙出。

佚名《杜诗言志》卷八:此首言依附故旧,不过借之以助林泉之兴,原无意于幕府也。

刘濬《杜诗集评》卷九引吴农祥曰:此首潇洒自然。

其三

种竹交加翠,栽桃烂熳红。经心石镜月,到面雪山风。赤管随王命,银章付老翁①。岂知牙齿落,名玷荐贤中。

【题解】

草堂花竹风月,足以自娱。亲手所种之翠竹,碧绿交错;亲手所栽之桃树,桃花灿烂鲜红。石镜之月,几度留心观赏;雪山之风,时时拂面而来。没有想到,迟暮之年而名列于荐贤行中,被朝廷授以官职。

【注释】

①《汉官仪》卷上:"尚书令、仆、丞、郎,月给赤管大笔一双,篆题曰北宫著作。"《汉书·百官公卿表上》:"凡吏秩比二千石以上,皆银印青绶。"

【汇评】

孙鑛《杜律》五律卷二:前四句景,后四句情,所不相蒙,交错烂漫,佳。

仇兆鳌《杜诗详注》卷一四:三章,言荐授郎官之事。上四,承江天,写村前近远之景。下四,承发兴,叙老年锡命之缘。

其四

扶病垂朱绂,归休步紫苔。郊扉存晚计,幕府愧群材①。燕外晴丝卷,鸥边水叶开。邻家送鱼鳖,问我数能来。

【题解】

带病入幕,不胜烦苦;辞幕归来,漫步草堂,悠闲轻松。自愧不如幕中同僚,我打算在草堂度过晚年。浣花溪边,燕子穿梭,游丝飞卷,水鸥嬉戏,水草漂浮。邻居敦厚淳朴,多次馈赠鱼鳖。

【注释】

①存:一作"在"。

【汇评】

仇兆鳌《杜诗详注》卷一四:四章,言辞还幕僚之故。上四承荐贤来,下四又应江村。

浦起龙《读杜心解》卷三之四:四章,还现在本面。一言辞之故,二言归之趣。……首章提出本怀,故见去就依违之志。此章针对辞幕,故以"归休""晚计"为适。不得以此证首章之欲终老草堂。

其五

群盗哀王粲,中年召贾生①。登楼初有作,前席竟为荣。

宅入先贤传,才高处士名②。异时怀二子,春日复含情。

【题解】

我避乱入蜀,抚时感怀,其伤感悲哀犹如当年流寓荆州的王粲;我上疏救房琯而遭贬,数年后再受荐入幕,又似贾谊贬至长沙后复召回京城。王粲避乱之初作有《登楼赋》,贾谊虽未获重用也曾获皇帝移坐聆听的殊荣,这都是我无法企及的。王粲、贾谊避乱贬谪时所居之宅,都被列入了先贤传;他们二人才高不遇于时,享有的盛名有如处士。我如今隐居遁世,希望能够追步前贤,使草堂也得以名垂后世。

【注释】

①王粲《七哀诗》:"西京乱无象,豺虎方遘患。"又王粲避乱客荆州,思归,作《登楼赋》。《史记·屈原贾生列传》载,贾谊洛阳人,文帝召为博士,时年二十余,后为长沙王太傅。岁余,帝思谊,征之,坐宣室,问鬼神之事,至夜半,文帝前席。

②才:一作"斗"。

【汇评】

赵汸《赵子常选杜律五言注》卷中:此五诗首尾开阖,始终相承,皆有意义,所谓忧中有乐而乐中有忧者也。

王嗣奭《杜臆》卷六:此五首如一篇文字,前四首一气连环不断,至末首总发心事作结。

张远《杜诗会粹》卷一三:《春日江村》,因江村春日而起兴,俱推开写,情事不必沾沾江村也。其中或点江村,或点春日,须善领略。

春　远

肃肃花絮晚,菲菲红素轻。日长唯鸟雀,春远独柴荆。数有关中乱,何曾剑外清。故乡归不得,地入亚夫营①。

永泰元年暮春在浣花溪边所作。落花将尽,柳絮飞舞,春光远去,白日渐长。昼掩柴扉,阒寂无人,唯有鸟雀呼朋引伴。吐蕃、党项多次在关中作乱,剑外又何尝安宁?蜀中无意久留,故乡又欲归不得,那里战乱未平。

【注释】

①故乡:一作"故园"。亚夫营:即细柳营。汉武帝时,周亚夫为将军,屯兵细柳营。

【汇评】

方回《瀛奎律髓》卷一○:后四句全是感慨,前四句言春事而起势浑雄,无一字纤巧斗合。大抵老杜集,成都时诗胜似关辅时,夔州时诗胜似成都时,而湖南时诗又胜夔州时,一节高一节,愈老愈剥落也。

又纪昀批方回之后曰:起二句是纤巧斗合。此宗山谷之论,其实英雄欺人。杜诗佳处卷卷有之,若综其大凡,则晚岁语多颓唐,精华自在中年耳。

黄生《杜工部诗说》卷六:写有景之景,诗人类能之;写无景之景,惟杜独擅耳。欲往关中,"关中数有乱";欲留剑外,"剑外何曾清"。只缘"地入亚夫营",徒望故乡归不得,当此日长春远之时,将何以为情耶。

绝句三首①

其一

闻道巴山里,春船正好行②。都将百年兴,一望九江城③。

【题解】

春水上涨,归思难遏,但狂风大作,欲行不得。"首章,先明欲去之怀;次章,就本地留连停顿;卒章,本欲去矣,却以风狂暂阻,故作一跌,绰有别致"(浦起龙《读杜心解》卷六之上)。其一写杜甫想离开蜀中。听说春水溢满之际,正是取道巴山、顺江而下荆楚之日。我长久以来的愿望,就是一睹九江之城。

【注释】

①底本原阙,诗题从仇本,他本作《绝句九首》。

②行:一作"还"。

③城:一作"山"。九江城:指江陵,旧时以为长江至江陵而分为九条支流。或以为指岳阳,蔡沈《书经集传》:"九江,今之洞庭也。"一说指浔阳。

【汇评】

仇兆鳌《杜诗详注》卷一四:首章,欲往荆楚而作。

其二

水槛温江口,茅堂石笋西①。移船先主庙,洗药浣花溪。

【题解】

临水的栏杆就设在温江口,所居的草堂在石笋街之西。我可以乘船前往先主庙,还可以在浣花溪中洗药。此首写杜甫对草堂生活的留恋。

【注释】

①温江口:温江与浣花溪的汇合处。温江,岷江的分支。石笋:石笋街,在成都西门外。

【汇评】

仇兆鳌《杜诗详注》卷一四:次章,见成都形胜,而仍事游览也。

其三

设道春来好,狂风太放颠①。吹花随水去,翻却钓鱼船②。

【题解】

不要说春天到来是多么美好,随之而来的春风实在太颠狂。它不仅把花儿都吹落到流水中,还恨不得把钓鱼船吹翻。

【注释】

①设：一作"谩"。

②吹：一作"飞"。

【汇评】

吴瞻泰《杜诗提要》卷一四：此以三首为章法也。首章，思乘船即至九江；次章，东移西泊不出成都；末章，致怨春风，系舟不能去，而以比兴出之。小小结构，具有波澜。

仇兆鳌《杜诗详注》卷一四：末章，见春江风急，叹不得远行也。

浦起龙《读杜心解》卷六之上：盖三诗一串，胸中素有下峡之志，适见风狂，聊为此咏，乃行止摇摇之感也。

营　屋①

我有阴江竹，能令朱夏寒。阴通积水内，高入浮云端。甚疑鬼物凭，不顾剪伐残。东偏若面势，户牖永可安②。爱惜已六载，兹晨去千竿。萧萧见白日，泂泂开奔湍。度堂匪华丽，养拙异考槃③。草茅虽薙葺，衰疾方少宽。洗然顺所适，此足代加餐。寂无斤斧响，庶遂憩息欢。

【题解】

初到成都卜居草堂时，我就在江边移种翠竹。经过六年生长，它们已经拂云蔽日。竹林从庭院直达溪边，即使在炎热的夏季，林中小道也颇为阴凉。我真疑心这片竹林有鬼物依附，所以从来不敢砍伐。如今为了让门窗朝向东方，我一大早就砍掉了上千竿珍爱的翠竹。这样一来，我就可以在室内看见太阳与溪流。我的房屋并不华丽，屋顶上还铺着茅草，但用来养病，已经颇为宽敞了。悠闲顺心的生活，足以抵得上多饮多食。等到草堂修缮完工，再也没有斤斧的嘈杂声，我就可以享受安逸的生活了。

①屋:一作"室"。

②面势:方面,形势。《周礼·冬宫·考工记叙》:"或审曲面执,以饬五材,以辨民器。"执,即"势"。永可:一作"可永"。

③《诗·卫风·考槃》:"考槃在涧,硕人之宽。"毛传:"考,成。槃,乐也。"

【汇评】

浦起龙《读杜心解》卷一之四:起四句,从度地之前叙起;"甚疑"八句,叙除地经始;"度堂"四句,叙营治;末四句,叙屋成。然只一片下。

喜　雨

　　南国旱无雨,今朝江出云①。入空才漠漠,洒迥已纷纷。巢燕高飞尽,林花润色分。晚来声不绝,应得夜深闻②。

【题解】

　　南方长久干旱无雨,今天早上乌云从江面上升起。它刚刚布满天空,雨滴就开始洒落下来。回巢的燕子,遇雨不再高飞;林中的鲜花,为雨淋湿而倍加鲜艳。到了晚上,雨声仍不绝于耳,看来它会一直下到深夜。

【注释】

①旱:一作"早"。《礼记·孔子闲居》:"天降时雨,山川出云。"

②不绝:一作"更急"。

【汇评】

　　孙镰《杜律》五律卷一:首二句点明白,则下面好发挥,此老杜常格。三、四仍是烛斜舟重等句意,花、燕衬贴得妙。结以预料其常久,见喜意,用"应得"二字点醒,妙。

　　仇兆鳌《杜诗详注》卷一四:上四初雨之景,下四雨后之景。

浦起龙《读杜心解》卷三之四：由从前之旱，详写本日之雨，并夜来不尽之望，极清洒。

长　吟

江渚翻鸥戏，官桥带柳阴。花飞竞渡日，草见踏春心[①]。已拨形骸累，真为烂漫深。赋诗歌句稳，不免自长吟[②]。

【题解】

江中小洲，鸥鸟嬉戏；官桥道旁，柳树成荫；浣花溪中，舟船竞渡；郊外原野，游人如织。我辞去了幕府的职务，优游自得，心情愉悦，所作新诗句妥字稳，不知不觉反复长吟。

【注释】

①春：一作"青"。

②歌：一作"新"。免：一作"觉"。

【汇评】

仇兆鳌《杜诗详注》卷一四：上四春郊佳景，下乃对景怡情。

又引胡夏客曰：诗句已稳，犹自长吟，比他人草草成篇，辄高歌鸣得意者，相去悬绝。

赵星海《杜解传薪》卷三之五：八句一气说，直赶至结尾方点题，又是一格。

莫相疑行

男儿生无所成头皓白，牙齿欲落真可惜。忆献三赋蓬莱宫，自怪一日声辉赫[①]。集贤学士如堵墙，观我落笔中书堂[②]。

往时文采动人主,此日饥寒趋路旁③。晚将末契托年少,当面输心背面笑④。寄谢悠悠世上儿,不争好恶莫相疑。

【题解】

诗人回忆幕府不愉快的经历。生为七尺男儿,一生无所成就,而已满头白发,牙齿欲坠,不能不感到惋惜。回想当日献三大礼赋于蓬莱宫,为玄宗所赏识,顿时声名显赫,集贤殿的学士们排列如堵墙,围观我在中书堂下笔应试。其时我以文采打动了天子,如今却饥寒交迫,四处流离。晚年入幕,又为年轻之同僚所侮辱,他们当面推心置腹,背后冷嘲热讽。告知你们这些凡俗之人,我不屑与你们一争高下,请不要猜疑我。

【注释】

①献三赋:天宝九载冬,杜甫进献《朝献太清宫赋》《朝享太庙赋》《有事于南郊赋》。辉:一作"焯"或"烜"。

②集贤学士:集贤院学士。开元十三年,改集仙殿为集贤殿,丽正殿书院为集贤殿书院,院内五品以上为学士,六品以上为直学士。中书堂:中书省之政事堂。

③《新唐书·杜甫传》:"(杜)甫奏赋三篇,帝奇之,使待制集贤院,命宰相试文章。"

④《文选·陆机〈叹逝赋〉》:"托末契于后生,余将老而为客。"李周翰注:"言后生见我老,不与我交,以客礼相待,复增其忧耳。末契,下交也。"输:一作"论"。

【汇评】

陈式《问斋杜意》卷一二:年老受困少年,因而追忆从前,自叹而已,绝无一毫夸示少年之意。至于不争好恶,一味退让,言之可怜。人不可老如此。

仇兆鳌《杜诗详注》卷一四:此诗为少年轻薄而作也。上六,暮景而追往事。下六,途穷而慨世情。

又引申涵光曰:起句,说得突兀悲怆。"自怪"句,从失意中忽作惊人语。"当面输心背面笑",视天下朋友皆胶膝,人情风俗可想见矣。

赤霄行

　　孔雀未知牛有角,渴饮寒泉逢觝触。赤霄玄圃须往来,翠尾金花不辞辱。江中淘河嚇飞燕,衔泥却落羞华屋①。皇孙犹曾莲勺困,卫庄见贬伤其足②。老翁慎莫怪少年,葛亮贵和书有篇③。丈夫垂名动万年,记忆细故非高贤。

【题解】

　　孔雀不知道牛有犄角,口渴了到寒泉饮水,让牛给顶了。孔雀宁愿受辱也不肯让漂亮的羽毛受到损坏,因为它要曳着这金花翠尾往来于仙山。江中的鹈鹕看见燕子飞过,以为它要抢夺小鱼就大吼一声。燕子给吓掉了衔着回去筑巢的泥,不好意思回到华丽的大屋。汉宣帝即位之前,也曾在莲勺受到困辱;鲍庄智慧不足,没有保住自己的脚。老年人莫要责怪年轻人,诸葛亮集子里就有《贵和》这一篇。大丈夫勠力名垂千古,不要为琐事耿耿于怀。

【注释】

　　①《尔雅·释鸟》:"鹈,鴮鸅。"郭璞注:"今之鹈鹕也。好群飞,沉水食鱼,故名鴮鸅,俗呼为淘河。"《庄子·秋水》:"于是鸱得腐鼠,鹓雏过之,仰而视之曰:'嚇!'"

　　②《汉书·宣帝纪》载,帝初为皇曾孙,喜游侠,常困于莲勺卤中。莲勺县,故址在今陕西渭南东北,有盐池,纵广十余里,乡人名为卤中。卫:一作"鲍"。《左传·成公十七年》载,齐国子相灵公以会,高、鲍处守。及还,孟子诉之曰:"高、鲍将不纳君,而立公子角!"秋,刖鲍牵而逐高无咎。仲尼曰:"鲍庄子之智不如葵,葵犹能卫其足。"

　　③葛亮:即诸葛亮。陈寿所上《诸葛亮集》目录,凡二十四篇,《贵和》第十一。

仇兆鳌《杜诗详注》卷一四：此诗亦慨叹世情之意。孔雀、飞燕，借鸟自喻。皇孙、鲍庄，引古自方。末见自负者大，故犯而不校。依两韵分两段。孔雀被触，一事四句。飞燕见嚇，一事两句。皇孙、鲍庄，一事一句。文法错综入古。

引申涵光曰：《赤霄行》胸中有一段说不出之苦，故篇中皆作借形语。

浦起龙《读杜心解》卷二之二：此与《莫相疑》同旨。连设四喻，两以物，两以古，结语付之不复记忆，绝高。"孔雀"详，"飞燕"略，参差有致。燕被嚇而泥落不得上巢，故曰"羞华屋"。二诗中多名语，微欠蕴藉。

三韵三篇

其一

高马勿唾面，长鱼无损鳞①。辱马马毛焦，困鱼鱼有神②。君看磊落士，不肯易其身。

【题解】

三篇的主旨，说法不一。或以为只是慨叹，"此三篇各自为意：首篇乃明哲保身者；次篇乃大受不可小知者，大抵为己而发；末篇则患得患失之小人，世间多此辈矣"（王嗣奭《杜臆》卷六）。或以为是针对幕府生活而写，"首篇讽严公不能破格待己；中篇即《古柏行》'古来材大难为用'之意；末篇似指幕客有揽权者，而小人争趋之"（黄生《杜工部诗说》卷一一）。其一以良马、巨鱼为喻，写志士不容受辱。不要鞭打良马的脸，不要损伤大鱼的鳞。良马受辱，马毛就会焦黄；大鱼受困，就会爆发出神奇的力量。请看那些磊落之士，绝不肯受人轻视，丧失自尊。

【注释】

①唾：一作"捶"。

②《诗·周南·卷耳》:"陟彼高冈,我马玄黄。"

【汇评】

仇兆鳌《杜诗详注》卷一四:此见士有不可夺之志,比而兼赋。

浦起龙《读杜心解》卷一之四:比也。唾之、损之者不足责,要在高马、长鱼之能不受困辱也。结二语矫然。

其二

荡荡万斛船,影若扬白虹。起樯必椎牛,挂席集众功①。自非风动天,莫置大水中。

【题解】

第二首以大船为喻,强调君子不可轻易出仕。浩浩荡荡的万斛之船行驶在江面,它的影子就像天上的彩虹。这样的大船起航时,一定要杀牛犒劳众人,要依靠众人的力量才能扯起船帆。如果不是天上挂起了大风,就不要随意让大船驶入水中。

【注释】

①椎牛:杀牛。《史记·张释之冯唐列传》:"五日一椎牛,飨宾客军吏舍人。"

【汇评】

仇兆鳌《杜诗详注》卷一四:此见大才不可以小用,全属比体。

浦起龙《读杜心解》卷一之四:比也。志大言大,不知此公自命何等。

其三

列士恶多门,小人自同调①。名利苟可取,杀身傍权要。何当官曹清,尔辈堪一笑。

【题解】

其三讽刺小人希求名利,趋炎附势。当权者各行其是,不顾大局。小人又沆瀣一气,为了名利而依附权贵,甚至连性命都顾不上。刚正之士厌恶这些蝇营狗苟的事情,澄清吏治之时,这些小人行径只堪一笑。

【注释】

①列:一作"烈"。《左传·成公十六年》:"晋政多门。"

【汇评】

张溍《读书堂杜诗注解》卷一二:三首公自喻一生立志行己不苟处,而古今君子自待之道不能越此。

仇兆鳌《杜诗详注》卷一四:此为当时趋炎附势者发,语多讽刺。

浦起龙《读杜心解》卷一之四:赋也。"名利"二句,名言可佩。此辈营营,不足供烈士一笑矣。

寄赠王十将军承俊①

将军胆气雄,臂悬两角弓。缠结青骢马,出入锦城中。时危未授钺,势屈难为功②。宾客满堂上,何人高义同。

【题解】

将军胆略过人,左右两臂常各悬一张角弓,骑着威风凛凛的青骢马,悠游自在地出入锦官城。时逢危难,你却未蒙授钺,得以重用,致使屈居人下,难以为朝廷建功。堂上满座宾客,有谁与你高义相同?

【注释】

①王承俊,行十,曾为衢州刺史。一说当为王崇俊。《新唐书·崔宁传》:"永泰元年,(严)武卒。行军司马杜济,别将郭英干、郭嘉琳皆请英干之兄英义为节度使,(崔)宁与其军亦丐大将王崇俊。奏俱至,而朝廷既用英义矣。英义恨之,始署事,即诬杀崇俊。"俊:一作"后"。

②时危:一作"危时"。授:一作"受"。

【汇评】

顾宸《辟疆园杜诗注解》五律卷四:首称之曰将军,曰胆气雄,不过一武夫之雄耳。弓已悬臂,马已缠结,正宜一试其胆力,乃徒出入锦城之中。当此时危,而不授以大任,使之郁郁居人下,则将军何自而建奇功乎?惜其徒有胆气,而不能立功。既不能立功,则胆气亦付之无用矣。末乃以高义许之,则将军非徒武夫之雄,实吾辈中负高义者也。宾客满堂,无人可以及之,公大有鄙夷一切之意。

仇兆鳌《杜诗详注》卷九:上四称将军之雄壮,下则惜其不当大任,而徒怀高义也。此似齐梁律诗,故上四未谐平仄。

去　蜀

五载客蜀郡,一年居梓州①。如何关塞阻,转作潇湘游。世事已黄发,残生随白鸥②。安危大臣在,不必泪长流③。

【题解】

入蜀六年以来,五年客居成都,一载寄宿梓州。其间一心思归洛阳,无奈关塞阻隔,欲归不得,只好转游潇湘一带。一生无所成就,如今黄发已生,万事皆休,残生唯有交付白鸥,浪迹江湖。国家的安危,自有王公大臣承担,我又何必泪水长流呢?诗为杜甫离开成都时所作。

【注释】

①居:一作"归"。
②世:一作"万"。
③不:一作"何"。

【汇评】

黄生《杜工部诗说》卷七:此六年中,无日不思归朝,皆因关塞阻隔。如何今日仍阻关塞,转游潇湘?万事无成,早已黄发,残生有限,空逐白鸥。回首京华,不禁流泪。既又自怪:国家安危,自有大臣负荷,区区杞忧徒抱,终何补于事哉?唯有拭泪长辞,扁舟下峡而已。此反言以自释之辞也。

浦起龙《读杜心解》卷三之四:只短律耳,而六年中流寓之迹,思归之怀,身世衰迟之悲,职任就舍之感,无不括尽,可作入蜀以来数卷诗大结束。

是何等手笔！

翁方纲《杜诗附记》卷上：忽出三平字为句，此亦郁塞之极，不得然者。非有意照应起句之五仄也，而神气自然拍合耳。

宿青溪驿，奉怀张员外十五兄之绪①

漾舟千山内，日入泊枉渚②。我生本飘飘，今复在何许。石根青枫林，猿鸟聚俦侣。月明游子静，畏虎不得语。中夜怀友朋，乾坤此深阻。浩荡前后间，佳期赴荆楚。

【题解】

杜甫由成都出发，经岷江而至嘉州，夜宿犍为青溪驿，想起正在荆楚的张之绪员外，作有此诗。小舟顺江而下，白昼一直穿行在群山之间，夜晚则停泊于荒渚。我一生漂泊，行止不定，未知将驻足何处。驿站前山脚下有一片枫树林，是猿、鸟的聚集栖息之处。此刻月明星稀，独孤无侣，凄清寂寥，不由想起了天边的友人。天地之间，行路如此艰难，你既然乘船先期抵达楚地，就让我们在那里会面吧。

【注释】

①青溪驿：在今四川乐山犍为县青溪镇。张之绪，行十五，魏州繁水（今河北魏县、河南南乐一带）人，官至都官郎中。

②枉：一作"荒"。

【汇评】

金圣叹《唱经堂杜诗解》卷三：既是奉怀张十五，却只有"中夜怀友朋"五字，其余并不更叙。然则通首皆宿青溪驿而偶及张耶？不知之人，讵曰不然？岂知此诗乃是写张十五无一日不怀先生，而日日苦不知先生在何处。先生却偶然此日，恰在此处，既料是张之所不知，实并亦自之所不料。于是哭不及，笑不及，撰诗三解，默呼遥告：劳君茫茫相念，我今夜乃适在此驿也。通篇一气呼应，总是借好友恩情，写自家流落。作怀张诗读固非，作纪程诗读亦非,全是一片灵幻摇动而成。

黄生《杜工部诗说》卷二:此诗在杜集,已为轻秀之作,较诸唐贤,犹见气骨。

狂歌行赠四兄①

与兄行年校一岁,贤者是兄愚者弟。兄将富贵等浮云,弟切功名好权势②。长安秋雨十日泥,我曹鞴马听晨鸡③。公卿朱门未开锁,我曹已到肩相齐。吾兄睡稳方舒膝,不袜不巾踏晓日。男啼女哭莫我知,身上须缯腹中实。今年思我来嘉州,嘉州酒重花绕楼④。楼头吃酒楼下卧,长歌短咏还相酬⑤。四时八节还拘礼,女拜弟妻男拜弟。幅巾罄带不挂身,头脂足垢何曾洗⑥。吾兄吾兄巢许伦,一生喜怒长任真。日斜枕肘寝已熟,啾啾唧唧何为人⑦。

【题解】

杜甫行至嘉州,遇其排行为四的堂兄,欢聚畅饮,稍作盘旋。比我年长一岁的四兄,视富贵如浮云,不似我喜功名,好权势。长安秋雨连绵十余日,边地泥泞,我们仍然要硬着头皮上朝。晨鸡一鸣,我们就要备好鞍马。公卿家的大门尚未打开,我们已经挤在门口了。而四兄双膝舒展,安稳酣眠,一直睡到太阳出来,不穿袜子,不戴头巾,怡然自得地走出家门,除了吃饭穿衣,诸如儿女之累全不放在心上。今年听说我要到嘉州来,就在酒楼请我畅饮醉眠。亲属见面,总要讲究礼数,但四兄满头油脂,满脚泥垢,衣着随意,简直就是巢父、许由一类,喜怒随心,任情任性。太阳刚刚下山,他就支个胳膊睡熟了,根本不搭理那些叽叽咕咕的声音。

【注释】

①狂:一作"短"。

904

②切：一作“窃”。

③鞴马：给马装好鞍鞯。

④重：一作“香”。绕：一作“满”。

⑤还：一作“迭”。

⑥幅巾：旧时男子以全幅细绢裹头的头巾。鞶：大带。

⑦何为人：一作“为何人”。

【汇评】

王嗣奭《杜臆》卷六：此诗所谓不烦绳削而自合者。其状四兄，真有王民皞皞、不识不知气象，奔走风尘者对之汗颜。虽脂垢不洗，而自然清净。

仇兆鳌《杜诗详注》卷一四引黄生曰：杜五古力追汉魏，可谓毫发无憾，波澜老成矣。至七古间有颓然自放、工拙互陈者，宋人自以其才力所及，专取此种为诗派，如《逼仄行》及此篇，入眼颇觉尘气，总为前人嚼烂耳。

杨伦《杜诗镜铨》卷一二引蒋弱六曰：胸中无限牢骚，借乃兄发泄，题曰《狂歌行》，伤我羡人，一片郁勃所出，都是狂态也。

宴戎州杨使君东楼①

胜绝惊身老，情忘发兴奇。座从歌妓密，乐任主人为。重碧酤春酒，轻红擘荔枝②。楼高欲愁思，横笛未休吹。

【题解】

杜甫乘舟行至戎州，参加刺史杨某在城中东楼举办的宴会，作诗记其感受。四处奔波，饱览各地胜景，不觉自惊身老；忽逢赏心乐事，忘却身老而雅兴大发。东楼酒宴之上，主人招来众多歌伎，歌舞作乐。我漫不经心地举起浓绿的春酒，随心所欲地掰着淡红的荔枝。虽然楼上笛声悠长不绝，但心中的愁思无法消退。

【注释】

①戎州：治所在今四川宜宾。

②酤：一作"拈"或"擎"或"拓"。春：一作"筒"。擘：一作"酌"或"掌"。

【汇评】

仇兆鳌《杜诗详注》卷一四：突说惊奇，见喜出望外。中四，宴中景事，承"发兴奇"。末二，楼上有感，应"惊身老"。胜宴而自惊身老，惜非少壮也；忘老而发兴特奇，忽逢乐事也。两句辗转说来，意思沉著。坐从妓密，写出年少痴心；乐任主为，曲尽妖姬媚态。

刘濬《杜诗集评》卷九引李因笃曰：胸有奇怀，凭高而发，半得之学问，半得之登临也。

石间居士《藏云山房杜律详解》五律卷四：异哉，此诗"惊身老""发兴奇"双提侧重。中四句俱应"发兴奇"，第七句补应"惊身老"，而第八句又归入"发兴奇"中。将垂老飘零之慨，一时尽行抛却。此公于常作之外，特意另辟一奇，非人意想所能到。

渝州候严六侍御不到先下峡①

闻道乘骢发，沙边待至今。不知云雨散，虚费短长吟②。山带乌蛮阔，江连白帝深③。船经一柱观，留眼共登临④。

【题解】

杜甫在渝州候严侍御，久等不至，留诗先行。听说严御史你已经出发了，我在沙岸一直等候到如今。不知为何，我们竟如风流云散难以会面，枉费我长吟短叹翘首以待。这一路山高水长，群山延绵至广阔的乌蛮一带，江水流过高峻的白帝城。等我所乘之船抵达荆州一柱观时，我就在那里等着你一同登临观赏。

【注释】

①渝州：即今重庆。

②王粲《赠蔡子笃诗》："风流云散，一别如雨。"

③《新唐书·南蛮传》："南诏，……本哀牢夷后，乌蛮别种也。""自弥

鹿、升麻二川,南至步头,谓之东爨乌蛮。"

④经:一作"过"。眼:一作"滞"。

【汇评】

吴瞻泰《杜诗提要》卷九:上截是渝州候侍御不到,下截是先下峡,然语语藏一"待"字,其针线正自次句生来。法律精细,隐而不露。七是牵上连下句。"乌蛮""白帝""一柱观",三地名也,皆下峡所经。五、六暗藏"船过"二字,而以七为关纽,便觉离合不测。末言我船所经,留眼于峡中最胜之地,以待公眼之来,共与登临,落想天外。唐人炼句,非宋元以下所能及,而杜尤工巧。

拨　闷

闻道云安曲米春,才倾一盏即醺人①。乘舟取醉非难事,下峡销愁定几巡。长年三老遥怜汝,桡楪开头捷有神②。已办青钱防雇直,当令美味入吾唇③。

【题解】

杜甫从渝州出发奔赴云安,旅途烦闷,故以戏笔自嘲。听说云安所产的曲米春酒香气扑鼻,喝上一杯人就会醉醺醺的。坐船去喝个酩酊大醉并非难事,出峡经过云安一定要痛饮几巡。驾船的艄公们老早惦记着曲米春酒,你看他们现在做事格外麻利。我也准备好了一色不打折扣的青铜钱,用来支付雇船的费用,以便更快喝上美酒。

【注释】

①云安:今重庆市云阳县。曲米春:酒名。曲,一作"淘"。盏:一作"酌"。

②长年三老:操舟者。陆游《入蜀记》:"问:'何谓长年三老?'云:'艄公是也。'长,读如长幼之长。"桡楪:转动船舵。桡,通捩;楪,通舵。开头:一作"鸣桡"。

③青钱:青铜所铸之钱,或以其为不准折一色见钱。唇:一作"身"。

【汇评】

黄生《杜工部诗说》卷一二:此诗太老硬,且全篇只说一事,略无景语衬缀,殊少开阖之致。

陈讦《读杜随笔》卷下:通首从舟中设想,又峡江舟中,设想不溢题外一字。起句"闻道"发端,即得题中之神。通首皆从首句盘旋曲折,一气呵成。

石闾居士《藏云山房杜律详解》七律卷一:此诗亦七律之拗体。总是要乘船痛饮以下峡之意,却通身用游戏之笔出之,亦写得曲折入情,淋漓尽致。

宴忠州使君侄宅①

出守吾家侄,殊方此日欢。自须游阮舍,不是怕湖滩②。
乐助长歌送,杯饶旅思宽③。昔曾如意舞,牵率强为看④。

【题解】

我在忠州略作盘桓,不是害怕湖滩险恶,而是因为当地刺史为我家族侄。族侄设宴款待,以长歌助逸兴,以杯酒慰旅思。酒酣耳热,族侄想起当年在家乡曾作如意之舞,不由兴致大发,我也在他人的搀扶下打起精神观赏。

【注释】

①忠州:今重庆市忠县。

②《晋书·阮咸传》载,阮咸与叔父籍,为竹林之游。咸与籍居道南,诸阮居道北,北阮富而南阮贫。舍:一作"巷"。湖滩:在重庆万州西六十里,水势险恶,春夏江面如湖。

③送:一作"逸"。杯:原作"林",据他本改。

④如意:搔背的器具。庾信《对酒歌》:"山简接䍦倒,王戎如意舞。"

石间居士《藏云山房杜律详解》五律卷四：此诗前半论理，见己之睦族当来。后半言情，见侄留饮难却。然通身措辞全在淡中见意，则使君待公之情面可知，公对使君之含蓄亦可想。此种笔墨，尤为人所不易到，读者岂可以浅近目之？

禹 庙①

禹庙空山里，秋风落日斜。荒庭垂橘柚，古屋画龙蛇②。云气生虚壁，江声走白沙③。早知乘四载，疏凿控三巴④。

【题解】

禹王庙坐落在寂静的大山中，瑟瑟的秋风吹拂着庭院的橘柚树，夕阳的余晖落在庙宇的屋顶，古老的殿壁上残留着龙蛇的图案。庙外云气飘涌，似乎从青壁上生发出来；白沙滩旁，江流奔腾，江水咆哮。我早就知道大禹乘坐四种交通工具治水的故事，他在三巴一带凿开峡谷，疏通河道，使江水东流入海，现在身临其境，更感到大禹功勋卓著。

【注释】

①《方舆胜览·夔州路·咸淳府》："禹祠，在（忠州）临江县南，过岷江二里。"

②《书·禹贡》载，大禹治水后，远居东南的岛夷之民曾进贡橘柚。

③生虚壁：一作"嘘青壁"。

④《书·益稷》："禹曰：'洪水滔天，浩浩怀山襄陵，下民昏垫。予承四载，随山刊木。'"孔安国传："所载者四，谓水乘舟，陆乘车，泥乘辅，山乘樏。"疏凿：一作"流落"。

【汇评】

仇兆鳌《杜诗详注》卷一四：此赋忠州禹庙也，移动他处不得，只此四十字中，风景形胜，庙貌功德，无所不包。其局法谨严，而气象弘壮，读之意味无穷。

又引胡夏客曰:只一水涯古庙耳,写得如许雄壮。

刘濬《杜诗集评》卷九引李因笃曰:气象浑涵,词华典则,质而愈古,丽而弥清。思入风云,腕驱经史,《三百篇》后,登峰造极之作。

题忠州龙兴寺所居院壁

忠州三峡内,井邑聚云根①。小市常争米,孤城早闭门。空看过客泪,莫觅主人恩②。淹泊仍愁虎,深居赖独园③。

【题解】

忠州位于深山之中,峡谷之间,地势高峻,城池狭隘,食物匮乏,人烟稀少,荒凉至极。我借住在龙兴寺内,无法从忠州东道主那里得到资助以壮行色,不免忧心忡忡。

【注释】

①郭知达《新刊校定集注杜诗》引赵次公曰:"杜公言三峡者,以明月峡为首,巴峡、巫峡之类为中,东突峡为尽矣。今忠州在渝州之下、夔州之上,斯乃杜公所谓'三峡内'也。"云根:石头。

②空:一作"岂"。

③泊:一作"薄"。独园:给孤独园,原是佛家园林,此处指寺院。

【汇评】

仇兆鳌《杜诗详注》卷一四:上四忠州之景,下四有感而叹。峡内、云根,言其僻隘。争米、闭门,则极荒凉矣。使君必失于周旋,故有客泪主恩之慨。邑近山,故愁虎。居独园,在寺院也。

石闾居士《藏云山房杜律详解》五律卷四:此诗通身是叙极苦之境、极苦之情,却无怨怼之意。忠恕之道固应如此是也。

哭严仆射归榇①

素幔随流水,归舟返旧京。老亲如宿昔,部曲异平生②。风送蛟龙雨,天长骠骑营③。一哀三峡暮,遗后见君情。

【题解】

严武卒后,其灵柩由蜀中运回长安,途经忠州时杜甫拜祭而作此诗。白色帷幔装饰的灵柩,顺着江水被船载回京城。严母待我一如往昔,严公的部曲却大不同于旧时。严仆射所乘之蛟龙匣榇,为风送归;他所训练出来的骠骑军营,一片沉寂。想起往日种种交情,不由心伤鼻酸,一哀而至日暮。

【注释】

①《新唐书·严武传》载,永泰元年四月,严武薨,年四十,赠尚书左仆射。榇:棺材。

②如:一作"知"。

③送:一作"逆"。雨:一作"匣"。《西京杂记》卷一载,汉帝送死,皆珠襦玉匣,匣形如铠甲,连以金缕。武帝匣上皆缕为蛟龙鸾凤龟麟之象,世谓为蛟龙玉匣。

【汇评】

陈式《问斋杜意》卷一二:一时目极伤心,存没知遇之感,百端俱集,故写得痛切淋漓至此。

赵星海《杜解传薪》卷三之五:此诗世运之衰颓,人情之冷暖,友谊之厚薄,无不毕具,真至文也。

闻高常侍亡^① 忠州作

归朝不相见，蜀使忽传亡。虚历金华省，何殊地下郎^②。致君丹槛折，哭友白云长。独步诗名在，只令故旧伤。

【题解】

你从蜀中被召回朝中时，我没有前往送别。如今使者传来你亡故的消息，我十分震惊悲痛。你归朝拜为散骑常侍，虽官居华要，却未能尽展其才，与那些早早夭折的名士又有什么不同呢？你负气敢言，有谏诤之行，使权要侧目；我远在蜀中，空望白云之长，哀思未已。想到你一生慷慨磊落，志大略雄，如今只留下独步天下的诗名，不能不令故友为之恻然。

【注释】

①《旧唐书·高适传》载，广德元年，适召还为刑部侍郎，转左散骑常侍。永泰元年正月卒，赠礼部尚书。

②金华：金华殿，在未央宫。《汉书·叙传上》："时上方乡（向）学，郑宽中、张禹朝夕入说《尚书》《论语》于金华殿中。"地下郎：指修文郎，阴曹掌著作之官。《太平御览》卷八八三引王隐《晋书》载，（苏）韶言："天上及地下事，亦不能悉知也。颜渊、卜商，今见在为修文郎，凡有八人。"

【汇评】

仇兆鳌《杜诗详注》卷一四：此诗将生前死后，逐句配说。其归朝、历省，乃为常侍时事；若折槛、诗名，则概论生平才节也。上下界限，仍见分明。

赵星海《杜解传薪》卷三之五：此一诗，而高之职官气节、声名学问，两人之离合交情，面面俱到，纯以质语胜。

旅夜书怀

细草微风岸，危樯独夜舟。星垂平野阔，月涌大江流。名岂文章著，官应老病休。飘零何所似，天地一沙鸥①。

【题解】

寂静的夜晚，小舟独自停泊岸边。岸上绿草青青，微风吹拂。头上天幕低垂，群星黯淡，明月高悬；远望平野辽阔，大江奔涌，月影在波浪中起伏。致力于诗文，原本不是为了获取声名；入仕为官，终因老病而罢休。一生漂泊不定，如同天地间的一只沙鸥。

【注释】

①飘零：一作"飘飘"。地：一作"外"。

【汇评】

邓献璋《艺兰书屋精选杜诗评注》卷五：首四写旅夜孤舟独泊，星月交流，写得极阔大空远，并形得孤舟栖泊之"孤"字。后四句抒怀，写得文章无用，老病皆休，身既漂流，形同沙鸥，则怀抱之忠爱可想，所谓怨而不怒也。

浦起龙《读杜心解》卷三之四：起不入意，便写景，正尔凄绝。三、四开襟旷达，五、六揣分谦和，结再即景自况，仍带定"风岸""夜舟"。笔笔高老。

夏力恕《杜诗增注》卷一二：三、四是承首句分写之，而桅樯独夜中人，文章气概，老病流连，已见于此。五、六随手拈出，若无所系属者，形神交际之妙，不可囫囵吞却，亦不可作样画来，反复浃洽便得手处。结仍自状其飘零，亦惟与在岸边舟外浮沉莫测之沙鸥共天地而已。

放　船

收帆下急水,卷幔逐回滩。江市戎戎暗,山云淰淰寒①。村荒无径入,独鸟怪人看②。已泊城楼底,何曾夜色阑。

【题解】

船驶入激流,落下船帆;进入了曲折的水道,又收起遮阳的船幔。江边的集镇在稠密的烟雾中晦暗不清,山中的浮云聚散难定。岸边的荒村无路可入,独栖的鸟儿嗔怪有人注视。山林遮蔽,峡谷昏暗,船行其间,以为天色已晚;等到泊舟城楼之下,方才发现夜色未深。

【注释】

①戎戎:烟雾稠密的样子。淰淰:云气聚散不定的样子。

②村荒:一作"荒林"。

【汇评】

张溍《读书堂杜诗注解》卷一二:本挂帆,至急水则收之,防过疾也。至回滩曲折,则又卷之,恐遮蔽也。

浦起龙《读杜心解》卷三之四:一、二放船之始,"急水""回滩",不得复张帆幔,确极。中四,写峡束林稠、昏黑蒙翳之景,几疑为暮色矣。结到出林系泊时,居然未晚也。

刘濬《杜诗集评》卷九引李因笃曰:题曰"放船",中四句绝不黏滞,而语意生造可喜。

云安九日郑十八携酒陪诸公宴①

寒花开已尽,菊蕊独盈枝。旧摘人频异,轻香酒暂随。地偏初衣裌,山拥更登危②。万国皆戎马,酣歌泪欲垂。

杜甫抵达云安,时至重阳佳节,郑贲携酒设宴,邀请诗人和当地士绅一起登高。众花凋零,唯独菊花在枝头尽情绽放。每年重阳节,都会与不同的人登高摘花;今年喜遇新知,得以有美酒相随。云安地偏天暖,此刻才穿上夹衣;周围群山拥簇,登高更觉险峻。想到天下战乱不休,酒酣高歌,不禁潸然泪下。

【注释】

①郑十八:郑贲,杜甫另有诗《赠郑十八贲》。

②袄:一作"袷",夹衣。

【汇评】

仇兆鳌《杜诗详注》卷一四:上四九日,自伤飘荡。下四云安,慨世乱离。人指诸公,曰"频异",忆去年也;郑方携酒,曰"暂随",念将来也。初衣袄,见地气之暖;更登危,见山城之高。

刘濬《杜诗集评》卷九引李因笃曰:九日菊前对酒,事不殊人,入公手脱换一新,兼有清空之致。

石闾居士《藏云山房杜律详解》五律卷四:此诗首联叙九日,次联叙陪宴,三联游赏登临之兴,末联忽作翻势,用"万国""戎马"字振作之,愈悲伤雄壮。此炼局炼格之奇,惟公之诗法为然。

答郑十七郎一绝

雨后过畦润,花残步屟迟。把文惊小陆,好客见当时①。

【题解】

雨后漫步在湿润的花畦中,满地都是落花,不知不觉放慢了脚步。品读郑十七所作诗文,不觉惊叹郑氏兄弟二人,才华犹如西晋陆机、陆云,热情好客不逊西汉郑庄。

①小陆:陆机之弟陆云。当时:西汉郑庄字当时,为太子宾客,常置驿马于长安诸郊,请谢宾客,夜以继日。

【汇评】

仇兆鳌《杜诗详注》卷一四:此访郑后,郑赠诗而公答之也。上二叙景,下二言情。

杨伦《杜诗镜铨》卷一二:此当是郑十八之兄,乃访郑后,郑赠诗而公答之也。

别常征君①

儿扶犹杖策,卧病一秋强。白发少新洗,寒衣宽总长。故人忧见及,此别泪相望。各逐萍流转,来书细作行。

【题解】

整个秋天都在病中度过,招待来访的客人时,儿子扶着还得拄拐。新沐之后,白发愈加稀少;病后身体憔悴,寒衣显得更加宽大。常征君忧心我卧病在床,前来看望。奈何一见即别,相望泪如雨下。此去彼此行踪不定,如果来信就请多写几行。

【注释】

①征君:征士,不赴朝廷征召之人。

【汇评】

仇兆鳌《杜诗详注》卷一四:上四自叙病态,下四送别常君。扶而犹杖,病已愈也。发少矣,新加梳洗。衣宽矣,下垂而长。此备写老病之状。故人忧及己病,彼此伤心,而相对泪下,故曰"泪相望"。

石闾居士《藏云山房杜律详解》五律卷四:送别诗写得如此凄惨欲绝,真令读者堕泪。

长江二首

其一

众水会涪万，瞿塘争一门①。朝宗人共挹，盗贼尔谁尊②。孤石隐如马，高萝垂饮猿③。归心异波浪，何事即飞翻。

【题解】

长江从岷江而来，携带众多支流，在涪陵、万州一带汇合，争相奔赴瞿塘峡的唯一通道夔门。百川之归海，犹如诸侯之朝宗天子，但蜀中作乱的那帮叛贼，却不知道尊奉朝廷。滟滪堆在江水中半隐半露，看起来就如一匹马；岸边高高的藤萝上倒挂着许多饮水的猿猴。我的归心又不是波浪，为何这样翻腾难安？

【注释】

①涪：涪州，州治在今重庆涪陵区。万：万州，州治在今重庆万州区。《方舆胜览·夔州路·夔州》载，瞿塘峡，乃三峡之门，两崖对峙，中贯一江，望之如门焉。

②《诗·小雅·沔水》："沔彼流水，朝宗于海。"

③《水经注》卷三三："江中有孤石，为淫预石，冬出水二十余丈，夏则没。"李肇《国史补》卷下："滟滪大如马，瞿唐不可下。"

【汇评】

王嗣奭《杜臆》卷六：以长江命题，当是写其朝宗之性，以警盗贼之背主者。二首意同，但有远近前后之分。前章乃瞿唐以上之水，"争"字妙，见急于朝宗，而光景亦肖。

边连宝《杜律启蒙》五言卷六：大江自岷山而来，挟带众水，会于涪、万二州。自涪、万而瞿塘，争此门以共趋于海。是水犹知朝宗之义，故为人所共取。今尔盗贼，敢犯顺为不义，将舍天子而谁尊耶？至我则虽有朝宗之心,而当"如马""饮猿"之险峻,则亦徒然而已。盖波浪以飞翻而即行,归心虽翻飞而仍阻。其势异于波浪,亦何事即飞翻为也?

其二

浩浩终不息,乃知东极临[1]。众流归海意,万国奉君心。色借潇湘阔,声驱滟滪深[2]。未辞添雾雨,接上遇衣襟[3]。

【题解】

江水浩浩荡荡,奔流不息,直到抵达东海。众流归海之意,正与各地拥戴天子之心相同。江流滚滚而来,至瞿塘发出巨大的声响,似乎要深埋滟滪堆;江水流入洞庭,湖面方显壮阔。长江波浪兼天,与雾雨相接;人立船头,归心似箭,虽衣襟沾湿也在所不辞。

【注释】

①东极:指东海。《史记·秦始皇本纪》:"周览东极。"临:一作"深"。

②深:一作"沉"。

③遇:一作"过"。

【汇评】

王嗣奭《杜臆》卷六:其二乃水之已下瞿唐而极其所至,盖朝宗者以海为归也。水涨则阔,色似潇湘,若遥借之者;水涨而滟滪之出水者小,若以声驱之使深入地底也。俱极形容之妙,亦见朝宗之勇决也。

仇兆鳌《杜诗详注》卷一四:次章,申明上章之意。上四,言朝宗至海,见世当戴君;下四,言归心阻雨,叹已难出峡。江涨波阔,似预借潇湘之色;水奔声急,如欲驱滟滪使沉。此状水势之壮悍。

承闻故房相公灵榇,自阆州启殡归葬东都,有作二首

其一

远闻房太守,归葬陆浑山①。一德兴王后,孤魂久客间②。孔明多故事,安石竟崇班③。他日嘉陵涕,仍沾楚水还④。

【题解】

听闻房琯灵柩从阆州出殡归葬东都,杜甫作此二首。"前章由东都起,以阆州结;次章由阆州起,以东都结"(赵星海《杜解传薪》卷三之五)。我远在外地,听说卒于贬谪之地的房相公,他的灵榇将要归葬洛阳陆浑山。房琯辅佐肃宗中兴,使大唐帝业得以不坠,最终却客死他乡,可惜如诸葛孔明功业未就,亦如谢安卒后方获殊荣。当日我在阆州哭祭的眼泪,随着嘉陵江水又流到这里。

【注释】

①太守:一作"太尉"。陆浑山:在今河南洛阳嵩县。

②《书·咸有一德》:"惟(伊)尹躬暨汤,咸有一德,克享天心,受天明命。"

③《三国志·蜀书·诸葛亮传》载,陈寿等定故蜀丞相诸葛亮故事二十四篇以进。《晋书·谢安传》载,安薨时年六十六,帝三日临于朝堂,赐东园秘器、朝服,赠太傅,谥曰文靖。及葬,加殊礼,依大司马桓温故事。

④涕:一作"泪"。

【汇评】

仇兆鳌《杜诗详注》卷一四:首章,哀思故相,欲候哭于夔江也。一德而多故事,言生前相业;孤魂而竟崇班,言殁后赠典。嘉陵泪,初哭于阆州;楚水还,再逢于夔州。

石闾居士《藏云山房杜律详解》五律卷四：悲房悲己，含无限深情。确是题中"闻"字神理，虚活之至。

其二

丹旐飞飞日，初传发阆州①。风尘终不解，江汉忽同流。剑动新身匣，书归故国楼②。尽哀知有处，为客恐长休。

【题解】

丹旐飞扬，房相公灵榇从阆州出发，由嘉陵江的上游西汉水而下襄江。长江、汉水能够合流入海，天下却战乱不休，房公虽然故去，他所佩戴之雄剑尚有生气，跃跃欲动。房公遗书尚在，归藏故乡之楼。他日得归陆浑山，哭君固有处所，眼下我滞留他乡，不知能否归去。

【注释】

①丹旐：铭旌，竖在灵柩前标志死者姓名、官衔、谥号的旗幡，多用绛帛粉书。

②新：一作"亲"。

【汇评】

陈式《问斋杜意》卷一二：公诗法不离开合之法，两句有两句开合，一首有一首开合，多至数首，亦仍有数首开合。是诗通前后为一首。

吴瞻泰《杜诗提要》卷九：作诗须具胸襟性灵，无胸襟则眼光短促，不能吊古论今；无性灵，虽词骈句丽，于己终无关系。故凡送别、哀挽、游山、吊古，须有己在，真诗乃出。此两作，论断房相国处，是其胸襟；末将留滞之泪，与哭友之泪滴作一团，是其性灵。他作类然。

仇兆鳌《杜诗详注》卷一四：次章，伤心归榇，欲终哭于东都也。阆州起殡，应前嘉陵江；故国归葬，应前陆浑山。三、四，时危而忆老臣。五、六，物在而悼人亡。公思尽哀葬所，又恐客死不还，盖痛房而兼自痛矣。

将晓二首

其一

石城除击柝,铁锁欲开关。鼓角悲荒塞,星河落曙山^①。巴人常小梗,蜀使动无还。垂老孤帆色,飘飘犯百蛮^②。

【题解】

天就要亮了,云安县城停止了击柝,城门上的铁索即将打开。仔细听来,在这荒凉的城塞,鼓角之声低沉悲凉;抬头望去,银河远落在曙光初露的石城山头。巴地骚动不安,常有叛乱,朝廷派来的使者往往难以返还。我在迟暮之年,还要孤帆远行,漂泊于百蛮之地。

【注释】

①悲:一作"愁"。曙:一作"晓"。

②飘飘:一作"飙飙"。百:一作"白"。

【汇评】

吴瞻泰《杜诗提要》卷九:起暗用"鸡鸣出关"之意。时公急欲下峡,触景伤情,故言柝既除矣,关已开矣,孤帆便应乘此而去。乃听鼓角而悲荒塞,见星河已落晓山,舟行觉不易何哉? 盖因巴蜀为盗贼渊薮,人常小梗,使动无还。老年独放孤舟,殊难为怀,因自叹作结,言不意"垂老孤帆色",长使"飘飘犯百蛮"也。八句中起伏顿挫,曲曲折折,大开大阖之文也。

边连宝《杜律启蒙》五言卷六:上四,景;下四,情。下章仿此。但此是将晓之景,下章则已晓之景;此为伤乱之情,下章则叹老之情耳。

杨伦《杜诗镜铨》卷一二:上四将晓景物,下四将晓心事。

其二

军吏回官烛,舟人自楚歌。寒沙蒙薄雾,落月去清波。

壮惜身名晚,衰惭应接多。归朝日簪笏,筋力定如何①。

【题解】

送行的云安官绅回去了,护送的军吏也提着灯烛离开了。船夫愉快地唱着楚歌,操弄着小舟。江岸沙滩上薄雾朦朦,水中之月影在波光中悄悄隐退。壮年时为成名晚而叹息,衰老后却因应酬太多而惭愧。如今尚且不耐应接之事,回京后每天还要上朝,自己的体能够支撑吗? 诗或为杜甫在云安时拜访当地士绅所作。

【注释】

①簪笏:冠簪和笏板。旧时臣僚奏事,执笏簪笔。

【汇评】

仇兆鳌《杜诗详注》卷一四:此章叙景言情,亦四句分截。上四乃发船时所闻见者,下截仍叹垂老意。"壮"字、"衰"字微读,言追思壮年,惜身名已晚,今当衰老,惭应接徒多,纵使归朝,正恐筋力难堪耳。前章写岸上之景,此章写舟前之景;前章叹留滞南方,此章欲还归北阙也。

边连宝《杜律启蒙》五言卷六:眼前景事,有他人以为不足写,经公拈出,便觉如画者。如"邻人满墙头""上客回空骑""军吏回官烛"等句是也。首句,主人回也。次句,舟已发也。三、四,则已晓之景。盖月之落,后于星河也。回首壮时,而惜身名之晚;抚兹衰年,而惭应接之多。盖主人出送,即不免酬酢也。"壮"字、"衰"字略读,但出句不佳。

怀锦水居止二首①

其一

军旅西征僻,风尘战伐多。犹闻蜀父老,不忘舜讴歌②。
天险终难立,柴门岂重过。朝朝巫峡水,远远锦江波③。

蜀中有人作乱,私相战伐,但由于地势偏远,王师无法抵达。不过蜀中父老心系朝廷,念念不忘往日太平岁月,那些叛贼试图凭恃天险负隅顽抗,显然会无济于事。我不知道自己能否重返成都浣花溪的草堂,每天看着锦江之水流来巫峡,我却不能逆流而上,心中颇为怅惋。

【注释】

①锦水居止:即浣花溪之草堂。

②犹:一作"独"。

③远远:一作"远逗"。

【汇评】

汪灏《树人堂读杜诗》卷一四:身已客夔,复思成都,亦常事耳。而带出全蜀人心思汉,不忘故主;僭窃之帅,徒取灭亡。则所怀不止一茅屋矣。

杨伦《杜诗镜铨》卷一二:此首从成都想到草堂。

其二

万里桥西宅,百花潭北庄①。层轩皆面水,老树饱经霜。雪岭界天白,锦城曛日黄。惜哉形胜地,回首一茫茫。

【题解】

成都草堂之东为万里桥,其南为百花潭。草堂的长廊依水而建,庭院中还有饱经风霜的老树。远眺可以看见与天相连的雪山,可以饱览锦城落日时的景色。可惜这样的形胜之地,恐怕再也见不到了。

【注释】

①西:原作"南",据他本改。

【汇评】

张远《杜诗会稡》卷一四:前首去草堂之故而致怀,此首回想草堂之景而致怀,意不相复。

杨伦《杜诗镜铨》卷一二:此首从草堂慨到成都,曲尽"怀"字之意。

青　丝

　　青丝白马谁家子,粗豪且逐风尘起。不闻汉主放妃嫔,近静潼关扫蜂蚁①。殿前兵马破汝时,十月即为齑粉期②。未如面缚归金阙,万一皇恩下玉墀③。

【题解】

　　不知哪来的粗野之人,效仿侯景试图作乱。难道没有听说天子圣明,从宫中放出了嫔妃,最近还在潼关扫除了乱贼?十月份天子的殿前兵马就会打败你,到时候你定然会尸骨无存。不如及早自缚双手,向天子投降请罪,也许会得到天子的赦免。此诗当为仆固怀恩而作。永泰元年九月,仆固怀恩诱回纥、吐蕃、吐谷浑、党项、奴剌俱入寇。代宗初遣裴遵庆诣怀恩,讽令入朝,又下诏称其勋劳,许以但当诣阙,更勿有疑,而怀恩皆不从。

【注释】

　　①《旧唐书·代宗纪》载,永泰元年二月,内出宫女千人,品官六百人,守洛阳宫。《新唐书·吐蕃传》载,代宗幸陕,吐蕃陷长安,泾州刺史高晖为向导。吐蕃遁,高晖率三万骁骑东走,潼关守将李日越擒而杀之。

　　②殿前兵马:指神策军。

　　③如:一作"知"。玉墀:皇宫的台阶。

【汇评】

　　张溍《读书堂杜诗注解》卷一一:为朝廷招降叛贼,摄之以威,诱之以利。

　　浦起龙《读杜心解》卷二之二:晓叛臣也。两叙反者,两述主威,两惕之,两劝之。妙以数虚字唤醒。

三绝句

其一

前年渝州杀刺史，今年开州杀刺史①。群盗相随剧虎狼，食人更肯留妻子。

【题解】

蜀中叛贼作乱，前年渝州刺史被杀，今年开州刺史又被杀。这些盗贼相继而起，杀戮百姓，连妻儿都不放过，比虎狼还要残暴。

【注释】

①前：一作"去"。开州：今重庆开州区。

【汇评】

王嗣奭《杜臆》卷九：二句连用两"刺史"，虽非故创新格，而笔机所至，不妨自我作祖。

仇兆鳌《杜诗详注》卷一四：此三章杂记蜀中之乱。首章，伤两州之被寇也。食人留妻子，就虎狼言，以见盗之尤剧。

浦起龙《读杜心解》卷六之下：此记近境之杂乱。二州皆在蜀之东界。

其二

二十一家同入蜀，惟残一人出骆谷①。自说二女啮臂时，回头却向秦云哭②。

【题解】

陇右关中一带，党项羌、吐谷浑、吐蕃、回纥相继作乱，百姓纷纷逃离家园。当时二十一家人扶老携幼，一起逃难入蜀，最后只有他一人走出骆谷道。此人诉说他在途中与两个女儿啮臂诀别的情景时，不觉回头远望秦中,失声痛哭。

【注释】

①骆谷:即骆谷道,在今陕西周至县西南至洋县北,是由秦入蜀的三条通道之一。

②啮臂:以齿咬臂而示诀别。《史记·吴起列传》载,吴起杀其谤己者三十余人,而东出卫郭门,与母诀,啮臂而盟曰:"起不为卿相,不复入卫。"秦云:一作"青云"或"雪山"。

【汇评】

仇兆鳌《杜诗详注》卷一四:次章,记难民之罹祸也。入蜀诸家,盖当时避羌浑而至蜀者。

浦起龙《读杜心解》卷六之下:此记北人之避乱而难者。乱在山南陇右间,西羌为患也。"回头"句,乃状此人说时情景,非述二女哭也。此句添毫。

其三

殿前兵马虽骁雄,纵暴略与羌浑同①。闻道杀人汉水上,妇女多在官军中。

【题解】

朝廷的禁军倒也骁勇善战,可是他们肆掠残暴起来,与党项羌、吐谷浑也相差无几。听说禁军在汉水一带大肆烧杀掠夺,当地妇女大都被掳掠到军营中去了。

【注释】

①羌浑:党项羌、吐谷浑。

【汇评】

金圣叹《唱经堂杜诗解》卷四:此《三绝句》,非写三事,乃独刺殿前兵马也。却为"殿前兵马即盗贼"一语,投鼠尚忌其器,岂可唐突便骂?故分作三绝句以骂之。第一绝,言群盗则当理淫杀如此,若不淫不杀,亦不成为群盗。第二绝,言普天下人酷受淫杀之毒,我只谓都受群盗之毒。第三绝始出正题,言近则闻道殿前兵马乃复淫杀不减,竟不知第二绝是受群盗毒,是受官军毒? 谁坐殿上? 谁立殿下? 试细细思之。

夏力恕《杜诗增注》卷一二:三首另一格,盖当时实录,可备史书。

杨伦《杜诗镜铨》卷一二:笔力横绝,此等绝句亦非他人所有。

遣　愤

闻道花门将,论功未尽归。自从收帝里,谁复总戎机①。蜂虿终怀毒,雷霆可震威。莫令鞭血地,再湿汉臣衣②。

【题解】

听说回纥士卒极为骄横,恃功邀赏,不肯遽归。自从收复长安之后,朝廷究竟是谁在总理军务呢? 马蜂、蝎子皆有毒性,终会蜇人。回纥不去,定然是中原之患,朝廷当震之以雷霆之威,不能再让朝臣受辱了。据《资治通鉴·唐纪三十九》所载,代宗永泰元年十月,郭子仪派精骑会同回纥将领追击吐蕃,取得大胜。后回纥二百余人入见,前后赠赍缯帛十万匹,府藏空竭。杜甫此诗,意即反对朝廷一再倚重回纥平叛。

【注释】

①戎:一作“兵”。戎机:一作“军麾”。

②《旧唐书·回纥传》载,回纥可汗曾见雍王李适于黄河北,责其不于帐前舞蹈,回纥将军捞捶雍王参佐四人,两人一宿而死。

【汇评】

仇兆鳌《杜诗详注》卷一四:此为回纥骄横,作诗以遣愤也。回纥方矜功邀赏,而总戎又不得其人,此皆时事之可愤者。今朝廷之上,宜思养毒贻患,急震威以制防之。毋令其再恃军功辱及廷臣也。

又引黄生曰:题云《遣愤》,愤人主蔽于近倖,不任元戎,而使花门得行其肆横也。

杨伦《杜诗镜铨》卷一二:可当奏章,结句几于痛哭流涕。

十二月一日三首

其一

今朝腊月春意动,云安县前江可怜。一声何处送书雁,百丈谁家上水船①。未将梅蕊惊愁眼,要取椒花媚远天②。明光起草人所羡,肺病几时朝日边③。

【题解】

三首作于永泰元年腊月,时杜甫在云安。"此公久客于蜀,思欲归朝,因感时物以起兴。首章忆朝政也,二章思出峡也,三章恐其衰迈,终老于此地也"(齐翀《杜诗本义》卷上)。刚刚进入腊月,就感受到了春意萌动。云安县前,江水荡漾,见纤夫引船而来,不由滋生出峡之心;遥远的碧空,传来一声雁鸣,想起当寄信家人。梅花尚未开放,就筹备着取椒花颂岁,聊以在他乡自娱。身为郎官,在明光殿起草文书是令人羡慕的,但我身患肺病,不知何时才能回到朝中。

【注释】

①百丈:此指牵船之篾缆。水:一作"濑"。

②要:一作"更"。椒:一作"楸"。《尔雅翼·释木三》:"过腊一日,谓之小岁,拜贺君亲,进椒酒。……后世率以正月一日,以盘进椒,饮酒则撮置酒中,号椒盘。"

③《三辅黄图》卷三:"明光宫,武帝太初四年秋起,在长乐宫后,南与长乐宫相属。"《世说新语·夙慧》载晋明帝云:"只闻人自长安来,不闻人自日边来。"

【汇评】

金圣叹《唱经堂杜诗解》卷三:"今朝"下,才接得"腊月"二字耳,安得春意早动?盖是归心切极,望到腊月,便如已到正月,更不暇计还有三十日,而心头眼底全是正月。病热发谵,分明眼见,人自不知,彼非无见也。次句不说自可怜,反说江可怜,我今去也,弃却汝也。"一声"妙,"百丈"妙,身立江头,精神飞越,忽闻"一声",是雁去了也,忽见"百丈",是船又去了也。一片恍恍惚惚,不知其是何语。……第七句竟归矣,竟在殿中起草作制诰矣,竟闻多人啧啧羡之矣。倩女离魂,不过尔尔。第八句,忽又转作憨态,言正苦肺病,不便侍从,得少缓几时为乐。一片恍恍惚惚,不知其是何语也。

张溍《读书堂杜诗注解》卷一二:此触江景可怜,而嗟归朝无时也。

其二

寒轻市上山烟碧,日满楼前江雾黄。负盐出井此溪女,打鼓发船何郡郎①。新亭举目风景切,茂陵著书消渴长②。春花不愁不烂漫,楚客惟听棹相将。

【题解】

时至腊月,云安地暖,日满楼前,寒气渐轻,青山显露,江雾稀薄。溪边多有当地女子背负井盐而出以养家糊口,江中常有男子打鼓之声以示舟船往来。云安虽好,终非久留之地。我卧病云安,见此美景不禁牵动乡思,只是眼下因病滞留,不得不听任他人行船而去。

【注释】

①仇兆鳌注引《新唐书》云,峡中多曲,江有峭石,两舟相触,急不及避,故发船多打鼓,听前船鼓声既远,后船方发,恐相值触损也。

②新亭:故址在今江苏南京雨花台区。《晋书·王导传》载,中州士人避乱江左,每至暇日,邀饮新亭,周颉中座坐叹曰:"风景不殊,举目有江山之异。"

【汇评】

金圣叹《唱经堂杜诗解》卷三:二首。瘴俗如此,苦住不去,岂人情哉。"负盐出井"四字写得极苦,"打鼓发船"四字写得极快。女为"此溪女",虽负盐出井,亦老死甘之耳;郎若"何郡郎",皆打鼓发船已力疾去之矣。然则我独何心,必久住不去者哉?况乎新亭风景,不暇流涕,戮力王室,日夜以

929

之。乃徒病免茂陵，著书费日，未免有心，岂可堪此。或乃因今日尚是十二月一日，因谓我何太早计者。夫日月之疾，喻如流电，春花烂漫，转眼便及。不问何日一有船便，便决计归朝，更不能于此县前江边再作迁延也。

张溍《读书堂杜诗注解》卷一二：此嗟世乱身病，而急欲出峡也。

赵星海《杜解传薪》卷四之二：此篇故作顿宕之笔，以纡其势，乃文章展句之法也。

其三

即看燕子入山扉，岂有黄鹂历翠微①。短短桃花临水岸，轻轻柳絮点人衣。春来准拟开怀久，老去亲知见面稀。他日一杯难强进，重嗟筋力故山违。

【题解】

马上就要到春天了，眼前仿佛可以看见春暖花开的热闹景象：桃花在溪水边傲然绽放，柳絮轻盈飞舞飘落在行人衣衫上，燕子飞入山中人家，黄鹂在绿树丛中婉转歌唱。春天到来，肯定会让人长久开怀，只是担心亲朋故旧日渐凋谢，见面稀少，无法共赏此间美景，而自己年老体衰，到时候连一杯酒都喝不下去，更何况还远离着故土。

【注释】

①黄鹂：一作"黄莺"。

【汇评】

卢世㴶《杜诗胥钞余论·论七言律诗》：第三首尤空奇变化，其虚实实虚、有无无有之间，妙极历乱，而怀人叹老，抱映盘纡。此老杜七言律之神境。

金圣叹《唱经堂杜诗解》卷三：第一首，全是病热谵语；第二首，忽正写；此第三首，又发谵语也。"十二月一日"题，第一首，还作正月梦，此第三首直作三月梦也。写燕子，又写山扉；写黄鹂，又写翠微；写桃花，又写临岸；写柳絮，又写点衣。来年三月，不啻若自其口出也。总上四句，谓之"春来"。准拟开怀，盖已久矣。何也？老去会稀，亲知可念也。悉是十二月一日最赊语，故妙；不然者，日复一日，遂成他日。万一一杯难进，故山尚违，岂不极大嗟恨哉。三首纯是得归快语，至此，斗然以不得归苦语作结。

仇兆鳌《杜诗详注》卷一四：杜诗凡数章承接，必有相连章法。首章结出还京，次章结出下峡，三章又恐终老峡中，皆其布置次第也。

又　雪

南雪不到地，青崖霑未消①。微微向日薄，脉脉去人遥。冬热鸳鸯病，峡深豺虎骄。愁边有江水，焉得北之朝。

【题解】

南方的雪尚未落到地上就不见了，唯有落在山崖上的雪花没有消融。尽管如此，青崖上的积雪也只有薄薄一层，在日光下闪烁，仿佛离人很远。冬天气候偏暖，鸳鸯就会感到不舒适；峡谷幽深，就会有豺狼虎豹横行肆虐。这样恶劣的环境，使人难以安居，但身边的江水都是东流入海，我怎样才能北归朝廷呢？

【注释】

①霑：一作“露”。

【汇评】

浦起龙《读杜心解》卷三之四：语则咏雪，而意却是嫌暖。气候迥非故乡，是以对南雪而思北去也。

吴瞻泰《杜诗提要》卷九：公时羁旅南方，日日思归北阙。雪而曰“南”，已具恨意；水欲其“北”，尤属奇想。通首不露正意，只以“南”“北”二字点睛，而去蜀归朝，跃跃言外。前四句黏题，后四句脱题。前半已专咏雪，后半自应入事，妙在五、六全然不露，但写景而已。五、六既不入事，结语自应点清，妙在七、八又寄托于水，不言自己归朝，偏叫江水归朝，只以“愁边”二字，微贴自己。诗肠之曲，篇法之奇，非苦心不能作，非默会不能读。

雨

冥冥甲子雨，已度立春时①。轻箑烦相向，纤绤恐自疑②。烟添才有色，风引更如丝。直觉巫山暮，兼催宋玉悲③。

【题解】

立春过后不久，正月初八就开始下雨了。云安今年气候异常，此刻人们竟然要换上薄薄的衣衫，手持扇子，不得不让人怀疑时节不对。春雨霏微，只有在烟雾中才显出雨色，在微风中才察觉雨丝。雨中山色昏朦，不待秋日，就勾起客居者的凄凉之感了。

【注释】

①《楚辞·山鬼》："雷填填兮雨冥冥。"

②箑：扇子。纤绤：细葛布。

③宋玉《高唐赋》："妾在巫山之阳，高丘之阻，旦为朝云，暮为行雨。朝朝暮暮，阳台之下。"宋玉《九辩》："悲哉秋之为气也，……憭慄兮若在远行，……坎廪兮贫士失职而志不平。"

【汇评】

浦起龙《读杜心解》卷三之四：意犹前首，为春阴蒸郁而作。"烦相向"，用非其候也；"恐自疑"，服不以时也。"烦"，就人言；"自"，指绤言。五、六正阴湿连绵之状。巫山在云安东不远，故用宋玉《高唐赋》事。

刘濬《杜诗集评》卷九引李因笃曰：赋雨至此，能事无遗矣。

南　楚

南楚青春异，暄寒早早分。无名江上草，随意岭头云。正月蜂相见，非时鸟共闻。杖藜妨跃马，不是故离群。

云安的初春与其他地方很不一样,他处或乍暖乍寒,这里冷暖早早就区分开来了。江岸上长满了许多叫不出名字的小草,山岭上的白云舒卷自如。正月里就碰见蜜蜂四处飞动,还可以听见不应该在这个季节出现的鸟声。春景如此美好,我拄着拐杖,独自观赏,并非故意远离人群,而是年老体衰,缓步行走会妨碍骑马者兴致。

【汇评】

仇兆鳌《杜诗详注》卷一四:春暄佳胜如此,而不及与人游赏,正恐杖藜缓行,有妨少年跃马者耳,非是故意离群也。

浦起龙《读杜心解》卷三之四:此亦记南方土候之殊,时或雨后泥泞,有邀不赴,故结语云尔。

水阁朝霁,奉简严云安①

东城抱春岑,江阁邻石面。崔嵬晨云白,朝旭射芳甸②。雨槛卧花丛,风床展书卷③。钩帘宿鹭起,丸药流莺啭。呼婢取酒壶,续儿诵文选。晚交严明府,矧此数相见。

【题解】

杜甫借住在云安严县令的水阁中,此日清晨,雨后天晴,景色秀丽,便作诗赠与严县令。水阁在东城,东城为春山所环抱。清晨从水阁抬头远望,只见白云从对面高高的山石上飘来,旭日的阳光洒在江中繁华盛开的小洲上。雨后卧在水阁上,沐浴着春风,面对着栏杆外的花丛,展卷吟哦。挂起帘子,惊飞了夜宿水阁下的鸳鸯;揉制药丸,听见黄莺儿在栏杆外歌唱。此时豪情大发,唤小婢取来酒壶斟酒,帮儿子将背诵不下去的《昭明文选》给续上。晚年有幸结交了严县令,何况还能经常在此见面。

【注释】

①严云安:一作"云安严明府"。

②旭：一作"日"。

③书卷：一作"轻幔"。

【汇评】

黄生《杜工部诗说》卷二：全首风致，盖即景散心之作。朝霁景事既可喜，复有明府新知之乐，此时襟抱舒畅，不言可知。妙在结句悠然而止，觉此时意趣有难以言语形容者。

吴瞻泰《杜诗提要》卷四：此即景称心，散襟舒抱，悠然闲适之作也。一、二，水阁；三、四，朝霁；中六句，阁中即事；结二句，收到严云安。步骤秩然，风致嫣然，大似谢康乐，而生秀过之。"钩帘"二语尤有手挥目送之妙。

仇兆鳌《杜诗详注》卷一四：城抱山，阁后也；石为邻，阁傍也。晨云朝旭，在阁外；卧花展书，在阁中。鹭起莺啭，在阁外；呼酒课儿，在阁中。句句切水阁，却句句贴朝霁，此皆现前景事，不烦雕琢者。

杜　鹃①

西川有杜鹃，东川无杜鹃。涪万无杜鹃，云安有杜鹃。我昔游锦城，结庐锦水边。有竹一顷余，乔木上参天。杜鹃暮春至，哀哀叫其间。我见常再拜，重是古帝魂。生子百鸟巢，百鸟不敢嗔②。仍为餧其子，礼若奉至尊。鸿雁及羔羊，有礼太古前③。行飞与跪乳，识序如知恩。圣贤古法则，付与后世传④。君看禽鸟情，犹解事杜鹃。今忽暮春间，值我病经年。身病不能拜，泪下如迸泉。

【题解】

成都附近有杜鹃，梓州一带没有杜鹃，涪陵、万州周围也没有杜鹃，而云安却有杜鹃。当年我居住在成都浣花溪边，草堂前有一大片竹林树木，每到春暮，杜鹃就在里面哀啼。我见到杜鹃，总是再拜行礼，尊重它是望帝精魂的化身。杜鹃在百鸟巢中产蛋,百鸟都不敢嗔怪。它们替杜鹃喂养小鸟,就如同侍奉至尊。有史以前,鸿雁成列飞行,羊羔跪下吃奶,它们都懂得长幼尊卑的次序,知道感谢母亲的养育之恩。圣贤把这种礼仪法则,传给后世。请看那禽鸟,还懂得侍奉杜鹃,而世上那些叛贼,则毫无忠君之心。不知不觉又到了暮春,正赶上我经年卧病,见到杜鹃无法再拜行礼,唯有泪迸如泉。

【注释】

①诗题一作"杜鹃诗明皇蒙尘在蜀"。一本题下有注:"上皇奉蜀还,肃宗用李辅国谋,迁之西内,上皇悒悒。而甫此诗,感是而作。"

②嗔:一作"喧"。

③董仲舒《春秋繁露·执贽》:"雁乃有类于长者,长者在民上,必施然有先后之随,必俶然有行列之治,故大夫以为贽。""羔食于其母,必跪而受之,类知礼者,故羊之为言祥与,故卿以为贽。"

④古:一作"吾"。与:一作"之"。

【汇评】

唐元竑《杜诗捃》卷三:此诗自首至尾,无一语不质朴,只似村野人家书耳。老笔颓然,故作此态,亦复何疑。

杨伦《杜诗镜铨》卷一二:本将西川杜鹃陪起云安杜鹃,却用两无杜鹃处搭说,便离奇不可捉摸。本义先在客段中说透,入正文只一找足,此亦虚实互用之法,在拙手必多写云安杜鹃矣。

鲁一同《鲁通甫读书记》:古拙生动,出于自然,老手高境。

子　规

峡里云安县,江楼翼瓦齐。两边山木合,终日子规啼。眇眇春风见,萧萧夜色凄。客愁那听此,故作傍人低①。

【题解】

云安县在峡谷之中,县城前有江水流过,江边有高楼。高楼檐瓦如鸟之羽翼,周围都是山林。每到暮春时节,杜鹃就在林中终日哀啼。尤其夜色凄凉之际,微风送来阵阵悲泣,似乎就在耳边响起,使客居他乡之人不忍卒听。

【注释】

①故作傍人低:一作"故傍旅人低"。

【汇评】

吴瞻泰《杜诗提要》卷九:诗文无异法,不外宾、主、断、续四字。乃有以宾多而主少者,似乎主略而宾反详。及至紧板入题之时,则俨然宾皆是主,而后知宾非宾也,正加倍为主也。此篇唯"终日子规啼"五字是主,而前则有峡也,有云安县也,有江楼也,有瓦也,有山木也,无所谓子规也,则皆宾而已矣。及读至"终日子规啼"句,顿觉峡里、县里、江楼、楼瓦、山木,处处皆有子规声,然后知宾之即为主,而主之即从宾而出也。然四句既实贴子规矣,妙在著春风夜色景语以离其群,而后结归本意,此之谓断续。若无五、六,即不成章法矣。公常自谓文章有神,此其神也。"客愁"二字,一篇之眼,无一句不是客愁,却于末句点睛。

浦起龙《读杜心解》卷三之四:绝无艰涩之态,杜律之最爽隽者。

近　闻

近闻犬戎远遁逃,牧马不敢侵临洮。渭水逶迤白日静,陇山萧瑟秋云高。崆峒五原亦无事,北庭数有关中使。似闻赞普更求亲,舅甥和好应难弃①。

【题解】

最近听说吐蕃已经逃遁至远方,不敢再侵扰临洮一带,渭河、陇山周围恢复了和平安宁,崆峒、五原附近也无战事发生。吐蕃又派人来朝廷求亲,他与大唐的甥舅之好是难以抛弃的。据唐史所载,永泰元年十月,郭子仪与回纥定约,共击退吐蕃,当时仆固名臣(仆固怀恩之侄)及党项帅皆来降。

大历元年二月,朝廷命杨济修好吐蕃,吐蕃遣首领论泣藏等来朝。杜甫此诗或记其事。

【注释】

①永泰元年三月庚戌,吐蕃请和。诏宰臣元载、杜鸿渐与吐蕃使,同盟于唐兴寺。

【汇评】

仇兆鳌《杜诗详注》卷一五:此诗记吐蕃之修好也。渭水、陇山,内地清静;崆峒、五原,边外宴宁。北庭使至,吐蕃通和也。

客　居

客居所居堂,前江后山根。下埑万寻岸,苍涛郁飞翻。葱青众木梢,邪竖杂石痕。子规昼夜啼,壮士敛精魂。峡开四千里,水合数百源①。人虎相半居,相伤终两存。蜀麻久不来,吴盐拥荆门。西南失大将,商旅自星奔②。今又降元戎,已闻动行轩。舟子候利涉,亦凭节制尊③。我在路中央,生理不得论。卧愁病脚废,徐步视小园。短畦带碧草,怅望思王孙。凤随其皇去,篱雀暮喧繁。览物想故国,十年别荒村④。日暮归几翼,北林空自昏。安得覆八溟,为君洗乾坤。稷契易为力,犬戎何足吞。儒生老无成,臣子忧四番⑤。筐中有旧笔,情至时复援。

【题解】

我所客居的地方,后面是山脚,前面是大江。大江在万丈悬崖之下,苍绿的波涛飞腾翻滚。俯视江岸,可以看见翠绿的树梢和纵横交错的山石。杜鹃在树林中昼夜不停地啼叫,连壮士都为之销魂郁悒。这大峡谷开辟了四千里的河道,这江水汇合了数百条水源。这里是人和猛虎杂居的地方,虽然互相伤害，终究还是人、虎两存。蜀地的麻许久不见运过来了，吴地的盐也积压在荆门山。这是因为大将被杀导致蜀中大乱，商人如流星飞散。如今朝廷派元帅镇蜀，听说已经启程。船家都在等待着畅通无阻的日子，他们将希望都寄托在新任的元帅身上。我如今滞留在出峡的半路上，一家人的生计就不用说了。长久卧病，担心脚走不动了，就缓行到小园看看。菜地里长满了青草，想起淮南小山《招隐士》所说"王孙游兮不归，春草生兮萋萋"，思乡的情绪更加浓烈，我离开故土已经十年了。凤随凰去，现在已非盛世，只听见篱笆上的麻雀在傍晚吵闹，还看见几只归鸟没入昏暗的树林。我真希望倾倒这世上所有的海水，为君王洗清天下。朝廷只要重用稷、契那样的贤臣，诸如犬戎之类的外患又何足道哉。我虽然老大无成，作为臣子依然为四境忧心不已。箱子里存放着旧笔，每当心有所感，就拿起笔抒写忧愤。

【注释】

①仇兆鳌注引宋肇《三峡堂记》："峡江，绵跨西南诸夷，合牂牁、越巂、夜郎、乌蛮之水，萦纡曲折，掀腾汹涌，咸归纳于峡口，实众水之会也。"

②《新唐书·代宗纪》载，永泰元年闰十月，剑南节度使郭英乂为其检校西山兵马使崔旰所杀，蜀中大乱。大历元年二月，以黄门侍郎、同平章事杜鸿渐兼成都尹，为山南西道、剑南东西川副元帅。

③《诗·邶风·匏有苦叶》："招招舟子。"《易·需》："利涉大川。"

④荒：一作"乡"。

⑤番：一作"藩"。四番：一作"思翻"。

【汇评】

张溍《读书堂杜诗注解》卷一三：虽非少陵得意之章，而其切至语，终不可废。

刘濬《杜诗集评》卷三引宋荦曰：子美晚年有此一种重滞塞涩之笔，不可学，亦不须学。

梁运昌《杜园说杜》卷四：前《客堂》以身事言，此《客居》以时事言。"西南"四句主案，"短畦"四句论断，此作诗主意也。行文之法则以主意为客，而用蜀吴舟楫与故园归翼相首尾，以此为文字正面，此老杜家数。

凡有寓托慨叹,必推之题外,而于本文,但叙一己行藏,其于比兴之旨又亦深矣。

赠郑十八贲

温温士君子,令我怀抱尽^①。灵芝冠众芳,安得阙亲近。遭乱意不归,窜身迹非隐。细人尚姑息,吾子色愈谨^②。高怀见物理,识者安肯哂^③。卑飞欲何待,捷径应未忍^④。示我百篇文,诗家一标准。羁离交屈宋,牢落值颜闵。水陆迷畏途,药饵驻修轸^⑤。古人日已远,青史自不泯。步趾咏唐虞,追随饭葵堇^⑥。数杯资好事,异味烦县尹。心虽在朝谒,力与愿矛盾。抱病排金门,衰容肯为敏^⑦。

【题解】

郑贲你是温润如玉的君子,让我倾倒之至。你犹如芳草中的灵芝,如何让我不亲近?你因遭逢战乱而藏身于外,并非避世隐居于此。在恶劣的环境中,小人往往苟容取安,而你却更加谨慎,这是因为你洞察万物变化之理,安贫乐道,位卑而不肯走捷径,有识之士怎会讥笑你?你拿出所作的上百篇诗文给我欣赏,它们都称得上诗家的楷模。我奔走于水陆之途,迷惘孤寂,无所依托,又因病暂留云安,没有想到结交到屈原、宋玉、颜渊、闵子骞这样的友人。古人虽已远去,但不会泯灭于青史,我要和你一起步武前贤,蔬食瓢饮,求学问道。我虽然有心回朝辅佐君王,但恐怕身衰体弱,力不从心。

【注释】

①温温:柔和的样子。《诗·小雅·小宛》:"温温恭人。"

②细人:见识短浅之人。《礼记·檀弓上》:"君子之爱人也以德,细人之爱人也以姑息。"

③安：一作"焉"。

④张衡《应间》："捷径邪至，吾不忍以投步。"

⑤畏：一作"长"。

⑥唐虞：陶唐氏（尧）和有虞氏（舜）。堇：旱芹。《诗·大雅·绵》："堇荼如饴。"

⑦金门：金马门。《史记·滑稽列传》："金马门者，宦（者）署门也。门傍有铜马，故谓之曰金马门。"肯：一作"岂"。

【汇评】

王嗣奭《杜臆》卷七：读此诗，津津好贤之意，溢于笔墨纸外。

别蔡十四著作①

贾生恸哭后，寥落无其人②。安知蔡夫子，高义迈等伦。献书谒皇帝，志已清风尘。流涕洒丹极，万乘为酸辛。天地则创痍，朝廷当正臣③。异才复间出，周道日惟新④。使蜀见知己，别颜始一伸。主人薧城府，扶榇归咸秦⑤。巴道此相逢，会我病江滨。忆念凤翔都，聚散俄十春。我衰不足道，但愿子意陈⑥。稍令社稷安，自契鱼水亲⑦。我虽消渴甚，敢忘帝力勤⑧。尚思未朽骨，复睹耕桑民。积水驾三峡，浮龙倚长津⑨。扬舲洪涛间，仗子济物身⑩。鞍马下秦塞，王城通北辰。玄甲聚不散，兵久食恐贫。穷谷无粟帛，使者来相因。若冯南辕使，书札到天垠⑪。

【题解】

著作郎蔡氏，曾与杜甫在凤翔同朝为官，后入郭英乂幕中。郭英乂为崔旰所杀，蔡氏即扶送前者之灵柩回京，途经云安，与杜甫相遇。杜甫作诗赠别，多有嘱托。自从西汉贾谊恸哭流涕之后，很久没有见到这样忧心国事的人了,哪知蔡夫子你胸怀大义,远超时辈,当初上书谒见皇帝,就已经显出澄清天下的志向。你忧心如焚,泪洒宫中,连天子也为之动容。此时虽满目疮痍,但朝廷多正直之臣,大力重用这样的不世之材,所以国运日渐好转。你出使蜀中,郭英乂一见如故,引为知己,留于幕中。不料郭英乂横死成都,你护送灵柩而归,与卧病云安的我偶然相逢。回想凤翔相聚的日子,转眼十年过去了,我年已衰老。不过这些都不足挂齿,只希望你能向朝廷多有谏净,能使社稷安定,君臣和谐。我虽然饱受消渴疾的困扰,岂敢忘记皇帝的勤劳,一直盼着在有生之年重见太平。三峡水深,行舟艰难,愿你一路平安,早日回到京城,能够把蜀中的情形告知朝廷。蜀中战乱不休,百姓缺衣少食,而催索钱粮的使者依然往来不绝。我将南下荆楚,希望你能寄书前来。

【注释】

①著作:著作郎,主管著作局,属秘书省。

②《汉书·贾谊传》载,贾谊上疏陈政事,言有"可为痛哭者一,可为流涕者二"。

③当:一作"多"。

④《诗·大雅·文王》:"周虽旧邦,其命维新。"

⑤扶:原作"抚",据他本改。

⑥意:一作"音"。

⑦《三国志·蜀书·诸葛亮传》:"先主解之曰:'孤之有孔明,犹鱼之有水也。'"

⑧《击壤歌》:"帝力于我何有哉?"

⑨长津:一作"轮囷"。

⑩舺:有窗的船。

⑪冯:一作"逢"。使:一作"吏"。

【汇评】

浦起龙《读杜心解》卷一之四:初严武之殁,州将请郭英乂为节度,朝廷许之。蔡著作当是奉除敕而诣郭,因留郭幕者。郭既遇害,蔡以扶榇下峡,会公于云安,其人为公凤翔旧交,故赠此为别。起十二句,美其忠义有素,正复摄起中后嘱告之神。"使蜀"八句,历叙本事。笃故主,念贫交,其人诚可重矣。"我衰"八句,以匡时致治望之,其根已伏于篇首之"恸哭""献书",其脉已透到篇末之"北辰""仗子",而又彼我夹写,极缠绵悱恻之致。末十二句,就其别后途经,嘱其处处留心,而归结到兵食糜费,穷民不支,此则所当陈告之实际也。末即借征饷之南使,引出寄慰之来书。笔情不测,神致关生,何等飘忽,何等勤倦。是时宦官典兵,禁旅耗饷,此诗所规,洵乃救时切务。

寄常征君

白水青山空复春,征君晚节傍风尘。楚妃堂上色殊众,海鹤阶前鸣向人。万事纠纷犹绝粒,一官羁绊实藏身。开州入夏知凉冷,不似云安毒热新①。

【题解】

常征君你本隐居于青山白水之间,晚节末路,应召而起,奔波于风尘,致使山水无主,春光虚度。受宠的官员犹如堂上冷艳绝色的楚妃,你却似海上仙鹤在阶前向人哀鸣。公务繁杂,而清苦犹如辟谷。你甘受案牍之劳,不过是在乱世借此藏身。听说开州的夏天比较凉快,不像云安酷热难耐。

【注释】

①开州:州治在今重庆开州区。

【汇评】

卢世㴣《杜诗胥钞余论·大凡》:又《寄常征君》七言律诗一首,字字沉痛,而说者类云讽刺,只因错会"晚节傍风尘"一语,遂致通篇皆错。夫傍风尘,犹言奔走道路耳。人少壮蹇踬,犹冀前途,至老年,道路则无复之矣,此最是志士伤心处。

边连宝《杜律启蒙》七言卷二:征君以殊众之色而为向人之鸣,其傍风尘也,诚为可惜。然当万事纠纷之日,犹辟谷而事静修,则一官羁绊,只以藏身,如古人之避地金马门者耳。其鸣向人也,岂与争食之鸡鹜比哉? 开州入夏犹凉,不似我所居之毒热,聊可以自慰耳。前四惜之,中二解之,后复慰之,绝无讥讽之意。

寄岑嘉州①

不见故人十年余,不道故人无素书②。愿逢颜色关塞远,岂意出守江城居。外江三峡且相接,斗酒新诗终日疏③。谢朓每篇堪讽诵,冯唐已老听吹嘘。泊船秋夜经春草,伏枕青枫限玉除④。眼前所寄选何物,赠子云安双鲤鱼⑤。

【题解】

杜甫在云安听说岑参将出任嘉州刺史(时岑并未到任,至大历二年六月,始就任),即寄诗与他。自从乾元元年在中枢共同任职以来,至今将近十年没有见面了,其间一直没有收到你的书信。本想前去看望你,可关塞阻隔,路途遥远,难以成行。没有想到你将出守嘉州,嘉州与云安虽然江水相连,但我们想要把酒论诗终究也很困难。你作诗如谢朓,篇篇可以传诵于世;我如冯唐已老,唯有听任赞扬。去年秋天以来,我就卧病云安,无法赴任京城。眼下无以致意,唯有赠诗一首。

【注释】

①岑嘉州:嘉州刺史岑参。嘉州,州治在今四川乐山。诗题一本有注:"州据蜀江外。"

②十年余:一作"十余年"。

③外江:岷江,经成都流经嘉州,东行出三峡。日:一作"自"。

④玉除:宫殿台阶。

⑤《饮马长城窟行》:"客从远方来,遗我双鲤鱼。呼儿烹鲤鱼,中有尺素书。"

张溍《读书堂杜诗注解》卷一六:此诗首言公与岑别去已久,不意岑今出守。相去本近,未得晤聚。末言卧病去国,无可将意,止寄一书,以通闻问耳。

浦起龙《读杜心解》卷五之末:此亦七律而带古意者,流美可诵。前四,言久暌而今近,喜之也。中四,乃上下关生处。带水相接,而觞咏终疏,承上作转也。欲讽岑篇,而望嘘我老,起下作引也。后四,自言旅食之况,而寄诗以达情。文致斐然。

杨伦《杜诗镜铨》卷一二:拗体七排,亦见风韵。

船下夔州郭宿,雨湿不得上岸,别王十二判官

依沙宿舸船,石濑月娟娟。风起春灯乱,江鸣夜雨悬。晨钟云外湿,胜地石堂烟①。柔橹轻鸥外,含凄觉汝贤②。

【题解】

杜甫一家就要离开云安前往夔州,头天将行李搬上大船。当时天色已晚,一家人就住在了船上。晚上下了一夜大雨,第二天因雨湿路滑,不得上岸与送行的王十二判官道别,故写下此诗。夜宿在依傍着沙滩的大船上,看见月儿印在石濑之中。春风吹起,船上灯光摇曳;夜雨不绝,涛声轰鸣。清晨,山上低沉的钟声从云外传来,犹且带着湿气,这风景胜地还笼罩在烟雾之中。橹声轻柔,渐渐远离沙头白鸥,我又开始了漂泊,对王十二判官隐居于此分外羡慕。

【注释】

①外:一作“岸”。烟:一作“偏”。

②凄:一作“情”。

【汇评】

唐汝询《唐诗解》卷三四:上三联赋舟中夜雨之景,末乃言别也。始宿之时尚见月色,俄而风起灯灭,雨滴江鸣,不复能登岸矣。晨钟既动,石堂

难趋,船不能留。于是鼓棹轻鸥之外,因想判官之贤足为东道主,今雨阻不得见,是以为之含凄耳。

黄生《杜工部诗说》卷五:因风起故春灯乱,因夜雨悬故江鸣,两因又分倒顺,对句精工不觉。……前半追写昨夜之景,所谓补题法也。……后半始叙全题首尾,题略者诗详之,题明者诗隐之,题顺者诗倒之。写景精切,寓意隽永,五律至此,即赞叹亦无所加。

吴瞻泰《杜诗提要》卷九:"夜"字、"晨"字,是线,界限分清在此。前半追写夜来乍雨之景,后半正写晨兴发舟之景,皆寓不得上岸别王之意。五、六言王十二所在。柔橹已在轻鸥之外,则船行矣,点清不得上岸,故不觉唤出"汝贤"字来。诗有不必言情,而情寓景中者,此诗是也。

漫成一绝^①

　　江月去人只数尺,风灯照夜欲三更。沙头宿鹭联拳静,船尾跳鱼拨剌鸣^②。

【题解】

　　夜晚睡在船上,蓦然醒来,水面上的月亮就在身边,似乎伸手可及。夜已三更,风灯摇曳,黯淡朦胧。沙洲寂寞冷清,鹭鸶三五成群,蜷缩着在那里打盹。鱼儿在船尾跃起,又落入水中,发出啪啦的声响。诗作于杜甫由云安至夔州的途中。

【注释】

①诗题一作"漫成"或"漫成一首"。

②联拳:联蹉,屈曲。静:一作"起"。拨剌:鱼入水声。拨,一作"跋"。

【汇评】

浦起龙《读杜心解》卷六之下:夜泊之景,画不能到。

刘濬《杜诗集评》卷一五引李因笃曰:公本色语,却流丽动人。

又引邵长蘅曰:虽无情致,写意自在。

移居夔州作①

伏枕云安县,迁居白帝城。春知催柳别,江与放船清②。农事闻人说,山光见鸟情。禹功饶断石,且就土微平。

【题解】

在云安县卧病已久,便想到移居到白帝城暂住。春天仿佛知道我将要离开,它催生柳条发芽变绿,以便友人折柳送别;江水也变得澄清,给人平添了无数放船而下的兴致。暮春时节,人们到处在谈论农事;山光明丽,鸟儿欢欣鸣叫。沿途两岸多有大禹凿山导江时留下的断石,我要寻找一处平坦的地方居住。

【注释】

①夔州:州治在今重庆奉节。

②与:一作"已"。

【汇评】

黄庭坚《与王观复书》:好作奇语自是文章病,但当以理为主,理得而辞顺,文章自然出群拔萃。观子美到夔州后诗,退之自潮州还朝后文,皆不烦绳削而自合矣。

《朱子语录》卷一三九:人多说杜子美夔州诗好,此不可晓。夔州却说得郑重烦絮,不如他中前有一节诗好。鲁直一时固自有所见,今人只见鲁直说好,便却说好,如矮人看戏耳。

鲁一同《鲁通甫读书记》:入夔以来,一路律体,直恁清妙,得江山之助,胜在蜀诸律多矣。

客　堂

忆昨离少城，而今异楚蜀。舍舟复深山，窅窕一林麓。栖泊云安县，消中内相毒。旧疾廿载来，衰年得无足[①]。死为殊方鬼，头白免短促。老马终望云，南雁意在北[②]。别家长儿女，欲起惭筋力。客堂序节改，具物对羁束。石暄蕨芽紫，渚秀芦笋绿。巴莺纷未稀，徽麦早向熟[③]。悠悠日动江，漠漠春辞木。台郎选才俊，自顾亦已极[④]。前辈声名人，埋没何所得。居然绾章绂，受性本幽独。平生憩息地，必种数竿竹[⑤]。事业只浊醪，营葺但草屋。上公有记者，累奏资薄禄。主忧岂济时，身远弥旷职[⑥]。循文庙算正，献可天衢直[⑦]。尚想趋朝廷，毫发裨社稷。形骸今若是，进退委行色。

【题解】

去年离开成都之后，到现在终于感受到了楚、蜀两地的差异。下船登岸，又入深山，住在山脚下幽深的树林中。前些时候暂居在云安，消渴病发作。这是二十多年的老毛病了，能活到现在还有什么不满足的。即使如今死在他乡，也不算短寿了。老马望朔云，南雁思北土，自从离开故土，儿女都长大成人了，我想启程返乡，奈何精力不济。客中季节变换，别样的景物聊以纾解我客居的烦闷。温暖的山石中，长出了紫色的蕨菜；秀丽的沙滩旁，满是绿色的芦笋。巴山中的黄莺未见稀少，夔州的麦子就要成熟了。悠悠的日光晃动在江面上，漠漠春色辞别花草树木。尚书省选拔的郎官都是才俊之士，身为其中一员我感到十分荣耀。想一想古往今来，多少声名显扬之士都被埋没，而我居然有幸穿上了官服。可我喜欢幽居独处，平时栖息之地，总是种上几丛修竹。我所做的事情无非是饮酒，所营造修葺的也不过茅草屋。承蒙郑国公严武挂记着我，多次奏请朝廷授予我一份俸禄。我本当为君主分忧解难,拯济时艰,可惜身远旷职。如今天子圣明,正是臣子大有作为之际,我也想着回朝以尽菲薄之力,只是如今身体如此衰弱,进退两难。

【注释】

①廿:一作"甘"。载:一作"战"或"再"。得无足:一作"得弱足"或"弱无足"。

②《古诗十九首·行行重行行》:"胡马依北风,越鸟巢南枝。"

③莺:一作"稼"。徼:边界。

④仇兆鳌引朱鹤龄注,《汉官仪》:"尚书郎,初从三署郎选,诣尚书台试。每一郎阙,则试五人,先试牋奏,初入台称郎中,满岁称侍郎。"

⑤《世说新语·任诞》:"王子猷尝暂寄人空宅住,便令种竹。或问:'暂住何烦尔?'王啸咏良久,直指竹曰:'何可一日无此君?'"

⑥《史记·越王勾践世家》:"臣闻主忧臣老,主辱臣死。"

⑦循:一作"修"。《孙子十家注·计篇》:"夫未战而庙算胜者,得算多也。"杜牧注:"庙算者,计算于庙堂之上也。"《左传·昭公二十年》:"君所谓可,而有否焉,臣献其否,以成其可。君所谓否,而有可焉,臣献其可,以去其否。"

【汇评】

浦起龙《读杜心解》卷一之四:此篇起结各四句。起四,二句为纲,二句志客堂所在。结四,后联为应,前联为上下过文。

鲁一同《鲁通甫读书记》:风调似小谢,波澜仍是本色。首尾满足,思沉而辞丽,在前篇(《客居》)之上。

引　水

月峡瞿塘云作顶,乱石峥嵘俗无井①。云安沽水奴仆悲,鱼复移居心力省②。白帝城西万竹蟠,接筒引水喉不干。人生留滞生理难,斗水何直百忧宽。

明月峡、瞿塘峡山高如云,乱石峥嵘,当地人没有打井的习俗。住在云安,买水费钱,连奴仆也为之发愁。移居到了夔州,用水方便,省钱省心。白帝城西环绕着大片竹林,人们把竹筒连接起来,从山上引水,哪里还会担心没有水喝。滞留他乡,生计艰难,一斗水虽不值钱,也可以解忧宽心。

【注释】

①月峡:明月峡,位于嘉陵江西陵峡东段,两岸峭壁陡立,风景秀丽,在今四川广元朝天镇。

②鱼复:秦汉时县名,东汉初公孙述改为白帝城,即唐之夔州。

【汇评】

汪灏《树人堂读杜诗》卷一五:琐事颇韵,一以纪旅况,一以见风俗。

杨伦《杜诗镜铨》卷一二引李因笃曰:眼前语,妙能拈出。

示獠奴阿段①

山木苍苍落日曛,竹竿袅袅细泉分。郡人入夜争余沥,竖子寻源独不闻②。病渴三更回白首,传声一注湿青云。曾惊陶侃胡奴异,怪尔常穿虎豹群③。

【题解】

落日西沉,山木苍苍;竹筒引水,袅袅而下。夔州城中,一夜引水竹筒断绝,居民争相接引余下之水,而我家中僮仆阿段,不声不响上山寻找水源。到了夜半三更,我口渴得频频远眺,忽然听见泉水被从高山引入水缸之中。昔日有人惊叹陶侃的胡奴雄伟异常,我家的獠奴阿段在深夜穿越虎豹之群而上山寻水,也是不同寻常。

【注释】

①《魏书·獠传》:"獠者,盖南蛮之别种。……种类甚多,散居山谷,略无氏族之别。又无名字,所生男女,唯以长幼次第呼之。其丈夫称阿謩、阿

段,妇人阿夷、阿等之类,皆语之次第称谓也。"

②竖:一作"稚"。

③刘敬叔《异苑》卷五:"(陶)侃家童千余人,尝得胡奴,不喜言,尝默坐。侃一日出郊,奴执鞭以随,胡僧见而惊礼,云此海山使者也。侃异之,至夜失奴所在。"一说当作陶岘胡奴,事见《甘泽谣》。

【汇评】

黄生《杜工部诗说》卷九:题与诗皆无"修水筒"字,知其寄托之远。叙法极雅秀,出笔又极苍老。如此细事,能以七言律为之,惟其老气大力,无所不可耳。

仇兆鳌《杜诗详注》卷一五:此为獠童引泉而作也。上四引泉之事,下则泉至而言。

又引黄生曰:争沥不闻,而寻源则往,视世之狃小利而忽远图、避独劳而诿公者,其贤远矣,故诗特表之。

潘树棠《杜律正蒙》卷下:其字法,先言落日,次言入夜,次言三更,皆有次第。而"争沥"就郡人言,"寻源"就稚子言,尤为精细。

寄韦有夏郎中①

省郎忧病士,书信有柴胡②。饮子频通汗,怀君想报珠③。亲知天畔少,药味峡中无④。归楫生衣卧,春鸥洗翅呼。犹闻上急水,早作取平途。万里皇华使,为僚记腐儒⑤。

【题解】

韦郎官你心忧我这生病之人,寄书问讯的同时还附赠来中药柴胡。我喝完汤药,泻热通汗,不由非常感激你的美意。我寄居夔州,远离京城,缺乏药饵,也殊少与亲朋故旧往来。我欲出峡而不得,舟楫闲置,已长满青苔;见春鸥戏水,又动了招朋引伴的兴致。听说你将溯流而上,由三峡入蜀,希望能一访夔州。身为万里而来的朝廷使者,还能惦记着昔日同僚,我深表感激。

【注释】

①韦有夏:或当作"韦夏有",曾任考功郎中。

②柴胡:中药名。

③饮子:古人称汤药为饮子。张衡《四愁诗》:"何以报之明月珠。"

④味:一作"饵"。

⑤《诗·小雅·皇皇者华》毛序:"皇皇者华,君遣使臣也。送之以礼乐,言远而有光华也。"

【汇评】

仇兆鳌《杜诗详注》卷一五:上四谢韦来书,中四卧峡思归,下则待韦于夔州也。

杨伦《杜诗镜铨》卷一二:公诗无物非诗料。

上白帝城

城峻随天壁,楼高更女墙①。江流思夏后,风至忆襄王②。老去闻悲角,人扶报夕阳。公孙初恃险,跃马意何长③。

【题解】

登上白帝城,见其石壁直冲云霄。在城楼望去,高高的城墙上还有女墙。俯视奔流的长江,不由想起了夏禹的疏凿之功;城楼上凉风飒然而至,感受到了楚襄王登兰台时的爽快。垂老流落于此,闻号角之声而心悲;夕阳欲落,为人挽扶而下城。可叹当年公孙述据险作乱,跃马称雄,如今又安在哉?

【注释】

①《水经注》卷三三:"(白帝)城周回二百八十步,北缘马岭,接赤岬山,其间平处,南北相去八十五丈,东西七十丈。又东傍东瀼溪,即以为隍。西南临大江,窥之眩目。唯马岭小差逶迤,犹斩山为路,羊肠数四,然后得

上。"更：一作"望"。

②夏后：夏禹。宋玉《风赋》："楚襄王游于兰台之宫，……有风飒然而至，王乃披襟而当之，曰：'快哉此风。'"

③《后汉书·公孙述传》载，公孙述字子阳，更始时起兵讨宗成、王岑之乱，破之，遂有蜀土，僭立为帝，都成都，色尚白，改成都郭外旧仓为白帝仓，筑城于鱼复，号曰白帝城。述立十二年，为光武所灭。

【汇评】

吴瞻泰《杜诗提要》卷九：主意在"公孙恃险"一句，其实亦不在此，言外总以巴蜀天险为盗贼渊薮耳。因盗贼而引公孙，因公孙而引夏后、襄王。又不遽引夏后、襄王，而先言城峻楼高如此，即导江如夏，雄风如楚，亦成往事。区区公孙跃马称帝，意复何为？曲曲折折，本意全然不露。知者以为谓公孙赋耳，不知者以为谓夏后、襄王赋耳。如此奇肆之笔，而法律极其森严。

刘濬《杜诗集评》卷九引李因笃曰：俯仰古今，俱依时地说。忽而闻角，日已斜矣，因悲窃据之子阳究成何事。江风浩浩，但增溯回耳。虽数用意，而自相贯通。细细按之，终不伤杂。

上白帝城二首

其一

江城含变态，一上一回新。天欲今朝雨，山归万古春。英雄余事业，衰迈久风尘。取醉他乡客，相逢故国人。兵戈犹拥蜀，赋敛强输秦①。不是烦形胜，深惭畏损神②。

【题解】

临江的白帝城气候多变，每次登临都会见到新景象，有新感受。今天这里要下雨，雨后残红落尽，山间的春色就要从此归去。公孙述建造白帝城,也算做出了一番英雄事业,而我已年老力衰,至今仍在风尘中漂泊。偶逢故乡之人,试图痛饮以博取一醉。蜀中干戈未定,还要勉力输送钱粮至关中。我不是厌烦这样的美景,只是忧心国事而难以开怀。

【注释】

①强:一作"尚"。

②惭:一作"愁"。

【汇评】

卢世潅《杜诗胥钞余论·论五七言排律》:(起四句)见天地之心,知雨旸之性,穷新旧之变,领山水之神。胸中多少缘故,朗朗洗出。余谓登高而开道眼者,此也。

仇兆鳌《杜诗详注》卷一五:首章,咏白帝城。上四叙景,下八感怀。雨意含春,所谓变态一新也。公流落风尘,方与故乡人饮酒登眺,忽见输饷赴京者,不觉触目生愁,因叹云我非厌烦此间形胜,特以愁来之故,怕损神而却步耳。公之关心民瘼如斯。

其二

白帝空祠庙,孤云自往来①。江山城宛转,栋宇客徘徊。勇略今何在,当年亦壮哉。后人将酒肉,虚殿日尘埃。谷鸟鸣还过,林花落又开。多惭病无力,骑马入青苔。

【题解】

白帝城祠庙空空荡荡,只有孤云自往自来。这座城池依山而建,随山势曲折迂回。我徜徉于栋宇之间,久久不忍离去。公孙述当年称帝之时,固是一世之雄,如今他的勇略又体现在何处呢?虽然后人不时拿酒肉祭祀,但他终究被人遗忘,空无一人的大殿里日渐积满了灰尘。世事如流水,而江山却无恙,山谷中总有鸣叫而过的飞鸟,树林的花儿落了就会再开。我为自己的多病体弱而惭愧,骑着马儿行进在长满青苔的石板路上。

【注释】

①《方舆胜览·夔州路·夔州》:"白帝庙,在奉节县东八里,旧州城

内。"一说此庙唐宋以前祠公孙述。

【汇评】

仇兆鳌《杜诗详注》卷一五：次章咏白帝庙。上八庙中吊古，下四抚景自伤。公于先主、武侯说得英爽赫奕，千载如生。此云"勇略今何在，当年亦壮哉"，叹其随死而俱泯也。

李长祥《杜诗编年》卷一二：少陵白帝城诗极多，于公孙述往往留连叹息，亦有服其割据之意。割据亦英雄事业，不必尽在帝中原也。

梁运昌《杜园说杜》卷一二：上首从白帝城上立意，下首从白帝祠立意。而上首英雄事业插入下首意，下首江山宛转回抱上首意，小作罗文。

陪诸公上白帝城头宴越公堂之作①

此堂存古制，城上俯江郊。落构垂云雨，荒阶蔓草茅。柱穿蜂溜蜜，栈缺燕添巢。坐接春杯气，心伤艳蕊梢。英灵如过隙，宴衎愿投胶②。莫问东流水，生涯未即抛③。

【题解】

诗为应酬而作。诸公在白帝城城头的越公堂宴饮，从那里可以俯视江水。越公堂古制尚存，饱经云雨侵蚀的檐角有所塌陷，荒旧的石阶上长满了藤蔓杂草，蜜蜂在蛀蚀的梁柱中酿蜜，燕子在缺损的堂梁上筑巢。我敬陪于筵席间，面对花蕊，喝着春酒，心情却不免黯淡。越国公的英灵早已消失，人生一世间，如白驹过隙，不用去管它长江东流水，我一时也不能舍此而去，现在就与友朋及时欢会吧。

【注释】

①头：一作"楼"，一本无"头"字。越公：杨素，字处道，隋弘农华阴人，以功加上柱国，封越国公。仇兆鳌注引李贻孙《夔州都督府记》："白帝城东南斗上二百七十步，得白帝庙。又有越公堂，在庙南而少西，隋越公素所建。奇构隆敞，内无撑柱，复视中脊，邈不可度，五逾甲子，无土木之隙，见

954

其人之瑰杰也。"一本有题注:"越公,杨素也,有堂在城上,画像尚存。"

②《庄子·知北游》:"人生天地之间,若白驹之过隙,忽然而已。"《诗·小雅·南有嘉鱼》:"君子有酒,嘉宾式燕以衎。"毛传:"衎,乐也。"诗句末原有注:"古乐府云:以胶投漆中,谁能别离此。"

③东流水:一作"水清浅"。

【汇评】

刘濬《杜诗集评》卷一三引李因笃曰:凭吊宴游,两情俱得,而点缀亦不寂寞。

白帝城最高楼

城尖径仄旌旆愁,独立缥缈之飞楼①。峡坼云霾龙虎睡,江清日抱鼋鼍游②。扶桑西枝对断石,弱水东影随长流③。杖藜叹世者谁子,泣血迸空回白头。

【题解】

白帝城高高耸立,路狭窄而陡峭,即使插在城头的旌旗也害怕被风吹走。我(杜甫)独自站立在缥缈欲飞的高楼上,看见瞿塘峡口在云雾中开裂,安静有如睡着的龙虎,阳光下江水清澈,漩涡翻滚似那鼋鼍在遨游。极力远眺,向东仿佛可以看见扶桑的西枝与峡石相对,向西仿佛可以看见弱水东流入长江。对此茫茫宇宙,是谁拄着拐杖在感叹世事?我泣不成声,泪如血迸,回头执着地望着北方。

【注释】

①仄:一作"昃"或"翼"。

②睡:一作"卧"。

③《山海经·海外东经》:"旸谷上有扶桑,十日所浴。"《山海经·大荒西经》:"西海之南,流沙之滨,赤水之后,黑水之前,有大山名曰昆仑之丘,……其下有弱水之渊环之。"

王嗣奭《杜臆》卷七：此诗真惊人语，总是以忧世苦心发之，以自消其垒块者。

刘濬《杜诗集评》卷一一引李因笃曰：浑古之极，不可名言。律不难于工，而难于宕；律中古意，不难于宕，而难于劲。此首次句着一"之"字，其力万钧。

杨伦《杜诗镜铨》卷一二引蒋弱六曰：三、四，身在云霄，目前一片云气苍茫，平低望去，峡中多少怪怪奇奇之状，隐约其际。惟下视江流，不受云迷，却受日光，遂觉如日抱之，而波光日光两相涌闪，亦怪奇难状。以一语而该万态，妙绝千古。

武侯庙①

遗庙丹青落，空山草木长。犹闻辞后主，不复卧南阳。

【题解】

武侯庙坐落在空山，无人往来，草木丛生，显得有些破败，墙壁上所绘的武侯轶事也斑驳难辨了。瞻仰他的遗像，耳畔似乎回响着他"鞠躬尽瘁，死而后已"的誓言。回首南阳，其草庐尚在，但他终不肯更向南阳而高卧。

【注释】

①仇兆鳌注引张震《武侯祠堂记》："唐夔州治白帝，武侯庙在西郊。"

【汇评】

唐汝询《唐诗解》卷二二：此想武侯之忠也。庙之丹青已落，而乔木森然，良亦古矣，宜其名声之浸微。然出师之举，至今犹闻，初不以主之暗弱而归卧南阳也。侯诚忠哉。

张溍《读书堂杜诗注解》卷一三：两绝（与《八阵图》）识力高绝，足尽武侯一生心事。

夏力恕《杜诗增注》卷一二：遗庙空山，想象当年心事，不啻耳闻，而气象万千，若累牍难尽。

八阵图①

功盖三分国,名成八阵图。江流石不转,遗恨失吞吴。

【题解】

诸葛亮辅佐先主刘备建立蜀国,以与魏、吴鼎足而立,三分天下,功高盖世。他之所以声名卓著,得之于其所创制的八阵图。大江日夜奔流,作为阵图的积石,在水中经过数百年的冲刷,至今屹立不动。令人遗憾的是,因为先主一心要征讨吴国,致使一统天下的大业没有完成。此诗最后一句,或说指以不能灭掉吴国为千古遗恨。

【注释】

①《三国志·蜀书·诸葛亮传》:"(诸葛)亮性长于巧思,……推演兵法,作八阵图,咸得其要云。"其遗址传说有多处,此处指鱼复之八阵图。《太平寰宇记·山南东道·夔州》卷一四八:"八阵图,在(奉节)县西南七里。《荆州图记》云:永安宫南一里,渚下平碛上,……有诸葛孔明八阵图,聚细石为之。各高五尺,广十围,历然棋布,纵横相当,中间相去九尺,正中开南北巷,广悉五尺,凡六十四聚。或为人所散乱,及为夏水所没,冬水退,复依然如故。"

【汇评】

仇兆鳌《杜诗详注》卷一五:今按下句(遗恨失吞吴)有四说。以不能灭吴为恨,此旧说也;以先主之征吴为恨,此东坡说也;不能制主上东行,而自以为恨,此《杜臆》、朱注说也;以不能用阵法,而致吞吴失师,此刘氏之说也。

刘濬《杜诗集评》卷一五引李因笃曰:只四句,黖栝平生。"遗恨失吞吴",是大议论。乃上句"江流石不转",则似归咎山水。蜀东入吴为下流,而不能折回中原,地势使然,故长令英雄遗恨也。化大议论为无议论,妙不可言。

古柏行

　　孔明庙前有老柏,柯如青铜根如石①。霜皮溜雨四十围,黛色参天二千尺②。君臣已与时际会,树木犹为人爱惜。云来气接巫峡长,月出寒通雪山白③。忆昨路绕锦亭东,先主武侯同閟宫④。崔嵬枝干郊原古,窈窕丹青户牖空。落落盘踞虽得地,冥冥孤高多烈风。扶持自是神明力,正直元因造化功。大厦如倾要梁栋,万牛回首丘山重。不露文章世已惊,未辞剪伐谁能送。苦心岂免容蝼蚁,香叶终经宿鸾凤⑤。志士幽人莫怨嗟,古来材大难为用⑥。

【题解】

　　夔州诸葛孔明庙前有一株古柏,高大参天,根如石头,枝如青铜,树皮滑溜,树叶青黑。刘备、诸葛亮君臣遇合,风云际会,做出一番事业,为后人所景仰,因而这株老树也格外为人爱惜。古柏高耸,云雾缭绕,能与巫峡飞来之云气相接;老柏浓密,寒气森森,能与雪山飘来之寒气相通。当日我在成都,瞻仰武侯祠,祠庙前也有两株古老的柏树,崔嵬古峭。夔州的这株古柏龙盘虎踞,落落不群,难免遭受烈风暴雨侵袭,但依靠着神明的庇护,至今屹立无恙。如有将要倾倒之大厦,可以将它作为栋梁来支撑,只是这株古柏重如丘山,一万头牛也难以拉动。古柏不显山露水就已经令世人惊叹,它不惧怕采伐,可谁又能将它运送?柏树虽然心苦,仍不免遭蝼蚁啮噬;它含着香气的叶子,终将有鸾凤栖宿。那些失意之士莫要嗟叹,自古以来,大才难以尽用。

【注释】

①前:一作"阶"。

②霜:一作"苍"。雨:一作"水"。

③仇兆鳌注引《宜都山川记》:"巴东三峡巫峡长。"月:一作"日"。

④闷宫:祠庙。《诗·鲁颂·闷宫》:"闷宫有侐。"毛传:"闷,闭也。先妣姜嫄之庙,在周常闭而无事。"

⑤香:一作"密"。终:一作"曾"。经:一作"惊"。

⑥难为:一作"皆难"。

【汇评】

刘濬《杜诗集评》卷六引李因笃曰:武侯庙柏,自不得作一细语,如太史公用《尚书》为本纪,厚重乃尔。

又引吴农祥曰:借古柏以写武侯。"大厦"下,又借武侯以写心事。婉转回环,咀味无尽。

夏力恕《杜诗增注》卷一二:写状之工,往复之妙,寄托之远,宾主离合之浑化,未易言诠。

负薪行

夔州处女发半华,四十五十无夫家。更遭丧乱嫁不售,一生抱恨堪咨嗟①。土风坐男使女立,应当门户女出入②。十有八九负薪归,卖薪得钱应供给③。至老双鬟只垂颈,野花山叶银钗并④。筋力登危集市门,死生射利兼盐井。面妆首饰杂啼痕,地褊衣寒困石根。若道巫山女粗丑,何得此有昭君村⑤。

【题解】

夔州的处女,不少已经四五十岁了,头发都花白了,还没有夫家。何况最近战乱频繁,男子多出征不还,她们更难以出嫁,致使抱憾终身。当地的风俗是男坐女立,男子在家看门,女子出外劳作。女子中十有八九负责砍柴卖钱,养家糊口,她们往往一直到老都还双鬟垂颈,把插在头上的野花山

959

草当作银钗一般珍惜。这些女子用尽全力,爬上险峰去砍柴,有时候还得不顾生死上盐井背负私盐,结果依然生活贫困,衣着单薄,蜷缩在偏僻的山脚下,带有首饰的脸上也藏不住泪痕。如果说巫山一带的女子生来粗丑,为什么附近又会有昭君村呢?

【注释】

①堪:一作"长"。

②应:一作"男"。

③有:一作"犹"。应:一作"当"。

④镮:一作"鬟"或"环"。

⑤此:一作"北"。昭君村:传说中王昭君的故乡,在今湖北兴山宝坪村。

【汇评】

汪灏《树人堂读杜诗》卷一五:俗尚不雅,则落笔亦易近俚,故一结特见远意。竟欲穷诘造化,解惑愚氓,岂止作神龙掉尾法。

夏力恕《杜诗增注》卷一二:借昭君作结,见得人无美恶,皆地为之;地无美恶,皆时为之也。

最能行

峡中丈夫绝轻死,少在公门多在水。富豪有钱驾大舸,贫穷取给行艓子①。小儿学问止论语,大儿结束随商旅。欹帆侧舵入波涛,撇漩捎濆无险阻。朝发白帝暮江陵,顷来目击信有征。瞿唐漫天虎须怒,归州长年行最能②。此乡之人气量窄,误竞南风疏北客③。若道土无英俊才,何得山有屈原宅④。

【题解】

夔州一带的男子绝不怕死,他们很少在衙门做胥吏,而习惯于往来水上。有钱者就乘坐大船,贫穷者就驾一叶扁舟。这里的小孩读书只读到《论语》为止,稍大一点就收拾行李到船上谋生。他们驾船的技艺很高超,左右晃动,绕过漩涡,越过大浪。书上曾说"朝发白帝,暮宿江陵",看来确实是真实的。瞿塘峡水势漫天,虎须滩流水湍急,归州老艄公却驾轻就熟,游刃有余。峡中之人器量狭窄,亲近南人而疏远北人。如果说这个地方没有英俊之才,为什么附近会有屈原的住宅?

【注释】

①艓:轻如树叶的小舟。

②虎须:滩名,在今重庆忠县西。须,一作"眼"。长年:古时川峡一带对舵手、篙师的敬称。行:一作"与"。

③气:一作"器"。

④土:一作"士"。屈原宅:在今湖北秭归屈原镇屈原村。《水经注》卷三四:"(秭归县)县北一百六十里,有屈原故宅,累石为室基,名其地曰乐平里。"

【汇评】

汪灏《树人堂读杜诗》卷一五:上章叹息女苦,此章叹息男苦,遂以结作章法。

何焯《义门读书记·杜工部集》:二诗在夔州偶有所触,信笔而书,自是大家数。此诗尤近汉魏乐府。

览 物①

曾为掾吏趋三辅,忆在潼关诗兴多②。巫峡忽如瞻华岳,蜀江犹似见黄河。舟中得病移衾枕,洞口经春长薜萝。形胜有余风土恶,几时回首一高歌③。

【题解】

回想早年任职于华州,诗兴很浓,因为经常见到黄河、华山。如今滞留蜀中,见到巫峡、蜀江,不由自主就想起了华山、黄河。乘船东下,因病登岸,卧疾夔州,转眼经历一春,峡口又长出了薜萝。此地风景优美而风俗不好,何时回到故乡,再回首眺望以浩歌写怀。

【注释】

①诗题一作"峡中览物"。

②掾吏:乾元元年,杜甫任华州司功参军。三辅:汉代京兆尹、左冯翊、右扶风所辖之境,即唐之京畿。

③高:一作"长"。

【汇评】

顾宸《辟疆园杜诗注解》七律卷四:公在华州,乃生平极不得意之境,岂真忆华岳、黄河哉? 正厌峡中之不可居,所云在此犹在彼耳。历境异,见境之情不异也。

仇兆鳌《杜诗详注》卷一五:此公在峡而思乡也。上四追忆华州,下四峡中有感。向贬司功,而诗兴偏多,以华岳、黄河足引壮思也。今峡江相似,而卧病经春,无复前此兴会矣。盖此间形胜虽佳,风土殊恶,几时得回首北归,仍动长歌之兴乎?

石间居士《藏云山房杜律详解》七律卷下:此诗总是因思乡而作。上截四句,倒起逆承;下截四句,冲尾顺下。极见句法之变化,非公不能为此。

忆郑南玭①

郑南伏毒守,潇洒到江心②。石影衔珠阁,泉声带玉琴③。
风杉曾曙倚,云峤忆春临。万里沧浪外,龙蛇只自深④。

【题解】

伏毒寺建造在郑县南边的江心中,那里风景秀美。精美的佛殿,隐约于石峰之中;清脆的泉声,宛如玉琴在弹奏。当年曾在春光中登临高峤的云山,在曙光下倚靠风中的杉树。如今远在万里之外的江水中,这里只有龙蛇穴窟,全无郑南的潇洒风致。

【注释】

①郑南:华州州治郑县之南。诗题一本无"批"字。

②守:一作"寺"。

③珠:一作"批"。

④沧浪:一作"苍茫"。外:一作"水"。

【汇评】

仇兆鳌《杜诗详注》卷一五:上四忆寺中之景,下伤旧游难得也。寺在江中,故气象潇洒。珠阁,阁有珠帘。玉琴,泉响若琴。

边连宝《杜律启蒙》五言卷七:江内有山,山上有寺。石影即山影,谓山影之倒映于江者,内衔寺中之珠阁也。山上别自有泉,其声如玉琴,非江泉也。

赠崔十三评事公辅

飘飘西极马,来自渥洼池①。飒飒定山桂,低徊风雨枝②。我闻龙正直,道屈尔何为③。且有元戎命,悲歌识者知④。官联辞冗长,行路洗欹危⑤。脱剑主人赠,去帆春色随。阴沉铁凤阙,教练羽林儿。天子朝侵早,云台仗数移。分军应供给,百姓日支离。黠吏因封己,公才或守雌⑥。燕王买骏骨,渭老得熊罴。活国名公在,拜坛群寇疑⑦。冰壶动瑶碧,野水失蛟螭。入幕诸彦集,渴贤高选宜。骞腾坐可致,九万起于斯⑧。复进出矛戟,昭然开鼎彝⑨。会看之子贵,叹及老夫衰。岂但江曾决,还思雾一披⑩。暗尘生古镜,拂匣照西施。舅氏多人物,无惭困翮垂。

你本如西域而来的大宛马,有龙马之姿,最终却似寒山中的桂树,在风雨中低垂。听说当今天子圣明,你怎会怀才不遇、抱屈不用呢?何况羽林军主帅已经有了任用你的命令,可见有见识的人还是了解你的。你离开了无关紧要的职位,踏上了崎岖危险的旅程。你在春光伴随下乘船而去,将去京城羽林军任职,临行前主人解下佩剑相赠。天子屡次出奔,百姓日渐憔悴,军队供给艰难,而狡猾的官吏乘机自肥,有名之士明哲保身。朝廷得到你这样的贤才,就如周文王在渭水之滨得到了姜子牙,亦如汉高祖得到韩信。羽林军主帅心地高洁,见识清明,求贤若渴,使得在野贤俊,奋飞而起,幕中才俊聚集,相信你从此可以直上青云,出镇一方。我已经衰老,希望早日一睹风采。既然崔家这么多出色人物,我也就不再为自己的困顿沉沦而自惭了。

【注释】

①飘飘:一作"飘飘"。

②飒飒:大风。定:一作"寒"或"邓"。

③《易·乾》:"九二曰:'见龙在田,利见大人。'何谓也?子曰:'龙德而正中者也。'"

④知:一作"谁"。

⑤《周礼·天官·大宰》:"三曰官联,以会官治。"郑玄注:"官联,谓国有大事,一官不能独共,则六官共举之。"洗:一作"徙"。

⑥《老子》第二十八章:"知其雄,守其雌,为天下溪。"

⑦活:原作"沽",据他本改。

⑧《庄子·逍遥游》:"鹏之徙于南冥也,水击三千里,抟扶摇而上者九万里。"

⑨《世说新语·赏誉》:"见钟士季,如观武库,但睹矛戟。"《文选·任昉〈王文宪集序〉》:"或功铭鼎彝,或德标素尚,臭味风云,千载无爽。"

⑩《孟子·尽心上》:"及其闻一善言,见一善行,若决江河,沛然莫之能御也。"《世说新语·赏誉》:"此人,人之水镜也,见之若披云雾睹青天。"

胡震亨《杜诗通》卷三二引郑善夫曰：无端绪，无意味，多不可晓。

杨伦《杜诗镜铨》卷一三：此诗独作涩体，句法亦多离奇，开卢仝、孟郊一种诗派，然学之易入奥僻。

奉寄李十五秘书二首①

其一

避暑云安县，秋风早下来。暂留鱼复浦，同过楚王台②。猿鸟千崖窄，江湖万里开。竹枝歌未好，画舸莫迟回③。

【题解】

秘书郎李文嶷你尚在云安县避暑，希望能伴随秋风坐船顺流而下，早日来到夔州。我目前暂留在这里，正等候你一起登临楚襄王留下的阳台。三峡两岸群山对峙，鸟鸣猿啸；出峡之后浩浩汤汤，视野开阔。巴渝地区的竹枝词未必好听，你莫要徘徊不来。

【注释】

①诗题"秘书"后一本有小字注："文嶷。"

②留：一作"之"。《太平寰宇记·山南东道·夔州》"巫山县"："楚宫在县西北二百步，在阳台古城内，即襄王所游之地。阳云台高一百二十丈，南枕长江。"

③竹枝歌：即竹枝词，巴渝地方民歌。莫：一作"且"。迟：一作"轻"。

【汇评】

仇兆鳌《杜诗详注》卷一五：此章望李至夔，乃寄诗本意。李往云安，公在鱼复，约其下来留浦，同过台而出峡也。

其二

行李千金赠,衣冠八尺身[①]。飞腾知有策,意度不无神。班秩兼通贵,公侯出异人[②]。玄成负文彩,世业岂沉沦[③]。

贻华阳柳少府[①]

系马乔木间,问人野寺门。柳侯披衣笑,见我颜色温[②]。并坐石下堂,俯视大江奔[③]。火云洗月露,绝壁上朝暾[④]。自非晓相访,触热生病根。南方六七月,出入异中原。老少多喝死,汗逾水浆翻⑤。俊才得之子,筋力不辞烦。指挥当世事,语及戎马存。涕泪溅衣裳,悲风排帝阍⑥。郁陶抱长策,义仗知者论。吾衰卧江汉,但愧识玙璠。文章一小技,于道未为尊。起余幸班白,因是托子孙⑦。俱客古信州,结庐依毁垣⑧。相去四五里,径微山叶繁。时危挹佳士,况免军旅喧。醉从赵女舞,歌鼓秦人盆⑨。子壮顾我伤,我欢兼泪痕。余生如过鸟,故里今空村。

【题解】

华阳柳县尉,眼下也客居夔州,栖息之所与我相距不过四五里。一大早,我骑着马儿,沿着窄窄的山路,踏着厚厚的落叶,前去寻访他。我把马系在大树下向人打听,他原来就住在那座野庙里。柳县尉听说后,急忙披衣笑迎。两人并坐石堂之下,俯视着奔腾的长江交谈。此时朝霞洗去月露,骄阳从绝壁上升起,天气顿时变得炎热。倘若不是出门很早,我定然会中暑。南方六七月出门,和中原不一样,动辄大汗淋漓。我之所以不烦炎热前来拜访,就是为了见一见他这样的俊才。柳县尉谈及当前形势,论及接连不断的战争,不禁痛哭流涕。他满怀忧思,有许多治国良策,面对知己,尽情倾诉。我写诗作赋无关弘旨,只是雕虫小技,他的话语给我许多启迪。身处乱世,能够躲避战争,又能见到才俊与之畅谈,直至酣饮醉歌,也是足够幸运。不过柳县尉尚为壮年,而我业已衰老,余生无几,故里难归,欢乐中不免黯然。

【注释】

①华阳:唐县名,故址在今四川成都西南。

②笑:一作"啸"。

③石下堂:一作"石堂下"或"堂下石"。

④火云:朝霞,一说旱云。

⑤喝死:中暑而死。

⑥涕泪:一作"流涕"。衣:一作"我"。风:一作"气"。

⑦余：一作"予"。《论语·八佾》："子曰：'起予者，商也，始可与言《诗》已矣。'"《世说新语·识鉴》载，曹操少时见乔玄，乔玄谓曰："恨吾老矣，不见君富贵，当以子孙相累。"

⑧古信州：即夔州。南齐置巴州，梁改为信州，隋改为巴东郡。武德元年改为信州，二年改为夔州。

⑨《汉书·杨恽传》："家本秦也，能为秦声。妇，赵女也，雅善鼓瑟。奴婢歌者数人，酒后耳热，仰天拊缶而呼乌乌。"

【汇评】

杨伦《杜诗镜铨》卷一三：只是随手写出，自觉十分淋漓。

雷

大旱山岳焦，密云复无雨①。南方瘴疠地，罹此农事苦。封内必舞雩，峡中喧击鼓②。真龙竟寂寞，土梗空俯偻③。吁嗟公私病，税敛缺不补。故老仰面啼，疮痍向谁数。暴尪或前闻，鞭巫非稽古④。请先偃甲兵，处分听人主。万邦但各业，一物休尽取。水旱其数然，尧汤免亲睹⑤。上天铄金石，群盗乱豺虎。二者存一端，愆阳不犹愈⑥。昨宵殷其雷，风过齐万弩⑦。复吹霾翳散，虚觉神灵聚。气暍肠胃融，汗滋衣裳污⑧。吾衰尤拙计，失望筑场圃⑨。

【题解】

夔州大旱，草木不生，山岳焦枯，云密集而无雨。南方本是瘴疠之地，遭此旱灾，农事危急。此时州中士绅忙着祭祀，峡地百姓击鼓求雨。但天上主管降雨的真龙始终没有出现，人们徒然对着假龙行礼。土地歉收，赋税不足，官府百姓都将受到损害。田间父老仰天而泣，这样的苦难向谁倾诉？烧死畸形的人来求雨，可能以前出现过这样的事情；至于鞭打巫师求雨,就没有先例了。不过,这些奇特的求雨方式都毫无意义,目前最重要的是停止战争,尊奉天子,使各地百姓安居乐业,不要将他们搜刮殆尽。其实水灾、旱灾总是有的,连尧、汤那样的圣明天子都无法幸免。眼下天热得快要将石头融化了,各地乱贼四处掠杀,这两种情形如果必须选择其一,那还不如选择天热。昨夜雷声轰鸣,当时乌云密布,结果狂风如万弩齐发,又吹散了乌云,使人空喜一场。热气快要将我的肠胃都融化了,衣裳也全部被汗水浸透。我年老体衰,本想种点蔬菜来改善生活,现在也行不通了,不能不感到失望。

【注释】

①复无:一作"覆如"。

②《周礼·春官·司巫》:"若国大旱,则帅巫而舞雩。"郑玄注:"雩,旱祭也。"

③土梗:泥塑的神像。《淮南子·坠形训》:"土龙致雨,燕雁代飞。"高诱注:"汤遭旱,作土龙以象龙。云从龙,故致雨也。"

④《左传·僖公二十一年》:"夏,大旱,公欲焚巫尪。臧文仲曰:'非旱备也。修城郭,贬食省用,务穑劝分,此其务也。'"杜预注:"或以为尪非巫也,瘠病之人,其面上向,俗谓天哀其病,恐雨入其鼻,故为之旱,是以公欲焚之。"

⑤其数:一作"数至"。晁错《论贵粟疏》:"故尧、禹有九年之水,汤有七年之旱。"

⑥《左传·昭公四年》:"冬无愆阳,夏无伏阴。"杜预注:"愆,过也。谓冬温。"

⑦《诗·召南·殷其雷》:"殷其雷,在南山之阳。"毛传:"殷,雷声也。"

⑧滋:一作"湿"。污:一作"腐"。

⑨尤拙计:一作"尤计拙"。

【汇评】

吴瞻泰《杜诗提要》卷四引吴瞻淇曰:此皆凭空建议也。篇末始序雷,只一句而止。风大雨散,场圃失望,仍以旱结。

浦起龙《读杜心解》卷一之四:记旱而空雷也。凡三段,而前两大段俱在题前,至末段入题。

杨伦《杜诗镜铨》卷一三:军兴赋重,人多愁怨,乃致旱之由。公故慷慨极言,翻进一层,正是探原之论。

热三首

其一

雷霆空霹雳,云雨竟虚无。炎赫衣流汗,低垂气不苏。乞为寒水玉,愿作冷秋菰。何似儿童岁,风凉出舞雩①。

【题解】

组诗写夔州炎蒸情景,作于大历元年(766)夏。其一说,炎热的酷夏,只听见雷声滚滚,只看见霹雳横空,却没有雨丝落下。全身都被汗水湿透,头颅低垂似乎喘不过气来了,多么希望变成寒水之中的瓜果,也愿作寒秋水边的菱白。真想回到儿童时代到河中游泳,到雩坛上乘凉。

【注释】

①何:一作“那”。《论语·先进》:“莫春者,春服既成,冠者五六人,童子六七人,浴乎沂,风乎舞雩,咏而归。”

【汇评】

张溍《读书堂杜诗注解》卷一三:写酷热景,无剩意。因热思凉,尤真。

仇兆鳌《杜诗详注》卷一五:此诗为夔州苦热而作。上四记酷热,下四思解热也。

边连宝《杜律启蒙》五言卷六:首二,热之由;次二,热之甚。以下,因热不可当,故思为寒物,而忆及童年也。

其二

瘴云终不灭,泸水复西来①。闭户人高卧,归林鸟却回。峡中都似火,江上只空雷②。想见阴宫雪,风门飒踏开。

夔州的瘴气本来就难以消退,何况酷热的泸水又从西而来。此时人们都不敢出门,唯有闭门高卧,鸟儿也早早地躲在林中。峡中地面如火烧一般滚烫,空中只听见旱雷滚过。真盼望凉风把门一道道吹开,阴宫堆满积雪。

【注释】

①泸水:金沙江。《水经注》卷三六引《益州记》曰:"(泸水)两峰有杀气,暑月旧不行,故武侯以夏渡为艰。"

②空:一作"闻"。

【汇评】

仇兆鳌《杜诗详注》卷一五:次章,欲寻凉而不可得也。瘴云、泸水,地气之热;峡火、江雷,天气之热。

其三

朱李沉不冷,彫胡炊屡新①。将衰骨尽病,被喝味空频②。欻翕炎蒸景,飘飖征戍人。十年可解甲,为尔一沾巾。

【题解】

李子放入了水中保存,依然带有暑气;天热食物易馊,不敢吃剩菜剩饭。人老多病,暑热天尤其没有味口,美味佳肴也难以下咽。看到眼前流动的热气,不免想到征戍之人。他们长期漂泊在外,已经征战十年还未能解甲归田,让人不能不为之泪下沾巾。

【注释】

①朱李:李子的一种。曹丕《与朝歌令吴质书》:"浮甘瓜于清泉,沈朱李于寒水。"胡:一作"菰"。

②喝:原作"褐",有校语云:"一作'喝'。"据他本改。

【汇评】

仇兆鳌《杜诗详注》卷一五:三章,热不能耐而慨及征夫也。上四自叹,下四伤人。

七月三日亭午已后，校热退，晚加小凉，稳睡有诗，因论壮年乐事，戏呈元二十一曹长①

今兹商用事，余热亦已未②。衰年旅炎方，生意从此活。亭午减汗流，北邻耐人聒。晚风爽乌匼，筋力苏摧折③。闭目逾十旬，大江不止渴。退藏恨雨师，健步闻旱魃④。园蔬抱金玉，无以供采掇。密云虽聚散，徂暑终衰歇⑤。前圣慎焚巫，武王亲救暍⑥。阴阳相主客，时序递回斡。洒落唯清秋，昏霾一空阔。萧萧紫塞雁，南向欲行列。欻思红颜日，霜露冻阶闼。胡马挟雕弓，鸣弦不虚发。长铤逐狡兔，突羽当满月⑦。惆怅白头吟，萧条游侠窟⑧。临轩望山阁，缥缈安可越。高人炼丹砂，未念将朽骨。少壮迹颇疏，欢乐曾倏忽。杖藜风尘际，老丑难剪拂。吾子得神仙，本是池中物⑨。贱夫美一睡，烦促婴词笔。

【题解】

七月三日立秋后，暑热有所消退，晚上稍凉，杜甫稳睡一觉，醒后作诗，想起壮年的乐事，戏赠元曹长。今天正式进入了秋天，余热虽然没有散尽，旅居在南方的我好歹恢复了一些活力。正午出汗逐渐减少，邻居的吵闹也勉强可以忍受了。晚风吹拂着头巾，顿觉爽朗，被摧折的身体苏醒过来。静养了上百天，热得连大江之水都无法止渴。恨雨师隐匿不出，任凭旱神肆虐横行。小菜贵如金玉，且无处采摘。密云聚而复散，虽无雨珠下落，可盛夏终于衰减。前代圣贤对焚巫求雨的做法并不认同，周武王亲自救护中暑之人。阴阳交接，时序更迭，随着肃肃秋风渐起，北方的大雁将从紫塞南飞。忽然想到自己少壮之日，门前台阶上满是霜露，当时手挽雕弓如满月，骑胡马,逐狡兔,弓弦响起,箭无虚发。岁月流逝,转眼白发,昔日游侠之地业已萧条冷落。凭轩眺望,难以飞越。元曹长炼丹以求长生,就不要念及我们这些将朽之人。我年轻那会儿也疏狂不羁,只是欢乐过于短暂。如今又老又丑,拄杖苟活于乱世。元曹长你虽然得到神仙之术,但目前还没有羽化登仙,不如我美美睡上一觉为乐。

【注释】

①校:一作"较"。元二十一:或以为指元持,其曾任都官郎中。曹长:唐时尚书丞、郎、郎中等相互之间的称呼。

②商用事:指秋天。《礼记·月令》:"孟秋之月,……其音商,律中夷则。"

③乌匼:黑色头巾,即乌角巾,古代多为隐居不仕者的帽子。

④闻:一作"供"。旱魃:旱神。《神异经·南荒经》:"南方有人,长二三尺,袒身而目在顶上,走行如风,名曰魃,所之国大旱,俗曰旱魃。"

⑤《诗·小雅·四月》:"四月维夏,六月徂暑。"毛传:"徂,往也。"终:一作"经"。

⑥《初学记》卷九引《帝王世纪》:"武王自孟津还,及于周,见暍人,王自左拥而右扇之。"

⑦铍:一种箭头较薄而阔的箭。逐:一作"及"。

⑧郭璞《游仙诗》:"京华游侠窟。"

⑨《三国志·吴书·周瑜传》:"恐蛟龙得云雨,终非池中物也。"

【汇评】

浦起龙《读杜心解》卷一之四:首八句,叙热退小凉。次八句,追言早热。"抱金玉",言园蔬俱荒。"终衰歇",仍收到热退。"前圣"八句,言热则必凉,时序推移之常理。"欹思"八句,追论壮年乐事。……末十二句,结出戏呈曹长之意,正与壮年意境反对。

刘濬《杜诗集评》卷一三引吴农祥曰:叙事太多,壮年乐事太少。

夏力恕《杜诗增注》卷一三:句法、篇法,尽费经营,然寄托有限,不必偏嗜此种,使枝叶盛而根本弱也。

火

楚山经月火，大旱则斯举①。旧俗烧蛟龙，惊惶致雷雨②。爆嵌魑魅泣，崩冻岚阴昈。罗落沸百泓，根源皆万古③。青林一灰烬，云气无处所。入夜殊赫然，新秋照牛女④。风吹巨焰作，河棹腾烟柱⑤。势欲焚昆仑，光弥焮洲渚。腥至燋长蛇，声吼缠猛虎⑥。神物已高飞，不见石与土⑦。尔宁要谤讟，凭此近荧侮。薄关长吏忧，甚昧至精主。远迁谁扑灭，将恐及环堵。流汗卧江亭，更深气如缕。

【题解】

夔州这一个月都在放火烧山，每逢大旱当地都会有这样的举动，旧俗说这能使蛟龙产生惊慌而出现雷雨。熊熊燃烧的山火，让魑魅惊惧，使阴暗之处敞亮。无数古老高大的树木被点燃，纷纷落下的火焰让潭水也沸腾起来。青葱的树林成为灰烬，云气无所留止。到了夜晚，火光冲天，映照着牛郎星、织女星。夜风吹起，巨大的烟柱飞入银河，烧烤着江边的小洲，似乎一直要烧到昆仑山。一阵腥味传来，那是大蛇被烧焦了；一阵吼声震天，那是猛虎被火困住。巨龙早已飞走，看不见土石，这种近乎侮辱的方法，只能招致巨龙的怨恨，怎能使它甘心降雨？大火越烧越远，也越来越难以扑灭。它逐渐逼近城关，恐怕会殃及百姓，地方官为之忧惧，难道人们不明白求雨重在虔诚吗？我整日汗流浃背地躺在江亭中，直到夜深人静还没有喘过气来。

【注释】

①楚：一作"焚"。

②《水经注》卷三三："(广溪峡)乃三峡之首也，其间三十里，颓岩倚木，厥势殆交，北岸山上有神渊，渊北有白盐崖，高可千余丈，俯临神渊。土人

见其高白,故因名之。天旱,燃木岸上,推其灰烬下秽神渊,寻则降雨。常璩曰:县有山泽水神,旱时鸣鼓请雨,则必应嘉泽。"蛟:一作"蛇"。

③万:一作"太"。

④牛女:牛郎星、织女星。

⑤棹:一作"汉"或"掉"或"淡"。腾:一作"胜"。

⑥声吼:一作"吼争"。

⑦不:一作"只"。

【汇评】

张溍《读书堂杜诗注解》卷一三:写楚火可谓极情尽态。杜不拘何题,都不放过。

吴瞻泰《杜诗提要》卷四:一篇主笔在烧蛟龙,而大旨在"长吏"二句。盖深责当时牧民者昧弭灾之道,而听习俗之非也。主意偏不说出,先将一片火势,写得光怪闪烁。举凡天地间风云星汉、河山林渚、鬼魅蛇虎等物,付之一炬,使人目夺魂飞。知者以为善于写火也,而不知其全写烧蛟龙也。乃蛟龙神物,卒不可烧,而徒烧出风云星汉、河山林渚、鬼魅蛇虎,直是上上下下、前前后后,玉石俱焚。然后晓然于烧蛟龙是主,而风云星汉、河山林渚、鬼魅蛇虎,皆是客也。如此绝世奇笔,只以"神物高飞"二句为关键。"爆嵌"十四句,言火之虐物。"远迁"二句,言火将及人,乃危言以耸动长吏。妙在与前文若不相接,方得断续之妙。

浦起龙《读杜心解》卷一之四:记要雨之陋俗也。四句起,八句结,中作一长段。《雷》诗犹是凌空写,《火》诗纯用刻划写,更无躲闪处。……韩、孟联句,欧、苏禁体诸诗,皆源于此。然虽穷极奇险,只是堆垛镶嵌,绝少段落兜收。观此诗逐层刻露,逐层清晰,正复莫蹑其藩篱。

牵牛织女

牵牛出河西,织女处其东。万古永相望,七夕谁见同。神光意难候,此事终蒙胧①。飒然精灵合,何必秋遂通②。亭亭新妆立,龙驾具曾空③。世人亦为尔,祈请走儿童。称家随丰俭,白屋达公宫。膳夫翊堂殿,鸣玉凄房栊④。曝衣遍天下,曳月扬微风⑤。蛛丝小人态,曲缀瓜果中⑥。初筵裛重露,日出甘所终⑦。嗟汝未嫁女,秉心郁忡忡。防身动如律,竭力机杼中。虽无姑舅事,敢昧织作功。明明君臣契,咫尺或未容。义无弃礼法,恩始夫妇恭。小大有佳期,戒之在至公。方圆苟龃龉,丈夫多英雄⑧。

【题解】

　　牵牛星出现在银河的西面,织女星闪烁在银河的东面,万古以来彼此相望,有谁见过它们在七夕之夜相聚在一起?神异的灵光终究是难以等到的,所谓两星相会不过是传说而已。如果精魂能够飘然相聚,何必一定要等到秋夕?七夕之夜,牛郎的车早就准备好了,织女也画好了妆,世上的男男女女也为此奔走祈请。乞巧者,随其家之贫富,或俭或丰,从贫民百姓至达官贵人都不能免俗。此日也有晒衣的习俗,直到晚上,高挂的衣裳被微风扬起,在月光下飘曳。女人们走出室外,将馔具陈设于殿堂。罗列的瓜果如果结有蛛丝,就象征着乞巧成功。女人们守着筵席,从露水深重直到第二天太阳升起。可叹那些没有出嫁的女子,总是忧心忡忡,她们严格保持自身清白,努力纺织。哪怕没有公婆侍奉,也丝毫不敢懈怠。君臣相处也当这样严谨自律,不可逾越尺寸。从来没有抛弃礼法的道路,就好比夫妇的恩爱始于恭敬,君臣契合与夫妇相处一样,都要以至公为戒,否则扞格不入,难以相处。

【注释】

　　①《初学记》卷四引周处《风土记》:"七月七日,其夜洒扫于庭,露施几筵,设酒脯时果,散香粉祀河鼓、织女,言此二星神当会。守夜者咸怀私愿,或云见天汉中有奕奕正白气,有耀五色,以此为征应。"光:一作"仙"。意:一作"竟"。

　　②通:一作"逢"。

③曾:通"层"。空:一作"穹"。

④《周礼·天官·膳夫》:"膳夫掌王之食饮膳羞,以养王及后、世子。"

⑤《太平御览》卷三一引崔寔《四民月令》:"七月七日作麹,合蓝丸及蜀漆丸,暴经书及衣裳,习俗然也。"

⑥《荆楚岁时记》:"是夕,妇女结彩缕,穿七孔针,或以金银鍮石为针。陈瓜果于庭中以乞巧,有喜子网于瓜上者,则以为应符。"缀:一作"掇"。

⑦陶潜《饮酒》之七:"秋菊有佳色,裛露掇其英。"终:一作"从"。

⑧《楚辞·九辩》:"圆凿而方枘兮,吾固知其龃龉而难入。"丈夫多英雄:一作"勿替丈夫雄"。

【汇评】

吴瞻泰《杜诗提要》卷四:牛、女诗,自周及汉皆有之,原不过比兴会合之难也,后人傅会其说,习成风俗,一似乎牛、女竟有私相会合之期矣。故公特借"佳期"两字,以明夫妇君臣之大义,而辟去世俗祈请之惑,所以翻出此一番正论也。篇首即以正论起,中就时俗铺陈,而复以正论扼其后,识见高人数倍,章法亦绝奇。未嫁女,主也;丈夫,客也。诗人往往以夫妇喻君臣,而此以守身之女比守礼之臣,故知女为主,而丈夫为客也。"佳期"两字,是古今乞巧人病根。然用之于夫妇,用之于君臣,动中礼法,契合于义,则必遇佳期而后可,所谓"小大有佳期"也,否则苟合矣。苟合则方圆龃龉,能不见绝于丈夫耶?结尾数语,跌宕入神,文情摇曳之至。

杨伦《杜诗镜铨》卷一三引邵沧来曰:七夕诗从来诸作,不过写仪从之盛、会合之难、别离之苦而已。独公此诗,一起八句即辟倒,中十四句将乞巧正面陈列一番,后一段发出大议论,亦是翻案法。而微言大义,侃侃不磨,自见独开生面。

毒热寄简崔评事十六弟

大火运金气,荆扬不知秋①。林下有塌翼,水中无行舟。千室但扫地,闭关人事休。老夫转不乐,旅次兼百忧②。蝮蛇暮偃塞,空床难暗投③。炎宵恶明烛,况乃怀旧丘。开襟仰内弟,执热露白头④。束带负芒刺,接居成阻修。何当清霜飞,会子临江楼。载闻大易义,讽兴诗家流。蕴藉异时辈,检身非苟求。皇皇使臣体,信是德业优。楚材择杞梓,汉苑归骅骝⑤。短章达我心,理为识者筹⑥。

【题解】

　　杜甫外家表弟崔十六评事,奉使来夔,即将返京。杜甫本欲与之相见,因天热难堪,故寄诗相约秋霜降临后晤面。虽然眼下已是金秋时节,但南方依然炎热如故。鸟儿垂翅不飞,家家关门闭户,江上行人绝迹。我心情烦闷,旅居在外,百忧聚集。担心蝮蛇盘踞,不敢摸黑上床;怕热不愿点亮蜡烛,何况心中一直怀念着故乡。这秋老虎热得让人唯有敞怀露顶,倘若穿上整齐的衣服,束上头巾,就似芒刺在背,所以我们两人眼下居处相近,却如同山川阻隔,难以往来。等到天降秋霜,我再与你在江边楼上相见,听你讲述《易经》的道理,吟咏诗人的作品。你为人宽厚平和,严于律己,身为使臣,的确德业兼优,终将会得到朝廷的大用。我聊作短诗以表达心意,许多事情还要与你一起筹划。

【注释】

　　①火:原作"暑",据他本改。《诗·豳风·七月》:"七月流火。"朱熹注:"火,大火,心星也。"《礼记·月令》:"孟秋之月,……先立秋三日,大史谒之天子曰:'某日立秋,盛德在金。'"荆扬:一作"荆州"。

　　②夫:一作"大"。《易·旅》:"旅即次。"王弼注:"次者,可以安行旅之地也。"

　　③《楚辞·大招》:"南有炎火千里,蝮蛇蜒只。"

　　④王粲《登楼赋》:"凭轩槛以遥望兮,向北风而开襟。"弟:一作"第"。

　　⑤《左传·襄公二十六年》:"晋卿不如楚,其大夫则贤,皆卿材也。如杞梓皮革,自楚往也。虽楚有材,晋实用之。"汉苑:一作"大苑"。

　　⑥为:一作"待"。

浦起龙《读杜心解》卷一之四：前十二，极言毒热难堪，千室闭关，行人绝迹也。……中八，期以热退晤言，是寄简本意。……后八，赞美而申订之。

信行远修水筒①

汝性不茹荤，清净仆夫内。秉心识本源，于事少滞碍②。云端水筒坼，林表山石碎。触热藉子修，通流与厨会。往来四十里，荒险崖谷大。日曛惊未餐，貌赤愧相对③。浮瓜供老病，裂饼尝所爱。于斯答恭谨，足以殊殿最④。讵要方士符，何假将军盖⑤。行诸直如笔，用意崎岖外。

【题解】

天气正热，家中饮水竹筒突然坏了，仆人信行上山抢修，杜甫非常感动，写诗记之。信行他生性不食荤腥，在仆人中很是清净。他内心很有主见，能抓住事物的本源，做事毫不拖沓。高山上引水的竹筒被碎石压坏，他冒着暑热立即上山修理，让山泉重新流进了厨房。这一往一来有四十里之遥，而且还要经过荒凉险恶的大崖谷。等他修好返回时，已经是黄昏，头脸晒得通红，饭也没有吃。我又惊又愧，就把浸泡在凉水中自己用来消暑的瓜拿给他，并把我最爱的大饼切给他吃，以酬谢他的恭谨勤劳。他不需要借助方士的符咒，也无须借用将军的佩刀，因为为人正直，自然将崎岖险阻置之度外。

【注释】

①诗题一本"水筒"两字有注："引泉筒。"

②本：一作"根"。

③餐：一作"食"。

④《文选·陆机〈文赋〉》:"考殿最于锱铢,定去留于毫芒。"李善注引《汉书音义》:"韦昭曰:第一为最,极下曰殿。又曰:下功曰殿,上功曰最。"

⑤《神仙传》载,葛玄取一符投水中,能使逆流而上。盖:一作"佩"。《后汉书·耿恭传》:"闻昔贰师将军拔佩刀刺山,飞泉涌出。"

【汇评】

张溍《读书堂杜诗注解》卷一三:一片真情,以此应世,安往不格。

黄生《杜工部诗说》卷二:起四句表出此人高侪辈一等。"日曛"六句语趣迂甚,然用人而使其感激尽力,事无巨细,固同一道耳。"方士"句,梦弼引苏耽事,近是。"将军"句,后汉耿恭居围城中,穿井十五丈不得水,乃整衣拜井,井泉奔出。盖用此事。"盖"当作"拜",后入迷其出处,妄改之耳。末二句呼信行而美之,言其用心于所事,故能使水筒如笔之直也。"秉心"二句赞其敏,"用意"二句美其忠,此辈二者故难兼得,宜为主人所深奖也。

催宗文树鸡栅①

吾衰怯行迈,旅次展崩迫。愈风传乌鸡,秋卵方漫吃②。自春生成者,随母向百翻。驱趁制不禁,喧呼山腰宅。课奴杀青竹,终日憎赤帻③。踏藉盘案翻,塞蹊使之隔。墙东有隙地,可以树高栅④。避热时来归,问儿所为迹。织笼曹其内,令人不得掷。稀间可突过,嘴爪还污席⑤。我宽蝼蚁遭,彼免狐貉厄。应宜各长幼,自此均勍敌。笼栅念有修,近身见损益⑥。明明领处分,一一当剖析。不昧风雨晨,乱离减忧慼⑦。其流则凡鸟,其气心匪石⑧。倚赖穷岁晏,拨烦去冰释⑨。未似尸乡翁,拘留盖阡陌⑩。

【题解】

大历元年,杜甫迁居夔州,在宅东空地置栅栏养鸡,写诗记其事。我身体衰弱,无法赶路,暂居夔州修养调整。听说乌鸡能治风病,秋天也会产蛋,我便养了五十只小鸡。它们跟随母鸡四处乱窜,在山腰的住宅旁吵吵闹闹,怎么驱赶也赶不走。于是我让儿子宗文督促仆人砍来竹子,隔断一条小路,在墙东的空地上立上栅栏,将它们圈养起来。乘凉外出归来,询问宗文情况如何。宗文说要编好鸡笼将它们关起来,如果栅栏间隔稀疏,小鸡照旧可以钻出来,用嘴和爪子弄脏坐席。我想这样一来,蝼蚁不被鸡啄食,鸡不会被狐狸吃掉,大大小小的鸡也可以分开饲养。宗文你既然负责处理这件事,就要考虑周全。鸡虽然是普通的家禽,但会坚持按时报晓,在风雨交加的日子,听到鸡叫,可以减少心中的愁闷。我养鸡不过为了解决生活困难,哪里能像尸乡的祝鸡翁卖鸡赚钱,获取远去东吴的旅资。

【注释】

①宗文:杜甫长子。

②《重修政和证类本草》卷一九"乌雄鸡肉":"微温,主补中止痛。"又引日华子云:"温,无毒,止肝痛,除风湿麻痹,补虚羸。"

③憎:一作"增"或"帽"。赤帻:公鸡。干宝《搜神记》卷一八载,安阳城南有亭,一书生明术数,入亭宿。夜半有赤帻者来,或问曰:"向赤帻者谁?"答曰:"西舍老雄鸡也。"

④有隙:一作"闲散"。

⑤可:一作"苦"。

⑥见:一作"知"。损益:改动。《论语·为政》:"殷因于夏礼,所损益可知也。"

⑦《诗·郑风·风雨》:"风雨如晦,鸡鸣不已。"

⑧《诗·邶风·柏舟》:"我心匪石,不可转也。"

⑨去:一作"及"。冰释:消散。《老子》第十五章:"涣兮若冰之将释。"

⑩《列仙传》卷上:祝鸡翁,居尸乡北山下,养鸡百余年,鸡至千头,皆立名字,欲取呼名,皆依呼而至。后卖鸡及子,得千余万,辄置钱去之吴,莫知所在。

【汇评】

卢元昌《杜诗阐》卷二二:篇中亦见仁至义尽。念其生成,春卵不食,仁也;人畜有别,驱诸栅笼,义也。蝼蚁免噬,狐狸亦绝,义中之仁;长幼不混,勍敌亦均,仁中之义。近身见损益,直抉至理,以示宗文。

黄生《杜工部诗说》卷一一:古人诗中,多有颠倒错叙之法,然不过一两联而止。此诗除首尾十句,中间参错殊甚,实集中第一奇作。然想亦信口信手所成,兼以非一时写就,故无伦无叙,不比不次,及其脱稿,不复整顿,因而成之。在杜公则大家手笔,时一出奇,无所不可,后人固不可为法也。

浦起龙《读杜心解》卷一之四:玩首尾意,盖假畜鸡为旅食之资,正以自嘲此身维系,不得远逴也。"催宗文"者,非必宗文自为之,但课奴而领其事也。

驱竖子摘苍耳[①]

江上秋已分,林中瘴犹剧[②]。畦丁告劳苦,无以供日夕。蓬莠独不焦,野蔬暗泉石[③]。卷耳况疗风,童儿且时摘[④]。侵星驱之去,烂熳任远适。放筐亭午际,洗剥相蒙幂[⑤]。登床半生熟,下箸还小益。加点瓜薤间,依稀橘奴迹[⑥]。乱世诛求急,黎民糠籺窄[⑦]。饱食复何心,荒哉膏粱客。富家厨肉臭,战地骸骨白。寄语恶少年,黄金且休掷。

【题解】

已经过了秋分,树林中依然湿热。入秋以来,天气干旱,种菜的仆人虽然勤劳,也无法供应每日所需的蔬菜,倒是泉石阴处的野菜长势喜人。何况卷耳还可以治疗风湿,于是就差遣童仆前去采摘。天一破晓,天真烂漫的童仆就出门了。正午归来,将筐中的卷耳洗净,去除老茎,盖上罩巾。用餐时将它炒得半生不熟,掺杂瓜薤中,颇为可口。乱世赋税太重,百姓连糠籺都吃不上,战地往往尸骨相枕,而富贵之家饱食终日,粱肉发臭,真是荒唐。告诫那些膏粱子弟,要体恤民间疾病,不能肆意挥霍。

【注释】

①竖子:童仆。苍耳:即卷耳,丛生可食,形如鼠耳。

②林:一作"村"。

③独:一作"犹"。

④童儿且:一作"童仆先"。

⑤亭午:一作"当午"。

⑥橘奴:柑橘。橘,一作"木"。杜预《七规》:"庶羞既异,五味代臻,揉以丹橘,杂以芳鳞。"

⑦籺:米麦的碎屑。

【汇评】

浦起龙《读杜心解》卷一之四:此诗前都从岁旱畦荒发意,只中八句,详制食之法。然曰"小益",曰"依稀",亦不得已而供乏耳,非真美苍耳之功也。故后段推开寄慨,其曰"乱世""骸骨",从岁旱推出一层。其曰"诛求""糠籺",从畦荒推出一层。彼"肉臭少年",麾金如土,正须以"驱摘野蔬"之穷况警省之。

汤启祚《杜诗笺》卷二:因摘野食,辄念黎民,致咎诛求,转伤战伐。仁贤情性,胞与心怀。

雨

万木云深隐,连山雨未开。风扉掩不定,水鸟去仍回①。蛟馆如鸣杼,樵舟岂伐枚②。清凉破炎毒,衰意欲登台。

【题解】

秋雨连绵,群山万木都笼罩在云雨之中。秋风吹来,门扉来回摇摆;水鸟飞去,无所栖止,又飞了回来。雨落江中,声如鸣杼;樵夫阻雨,系舟岸边。清凉的秋雨驱走了炎热的天气,我虽然身衰体弱,仍想着登台远眺。

①去：一作"过"。

②蛟：一作"鲛"。《诗·周南·汝坟》："遵彼汝坟,伐其条枚。"毛传："枝曰条,干曰枚。"

【汇评】

仇兆鳌《杜诗详注》卷一五：上六雨中之景,下二雨后之情。云深而万木隐藏者,以雨气连山而不开也。风扉不定,水鸟仍回,风雨并至也。雨落空江,声如鸣杼,樵人阻雨,不能伐枚,江边雨骤也。

又引胡夏客曰："风扉"一联,意在言外,比兴无穷,非仅摹景而已。

种莴苣 并序

既雨已秋,堂下理小畦,隔种一两席许莴苣,向二旬矣,而苣不甲坼,伊人觅青青。伤时君子,或晚得微禄,辗轲不进,因作此诗。①

阴阳一错乱,骄蹇不复理②。枯旱于其中,炎方惨如煨③。植物半蹉跎,嘉生将已矣。云雷欻奔命,师伯集所使。指麾赤白日,澒洞青光起④。雨声先已风,散足尽西靡。山泉落沧江,霹雳犹在耳。终朝纡飒沓,信宿罢萧洒。堂下可以畦,呼童对经始。苣兮蔬之常,随事蓺其子。破块数席间,荷锄功易止。两旬不甲坼,空惜埋泥滓。野苋迷汝来,宗生实于此。此辈岂无秋,亦蒙寒露委。翻然出地速,滋蔓户庭毁。因知邪干正,掩抑至没齿。贤良虽得禄,守道不封己⑤。拥塞败芝兰,众多盛荆杞。中园陷萧艾,老圃永为耻。登于白玉盘,藉以如霞绮。苋也无所施,胡颜入筐筐。

【题解】

久旱之后,秋雨大作,杜甫在屋前一两个坐席大小的地方种了些莴苣,但二十天过去了它们还没有长出叶苗,而野苋菜却遍地都是。这不禁让诗人想起他自己晚年虽然获得一官半职,却无法前去赴任,于是感慨作诗。阴阳一旦错乱,天时即会失常。南方大旱,夔州就如被焚烧过一样,农作物大半枯死。突然间电闪雷鸣,滚烫的太阳终于被乌云遮住,大风引领着雨点一路向西。大雨一连下了两天两夜,随后泉水奔涌,落入沧江,发出霹雳般巨响。看到房屋前面可以种菜了,便叫来童仆整治畦地,播下莴苣的种子,结果二十天过去了没有发芽,菜地里却长满了野苋菜。这些野苋菜不知从何而来,或许原来就长在这里,难道它们不在秋天枯萎吗? 野苋菜四处蔓延,简直要占领整个庭院。由此可见,邪恶之辈常常欺侮正直之士,并使他们终生受屈。贤良君子即使拥有官职,也会循规蹈矩,从不损公肥私。杂草长得茂盛,兰芝难免衰败,这是老农的耻辱。莴苣终究要被盛在白玉盘中,放在铺垫着锦绮的食案上;至于那些野苋菜,一无所用,有什么脸面进入筐筐中?

【注释】

①莴苣:原作"萎苣",据他本改。伊人:一作"独野"。

②错:一作"屯"。骄:指日色骄亢。蹇:指雨水蹇涩。

③《诗·周南·汝坟》:"王室如毁。"陆德明《经典释文》:"齐人谓火曰毁。"

④青光:一作"云色"。

⑤《国语·晋语八》:"引党以封己,利己而忘君。"韦昭注:"引,取也。封,厚也。"

【汇评】

蔡梦弼《杜工部草堂诗笺》卷二九:此诗写出眼前之境,宛转含蓄,道不尽凄感之意,观者可以默会也。

浦起龙《读杜心解》卷一之四:当与《菁莪》《巷伯》诸诗并读,人知好前、后《出塞》,"三吏""三别"等篇,不知好此种。彼为汉魏之后劲,此为《风》《雅》之稀声也。

雨

峡云行清晓,烟雾相徘徊。风吹苍江树,雨洒石壁来①。凄凉生余寒,殷殷兼出雷②。白谷变气候,朱炎安在哉③。高鸟湿不下,居人门未开。楚宫久已灭,幽佩为谁哀。侍臣书王梦,赋有冠古才。冥冥翠龙驾,多自巫山台。

【题解】

峡谷清晓,白云缭绕如烟雾徘徊。秋风吹起,江边小树摇曳,雨滴洒落石壁。寒意渐生,耳边雷鸣不绝。茫茫山谷气候欻然一变,酷热消失得无影无踪。高飞的鸟儿因地湿而不愿落下,家家户户在雨后的清晨闭门酣睡。楚宫早已泯灭,巫山神女又会出现在谁的梦中?宋玉当年借此写下了《高唐赋》《神女赋》等千古名作,后人也以为冥冥之中行雨的龙车,多自巫山阳台而来。

【注释】

①树:一作"去"。

②出:一作"山"。

③白谷:公诗《白帝城楼》有"白谷会深游"句,《南极》有"西江白谷分"句,疑为夔州地名。

【汇评】

杨伦《杜诗镜铨》卷一三:借巫山行雨事,本地风光,写得飘缈。

刘濬《杜诗集评》卷三引李因笃曰:淡远之甚,然自尽致。

雨

行云递崇高,飞雨霭而至。潺潺石间溜,汩汩松上驶。亢阳乘秋热,百谷皆已弃①。皇天德泽降,焦卷有生意。前雨伤卒暴,今雨喜容易。不可无雷霆,间作鼓增气。佳声达中宵,所望时一致。清霜九月天,仿佛见滞穗。郊扉及我私,我圃日苍翠②。恨无抱瓮力,庶减临江费③。

【题解】

乌云滚滚,越积越厚,蒙蒙细雨飘然而至。雨水从大树上滑落,化作泉水从山石间潺潺流下。前些日子骄阳似火,庄稼几乎干枯。皇天降下德泽,使焦卷的草木恢复了生机。前一场雨来得太急,这场雨就颇为和缓从容。不过也不能没有雷声,间或出现的雷鸣可以给万物鼓气。好雨一直下到半夜,这正是人们所期待的。仿佛可以看见清霜九月,收割后的稻田里还有遗漏的麦穗。园子里的蔬菜也一天天繁茂起来,有了充沛的雨水,我也不必雇人到江边取水了。

【注释】

①皆:一作"亦"。

②我私:一作"栽耘"。

③《庄子·天地》:"子贡南游于楚,反于晋,过汉阴,见一丈人方将为圃畦,凿隧而入井,抱瓮而出灌,搰搰然用力甚多而见功寡。"诗末原有注:"峡内无井,取江水吃。"

【汇评】

杨伦《杜诗镜铨》卷一三引陶开虞曰:此等隽淡处,又似陶、韦。

刘濬《杜诗集评》卷九引李因笃曰:不漏不添。

雨二首

其一

青山澹无姿,白露谁能数。片片水上云,萧萧沙中雨。殊俗状巢居,曾台俯风渚①。佳客适万里,沉思情延伫。挂帆远色外,惊浪满吴楚。久阴蛟螭出,寇盗复几许^②。

【题解】

青山朦胧黯淡,远近一色难辨。江面云飞片片,沙岸雨声萧萧。夔州士民面水背山,架木而居,若登高台而俯视大江。念及万里之外的佳客,沉思之间,伫立良久。扬帆吴楚,惊涛恶浪,蛟龙肆虐,盗寇横行。诗作于夔州。"首章云巢居,云层台,次章云倚天石,云长江白,皆系峡中景象"(仇兆鳌《杜诗详注》卷一五)。

【注释】

①元稹《酬乐天得微之诗知通州事因成四首》其二:"平地才应一顷余,阁栏都大似巢居。"自注:"巴人多在山陂架木为居,自号阁栏头也。"俯:一作"附"。

②寇盗:一作"冠盖"。

【汇评】

张溍《读书堂杜诗注解》卷一四:公诗即景赋事,各得其情,总未有无因而发者,韵体定当取法。

汪灏《树人堂读杜诗》卷一五:公诗叙事者居多,故合读之,恍如公自记年谱。后人读公诗,并可代公补出年谱。他人诗恐不然。

杨伦《杜诗镜铨》卷一三:此诗对雨怀人而虑其逢寇,必有所指,诸本俱未详。

其二

空山中宵阴,微冷先枕席。回风起清曙,万象萋已碧^①。落落出岫云,浑浑倚天石。日假何道行,雨含长江白。连樯荆州船,有士荷戈戟。南防草镇惨,沾湿赴远役。群盗下辟山,总戎备强敌^②。水深云光廓,鸣橹各有适。渔艇息悠悠,夷歌负樵客^③。留滞一老翁,书时记朝夕。

山居夜半阴冷,枕席先有寒意。清晨旋风刮过,远眺一片凄绿。白云朵朵,悠然出岫;石壁浑然,倚天而立。连日阴雨,不见太阳,但睹长江茫茫。江面桅樯相连,远自荆州而来。上有荷戈士卒,雨中远戍,以防草镇祸乱、壁山盗贼。水面辽阔,云光恍惚,难辨船数。岸边渔翁樵夫,悠然自得。我留滞夔州,百无聊赖,唯有以诗记录朝夕情状。

【注释】

①曙:一作"晓"。

②辟山:或即壁山,在今四川通江。一说指县名,在今重庆壁山区。

③息:一作"自"。

【汇评】

仇兆鳌《杜诗详注》卷一五引王嗣奭曰:公《忧旱》诗云:"上天铄金石,群盗乱豺虎。"今虽得雨而复忧盗。前章忧吴楚之盗,故恐远客难行;此章忧峡中之盗,故怜士卒劳役耳。

浦起龙《读杜心解》卷一之四:此对雨念远行将士,又兼峡中之盗言。末致留滞之感,亦处处不脱雨意。

雨不绝

鸣雨既过渐细微,映空摇飏如丝飞①。阶前短草泥不乱,院里长条风乍稀。舞石旋应将乳子,行云莫自湿仙衣②。眼边江舸何匆促,未待安流逆浪归③。

【题解】

狂风大雨过后,细雨不绝如缕,空中飘扬如丝。阶前短草,洗净污泥,焕然一新;园中枝条,偶为微风牵动,更显稀疏。想必雨停之后,燕子将会带来雏燕飞行,"旦为朝云,暮为行雨"的神女,也应不会沾湿她的仙衣。眼前的大船多么匆忙,不等风平浪静就逆流而上。

【注释】

①渐细:一作"细雨"。

②《初学记》卷一引庾仲雍《湘州记》:"零陵山有石燕,遇雨则飞,雨止还化为石也。"

③待:一作"得"。

【汇评】

仇兆鳌《杜诗详注》卷一五:上六雨中景物,末二雨际行舟。风狂雨急,故鸣而有声,既过则细若飞丝矣。草不沾污,见雨之微。风虽乍稀,雨仍未止也。舞燕将子,记暮春雨。行云湿衣,切巫山雨。江舸逆浪,讥夔人冒险以趋利。

边连宝《杜律启蒙》七言卷二:鸣雨,大雨也。大雨易绝,细雨难绝。大雨过而继以细雨,则倍难绝。谚所谓"雨后毛不晴"也。雨不绝,则草泥尽洗;风乍稀,则雨终不绝。盖当摇飏之时,犹有风而可望其绝,至于风乍稀,则终不绝矣。石燕将乳,甚言其不绝也。仙衣莫湿,祝之以可绝也。乃江舸逆浪,不待既绝之后安流而归,又何其匆促乎?绝无羡江舸之归,而自伤留滞之意。盖反言江舸绝非匆促,以知其无绝时耳。

晚　晴

返照斜初彻,浮云薄未归①。江虹明近饮,峡雨落余飞②。
凫雁终高去,熊罴觉自肥③。秋分客尚在,竹露夕微微④。

【题解】

雨后的斜阳照彻大地,稀薄的浮云尚未归山。映空的彩虹弯垂到江中,似乎在吸饮江水。峡谷中雨丝没有断绝,时而飘落。大雁喜晴日而高飞,肥壮的熊罴也出来活动。秋分时节我还客居在夔州,傍晚竹梢上清露欲滴。

①返:一作"晚"。彻:一作"散"。

②近:一作"远"。

③雁:一作"鹤"。

④夕:一作"久"。

【汇评】

黄生《杜工部诗说》卷七:前二联写景并精绝,晚晴之景如画。三、四倒押句,顺之即明暗句也。五喻高蹈之士,六喻贪庸之人,既不屑为若人,又不能希若士,所以途穷作客,留滞于此,故以七、八接之,而题意亦兼绾尽。

仇兆鳌《杜诗详注》卷一五:上四晚晴之景,下四晚晴有感。夕照映虹,有似下垂而饮,承上返照。雨后云过,尚带余点飘飞,承上浮云。鸟兽逢秋而自得,兴已之久客未归。

殿中杨监见示张旭草书图①

斯人已云亡,草圣秘难得。及兹烦见示,满目一凄恻。悲风生微绡,万里有古色。锵锵鸣玉动,落落群松直。连山蟠其间,溟涨与笔力。有练实先书,临池真尽墨②。俊拔为之主,暮年思转极。未知张王后,谁并百代则。呜呼东吴精,逸气感清识③。杨公拂箧笥,舒卷忘寝食。念昔挥毫端,不得观酒德④。

【题解】

殿中监杨某路过夔州,拿出收藏的张旭草书请杜甫观赏,杜甫有感而赋诗。张旭已经离世,他的草书为人珍藏而难得一见。承蒙杨监拿出张旭的墨宝,我一见而满目凄恻。展开细绢,如风生万里,古色苍茫,其走笔如群玉铿锵而摇曳,其气势如巍然群松之挺拔,其起伏如延绵不绝之山峦,其浩瀚如一望无际之大海。张旭也曾刻苦练习书法,其草书最醒目的风格是峻拔,到了晚年尤为突出。不知在张芝、王羲之后,谁能与他并列为书法界百代的楷模?张旭秉持东吴之精气,其书法之逸气打动了殿中杨监。杨监往往展开书卷,就废寝忘食地观赏。回想张旭当日挥毫作书,往往在大醉之后,可见他并非嗜饮而已。

【注释】

①殿中杨监:或以为指殿中监杨炎。《旧唐书·职官志三》:"(殿中省)监一员,……掌天子服御,总领尚食、尚药、尚衣、尚舍、尚乘、尚辇六局之官属。"

②《后汉书·张奂传》:"长子芝,字伯英,最知名。"李贤注引王愔《文志》:"(张芝)尤好草书,学崔、杜之法。家之衣帛,必书而后练。临池学书,水为之黑。"

③《新唐书·张旭传》:"旭,苏州吴人。"李颀《赠张旭》:"皓首穷草隶,时称太湖精。"

④得:一作"独"。

【汇评】

刘濬《杜诗集评》卷一三引李因笃曰:摹写处具见大力,真造化在手。

杨监又出画鹰十二扇

近时冯绍正,能画鸷鸟样①。明公出此图,无乃传其状②。殊姿各独立,清绝心有向③。疾禁千里马,气敌万人将。忆昔骊山宫,冬移含元仗。天寒大羽猎,此物神俱王。当时无凡材,百中皆用壮。粉墨形似间,识者一惆怅。干戈少暇日,真骨老崖嶂。为君除狡兔,会是翻鞲上④。

【题解】

近代的冯绍正,是善画猛禽的大家。杨监你所出示的十二幅鹰画,莫不是临摹冯绍正的画作？这十二幅画中,每幅画上老鹰的姿态既各不相同,又惟妙惟肖,将老鹰疾飞千里的气势描摹得淋漓尽致,如同勇冠三军的大将给人印象深刻。回想当初唐玄宗冬日从含元殿至骊山华清宫避寒时,曾举办大规模狩猎活动,所用的猎鹰都是神骏不凡,与画面上的老鹰一样精神饱满,如今想来真令人惆怅。多年来战乱不休,奇才异能之士闲居山崖,尽管年已老迈,尚思为国平乱。

【注释】

①张彦远《历代名画记》卷九:"冯绍正,开元中任少府监,八年为户部侍郎。尤善鹰、鹘、鸡、雉,尽其形态,嘴、眼、脚、爪,毛彩俱妙。"

②传其状:此指临摹本。《历代名画记》卷二:"古时好拓画,十得七八,不失神采笔踪。亦有御府拓本,谓之官拓。"

③向:一作"尚"。

④翻:一作"飞"。

【汇评】

浦起龙《读杜心解》卷一之四:首八,叙画鹰健旺;中八,从鹰生感,却有先朝旧事,供其援据,便不落空;末四,反以"真骨"既"老",望画影之飞"翻"。公鹰诗及画鹰诗凡数首,首首转意,使笔如阳羡鹅笼,幻化愈奇,而暮年壮心,亦不觉跃然一露。

刘濬《杜诗集评》卷三引李因笃曰:画鹰须画骨,咏者得其神。"忆昔"以下,忽寄兴亡之叹,可称高壮矣。

送殿中杨监赴蜀见相公

去水绝还波,泄云无定姿。人生在世间,聚散亦暂时。离别重相逢,偶然岂定期①。送子清秋暮,风动长年悲②。豪俊贵勋业,邦家频出师。相公镇梁益,军事无孑遗③。解榻再令见,用才复择谁④。况子已高位,为郡得固辞。难拒供给费,慎哀渔夺私。干戈未甚息,纪纲正所持。泛舟巨石横,登陆草露滋。山门日易久,当念居者思⑤。

【题解】

《旧唐书·杜鸿渐传》载,大历元年二月,杜鸿渐以宰相充山、剑等道副元帅,及剑南西川节度使以平蜀乱。秋日,杨监由夔州赴成都入杜鸿渐幕中,杜甫作诗相送。人生在世间的分离,就如同流水一去不返、浮云任意东西,所以重逢难以预料。暮秋送你远行,面对萧条景色,我这年老之人不免伤悲。才俊豪杰贵在建功立业,而此时朝廷正处于用兵之际,为你提供了良机。宰相杜鸿渐镇守蜀国,军事方面算无遗策,考虑周详,对你虚席以待。何况你官居高位,治理州郡义不容辞。希望你就任后多哀怜百姓,虽然无法拒绝军资供给,但也不能强取豪夺。战乱没有平息,正需要你维持地方的纲纪。你乘船前去,江中巨石横亘,登岸后霜露滋繁,水陆难行,务必保重。夔州日落较晚,你一路倘有闲暇,不妨考虑我的嘱托。

【注释】

①定:一作"足"。

②动:一作"物"。

③相公:指黄门侍郎同平章事充剑南西川节度使杜鸿渐。梁:梁州,故治在今陕西汉中。益:益州,故治在今四川成都。《初学记》卷八:"剑南道者,《禹贡》梁州之域。梁州自剑阁西南,分为益州,是为剑南道。"

④再令见:一作"再见今"。《后汉书·徐稚传》载,陈蕃为太守,惟徐稚来特设一榻,去则悬之。

⑤易:一作"易"。久:一作"夕"。

【汇评】

浦起龙《读杜心解》卷一之四:首段兴起别意,中幅言杜必急得子,子亦须就职。"无子遗",借言军事无几微不关相公之虑,是以需材亟亟也。末段告诫简当,盖拒费则病军,渔夺则病民,不拒而不渔,交济之术也。靖乱则未能息戈,尚武则倍难持纪。慎持于未息,审势之务也。若泛戒侵渔,专言宽恤,便落经生家言。

赠李十五丈别①

峡人鸟兽居,其室附层巅。下临不测江,中有万里船。多病分倚薄,少留改岁年②。绝域谁慰怀,开颜喜名贤。孤陋忝末亲,等级敢比肩。人生意气合,相与襟袂连③。一日两遣仆,三日一共筵④。扬论展寸心,壮笔过飞泉。玄成美价存,子山旧业传⑤。不闻八尺躯,常受众目怜。且为苦辛行,盖被生事牵。北回白帝棹,南入黔阳天⑥。汧公制方隅,迥出诸侯先⑦。封内如太古,时危独萧然。清高金茎露,正直朱丝弦⑧。昔在尧四岳,今之黄颍川⑨。于迈恨不同,所思无由宣。山深水增波,解榻秋露悬。客游虽云久,亦思月再圆⑩。晨集风渚亭,醉操云峤篇⑪。丈夫贵知己,欢罢念归旋。

【题解】

李文嶷由云安经夔州,将往洪州拜访江西观察使李勉,杜甫写诗送别。峡谷山民筑巢而居,背倚高山,下瞰不测之深江,江中有远行万里之舟。我疾病缠身,滞留夔州一年有余。在这僻远之处,唯有见到你我才开颜而笑,我虽与你为远亲,却不敢自居为同辈。人生难得意气相投,不妨执手相游,襟袖相连,一日两次互致问候,三日共饮筵席。两人谈心作诗,思若泉涌,畅快淋漓。你身长八尺,家世通贵,岂会久处贫贱,受人哀怜?如今南下,为生计所累,道路辛苦。不过江西观察使李勉为政有术,辖内民风淳朴,晏然安和,其为人清高如金茎盘之露珠,正直如熟丝之琴弦,你此行必有所遇合。遗憾我不能与你同行,也无法直接向李勉表达自己的仰慕之意。你到洪州江亭欢会宴饮,不要遗忘我这个知己,早日归来与我重晤。

【注释】

①李十五丈:即李文嶷,杜甫前有《奉寄李十五秘书》。

②分：一作"纷"。两字通。

③气：一作"颇"。

④两遣：原作"遣两"，据他本改。一共：原作"共一"，据他本改。

⑤玄成：西汉韦玄成，与其父韦贤相继拜相。子山：庾信字子山，与其父庾肩吾皆以文章名世。

⑥黔阳：黔州治所彭水，今属重庆。

⑦汧公：即李勉，唐宗室郑惠王元懿曾孙，封汧国公。

⑧金茎：一作"金掌"。《后汉书·五行志》："直如弦，死道边。"

⑨四岳：地方诸侯。《书·尧典》："帝曰：'咨，四岳。'"孔安国传："四岳，即上羲和之四子，分掌四岳之诸侯，故称焉。"黄颍川：西汉黄霸，宣帝时为颍川太守，深得民心。

⑩亦思：一作"主要"。

⑪云峤篇：游仙诗。王融《游仙诗》五首之二："结赏自云峤，移燕乃方壶。"

【汇评】

浦起龙《读杜心解》卷一之四：李十五自云安来聚于夔，兹往豫章李勉之幕，公送之也。首段言客中相聚之乐，与篇末"知己"对照。发端甚奇，见此地各路可通，而我乃病羁于此，后得李丈，又极其亲热。"壮笔"句趁手拖下。中八句，言李才而贫，所以远游，此为正文。"玄成""子山"，即顶"壮笔"；"八尺""受怜"，随势转侧；"苦为""生事"，申上引下；"北回"，顾夔峡；"南入"，起汧公。此段句句筋节。末段颂李所投之主，转伤不得偕往，冀其无以新欢弃旧知，与篇首"慰怀"呼应。

白盐山①

卓立群峰外，蟠根积水边。他皆任厚地，尔独近高天。
白榜千家邑，清秋万估船②。词人取佳句，刻画竟谁传③。

白盐山超然独立于群峰之外,直插苍天,扎根于深渊之边,不似他山紧贴厚地。白盐山是夔州这千户城邑的白色标志,清秋时节,数以万计的商船往来经过。即使文人想出最美好的诗句来刻画这白盐山,恐怕也难以流传。

【注释】

①白盐山:今在重庆奉节东长江瞿塘峡夔门南岸,或以为唐时指今北岸赤甲山。

②白榜:白色匾额。估:一作"古"。

③谁:一作"难"。

【汇评】

仇兆鳌《杜诗详注》卷一五:上四写山势之孤高,中二记人民之聚集,末则自信诗句足传也。

又引王嗣奭《杜臆》:山高者基必大。此山卓立群峰之表,乃蟠根于积水之边,望若悬空,是不任地而近天矣,岂非夔府一奇观哉!且绕山而上,千家成邑,积水之中,万估船来,又蜀中一都会也。向者春望此山,虽有断壁红楼之句,今秋亲历其地,苦心刻画,而始得此山真面目,但恐词人取句,未必能传耳。此诗细玩,始知描写之工。后来选者不及,论文笑自知,信矣。

刘濬《杜诗集评》卷九引李因笃曰:于题所难摹者,游思而得远神。于题所必及者,轻拈而有妙义。

滟滪堆

巨积水中央,江寒出水长①。沉牛答云雨,如马戒舟航②。天意存倾覆,神功接混茫。干戈连解缆,行止忆垂堂③。

【题解】

峡口巨石滟滪堆,夏日水涨则半隐江中,冬日水落长出水面。往来行人,恐遭倾覆,多杀牛以祭祷水神。民谚以为,滟滪堆大如马就不要启航。巨石在汹涌波涛中屹立中央,愈见造化之神功。苍天似乎特意留下滟滪堆,以警戒冒险之人。寓居蜀中有兵火之忧,解缆东下又有风波之恶,不能不令人踌躇徘徊。

【注释】

①积:一作"石"。

②《乐府诗集》卷八六《淫豫歌二首》:"滟预大如马,瞿塘不可下。滟预大如牛,瞿塘不可流。"

③《汉书·袁盎传》:"臣闻千金之子坐不垂堂。"

【汇评】

李长祥《杜诗编年》卷一二:少陵夔蜀山水诗,在剑阁皆五言古,瞿唐则皆律,皆各尽山水之奇,尽诗之奇。每一句读来,皆如目之见山水,又皆得山水之所以然。总由源本深厚,窥见广大,意之所生,无有穷极耳。区区学问之道小矣,况词人哉。

黄生《杜工部诗说》卷五:此诗天道、神灵、人事、物理贯穿烂熟,又说得玲珑宛转,自非腹笥与手笔兼具者不能道只字。俯视三唐,独步千古,诚匪偶然。

刘濬《杜诗集评》卷九引李因笃曰:滟滪天下奇观,非公天纵奇笔,不足写其神似。正如太史公《游侠》《刺客》诸传,咄咄逼人。

白　帝

白帝城中云出门,白帝城下雨翻盆①。高江急峡雷霆斗,翠木苍藤日月昏②。戎马不如归马逸,千家今有百家存③。哀哀寡妇诛求尽,恸哭秋原何处村。

【题解】

白帝城地势高峻,密布的乌云从城门涌出,倾盆大雨在城下翻落。汹涌的江流疾驰而去,如雷霆万钧;苍翠的藤木遍布高山,遮天蔽日。戎马劳苦,放归之后清闲安逸,可干戈未止,战乱不休,千户人家如今不过百家尚存,最令人哀痛的是出征的丈夫无法归来,而那些孤苦伶仃的寡妇还被搜刮得干干净净。深秋的原野上,恸哭之声响成一片。

【注释】

①中:一作"头"。出门:一作"若屯"。

②翠:一作"古"。苍:一作"长"。

③戎:一作"去"。百:一作"十"。

【汇评】

仇兆鳌《杜诗详注》卷一五:此章为夔州民困而作也。上四峡中雨景,下四雨后感怀。江流助以雨势,故声若雷霆之斗。树木蔽以阴云,故昏霾日月之光。此阴惨之象也。戎马之后,百家仅存。户口销于兵赋,故寡妇遍哭于秋村。此为崔旰之乱而发欤?

边连宝《杜律启蒙》七言卷三:上四赋景,下四感时。白帝城在山上,故云从门出。江高峡急,而益之以雨,故若雷霆之斗;木古藤苍,而绕之以云,故见日月之昏。"斗"字跟"高"字、"急"字,兼承"雨"字;"昏"字跟"古"字、"苍"字,兼承"云"字。雷霆虚,日月实。雷霆斗,暴乱之比;日月昏,阴惨之象,已兴下意。五、六拙。何处村,言痛哭者不止一村也。

黄　草①

黄草峡西船不归,赤甲山下行人稀②。秦中驿使无消息,蜀道兵戈有是非③。万里秋风吹锦水,谁家别泪湿罗衣。莫愁剑阁终堪据,闻道松州已被围。

【题解】

永泰元年(765)闰十月,成都尹郭英乂为兵马使崔旰所袭杀,邛州牙将柏茂琳、泸州牙将杨子琳、剑南牙将李昌夒等举兵讨伐崔旰,蜀中大乱。大历元年(766)秋,杜甫或遥慨蜀乱而赋此诗。蜀中兵乱,水路阻梗,夔州民夫多被征调而不归,成都男丁挥泪与家人离别。朝廷姑息养奸,不辨是非,无具体处置消息。不过,叛乱者据险自守尚不足为忧,松州又被吐蕃围困才让人发愁。

【注释】

①黄草:黄草峡,在今重庆长寿区。

②赤甲山:又名赤岬山,在今重庆奉节东。行人稀:一作"人行稀。"

③兵:一作"干"。

【汇评】

黄生《杜工部诗说》卷九:五用地名,字眼并佳,故不觉堆砌。五、六深秀悲壮,故通首不嫌朴率。

吴瞻泰《杜诗提要》卷一一:八句全对,只一、二正对,三、四与七、八皆俯仰对,五、六又虚实对,开后人无限法门。人谓公七言诗板重,吾谓公七言诗最空灵。少陵有知,应以余为知己。

仇兆鳌《杜诗详注》卷一五:此章为蜀中兵乱而作也。上四刺崔旰,下四忧吐蕃。船不归,水阻也。行人稀,陆梗也。无消息,未闻朝命区处。有是非,郭、崔互有曲直。锦江别泪,忆旧交之遭乱者。松州被围,则全蜀安危所系,故所忧不独在剑阁也。

夔州歌十绝句

其一

中巴之东巴东山,江水开辟流其间①。白帝高为三峡镇,夔州险过百牢关②。

【题解】

巴郡的东面就是三峡诸山,自从开天辟地以来,江水就在峡谷中流淌着。白帝城居高临下,镇压三峡,雄伟非凡。夔州地势险峻,大江中流,无路可行,胜过百牢关。

【注释】

①中巴:东汉末年,刘璋分古巴国为巴郡(巴西郡)、永宁郡(巴郡)、固陵郡(巴东郡)三郡,夔州为巴东郡,在中巴之东。

②夔州:一作"瞿塘"。百牢关:在今陕西勉县西南。

【汇评】

仇兆鳌《杜诗详注》卷一五:首章,志夔州形胜,与下两章相连。白帝、瞿唐,分承山水,见其为蜀中险要。

其二

白帝夔州各异城,蜀江楚峡混殊名。英雄割据非天意,霸主并吞在物情①。

【题解】

白帝城与夔州如今被人们视为一体,原来并非指同一个地方。瞿塘峡曾经被叫作西陵峡,也容易与长江三峡之一西陵峡相混淆。当年公孙述、刘焉等人割据一方,不是上天的意旨;汉高祖刘邦收取巴蜀,刘备驱逐张鲁、刘璋,才是顺应民心。

【注释】

①主:一作"王"。

【汇评】

仇兆鳌《杜诗详注》卷一五:次章,承前白帝三峡。上二辩古迹,下二论往事。

其三

群雄竞起问前朝,王者无外见今朝①。比讶渔阳结怨恨,元听舜日旧箫韶。

前朝群雄并起,逐鹿中原,大唐一统天下,寰宇义安。令人惊讶的是安禄山辜负恩义,起兵渔阳,扰乱太平盛世。

【注释】

①问:一作"闻"或"向"。《公羊传·隐公元年》:"王者无外,言'奔'则有外之辞也。"

【汇评】

仇兆鳌《杜诗详注》卷一五:三章,承前英雄霸王。割据则竟起,并吞则无外,此见古今异势。渔阳北叛,而舜乐南来,言蜀中无恙也。群雄,指前代据蜀者,不指安史陷京。舜日,指明皇入蜀时,不指代宗复国。

其四

赤甲白盐俱刺天,间阎缭绕接山巅①。枫林橘树丹青合,复道重楼锦绣悬。

【题解】

赤甲山、白盐山都高耸入云,直插青天。从山脚到山巅,民居环山而筑,层层叠叠,盘旋而上。复道重楼,鳞次栉比,在枫林、橘树中若隐若现,如高悬的一幅锦绣。

【注释】

①阎:一作"阖"。

【汇评】

仇兆鳌《杜诗详注》卷一五:四章,记赤甲白盐也。刺天,言山势之高。接巅,言居人之密。丹青,谓枫橘异色。锦绣,谓楼阁相映。

吴见思《杜诗论文》卷四二:接上"王者无外"句,衍作七首,散咏夔州景物,皆太平之事,非割据之时也。

其五

瀼东瀼西一万家,江北江南春冬花①。背飞鹤子遗琼蕊,相趁凫雏入蒋牙②。

【题解】

瀼东、瀼西人烟稠密,看上去竟有万户人家;江南、江北四季如春,总是盛开着鲜花。小鹤飞走,遗落满地白色花朵;小鸭嬉戏追逐,钻进了菰蒲丛洼。

【注释】

①瀼:流向大江的山涧之水。陆游《入蜀记》卷六:"在瀼之西,故一曰瀼西。土人谓山间之流通江者曰瀼云。"江北江南:一作"江南江北"。

②蒋:菱白。

【汇评】

仇兆鳌《杜诗详注》卷一五:杜诗"瀼东瀼西一万家,江北江南春冬花",咏村居景物,而语涉拗体。白玉蟾诗云"山后山前鸠唤妇,会南会北竹生孙",则调逸而意更新矣。

刘濬《杜诗集评》卷一五引李因笃曰:生拗处正自风流。

其六

东屯稻畦一百顷,北有涧水通青苗①。晴浴狎鸥分处处,雨随神女下朝朝。

【题解】

东屯有一大片稻田,北面的山涧水直接流向了青苗陂。晴日,水中嬉戏的鸥鸟四处分散;雨天,小雨随着神女,朝朝暮暮下个不停。

【注释】

①东屯:在瞿塘东,距白帝城五里。青苗:陂名,在瞿塘东。

【汇评】

仇兆鳌《杜诗详注》卷一五:六章,记东屯之胜。屯可种稻,溉以流泉,民受其利矣。多鸥常雨,言涧水之不竭也。

其七

蜀麻吴盐自古通,万斛之舟行若风。长年三老长歌里,白昼摊钱高浪中①。

【题解】

自古以来,蜀地的麻与吴地的盐就相互贸易流通。长江之上,万斛之舟如风一样在两地快速往来。那些篙师舵手唱着渔歌行驶与风浪搏斗,船上的富商却在白昼聚赌。

【注释】

①白昼摊钱:一作"白马滩前"。昼,一作"买"。摊钱,赌钱。

【汇评】

仇兆鳌《杜诗详注》卷一五:七章,记水次之便。商贾贩货而竞趋,舟人忘险而争利,市舶辐辏,真西南一大都会也。

其八

忆昔咸阳都市合,山水之图张卖时。巫峡曾经宝屏见,楚宫犹对碧峰疑。

【题解】

回想当初在长安的街市上,看见有人挂着山水地图在售卖。巫峡的风景曾经在珍贵的屏风上欣赏过,如今身处夔州,面对碧绿的山峰,还是猜不透楚宫在哪里。

【汇评】

仇兆鳌《杜诗详注》卷一五:八章,记楚王宫也。咸阳所见者画图,夔州所对者真境。但楚宫难见,终成疑似,即真境亦同幻相矣。公诗"舟人指点到今疑"即同此意。

其九①

阆风玄圃与蓬壶,中有高唐天下无②。借问夔州压何处,峡门江腹拥城隅。

【题解】

传说的仙境中,东面的海上有蓬莱、方壶,西面的昆仑上有阆风、玄圃,而处于中部的高唐景色之优美,天下少有。请问夔州压住了哪些地方呢?站在这里远眺,峡门、江腹只是拥抱了城池的一角。

【注释】

①钱笺、仇注等本此首在第十,其十在第九。

②《文选·张衡〈思玄赋〉》:"登阆风之层城兮,构不死而为床。"李善注引《淮南子》:"昆仑虚有三山:阆风、桐版、玄圃,层城九重。"唐:一作"堂"。

【汇评】

仇兆鳌《杜诗详注》卷一五:十章,记高唐观也。古称仙界,西有阆风玄圃,东有海上蓬壶,而高唐神观,地在中间,此天下绝境也。今夔州高压,而峡江外拥,庶高唐遗迹,遥望可见矣。

其十

武侯祠堂不可忘,中有松柏参天长①。干戈满地客愁破,云日如火炎天凉。

【题解】

诸葛武侯的祠堂令人难忘,印象尤其深刻的是院中参天的松柏。在兵荒马乱的岁月,到此可以破除客居的愁闷;炎热的夏日,这里树荫森森,格外凉爽。

【注释】

①祠堂:一作"生祠"。

【汇评】

仇兆鳌《杜诗详注》卷一五:九章,记武侯祠也。武侯忠义,千古难忘,见非英雄割据,及楚宫高唐可比。松柏阴森,堪散愁而纳凉,亦对树怀人之意。

诸将五首

其一

汉朝陵墓对南山,胡虏千秋尚入关。昨日玉鱼蒙葬地,早时金碗出人间①。见愁汗马西戎逼,曾闪朱旗北斗殷②。多少材官守泾渭,将军且莫破愁颜。

【题解】

安史之乱以来,胡骑屡次入侵,而藩镇跋扈,内讧不已。杜甫在夔州心忧国势,评骘武将得失,鉴往警来,寄望各地武臣报国尽忠。"首章为守卫京畿者言,次章为控制河朔者言,三章为屏翰山东者言,四章为绥辑南荒者言,五章为节制西川者言"(梁运昌《杜园说杜》卷一二)。广德元年十月,吐蕃焚掠京师;广德二年十月,仆固怀恩引吐蕃、突厥进逼奉天;永泰元年九月,仆固怀恩又诱回纥、吐蕃、吐谷浑、党项等入寇。其一即警戒京师守将严防吐蕃内侵。终南山前的汉家陵墓,早已在战乱中被焚掠,没想到千年之后,皇家宗庙陵寝也遭到破坏,那些玉碗、玉鱼等殉葬之物散落人间。如今吐蕃贼心不死,又联合回纥等内逼京师,气势汹汹,不可一世。过去曾有多少将材守卫着京畿,当前的守将可千万别嬉戏轻敌,耽于安乐,掉以轻心。

【注释】

①早时:一作"今朝"。玉鱼、金碗:随葬品。仇兆鳌注引《两京新记》载,宣政殿初成,每见数十骑驰突出,高宗使巫祝刘明奴问其所由。鬼曰:"我汉楚王戊太子,死葬于此。"明奴因宣诏,欲为改葬。鬼曰:"出入诚不安,改葬幸甚。天子敛我玉鱼一双,今犹未朽,勿见夺也。"明奴以事奏闻。及发掘,玉鱼宛然,棺椁略尽。又引《汉武帝故事》载,邺县有一人,于市货玉杯,吏疑其御物,欲捕之,因忽不见。县送其器,推问,乃茂陵中物也。霍

光自呼吏问之,说市人形貌如先帝。

②殷:原作"闲",据他本改。

【汇评】

吴瞻泰《杜诗提要》卷一二:上四句一截,是兴。下四句一截,是赋。然是上截击下截法,故以"莫破愁颜"结之。寓责备于警戒之中,而立意在吞吐之外。有此一结,通首雪亮,此文家善于蓄势者。

仇兆鳌《杜诗详注》卷一六:首章为吐蕃内侵,责诸将不能御寇。上四叹往事,下四虑将来。

杨伦《杜诗镜铨》卷一三:上四援往事以惕之也。吐蕃之祸至于辱及陵寝,为臣子者能自安乎?下四言京畿之间,近复告警,虽暂行退去,而出没不常,守御者正当时时警戒,未可一日安枕也。

其二

韩公本意筑三城,拟绝天骄拔汉旌①。岂谓尽烦回纥马,翻然远救朔方兵。胡来不觉潼关隘,龙起犹闻晋水清。独使至尊忧社稷,诸君何以答升平。

【题解】

其二讽刺诸将怯弱无能,反对借助回纥平叛。当年韩国公张仁愿在朔方郡修筑三座受降城,设置八百烽候,原本是为遮断胡人南侵道路,使朝廷免受突厥侵扰。谁能想到国家多难,竟然还要借助回纥之兵,引入他们以助朔方军收复京师。潼关并非不险要,但借兵之后,门户大开,胡人就能长驱直入。高祖起兵于晋阳,海晏河清;肃宗即位灵武,大唐中兴。如今吐蕃、回纥连年入侵,代宗心忧社稷,诸将守土有责,如何报答朝廷的升平之望?

【注释】

①《旧唐书·张仁愿传》载,张仁愿于景龙二年拜左卫大将军,同中书门下三品,封韩国公。朔方与突厥以河为界,河北岸有拂云祠,突厥每入寇,必祷祠,候冰合而入。神龙三年,仁愿于河北筑三受降城,以拂云祠为

中城,与东西两城相去各四百里,皆据津济,遥相接应。自是突厥不得度山放牧,朔方无复侵掠。

【汇评】

吴瞻泰《杜诗提要》卷一二:唐以借回纥兵而得,亦以借回纥兵而失。故借张韩公之筑城拒守,以愧诸将之不能御戎也。

仇兆鳌《杜诗详注》卷一六:次章,为回纥入境,责诸将不能分忧。

其三

洛阳宫殿化为烽,休道秦关百二重①。沧海未全归禹贡,蓟门何处尽尧封②。朝廷衮职虽多预,天下军储不自供③。稍喜临边王相国,肯销金甲事春农④。

【题解】

回忆安史之乱时,潼关号称险固,也曾被叛军攻破,洛阳也遭焚毁。如今山东、河北一带将领拥兵自重,行割据之实,致使金瓯缺而河山碎。诸公出将入相,都不去屯田积谷,自备粮储,反而一味索取。唯有巡边的相国王缙,能够励耕务农以充军需。

【注释】

①《史记·高祖本纪》:"秦,形胜之国,带河山之险,县隔千里,持戟百万,秦得百二焉。"裴骃《集解》引苏林曰:"秦地险固,二万人足当诸侯百万人也。"

②沧海:东海,此指山东淄州、青州等地。禹贡:《尚书》中的一篇,述九州版图贡赋。尽:一作"觅"。

③虽多预:一作"谁争补"。

④《旧唐书·王缙传》载,广德二年,王缙拜同平章事,八月代李光弼都统河南、淮西、山南东道诸节度行营事,兼领东都留守。岁余,迁河南副元帅,请减军资钱四十万贯,修东都殿宇。

【汇评】

吴瞻泰《杜诗提要》卷一二:此诗以天下军储为主脑。盖唐时府兵之制,有事征为兵,无事散为农。今烽尘四起,版图未归,诸将无有为国家固根本计者,以至军储不能自供,此衮职之有阙也。

仇兆鳌《杜诗详注》卷一六:此章为乱后民困,责诸将不行屯田。

杨伦《杜诗镜铨》卷一三:此责诸将坐视河北沦弃,不修屯营之制,而姑举王缙以愧励诸藩也。

其四

回首扶桑铜柱标,冥冥氛祲未全销①。越裳翡翠无消息,南海明珠久寂寥②。殊锡曾为大司马,总戎皆插侍中貂③。炎风朔雪天王地,只在忠臣翊圣朝④。

【题解】

东望扶桑,南眺海裔,那里也不太平。岭南诸地朝贡断绝,不通消息。带兵的将领往往受到破格赏赐,或加官至太尉,或拥有侍中的头衔,却不能宁靖南疆,安抚北地,他们本应该尽忠报国,为恢复旧有版图、维护朝廷一统而努力。

【注释】

①铜柱标:铜制的作为边界标志的界桩。《旧唐书·地理志》安南都督府驩州:"九德,州所治。……又南行二千余里,有西屠夷国,铸二铜柱于象林南界,与西屠夷分境,以纪汉德之盛。"赵翼《陔余丛考》卷一九:"马援所立铜柱在林邑国……此汉时所立铜柱在交趾者也;马总为安南都护,建二铜柱于汉故处,劖著唐德,兼以明伏波之裔,此唐时所立铜柱亦在交趾者也。"未:一作"不"。

②《后汉书·南蛮传》:"交趾之南有越裳国。周公居摄六年,制礼作乐,天下和平,越裳以三象重译而献白雉。"唐岭南道驩州有越裳县。

③殊锡:特殊恩宠。大司马:即太尉,唐时三公之一,正一品。侍中:属门下省,正二品,冠以貂尾为饰,插在左侧。

④臣:一作"良"。

仇兆鳌《杜诗详注》卷一六：此章为贡赋不修，责诸将不能怀远。在四句分截。岭南未靖，贡献久稀，由诸将膺异宠，拥高官，而不尽抚绥之道，故思忠臣恤民，以辅翼朝廷。

杨伦《杜诗镜铨》卷一三：此因南荒不靖，而讽朝廷不当使中官为将也。

其五

锦江春色逐人来，巫峡清秋万壑哀。正忆往时严仆射，共迎中使望乡台①。主恩前后三持节，军令分明数举杯。西蜀地形天下险，安危须仗出群材。

【题解】

成都锦江的景色历历在目，似乎追随我来到夔州。时属清秋，客居巫峡，念及故友，顿时觉得千山万壑都为之生哀。当日我入严武幕中，曾与他在成都郊外的望乡台共同迎接皇帝派来的使臣。严武深受皇帝信任，一镇东川，两镇剑南。他治军严明又从容不迫，颇具儒将风采。蜀中地形险要，事关朝廷安危，必须依仗严武那样出类拔萃的人才。

【注释】

①望乡台：在四川成都北。

【汇评】

仇兆鳌《杜诗详注》卷一六：此章为镇蜀失人，而思严武之将略。通首逐句递下，此流水格也。细玩文气，望乡台与锦江相应，出群材与军令相应。仍于四句作截。大历元年，公自云安下夔州。其云锦江春色者，从上流而言，正想到台前迎使也，触景生哀，伤及严公。

又引郝敬曰：此以诗当纪传，议论时事，非吟风弄月，登眺游览，可任兴漫作也。必有子美忧时之真心，又有其识学笔力，乃能斟酌裁补，合度如律。其各首纵横开合，宛是一章奏议、一篇训诰，与《三百篇》并存可也。又曰：五首慷慨蕴籍，反覆唱叹，忧君爱国，绸缪之意，殷勤笃至。至末及蜀事,深属意于严武,盖已尝与共事,而勋业未竟,特致惋惜,亦有感于国士之遇耳。

又引泽州陈冢宰廷敬曰:五首合而观之,汉朝陵墓、韩公三城、洛阳宫殿、扶桑铜柱、锦江春色,皆从地名叙起。分而观之,一、二章言吐蕃、回纥,其事对,其诗章句法亦相似:三、四章言河北、广南,其事对,其诗章句法又相似;末则收到蜀中,另为一体。杜诗无论其他,即如此类,亦可想见当日炉锤之法,所谓"晚节渐于诗律细"也。与《秋兴》诗并观,愈见。

夜

露下天高秋水清,空山独夜旅魂惊。疏灯自照孤帆宿,新月犹悬双杵鸣。南菊再逢人卧病,北书不至雁无情①。步檐倚杖看牛斗,银汉遥应接凤城②。

【题解】

在寂静的夜晚突然惊醒,灯光暗淡,孤独落寞,辗转难眠。走至室外,新月高挂,白露已至,天高水清。耳畔捣衣声此起彼伏,远处孤帆一片。想起自己滞留夔州,已经两度见到菊花绽放,而北方音讯全无,不禁倚杖至廊下,仰望牵牛星、北斗星。银河亘天,应该与长安相连吧。

【注释】

①菊:一作"国"。

②步檐:檐下的走廊。檐,原作"蟾",据他本改。《汉书·异姓诸侯王表》:"闾阎偪于戎狄。"应劭曰:"阎音檐,门闾外旋下荫,谓之步檐也。"

【汇评】

唐汝询《唐诗解》卷四二:此叙秋夜之旅情也。言秋宵独宿,已足惊魂,而又见有燃灯旅泊、乘月捣衣者,则愈添客思矣。菊再开而人犹卧病,畴复能赏之?书方绝而雁不能寄,故恨其无情也。于是倚杖步檐以观牛斗,惟长河亘天得与长安相接,庶几慰我故园之思耳。

吴瞻泰《杜诗提要》卷一二：通篇以次句作骨，三、四独夜之景，后半独夜之情。人卧病，雁无情，立言深婉。不咎无援引，而自咎卧病；不责人之薄，而责雁无情。此之谓温柔敦厚也。七、八比兴结，即"每依北斗望京华"意，然彼明说，此暗说，较含蓄。

边连宝《杜律启蒙》七言卷三：首句补出题外"秋"字，属景。次句点明本题"夜"字，属情。三、四独夜之景，景中带情。五、六独夜之情，情中带景。南菊再逢，久居夔也。北书不至，无京耗也。看牛斗而望凤城，乌能已乎？此则情景融而为一矣。

秋兴八首

其一

　　玉露凋伤枫树林，巫山巫峡气萧森。江间波浪兼天涌，塞上风云接地阴①。丛菊两开他日泪，孤舟一系故园心②。寒衣处处催刀尺，白帝城高急暮砧。

【题解】

　　大历元年(766)秋日，杜甫身在夔州，心系长安，因物起兴，触景伤情，抚今追昔，感慨万千，故以"秋兴"为名而赋此八篇。"《秋兴八首》以第一首起兴，而后七首俱发中怀，或承上，或起下，或互相发，或遥相应，总是一篇文字，拆去一章不得，单选一章不得"(王嗣奭《杜臆》卷八)。其一为秋兴之发端。远处的枫树林，在白露之后迅速凋敝衰败，巫山巫峡呈现出一派萧瑟阴森的气象。江水汹涌，白浪滔天；峡谷晦暗，风云密布。从成都出发以来，我已经在出川的道路上蹉跎两年，两度见到丛菊绽放，两次洒下悲秋思乡之泪。没想到孤舟系缆夔州便就此滞留，日夜思念着故园的心也就此系住。时届深秋，家家户户忙着为游子赶制寒衣。日暮时分，白帝城响起急促的捣衣声，似乎在催促游子早日归去。

①塞上:指夔州,公《白帝城楼》诗"城高绝塞楼"可证。

②两:一作"重"。

【汇评】

张性《杜律演义》前集:此诗因见峡中秋景而起兴,略及长安故园,而末极言之露凋枫叶,至于满林,则深秋矣。

张𫄛《杜工部诗通》卷一四:前四句景中含情,乃秋兴之端;后四句情中寓景,乃秋兴之实。五、六已尽羁旅之情,末二句则无衣之怀愈至矣。

王嗣奭《杜臆》卷八:第一首乃后来七首之发端,乃《三百篇》之所谓兴也。秋景可悲,尽于萧森;而萧森起于凋伤,凋伤则巫山、巫峡皆萧森矣。但见巫峡江间,波浪则兼天而涌;巫山塞上,风云则接地皆阴。塞乎天地,皆萧森之气矣。乃山上则丛菊两开,而他日之泪,至今不干也;江中则孤舟一系,而故园之心,结而不解也。前联言景,后联言情,而情不可及,后七首皆包孕于两言中也。又约言之,则"故园心"三字尽矣。况秋风戒寒,衣须早备,刀尺催而砧声急,耳之所闻,合于目之所见,而故园之思弥切矣。

其二

夔府孤城落日斜,每依北斗望京华①。听猿实下三声泪,奉使虚随八月查②。画省香炉违伏枕,山楼粉堞隐悲笳③。请看石上藤萝月,已映洲前芦荻花。

【题解】

夕阳西下,我孤零零地站在夔州城头,和往常一样寻找着北斗的方位以眺望京城。以前只听说"猿鸣三声泪沾裳",此刻猿啸之凄凉真使我泪水潸然落下。我一度期待随使节重返京城,却伏枕卧疾而未能成行。面对着粉白的女墙,听着隐约飘忽的笳鸣之声,想到无法重入尚书省值宿,心中颇为凄楚。伫立良久,猛然抬头,看见月亮已经升起,石山上的藤萝和小洲前的芦苇在风中摇曳。

①日:一作"月"。北斗:原作"南斗",据他本改。

②《水经注》卷三四:"每至晴初霜旦,林寒涧肃,常有高猿长啸,属引凄异,空谷传响,哀转久绝。故渔者歌曰:巴东三峡巫峡长,猿鸣三声泪沾裳。"

③应劭《汉官仪》卷上载:"给尚书史二人,女侍史二人,皆选端正。从直女侍执香炉烧,从入台护衣奏事明光殿。省皆胡粉涂画古贤人烈女,郎握兰含香,趋走丹墀奏事。"

【汇评】

黄生《杜工部诗说》卷八:闻猿下泪,奉使随槎,皆古语。今我淹留此地,闻猿下泪,盖实有之。若夫依北斗以望京华,尚不能至,则乘槎犯斗,非事实可知,用"虚""实"二字点化古事,笔圆而法老。三、四、五、六,承"夔府""京华",两两分应。七、八言如此情怀,又度却一日,故下章以"日日"字接之。诗中只是身在此,心在彼:心在彼,恨不能去;身在此,日不可度。光景催人,借长歌以代痛哭,此秋之不能已于兴,秋兴之不能已于八也。

仇兆鳌《杜诗详注》卷一七:二章,言夔州暮景。依斗在初夜之时,看月在夜深之候,此上下层次也。亦在四句分截。京华不可见,徒听猿声而怅随槎,曷胜凄楚,以故伏枕闻笳,卧不能寐,起视月色于洲前耳。

浦起龙《读杜心解》卷四之二:此章大意,言留南望北,身远无依,当此高秋,讵堪回首! 正为前后筋脉。旧谓夔州暮景,是隔壁话。

其三

千家山郭静朝晖,日日江楼坐翠微①。信宿渔人还泛泛,清秋燕子故飞飞。匡衡抗疏功名薄,刘向传经心事违②。同学少年多不贱,五陵衣马自轻肥。

【题解】

这千邑小城,在朝阳下分外寂静。我每天坐在江边小楼上,观赏对面青翠的山色。夜宿江渚的渔人,一大早又在江上泛舟捕鱼。即将南翔的燕子,故意在眼前飞来飞去,似乎在与我辞别。我曾效法匡衡上疏直谏,却遭到贬斥;期待如刘向那样奉儒传经,也事与愿违。少年时的同学之辈,大多官运亨通,身登台阁,在长安过着轻裘肥马的生活,唯有我蹭蹬不遇,落魄江湖。

【注释】

①日日:原作"一日",据他本改。

②《汉书·匡衡传》载,元帝初即位,有日食地震之变,上问以政治得失。衡数上疏,陈便宜,上悦其言,迁衡为光禄大夫、太子少傅。《汉书·刘向传》载,汉成帝即位,诏刘向领校中五经秘书。河平中,子歆受诏,与父领校秘书。哀帝时,歆复领五经,卒父前业。

【汇评】

王嗣奭《杜臆》卷八:公在江楼,暮亦坐,朝亦坐。前章言暮,此章言朝,承上言光阴迅速,而日坐江楼,对翠微,良可叹也。故渔舟之泛,燕子之飞,此人情、物情之各适,而以愁人观之,反觉可厌。曰"还"、曰"故",厌之也。

仇兆鳌《杜诗详注》卷一七:三章,言夔州朝景。上四咏景,下四感怀。秋高气清,故朝晖冷静。山绕楼前,故坐对翠微。渔人、燕子,即所见以况己之淹留。

(日本)津阪孝绰《杜律详解》卷下:以上三首就夔府言,以下就长安言,此八诗分界处,而末句五陵逗起长安矣。盖身居巫峡、心思京华为八诗大旨。前三首专叙身之所处而慨心之所思,后五首传写心之所思而伤身之所处,是八诗中线索也。

其四

闻道长安似弈棋,百年世事不胜悲①。王侯第宅皆新主,文武衣冠异昔时。直北关山金鼓震,征西车马羽书迟②。鱼龙寂寞秋江冷,故国平居有所思③。

【题解】

听说长安的政局如同弈棋,变化多端,难以捉摸。人生本不过百年,世事却如此变迁,令人悲伤不已。王侯府第都换了新主人,文武百官也大异于往日。近年来吐蕃、回纥先后入侵,长安北面的战鼓震耳欲聋,西面军队告急的羽书来往不停。在鱼龙蛰伏、秋江寂寞之时,我不禁想起了当年在长安的那些日子。

【注释】

①胜:一作"堪"。

②马:一作"骑"。迟:一作"驰"。

③仇兆鳌注引《水经注》:"鱼龙以秋日为夜。龙秋分而降,蛰寝于渊,故以秋为夜也。"

【汇评】

黄生《杜工部诗说》卷八:首句接上章"五陵"字来。言长安经乱,人事多有变更。乃今吐蕃内逼,祸尚未弭,天涯羁旅,回思故国平居之事,不胜瘰瘰永叹耳。金鼓轰而直北之关山俱振,羽书急而征西之车马自迟,横插二字成句。七句陡然接入,得此一振,全篇俱为警策,言外实含比兴。意谓时事纷纭,志士正宜乘时展布,奈何龙蟠鱼伏,息影秋江。回思昔日,亦尝厕足朝班矣,乃令一跌不振,谁实为之?下章"一卧沧江""几回青琐"之句,分明表白此意。八句结本章而起下四章之义,下四章不过长言之以舒其悲耳。或谓寓讥明皇神仙、游宴、武功之事,是犹其人方痛哭流涕,而诬其嬉笑怒骂,岂情也哉。

仇兆鳌《杜诗详注》卷一七:四章,回忆长安,叹其洊经丧乱也。上四伤朝局之变迁,下是忧边境之侵逼。故国有思,又起下四章。

沈德潜《唐诗别裁集》卷一四:前半指朝廷之变迁,后半指边境之侵逼。北忧回纥,西患吐蕃,追维往事,不胜今昔之感。

其五

蓬莱宫阙对南山,承露金茎霄汉间①。西望瑶池降王母,东来紫气满函关②。云移雉尾开宫扇,日绕龙鳞识圣颜。一卧沧江惊岁晚,几回青琐点朝班③。

长安东面的蓬莱宫雄伟壮丽,高入云霄,正与终南山遥遥相对。站在宫中,向西可以眺望西王母从昆仑瑶池而来,向东可以遥望紫气东来,浮满函谷关。玄宗皇帝早朝于宣政殿,如祥云一般的宫扇慢慢移开,日光照在他的龙袍上光彩夺目。而今我卧病江边,韶华已晚,感叹自己也曾几度身列朝班,亲睹圣颜。

【注释】

①对:一作"望"。

②《北堂书钞》卷一五五引《汉武故事》:"七月七日,忽然有青鸟从西而来,集殿前。上问东方朔,朔曰:'此王母欲来也。'"《艺文类聚》卷七八引《关尹内传》载,关令尹喜常登楼望,见东极有紫气西迈,曰:"应有圣人经过京邑。"至期,乃斋戒。其日果见老君乘青牛车来过。

③点:一作"照"。

【汇评】

王夫之《唐诗评选》卷四:无起无转,无叙无收,平点生色,八风自从律而不奸,真以古诗作律。后人不审此制,半为皎然老髡所误。

仇兆鳌《杜诗详注》卷一七:五章,思长安宫阙,叹朝宁之久违也。上四,记殿前之景。下四,溯入朝之事。宫在龙首冈,前对南山,西眺瑶池,东瞰函关,极言气象之巍峨轩敞。而当时崇奉神仙之意,则见于言外。

沈德潜《唐诗别裁集》卷一四:前对南山,西眺瑶池,东接函关,极言宫阙气象之盛,无讥刺意。追思长安全盛时,宫阙壮丽,朝省尊严,而末叹己之久违朝宁也。

其六

瞿唐峡口曲江头,万里风烟接素秋。花萼夹城通御气,芙蓉小苑入边愁①。珠帘绣柱围黄鹄,锦缆牙樯起白鸥②。回首可怜歌舞地,秦中自古帝王州③。

【题解】

瞿塘峡口与长安曲江池相隔万里,在清秋之时风烟相连,同一萧森。当年的曲江池何等繁华,宫苑林立,游船如织,珠帘翠幕,箫鼓喧阗,唐玄宗也经常从大明宫驾临曲江芙蓉苑。可惜安史之乱以来,歌舞之地变成了戎马交驰的战场,自古为帝王之都的长安几经焚掠。

【注释】

①花萼:楼名,在长安兴庆宫。《旧唐书·地理一》载,南内曰兴庆宫,宫西南隅有花萼相辉、勤政务本之楼。仇兆鳌注引《长安志》:"开元二十年,筑夹城,入芙蓉园,自大明宫夹罗城复道,经通化门,以达南内兴庆宫,次经明春延喜门,至曲江芙蓉园,而外人不之知也。"

②珠:原作"朱",据他本改。鹄:原作"鹤",据他本改。

③古:原作"出",据他本改。

【汇评】

王嗣奭《杜臆》卷八:此章直承首章以来,乃结上生下,而仍归宿于故园之思也。……当其盛时,花萼夹城,时通御气,敦天伦,勤国政,海内乂安,未几而芙蓉小苑遂入边愁。一人之身,而治乱顿异,何也? 当边愁未入之先,江上离宫,珠帘围鹄;江间画舫,锦缆惊鸥。曲江诚歌舞之地也,一回首而失之,殊为可怜! 然秦中自古帝王建都之地,盛衰倚伏,安知今之乱,不转为他日之治?

仇兆鳌《杜诗详注》卷一七:六章,思长安曲江,叹当时之游幸也。上四,叙致乱之由。下四,伤盛时难再。瞿峡曲江,地悬万里,而风烟遥接,同一萧森矣。长安之乱,起自明皇,故追叙昔年游幸始末。

又引泽州陈廷敬曰:此承上章,先宫殿而后池苑也。下继昆明二章,先内苑而及城外也。上下四章,皆前六句长安,后二句夔州。此章在中间,首句从瞿唐引端,下六则专言长安事,俱见章法变化。

其七

昆明池水汉时功,武帝旌旗在眼中①。织女机丝虚夜月,石鲸鳞甲动秋风②。波漂菰米沉云黑，露冷莲房坠粉红。关塞极天唯鸟道，江湖满地一渔翁。

【题解】

长安的昆明池是汉武帝为了征讨滇国、南越而凿，他水军楼船的旌旗似乎还在眼前飘扬。昆明池边，织女的石像夜夜在月下默默伫立；池水中央，石刻的鲸鱼在秋风中栩栩欲动。水面上漂浮的菰米如黑压压的乌云，花瓣凋谢的莲蓬在寒露中摇摇欲坠。夔州偏僻险远，唯有鸟道可通。我浪迹江湖，如一渔翁。

【注释】

①《汉书·武帝纪》："（元狩三年）发谪吏，穿昆明池。"颜师古注引臣瓒曰："《西南夷传》有越嶲、昆明国，有滇池，方三百里。汉使求身毒国，而为昆明所闭。今欲伐之，故作昆明池象之，以习水战。在长安西南，周回四十里。"

②夜月：一作"月夜"。仇兆鳌注引曹毗《志怪》："昆明池作二石人，东西相望，象牵牛织女。"《西京杂记》卷一："昆明池刻玉石为鲸鱼，每至雷雨鱼常鸣吼，鬐尾皆动。"

【汇评】

仇兆鳌《杜诗详注》卷一七：七章，思长安昆明池，而叹景物之远离也。"织女"二句，记池景之壮丽，承上"眼中"来。"波漂"二句，想池景之苍凉，转下"关塞"去。于四句分截，方见曲折生动。

钱谦益《钱注杜诗》卷一五：今人论唐七言长句，推老杜"昆明池水"为冠，实不解此诗所以佳。……余谓班、张以汉人叙汉事，铺陈名胜，故有"云汉""日月"之言。公以唐人叙汉事，摩挲陈迹，故有"机丝""夜月"之词，此立言之体也，何谓彼颂繁华而此伤丧乱乎？"菰米""莲房"，补班、张铺叙所未见；"沉云""坠粉"，描画素秋景物，居然金碧粉本。昆池水黑，故赋言"黑水玄阯"；菰米沉沉，象池水之玄黑，乃极言其繁殖也。用修言兵火残破，菰米漂沉不收，不已倍乎？

其八

昆吾御宿自逶迤,紫阁峰阴入渼陂①。香稻啄余鹦鹉粒,碧梧栖老凤凰枝②。佳人拾翠春相问,仙侣同舟晚更移③。彩笔昔游干气象,白头吟望苦低垂④。

【题解】

通向昆吾、御宿的道路弯弯曲曲,紫阁峰的倒影荡漾在渼陂中。那里有鹦鹉啄剩的香稻米,也有凤凰经常栖息的碧梧枝。游春的佳人,采拾鲜花翠羽相互赠送;仙侣同舟,到晚上还在四处游览。当年我用彩笔渲染过这盛世的气象,如今白头眺望,长吟低垂。

【注释】

①《文选·扬雄〈羽猎赋〉》序:"武帝广开上林,东南至宜春、鼎湖、御宿、昆吾。"李善注引晋灼曰:"昆吾,地名,上有亭。"又引《三秦记》:"樊川,一名御宿。"紫阁峰:终南山支峰。仇兆鳌注引郑樵《通志》:"紫阁峰在圭峰东,旭日射之,烂然而紫,其形上耸,若楼阁然。"

②香稻:一作"红稻"或"红饭"。余:一作"残"。

③《后汉书·郭泰传》:"林宗唯与李膺同舟而济,众宾望之,以为神仙焉。"

④彩笔:即五色笔,喻指美妙文才。《南史·江淹传》载,江淹尝宿冶亭,梦郭璞谓曰:"吾有笔在卿处多年,可以见还。"淹乃探怀中,得五色笔一以授之。嗣后有诗绝无美句,时人谓之才尽。游:一作"曾"。吟:一作"今"。

【汇评】

张綖《杜工部诗通》卷一三:《秋兴八首》,皆雄浑丰丽,沉着痛决,其有感于长安者,但极言其盛,而所感自寓于中。徐而味之,则凡怀乡恋阙之情,慨往伤今之意,与夫外夷乱华、小人病国,风俗之非旧,盛衰之相寻,所谓不胜其悲者,固已不出乎意言之表矣。卓哉一家之言,夐然百世之上,此杜子所以为诗人之宗仰也。

吴瞻泰《杜诗提要》卷一三：昔人谓《秋兴八首》，其题原于卢子谅，其气取之刘太尉，其文词纵横，一丝不乱，法本于左太冲。此特论其"熟精《文选》理"也。然少陵一腔忠愤，沉郁顿挫，实得之屈子之《九歌》，宋玉之《九辩》而变化之。至其惨淡经营，安章顿句，血脉相承，蛛丝马迹，则又八首如一首，其序次不可索焉。一章纪夔州之秋兴，为总冒；次章承"急暮砧"，而及夔州之晚景；三章又及夔州之朝景；四章承"五陵衣马"而忆长安，因有"王侯第宅""文武衣冠"之语，遂结云"故国平居有所思"，故下皆思长安游历之地；五章思蓬莱宫之朝班；六章思曲江之游；七章思昆明池之游；八章思渼陂之游。写得长安之盛衰，历历如见，而乃以"昔游""今望"为一大结，仍不脱夔州之秋兴。回环映带，首尾相应，公诗所云"美人细意熨贴平，裁缝灭尽针线迹"，此其是也。苟不得少陵悲秋之故与夫长篇之法，动拟《秋兴》，以为善学柳下惠，吾不敢也，吾不能也。

范廷谋《杜诗直解》七律卷二：此诗八章，公身居夔州，心忆长安，因秋遣兴而作，故以"秋兴"名篇。八章中，总以首章"故园心"为枢纽，四章"故国平居有所思"为脉络，方得是诗主脑。若浑沦看去，终无端绪可寻。首章以"凋伤"二字作骨，凡峡中天地、山川、草木、人事，无不萧森，已说尽深秋景象。提出"故园心"三字，点明遣兴之由。"暮砧"句，结上生下。"孤城落日"，承上咏暮景。"山郭""朝晖"，又承上咏朝景。虽俱就夔府而言，细玩次章曰"望京华"，三章曰"五陵衣马"，仍是不忘长安，正所谓"一系故园心"也。四章则直接长安，煞出"故国平居有所思"，将"故园心"三字显然道破。下四章即承此句分叙，抚今追昔，盛衰之感和盘托出，却首首不脱"秋"意。"蓬莱"一章，指盛时言；"瞿塘""昆明"二章，指陷后言；"昆吾"一章，追忆昔游而言：皆故国平居之所思者。末则以"白头吟望"结出作诗之意，总收全局。统观篇法次第，一首有一首之照应，八首有八首之联贯。气体浑厚，法脉周密，词意雄壮。其间抑扬顿挫，慷慨淋漓，全是浩然之气相为终始。公之心细如发，笔大如椽，已可概见。至于忧国嫉时，怀才不偶，满腔愤闷，却出以温厚和平之语，全然不露圭角，怨而不怒，哀而不伤，《三百篇》之遗响犹存，真所谓大家数也。学诗者熟读细玩，顷刻不离胸次，则思过半矣。

咏怀古迹五首

其一

支离东北风尘际，漂泊西南天地间。三峡楼台淹日月，五溪衣服共云山^①。羯胡事主终无赖，词客哀时且未还。庾信平生最萧瑟，暮年诗赋动江关。

【题解】

组诗五首咏古迹以抒怀，"五首各一古迹，首章前六句，先发己怀，亦五章之总冒。其古迹，则庾信宅也。宅在荆州，公未到荆，而将有江陵之行，流寓等于庾信，故咏怀而先及之。然五诗皆借古迹以见己怀，非专咏古迹也"（仇兆鳌《杜诗详注》卷一七引《杜臆》）。所咏古迹，分别是庾信故居、宋玉宅、昭君村、刘备永安宫和诸葛武侯祠。其一以庾信在江陵的遗迹起兴，借庾信之遭遇抒写诗人之流离与乡思。安史之乱爆发以来，我浪迹天涯，四处流离，后来漂泊至蜀中，又在夔州滞留不少时日，与衣着鲜艳的五溪蛮民杂处。安禄山背主负恩，反复无常，导致我有家难回，这不免让我想起了出使西魏而滞留北朝的庾信。庾信留居北周达二十七年之久，始终不忘江南，心中冷落凄凉，晚年所作的诗赋悚动海内。

【注释】

①《后汉书·南蛮西南夷列传》载，武陵五溪蛮，皆盘瓠之后。盘瓠，犬也，得高辛氏少女，生六男六女。盘瓠死后，因自相夫妻。织绩木皮，染以草实，好五色衣服。

【汇评】

仇兆鳌《杜诗详注》卷一七：首章咏怀，以庾信自方也。上四，漂泊景况。下四，漂泊感怀。公避禄山之乱，故自东北而西南。淹日月，久留也。共云山，杂处也。五、六，宾主双关，盖禄山叛唐，犹侯景叛梁，公思故国，犹信哀江南。末应词客哀时。后四章,皆依年代为先后。首章拈庚信,从自叙带言之耳。或因信曾居江陵宋玉故宅,遂通首指信。按子山自梁使周,被留不返,三峡五溪,踪迹未到,不当傅会。

浦起龙《读杜心解》卷四之二:此咏怀也,与古迹无涉,与下四首亦无关会。通首以"漂泊西南"为主句,首句追言其由,三、四正咏漂泊,五、六流水,乃首尾关键。"终无赖"申"支离","且未还"起"萧瑟"。末以庚信之怀况己怀也。即子山,即子美。

石闾居士《藏云山房杜律详解》七律卷下:此诗从流离困苦中写出傲岸不群之慨,是公之本色语,非倔强语,如此始当得"悲壮"二字。

其二

摇落深知宋玉悲,风流儒雅亦吾师①。怅望千秋一洒泪,萧条异代不同时。江山故宅空文藻,云雨荒台岂梦思。最是楚宫俱泯灭,舟人指点到今疑②。

【题解】

当草木摇落、深秋莅临之际,我深刻地体会到宋玉当日的伤悲,他的儒雅与风流也值得我学习效仿。虽然我们遥隔千年,生活在不同时代,但同样寂寥落寞。怅望他故居所在,我不能不一洒凄恻之泪。如今人们对于宋玉的了解,仅仅凭借他留下来的那些文辞。但他的《高唐赋》本意是在讽谏楚顷襄王,并不是为了描摹梦中的浪漫约会,所以楚王的宫殿早已泯灭,故址无法寻觅,连路过的船家也指指点点,将信将疑。

【注释】

①玉:一作"主"。宋玉《九辩》:"悲哉秋之为气也,萧瑟兮草木摇落而变衰。"

②楚宫:楚王宫,遗址在今重庆巫山,相传为襄王所游之地。

【汇评】

浦起龙《读杜心解》卷四之二:因宅而咏宋玉,亲《风》《雅》也。四人中,独宋玉文章与公相似,通古今为气类,故以"摇落深知"起兴,而以"风雅吾师"推之。三、四空写，申"知悲"，五、六实拈，申"吾师"。言宅已故而犹传者，以文藻增华，对江山而感叹也，岂徒以云雨台存，劳吾梦思已乎。结以"楚宫泯灭"与"故宅"相形，神致吞吐，抬托愈高。

沈德潜《唐诗别裁集》卷一四：怀宋玉亦所以自伤，言斯人虽往，文藻犹存，不与楚宫同其泯灭，其寄慨深矣。

方东树《昭昧詹言》卷一七：一意到底不换，而笔势回旋往复有深韵。七律固以句法坚峻、壮丽高朗为贵，又以机趣凑泊、本色自然天成者为上乘。

其三

群山万壑赴荆门，生长明妃尚有村。一去紫台连朔漠，独留青冢向黄昏①。画图省识春风面，环佩空归夜月魂②。千载琵琶作胡语，分明怨恨曲中论③。

【题解】

乘船穿行千山万壑，出峡而至荆门山，中途要经过钟灵毓秀的归州，那就是王昭君出生的地方。王昭君一去汉宫，千里迢迢，远嫁至无边无际的塞北，最后只留下一座在黄昏中寞然独立的青冢。想一想，仅仅凭借着画图怎能辨识她的美好容颜？这使得她远走大漠，老死异乡，抱憾终身，唯有幽魂伴着环佩的叮咚声在月下独自归来。那流传千年的琵琶曲，分明是用胡语在诉说她无穷无尽的怨恨。

【注释】

①紫台：紫宫，天子所居。青冢：昭君墓，在今内蒙古呼和浩特市南大黑河南岸。传说边地多白草，昭君冢独青。

②《西京杂记》卷二："元帝后宫既多，不得常见，乃使画工图形，案图召幸之。诸宫人皆赂画工，多者十万，少者亦不减五万。独王嫱不肯，遂不得见。匈奴入朝，求美人为阏氏，于是上案图以昭君行。及去，召见，貌为后宫第一，善应对，举止闲雅。帝悔之，而名籍已定。帝重信于外国，故不复更人，乃穷案其事，画工皆弃市。籍其家，资皆巨万。"

③载：原作"岁"，据他本改。石崇《王明君词序》："昔公主嫁乌孙，令琵

琶马上作乐,以慰其道路之思,其送明君,亦必尔也。其造新曲,多哀怨之声。"蔡邕《琴操》:"昭君恨帝始不见遇,心思不乐,心念乡土,乃作怨旷思维:'秋木萋萋,其叶萎黄。……父兮母兮,道里悠长。呜呼哀哉,忧心恻伤。'"怨:一作"愁"。诗末原有注:"归州有昭君村。"

【汇评】

《唐宋诗醇》卷一七:破空而来,文势如天骥下坂,明珠走盘。咏明妃者,此为第一。欧阳修、王安石诗,犹落二乘。

刘濬《杜诗集评》卷一一引李因笃曰:序事如天马行空,光采焕发,而毫无行迹,可称神化之篇。只序明妃始终,无一语涉议论,然意俱包括在内,诸家总不能及。细阅公此篇,凡代明妃作怨望思归者,犹堕议论,未离小家数。

高步瀛《唐宋诗举要》卷五吴汝纶曰:庾信、宋玉皆诗人之雄,作者所以自负。至于明妃,若不伦矣,而其身世流离之恨固与己同也。篇末归重琵琶,尤其微旨所寄,若曰虽千载已上之胡曲,苟有知音者聆之,则怨恨分明若面论也,此自喻其寂寞千载之感也。是三章者固一意所贯矣。

其四

蜀主窥吴幸三峡,崩年亦在永安宫①。翠华想像空山里,玉殿虚无野寺中②。古庙杉松巢水鹤,岁时伏腊走村翁③。武侯祠屋长邻近,一体君臣祭祀同④。

【题解】

当年刘备为给关羽报仇,起兵征讨东吴,兵败猇亭,驾崩于永安宫,永安宫便成为祭祀先主刘备的庙宇。先主的旌旗仪仗在群山中飘荡的情形还可以想见,而大殿已经荒凉萧条。庙旁的松杉为水鹤巢居,伏腊之日,尚有附近村民前来致祭。诸葛武侯的祠堂就在附近,他们二人君臣一体,共同享受着后人的祭祀。

【注释】

①《三国志·蜀书·先主传》载,章武元年,先主(刘备)忿孙权之袭关羽,将东征。二年二月,先主自秭归率诸将进军,缘山截岭,于夷道猇亭驻

营。夏六月,陆逊大破先主军于猇亭,先主还秭归,由步道还鱼复,改鱼复县为永安县。三年春,丞相亮自成都来永安。夏四月癸巳,先主殂于永安宫。

②空:一作"寒"。

③伏腊:伏日与腊日,祭祀之日。杨恽《报孙会宗书》:"田家作苦,岁时伏腊,烹羊炮羔,斗酒自劳。"

④诗末原有注:"殿今为寺,庙在宫东。"

【汇评】

仇兆鳌《杜诗详注》卷一七:此怀先主庙也。上四,记永安遗迹。下四,叙庙中景事。幸峡崩年,溯庙祀之由。君臣同祭,见余泽未泯。

佚名《杜诗言志》卷一〇:此一首是咏蜀主。而己怀之所系,则在于"一体君臣"四字中。盖少陵生平,只是君臣义重,所恨不能如先主、武侯之明良相际耳。

何焯《义门读书记·杜工部集》:先主失计,莫过窥吴,丧败涂地,崩殂随之;汉室不可复兴,遂以蜀主终矣。所赖托孤诸葛心神不二,犹得支数十年之祚耳。此篇叙中有断言,婉而辩,非公不能。

其五

诸葛大名垂宇宙,宗臣遗像肃清高。三分割据纡筹策,万古云霄一羽毛。伯仲之间见伊吕,指挥若定失萧曹。福移汉祚难恢复,志决身歼军务劳①。

【题解】

诸葛亮功盖天下,名垂千古,他祠庙中的遗像令人肃然起敬。为了蜀国与魏国、吴国鼎足而立,三分天下,他反复筹划,苦心经营。诸葛武侯才略出众,犹如鸾凤高翔,志凌云霄。他辅佐先主,立国之功业与伊尹、吕尚不相上下;他镇定自若,胸有成竹,指挥才干压倒了萧何、曹参。遗憾的是汉祚将移,天意难违,虽然诸葛亮志向坚定,鞠躬尽瘁,死而后已,但汉朝的气运还是没能恢复。

①福:一作"运"。难恢复:一作"终难复"。

【汇评】

王嗣奭《杜臆》卷八:通篇一气呵成,宛转呼应,五十六字多少曲折,有太史公笔力。薄宋诗者谓其带议论,此诗非议论乎? 公自许稷、契,而莫为用之,盖自况也。

刘濬《杜诗集评》卷一一引吴农祥曰:公诗藏议论于抑扬之间,陈世事于音律之外,自辟堂奥,独树旌旗,《秋兴》《诸将》与《咏怀古迹》而已。

毛张健《杜诗谱释》卷二:第一首自伤飘泊,而以词客句带出庾信。次篇亦以词客兼及宋玉,而庾信结尾,宋玉发端,则格局之变换处。三篇因上楚官云雨,类及明妃。合三篇言之,盖词客、美人俱堪叹惋,而楚、汉二君之荒淫失德,亦于兹可见,借以讽切时事。故四、五以蜀主臣之励精图治终之,而末所云"运移汉祚""志决身歼"者,则言外别有感慨,又与首篇"支离""漂泊"之意相照。盖公自以留滞西南不能决策以平世乱也。愚谓每篇各赋一事,元可无藉联络,而古人不苟如此。若宜联络者,反成散漫,则今之不如古也。

听杨氏歌

佳人绝代歌,独立发皓齿①。满堂惨不乐,响下清虚里②。江城带素月,况乃清夜起。老夫悲暮年,壮士泪如水③。玉杯久寂寞,金管迷宫徵。勿云听者疲,愚智心尽死。古来杰出士,岂特一知己④。吾闻昔秦青,倾侧天下耳⑤。

【题解】

诗写杜甫在月夜听歌女杨氏唱歌,当作于夔州。绝代佳人之杨氏,在月下江城,轻启丹唇,凄切之音发于皓齿,似从空中而来,满座为之惨然。

老夫自伤暮年,低回不已;壮士心潮起伏,泪涌如水。听者恍惚,停杯不饮;伴奏者迷离,无法跟上节奏。她的歌曲雅俗共赏,老者、壮者、愚者、智者都被打动。古来的杰出之士,难道只会有一个知己吗?听说以前秦青唱歌,天下之人都侧耳凝听。

【注释】

①《汉书·外戚传》载李延年歌:"北方有佳人,绝世而独立。"

②《汉书·刑法志》:"古人有言:满堂而饮酒,一人乡(向)隅而悲泣,则一堂皆为之不乐。"清虚:天空,一作"浮云"。

③夫:原作"大",据他本改。

④士:一作"事"。特:原作"待",据他本改。

⑤青:原作"音",据他本改。《列子·汤问》:"薛谭学讴于秦青,未穷青之技,自谓尽之,遂辞归。秦青弗止,饯于郊衢,抚节悲歌,声振林木,响遏行云。薛谭乃谢求反,终身不敢言归。"侧:一作"倒"。

【汇评】

黄生《杜工部诗说》卷二:太白诗中好言声色,虽襟怀磊落,毕竟不脱齐、梁习气。《古风》首篇,薄绮丽而志大雅,亦可谓行不掩言矣。如杜公此篇,骨气挺然,本是绮丽题,不作绮丽语,大雅复作,非斯人吾谁与归!

吴瞻泰《杜诗提要》卷四:诗文有正面说不透,偏用对面衬出而愈透者。如歌出"佳人",又加之以"绝代",宜有累言赞不尽者矣。乃赞歌者只两句,下文皆曲折描写如何善听,而歌之精神已十分流露。此之谓对面渲衬,正加倍写正面法也。老壮、智愚,皆满堂听歌者。而听之之地则江城,听之之时则月夜,十分惨淡。是以至于停杯不饮,顾曲迷乱而耳疲心死也。"玉杯"二语,心醉神飞之意。写听者如此入神,则歌成绝代,不言可知矣。"古来"二句,提笔纵出题外,末二句收入题中。"古来杰出士,岂待一知己"者,见能倾动天下也。以天下之耳,挽到满堂之耳,绝世奇文。

浦起龙《读杜心解》卷一之五:通篇只摹写歌声之凄切,中间亦带抚时感事意。"满堂"二句,提笔。"玉杯寂""金管迷",盛时京洛之游,不可复再也,是以满座茫然若失。几疑"听者之疲",而非疲也,声情哀而"心尽死"也。后四,言知希不足贵,倾世乃见奇,正形容满堂感动之象。

宿江边阁

暝色延山径,高斋次水门①。薄云岩际宿,孤月浪中翻。
鹳鹤追飞静,豺狼得食喧②。不眠忧战伐,无力正乾坤。

【题解】

夜晚就住在靠近水门的江阁上。暮色苍茫中,隐约可见对面有一条曲折的山路蜿蜒而下。远处薄薄的云层,萦绕在山间,仿佛就栖息在那里。一轮孤月映照在江水中,月影随着波浪起伏翻动。江面上几只鹳鹤追逐鸣叫,渐去渐远。好不容易归于静寂,不料山间争夺食物的几匹豺狼又在喧哗吼叫。天下大乱,我无力整顿乾坤,忧心如焚,彻夜难眠。

【注释】

①水门:水闸,一说指夔门。

②静:一作"尽"。

【汇评】

仇兆鳌《杜诗详注》卷一七:延暝色,将宿之时;次水门,西阁之地。上二点题,中四分承山水。云过山头,停岩似宿;月浮水面,浪动若翻。此初夜之景。鹳鹤飞静,水边所见;豺狼喧食,山上所闻。此夜深之景。忧乱萦怀,故竟夕不寐。

浦起龙《读杜心解》卷三之四:上四,相承而下,亦于写景中含旅泊意。五、六,引起结联,亦于写景中含稔乱意。"追飞静",姑息了事也,隐讽鸿渐;"得食喧",攻杀不休也,盖指崔、杨。结语沉著,却能以"不眠"二字顾题。

刘濬《杜诗集评》卷九引李因笃曰:写时、地毫无遗憾,结正稷、契分中语。全诗雄健,足以副之。

西阁雨望

楼雨沾云幔,山寒著水城^①。径添沙面出,湍减石棱生。菊蕊凄疏放,松林驻远情。滂沱朱槛湿,万虑傍檐楹^②。

【题解】

诗写杜甫在西阁眺望雨景。细雨斜飞楼阁,打湿了帷幔,顿觉山中寒气更浓。此地三面环水,此际风雨交加,更如身处水城。秋水渐退,沙面上增添了几条小路;急流锐减,江中的石头露出了棱角。稀疏的菊花在凄冷的雨中努力绽放,远处的松林不改苍翠,宛然自若,留人情思。突然大雨滂沱,阁楼栏杆俱湿,我倚靠着檐柱,心中有万般感慨。

【注释】

①寒:一作"高"。

②傍:一作"倚"。

【汇评】

仇兆鳌《杜诗详注》卷一七:首二,西阁雨凉。中四,皆阁中望景。三、四言水,五、六言山,末则对雨而寄慨也。汲径添长,而出于沙面。湍水减杀,而石棱微露。此时秋水方落,细雨甚微,故不至涨沙而激湍也。……菊逢雨打,其疏放也凄然。雨罩松青,见远情之遥驻。二句俱写雨景。远情指松,盖苍翠可爱处,宛然具有情致。

边连宝《杜律启蒙》五言卷五:径添,由沙面之出;湍减,则石棱自生。皆秋水方落之景,亦雨中所望之景。

西阁二首

其一

巫山小摇落,碧色见松林①。百鸟各相命,孤云无自心②。层轩俯江壁,要路亦高深。朱绂犹纱帽,新诗近玉琴。功名不早立,衰疾谢知音。哀世无王粲,终然学楚吟③。

【题解】

夔州地暖,深秋草木稍见摇落,松林青苍如故。鸟以群分,相鸣齐飞;孤云无心,自来自往。在高楼上凭轩远眺,看见山路高深险峻,感叹仕途亦然。我虽为工部员外郎,身着官服,却迹近隐士,常伴琴声作诗自赏。既然不能及早建立功名,衰病之际,知音更为稀少。我不敢像王粲那样写出哀世之作,聊学庄舄在楚而作越吟,一泻思乡之意。

【注释】

①见:一作"是"。

②《大戴礼·夏小正》:"鸣者,相命也。"

③无:一作"非"。然:一作"朝"。《史记·张仪列传》:"越人庄舄,仕楚执珪,有顷而病。楚王曰:'舄,故越之鄙细人也,今仕楚执珪,贵富矣,亦思越不?'中谢对曰:'凡人之思故,在其病也。彼思越则越声,不思越则楚声。'使人往听之,犹尚越声也。"

【汇评】

仇兆鳌《杜诗详注》卷一七:首章,久留西阁而叹也。上四阁前之景,中四阁居之况,下乃所感之情。

浦起龙《读杜心解》卷五之三:首章自叙,言遇合浅而漂泊长。前比后赋,在六句转意。上六,书阁外所见,而本意已寓。木落松青,晚节孤苦也。鸟鸣云起,胸无沾滞也。然凭轩静瞩,觉要路崎岖,宦途亦略可识矣。此皆即景寓怀，下乃明露其旨。

其二

懒心似江水，日夜向沧洲。不道含香贱，其如镊白休。经过凋碧柳，萧索倚朱楼①。毕娶何时竟，消中得自由②。豪华看古往，服食寄冥搜③。诗尽人间兴，兼须入海求④。

【题解】

慵懒之心如江水一般日夜流向沧洲，我始终期待着隐居海外。工部员外郎固然不是低贱的职位，但我已经到了应该停止镊去白发的年龄。一路走来，道旁的绿柳无不凋残。在这萧瑟的秋日，我心情郁悒，独自倚靠在高阁。等到筹办完子女的婚事而消渴之症也有所好转，我就可以过上安闲自由的生活了。看繁华如流水，转瞬即逝，真想服食求仙，寄心幽潜清静之中。人间之事早已写尽，我当到海外去寻求新诗。

【注释】

①凋：原作"调"，据他本改。索：一作"瑟"。

②《后汉书·逸民传》载，向长字子平，河内朝歌人，隐居不仕。男女嫁娶既毕，敕断家事弗复相关，与友人游五岳名山，不知所终。消中：消渴疾，即糖尿病。

③豪：一作"荣"。

④《史记·封禅书》载，燕人宋毋忌、羡门子高之徒，称有仙道形解销化之术，齐威王、齐宣王、燕昭王皆信之，使人入海，求蓬莱、方丈、瀛州。

【汇评】

(朝鲜)李植《纂注杜诗泽风堂批解》卷一九：诗文须有一种好意，见虽花草装点，戏嘲闲漫，亦必有一股新意，方可称作者。杜诗用力皆在此，后之人不能加工者，以其好意尽故也。

仇兆鳌《杜诗详注》卷一七：次章，有不欲留阁之意。起句，托景言情，叹衰白休官，不如身赴沧洲也。今但凭楼对柳，亦何为者？俟男婚已毕，消病可痊，行当长往耳。且看豪华易过，何如服食引年，入海求仙乎？仍结到欲往沧洲意。

浦起龙《读杜心解》卷五之三：次章，设为远想，乃放开一层。言自今无复当世之想，意将浪迹沧瀛，所谓有托而逃者也。

西阁夜

恍惚寒江暮，逶迤白雾昏①。山虚风落石，楼静月侵门。击柝可怜子，无衣何处村。时危关百虑，盗贼尔犹存。

【题解】

夕阳渐渐隐退，寒江昏暗迷离，白雾横拖空中。山虚无人，但闻风吹石落之声响；楼阁寂寞，唯有月光溜进门来。不知谁家之子，击柝而过；想必寒夜无衣者，村村皆有。国势艰危，盗贼犹存，百姓困苦。夜深人静，各种焦虑涌上心头。

【注释】

①江：原作"山"，据他本改。

【汇评】

黄生《杜工部诗说》卷五：夕阳渐隐，故曰"恍惚"；白雾横拖，故曰"逶迤"。人言"画是无声诗"，此景恐画亦难绘，惟诗能传之耳。山虚则石易落，楼静则门已闭，故以下三字承之。"月侵门"，尤警绝。击柝之声何处，无衣之子可怜，百虑遂尔关心，盗贼尚满天地。故若呼而怪之，非怪盗贼也，怪其以盗贼遗君父者也。

仇兆鳌《杜诗详注》卷一七：上四夜景，下四感时。首联，初夜景色，就江上言。次联，夜中闻见，就山上言。击柝、无衣，皆离乱所致，故有盗贼之慨。

西阁三度期大昌严明府同宿不到①

问子能来宿,今疑索故要。匣琴虚夜夜,手板自朝朝②。
金吼霜钟彻,花攂腊炬销③。早凫江槛底,双影漫飘飖。

【题解】

杜甫在夔州白帝山腰西阁,三度邀请大昌严县令前来同宿,对方均未
能践约。诗当作于大历元年秋。我曾询问你能否来西阁同宿,你答应前
来,但至今不见踪影。我怀疑需要再次坚请,你方肯赴约。我匣中之琴每
夜都在苦苦等待,你却说每天官务缠身,毫无空闲。今夜眼看着蜡烛烧尽,
灯花将残,直到钟声又响彻了霜晨。清早从楼阁望去,只见栏杆外一双水
鸟悠然飘摇。

【注释】

①大昌:唐县名,属夔州,治所在今重庆巫山西北大昌镇。

②手板:笏板。

③攂:一作"催"。腊:一作"蜡"。

【汇评】

顾宸《辟疆园杜诗注解》五律卷八:夜期不至,又早起而望之,但见凫游
于江槛之下,双影飘摇。凫鸟无情,犹有同游同宿之侣。见其双影飘摇,不
觉思严益切也。

仇兆鳌《杜诗详注》卷一七:上四诮明府失期,下则望其到阁也。言我
曾问子,已许来宿,今岂索我之故要而弗至耶?匣琴夜夜,欲待严至而弹。
手板朝朝,明府别有迎谒矣。两句见三度意。钟起蜡残,候客将晓。凫鸟
飘飖,冀其早至。

覆舟二首

其一

巫峡盘涡晓，黔阳贡物秋①。丹砂同陨石，翠羽共沉舟。
羁使空斜影，龙居闷积流②。篙工幸不溺，俄顷逐轻鸥。

【题解】

秋日清晨，来自黔阳的一艘货船，卷入江中巨大的漩涡而沉没。船上装载着丹砂，是朝廷专门派遣使者前来采买，千里迢迢运至京城，为君王炼丹所用的。丹砂虽然重如陨石，但船覆之后，也如羽毛一样坠入江中，没有留下任何痕迹。押船的使者侧身落水，贡物为龙宫所收藏。唯有乘船的篙工幸存生还，很快从大浪中钻了出来，轻盈地浮游于江面。

【注释】

①黔阳：今重庆彭水苗族土家族自治县，时为黔州观察使治所。

②居：一作"宫"。

【汇评】

汪瑗《杜律五言补注》卷三：巫峡，见覆舟之地；盘涡，见覆舟之由；贡物，见覆舟之事；秋晓，见覆舟之时；黔阳，见覆舟为何处之人也。十字纪事详明，非泛作者。

边连宝《杜律启蒙》五言卷七：黔阳贡物，至巫峡盘涡，当晓秋之时，而有覆舟之患。丹砂翠羽，一并沉沦。羁使云亡，空悲斜景，为人为物，俱闭积流而入龙宫。所幸者篙工不溺，逐轻鸥而上，其余无一存者矣。

其二

竹宫时望拜，桂馆或求仙①。姹女临波日，神光照夜年②。
徒闻斩蛟剑，无复爨犀船③。使者随秋色，迢迢独上天。

大唐皇室在宫中拜神求仙,希冀长生,不料就在神光夜照之年,丹砂翻船落水。押送丹砂的使者,无力斩杀蛟龙水怪,以免除船覆之患,所以他只好随着迢迢秋水独自先行升天了。

【注释】

①竹宫:用竹建造的宫室,指甘泉祠宫,后作祠坛的泛称。故址在今陕西淳化城北甘泉山南麓。桂馆:汉长安宫殿名。《汉书·郊祀志》:"于是上令长安则作飞廉、桂馆,甘泉则作益寿、延寿馆,使卿持节设具而候神人。"

②《古文参同契集解》卷上之下篇:"河上姹女,灵而最神。"蒋一彪注引彭晓曰:"河上姹女者,真汞也。"《汉书·郊祀志》:"西河筑世宗庙,神光兴于殿旁,有鸟如白鹤,前赤后青。神光又兴于房中,如烛状。"

③《吕氏春秋·知分》:"荆有次非者,得宝剑于干遂。还反涉江,至于中流,有两蛟夹绕其船。次非谓舟人曰:'子尝见两蛟绕船能活者乎?'船人曰:'未之见也。'次非攘臂祛衣,拔宝剑曰:'此江中之腐肉朽骨也。弃剑以全己,余奚爱焉。'于是赴江刺蛟,杀之而复上船。舟中之人皆得活。"《晋书·温峤传》:"(温峤)至牛渚矶,水深不可测,世云其下多怪物,峤遂燃犀角而照之。须臾,见水族覆灭,奇形怪状。"

【汇评】

浦起龙《读杜心解》卷三之五:次章纯是讽词。一、二,逗明求汞事;三、四,言砂汞波沉之日,正祠坛夜集之年,深叹其惑,可以一笑也,而语极蕴藉。下四则慨方士之技穷。

边连宝《杜律启蒙》五言卷七:竹宫望拜、桂馆求仙之际,或竟言有神光照夜矣。然姹女凌波之日,即神光照夜之年,时日相当,悬针不错,其为诬罔可知。使竹宫桂馆之间,果有神灵,独不为之救护哉?且使者当此,斩蛟爨犀,伎俩皆穷,而其魂魄已随秋色而归碧落。是求仙者未必上天,而教人求仙者先已上天矣。真可供一笑已。

奉汉中王手札

国有乾坤大，王今叔父尊①。剖符来蜀道，归盖取荆门。峡险通舟过，江长注海奔②。主人留上客，避暑得名园。前后缄书报，分明馈玉恩。天云浮绝壁，风竹在华轩。已觉良宵永，何看骇浪翻③。入期朱邸雪，朝傍紫微垣。枚乘文章老，河间礼乐存④。悲秋宋玉宅，失路武陵源。淹薄俱崖口，东西异石根。夷音迷咫尺，鬼物傍朝昏⑤。犬马诚为恋，狐狸不足论⑥。从容草奏罢，宿昔奉清樽。

【题解】

汉中王李瑀贬为蓬州刺史，罢郡还朝，出峡途中暂留归州避暑，有书信寄与杜甫，诗人作诗回复。汉中王你是当今代宗皇帝的叔父，封地甚大，如今又为一州刺史，将取道夷陵，穿越险峻的三峡，顺着奔腾的江流东去。归州刺史留客避暑于名园，你前后寄来手札，盛情邀请我前去参加宴会。名园的宴集令人向往，浮云飘浮在绝壁之上，清风吹过翠竹环绕的亭阁。秋后你再启程，不用担心惊涛骇浪，大约在下雪之日就能回到长安府邸。你如河间献王爱好儒学，我如枚乘早已衰老，漂泊夔州，无所依止。如今我们两人虽然同处长江峡口，却难以往来。夔州方言难通，迷信鬼神。这些琐细之事不值一谈，汉中王有忠君之心，入朝草奏大事之余，不要忘却我们的宿昔之欢。

【注释】

①《尚书大传·梓材》：周公曰："吾，文王之为子也，武王之为弟也，今王之为叔父也。吾于天下岂卑贱也？"李瑀为让皇帝之子，代宗之叔父。

②过：一作"峻"。

③良：一作"凉"。永：一作"逸"。

④《汉书·枚乘传》:"武帝自为太子闻乘名,及即位,乘年老,乃以安车蒲轮征乘,道死。"《汉书·景十三王传》载,景帝子河间献王德,学举六艺,修礼乐被服儒术。武帝时来朝,献雅乐,对三雍宫及诏策所问三十余事。

⑤傍:一作"倚"。

⑥曹植《上责躬应诏诗表》:"僻处西馆,未奉阙廷,踊跃之怀,瞻望反仄。不胜犬马恋主之情,谨拜表并献诗二篇。"《后汉书·张纲传》:"豺狼当路,安问狐狸。"

【汇评】

仇兆鳌《杜诗详注》卷一五:避暑在夏,宵永属秋,还京正当冬雪。叙次详明。

杨伦《杜诗镜铨》卷一四引蒋弱六曰:次句常语,将首句配说,便极尊严。

奉汉中王手札报韦侍御、萧尊师亡

秋日萧韦逝,淮王报峡中。少年疑柱史,多术怪仙公①。不但时人惜,只应吾道穷②。一哀侵疾病,相识自儿童。处处邻家笛,飘飘客子蓬③。强吟怀旧赋,已作白头翁④。

【题解】

秋日接到汉中王李瑀从归州送来的手札,得知韦侍御、萧道士均已亡故,不胜凄楚。韦侍御如此年轻,萧道士应该有延年长寿之术,他们怎会早早仙逝呢?天造化如此弄人,不只是时人为之痛惜。我自小就与韦、萧两人相识,实在没有想到他们就这样为疾病夺去性命。身处漂泊羁旅之中,还要承受旧友亡逝的哀痛。我已是白头之翁,还要勉强如潘安作《怀旧赋》来悼念亡友。

【注释】

①少年:一作"小年"。

②《公羊传·哀公十四年》："西狩获麟,孔子曰:'吾道穷矣。'"何休注:"此亦天告夫子将没之征,故云尔。"

③向秀《思旧赋序》:"于时日薄虞渊,寒冰凄然,邻人有吹笛者,发声寥亮。追思曩昔游宴之好,感音而叹,故作赋云。"

④潘岳作《怀旧赋》,怀念杨肇、杨潭。

【汇评】

仇兆鳌《杜诗详注》卷一六引《杜臆》:"一哀侵疾病,相见自儿童",信笔写去,不对之对,惟杜有之。

杨伦《杜诗镜铨》卷一四:一句一转,如珠走盘。乐天排律,多学此种。

存殁口号二首

其一

席谦不见近弹棋,毕耀仍传旧小诗①。玉局他年无限事,白杨今日几人悲②。

【题解】

最近没有见到席谦弹棋献艺了,毕耀的诗作还在流传。席谦的棋艺将会更为精彩,让人期待;而毕耀墓前白杨森森,令人伤悲。

【注释】

①席谦,梓州肃明观道士。毕耀:一作"毕曜"。一本有注:"道士席谦,吴人,善弹棋。毕耀,善为小诗。"

②事:原作"笑",据他本改。《古诗十九首·去者日以疏》:"白杨多悲风,萧萧愁杀人。"

【汇评】

杨伦《杜诗镜铨》卷一四:戏拈自成一体。

其二

郑公粉绘随长夜,曹霸丹青已白头①。天下何曾有山水,
人间不解重骅骝。

【题解】

随着郑虔的亡故,他的粉绘成为绝笔;曹霸虽然还在作画,却也早已满
头白发。自从郑公殁后,这天下哪里还有奇妙的山水?尽管曹霸尚存,可
谁又会懂得去重视骅骝呢?

【注释】

①郑公:郑虔。诗句原有注:"高士荥阳郑虔,善画山水。曹善画马。"

【汇评】

王嗣奭《杜臆》卷七:此亦公之自创为体,而其人亦偶然有存殁之异,后
遂有效之者。

仇兆鳌《杜诗详注》卷一六:此谓郑殁而曹存也。郑虔既亡,世更无山
水之奇。曹霸虽存,人谁识骅骝之价乎?一伤之,一惜之也。或云:得虔之
图,几令天下山水无色。得霸之马,能使人间骅骝减价。乃极赞其笔墨之
神妙,亦通。又一说,"何曾有"谓世不收藏,"不解重"谓人弗珍惜,意义
似浅。

刘濬《杜诗集评》卷一五引李因笃曰:前一首一存一殁,此首一殁一存。

月　圆

孤月当楼满,寒江动夜扉。委波金不定,照席绮逾依。
未缺空山静,高悬列宿稀。故园松桂发,万里共清辉①。

【题解】

满月当楼,倒影入江,随波荡漾,闪烁如金。绮丽的坐席,也在月光下

熠熠生辉。此时空山寂静,星宿稀疏,我想起故乡的松桂,虽在万里之外,也沐浴着同样的清辉。

【注释】

①桂:一作"菊"。

【汇评】

王嗣奭《杜臆》卷八:月照寒江,倒影注射,水摇而扉为之动,大是画意。"金波"拆用,写景神奇,但"绮席"句不称。"空山静",从阁上见之,夜景殊妙;但"未缺"二字不妙。

仇兆鳌《杜诗详注》卷一七:此章月下思乡。上六景,下二情。"满"言月圆,"动"言月影,"委波"申"动扉","照席"申"当楼","未缺""高悬"申月圆之状,末想故园秋景也。

中　宵

西阁百寻余,中宵步绮疏。飞星过水白,落月动沙虚。择木知幽鸟,潜波想巨鱼①。亲朋满天地,兵甲少来书。

【题解】

夜中不能寐,起床独自漫步在廊上。西阁在山腰,高出地面百余寻。流星掠过江面,划出一条白线。月光洒落沙滩,徘徊不定。深藏的鸟儿知晓择木而栖,巨大的鱼儿也想潜伏深渊。我虽有众多亲朋故旧,但因为战乱不休,很少得到他们的书信。

【注释】

①《左传·哀公十一年》:"(孔子)命驾而行,曰:'鸟则择木,木岂能择鸟?'"

【汇评】

吴瞻泰《杜诗提要》卷一〇:此中宵不寐,感兵甲之不休,起而独步,因以所见之星月言之,以所知所想者言之。至末乃大声疾呼,发出"步"时所感之意,只为兵甲多而亲朋隔也。一篇结构,藏其线于"步"字之中,倒其绪于"兵甲""亲朋"之上。此之谓沉深,此之谓含蓄。思亲朋,即思故园也。

仇兆鳌《杜诗详注》卷一七:中宵独步,领起通章。星月属赋,中宵所见。鱼鸟属比,中宵所感。末伤孤身飘泊,不如物情之自适也。飞星过水而白,下半因上。落月动于沙虚,上半因下。一就迅疾中取象,一从恍惚中描神。

刘濬《杜诗集评》卷九引李因笃曰:写景入微,中无纤翳。

不　寐①

瞿唐夜水黑,城内改更筹。翳翳月沉雾,辉辉星近楼。气衰甘少寐,心弱恨容愁②。多垒满山谷,桃源无处求③。

【题解】

夜中独坐,但见江面一片漆黑,城中响起的打更之声,提示已至深夜。昏暗的月亮悄悄隐隐藏入浓雾之中,闪闪的星星似乎就在阁楼附近。我体弱气衰,睡眠很少,心中还为愁绪所充溢。如今烽烟四起,营垒遍地,到哪里去寻找世外桃源呢?

【注释】

①《诗·邶风·柏舟》:"耿耿不寐,如有隐忧。"
②容:原作"和",一作"知"或"多"。
③多垒:一作"叠恨"。无:一作"何"。

【汇评】

仇兆鳌《杜诗详注》卷一七:首联,不寐所闻;次联,不寐所见;三联,不寐之状;末联,不寐之由。月沉在转更之后,星近又在月落之余,愁来更加少寐,多垒故起愁心。通章写景言情,逐层追紧。

刘濬《杜诗集评》卷九引李因笃曰:老气益然,遂能超中、晚之劫。

远　游

　　江阔浮高栋,云长出断山。尘沙连越嶲,风雨暗荆蛮^①。雁矫衔芦内,猿啼失木间^②。弊裘苏季子,历国未知还^③。

【题解】

　　江面辽阔,远远望去,对面楼阁如浮在水面;云绕岭腰,断山若隐若现。向西而望,越嶲风尘蔽日;向东而眺,楚地风雨如晦。大雁由南北飞,衔芦苇以躲避网罾;猿猴离开古木,无所依止而悲啼。我连困顿中的苏秦都比不上,身着旧貂裘还在四处漂泊。

【注释】

　　①越嶲:郡名,辖地在今四川凉山一带。

　　②《淮南子·修务训》:"夫雁顺风,以爱气力,衔芦而翔,以备矰弋。"

　　③《战国策·秦策一》:"(苏秦)说秦王书十上而说不行,黑貂之裘弊,黄金百斤尽,资用乏绝,去秦而归。"

【汇评】

　　仇兆鳌《杜诗详注》卷二二:此登江楼而叹远游也。上四言景,是赋;下四言情,兼比。日色映江,故水光浮栋;岭腰云截,故断际露山。此见晴而忽云也。遥瞻越嶲,则尘沙连接;近望荆蛮,则风雨暗迷。此见阴而且雨也。雁衔芦,前行已倦;猿失木,无处可依。故下有裘敝未还之感。

　　边连宝《杜律启蒙》五言卷九:江光浮栋,云物出山,二句近景;越水尘沙,荆蛮风雨,二句远景。然时在荆蛮而遥望越嶲,二句中又自分近远也。雁衔芦而矫,避矰缴也;猿失木而啼,无依栖也。二句即景寓情,以兴末联之意。

　　刘濬《杜诗集评》卷九引李因笃曰:杜公最善命题,如此诗写远游尽致也。

垂　白[①]

垂白冯唐老，清秋宋玉悲。江喧长少睡，楼迥独移时。多难身何补，无家病不辞。甘从千日醉，未许七哀诗[②]。

【题解】

我如冯唐白发苍苍，年老而不得志；值此清秋，又心含宋玉之悲。江水喧闹，彻夜难眠，常徘徊于高楼。国家多难，我却无所补益；无家可归，又还疾病缠身。不想作《七哀诗》以泻幽愤，宁愿一醉千日，忘却世事。

【注释】

①诗题一作"白首"。

②干宝《搜神记》卷一九："狄希，中山人也。能造千日酒，饮之千日醉。"七哀诗：魏晋乐府的一种诗题，曹植、王粲、张载俱有此作。

【汇评】

仇兆鳌《杜诗详注》卷一七：此章乃老去悲秋之意。下六，申言其悲。少睡移时，忧在国家也。醉千日，付之不知。未七哀，伤心更多矣。

又引王嗣奭《杜臆》：公年老为郎，有似冯唐。当秋而悲，复如宋玉。少睡无聊，故起立移时。多难身何补，作愤语；无家病不辞，作苦语。

雨　晴

雨时山不改，晴罢峡如新[①]。天路看殊俗，秋江思杀人。有猿挥泪尽，无犬附书频[②]。故国愁眉外，长歌欲损神。

【题解】

雨前、雨后，青山苍翠依旧，唯有峡谷在晴光照耀下焕然一新。身处遥远的天边,感受与中原迥然不同的风俗。秋水迢迢,故乡渺渺,心中有无限愁思。峡中尚有猿鸣,泪水却已流尽;没有陆机之骏犬,而一心想着家书。洛阳就在愁眼望尽之处,有家难归,长歌当哭,心魂萦损。

【注释】

①时:一作"晴"。

②附:一作"送"。

【汇评】

仇兆鳌《杜诗详注》卷一五:上四雨晴有感,下申思乡之意。雨时总是此山,及晴罢而峡洗如新,喜初晴矣。晴则可以出峡,而犹然留滞,故不胜愁思。殊俗,指夔州,泪尽蒙此。秋思,念家乡,无书蒙此。故国,指洛阳。愁眉外,心愁而眼不能见也。凡引古典,须用翻新。猿声沾泪,黄犬附书,情已悲矣。此说猿多而泪零已尽,无犬而频觅附书,语倍凄惨。

摇　落①

摇落巫山暮,寒江东北流。烟尘多战鼓,风浪少行舟。鹅费羲之墨,貂余季子裘。长怀报明主,卧病复高秋。

【题解】

巫山秋暮,草木凋零。江水寒凉,奔赴东北。风尘高起,战鼓未息,欲归不能。江流奔腾,风波险恶,难以出峡。矢志报国,却卧病峡中,囊中羞涩,为求周济而苦于应酬。

【注释】

①《楚辞·九辩》:"悲哉秋之为气也,萧瑟兮草木摇落而变衰。"

【汇评】

仇兆鳌《杜诗详注》卷一九:上四对景伤时,下则自写心事也。巫山秋暮,而一望烟尘,则欲留不可。江水自流,而沮于风浪,则欲去不能。今但亲翰墨而揽寒裘,亦何救于国事乎?虽有报主宿心,徒托诸秋山卧病而已。

报明主,此公一生大志。复高秋,见在夔已历两秋矣。

　　浦起龙《读杜心解》卷三之六:峡中两历秋暮,去住摇落,自写心事。

　　边连宝《杜律启蒙》五言卷八:巫山摇落,思归殊切,寒江东北,心与俱流。烟尘风浪,所以不能出峡之故。鹅墨貂裘,则羁夔之情事景况也。末联结明,高秋应摇落。用羲之换鹅事,大意谓以文翰消遣耳,然觉不伦。

草　阁

　　草阁临无地,柴扉永不关[①]。鱼龙回夜水,星月动秋山。夕露清初湿,高云薄未还[②]。泛舟惭小妇,飘泊损红颜。

【题解】

　　草阁高峻,下临江水,幽静僻远,柴门常开。入秋以来,鱼龙深藏蛰伏,江面波平浪静。夜晚星光闪烁,秋山为之晃动。夕露清凉,久坐而湿;山顶薄云,未见归去。少妇操舟江上,对此羞愧;衰颜漂泊难归,自伤憔悴。

【注释】

　　①无:一作"芜"。

　　②夕:原作"久",据他本改。清:一作"晴"。

【汇评】

　　黄生《杜工部诗说》卷五:鱼龙回于夜水,星月动于秋山。晴露久而初湿,薄云高而未还。一硬押句,一倒剔句。回,犹伏也。……"泛舟惭小妇""飘零愧老妻",何以惭?何以愧?丈夫欲正乾坤,及其困也,乃至不能宁其妇子,能无内恧于心乎?意极气闷,而出语复而风致。英雄概即从儿女情见之,唯其心事磊落,故笔下能曲折尽意。后世虚夸抱负、假装气节之辈,诗中必不肯作脂粉香奁语。

　　仇兆鳌《杜诗详注》卷一七:首联提草阁,三、四草阁夜景,下则对景而感飘泊也。阁临水,故下无地。唯无地,故扉不关。回夜水,秋蛰伏也。动秋山,光闪烁也。露久下而方湿,晴则易干也。云高举而未还,薄则易散也。公以旅泊损颜,故对舟妇而怀惭。末句用倒装法。

江　月

江月光于水,高楼思杀人[①]。天边长作客,老去一沾巾。玉露团清影,银河没半轮。谁家挑锦字,灭烛翠眉颦[②]。

【题解】

站在高楼眺望,但见江月的光辉荡漾于水波之上,怀乡思人之情愈浓,万般愁绪涌上心头。长久滞留天边,年老多病,唯恐埋骨异乡,思及此处,潜然泪下。久久伫立清影之下,露水愈浓,银河也隐没于半轮明月之旁。此时独守空闺的思妇,想必也吹灭蜡烛,停住织锦,对月颦眉,想念远方游子。

【注释】

①曹植《七哀诗》:"明月照高楼,流光正徘徊。"庾肩吾《和徐主簿望月诗》:"楼上徘徊月,窗中愁思人。"于:一作"如"。

②《晋书·列女传》载,窦滔妻苏蕙,字若兰,织锦为回文旋图诗赠滔,宛转循环读之,词甚凄惋,凡八百四十字。灭烛:一作"烛灭"。

【汇评】

吴瞻泰《杜诗提要》卷一〇:起调极高,乃逼得结处极紧。容园云:因久客对月思家,却不说自己思家,而曰"高楼思杀人",又曰"谁家翠眉颦",并将自己家人亦撇在一边,而思更苦,意更深,法亦更灵。此公之独有其妙也。五、六言月之明,以起七、八思妇灭烛颦眉之意,所谓"高楼思杀人"也。上明作客为主,而结故不说自己,偏说"谁家",此借客形主法,层次转多,意思转浓。

仇兆鳌《杜诗详注》卷一七:此章对月伤怀。上四,羁人之感,属自叙;下四,离妇之情,推开说。江月漾光于水上,高楼一望,顿觉身寂影孤,真堪思杀。盖天边久客,至老不还,恐远死他乡也。因想清影之下,玉露浓洓,

1047

半轮之傍,天河掩没,月色明皎如此,此时绣字空闺者,烛残挑罢,得无对之而颦眉乎? 当与楼上沾巾者,同一愁思也。

江　上

　　江上日多雨,萧萧荆楚秋。高风下木叶,永夜揽貂裘①。勋业频看镜,行藏独倚楼②。时危思报主,衰谢不能休。

【题解】

　　江山连日多雨,树叶纷纷飘落,荆楚一片萧索,寒夜搜箧添衣。行年半百,济时无望,功业未成,频频揽镜而自悲,何去何从,心中踌躇抑郁。独自一人,倚楼远眺,时事艰危,虽年衰体弱而报国之念不休。

【注释】

　　①《楚辞·九歌·湘夫人》:"袅袅兮秋风,洞庭波兮木叶下。"
　　②《论语·述而》:"用之则行,舍之则藏。"

【汇评】

　　黄生《杜工部诗说》卷七:前写景,后述怀,杜之常格。起联见地、见时,杜之恒矩。勋业老尚无成,故频看镜;行藏抑郁谁语,故独倚楼。然目睹时危,心存报主,齿虽衰谢,此念终不能自休耳。此诗所云,是本怀,是正说,其余自嗤自怪,自宽自释,皆即此意而反复变化以出之。诗以言志,才以抒辞。志,不变者也,辞,百变者也。辞不能变,则其志亦不足观矣。此非志之罪也,才之罪也。于此又杜公之才之足以副其志也。

　　仇兆鳌《杜诗详注》卷一五:上四叙景,旅客悲秋之况。下四言情,旧臣忧国之怀。夜不眠以至曙,故对镜倚楼,看容色而计行藏。但以报主心切,虽衰年未肯自诿,此公之笃于忠爱也。

　　边连宝《杜律启蒙》五言卷六:日多雨,则秋气深。兼以风高叶落,故夜寒而揽貂裘也。行年半百,勋业无成,故看镜以验其衰壮。进退维艰,行藏两误,故倚楼以致其踌躇。神理犹在"频""独"二字。